DE GEMERKTE M

Robert Galbraith bij Boekerij:

Koekoeksjong
Zijderups
Het slechte pad
Witte dood
Kwaad bloed
Inktzwart hart
Stromend graf
De gemerkte man

boekerij.nl

ROBERT GALBRAITH

DE GEMERKTE MAN

EEN CORMORAN STRIKE THRILLER

Vertaald door
Sabine Mutsaers

All characters and events in this publication, other than those clearly in the public domain, are fictitious and any resemblance to real persons, living or dead, is purely coincidental.

ISBN 978-90-492-0787-8
ISBN 978-94-023-2702-1 (e-book)
ISBN 978-90-528-6904-9 (audio)
NUR 330

Oorspronkelijke titel: *The Hallmarked Man*
Vertaling: Sabine Mutsaers
Omslagontwerp: Duncan Spilling © Little, Brown Book Group Ltd 2025, bewerkt door Wil Immink Design
Omslagbeeld: Duncan Spilling / Little, Brown Book Group (achtergrond, vrouw), © iStock (man), © Shutterstock (structuur)
Zetwerk: Elgraphic

First published in Great Britain in 2025 by Sphere.

Voor Séan en Nadine Harris,
die mij teruggaven wat ik dacht voor altijd verloren te zijn

I had dipped in life's struggle and, out again,
Bore specks of it here, there, easy to see,
When I found my swan and the cure was plain;
The dull turned bright as I caught your white
On my bosom: you saved me – saved in vain
If you ruined yourself, and all through me!

Robert Browning
The Worst of It

DEEL I

Concerning the mines themselves he was not called upon for an opinion... All he had to do was to follow the veins and win the ore in paying quantities...

John Oxenham
A Maid of the Silver Sea

I

Oh often have I washed and dressed
And what's to show for all my pain?
Let me lie abed and rest:
Ten Thousand times I've done my best
And all's to do again.

A.E. Housman
XI, *Last Poems*

De ruitenwissers werkten harder dan ooit vanaf het moment dat de BMW het graafschap Kent was binnengereden, en het slaapverwekkende gezwiep en getik versterkte Strikes uitputting terwijl hij naar buiten keek door de dichte regen, die de verlaten weg vóór hem had veranderd in glanzend git.

Kort nadat hij de vorige avond uit de slaaptrein van Cornwall naar Londen was gestapt, had Strike een telefoontje gekregen van de vriend van zijn collega-detective – door Strike in gedachten steevast 'fucking Ryan Murphy' genoemd – die hem had doorgegeven dat Robin hoge koorts en keelpijn had, waardoor ze vandaag niet met Strike mee kon naar hun mogelijke toekomstige klant.

Alles aan dit telefoontje had Strike geërgerd, en het besef dat hij onredelijk was – omdat dit de eerste keer in zes jaar was dat Robin zich ziek meldde, en als ze 40 graden koorts en een dikke keel had was het volkomen logisch dat ze haar vriend namens haar liet bellen – maakte zijn chagrijn eerder erger dan minder. Hij had erop gerekend dat Robin de rit naar Kent voor haar rekening zou nemen in haar oude Land Rover, en het vooruitzicht om vele uren in haar gezelschap door te brengen was de enige reden geweest dat hij deze afspraak had gemaakt. Een mengeling van professionaliteit en masochisme had hem ervan weerhouden af te zeggen, dus had hij zich na een snelle douche in zijn zolderflatje in Denmark Street aangekleed en was hij vertrokken naar het dorp Temple Ewell in Kent.

Dat hij nu zelf moest rijden was niet alleen deprimerend, maar ook fysiek pijnlijk. De hamstring van het been waarvan de kuit, enkel en voet waren vervangen door een prothese voelde gespannen en klopte, want zijn verblijf in Cornwall had veel zwaar sjouwwerk behelsd.

Tien dagen eerder was hij halsoverkop naar Truro gereisd omdat zijn oude oom een tweede beroerte had gehad. Strikes zus Lucy was bezig geweest Ted te helpen inpakken voor zijn aanstaande verhuizing naar een verpleeghuis in Londen, toen in haar woorden 'zijn gezicht raar werd en hij me geen antwoord meer kon geven'. Twaalf uur na Strikes aankomst in het ziekenhuis was Ted overleden terwijl zijn nicht en neef zijn handen vasthielden.

Strike en Lucy waren daarna naar het huis van hun oom in St Mawes gegaan dat aan hen beiden was nagelaten, om de begrafenis te regelen en bij te wonen en beslissingen te nemen over de spullen in het huis. Zoals te verwachten was had Lucy vol afschuw gereageerd op het voorstel van haar broer om een bedrijf in te huren om de boel leeg te halen nadat ze zelf alles hadden meegenomen wat sentimentele waarde had voor de familie. Ze kon het idee niet verdragen dat vreemden ook maar ergens aan zouden zitten: de oude Tupperware-bakjes die ooit waren gebruikt voor picknicks op het strand, de versleten tuinbroek van hun oom, de pot met reserveknopen die hun overleden tante vroeger zorgvuldig had bewaard, sommige van jurken die lang geleden naar de liefdadigheidsbazaar waren gegaan. Uit schuldgevoel omdat Lucy in haar eentje had moeten doormaken hoe Ted zijn laatste minuten bij bewustzijn beleefde, had Strike haar wensen ingewilligd en was hij in St Mawes gebleven om dozen, de meeste met het opschrift LUCY, in een gehuurde bestelbus te hijsen, rommel in een gehuurde container te gooien en regelmatig pauze te nemen om thee rond te delen en zijn zus te troosten, die voortdurend rode ogen had van het stof en van het huilen.

Lucy meende dat de stress van Teds naderende verhuizing naar een verpleeghuis de oorzaak was geweest van zijn fatale beroerte, en Strike had zichzelf moeten dwingen om zijn geduld te bewaren tijdens haar herhaalde uitbarstingen van zelfverwijt. Hij had zijn uiterste best gedaan om haar kribbigheid niet te beantwoorden met opvliegendheid, om niet te snauwen of geërgerd te klinken wanneer hij haar uitlegde dat het feit dat hij niets hoefde te hebben van de voorwerpen die ze associeerden met de meest stabiele periodes uit hun jeugd nog niet wilde zeggen dat hij minder verdriet had om het verlies van de man die zijn enige echte vaderfiguur was geweest. Het enige wat Strike voor zichzelf had gehouden was Teds rode baret van de Royal Military Police, zijn stokoude vissershoedje, zijn oude 'visknuppel' (een houten hamer om vissen die nog voor hun leven vochten af te maken) en een handvol verschoten foto's. Die spullen zaten nu in een schoenendoos in de weekendtas waarvoor Strike nog geen tijd had gehad om hem uit te pakken.

Kilometer na kilometer, met geen ander gezelschap dan de emotionele kater van de afgelopen tien dagen en de pijn in zijn hamstring, voelde Strike de antipathie die hij toch al had opgevat tegen de mogelijke nieuwe klant van vandaag nog verder toenemen. Decima Mullins had zo'n accent dat hij associeerde met de vele welgestelde, verongelijkte vrouwen die naar zijn detectivebureau kwamen in de hoop de ontrouw of criminele activiteiten van hun echtgenoot te bewijzen, om zo meer uit de echtscheiding te slepen. Te oordelen naar hun enige telefoongesprek tot nu toe was ze melodramatisch en verwend. Ze had gezegd dat ze onmogelijk naar Strikes kantoor in Denmark Street kon komen, om redenen die ze hem persoonlijk zou vertellen, en ze had volgehouden dat ze alleen bereid was haar probleem onder vier ogen te bespreken in haar huis in Kent. Het enige wat ze bereid was door de telefoon los te laten was dat ze iets bewezen wilde hebben, en aangezien Strike zich geen enkel onderzoeksscenario kon voorstellen waarin niet iets bewezen moest worden, was hij haar niet erg dankbaar voor die aanwijzing.

In die negatieve gemoedstoestand reed hij door Canterbury Road, in een landschap van kale bomen en drassige velden. Uiteindelijk sloeg hij, de ruitenwissers nog zwiepend en tikkend, af naar links, een smal pad vol plassen op, en hij volgde het bord dat de weg wees naar Delamore Lodge.

2

... I have lost him, for he does not come,
And I sit stupidly... Oh Heaven, break up
This worse than anguish, this mad apathy,
By any means or any messenger!

Robert Browning
Bells and Pomegranates No 5
A Blot in the 'Scutcheon

Het huis waar Strike naartoe was gereden was heel anders dan hij had verwacht. Delamore Lodge was geen groot, luxueus buitenhuis; het was klein en vervallen en deed met z'n donkere stenen denken aan een verlaten kapel, in een verwilderde tuin waar zo te zien in geen jaren iets aan was gedaan. Bij het parkeren zag Strike dat er meerdere barsten in het glas van de gotische ramen zaten, die aan de binnenkant afgedekt waren met wat leek op een zwarte vuilniszak. Er ontbraken enkele dakpannen. Tegen de achtergrond van een onheilspellende novemberhemel, in de stromende regen, was Delamore Lodge het type huis waarvan buurtkinderen makkelijk zouden geloven dat er een heks woonde.

Heel voorzichtig met zijn kunstvoet, omdat de doorweekte bladeren van een paar kale bomen een slijmerig tapijt vormden op het oneffen pad, liep Strike naar de eiken voordeur en klopte aan. Binnen een paar tellen ging de deur open.

Strikes beeld van Decima Mullins als de goedverzorgde blondine in gedistingeerd tweed had niet verder bezijden de waarheid kunnen zijn. Hij stond oog in oog met een bleke, kleine, gedrongen vrouw met een grijze uitgroei in haar lange, piekerige bruine haar, dat zo te zien al geruime tijd niet geknipt was. Ze droeg een zwarte trainingsbroek en een dikke, zwarte wollen poncho. Door de combinatie van de verwilderde tuin, het vervallen huis en haar outfit vroeg Strike zich af of hij te maken had met een excentriekelinge uit de upper class die de samenleving de rug had toegekeerd om slechte schilderijen te maken en scheve potten te bakken. Hij slaagde er niet in dat type innemend te vinden.

'Mevrouw Mullins?'

'Ja. Bent u Cormoran?'

'Klopt,' zei Strike, en het viel hem op dat ze zijn voornaam goed had. De meeste mensen zeiden 'Cameron'.

'Kunt u zich legitimeren?'

Aangezien de kans erg klein was dat een inbreker die de boel kwam leegroven had besloten om op klaarlichte dag voor te rijden in een BMW, precies op het tijdstip waarop ze een detective verwachtte die ze zelf naar Kent had laten komen, vond Strike het irritant dat hij in de stromende regen zijn rijbewijs uit zijn zak moest gaan vissen. Nadat hij het haar had toegeworpen, deed ze een stap opzij om hem binnen te laten, in een krap halletje waar ongewoon veel paraplubakken en schoenenrekken stonden, alsof elke bewoner zijn eigen exemplaren had toegevoegd zonder de oude weg te halen. Strike, die in zijn jeugd te veel troep en viezigheid had doorstaan, kon niet tegen rommel en vuil bij mensen die in staat waren daar iets aan te doen, en zijn negatieve indruk van deze slonzige upperclassvrouw werd nog verder versterkt. Misschien was er iets van zijn afkeuring te zien, want Decima zei: 'Dit huis is van mijn oudtante geweest. Tot enkele maanden geleden zaten er huurders in, die het niet onderhouden hebben. Ik ga het opknappen en verkopen.'

Maar niets wees op een nieuw interieur of een verbouwing. Het behang in de gang hing op verschillende plekken los en in een van de plafondlampen ontbrak het peertje.

Strike volgde Decima naar een krap keukentje, met een ouderwets fornuis en versleten flagstones die er al honderden jaren leken te liggen. Rondom een houten tafel stond een allegaartje aan stoelen. Misschien, dacht Strike met een blik op een roodleren aantekenboekje dat op tafel lag, wilde zijn gastvrouw graag dichteres zijn. Dat was in zijn ogen nog een treetje lager dan pottenbakken.

'Voordat we beginnen,' zei Decima, die zich omdraaide naar Strike, 'moet u me iets beloven.'

'Oké.'

Het licht van de ouderwetse lamp die boven hen hing flatteerde haar ronde, enigszins platte gezicht niet. Met wat meer verzorging zou ze er misschien nog best leuk uit kunnen zien, maar de algemene indruk was die van iemand die zich totaal niet met haar uiterlijk bezighield. Ze had geen poging gedaan haar paarse wallen of de zo te zien ernstige rosacea op haar neus en wangen te verhullen.

'Informatie van klanten is vertrouwelijk, toch?'

'Er is een standaardcontract.' Strike wist niet goed wat ze van hem wilde.

'Ik weet dat er een contract zou komen, maar dat bedoel ik niet. *Niemand mag weten waar ik woon.*'

'Ik zou niet weten waarom ik...'

'Ik wil dat u me verzekert dat u niemand zult vertellen waar ik zit.'

'Oké,' zei Strike nogmaals. Hij vermoedde dat er niet veel voor nodig was of Decima zou gaan schreeuwen of (en dat zou hij nog slechter trekken, na de afgelopen tien dagen) huilen.

'Goed,' zei ze. 'Wilt u koffie?'

'Graag.'

'Gaat u zitten.'

Ze liep naar het fornuis, waar een tinnen kan op stond.

De stoel kraakte onder Strikes gewicht, de regen roffelde op de niet-gebarsten ramen, en de zwarte vuilniszak die met klustape over de kapotte ruit was geplakt ritselde in de wind. Op hen tweeën na leek het huis verlaten. Strike zag dat er vlekken op Decima's poncho zaten, alsof ze het ding al dagen aanhad. Het haar op haar achterhoofd was platgedrukt en zat vol klitten.

Terwijl hij toekeek hoe ze werk maakte van het koffiezetten, waarbij ze kastjes opentrok en weer dichtdeed alsof ze niet kon onthouden waar alles stond, zachtjes in zichzelf mompelend, stelde Strike opnieuw zijn mening over haar bij. Er waren drie soorten mensen die hij meestal kort na de kennismaking goed kon inschatten: leugenaars, verslaafden en geesteszieken. Hij had een vermoeden dat Decima Mullins weleens in de derde categorie zou kunnen vallen, en hoewel dat een excuus zou zijn voor haar onverzorgde uiterlijk maakte het hem er niet happiger op om haar zaak aan te nemen.

Uiteindelijk kwam ze met twee bekers koffie en een kan melk naar de tafel gelopen en ging toen zonder duidelijke reden uiterst langzaam zitten, alsof ze dacht dat ze zichzelf zou verwonden als ze de stoel te hard raakte.

'Goed.' Strike haalde zijn notitieboekje en pen tevoorschijn, gretiger dan ooit om dit gesprek achter de rug te hebben. 'U zei aan de telefoon dat u iets bewezen wilde hebben?'

'Ja, maar ik moet eerst iets zeggen.'

'Oké,' zei Strike voor de derde keer, en hij probeerde een ontvankelijk gezicht op te zetten.

'Ik wilde u inhuren omdat ik weet dat u de beste bent,' zei Decima Mullins, 'maar ik had wel mijn twijfels, omdat u mensen kent die ik ook ken.'

'O ja?'

'Ja. Mijn broer is Valentine Longcaster. Ik weet dat jullie elkaar niet erg mogen.'

Die informatie verraste Strike zo dat hij heel even sprakeloos was. Valentine, die hij in een bepaalde periode van zijn leven een paar keer had gezien, altijd met tegenzin, was een knappe, extravagant geklede man met dik, golvend haar die als stylist werkte voor verschillende artistieke tijdschriften. Hij was bovendien een van de beste vrienden geweest van wijlen Charlotte Campbell, ooit Strikes verloofde, die enkele maanden eerder zelfmoord had gepleegd.

'Dus Mullins is...'

'De naam die ik heb gekregen toen ik trouwde, ik was toen in de twintig.'

'Juist ja.'

Zou het waar kunnen zijn? Strike kon zich niet herinneren dat Valentine het ooit over een zus had gehad, maar hij had dan ook zo weinig mogelijk aandacht besteed aan alles wat Valentine zei. Als het klopte wat ze zei, had Strike zelden broers en zussen gezien die zo weinig op elkaar leken, al zou dat Decima's verhaal in zekere zin wel geloofwaardiger maken. Het was typisch iets voor Valentine om deze kleine, gedrongen, smoezelige vrouw geheim te houden, want hij hechtte zeer veel waarde aan uiterlijk en stijl.

'Het is belangrijk dat u vooral Valentine niet vertelt waar ik ben – en enkele andere dingen waarvan ik u vraag ze voor u te houden,' zei Decima.

'Oké,' zei Strike voor de vierde keer.

'En Sacha Legard kent u ook, nietwaar?'

Strike, die nu het gevoel kreeg alsof een of andere persoonlijke duivel had besloten om hem de hele dag herhaaldelijk in zijn ballen te trappen, aangezien Sacha de halfbroer van Charlotte was, vroeg: 'Is hij ook familie van u?'

'Nee, maar hij is betrokken bij... bij wat u voor me moet uitzoeken. Charlotte Campbell heb ik nooit echt gekend, ik heb haar alleen een paar keer ontmoet.'

Sommige mensen zouden haar vlakke toon misschien ongevoelig gevonden hebben, gezien het feit dat Charlotte nog maar kortgeleden dood was aangetroffen in een met bloed gevulde badkuip, maar omdat Strike geen enkele behoefte had aan nieuwsgierige vragen of geveinsd medeleven zei hij: 'Goed, vertelt u me eens wat ik voor u zou kunnen doen.'

'Het gaat om een lijk. Ik wil dat u uitzoekt wie het was,' zei Decima, en ze keek hem aan met een mengeling van behoedzaamheid en opstandigheid.

'Een lijk,' herhaalde Strike.

'Ja. U hebt er vast over gelezen in de krant. Het gaat om de man die is aangetroffen in de kluis van een zilverwinkel, in juni.'

Vijf maanden eerder was Strike vrijwel volledig gefocust geweest op een complexe zaak voor het detectivebureau en had hij weinig aandacht gehad voor andere dingen, maar dit nieuws herinnerde hij zich wel; het verhaal had kortstondig zeer veel mediabelangstelling getrokken.

'Juist,' zei hij. 'Als het dat verhaal is waar ik nu aan denk,' (God mocht weten waarom hij dat zei, want hoeveel mannen werden er nou gemiddeld per maand in Londen dood gevonden in een zilverkluis?) 'dan had de politie de dode vrij snel geïdentificeerd.'

'Niet waar.' Decima's toon duldde geen tegenspraak.

'Ik dacht,' zei Strike, hoewel hij eigenlijk bedoelde: *als ik het me goed herinner*, 'dat het een veroordeelde dief bleek te zijn?'

'Nee,' zei Decima hoofdschuddend. 'Het was die dief niet. Dat is niet met zekerheid vastgesteld.'

'Ik weet toch tamelijk zeker dat ik dat heb gelezen.' Strike viste zijn telefoon uit zijn zak. Hij had nu goede hoop dat hij binnen tien minuten weer buiten zou staan, want ze gaf hem een ijzersterke reden om een zaak te weigeren waar hij absoluut geen zin in had. 'Ja, kijk maar,' zei hij, nadat hij enkele woorden had ingetikt bij Google. '"De dode man, die zich voordeed als verkoper William Wright in de twee weken dat hij bij Ramsay Silver werkte, blijkt na identificatie de 28-jarige veroordeelde gewapende overvaller Jason Knowles uit Haringey te zijn."'

'Het was niet onomstotelijk,' hield Decima vol. 'Ik ken een politieman en die heeft me dat verteld.'

'Welke politieman is dat?' vroeg Strike, die al eerder had meegemaakt dat mensen een denkbeeldige band met de politie opvoerden om hun gestoorde theorieën te versterken.

'Sir Daniel Gayle. Dat is een gepensioneerd hoofdcommissaris. Zijn dochter werkt voor mij. Ik had haar gevraagd of ik Sir Daniel kon spreken, hij heeft weer met een paar andere mensen gepraat en toen vertelde hij me dat de politie geen DNA-bevestiging had. Ze hebben nooit kunnen bewíjzen dat het die Knowles was, niet zonder gerede twijfel.'

'Maar waarom wilt u laten uitzoeken wie de dode was?'

'Ik moet het weten,' zei Decima. Haar stem trilde. 'Dat móét. Ik moet het gewoon weten.'

Strike nam een slok koffie om zichzelf de tijd te geven om na te denken. Hij herinnerde zich nu merkwaardige details over het lijk in de kluis. Het was naakt geweest en zwaar verminkt, wat uiteraard de koortsachtige belangstelling van de pers had aangewakkerd, totdat bekendgemaakt werd dat het slachtoffer een gewelddadige crimineel was, waarna het mededogen en de aandacht aanzienlijk waren afgenomen. Knowles, zo meldde de pers, had ooit bij de beroving van een hypotheekbank een vrouw achter het loket de schedel ingeslagen en haar een attaque bezorgd. Eigenlijk was men het er wel over eens dat Jason Knowles, hoe gruwelijk zijn einde ook geweest mocht zijn, zijn verdiende loon had gekregen.

'Bent u bang dat die dode iemand was die u kende?' vroeg Strike.

'Ja, ik denk... Nee,' zei Decima, plotseling fel, met tranen in haar ogen, 'ik wéét dat hij het was en... ik heb bewijs nodig, want... Ik heb bewijs nodig. Iemand moet het voor me bewijzen.'

'Wie zou hij...'

'Het was iemand die héél dicht bij me stond, en het klopte precíés met het gevonden lichaam en de rest: het zilver, en dat hij ver... vermoord is, en hij is in diezelfde tijd verdwenen. Hij was het, ik weet het zeker.'

Het verlaten huis, de huilende vrouw; het was voor Strike alsof hij in één klap terug was in de situatie die hij in Cornwall had achtergelaten, maar dan met een veel merkwaardiger ondertoon. Omdat hij niets anders kon verzinnen, sloeg hij zijn notitieboekje open.

'Goed, welke overeenkomsten zijn er tussen het lijk en de man die u kent?'

'Ik heb het allemaal opgeschreven,' zei Decima onmiddellijk, en ze pakte het rode boekje, dat een weekagenda bleek te zijn, en bladerde naar het achterste deel, waar Strike meerdere volgeschreven bladzijden zag. 'Mijn vriend was zesentwintig – in de pers stond dat het lijk dat van een man van tussen halverwege de twintig en de dertig was. William Wright was linkshandig, mijn vriend ook. Het lijk had bloedgroep A-positief, hetzelfde als hij. Ongeveer een meter zevenenzestig lang, klopt. Wright had op 19 mei zijn sollicitatiegesprek daar gehad – ik heb mijn vriend die dag niet gezien. Wright betrok op 21 mei een huurkamer – dat klopt ook, want mijn vriend is die dag vertrokken uit zijn huis. Ik vond dat hij al zijn spullen naar mij moest brengen, maar dat wilde hij niet. Ik snapte niet waar hij het allemaal zou laten. Maar hij wilde het natuurlijk in die gehuurde kamer zetten.'

Nadat hij vruchteloos had nagedacht over een tactischer manier om zijn volgende vraag te stellen, vroeg Strike: 'En waarom zou uw vriend zijn naam veranderd hebben en in een zilverwinkel zijn gaan werken?'

'Omdat... Het is ingewikkeld.'

'Hebt u hem als vermist opgegeven?'

'Moet u horen, ik weet zeker dat hij het was, oké?'

Strike, Robin en hun freelancers hadden een naam voor het soort mensen dat naar hun kantoor mailde en belde, in steeds groteren getale naarmate het detectivebureau meer bekendheid kreeg, om de detectives dringend te laten weten dat ze werden bespioneerd door huishoudelijke apparaten, dat er satanische kringen werden gerund vanuit Westminster of dat ze een relatie hadden met beroemdheden die zonder aanwijsbare reden de liefde niet beantwoordden, vanwege boosaardige invloeden: Gatesheads. Gatesheads waren te herkennen aan hun stellige, ongegronde overtuiging, de afkeer van logische vragen, en het onvermogen om alternatieve verklaringen voor hun dilemma's te overwegen. De vrouw die nu tegenover Strike zat vertoonde een klassiek rijtje symptomen.

'U zei dat de dochter van Sir Daniel Gayle voor u werkt,' zei Strike, in de hoop het probleem te kunnen ontrafelen door aan een ander draadje te trekken. 'Wat voor...?'

'Ik heb een restaurant. The Happy Carrot in Sloane Street. Zij is mijn gastvrouw.'

Strike kende toevallig het restaurant in kwestie, dat ondanks de naam geen veganistisch eethuis was maar een zaak waar biologische gerechten werden geserveerd en die zeer goede beoordelingen kreeg; Strike had pasgeleden een overspelige piloot gevolgd die er met zijn minnares naartoe ging. Als Decima niet loog en inderdaad de zus van Valentine was, kwam ze uit een familie met geld. De Longcasters waren zeer welgesteld en de vader van Decima en Valentine, die

Strike nooit had ontmoet maar over wie hij veel meer wist dan hij ooit had gewild, was de eigenaar van een van de duurste privéclubs in Londen. Hij probeerde een nieuwe tactiek: 'Hoe goed kende u de man van wie u denkt dat het zijn lichaam was in die kluis?'

'Héél goed,' zei Decima. 'Ik...'

Tot Strikes consternatie bewoog er nu iets onder Decima's poncho, alsof haar borsten zich zelfstandig roerden. Toen schrok Strike van een oorverdovend gekrijs dat door de keuken galmde.

'O god!' Decima krabbelde paniekerig overeind. 'Ik had gehoopt dat hij zou blijven slapen...'

Ze wurmde zich moeizaam uit haar poncho, waardoor haar dunne haren statisch overeind gingen staan, en ze onthulde een heel klein baby'tje in een draagdoek van fleece.

'U mag niemand over hem vertellen!' riep Decima paniekerig boven het gebrul van de baby uit. 'U mag niemand vertellen dat ik een baby heb!'

Strikes verontruste blik leek nog meer paniek bij haar op te roepen.

'Hij is van mij! Ik kan u de geboorteakte laten zien! Hij is drie weken geleden geboren! Maar niemand weet ervan en u móét uw mond houden!'

Robin heeft verdomme een goede dag uitgekozen om keelpijn te hebben, dacht Strike toen Decima tevergeefs probeerde het tuigje los te maken waarmee de krijsende baby aan haar bevestigd was. Uiteindelijk, vooral omdat hij wilde dat de herrie ophield, schoot hij haar te hulp door met succes een gesp los te klikken waar een deel van haar poncho in verstrikt was geraakt.

'Dank u wel. Ik denk dat hij honger heeft – ik geef hem borstvoeding...'

'Dan zal ik u met rust laten,' zei Strike onmiddellijk. Hij vond het uitstekend om in zijn auto te gaan zitten, als dat ervoor nodig was om niet te hoeven toekijken.

'Nee – als u zich gewoon even omdraait...'

Hij deed gewillig wat hem werd gevraagd en keek strak uit het raam dat niet was afgedekt met een vuilniszak.

Het geschreeuw van de baby nam af; Strike hoorde het schrapen van Decima's stoelpoten en haar kreetje van pijn. Hij deed zijn best om niet te visualiseren wat er achter hem plaatsvond en hoopte vurig dat ze niet zo'n type was dat haar borsten ontblootte waar vreemden bij waren. Toen, voor zijn gevoel na hooguit een paar minuten, zei ze met onvaste stem: 'U kunt zich weer omdraaien.'

Decima had de poncho weer over zich heen getrokken en de baby was opnieuw aan het zicht onttrokken. Toen Strike weer ging zitten, zei ze bibberig: 'Echt, u mag niemand vertellen dat ik hem heb! Niemand weet het, behalve de mensen in het ziekenhuis!'

Toen hij nog dacht dat ze alleen woonde, was Strike best bereid geweest haar geheimen te bewaren, ondanks zijn vermoeden dat haar mentale gezondheid niet bijster goed was. Niets wees erop dat ze suïcidaal zou zijn en ze had familie; als zij zich schuil wilde houden in dat treurige geërfde huis, dan ging dat hem niet aan. Maar Strike wilde niet de last op zijn nek nemen dat hij de enige was die wist van het bestaan van deze baby, op het ziekenhuis na.

'Hebt u niet een...?' Hij probeerde te bedenken onder wiens zorg pasbevallen vrouwen zouden vallen. 'Een wijkverpleegkundige of zo?'

'Die heb ik niet nodig. U mag niemand over Lion vertellen. Ik moet de garantie hebben...'

Strike, die er tamelijk zeker van was dat ze hem zojuist had verteld dat haar zoontje Lion heette, hetgeen zijn vertrouwen in haar mentale gezondheid er niet groter op maakte, vroeg: 'Waarom mag niemand weten dat u een kind hebt?'

Decima barstte in tranen uit. Toen duidelijk werd dat ze voorlopig niet zou ophouden met huilen, keek Strike om zich heen op zoek naar een keukenrol, en toen hij die niet zag hees hij zich overeind en hinkte weg om wc-papier te zoeken.

Het kleine toilet op de gang had een ouderwetse stortbak met trekketting en een dode graslelie op de vensterbank. Hij haalde de hele rol uit de houder, liep terug naar de keuken en zette het papier neer voor de huilende Decima, die hem snikkend bedankte en met één hand een paar velletjes afscheurde. Strike ging weer achter zijn opengeslagen notitieboekje zitten.

'De man van wie u denkt dat hij is vermoord in de kluis, is dat de vader van uw kind?'

Decima begon nog harder te snikken en drukte het wc-papier tegen haar ogen. Strike vatte het op als een bevestiging.

'Hij is niet bij me weggegaan!'

Ze had Strike al verteld dat haar 'vriend' zesentwintig was, en Strike schatte haarzelf tegen de veertig. Strikes eigen moeder was destijds getrouwd met een man die zeventien jaar jonger was dan zij, en die haar dood op zijn geweten had, daar was Strike nog steeds van overtuigd (al was de jury in de rechtbank het niet met hem eens geweest). Jeff Whittaker was met Leda Strike getrouwd voor het geld waarvan hij dacht dat ze het had, en hij was ziedend geweest toen hij erachter kwam dat het vaststond en hij er niet aan kon komen. Het gevolg was dat Strike het niet zo had op veel jongere mannen die zich stortten op rijke oudere vrouwen.

'Iedereen zegt dat hij bij me weggegaan is!' zei Decima snikkend. 'Valentine deed heel gemeen over Rupe en mij, al vanaf het begin. Hij zei tegen me: "Kijk maar uit dat hij je niet zwanger maakt." Dat zei hij echt! En toen was ik al in verwachting! Hij was b-blij toen Rupert verdween! En mijn v-vader zei dat Rupe alleen maar op mijn geld uit was – dat is niet waar! Toen we elkaar leerden kennen, was het meteen raak, zoiets had ik nog nooit meegemaakt. Het was alsof ik hem altijd al had gekend, en Rupert voelde precies hetzelfde, dat heeft hij zelf gezegd, we hadden een heel bijzondere band. Het was alsof we... alsof we elkaar herkenden, alsof we elkaar kenden...'

Zeg alsjeblieft niet 'uit een vorig leven'.

'... uit een vorig leven!'

'Dus hij heet Rupert?' was Strikes enige reactie, en hij pakte zijn pen weer op.

'J-ja... Rupert Fleetwood.' Decima herpakte zich met moeite en zei na een paar keer diep inademen: 'Rupert Peter Bernard Christian Fleetwood... geboren 8 maart 1990, opgegroeid in Z-Zürich.'

'Een Zwitser?'

'Nee... zijn tante was getrouwd met een Zwitser en... toen Rupert twee was... namen zijn ouders hem mee voor een bezoek... en zijn vader en moeder gingen skiën... en toen kwam er een lawine... en ze zijn omgekomen... dus is hij daar grootgebracht, door zijn oom en tante. Maar hij vond het vréselijk in Zürich, hij had een heel ongelukkige jeugd, hij wilde alleen maar terug naar Engeland, en uiteindelijk k-kwam hij in Londen terecht en t-toen stelde Sacha voor – Sacha is Ruperts neef – dat hij zou proberen een baan te krijgen in de club van mijn vader, want papa is Rupes peetoom... en zo... zo hebben we elkaar ontmoet. Ik verdeelde mijn tijd tussen papa's club en mijn eigen zaak, want papa's vorige chef-kok was ontslagen...'

Het nieuws dat Rupert de neef was van Sacha Legard, een bejubeld acteur en een bijzonder knappe man, versterkte Strikes vermoeden dat Rupert Fleetwood meer belangstelling had gehad voor Decima's geld dan voor haarzelf. Als Rupert op Sacha leek, had hij waarschijnlijk volop jongere, mooie vrouwen kunnen krijgen.

'Hoelang hadden Rupert en u een relatie?'

'Een... een jaar.'

'Wist Fleetwood dat u zwanger was?'

'Ja, en hij was dólgelukkig!' bracht Decima snikkend uit. 'Maar hij had problemen en hij... hij is heel trots, hij wilde het zelf oplossen, maar hij zou nooit bij me weggegaan zijn, we waren heel verliefd, n-niemand begrijpt het!'

'U zei dat hij uit zíjn huis was vertrokken. Woonde u beiden niet samen?'

'Dat ging natuurlijk nog wel gebeuren, uiteindelijk, maar eerst m-moest hij nog wat dingen regelen – hij wilde me beschermen!'

'Waartegen?'

'Er zat iemand achter hem aan, een gevaarlijk iemand!'

'Wie was dat?'

'Een drugsdealer! En mijn v-vader had... Hij had de politie gebeld...'

'Waarom heeft uw vader de politie gebeld?'

'Omdat Rupe... Maar ik vind nog steeds dat hij er recht op had!' Decima's stem sloeg over.

'Waarop?'

'Een... een tafelschip.'

'Een wat?' Strike keek op. Daar had hij nog nooit van gehoord.

'Dat is een grote zilveren tafelversiering.' Decima tekende met haar vrije arm een voorwerp van ruim een halve meter in de lucht. 'Z-zeventiende-eeuws, in de vorm van een schip... Het is van Rupes ouders geweest. Papa en Peter Fleetwood speelden altijd backgammon voor geld, en op een avond waren ze dronken en toen heeft papa dat tafelschip gewonnen van Peter...'

'Dus Rupert vond dat hij er recht op had omdat het van zijn ouders geweest was?'

'Ja... nee, luister, nadat papa het had gewonnen van Peter zijn Peter en Veronica verongelukt! Dus je zou denken dat hij dat tafelschip zou teruggeven aan Rupe. Misschien niet toen hij nog een kind was, maar dan toch later toen hij keihard geld nodig had! Maar nee hoor – zijn eigen petekind! De politie bellen, hoe kón hij!'

Omdat hij verdomme zijn zilver had gejat, mens, dacht Strike onsympathiek, maar hardop zei hij: 'Er zat dus ook een drugsdealer achter hem aan?'

'Ja, maar dat was allemaal Zacs schuld.'

'Wie is Zac?'

'Rupes huisgenoot. Die had zich ingelaten met drugs, met coke, en er zat een echte gangster achter hem aan, omdat Zac niet betaalde wat hij had beloofd of zoiets, en Zac sloeg op de vlucht, zijn ouders regelden een baan voor hem in Kenia, en Rupe bleef achter met Zacs huurschuld en de borg die niet terugkwam en toen kwam er zo'n afschuwelijke dealer achter Rupe aan om die schuld van Zac te innen, en hij bedréígde hem...'

'Weet u hoe die dealer heette?'

'Ze noemden hem Dredge, ik weet zijn echte naam niet. Hij dreigde letterlijk om Rupe te vermoorden als hij zijn geld niet kreeg, want hij dacht dat Rupe rijk was, net als Zac, maar dat is hij niet – er is haast niks meer over van zijn trustfonds, hij kon de openstaande rekeningen van Zac amper betalen, want zijn oom en tante hadden bijna al het geld dat Rupes ouders hem hadden nagelaten gebruikt om hem naar een kostschool even buiten Zürich te sturen, waar hij het afschuwelijk vond, en toen heeft mijn vader hem ontslagen bij Dino's en daarom had hij dat tafelschip gestolen, hij was wanhopig! Ik wilde hem wel helpen, financieel, maar dat weigerde hij omdat hij wíst dat de mensen zeiden dat hij mij alleen maar had voor het g-geld!'

Strike had sterk het vermoeden dat er het een en ander voor hem verzwegen werd. Fleetwood leek geen scrupules te hebben over de schaamteloze diefstal, dus was het onwaarschijnlijk dat hij een lening of een gift van zijn vriendin zou weigeren. Strike verwachtte eerder dat de jongeman voor de vorm had geaarzeld om Decima te laten helpen met het betalen van de dealer, om de schijn op te houden dat hij van haar hield om wie ze was, in de veronderstelling dat ze wel zou aandringen. Toen ze zijn weigering aanvaardde, had hij andere manieren bedacht om een slaatje te slaan uit de rijke Longcasters.

'Oké.' Strike sloeg een blaadje van zijn notitieboekje om. 'Wanneer hebt u Rupert voor het laatst gezien?'

'Z-zondag 15 mei,' zei Decima nauwelijks verstaanbaar, tastend naar de rode agenda. 'Ik had voor hem ge-gekookt. Hij was heel b-bang dat Dredge hem zou komen opzoeken, en dat hij geen werk zou vinden, met een baby op komst. Dus u snapt het toch wel?' Decima keek hem smekend aan. 'Hij is natuurlijk met dat tafelschip naar die winkel gegaan, Ramsay Silver, en zij zeiden dat ze het wel wilden inkopen, maar dat hij pas geld zou k-krijgen als ze een k-koper hadden gevonden! En toen was er een vacature bij Ramsay Silver en Rupert nam die baan, om in elk geval íéts te verdienen! Hij dacht vast dat hij van Dredge af zou zijn als dat tafelschip eenmaal verkocht was, en dan kon hij William Wright tegenhouden en terugkomen naar mij! Maar toen moet Dredge hem dus vermoord hebben!'

Dit was de allereerste keer dat Strike iemand ontmoette die bevestigd wilde hebben dat een geliefde persoon dood was in plaats van levend. Dat was waarschijnlijk de meest extreme vorm van een fenomeen dat hij maar al te goed kende: een vrouw die pertinent weigerde te accepteren dat haar partner anders was dan zij dacht.

'Wanneer heb je voor het laatst iets van Rupert gehoord?'

'Op 22 m-mei... aan de telefoon. Hij ging dat weekend zijn huis uit en we hebben niet l-lang gepraat... We...'

Ze begon weer te snikken. Strike nam een slok van zijn afgekoelde koffie. Na een hele tijd zei Decima: 'We hadden ruzie. Ik wilde dat Rupe dat t-tafelschip gewoon teruggaf aan papa, maar hij weigerde, wat niks voor hem was, zo was hij helemaal niet – hij zei gewoon dat het van hem was en dat hij het zou houden! Dus daarom,' – ze jammerde nu luidkeels – 'is het mijn schuld, wat er is gebeurd! Het is mijn schuld dat hij naar Ramsay Silver is gegaan! Hij dacht dat niemand aan zijn kant stond, hij was wanhopig... en toen werd hij v-vermoord! Zijn telefoon staat uit, op zijn social media verschijnt niks, ik ben naar de politie gegaan, ik werd gek van bezorgdheid, en eerst hoorde ik wekenlang niks en daarna zeiden ze dat Rupe in New York zit, wat echt nérgens op slaat, daar is hij niet, ik weet het zéker!'

'Waarom denkt de politie dat hij in New York zit?'

'Omdat zijn tante dat zegt! Z-zij beweert dat Rupe haar op 25 mei heeft gebeld en heeft gezegd dat hij daar werk heeft, maar dat is belachelijk, hij kent niemand in New York, wat zou hij daar moeten doen?'

'Hoe heet de tante van Rupert?'

'Anjelica Wallner. Het is een vréselijk mens, Rupert heeft een hekel aan haar! Daarom is het zo belachelijk, hij zou nooit iets aan Anjélica vertellen!'

'Heb je mevrouw Wallner zelf gesproken?'

'Ja, maar ze schreeuwde alleen maar "hij zit in Amerika!" en zei dat ik haar niet moest lastigvallen. Rupe... nou ja, hij had haar niet verteld dat wij samen waren... ze kan mijn vader niet uitstaan... of zoiets...'

'En andere familieleden van Rupert? Vrienden?'

'Níémand heeft hem na 22 mei nog gezien! Sacha neemt niet eens meer op als ik bel. Hij zei alleen: "Als Anjelica zegt dat hij in New York is, dan is hij daar!" Niemand neemt dit serieus! Rupes vriend Albie zegt dat hij denkt dat Rupe is vertrokken "om alles op een rijtje te zetten", maar zelfs Albie neemt de telefoon niet meer op als ik bel! Sacha wil me niet spreken – Valentine doet heel gemeen over alles. Ik ben hierheen gekomen om in alle rust te bevallen...

Lion moet weten dat zijn papa alleen maar weggegaan is om zijn problemen op te lossen, dat hij nooit van plan was om ons voorgoed te verlaten! Ik moet dat bewijzen! Dan kan ik een fatsoenlijke b-begrafenis voor Rupert regelen en... en dan hebben we eindelijk... een g-graf om te bezoeken. Ik houd dit niet vol, u móét bewijzen dat het Rupert was in de kluis!' jammerde Decima Mullins, haar ogen zo rood en gezwollen als die van een biggetje, de baby van haar vriend-de-dief verscholen onder haar vuile poncho.

3

Too suddenly thou tellest such a loss.

Matthew Arnold
Merope: A tragedy

Robin Ellacott had tegen haar collega-detective gelogen over de keelpijn en hoge koorts. In werkelijkheid lag ze in een ziekenhuisbed aan een morfine-infuus, vastbesloten ervoor te zorgen dat zo weinig mogelijk mensen wisten waarom ze daar lag.

Toen Robin de vorige middag tijdens een schaduwklus het plein voor station Victoria overstak, had ze plotseling het gevoel gekregen alsof er een gloeiend mes rechtsonder in haar buik werd gestoken. Haar knieën hadden het begeven en ze had moeten braken. Een paar vrouwen van middelbare leeftijd waren haar te hulp geschoten en hadden, paniekerig mompelend over een gesprongen blindedarm, een stationsmedewerker geroepen. Robin was opmerkelijk snel op een brancard afgevoerd naar een gereedstaande ambulance. Ze herinnerde zich vaag de gezichten van de verpleegkundigen, een nieuwe verzengende pijnscheut, en het gehobbel op de brancard toen ze met spoed naar het ziekenhuis werd gebracht, en daarna de ijskoude staaf van het echoapparaat op haar buik, en de anesthesist met het mondkapje. Haar volgende heldere herinnering was dat ze wakker werd en te horen kreeg dat ze een buitenbaarmoederlijke zwangerschap had gehad en dat haar eileider was gescheurd.

Robin belde haar vriend, CID-rechercheur Ryan Murphy, zodra ze bij haar mobiele telefoon kon, maar hij zat aan de andere kant van

Londen, te ver om een realistische kans te maken nog voor het einde van het bezoekuur bij haar te zijn. Ze had Murphy, die vol afschuw reageerde toen hij hoorde wat er was gebeurd, gesmeekt Strike te bellen met de smoes van de koorts en de keelpijn, en door te geven dat ze niet met hem naar Kent kon. Robin had haar vriend ook op het hart gedrukt dat haar ouders onder geen beding mochten weten wat er was gebeurd. Het laatste waar Robin nu op zat te wachten was haar moeder die aan haar bed kwam staan en de gebeurtenis zou wijten aan Robins baan, wat ze zeker zou doen, hoe onredelijk ook.

De schok van haar plotselinge ziekenhuisopname, en de reden daarvoor, was zo groot dat Robin vierentwintig uur later nog steeds het gevoel had dat ze een soort portaal had betreden naar een werkelijkheid die niet de hare was. Ze had die nacht amper geslapen, door het zachte gekreun van een oudere vrouw in het bed naast haar. 's Morgens was Robin naar een vrijgekomen eenpersoonskamer gereden, waar ze blij om was, al wist ze niet precies waar ze het aan had verdiend, behalve dat een van de oudere dienstdoende verpleegsters het zielig voor haar leek te vinden dat ze geen bezoek had gehad.

Groggy door de combinatie van slapeloosheid en morfine had Robin een groot deel van de ochtend geprobeerd de afgelopen periode terug te halen in haar hoofd om na te gaan wanneer de anticonceptiefout had plaatsgevonden, aan de hand van de vermoedelijke bevruchtingsdatum die de chirurg haar had gegeven. Ze dacht nu te weten wanneer het was gebeurd, en ze zag er vreselijk tegen op om het er met Murphy over te moeten hebben als hij die middag langskwam. Robin had vooral last van een enorme portie zelfverwijt, omdat ze haar eigen lichaam niet beter onder controle had; omdat ze, zoals zij het zag, deze vermijdbare ramp over zichzelf had afgeroepen.

Ze lag te kijken naar een dansende zwerm spreeuwen tegen de loodgrijze hemel achter haar raam toen haar mobiel ging. Ze pakte het toestel en zag dat het haar moeder was die belde. Dat trok ze nu niet, dus ze nam niet op. Linda gaf het op precies op het moment dat Robins deur openging. Ze keek om en zag het brede, vriendelijke gezicht van haar chirurg, dokter Butler.

'Goedemiddag,' zei hij glimlachend.

'Hallo.'

'Hoe voelen we ons vandaag?' Hij pakte de kaart van het voeteneind van het bed en wierp er een blik op.

'Gaat best,' zei Robin terwijl Butler een stoel pakte en ging zitten.

'Geen pijn?'

'Nee.'

'Mooi. Goed... wist je dat je zwanger was?'

'Nee,' zei Robin, en omdat ze niet dom wilde overkomen, voegde ze eraan toe: 'Ik was een tijdje gestopt met de pil, maar we gebruikten condooms. Ik denk dat er eentje gescheurd is zonder dat we het hebben gemerkt.'

'Dus het was schrikken?'

'Ja,' zei Robin, beleefd ingetogen.

'Tja, zoals ik je gisteren al heb verteld, konden we niet anders dan de gescheurde eileider wegnemen. Het is goed dat je er zo snel bij was, want het had levensbedreigend kunnen zijn. Ik ben alleen bang dat er nog iets is waarvan je je niet bewust bent.' Dokter Butler glimlachte nu niet meer.

'Wat dan?' vroeg Robin.

'We hebben aanzienlijk littekenweefsel aangetroffen op de verwijderde eileider. We hebben snel de andere bekeken, en daar is het precies zo.'

'O,' zei Robin.

'Heb je ooit de diagnose PID gekregen, bekkeninfectie?'

'Nee.'

'Weet je of je ooit chlamydia hebt gehad?'

De felle steek van ontzetting werd enigszins afgevlakt door de morfine, maar Robin voelde hem evengoed.

'Ja, toen ik negentien was, maar daar heb ik antibiotica voor gekregen.'

'Juist.' Butler knikte langzaam. 'Nou, zo te zien hebben de antibiotica niet gewerkt. Dat komt vaker voor. Hielden de symptomen aan?'

'Niet echt,' zei Robin. Ze had weleens pijn gehad, zeker in de maanden na de verkrachting die een einde had gemaakt aan haar universitaire loopbaan, maar ze had zichzelf voorgehouden dat dat psychosomatisch was. Het laatste wat ze destijds had gewild was nog meer intieme onderzoeken. 'Nee, ik dacht dat het over was.'

'De symptomen variëren, ze zijn makkelijk te missen. Weet je nog wanneer de eerstvolgende keer daarna was dat je antibiotica hebt gekregen?'

'Ik denk... een jaar later of zo?' Ze deed haar best om het terug te halen. 'Toen had ik keelontsteking. Daar kreeg ik ook antibiotica voor.'

'Juist. Dan heeft die tweede ronde waarschijnlijk zijn werk gedaan, want er is nu geen infectie aanwezig. Maar helaas heb je aardig wat schade opgelopen. Ik ben bang dat de kans op een natuurlijke zwangerschap uiterst klein is.'

Robin keek hem alleen maar aan. Misschien dacht hij dat ze het niet begrepen had, want hij vervolgde: 'Het embryo kon niet langs dat littekenweefsel, daarom had het zich genesteld in de eileider, die daardoor is gescheurd. En zoals ik al zei: de andere is net zo slecht.'

'Juist,' zei Robin.

'Hoe oud ben je?' Hij keek weer op de kaart.

'Tweeëndertig.'

'Nou, met de eierstokken is niets mis. Maar als je kinderen wilt, zou ik overwegen je eicellen te laten invriezen. Hoe eerder, hoe beter. Je beste kans is dan ivf.'

'Oké,' zei Robin.

'En je moet vanaf nu heel zorgvuldig zijn met anticonceptie. Er is een aanzienlijke kans dat hetzelfde gebeurt in de andere eileider, mocht je nogmaals per ongeluk zwanger raken.'

'Ik zal voorzichtig zijn.'

'Mooi.' Butler kwam overeind en hing Robins kaart terug aan het voeteneind. 'We houden je nog een nachtje hier, maar als het goed gaat, denk ik dat je morgen wel naar huis mag.'

'Heel fijn, dank u wel.'

De chirurg vertrok.

Robin keek weer uit het raam, maar de spreeuwen waren weg; de loodgrijze hemel was leeg, net als haar hoofd. Ze zou niet kunnen zeggen wat ze nu voelde. Ze was als verdoofd.

Natuurlijk had ze weer de pil moeten gaan slikken, na die verplichte stop van vier maanden toen ze recentelijk undercover had verbleven bij een sekte waar alle vormen van anticonceptie verboden waren. De onaangename gevolgen van Robins verblijf bij de United Humanitarian Church werden nog steeds breed uitgemeten in de kranten en op tv. Onderzoekers waren klaar met het bergen van alle lichamen die waren aangetroffen in anonieme graven op het terrein waar de sekte ooit was begonnen; de oprichters, het echtpaar Wace, waren in hechtenis genomen, samen met de hoogste leiders van de UHC, en men probeerde nu de vele baby's die er verhandeld waren op te sporen. Beroemde steunbetuigers van de sekte krabbelden naarstig terug, wat niet altijd succesvol was; een zeer bekende schrijver verborg zich voor de buitenwereld terwijl een jonge actrice zich had teruggetrokken uit haar nieuwe film na de onthulling dat zij een van de spirituele echtgenotes van de sekteleider was geweest.

De rol die detectivebureau Strike en Ellacott had gespeeld bij het ten val brengen van de sekte was zowel door de politie als door het bureau zelf afgezwakt. Robin had bij de politie een volledige, gedetailleerde verklaring afgelegd van alles waarvan ze op Chapman Farm getuige was geweest, maar tot haar immense opluchting had ze te horen gekregen dat ze niet hoefde te verschijnen in de rechtszaal. Aangespoord door de publieke ontmaskering van de zogenaamd bovennatuurlijke praktijken van de sekte, de dwangarbeid en het hersenspoelen door de UHC-leiding meldden zich nog steeds honderden voormalige leden om hun verhaal te vertellen. Tientallen jaren lang had de UHC zijn geld en macht ingezet om alle critici de mond te snoeren; nu leek het wel of er om de paar dagen weer een televisie- of online-interview te zien was met iemand die door de sekte was beschadigd. Een luttele twee maanden na de inval op Chapman Farm waren de eerste memoires van een oud-lid verschenen, en het boek was meteen doorgestoten naar de top van de bestsellerlijsten.

Dat alles zou Robin genoegen moeten doen, en ze was wel degelijk zeer opgelucht dat de zogenaamde kerk een dodelijke klap was toegebracht, maar ze merkte dat de eindeloze nieuwsberichten veel traumatischer waren dan ze had verwacht. Ze zou liever niet herinnerd worden aan de zogenoemde privékamers, waar sekteleden hun spirituele reinheid demonstreerden door onbeschermd seks te hebben met iedereen die dat maar wilde; ze had liever alle herinneringen gewist aan de tempel waar ze haar bijna hadden laten verdrinken; ze had maar al te graag nooit meer foto's gezien van het donkere bos dat telkens weer werd getoond in de kranten.

En het was natuurlijk onmogelijk om alle sporen te wissen van de rol die het detectivebureau had gespeeld in de ondergang van de sekte. Ook al waren er genoeg ranzige details van wat zich op Chapman Farm had afgespeeld om de journalisten maandenlang bezig te houden en al wist niemand behalve degenen die heel nauw bij het onderzoek betrokken waren precies wat Robin had doorstaan, de pers belde vaak, en haar naam, samen met die van het detectivebureau, werd regelmatig genoemd in de artikelen. Een ondernemende jonge verslaggever van een roddelblad had Robin lastiggevallen bij haar aankomst en vertrek in Denmark Street om haar commentaar te ontlokken, tot hij was weggejaagd door Midge, een van hun freelancers, die de man had toegebeten: 'Sodemieter op, ze heeft jou goddomme niks te vertellen, misselijke etterbak.'

Robin werkte intussen stug door, vastbesloten om aan niemand toe te geven hoe kwetsbaar ze zich voelde. Ze had op eigen verzoek maar een week vrij genomen om bij te komen na die maanden onafgebroken onder zware druk te hebben gewerkt, maar eenmaal thuis had ze niet nog eens extra hormonen willen toevoegen aan wat ze voor zichzelf in stilte erkende als een zeer labiele gemoedstoestand. Dus was de pil voorlopig in de la van haar nachtkastje blijven liggen, al had ze wel de betrouwbaarheid van condooms opgezocht voordat ze besloot er tijdelijk op te vertrouwen (ze had niet alles aan het toeval overgelaten) en ze werden achtennegentig procent effectief genoemd, mits op de juiste manier gebruikt.

Op de juiste manier gebruikt.

Robins mobiel ging weer. Ze stak een hand uit, pakte het toestel en zag Strikes nummer. Na een blik op het glazen paneel in de deur, voor het geval er weer een arts of verpleegkundige zou binnenkomen, en blij dat ze even aan iets anders kon denken dan haar eileiders, besloot ze het erop te wagen en nam op.

4

It should be objection sufficient to exclude any man from the society of Masons, that he is not disinterested and generous, both in his acts, and in his opinions of men, and his constructions of their conduct.

Albert Pike
Liturgy of the Ancient and Accepted Scottish Rite of Freemasonry

'Hoi,' zei Strike. 'Hoe is het met je keel? Kun je praten? Anders mail ik je straks wel.'

'Ik kan praten,' zei Robin. Haar stem was een beetje schor omdat het zo warm was in de ziekenhuiskamer, wat gunstig was voor haar dekmantel. 'Sorry dat ik niet kon rijden. Waar ben je nu?'

'Geparkeerd voor een pub, de Fox,' zei Strike, die toekeek hoe de regen tegen zijn voorruit spetterde. 'Ik kom net bij Decima Mullins vandaan.'

'Hoe was dat?'

'Dat is niet met één woord te zeggen. Ik wil weten wat jij ervan denkt.'

Hij beschreef het gesprek dat hij zojuist had gevoerd, en Decima's theorie dat haar vriend het lijk was geweest dat was aangetroffen in de kluis van een zilverwinkel in Holborn.

'O god,' zei Robin toen Strike uitgepraat was. 'Die arme vrouw. Dus wij moeten Rupert Fleetwood voor haar opsporen?'

'Nee.'

'Hè?'

'Ze was er heel duidelijk over dat ze niet wil dat hij levend gevonden wordt. Telkens wanneer ik maar probéérde te suggereren dat hij er misschien gewoon vandoor is gegaan omdat hij zich in de nesten had gewerkt, flipte ze. Dit is echt Gateshead-materiaal. We moeten dat lijk identificeren – of anders niks.'

'Vertel eens wat meer over die moord in de zilverwinkel,' zei Robin. Zelf had ze in juni als infiltrant in die sekte gezeten en geen toegang gehad tot het nieuws, en ze hoorde er nu voor het eerst over.

'Iemand die zich William Wright noemde werd aangenomen als verkoper bij Ramsay Silver, en hij heeft er gewerkt tot hij twee weken later dood werd gevonden in die kluis. De theorie van de politie is dat hij 's avonds met handlangers is teruggegaan om de zaak te beroven, maar dat er een gevecht ontstond en hij is vermoord. Ik kan me nog herinneren dat ik dat een raar verhaal vond toen ik het destijds las...'

'In welk opzicht raar?' vroeg Robin.

'Nou, snelheid is meestal een wezenlijk onderdeel van een kraak, toch? Als ze slim genoeg waren om die kluis binnen te komen, zou je ook denken dat ze niet halverwege de klus aan het knokken sloegen, maar er is de avond van zijn dood een hoop waardevol zilver gejat, dus het is moeilijk om een andere verklaring te bedenken dan een inbraak die per ongeluk is uitgelopen op doodslag. Voordat het lijk geïdentificeerd was, was er veel aandacht van de pers omdat het lichaam zwaar verminkt was – om identificatie te voorkomen, denkt de politie – en omdat er in die zaak vrijmetselaarsvoorwerpen werden verkocht én de winkel vlak bij de Master Lodge of all England of zoiets ligt...'

'Complottheorieën?'

'Ja, volop, maar zodra de kranten er lucht van kregen dat het geen rituele vrijmetselaarsmoord was, verloren ze hun belangstelling.'

'En het is zeker dat de dode die dief was?'

'Nou,' zei Strike aarzelend, 'Mullins beweert dat de identificatie niet onomstotelijk was en het zóú kunnen dat ze gelijk heeft, heel misschien, want ik heb net gekeken en in alle nieuwsberichten waarin degene die het onderzoek leidde rechtstreeks geciteerd wordt, zegt hij dat hij "voor negenennegentig procent" zeker is dat het Jason Knowles is, waarna hij een oproep doet voor meer informatie. Ik heb snel gegoogeld en kan van na die tijd niks definitievers vinden, geen "het DNA is nu bevestigd" of "we hebben bewijzen die alle twijfel uitsluiten" – en ze hebben de moordenaars ook niet gepakt en het zilver niet teruggevonden. En de gepensioneerde politiecommissaris die Decima beweert te kennen, Sir Daniel Gayle, bestaat echt.

Maar niets van dat alles wil zeggen dat het Fleetwood was in die kluis. Die vrouw heeft geprobeerd een verhaal op te tuigen rond het feit dat hij een oud zilveren ding had dat hij wilde verkopen, maar die theorie kan alleen kloppen als de drugsdealer die Fleetwood dreigde te vermoorden vanwege de schuld van zijn huisgenoot hem gevolgd zou zijn naar de winkel waar hij zich uitgaf voor Wright, daar met een stel maten 's nachts naar binnen is gegaan, die kluis heeft opengemaakt, en vervolgens Fleetwood heeft vermoord, die daar toevallig in zijn eentje was, om één uur 's nachts. Dan moet hij het lijk in stukken hebben gesneden, een vracht zilver hebben versjouwd, het alarm van de kluis opnieuw hebben ingesteld, de winkel hebben verlaten en achter zich op slot hebben gedaan zonder enig spoor van zijn aanwezigheid achter te laten, en toen is hij er dus vandoor gegaan met een grote zak vol vrijmetselaarskandelaars, of wat er ook maar gestolen is. En je zult het toch met me eens zijn dat als hij dat allemaal voor elkaar kreeg, hij ook best zonder dat drugsgeld had gekund, want dan zou hij een fucking genie zijn.'

Robins lach werd onderbroken door een kreetje van pijn, want ze voelde een scherpe steek op de plek van de operatiewond.

'Gaat het wel?' vroeg Strike.

'Ja, beetje keelpijn.'

'Persoonlijk denk ik dat de tante in Zwitserland haar invloed heeft aangewend om hem weg te halen bij zijn veel te oude vriendin en dat hij nu inderdaad is waar zij zegt dat hij is: in New York.'

'Hoe bedoel je, "veel te oud"?'

'Te oud voor hem. Decima is achtendertig, ik heb haar net gegoogeld.'

'We hebben genoeg mannen meegemaakt die twintig jaar ouder

waren dan hun vrouw, of niet soms?' zei Robin een beetje koeltjes.

Strike bedacht te laat dat hij tegenover Robin niet de indruk wilde wekken dat er iets mis was met een groot leeftijdsverschil tussen geliefden.

'Ik wil alleen maar... Ze is niet het type achtendertigjarige waar de gemiddelde man van zesentwintig op zou vallen, volgens mij.'

'Nou, als hij echt in New York zit, kan dat nooit moeilijk te bewijzen zijn.'

'Alleen wil zij dat niet. Ze denkt letterlijk nog liever dat hij dood is dan dat hij bij haar zou zijn weggegaan. Ze heeft de baby Lion genoemd,' voegde Strike er onlogisch aan toe.

'Lion als in leeuw?' Robin glimlachte. Ze wist precies hoe belachelijk Strike die naam zou vinden.

'Ja.'

'Veel mensen geven hun kinderen rare namen,' zei Robin.

'Net als mafkezen,' zei Strike. 'Maar goed, ik belde dus om jouw mening te vragen, want het lijkt me onethisch om haar geld aan te nemen.'

'Ja... maar zo te horen huurt ze dan gewoon iemand anders in.'

'O, vast wel. En het is zo'n zaak waar je de klant helemaal leeg kunt trekken, als je gewetenloos bent.'

Er viel een korte stilte, waarin Robin naar het plafond van haar ziekenhuiskamer keek en Strike de kringel uitgeblazen damp van zijn vape volgde langs de natgeregende voorruit.

'Ik denk,' zei Strike uiteindelijk, 'dat ik maar eens wat contactpersonen bij de politie inschakel om erachter te komen hoe zeker ze ervan zijn dat het lijk Knowles was. Als dat na de nieuwsberichten honderd procent is geworden, dan zal ik Decima gratis vertellen dat het Fleetwood niet was. Misschien dat ze dan de realiteit onder ogen ziet.'

'En als het negenennegentig procent blijft?' Robin keek op haar telefoon hoe laat het was, want het bezoekuur naderde rap.

'Tja,' zei Strike, die via Google had nagetrokken dat Decima inderdaad was wie ze beweerde te zijn. 'Dan kunnen we een onderzoek starten om haar waanidee uit de wereld te helpen zonder haar aan het lijntje te houden, maar om helemaal open en eerlijk te zijn, moet ik er wel bij vertellen dat zij en Fleetwood allebei een band hebben met mensen van wie ik hoopte ze nooit meer te hoeven spreken.'

'Wie dan?'

'Valentine Longcaster en Sacha Legard.'

'Sacha Legard de acteur?' vroeg Robin. 'Maar hoe...? O.'

Het besef was een beetje vertraagd door de morfine.

'Ja,' zei Strike. 'Sacha is de neef van Rupert Fleetwood, en Valentine is de broer van Decima. Hij was een van de beste vrienden van Charlotte.'

Strike en Robin moesten onmiddellijk allebei denken aan de laatste keer dat de naam van Strikes overleden verloofde was gevallen tussen hen tweeën, ruim een maand eerder, op de dag dat Strike aan Robin had verteld dat Charlotte zeker had geweten dat hij verliefd was op zijn collega-detective. Ondanks de morfine ervoer Robin nu een vreemde mengeling van hoop en paniek. Strike deed zijn mond al open om weer iets te zeggen toen Robin plotseling zei: 'Strike, sorry, ik moet ophangen.'

Zonder op zijn reactie te wachten verbrak ze de verbinding.

5

But oh, my man, the house is fallen
That none can build again…

A.E. Housman
XVIII, *Last Poems*

Robin had zojuist bezoekers langs de ruit in de deur van haar kamer zien lopen, en jawel, daar was haar vriend: lang en knap, met een buitengewoon gespannen gezicht, en met een bos rozen, diverse tijdschriften en een grote doos Maltesers in zijn handen.

'Jezus, Robin,' mompelde Murphy toen hij het infuus en het ziekenhuishemd zag.

'Gaat best,' zei Robin. 'Het gaat wel.'

Murphy legde zijn cadeautjes weg en bukte om haar te omhelzen, heel voorzichtig.

'Het gaat wel,' zei Robin nog een keer, ook al deed zelfs het omhoogdoen van haar armen om zijn omhelzing te beantwoorden pijn.

Murphy trok een stoel naar haar bed.

'Wat heeft de dokter gezegd?'

Tot Robins grote schrik leek er plotseling een brok in haar keel te blijven steken. Ze had niet gehuild sinds haar opname in het ziekenhuis en ze wilde nu ook niet huilen, maar hardop te moeten zeggen wat ze van de chirurg te horen had gekregen maakte de gebeurtenissen ineens heel echt, in plaats van een rare periode waarvan ze zichzelf bijna kon overtuigen dat het een nachtmerrie was geweest.

Ze slaagde erin Murphy in grote lijnen door te geven wat haar was verteld zonder een traan te laten, en het maakte haar woest dat ze zich zo vies en beschaamd voelde als ze sprak over de infectie waarvan ze zich niet had gerealiseerd dat die in stilte haar eileiders verwoestte. Tegen de tijd dat ze was uitgepraat, had hij zijn handen voor zijn gezicht geslagen.

'Fuck,' mompelde hij. 'Ik denk... Er moet een condoom gescheurd zijn.'

'Ja. Of afgegleden. Of zoiets.'

Hij keek naar haar op. 'Jij denkt dat het is gebeurd op die avond dat we ruzie hadden.'

'Het was die avond.' Robins keel zat dicht. 'Als ik de datum... Dat is de enige keer dat het gebeurd kan zijn.'

'Denk je nog steeds dat ik dronken was?' vroeg hij zacht.

'Nee, natuurlijk niet,' zei Robin snel. 'Ik weet dat het een ongelukje was.'

Murphy was de avond in kwestie laat aangekomen bij Robins flat, gespannen, zijn gedrag bruusk. Hij werkte destijds (en nog steeds) aan een afschuwelijke zaak. Een jongetje van zes was doodgeschoten en zijn broertje van negen was blind geraakt toen ze terechtkwamen in een schietpartij in Oost-Londen, waarschijnlijk door een bendeoorlog. De politie van Londen had geen aanwijzingen en de pers was zeer kritisch over de manier waarop het onderzoek werd uitgevoerd.

Murphy was niet zozeer ruw geweest tijdens de seks die nacht als wel onhandig. Toen hij zich uit haar had teruggetrokken had ze gevraagd of het condoom nog heel was, omdat ze daar haar twijfels over had, en toen hij antwoordde met 'Ja hoor, even kijken, niks aan de hand' had hij beslist met dubbele tong gesproken. Op haar aarzelende vraag of hij gedronken had, was Murphy, een bekeerd alcoholist, woest geworden – zo had Robin hem nog nooit meegemaakt. Als zijn stem niet glashelder klonk, schreeuwde hij terwijl hij zijn kleren weer aantrok, dan kwam dat doordat hij verdomme doodop was. Waar sloeg dat op, vragen of hij weer dronk; mocht hij niet een keer gewoon moe zijn? En vervolgens was hij vertrokken.

Drie kwartier later was hij teruggekomen, een en al berouw, en met een belabberde verontschuldiging. Haar vraag, zo zei hij, had hem doen denken aan zijn ex-vrouw, die blijkbaar had geweigerd te geloven dat hij in staat was nuchter te blijven terwijl hij dat wel degelijk was. Zijn verklaring was heel overtuigend, hij rook niet naar alcohol en Robin schaamde zich. Haar vriend had niets dan begrip en steun getoond na haar undercoverklus, waar ze fysiek en emotioneel gesloopt vandaan gekomen was, en ze voelde zich gigantisch schuldig dat ze hem niet op dezelfde manier kon opvangen nu hij het zo zwaar had.

Nu had Robin in het ziekenhuis vierentwintig uur de tijd gehad om te bedenken dat ze na die nacht de morning-afterpil had moeten halen, maar ze was ervan uitgegaan dat haar zorgen om het condoom net zo ongegrond waren geweest als haar vermoeden dat Murphy had gedronken. En ze had de volgende ochtend vroeg op pad gemoeten voor een schaduwklus. Godzijdank hoefde haar moeder nooit te weten dat ze haar werk voorrang had gegeven boven haar eigen gezondheid... goddank dat niemand het ooit hoefde te weten...

'Ik dacht dat dat ding nog heel was,' mompelde Murphy. 'Ik zweer het.'

'Dat weet ik.' Robin pakte zijn hand. 'We zijn allebei verantwoordelijk. Ik had de morning-afterpil moeten halen, het is stom van me dat ik dat niet heb gedaan. Maar ik ga weer met de pil beginnen, want zoals ik... zoals ik al zei, heeft de chirurg gezegd dat de kans groot is...'

Haar stem brak. Murphy wilde haar weer omhelzen, maar Robin hield hem tegen.

'Sorry, het doet pijn.'

Hij gaf haar een paar zakdoekjes en pakte toen weer haar hand.

'Bedankt voor de bloemen, ze zijn prachtig.' Robin snoot haar neus.

'Wanneer mag je naar huis?'

'Morgen.'

'Shit, zo snel al?'

'Hoezo, had je liever langer zonder me gewild?' Robin dwong zichzelf om te glimlachen.

'Nee, maar ik moet... Ik zou kunnen proberen vrij te nemen.'

'Ryan, het geeft niet. Ik neem wel een taxi. Het was maar een kijkoperatie, het stelt niks voor. Ik heb niet eens een tas bij me die ik moet dragen.'

'Maar je hebt thuis toch hulp nodig. Laat me je ouders bellen.'

'Néé,' zei Robin ferm. 'Ik moet er niet aan denken dat ze me weer gaan lopen betuttelen. Dat trek ik niet, Ryan. Beloof me dat je niks zegt.'

'Oké,' zei hij ongemakkelijk. 'Maar toch vind ik...'

'Ik bestel iets te eten en ga op de bank tv liggen kijken,' zei Robin. 'Ik heb niemand nodig – behalve jou dan,' voegde ze eraan toe. 'Natuurlijk.'

6

Grief for the loss of those we love is natural and proper. But we lament not only the death of a friend and benefactor, but also the loss of the True Word, of which we are deprived by his death, and which we have henceforth to seek for until it is recovered.

Albert Pike
Liturgy of the Ancient and Accepted Rite of Scottish Freemasonry

Het was zaterdag, dus in Denmark Street wemelde het van het winkelende publiek toen Strike daar die middag terugkwam. Terwijl hij langs de vertrouwde gitaarwinkels en platenzaken strompelde, vermoeider, somberder en met meer pijn aan zijn stomp dan toen hij die ochtend vertrok, kwamen de openingsklanken van 'House of the Rising Sun' door een open deur naar buiten. Ondanks zijn chagrijnige bui moest Strike heel even glimlachen: de eigenaar van die zaak had hem ooit verteld dat hij honderd pond extra rekende voor een gitaar als de koper die riff in de winkel speelde.

Moeizaam liep hij de metalen trap op, liet zichzelf binnen in het verlaten kantoor, maakte een beker thee zo zwart als stookolie en nam toen een stapel dossiers mee naar het grotere kantoor, om bij te lezen wat hij had gemist in de tien dagen dat hij in Cornwall zat. Maar voordat hij een map opensloeg keerde hij terug naar Google, scrolde langzaam langs de zoekresultaten en stopte bij een foto van Decima in een witte koksbuis en -muts op de website van The Happy Carrot. Hier zag ze er veel jonger uit, en best aantrekkelijk met haar haar in een glanzende knot en een glimlach met kuiltjes.

In een masochistische bui googelde hij daarna Valentine Longcaster, wat hem talloze foto's opleverde van Charlotte en Valentine die samen een club uit rolden, openingsfeesten en vernissages bijwoonden, Charlotte donker en mooi, Valentine fatterig gekleed, beiden steeds stralend of schaterlachend.

Charlotte en Valentine waren niet zomaar vrienden geweest. Tot hun grote vermaak waren ze in hun jeugd stiefbroer en -zus geweest. Twee bittere, explosieve jaren lang was Charlottes moeder Tara getrouwd geweest met Valentines vader Dino, al hadden hun respectieve kinderen nooit onder hetzelfde dak gewoond, want Valentine (en waarschijnlijk ook Decima) was meegenomen naar Los Angeles door hun eigen moeder, die het om haar hartzeer te vergeten had aangelegd met een componist van filmmuziek.

In de tijd dat Strike haar kende was Tara regelmatig dronken tekeergegaan over 'die fucking schoft van een Longcaster'. Strike had vaak het vermoeden gehad dat Charlottes vriendschap met Valentine in hun volwassen jaren op z'n minst gedeeltelijk bedoeld was om haar moeder, die ze niet kon uitstaan, te tarten, al hadden Charlotte en Valentine onmiskenbaar ook veel gemeen: een giftig gevoel voor humor, de liefde voor cocaïne, het eeuwige zoeken naar afleiding en drama, en een bloedhekel aan alles wat keurig en saai was.

Het bekijken van de foto's was het tegenovergestelde van opbeurend, maar Strike bleef scrollen en hield even halt bij een foto van Charlotte geflankeerd door Valentine en haar halfbroer, de acteur Sacha Legard, die sprekend op haar leek, alleen had hij felblauwe ogen in plaats van de groene met lichtbruine vlekjes van Charlotte. Legard was het product van Tara's derde en langste huwelijk, met een lord die eigenaar was van het statige Heberley House. Strike kon zich niet herinneren dat Sacha het ooit had gehad over een jongere neef in Zwitserland, al verbaasde hem dat niet echt: toen Strike hem kende, gingen de gesprekken met Sacha over het algemeen voornamelijk over hemzelf.

Vervolgens zocht Strike naar Rupert Fleetwood, en algauw vond hij een Instagram-account waarop sinds mei geen activiteit was geweest.

Er stonden alleen een paar selfies op Ruperts pagina, en daarop bleek hij totaal niet de juniorversie van Sacha te zijn die Strike in gedachten had. Fleetwood was een doodgewone jongeman wiens gezicht nooit de cover van een tijdschrift gehaald zou hebben. Hij was bleek, had heel licht haar, brede schouders en een korte nek, met een heel bol gezicht dat Strike deed denken aan een Edammer kaas zonder korst.

Een van de weinige selfies op het account was een kiekje van Rupert en Decima in een niet nader aangeduid park, allebei dik ingepakt op een zo te zien frisse lentedag, genomen op 8 maart het jaar daarvoor. Geen van beiden had moeite gedaan om zo voordelig mogelijk op de foto te komen. Decima zag er verwaaid uit, een lok donker haar voor haar ogen, haar wangen rood van de kou, maar zonder stressrosacea of wallen. Rupert had een rode neus en droeg een coltrui die zijn korte nek geen goed deed. Strike moest wel toegeven dat het leeftijdsverschil hier niet erg groot leek. Rupert had in het Italiaans onder de foto geschreven: *Buon Compleanno a me* ('Happy birthday to me') en *anime gemelle* (zielsverwanten). Behalve dit ene stukje Italiaans wees op Ruperts Instagram verder niets op meertaligheid, en er waren geen zinspelingen op zijn jeugd in Zwitserland. Het grootste deel van zijn posts bestond uit foto's van Londen. Geen Zwitserse namen onder de kiekjes, wat er inderdaad op leek te wijzen dat hij niet erg genoten had van zijn tijd op het vasteland, en dat hij alle banden verbroken had.

Er waren ook een paar oude familiefoto's op de pagina te zien, waaronder een van Rupert met zijn ouders, geplaatst op de datum van hun sterfdag. Baby Rupert lag tevreden in de armen van zijn glamourvolle moeder, Veronica, met haar dunne wenkbrauwen en nonchalante bobkapsel typisch een jarennegentigvrouw. Haar echtgenoot Peter, met een smal, knap gezicht, zag er blijmoedig uit en had vaag iets van een bohemien. Nog verder terug vond Strike een ander familiekiekje, waar hij bij bleef hangen. Op deze foto stond een mollige Rupert van een jaar of twaalf, dertien naast zijn oom Ned, Charlottes tweede stiefvader, voor het gigantische Heberley House, met de vele zuilen. Net als zijn zoon de beroemde acteur had Ned Legard felblauwe ogen.

Nu nog zekerder dat hij Decima's opdracht niet wilde aannemen sloot Strike Instagram af, en de volgende uren bracht hij door met het lezen van de ontwikkelingen in de lopende zaken van het detectivebureau.

Daar was hij nog mee bezig toen er op het raam van de buitendeur werd geklopt. Zachtjes vloekend, in de veronderstelling dat iemand aan de verkeerde deur stond, hees Strike zich weer uit zijn stoel.

'Hoi,' zei Kim Cochran, de laatst aangenomen kracht van het bureau, toen Strike opendeed. 'Ik hoopte al dat je terug zou zijn.'

Kim, die een jaar eerder was vertrokken bij de politie van Londen, had voor een rivaliserend detectivebureau gewerkt tot dat ermee stopte. Ze was parmantig aantrekkelijk, altijd goed verzorgd, en met haar korte bruine haar en alerte bruine ogen deed ze Strike denken aan een vogeltje.

'Ik heb nieuws over Plug,' zei ze.

'Aha.' Strike vroeg zich af waarom ze hem niet gewoon had geappt in plaats van persoonlijk langs te komen. 'Kom binnen.'

De bijnaam Plug had de bezitter ervan te danken aan zijn gelijkenis met de gelijknamige stripfiguur uit Bash Street Kids. Iedereen was het erover eens dat hij de lelijkste man was naar wie het bureau ooit onderzoek had gedaan, met zijn grote oren, geprononceerde overbeet, vooruitstekende tanden en slungelige onhandigheid. Behalve dat hij zich kon beroemen op een veelheid aan vergrijpen in het verleden, voornamelijk zaken rond softdrugs en kruimeldiefstal, was Plug ook de alleenstaande vader van een broodmagere tienerzoon die er altijd even terneergeslagen en ongelukkig uitzag.

Vader en zoon hadden kortgeleden, onuitgenodigd, hun krappe flatje in Haringey verruild voor het huis van Plugs moeder in Camberwell, die alzheimer had en snel achteruitging. Volgens Plugs bemiddelde oom, door wie het detectivebureau was ingehuurd, mishandelde Plug de oude dame verbaal, en dat niet alleen: hij jaagde ook langzaam maar zeker haar spaargeld erdoorheen, en niemand in de familie had tot nu toe een legale manier gevonden om te voorkomen dat Plug aan het geld van zijn moeder zat of om hem uit haar huis te zetten. Het doel van het in de arm nemen van privédetectives was om iets te vinden op grond waarvan Plug gearresteerd kon worden.

Deze zaak was weer eens wat anders dan de doorsneegevallen van overspel die het bureau opspoorde voor rijke klanten; iedereen vond het fijn om nu eens te proberen een onmiskenbare slechterik een halt toe te roepen en een kwetsbare oude dame te beschermen. Helaas was er tot nu toe nog geen enkele criminele activiteit rond Plug waargenomen.

'Hij heeft net een kerel getroffen op station Tufnell Park,' zei Kim, 'en hem een dik pak geld gegeven. Ik heb het gefilmd.'

Ze stak haar telefoon naar hem uit en inderdaad, daar zag Strike de verbijsterend lelijke Plug een rol bankbiljetten, zo te zien briefjes van vijftig pond, overhandigen aan een man met een heleboel tatoeages op zijn hand.

'Het gekke is: hij kreeg er niks voor terug,' zei Kim. 'Ik had gehoopt drugs of iets dergelijks te zien.'

'Ja.' Strike keek naar het filmpje. Nadat Plug steels het geld had overhandigd, draaide hij zich simpelweg om en sjokte weg.

'Het kan natuurlijk een betaling voor geleverde diensten zijn,' zei Kim.

'Wat deed hij hierna?'

'Ging terug naar het huis van zijn moeder. Dev heeft me afgelost, dus...' Kim geeuwde. 'Sorry. Dus we zullen straks wel horen of Plug vanavond nog iets bijzonders thuisbezorgd krijgt.'

Ze rekte zich uit, haar armen hoog in de lucht en haar rug hol. Strike keek snel weer naar het werkrooster. Ze droeg een strak zwart truitje.

'Stijf.' Kim liet haar armen weer zakken. 'Te veel uren in de auto deze week. Ga jij nog iets leuks doen dit weekend?'

'Werken,' zei Strike, zijn blik op het rooster gericht. 'Ik moet een paar dingen van Robin overnemen nu ze ziek is.'

'Dat kan ik ook doen, als je wilt,' zei Kim. 'Ik heb verder niet veel dit weekend.'

'Dat is aardig van je.' Strike keek haar weer aan. 'Anders wordt het krap, want Barclay is er morgen en maandag niet.'

'Ik blijf graag bezig. Hoe was het in Cornwall?'

'Het was... Je kent het wel,' zei Strike, zijn blik weer op het rooster gericht.

'Was hij oud, je oom?'

'Bijna tachtig.'

'Dan nog. Het is nooit makkelijk om iemand te verliezen.'

'Nee,' zei Strike.

'En toen moest je ook nog helemaal naar die vrouw van Mullins rijden. Hoe was het eigenlijk bij haar?'

'Goed,' zei Strike, en hij probeerde het te brengen als een afsluiter.

Kim begreep de hint en stond op. Daar was ze goed in, in hints begrijpen.

'Dan ga ik maar. Als je me mailt welke uren je me dit weekend nodig hebt, dan ben ik er.'

'Dank je wel. Dat is fijn.'

Kim vertrok. Na nog eens twintig minuten puzzelen met het werkrooster, zijn ogen prikkend van vermoeidheid, sloot Strike het kantoor af en ging naar boven naar zijn zolderflatje, om voor zichzelf een eenzame maaltijd te bereiden.

Hij deed zijn best om zich niets aan te trekken van de toenemende pijn in zijn hamstring terwijl hij voor zichzelf een biefstuk met groente klaarmaakte, maar zijn toenemende somberheid was moeilijker te negeren. Toen hij eenmaal aan zijn formica tafeltje zat, gingen zijn gedachten naar het dilemma dat zijn gedachten nu al maanden beheerste, de laatste tijd acuter, en op geen enkele manier gedempt door die ellendige tijd in Cornwall. Hij besprak het met niemand, want hij wilde advies noch troost. Wat hem betrof was er al genoeg onwelkome belangstelling voor het onderwerp.

Als een man gedwongen moet inzien dat hij, ondanks zijn inspanningen om het te voorkomen, verliefd is geworden op de vrouw met wie hij een florerend bedrijf heeft opgebouwd en die hij beschouwt als zijn beste vriendin; als die vrouw al meer dan een jaar een stabiele, gelukkige relatie heeft met een andere man; als de eerste man weet dat hij zowel de zaak als de vriendschap op het spel zet als hij openlijk zijn gevoelens bekendmaakt, maar toch heeft besloten dat hij niet wil leven met het besef van wat hij had kunnen hebben als hij zijn mond maar had opengedaan, dan moet die man beslissen hoe, wanneer en waar het gesprek waartegen hij zich zo lang heeft verzet moet plaatsvinden. Strike piekerde al over dit probleem sinds zijn eerste nuchtere poging om de muur te doorbreken die hij zelf had opgetrokken tussen hemzelf en Robin Ellacott, door tegen haar te zeggen dat Charlotte zeker had geweten dat hij verliefd was op zijn zakenpartner, en dat ze erover had geschreven in haar afscheidsbrief.

Terwijl hij zijn eenzame maaltijd verorberde, dacht Strike voor de zoveelste keer terug aan Robins reactie nadat hij die woorden had uitgesproken. 'Verbijsterd' was misschien wel de beste beschrijving. Verbijsterd en daarna in de war. Het gesprek was afgekapt door de komst van fucking Ryan Murphy op kantoor. De volgende keer dat Strike en Robin elkaar hadden gezien, had Robin beslist een zekere verlegenheid uitgestraald die er eerder niet was geweest.

Dergelijk gedrag kon je uiteraard op veel verschillende manieren interpreteren. Misschien wilde het zeggen dat hij best hoop mocht koesteren. In de dagen na zijn indirecte biecht was Strike alert geweest op een eventuele toename van het aantal keren dat Robin iets over Murphy zei, of ernaar verwees hoe gelukkig ze was met de CID-rechercheur, want dat zou toch de meest voor de hand liggende manier zijn om Strike te waarschuwen dat nogmaals het woord 'verliefd' laten vallen onwelkom zou zijn, maar hij had geen toename bemerkt. Aan de andere kant had ze ook geen enkele poging gedaan om op het gesprek terug te komen, zelfs niet indirect of schertsend.

Sindsdien had hij zichzelf zo nu en dan, als hij de veelbelovende tekenen weer eens optelde, eraan herinnerd dat gêne niet hoefde te wijzen op afkeer, dat Robin ooit de woorden 'Ik wil je niet kwijt' had geuit en dat ze zonder enige terughoudendheid had gezegd dat hij ook haar beste vriend was. Hij dacht terug aan haar huwelijksdag, toen ze tijdens de openingsdans was weggelopen om hem te volgen en te omhelzen. Maar in zijn duistere momenten beleefde hij opnieuw die fatale, dronken seconden buiten voor het Ritz een kleine twee jaar terug, toen hij haar had willen kussen en hij duidelijk de weigering van haar gezicht had afgelezen. Hij was acht jaar ouder dan Murphy, en al wist hij zonder enige ijdelheid dat hij voor bepaalde types vrouwen heel aantrekkelijk was, het beschikbare bewijs duidde erop dat hij fysiek niet Robins smaak was. Zowel haar huidige vriend als haar ex-man (fucking Matthew Cunliffe) was slank, fit en klassiek aantrekkelijk, terwijl Strike eruitzag als Beethoven met een gebroken neus en hij, ondanks zijn wisselend strenge pogingen om af te vallen, nog steeds een kilo of zeven boven zijn streefgewicht zat, dat op zich al aangepast moest worden op het verlies van zijn halve been.

En vandaag had Robin meteen opgehangen nadat hij Charlotte had genoemd. Waarom? Omdat ze bang was om opnieuw te horen dat Charlotte had gedacht dat hij verliefd op haar was? Omdat ze dat onderwerp wilde afkappen?

Toen hij zijn biefstuk ophad en hij zich zo mogelijk nog ellendiger voelde, liep Strike naar de weekendtas die hij had meegenomen uit Cornwall en haalde de schoenendoos met Teds twee oude hoofddeksels en de visknuppel in de leren hoes eruit, en de foto's die hij had meegebracht uit het zo vertrouwde, nu treurig lege huis.

Hij had niet gehuild op Teds begrafenis, ondanks de onzichtbare zware steen die de hele tijd op zijn borst had gedrukt. Zijn oom was steeds zwakker en verwarder geworden na de dood van zijn vrouw twee jaar eerder, maar ook al had Strike geknikt bij de banaliteiten die de aanwezigen op de drukbezochte condoleance hadden geuit – 'het is misschien maar beter zo', 'hij wilde nooit iemand tot last zijn', 'zo zou hij het gewild hebben, geen lang ziekbed' – vond hij het moeilijk om zijn latente antagonisme te verbergen. Ze leken allemaal vergeten te zijn wie Ted werkelijk was; niet die schuifelende gestalte die op een morgen was verdwaald op het strand dat hij eens had gekend als zijn broekzak, maar de held uit Strikes jeugd, zijn voorbeeld. Strike had het dichtst tegen tranen aan gezeten toen zijn oudste vriend Dave Polworth, tijdens een welkome onderbreking aan de bar, een halve liter lokaal bier naar het plafond had geheven en had gezegd: 'Een man die deugde, Ted.'

'Een man die deugde' was een Polworth-uitdrukking met vele betekenissen. Een man die deugde was sterk, een buitenmens, maar ook een man van principes. Het stond voor gebrek aan bombast, het verwerpen van oppervlakkigheid en een kern van stilzwijgend zelfvertrouwen. Een man die deugde werd niet snel kwaad, maar was stellig in zijn overtuigingen. Polworth had het, net als Strike, moeten hebben van elk mannelijk voorbeeld dat hij maar kon krijgen, want ze hadden geen van beiden een vader gehad van wie je zou kunnen zeggen dat hij deugde, en beide jongens hadden in Edward Nancarrow een man gevonden die hun bewondering en navolging waard was, wiens goedkeuring meer betekende dan de lof van welke leraar dan ook en wiens berisping het verlangen aanwakkerde om het beter te doen, harder te werken, om weer bij Ted in een goed blaadje te komen.

Nu haalde Strike de oude foto's tevoorschijn en bekeek ze aandachtig, een voor een, met extra aandacht voor de oudste van allemaal, in zwart-wit. Daarop was een forse, getaande man te zien, ruig aantrekkelijk, met donkere krullen precies zoals die van Strike; hij stond met zijn rug naar de zee, zijn enorme hand op de schouder van de jonge Ted, die met een gespannen gezicht naast hem stond.

Trevik Nancarrow, Strikes grootvader uit Cornwall, was gestorven voordat Strike geboren werd, en afgaand op wat hij van de man wist leek hem dat geen groot verlies. Trevik, zwaar aan de drank en stevig gebouwd, had buitenshuis bekendgestaan als een degelijk lid van de samenleving. In huiselijke kring was hij, volgens zijn kinderen, een monster geweest.

Treviks lankmoedige vrouw was jong gestorven en hij was achtergebleven met de zorg voor twee kinderen, met veertien jaar leeftijdsverschil: Ted was zestien en Peggy, Strikes moeder, pas twee – net als Rupert Fleetwood, besefte Strike nu, toen zijn beide ouders verdwenen onder een razende, dodelijke sneeuwmassa. Treviks moeder had de schattige kleine Peggy in huis genomen. De oude vrouw, net zo wispelturig en kwaadaardig als haar zuiplap van een zoon, had geen tijd gehad voor Ted: tienerjongens waren slonzig en luidruchtig en die hoorden bij hun vader, terwijl Peggy, zo beweerde de oude vrouw stellig, dol was op haar oma en haar nodig had. Oma genoot ervan om de kleine leuk aan te kleden en trots haar donkere lokken te verzorgen.

Ted had Strike veel later verteld dat hij had geweten dat als hij na zijn achttiende in het huis van zijn vader gebleven zou zijn, er een moord gepleegd zou zijn, en het was een kwestie van kop of munt wie van hen de moordenaar was geweest en wie het slachtoffer. Jeugdzorg had de jongeman daarvoor behoed, en omdat Ted beslist geen zin had om terug te keren naar St Mawes zolang zijn vader nog leefde, was hij tot Treviks afschuw in het leger gebleven en had hij de zee en de ruige kust waar hij zo van hield opgegeven voor de militaire politie, om pas terug te keren toen het nieuws van zijn vaders vroegtijdige dood hem bereikte. Ted was getrouwd met het meisje uit het dorp met wie hij zeven jaar had gecorrespondeerd.

Ted was degene die het patroon van drank en geweld doorbrak dat de Nancarrow-mannen generaties lang had geteisterd. Teds vrouw hoefde zijn vuisten niet te vrezen en voor zijn surrogaatkinderen was hij streng, maar nooit wreed. Ted was de belichaming geweest van de deugden standvastigheid, nuchterheid en rechtvaardigheid, tot dan toe vrijwel ongekend binnen de familie. Dit terwijl Peggy, die op haar negentiende de eerste de beste kans had aangegrepen om te ontsnappen aan haar draconische grootmoeder, was weggelopen met een jongen die voor de jaarmarkt naar Truro was gekomen. Daarna had ze zichzelf de nieuwe naam Leda gegeven en zorgde ze overal waar ze kwam voor chaos, tot aan haar dood in een smerig kraakpand in Londen.

Starend naar Ted en Trevik betrapte Strike zichzelf erop dat hij zou willen dat die sterke, capabele bron van gezond verstand die hij pasgeleden had verloren vanavond hier bij hem kon zijn. Ted was er altijd goed in geweest om onder woorden te brengen wat de onzekere en vaak boze tiener Strike had herkend als de waarheid, ook al leefde hij zelf nog niet lang genoeg om Teds woorden zelf uit te proberen.

'Je kunt niet trots zijn op iets waar je nooit voor hebt hoeven werken,' was een van Teds veelgebruikte spreuken geweest. Strike was bereid om voor Robin te werken, maar de weken die waren verstreken sinds hij die geschokte blik bij haar had gezien hadden maar weinig kansen geboden om vorderingen te maken. Daar kwam nog bij dat ze het heel druk hadden; tot ze Kim hadden aangenomen, was het al moeilijk geweest om genoeg mensen in te zetten voor al hun opdrachten. Bovendien merkte hij dat Robin moeite had met de stortvloed aan nieuwsberichten over de UHC; ze leek schrikachtiger en gespannener dan anders, maar ze had tegen hem gesnauwd toen hij haar voorstelde om wat langer vrij te nemen. Hij had meerdere keren een van hun freelancers afgekapt wanneer ze Robin opgewekt wilden vertellen over een nieuwe arrestatie in de zaak-UHC, in de verwachting dat Robin daar net zo blij over zou zijn als zij.

Strike stelde de verklaring die hij tegenover haar wilde afleggen nu al wekenlang uit, want hij was bang dat het egoïstisch zou zijn om haar nu op te zadelen met zijn gevoelens. Eerst had Strike door de dood van Ted gedwongen Londen moeten verlaten, en nu hield dat virus van Robin hen nog langer gescheiden, waardoor Murphy ongetwijfeld eindeloos de kans kreeg om het attente vriendje uit te hangen.

Hoewel daar nog geen concrete aanwijzingen voor waren, vreesde Strike dat Murphy misschien van plan was Robin een aanzoek te doen. De relatie tussen die twee leek sterker dan ooit en ze waren beiden duidelijk voorstanders van het huwelijk, aangezien ze er allebei al een achter de rug hadden. Robin was in de dertig en dacht misschien zelfs aan kinderen. Ze had daar ambivalent tegenover gestaan de enige keer dat het onderwerp was aangestipt tussen haar en Strike, maar dat was alweer even geleden, voordat ze de knappe CID'er ontmoette. Na hun laatste grote zaak en Robins lange en traumatische tijd als infiltrante zou het goed kunnen dat ze het tijd vond worden voor een pauze in haar loopbaan. Die angsten maakten Strikes haast in deze lastige kwestie alleen maar groter. Hij moest zijn mond opendoen voordat Murphy een ring ging kopen of Robin aankondigde dat ze zwangerschapsverlof nodig had.

'Laat je plannen nooit wijzigen door de tegenpartij,' had Ted ooit tegen Strike gezegd, al ging het toen over boksen en niet over de liefde. 'Hou je aan je opzet en speel je sterke punten uit.'

En wat waren Strikes sterke punten in dit geval? Zonder twijfel het detectivebureau dat Robin en hij samen hadden opgebouwd en waarvan hij vrijwel zeker wist dat het voor haar net zoveel betekende als voor hem. Hun werk bood de gelegenheid om veel samen te zijn, al was dat de laatste tijd niet vaak genoeg. Al die gemiste kansen, dacht Strike bitter: overnachtingen, gezamenlijke maaltijden en lange autoritten, en hij, domme sukkel die hij was, was er prat op gegaan dat hij zich niet liet afleiden door de aantrekkingskracht die ze op hem had. En wat was het resultaat? Hij zat daar in zijn eentje met een bodempje bier en een pijnlijk kloppend been, terwijl Murphy waarschijnlijk in Robins flat punten scoorde door bloemen mee te brengen en soep op te warmen.

Helemaal klaar met zijn eigen lamlendigheid kwam hij weer overeind om zijn vuile vaat af te wassen. Met somber gepieker schoot hij niks op, het kwam nu aan op besluitvaardige actie.

Strike had het gevoel dat de geest van Edward Nancarrow goedkeurend knikte bij die conclusie, dus na de afwas stopte hij de foto's, de pet en het vissershoedje terug in de schoenendoos en legde na een korte overweging de oude visknuppel op de vensterbank; het was de enige opsmuk, als je het zo kon noemen, die hij ooit in het zicht had geplaatst.

7

Dully at the leaden sky
Staring, and with idle eye
Measuring the listless plain,
I began to think again.

A.E. Housman
XXXI: *Hell Gate, Last Poems*

Robin werd op zondagochtend ontslagen uit het ziekenhuis, met het advies om naar behoefte paracetamol en ibuprofen te nemen, geen zware inspanningen te verrichten en pas na drie dagen rust haar normale bezigheden op te pakken. Ze had weer slecht geslapen, deze keer niet vanwege het lawaai maar omdat ze had gedroomd, herhaaldelijk, dat ze weer in de kist zat waarin ze op Chapman Farm een nacht opgesloten had gezeten. Die nachtmerries plaagden haar al een paar maanden, maar ze had er niemand over verteld, net zomin als over de paniekaanvallen die haar onverwacht bekropen, vooral op drukke plekken, of over het feit dat ze, als Murphy niet bij haar was, sliep met het nachtlampje aan. Robin wist wat er zou gebeuren als ze mensen vertelde dat ze het mentaal zwaar had: dan zouden ze zeggen dat ze met dit werk moest stoppen. Strike had een paar keer geopperd dat ze meer verlof zou nemen na die heftige maanden undercover, maar Robin wilde geen vakantie, ze wilde bezig blijven, zich onderdompelen in het werk, haar rusteloze geest vullen met de problemen van andere mensen.

Ze nam een taxi terug naar haar flat met een bonkende pijn onder in haar rechterzij, die door de pijnstillers wel was gedempt, maar niet weggenomen. Hoewel ze tegen Murphy, die het druk had met het onderzoek naar de schietpartij met de bendeleden, had gezegd dat ze het niet erg vond om alleen te zijn, voelde Robin zich huilerig, en daardoor was ze weer woest op zichzelf. *Stel je niet zo aan. Er is niks aan de hand. Denk eens aan Strike, die zijn halve been heeft verloren door een bom. Dadelijk als je thuis bent gaat het prima.*

Maar ze was amper tien minuten in haar flat toen de bovenbuurman zijn muziek aanzette, zoals altijd keihard. Robin luisterde naar de pulserende basdreunen, te moe en met te veel pijn om naar boven te gaan en te vragen het zachter te zetten, maar ze kreeg nu nog meer zin om te gaan huilen. Ze pakte haar laptop, en ze had hem net opengeklapt toen haar mobiel ging en ze opnieuw het nummer van haar moeder zag.

Robin bereidde zich mentaal voor en nam op. 'Hoi mam, sorry dat ik je gisteren niet teruggebeld heb,' zei ze voordat Linda iets kon vragen. 'Ik was aan het werk.'

'Dat dacht ik al.' Linda's stem klonk verstikt.

'Is er iets?'

'Ik wilde je alleen laten weten... we hebben Rowntree moeten laten inslapen.'

'O nee. Wat erg, mam.'

De chocoladebruine labrador van het gezin was oud geweest, maar Robin was dol op het beest. Ze voelde de nog altijd onvergoten tranen van de afgelopen dagen in haar ogen branden. Linda huilde intussen duidelijk hoorbaar.

'We moesten wel,' zei ze met gesmoorde stem. 'Zijn lever... ze konden niks meer doen. Beter om hem snel... snel...'

'Ja, natuurlijk,' zei Robin. 'Ik zal hem echt missen. Hoe is papa eronder?'

'Hij wil een nieuwe... hij kijkt al online naar puppy's. Maar ik weet het niet... je bent zo gebonden met een hond... en er komt n-nooit meer een andere Rowntree.'

Ze praatten nog twintig minuten, waarin Robin niets zei over haar eigen problemen. Toen Linda eindelijk had opgehangen, richtte Robin zich weer op haar laptop, er nu helemaal op gebrand om zich onder te dompelen in alles wat haar gedachten zou afleiden.

Ze googelde op 'moord zilverkluis' en scrolde omlaag.

Zoals ze al snel zag, waren er vier verschillende fases geweest in de berichtgeving rond de moord in de kluis, allemaal binnen één zomermaand toen Robin volledig afgezonderd van de buitenwereld op Chapman Farm had gezeten.

Onmiddellijk na de vondst van het lijk van William Wright waren woorden als 'naakt', 'in stukken gesneden', 'verminkt' en 'vrijmetselaars' gebruikt voor honderd schreeuwende koppen. In een van de bijbehorende artikelen las Robin dat het lijk zonder handen en ogen was gevonden door de eigenaar van de zilverwinkel, Kenneth Ramsay.

> 'Het was een afschuwelijke schok, zoals u zich wel kunt voorstellen. Ik dacht echt dat ik een hartaanval zou krijgen. Dat lijk op de vloer, al het Murdoch-zilver verdwenen. We begrijpen niet hóé het heeft kunnen gebeuren, laat staan waarom. Wright had geen sleutels of codes, hij hoorde die nacht helemaal niet de zaak binnen te kunnen, en hij wist beslist niet hoe de kluis opengaat.'

Robin klikte op een gerelateerd artikel om te kijken wat het 'Murdoch-zilver' kon zijn.

> Vrijmetselaarsschatten van onschatbare waarde, recentelijk gekocht op een veiling, zijn gestolen uit de kluis waarin William Wright is vermoord. Ze maakten deel uit van de collectie van A.H. Murdoch, een in Schotland geboren ontdekkingsreiziger en vrijmetselaar die in 1827 de op een na grootste zilvermijn in Peru ontdekte. Murdoch vergaarde de grootste, belangrijkste verzameling vrijmetselaarskunst ter wereld, gedeeltelijk vervaardigd van zilver uit zijn eigen mijn, de rest in de loop der jaren verzameld. Hieronder valt ook de ceremoniële dolk van John Skene, de allereerste vrijmetselaar die naar Amerika emigreerde.

In de artikelen werd nog net niet gesuggereerd dat William Wright was vermoord als onderdeel van een of ander vrijmetselaarscomplot, al schurkten meerdere verslagen dicht tegen die spannende mogelijkheid aan.

> Vermoord in de schaduw van Freemasons' Hall, de imposante ontmoetingsplek van ruim duizend vrijmetselaarsloges...

> Het Murdoch-zilver is van grote betekenis voor eenieder die het geheimzinnige 'ambacht' der vrijmetselarij beoefent...

De volgende fase in de pers was op gang gekomen door de ontdekking dat William Wright helemaal niet had bestaan en dat zijn naam, cv en persoonsgegevens vals bleken te zijn. De mogelijkheid dat de vrijmetselarij erbij betrokken was leek nu groter te zijn.

> 'VRIJMETSELAARSMOORD':
> WIE WAS HET BRUUT TOEGETAKELDE SLACHTOFFER?

> De politie vraagt nog steeds om informatie over de verkoper die zich uitgaf voor 'William Wright' uit Doncaster, die ontkleed en verminkt is aangetroffen in de kluis van een vrijmetselaarszilverhandel... Meerdere notabele vrijmetselaars zijn geboren met de achternaam Wright, onder wie Sir Almroth Wright, bacterioloog, en de schrijver Dudley Wright...

Korrelige beelden van Wright, afkomstig van de interne beveiligingscamera van Ramsay Silver, waren vrijgegeven aan de pers, maar ze waren van zo'n slechte kwaliteit dat Wright vrijwel iedere man met bril en baard had kunnen zijn. Hij onderscheidde zich vooral door zijn gestalte, want hoewel de vrijmetselaar klein van stuk was, was hij goedgeproportioneerd, met brede schouders. De wazige aard van de foto's leek te hebben bijgedragen aan het aura van geheimzinnigheid rond de moord. In deze tweede fase van de verslaggeving verkondigde de politie dat er meerdere aanwijzingen waren voor

Wrights mogelijke identiteit, die allemaal werden nagetrokken.

De volgende golf van nieuwsberichten, en veruit de opwindendste, kwam op gang toen de politie nog meer foto's vrijgaf, deze keer afkomstig van beveiligingscamera's vlak bij de zilverwinkel, waarop William Wright met drie andere mannen, in de vroege uurtjes van zaterdag 18 juni, op weg leek te zijn naar de zaak. Ook deze foto's waren behoorlijk onscherp, maar een van de mannen was duidelijk klein van stuk en had een baard. De schandaalkranten reageerden koortsachtig van opwinding, en al plaatsten de grote dagbladen de steeds verder uit de hand lopende verhalen over een rituele vrijmetselaarsmoord met de waarschuwing aan de lezers om niet alles klakkeloos te geloven, ze besteedden evengoed vele paragrafen aan de theorieën.

> Onlinespeurders wezen er al snel op dat de moord op 'William Wright' merkwaardige overeenkomsten vertoont met de legende van Hiram Abiff, de mythische Meester der vrijmetselaars aan wie de bouw van de tempel van koning Salomo werd toevertrouwd, met onder andere een geheime kluis om de Ark van het Verbond op te bergen.
>
> Abiff bezat de kennis van een geheim woord, een symbool van goddelijke wijsheid.
>
> Drie lagergeplaatste vrijmetselaars, Jubela, Jubelo en Jubelum, wilden weten wat dat woord was en bedreigden Abiff, die het weigerde prijs te geven en daarom werd vermoord in de Tempel, met de drie instrumenten die heilig zijn voor de vrijmetselaars: de passer, de winkelhaak en de metselaarshamer. Zilveren versies hiervan bevonden zich onder de voorwerpen die zijn gestolen uit de kluis van Ramsay, waar het lijk van Wright is aangetroffen.

Robin bekeek vluchtig de opgewonden commentaren, sommige van lezers die nog meer vrijmetselaarselementen hadden opgemerkt in de moord op William Wright.

> Het verwijderen van de handen van het lichaam is een zinspeling op de verborgen hand die de tempel der wijsheid ontgrendelt.

> Het zilver eromheen kan heel goed een verwijzing naar het Bijbelcitaat in Prediker 3 zijn: 'Voordat het zilveren koord losgemaakt wordt.'
>
> Ik heb gehoord dat de letter G in de rug van 'Wright' was gekrast – duidelijke verwijzing naar de enig overgebleven letter van Hirams geheime woord.

Maar toen was de vierde fase ingegaan, wat een vreselijke anticlimax bleek te zijn. De politie had verkondigd dat 'William Wright' in werkelijkheid Jason Knowles (28) uit Haringey was geweest. Knowles had zes jaar in de gevangenis gezeten wegens de beroving van een hypotheekbank in Lewes in 2010, en op zijn politiefoto was een breedgeschouderde gespierde man te zien met een dikke nek, een smal gezicht vol sproeten en een enigszins manische blik.

Een artikel in *The Times* eindigde als volgt:

> Gezien de wijdverbreide speculaties op social media over de zogenaamde vrijmetselaarsmoord, versterkt door bepaalde afdelingen van de pers, wil ik bevestigen dat we geen reden hebben om aan te nemen dat de dood van Knowles op wat voor manier dan ook gerelateerd, geïnspireerd of gepleegd is door vrijmetselaars; noch heeft de nabijheid van de United Grand Lodge ook maar iets met deze zaak te maken,' aldus hoofdinspecteur Malcolm Truman, die het onderzoek leidde. 'We zijn er nu zo zeker van als we maar kunnen zijn dat Knowles en zijn moordenaar, of moordenaars, gedreven werden door niets anders dan financieel gewin, en we doen nog steeds een oproep aan het publiek om zich te melden als men informatie heeft over de moord, en over de voorwerpen die zijn gestolen uit de kluis van Ramsay Silver.

Het verbaasde Robin niet dat deze domper op het nieuws de hoop niet helemaal had gedoofd bij degenen die de mogelijkheid niet willen loslaten dat hier sprake was van een bewuste heropvoering van de moord op Hiram Abiff.

Shaun Coolidge

Die kerel is vermoord terwijl hij vrijmetselaarsspul aan het jatten was vlak bij de United Grand Lodge of England, maar nee hoor, de vrijmetselarij was er niet bij betrokken.

Peter Mikkelsen

als jij ooit wordt vermoord op de groenteafdeling van de supermarkt, dan weten we dat een komkommer het heeft gedaan

Joody Moody

hahahahaha

Debbie Palser

lol

Dit commentaar is verwijderd omdat het in strijd is met onze huisregels

Jane Burnett

Al dat gelul over vrijmetselaars, en het bleek gewoon een huis-tuin-en-keukeninbraak te zijn!

SkankyDoodle

hoeveel huis-tuin-en-keukeninbraken eindigen met een dief die wordt achtergelaten met uitgestoken ogen en afgesneden handen? waarom is er niks uit die winkel meegenomen behalve vrijmetselaarsspullen en waarom was het lijk naakt en op een rituele manier vermoord?

Jane Burnett

Als dochter en echtgenote van vrijmetselaars kan ik je verzekeren dat daar geen rituele moorden bij horen! Vrijmetselaars zamelen jaarlijks miljoenen in voor goede doelen en toch krijgen ze stelselmatig een stigma opgeplakt door domme mensen zoals jij.

Dit commentaar is verwijderd omdat het in strijd is met onze huisregels

Jeff Grayling

De beveiliging in die zaak met wel zwaar k** geweest zijn als die kerel de kluis openkreeg nadat hij daar twee weken had gewerkt.

Paul Everleigh

Ik dacht precies hetzelfde. Lakse beveiliging of het waren bekenden van de eigenaar.

Starbanger

Mijn commentaar is nu al TWEE keer Verwijderd!!! Dit is heel verdacht!!! Die hoofdinspecteur Malcolm TRUMAN is vrijmetselaar, lid van de Winston Churchill-loge 7502 in Holborn!!!!!

Robins telefoon ging. Ze hoopte dat het Strike zou zijn, maar het was Kim Cochran. 'Hallo,' zei Kim kordaat, zo te horen vanuit een auto. 'Even snel. Zag het ernaar uit dat Plug op weg was naar een trein, toen jij hem vrijdag kwijtraakte? Of zou hij met iemand afgesproken kunnen hebben?'

'Dat laatste, denk ik,' zei Robin. Ze had de tegenwoordigheid van geest gehad om Kim te appen nadat ze was bijgekomen uit de narcose, en ze had gedaan alsof ze Plug in de drukte had verward met een andere man. 'Hij liep in de richting van Café Nero toen ik hem kwijtraakte.'

'Ik zou toch denken dat Plug onmogelijk te verwarren is met iemand anders,' zei Kim met een lachje.

'Het was heel druk.'

'Dat moet wel, ja. Ik vraag het omdat ik hem gisteren geld zag geven aan een kerel in Tufnell Park,' zei Kim. 'Ik ben hem nu aan het volgen op de A12. Strike heeft me gevraagd jouw dienst van vanochtend over te nemen.'

'Juist,' zei Robin, en ze voegde er met grote moeite aan toe: 'Bedankt daarvoor.'

'Hij is behoorlijk somber, die arme man.'

'Wie?'

'Strike, na Cornwall. Hij heeft me er alles over verteld.'

'O,' zei Robin. 'Ja.'

'Maar goed om te weten, van Plug. Ga jij maar lekker weer aan de antigriepdrankjes.'

Nadat ze had opgehangen, keek Robin nog even met half dichtgeknepen ogen woest naar haar telefoon.

Sinds ze Kim Cochran hadden aangenomen moest ze steeds tegen zichzelf zeggen dat Kim een goede toevoeging was. Haar werk was voorbeeldig en ze had goede politiecontacten, want ze had acht jaar bij het korps van Londen gewerkt voordat ze privédetective werd. Maar hoe langer Robin met Kim omging, hoe minder ze haar mocht. Dat was voornamelijk te wijten aan het opmerkelijke verschil in de manier waarop Kim de twee mensen behandelde van wie de namen in de glazen deur van het detectivebureau gegraveerd waren. Kim lachte langer en harder om Strikes grappen dan wie dan ook en reageerde vol eerbied op zijn ideeën en zijn mening. Tegenover Robin gedroeg ze zich onverschillig, zelfs laatdunkend. Ze had al eens lachend een steek onder water gegeven over het feit dat Robin, als enige van de detectives, geen politie- of militaire achtergrond had en had gesuggereerd dat Robins voornaamste bijdrage aan het onderzoeksteam was dat ze het bed deelde met een CID-rechercheur, om vervolgens hard te lachen ('Geintje!') toen Barclay haar van repliek diende: 'Wanneer heb jij voor het laatst een fucking sekte ontmanteld?'

Robin schoof haar laptop opzij en liep naar de keuken. Ze wilde niet aan Kim Cochran denken. Maar terwijl ze theezette en brood roosterde (omdat er voor geroosterd brood geen bord uit de hoge kast hoefde te komen en ze niet hoefde te bukken voor een pan) keerden haar niet te beteugelen gedachten terug naar een ergernis die ze helemaal niet hoorde te hebben: Kim die had gevraagd aan Midge (die de informatie weer had doorgegeven aan Robin) of Strike een relatie had.

Als een vrouw zich jarenlang heeft afgevraagd of ze verliefd is geworden op de man die ze beschouwt als haar beste vriend; als ze een huwelijk en haar financiële zekerheid heeft opgeofferd voor de zaak die ze samen hebben opgebouwd; als ze, na de ontdekking dat diezelfde beste vriend stiekem het bed deelt met een andere vrouw, voor zichzelf moet toegeven dat ze inderdaad verliefd op hem is geworden, dan zit er niets anders op dan zo snel en efficiënt mogelijk van die verliefdheid af zien te komen – en daar deed Robin haar uiterste best voor. In tegenstelling tot Strike had ze weinig zin om de rest van haar persoonlijke leven in haar eentje in een spartaanse flat door te brengen met een reeks kortstondige affaires om de sleur te doorbreken, dus had ze gedaan waartoe hun gezamenlijke vriendin Ilsa Herbert haar had aangespoord: het aanbod van Ryan Murphy aannemen om samen wat te gaan drinken.

Ruim een jaar na die eerste date dacht Robin – nee, wíst ze – echt dat ze van Murphy hield. Ze was totaal in shock en labiel door de gebeurtenissen van de afgelopen dagen, maar dat zou overgaan. Murphy was lief, intelligent en heel knap. Ja, er was een gesprek geweest, twee maanden eerder, waarin Strike de suggestie had gewekt...

Staand bij de broodrooster hield Robin zichzelf voor dat ze die conversatie niet voor de zoveelste keer zou gaan ontleden, want ze zat niet te wachten op nog meer complicaties, verdriet en stress in haar leven. Ze was met Murphy, en Strike kon doen waar hij zin in had, hoewel ze, als dat betekende dat hij op Kims geflirt wilde ingaan ('Hij is behoorlijk somber, die arme man, hij heeft me er alles over verteld') Robin zijn smaak nogal sneu vond. Maar dat was alles.

Ze ging met haar thee en toast achter de laptop zitten terwijl 'Stitches' van Shawn Mendes door het plafond van haar zitkamer dreunde. Toen ze zat, ging haar mobiel weer, en deze keer was het Strike.

'Hoi,' zei hij. 'Hoe voel je je?'

'Iets beter. Hoe gaat het bij jou?'

'Prima. Ik zit in de BMW te kijken naar de vrouw van Hufter die aan het lunchen is met een andere vrouw.'

'Je moet hem niet steeds Hufter noemen,' zei Robin, half geamuseerd, half geërgerd. 'Zeker niet in het openbaar. Pat vindt dat we "Mr H" moeten zeggen.'

'Pat hoeft hem niet twee keer per week een update te geven,' zei Strike.

De klant in kwestie was een Zuid-Afrikaanse cricketspeler die zijn ex-vrouw ervan verdacht een verhouding te hebben met een getrouwde journalist van een sensatiekrant en meende dat dat de oorzaak was van een recente stroom aan onflatteuze – maar ware – verhalen over het verleden van de cricketspeler in datzelfde krantje. Toevallig kende Strike de journalist in kwestie, Dominic Culpepper, en had het bureau een paar klusjes voor hem gedaan in de tijd voordat ze zich konden veroorloven kieskeurig te zijn bij het aannemen van opdrachten.

'Ik wilde het over de zaak-Mullins hebben, als je tijd hebt,' zei Strike.

'Ja, zeg het maar.'

'Ik heb al mijn contactpersonen bij de politie gepolst of ze iets weten over het lijk in de kluis, maar niks. Wardel, Layborn – ik heb zelfs Anstis geprobeerd. Ze hebben geen van allen aan die zaak gewerkt en kennen ook niemand die erbij betrokken was. Jij kunt zeker niet Vanessa Ekwenski polsen?'

'Dat kan wel, maar ze is met zwangerschapsverlof.'

'Shit. Misschien moet ik Kim vragen of ze iemand kent.'

'Ik kan het Ryan vragen,' opperde Robin. 'Al komt hij momenteel wel om in het werk,' voegde ze eraan toe toen Strike niks zei. 'Hij zit op die zaak van die bende, waar de twee jonge broertjes neergeschoten zijn.'

'Ellendig,' zei Strike zonder veel medeleven. 'Nou, als we niemand vinden bij de politie die wil helpen, denk ik dat dit doodloopt. We kunnen niet tegen Decima zeggen dat Fleetwood het zeker niet was als we geen info hebben van de technische recherche.'

'Ik probeer Ryan wel,' zei Robin.

'Ik heb ook een vriend van Fleetwood gebeld, ene Albie Simpson-White,' zei Strike. 'Hij werkt als ober in die club van Decima's vader, Dino's, maar "is niet beschikbaar om mij te woord te staan".

'Dino's?' zei Robin. 'Is dat die besloten club met het restaurant achterin?'

'Ja, klopt.'

'Daar wilde ik mijn moeder mee naartoe nemen voor haar zestigste verjaardag. Gemiddelde prijs voor de lunch is vierhonderd pond per persoon.'

'Vierhonderd pond? Voor de lúnch?'

'Ze hebben drie Michelinsterren.'

'Ik ga geen vierhonderd pond voor een lunch dokken, tenzij ik de tafel en stoelen erbij krijg.'

Robin moest lachen, maar hield daar snel mee op omdat het pijn deed.

'Ik heb nog niet gevraagd hoe het in Cornwall was.'

'Wat? O, zoals te verwachten,' zei Strike. 'Lucy non-stop in tranen. Ze heeft zo'n beetje de hele inboedel mee teruggenomen naar Bromley, ik ben benieuwd wat Greg daarvan vindt. Begrafenis was superdruk. Ik zou willen... Shit, ik moet ophangen, Mrs H vertrekt.'

Toen Strike had opgehangen, vroeg Robin zich af wat hij zou willen.

Bij gebrek aan verdere afleiding kwam het onrustige gevoel dat ze al sinds haar gesprek met de chirurg probeerde te onderdrukken in volle hevigheid terug. Nadat ze een volle minuut naar de naam van de vrijmetselaarsloge had zitten staren waar hoofdinspecteur Truman bij aangesloten zou zijn, ging Robin met haar cursor terug naar de bovenkant van haar laptopscherm en typte aarzelend 'eicellen invriezen'.

8

It is the saddest of all sights upon this earth, that of a man lazy and luxurious… He is the faithless steward, that embezzles what God has given him in trust…

Albert Pike
Morals and Dogma of the Ancient and Accepted Rite of Scottish Freemasonry

De ex-vrouw van de cricketspeler die Strike 'Hufter' noemde en Pat 'Mr H' reed in de richting van haar appartement in Chelsea. Hoewel haar sociale kring overlappingen vertoonde met die van Dominic Culpepper, wees tot nu toe niets erop dat zij en de journalist meer dan vage kennissen van elkaar zouden zijn. Strike had hun cricketklant voorgesteld om wat beter te kijken naar andere mensen in zijn omgeving, op zoek naar de bron die gelekt zou kunnen hebben bij de krant van Dominic Culpepper, maar Hufter – 'Hij doet zijn naam eer aan,' had Barclay gezegd – had spottend op dat voorstel gereageerd en erop aangedrongen dat het bureau zijn ex zou blijven volgen.

Dus reed Strike in het langzaam afnemende zonlicht naar Glebe Place, waar het bloedmooie voormalige model haar Mercedes s-klasse parkeerde en het herenhuis binnenging dat ze had gekregen als deel van de boedel na de echtscheiding. Strike parkeerde zijn BMW en richtte zijn blik op de voordeur van de vrouw. Hij durfde er wel op te gokken dat ze zich op z'n minst zou omkleden voordat ze weer de deur uit ging, dus pakte hij zijn mobiel en zocht het nummer van

Rupert Fleetwoods tante Anjelica in Zürich dat Decima hem had gegeven.

Het Europese belsignaal klonk lang en schel in zijn oor, en na een paar tellen zei een aristocratische stem: 'Wallner.'

'Mevrouw Anjelica Wallner?'

'Daar spreekt u mee.'

'Mijn naam is Cormoran Strike, ik ben privédetective. Ik heb uw nummer gekregen van...'

'Wát bent u?'

Hij kwam ook de tweede keer niet verder dan 'privédetective', waarna er aan de andere kant van de lijn een soort explosie leek plaats te vinden.

'Wat krijgen we nou? Weer die Decima, of hoe dat mens ook mag heten?'

'Ik hoopte u iets te mogen vragen over uw neef, Ru...'

'Dit is ondraaglijk! Eerst de politie en nu u weer!'

'Hebt u de politie ge...'

'Wie denkt ze wel niet dat ze is, mij laten lastigvallen!'

'Ik heb begrepen dat ze de vriendin van uw neef is,' zei Strike.

'Ik heb haar opgezocht! Ik weet wie ze is!' zei de tante van Rupert. 'Hoe haalde hij het in zijn hoofd om iets te beginnen met de dochter van die vréselijke man...'

'U mag Dino Longcaster niet?'

'Het doet er niet toe of ik hem mag! En dat mens had zijn moeder kunnen zijn!'

'Nou, dat is wat...'

'Hij zat achter haar geld aan en hij zal wel niet genoeg hebben gekregen, daarom is hij bij haar weggegaan. Zegt u haar dat maar! Zegt u dat maar namens mij!' schreeuwde mevrouw Wallner, meisjesnaam Fleetwood. 'Hij wil gewoon een luizenleventje. Geen zin om te werken!'

'Decima zei me dat u denkt dat Rupert in New...'

'Hij ís in New York! Ik heb hem gezegd dat hij een fatsoenlijke baan moest zoeken en dat heeft hij gedaan. Het werd verdorie tijd ook. Hij is een volwassen man en hij moet zijn eigen boontjes doppen!'

'Hebt u misschien zijn gege...?'

'Als hij me niet heeft verteld waar hij te bereiken is, is dat omdat hij niet wil dat dat mens hem vindt!'

'Maar u bent er zeker van dat hij in Amerika is? Hebt u nog iets van hem gehoord na 25 m...?'

'Het gaat u niks aan of ik nog wat van hem heb gehoord. Het is een schande, mensen op mijn dak sturen. Een schande!'

'Decima is gewoon bezorgd om Rupert, en ze zou graag de geruststelling willen dat hij...'

'De politie is tevreden met de verklaring, dus ik heb graag dat mejuffrouw Longcaster mij niet langer lastigvalt! Zomaar mijn telefoonnummer aan anderen geven!'

'Maakt u zich persoonlijk geen zorgen om de veiligheid van Rupert?'

'Waarom zou ik? Waarom zou ik me zorgen maken?'

'Ik hoorde dat hij bedreigd werd, voordat hij verdween.'

'Als hij zich inliet met drugs, heb ik geen medelijden met hem. Hou mij erbuiten, zei ik tegen hem. Van mij krijg je geen geld, dus je hoeft het niet te vragen!'

'Dus Rupert heeft u om hulp gevraagd?'

'Ik ga geen drugsschulden afbetalen! Ik gooi geen geld in het putje.'

'Bent u zich ervan bewust dat hij bedrei...?'

'Daar twijfel ik niet aan, dat hij bedreigd werd! Hij moet zijn vrienden wat zorgvuldiger kiezen, of niet soms?'

'Voor zover u weet...'

'Meer heb ik niet te zeggen! Adieu.'

De verbinding werd verbroken.

9

If you would have me better for your love,
Revert no more to these sad themes

Robert Browning
Paracelsus

Om acht uur die avond ging Robins deurbel.

'Hallo,' klonk Murphy's stem door de intercom. 'Ik heb friet.'

'O, wat goed! Ik rammel.' Robin drukte op de zoemer om hem binnen te laten.

'Godsamme,' was het eerste wat Murphy zei nadat hij de drempel over was gestapt en Robin had gekust. Hij keek kwaad naar het plafond, waar de muziek van de bovenbuurman nog steeds doorheen dreunde. 'Zal ik naar boven gaan om te zeggen dat hij die herrie af moet zetten?'

'Dat heeft geen zin,' zei Robin. 'Hij zet het een kwartier zachter en dan gaat het volume langzaam weer omhoog. Hij denkt dat niemand het merkt als hij het in etappes doet.'

'Sukkel... Ga jij maar zitten. We hebben alleen bestek nodig, ik heb ook wat te drinken meegenomen.'

'Ryan, wat fijn, dank je wel,' zei Robin vijf minuten later toen ze allebei met fish-and-chips op schoot en een cola light voor zich op de salontafel zaten te eten. 'Hoe is het op je werk?'

'Hetzelfde.' Murphy had duidelijk geen zin om in te gaan op de complexe zaak rond de schietpartij en de bendeleden. 'Hoe voel je je?'

'Een stuk beter.' Robin hoopte dat ze het zelf zou gaan geloven als ze het maar vaak genoeg zei.

Ze aten een paar minuten zwijgend verder, tot Robin vroeg: 'Zeg, weet jij iets over een moord die is gepleegd toen ik op Chapman Farm zat, waarvan ze toen dachten dat het iets met de vrijmetselarij te maken had?'

'Dat lijk in de zilverwinkel?'

'Ja.'

'Ja, de dode bleek een gewapende overvaller te zijn,' zei Murphy met een mond vol kabeljauw. Hij slikte de hap door. 'Of een mannelijke prostitué die is vermoord door de eigenaar van die zaak, waarna hij het lijk in paniek in de kluis heeft gedumpt omdat hij niet wist wat hij ermee moest.'

'Was dat echt een theorie?' Robin viel stil met een frietje halverwege haar mond.

'Misschien was het een geintje. Je weet hoe die dingen gaan. Het lijk was naakt en bruin van de zelfbruiner.'

'Ken jij iemand die aan deze zaak heeft gewerkt?'

'Ja. Hoezo?'

'Strike heeft gisteren een vrouw gesproken die ervan overtuigd is dat de man in de kluis haar vriend was.'

'Is zij het type dat op gewapende overvallers valt?'

'Dat lijkt me niet. Nogal chic, geloof ik. Haar vriend was ober – een chique ober. We proberen voor haar uit te zoeken of wel onomstotelijk is vastgesteld dat de man in die kluis inderdaad die gewapende overvaller was.'

'Voor zover ik weet zijn ze tevreden met de identificatie,' zei Murphy.

'Honderd procent tevreden?'

'Weet ik veel. Hoezo? Wil Strike de politie weer overtroeven?'

'Wát zeg je?'

Murphy pakte zijn alcoholvrije bier en nam een slok. 'Mensen zijn hun baan kwijtgeraakt, hoor, nadat Strike zich overal mee kwam bemoeien.'

'Wie dan?' vroeg Robin fel. 'Roy Carver? Strike probeerde hem de oplossing te geven en hij wilde niet luisteren. En als je het detectivebureau wilt verwijten dat er zaken zijn opgelost die de politie niet kon oplossen, dan verwijt je mij dat dus ook.'

Murphy at nog wat van zijn friet en zei toen: 'De collega's die Strike informatie blijven toespelen maken niet veel vrienden op het werk, dat kan ik je wel vertellen. Laat Eric Wardle daar maar eens aan denken als zich hij weer op curry laat trakteren.'

'We hebben Wardle genoeg teruggegeven,' zei Robin. 'Het werkt naar twee kanten, hè.'

Ze wees er maar niet op dat Strike Murphy nog maar een paar maanden geleden met de eer had laten strijken voor de arrestatie van een moordenaar, en dat hun bureau Murphy flink had geholpen in een andere zaak. Ze kon het vermoeden niet van zich afzetten dat de rancune van haar vriend werd versterkt door de voortdurende nieuwsberichten over het succesvolle onderzoek naar de UHC, versus Murphy's tot dusverre vruchteloze pogingen om de schutter van twee jonge jongens op te pakken.

Ze aten een paar minuten verder, met als enige geluid de basdreunen van boven.

'Sorry,' zei Murphy toen abrupt. 'Ik ben er gewoon niet zo blij mee dat we in de pers worden afgemaakt.' Hij dronk zijn blikje leeg. 'Hoe doet die Cochran het bij jullie?'

'Goed,' zei Robin. *Te goed.*

'Ze had nogal een reputatie op het werk, heb ik gehoord.'

Robin was niet bepaald in de stemming om te horen wat voor supergoede rechercheur Kim was geweest, dus begon ze over de nieuwste publieke verkondigingen van de binnenkort te beëdigen president Donald Trump over de voorgenomen gevangenisstraf voor zijn verslagen tegenstandster Hillary Clinton. Je kon over de schokkende overwinning van Trump in elk geval één ding zeggen, dacht Robin: je had altijd iets om over te praten als je andere, lastigere, onderwerpen wilde vermijden.

Toen ze uitgegeten waren bracht Murphy het bestek naar de keuken, droeg Robin op te blijven zitten, waste af en kwam terug met twee koppen koffie. Toen ze zijn aarzelende blik zag, vreesde Robin al wat er zou komen.

'En... hoe voel je je nu over...'

'Dat zei ik al, een stuk beter. Ik kan woensdag zeker weer aan het werk.'

'Ik bedoelde niet fysiek.'

Robin, die precies had geweten wat Murphy bedoelde, zei: 'Nou ja, ik ben natuurlijk blij dat ik weg mocht uit het ziekenhuis. Mijn moeder belde trouwens. Ze hebben Rowntree moeten laten inslapen. Zijn lever had het begeven.'

'Shit. Wat erg.'

Robin, die alleen over Rowntrees dood was begonnen om van onderwerp te veranderen, merkte dat ze even geen woord kon uitbrengen. Haar keel zat dichtgesnoerd en ze was bang dat ze zou gaan huilen, niet in het minst omdat ze zag dat Murphy zich niet liet afleiden van waar hij het over wilde hebben.

'Kunnen we er niet over praten?' vroeg hij zacht.

'Waarover?' bracht Robin moeizaam uit.

'Over wat de dokter heeft gezegd.'

'Ik ben weer begonnen met de pil, dat zei ik toch.'

'Nee, over het invriezen van je eicellen.'

'Daar heb ik nog niet over nagedacht.'

'Lijkt het je geen goed idee? Voor alle zekerheid?'

'Welke zekerheid?' Haar stem klonk plotseling rauw. 'Ik heb het opgezocht. Je wordt volgespoten met hormonen en je moet onder volledige narcose, en soms meerdere keren, als ze niet genoeg eitjes kunnen weghalen of als ze niet levensvatbaar zijn.'

'Waarom zouden ze niet levensvatbaar zijn? Je bent pas tweeëndertig.'

Robin, geschokt door haar eigen woede, vermeed weer oogcontact. *Niet gaan huilen.*

'Ik heb het gevoel dat je het mij verwijt,' zei Murphy.

'Ik verwijt jou niks, alleen... jij praat over dat invriezen alsof je even een boodschapje gaat doen. Het is heel ingrijpend en kost veel tijd. Ik zou misschien vrij moeten nemen...'

'Kun je even twee minuten niet aan je werk denken?'

'Hoor wie het zegt! Jij werkt tegenwoordig dag en nacht!'

'Sorry dat ik je vandaag alleen moest laten. Denk je dat ik dat fijn vond? Jij bent degene die niet wilde dat je ouders het wisten!'

'Het gaat er niet om dat ik alleen was, ik red het príma in mijn eentje, ik zeg alleen dat het blijkbaar wel oké is als jij je werk op de eerste plaats zet, maar niet als ik dat doe!'

'Dat is wat anders, ik móét...'

'O, ze hebben jou met een pistool tegen je hoofd gedwongen om bij de politie te gaan?'

'Kom op, je weet best wat ik bedoel!'

'Ja, dat mijn werk zo onbeduidend is dat het niet uitmaakt als ik niet...'

'Ik zeg niet dat het onbeduidend is!'

'Je wilt dat ik "twee minuten niet aan mijn werk denk". Nou, ik wil er juist aan denken. Ik hou toevallig van mijn werk en ik ben er ook nog eens verdomd goed in.' Robins stem trilde.

'Verdomme, dat weet ik toch! Ik vraag je alleen jezelf een keer op de eerste plaats te zetten!'

'Nee, je wilt dat ik mijn eicellen op de eerste plaats zet. Ik ben mijn eicellen niet.'

Er viel een stilte.

'Ik probeer je alleen duidelijk te maken,' zei Murphy uiteindelijk, 'dat als je het wilt doen, dat met die eitjes, ik je zal steunen, dat ik er voor je ben.'

'Wat bedoel je daar precies mee? Laat jij het halve ziekenhuis aan je lijf zitten, Ryan? Laat jij van alles in je steken en ga jij die medicijnen slikken, doorsta jij de pijn en de ellende?'

'Nee.' Murphy liet zich niet van de wijs brengen.

'We hebben het nooit over kinderen gehad,' zei Robin. 'Je hebt niet eens gevraagd of ik ze wil.'

'Ik nam aan... Je houdt van kinderen. Je nichtje, je petekinderen...'

'Ik vind ze leuk, ik ben dol op ze, natuurlijk. Daar gaat het... Jezus,' zei Robin, die nog steeds verwoed vocht tegen de tranen. 'Ik had dit gesprek nooit op deze manier willen voeren, maar nu je het toch vraagt: ik weet niet of ik wel kinderen van mezelf wil, oké? Maar ook al weet ik dat niet, het was niet makkelijk... om van die chirurg te horen... zo uit het niets... dat die gore verkrachter mij dit heeft aangedaan en... Nee!'

Murphy, die overeind was gekomen om haar een knuffel te geven, deinsde achteruit.

'Sorry,' zei Robin. 'Het doet nog zeer. Sorry.'

'Je hoeft je niet te verontschuldigen.' Murphy liet zich op zijn knieën naast de bank zakken en pakte haar hand. 'Wat kan ik doen?' vroeg hij nederig.

'Niet zeiken over mijn werk en Strike en het bureau,' zei Robin kwaad, en ze veegde met haar mouw over haar ogen. 'Dat hebben Matthew en mijn moeder al genoeg gedaan. Niemand probeert hier anderen te overtroeven, we kijken alleen of we die vrouw kunnen helpen. Ze is net bevallen van de baby van haar vriend en weet niet waar die vriend is. Dat moet vreselijk zijn.'

'Ik zal niet meer zeiken,' zei Murphy zacht. 'Het was lullig van me. Wat kan ik doen om het goed te maken? Zeg het maar. IJs? Weekendje Parijs?'

Er ontsnapte Robin een lachje.

'Hond? Wil je een puppy?'

'Ryan, nu klink je als een kinderlokker.'

Hij lachte en Robin lachte mee, al was dat pijnlijk.

'Ik meen het,' zei hij. 'Ik doe alles voor je.'

'Alles?'

'Dat zeg ik.'

'Oké.' Robin ademde diep in. 'Zoek voor me uit hoe zeker de politie weet dat het inderdaad de gewapende overvaller was in die kluis.'

Murphy leunde naar achteren op zijn hielen, zijn gezicht zo merkwaardig uitdrukkingsloos dat Robin zei: 'Sorry, laat maar. Ik wil niet dat je iets doet waar...'

'Dat is het niet.' Murphy wreef over zijn gezicht. 'De vrouw die op deze zaak zit... ik heb een keer dronken met haar gerommeld, zes jaar geleden.'

'O,' zei Robin.

'Geen seks. Lizzie was net bij me weg, ik was straalbezopen. Het was in de kroeg.'

'Juist.'

Murphy zuchtte. 'Ik kan het haar wel vragen, als het echt zo belangrijk voor je is. Ze weet dat ik nu een vriendin heb.'

'O?'

'Ja,' zei Murphy. 'Want elke keer dat ik haar tegenkom maakt ze me duidelijk dat ze best nog een keer zou willen, dus begin ik nogal vaak over jou... Maar als het belangrijk voor je is, probeer ik haar uit te horen.'

Robin aarzelde. Ze was zich ervan bewust dat ze haar woorden heel zorgvuldig moest kiezen, maar besefte ook vaag dat wat ze nu voelde iets anders was dan wat veel vrouwen zouden voelen bij het vooruitzicht dat hun zeer begerenswaardige vriend zou gaan praten met een vrouw met wie hij een amoureuze ontmoeting had gehad, dronken of niet.

'Nou, ik vertrouw je wel,' zei ze langzaam, 'maar ik vind het niet zo'n geweldig idee dat dat mens je van me af probeert te pakken...'

Ze had het juiste gezegd, Murphy's gezicht klaarde op. Hij kneep even in haar hand.

'Ik zal kijken wat ik kan doen.'

'Dank je wel.' Robin beantwoordde zijn kneepje.

'Hou je alleen maar van me vanwege mijn connecties?'

'Nee,' zei Robin, 'ook vanwege de friet... en nog een heleboel andere dingen.'

Hij trok haar tegen zich aan, en deze keer weerde Robin hem niet af. Het besef dat ze de informatie wilde hebben zelfs al zou Murphy daarvoor de kroeg in moeten met een vrouw die hem duidelijk zag zitten was licht verontrustend, maar gezien het aantal andere zaken waar ze nu over te piekeren had, was het niet nodig om dit nu ook nog eens te gaan analyseren.

10

... a Brotherly affection and kindness should govern us in all our intercourse and relations with our brethren...

Albert Pike
Morals and Dogma of the Ancient and Accepted Rite of Scottish Freemasonry

Strike riep voor de woensdagochtend een teamvergadering uit, want de ex-vrouw van de cricketspeler die Pat het liefst 'Mr H' noemde zat in een vliegtuig naar de Canarische Eilanden. Plug was in zijn moeders huis in Camberwell, waar Midge stond te posten. Strike wilde brainstormen, vooral over een manier om zo snel mogelijk van Mr H af te komen.

Toen hij om negen uur aankwam bij de glazen deur van het bureau, bleek die open te zijn en zat officemanager Pat Chauncey al aan haar bureau. Pat, achtenzestig jaar, met een aapachtig gezicht en ongeloofwaardig inktzwart haar, had haar onafscheidelijke e-sigaret zoals gewoonlijk stevig tussen haar tanden geklemd.

'Gefeliciteerd,' zei ze schor, met de bariton waardoor ze aan de telefoon vaak voor Strike werd gehouden.

'O ja,' zei hij. 'Bedankt.'

Hij was zijn verjaardag niet vergeten, hij had alleen gehoopt dat de rest van het bureau dat wel zou doen. Strike had geen zin in een theekransje op de vroege ochtend, met kaarsjes en cadeaus, en hij wilde Robin er ook liever niet aan herinneren dat hij al tweeënveertig was. Maar op Pats bureau lag een grote envelop en stond een flink kubusvormig cadeau in blauw pakpapier, en toen hij even naar de keuken gluurde, zag hij een oud cakeblik met foto's van prinses Diana erop dat zeker niet op kantoor thuishoorde.

'Er heeft een zekere Decima Mullins gebeld,' zei Pat. 'Ze wil weten wanneer je met het contract komt.'

'Als ik heb besloten of we haar zaak aannemen.' Strike liep naar de waterkoker.

'En Mr H heeft gisteravond een bericht achtergelaten. Hij wil een update.'

'Godver.'

De glazen deur ging weer open. Toen Strike zich omdraaide, zag hij Robin binnenkomen.

'Jij ziet er opvallend goed uit voor iemand die net ziek is geweest.'

'Tja, leve de blusher en de concealer,' zei Robin, en haar opgewekte toon was niet gespeeld. Ze voelde zich aanzienlijk beter dan het afgelopen weekend, en een stuk vrolijker nu ze weer op de zaak was. 'Gefeliciteerd, trouwens.'

Ze liep een beetje schutterig naar Strike toe om hem een knuffel en een kus op de wang te geven, die hij met genoegen in ontvangst nam.

'En ik heb dit voor je.' Robin haalde een zwaar, ingepakt pakket uit haar tas en gaf het aan hem, waarbij ze een steek voelde op de plek van de operatie. 'Dat daar,' zei ze, wijzend naar het grote cadeau op Pats bureau, 'is van ons allemaal. Je mag het mijne nu openmaken. Het is niet erg fantasievol.'

Ze zei er niet bij dat ze Murphy had moeten vragen het te gaan kopen terwijl zij tijdelijk aan huis gebonden was, en dat het daarom nogal onpersoonlijk was. Strike pakte de doos uit en trof een fles aan met wat eens zijn favoriete whisky was geweest. Omdat Robin niet hoefde te weten dat het hem nu deed denken aan zijn dode ex-verloofde, zei hij: 'Fantastisch, dank je wel.'

'Waarom hebben we eigenlijk die teamvergadering?'

'Omdat het nu kan,' zei Strike. 'Mrs H is weg. Midge doet Plug, maar ze belt dadelijk in, en De Ezel...'

'Dat meen je niet,' zei Robin, die net haar jas wilde ophangen. 'Is De Ezel terug?'

'Goedemorgen,' zei Kim, die binnenkwam voordat Strike antwoord kon geven. 'Gefeliciteerd met je verjaardag, Cormoran!'

'Joe.' Strike was op weg naar de kast waar ze de klapstoelen bewaarden. 'Ik heb nog geen ja gezegd tegen De Ezel,' zei hij over zijn schouder tegen Robin. 'Zolang we geen beslissing hebben genomen over Decima Mullins weet ik niet of we plek voor hem hebben.'

'Ik weet binnenkort hoe zeker ze ervan zijn dat het lijk inderdaad Knowles was, als het goed is,' zei Kim zelfverzekerd tegen Strike. 'Ik heb een paar contacten aangeboord. Maar er wordt wel merkwaardig schichtig over gedaan. De leider van het onderzoek, Malcolm Truman, is geschorst.'

'Echt?' vroeg Robin. 'Waarom?'

De glazen deur ging weer open.

'Goedemorgen,' zei Barclay. Hun freelancer uit Glasgow was lang, had een dunne, spitse neus en vroegtijdig grijs haar, en hij was net als Strike afkomstig van de militaire politie. 'O ja,' zei hij toen hij het cadeau op Pats bureau zag staan. 'Gefeliciteerd.'

'Joe,' zei Strike weer.

'Heb je Robin al over De Ezel verteld?' vroeg Barclay.

'Wie is De Ezel?' zei Kim.

'Een kerel die graag bedrogen wordt,' zei Barclay. 'Hij betaalt mensen om zijn vriendinnen te betrappen op vreemdgaan. Stoot zich steeds aan dezelfde steen.'

'Aha, een bedrogen-echtgenootfetisj,' zei Kim gezaghebbend.

'Welke vrouw is deze keer de geluksvogel?' vroeg Robin aan Strike.

'Zijn echtgenote.'

'Mijn god, is er iemand met hem getróúwd?'

'We maken allemaal fouten,' zei Kim, 'al moet ik toegeven dat ik nooit met een van de mijne getrouwd ben.'

Ze lachte. Robin, de enige aanwezige die gescheiden was, voelde een vijandigheid opkomen die steeds vertrouwder werd, maar ze hield zichzelf voor dat Kim het niet lullig bedoelde.

Na de komst van Shah, die kleiner was dan zijn beide mannelijke collega's, en zo knap dat hij meestal werd uitgekozen om vrouwelijke getuigen of verdachten te paaien, belde Pat via FaceTime het nummer van Midge Greenstreet.

'Gefeliciteerd, Cormoran,' zei Midge, die kort, strak achterovergekamd zwart haar en heldere grijze ogen had en op dat moment in haar auto zat. 'Hoe oud ben je nou, vijfenveertig?'

'Twee,' zei Strike. 'Tweeënveertig. Oké, zullen we...?'

'Heb je ons cadeau al opengemaakt?' vroeg Midge.

'Het valt niet mee om voor jou iets te kopen.' Pat hees het grote pakket van haar bureau en stak het uit naar Strike. 'We zijn voor iets nuttigs gegaan.'

Strike maakte het pak open en was opgelucht dat er niets in zat wat hij in het bijzijn van alle anderen zou moeten aantrekken, geen onzinding dat hij uit beleefdheid in zijn flat zou moeten zetten, maar een flinke voorraad van zijn favoriete vapevloeistof.

'Genoeg nicotine om een paard om te leggen,' zei hij. 'Heel fijn. Echt. Bedankt... Goed, laten we beginnen met Plug, voor het geval Midge ineens weg moet. Wat spookt hij uit?' vroeg Strike aan Midge op het beeldscherm.

'Hij ging weer tekeer tegen zijn arme oude moeder, de lul. Ik kon het op straat horen, maar hij is niet...'

'Dat heb ik Cormoran al verteld,' onderbrak Kim Midge. 'Zondag.'

'Mag ik misschien even mijn zin afmaken?' zei Midge geërgerd.

'Sorry,' zei Kim met opgetrokken wenkbrauwen. 'Ga door.'

'... niet de deur uit geweest,' zei Midge met een woeste blik.

'Juist.' Kim stootte een lachje uit. 'Nou, zondag is hij naar Ipswich gereden, waar hij een paar kerels trof in een pub. Een van hen schreef dingen op in een soort kasboek. Ik heb foto's van nummerplaten en die laat ik bij de politie door het systeem halen.'

'Mooi, daar hebben we wat aan,' zei Strike, en Robin, die terugdacht aan Murphy's 'Ze had nogal een reputatie' deed tevergeefs haar best om geen wrok te voelen. 'Maar we hebben niet de mankracht om vrienden van Plug te gaan volgen, tenzij we Huf...' – hij zag de dreigende blik van Pat – 'Mr H kunnen lozen. Over hem gesproken...'

'Ze neukt niet met Culpepper,' zei Barclay met zijn zware Schotse tongval. 'Als hij niet wil dat er lullig over hem wordt geschreven, moet hij zich gewoon niet zo hufterig gedragen.'

'Ja, maar die verhalen in de krant gaan over zijn huftergedrag van vroeger,' zei Shah. 'En als ze niet van zijn ex komen, van wie dan wel?'

Het volgende kwartier bespraken ze de mensen die Mr H en zijn ex-vrouw regelmatig zagen. Robins telefoon zoemde terwijl het gesprek nog gaande was. Het was een appje van Murphy.

Ik heb wat je wilde. Maar is veel vertrouwelijker dan ik in de gaten had.

Robin appte terug:

Wat goed, Ryan, dank je wel. Mag Strike ook horen wat je hebt, samen met mij?

Nadat Mr H was afgevinkt van de lijst met te bespreken onderwerpen ging Strike door naar Decima Mullins. Toen hij de anderen een overzicht had gegeven van de huidige situatie, zonder Decima's baby te vermelden, herhaalde Kim haar hoop dat een van haar politiecontacten bereid zou zijn hun de DNA-gegevens door te spelen van het lijk in de kluis van de zilverwinkel. Robin wachtte gespannen op Murphy's antwoord, dat lang op zich liet wachten; de detectives hadden het al gehad over onkostenvergoeding, vrije dagen rond kerst en Nieuwjaar voor de freelancers en een paar geruilde diensten, toen het eindelijk binnenkwam.

Ja oké maar dan wel persoonlijk en niemand anders mag weten dat ik jou iets heb gegeven. Het is echt vertrouwelijk.

Robin keek op. Pat tilde een zelfgebakken geglazuurde cake uit het blik met de foto's van Diana en stak er, met haar e-sigaret stevig tussen haar tanden geklemd, twee kaarsen in, een grote vier en een twee.

'Ik kon er geen tweeënveertig aansteken,' zei ze tegen Strike. 'Brandgevaar.'

Strike deed zijn best om de indruk te wekken dat hij het leuk vond toen er 'Happy Birthday' werd gezongen. Bij het zien van zijn geforceerde glimlach begon Robin te lachen voordat het lied afgelopen was, en ze merkte dankbaar op dat lachen niet zo veel pijn meer deed. Strike, ongewild geamuseerd door Robins geamuseerde reactie, grinnikte onwillekeurig tegen de tijd dat Pat hem opdroeg zijn kaarsen uit te blazen.

'Heb je een wens gedaan?' vroeg Kim schalks toen Pat de cake aansneed.

Strike, die geen wens had gedaan, gaf geen antwoord.

'Strike, kan ik je dadelijk even spreken over Decima Mullins?' vroeg Robin.

'Zeker.' Strike nam een plak chocoladecake van Pat aan. 'Ik heb jou ook een paar dingen te vertellen.'

Robin genoot stiekem van de ergernis die over Kims gezicht trok.

11

If two lives join, there is oft a scar,
They are one and one, with a shadowy third...

Robert Browning
By the Fire-Side

Toen de freelancers hun cake ophadden en vertrokken waren naar hun verschillende klussen, gingen Strike en Robin in hun eigen kantoor zitten, waar het raam beslagen was van de motregen. Nadat Robin de tussendeur had dichtgedaan, zei Strike: 'Midge is niet bepaald het zonnetje in huis de laatste tijd.'

'Kim praatte door haar heen.'

'Dat was niet het enige. Ze is al de hele week chagrijnig.'

'Het gaat niet zo lekker tussen Tasha en haar,' zei Robin, die het hele verhaal van Midge' relatieproblemen had gehoord toen Midge haar had afgelost bij het schaduwen van Mrs H. 'Tasha zit ergens op een filmset en Midge denkt dat ze het daar aanlegt met de mannelijke hoofdrolspeler.'

Strike maakte een onbestemd geluidje. De ingewikkelde liefdeslevens van zijn freelancers interesseerden hem nauwelijks; hij had genoeg aan zijn eigen gedoe op dat gebied.

'Ryan heeft informatie voor ons losgekregen, over het lijk in de kluis. Hij kent iemand die aan die zaak heeft gewerkt.'

'Aha. Heel goed.'

Strike vond het niet fijn om Murphy dank verschuldigd te zijn, maar informatie was informatie.

'Ik weet dat je jarig bent, dus je zult wel plannen hebben,' zei Robin, 'maar mocht je tijd hebben om vanavond naar mij toe te komen, dan kun je rechtstreeks van hem horen wat hij voor ons heeft. Hij wil het niet per app sturen, het is schijnbaar heel vertrouwelijk.'

'Ja, ik kan wel komen.' Strikes plannen voor die avond bestonden in bier drinken op zijn bed voor de tv terwijl Arsenal tegen Paris Saint-Germain speelde in de Champions League, al had hij dat niet gezegd tegen Lucy, die dacht dat hij mee uit eten genomen werd door zijn vrienden Nick en Ilsa.

Robin pakte een foto die op het bureau lag. 'Wilde je me deze laten zien?'

'Nee, maar je moet er wel naar kijken,' zei Strike. 'Dat is Rupert Fleetwood.'

Terwijl Robin aandachtig stond te kijken naar het ronde gezicht en de brede schouders van Rupert Fleetwood, in zijn oberuniform met het bordeauxrode strikje en gilet, zei Strike: 'Ik heb Shanker gisteravond gebeld om te vragen of hij iets weet van een grote cokedealer die Dredge wordt genoemd.'

Shanker, wist Robin, was een beroepscrimineel die Strike al sinds zijn zeventiende kende. Ze had een zwak voor hem, wat Strike op z'n minst voor een deel onverstandig vond.

'En?' vroeg Robin.

'Hij wist wie ik bedoelde. Die idiote huisgenoot van Fleetwood heeft duidelijk de verkeerde tegen zich in het harnas gejaagd. Ik heb Shanker gevraagd eens voor me rond te snuffelen, uitzoeken of die Dredge de laatste tijd misschien voormalige kostschooljochies uit de weg geruimd heeft. Tegen het gebruikelijke tarief.'

Ook al waren ze vrienden, Shanker deed niets voor niets.

'Dat is mooi,' zei Robin. 'Ik heb trouwens je mail over Ruperts tante gelezen. Klinkt niet erg gezellig.'

'Een ouderwetse draak. Nul genegenheid of bezorgdheid. Let wel, we kennen het verhaal verder niet. Misschien heeft hij haar wel zwaar bestolen voordat hij vanuit Zwitserland naar Engeland vertrok.'

'Maar zij zegt dus dat hij in New York zit?'

'Ja, alleen weigerde ze me te vertellen of ze na 25 mei nog iets van hem heeft gehoord. Ik moet toegeven dat ik me toch afvraag hoe hard de politie zou zoeken naar een man van wie de naaste familie zegt dat hij niet vermist wordt. Decima is niet met hem getrouwd en ze woonden niet samen, dus ze heeft weinig grond om een zoektocht te eisen.'

'Ik heb alle nieuwsberichten over die moord doorgespit terwijl ik thuiszat,' zei Robin. 'Mensen hadden het over de vrijmetselaarslegende van Hiram Abiff. Had jij ooit van hem gehoord?'

'Jazeker,' zei Strike. 'De zeer vakkundige maker van de tempel van Salomo, vermoord omdat hij weigerde de geheimen van de Meester-Metselaars prijs te geven. *Ik zal de geheimen van een eerzame broeder en Meester-Metselaar niet schenden wanneer deze aan mij worden overgebracht en door mij worden ontvangen, met uitzondering van moord en verraad*,' droeg hij voor.

Robin staarde hem aan.

'Wat nou?' zei Strike.

'Jij bent geen vrijmetselaar?'

'Natuurlijk niet, gek.' Strike snoof.

'Het zou toch kunnen dat ik het niet wist! Het is een geheim genootschap, of niet?'

'"Een genootschap met geheimen" noemen ze het. Nee, een maat van me in het leger was vrijmetselaar. Graham Hardacre. Ik noemde hem weleens Hiram, om hem in de zeik te nemen. Maar hij is er gewoon bij gegaan voor het eten.'

'Hè?'

'Zijn vrouw kookt niet. Ze leven op brood. De maaltijden bij de vrijmetselaars waren voor hem een manier om een keer een fatsoenlijke biefstuk voorgezet te krijgen.'

'Kom híj dan niet leren koken?'

'Als dat al ooit bij hem opgekomen is, heeft hij het vast afgedaan als het idee van een zieke geest. Het is een rare, die Hardy, al kon je ook met hem lachen. Goede rechercheur, dat wel.'

Terwijl hij dat zei, herinnerde Strike zich dat Hardacre hem maanden geleden had gemaild en dat hij hem, druk met zijn werk en privézaken, niet had geantwoord. Hun wegen waren totaal verschillende kanten op gegaan sinds Strike het leger had verruild voor een leven in Londen, terwijl Hardacre bij de Special Investigation Branch van de Royal Military Police was gebleven. Hardacre had een paar keer wat voor Strike gedaan in de begintijd van het detectivebureau, maar Strike besefte nu dat ze elkaar al jaren niet meer persoonlijk hadden getroffen.

'Nou, het lijkt me interessant om van Murphy te horen wat er waar was van die Abiff-geruchten,' zei Strike.

'Waarom doen mannen dat toch?' vroeg Robin zich af.

'Wat, mensen vermoorden?'

'Nee, waarom zijn ze zo dol op besloten genootschappen met rituelen en zo? Vrouwen hebben daar veel minder mee.'

'Geen idee,' zei Strike, maar na een paar seconden nadenken voegde hij eraan toe: 'Ik denk dat wij meer van hiërarchie houden dan jullie. En we hebben een reden nodig om bij elkaar te komen. Samen iets doen of ergens naar kijken. Wij mannen komen niet veel bij elkaar over de vloer, tenzij er vrouwen bij betrokken zijn.'

'Dus de vrijmetselarij is eigenlijk zoiets als een potje voetbal?'

'Alleen ligt daar de nadruk niet op rare handdrukken en hoor je de spelers elkaar niet vaak vragen hoe oud hun grootmoeder is.'

'Huh?' vroeg Robin stomverbaasd.

'Zo vragen vrijmetselaars elkaar bij welke loge ze horen. De loges zijn genummerd. "Hoe oud is je grootmoeder?" "Tweeduizenddrieenvijftig."'

'Heeft Hardacre je dat allemaal verteld?'

'Een deel wel. Het meeste is op te zoeken. Wat ik van Hardacre heb losgekregen is dat je mensen moet helpen die het slechter hebben – met de nadruk op medevrijmetselaars – en je als een modelburger moet gedragen. En je hebt je broederlijke vermaningsplicht.'

'Wat is dat?'

'Overtredingen worden niet openbaar gemaakt. Je spreekt elkaar er broederlijk op aan.'

'Zou dat ook gelden voor iets crimineels?' vroeg Robin nieuwsgierig.

'"Met uitzondering van moord en verraad",' citeerde Strike. 'Er zijn regels bij die niet voor het publiek bedoeld zijn. De belangrijke dingen vertelde Hardacre me niet.'

Robin keek op haar horloge en zei toen met tegenzin, omdat het gesprek haar interesseerde: 'Ik moet gaan, ik ga zo Midge voor een paar uur aflossen. Zeven uur vanavond, komt dat uit? Ik bestel wel pizza of zo.'

'Ja, heel goed. Tot vanavond.'

Robin vertrok, en Strike bleef zitten terwijl hij zich afvroeg hoe het zou zijn om een avond door te brengen in het gezelschap van haar en Murphy, want het was de eerste keer dat hij met hen als stel alleen zou zijn. Misschien kon hij wel een manier bedenken om het zo te draaien dat Murphy overkwam als een enorme eikel.

Met die zonder twijfel kinderachtige maar bevredigende gedachte richtte hij zich weer op zijn computer, om een update te schrijven voor Mr H.

12

We are all of us, though not all equally, mistaken.

Albert Pike
Liturgy of the Ancient and Accepted
Scottish Rite of Freemasonry

Pas toen Robin buiten stond voor het kantoor aan Denmark Street bekroop haar een zekere terughoudendheid over die avond.

Ze was zich er maar al te zeer van bewust dat haar collega-detective en haar vriend, die tamelijk vriendschappelijk met elkaar omgegaan waren voordat zij en Murphy een relatie kregen, nu vijandig tegenover elkaar stonden. Murphy had meer dan eens zijn verdenkingen geuit over de vriendschap tussen Robin en Strike, en het was haar eindelijk gelukt hem daarmee te laten stoppen door te zeggen dat Strike een relatie had met een advocate, ook al was dat niet waar; Strikes kortstondige verhouding met Bijou Watkins was al geëindigd voordat ze Murphy erover vertelde. Robin had het verhaal nooit bijgesteld, want het diende voor haar z'n doel. Ze begreep helemaal waarom hij zo gespannen deed over haar hechte band met Strike, want zijn ex-vrouw had hem verlaten voor een mannelijke vriend, maar Robin had geen zin meer in onnodige jaloezie-uitbarstingen, die had ze genoeg te verduren gehad van haar eigen ex.

De redenen voor Strikes antipathie ten opzichte van Murphy waren voor Robin minder duidelijk, maar ze vermoedde dat het was omdat hij bang was dat hij zijn zakenpartner zou kwijtraken doordat ze zou gaan trouwen en kinderen zou krijgen. Als dat inderdaad zijn zorg was, vond Robin dat beledigend en woestmakend, want ze had haar toewijding aan haar werk en het bureau inmiddels in tienvoud bewezen. Natuurlijk was er ook een andere mogelijke verklaring voor Strikes houding, maar daar ging ze niet aan denken – alleen dacht ze er dus wel aan, vaker dan ze wilde toegeven. *Ik heb Amelia precies verteld wat Charlotte had geschreven. Ze wist dat ik verliefd op jou was...*

Hou op, zei Robin streng tegen zichzelf toen ze die avond om zes uur haar huiskamer aan het opruimen was. Ze kon het niet uitstaan dat ze zo gespannen was, en dat haar niet te stuiten gedachten – alweer – terugkeerden naar dat gesprek waarin Strike eerst met die schokkende mededeling was gekomen en vervolgens nonchalant was weggelopen. *Hij is niet verliefd op je, dat was gewoon irritant gedrag van hem.* Ze boende de salontafel iets energieker dan nodig was, alsof ze het kloppende gevoel op de plek van haar operatiewond wilde tarten, en herinnerde zichzelf eraan dat ze gelukkig was met Murphy.

Haar gespannen zenuwen werden er niet minder op toen ze ter afleiding het nieuws aanzette en een foto zag van sekteleider Jonathan Wace, die haar strak aankeek. Ze zette de tv weer uit.

Ze had gehoopt dat Murphy er om half zeven zou zijn, en *in situ* als Strike aankwam, maar hij was vijfentwintig minuten te laat. Net toen ze dacht dat het Murphy's eigen schuld was als Strike er eerder zou zijn dan hij, klopte haar vriend op haar voordeur met een fles water in de hand, zijn sporttas over zijn schouder, zijn gezicht verhit.

'Man beneden heeft me binnengelaten. Sorry dat ik zo laat ben. Ik ben een uur in de sportschool geweest, maar toen ik buitenkwam, had een of andere sukkel zijn auto voor de mijne geparkeerd. Ik moest wachten tot hij naar buiten kwam.'

'Geeft niet.' Robin begroette hem met een kus en een knuffel, blij om te weten dat hij had gesport; hopelijk had het geholpen bij het verlagen van zijn stressniveau, dat ongetwijfeld nog steeds hoog was nu zijn team in de pers voortdurend met de grond gelijkgemaakt werd omdat ze nog altijd de schutter van de twee jonge jongens niet hadden opgepakt. 'Ik ben je hier heel dankbaar voor, Ryan. Echt.'

'Ach ja, je hoefde dat weekendje Parijs niet... Is hij er nog niet?'

'Nee, maar hij kan ieder moment komen,' zei Robin. 'Ik heb pizza besteld.'

Ze probeerde Ryan te laten zien dat ze geen speciale moeite deed voor haar collega-detective, en om die reden had ze een spijkerbroek en een oud sweatshirt aangetrokken.

'Je hebt Strike toch wel gewaarschuwd, hè, dat de informatie...?'

De deurbel ging. Robin liet Strike binnen via de intercom, en een paar minuten later schudden hij en Murphy elkaar de hand en wisselden ze iets uit wat voor een glimlach moest doorgaan. Strike overhandigde Robin een fles rode wijn, waar ze hem voor bedankte, en ze liep naar de keuken om glazen te pakken. De deurbel ging voor de tweede keer.

'Ik ga wel,' riep Murphy naar Robin, en terwijl hij op de knop drukte om de deur open te doen voor de pizzabezorger, trok Strike zijn jas uit, hing hem op en keek om zich heen in Robins huiskamer, waar hij Murphy's sporttas nonchalant voor de slaapkamerdeur zag liggen.

De flat was vrijwel onveranderd sinds de laatste keer dat Strike er was geweest, toen hij was blijven slapen, al was het helaas op de bank. Hij vroeg zich af of Murphy dat wist. Het viel hem op dat de plant die hij Robin als housewarmingcadeau had gegeven er blakend bij stond, maar tot zijn ongenoegen was een van de foto's op de schoorsteenmantel er nu een van Robin en Murphy, met de armen om elkaar heen geslagen voor een huis dat griezelig veel leek op Robins ouderlijke woning in Yorkshire.

Toen Murphy de bezorger een fooi had gegeven en de pizza's naar Robin in de keuken had gebracht, keerde hij terug naar Strike, die nog midden in de kamer stond, en zei zacht: 'Wat ik heb is strikt vertrouwelijk. Als iemand erachter komt dat ik het heb doorverteld, zit ik tot aan mijn nek in de shit. Mijn contactpersoon had dit nooit mogen vertellen, dus ook zij komt in de problemen als er iets wordt doorgeluld.'

'Ik lul niks door,' verzekerde Strike hem.

'Robin wilde dit. Daarom heb ik het gedaan.'

Aangezien het niet erg waarschijnlijk was dat Strike zou denken dat Murphy de informatie had losgepeuterd uit liefde voor hém, vroeg Strike zich af waar deze mededeling goed voor was.

'Maar afijn.' Murphy gebaarde kort naar de zithoek.

Strike nam een fauteuil en Murphy ging op de bank zitten. Robin, die de ongemakkelijke stilte kon horen, had spijt dat ze geen muziek had opgezet, en ze versnelde het verzamelen van de borden, servetten en glazen.

'Hoe gaat het met de advocaat?' vroeg Murphy aan Strike.

'Welke advocaat?' zei Strike.

Buiten zicht kreeg Robin een wee gevoel in haar maag.

'Ik dacht dat je iets had met een advocaat? Bijou of zoiets.'

'O,' zei Strike. 'Ja. Gaat goed.'

Robin haastte zich de kamer in, een beetje verhit, met de pizza's, borden en servetten, en ze vermeed Strikes blik.

'Zullen we dan maar?' zei ze, waarna ze naast Murphy op de bank ging zitten. Die laatste pakte zijn schrift met aantekeningen.

'Ik zeg net tegen Strike: dit mag niémand horen.'

'Dat gebeurt niet, Ryan, beloofd.' Robin schonk wijn in voor Strike.

'Goed.' Murphy sloeg het schrift open terwijl Strike een punt pizza pakte. 'Je kent het verhaal. Iemand die zich William Wright noemde kreeg een baan in Holborn, bij Ramsay Silver. Heeft er twee weken gewerkt. Op de derde maandag maakte de eigenaar de kluis open, trof daar Wrights verminkte lijk aan, en het zilver dat ze er die vrijdag in hadden gezet was verdwenen.

Al snel bleek William Wright niet te bestaan. Geen gegevens onder die naam en met die geboortedatum, en de referenties die hij had opgegeven waren vals. Bij de antiekzaak in Doncaster waar hij beweerde te hebben gewerkt hadden ze nooit van hem gehoord. Allebei de telefoonnummers die hij voor de referenties had gegeven waren van wegwerptoestellen. Er meldde zich iemand die zei dat Wright onder hem had gewoond in Newham. Niet langer dan een maand, de borg contant betaald, en de huisgenoten kenden hem alleen als William Wright uit Doncaster.'

Murphy nam een slok uit zijn waterfles, waardoor Strike, die aantekeningen maakte, voor het eerst besefte dat rondzeulen met een fles water na het sporten een vorm van irritante aanstellerij was.

Murphy sloeg een bladzijde om en vervolgde: 'De laatste keer dat Wright levend is gezien was op vrijdag 7 juni. Hij is die dag vrijwel onafgebroken te zien op de interne beveiligingscamera van de winkel...'

'"Vrijwel"?' vroeg Strike.

'Eind van de middag was hij om een boodschap gestuurd, maar hij kwam terug en is tot zes uur in de zaak gebleven. Om tien over zes is hij gefilmd toen hij station Covent Garden in ging. Er zijn beelden van beveiligingscamera's waarop vier mannen in de vroege uren van die zaterdagochtend Wild Court in lopen – de straat waar Ramsay Silver zit – kort voor de tijd waarvan ze weten dat de zaak weer openging. Er wordt aangenomen dat dat Wright was met drie handlangers. Op de beelden van de interne beveiligingscamera is te zien dat iemand rond één uur 's nachts de winkel in gaat, in het donker. Diegene loopt binnen naar de camera en zet hem uit. Er wordt aangenomen dat Wright kort daarna is vermoord, door een of meer van de mannen die bij hem waren. Volgens de technische recherche was hij zo'n achtenveertig uur dood toen hij werd gevonden.'

'Het staat vast dat Wright in die kluis vermoord is?' vroeg Strike. 'Niet ergens anders en later daar gedumpt?'

'Nee, in de kluis,' zei Murphy. 'Het patroon van de bloedspatten is niet te vervalsen, volgens de TR. Er is ook een gedeeltelijke voetafdruk gevonden die duidelijk is gemaakt toen het bloed nog vloeibaar was.'

'Heb je daar bijzonderheden van?' vroeg Strike.

'Ik dacht dat jullie de identiteit van het lijk wilden weten, niet die van de daders?'

'Het identificeren van de moordenaars kan helpen bij het identificeren van het lijk.' Strike beantwoordde de ijzige blik met een blik die al even ijzig was.

'Zoals dadelijk duidelijk zal worden, zou het geen goed idee zijn om te proberen deze specifieke moordenaars op te sporen.' Murphy keek weer in zijn aantekeningen. 'De camera is rond drie uur weer ingeschakeld, het alarm...'

'Hadden ze dat bij binnenkomst uitgeschakeld?' vroeg Strike.

'Dat... dat weet ik niet,' gaf Murphy toe. 'Ik neem aan van wel. Maar de winkel ging dus pas weer op maandagochtend open.' Hij nam nog een slokje water en zei toen: 'Op externe beveiligingsbeelden zijn op Wild Court alleen individuen of tweetallen te zien vlak na de roof, dus kennelijk zijn de drie dieven uit elkaar gegaan.'

'Hadden ze het gestolen zilver bij zich?' vroeg Robin.

'Daar had mijn contactpersoon niet veel over te zeggen. Misschien zat het in rugzakken. Ze denken dat een van hen een vluchtauto had die rond het juiste tijdstip aankwam in Wild Street, maar de dichtstbijzijnde camera was buiten werking. Volgens mijn bron was er bij een andere camera kort na drie uur een auto te zien met valse nummerplaten en alleen een chauffeur. Bij de volgende camera's zaten er twee mensen in diezelfde auto.'

'Wat voor merk?' vroeg Strike.

'Heeft contactpersoon niet gemeld.' Murphy nam deze keer niet de moeite om op te kijken. 'Zoals ik al zei was de winkel zaterdag dicht, dus heeft het lijk daar onaangeroerd gelegen tot maandag, toen de eigenaar de kluis opende.'

'Het was verminkt, hè?' vroeg Strike.

'Ja, maar de mensen die daar werkten herkenden Wright aan zijn haar, postuur, et cetera. DNA van het lijk kwam overeen met DNA in de winkel, waaronder een haar in de zwanenhals van de wasbak. Het lijk was gekleed in iets raars, maar mijn contactpersoon wilde niet zeggen wat. Ik kreeg de indruk dat het een boodschap was, misschien om hem te vernederen.'

Murphy nam nog een slok water en zei toen: 'Nu komt er iets waar je écht je mond over moet houden.'

'Doen we,' verzekerde Robin hem.

'Het verklaart waarom niet met honderd procent zekerheid is vastgesteld dat Wright inderdaad Jason Knowles was, maar als je hier iets over doorvertelt...'

'Ryan, dat doen we niet.'

'Goed dan. Jason Knowles had heel goede connecties in de onderwereld. Bijna zijn complete familie bestaat uit oplichters, en zijn oom is een belangrijke naam in het milieu. Maar Knowles zelf was geen grote vis, gewoon een dief. De National Crime Agency heeft het afgelopen half jaar een infiltrant geplaatst in kringen van Knowles' oom, omdat die in wapens handelde. Die NCA-man heeft het verhaal gehoord van twee verschillende bronnen: Jason is in een hinderlaag gelokt in de veronderstelling dat hij samen met zijn moordenaars een klus ging doen, en zijn lijk is onherkenbaar gemaakt. Het gerucht ging dat zijn oom persoonlijk opdracht zou hebben gegeven om hem te vermoorden, omdat hij vermoedde dat Jason lekte naar de politie.'

'Jezus,' zei Robin zacht.

'Alles over dat zilververhaal klopte. Lijk had de lengte en bouw van Knowles, en toen de politie de foto van Knowles liet zien aan het winkelpersoneel dachten ze dat hij het was. Ze zeiden dat ze het niet honderd procent zeker wisten, want Wright had een baard en die had Knowles niet op de foto, en Knowles droeg ook geen bril, zoals Wright, en Knowles was niet aan de zelfbruiner. Wrights haar was ook donkerder dan dat van Knowles, maar het haar van het lijk bleek geverfd te zijn. Knowles had ook lopen pochen dat zijn volgende klus in alle kranten zou komen, en het gestolen zilver was van historisch belang.'

'Vingerafdrukken?' vroeg Strike.

'Dat was een probleem.'

'Maar die van Knowles stonden toch zeker in het systeem?'

'Dat wel, maar de handen van het lijk waren verdwenen, wat natuurlijk impliceert dat de moordenaar wist dat het lijk te identificeren zou zijn aan de hand van zijn vingerafdrukken.'

'Wemelde het in die winkel niet van de afdrukken van Wright?'

'De verkopers dragen handschoenen om het zilver op te pakken en de glazen vitrines open te maken, en helaas heeft de schoonmaker die maandagmorgen zijn werk erg grondig gedaan in de winkel, de personeelsruimte en het toilet, vlak voordat het lijk werd gevonden.'

'Wie is de schoonmaker?' vroeg Strike.

Murphy sloeg een bladzijde om. 'Een zekere Todd.'

'Een man?' vroeg Strike.

'Het schijnt dat mannen ook kunnen schoonmaken,' zei Robin.

'Ik dacht dat dat een broodjeaapverhaal was,' zei Strike.

Murphy deed alsof hij het niet gehoord had. 'Die infiltratie van de NCA zou natuurlijk in gevaar komen als de politie het DNA van Knowles ging natrekken, dus vroegen ze het korps van Londen om toch een oproep voor informatie te doen, tot het onderzoek naar de wapenhandel was afgerond en Knowles' familie veilig getest kon worden. Helaas heeft de man die het kluisonderzoek leidde, Malcolm Truman, daarna ineens op eigen initiatief geroepen dat de politie zeker wist dat het lijk Knowles was.'

'*What the fuck*. Hoe kon hij dat doen?' vroeg Strike perplex.

'De journalisten gingen met dat vrijmetselaarsverhaal aan de haal en Truman wilde niet overkomen als iemand die geen enkele aanwijzing had. Volgens mijn bron is het een arrogante eikel die niet onnozel wilde lijken in de pers. Hij is later geschorst. Het team dat op de zaak zat heeft nog geprobeerd de schade ongedaan te maken, maar de kranten verloren hun belangstelling zodra ze hoorden dat Wright een crimineel was geweest, en dat het verhaal over de vrijmetselarij bullshit was. Kort samengevat: William Wright was Jason Knowles, maar dat kunnen ze nog niet bewijzen.'

Murphy zette zijn water weg en pakte een punt pizza.

'Ik neem aan dat de mensen die in de winkel werkten vrij zijn van verdenking?' vroeg Strike.

'Ja, die hadden allemaal een waterdicht alibi,' zei Murphy met zijn mond vol pizza. 'Todd de schoonmaker was tot in de kleine uurtjes aan het pokeren met zijn vaste kaartclub, die dat bevestigd heeft. De bedrijfsleidster, ene Pamela, heeft het weekend doorgebracht in Grantham, voor een bruiloft in de familie, ze is vrijdagavond om acht uur vertrokken. De eigenaar, Ramsay, is mantelzorger voor zijn vrouw. Ze hadden dat weekend vrienden te logeren die hebben bevestigd dat hij alleen op zaterdag de deur uit is geweest om met hen te gaan lunchen in de pub.'

Het drietal at even zwijgend door. Robin wilde Strike vragen wat hij ervan dacht, maar niet waar Murphy bij was. Strike peinsde intussen over het feit dat de CID-man duidelijk niet wilde dat het detectivebureau deze zaak aannam, en al had hij er tot nu toe zelf afwijzend tegenover gestaan, nu vroeg Strike zich ineens af of dit niet een spectaculaire kans was om een wig te drijven tussen Robin en haar vriend.

'Je zei dat er nog andere mogelijke kandidaten waren voor Wright,' zei Robin tegen Murphy.

'Ja, er waren er een paar.' Murphy pakte zijn schrift weer en sloeg een bladzijde om. 'Bijna allemaal weggestreept. Twee konden er niet uitgesloten worden omdat ze van hen geen DNA konden nemen. De ene heette Tyler Powell. Zijn oma had erover gebeld. Blijkbaar had hij zich thuis in de Midlands in de nesten gewerkt en tegen oma gezegd dat hij een baan had gevonden in het zuiden. Lengte klopte en de leeftijd ook ongeveer, maar er is verder geen reden om aan te nemen dat hij het was.'

'Hadden ze geen DNA kunnen afnemen bij die oma?' vroeg Strike.

'Powell is geadopteerd.'

'Wie was de andere kandidaat?' vroeg Robin.

'Ene Niall Semple. Hij heeft de pers gehaald nadat hij als ex-paratroeper met mentale gezondheidsproblemen was verdwenen uit zijn huis in Schotland en alle contact had verbroken. Ook hier geen bloedverwanten. Toen hij verdween, was zijn moeder net gecremeerd. Zijn vrouw belde de politie. Hij had de juiste lengte en bloedgroep, maar verder wijst niks erop dat hij het zou zijn.'

'En niemand dacht dat Wright misschien Rupert Fleetwood was?' vroeg Robin.

'Mijn bron heeft alleen Powell en Semple genoemd,' zei Murphy.

'En dat verhaal van die mannelijke prostitué...?' begon Robin.

'Wat is dat?' Strike keek op van zijn aantekeningen.

'Een flauw geintje dat uit de hand liep,' zei Murphy. 'Het lijk was naakt, daar begon het.'

'Het is misschien een rare vraag,' zei Robin, 'maar was er iets in de rug van het lichaam gekerfd?'

'Fuck, hoe weet jij dat nou?' vroeg Murphy op scherpe toon.

'Dat zag ik online,' zei Robin, geërgerd door zijn toon, zeker waar Strike bij was. 'In de commentaren zei iemand dat er een G in zijn rug gekrast was.'

'Volgens mijn contactpersoon was dat een merkteken.' Murphy

sloeg zijn notitieboek dicht. 'En meer heb ik niet.'

'Dank je wel, Ryan,' zei Robin. 'Echt heel...'

'En nu?' Murphy keek naar Strike in plaats van naar Robin.

'We wilden weten of de politie helemaal zeker was van zijn identiteit,' zei Strike, 'en dat weten we nu. Niet dus.'

'Je gaat niet lopen rotzooien met de familie Knowles,' zei Murphy.

'Dat zijn we niet van plan. Wij hebben geen lab, we kunnen geen DNA analyseren.'

'Dus jullie nemen die zaak niet aan?' vroeg Murphy.

'Dat moeten Robin en ik nog bespreken.'

'Wil er nog iemand...?' begon Robin.

'Het is Knowles.' Murphy keek kwaad naar Strike. 'Je houdt die vrouw alleen maar aan het lijntje als je doet alsof er een kans is dat het lijk haar toyboy was.'

'Dat weet ik zo net nog niet,' zei Strike, bewust heel kalm. Laat Robin maar toekijken hoe Murphy agressief wordt en probeert ons de wet voor te schrijven over het aannemen van nieuwe klanten, dacht hij. 'Er zijn veel overeenkomsten tussen Rupert Fleetwood en het lijk, hij had goede redenen om zich een poosje gedeisd te willen houden en hij had een kostbaar zilveren voorwerp te verkopen.'

Robin, die maar al te goed wist dat Strike niet geloofde dat Rupert Fleetwood William Wright was geweest, nam aan dat hij dat zei omdat hij zich net zo ergerde aan Murphy's dictatoriale toon als zij.

'Maar goed.' Strike zette zijn bord neer en kwam overeind. 'Ik moest maar eens gaan.'

'Nu al?' vroeg Robin verontrust. 'Er is nog pizza. En een toetje.'

'Ik heb met Bijou afgesproken,' zei Strike, en hij keek Robin recht in de ogen. En al zou ze er alles voor gegeven hebben om het niet te laten gebeuren, Robin voelde dat ze rood werd. 'Maar bedankt,' voegde Strike eraan toe met een blik op de zichtbaar ziedende Murphy. 'Hier hebben we heel veel aan.'

13

And then the sudden sleights, long secresies,
The plots inscrutable, deep telegraphs,
Long-planned chance-meetings, hazards of a look,
'Does she know? does she not know?'

Robert Browning
In a Balcony

Het rooster was zo ingedeeld dat Strike en Robin elkaar niet meer zagen tot vrijdag, een koude, wolkeloze dag. Het centrum van Londen was nu helemaal uitgedost met kerstversiering, en om elf uur stond Robin in Mount Street in Belgravia onder een van de uitbundige banen zilverkleurige lampjes die over de straat gespannen waren. Ze deed alsof ze telefoneerde terwijl de ex-vrouw van hun profcricketspeler aan het winkelen was bij Balenciaga.

Hoewel Robin handschoenen en een jas droeg, sneed de kou door elk onbedekt stukje van haar huid. Ze voelde zich down en moe, omdat ze nog steeds niet goed sliep. Strikes bezoek had een ongemakkelijke onderstroom achtergelaten. Murphy was de volgende ochtend teruggekomen op het onderwerp van het lijk in de kluis en had de gevaren uiteengezet van het tarten van een man die zijn eigen neef had laten omleggen, en hij had Robin er voor de zoveelste keer aan herinnerd dat meer mensen dan alleen Strike gevaar zouden lopen als Lynden Knowles het idee zou krijgen dat hij onder de loep lag vanwege Jasons dood. Robin had haar uiterste best gedaan om niet defensief of kwaad te klinken toen ze herhaalde dat Strike noch zij van plan was om ook maar in de buurt te komen van Jasons oom, en ze had Murphy verzekerd dat het geheim van de undercoveragent bij hen volkomen veilig was.

Ze had nog veel meer kunnen zeggen. Ze had Murphy eraan kunnen herinneren dat ze geen enkele behoefte had aan een preek over de gevaren van verwikkelingen rond beroepscriminelen, omdat Strike en zij al te maken hadden gehad met een criminele familie die bestond uit net zulke psychopaten als Lynden Knowles leek te zijn. Ze had zelfs hardop dat ene ding kunnen zeggen dat ze allebei wisten, en dat was dat alles wat Murphy zei werd gekleurd door zijn afkeer van haar collega. Maar ze had zich ingehouden. Ze wilde geen ruzie.

Normaal gesproken zou Robin Strike hebben geappt om te vragen hoe hij over het aannemen van Decima's zaak dacht, maar de sluimerende schaamte omdat ze was betrapt op haar leugen over Bijou Watkins hield haar tegen. Nu stond ze naar de overkant van de straat te staren naar een motief dat uitgehouwen in steen boven de ramen van Balenciaga hing; het was een boom of een maisplant. Misschien werd ze beïnvloed door de vrijmetselaarssymbolen waarover ze had gelezen, die ochtend in de metro: de maisplant, zo wist ze nu, stond in de vrijmetselarij voor gulheid en liefdadigheid.

Robin schrok toen ze haar naam hoorde en keek om. Strike kwam naar haar toe gelopen. Ze had verwacht dat Shah haar zou aflossen, en pas over een uur. Robin deed alsof ze haar telefoongesprek beëindigde en stopte het toestel in haar zak.

'Plug is weer op weg naar Ipswich,' waren Strikes eerste woorden. 'God mag weten wat hij daar in zijn schild voert. Maar goed, Shah volgt hem nu en hij zei dat jij hier was.'

'Je bent vroeg. Ik zou haar nog een uur blijven volgen.'

'Weet ik. Ik wilde de zaak van de zilverkluis persoonlijk met je bespreken. Ik heb net Decima Mullins weer aan de telefoon gehad.'

'Wacht even.' Robins blik was gericht op de deur van Balenciaga. 'Mrs H vertrekt.'

De brunette, die een lange jas van zwart kunstbont en laarzen met torenhoge hakken droeg, was de winkel uit gekomen met een grote draagtas en slenterde nu de straat in. Robin en Strike vertrokken vanaf het trottoir aan de overkant en hielden hetzelfde tempo aan, maar bleven twintig meter achter haar.

'Wat heb je tegen Decima gezegd?' vroeg Robin.

'De waarheid. Behalve dat over die infiltrant natuurlijk. Ik zei dat vrijwel alles erop wijst dat het Jason Knowles is, maar dat dat niet met absolute zekerheid is bewezen.'

'En wat zei ze?'

'Ze smeekte me te proberen te bewijzen wie Wright was,' zei Strike. 'Dus wat denk je ervan?'

'Ik dacht dat je die opdracht niet wilde?'

'Ik zal niet tegen je liegen,' zei Strike. 'Ik begin geïnteresseerd te raken in dat lijk.'

Maar dat was natuurlijk niet de hele waarheid.

Sinds hij had gemerkt dat Murphy het echt niet zag zitten dat zij onderzoek zouden gaan doen naar het lijk in de kluis, was Strike gaan beseffen hoeveel kansen deze zaak bood om vorderingen te boeken met zijn plannen met Robin. Gezien de gevoelige kwestie van de undercoveragent van de NCA had Strike het perfecte excuus om erop te staan dat Robin en hij het overgrote deel van deze zaak samen op zich zouden nemen, zonder de freelancers. De noodzaak van geheimhouding zou regelmatige besprekingen onder vier ogen rechtvaardigen, en als bonus zouden ze misschien wel bezoekjes moeten brengen aan de woonplaatsen van de andere kandidaten die William Wright konden zijn, om hen uit te sluiten. Dat betekende lange autoritten, samen uitgebreid getuigen ondervragen met briefings achteraf, en met een beetje mazzel ook overnachtingen. Hij had zelfs een uitstekend excuus om weer over Charlottes afscheidsbrief te beginnen, als hij Robin uitlegde waarom Sacha Legard en Valentine Longcaster misschien niet stonden te springen om met hen te praten.

Strike twijfelde er niet aan dat sommige mensen hem cynisch zouden noemen, maar daar zat hij niet in het minst mee. Per slot van rekening was hij vast van plan om Decima Mullins waar voor haar geld te geven, en als ze erin slaagden aan te tonen dat Fleetwood niet de man in de kluis was geweest, zou hun cliënte tenminste weten waar ze aan toe was.

De brunette aan de overkant van de straat ging een juwelierszaak binnen. Strike en Robin hielden automatisch halt voor een etalage aan hun kant, om de weerspiegeling van de gevel te kunnen zien.

'Maar,' zei Strike, 'als het aannemen van de opdracht problemen veroorzaakt tussen jou en Murphy, dan doen we het niet.'

Verrast door die woorden keek Robin hem aan. 'Ik... Zelfs al zou dat zo zijn, dan is het geen goede reden om het niet te doen,' zei ze zonder erbij na te denken.

Interessant, dacht Strike, maar hardop zei hij: 'Oké, zo zou ik er in jouw positie ook in staan, maar sommige mensen zouden misschien zeggen dat ik daarom nog steeds single ben. Je hebt me trouwens nog niet gevraagd hoe mijn date met Bijou was,' voegde hij eraan toe terwijl hij op haar neerkeek.

'O god ja, sorry daarvoor.' Robin bloosde weer. 'Ik heb nooit... Ik was vergeten tegen Ryan te zeggen dat je niks meer met haar hebt, ik... Je had niet hoeven...'

'Ik zit er niet mee,' zei Strike. 'Als denkbeeldige vriendin is ze een stuk beter dan als echte. Niet dat ze ooit,' voegde hij eraan toe, 'mijn vriendin is geweest.'

'Hoe zou je haar dan noemen?' vroeg Robin, uitermate verbaasd over de wending die het gesprek had genomen. Strike hield gewoonlijk zijn lippen stijf op elkaar over zijn privéleven.

'Een misplaatste vorm van afleiding en snelle bevrediging die me daar voorgoed van genezen heeft. Dat is snel,' zei Strike toen de exvrouw van Mr H de juwelierszaak uit kwam.

'Niks van haar gading gevonden,' zei Robin toen ze haar weer gingen volgen. 'Ik denk dat ze kerstinkopen aan het doen is.'

'Hou op,' kreunde Strike. 'Daar heb ik zo de pest aan. Ik zou iemand zo een ton betalen om het van me over te nemen.'

'Waar ga je heen met Kerstmis?' Dit jaar zouden de bureaueigenaren voor het eerst allebei vrij zijn met de feestdagen.

'Naar Lucy. Ik kon er niet onderuit, zo kort na de dood van Ted. Ik moet ook naar de kerstborrel met alle buren. Ik vreet verdomme nog liever mijn eigen poten op. En jij?'

'Ryan en ik gaan naar mijn ouders. Daar zie ik eerlijk gezegd ook tegen op,' zei Robin.

'Echt? Waarom?'

'Ik weet niet,' verzuchtte Robin. 'Familie, weet je wel? Een huis vol mensen...'

Maar er was zoveel dat ze niet kon zeggen. Er zouden twee zwangere vrouwen in huis zijn, haar schoonzus Jenny en de vriendin van haar broer Martin; niemand in de familie wist dat Robin in het ziekenhuis had gelegen, maar ze twijfelde er niet aan dat er volop over baby's en zwangerschappen gepraat zou worden, en ze was bang dat Murphy dat als excuus zou aangrijpen om weer over het invriezen van de eicellen te beginnen.

'Ik zou het liefst in Londen blijven en mijn eigen plan trekken, maar het voelt alsof dat alleen maar mag als je kinderen hebt.'

'En zelfs dan niet,' zei Strike. 'Joan zou dodelijk beledigd zijn geweest als Lucy en Greg niet elk jaar waren gekomen met hun achterneefjes.'

Verderop wierp de vrouw die ze volgden haar professioneel geföhnde haar naar achteren terwijl ze verder liep.

'Maar goed,' zei Strike, 'nemen we die zaak aan? Jij mag het zeggen.'

'Nou... uit jouw verhaal maak ik op dat ze toch wel iemand anders zal inhuren als wij het niet doen.'

'Dat denk ik ook. En we gaan haar niet aan het lijntje houden.'

'Nee,' was Robin het met hem eens. 'En ik moet toegeven dat ik dat lijk ook heel interessant begin te vinden.'

'Maar zoals ik net zei: als jij erdoor in de problemen komt...'

'Bel haar maar om te zeggen dat we het doen.'

'Zeker weten?'

'Heel zeker.'

'Dan bel ik nu meteen.' Strike pakte zijn mobiel.

Robin luisterde naar Strikes kant van het telefoongesprek en kreeg er een warm gevoel bij. Ze kon het waarderen dat hij rekening hield met Murphy en was dankbaar dat hij haar leugen over Bijou Watkins had afgedaan als een grapje.

'Goed, dan stuur ik u dat contract toe,' zei Strike. 'Juist... ja... geen enkel probleem. Graag gedaan.'

Hij hing op.

'Heel dankbaar,' zei hij. 'En weer tranen.'

Beide zakenpartners liepen zwijgend door, Strike uitermate tevreden over zijn laatste tien minuten werk. Hij had zojuist een uitstekend begin gemaakt door duidelijk aan te geven dat hij niet langer geïnteresseerd was in los-vaste verhoudingen, met zijn opmerking over Bijou Watkins, en Robin had ingestemd met het aannemen van de opdracht, ondanks het feit dat haar vriend het overduidelijk afkeurde. Hij nam zich voor om, ondanks de risico's en de mogelijk slechte afloop, het eerste gunstige moment aan te grijpen om haar te laten weten wat hij voor haar voelde, en mocht zich geen natuurlijke gelegenheid voordoen, dan zou hij die zelf regelen.

Je kunt niet trots zijn op iets waar je nooit voor hebt hoeven werken.

Laat je plannen nooit wijzigen door de tegenpartij.

Hou je aan je opzet en speel je sterke punten uit.

DEEL 2

'Sometimes the deepest mines prove the best in the end.'
'And as long as there's anybody to pay for it I suppose you go on digging.'

John Oxenham
A Maid of the Silver Sea

14

You have taken the first step over its threshold, the first step toward the inner sanctuary and heart of the temple. You are in the path that leads up the slope of the mountain of Truth...

Albert Pike
Morals and Dogma of the Ancient and Accepted Rite of Scottish Freemasonry

'Waar ben je?' waren Strikes eerste woorden op die tweede december, toen Robin de telefoon opnam.

'Op de A40.' Robin moest hard praten omdat ze in haar aftandse Land Rover zat, die geen bluetooth had. 'Mrs H is ergens in de buurt van Stroud. Ik ga Midge aflossen.'

'Kim doet Stroud,' zei Strike. 'De eigenaar van Ramsay Silver belde, ik hang net op. Ik had niet gedacht dat hij zo gretig zou zijn om met ons te praten, hij was niet te houden. Vroeg of we vandaag om één uur konden langskomen.'

'Oké, mooi.' Robin vond het een stuk interessanter om de plek te bekijken waar William Wright was vermoord dan om vanachter een heg naar een verlaten croquetveld te moeten gluren. 'Dan kom ik terug.'

'Dan zie ik je om half een voor Freemasons' Hall.'

Dus keerde Robin weer Londenwaarts. Het was een kille, bewolkte dag, maar zo nu en dan gleed de zon achter de wolken vandaan, zodat het vuil op de voorruit, die ze nog steeds niet had gewassen, eerst omdat ze het te druk had en daarna wegens haar recente operatie, goed zichtbaar werd. De stokoude Land Rover had de afgelopen dagen een geheimzinnig rammeltje ontwikkeld, waarvan Robin de bron nog niet had kunnen vinden. Binnenkort was de verplichte keuring, en ze had sterk het gevoel dat hij er deze keer niet doorheen zou rollen.

Het vooruitzicht van een bezoek aan Ramsay Silver had haar opgebeurd, en dat kon ze wel gebruiken omdat ze voordat Strike belde had zitten piekeren over enkele recente gesprekken die ze had gevoerd met Murphy. Haar vriend had het niet expliciet uitgesproken, maar Robin kon merken dat hij kwaad was omdat het detectivebureau de zaak van de zilverkluis zou aannemen, ook al had ze beweerd dat ze alleen Rupert Fleetwood wilden opsporen en er niet op uit waren de identiteit van het lijk vast te stellen. De vorige ochtend had Murphy aan de telefoon geklaagd over zijn eigen onaangename buurvrouw, die met deuren gooide en om het hardst schreeuwde met haar tienerkinderen, waardoor hij zich nooit kon ontspannen. En opeens had hij gezegd: 'Als we samen een huis zouden kopen, zouden we geen last meer hebben van die ellendelingen.'

Bij die woorden had Robin iets gevoeld wat erg veel op paniek leek. Maar door haar leugen over de zilverkluiszaak had ze het gevoel dat ze hem iets verschuldigd was.

'Ja, dat zou wel kunnen,' had ze gezegd.

'Niet te enthousiast worden, hè?'

Ze had nerveus gelachen. 'Nee, het is echt wel een idee.'

Sinds het beëindigen van dat gesprek probeerde Robin steeds de toenemende spanning weg te redeneren. Ze hield toch van Murphy? Ja, ze dacht echt – wist – dat dat zo was. En de meeste vrouwen zouden dolblij zijn met de wetenschap dat de man van wie ze hielden, en die van hen hield, zo'n verbintenis wilde aangaan, ja toch? En was het inderdaad niet logisch om samen een betere woning te zoeken, zonder luidruchtige buren?

Maar als Robin dacht aan samenwonen, verscheen het beeld voor haar geestesoog van het derde en laatste huis dat ze had gedeeld met haar ex-echtgenoot. Ze wist dat het een fijn huis was geweest, in een straat met achttiende-eeuwse panden die ooit gebouwd waren voor scheepsbouwers en zeevaarders, maar ze kon zich de details nu niet meer voor de geest halen. Wat ze zich vooral herinnerde was het loodzware gevoel van verstikking en ellende waarin ze te veel dagen van de tijd dat ze daar woonde had doorgebracht.

Maar dat was Matthew. Ryan is Matthew niet.

Murphy's onverwachte voorstel om te gaan samenwonen was gekomen nadat Robin nog maar een uur eerder een brief van haar huisarts had opengemaakt, die op haar deurmat had gelegen toen ze na uren schaduwen laat was thuisgekomen. De dokter wilde dat ze een afspraak maakte voor een controle na haar ziekenhuisopname. Ze had Murphy er niets over verteld. Robin wilde niet naar de dokter, ze zag niet in wat het voor zin had. Ze had alle informatie die ze nodig had en ze voelde zich goed; de operatiewond was genezen, dus wat kon de huisarts doen of zeggen, wat schoot ze daarmee op? Voordat Strike belde hadden de gedachten aan het invriezen van haar eicellen zich gewikkeld in de kluwen van haar gecompliceerde gevoelens over samenwonen en ze had het idee, niet voor het eerst, dat ze anders was dan andere vrouwen, dat ze andere wensen had en bereid was daar andere offers voor te brengen, en onwillekeurig moest ze denken aan de woorden van Strike.

Zo zou ik er in jouw positie ook in staan, maar sommige mensen zouden misschien zeggen dat ik daarom nog steeds single ben.

Toen Robin anderhalf uur later in Great Queen Street uit de Land Rover stapte, zei een corpulente, kalende voorbijganger opgewekt: 'Zulke oudjes zie je niet veel meer op de weg.'

'Nee,' zei Robin. 'Hij loopt op zijn laatste benen.'

Ze keek de man na toen hij het enorme art-decogebouw van lichtgrijze steen binnenging waarnaast ze had geparkeerd. Ze had Freemasons' Hall nooit eerder gezien. Als ze erover nagedacht had, zou ze misschien hebben verwacht dat je om er binnen te komen een geheim wachtwoord of op z'n minst een lidmaatschapskaart nodig zou hebben, maar een bordje naast de glazen deur meldde dat er binnen een lunchzaak was, een museum dat geopend was voor het publiek, en dat er rondleidingen werden gegeven.

Strike stond verderop op de hoek, zijn kraag omhoog tegen de kou, te vapen terwijl hij naar de gevel van het gebouw keek, en toen Robin naar hem toe liep voelde ze zich een stuk beter nu ze iets anders had om over na te denken dan haar persoonlijke problemen, en het zien van haar collega beurde haar aanzienlijk op.

'Indrukwekkend pand,' zei ze toen ze bij hem aankwam.

'Zeg dat wel.'

Vanaf deze plek zag Freemasons' Hall eruit alsof het was gebouwd als een gelijkbenige driehoek, maar afgeplat op het punt waar de twee lange zijden samenkwamen, waardoor een relatief smal maar erg hoog front was ontstaan, met zuilen, een vierkante klok en een toren.

'"*Audi, vide, tace*",' zei Strike. 'Horen, zien en zwijgen.'

'Kunnen we nog een stukje lopen?' vroeg Robin, haar handen diep in haar zakken. De Land Rover had geen verwarming en het was buiten tegen het vriespunt.

'Ja, daarom wilde ik vroeg afspreken. Een beetje de omgeving aftasten.'

Dus liepen ze door Great Queen Street, met de enorme stenen hal rechts van hen.

'Ik denk dat Ramsay ons zo graag wil spreken omdat hij hoopt dat we dat gestolen zilver van hem zullen vinden,' zei Strike. 'Hij heeft flink wat tegenslagen gehad de afgelopen jaren. Zijn volwassen zoon en enige kind is anderhalf jaar geleden omgekomen bij een skiongeluk.'

'Ach, nee toch.'

'En daarna kreeg zijn vrouw een zware beroerte. Ze kan nog steeds bijna niets. Zij was degene die de winkel runde, want Kenneth werkt verderop in de straat bij een financieel adviesbureau. Ik heb vanmorgen het hele verhaal gehoord. Ik denk dat hij probeerde me er emotioneel zoveel mogelijk bij te betrekken zodat ik er alles aan zal doen om dat zilver op te sporen.'

'Nou ja, als zijn vrouw medische zorg nodig heeft en niet kan werken...'

'Ik neem het hem ook niet kwalijk, ik waarschuw je alleen, want ik denk dat hij het toeschietelijkst zal zijn als we zogenaamd net zo geinteresseerd zijn in de diefstal als in het lijk. Hij vertelde me dat het aantal klanten licht is toegenomen na de moord, maar dat zijn voornamelijk ramptoeristen en geen mensen die vrijmetselaarsemblemen willen kopen.'

Strike speurde al lopend de straat af op zoek naar beveiligingscamera's, en naar zijstraten en parkeerhavens waar een dievenbende ongezien een partij zilver zou kunnen verdelen onderling, maar het was een drukbezocht gebied dat 's avonds waarschijnlijk goed verlicht was, en Strike betwijfelde of de criminelen zelfs op dat late uur hadden mogen rekenen op de afwezigheid van voorbijgangers.

'Ik kan me niet voorstellen dat de moordenaars slash dieven die kant op gevlucht zijn,' zei hij. 'Nee, ik denk dat de politie gelijk heeft: het zilver is in die vluchtauto in Wild Street geladen.'

Er verscheen een ongewenst beeld voor Robins geestesoog van Murphy's blik als hij had kunnen horen dat Strike zich zowaar verlaagde (zoals Murphy het ongetwijfeld zou zien) om het eens te zijn met de conclusie van de politie.

Ze sloegen rechts af naar Kingsway, een brede en nog drukkere straat. Ingeblikte kerstmuziek kwam uit een winkel waar ze langs liepen, en beiden voelden die trieste onderstroom waar Kerstmis voor volwassenen zelden vrij van is; Robin zou willen dat ze net zo ongecompliceerd kon uitkijken naar het bezoek aan haar ouders als vroeger, toen ze pas in Londen woonde. Strike werd opeens bezocht door gedachten aan Ted, Joan en het lege huis in Cornwall, dat recentelijk te koop was gezet.

'De winkel is verderop rechts in een steeg,' zei hij. 'Het lijkt geen beste locatie, maar aangezien ze zo dicht bij Freemasons' Hall zitten, moeten ze haast wel vrijmetselaars trekken...'

Hij keek op zijn horloge.

'Beetje vroeg, maar we kunnen net zo goed alvast gaan.'

Dus liepen ze een onaantrekkelijk straatje in, met aan één kant een rij plastic vuilnisbakken.

De zilverwinkel, op de kruising bij het rood bakstenen Connaught Rooms en de lichtgrijze Freemasons' Hall, zag er armoedig en ouderwets uit. In de etalage lagen gedenkpenningen en ceremoniële ketens op zwart fluweel. Iemand had er rode kerstlampjes omheen gedrapeerd, in een flauwe poging iets aan de feestdagen te doen. Op de zwarte markies stond in zilverkleurige letters:

RAMSAY SILVER
~ *Vrijmetselaarspenningen, zilver en rariteiten* ~

Toen Strike de deur openduwde rinkelde er een belletje, en hij merkte op dat geen van beide sloten van veel zwaardere kwaliteit was dan die van een gemiddeld woonhuis.

Het eerste geluid dat ze hoorden, en dat de kerstmuziek overstemde die door verborgen speakers klonk, was de ratelende stem van een man van in de vijftig die bij een toonbank met een klant stond te praten, een zilveren schaal in zijn in witte handschoenen gestoken handen.

'... jammer dat u er vorig jaar niet was als u van art nouveau houdt, want toen hadden we twee juweeltjes in huis, ontworpen door Alphonse Mucha, heel bijzonder – Aha!' zei de man gretig toen hij zich bewust werd van de nieuwkomers. 'Meneer Strike?'

'Ja,' zei de detective.

'Ik kom zo bij u!' zei Kenneth Ramsay.

Zijn pak slobberde om zijn lichaam, alsof hij in relatief korte tijd veel was afgevallen. Het weinige haar dat hij nog had was zilvergrijs en krullend, wat hem, in combinatie met een merkwaardig onschuldig aandoend wit-roze gezicht dat eruitzag alsof hij zich nooit hoefde te scheren, de aanblik gaf van een oude cherubijn. Ramsay richtte zich weer tot zijn klant, een lange man in een kasjmieren jas.

'Wat u ook mooi zou kunnen vinden, als u van art nouveau houdt...'

'Ik wil echt alleen deze schaal.' De klant hield zijn portefeuille al gereed.

'Weet u het zeker? Ik zal u toch even vertellen wat we hebben, en dat zou hier heel goed bij passen... een set kandelaars uit 1926, afkomstig van Aitchison's Haven Lodge in Schotland. Dat zou een mooie toevoeging...'

'Néé, dank u,' zei de klant op ferme toon.

'Juist, hahaha, geen probleem, dan pakken we deze voor u in. Laura! Pak deze even in, alsjeblieft!'

Een nukkig ogende jonge vrouw met een bril, die bezig was geweest diverse andere zilveren voorwerpen terug te zetten in de vitrines, sjokte naar de toonbank en ging in de weer met plakband en noppenfolie.

'Een uitstekende keuze, werkelijk een pronkstuk. Prachtig krulwerk. Bent u verzamelaar? Wilt u er cadeaupapier omheen? We hebben nog wel ergens strikken en lint, nietwaar Laura? Hebt u nog plannen voor de kerst? Blijft u in de stad? Wilt u misschien op onze mailinglijst? De moeite waard, hoor, dan krijgt u als eerste bericht bij bijzondere...'

'*Alleen de schaal.*' De klant deed niet langer moeite om beleefd te blijven.

Robin keek om zich heen in de krappe, volgestouwde winkel. Tegen de wanden links en rechts stonden rekken met ceremoniële zwaarden en waren schappen beladen met zilver. Grotere stukken, zoals urnen en tafeldecoraties, stonden op tafels terwijl snuifdozen en sieraden waren uitgestald in glazen vitrines. En overal waren vrijmetselaarssymbolen te zien, waar Robin zo langzamerhand vertrouwd mee raakte: ogen in driehoeken, maisplanten, bijenkorven, doodskisten en doodshoofden. De achterwand doorbrak de monotonie van die zee van zilver, want daar hingen antieke schootsvellen en sjerpen met goudkleurig borduursel. Robins blik bleef even hangen bij een schootsvel waarop een bloederig afgehakt hoofd geborduurd was, vastgehouden door één hand.

Ook Strike nam steels de winkel in zich op, al concentreerde hij zich niet op het zilver maar op de beveiliging. Naast de deur aan de straatkant hing een cijferkastje voor het alarm, dat eruitzag alsof het minstens tien jaar eerder was geïnstalleerd. Een kleine camera, op het eerste oog ook zwaar gedateerd, hing boven een enigszins kromgetrokken zwarte tussendeur achter de toonbank.

Toen de aankoop van de klant eindelijk in de zwart-met-zilveren tas was opgeborgen, trippelde Ramsay naar de deur om die open te houden, en nu zijn stem zweeg konden ze de kerstliederen door de speakers horen.

I saw three ships come sailing in
On Christmas Day, on Christmas Day...

De klant, die één hypertrofisch oog had dat naar het plafond gericht was, wierp met het andere oog een arrogante blik op Strike en Robin toen hij de zaak uit liep. Ramsay boog het hoofd bij het passeren van de man, als een livreiknecht. Zodra de deur was dichtgevallen trok Ramsay zijn witte handschoenen uit en beende naar Strike toe om hem stevig de hand te schudden, zijn houding niet minder druk en gedreven dan daarnet met de klant.

'Toen u vanmorgen belde, dacht ik: het zal verdorie eens tijd worden. Een sprankje hoop, echt waar. Ik heb over u gelezen. Ik had niet durven denken... Eerlijk gezegd was ik aan het eind van mijn latijn. U zou weleens een geschenk uit de hemel kunnen zijn.'

'Dit is Robin Ellacott, mijn zakenpartner,' zei Strike.

'Hoe maakt u het, hoe maakt u het?' Ramsays blik daalde af van haar gezicht naar haar borsten en terug toen hij vervolgens haar de hand schudde. 'Prachtig – ik bedoel – waar wilt u mee beginnen? Even rondkijken, of...?

'Ja, laten we rondkijken,' zei Strike.

'Juist. Laura, jij kunt gaan lunchen,' riep Ramsay naar de norse verkoopster. Ze verdween door de deur achter de toonbank en kwam een minuut later terug met haar jas en handtas, en het belletje rinkelde opnieuw toen ze vertrok.

'Nou.' Ramsay spreidde zijn handen breed. 'Dit is dus de winkel, hahaha. Ik zal u de kluis laten zien. Loopt u mee.'

And what was in those ships all three
On Christmas Day, on Christmas day?

Ramsay ging hun voor naar de zwarte deur achter de toonbank. Strike, veruit de breedste van het drietal, deed heel voorzichtig om geen urnen van de tafels te stoten.

'Zoals u ziet,' zei Ramsay, die halt hield om de camera aan te wijzen die boven de deur naar de kluis hing, 'geavanceerde beveiliging. Camera die de winkelvloer beslaat en nog een boven de deur buiten.

Alarm, 's nachts ijzeren rolluiken voor de ramen, en dan hier...' Het kostte hem twee pogingen om de zwarte deur open te krijgen, die slecht in de sponning paste. 'Hier hebben we de kluis.'

Met een klik van een schakelaar verlichtte hij zowel de trap als een krappe kelderruimte. De houten treden kraakten toen het drietal de steile trap af liep. De kleine ruimte beneden rook vaag naar schimmel en zag eruit alsof ze zo goedkoop mogelijk was ingericht, vele jaren geleden. De stalen deur waar ze voor stonden had ook een alarmkastje, en een draaiwiel; rechts was een deur die op een kier stond, met daarachter een krap wc-hokje, en links van hen een keukenblokje met een paar gefineerde kastjes waar bekers en een waterkoker stonden, en aan de muur hingen een paar haakjes.

'Wij draaien ons wel even om,' zei Strike toen Ramsay de code intoetste op het kastje.

'O,' zei Ramsay afwezig. 'Ja, fijn.'

Zodra de deur hoorbaar openzwaaide, draaiden Strike en Robin zich weer om, en ze keken naar de plek waar William Wright was omgekomen.

De kluis, verlicht door een kaal peertje dat aan het lage plafond hing, was voor een man met een gemiddeld postuur – niet voor Strike – hoog genoeg om rechtop te staan, en diep genoeg voor een man van dezelfde lengte om languit te liggen. De wanden waren van baksteen, met rondom nu lege planken. De kluis was leeg op vijf kisten van verschillende maten na, allemaal met een stempel GIBSONS, waarvan Strike wist dat het de naam van een klein veilinghuis was. Hij pakte zijn notitieboekje.

'Dat daar,' wees Ramsay, 'zijn de kisten waarin het Murdoch-zilver bezorgd is... allemaal gestolen.' Hij draaide zich om en keek strak naar de kisten. 'En ik heb het zelfs nooit te zien gekregen.'

'Echt waar?'

'Ja... ze zouden vrijdag rond lunchtijd komen. Ik kwam hierheen voor de ontvangst,' zei Ramsay, alsof het zilver een bezoekende potentaat was geweest, 'maar Gibsons had die dag een heleboel leveringen, dus was er vertraging en ik moest weer naar mijn werk. Pamela belde later om te zeggen dat het bezorgd was...'

'Pamela is...?'

'Pamela Bullen-Driscoll. Mijn schoonzus, de zus van mijn vrouw. Zij hielp ons destijds, omdat Rachel zo ziek was. Nu staat ze weer in haar eigen zaak.'

'U had dat weekend logés thuis?' vroeg Strike.

'Inderdaad, en ik kon Rachel niet met hen alleen laten, dus kon ik in het weekend niet hierheen.'

'Maar u was er wel op maandagochtend, toen de diefstal werd ontdekt?'

'O jazeker, want ik wilde John Auclair persoonlijk ontvangen.'

'Wie is dat?'

'Heel belangrijke zilververzamelaar,' zei Ramsay. 'Zeer bemiddeld... Hij had me gevraagd het Murdoch-zilver voor hem apart te houden, zodat hij het kon bekijken voordat we het aan iemand anders aanboden. Daarom heeft Pamela het niet uit de kluis gehaald, alleen uitgepakt en op de planken gezet.

Ik kwam hier beneden, maakte de deur open... en het was allemaal weg. En Wright, nou ja, Knowles...' – Ramsay wees naar de vloer – 'lag daar. Op zijn buik. De handen ontbraken. Ik wist niet wat ik zag. Het leek net niet echt.'

'Op zijn buik, zegt u?' Strike maakte aantekeningen.

'Inderdaad. En er lag opgedroogd bloed rond het hoofd en...' Ramsay slikte moeizaam, hij leek zich niet goed te voelen.

'Volgens de nieuwsberichten was hij naakt,' zei Strike.

'Ja, dat klopt, behalve... Ja, hij was naakt.'

'Ik heb gehoord dat er een merkteken in zijn lichaam was gekerfd?'

'O... ik had niet gedacht dat ze dat bekend zouden maken... Ja, het Salemkruis. Het merkteken van Murdoch.'

Strike maakte een aantekening. 'En het lichaam was naakt, behalve...?'

'Ik... Rechercheur Truman heeft me gevraagd daar niet over te praten.'

'O ja?' Strike keek op Ramsay neer.

'Het is namelijk zo... ze probeerden van de moord een... Truman zei dat het voor mij meer problemen zou opleveren. Ik begreep zijn punt. Attent van hem. Ik mocht Truman wel, hij was de enige die geïnteresseerd leek te zijn in het terugvinden van ons zilver, maar toen werd hij van de zaak gehaald. Er is ons niet verteld waarom, niemand vertelde ons iets... Ik ben groot voorstander van de politie, zwaar werk, maar ik was beslist niet onder de indruk van die lui die deze zaak behandelden,' zei Ramsay ontstemd. 'Niet na het vertrek van Truman.'

'Droeg het lijk iets wat met de vrijmetselarij te maken heeft?'

Robin zag Ramsays verzwakte vertrouwen in de politie strijd voeren met zijn verlangen om de detectives te helpen, die hij leek te beschouwen als zijn laatste hoop.

'Ja,' zei Ramsay uiteindelijk zwakjes. 'Een maçonnieke sjerp. Ik weet niet meer welke. Toen ze hem omdraaiden, heb ik niet... op die sjerp gelet. De ogen en oren waren... Pamela gilde...' Zijn stem stierf weg.

'Goed, ik denk dat we hier genoeg gezien hebben,' zei Strike. 'Zou ik even gebruik mogen maken van uw toilet?'

'Natuurlijk.' Ramsay sloot de kluisdeur weer, zo te zien opgelucht. 'Zullen wij dan...?' zei hij tegen Robin, die glimlachte, en samen liepen ze de trap weer op.

Zodra ze verdwenen waren liep Strike, die helemaal niet naar de wc hoefde, naar het cijferpaneeltje naast de kluis om het nader te bekijken.

Boven wees Ramsay Robin een van de twee stoelen aan zijn bureau, waar een computer op stond.

'Truman zei dat we de moordenaar in de kaart zouden spelen als we vertelden over de sjerp en het merkteken.' Hij ging tegenover haar zitten. 'Het was duidelijk bedoeld om de politie op een verkeerd spoor te zetten. Hij wist dat mensen heel raar kunnen doen over de vrijmetselarij...'

Het was niet verrassend dat Ramsay van slag leek te zijn door hun vraag om het lijk te beschrijven.

'Ik weet niet of uw collega u dit heeft verteld,' zei hij, friemelend aan zijn manchetknopen, 'maar mijn vrouw en ik hebben een zware tijd achter de rug, een afschuwelijke tijd zelfs. En om dan al het Murdoch-zilver te verliezen, terwijl we niet verzekerd waren... We hebben vreselijke jaren achter de rug, het was allemaal... een hel, eigenlijk. Het was een hel.'

'Wat erg voor u.' Robin dacht aan het jetskiongeluk en de dode zoon. Ramsay knipperde snel met zijn ogen. Met geen ander doel dan hem enigszins af te leiden keek Robin naar de dichtstbijzijnde vitrine, die vol stond met zilveren snuisterijen, en zei: 'U hebt mooie spullen.'

'O, ja.' Ramsay leefde op. 'En heel betaalbaar!'

Tot Robins consternatie sprong hij weer overeind, trok zijn witte handschoenen aan en ging de vitrinekast openmaken. 'Sterling, niet verzilverd! Driehoekig, uiteraard. Maçonnieke symbolen in plaats van cijfers, ziet u wel? Dit is natuurlijk meer iets voor een man,' zei hij toen Robin geen teken van enthousiasme toonde. 'Voor de dames... Dit vindt u vast mooi.'

Hij pakte een bedeltje in de vorm van een bol en trok aan een hendeltje, zodat er een kruis tevoorschijn kwam.

'Mooi, hè?' zei hij. 'En ook hier maçonnieke symbolen, verborgen aan de binnenkant.'

'Leuk hoor,' zei Robin.

'Misschien moet u eens aan uw...' Ramsays blik ging naar Robins kale ringvinger. 'Of u trakteert uzelf. Voor Kerstmis.'

Tot Robins opluchting kwam Strike op dat moment terug, zijn gezicht enigszins vertrokken. De trap was steil en zijn stomp protesteerde nog steeds, post-Cornwall.

'Ik kan een mooi prijsje voor u maken.' Ramsay glimlachte gespannen naar Robin.

'Een andere keer misschien,' zei ze opgelaten.

Ramsay sloot met merkbare tegenzin de vitrine af, keerde terug naar zijn stoel aan het bureau en rommelde in de la om er een glanzende veilingbrochure uit te halen.

'Ik heb alles omcirkeld wat ik had ingekocht,' zei hij tegen Strike toen die naast Robin ging zitten. 'Dan weet u waar u naar moet zoeken.'

'Fijn.' Strike pakte de catalogus aan. Op de voorkant stond COL-

LECTIE A.H. MURDOCH, met een zwaard en een groot zilveren schip op wielen.

'Is dat nou een tafelschip?' vroeg Strike.

'Aha, u hebt verstand van zilver!' zei Ramsay gretig. 'Ja, Murdoch heeft het laten maken van zilver uit zijn eigen mijn – de op een na grootste in Peru, ontdekt in 1827, en vervaardigd naar de Carolina Merchant, het schip dat de allereerste vrijmetselaar naar Amerika bracht. We vonden het allemaal prachtig dat zijn achterkleinzoon de veiling hier in Londen wilde houden, in plaats van in de VS...'

Ramsay ontstak in een niet te stuiten verklaring over het belang van het Murdoch-zilver, met de toondove gedrevenheid van een monomaan.

'... Murdoch was uiteraard inspecteur-generaal van het district Louisiana...' '... grootste, meest waardevolle collectie maçonniek zilver ter wereld', '... sierlijsten...', '... superbe twintigste-eeuwse instelhamer...', '... *bright cut* graveerwerk...'

'Mogen we deze houden?' overstemde Strike hem.

'O, ja. Jazeker. Ik heb er nog een.'

'Bent u zelf ook bij de vrijmetselarij?' vroeg Strike.

'Jazeker. U ook?'

'Ik ben bang van niet.'

'Aha. Ik dacht, als oud-militair... Een van onze beste klanten is kolonel in de lichte infanterie. De vader van mijn vrouw was ook vrijmetselaar. Zij is een Bullen van geboorte. Bullen & Co? Zeer oude zilverfirma. Gevestigd in de London Silver Vaults. Bestaat al honderdzevenentwintig jaar.'

'Wauw,' zei Robin, die meestal de taak toebedeeld kreeg om geïmponeerd te reageren op de mensen die ze ondervroegen.

'Maar toen haar vader een paar jaar geleden met pensioen ging, heeft hij het bedrijf overgedragen aan mijn schoonzus en haar man. Zijn keuze, natuurlijk, moet hij zelf weten,' zei Kenneth gepikeerd. 'We hadden gehoopt... maar lang verhaal kort, Pamela en Geoffrey en Rachel en ik zijn tot een overeenkomst gekomen en wij hebben de maçonnieke boedel overgenomen – Bullen & Co deed dat erbij, uiteraard niet op onze schaal – en hebben deze winkel geopend.'

'Wat zat er in dit pand voordat u het overnam?'

'Een juwelier,' zei Ramsay, 'dus het interieur was al geschikt voor ons. Dat kwam goed uit.'

'U hebt na de overname wel alle codes veranderd?'

'O ja, uiteraard.' Ramsay wees naar de catalogus in Strikes hand voordat hij terugkeerde naar zijn favoriete onderwerp. 'Ik had de belangrijkste Murdoch-stukken aangekocht. Nog vóór de veiling een bod gedaan en dat was geaccepteerd. Daarmee heb ik trouwens wel wat kapers weggejaagd van de kust, hahaha. Veel verzamelaars waren zeer geïnteresseerd, die hadden willen bieden.'

'Even over William Wright,' zei Strike.

'Natuurlijk, wat u maar wilt, u mag alles vragen,' zei Ramsay, maar voordat Strike iets kon zeggen, denderde hij weer door. 'Onze beveiliging is zeer geavanceerd, zoals u ziet, maar Knowles was een professional, nietwaar?'

'Is hij bij u op sollicitatiegesprek geweest?' vroeg Strike.

'Ja, Pamela was er ook bij, en zij zag hem toen wel zitten, wat ze later ook beweerd mag hebben. Zij was degene die steeds zei dat we iemand moesten aannemen, omdat ze de zware spullen moeilijk kon tillen, vooral de trap op en af. Ze wordt er ook niet jonger op en ze heeft problemen met haar ogen.'

'Wat voor problemen?' vroeg Strike.

'Ze heeft haar ogen laten laseren, maar dat is mislukt. Daarna heeft ze er veel gedoe mee gehad. Dus plaatsten we een advertentie.'

'Waren er veel aanmeldingen?'

'Nee. Jonge mensen hebben tegenwoordig onrealistische verwachtingen met betrekking tot het salaris. Heel onrealistisch.' Ramsay zette even zijn stekels op. 'Maar Wright leek ideaal. Klein van stuk, maar sterk. Onze beveiligingsman had namelijk een paar maanden eerder ontslag genomen, moet u weten, dus ik dacht dat Wright het er wel bij kon doen. Hij deed aan jiujitsu.'

'Heeft hij de codes van het alarm en de kluis gekregen toen hij hier kwam werken? Sleutels?'

'O, nee,' zei Ramsay. 'Nee, natuurlijk niet. Absoluut niet.'

'Zag u hem vaak?'

'Niet echt. Ik kwam soms langs in de lunchpauze, kijken hoe het ging. Nee, eigenlijk zag alleen Pamela hem veel – o, en Jim, die twee ochtenden in de week komt schoonmaken. Hij is al vanaf het begin bij ons, een paar jaar nu.'

'Is dat Jim Todd?' vroeg Strike.

Ramsay vroeg zich niet af hoe Strike de achternaam van zijn schoonmaker wist, maar zei: 'Inderdaad. Fijne man. Heeft het moeilijk gehad. Dus hebben we hem geholpen met een baan. Hij maakt schoon voor nog een paar andere bedrijven.'

'Dus Pamela is degene die het meest met William Wright te maken had?'

'Ja, en Jim ook wel. Meer dan ik. Zoals ik al zei, ik had het druk, maar het was belangrijk om de zaak draaiende te houden. Het is ons kindje, moet u weten, en...' Ramsays stem brak, en Robin moest weer aan de dode zoon denken.

'Het moet allemaal heel moeilijk voor u zijn,' zei ze.

'Ja,' zei Ramsay schor. 'Ja, inderdaad.'

Zijn blik dwaalde, ogenschijnlijk afwezig, weer af naar Robins borsten. Ze sloeg haar armen over elkaar en hij wendde haastig zijn ogen af.

'Dus William Wright was die vrijdag de zeventiende juni de hele dag te zien op uw camerabeelden?' Strikes toon was minder sympathiek dan die van Robin. Hij had de man zien gluren.

'Ja ja, de camera's staan altijd aan, in verband met winkeldiefstal. De politie heeft die opnames meegenomen na de inbraak. Of nee, misschien heb ik ze hier nog.' Ramsay tuurde vaag naar de computer. 'Ik zou alleen niet weten hoe...'

'Mag ik eens kijken?' vroeg Robin. 'Wij hebben zo'n zelfde camera op kantoor. Misschien kan ik ze vinden.'

'Ja, natuurlijk,' zei Ramsay. 'Wachtwoord,' mompelde hij, en na een paar pogingen lukte het hem om het correct in te voeren, waarna hij zijn stoel afstond aan Robin.

'Ik heb begrepen dat Wright die vrijdag ook even weg geweest is?' zei Strike.

'Ja, heel even maar, in de middag.' Ramsay ging op Robins vrijgekomen stoel zitten. 'Zo stom. De chauffeur van de bezorgdienst had twee kisten verwisseld. De tafeldecoratie Oriental Lodge – u zult het wel zien in de catalogus, een schitterend stuk – was per ongeluk naar Bullen & Co gegaan, en sommige stukken die zij hadden gekocht kwamen bij ons terecht. Pamela merkte dat en zij heeft Wright naar Bullen gestuurd om ze terug te halen. Gênant voor Pamela overigens.' Ramsays gezicht werd nog wat roder. 'Als dat niet gebeurd was, zouden wij namelijk niet geweten hebben dat zij en haar man een bod hadden gedaan op een deel van de Murdoch-collectie. We hadden een gentleman's agreement dat Bullen & Co nooit de concurrentie met ons zou aangaan. Wíj zouden ons concentreren op het maçonnieke zilver.'

'En Wright bracht die tafeldecoratie terug?' vroeg Strike.

'Ja, met een taxi. Hij is niet lang weg geweest. De Silver Vaults zit hier even verderop in de straat.'

'Ik denk,' zei Robin, met haar blik op de monitor gericht, 'dat ik de relevante camerabeelden wel kan downloaden. Hebt u er problemen mee als ik een kopie voor ons maak, meneer Ramsay?'

'Nee, hoor, prima.'

'Hebt u voor ons de telefoonnummers van Pamela Bullen-Driscoll en Jim Todd?' vroeg Strike.

Ramsay gaf hem de nummers. Strike haalde de foto van Rupert Fleetwood tevoorschijn die Decima hem had gegeven.

'Is er volgens u een mogelijkheid dat deze man William Wright was?'

Ramsay keek vluchtig naar Rupert Fleetwood.

'O, nee,' zei hij. 'Nee, nee. Is dit een ober of zo? Wright droeg een bril, en hij had een baard. Hij was donker.'

'Even afgezien van de kleding,' zei Strike. 'En als u probeert deze man te zien met een baard, en met geverfd haar...'

'Nee, nee,' herhaalde Ramsay, en hij leek geërgerd. 'Nee, hij lijkt helemaal niet op Knowles.'

Strike nam de foto terug. 'Heeft de politie u foto's laten zien van Niall Semple en Tyler Powell?'

'Ja ja, maar zij waren het niet. Het was Knowles.' Ramsay was nu bijna geagiteerd. 'Ik weet zéker dat het Knowles was.'

'Oké.' Strike maakte een aantekening. 'Is er nog iemand geweest die u een ander tafelschip te koop aanbood, rond de tijd dat Wright hier kwam werken?'

'Een ander tafelschip?' vroeg Ramsay verbaasd. 'Nee, de Carolina Merchant is het enige schip dat we ooit in de zaak hebben gehad. We handelen niet in sierstukken die buiten de vrijmetselarij vallen.'

'Juist.' Strike maakte nog een aantekening. 'Herinnert u zich nog iets van Wright dat vreemd overkwam, opvallend?'

'Nee, helemaal niets. Zoals ik al zei, heb ik niet echt... O, maar er waren wel dingen waarnaar hij had gezocht. Dat heeft de politie ontdekt.'

'Dingen waarnaar hij had gezocht?'

'Ja, hij had van alles opgezocht op de computer.' Ramsay knikte naar de monitor op het bureau. 'De politie heeft de hoe-heet-het doorzocht, en toen zagen ze dat hij een paar rare dingen had opgezocht.'

'Hebben ze zijn zoekgeschiedenis gevonden?'

'Ja, precies. Hij had niets te zoeken op die computer. Die staat hier alleen voor websitebestellingen en ons klantenbestand. Ik zei tegen Pamela: "Waarom heeft hij aan onze computer gezeten?" Ze zei dat hij dat waarschijnlijk had gedaan toen zij de deur uit was voor de lunch. Weet u, dit komt ook grotendeels door Pamela's slordigheid,' viel Ramsay plotseling uit. 'We moesten zo nodig dankbaar zijn voor haar hulp, maar zij is wel degene die vrijdag eerder wegging, zodat Wright de deur achter zich dicht kon trekken zonder het alarm in te stellen!'

'O ja?' zei Robin, die er zojuist in was geslaagd het relevante gedeelte van de camerabeelden te knippen, kopiëren en naar het e-mailadres van het detectivebureau te sturen. 'Waarom ging Pamela eerder weg?'

'Ze... het was een privékwestie.' Ramsay keek er ongemakkelijk bij. 'Maar dan nog... verdomd slordig van haar.'

'Wat had Wright online gedaan, weet u dat?' vroeg Strike.

'Hij had dingen opgezocht over de vrijmetselarij, en hij was op een website geweest met van alles over het zuiveren van je naam om niet in de gevangenis terecht te komen en dat soort dingen.'

'We zouden er veel aan hebben als u nog details wist over die site.'

Kenneth rimpelde zijn cherubijnengezicht. 'Het was zoiets als "Onschuldig beschuldigd". Mensen die klagen dat ze in de val gelokt zijn of de schuld krijgen van dingen die ze niet gedaan hebben, en die elkaar dan advies geven om onder zo'n beschuldiging uit te komen. Vreselijke dingen stonden erbij. In sommige gevallen werd er zelfs gesuggereerd dat mensen het heft in eigen hand moesten nemen. Om anderen hetzelfde aan te doen.'

'Weet u nog hoe die site eruitzag? Een logo, of bepaalde kleuren?'

'Het had een soort oog-om-ooglogo,' zei Ramsay. 'Twee handen die allebei een oog vasthielden.'

'En verder kunt u ons niets vertellen over Wright?' vroeg Strike. 'Accent, iets over zijn privéleven, hobby's...?'

'Nou, daar zal hij vast niet de waarheid over hebben verteld, hè?' Ramsay klonk gefrustreerd. 'Hij was een crimineel. Speelde een rol. O, wacht,' voegde hij er plotseling aan toe. 'Maar er was wel een mail. We denken dat Wright een vreemde e-mail heeft gestuurd, vanaf hier. Hij heeft het e-mailadres van Ramsay Silver gebruikt.'

'Naar wie is die mail gestuurd?' vroeg Strike.

'Een zekere Osgood.'

'Hebt u dat aan de politie verteld?'

'Zeker. Pamela had hem gevonden, toen we merkten dat Wright de pc had gebruikt. De politie heeft ons erover ondervraagd, maar wíj hadden die mail geen van allen verstuurd. We snapten er niks van, we hadden nog nooit van die man gehoord – maar ik durf te beweren dat Osgood een van Knowles' handlangers was. Waarschijnlijk liet hij hem weten dat het hem was gelukt om hier te infiltreren.'

'Mogen we ook een kopie van die mail?' vroeg Strike.

'Natuurlijk. Hij staat er nog tussen,' zei Ramsay tegen Robin, die zonder veel moeite de mail vond en die doorstuurde naar haar eigen account en dat van Strike.

'Ik weet dat u terug moet naar uw kantoor,' zei die laatste tegen Ramsay, 'dus dit is de laatste vraag: weet u toevallig waar Wright woonde, het adres?'

'Ik heb zijn cv niet bewaard, maar de straat weet ik nog wel.

St George's Avenue in Newham. Het leek me een goed voorteken, toen ik dat zag. Sint-George.'

'Weet u misschien ook het huisnummer?'

'Nee, ik ben bang van niet... misschien via Inlichtingen?'

'Nou, bedankt dat u ons wilde ontvangen,' zei Strike. 'We hebben er veel aan gehad.' Hij stond op, met de catalogus die Ramsay hem had gegeven nog in zijn hand.

'Als u nog meer vragen hebt, aarzel dan niet om me te bellen,' zei Ramsay, en ook hij ging staan. Nu Strike en Robin op het punt stonden te vertrekken, leek hij opeens erg gretig en een beetje sneu. 'Hier, mijn kaartje. Wat u maar nodig hebt...'

Ze schudden elkaar weer de hand.

Terwijl Ramsay voor de detectives uit snelde om de deur voor hen open te houden, croonde Dean Martin door de speakers:

Silver bells, silver bells,
It's Christmas time in the city...

15

The deed a man may do on the spur of the moment, when his brain is on fire, is not so readily done when it has to be thought about.

John Oxenham
A Maid of the Silver Sea

Strike keek even omhoog naar de camera boven de deur toen hij en Robin de kille middaglucht in liepen. Hij vermoedde dat de camera buiten werking was, want er zat een zichtbare scheur in de lens. Dat was de reden, nam hij aan, dat er in de pers geen foto's verschenen waren van de moordenaars die de zaak binnengingen.

'Laten we even in Wild Street gaan kijken,' zei hij, en ze liepen bij Kingsway vandaan, een veel rustiger straat zonder winkels en eettentjes in.

'Ja, hier moeten ze het zilver haast wel naartoe gebracht hebben.' Strike keek de straat op en neer. 'Om het in de vluchtauto te proppen. Daarginds is een pub,' voegde hij eraan toe, en hij wees naar de plek waar ze elkaar hadden getroffen. 'Zullen we wat gaan eten?'

'Graag,' zei Robin.

'Wat probeerde Ramsay je nou aan te smeren, toen ik de kelder uit kwam?' vroeg Strike onder het lopen.

'Eh, eerst een driehoekig zakhorloge en daarna een bedeltje in de vorm van een bol die je kon uitschuiven tot een kruis, met verborgen vrijmetselaarssymbolen als je het openmaakte. Ik zou best over te halen zijn geweest om het te kopen.'

'Ik had jou niet ingeschat als iemand die zich iets laat aansmeren.'

'Dat ben ik ook niet, maar het was mooi en...'

'Je had medelijden met hem.'

'Ja,' gaf Robin toe.

'Jij hebt niet genoeg geld om te proberen idioten te behoeden voor een faillissement.'

'"Idioot" is een beetje cru gesteld.'

'Hij is een idioot,' zei Strike onverbiddelijk. 'Heel vervelend, zijn persoonlijke tegenslagen, maar "geavanceerde beveiliging" m'n reet, lakser kan haast niet, of je moet verdomme alle deuren en ramen open laten staan. Hij zou zo voor onze ogen de code van de kluis hebben ingetoetst als ik hem niet had tegengehouden, het zilver waarvoor hij een smak geld zegt te hebben betaald is niet verzekerd, hij huurt op een koopje een amateurbeveiliger in, hij heeft Wrights referenties niet serieus nagetrokken, heeft na het kopen van dat pand nooit het alarm of de camera een upgrade gegeven, de sloten op de voordeur...'

'Dat weet ik allemaal wel, maar hij heeft zijn zoon verloren, zijn vrouw is ernstig ziek... Mensen nemen niet altijd de beste beslissingen als ze onder zware druk staan.'

'Mensen die al in de problemen zitten zijn juist degenen die zich niet kunnen veroorloven slordig te worden,' zei Strike belerend.

Hij zag niet dat Robins gezicht enigszins betrok, en als hij het wel had gezien, zou hij bij lange na niet begrepen hebben wat dat betekende. Hij had geen idee hoeveel van Robins tijd in beslag genomen werd door zelfkastijding voor wat zij inmiddels beschouwde als arrogante nonchalance ten opzichte van waarschuwingstekens, zowel op haar negentiende als op haar tweeëndertigste.

'Wat heb je gedaan toen je zogenaamd naar de wc moest?' vroeg ze.

'Ik wilde een blik werpen op die personeelsruimte. Het is niet moeilijk te raden welke zes cijfers de code van die kluis bevat, want de toetsen zijn helemaal afgesleten. Je hoeft dus alleen het patroon te onthouden dat de hand van de intoetser volgt. De wasbak en de wc zijn schoon, dus die Todd is met het schoonboenen van de personeelsruimte voordat de politie kwam waarschijnlijk niet afgeweken van zijn vaste gewoonte. De gootsteenkastjes staan vol met zilverpoets en Dettol.'

'Denk je aan doorgestoken kaart?'

'Dat is het eerste wat je je moet afvragen bij een inbraak als deze. Todd heeft de vingerafdrukken verwijderd en Pamela is op de dag van de moord eerder weggegaan, zodat Wright afsloot. Dat slot op de voordeur is met elke gewone loper open te krijgen, als er verder geen grendel op zit. Dan ga je je toch afvragen...'

De pub, de Prince of Wales, kwam in zicht. 'Dat gezegd hebbende,' zei Strike, 'ze lijken allemaal een behoorlijk waterdicht alibi te hebben, dus het kan ook gewoon slordigheid geweest zijn. Als die Pamela zich zorgen maakte om haar knieën en ogen als ze de trap op en af moest, heeft ze Wright misschien de code van de kluis gegeven, zodat hij spullen voor haar naar beneden en naar boven kon sjouwen, en misschien wil ze dat niet toegeven aan Ramsay of de politie. Ga je gang.'

Robin liep door de deur die Strike voor haar openhield de grote, drukke en rumoerige pub binnen, een ruimte met een houten vloer en betegelde pilaren, het plafond volgehangen met rode en gouden kerstslingers.

'Ik ga wel wat te drinken halen,' zei Strike. 'Wat wil jij?'

'Jus d'orange, graag.'

'Hier, neem wat te lezen.' Hij gaf haar de catalogus die hij van Ramsay had gekregen. Op weg naar de bar was hij al bezig met een inschatting van de niet-werkgerelateerde mogelijkheden die deze ogenschijnlijk informele lunch bood, terwijl Robin nietsvermoedend aan een tafeltje bij het raam ging zitten en in de catalogus begon te bladeren.

In de inleiding werd uitgelegd dat de kavels 'van museumkwaliteit' allemaal waren aangeschaft door of namens A.H. Murdoch, een negentiende-eeuwse Amerikaanse ontdekkingsreiziger, industrieel en Meester-vrijmetselaar. Het Murdoch-merkteken was op vele pagina's als achtergrond gebruikt. Het was een merkwaardig symbool: een schuin kruis met extra dwarsbalken. Kenneth Ramsay had met viltstift alles omcirkeld wat hij had aangekocht, en door de geschatte veilingprijzen te bekijken, rekende Robin uit dat hij minstens honderdduizend pond had moeten betalen om de kavels uit de veiling te halen. Zijn zaak leek bepaald niet te floreren, dus ze vroeg zich af hoe hij dat in hemelsnaam voor elkaar gekregen had.

De collectie van A.H. Murdoch was niet volledig maçonniek. Er waren hier en daar ook zilveren voorwerpen bij die louter voor de sier dienden, maar daar had Ramsay niet op geboden. Hij had wel een selectie artikelen aangeschaft waarvan het gebruik Robin een raadsel was. Wat was bijvoorbeeld een 'instelhamer'? Voor haar leek het ding op een ontstopper, met een handvat van gepolijst eiken, maar met een kegelvormig stuk massief zilver aan het uiteinde, waar een ingewikkeld patroon van achtpuntige sterren in gegraveerd was. Er waren een heleboel troffels en tekendriehoeken, en vele 'sieraden' die Robin medailles zou noemen, met ingewikkelde patronen, waaronder een tweekoppige adelaar op een IJzeren Kruis.

Toen Strike terugkwam aan het tafeltje met hun drankjes en twee menukaarten, trof hij Robin aan terwijl ze zat te kijken naar de afbeelding van een zilveren tafelversiering die volgens de catalogus ruim een meter hoog was.

'Geschat op zestig- tot tachtigduizend pond,' las Robin voor uit de catalogus, die ze naar Strike toe draaide zodat hij het ook kon zien.

'Fuck, wat een geld.' Strike keek naar het ding, dat hij buitengewoon lelijk vond.

'Dat is het Oriental Centrepiece, dat per ongeluk bij Bullen & Co was afgeleverd.' Robin draaide de catalogus terug om de overdaad aan symbolen waarmee het voorwerp was versierd aandachtig te bekijken. 'Jakobsladder, acacia, het alziende oog, de vlammende ster...'

'Zo, heb je je in de symboliek verdiept?'

'Ja... maar het is gek.'

'Een spuuglelijk ding, dat is het.' Strike keek naar het zilveren voorwerp dat voor hem ondersteboven was afgebeeld.

'Niet dat ding, de diefstal. Het is even wat anders dan geld stelen, of diamanten, die je makkelijk kunt verkopen. De dieven kunnen niet van plan geweest zijn het zilver om te smelten, want de waarde zit in de vorm. En deze tafelversiering alleen al moet loodzwaar zijn.'

'Daarom denk ik dat het hele spul in de vluchtwagen in Wild Street geladen moet zijn. Maar waarom iemand een hoop vrijmetselaarsrommel zou willen...'

Robin dacht aan Strikes spartaanse zolderflatje, vrijwel volledig gespeend van alles wat maar enige decoratieve of sentimentele waarde had.

'Ik denk dat je onderschat hoe bezeten mensen kunnen raken van spullen, omdat je zelf geen spullenmens bent.'

'Geen "spullenmens"?'

'Zijn er tastbare voorwerpen waar jij echt aan gehecht bent?'

'Ja, mijn beenprothese.'

'Haha... je weet best wat ik bedoel. Het gaat niet alleen om de omvang en het gewicht ervan,' zei Robin terwijl ze in de catalogus bladerde, 'maar ze zijn allemaal publiekelijk gerelateerd aan de moord op Wright. Zou de dief dat zilver soms gewoon in een kelder hebben opgeslagen om er elke avond vol trots naar te kijken?'

'Goede vraag.' Strike nam een slokje van zijn bier. 'Wat ook een goede vraag is: waarom zou Lynden Knowles een partij vrijmetselaarszilver willen hebben?'

'Misschien wist hij een koper die het niet uitmaakte hoe hij eraan was gekomen?' zei Robin weifelend.

'Klinkt jou dat logisch in de oren? Een gangster die in wapens handelt en dan ineens chique spullen gaat bestellen?'

'Niet echt,' gaf Robin toe.

'En als hij dat spul voor zichzelf wilde, wat me hoogst onwaarschijnlijk lijkt, waarom zou hij dan een link leggen met de moord op zijn neef?'

'Dat is raar, ja,' gaf Robin toe. 'En waarom is Knowles vermoord in die kluis? Zou het niet simpeler zijn geweest om...?'

'Om hem in de auto door het achterhoofd te schieten op weg naar een nepoverval en dan het lijk te dumpen? Inderdaad. Wat wil je eten?'

'Soep,' zei Robin. 'Ik heb niet zo'n trek.'

Strike, die rammelde van de honger, liep weer naar de bar om soep voor Robin en fish-and-chips voor zichzelf te bestellen. Toen hij terugkwam, gaf Robin hem haar mobiel om hem de mail aan een zekere Osgood te laten zien, die verstuurd zou zijn door William Wright.

Ramsay Silver
Onderwerp: Iets wat u moet weten
Aan: Osgood@goodtunes.co.uk

Beste meneer Osgood (Oz)
Ik kan u helpen met iets waarvan ik weet dat het een probleem voor u is, als u me zou willen treffen.

'Verzonden een week voor de moord op Wright,' merkte Strike op. 'Maar het is natuurlijk niet zeker dat Wright echt de afzender is.'

'Zo niet, dan is het gek dat niemand in die winkel toegeeft de mail verstuurd te hebben.' Robin pakte haar telefoon terug.

'Dat is waar. Maar als de politie dacht dat die Osgood ook maar iets te maken had met de moord en de diefstal, dan had ik wel verwacht dat in de pers terug te zien. Maar we proberen contact met hem op te nemen.'

'Heel raar hoe snel de pers de belangstelling verloor, hè?' zei Robin. 'Zodra ze hoorden dat het Knowles was, leek het niemand meer te interesseren dat zijn handen waren afgehakt en zijn ogen uitgestoken...'

'Zo gaat het toch altijd?'

'Hoe bedoel je?'

'Laat die jonge gewelddadige types elkaar maar afslachten. Zit niemand mee.'

'Maar dit was echt een gruwelijke moord. Om een lijk zo toe te takelen... Als het een vrouw was overkomen...'

'Blij dat jij het zegt, en niet ik.'

'Hoezo?'

'Dat mag toch niet meer, zeggen dat mannen in een bepaalde context als wegwerpartikelen worden gebruikt?'

'Ik zeg niet dat hij een wegwerpartikel...'

'Dat weet ik, maar er was nog niet een tiende van de belangstelling die er geweest zou zijn als het een vrouw was geweest, zelfs al had ze een strafblad. En inderdaad, dit was verdomd sadistisch. Hij is compleet afgeslacht.'

'Ik wil alleen maar zeggen dat er hijgerige belangstelling zou zijn geweest als het een vrouw was geweest, omdat ze naakt was,' zei Robin.

'Dat is waar. Maar mannen spelen niet in op de gevoelens van het publiek zoals vrouwen en kinderen dat wel doen. Ik zeg niet dat vrouwen het makkelijk hebben,' verdedigde Strike zich alvast preventief tegen een beschuldiging die hij in de coulissen van het gesprek meende te horen, 'maar er zijn veel meer mannen die op straat slapen en die krijgen veel minder aandacht in de pers als ze vermist worden. Ik noem gewoon de feiten, meer niet. Neem nu die twee kerels die ze niet op basis van hun DNA konden uitsluiten. Semple kreeg nog een beetje aandacht omdat hij een gewonde veteraan is, maar Powell kreeg geen ene moer. Ik heb hem even opgezocht; geen woord over hem in de pers.'

'Ik heb wel wat gevonden.' Robin rommelde in haar tas.

'Serieus?' zei Strike verbaasd.

'Ja. Hier.' Robin gaf Strike een paar vellen papier waarop ze foto's had uitgeprint die ze had gevonden op Instagram; ze was van plan ze op kantoor in het dossier op te bergen zodra ze de kans kreeg. Het waren allemaal uitvergrotingen van groepsfoto's waarin Tyler Powell was getagd. Hij was een krachtig gebouwde jongeman met opvallend grote oren, een ietwat scheefgetrokken gezicht en muisbruin haar. Op een van de foto's droeg hij een shirt van het Engelse voetbalelftal.

'Ik weet voor negenennegentig procent zeker dat het de juiste Powell is. De foto's zijn geplaatst door mensen in Ironbridge.'

'Dat is in de buurt van Birmingham, toch?' vroeg Strike.

'Precies.'

Strike was blij dat Tyler Powell niet dichter bij Londen had gewoond. Een tripje naar Ironbridge zou weleens precies die vele ongestoorde uren met Robin kunnen opleveren die hij graag wilde.

'Kijk eens op de achterkant van het tweede vel,' zei Robin. 'Ik heb wat commentaren onder de foto uitgeprint.'

Strike deed wat hem werd opgedragen.

lolajonz kan die schoft van Powell niet meer zien na wat hij heeft gedaan

rileymiley getver kun je TP er niet af knippen

ayeshaaaa waarom moeten we nog foto's van die vuilak zien hier

ponzie2 chloegriff haal ze weg niemand wil die eikel zien

'Die heeft zich niet populair gemaakt.' Strike sloeg de bladzijde om en keek nog eens naar Powells foto. Hij zag er niet erg schurkachtig uit, maar Strike herinnerde zich nog goed de jonge soldaat in het Rifle Corps die eruitzag als een koorknaap maar was veroordeeld wegens verkrachting op Cyprus.

'Van Powell heb ik nog geen social media gevonden,' zei Robin, 'maar ik blijf zoeken.'

'Oké,' zei Strike, 'en ik vraag Hardy of hij iets voor me kan vinden over Niall Semple.'

Hun eten werd gebracht. Strike at wat van zijn friet en zei toen: 'Weet je, ik zou weleens willen weten of hoofdinspecteur Truman ooit zijn broekspijpen oprolt als hij niet aan het pootjebaden is.'

'Huh?'

'Je moet je broekspijp oprollen bij de inwijding van de vrijmetselaars. Om te bewijzen dat je niet geketend bent – een vrij man. Ik denk niet dat Wright is vermoord door vrijmetselaars,' zei Strike toen Robin haar mond opendeed om iets te zeggen, 'maar het zet je toch aan het denken dat Truman de sjerp en het merkteken op het lijk wilde stilhouden, net als het feit dat hij er alles aan deed om de vrijmetselaarsconnectie uit te sluiten in de pers.'

'Online zei iemand dat Truman vrijmetselaar is. Het stond in de commentaren van een van die nieuwsberichten. Zijn loge werd zelfs genoemd.'

'Echt?'

'Maar dat is wel typisch iets wat snel wordt geroepen, hè? Ik heb een paar van die complottheorieën over vrijmetselaars bekeken en de mensen kunnen niet kiezen of het nou een dekmantel is voor wereldheerschappij door de Joden of dat er banden zijn met de Ku Klux Klan.'

'Er was aardig wat vrijmetselarij in het leger toen ik daar zat,' zei Strike. 'Hardy maakte me altijd belachelijk als ik zei dat het goed was voor de bevordering in rang. Hij riep dan dat vrijmetselarij iets persoonlijks is, dat niemand het laat doorsijpelen in zijn dagelijkse leven, maar ik heb bij etentjes in de mess wel mensen zien slijmen bij iemand van wie bekend was dat hij Meester was. Ook bij de politie wemelde het van de vrijmetselaars. Smerissen die bij dezelfde loge zaten als zware criminelen. Kun je je Duncan Hanrahan nog herinneren?'

'Nee,' zei Robin.

'Vrijmetselaar en ex-politieman die de misdaad in ging. Probeerde hier en daar mensen om te kopen via zijn maçonnieke connecties in het korps. Misschien moet ik eens kijken of er wat te vinden is over hoofdinspecteur Truman.' Strike maakte een aantekening.

'Is dat nodig?' vroeg Robin.

Strike keek op. Zijn zakenpartner zag er opeens gespannen uit, en hij raadde meteen dat ze bang was voor de reactie van haar vriend als die te weten zou komen dat het detectivebureau de aandacht had gericht op een van zijn politiecollega's. Deze situatie, wist Strike, moest heel voorzichtig aangepakt worden. Hij trok zijn wenkbrauwen op.

'Lijkt het je niet relevant dan, als Truman een persoonlijk motief had om de identiteit van Knowles voortijdig vrij te geven?'

'Ik zie niet in hoe we dichter bij de identiteit van Wright zouden komen als we wisten dat Truman vrijmetselaar is,' zei Robin.

Ze was zich inderdaad opeens bewust geworden van de mogelijke gevolgen van dit luchtige gesprek. Ze had al een beetje gejokt tegen Murphy door tegen hem te zeggen dat ze op zoek waren naar Rupert Fleetwood terwijl ze in werkelijkheid de identificatie van Knowles door de politie nader wilden bekijken. Wat zou hij zeggen als hij erachter kwam dat ze bij vrijmetselaarsloges gingen posten om te zien of daar een hooggeplaatste politieman naar binnen ging?

'Het lijkt mij tamelijk relevant voor ons onderzoek als de hoogste man bij de politie zijn persoonlijke loyaliteit liet prevaleren boven zijn beroepsplicht,' zei Strike. 'Stel dat hij informatie heeft achtergehouden, omdat het beter uitkwam om Wright te identificeren als Knowles. Hoe heette de loge waar Truman bij zou horen, weet je dat nog?'

'Nee,' zei Robin naar waarheid, al zat ze nogal met die opmerking over 'persoonlijke loyaliteit'. Dit gevoel dat er meerdere kampen waren beviel haar helemaal niet; ze had het nooit eerder zo ervaren in een onderzoek.

Strike besloot om het onderwerp Truman en de vrijmetselarij even te laten rusten – het was veel beter als Murphy degene zou zijn die Robin tegen zich in het harnas zou jagen – en hij at nog wat van zijn friet voordat hij zei: 'We moeten maar eens kijken naar die website die Wright heeft bezocht, voor mensen die onterecht beschuldigd zijn, maar het zou wel een verdomd merkwaardige actie van Knowles zijn. Beroepscriminelen zoals hij zitten meestal niet te wachten op wildvreemden die op internet uitleggen hoe ze hun straatje moeten schoonvegen.'

'Nee,' zei Robin, 'maar het zou eventueel wel van toepassing kunnen zijn op Rupert Fleetwood. Misschien zocht hij naar advies om de politie ervan te overtuigen dat hij dat tafelschip niet had gestolen?'

'Hij is op klaarlichte dag in die club naar boven gelopen om dat ding te jatten, hij gaf tegenover zijn vriendin toe dat hij het had en weigerde het terug te geven; niet echt het gedrag van iemand die zijn sporen wil wissen. Als je het mij vraagt, was het stelen van dat tafelschip niet alleen een kwestie van geld. Fleetwood stuurde daarmee een dikke "fuck you" naar Dino Longcaster. Longcaster is zijn peetoom. Fleetwood dacht natuurlijk dat hij de kantjes eraf kon lopen op zijn werk vanwege de familieband, en hij ging over de rooie toen dat niet zo bleek te zijn. Het hele verhaal riekt naar arrogantie en een bevoorrechte positie.'

'Fijn dat je je oordeel over hem niet meteen klaar hebt,' zei Robin droog.

'Ik heb het niet op dat soort profiteurs. Maar goed, laten we er even van uitgaan dat het Fleetwood was in de kluis. Hij ging anoniem bij Ramsay Silver werken om zijn diverse problemen en verantwoordelijkheden uit de weg te gaan en was van plan om zijn tafelschip te verpatsen aan Kenneth Ramsay, die dus tegen ons heeft gelogen dat het hem niet is aangeboden. Waarom zou hij dan de computer van de zaak gebruiken om op te zoeken hoe hij onder een arrestatie wegens diefstal uit kan komen? Hij was met succes uit het zicht verdwenen en had een mogelijke koper gevonden. Je zou denken dat hij eerder champagne zou bestellen online in plaats van naar advies te zoeken.'

Robin keek nu nog verontruster.

'Wat is er?' vroeg Strike.

'Ik... Het is toch niet immoreel van ons om deze zaak aan te nemen, hè?'

Shit.

'Ik dacht dat we het erover eens waren dat we het doen om Decima van die onzekerheid af te helpen?'

'Maar als we echt niet geloven dat het Fleetwood was, als er niet eens een kleine kans is...'

'Er is altijd een kleine kans,' krabbelde Strike schaamteloos terug. 'We hebben Decima niet beloofd te zullen bewijzen dat het Fleetwood was in de kluis. Ze kan het voor zichzelf afsluiten als we bewijzen dat het iemand anders is geweest.'

'Tot ze zich gaat inbeelden dat Rupert het slachtoffer is geworden van een andere onopgeloste moord.'

'Als haar waanidee blijft bestaan nadat wij hebben bewezen dat Fleetwood niet William Wright was, wil ik best de schoft zijn die haar vertelt dat ze zich laat meeslepen door een morbide fixatie.'

'Lijkt het je niet beter om dat nu al te doen?'

'Luister, er zijn wel degelijk overeenkomsten tussen Wright en Fleetwood. Lengte, lichaamsbouw, bloedgroep, allebei linkshandig, Fleetwood is verdwenen, Wright is verdwenen, het zilververhaal... Trouwens, over Fleetwood gesproken, zou jij het van me over willen nemen om Ruperts vriend Albie Simpson-White over te halen met een van ons te gaan praten? Hij weigert nog steeds om aan de telefoon te komen als ik naar Dino's bel. Een vrouwenstem is minder bedreigend.'

'Oké.' Robin noteerde het voor zichzelf.

'Ik heb ook een mail gestuurd naar de voormalige huisgenoot van Fleetwood, die drugsdealer, Zacharias Lorimer. Maar nog geen reactie. Ik geef hem nog een paar dagen, want ik ga geen geld verspillen aan een telefoontje naar Kenia als hij toch alleen maar zegt dat ik moet oprotten. Sacha Legard en Valentine Longcaster heb ik nog niet geprobeerd. Misschien moet ik Sacha een bericht sturen via zijn agent.'

'Hoe is hij in het echt?' Robin kon een licht opgewonden huivering niet onderdrukken bij het horen van de naam van Charlottes halfbroer, de voor een Oscar genomineerde acteur.

'Typisch iemand die zou opknappen van een stomp op zijn muil.'

'Strike!'

'Jij hebt hem nooit ontmoet.'

'Wat is er mis met hem?'

'Hij heeft zijn hele leven alles op een gouden schotel aangereikt gekregen, wat hij maar wilde, vanaf de geboorte. Zijn ouders aanbaden hem en hij vindt het volkomen vanzelfsprekend dat iederéén dat doet.'

'En daar word jij duidelijk heel pissig van.'

'Nee. Nou ja,' gaf Strike toe, 'een beetje. Maar niet dat ik hem dood wens of zo.'

'Jezus nee, dat mag ik hopen!' zei Robin, half geamuseerd en half geschokt. 'Wens je gewoonlijk de mensen die je niet mag dood?'

'Sommige wel.' Strike moest denken aan Jeff Whittaker, de tweede man van zijn moeder. 'Als ik te horen zou krijgen dat Mitch Patterson dood neergevallen was in de beklaagdenbank, dan zou ik dat waarschijnlijk vieren met een pint. Maar ik zie hem liever de bak in draaien.'

Tot een paar maanden geleden was Mitch Patterson de baas geweest van het rivaliserende detectivebureau waar Kim Cochran voor had gewerkt. Er was nooit sprake geweest van een warme band tussen Patterson en Strike, en Patterson was uiteindelijk gearresteerd toen hij had geprobeerd Strike ten val te brengen en daarom illegaal afluisterapparatuur had aangebracht in het kantoor van een topadvocaat.

'De rechtszaak begint volgende week,' zei Robin.

'Ik weet het. Daar verheug ik me meer op dan op Kerstmis. Trouwens, nu ik erover nadenk,' zei Strike, alsof het hem plotseling inviel, 'als er iemand met Sacha Legard moet gaan praten, kun jij dat misschien het beste doen.'

'Waarom? Jij kent hem.'

'Ja, dat is het probleem. Ik neem aan dat hij weet wat er in dat afscheidsbriefje van Charlotte stond, dus hij zal niet erg positief tegenover mij staan. Hoewel dat misschien, nu ik erover nadenk, ook voor jou zal gelden.'

Robin voelde een hete explosie diep in haar buik; ze wist niet wat de overhand had, paniek of blijdschap, maar ze was bang dat ze weer rood werd.

Strike zag de blos en wachtte af of Robin zijn opmerking zou negeren of dat ze er voor het eerst op in zou gaan.

Ze bleef naar haar soep kijken en zei: 'Sacha kan jou niet kwalijk nemen wat ze in dat briefje heeft geschreven. Ze was... Volgens de kranten had ze heel veel drank en drugs gebruikt.'

'Ze wist precies wat ze zei. Ze had het al eerder tegen me gezegd, nuchter.'

Dat was nieuws voor Robin. Voordat ze zich ertoe kon zetten te reageren ging Strikes telefoon, en Robin greep de kans aan om van tafel op te staan.

'Even naar de wc,' mompelde ze.

Geërgerd door de onderbreking, die hij buitengewoon slecht getimed vond, nam Strike zijn telefoon op.

'Hoi,' zei Midge, 'ik geef even door dat Kim en ik voor vanavond geruild hebben. Zij gaat met jou naar het Dorchester.'

'Waarom?' vroeg Strike met een frons.

'Ze denkt dat Plug haar gisteren heeft gezien, dus lijkt het haar beter om hem vandaag niet te volgen.'

'Oké, bedankt voor het doorgeven.'

Hij hing op, nog steeds geïrriteerd. Hij had gehoopt de Dorchester-klus samen met Robin te doen – als ze in de bar zaten, allebei gekleed om te infiltreren op een liefdadigheidsgala, zou dat precies de goede setting geweest kunnen zijn voor de verklaring die hij van plan was af te leggen – maar helaas had Robin een vrije avond.

Intussen vroeg Robin zich in een wc-hokje op de damestoiletten geagiteerd af waar Strike mee bezig was door weer over de afscheidsbrief van Charlotte te beginnen. Ze kende haar collega goed genoeg om te weten dat er twee mogelijkheden waren. Of hij somde gewoonweg zonder enige schroom de feiten op en verwees alleen maar naar de brief omdat die inderdaad invloed kon hebben op de houding van Charlottes halfbroer ten opzichte van hem en Robin, of...

Of wat? Probeerde hij haar indirect te laten weten dat hij diepere gevoelens voor haar had dan hij tot nu toe had toegegeven? Wilde hij uitvissen wat zij op haar beurt voor hem voelde? Of durfde hij dit wel aan omdat ze nu met Murphy was? Deed hij het om haar relatie te ondermijnen, omdat het hem beter uit zou komen als ze single was, zodat de kans kleiner was dat ze bij het bureau zou weggaan?

Met toenemende ergernis vroeg Robin zich af waarom Strike, als hij iets te zeggen had, dat zo nodig moest verhullen in deze plausibel te ontkennen vorm, uit de mond van een dode vrouw. Wat moest ze nou terugzeggen, in een drukke pub, terwijl ze midden in een werksituatie zaten? 'Had Charlotte het goed gezien, ben je echt verliefd op me?' Als Strike inderdaad ook maar iets voor haar voelde wat in de buurt kwam van liefde, dan had hij toch talloze gelegenheden gehad om dat te zeggen? Ze had zelf veel meer last gehad van haar gevoelens voor hem dan ze de laatste tijd wilde toegeven. Als hij twee jaar geleden had gezinspeeld op verliefdheid, zou alles nu misschien anders geweest zijn... of niet? Robin wist door hun langdurige, hechte contact dat Strike niet aan vaste relaties deed. Een paar maanden was het langste dat hij het ooit met iemand had volgehouden, voor zover ze wist, en Robin was inmiddels oud en wijs genoeg om te weten dat zij nooit alleen maar seks of een kortstondige, los-vaste verhouding zou willen. Het was belangrijk om dat te onthouden, als haar niet te temmen gedachten weer eens afdwaalden naar Cormoran Strike...

Ze dacht aan Murphy, die geen spelletjes speelde, die ronduit zei wat hij voor haar voelde, die er geen moeite mee had om met haar over een gezamenlijke toekomst te praten en niet bij de eerste tekenen van problemen de relatie opgaf, kortom geen bloedirritante lul was die met haar gevoelens aan de haal ging vanuit zijn eigen, waarschijnlijk egoïstische, agenda. Het was zinloos, en bovendien masochistisch, om te blijven piekeren over hoe ze zich had gevoeld toen Strike haar omhelsde op haar huwelijksdag, of toen ze elkaar in de ogen keken op het trottoir voor het Ritz en zij had geweten dat hij op het punt stond haar te kussen, of toen ze zijn hand had gepakt in het bed waarin ze samen sliepen na haar vlucht uit Chapman Farm…

Er werd luid geklopt op de deur van het wc-hokje waar Robin zat, en ze schrok.

'Is deze bezet?' klonk een kwade stem.

'Ja.' Robin trok haastig haar broek op en spoelde de wc door.

Verderop aan hun tafeltje zat Strike nog steeds friet te eten toen er een bericht binnenkwam op Robins telefoon, die met het schermpje naar boven op tafel lag. Strike, die goed was in ondersteboven lezen, hoefde het toestel niet aan te raken.

Ryan
Zoiets zouden we denk ik wel kunnen betalen:
www.rightmove.c…

Fuck, fuck, fuck.

'Hoe is je vis?' vroeg Robin toen ze weer tegenover hem kwam zitten. Ze wierp een blik op haar telefoon en stopte hem in haar tas zonder op het bericht te reageren.

'Lekker,' zei Strike.

Deze indicatie dat Murphy en Robin leken te denken aan samenwonen was bij Strike behoorlijk hard aangekomen. Daarnaast voelde hij aan, door Robins toon, dat het geen goed idee was om nu de afscheidsbrief van Charlotte te blijven uitmelken. Maar hij wilde het terrein niet helemaal verlaten.

'Heb je Murphy verteld dat we Decima's opdracht aannemen?'

'Ja.'

'Wat vond hij ervan?'

'Prima,' zei Robin kortaf.

Strike ging over op een iets veiliger onderwerp. 'Ik zal Sacha Legard mailen om te kijken of hij bereid is met een van ons te praten.'

Of het nu kwam doordat het gesprek weer dreigde af te dwalen naar de regionen van Charlottes afscheidsbrief of niet, Robin keek op haar horloge.

'Ik moet gaan. Over drie kwartier moet ik in Camberwell zijn.'

'Oké,' zei Strike toen ze haar spullen bij elkaar pakte. 'Maar laten we proberen gauw een keer naar St George's Avenue te gaan om met Wrights huisgenoten te praten. Dat kunnen we misschien beter samen doen, anders kost het een hele dag om het juiste huis te vinden, want we hebben geen huisnummer.'

'Prima,' zei Robin, nu kordaat. 'Laat maar weten wanneer.'

16

... this wild girl (whom I recognize
Scarce more than you do, in her fancy-fit,
Eccentric speech and variable mirth,
Not very wise perhaps and somewhat bold
Yet suitable, the whole night's work being strange)
– May still be right...

Robert Browning
In a Balcony

Strike keerde een stuk chagrijniger terug op kantoor dan hij er was vertrokken. Het was misschien het toppunt van hypocrisie dat hij zich gekrenkt voelde omdat Robin (in zijn ogen) had verzwegen dat ze met Murphy op zoek was naar een huis – hoeveel van zijn eigen privéleven had hij wel niet stilgehouden in de loop van hun vriendschap? – maar dat maakte zijn wrevel er beslist niet minder op.

Hou je aan je opzet. Hij ging naar het kantoor achter de tussendeur, opende het werkrooster en stelde vast dat maandag de beste dag was om samen met Robin naar St George's Avenue te gaan. Hij ruimde genoeg tijd in om niet alleen te zoeken naar de voormalige woning van William Wright en hopelijk zijn buren te ondervragen, maar ook om weer wat te gaan drinken met Robin, zogenaamd als nabespreking. Nadat hij de nodige aanpassingen had gedaan in het rooster richtte Strike zijn aandacht op Niall Semple, de voormalige paratroeper die al een half jaar vermist werd.

Zoals Strike al tegen Robin had gezegd was er na Semples verdwijning wel hier en daar een berichtje verschenen in de pers, maar de belangstelling leek vrij snel uitgedoofd te zijn. Strike opende nu een artikel dat hij nog niet had gelezen, waarin Semples echtgenote Jade smeekte om tips over de verblijfplaats van haar man. Het verhaal bevatte drie foto's: een van een gladgeschoren Semple in het ceremonieel tenue van een paratroeper, de tweede van Semples bruiloft en de derde van de laatste keer dat hij in leven was gezien, bij een geldautomaat in Camden.

Semple was een knappe man met een brede nek, hoge jukbeenderen, kort blond haar en helderblauwe ogen die fysiek leek op het type dat voor films vaak werd gecast als jonge nazi, al had hij op de foto een innemende glimlach op zijn fris geschoren gezicht.

Maar op de foto van zijn bruiloft droeg hij een volle baard – een zeer ongebruikelijke keuze voor een soldaat in het Britse leger – en zag hij er eerder streng uit dan blij. Zijn vrouw, Jade, leek op een zwaar opgemaakte pop. Strike was geen fan van de huidige mode van dik ingetekende, hoekige wenkbrauwen die Jade enthousiast had omarmd. Haar volle haardos, die blauwzwart geverfd was, was getoupeerd tot een soort suikerspin, met losse plukjes die over haar schouders vielen, en het lijfje van haar trouwjurk was deels doorschijnend en zo gemaakt dat haar decolleté optimaal tot zijn recht kwam. Ze zag er heel klein uit, zelfs naast Semple, die volgens het artikel een meter zevenenzestig was. Strike vond Jade Semple niet aantrekkelijk, maar hij kon zich voorstellen dat ze een goede partij was voor mannen die het fijn vonden om zich groot en mannelijk te voelen naast meisjesachtige vrouwen van minuscule proporties.

De laatste foto, van Semple bij een geldautomaat in Camden op 4 juni van het jaar daarvoor, toonde een groezelige man met een onverzorgde baard die, nogal ongerijmd, een metalen koffertje in zijn hand had. En Semple droeg óf een metalen horloge of hij had het koffertje als een handboei aan zijn pols bevestigd.

Strike las vluchtig het artikel door en zag dat Semple in 2014 een hersenoperatie had ondergaan en daarna was ontslagen uit het leger, ongeschikt voor de dienst. Hij was vertrokken uit zijn huis in Crieff in Schotland op 27 mei, enkele dagen na de begrafenis van zijn moeder.

> 'Ik ben ten einde raad,' aldus Jade Semple. 'Ik maak me zo veel zorgen, ik kan niet slapen, niet eten, ik wil gewoon dat Niall contact opneemt. Als iemand hem heeft gezien, belt u dan alstublíéft het nummer van de politie. Ik ben echt bang dat hij op straat slaapt of in een akelige situatie terechtgekomen is.'

Strike leunde achterover in zijn bureaustoel en dacht na over het artikel, niet zozeer over de inhoud, maar eerder over wat er níét in werd vermeld. Vooral het ontbreken van informatie over de oorzaak van de ernstige verwondingen die Semple had opgelopen in het leger was voor hem bijzonder interessant. Hij opende Facebook, vond al snel het account van Jade Semple en scrolde terug naar de datum waarop haar man was verdwenen. Een aantal foto's van 26 mei, allemaal genomen op een verkleedfeestje. Jade was de helft van een eeneiige tweeling; hij zou niet kunnen zeggen of zij Princess Peach uit de Nintendo-franchise was of Rosalina. Haar man was in geen velden of wegen te bekennen op de foto's van het feestje.

Na die dag had Jade alleen nog oproepen geplaatst voor informatie over haar vermiste man, en links naar de nieuwsberichten over zijn verdwijning. De allerlaatste geposte foto was er een van Jade met een puppy, een oranjerood pluisbolletje met het bijschrift #NewFurBaby.

Strike stuurde Jade een persoonlijk bericht waarin hij uitlegde wie hij was, dat hij was ingehuurd om onderzoek te doen naar het lijk dat was gevonden in de zilverkluis, en hij gaf zijn telefoonnummer. Toen opende hij zijn mail en zocht naar het bericht dat hij maanden geleden had ontvangen van zijn voormalige SIB-collega Graham Hardacre, dat hij nooit had bekeken of beantwoord. Hij had het net gevonden toen er een appje van Kim binnenkwam.

Waar zullen we afspreken vanavond? Kx

Strike zag het nonchalant toegevoegde kusje en dat stond hem niet erg aan. Hij appte terug:

Voor Dorchester, 19u

Hij had het nog maar net verstuurd toen Barclay hem belde op zijn mobiel.

'Er is iets loos,' zei de Schot op gedempte toon voordat Strike iets kon zeggen. 'Plug is nu op een afgesloten terrein, met twee mannen.'

'Wat voor afgesloten terrein?'

'Braakliggend, hoge hekken, schuurtjes... We zitten een eind ten noorden van Ipswich. Middle of nowhere. Ik hoor waakhonden. Er is iets loos,' zei Barclay weer. 'Als ik hier blijf tot het donker is, lukt het me wel om dat terrein op te komen,' zei hij met zijn zware accent.

'En die honden dan?'

'Gelukkig heb ik geen worstbenen.'

'Oké, als je verdomme maar niet betrapt wordt. De laatste keer dat Midge inbrak op privéterrein werd ze weggejaagd door een kerel met een paardrijzweepje.'

'*Aye*, maar dat was de aristocratie. Ik denk dat deze lui eerder naar messen zullen grijpen.'

'We hebben geen ziektekostenverzekering, Barclay.'

'Ha! In de jaren negentig ging ik naar de kroeg in Barlanark. Daar ging geen avond voorbij zonder een steekpartijtje hier of daar. Spreek je later.'

Toen Barclay opgehangen had, boog Strike zich weer over de mail aan Hardacre, waar hij de nodige zorg aan besteedde. Hij vergat niet te informeren naar Hardacres vrouw en twee zoons, van wie hij zich zelfs – met flink wat moeite – de namen wist te herinneren.

Om half zes sloot hij het kantoor af en ging naar boven om te douchen, een broodje te eten en zich om te kleden voor zijn afspraak bij het Dorchester. Zijn chagrijnige bui werd nog versterkt door het feit dat hij de activiteiten van die avond – infiltreren bij een galadiner voor een liefdadigheidsinstelling voor kinderen – als volslagen zinloos beschouwde. Mrs H zou erheen gaan, en de klant stond erop dat ze ook daar in de gaten gehouden zou worden, ook al zat Dominic Culpepper in Lancashire. Mr H dacht dat ze misschien iemand zou 'vertellen dat ze met hem neukt, als ze op dat feest goed loskomt'.

Gedoucht en in zijn nette pak gestoken dubde Strike of hij naar het Dorchester zou lopen, als tegenwicht voor zijn fish-and-chips eerder die dag, of dat hij een taxi zou nemen omdat zijn been nog steeds zeer deed, en hij koos voor een compromis door te voet te vertrekken en te wachten tot er een vrije taxi zou opduiken, wat gebeurde op Shaftesbury Avenue.

Het was een frisse avond, en de combinatie van Londens opzichtige kerstverlichting en het vrolijke einde-van-de-werkweekpubliek dat de donkere straten bevolkte leek de spot te drijven met Strikes stemming. Toen de taxi vaart minderde voor hotel Dorchester, dat versierd was met een grote hoeveelheid groene takken en duizenden twinkelende, robijnrode lampjes, zag hij Kim Cochran in haar eentje naast de trap staan in een nauwsluitende vuurrode jurk met hoge hals en lange mouwen, van een stof waarin haar tepels duidelijk zichtbaar waren. Ze droeg overduidelijk geen bh.

Hij stapte uit de taxi en betaalde de chauffeur, die, begrijpelijk genoeg, alleen maar naar Kim keek in plaats van naar de grote man met de kromme neus die briefjes van vijf pond in zijn uitgestoken hand stopte.

'Goedenavond,' zei Strike toen hij Kim bereikte.

'Wauw, jij bent lekker opgeknapt,' zei Kim glimlachend.

'Van hetzelfde,' zei Strike uit beleefdheid.

Vele andere mannen in smoking gingen naar binnen door de twee draaideuren aan de voorkant van het hotel, vergezeld van zwaar opgemaakte vrouwen in zijde en pailletten. Toen Kim voor hem uit liep om de draaideur in te gaan, zag Strike dat de jurk een blote rug had; de achterkant onthulde een lange strook smetteloze huid met één enkele moedervlek, iets rechts van haar ruggengraat.

'Daarginds kunnen we even zitten.' Kim wees naar een plek verderop in de langgerekte lobby met de marmeren vloer. 'En ik heb de toiletten verkend die de vrouwen op het gala vanavond gebruiken, dus daar zal ik regelmatig binnenlopen, voor het geval ze loslippig wordt. Jezus, ik snak naar een borrel. De afgelopen uren waren zó raar.'

'O?' zei Strike toen ze bij het zitje kwamen. 'Hoezo?'

'Allereerst... moet je horen: ik ben gebeld door Farah Navabi.'

Strike was onmiddellijk geïnteresseerd. Farah Navabi was een buitengewoon aantrekkelijke, maar niet bepaald competente detective die had gewerkt voor Mitch Patterson, eens zijn grote tegenstander.

'Wat wilde ze?'

'Mij in dienst nemen. Ze gaat haar eigen bureau beginnen.'

'Hoe wil ze dat in godsnaam voor elkaar krijgen? Ze heeft verdomme namens fucking Patterson dat afluisterspul geplaatst. Die gaat samen met hem de bak in.'

'Ze heeft er alle vertrouwen in dat dat niet gebeurt. Jij kent Farah niet. Dat mens lult zich overal onderuit. Jezus, wat snak ik naar een borrel.'

'En wat heb je gezegd?' vroeg Strike.

'Dat ze kan doodvallen natuurlijk. Ik ben tevreden waar ik nu zit en... O, daar komt ze aan,' voegde Kim er zachtjes aan toe.

Strike keek even om. Mrs H liep naar de deuren van de zaal in dezelfde jas van kunstbont die ze in Mount Street had gedragen, met daaronder een enkellange paarse paillettenjurk. Ze werd vergezeld door een blonde vrouw in een gouden japon met korset, dat zo strak zat dat Strike zich afvroeg hoe al haar organen nog op de juiste plek konden zitten.

'Ik ga eens kijken of er bij de garderobe iets interessants wordt gezegd.' Kim stond op en volgde de vrouw.

'Ik zit in de bar.' Strike kwam overeind; Mrs H mocht hem daar niet in zijn eentje zien. Ze konden haar natuurlijk niet volgen tot aan het galadiner, maar Strike wist van soortgelijke klussen dat als er eenmaal gegeten was, je bij dit soort evenementen makkelijk onuitgenodigd binnen kon komen, zolang je gepaste kleding droeg en je je nonchalant gedroeg, alsof je er thuishoorde.

Na jarenlang de beter gesitueerden te hebben geschaduwd kende Strike de indeling van de meeste vijfsterrenhotels in Londen inmiddels wel, dus liep hij aan het einde van de lobby naar links. De bar van het Dorchester was ingericht in goud en groen met een vleugje art deco, en versierd met nog meer kerstgroen en feestverlichting. De man aan de deur liet Strike weten dat er nog een plekje was aan de bar, en hij benadrukte wat een geluksvogel hij daarmee was. Na het bestellen van een dubbele whisky had Strike net zijn telefoon tevoorschijn gehaald om de tijd te doden, toen het toestel overging in zijn hand.

'Strike.'

'Ja,' zei een vrouwenstem, zo luid dat Strike even ineenkromp en de telefoon bij zijn oor vandaan hield. 'Met Jade Temple.' Haar Londense accent was zo sterk dat ze haar achternaam uitsprak als 'Sempaw'. 'De vrouw van Niall. Jij hebt me geschreven op Facebook.'

'O ja,' zei Strike. 'Fijn dat u...'

'Hoe weet ik dat jij bent wie je zegt dat je bent?'

Ze gebruikte haar stem alsof ze riep vanaf de bodem van een diepe put, en Strike moest denken aan Bijou Watkins, die ook altijd zo hard had gepraat.

'We kunnen overschakelen op FaceTime als u wilt. Of ik stuur een screenshot van mijn rijbewijs?'

Hij hoorde een mannenstem op de achtergrond en wist dat de telefoon op speaker stond.

'Een rijbewijs is makkelijk te vervalsen,' zei de man.

'Of we kunnen ergens afspreken?' zei Strike.

De telefoon leek over te gaan in een andere hand, want nu was de stem van de man op vol volume hoorbaar.

'Wie heeft jou ingehuurd?'

'Daar mag ik helaas niets...'

'Krant,' zei de man zelfverzekerd. 'Wat zei ik nou, *babe*.'

De verbinding werd verbroken.

Strike sloeg snel het nummer van Jade Semple op, want ze was zo onvoorzichtig geweest dat niet af te schermen.

'Niks boeiends bij de jassen,' zei een stem in Strikes oor. 'Ha mooi, we gaan aan de drank. Wodka-tonic graag,' zei Kim tegen de barman. 'Ze zitten allemaal klaar voor het diner,' liet ze Strike weten.

Kims drankje werd gebracht op hetzelfde moment dat de man naast Strike opstond van zijn barkruk, en ze nam zijn plaats in.

'Oeps,' zei ze met alweer een lachje toen haar hak in de jurk bleef haken en deze van achteren omlaagtrok, wat Strike een goede reden gaf om aan te nemen dat ze er niets onder droeg. Ze nam meerdere grote slokken uit haar glas en zei toen: 'Jezus, wat snakte ik daarnaar...

Afijn, luister. Meteen na dat telefoontje van Navabi stond mijn ex ineens op de stoep. Ik had deze aan,' – ze wees omlaag naar de jurk – 'dus hij dacht natuurlijk dat ik een nieuwe vent had. Meteen ruzie. Het is zó'n sukkel. Het is uitgegaan,' ging ze door, al had Strike niks gevraagd, 'nadat hij ontslagen was en daar zijn hele persoonlijkheid van maakte: werkloze. Echt, ik maak geen geintje! "Hallo, ik ben Ray, ik werk niet."'

Ze begon weer te lachen. Strike dacht niet dat ze dronken was, maar ze had iets manisch wat hem deed denken aan Kenneth Ramsay, die wanhopig had gerateld in een poging iets te verkopen wat niet gewenst was. Strike had geen enkele belangstelling voor Kims privéleven, maar een aanhoudende stilte zou misschien vragen over zijn gemoedstoestand uitlokken waar hij geen zin in had, dus vroeg hij: 'Wat voor werk had hij eerst?'

'Hij werkte voor het ziekenfonds. En nu is het: "Je bent bij me weggegaan toen ik aan de grond zat." Ik bedoel, er zijn ook andere banen, Ray. Wees een vent en stuur verdomme je cv rond, hahaha. O goeie god, moet je haar zien...'

Kim volgde met haar ogen via de spiegel boven de bar een lange, slanke vrouw die duidelijk meerdere cosmetische gezichtsbehandelingen had ondergaan. Ze deed Strike denken aan Charlottes moeder Tara, die op de laatste foto die hij van haar voorbij had zien komen voorzien was geweest van een overdaad aan fillers.

'Waarom doen ze dat toch?' vroeg Kim zich af. 'Wat heeft het voor zin? Moet je haar hals en handen zien... je houdt niemand voor de gek. Zou jij...?' vroeg ze met een grijns aan Strike.

'Wat, plastische chirurgie ondergaan?' vroeg Strike, hoewel hij heel goed wist wat ze bedoelde.

'Nee.' Kim stootte hem lachend aan. 'Je weet wel.'

Ik hoef alleen maar, dacht Strike grimmig, de komende paar uur zien door te komen hier. Hij bestelde nog wat te drinken, dus deed Kim hetzelfde. Ze kwetterde maar door, en hoewel Strike er zo weinig mogelijk aandacht aan besteedde en alleen plichtmatig antwoordde, kwam hij met tegenzin veel meer over zijn nieuwe freelancer te weten dan hem lief was. Ray, vertelde ze hem, was de man geweest van een vriendin bij de politie ('nou ja, nu dus ex-vriendin, hahaha') en hun relatie was voor Kim de belangrijkste aanzet geweest om weg te gaan bij het korps ('Het is toch allemaal politiek gedoe, ik was het zat'); ze had ook twee lange, ingewikkelde relaties gehad toen ze in de twintig was, beide keren met een getrouwde politieman. Strike vond het raar, op z'n zachtst gezegd, dat ze hem dat alles ongevraagd vertelde, al leek ze ervan uit te gaan dat hij haar verhalen geraffineerd en opwindend vond in plaats van smakeloos.

'... wilde kinderen, maar ik niet, dus dat was einde verhaal...'

Judy Garland zong 'Have Yourself a Merry Little Christmas' door onzichtbare speakers. Strikes gedachten keerden terug naar Robin. Een lekker lange rit naar Schotland om Jade Semple te ondervragen en een overnachting op ruim zeshonderd kilometer bij Murphy vandaan was precies het soort situatie waarop hij had gehoopt in deze zaak. Hij moest druk uitoefenen op Jade Semple. Robin en Murphy waren misschien wel op datzelfde moment het huis aan het bezichtigen dat hij op Robins telefoon had gezien. Stel je voor dat er een kerstcadeau in de vorm van een ring in Murphy's weekendtas zat.

'... bood me letterlijk geld om te blijven. Kun je het je voorstellen? Geld!'

Someday soon we all will be together
If the fates allow...

'... blij dat ik met Kerstmis moet werken, eerlijk gezegd... Ik zal eens gaan kijken of we al naar binnen kunnen.' Kim liet zich van de barkruk glijden en liep terug naar de zaal, waarbij haar achterkant volop de aandacht trok van mannen in de bar.

Strike bestelde een derde whisky, pakte zijn telefoon weer op en opende, op zoek naar afleiding, de website De waarheid over vrijmetselaars, waar hij de antwoorden las op de vele vragen die de mensen op de site hadden gesteld.

Gl67:	Kunnen joodse mensen ook vrijmetselaar zijn?
Stolkin:	Ja, vrijmetselaars kunnen elke godsdienst aanhangen, al mogen katholieken zich van hun eigen kerk niet bij de vrijmetselarij aansluiten.

AustinH: Is het waar dat vrijmetselaars elkaar in bescherming nemen?

Gareb 7: Op een broederlijke manier, ja. Maar niet als je denkt aan het verbergen van misdaden, dat is de maffia.

'De deuren zijn open,' klonk Kims stem in Strikes oor. 'Ze is bezopen en ze is aan het dansen.'

Strike betaalde de barman en liep met Kim mee terug naar de lobby. Toen ze bijna bij de klapdeuren naar de grote zaal waren, schoof Kim haar hand onder Strikes arm, babbelend en lachend, en ze kwamen zonder enig probleem het gala binnen.

Hoge vazen met witte bloemen en kristallen ijspegels stonden op ronde tafels. Obers en serveersters in uniform zigzagden tussen de gasten door om lege flessen af te halen. Op de dansvloer was het erg druk, maar Strike zag Mrs H aan de buitenrand ervan samen met de vrouw in de goudkleurige jurk dansen op 'Shout Out to my Ex'.

'Hoe fucking toepasselijk!' jubelde Kim, die al mee stond te deinen met de muziek. 'Zullen we dansen?'

'Niet mijn sterkste kant,' zei Strike. 'Been.'

'Oké, dan ga ik alleen.' Kim heupwiegde bij hem vandaan in de richting van Mrs H en haar vriendin, waarbij ze hem weer een blik op die lange blote rug verschafte.

'Zeg,' klonk een kille stem naast Strike, 'wat doe jij hier?'

Strike keek neer op een bleke, kleine en tengere brunette met grote donkere ogen in een strapless jurk.

O, fuck.

'Uitgenodigd door een vriendin. Het goede doel.'

'Bullshit,' zei de hooggeboren Nina Lascelles.

Hij was twee keer met haar naar bed geweest, zes jaar geleden. Ze was knap genoeg, maar daar had hij het niet voor gedaan; ze had hem geholpen belangrijke informatie over een zaak los te krijgen. Het had hem destijds onbeleefd geleken om geen seks met haar te hebben, omdat ze dat duidelijk wel wilde, maar hun ongemakkelijke – en minimale – verleden samen was verre van de enige reden om Nina's aanwezigheid vanavond hier te betreuren. Nina was namelijk de nicht van Dominic Culpepper, de journalist die Mr H ervan verdacht het bed te delen met zijn ex-vrouw, en Nina had duidelijk genoeg goedkope champagne gedronken om eventuele remmingen weg te nemen.

Met het oogmerk het gesprek beschaafd te houden vroeg Strike: 'Met wie ben jij hier?'

'Mijn verloofde.'

'Aha, gefeliciteerd. Welke is het?'

Nina wees naar een grote blonde man die naast Mrs H over de dansvloer wankelde.

'Dat doet-ie leuk,' zei Strike.

Nina kon er niet om lachen. 'Maar wat doe je nou echt hier?'

'Dat zeg ik net,' zei Strike. 'Kinderen, het goede doel...'

'Je volgt iemand.'

'Ik ben donateur. De stichting heeft mijn petekind geholpen.'

'O,' zei Nina. Ze dacht natuurlijk dat zelfs Strike niet zou liegen over een ernstig ziek petekind. 'Oké. Sorry.'

Hij wilde weglopen, maar het leek hem niet raadzaam dat te doen op een manier die zij als onbeleefd zou beschouwen. Waarom had hij verdomme zes jaar geleden niet gewoon 'bedankt' gezegd en haar bloemen gestuurd?

Shout out to my ex, you're really quite the man...

'Dominic is kwaad op jou,' riep Nina tegen hem. 'Hij zegt dat je het hoog in je bol hebt gekregen. Dat je alleen nog Fergus Robertson tips geeft.'

'Zou jij Robertson hoger inschatten dan Dominic?' vroeg Strike. Robertson was een kleine, kalende Schotse journalist uit een arbeidersmilieu, terwijl Nina's neef de showbizzverslaggever vroeger op kostschool had gezeten. Toen Nina's blik ijzig bleef, vroeg Strike, terwijl hij heel goed wist dat het niet zo was: 'Is Dominic hier ook?'

'Nee,' antwoordde Nina. 'Is dat je date?' Ze keek naar Kim, die bijna rug aan rug danste met Mrs H.

'Ja.'

'Huh,' zei Nina licht neerbuigend. Ze nam onhandig een slok wijn.

'Shout Out to My Ex' was afgelopen. Mrs H en haar vriendin strompelden lachend de dansvloer af en liepen weg; naar de toiletten, vermoedde Strike. Kim volgde hen.

'Hoe heet ze?' vroeg Nina, die Kim volgde met haar blik.

'Linda,' antwoordde Strike zonder nadenken, en hij vroeg zich af waarom de eerste naam die hem te binnen schoot die van Robins moeder was, die hem niet kon uitstaan.

'Is zij ook detective?'

'Nee, ze werkt in een winkel.'

'Ja, hoor,' zei Nina spottend.

'Er zijn wel degelijk mensen die in een winkel werken. Niet iedereen doet iets in de reclame of pr.'

'Ik weet het, hartelijk dank.' Nina nam nog een grote slok wijn.

Strike zou willen dat hij nog wat te drinken had, en hij zou nog liever willen dat Nina opdonderde. Moest ze niet dansen met haar verloofde, die nu rondwankelde op 'Rockabye'?

'Nog steeds bij Roper Chard?' vroeg hij.

'Ja,' antwoordde ze. 'Trouwens,' voegde ze er met een hatelijk lachje aan toe, 'als ze wisten dat ik met jou stond te praten, zouden ze me opdragen je een deal te bieden voor je autobiografie.'

'Er komt geen biografie,' zei Strike.

'Dacht ik al,' zei Nina snuivend. 'In elk geval niet een waar de waarheid in staat.'

Strikes ego was niet zo groot dat hij dacht dat deze boosheid te wijten kon zijn aan hun zeer kortstondige affaire van zes jaar eerder.

'Wat wil je daarmee zeggen?' vroeg hij.

'Ik wil zéggen,' zei Nina, 'dat je het leven van een vriendin van me flink hebt verziekt.'

'Hoe dan?'

'Laat maar,' snauwde Nina.

Strike zag Kim weer zijn kant op komen.

'Linda,' zei Strike voordat Kim iets kon zeggen. 'Dit is Nina. Nina, dit is Linda.'

'Hallo,' zei Kim opgewekt. 'Waar ken jij Cormoran van?'

'We hebben twee keer geneukt, een paar jaar geleden,' zei Nina, en

Strike betreurde de neiging van de upper class om nergens doekjes om te winden.

'O,' zei Kim zonder zelfs maar met haar ogen te knipperen. 'Hij is goed, hè? Nu we het er toch over hebben, Corm: dat zou ik nu liever doen. Zullen we gaan?'

Ze haakte haar arm door de zijne.

'Fijne avond nog,' zei Strike tegen Nina toen Kim en hij wegliepen.

Net toen Strike zich wilde lostrekken liet Kim zijn arm los.

'Op heterdaad betrapt,' zei ze tegen Strike, en ze hield haar telefoon omhoog om de foto te laten zien die ze had genomen.

Twee vrouwen, de een in het paars en de ander in het goud, stonden innig verstrengeld hartstochtelijk te zoenen, tegen een betegelde toiletwand. 'De vrouw in het goud is Lady Violet,' zei Kim triomfantelijk. 'De vrouw van Dominic Culpepper.'

17

Yea, and not only have we not explored
That wide and various world, the heart of others,
But even our own heart, that narrow world
Bounded in our own breast, we hardly know,
Of our own actions dimly trace the causes.
Whether a natural obscureness, hiding
That region in perpetual cloud,
Or our own want of effort, be the bar.

Matthew Arnold
Merope: A Tragedy

Strike belde Robin die zaterdagochtend om haar twee nieuwtjes door te geven, die geen van beide erg welkom waren.

'Barclay is gisteravond gearresteerd.'

'Shit!' Robin verstarde met een beker koffie halverwege haar mond.

'Ja. Hij werd betrapt door twee mannen toen hij probeerde dat afgesloten terrein op te komen waar die ellending van een Plug rondliep, ergens ten noorden van Ipswich. Barclay was op het dak geklommen van een gebouw waar – naar verluidt – meerdere keren landbouwwerktuigen gestolen zijn. Dus heeft de politie verdomme zijn vingerafdrukken genomen en wordt hij meteen herkend als hij daar nog een keer gaat rondsluipen.'

'Wat voor smoes had hij?'

'Hij zei dat hij voor een weddenschap op dat dak geklommen was. Deed alsof hij bezopen was.'

Tegen haar wil, omdat het heel slecht zou uitkomen als Barclay voor de rechter zou moeten verschijnen, begon Robin te lachen.

'Fijn dat in elk geval nog iemand het grappig vindt,' zei Strike.

'Kon hij iets zien vanaf dat dak, voordat hij eraf werd gehaald?'

'Nee, hij zegt dat het stikdonker was, maar er zitten daar honden. Dat trok de aandacht van degenen die hem betrapt hebben, blaffende waakhonden. Ik hoop verdomme dat hij niet hoeft voor te komen. Maar er is ook iets beter nieuws: Kim heeft de zaak van Mrs H opgelost,' vervolgde Strike. Nadat hij Robin had verteld over de foto die was genomen op de toiletten van het Dorchester, zei hij: '... dus kun je morgen vrij nemen.'

'Fijn.' Robin probeerde enthousiast te klinken, terwijl ze zich de zelfvoldane tevredenheid van Kim voorstelde.

Murphy was dolblij toen hij hoorde dat Robin onverwacht een vrije dag had, en hij stelde voor om te gaan lunchen bij de Prospect of Whitby, waar ze nog nooit was geweest. Het was de oudste pub langs de Theems, met houten lambrisering en modelschepen op de vensterbanken. Ze aten samen buiten op het houten terras en keken naar het voorbijtrekken van de brede rivier, Robin dik ingepakt tegen de kou. Dat vreedzame intermezzo herinnerde Robin eraan hoe goed het ging tussen Murphy en haar als ze geen van beiden moe of gestrest waren. Met een glas wijn achter de kiezen stemde ze in, met meer enthousiasme dan ze voorheen had getoond, met een serieuze huizenjacht, een beslissing die een stuk makkelijker werd gemaakt doordat Robins bovenbuurman die vrijdag een feest had gegeven, waardoor ze amper een uur had kunnen slapen. De volgende dag was er een mogelijkheid voor een bezichtiging van het rijtjeshuis in Wanstead waarvan Murphy haar de gegevens al had gestuurd, en tijdens de lunch besloten ze ervoor te gaan. 'Gewoon even een kijkje nemen', zoals Murphy het verwoordde. Ze waren het er ook over eens dat ze verder geen huizen zouden bezichtigen in Clapham, Ealing of Deptford, waar Robin had gewoond met haar ex-man, of in Barnet, waar Murphy had gewoond met zijn ex-vrouw.

Murphy was opgewekt, het gesprek ongedwongen, en Robin voelde niets dan genegenheid voor haar vriend. Toch waren er dingen die ze hem niet vertelde – de brief van de huisarts, waar ze nog niks mee had gedaan; het bezoek aan Ramsay Silver om de plek te bekijken waar William Wright was vermoord en verminkt; het feit dat ze de volgende dag op zoek zou gaan naar het huis waar Wright had gewoond – maar in de verkwikkend frisse lucht, een beetje doezelig van de wijn daar aan de langstrekkende troebele Theems, kon Robin er niet erg mee zitten. Niemand begon over eicellen of het invriezen daarvan en ze praatten geen van beiden over Cormoran Strike. Om haar fijne dag compleet te maken kreeg ze, toen ze aan de bar nieuwe drankjes ging bestellen, een appje van Strike waarin hij haar liet weten dat Barclay was vrijgelaten met alleen een waarschuwing.

Wat fijn, appte ze terug. Ze had haar CID-vriend niet verteld over de arrestatie van Barclay, dus toen hij vroeg waarom ze zo blij keek bij haar terugkeer aan hun tafeltje, zei ze: 'Omdat ik bij jou ben,' en ze werd beloond met een kus.

Op maandagochtend, die wolkeloos en fris was, vertrok Robin naar St George's Avenue, in de nog altijd rammelende Land Rover. Ze was een kwartier onderweg toen Midge belde.

'Hallo.' Robin moest schreeuwen om boven de motor en het gerammel van de Land Rover uit te komen. 'Zeg het eens.'

'Ik ben een heel pak bonnetjes kwijt van mijn onkosten,' zei Midge chagrijnig, 'en Pat zei dat ik jou daarover moest bellen.'

'Geeft niet. Schrijf gewoon op wat je denkt te hebben uitgegeven, dan leggen we dat naast je creditcardafschrift. Gaat het wel?' vroeg Robin, want ze kon zich niet voorstellen dat de spanning in Midge' stem alleen veroorzaakt werd door de bonnetjes.

'Nee,' zei Midge botweg. 'Tasha reageert niet op mijn fokking appjes en ik word gek van die fokking Kim. Mag ik jou iets vragen?'

'Ga je gang.'

'Speelt er iets tussen Strike en Kim?'

De bonnetjes, besefte Robin onmiddellijk, waren voor Midge een smoes geweest om haar te bellen met deze vraag.

'Hoe bedoel je?' Haar hart ging plotseling tekeer.

'Strike. Kim. Seks. Want ik zag haar net op de zaak en ze ging maar door over vrijdagavond.'

'Ja, ze heeft het goed gedaan,' zei Robin automatisch.

'Ik heb het niet over die foto – al was dat nou echt niet zo moeilijk, die twee stonden vol in het zicht te vozen. Nee, ze zegt dat zij en Strike het de hele avond over hun exen hebben gehad en dat hij er toen een van hem tegenkwam, op dat feest. En Kim heeft tegen dat mens gezegd dat ze gingen neuken, en zoals ze me dat vertelde... Ik weet dat hij een player is,' zei Midge, 'maar ik had niet gedacht dat hij in zijn eigen nest zou kakken, snap je wel?'

'Er is niks tussen die twee.' Robin hoopte dat het waar was.

'Mag jij haar?' vroeg Midge onomwonden.

'Ze is goed in haar werk.'

'Dat vraag ik niet.'

'Midge...'

'Oké, laat maar,' zei Midge chagrijnig. Ze hing op en Robin reed verder.

Zou Strike dat doen, met Kim naar bed gaan? Had hij het al gedaan? Vast niet. Nee, dat kon hij niet maken... hij zou nooit (zoals Midge het had geformuleerd) in zijn eigen nest kakken. Als er één ding was dat bij Strike voor alles ging was het hun bureau.

Dus hij was in het Dorchester een ex tegen het lijf gelopen. Nou, Charlotte kon het niet zijn (er dook een akelig beeld op van dat mooie gezicht gezien door bloederig badwater)... misschien Ciara, het fotomodel? Elin, de radiopresentatrice? Lorelei, eigenares van een vintage kledingzaak? Madeleine, de sieradenontwerpster? Bijou, de advocate? Terwijl Robin naar Newham reed waren haar gedachten bij de reeks bloedmooie vrouwen die kortstondig iets hadden gehad met Cormoran Strike, en ze was kwaad op zichzelf omdat ze de woorden van Midge bleef herkauwen, en ook kwaad op haar collega-detective, al zou ze die emotie in een verhoor moeilijk hebben kunnen rechtvaardigen. Het was niet bewezen dat Strike iets verkeerd gedaan had... hij was heus niet met Kim naar bed geweest... Jézus, ze hoopte niet dat hij...

Om elf uur kwam ze aan in St George's Avenue en ze parkeerde de

Land Rover. Terwijl ze uitstapte reed net de BMW van Strike langs.

'Goedemorgen,' zei hij toen ze elkaar troffen op het trottoir tussen hun beider auto's. 'Ik heb net Shah gesproken. Hij gaat het misschien nog een keer proberen bij dat afgesloten terrein. Hij wil nu aan de voorkant naar binnen, zogenaamd als veearts die is gebeld en op het verkeerde adres is aangekomen.'

'Mooi,' zei Robin, die probeerde de gedachte aan Kim en het gala uit haar hoofd te zetten. 'Dus we zoeken een huis met meerdere bellen?'

'Ja.' Strike vroeg zich af of hij zich Robins lichte afstandelijkheid inbeeldde.

'Goed, als jij die kant op gaat, neem ik deze kant en dan bellen we elkaar als we een huis zien dat in aanmerking komt.'

Dus gingen de werkpartners uiteen, Strike naar links de straat in en Robin naar rechts.

18

They had none of them cared much for this man. He was not a man to make close friends. But death had given him a new dignity among them...

John Oxenham
A Maid of the Silver Sea

St George's Avenue was geen al te lange straat. Strike passeerde korte huizenblokken en een paar lage, logge flatgebouwen, maar een paar minuten nadat hij en Robin zich hadden opgesplitst viel zijn oog op een huis dat hem veelbelovend voorkwam: hoog, smal, vervallen, de vuilnisbakken overvol, en naast de hoofdingang een paneeltje met vier bellen.

Hij belde Robin. 'Ik denk dat ik het heb gevonden.'

'Nu al?' Robin stond voor een basisschool aan de andere kant van de straat.

'Het is niet ver van waar we geparkeerd staan.'

Dus liep Robin terug en trof Strike op de bovenste trede van een smerig portiektrapje. Hij drukte op alle vier de deurbellen, maar er klonk geen stem uit de intercom. Strike keek naar het enige raam op de begane grond. De dunne gordijnen, die deels loshingen, werden met een plastic haarklem dichtgehouden tegen het licht.

Een magere, slungelige man met een lange baard passeerde aan de overkant van de straat. Hij keek in het voorbijgaan strak naar Strike en Robin, maar liep door. Toen zag Robin een bleke, dikke vrouw in legging en sweatshirt aankomen, met in de ene hand een uitpuilende plastic boodschappentas en aan de andere een jongetje dat een reep chocolade at. De moeder had donker, vet haar en tatoeages op haar handen en hals. Robin had een sterk voorgevoel dat moeder en kind in het pand woonden waar zij binnen probeerden te komen, en inderdaad, ze bleven staan aan de voet van het trapje en keken omhoog naar de twee detectives.

'Goedemorgen,' zei Strike. 'Misschien kunt u ons helpen?'

'Wat moet je?' vroeg ze wantrouwend, en ze liep langzaam het trapje op naar hen toe. Strike rook de verschaalde cannabislucht in haar kleren.

'Is dit het huis waar William Wright vroeger woonde?'

'Ja,' zei ze argwanend. 'Hoezo?'

Strike viste een visitekaartje uit zijn zak en liet het haar zien. 'Mijn naam is Cormoran Strike en dit is mijn partner, Robin Ellacott. We zijn privédetectives.'

De vrouw pakte het kaartje aan en staarde ernaar. Het besef verspreidde zich langzaam over haar gezicht, en toen ze weer opkeek, leek ze licht onder de indruk te zijn.

'Ben jij de man die die kerkbende hep opgerold? En die wurgmoordenaar gepakt?'

'De kerk, dat was zij.' Strike wees naar Robin. 'Ik heb de wurgmoordenaar gepakt.'

'Ha.' De vrouw keek van de een naar de ander. Het was duidelijk dat ze in haar beleving naast een beroemdheid stond, en Strike bedacht dat hij hier de positieve kant meemaakte van het ongemak dat hij ervoer door zijn toenemende nieuwswaardigheid: potentiële getuigen werden gelokt door de schone schijn die ook op hen zou afstralen.

'Wij zijn ingehuurd om zoveel mogelijk te weten te komen over Wright.' Hij haalde zijn portefeuille tevoorschijn. De ogen van de vrouw volgden hem gretig toen hij er drie briefjes van tien uit haalde.

'Ik dacht da' ze wisten wie die Wright was?'

'Misschien,' zei Strike, 'en misschien niet. Alles wat u ons vertelt blijft strikt onder ons. Wij hebben niks met de politie van doen,' zei hij, als een indirecte toespeling op de sterke wietgeur die in de koude winterlucht hing.

Ze beet nadenkend op haar lip.

'Ja,' zei ze na een hele tijd. 'Goed dan.'

Ze trok de bankbiljetten uit Strikes hand en draaide toen de voordeur van het slot terwijl haar zoon naar hen opkeek met de lege, behoedzame blik die typisch is voor kleine kinderen. Het viertal stapte naar binnen, over een wirwar van foldertjes achter de voordeur waarvan niemand de moeite had genomen om ze op te rapen. Het peertje boven hun hoofden deed het niet, de kale vloer was van groezelig steen en het rook er naar vochtige muren en etensluchtjes. De vrouw maakte de deur aan de rechterkant open en liet hen haar huis binnen.

Wat eens een salon geweest moest zijn was nu een krappe zitslaapkamer, waar het sterk naar cannabis en zweet rook. Het grootste deel van de vloer was bezaaid met kommetjes die waren gebruikt als asbak, lege sigarettenpakjes en andere, minder makkelijk identificeerbare rommel. In één hoek van de kamer stonden een oud fornuis en een koelkast; het was duidelijk dat de bewoners de afwas moesten doen in de vieze wasbak die zichtbaar was door een kier in de deur naar een benauwd badkamertje. Er stonden een tweepersoonsbed, een televisie die vervaarlijk wankelde op een kartonnen doos, een kleine bank die in beslag genomen werd door twee uitpuilende vuilniszakken, en een ladekast, met daarop twee beschimmelde mokken en een half verfrommelde brief met als afzender een kantonrechtbank.

Strike werd onmiddellijk en op een onaangename manier teruggevoerd naar de periodes uit zijn jeugd waarin hij bij zijn moeder had gewoond. Zelfs de man met het lange vette haar die op zijn buik op het tweepersoonsbed lag leek hem bekend voor te komen. Die laatste schrok wakker toen zijn partner de deur dichtdeed.

'Huh?' zei hij groggy, en hij keek met zijn gezwollen ogen hun kant op. 'What the fuck?' zei hij slaperig gealarmeerd toen hij Strike zag, die zelfs in burgerkleding iets officieels uitstraalde voor degenen die daar een neus voor hadden.

'Da's Cameron Strike, de privédetective,' zei de vrouw met enige opwinding. 'Hij hep de Shacklewell Strangler opgepakt en die enge kerk opgerold. En...'

Ze was Robins naam al vergeten.

'Robin Ellacott,' hielp Robin haar.

'Ja,' zei de vrouw. 'Ze komen over William Wright praten. T is geen politie, Daz.'

Strike, die een aanzienlijke expertise had op dat gebied, herkende in de slaperige man de tekenen van een toegewijd blower: slome spraak, versufte uitstraling en een lichte, maar in zijn geval niet onredelijke, vorm van paranoia.

'Ja, maar... what the fuck?' herhaalde Daz zwakjes. 'Ik heb geen fucking kleren aan, Mandy.'

Mandy lachte kakelend, graaide een spijkerbroek uit een van de vuilniszakken en gooide die naar haar vriend toe.

'Trek maar aan onder het dekbed,' droeg ze hem op, en ze zeulde beide vuilniszakken van de bank. 'Straks naar de wasserette,' liet ze de detectives weten. Haar zoontje kwam aangehold om een Spider-Man-poppetje los te trekken dat tussen de kussens van de bank geklemd was.

'Toegewezen door de woningbouwvereniging,' informeerde Mandy Strike en Robin. 'Wat een krot, hè? Ga zitten.' Ze wees naar de bank. Die was extreem smerig, maar de twee detectives deden waartoe ze waren uitgenodigd, en ze moesten zo dicht bij elkaar zitten dat hun armen en heupen elkaar raakten. Mandy ging op het voeteneind van het bed zitten; Daz wurmde zich, nu helemaal verscholen onder zijn dekbed, in de spijkerbroek.

'Ze denke nie da' William die Jason Dinges was,' liet Mandy de bewegende hoop onder het beddengoed weten. 'Heb ik dus nooit geloofd,' zei ze trots.

'Wel waar,' klonk Daz' gedempte stem vanonder het dekbed.

Hun zoontje rommelde nu in Mandy's tas met boodschappen.

'Néé, Clint!' riep Mandy streng. 'Verdomme!'

Clint begon te huilen.

'Nou, vooruit dan,' gaf ze zich onmiddellijk gewonnen. Ze pakte een rol chocoladebiscuits uit de tas, trok de verpakking met haar tanden open en gaf Clint een koekje. 'Niet piepen als de tandarts ze straks allemaal moet trekken,' zei ze, en ze haalde voor zichzelf een pakje Mayfair-sigaretten tevoorschijn en maakte het open.

'Is het goed als we aantekeningen maken?' vroeg Robin.

'Ja, ga je gang.' Mandy leek het nogal opwindend te vinden.

'Laat mij maar,' mompelde Strike tegen Robin, en hij pakte zijn notitieboekje erbij. Hij dacht dat Robin minder bedreigend zou overkomen op Daz, die zojuist zijn hoofd onder het dekbed vandaan had gestoken.

'Dus jij dacht niet dat Wright Jason Knowles was, Mandy?' vroeg Robin.

'Echt wel,' zei Daz voordat zijn vriendin antwoord kon geven. 'Toen het op het nieuws was, zei jij: "Fuck, dus hij was echt op de vlucht!" Ik was degene die zei dat zijn stem niet klopte. Hij kwam niet uit Doncaster,' liet Daz Robin weten. 'Ik heb een maat gehad uit Doncaster.'

'Denk je dat zijn accent gespeeld was?' vroeg Robin.

'Ja,' zei Daz.

'Zou hij Schots geweest kunnen zijn?' Ze dacht aan Niall Semple.

'Kweenie,' zei Daz. 'Misschien.'

'Of chiquer dan hij zich voordeed, dat hij wat platter praatte?' Nu dacht Robin aan Rupert Fleetwood.

'Misschien,' zei Daz weer.

'Ik heb hem daar gezien,' zei Mandy, die schijnbaar de aandacht van de detectives terug wilde, en ze wees naar de gang. 'Op de dag dat hij hier aankwam.'

'Had hij veel spullen bij zich?' vroeg Robin.

'Alleen een koffer,' zei Mandy. Ze bukte, raapte een aansteker op die naast een sok op de vloer lag en stak haar sigaret aan.

'Welke kamer had hij?' vroeg Robin.

'Boven deze.' Mandy wees naar het plafond. 'Die is nog erger. De helft kleiner. Maar ja, hij was alleen, hè.'

'Zijn jullie degenen die William hebben geïdentificeerd aan de hand van de foto's in de pers?'

'Nee, da' was Hussein.' Mandy blies rook uit. 'Die zijn verhuisd, hij en z'n vrouw en dochter. Woonden helemaal boven.'

'Weet u hun achternaam? Of waar ze naartoe zijn gegaan?'

'Mohamed, zo heetten ze van achteren. Syrisch. Ik weet niet waar ze nu wonen. Hun dochtertje zat in een rolstoel. Kregen heel snel een huis, omdat ze hier zo hoog zaten. Misschien krijgen wij ook een huis als ik Clint in een rolstoel zet,' zei Mandy verbitterd.

Daz kwam uit bed, met ontbloot bovenlijf en op blote voeten, en hij zette de waterkoker aan die op de koelkast stond. Hij was op de een of andere manier mager en tegelijkertijd papperig, met een wit buikje dat over zijn spijkerbroek hing. Hij had een grote tatoeage op zijn rug met de Romeinse cijfers voor vier en twintig.

'Zagen jullie Wright vaak?' vroeg Robin.

'Best wel. We vonden het een rare, hè?' zei Mandy tegen Daz.

'Ja.' Daz lachte spottend. 'Hij leek op zo'n ventje uit *Wie is het*?'

'Wie...? O, dat bordspel?' vroeg Robin na een korte verwarring.

'Ja.' Daz zocht nu naar theezakjes. 'Met die baard en die bril... als-ie ook een hoed op had gehad, hahaha... en hij zag knaloranje. Bruin zonder zon. En hij fitneste. Er werden loeizware dozen bezorgd en ik vroeg: "Wat is dat dan?" Gewichten, zei hij, gekocht op eBay, helemaal blij was-ie. Hij sjouwde ze naar boven... we hoorden later het gebonk.'

Strike maakte rap aantekeningen. Clint, die zijn eerste koekje al ophad, pakte stiekem een tweede uit de rol op het bed achter zijn moeder.

'We lachten hem een beetje uit,' zei Mandy, 'want hij zei dat ze hem misschien zouden komen zoeken, en dan moeste' we zegge' dat-ie er nie' was. Ik dacht dat hij de grote jongen wilde uithangen, maar kijk effe wat er daarna gebeurd is,' zei ze met lichte verbazing.

'Zei hij ook wie hem dan zouden zoeken?' vroeg Robin.

'Neuh.'

'Hij zei "ze", toch? Meervoud?'

'Hij zei "iemand" en daarna zei hij: "of misschien stuurt hij iemand".'

'Alsof de maffia achter hem aan zat,' zei Daz grinnikend. Hij draaide zich naar hen om met een beker thee in zijn hand. Er stond een cartoontekening van een penis op, met het bijschrift 'Mr Bellend'. 'Weet je wat ik dacht dat hij was? Zo'n stripper die je kunt inhuren. Bruin-zonder-zon, en zijn fucking buikspieren... Ik zei tegen Mandy: "Die kerel is stripper en hij wil het niet toegeven."'

'Clint, niet doen,' zei Mandy op scherpe toon. Haar zoontje probeerde een bord van de ladekast te trekken. Toen hij leek te gaan dreinen leidde ze hem af met een derde koekje.

Daz, die loom aan zijn buik krabde, zei: 'Hij is een keer hierbeneden geweest, Wright.'

'O ja? Waarom?' vroeg Robin.

'Wilde dope kopen. We hadden een afhaalmaaltijd en hij heeft een happie meegegeten.'

'Weet je nog waar jullie het over hebben gehad?'

'Hij zei dat zijn vriendin bij hem zou komen wonen. Hierboven.'

'Heeft hij haar naam genoemd?'

'Nee,' zei Daz.

'Rita toch?' zei Mandy vaag.

'O ja, zou kunnen,' reageerde Daz, al had Robin de indruk dat hij het zich niet kon herinneren. 'En dat met dat wapen,' zei hij tegen Mandy. 'Weet je nog?'

'Iets met een wapen?' vroeg Robin, en Strikes pen versnelde.

'We zaten *John Wick* te kijken toen we chinees aten,' zei Daz, 'en hij zei dat iemand op tv z'n fucking gun niet goed vasthield. Beetje de zware jongen uithangen, weet je wel?'

'Nee, dat met die Rita...' zei Mandy fronsend. 'Toen was hij echt knetterstoned... Rita Linda of zoiets. Of we haar kenden. Weet je nog?' vroeg ze aan Daz.

'Hij vroeg of jullie iemand kenden die Rita Linda heette?' zei Robin.

'Ja... was het Rita Linda? Volgens mij zei hij... Zei hij niet dat hij wist wat er met haar was gebéúrd?' Mandy richtte zich weer tot haar vriend. 'En dat wij het nog wel op het nieuws zouden zien?'

'Geen idee.' Daz krabde nog steeds aan zijn navel. 'Het was wel zoiets als Rita Linda. Ritalinda.'

'Ritalin-da,' zei Daz. 'Hahaha.'

'Dus hij zei dat hij wist wat er met Rita Linda was gebeurd?' vroeg Robin. 'En dat het op het nieuws zou komen?'

'Ja, zoiets... en hij had zijn jointbuis laten vallen, weet je nog, Daz? Toen zei hij dat het een buisje met fucking bloed was, alsof jij dat ding anders zou jatten.'

'Dat snap ik niet, sorry,' zei Robin. 'Wat had hij laten vallen?'

'Z'n buis. Je weet wel, om joints in te bewaren. Viel uit z'n zak toen-ie opstond. Daz wilde dat ding oprapen, maar toen zei Wright: "Daar kun je niks mee, het is een bloedmonster.' Mandy lachte kakelend. 'Bloedmonster m'n reet.'

'Zei hij ook waarom hij een buisje met bloed bij zich had?'

'Ja, hij zei dat-ie het ging afgeven bij de dokter, en weg was-ie.'

'Heb je dat buisje goed gezien? Zat er cannabis in?'

'Ja,' zei Mandy eerst, maar toen voegde ze eraan toe: 'Dat moet wel. Hij dacht dat Daz z'n spul wilde jatten, waarom zou-ie anders zo raar doen?'

'Hij was een beetje een weirdo,' zei Daz. 'Toen het op het nieuws kwam, zei ik tegen Mandy: "Dus dat was het, dat vrijmetselaarsgedoe. Hij had me gevraagd wat ik van vrijmetselaars vond. Het klonk alsof-ie d'r zelf bij wilde gaan.' Daz bestudeerde nu traag de halve joint die in een asbak op de koelkast lag. 'Fucking vrijmetselaars,' zei hij met een bulderende lach.

'Maar toen hoorden jullie dat hij was vermoord in een vrijmetselaarswinkel.'

'Ja. Toen snapte ik waarom hij dat had gevraagd. Fucking vrijmetselaars,' zei Daz nog een keer, nu zonder erbij te lachen. 'Zo grappig is het niet, hè?' zei hij toen, alsof iedereen had gelachen.

'Kun je je nog meer herinneren van wat hij heeft gezegd? Waar hij vandaan kwam bijvoorbeeld? Iets over zijn familie?'

'Nee,' antwoordde Daz.

'Ik geloof het niet,' zei Mandy spijtig. 'Ik denk niet... nee.'

'Kreeg hij weleens bezoek, voor zover jullie weten?'

'Ja, zo'n meid en een of andere eikel met een zonnebril op. Maar toen was-ie er niet, hè?' vroeg ze aan Daz.

'Ik was er toen ook niet,' zei Daz.

'O nee.' Mandy grijnsde. 'Vergeten.'

'Kreeg Wright bezoek terwijl hij niet thuis was?' vroeg Robin.

'Ja,' zei Mandy. 'Dat was na zijn dood. Nee,' verbeterde ze zichzelf, 'die meid was ervoor, die kerel erna. Dat drong pas later tot me door. Dat heb ik nog gezegd, toch?' vroeg ze aan Daz, die knikte.

'Kun je ons daar iets over vertellen?' vroeg Robin. 'Om te beginnen over de vrouw.'

'Ze kwam langs op de avond voordat-ie is vermoord.'

'Weet je zeker dat het die dag was? Vrijdag 17 juni?'

Mandy keek geschrokken nu haar werd gevraagd zo nauwkeurig te zijn, maar toen zei ze: 'Ja, klopt, want dat weekend, toen het allemaal is gebeurd, toen hadden hij daar' – ze wees naar Daz – 'en ik ruzie. Ik had hem weggestuurd, en toen ik die avond de voordeur open hoorde gaan, dacht ik dat het Daz was die terugkwam, dus ik deed onze deur hier open en toen zag ik haar.'

'Was ze met een sleutel binnengekomen?'

'Ja,' zei Mandy. 'Buitenlands type. Misschien Pakistaans of zo, maar licht. Zwart haar, heel lang. En ze had een roze truitje aan met bloemen erop,' voegde ze eraan toe, zo te zien trots dat ze dat onthouden had. 'En ze had een koffer bij zich.'

Naast Robin bewoog Strikes pen steeds sneller.

'En ik zeg tegen haar: "Kom je hier wonen?", want Wright had gezegd dat z'n vriendin bij 'm in zou trekken. Ze zegt: "Nee, gewoon op bezoek" en ze klonk niet Engels en ze ging naar boven, en ongeveer een uur later vertrok ze weer, want ik keek uit het raam...'

'Ze hoopte dat ik er weer was,' zei Daz zelfvoldaan.

'Nie waar! Ik keek gewoon uit het raam. Ze kwam naar beneden en ze kon die koffer nog maar amper dragen. Ze hees dat ding in de achterbak van een auto en weg was ze.'

'Wat weet je nog van die auto?'

'Zilverkleurig,' zei Mandy. 'Zag er nieuw uit.'

'Weet je het merk nog?'

'Nee,' zei Mandy. 'En de volgende dag, heel vroeg, echt iets van vijf uur 's morgens, hoorde ik de voordeur weer.'

'Ze kon niet slapen,' zei Daz tevreden. 'Ze miste mij.'

'M'n reet,' zei Mandy uit de hoogte. 'Maar deze keer dacht ik wel dat het Daz was, dus kwam ik uit bed om de deur voor hem open te doen, en inene zie ik een vent met krullen de trap op lopen, met een lege koffer en alles, en hij keek naar me om toen ik de gang op kwam en ik zag dat-ie een zonnebril ophad, binnen. Leek me een ontzettende lul.'

‘Was hij zwart, wit...?’

‘Wit. Dus ik weer naar binnen en terug mijn bed in, en tien minuten later hoor ik een keiharde bons op de trap en ik denk: wat zullen we nou krijgen. Dus ik weer uit bed, deur open, en die lul met z’n zonnebril gooit die koffer neer en ik zeg: “Maak anders nog wat meer lawaai, joh.” Hij zei niks, zeulde de koffer naar buiten en gooide de deur dicht. En ik ging weer uit het raam kijken en zag hem in de auto stappen en wegrijden.’

‘Als je zegt “de auto”, bedoel je dan dezelfde waar de vrouw eerst in reed?’

‘Hij leek er wel op. Ja, ik denk dat zij reed, want hij zette de koffer op de achterbank en stapte in op de passagiersstoel.’

‘En je weet zeker dat die man en vrouw allebei in Wrights kamer waren geweest?’

‘Ja, ik hoorde ze lopen boven mijn hoofd. En ik vroeg later aan Hussein: “Heb jij een van die twee gezien?” en hij zei nee. En toen, die maandag, was op het nieuws dat Wright vermoord was, en ik zeg tegen Daz...’

‘Ik was zaterdagavond teruggekomen,’ informeerde Daz Strike en Robin. ‘Ze had genoeg geleden.’

‘Sodemieter op,’ zei Mandy vaag. ‘Nee, dus ik zeg tegen Daz, ik zeg: ‘Dat was raar, dat die twee zijn kamer in en uit gingen.’”

‘Ik vraag dit alleen voor onze informatie,’ zei Robin, ‘we zullen niks doorspelen. Hebben jullie de politie hier iets over verteld?’

Daz stootte een ‘huh’-lachje uit.

‘Nee,’ zei Mandy, en ze grijnsde haar bruine tanden bloot. ‘Alleen dat we hem niet echt kenden.’

Daz dealde natuurlijk in softdrugs, en mogelijk ook andere middelen; Strike en Robin hadden allebei de Ritalin-grap geregistreerd, net als het gerechtelijk bevel op het dressoir. Robin kon zich voorstellen dat de overheersende emotie bij Daz en Mandy na het aantreffen van de politie in hun huis paniek was geweest, en een fikse tegenzin om de agenten toe te laten in hun armetierige kamer.

Robin stelde nog een paar vragen, maar Mandy had geen informatie over de kleding of leeftijd van het tweetal; de vrouw zag er jong uit, zei ze, en de man ouder, maar, zo bracht ze Robin in herinnering, het was nogal donker op de gang.

'Heeft een van jullie Wrights kamer ooit vanbinnen gezien?' vroeg Robin.

Beiden schudden het hoofd.

'Mag ik jullie voordat we gaan...' – Strike reikte in zijn binnenzak – 'nog een paar foto's laten zien?'

Hij haalde zijn telefoon tevoorschijn en legde die op zijn knie terwijl hij een stapeltje maakte van de foto's van Niall Semple, Tyler Powell en Rupert Fleetwood. Terwijl hij daarmee bezig was lichtte het schermpje van zijn mobiel op, en Robin zag een app binnenkomen van Kim, met in hoofdletters de tekst *ZO SEXY*. Binnen een seconde had Strike de telefoon met zijn harige hand afgedekt en in zijn zak gestopt, en Robin bleef achter met het gevoel alsof er ijsklonten in haar maag beland waren.

'Kun je me zeggen of een van deze mannen Wright zou kunnen zijn?' Strike stond op om Mandy de foto's te overhandigen. Daz, die intussen de halve joint had aangestoken, liep naar het voeteneind van het bed en ging naast Mandy zitten om mee te kijken.

'Wat hep hij nou aan?' was Mandy's enige commentaar toen ze Rupert Fleetwood zag in zijn oberkostuum met strikje. 'Knapperd,' zei ze goedkeurend toen ze bij de foto van Niall Semple aankwam. 'Lijkt op Thor.'

'Rot op, mocht-ie willen.' Daz krabde weer aan zijn slappe buikje.

'Die oren,' zei Mandy gniffelend bij de foto van Tyler Powell. 'Maar hij had het wel kunnen zijn. As-ie z'n oren zou bedekken met z'n haar.'

'Echt?' vroeg Strike.

'Nee,' zei Daz.

'Had gekund,' zei Mandy.

'Hoe zeker ben je daarvan?' vroeg Strike. 'Tussen de een en de tien?'

Mandy keek net zo geschrokken als toen ze daarstraks een exacte datum had moeten bevestigen.

'Vijf,' zei ze. 'Maar hij leek ook een beetje op hem.' Mandy hield de foto van Rupert Fleetwood omhoog, alsof ze niets wilde uitsluiten.

'Goed.' Strike pakte de foto's terug. 'Nou, jullie hebben ons echt geholpen, bedankt. Nog even dit: wat dachten jullie bij het zien van de foto van Knowles?'

'We hebben nooit gedacht dat hij het was,' zei Mandy.

'Jij wel,' sprak Daz haar tegen. 'Toen het bekend werd zei je: "Fuck, dus hij was echt op de vlucht."'

'Heb ik nooit gezegd,' zei Mandy nors.

'Kunnen jullie je verder nog iets herinneren van Wright?' vroeg Robin, maar Mandy en Daz hadden alles gegeven wat ze te geven hadden. Toch leek zelfs Daz te aarzelen om de detectives te laten gaan; hun bezoek was een ongewone, enigszins opwindende onderbreking van de sleur geweest.

Robin wilde naar buiten, de frisse lucht in, maar ze voelde een steek van schuldgevoel toen ze allebei, vooral Mandy, begonnen over huisvesting toen duidelijk werd dat Strike en Robin echt gingen vertrekken.

'We staan al een jaar op de wachtlijst,' zei ze terwijl ze met hen meeliep naar de voordeur.

'Wat vervelend,' zei Robin.

Strike stak zijn hand weer in zijn zak en haalde nog eens twintig pond tevoorschijn. 'Voor de moeite,' zei hij. 'Koop maar een kerstcadeautje voor Clint.'

'Goh, bedankt!' zei Mandy, nu een stuk blijer om hen te zien vertrekken.

De deur viel dicht achter Strike en Robin toen ze het trapje af liepen.

'Dat was lief van je,' zei Robin.

'Ik hoop alleen dat het niet allemaal opgaat aan wiet. Nabespreking? Er is een pub in...'

'Kan dat ook morgen?' vroeg Robin. 'Ik moet eigenlijk gaan.'

'O. Juist.'

'Ik heb nog een hoop papierwerk op kantoor dat af moet en ik wil het niet uitstellen, want ik ga straks een huis bezichtigen,' zei Robin.

'Juist,' zei Strike weer.

Fuck, fuck, FUCK.

Strike liep langzaam terug naar zijn BMW en haalde onderweg zijn mobiel uit zijn zak. Er was een tweede bericht gekomen na het appje waarvan hij binnen een glimp had opgevangen.

OMG sorry, die was niet voor jou
bedoeld!

Hij scrolde omhoog naar de eerste app.

Hij zag er ZO SEXY *uit in zijn*
smoking.

19

We for a certainty are not the first
Have sat in taverns while the tempest hurled
Their hopeful plans to emptiness, and cursed
Whatever brute and blackguard made the world.

A.E. Housman
IX, *Last Poems*

'Nou,' zei Murphy toen hij zes uur later een glas tonic met een zakje chips voor Robin neerzette, 'dat was dus tijdverspilling, verdomme.'

'Zeg dat wel,' zei Robin.

Ze zaten in een hoek in een lawaaiige pub vlak bij het kleine rijtjeshuis in Wanstead dat ze zojuist hadden bezichtigd. Nadat ze die ochtend een uur in de zit-slaapkamer van Mandy en Daz had doorgebracht, had Robin verwacht dat alles er daarna in vergelijking goed uit zou zien, maar ze betwijfelde of de 'drie slaapkamers, aparte zitkamer en keuken' in de afgelopen dertig jaar ooit waren opgeknapt of opnieuw ingericht. Robin en Murphy waren door het huis gelopen in het kielzog van een echtpaar van middelbare leeftijd dat het huis leek te zien als een investering: renoveren, doorverkopen en een dikke winst opstrijken.

Murphy had maar tien minuten voordat hij weer naar zijn werk moest. Hij had Robin niet verteld wat er precies speelde in de zaak van de bende en de neergeschoten kinderen, of wat hij die avond ging doen; hij was te laat gekomen voor de bezichtiging en had steeds vrijwel alleen maar eenlettergrepige antwoorden gegeven. Hij keek ook voortdurend op zijn telefoon.

'Is er iets?' vroeg Robin aarzelend.

'Nee.' Hij nam een slok van zijn alcoholvrije bier. 'De moeder heeft een interview gegeven aan de *Mail.*' Robin wist dat hij doelde op de vrouw die een kind had verloren en wier andere kind blind was geraakt door de bewuste schietpartij. 'Komt waarschijnlijk binnenkort online.'

'O god, wat erg,' zei Robin.

'Ik ben het allemaal zo kotsbeu,' mompelde Murphy woest. 'We hadden de bestuurder van de auto van waaruit is geschoten in hechtenis. We hebben verlenging aangevraagd om hem te kunnen blijven verhoren en dat is godverdomme afgewezen.'

'Waarom?'

'Omdat hij een lul van een advocaat heeft, zo'n dure dikdoener.'

Robin kon merken dat haar vriend in een gemoedstoestand verkeerde waar begrip noch verdere vragen welkom zouden zijn. Ze nam een slokje tonic en trok het zakje chips open.

'Hoe was jouw dag?' vroeg Murphy. Het kostte hem duidelijk moeite.

'Goed hoor,' antwoordde Robin gespeeld opgewekt.

'Wat heb je gedaan?'

'Geprobeerd Rupert Fleetwood op te sporen. Niet gelukt.'

Murphy forceerde een glimlach.

Vijf minuten later, toen hij zijn glas leeg had, zei hij: 'Ik moet gaan.'

'Oké, ik blijf nog even. Misschien neem ik nog een zakje chips.'

Murphy kuste haar en vertrok.

Robin moest voor zichzelf toegeven dat het een opluchting was om hem te zien vertrekken. Nu hoefde ze niet meer geforceerd opgewekt te doen en kon ze genieten van de anonimiteit in deze drukke, lawaaiige pub. Ze moest proberen iets te doen aan haar eigen stemming, een combinatie van gespannen, verdrietig en een andere emotie, die ze liever niet wilde thuisbrengen.

Behalve het deprimerende bezoek aan het verwaarloosde pand dat ze zojuist hadden bezichtigd en de onrust die ze had gevoeld na het zien van Kims appje aan Strike ging Robin nu ook gebukt onder de wetenschap dat zij en Strike informatie hadden die de politie nooit had gekregen. Ze had Mandy en Daz verzekerd dat ze niets van wat het stel had gezegd zouden doorvertellen, maar dat was natuurlijk gelogen: zij en Strike hadden de verplichting om belangrijk bewijsmateriaal door te geven aan de mensen die het hoorden af te handelen, want wat Murphy ook mocht denken, ze waren er niet op uit om de bevoegde autoriteiten te overtroeven of op een zijspoor te zetten.

Robin had lopen dubben of ze haar vriend moest vertellen over de man en de vrouw die spullen leken te hebben meegenomen uit William Wrights kamer voor en na de moord, maar gezien zijn stemming toen hij eindelijk was komen opdagen voor de bezichtiging had ze besloten het niet vanavond te doen. Als ze nog wat was gaan drinken met Strike hadden ze dat alles natuurlijk samen kunnen bespreken...

ZO SEXY. Terwijl ze naar de bar met de kerstslingers keek, vroeg Robin zich af wanneer ze Strike ooit een bericht zou moeten sturen met de woorden ZO SEXY erin. Tenzij het ging om een verslag van een afgeluisterd gesprek kon ze zich geen omstandigheden indenken waaronder ze zoiets zou schrijven, zelfs niet na jaren van steeds hechtere vriendschap. De tekst suggereerde op z'n allerminst een tot nu toe onvermoede mate van vertrouwdheid en samenzweerderigheid tussen Kim en Strike.

Het schermpje van haar mobiel lichtte op. Een appje van Strike.

Hoe was het huis?

Hoewel Robin dat niet wist, zat ook Strike op dat moment in zijn eentje in een pub: de Flying Horse, zijn favoriete buurtkroeg. Ook hij was terneergeslagen, maar hij had tenminste de compensatie van alcohol. Hij had een half uur gedaan over de beslissing om dat berichtje van vier woorden te versturen. Hij wilde haar pushen om op te biechten dat Murphy en zij gingen samenwonen, want hoe onwelkom die aankondiging ook zou zijn, er kon geen zorgvuldig gerichte aanval worden uitgevoerd op een verborgen vijand.

Robin peinsde minutenlang over Strikes bericht. Ondanks haar ergernis ten opzichte van hem op dat moment was ze vaag geroerd dat hij de moeite nam om het te vragen. Ze waren tenslotte vrienden. Beste vrienden.

Afschuwelijk, stuurde ze terug.

Strike werd enigszins opgevrolijkt door dat antwoord. Het samenwonen was in elk geval niet nabij. Hij begon weer te typen.

Ik denk dat ik de website heb
gevonden die William Wright had
bekeken op zijn werk.
www.AbusedandAccused.org

Robin klikte de link aan en kwam terecht op een website met het logo dat Kenneth Ramsay had beschreven: twee gestileerde handen die allebei een oogbol vasthielden.

Ze scrolde langzaam omlaag. De website was duidelijk de allerlaatste strohalm voor wanhopigen. Advocaten met een niet al te beste reputatie plaatsten hier advertenties, om te vissen naar klanten die uit waren op schadevergoeding of in hoger beroep wilden gaan. Leken strooiden met gratis advies dat grensde aan het criminele of hadden de site bezocht uit leedvermaak.

Anon9: Ben gearresteerd voor rijden onder invloed maar niemand heeft me op mijn rechten gewezen kan ik nu protest aantekenen

Dogger: Op je rechten wijzen bij een arrestatie doen ze alleen in de VS, sukkel

AustinH: de vaader van me vriendin zegt overal dat ik iets heel ergs heb gedaan . wat kan ik doen heb ik een advokaat nodig

Kojak: kan ik wel voor je regelen zonder advocaten

Kibosh: Ik ben beschuldigd van 'ongepast betasten' van zo'n stagemeisje, geschorst met behoud van salaris, zou graag horen of meer mensen op dezelfde manier beschuldigd zijn zonder enige grond.

Belter:	Vieze pedo
C2J88:	Vieze pedo
Japh:	Vieze pedo

Robin appte Strike terug.

Het lijkt er wel op dat WW zich schuilhield of op de vlucht was voor iemand/iets.

Ja. Ik ga trouwens Wardle bellen over die twee die spullen hebben meegenomen uit Wrights flat. Dat kunnen we niet verzwijgen.

Robin voelde de spanning enigszins wegtrekken. Nu hoefde ze het Murphy niet te vertellen, en hopelijk zou haar vriend nooit te horen krijgen waar Wardle de informatie vandaan had.

Strike was intussen geïnteresseerd in Robins plotselinge bereidheid om over en weer te appen. Het leek erop te wijzen dat ze niet bij Murphy was. Hij stuurde nog een bericht.

Ik heb die Osgood gemaild. Nog geen antwoord.

Robin stuurde terug:

Nee. Nou ja, hij leek niet dol te zijn op ongevraagde e-mail

Strike typte *Klopt*, en stuurde toen een nieuw bericht.

Vraag me steeds af waarom een man met een buisje bloed zou rondlopen.

Dat was vast gelogen, toch?

Dacht ik ook. Vroeg me ook af of er in de vluchtwagen van het Murdoch-zilver haren van een man met krullen en lange vrouwenharen gevonden zijn.

Ja

Zou best foto's van het lijk willen zien. Of er afweerverwondingen op zaten.

Wat een bescheiden wensen

Toch zou het best eens kunnen lukken. Kim kan iets regelen.

Robin voelde een diepe, gloeiende wrevel.

Jezus mens, doe eens rustig. Je hebt die informatie nodig, zei een rationele stem in haar hoofd, maar het was geen partij voor haar woedende ik die het liefst had getypt: *Werk dan lekker samen met die kuttenkop van een Kim, als zij van alles kan regelen.*

Ze bracht haar glas naar haar mond, maar merkte dat het leeg was. Toen ze opkeek, zag ze dat een groepje vrouwen vlak naast haar boze blikken haar kant op wierp omdat ze een tafeltje bezet hield en op haar telefoon zat zonder iets te drinken of eten. Robin pakte haar spullen en liep de pub uit.

Het was een ijskoude avond, met fonkelende sterren, ver weg en onaangenaam. Eenmaal in de steenkoude Land Rover sloot Robin het portier af en pakte haar telefoon er weer bij. Terwijl ze naar de auto liep had Strike weer geappt.

Wat vind je trouwens van haar?

Robin staarde een paar tellen naar die woorden en typte toen terug:

Wie, Kim?

Ja

Zonder dat Robin het wist probeerde Strike hiermee een naar hij vreesde tikkende bom onschadelijk te maken. Hij wist niet of Robin het ZO SEXY-appje had gezien, en misschien was het ijdel van hem om zich in te beelden dat ze daar ook maar enigszins mee zat, maar hij dacht niet graag aan wat Kim achter zijn rug om zou kunnen zeggen, en na hun avond in het Dorchester zag hij haar er goed voor aan om te hinten op een wederzijdse aantrekkingskracht die niet bestond.

In de Land Rover was Robin bang dat ze te lang wachtte met reageren.

Ze is goed in haar werk.

Strike dacht met een enigszins afkeurende frons na over dat antwoord. Deed ze nu diplomatiek, of was Robin het vleugje flirterigheid van Kim ten opzichte van hem niet opgevallen? Of kon het haar niet schelen?

Wat vind je van haar persoonlijk?

Robin, die zich nu afvroeg of haar werd gevraagd haar goedkeuring te geven voor Strikes verhouding, aarzelde. Ze durfde niet negatief te antwoorden, want ze wilde niet dat Strike doorkreeg... Ja, wat eigenlijk? Toen zag ze de drie stipjes die aangaven dat Strike weer aan het typen was, en ze wachtte af.

Want ik begin me aan haar te ergeren

Opeens twinkelden de sterren die vaag te zien waren door Robins beslagen voorruit vriendelijk. Nu kon ze genereus doen.

Maar ze is wel goed in haar werk.

Dus ik ben de enige die denkt dat ze zichzelf zo geweldig vindt?

Nee, dacht Robin, nog opgeluchter dan toen Strike had gezegd dat hij Wardle zou vertellen over het duo dat spullen gestolen leek te hebben uit Wrights flat. *Nee, je bent niet de enige.* Ze overwoog Strike te vertellen over Midge' vraag die ochtend, maar iets weerhield haar daarvan. De gedachte aan Murphy speelde op de een of andere manier mee met haar redenen om niet te beginnen over het feit dat Kim Strike wel zag zitten. Misschien was het beter om het onderwerp te mijden.

Ze is inderdaad nogal vol van zichzelf, maar je kunt niet zeggen dat haar tevredenheid ongegrond is. Het was goed werk van haar, die foto in het Dorchester. Heb je die trouwens al aan Mr H laten zien?

Ja. Hij is blij. Ik hoop alleen dat het geen gevolgen krijgt.

Hoe bedoel je?

Op dat gala kwam ik iemand tegen die me kent: nicht van Culpepper. Als H die foto gebruikt om het huwelijk van Culpepper kapot te maken, heeft Culpepper gauw genoeg door wie die avond zijn vrouw en Mrs H in de gaten hield.

De glimlach verdween nu van Robins gezicht. Dus de ex-vriendin die Strike op het galadiner tegen het lijf was gelopen was een nicht van Dominic Culpepper? Dat kon niet een van de exen zijn van wie zij wist. Hoeveel had Cormoran Strike er eigenlijk?

Zich totaal niet bewust van het nieuwe gat dat hij voor zichzelf had gegraven begon Strike weer te typen.

Heb vanmiddag de camerabeelden van Ramsay Silver bekeken.

Iets interessants?

Een paar dingen die ik wel zou willen bespreken. Heb jij nog iets over Tyler Powell?

Heb vanmiddag zijn oma gebeld. Geen gehoor. Ik denk dat ik ook zijn ouders heb gevonden, maar geen vaste telefoon. Hele familie woont in Ironbridge. Gek dat oma de politie belde, niet vader of moeder.

Robins vingers werden steeds gevoellozer van de kou, maar ze typte verder.

Hoe is het trouwens gegaan met Dev op dat terrein?

Niks geworden. Er was een soort bewaker die er niet in leek te trappen.

Strike, ik moet gaan. Moet nog naar huis rijden en heb het ijskoud.

Is goed. We zijn woe middag allebei vrij, misschien dan camerabeelden Ramsay bekijken?

Prima, appte Robin.

Vijftien kilometer verderop in de Flying Horse stopte Strike zijn telefoon weer in zijn zak en keek met een chagrijnig gevoel naar de flessen achter de bar. Hij moest aan die verdomde kerstinkopen beginnen. Zijn zus, Lucy, stuurde hem steeds nerveuze appjes over de verkoop van het huis van Ted en Joan. Het kon natuurlijk niet uitblijven dat Robin en Murphy een huis vonden, ergens, dat hun wél aanstond.

Maar, dacht hij terwijl hij overeind kwam, hij had toch maar mooi weer een middag met Robin alleen veiliggesteld. In het licht van haar huizenjacht moest hij vanaf nu elk gesprek dat ze samen hadden beschouwen als een mogelijke gelegenheid.

20

The when, and where, and how, belong
To me – 'Tis sad work, but I deal in such.

Robert Browning
Second Year 1731 –
King Charles

'Waarom hebben we een aquarium?'

Het was woensdagochtend negen uur en Strike had zojuist bij binnenkomst in zijn kantoor gezien hoe zijn officemanager grind uitstrooide op de bodem van een aquarium dat op een bijzettafeltje naast de bank stond, waar voorheen een kunstplant had gestaan.

'Omdat niemand mij had verteld dat Tilly er een van haar oma kreeg,' zei Pat nors, boven het geratel van het grind uit.

'Tilly?'

'Een van mijn achterkleindochters,' snauwde Pat. 'Ze wilde goudvissen voor haar verjaardag. Ik heb meteen de hele zooi gekocht, alles erop en eraan, en toen hoorde ik dat ze het allemaal al heeft gekregen van haar andere oma. Dus moet ik straks in de pauze iets anders voor haar gaan halen.'

'Ik neem aan dat je van plan bent hier vissen in te doen?'

'Nou, ik ga er in elk geval geen kat in proppen,' zei Pat geïrriteerd.

Strike had geen enkele behoefte om de zorg voor goudvissen toe te voegen aan zijn dagelijkse werklast, maar gezien Pats huidige lichtgeraaktheid besloot hij niet te vragen waarom ze het vissenverblijf niet gewoon verkocht op eBay. Onderweg naar de waterkoker legde hij een vel papier op Pats bureau waar 'Hussein Mohamed' op stond. Hij vroeg haar online te zoeken naar gegevens over het Syrische gezin dat boven William Wright had gewoond, met een dochter in een rolstoel.

'Er zijn een paar rare telefoontjes gekomen,' zei Pat boven het grindgeratel uit.

'In welk opzicht raar?'

Pat zette de zak met grind neer, liep naar haar bureau en drukte een toets in op de telefoon. Een schrille, kregelige mannenstem zei: 'U spreekt met Calvin Osgood. Ik zou u erkentelijk zijn als u me onmiddellijk kon terugbellen om me te vertellen wat hier aan de hand is. En even voor de duidelijkheid: niemand noemt mij Oz.'

De man somde zijn telefoonnummer op en hing op.

'Dat is oké,' zei Strike tegen Pat. 'Die man had een merkwaardig mailtje gekregen van Ramsay Silver. Ik bel hem wel als ik koffie heb gehad. Wat was dat andere rare telefoontje?'

Pat drukte weer de toets van het antwoordapparaat in. Er klonk zwaar gehijg uit de speaker, gevolgd door een schorre mannenstem. 'Laat het rusten en er zal je niks gebeuren.'

'Is dat alles?' Strike keek naar het apparaat, dat nog een keer piepte. 'Dat kan specifieker.'

'Ja,' zei Pat. Hij kon merken dat ze een ongemakkelijk gevoel verborg, en hij kon het haar niet kwalijk nemen. Ze waren allebei op kantoor geweest toen Pat een explosief had opengemaakt. Terwijl hij naar de waterkoker liep, liep hij in gedachten de zaken na waar het bureau op dat moment aan werkte, en hij vroeg zich af wat 'het' was dat ze moesten laten rusten.

Ze hadden De Ezel weer als klant aangenomen, ondanks zijn persoonlijke eigenaardigheden, omdat hij altijd zijn rekeningen op tijd betaalde. Maar tenzij zijn fetisj voor overspelige vrouwen een nieuwe wending had genomen zou De Ezel vast niet naar de zaak bellen om hen te sommeren het schaduwen van zijn vrouw te staken. Dan bleven Plug en de zaak van de zilverkluis over.

'Het zou een van die kerels kunnen zijn die Barclay laatst van dat dak hebben getrokken,' zei hij. 'En Kim dacht dat Plug haar laatst misschien had gespot. Ik trek het even na.'

'Is dat een nieuw overhemd?' Pat kneep met haar ogen.

'Eh, ja.' Strike had het die ochtend aangetrokken met het oog op zijn tête-à-tête met Robin. Nu voelde hij zich enigszins opgelaten, alsof Pat zijn gedachten had gelezen.

'Staat je goed,' zei ze nors, en ze richtte zich weer op haar vissenverblijf.

Aan zijn eigen bureau, en gesterkt door een halve beker sterke koffie, belde Strike Kim. Haar onmiddellijke reactie was een scherpe, verdedigende toon die hij nooit eerder bij haar had gehoord.

'Plug heeft me niet echt gezien, het was uit voorzorg, ik was gewoon supervoorzichtig,' zei ze. 'Ik dacht dat er een heel kleine kans was. Maar ik had een pruik en een bril op. Hij kan onmogelijk de link met het bureau hebben gelegd, het leek me alleen beter om hem niet kort daarna weer te gaan volgen.'

'Juist,' zei Strike. Hij was niet vergeten dat de ruil van diensten had betekende dat hij daarom naar het Dorchester moest met Kim in een jurk met blote rug.

'Het zal wel door Robin komen,' zei Kim. 'Die was hem laatst kwijtgeraakt, weet je nog? Op Victoria? Misschien had hij haar gezien en expres afgeschud. Zij is lang niet voorzichtig genoeg met haar vermommingen, als je bedenkt dat ze vaak in de pers...'

'Nou, het is niet zeker dat Plug er iets mee te maken heeft,' zei Strike. 'Ik zal je verder met rust laten.' Hij hing op, dronk de rest van zijn koffie op en hield zich toen weer bezig met het telefoontje naar Calvin Osgood.

Strike was halverwege zijn uitleg van wie hij was en waar hij voor belde toen Osgood hem onderbrak met het dunne, jengelende stemmetje waarvan Strike zich voorstelde dat muggen het zouden hebben als ze spraakvermogen toebedeeld hadden gekregen.

'Ik weet wie u bent, dat hebt u me uitgelegd in uw mail! Ik heb niéts met Ramsay Silver te maken. Ik heb dit allemaal al aan de politie verteld, iemand wil zich voor mij uitgeven. En degene die de mail stuurde moet gedacht hebben dat hij hém mailde.'

'Denkt u dat uw identiteit gestolen is?'

'Dat denk ik niet, dat wéét ik! Hij noemt zichzelf Calvin Osgood ofwel "Oz", muziekproducent, wat ik dus ben, alleen heb ik mezelf nooit Oz genoemd, niemand noemt mij zo, en hij heeft verdomme mijn LinkedIn-profiel gelinkt aan mijn Instagram, zodat ik op mijn professionele account berichten voor hem binnenkrijg!'

'Berichten, meervoud?' Strike klemde zijn mobiel tussen zijn schouder en zijn oor terwijl hij inlogde op LinkedIn en zocht naar 'Calvin Osgood muziekproducent'. 'Wat stond daarin?'

'Nou ja, er was dus die mail van Ramsay Silver dat iemand me kon helpen met een probleem, en een of andere idioot die vroeg of ik zijn bestelbus nog wilde kopen, en complete wartaal van een meisje dat niet eens fatsoenlijk Engels kon schrijven en dat beweerde dat ik haar nicht voor de gek gehouden had, en wat ik haar wel niet had aangedaan of soortgelijk gelul.'

Strike had het LinkedIn-profiel gevonden waarvan hij aannam dat het van de echte Osgood was. Op de foto stond een man die Strike ergens halverwege de dertig schatte, met een rond maar niet onaantrekkelijk gezicht, maar wat hem het meest interesseerde was dat Osgood donkere krullen had. Bij het vluchtig doorlezen van de pagina kwam Strike te weten dat Osgood incidenteel muziek had geproduceerd voor televisieprogramma's, al zat er niets bij wat Strike ooit had gekeken.

'Heb u die e-mails voor "Oz" bewaard?'

'Ik heb ze verwijderd,' zei Osgood, en hij voegde er defensief aan toe: 'Ik kon niet weten dat ik erover gebeld zou worden door de politie en een privédetective, hè?'

'Zou het kunnen dat de mailtjes nog in uw pru...'

'Die heb ik leeggemaakt. De politie deed niks voor me.' Osgoods schrille stemmetje werd nog hoger. 'Waar word ik dadelijk weer in meegesleurd?'

'Het moet allemaal heel moeilijk voor u zijn geweest,' zei Strike niet al te oprecht. Hij had zojuist de Instagram-pagina gevonden die Osgood had beschreven. Het account was zogenaamd van Calvin 'Oz' Osgood, muziekproducent, en er stond een link bij naar de LinkedIn-pagina van de echte Osgood, om de geloofwaardigheid van het nep-account op te krikken, maar van 'Oz' was op de Instagram-foto's niets anders te zien dan hier en daar een plukje donkere krullen, een krullend achterhoofd of één glas van zijn spiegelende zonnebril. In afwezigheid van foto's waarop zijn gezicht helemaal te zien was, zouden de vage zichtbare spoortjes van de nep-Osgood best foto's kunnen zijn van de echte producent. Het waren plaatjes van intrigerende glamourplekken: infinitypools, lange witte stranden, vuurwerk op de Seychellen, mengpanelen, foto's van zeer bekende zangers die genomen leken te zijn vanuit de coulissen op het podium, en interieurkiekjes van privévliegtuigen. De bijschriften waren kort en gaven weinig weg, ook de hashtags waren veelal kort: #HighLife, #GouldingGig, #MusicMagic. Op één foto waren zongebruinde voeten te zien op een weegschaal die 68 kilo aangaf, met als bijschrift #streefgewicht.

'En dat zijn de enige e-mails die u hebt ontvangen van mensen die denken dat u en Oz van Instagram dezelfde persoon zijn?' vroeg Strike. 'Een bericht van Ramsay Silver en dat over de bestelbus, en nog eentje over iemand die voor de gek gehouden zou zijn?'

'Ja.' Osgood klonk nu nog defensiever. 'Waarom zou ik daarover liegen?'

'Ik check het alleen even,' zei Strike. 'Bedankt dat u me hebt teruggebeld.'

'Ik zat in Manchester,' zei Osgood, 'toen die Wright vermoord werd, en dat heb ik al aan de politie bewezen!'

'Dan hoef ik u niet langer lastig te vallen,' zei Strike, en nadat hij Osgood had bedankt voor zijn tijd hing hij op en voerde de foto's die Osgood op Instagram had geplaatst in bij 'Zoeken op afbeelding'.

Zoals Strike al had vermoed waren ze allemaal gestolen van andere accounts, met stukjes van Oz' krullen erin gefotoshopt. Hij vermoedde dat de foto van de weegschaal, met een gewicht waarvoor Strike op z'n minst nog een paar ledematen zou moeten kwijtraken om het te bereiken, bedoeld was om de discrepantie in omvang te verklaren tussen de echte producer met zijn bolle gezicht op LinkedIn en zijn Instagram-oplichter.

Strike pakte een vers aantekenkaartje om op het prikbord te hangen en schreef bovenaan: Oz.

Geeft zich online uit voor Calvin Osgood, muziekproducent
Heeft in januari vorig jaar een nepaccount aangemaakt op Instagram
Misschien zelf ook krullen, of draagt krullenpruik om zich voor te doen als Osgood
Iemand bij Ramsay Silver heeft Osgood/Oz per mail hulp aangeboden voor niet nader aangeduid probleem
Heeft mail ontvangen over bestelbus die te koop was
Heeft mail ontvangen over vrouw die voor de gek gehouden is

Strike prikte het kaartje onder de verschillende krantenknipsels en aantekeningen die betrekking hadden op hun vier mogelijke William Wrights, liep terug naar zijn bureau en besteedde de rest van de ochtend aan administratieve zaken die niets te maken hadden met de zilverkluiszaak.

Hij zat er nog steeds, aan een late lunch, toen Midge binnenkwam om haar meest recente aantekeningen op te bergen. Hij hoorde haar aan Pat vragen: 'Krijgen we vissen?' en Pats gesnauwde antwoord: 'Nee, kalkoenen, wat denk je zelf?' en riep Midge bij hem binnen om te vragen of ze dacht dat Plug haar de afgelopen tijd misschien had gezien.

'Nee,' antwoordde ze onverwacht agressief. 'Hoezo? Wat zegt die fokking Kim nou weer?'

'Ze zegt helemaal niks.' Strike herinnerde zich dat Robin hem had verteld dat Midge' relatie op de klippen leek te lopen, maar haar toon stond hem niet aan. 'Er is een anoniem telefoontje binnengekomen op kantoor en ik vroeg me af of dat misschien afkomstig kan zijn van hem of een van zijn maten.'

'O,' zei Midge met een enigszins beschaamd gezicht. 'Juist. Nou, hij deed gisteren iets fokking raars. Vertrok om middernacht uit het huis van zijn moeder, sprong in zijn bestelbus en reed naar een stuk braakliggend terrein verderop. Hij gaat met een zaklamp de schuur binnen, blijft daar vijf minuten, komt naar buiten, sluit die schuur af en rijdt naar huis. Ik heb gewacht tot hij veilig binnen was en ben toen teruggegaan naar die plek. Lang verhaal kort: bijna mijn knie gemold toen ik over het hek klom, en er zit daar iets levends.'

'Wat, in die schuur?'

'Ja. Een dier, geen mens – tenzij hij doof is misschien. Ik zei "klop twee keer als je me hoort" en er gebeurde niks. Wat het ook mag zijn, het klinkt groot, maar het bewoog niet veel. De ramen zijn afgeplakt en er zit een joekel van een kettingslot op de deur.'

Strik hoorde Pat nors 'goedemiddag' brommen achter de tussendeur en wist dat Robin binnengekomen moest zijn. Hij liep achter Midge aan naar de tussenruimte, waar Robin haar jas ophing terwijl Pat nieuwe koffie zette.

'O, krijgen we...?' begon Robin na een blik op het aquarium, maar Strike onderbrak haar.

'Hoe was het bij de vrouw van De Ezel?'

'Saai,' antwoordde Robin. 'Ze doet niks anders dan winkelen en met haar vriendinnen lunchen. Ik heb haar net bij Harvey Nichols overgedragen aan Dev.'

Strike droeg een blauw overhemd, zag Robin nu, dat ze nooit eerder had gezien.

'We hebben een dreigtelefoontje gehad,' liet hij haar weten. Pat speelde voor Robin het laatste van de twee berichten af die die nacht op het bureau waren binnengekomen.

'"Laat het rusten en er zal je niks gebeuren"?' herhaalde Robin. Ze had ooit in ditzelfde kantoor een afgezaagd been uitgepakt, dus niet-specifiek gefluister stelde in vergelijking daarmee weinig voor, maar ze had evengoed geen zin in nog meer ongewenste zendingen. 'Wat is "het"?'

'God mag het weten.'

De twee partners trokken zich terug in hun kantoor.

'Niet over die vissen beginnen,' zei Strike terwijl hij de deur dichtdeed. 'Dat aquarium was een verjaardagscadeau voor haar achterkleindochter, maar een rivaliserende oma was haar voor.'

'Aha,' zei Robin. 'Nou, vissen vrolijken de boel hier vast op.'

'Ja, goed voor het moreel, vissen die de pijp uit gaan en Pat die mij daar de schuld van geeft.'

Robin moest lachen, en toen ze zag dat er nieuwe toevoegingen waren aan het prikbord sinds de laatste keer dat ze het aandachtig had bekeken, liep ze erheen.

Onderaan hing Strikes nieuwe aantekening over 'Oz', met daarnaast een kaartje waar 'Wright' boven stond, met een samenvatting van de aantekeningen die Strike had gemaakt over de man die een maand in St George's Avenue had gewoond en twee weken bij Ramsay Silver had gewerkt.

> 1,65–1,67 m. – bloedgroep A+ – linkshandig – mid twintig, begin dertig – bruin zonder zon, fitness, gewichten – blowde – heeft professioneel/recreatief? vuurwapen gehanteerd – nepaccent? Niet uit Doncaster? – weet van 'Rita Linda'. In de krant (gestaan)? – vriendin zou bij hem komen wonen? – mogelijke handlangers/vijanden: man met donkere krullen en lichtbruine huidskleur, jonge vrouw met lang zwart haar (misschien Zuid-Aziatisch). Ze hadden sleutels van Wrights huis en kamer.
> Actie: Jimm Todd bellen, schoonmaker Ramsay Silver 07335 854042
> Pamela Bullen-Driscoll bellen, bedrijfsleidster Ramsay Silver 07194 241267

Helemaal onderaan op het prikbord hing een nieuwe foto, van een man met donker haar, een ouderwetse spuuglok midden op zijn voorhoofd en een dikke snor. Strike had ernaast geschreven:

> Natrekken: Hoofdinspecteur Malcolm Truman, zou aangesloten zijn bij de Winston Churchill-loge
> Volgende bijeenkomst Freemasons' Hall 23 dec 18.30

Blijkbaar, dacht Robin met een licht gevoel van onheil, had Strike online de aantijging gevonden dat Malcolm Truman vrijmetselaar zou zijn. Haar blik ging weer naar het prikbord, naar de nieuwe aantekening over 'Oz'.

'Dus die Osgood is slachtoffer van identiteitsdiefstal?' vroeg ze.

'Hij beweert van wel. Hij wordt er niet vrolijk van dat hij bij een moordonderzoek betrokken is geraakt.'

'Niet zo gek.'

'Hij zegt dat hij in Manchester zat toen Wright werd vermoord. Dat ga ik nog natrekken, maar ik vermoed dat het klopt en dat de politie heeft geconcludeerd dat hij niet relevant was. Nou weet de politie natuurlijk niet dat een man met krullen Wrights kamer is binnengegaan op de ochtend nadat Wright is vermoord.'

'Denk je dat dat die "Oz" geweest kan zijn?'

'Het moet een mogelijkheid zijn, maar ik houd alle opties open.'

'Heb je Wardle verteld over de man met de krullen en die Zuid-Aziatische vrouw?'

'Ja, en hij heeft de informatie doorgegeven aan het team dat op deze zaak zit. Ik heb ook contact opgenomen met de schoonmaakster en de bedrijfsleider, Jim Todd en Pamela Bullen-Driscoll. Interessante reacties.'

'Echt?' Robin ging net zitten op het moment dat Pat binnenkwam met twee bekers koffie, die ze bij elk van de partners neerzette.

'Bedankt, Pat,' zei Strike.

'Koekje?'

'Nee, dank je. Ik probeer braaf te zijn.'

'Voor mij ook niet,' zei Robin. 'De kerst komt eraan.'

'Voor jóú kan een koekje geen kwaad,' zei Pat.

'Doe de deur maar achter je dicht, Pat,' zei Strike.

De officemanager vertrok met een tevreden grijns.

'Ga door, over Pamela en Todd,' zei Robin.

'Todd wil wel met ons afspreken, maar kan pas vanaf de negentiende. Pamela Bullen-Driscoll zei nog net niet dat ik moest oprotten.'

'Serieus?'

'Heel geaffecteerd, en heel kil. "Alles wat ik te zággen hab, hab ik reeds tegen de politie gezágd, meneer Strike."'

'O, ja,' zei Robin, 'ik heb je mail over Jade Semple gekregen.'

'Ja, nog iemand die geen zin heeft om met me te praten. Ik heb haar screenshots gestuurd om mijn betrouwbaarheid aan te tonen, en geen enkele reactie. Misschien is ze er toch minder op gebrand om haar man te vinden dan ze in de pers heeft beweerd. Er was een tamelijk nijdige kerel bij haar toen ik haar sprak.

Maar ik heb de camerabeelden van de relevante dagen bij Ramsay Silver allemaal doorgenomen,' zei Strike. 'Als je hier komt zitten, zal ik je de hoogtepunten laten zien.'

Dus pakte Robin haar koffie en rolde haar stoel om het bureau heen tot ze naast Strike zat, en hij rook een vleugje van het parfum dat hij voor haar had gekocht.

'Oké.' Hij sloeg zijn notitieboekje open op de bladzijde waar een lijst met verschillende tijden op stond, zodat hij wist waar hij de beelden moest stilzetten. Hij drukte op 'play' en meteen daarna op 'versneld afspelen'.

'O jee,' zei Robin.

'Ja.'

De kwaliteit van de zwart-witfilm was belabberd, de contouren van de vitrines, tafels en het zilver in de verlaten winkel vaag.

'Ik wist wel dat die camera een waardeloos prul was.' Strike keek naar de snel voorbijtrekkende minuten op de digitale klok in de hoek van het scherm. 'Tien over half negen, Pamela Bullen-Driscoll arriveert.'

Hij drukte weer op 'play'. Een gedrongen vrouw verscheen in silhouet achter het glazen paneel in de deur, haar gelaatstrekken niet te onderscheiden. Ze kwam binnen, deed de lichten aan en toetste toen een nummer in op het kastje ernaast om het alarm uit te schakelen. Strike spoelde weer verder.

'Ze krijgt die kromgetrokken deur naar de kelder pas open na drie keer duwen, en we kunnen deduceren dat ze haar tas heeft opgehangen en koffie voor zichzelf heeft gezet, want ze komt terug naar boven minus handtas en plus mok. Hier doet ze de rolluiken omhoog,' zei Strike, terwijl Robin toekeek hoe Pamela met dat doel aan een metalen zwengel draaide. 'Kijk trouwens even naar het rechterluik, dat is beschadigd. Het gaat niet helemaal tot onderaan dicht. Weer zo'n stukje beveiliging dat Ramsay niet had laten repareren of vervangen. Om acht uur vierenvijftig arriveert ons moordslachtoffer. Dat daar...' – hij drukte weer op 'play' – 'is William Wright.'

Een man in pak, al net zo vaag en moeilijk te onderscheiden als Pamela, kwam de winkel binnen. Zijn donkere baard bedekte een groot deel van zijn gezicht, net als zijn bril, met een dik montuur dat zelfs op de slechte beelden te zien was, en Robin moest denken aan Daz' opmerking dat Wright eruitgezien had als een personage uit *Wie is het*. Wright stak een hand op ter begroeting van Pamela, die nu achter de toonbank zat.

Strike spoelde weer verder. 'Niks interessants in de ochtend,' zei hij terwijl Pamela en Wright met komische snelheid door de winkel liepen. 'Weinig klanten. Drie kijkers, van wie er maar een iets koopt. Hij daar.' Strike wees naar een oudere man die tussen twee glazen vitrines door zoefde.

Strike drukte weer op 'play' bij 11.46 uur, en ze keken hoe William Wright een bonnetje schreef voor de oude man.

'Zeer zeker linkshandig,' zei Robin.

'Precies.' Strike spoelde weer door. 'Dan, om drie minuten over een, komt Kenneth Ramsay aan.'

En inderdaad, daar was Ramsay, voor Robin te herkennen aan zijn zilveren haardos.

'Opgetogen,' zei Strike terwijl de versneld afgespeelde Ramsay ijsberend en gebarend opmerkingen uitwisselde met Pamela en Wright, 'omdat hij denkt dat het Murdoch-zilver elk moment kan komen.'

Ramsay op het scherm verliet de winkel drie keer om links en rechts Wild Court in te kijken in de hoop de bestelwagen van Gibsons te zien aankomen, maar hij kwam elke keer teleurgesteld terug.

'Hij blijft daar tot veertien minuten over twee,' zei Strike. 'Besluit dan dat hij zijn lunchpauze niet langer kan rekken en vertrekt. Dan, om kwart over drie, komen die spullen eindelijk.'

Hij drukte op 'play'.

Een forse bezorger in overall verscheen voor de deur, en Wright deed open. De man kwam binnen met een grote steekwagen die beladen was met twee middelgrote kisten en een kleinere.

'Wright sleept de eerste drie kisten van het karretje,' zei Strike terwijl Robin dat op het scherm zag gebeuren, 'en gaat naar buiten om de bezorger te helpen met de grootste kist. Ze halen hem samen van het karretje, dumpen hem naast de andere kisten... Let op... de bezorger zegt dat het niet zijn taak is om de kisten verder te tillen dan tot in de winkel.'

Pamela stond nu te gebaren; de bezorger schudde zijn hoofd. Pamela tekende het document dat hij haar voorhield. De bezorger vertrok.

Pamela liep weer naar het souterrain.

'Ze gaat de kluis openmaken,' zei Strike. 'En kijk, dat doet ze dus niet waar Wright bij is.'

Ze zagen Wright de kleinste kist oppakken en wachten tot Pamela terugkwam. Toen ze weer boven was, liep Wright de kelder in, en Pamela belde iemand op haar mobiel.

'We zien dadelijk om kwart voor vier het resultaat van Pamela's telefoontje.' Strike spoelde weer verder.

Een blonde vrouw kwam de winkel binnen en schoot heen en weer tussen de vitrines. Wright pakte op dubbele snelheid een van de middelgrote kisten op en snelde ermee naar de kluis. De blonde klant zei iets tegen Pamela, die witte handschoentjes aantrok om een vitrine open te maken. Terwijl zij de klant een aantal niet nader te onderscheiden kleine voorwerpen toonde, verscheen Wright weer in beeld. Hij bracht de derde kist naar het souterrain.

Om 15.47 uur verscheen er nog een man in de zaak. Hij was kalend, bijna sferisch van vorm, droeg een rugzak en leek ook een overall aan te hebben. Strike drukte op 'pauze'.

'Dat is Jim Todd, de schoonmaker.'

'Hoe weet je dat?'

'Omdat hij er, toen ik hem sprak, van uitging dat ik al wist dat hij door Pamela was gesommeerd om naar de winkel te komen, omdat Wright hulp nodig had om de grootste kist naar de kluis te sjouwen. Todd maakt op vrijdagmiddag schoon bij een kantoor daar in de buurt, dus hij was al vlakbij. Pamela had erop aangedrongen dat hij eerder wegging om haar te helpen.'

'Hij ziet er niet uit als iemand die zwaar kan tillen,' zei Robin.

'Daar zou je weleens gelijk in kunnen hebben.' Strike drukte weer op 'play'. 'Kijk.'

Wright, die net was teruggekeerd uit de kluis, hielp Todd bij het tillen van de grootste kist, al had Todd zichtbaar moeite met zijn deel van het gewicht, en ze schuifelden zijdelings, als krabben, naar de trap en verdwenen uit het zicht. Pamela was nog bezig met de blonde klant. Strike spoelde verder. Wright kwam alleen terug de winkel in.

'Ik denk dat Todd daarbeneden een lichte hartaanval krijgt,' zei Strike. 'Blijf kijken.'

De blonde klant was nog bezig haar keuze te maken, en Robin dacht aan het bolvormige zilveren bedeltje dat ze mooi gevonden had. Todd kwam eindelijk terug; hij masseerde zijn borst. De blonde vrouw liep de winkel uit. Pamela daalde in haar eentje de trap af naar de kluis.

'Ik denk,' zei Strike, 'dat Pamela hier de deksels van de kisten wrikt en dan beseft dat een deel van de levering verwisseld is... Ze komt weer naar boven...'

Pamela kwam terug de winkel in met enkele niet te onderscheiden voorwerpen in haar armen.

'De "kleinere voorwerpen" waar Pamela op had geboden en die naar Bullen & Co hadden gemoeten?' zei Robin.

'Jij had detective moeten worden,' zei Strike. 'Ze zoekt een tas voor de spullen, geeft die aan Wright, draagt hem op die naar Bullen & Co te brengen... hij vertrekt... en nu gaat ze weer bellen.'

Strike spoelde weer verder. Pamela rondde het gesprek op haar mobiel af en praatte toen met Todd, die, naar zijn gebaren te oordelen, leek te zeggen dat hij ergens anders naartoe moest.

'Ze zegt dat ze hem nog nodig heeft,' zei Robin.

'Ja, want Wright kan die grote tafeldecoratie niet in zijn eentje naar de kluis zeulen als dat ding straks terugkomt van Bullen & Co.'

Pamela ging opnieuw naar de kluis en dook weer op om 16.42 uur. Ze haalde iets uit de zak van haar jasje.

'Goed kijken.' Strike drukte weer op 'play'.

'Een whatsapp?' vroeg Robin toen Pamela op het scherm strak keek naar iets wat ze in haar hand had.

'Ik denk het wel. Let op de lichaamstaal.'

Pamela bleef bijna een minuut lang stokstijf staan, tot Todd weer iets tegen haar zei. Ze keek naar hem op. Er volgde nog een druk gesprek, waarbij Pamela naar de kluis wees en daarna een afkapgebaar maakte met haar hand.

'Ze maakt even duidelijk wie de baas is,' zei Strike. 'Hij wil weg, maar zij wil dat hij blijft om Wright beneden te helpen met dat tafelstuk als dat gebracht wordt.'

Strike spoelde weer door en stopte bij zes minuten over vijf, toen Pamela nogmaals werd gebeld op haar mobiel. Met het toestel tegen haar oor gedrukt wees ze naar Todd, die door de voordeur vertrok. Om negen minuten over vijf verschenen Wright en Todd allebei weer, wankelend onder het gewicht van alweer een grote kist.

'Het Oriental Centrepiece is bezorgd bij de juiste koper,' zei Strike toen de twee mannen door de deur naar de kluis wankelend uit het zicht verdwenen.

Todd kwam terug uit de kelder met Pamela's schoudertas. Ze griste de tas uit zijn hand en beende, pratend over haar schouder, naar de winkeldeur aan de straat.

'En weg is ze.' Strike drukte weer op 'pauze'.

'Voor een vrouw die zo nauwgezet was met de beveiliging...' zei Robin.

'Precies. Ze smeert 'm en laat de winkel achter met twee mannen die geen codes of sleutels hebben... of die niet zouden mogen hebben.'

Strike drukte weer op 'play'. Jim Todd leek een hoestbui te hebben.

'Krijgt hij hier die hartaanval?' vroeg Robin.

'Hij overleeft het, maar ik denk dat het zware werk zijn tol heeft geëist.'

Hij spoelde door naar vijf voor zes. 'Wright komt weer naar boven... Todd vertrekt...'

'Wacht even,' zei Robin, en Strike drukte weer op 'pauze'. 'Wright heeft iets in zijn hand, of niet?'

Strike spoelde terug.

'Ja,' zei Robin, 'een tas of zoiets. Hij drukt het tegen zijn borst.'

'Zou kunnen,' zei Strike. Het beeld was zo korrelig dat het moeilijk te bepalen was. 'Hij doet de rolluiken dicht... dat ene luik rechts gaat nog steeds niet tot helemaal onderaan dicht... lichten uit... en weg is hij. Hij gooit met de deur.' Hij zette het beeld weer stil. 'Wat denk je?'

'De kluisdeur kan nog open zijn. De voordeur is niet goed afgesloten. Het alarm niet ingesteld.'

'Jij bent goed,' zei Strike.

'Samenzwering tussen Wright en Pamela?'

'Dat moet tot de mogelijkheden behoren. Let op...'

Strike drukte alweer op 'versneld doorspoelen'. Ze zagen de winkel gestaag donkerder worden. Tien uur 's avonds. Elf uur. Middernacht. Een uur. Er kwam een reepje licht naar binnen door de kier onder het niet goed sluitende rolluik.

Bij tien over één drukte Strike weer op 'play'.

Iemand deed de winkeldeur open. Het was zo donker dat nauwelijks te zien was wat er gebeurde: een vage glimp in het glas van de deur, een schim die over de winkelvloer trok. De camera werd om elf minuten over een uitgeschakeld.

'Blijven kijken,' zei Strike.

Even niets anders dan zwart en toen startte de klok weer, op 03.07 uur. Weer een schim die de winkel doorkruiste, nu in tegengestelde richting. De bijna niet te onderscheiden gestalte hield stil bij het alarm. De deur ging open en dicht, en weg was de schim.

Robin pakte haar lauwe koffie terwijl er een akelige tinteling langs haar ruggengraat trok. In de blanco pauze op tape had een moord plaatsgevonden, en het was alsof ze de ogen van de mannen op het prikbord achter haar voelde staren naar het duo dat deze kwestie beschouwde als een interessante puzzel.

'En dat is alles, voor de nacht van de moord.' Strike spoelde weer verder. 'In het weekend gebeurt er letterlijk niks... de winkel is de hele zaterdag verlaten... ook nog op zondag... en dan, op maandag de twintigste, gaat de zaak vroeg open. Om acht uur 's morgens, zodat Todd kan schoonmaken voordat er klanten komen...'

Ze zagen Pamela Bullen-Driscoll weer in silhouet verschijnen en de winkeldeur openmaken. Todd liep achter haar aan naar binnen, in zijn overall.

'Todd heeft geen sleutel,' merkte Robin op. 'Zij moet hem binnenlaten.'

'Correct.'

Strike drukte op 'pauze' op het moment dat Pamela het alarm uitschakelde.

'Of ze is vergeten dat ze vrijdag het alarm niet heeft ingeschakeld, of ze verwacht dat iemand anders dat heeft gedaan. Het lijkt haar niet te verbazen dat het weer is ingeschakeld.'

'Waarom zou de moordenaar dat gedaan hebben?'

'Heel goede vraag,' zei Strike. 'Daarmee wordt de indruk gewekt dat de dader ofwel iemand was die in de winkel werkte, ofwel een connectie had met een van hen. Aan de andere kant kwam het voor Todd goed uit dat hij een uur de tijd had om zo veel vingerafdrukken weg te poetsen. Let op nu...'

Hij drukte weer op 'play'. Todd verdween via de trap naar de kelder. Ze zagen hoe Pamela, nog steeds versneld afgespeeld, het metalen rolluik omhoogzwengelde. Todd kwam terug met een emmer vol schoonmaakspullen en begon de glazen vitrines en de toonbank te boenen.

'Bijna negen uur,' zei Strike terwijl de klok rechtsboven op het scherm ratelend de minuten wegtikte. 'Wright had er moeten zijn, maar hij is er niet. Pamela gaat bellen... geen gehoor.'

Todd verdween de kelder in.

'Hij maakt het personeelskeukentje en de wc schoon. Pamela gaat naar buiten en kijkt naar twee kanten de straat in of ze Wright ziet, die nu drie kwartier te laat is. Ze loopt terug naar de toonbank, belt nog een keer... geen gehoor... en daar is Kenneth Ramsay.'

Robin keek naar Ramsays aankomst. Hij verdween de trap af naar de kelder. Nu drukte Strike weer op 'play'.

'Dus buiten zicht heeft Ramsay de kluisdeur opengemaakt... Ik denk dat hij schreeuwde, want kijk...'

Pamela snelde naar de trap en keek naar beneden.

'Dan gaat zij ook naar beneden.'

Twee minuten lang was de winkel verlaten. Toen ging de voordeur open en kwam er een kleine man met baard in een donker pak binnen.

Strike zette het beeld weer stil. 'Dat is John Auclair, de verzamelaar aan wie Ramsay het Murdoch-zilver dacht te kunnen slijten. Ik heb hem opgezocht, reclamemiljonair.'

Pamela kwam terug van beneden, liep onvast naar de telefoon op de toonbank en begon te bellen.

'Ze belt de politie... zakt op een stoel... waarschijnlijk vertelt ze Auclair, die er niets van snapt, wat ze zojuist hebben aangetroffen. En het zal je niet verbazen dat hij maakt dat hij wegkomt.'

Op het scherm liep de reclamemagnaat achteruit naar de winkeldeur, maakte die open en verdween vliegensvlug. Strike drukte op 'pauze'.

'De rest is het bekijken niet waard. Politie komt erbij en het gaat precies zoals je zou verwachten. Deur op slot, Ramsay, Pamela en Todd bijeengezet voor verhoor.'

Strikes mobiel ging, en tot zijn verbazing zag hij de naam van zijn oude vriend Shanker.

'Zeg het eens,' zei hij.

'Ik moet je spreken.'

'Waarover?'

'Onder vier ogen.'

Strike wist dat Shanker een aversie had tegen lange telefoongesprekken. Dat was voornamelijk omdat hij liever persoonlijk zakendeed; zaken die doorgaans de vorm aannamen van een pak slaag of een messteek.

'Wanneer?'

'Snel. Nu,' zei Shanker.

'Waar ben je?'

'Clapham Junction. Je moet hierheen komen, ik kan niet weg. Heb hier afgesproken.'

Strikes blik ging naar het raam. Het was opnieuw een winterse, grijze dag, zijn been deed nog zeer en hij had gerekend op een middag met zijn collega, in de hoop, hoe optimistisch ook, dat hij een kans zou krijgen om zich uit te spreken, maar Shanker nam zelden contact op als hij niet iets had wat het aanhoren waard was.

'Oké,' zei Strike met tegenzin. 'Geef me een uur.'

'Bij de Falcon.' Shanker hing op.

'Wat wil hij?' vroeg Robin.

'Ik moet komen. Nu meteen.'

'Waarom?'

'Misschien heeft hij ontdekt dat drugsdealer Dredge toch Rupert Fleetwood heeft laten vermoorden in de zilverkluis?'

'Zodat we de zaak nog voor het avondeten kunnen oplossen?' zei Robin, zich bewust van een lichte teleurstelling, want ook zij had zich verheugd op een middag samen.

'Ik zou er niet op rekenen,' zei Strike, en hij hoopte dat hij gelijk had. Hij had deze zaak nodig.

'Mooi overhemd trouwens,' zei Robin. 'Nieuw?'

'Ja, nieuw. Dank je.'

Een klein beetje opgevrolijkt liep hij naar de tussenruimte om zijn jas te pakken.

21

Yet my heart forebodes
Danger or death awaits thee on this field.
Fain would I know thee safe and well...

Matthew Arnold
Sohrab and Rustum:
An Episode

Het kostte Strike veertig minuten om station Clapham Junction te bereiken. De laatste keer dat hij in dit deel van Londen was geweest had hij de eerste assistente annex minnares van De Ezel geschaduwd. De wijk was in de loop van zijn leven steeds chiquer geworden; Strike wist nog dat Clapham Junction de plek was waar vooral lommerds zaten, en schimmige garagebedrijfjes waar gestolen auto's werden omgekat. Nu zat er een Waitrose, er waren wijnbars en mensen liepen na hun werk met snelle pas naar huizen van meer dan een miljoen pond.

Hij kende de pub die Shanker had aangewezen voor hun ontmoeting nog van vroeger, maar ook de Falcon was een beetje een yuppententent geworden. Binnen trof Strike veel hout, een kroonluchter van gekleurd glas en versgestoffeerde leren bankjes. Het had iets geruststellends om Shanker daar in zijn eentje te zien zitten, nors en dwangmatig met zijn vingers knakkend, een houding waarmee hij moeiteloos iedereen afweerde die zou kunnen overwegen in zijn buurt te gaan zitten. Shankers baard verborg het diepe litteken dat van het midden van zijn bovenlip naar zijn jukbeen liep; ongeschoren zou het een omhooggetrokken mond met een permanent spottende Elvisachtige grijns tonen. Met zijn korte stekeltjeshaar en de tatoeages die zijn handen en hals bedekten was hij een mensenleven verwijderd van de beleefde nieuwkomers uit de wijk, die op een kluitje bij de bar stonden; sommigen bekeken Shanker zijdelings met een mengeling van fascinatie en onrust.

Shanker was, zoals Strike maar al te goed wist, vrijwel volslagen amoreel, opgegroeid onder omstandigheden die de meeste mensen in de ontwikkelde wereld amper begrepen, waar geweld dagelijkse realiteit was, en waar de enige wet die van het eigenbelang was. Waar hij en Strike een band hadden gesmeed, hoe onwaarschijnlijk ook, in hun gezamenlijke liefde voor de vrouw met de vele tekortkomingen die Strikes biologische en Shankers adoptiemoeder was geweest. Leda, die Shanker als tiener van de straat had geschraapt nadat hij was neergestoken en hem had meegenomen naar het kraakpand waar ze destijds woonde met haar twee kinderen, had onbewust een wederzijdse waardering gesmeed tussen de twee tieners, een band die de grote verschillen in hun interesses had overleefd, en nu waren ze elkaar af en toe van nut. Ze zouden het allebei erg vinden als ze te horen kregen dat de ander dood was, maar er gingen maanden en soms zelfs jaren voorbij zonder contact, en het was hoogst ongebruikelijk dat Shanker Strike sommeerde naar hem toe te komen, zoals vandaag.

'Hoe gaat-ie?' vroeg Strike toen hij ging zitten nadat hij voor zichzelf een groot glas bier had gehaald.

'Ik kan zesendertig maanden krijgen als die fucking advocaat van me niet eens een keer z'n best gaat doen, de domme sukkel,' zei Shanker met een woeste blik.

'O? Waar word je van beschuldigd?' Strike deed geen moeite om zogenaamd verbaasd te reageren. Shanker zat al zijn hele volwassen leven regelmatig in de gevangenis.

'Belemmering van de rechtsgang, zeggen ze. Gelul. En Alyssa heeft me godverdomme weer op straat gegooid.'

'Da's lullig voor je,' zei Strike.

Het was nieuws voor de detective dat Shankers vriendin blijkbaar al minstens één keer eerder had besloten dat haar huishouden beter zou functioneren zonder Shanker, maar ook dat verbaasde hem niet echt.

'Hoe gaat het met Angel?' vroeg Strike, die wist dat Alyssa's oudere dochter leukemie had gehad.

'Gaat goed.'

'Fijn.'

'Ja,' bromde Shanker. 'Ik ben gek op die kids. En ook op haar, die fucking bitch.' Hij nam een grote slok bier.

'Wilde je me daarover spreken?' vroeg Strike. 'Want ik ben niet zo'n beste relatietherapeut.'

'Nee. Ik weet al hoe ik het ga oplossen met fucking Alyssa.'

'O? Hoe dan?' vroeg Strike, en hij hield zijn bezwaren voor zich tegen elk mogelijk plan voor wraak of intimidatie van een alleenstaande moeder van wie het oudste kind ernstig ziek was geweest.

Maar Shanker antwoordde: 'Sieraden.'

'Sieraden,' herhaalde Strike.

'Die tip heb ik gekregen van die ouwe van me, voordat hij seniel werd,' zei Shanker. 'Vrouwen zeggen nooit nee tegen fucking sieraden. Het enige nuttige dat hij me ooit heeft verteld. Sieraden slaan ze nooit af, en dan moeten ze elke fucking keer als ze ernaar kijken aan je denken.'

'Wijze raad,' zei Strike.

'Je kunt wel dom zitten grijnzen, maar mijn fucking pa had wel mooi kinderen bij een stuk of tien verschillende vrouwen.'

'Door ze allemaal sieraden te geven?'

'Nou, hij had ook een lul van tweeëntwintig centimeter,' zei Shanker, en Strike moest lachen.

'Maar wat is er dan? Gaat het over Dredge, de drugsdealer?'

'O ja,' zei Shanker, alsof het hem nu pas te binnen schoot. 'Dredge heeft die jongen niet vermoord. Hij probeerde hem alleen bang te maken. Dat joch heeft hem een paar duizend pond cash betaald zodat Dredge hem met rust zou laten.'

'Ho, wacht even,' zei Strike.

'Dat joch,' zei Shanker ongeduldig. 'Fleetdinges, die jongen waarvan jullie dachten dat-ie dood was. Hij is dus niet dood. Hij heeft Dredge geld gegeven om van hem af te zijn, en Dredge liet hem met rust. Fleetdinges was ook niet degene die Dredge had genaaid, hè. Dat was zijn maat, die 'm is gesmeerd naar fucking Afrika.'

'Weet je dit zeker?' vroeg Strike. 'Dus Rupert Fleetwood heeft Dredge een paar duizend pond gegeven om hem met rust te laten?'

'Dat zeg ik toch.'

'Juist. Nou, dat is goed om te weten.'

'Maar dat is niet waar ik je over wilde spreken.' Shanker dempte zijn stem.

'O?' zei Strike verbaasd. 'Wat dan wel?'

'Ik ga je een dienst bewijzen.'

Strike nam een slok bier en wachtte af, benieuwd wat er komen zou.

'Je graaft op een plek waar je weg moet blijven, Bunsen.'

Perplex keek Strike hem aan. 'En dan bedoel je...?'

'Ik bedoel,' zei Shanker, nu nog zachter, 'het lijk in de zilverwinkel.'

Strike was even met stomheid geslagen. Hij had Shanker niets verteld over het lijk in de kluis, alleen dat hij wilde uitzoeken of Fleetwood in handen was gevallen van Dredge.

'Hoe weet jij in godsnaam waar ik mee bezig ben?'

'Da's voor mij een weet, hè?'

Strike staarde hem aan. 'Knowles?'

Shanker trok zijn wenkbrauwen op.

'Het was Knowles,' zei Strike.

Shanker zei niks.

'Ga nou niet de ondoorgrondelijke uithangen,' zei Strike ongeduldig.

'Wat is dat?' vroeg Shanker licht geïnteresseerd.

'Dát. Die opgetrokken wenkbrauwen. "Voor mij een weet."'

Ondanks zijn ogenschijnlijk chagrijnige bui begon Shanker te grinniken. 'Laat het rusten, Bunsen.'

'Verdomme! Was het fucking Knowles?'

Shanker knakte afwezig met zijn vingers. Toen gaf hij eindelijk antwoord. 'Nee.'

'Niet?'

'Nee.'

'Knowles leeft nog?'

'Natuurlijk niet, man,' zei Shanker ongeduldig. 'Hij werkte bij fucking narcotica. Heeft z'n verdiende loon gekregen. Maar hij is nooit in een fucking zilverwinkel geweest.'

Strike staarde hem aan. Er waren veel onderwerpen waarvan Shanker bijna indrukwekkend weinig wist – de geografie van alles wat buiten Londen lag, het belastingsysteem, wie de wetten maakten – maar zijn kennis van de georganiseerde misdaad in Londen was ongeëvenaard. De niet-specifieke waarschuwing op de voicemail van het detectivebureau kwam nu in een ander licht te staan.

'Waarom fluit je me terug, als het Knowles niet was? Wil Lynden niet dat ik hierin duik?'

'Bunsen.' Shanker dempte opnieuw zijn stem en boog zich naar hem toe. 'Lynden vindt het grappig dat de juten denken dat het Jason was. Waarom zou Lynden hem dumpen in de kluis van een fucking zilverwinkel? Te veel moeite, dat verdiende hij niet.'

'Dat had ik ook al bedacht.'

'Dus zo'n domme sukkel ben je ook weer niet.'

'Waar is Knowles nu dan?'

'Die is naar Barnaby,' zei Shanker met een duister lachje.

'Wat is Barnaby in godsnaam?'

'Da's voor mij een weet,' herhaalde Shanker.

'Als het Knowles niet was, waarom waarschuw je me dan? Omdat Lynden Knowles niet wil dat ik ga bewijzen dat het lijk níét zijn neef was?'

'Dat boeit Lynden niet,' zei Shanker schouderophalend. 'Zelfs al zouden ze Jason vinden, of wat er nog van hem over is, dan kan hij daar niet op gepakt worden. Daar is Barnaby zo handig voor.'

'Waarom moet...?'

'Omdat die kerel in de kluis,' – Shanker ging nog zachter praten – 'door een huurmoordenaar is omgelegd.'

'Een huurmoordenaar?'

'Ja. En je wilt dus geen ruzie krijgen met de fucking opdrachtgever, oké?'

'Weet je wie dat is?'

'Ik weet genoeg,' zei Shanker.

'Wie is het?'

'Ik ken hem niet persoonlijk,' zei Shanker.

'Ken je de uitvoerder? De huurmoordenaar?'

'Wij kennen elkaar al heel lang, Bunsen, maar jij blijft aan jouw kant van de straat en ik aan de mijne, voel je wel?'

Toen Strike hem alleen maar aankeek, zei Shanker: 'Ik ken hem niet goed. Wederzijdse kennissen.'

'En?'

'Hij is ondergedoken. Slim, voor zijn doen.'

'Normaal gesproken is hij niet slim?'

'Knettergek. Praat te veel. Maar wel goed aangepakt,' zei Shanker met beroepsmatige waardering. 'Heeft er een pak geld voor gekregen, heb ik gehoord.'

'Maar hij heeft z'n mond voorbijgepraat, anders had jij het niet geweten.'

'Ja, dat zeg ik. Praat te veel.'

'Waarom is die man in de kluis nou vermoord?'

Shanker dronk zijn glas leeg. 'Ik heb gehoord dat hij dacht snel een hoop poen te scoren en niet doorhad met wie hij van doen had.'

'Dubbelspel?' zei Strike. 'Chantage?'

'Jij bent niet achterlijk, hè Bunsen?' zei Shanker met iets van bewondering.

'Nog een bier?'

'Ja, doe maar,' zei Shanker.

Strike haalde twee nieuwe halve liters. Er was een rits kerstballen langs de bovenrand van de bar gespannen. Hij was zo opgegaan in het gesprek dat hij de kerstmuziek op de achtergrond niet had gehoord.

Hither, page, and stand by me,
If thou knowst it, telling

Yonder peasant, who is he?
Where and what his dwelling?

'Hoe wist je dat ik deze zaak onderzoek?' vroeg Strike toen hij weer was gaan zitten.

'Je bent gezien. Gezien op een plek waar je niet hoorde te zijn. Dat verhaal ging rond, en de grote man die de opdracht heeft gegeven voor die moord is niet blij dat je je fucking neus in zijn zaken steekt. Meer weet ik ook niet.'

'Luister,' zei Strike, 'als er een tweede Lynden Knowles achter me aan zit, moet ik dat weten. Dit gaat niet alleen om mij, Robin en de rest van het bureau zijn er ook nog. Waar hebben we het hier precies over?'

'Denk even na,' zei Shanker, 'waar het is gebeurd.'

Ze keken elkaar aan. Toen Shanker niet met zijn ogen knipperde of begon te lachen, zei Strike: 'Dat meen je niet. Denk je dat ik dadelijk word omgelegd door de vrijmetselaars?'

'Weet je wat jouw probleem is, Bunsen?' Shanker keek hem kwaad aan. 'Je bent fucking naïef. Jij denkt dat als een kerel geld heeft en in een fucking pak rondloopt, dat hij nooit...'

'Dat denk ik helemaal niet, maar...'

'Denk je dat een kerel die veel te verliezen heeft, die dik betaalt om van iemand af te komen en daar ook nog mee wegkomt, dat zo'n kerel het leuk vindt als jij gaat lopen snuffelen? Je hebt een naam nu, Bunsen,' zei Shanker, niet zonder een zekere bewondering.

'Oké, zover waren we al, vertel me dan nu maar wie die hoge pief bij de vrijmetselarij is.'

'Wat zeg ik nou net? Ik weet z'n naam niet.'

'Je gaat er toch niet klakkeloos van uit dat hij vrijmetselaar was door de plek waar hij is gevonden?'

'Nee.' Shanker werd ongeduldig. 'Hij is een fucking vrijmetselaar, dat zegt die kerel die het heeft gedaan. De hoge pief is vrijmetselaar, hij heeft poen, hij heeft mensen die klussen voor 'm opknappen.'

Shanker dronk van zijn bier terwijl Strike terugdacht aan de woorden van Mandy in St George's Avenue: *'Hij zei dat iemand hem misschien zou komen zoeken, maar daarna zei hij: "of misschien stuurt hij iemand."'*

'Je weet niet hoe de vrijmetselaar heet?' vroeg Strike.

'Godverdomme, wat zeg ik nou. Néé.'

'Weet je wie het slachtoffer was?'

'Nee, ik weet alleen dat hij te veel wist over die vrijmetselaar, dus moest hij uit de weg geruimd worden.'

'De huurmoordenaar wordt toevallig niet "Oz" genoemd?' deed Strike een schot voor de boeg.

'Huh, zoals de tovenaar?'

'Ja.'

'Niet dat ik ooit heb gehoord.' Shankers blik ging naar de deur. 'De tijd is om, Bunsen.'

Strike keek om. Een grote, forse kerel met een nog uitgebreider arsenaal aan tatoeages dan Shanker was zojuist de pub binnengekomen.

'Meer heb je niet?' vroeg Strike.

'Meer heb ik niet.' Shanker stak al een hand op om de rijkelijk getatoeëerde man in de deuropening op zijn aanwezigheid te wijzen.

'Goed.' Strike stond op. 'Bedankt voor de waarschuwing.'

Hij dronk aan de bar zijn glas leeg en verliet toen de Falcon zonder om te kijken naar Shanker of zijn zakenpartner.

Voor zover Strike wist had Shanker hem nooit bewust misleid; hij zei liever recht voor z'n raap 'Hou je d'r verdomme buiten' als Strike te dichtbij kwam met zijn vragen. Daarom moest Strike serieus rekening houden met de mogelijkheid dat hij en Robin inderdaad zonder het te weten gestuit waren op een misdaad die onopgemerkt was gebleven totdat zij ten tonele verschenen om het allemaal ingewikkelder te maken.

Hij zette zijn kraag omhoog tegen de kou en bleef even al vapend staan peinzen over zijn volgende zet. Eén opmerking van zijn oude vriend daarnet had een idee naar boven gebracht. Hij stopte zijn vape in zijn jaszak en vertrok, niet naar Denmark Street, maar naar Wild Court.

22

But chiefly the great and troublesome question of 'Who?'

John Oxenham
A Maid of the Silver Sea

Strike belde Robin die avond thuis op om haar te laten weten dat Rupert Fleetwood er op de een of andere manier in was geslaagd tweeduizend pond bij elkaar te schrapen om de drugsdealer die een appeltje te schillen had met zijn huisgenoot af te kopen, en om haar te vertellen over Shankers waarschuwing over het lijk in de zilverkluis. Murphy at die avond bij Robin, en haar flat was veel te klein om te kunnen bellen zonder dat hij alles hoorde wat ze zei, tenzij ze zich opsloot in de badkamer. Aangezien haar vriend terecht wantrouwen zou krijgen als ze meteen na het telefoontje van haar collega ineens zou willen douchen, waren haar antwoorden aan Strike opzettelijk bondig, zonder weg te geven waarover het gesprek ging.

Gelukkig voor Robin, van wie de gedachten na het bellen alle kanten op gingen, stelde Murphy geen vragen. Hij was overduidelijk terneergeslagen en moe, en zat onderuitgezakt op de bank voor het nieuws. Afgelopen dinsdag had de *Mail* een twee pagina's groot interview gepubliceerd met de moeder van de jongens die slachtoffer geworden waren in de schietpartij van de bende, en dat was gevolgd door verhalen in andere kranten vandaag. Robin was vandaag pas te weten gekomen, samen met de rest van de krantenlezers, dat aanvankelijk de ex-vriend van de getroffen moeder was gearresteerd, waarmee naar verluidt kostbare uren en dagen waren verspild waarin de echte daders hun sporen hadden kunnen wissen.

Ook nu had ze het gevoel dat Murphy niet zat te wachten op medeleven of vragen, dus had ze niets gezegd over het artikel in de *Mail* of een van de vervolgverhalen, maar het was onmogelijk om niet te vermoeden dat Murphy deels persoonlijk betrokken was bij de fouten die blijkbaar waren gemaakt in de beginfase van het onderzoek. Ze dacht eraan terug hoe lief en begripvol hij was geweest in de nasleep van haar lange verblijf op Chapman Farm, en niet te vergeten zijn zorgzaamheid na haar ziekenhuisopname, dus wilde ze hem alleen maar steunen, hem afleiden van zijn stress en misschien wel schuldgevoel. Ze aten de kant-en-klare lasagne die Robin had opgewarmd, en omdat ze allebei de volgende morgen vroeg op moesten, lagen ze om half tien in bed. Ze hadden geen seks meer gehad sinds Robin uit het ziekenhuis was gekomen, maar in bed sloeg Murphy zijn armen om haar heen, gaf een kus op haar kruin en zei: 'Ik heb verdomme zó geboft met jou.'

'Ik heb ook geboft met jou.' Ze kuste hem terug.

Maar toen Murphy langzamer ging ademen en slapend bij haar vandaan rolde, bleef Robin wakker liggen in het donker, piekerend over Strikes telefoontje en wat daar allemaal uit zou kunnen voortvloeien. Het liefst was ze uit bed geglipt om haar collega-detective terug te bellen, maar ze wilde Murphy niet wakker maken, dus bleef ze waar ze was, om uiteindelijk in slaap te vallen en te dromen dat Strike en zij bij Ramsay Silver stonden, waar de winkel om een of andere geheimzinnige reden vol stond met pluchen knuffelbeesten in plaats van maçonnieke zwaarden en schootsvellen.

De volgende ochtend was Robin om negen uur in Camberwell, om te posten bij het huis waar Plug woonde met zijn bejaarde moeder. Ze had door het raam beneden een glimp opgevangen van de oude dame en ze voelde een steek in haar hart van medelijden: ze zag er bezorgd uit en leek in zichzelf te mompelen. Toen, vijf minuten na Robins aankomst, kwam Plugs veertienjarige zoon, die op school hoorde te zitten, doodsbang naar buiten gestormd om met snelle passen de straat uit te lopen. Ze had een fractie van een seconde om te beslissen of ze het huis in de gaten zou blijven houden of de jongen volgen, en ze koos voor het laatste.

Robin had bijna net zo veel medelijden met Plugs zoon als met Plugs moeder. De jongen was niet alleen belast met zijn vaders oren en overbeet, hij kwam ook eenzaam en verloren over en leek vaak bang te zijn. Ze kon zich goed voorstellen dat het geen pretje was geweest om abrupt te worden weggehaald uit Haringey om bij zijn demente grootmoeder en zijn grofgebekte vader te moeten wonen. De jongen liep erg hard, zo nu en dan zette hij een drafje in, en Robin had het gevoel dat hij iets ging doen op bevel van zijn vader. Zelf kreeg ze al snel doffe steken in haar zij – of misschien was het de operatiewond die pijn deed, dacht ze. Dat herinnerde haar weer aan de brief van de huisarts die ze nog steeds negeerde.

Ze was de jongen een kwartier aan het volgen toen haar mobiel ging.

'Heb je even?' vroeg Strike.

'Ja.' Robin deed haar best om niet te hijgen. 'Ik ben te voet Plug junior aan het volgen. Waar ben jij?'

'Bij Liberty,' zei Strike, en Robin moest meteen denken aan haar dertigste verjaardag, toen Strike haar had meegenomen naar het oude Londense warenhuis om parfum voor haar te kopen, voorafgaand aan dat fatale uitstapje naar de bar van het Ritz. 'Echtgenote Ezel zit bij de kapper.'

'Ik wist niet dat Liberty een kapper had.'

'Ik ook niet, en nu moet ik bij de dameskleding blijven rondhangen, als een of andere idioot.' Strike schoof een stukje op om een groepje vrouwen de ruimte te geven bij een rek vol in zijn ogen buitengewoon lelijke, wijde jurken met een print van grote bloemen in felle kleuren.

'Het is Kerstmis,' zei Robin. 'Doe alsof je cadeautjes koopt. Kóóp cadeautjes.'

'Niet hier.'

'Waarom niet?'

'Dat eh... kan ik niet.'

De muziek, het verwarrende aanbod, de drukte, zijn totale gebrek aan inzicht in wat de vrouwen voor wie hij moest inkopen graag wilden: hij onderging nog liever een wortelkanaalbehandeling. Die ging tenminste gepaard met stilte, en verdoving.

'Het ziet er natuurlijker uit als je daar met winkeltasjes rondloopt. Voor wie moet je cadeaus kopen, welke vrouwen?'

'Lucy en Prudence. Ik had niks willen kopen voor Prudence, maar ze heeft me uitgenodigd voor hun kerstborrel. Ik kan er niet heen, maar het betekent waarschijnlijk wel dat ze voor mij iets heeft gekocht.'

'Hoe laat is mevrouw Ezel bij de kapper naar binnen gegaan?'

'Vijf minuten geleden.'

'Dan heb je minstens tweeënhalf uur.'

'Hoe weet jij dat nou?'

'Omdat ze highlights in twee verschillende tinten heeft. Dat kost tijd.'

'Ik belde je,' zei Strike, 'om het over Shanker te hebben, en dat anonieme telefoontje naar kantoor, waarvan ik nu geneigd ben het iets serieuzer te nemen.'

'We kunnen Shankers verhaal bespreken terwijl jij naar de begane grond gaat,' zei Robin.

'Waarom moet ik naar de begane grond?' vroeg Strike, maar hij deed evengoed wat ze had gezegd.

'Handtassen,' zei Robin, 'en sjaals. Voor Lucy en Prudence.'

'Ik weet tamelijk zeker dat ze allebei al een handtas en een sjaal hebben.'

'Jezus, jij bent echt een hopeloos geval. Ik denk trouwens dat Plug junior naar dat afgesloten terrein gaat waar zijn vader laatst was,' voegde ze eraan toe, haar blik gericht op de figuur voor haar.

'Misschien heeft de krokodil of wat ze ook in die schuur hebben zitten zich een weg naar buiten geknaagd,' zei Strike. 'Ik loop de winkel uit zodat ik mezelf kan horen denken, en dan bespreken we Shanker dadelijk.'

'Oké,' zei Robin, 'maar daarna...'

'Ja, daarna ga ik cadeaus kopen,' zei Strike met een zucht.

Hij baande zich een weg over de drukke afdeling met kantoorbenodigdheden en stond toen tot zijn opluchting eindelijk buiten, waar hij zijn vape tevoorschijn haalde.

'Nou,' zei Strike, terwijl Robin verder liep over het trottoir en de pijn in haar zij scherper werd, 'ik heb Decima gebeld en haar verteld dat we er tamelijk zeker van zijn dat Fleetwood die drugsdealer, die Dredge, heeft afgeschud door hem geld te geven. Ze wil er niks van horen – of eigenlijk meent zij dat dit juist het bewijs is dat hij dat tafelschip heeft verkocht aan Kenneth Ramsay, maar ze denkt dat Dredge hem toch heeft vermoord, als waarschuwing voor Zacharias Lorimer. Verder heb ik Wardle gebeld om hem te vertellen dat onze criminele contactpersoon er zeker van is dat Knowles' lijk naar "Barnaby" is gegaan, wie of wat dat ook mag zijn, en dat Knowles niet de dode in de zilverkluis was.'

'Heel goed,' zei Robin, die zich druk had gemaakt omdat zij informatie hadden die de politie zou moeten hebben; hopelijk zou Murphy er ook nooit achter komen waar deze informatie vandaan kwam. 'Je hebt Shanker toch niet verteld over de infiltrant...?'

'Godsamme, natuurlijk niet!'

'Sorry,' zei Robin snel. 'Sorry, natuurlijk niet, ik snap niet waarom ik...'

Maar ze wist wel waarom ze het had gevraagd: ze had een paranoide angst dat haar vriend erachter zou komen dat zij en Strike zich bemoeiden met zaken die hen niet aangingen.

Plug junior had zijn pas vertraagd om een telefoontje te beantwoorden op zijn mobiel, dus paste Robin haar snelheid aan. Haar onderbuik klopte nu hevig aan de rechterkant.

'Ik belde eigenlijk over dat huurmoordenaarverhaal,' zei Strike, 'en het feit dat de opdrachtgever weet dat wij met dit onderzoek bezig zijn. Of in elk geval weet hij dat ík ermee bezig ben. Over jou heeft Shanker niks gezegd.'

'Waar denk je dat je gezien bent?'

'Dat moet wel bij Ramsay Silver of in St George's Avenue zijn geweest,' zei Strike.

Hoog in een poort links van hem hing een rijkversierde klok met daarboven een mechanische Sint-Joris met de draak, met gouden onderschrift.

No minute gone comes even back again, Take heed and see ye do nothing in vain.

In Camberwell maakte de zoon van Plug het hek naar het terrein open. Robin had zich, opgelucht, verscholen achter een brievenbus.

'Dit hele verhaal wordt verdomd raar en duister,' zei Strike. 'Als we uitgaan van de premisse dat een rijke, machtige vrijmetselaar een afperser dood wilde hebben – en slachtoffers van chantage willen nogal eens hun afpersers dood hebben – dan kan ik geen enkele reden bedenken waarom die aanslag gepleegd moest worden bij Ramsay Silver. Sterker nog, je zou verwachten dat een moordlustige vrijmetselaar het hele verhaal zo ver mogelijk bij een maçonnieke zilverzaak vandaan zou willen houden, en waarom zou hij in godsnaam instructies gegeven hebben het lijk te hullen in een maçonnieke sjerp?'

'En als Wright echt de afperser was van een rijke vrijmetselaar,' zei Robin, die nu Plug junior naar de schuurdeur met het hangslot zag snellen, 'waarom zou hij dan voor een andere vrijmetselaar gaan werken?'

'Precies. Het hele verhaal klinkt alsof het afkomstig is uit de koker van een complotdenker. Het lijkt wel de plot van een B-film.'

'Maar Shanker is geen complotdenker.'

'Dat zeg je nou wel,' zei Strike langzaam, 'maar als je tegen Shanker begint over wat machtige lieden de oppassende burger allemaal aandoen, dan draaft hij al snel behoorlijk door. Je kunt hem er niet van overtuigen dat mensen die rijkdom en invloed hebben vergaard geen schurken zijn, en hij gelooft heilig in geheime genootschappen en verborgen macht waar mensen zoals hij nooit bij kunnen – en ik weet heus wel,' zei Strike, die al raadde wat Robin ging zeggen, 'dat oneerlijke kruiwagens en vriendjespolitiek wel degelijk bestaan, natuurlijk wel, maar wat Shanker gelooft gaat veel verder. Als je tegen hem zou zeggen dat de premier de helft van de belastingafdracht van het hele land in zijn eigen zak steekt, dan zou Shanker zeggen dat je een sukkel bent die niet inziet dat het driekwart is en niet de helft. Het komt erop neer dat hij denkt dat iedereen net zo corrupt is als hij, en dat wereldleiders en miljardairs allemaal samenspannen om ongestraft hun zaakjes te regelen.'

'Hij kan niet denken dat iederéén corrupt is,' zei Robin in alle redelijkheid. 'Hij kent jou.'

'Hij wil wel aanvaarden dat er zo nu en dan spelingen der natuur zoals ik opduiken, maar hij is lichtgeloviger dan je zou verwachten als het buiten zijn vakgebied valt.'

'Dus jij denkt dat Shanker het mis heeft? Dat het allemaal onzin is?'

'Hij beweert de moordenaar te kennen. Zegt dat die kerel heeft lopen pochen, trots dat hij niet is gepakt. Dat moeten we serieus nemen. En dan is er nog dat telefoontje naar de zaak. Het kan natuurlijk een willekeurige gek zijn geweest – maar misschien ook niet.'

'Wil je het onderzoek laten rusten?' vroeg Robin, en het verbaasde haar hoe ongelukkig die gedachte haar maakte.

'Nee. Ik vind het steeds interessanter worden – maar dat beslis ik niet alleen. Daarom belde ik je.'

'Nou, als Shanker gelijk heeft was het risico er toch al, hè?' zei Robin. 'De moordenaar van Wright zal er nooit blij mee zijn geweest dat wij ons erop stortten. Ik zie echt niet in waarom we minder gevaar zouden lopen als we nu stoppen. Het is niet zo dat we hem kunnen laten weten dat we ons terugtrekken. Sterker nog, het is veel beter dat we nu weten dat ze ons in de gaten houden. Een gewaarschuwd mens telt voor twee.'

'Ik denk er precies zo over,' zei Strike. 'Wat is Plug junior aan het doen?'

'Hij is in die schuur.'

De pijn in Robins rechterzij was nu extreem scherp. Voor het eerst dacht ze dat ze misschien toch maar die afspraak bij de huisarts moest maken. Door eerdere verwaarlozing van symptomen was ze rechtstreeks beland in de ellende die ze nu ondervond; als ze verstandig was, ging ze op controle.

Ze zocht naar afleiding. 'Heb je de rechtszaak van Patterson gevolgd?'

'Ja,' zei Strike. 'Niet al te spannend tot nu toe, hè? Ik had gehoopt dat ze gewoon zouden zeggen dat het een vuile klootzak is en dat ze hem tien jaar zouden geven.'

'Misschien wordt het beter als hij eenmaal voor de rechter staat. Ga je nog terug naar binnen om die kerstcadeaus te kopen?'

'Jij je zin.' Strike liep met een zucht terug de winkel in, waar hij werd begroet door een vlaag warme lucht en 'Jingle Bell Rock'. 'Hoe moet ik nou weten welke sjaals ik moet kopen?'

'Nou...' Robin hield haar blik gericht op de schuur in de verte. 'Prudence houdt van klassieke tinten. Gebroken wit, donkerblauw, zwart... niet veelkleurig en niet, je weet wel, hippieachtig. En voor Lucy... pasteltinten staan haar goed, dus lichte kleuren, niet te theatraal of opvallend.'

'Hoe weet jij zulke dingen?' vroeg Strike oprecht verbaasd.

'Hoe ik weet wat mensen mooi staat?'

'Al die dingen.' Strike stond inmiddels bij een nerveus makend assortiment sjaals in verschillende maten en patronen. 'Dat je onthoudt welke kleuren Prudence draagt.'

'Dezelfde reden dat jij de legende van Hiram Abiff onthouden hebt. Luister, ik weet dat je het niet leuk zult vinden, maar ik vind dat we voor het personeel ook kerstcadeaus moeten kopen.'

'Godsamme,' kreunde Strike.

'Dat is goed voor het moreel,' zei Robin, 'en we hebben nu eens een echt fijn team. We moeten onze waardering laten blijken.'

'Ik ga niet nog meer sjaals kopen,' zei Strike op ferme toon.

'Dat hoeft ook niet. Ik dacht aan flessen drank, of cadeaubonnen. O ja,' voegde ze eraan toe, want ze twijfelde er niet aan dat Strike net zomin wist wat hij voor haar moest kopen als voor zijn zussen, 'als je voor mij een sjaal koopt, ik hou van blauw en groen.'

'Te laat, ik heb jouw cadeau al uitgezocht,' zei Strike. 'Ik moet ophangen, ik versta je amper in die herrie hier. Spreek je later.'

Hij hing op, Robin in lichte verbazing achterlatend.

23

Then evils gather together,
There wants not one of them all–
Wrath, envy, discord, strife...

Sophocles
vert. A.E. Housman
Oedipus Coloneus

Het inruilen van Mr H door De Ezel betekende dat het bureau weer op volle capaciteit werkte. Strike en Robin zagen elkaar de dagen daarna alleen in het voorbijgaan, dus lieten ze elkaar per whatsapp of telefoon weten dat niemand die ze hadden benaderd voor verdere informatie over de zilverkluiszaak had gereageerd.

'Het is Kerstmis,' bracht Robin Strike die maandag in herinnering. 'Iedereen heeft het druk met familiebezoek.'

Ondanks die frustraties waren er ontwikkelingen in twee kwesties die hun wederzijdse belangstelling hadden, geen van beide gerelateerd aan de moord op William Wright. De eerste ging om de hevige opwinding die al een paar dagen speelde rond de rechtszaak van Patterson, waarvan overvloedig verslag werd gedaan in de kranten. Op dinsdag stond Farah Navabi in de getuigenbank, waar ze een hartverscheurend, charismatisch optreden ten beste gaf. De mooie Navabi barstte in snikken uit, zodat een bezorgde rechter vroeg of ze misschien even pauze wilde nemen om tot zichzelf te komen, en ze trakteerde het hof op een verslag van het niet-aflatend koeionerende, intimiderende en seksueel grensoverschrijdende gedrag van haar baas, waarna ze onthulde dat ze de opdracht van het plaatsen van afluisterapparatuur in het kantoor van de advocaat alleen maar had uitgevoerd omdat Patterson op een afschuwelijke manier had gedreigd met represailles als ze niet zou doen wat haar was opgedragen.

'Ik kan u niet vertellen hoeveel spijt ik ervan heb,' zei ze snikkend. 'Andrew Honbold is een heel goed mens, en Mitch had me ervan overtuigd dat hij een monster was.'

'Wat heb ik je gezegd?' zei Kim Cochran zelfvoldaan tijdens de door Strike angstvallig kort gehouden overdracht van hun schaduwklus die avond. 'Ze heeft een pand gehuurd in Belsize Park en ze heeft al een hele lading klanten van Patterson ingepikt.'

Die woensdag werd Patterson, een lange man met brede schouders en een gezicht vol putten en groeven, door de paparazzi gevolgd van rechtbank naar auto. Zijn getuigenverklaring, live te volgen op Twitter in de verslagen van diverse journalisten, werd onmiddellijk memewaardig door zijn herhaaldelijk gebulderde woorden 'volslagen en volledig onjuist'. Tegen de tijd dat hij toestemming kreeg de getuigenbank te verlaten had hij dat zevenenveertig keer gezegd, en het verbaasde dan ook niemand, mogelijk met uitzondering van Patterson zelf, dat hij de volgende morgen schuldig werd bevonden, waarbij het bepalen van het vonnis naar het nieuwe jaar werd getild.

Strike zou veel meer van dit alles hebben genoten als hij niet, op de nieuwssite waar hij las over de veroordeling van Patterson, was gestuit op een uitermate venijnig artikel over hemzelf, geschreven door Dominic Culpepper. Precies zoals Strike al had gevreesd had Nina haar neef blijkbaar laten weten dat Strike degene was die zijn vrouw in de gaten had gehouden in het Dorchester.

Een andere krant had een paar maanden eerder geprobeerd een artikel te plaatsen waarin Strike werd weggezet als een even grote rokkenjager als zijn vader; hij zou regelmatig seks hebben met cliënten en het bed hebben gedeeld met een vrouw die tevens een relatie had met dezelfde advocaat bij wie Mitch Patterson afluisterapparatuur had geplaatst. Dat artikel was nooit gepubliceerd omdat Charlotte, uitgerekend Charlotte, niet alleen de uitnodiging om Strike met de grond gelijk te maken in de pers had afgeslagen, maar ook contact had opgenomen met voormalige vriendinnen van Strike die ze persoonlijk kende, om ervoor te zorgen dat niemand haar mond opendeed.

Maar de flinterdunne barricade die Charlotte had opgeworpen was omvergegooid door Culpeppers woede en Nina's rancune. De journalist had geen quotes meer nodig van de voormalige minnaressen die de vorige keer hadden geweigerd, want hij had zijn nicht Nina, die anonieme citaten had geleverd ter ondersteuning van Culpeppers portret van een groezelige man zonder scrupules die vrouwen gebruikte om te krijgen wat hij hebben wilde; hij plaatste Strike in één categorie met Patterson als een wellustig, parasitair roofdier dat profiteerde van de ellende van anderen en volkomen harteloos goedaardige mensen manipuleerde. Daarbij had Culpepper weer het verhaal opgedregd over de roemruchte verwekking van Strike, die had plaatsgevonden op een zitzak in een met drugs overladen feest vol beroemdheden in 1974, en hij had zelfs nog iemand gevonden die de krant wilde inlichten over de ranzige capriolen van privédetectives: Lord Oliver Branfoot.

Strike had Branfoot nooit ontmoet, maar hij wist hoe de man eruitzag en hoe hij klonk, want Branfoot was zo'n publieke figuur die erin slaagde in de hoofden van de massa door te dringen als een onzichtbaar, giftig gas. Branfoot, telg uit een adellijke familie die had gestudeerd aan Marlborough College, was een grote, forse man die opviel doordat hij de r niet kon uitspreken. Na zijn ministerschap voor de Conservatieve Partij stond hij nu aan het hoofd van diverse liefdadigheidsinstellingen en politieke organisaties en commissies; hij was gul met quotes voor de kranten, doorspekte zijn gesprekken met uitgekauwde Latijnse spreuken en profiteerde van de voorliefde van het grote publiek voor een fijne meneer die om zichzelf kon lachen en graag in politieke quizprogramma's verscheen, waar hij de rol van de hartelijke, hakkelende man van adel helemaal uitspeelde. Hoewel Strike niet precies wist waarom Lord Oliver Branfoot zijn naam zou willen verbinden aan het afmaken van iemand die hij niet kende, kon hij wel één voor de hand liggende reden bedenken waarom Branfoot in de pers wilde bulderen dat er veel strengere regels moesten komen voor privédetectives. Strike maakte zich geen illusies over de route die Dominic Culpepper met zijn toorn zou volgen: dit artikel, zo vermoedde hij, was een openingsschot in wat waarschijnlijk een aanhoudende vete zou worden. Hij was zich bewust van de sterke behoefte om Robin te bellen, omdat haar stem hem meestal opbeurde bij de shit waar hij op dat moment mee te maken had, maar er was een kans dat ze het artikel nog niet had gezien, en het voelde als het toppunt van domheid om het in dat geval alsnog bij haar onder de aandacht te brengen.

Maar Robin had Culpeppers aanval op haar zakenpartner natuurlijk allang gezien, want zij had hetzelfde online verslag van Pattersons veroordeling gelezen, en het had haar beslist stof tot nadenken gegeven terwijl ze rond lunchtijd in de bar van het Rosewood Hotel de prachtig gekapte echtgenote van De Ezel in de gaten hield, die een cocktail dronk met een vriendin.

Het was voor Strike misschien enigszins bemoedigend geweest als hij had geweten dat Robin lang niet zo veel afschuw voelde over de beschuldigingen en insinuaties in het artikel als Culpepper op de lezers wilde overbrengen. Er was niemand die de afgelopen zesenhalf jaar zo nauw had samengewerkt met Cormoran Strike als Robin Ellacott, en ze was bereid te zweren dat Strike, wat voor tekortkomingen hij verder ook mocht hebben, nooit het bed had gedeeld of zou delen met een klant, al hadden diverse gescheiden en bijna gescheiden vrouwen (ze herinnerde zich in het bijzonder de bekoorlijke Miss Jones) overduidelijk laten blijken hoe graag ze daartoe bereid waren. Het was Robin bovendien opgevallen dat er geen enkele oudcliënt werd geciteerd in het artikel, zelfs niet anoniem.

Toch was er dus een onbekende vrouw die hem ooit had geholpen met een zaak die nu een diepe wrok koesterde tegen Cormoran Strike, en Robin nam aan dat dat Culpeppers nicht was. De implicatie dat Strike deze onbekende vrouw had verleid omdat hij uit was geweest op bewijsmateriaal was geen prettig idee, moest Robin toegeven, al diende er wel te worden aangevoerd dat ze nauwelijks het recht had om hem te veroordelen, aangezien ze zelf ooit had toegelaten dat een belangrijke getuige en potentiële verdachte haar tegen de muur van een pub duwde en zijn tong in haar mond stak.

Op dat punt in haar overpeinzing kwamen er twee berichten binnen op haar telefoon, vrijwel aaneengesloten. Het eerste was van Murphy en bevatte een link naar een nieuw huis om te bezichtigen.

Misschien is dit iets? Ik zie dat Patterson zijn verdiende loon krijgt. Heb je dat verhaal over Strike gelezen? X

Strike zou opgetogen geweest zijn als hij had geweten dat Robins onmiddellijke reactie op dit bericht ergernis was ten opzichte van haar vriend, en de neiging om haar collega-detective in bescherming te nemen. Murphy had de laatste tijd zelf te lijden gehad onder negatieve pers en daarbij was hij niet eens met naam en toenaam genoemd, dus had Robin gehoopt dat hij enige sympathie zou kunnen opbrengen voor een man die in de krant werd neergesabeld. In plaats van op het bericht te reageren of de link te openen naar wat zo te zien opnieuw een rijtjeshuis was, deze keer in Wood Green, opende Robin het tweede bericht, dat van Strike zelf afkomstig was.

Ezel belde net. Hij voegt zich bij zijn vrouw en die vriendin om cocktails te drinken. Je kunt gaan, hij blijft de rest van de dag bij haar.

Robin had net haar hand opgestoken voor de rekening toen ze op haar mobiel werd gebeld door een onbekend nummer, al herkende ze het kengetal van Ironbridge. Ze nam meteen op.

'Hallo, met Robin Ellacott.'

'Hallo,' zei een aarzelende stem die veel te jong klonk om de oma van Tyler Powell te kunnen zijn. 'Bent u degene die mijn oudtante heeft gebeld?'

'Als je oudtante Dilys Powell is, ja,' zei Robin.

'Nou, ze ligt in het ziekenhuis.'

'Ach, wat vervelend. Dus jij hebt mijn berichten gehoord?'

'Ja,' zei de jonge vrouw. 'Ik geef haar kat eten. Waar hebt u haar voor nodig?'

'Ik wilde haar spreken over je neef Tyler.'

'Die is er niet. Hij is vertrokken.'

'Ja, dat weet ik,' zei Robin. 'Heb je de laatste tijd nog iets van hem gehoord?' Ze hoorde het krassen van een pen en nam aan dat het meisje zomaar wat zat te krabbelen óf aantekeningen maakte.

'Ik mag hem niet,' zei ze na een hele tijd. 'We hebben geen contact met elkaar.'

'Zou je tegen je oudtante willen zeggen dat ik heb gebeld en haar willen vragen om contact met me op te nemen als ze zich beter voelt?' vroeg Robin.

'Oké.'

'Heel hartelijk dank,' zei Robin. 'Zou ik je nummer...?'

Maar ze had al opgehangen.

Tien minuten later kwam de corpulente Ezel de bar in gelopen in een hevig gekreukt pak, breed glimlachend naar zijn vrouw en haar vriendin. Robin pakte haar tas en jas en vertrok, waarbij ze ervoor zorgde geen oogcontact te maken met De Ezel, die de neiging had tevreden te grijzen wanneer hij een van de detectives zag die hij betaalde om de vrouw met wie hij op dat moment het bed deelde te bespioneren.

Op de open plek voor het hotel bleef Robin even staan, naast een grote kerstboom omringd door zilverkleurige hertjes. Op de heenweg had ze gezien hoe dicht ze bij de London Silver Vaults was. Ze pakte haar mobiel en belde Strike.

'Hoi. Zeg, ik ben op vijf minuten lopen van Bullen & Co. Wat zou je ervan zeggen als ik probeer met Pamela Bullen-Driscoll te gaan praten?'

'Je mag van geluk spreken als dat lukt.'

'Dan nog.' Robin liep nu de straat in. 'Ze is een belangrijke getuige, en lichte druk uitoefenen lukt altijd beter onder vier ogen.'

'Het is het proberen waard,' zei Strike, die uit Robins vriendelijke toon opmaakte dat ze het wraakartikel over hem niet had gezien.

'Misschien is ze wat toeschietelijker ten opzichte van een vrouw. Ik vertrek trouwens over een uurtje naar Ipswich.'

'Waarom?'

'Een van de maten van Plug in Ipswich heeft twee jaar gezeten voor verduistering. Dat heeft Kim ontdekt. Ik dacht daar eens te gaan rondneuzen, kijken of hij tegenwoordig misschien iets uitspookt wat te maken zou kunnen hebben met Plug, een stapel cash en een kasboek.'

Oké,' zei Robin. 'Ik laat je weten hoe het bij Pamela is gegaan. Misschien hoor je over tien minuten al van me.'

Ze hing op, bekeek de route op haar telefoon, liep in de richting van High Holborn, daarna Chancery Lane in en ten slotte ging ze Southampton Buildings binnen.

24

You were informed in the Royal Arch degree, that King Solomon builded a secret vault, the approach to which was through eight other vaults or apartments in succession, all under ground, and to which a long and narrow passage led...

Albert Pike
Morals and Dogma of the Ancient and Accepted Rite of Scottish Freemasonry

De ingang van de zilverkluizen was een discrete houten deur met een kleine glazen kap erboven. Robin werd binnengelaten nadat ze op een zoemer had gedrukt en stond ineens oog in oog met een geüniformeerde beveiliger, die haar verzocht haar tas te laten doorzoeken. Daarna moest ze zich inschrijven aan de balie en kreeg ze instructies drie trappen naar beneden te nemen en geen foto's te maken buiten de afzonderlijke winkels.

Geïntrigeerd liep Robin de brede, kale stenen treden af, haar voetstappen galmend, en ze kwam terecht in een ruimte zoals ze nog nooit had gezien.

Een lange, ondergrondse gang met een laag boogplafond strekte zich voor haar uit, met aan weerskanten zware stalen kluisdeuren. Toen ze de gang in liep, zag ze dat ze in de gaten werd gehouden via op regelmatige afstand van elkaar geplaatste camera's aan het plafond, en links en rechts van haar, waar door de open deuren Aladdinachtige grotten vol oogverblindend glimmend zilver te zien waren. Het felle licht in zowel de gang als de winkels deed haast pijn aan haar ogen, vooral daar waar het werd gereflecteerd door duizenden glanzend gepoetste zilveren oppervlakken. Robin sloeg een hoek om en zag dat het ondergrondse labyrint ver voorbij de eerste gang doorliep.

Bullen & Co lag in de tweede gang die ze betrad. Het was een van de grotere winkels, gestoffeerd met helderblauw tapijt, en een ware zee aan zilver bereikte haar ogen: schappen vol schotels, dienbladen, schilden, dozen, urnen, kannen, en reusachtige stukken op stevige mahoniehouten tafels, waaronder kandelaars, tafeldecoraties vol met cherubijntjes en een enorm tafelschip in de vorm van een galjoen in volle vaart.

Een vrouw die Robin onmiddellijk herkende als Pamela Bullen-Driscoll, door haar rechte, brede aanblik van achteren, stond achter een toonbank in een telefoon te ratelen.

'Ik hab het je al gezagd, Geoffrey. Ik hab gezagd... Het interesseert me niet!'

Pamela leek te voelen dat er iemand achter haar stond, want ze draaide zich om, riep: 'Ik moet ophangen!' en ramde het toestel op de toonbank.

Pamela had het niet nodig gevonden haar stijl aan te passen omdat de mode om haar heen was veranderd. Van haar stijve haarlakkapsel tot haar grote gouden oorbellen en halsketting, haar double-breasted zwarte blazer met schoudervullingen, tot haar wittig roze lippenstift, Pamela had de jaren tachtig nooit verlaten, ook al hadden de decennia daarna de groeven rond haar mond en over haar voorhoofd dieper gemaakt. Ze was niet dik, maar vierkant met een kort bovenlichaam. Een gouden leesbrilletje hing aan een met kristallen bezette ketting om haar nek.

'Kan ik u halpen?'

'Ik hoop het.' Robin haalde een visitekaartje uit haar tas. 'Ik ben Robin Ellacott van detectivebureau Strike en...'

'Ik hab jou niets te zaggen!' zei Pamela luid.

Ze deinsde achteruit en botste tegen een tafel die beladen was met zilveren voorwerpen, en een fragiel uitziend hoornen drinkbekertje viel op de grond. Pamela trapte er per ongeluk op en de beker spatte uit elkaar. Ze barstte in tranen uit.

Robin snelde naar Pamela toe om haar te helpen. De manier waarop ze de scherven bij elkaar graaide leek te duiden op dronkenschap; het kostte haar meerdere pogingen om haar hand op de losse stukken te leggen.

'Ga alsjeblieft weg!' bracht Pamela snikkend uit. 'En doe de deur achter je dicht! Ik hab jou niéts te zaggen!'

Robin draaide zich om, liep terug naar de ingang van de winkel en deed inderdaad de deur dicht, maar ze bleef in die bizarre zilveropslag en liep naar Pamela toe om haar zwijgend te helpen de stukken hoorn op te rapen. De winkeleigenares leek te zeer van streek om te beseffen dat Robin haar bevel niet had opgevolgd. Ze strompelde naar een bureautje, griste een handvol tissues uit een zilveren houder, liet zich op een stoel vallen en ging zitten huilen.

Robin legde de stukken hoorn op het bureau. Ze voelde zich schuldig en probeerde haar sympathie over te brengen. Na bijna een minuut huilen zei Pamela: 'Mijn ogen! Ik hab ze laten laseren... en ik zie niet goed... wazig... alles dubbel... vreselijke hoofdpijn... Ik hab mijn ogen nódig!' riep ze hysterisch uit, met haar deftige accent. 'En mijn echtgenoot...'

Ze maakte de zin niet af maar bleef huilen; de toch al donkergrijze tissues zaten nu vol mascaravlekken.

'Kan ik... Is er een plek waar ik een kopje thee voor u kan maken, of koffie?' vroeg Robin.

Pamela gaf geen antwoord, dus besloot Robin zelf maar op verkenning uit te gaan. In een hoek van de zaak was een soort kraampje waar een koffieapparaat en bekers stonden. Robin maakte twee koffie, deed flink wat zoetstof in die van Pamela, liep terug naar het bureautje en ging tegenover haar zitten. Pamela snikte nog even door, viel toen al hikkend stil en pakte haar beker, waarbij ze twee keer misgreep.

'Dank je wel.'

'Kunnen ze er niets aan doen, aan uw ogen?' vroeg Robin oprecht bezorgd.

'Ik ban op zoek naar iemand die... Ze zeiden dat het beter zou worden, maar dat gebeurt niet.'

'Wanneer zijn ze gelaserd?' Robin zette steels haar telefoon in haar tas op 'opnemen'.

'In januari... En hóófdpijn! Maar ik kan niet stoppen met warken. Het is mijn eigen zaak.'

'Een heel bijzondere zaak,' zei Robin. 'Bullen & Co bestaat al heel lang, nietwaar?'

'V-vier generaties,' zei Pamela hikkend. 'Opgericht door mijn overgrootvader... maar er zijn geen Bullens meer. Zelf kon ik geen kinderen krijgen en mijn... mijn neefje...' Ze snikte weer. 'O, we hebben zo'n afschuwelijke tijd achter de rug.'

Robin liet een tactvolle stilte vallen voordat ze zei: 'Mevrouw Bullen-Driscoll, wij hebben dringend de mening van een expert nodig. We weten namelijk niets van zilver.'

'Wil je het over z-zilver habben?'

'Ja, als u het niet erg vindt. Het zou helpen als we begrepen waarom het Murdoch-zilver zo belangrijk was en waarom iemand zo ver zou gaan om het te stelen. Meneer Ramsay zegt...'

'Kenneth is een dwaas!' zei Pamela plotseling kwaad. 'Een idioot! Ik had geen flauw benul van wat hij had aangericht! Ik zou hem tegengehouden hebben, maar mij heeft hij niets verteld, en mijn zus evenmin. Hij heeft een nieuwe hypotheek genomen op hun huis, een exorbitant bedrag geleend tegen een absurd hoge rente, al hun aandelen verzilverd... Mijn zus wist van niets. Niets! Tot het te laat was. Waanzin! Ik had hem ook wel kunnen vertallen dat dat stomme plan van hem niet zou werken.'

'Wat voor p...'

'Hij had véél meer betaald voor het Murdoch-zilver dan het waard was. Dwaas! Hij dacht dat John Auclair – dat is een bekande verzamelaar – wel zou komen opdraven in dat krappe, donkere winkeltje van hem om er een half miljoen voor neer te tallen! Niemand met een beetje gezond verstand zou zoveel betalen voor die handel. Kenneth is een dwaas, een enorme dwaas!'

'Dus u dacht niet dat hij winst zou maken op die collectie?' vroeg Robin.

'Natuurlijk niet!' zei Pamela ongeduldig. 'De Murdoch-collectie is alleen interessant voor een heel klein groepje mensen.'

'Vrijmetselaars, bedoelt u?'

'Ja. Nu ja, niet per se uitsluitend vrijmetselaars...' De gelegenheid om over haar specialisme te praten leek Pamela enigszins tot bedaren te brengen. 'A.H. Murdoch was nogal een romantische figuur, zou je kunnen zeggen. Zo'n victoriaanse ontdekkingsreiziger. Sommige van de stukken die hij verzamelde hadden op zich wel artistieke waarde, maar het meeste... de dolk van Skene, en het Oriental Centrepiece, dat eerlijk gezagd monsterlijk is...'

'Dat is het stuk dat per abuis hier afgeleverd was, klopt dat?' vroeg Robin.

'Ja. Enorm, lelijk gevaarte. Bedekt met maçonnieke symbolen, bijna een meter hoog. Ik kan me niet voorstellen wie zoiets zou willen hebben, eerlijk gezagd. Ik hab twee jaar geleden, toen ze die winkel overnamen, tegen Rachel gezagd: "Je begaat een grote fout!"' Pamela's boosheid vlamde weer op. 'Alles, van begin tot eind, was ondoordacht, maar ze wilde niet luisteren! "Kenneth denkt dat het heel goed zal lopen", "Kenneth kent de markt", 'Kenneth kent mensen die in de rij zullen staan om..." – en natuurlijk draaien ze sinds de opening alleen maar verlies! De locatie is vreselijk, en er is gewoon niet genoeg vraag voor zo'n specialistische zaak. En als ze nou tevreden waren geweest met onlineverkoop... maar Rachel is daar altijd een rare in geweest. Ze hadden geen flauw benul waar ze mee bezig waren, geen van beiden. Zij was gekrenkt dat onze vader mij hier de leiding had gegeven, en Kenneth heeft een hekel aan zijn vaste baan en dacht dat hij daar wel mee kon stoppen, om de hele dag over maçonniek zilver te gaan praten. En ze habben allebei totáál geen verstand van deugdelijke beveiliging. Je zou denken dat Rachel, die toch een Bullen is...' – Pamela zei het zoals iemand zou kunnen verklaren dat haar zuster een Mountbatten-Windsor is – 'zou weten wat ze doet.' Pamela wees om zich heen naar de kluizen. 'Dit hier is het op drie na best bewaakte gebouw van de hele wereld. Er is nooit iets gestolen uit de London Silver Vaults, nooit. Zo dom om dat armetierige winkeltje aan te houden, om te denken dat ze alles kunnen runnen met een klein budget. Ik heb het nog zo gezagd! En kijk eens hoe het is afgelopen!'

'Het was erg aardig van u om hen te gaan helpen,' zei Robin.

'Ach, ik moest wel. Nadat mijn neefje...' Pamela kreeg weer tranen in haar ogen. 'En toen kreeg mijn zuster die beroerte... natuurlijk deed ik wat ik kon. Ze wilden de zaak geen van beiden loslaten. "Het is alles wat we nog habben." Natúúrlijk zei ik dat ik zou halpen.'

'John Auclair is wel naar de collectie komen kijken bij Ramsay Silver, nietwaar?'

'Ja,' zei Pamela snuivend, 'maar een mens wordt niet zo rijk als John Auclair door zich als een dwaas te gedragen. Ik ken John, ik hab hem in de loop der jaren enkele stukken verkocht. Hij wist héél goed dat Kenneth veel meer had betaald dan dat zilver waard was. Ik wist dat John die maandag alleen maar zou langskomen om te beslissen wat hij zou nemen als Kenneth eenmaal wanhopig genoeg was om élk bedrag te accepteren. Maar hij heeft er natuurlijk niks van gezien, want...'

'Heel akelig, om het allemaal op die manier te moeten verliezen,' zei Robin, die niet te snel over het lijk wilde beginnen.

'Het was afschuwelijk,' zei Pamela huiverend. 'Ik had geen flauw idee dat er dat weekend iemand in de winkel was geweest. Wright werkte niet op zaterdag, Kenneth zorgt in de weekends voor Rachel, en ik kon niet omdat ik de bruiloft van mijn nicht had.'

'Ik neem aan,' zei Robin, 'dat u en meneer Ramsay de enigen waren die de codes kenden en sleutels hadden?'

'Ja. Nou ja, het zou kunnen dat Todd wist hoe de camera bediend werd, maar de code van het alarm en de kluis hoorde hij niet te weten, en hij had beslist geen sleutels... Kenneth kwam haastig daar aan toen ik net binnen was, bang dat hij John Auclair had gemist. Weggeslopen van kantoor, zoals gewoonlijk – zijn baan hangt aan een zijden draadje – dus hij ging naar de kelder en toen begon hij te schreeuwen.'

Pamela slikte moeizaam. 'Ik riep naar beneden: "Is alles in orde, Kenneth?" Ik dacht dat hij misschien uitgegleden was. Hij gaf geen antwoord. Ik ging bovenaan de trap staan en riep: "Is alles in orde?" Nog steeds geen antwoord, dus liep ik naar beneden... Hij had me de aanblik moeten besparen,' zei Pamela Bullen-Driscoll bitter. 'Hij had me moeten waarschuwen... het was afschuwelijk. Ik hab nog altijd nachtmerries. Heeft Kenneth het je vertald? Over de handen van Wright die eraf waren... en, en... alles?'

'Een paar dingen,' zei Robin. 'Het moet heel akelig geweest zijn.'

'Het was gruwelijk – en toen kwam John aanzetten. Ik was net teruggekomen naar boven, om de politie te bellen. Ik viel bijna flauw waar John bij was. Ik zei tegen de meldkamer: "Er ligt een lijk, we hebben een lijk gevonden" en toen moest ik gaan zitten. John ging ervandoor – ik kan het hem niet kwalijk nemen, heur. Wie wil daar nou bij betrokken worden? Toen kwam Kenneth naar boven, brabbelend, en Todd kwam ook. Hij had het natuurlijk gezien. Hij was net de wc aan het schoonmaken toen Kenneth de kluis in ging. Vreselijke man,' zei Pamela met een nieuwe huivering. 'Vreselijk.'

'Jim Todd, bedoelt u?'

'Ja. Ik mag hem helemaal niet. En volgens mij is hij niet betrouwbaar.'

'O nee?'

'Hij heeft iets zeer stiekems. Kenneth heeft totáál geen mensenkennis,' zei Pamela, plotseling weer verhit. 'Iedereen die hij heeft aangenomen... Het gaat hem er alleen maar om dat ze goedkoop zijn!'

'Was Wright ook goedkoop?' vroeg Robin.

'Ja, en dat is een uitstekend voorbeeld van wat ik bedoel!' zei Pamela gefrustreerd. 'Ze betaalden hun eerste beveiliger vrijwel niets, dus natuurlijk nam hij de eerste de beste andere baan die hij kreeg aangeboden. En omdat ze zwaar verlies leden, werd hij niet vervangen. Maar ik wilde daar niet in mijn eentje staan als ik ging helpen, en ik kon niet alles die trap op en af tillen, en hoe Rachel dat straks moet doen als ze nog ooit beter wordt... dus plaatste Kenneth een advertentie voor een soort manusje-van-alles, een verkoper die kon tillen én de beveiliging op zich nam.'

'Hij zei dat er niet veel reacties kwamen,' zei Robin.

'Nee, natuurlijk niet, voor dat salaris! Er waren weinig sollicitanten. Ik hab nog gezagd dat ik het cv van Wright maar niks vond. Vol spelfouten.'

'Spelfouten,' herhaalde Robin.

'Ja. En toen loog hij ook nog.'

'Wie, Wright?'

'Nee, Kenneth! Hij was het met me eens dat we Wright niet op gesprek zouden laten komen, maar hij had zijn e-mailadres toch stiekem op de lijst gezet, en pas toen Wright kwam solliciteren had ik door dat Kenneth me om de tuin had geleid! En toen,' zei Rachel woest, 'beschuldigde hij *míj* ervan een fout te hebben gemaakt, hij zei dat *ík* per abuis zijn adres op de lijst had gezet.'

'Dat klinkt heel oneerlijk,' zei Robin, die zeer geïnteresseerd was in deze informatie. 'Hoeveel mensen zijn er uiteindelijk op gesprek geweest?'

'Drie maar – nee, twee. Eentje kwam niet opdagen – degene die best eens geschikt had kunnen zijn. Die zal wel een beter aanbod hebben gekregen. Dus hadden we alleen Wright en een jongen van zeventien die eruitzag alsof hij nog geen deuk in een pakje boter kon slaan. Dus door de fysieke vereisten was Wright uiteindelijk de enige keuze.'

'Hij beweerde dat hij uit Doncaster kwam, hè?' zei Robin. 'Had hij een Yorkshire-accent?'

'Ik zou het echt niet weten. Hij klonk niet erg verfijnd... maar wel beleefd,' gaf Pamela met tegenzin toe. 'Alleen had ik meteen door dat hij niets wist van zilver of antiek, wat hij ook had beweerd. Zelfs geen basiskennis! Hij vroeg aan mij wat de gaande leeuw betekende!'

'En wat betekent dat?' vroeg Robin.

'De gaande leeuw,' herhaalde Pamela, met licht ongeloof vanwege Robins gebrek aan kennis, 'is het meest basale, doorsnee zilvermerk. Het geeft aan dat het voorwerp van zuiver zilver is, 92,5 procent. Toen ik dat aan Wright uitlegde, zei hij: "Wat grappig."'

'Grappig,' herhaalde Robin. 'Wat was er grappig aan?'

'Ik zou het niet weten. Maar naderhand, toen we te horen kregen dat hij Knowles was, dacht ik: ik had het moeten weten. Door de naam William Wright. Er is een bekende firma in Sheffield waar tafelzilver wordt gemaakt voor hotels en restaurants. Daar moet Knowles het idee vandaan hebben gehaald. Ik voelde me zo dom dat ik dat niet had opgemerkt.'

'Meneer Ramsay zegt dat Wright de computer van de zaak had gebruikt om dingen op te zoeken.'

'Ja, hij heeft ook De waarheid over de vrijmetselarij of een soortgelijke site bekeken. Je zou kunnen zeggen dat hij wel leergierig was, maar op dergelijke sites is geen fatsoenlijke informatie te vinden. Alleen maar rare complottheorieën, en mensen die over maçonnieke samenzweringen beginnen, waarna vrijmetselaars weer de discussie aangaan – maar niks over maçonnieke vóórwerpen.'

'We hebben van meneer Ramsay camerabeelden gekregen van de dag dat het Murdoch-zilver werd gebracht, maar die hebben we nog niet kunnen bekijken,' jokte Robin. 'Was het verder een gewone dag?'

'Ja,' zei Pamela, maar haar toon had nu iets behoedzaams. 'Nou ja... niet met de komst van het Murdoch-zilver. Maar varder wal.'

'Meneer Ramsay zei dat de levering te laat kwam.'

'Inderdaad. Hij is ontslagen – die bezorger van Gibsons. Ik had al eerder met hem van doen gehad. Larry McGee heet hij. Slordig, totaal niet iemand die je waardevolle zendingen zou toevertrouwen. Het verbaast me niet dat Gibsons hem de laan uit heeft gestuurd.'

'Het zilver zou eigenlijk rond lunchtijd komen?'

'Ja, maar het was er pas om kwart over drie, en toen weigerde McGee het naar de kluis te brengen, hij dumpte die kisten gewoon midden in de zaak, dus moest ik Todd bellen om Wright te komen helpen tillen. Todd maakt op vrijdagmiddag schoon bij een kantoor op Kingsway dat rond lunchtijd dichtgaat, dus hij was vlakbij.'

'En heeft iemand de kisten opengemaakt om het zilver te controleren?' vroeg Robin.

'Ja, natuurlijk. Ikzelf. Ik ben heel zorgvuldig als het om de beveiliging gaat. Niemand mocht aan die twee waardevolle voorwerpen komen zonder mijn aanwezigheid. Ik hab de kluis voor ze opengemaakt, en meteen na het neerzetten van de kisten zijn ze weer naar boven gegaan. Ik hab beneden zelf die kisten opengemaakt. En toen zag ik dus, bij het openen van de grootste kist, dat McGee onze spullen had bezorgd bij Ramsay, dus ik wist dat het Oriental Centrepiece hier moest zijn. Wright ging het halen bij mijn man.' Even leek het erop dat Pamela weer ging huilen, maar ze haalde diep adem en zei:

'Naderhand, geloof het of niet – na alles wat er was gebeurd! – klaagde Kenneth dat ik voor Bullen een paar dingetjes uit die collectie had gekocht. Hij zei dat ik een gentlemen's agreement had verbroken. Aperte nonsens! Niets van wat wij hadden gekocht was maçonniek, gewoon wat mooie, algemene stukken. Ik geloof dat Kenneth meent dat hij recht heeft op alles wat A.H. Murdoch ooit heeft aangeraakt. Door God gegeven!'

'Is hij een persoonlijke fan van A.H. Murdoch?' vroeg Robin.

'O, jazeker. Murdoch heeft boeken geschreven, Kenneth heeft ze allemaal. Hij is aangesloten bij een of andere schimmige loge in Lewisham – Kenneth, niet A.H. Murdoch. Mijn vader was ook vrijmetselaar, daarom deed Bullen & Co ook zo nu en dan wat in maçonnieke voorwerpen toen hij nog leefde, maar papa was lang niet zo'n dwaas als Kenneth op dat gebied.'

'Dus toen het Murdoch-zilver eenmaal was opgeborgen in de kluis was het verder een gewone dag?' vroeg Robin. 'De winkel ging op de normale tijd dicht en zo?'

Er volgde een minuscule pauze; Robin was ervan overtuigd dat Pamela zichzelf eraan herinnerde dat alles op camera was vastgelegd.

'Ik moest iets eerder weg. Ik had vréselijke hoofdpijn,' zei Pamela. 'Dat hab ik voortdurend sinds die ooglaserbehandeling.'

'Was er niet een bericht binnengekomen op uw telefoon?' zei Robin terloops. 'Voordat u vertrok?'

'Wat? O... ja.'

Pamela kreeg opeens weer tranen in haar ogen.

'Daar wil ik het niet over hebben. Het had hier niets mee te maken, niet met het Murdoch-zilver en niet met Wright. Ik vroeg Todd om op de winkel te passen tot Wright terug was. Alles was verder veilig. En toen ben ik naar huis gegaan.'

Robin bleef weg van de vraag hoe Wright en Todd de zaak hadden moeten afsluiten, het alarm hadden moeten instellen of de kluis moeten openen om de tafeldecoratie erin te zetten, maar vroeg: 'Het is zeker niet mogelijk dat u ons uw eigen camerabeelden geeft – alleen het gedeelte nadat William Wright die vrijdag de tafeldecoratie was komen halen?'

'Ach... ik zou niet weten waarom niet.' Pamela snifte nog na, maar ze richtte zich op haar toetsenbord. De koffie en het medeleven leken haar aanzienlijk milder gemaakt te hebben. 'Maar ik vrees dat je er weinig aan zult hebben, heur. Hij is maar een paar seconden te zien.'

Toen de betreffende beelden waren doorgestuurd naar Robins mail, vroeg ze: 'Zou u eens een foto voor me willen bekijken?' Ze haalde de foto van Rupert Fleetwood uit haar tas. 'Onze cliënt wil graag weten of dit William Wright zou kunnen zijn.'

Pamela schoof haar leesbril omhoog en tuurde naar Rupert in zijn bordeauxrode oberuniform. Robin kon zien dat ze moeite had om haar blik scherp te stellen.

Toen Pamela haar hoofd schudde, bewoog haar stijve haarlakkapsel niet mee.

'Nee, beslist niet.'

'U was het er allemaal over eens dat William Wright Jason Knowles was, nietwaar? Iedereen in de winkel, bedoel ik?'

'O, jazeker. Ja, het was beslist Knowles. Het klopte ook helemaal. Hij had zijn kans schoon gezien. De beveiliging bij Ramsay...'

'De camera ziet er erg oud uit,' zei Robin.

'Oud?' Pamela's minachting laaide weer op. 'Bullen & Co heeft dat model bijna twintig jaar geleden vervangen, en hun camera buiten werkt al niet zolang ze die winkel hebben. Kenneth heeft hem nooit gerepareerd. Dacht dat de aanblik ervan voldoende zou afschrikken.'

'Juist.' Robin stopte Fleetwoods foto weer in haar tas.

'Meneer Ramsay zei iets over een raar mailtje dat verzonden is vanuit de winkel, een week voor de diefstal. Aan een zekere "Oz" Osgood? Dat de afzender hem kon helpen met een probleem?'

'Ja, dat heeft Wright verstuurd,' zei Pamela onmiddellijk. 'Nou, ik was het in elk geval niet, en Kenneth ook niet. We hadden allebei nog nooit van die man gehoord.'

'En Jim Todd?' vroeg Robin.

'Die had het wachtwoord van de computer niet, als het goed is. Ík hab het hem in elk geval niet gegeven.'

'Mevrouw Bullen-Driscoll, u hebt me heel goed geholpen,' zei

Robin hartelijk, en ze stond op uit haar stoel. 'Ik hoop echt dat het probleem met uw ogen wordt opgelost.'

'Dank je wel.' Pamela ging ook staan. 'Je was... erg aardig.'

Tien minuten later stond Robin in haar eentje naast de ingang van metrostation Chancery Lane, haar mobiel tegen haar ene oor gedrukt, een vinger in het andere, met een brede glimlach op haar gezicht.

'Ellacott,' zei Strike, zelfs boven het denderende verkeer uit hoorbaar, 'je bent verdomme gewéldig.'

25

'We'll all be rich before we die yet.'
'Depends when we die,' growled Tom – in which observation – obvious as it was – there was undoubtedly much truth.

John Oxenham
A Maid of the Silver Sea

Strikes bezoek aan Ipswich leverde wat extra informatie op over Plugs vriend, van wie Kim had uitgezocht dat hij ooit was veroordeeld voor verduistering. Volgens een buurvrouw die haar huis uit was gekomen met een Ierse setter, en met wie Strike een gesprekje had aangeknoopt door zich voor te doen als groot hondenliefhebber, was de vriend van Plug veroordeeld voor dierenmishandeling en mocht hij wettelijk vijf jaar lang geen huisdieren meer houden.

'Walgelijk,' zei de buurvrouw tegen Strike, met een boze blik op de overwoekerde voortuin van de man. 'Ik vind dat je levenslang geen dieren meer zou moeten mogen houden als je bent veroordeeld voor mishandeling. Wat hij die collie heeft aangedaan... ik heb geen geduld met mensen die wreed zijn tegen dieren. Ze hadden bij hem het hetzelfde moeten doen, als je het mij vraagt.'

Toen hij die avond terugreed naar Londen vroeg Strike zich af of er misschien enige vorm van dierenmishandeling kwam kijken bij wat Plug en zijn handlangers ook in hun schild mochten voeren, en waarvoor discreet stapels contant geld werden uitgewisseld. Bij thuiskomst belde hij anoniem de dierenbescherming met de tip dat er een of meerdere grote dieren opgesloten leken te zitten in de afgesloten schuur van Plug, zonder frisse lucht of zonlicht. Dat zou weleens iets interessants kunnen opleveren.

Toen hij het kantoor uit kwam, zag hij dat Pats aquarium drie bewoners had gekregen, en hij bleef staan om ze te bekijken. Het waren geen goudvissen, in elk geval niet zoals hij ze kende. Een van de vissen was zwart en leek hem zo misvormd dat hij zich afvroeg of het beestje niet ziek was, met die knobbel op zijn kop, dat bobbelige lijfje en zijn zwalkende zwembewegingen. Tegen het aquarium stond een kaartje geleund met daarop in Pats handschrift de tekst: NIET VOEREN, HEB IK AL GEDAAN, een instructie die Strike maar al te graag opvolgde. Hij deed het licht uit en vertrok.

Zijn plan voor de volgende dag was om Larry McGee op te sporen, de bezorger die ergens na het leveren van het Murdoch-zilver was ontslagen door Gibsons. Strike vertrok na het ontbijt naar het veilinghuis met het plan te doen alsof hij niet wist dat McGee daar niet meer werkte, en hij hoopte informatie over zijn ontslag los te peuteren bij degenen die hij te spreken kon krijgen.

Er stond een vrouw op de hoek van Denmark Street en Charing Cross Road toen hij daar aankwam. Alert als hij was op de mogelijkheid van journalistieke belangstelling na het verhaal van Culpepper bekeek Strike haar aandachtig, maar hij verwierp de gedachte dat ze voor een krant zou werken. Het was een goedgebouwde jonge vrouw met witblonde extensions; toen hij dichterbij kwam, zag hij valse wimpers en opgespoten lippen, en het figuur dat zichtbaar was onder de jas met strak aangesnoerde ceintuur vertoonde ook tekenen van cosmetische ingrepen, wat hem deed denken aan Bijou Watkins, die haar borsten flink had laten vergroten. De blondine op straat boog het hoofd en kromde haar schouders toen Strike langsliep, maar hij vermoedde dat dat niet zozeer was om incognito te blijven maar eerder een wens om tijdens haar werk niet lastiggevallen te worden door willekeurige mannen, iets waarvan hij vermoedde dat het haar vaak overkwam.

Een half uur later arriveerde Strike bij Gibsons Auction House, dat gevestigd was in een elegant pand van begin twintigste eeuw op Northumberland Avenue. Er waren smaakvolle goudkleurige kerstlichtjes aangebracht als omlijsting van een groot raam, waar twee abstracte schilderijen aan vrijwel onzichtbare draden bevestigd waren. Een man net zo lang als Strike in een onberispelijk zwart pak, met een sikje en een kaalgeschoren hoofd, hield de wacht voor de deur.

'Goedemorgen.' Strike pakte een visitekaartje uit zijn portefeuille en liet het aan de beveiliger zien. 'Ik had gehoopt Larry McGee te spreken.'

'Dan heb je pech.'

'Hoezo?'

'Hij is dood, vriend.'

De beveiliger keek naar het kaartje dat Strike hem had overhandigd en trok zijn wenkbrauwen op. 'Ben jij de man die de moordenaar van Lula Landry heeft gepakt?'

'Dat ben ik. Werkte McGee nog hier toen hij stierf?'

'Nee.' De beveiliger keek nu nieuwsgierig naar Strike. 'Hij was ontslagen.'

'Zou ik daar iemand over kunnen spreken?'

Vijf minuten later, enigszins tot Strikes verbazing omdat hij had verwacht te worden weggestuurd, werd hij door de beveiligingsman naar een kaal, spierwit kantoor gebracht waar achter het opgeruimde bureau ook een abstract schilderij hing. In het kantoor zat een lange zwarte vrouw van in de dertig, gekleed in een paarsblauw broekpak, met lange pijpenkrulletjes. Het naamplaatje op haar bureau gaf aan dat ze Diana Boadu heette, en haar accent leek te duiden op een dure particuliere school, al vertoonde ze niets van de hooghartigheid die Strike misschien verwacht zou hebben van haar stijlvolle voorkomen en het prachtig ingerichte, statige gebouw waar ze werkte. In tegendeel, Diana leek net als de beveiliger geïntrigeerd of zelfs licht opgewonden te zijn doordat ze Cormoran Strike te spreken kreeg.

'Waarom bent u in hemelsnaam geïnteresseerd in Larry McGee?' vroeg ze toen Strike het aanbod van koffie had aangenomen, die werd gehaald door een roodharige ondergeschikte.

'Hij had het Murdoch-zilver bezorgd,' zei Strike.

'O,' zei Diana Boadu. 'Op die manier.'

'Maar ik hoor net dat hij dood is.'

'Ja, dat had ik ook gehoord.' Diana leek er niet buitengewoon rouwig om te zijn. 'Maar dat was pas nadat we hem hadden ontslagen – maanden later,' voegde ze eraan toe, alsof ze bang was dat Strike de indruk zou krijgen dat McGee's ontslag op de een of andere manier zijn dood geworden was.

'Enig idee waaraan hij is gestorven?'

'Dat weet Carter misschien wel, ons hoofd Bezorging. Maar ik denk dat hij nu een rit heeft.'

'Zou je me misschien zijn telefoonnummer kunnen geven?'

Strikes koffie werd gebracht toen Diana het nummer van McGee opsomde. Hij bedankte het meisje met het rode haar.

'Mag ik vragen wat McGee verkeerd had gedaan, om ontslagen te worden?'

'Ik zou niet weten waarom niet,' zei Diana. 'Ik neem aan, gezien uw reputatie...' (Strike moest even denken aan het recente artikel in de pers over zijn gedrag ten opzichte van vrouwen; blijkbaar had niet iedereen dat gelezen) 'dat u discreet bent?'

'Zeer discreet,' verzekerde hij haar, en hij pakte zijn aantekenboekje.

'Nou, we verdachten hem van diefstal.'

'O ja?'

'Ja. Het eerste incident was met een set negentiende-eeuwse keramieken beelden, twee spaniëls, die verdwenen tussen de opslag en de koper. Dat was een tamelijk verstrooide verzamelaar en hij merkte pas een week later dat de spaniëls niet bij de bezorgde spullen zaten, want hij had op heel veel kavels geboden. Het was een lastige situatie. De beelden hadden ook gestolen kunnen zijn in de opslag en nooit bij McGee in de wagen geladen kunnen zijn, en... nou ja, eerlijk gezegd bestaat er altijd een kans dat kopers de boel oplichten. We hebben onderzoek gedaan maar konden niks bewijzen, dus kreeg McGee het voordeel van de twijfel en hebben we de koper zijn geld teruggegeven via onze verzekering.'

'Deed McGee die levering in zijn eentje?'

'Ja,' zei Diana. 'Meestal sturen we onze mensen met z'n tweeën op pad, maar het was toen erg druk, dus deed hij deze alleen. We denken dat hij zijn kans rook.'

'Hoeveel waren die stenen honden waard?'

'Twee- tot drieduizend pond,' zei Diana. 'Ze... O, daar is Carter!' riep ze verrast uit.

Strike keek om, en er stond een fit uitziende witte man van begin vijftig door het glazen paneel van Diana's deur te kijken, zijn vuist geheven om te kloppen.

'Kom binnen, Charlie,' riep ze.

'Ik kom alleen even doorgeven dat de levering voor Burne-Jones weer is uitgesteld,' zei Carter, die nu zijn hoofd door de deuropening naar binnen stak.

'Godver,' zei Diana geërgerd. 'We zijn geen opslagruimte. Hij heeft het gekocht, dan moet het hier weg.'

'Hij belde vanuit Istanbul.'

'Oké dan,' zei Diana met een zucht. 'Dit is Cormoran Strike, Charlie. Hij is...'

'Privédetective, ja.' Carter kwam een beetje verder naar binnen. 'Dat zei Bradley al.'

Strike nam aan dat Bradley de beveiliger was.

'Het gaat over Larry McGee,' zei Diana. 'Wil je even komen zitten?'

Dat deed Carter, zo bereidwillig dat Strike vermoedde dat het bericht over de vertraagde levering een smoes was geweest om te gaan kijken wat zich afspeelde in Diana's kantoor. Carter zag eruit als een oud-militair of politieman; zijn dikke grijze haar was heel kort geknipt, zijn blik was doordringend en zijn koningsblauwe overall was keurig gestreken.

'Ik vertel net van die verdwenen honden,' zei Diana, en ze richtte zich weer tot de detective. 'Maar goed, in januari gebeurde hetzelfde bij een andere rit van McGee. Deze keer was het een *kifwebe*.'

'Een wat?' vroeg Strike. De zaak rond de zilverkluis was in elk geval goed voor zijn woordenschat.

'Dat is een masker, gemaakt door de Songye en de Luba. Dit was er een uit de jaren twintig van de vorige eeuw, een bijzonder fraai exemplaar, rond de vijfduizend pond waard. Ook deze keer verdween het tussen de opslag en de koper, en ook nu was er sprake van meerdere aankopen, zodat de vermissing niet meteen werd opgemerkt. Twee keer een makkelijk mee te nemen voorwerp dat verdwijnt wanneer er meerdere kavels bezorgd moeten worden bij één koper, in beide gevallen met McGee als chauffeur...'

'Dat is wel héél toevallig, ja,' zei Strike.

'Nogal.'

'Dus jullie hadden hem weer een rit alleen laten doen?'

'Nee,' zei Carter voordat Diana antwoord kon geven. 'Na het verdwijnen van die keramieken honden is hij nooit meer in zijn eentje op pad geweest. De kifwebe bezorgden ze met z'n tweeën, en de bijrijder steunde McGee en zei dat hij geen gelegenheid had gehad om dat ding te jatten. Een onnozel joch was het,' zei Carter hoofdschuddend. 'Raakte in paniek, dacht dat hij ontslagen zou worden als hij toegaf dat McGee alleen was geweest met dat masker. We hebben hem uiteindelijk inderdaad moeten laten gaan – niks crimineels, gewoon niet al te snugger.'

'En hebben jullie de politie er niet bij gehaald?' vroeg Strike aan Diana.

'Dat is lastig,' zei Diana.

'Je wilt niet de naam hebben dat de beveiliging slecht is.'

'Ja, precies. Het verlies was niet gigantisch, relatief gezien, maar dan nog... We konden niet bewijzen dat McGee het masker had, maar daarna heeft het management Charlie gevraagd om elk foutje van Charlie bij te houden in een logboek, de keren dat hij te laat kwam of lui was. We wilden gewoon van McGee af.'

'Ik neem aan dat zijn achtergrond is nagetrokken voordat hij werd aangenomen?' zei Strike tegen Carter.

'Ja, vast. Maar niet door mij. Ik heb hem geërfd van het vorige hoofd Bezorging.' Hij richtte zich tot Diana. 'Heb je hem verteld over de porno?'

'Zover was ik nog niet.'

'Porno?' vroeg Strike.

'McGee keek porno op zijn telefoon, op het werk,' zei Carter. 'Zo'n beetje elke vrije minuut. Het kon hem ook niet schelen of iemand het zag – tenminste, tot hij een mondelinge waarschuwing had gekregen. Nee, onze McGee had nogal een fijn fantasieleven,' zei Carter.

'In welk opzicht?'

'Twee van de jongere bijrijders die met hem werkten hebben me verteld dat hij het altijd over vrouwen had, en meisjes die hem wilden versieren.'

'*Larry McGee* dacht dat meisjes hem wilden versieren?' vroeg Diana met een smalend lachje.

'Nou en of,' zei Carter. 'Ze gei... vielen allemaal op hem,' verbeterde hij zich snel. 'Een tiener die tegenover hem woonde liet expres haar luxaflex open als ze zich voor het raam uitkleedde, dat soort dingen. Meiden die schuchter om sigaretten kwamen vragen en hun slipje lieten zien als ze bukten. Maar zijn volgende waarschuwing was dus voor zijn gedrag tegenover jonge vrouwen die het pakhuis bezochten.'

'We hebben opslagruimte en garages in Waterloo,' legde Diana uit. 'Daar zat McGee meestal. Hij maakte ongepaste grappen over de kleding van jongere meisjes, en over hun seksleven. Nadat er twee klachten binnengekomen waren maakten we ons op voor een juridische procedure, maar toen gaf hij ons een ijzersterke reden voor ontslag en was dat dus niet meer nodig.'

'Wat was de druppel?'

'O, hij maakte er een tyf... een puinhoop van,' verbeterde Carter zichzelf voor de tweede keer soepeltjes. 'Met de bezorging van het Murdoch-zilver. Hij had zoals gewoonlijk een bijrijder, ze hadden een paar leveringen gedaan, en toen loosde hij expres die collega. Had zogenaamd migraine. Smeekte die bijrijder om iets te gaan halen bij de drogist, en toen die jongen terugkwam, was hij 'm gesmeerd.'

'Juist.' Strike maakte nu rap aantekeningen. 'Wanneer kwamen jullie daarachter?'

'Dave belde me meteen,' zei Carter.

'Hoe laat is McGee vertrokken met de bestelwagen?'

'Rond half een.'

'Dus het Murdoch-zilver lag er nog in?'

'Ja.'

'Toen ik hoorde dat McGee zijn bijrijder had geloosd, heb ik persoonlijk de koper gebeld, Kenneth Ramsay,' zei Diana. 'Hij zei dat het zilver niet op de afgesproken tijd was geleverd. Ik maakte me grote zorgen. Ik vroeg hem om me te bellen zodra McGee er was – ik heb Ramsay niet verteld wat er aan de hand was, alleen gezegd dat we de vertraging vervelend vonden. Maar hij belde dus wel, om door te geven dat McGee iets over drieën was gekomen. Ik was bang dat er weer iets zou ontbreken – dit was weer zo'n geval van veel kavels die naar één koper gingen, dus precies dezelfde omstandigheden als met het masker en de honden – maar Ramsay verbond me door met de vrouw in de winkel en die zei dat alles was geleverd, alleen waren er twee leveringen verwisseld. Een tafelstuk was naar Bullen & Co gegaan, en een paar dingen voor Bullen & Co stonden bij Ramsay Silver. Ik vroeg haar foto's te sturen van alles wat ze daar had en contact met me op te nemen als de tafeldecoratie terug was. Ik moest zeker weten dat er niet weer iets was gestolen – al zag ik niet in waarom McGee van al die kavels uitgerekend dat grote tafelstuk zou stelen. Het was heel herkenbaar, en om het in je eentje te verplaatsen moest je wel een halve gewichtheffer zijn.'

'En stuurde ze foto's?'

'Ja, ze heeft de stukken gefotografeerd en ze bleken allemaal aanwezig te zijn, alles klopte. Later belde ze om te zeggen dat ook die tafeldecoratie was gebracht. Alles was bezorgd – een enorme opluchting.'

'Dus ze heeft ook een foto gestuurd van dat tafelstuk?'

Diana fronste, haalde haar iPhone tevoorschijn en begon te scrollen. Terwijl ze daarmee bezig was, vroeg Strike aan Carter: 'Ben je er ooit nog achter gekomen wat McGee had gedaan tussen het lozen van die collega en de bezorging van het Murdoch-zilver?'

'Hij beweerde dat hij verdwaald was, maar hij verwachtte niet eens dat iemand dat geloofde. Hij zei zomaar wat.'

'Hoe bedoel je?'

'Hij kwam terug naar het pakhuis nadat hij uiteindelijk dat spul had bezorgd bij Ramsay, en ik liet hem meteen naar mijn kantoor komen om te vragen wat er gebeurd was. Hij beweerde dat Dave te lang bij die drogist binnen was gebleven terwijl hij wist dat ze al laat waren, dus leek het hem beter om te gaan, en toen was hij de weg kwijtgeraakt, zei hij. Hij wist verdomd goed dat hij ontslagen zou worden. Het kon hem niks schelen, hij vond het zelfs wel leuk. Liep met een tevreden grijns naar buiten.'

'Hebben jullie dit aan de politie verteld?'

'Ja,' zei Carter, 'maar ze maakten niet bepaald haast. Er kwam uiteindelijk zo'n agentje langs, alleen om die taak te kunnen afstrepen, denk ik. Ik denk niet dat het ze iets interesseert wat er met het zilver is gebeurd voordat het naar Ramsay ging. Ik heb trouwens nooit meer iets van ze gehoord.'

'Je hebt zeker geen foto van Larry McGee?' vroeg Strike aan Carter, die zijn telefoon uit de zak van zijn overall viste.

'Ik denk dat er hier wel een op staat,' mompelde hij, en hij begon te zoeken.

'Nee.' Diana zat nog steeds foto's op haar eigen mobiel te bekijken. 'Die vrouw bij Ramsay Silver heeft me geen foto gestuurd van het Oriental Centrepiece – maar wel een appje om te laten weten dat het bezorgd was.'

'Dat is McGee.' Carter stak zijn telefoon uit naar Strike. 'Die grote kerel in het midden. Dit was op het vrijgezellenfeest van Hassan.'

Strike keek naar een foto van een groep mannen in een pub. McGee was, net als Carter, in de vijftig geweest: lang, corpulent, met een rood gezicht en een hangende onderlip die hem de aanblik van een kameel gaf. Het weinige haar dat hij nog had was grijs.

'Mag ik hier een foto van maken met mijn eigen telefoon?'

'Ga uw gang,' zei Carter.

Strike nam de foto, sloeg een bladzijde van zijn notitieboekje om en vroeg: 'Heeft er nog iemand contact gehouden met McGee na zijn ontslag?'

'Bradley zag hem weleens,' zei Carter. 'Onze beveiliger. McGee woonde net als hij in Hounslow, zelfde stamkroeg.'

'Zou ik ook even met Bradley mogen praten?' vroeg Strike aan Diana.

Een paar minuten later kwam Carter het kantoor binnen met de beveiligingsman, die geïntrigeerd naar Strike keek.

'Ja, ik ben hem een paar keer tegengekomen in de pub,' zei Bradley toen hem werd gevraagd naar zijn contact met McGee na diens ontslag.

'Hoe kort erna?'

'Eh...' Bradley krabde aan zijn sikje. 'Eerste keer was de zaterdagavond erna.'

'De dag na de levering?' vroeg Strike. 'Voordat het lijk en de diefstal ontdekt werden, op maandag?'

'Ja,' zei Bradley. 'Voordat het allemaal in het nieuws kwam. Ik vroeg hem waarom hij Dave had geloosd en ervandoor was gegaan, en hij reageerde met zijn gebruikelijke gelu...'

Anders dan Carter vond Bradley niet snel een synoniem voor het woord dat hij niet wilde gebruiken waar Diana bij was. Na een stilte zei hij uiteindelijk: 'Onzin.'

'Wat zei hij dan?' vroeg Strike.

'Hij beweerde dat hij was opgehouden door een "blondje" dat hem een steeg in had gelokt,' zei Bradley met een cynische grijns.

'Jezus,' mompelde Carter, en hij rolde geërgerd met zijn ogen.

'Ik zei dat hij uit zijn nek kletste,' zei Bradley. 'Hij lachte alleen maar. Zei dat hij toch al weg had gewild bij Gibsons en dat hij binnenkort een mooi bedrag zou krijgen, dus maakte het hem niet uit dat hij de zak had gekregen.'

'Zei hij waar dat geld vandaan zou komen?'

'Nee. Ik dacht aan een erfenis of zo. We hebben niet lang gepraat, ik mocht hem niet erg. Hij woonde bij mij in de buurt, dus ik kwam hem weleens tegen.'

'Heb je hem daarna nog gezien?'

'Ja, één keer. Eind oktober, zelfde pub. Hij had zich nogal laten gaan, was heel dik geworden. Toen ik vroeg of hij die meevaller al had gehad, snauwde hij dat hij nooit iets had gezegd over een meevaller en liep weg. En daarna hoorde ik dat hij dood gevonden was in zijn flat nadat de buren hadden geklaagd over de stank. Het stond bij ons in de krant.' Hij vervolgde op enigszins verlegen plechtige toon: 'Triest om zo aan je einde te komen.'

'In de krant, zei je?' Strike was nog aan het schrijven.

'Ja, de *Hounslow Herald*. Natuurlijke dood. Hij zag er altijd al uit als iemand die het aan zijn hart had. Beetje zo'n cornedbeefhuid, weet u wel? Zo is mijn pa ook aan zijn einde gekomen.'

'Daar zitten knappe blondjes echt op te wachten,' zei Carter, en Bradley gniffelde.

26

... desist!
– The warrior-part of you may, an it list,
Finding real faulchions difficult to poise,
Fling them afar and taste the cream of joys
By wielding such in fancy...

Robert Browning
Sordello: Book the Fifth

'Maar dat is... ráár,' zei Robin een half uur later aan de telefoon tegen Strike terwijl hij terugliep naar kantoor.

'Inderdaad.' Strike hield een vinger in zijn oor tegen het verkeerslawaai. 'Heel raar.'

Hij had weer flink last van zijn been, maar de gedachte aan Murphy's sporttas en waterfles maakte dat hij de verleiding weerstond om een taxi aan te houden.

'McGee dacht dus schijnbaar dat hij genoeg geld binnen zou krijgen om zijn baan op het spel te durven zetten,' zei Strike. 'Maar waar moest dat geld vandaan komen?'

Robin, die in haar Land Rover zat voor een huis in Pimlico waar de vrouw van De Ezel op bezoek was, gaf niet meteen antwoord. Na een korte stilte namen beide collega's tegelijk het woord.

'Ik kan maar...'

'Ik dacht... Ja, zeg jij het maar,' zei Strike.

'Ik wilde zeggen dat ik maar twee mogelijkheden kan bedenken. Of hij heeft iets gedaan wat helemaal niks met het zilver te maken heeft, of hij wilde op de een of andere manier met dat zilver knoeien – alleen is er dus niet met het zilver geknoeid.'

'Dat zeg je nu wel, maar er is wel degelijk iets misgegaan met de levering. Het Oriental Centrepiece ging niet naar de juiste plek.'

'Maar uiteindelijk kwam het wel bij Ramsay Silver terecht. Het lijkt me heel zinloos om de adressen van twee kisten te verwisselen, als hij dat gedaan zou hebben.'

'Maar Pamela heeft dat tafelstuk nooit gezien. Ze snelde de winkel uit vlak nadat de kist in de kelder was gezet, dus heeft ze geen gelegenheid gehad om het Oriental Centrepiece te fotograferen en de foto naar Gibsons te sturen. We hebben geen bewijs dat het daar echt terechtgekomen is.'

'Denk je dat Wright het heeft gestolen, op de terugweg vanaf Bullen & Co?'

'Ik zou niet weten hoe. Dan had hij het in zijn eentje moeten tillen, en hij was verdomd snel terug voor iemand die een omweg had moeten maken voordat hij het op het volgende adres bezorgde.'

'Maar van alle stukken die hij had kunnen stelen, zou dat tafelding toch wel het laatste zijn?'

'Dat is precies wat die vrouw bij de galerie net tegen me zei.'

'Volgens Pamela was het praktisch onverkoopbaar, zelfs aan vrijmetselaars.'

Robins blik was gericht op de voordeur van het huis waar de vrouw van De Ezel een vriendin bezocht.

'Ik neem aan,' verbrak Strike de nieuwe stilte, 'dat de politie die omweg van McGee niet relevant vond, maar ik zou wel willen weten of ze met hem gepraat hebben. Misschien kunnen we familie van hem opsporen, nagaan of hij is ondervraagd. Ik zou het verslag van de lijkschouwing ook best willen zien, trouwens.'

Robin voelde een steeds vertrouwdere tinteling van ongemak. Strike wilde alweer het werk van de politie natrekken, en ze dacht opnieuw aan Murphy, en aan het briefje op het prikbord op kantoor over het vermeende lidmaatschap van hoofdinspecteur Malcolm Truman van een vrijmetselaarsloge.

'Ik geloof niet dat ik ooit een zaak heb gehad waar zoveel is gebeurd dat onlogisch klinkt,' vervolgde Strike. 'Ik snap niet waarom McGee van de radar verdween voordat hij het zilver bezorgde, en ik heb ook nog steeds geen flauw idee waarom Wright uitgerekend in die kluis omgelegd moest worden.'

'We geloven nu dus wel wat Shanker zei, hè? Dat dit een geplande moord was en geen uit de hand gelopen ruzie?'

'Dat kunnen we pas met zekerheid zeggen als we precies weten hoe Wright is omgekomen, toch? Als er afweer- en steekwonden waren aan de voorkant van zijn lichaam kan het nog steeds een uit de hand gelopen gevecht geweest zijn, maar dan blijft het een verdomd rare plek voor een fatale steekpartij. Ik zei het al eerder: een kraak is een kwestie van naar binnen en snel weer naar buiten. Als je dan onderling ruzie krijgt, wacht je tot je daar weg bent voordat je het uitvecht. Ik denk dat we de invalshoek-Ramsay Silver vanaf nu niet uit het oog moeten verliezen. Het is allemaal prima om verschillende kandidaten te zoeken voor Wright, maar ik heb het gevoel dat als we weten waarom hij uitgerekend in de kluis vermoord is, we ook weten wie hij was.'

'Waar blijf je dan met je "gelegenheid gaat voor motief"?' wreef Robin Strike zijn eigen vaak aangehaalde wijsheid onder de neus.

'Dit ís gelegenheid. Het motief kan alles zijn: woede, jaloezie, hij had een onbetaalde schuld. Wat ik wil weten is waarom Wright dáár vermoord is. We weten dat hij om zes uur bij Ramsay Silver is vertrokken, en dat hij 's nachts daar terugkwam. Het is wel heel moeilijk te geloven dat hij daar toevallig om één uur 's nachts aankwam zonder te weten dat er een grootschalige roof gepland was, dus dat suggereert dat Wright zelf ook crimineel was. Probleem is dat, nu Knowles afvalt, er maar één kandidaat voor Wright overblijft van wie we weten dat hij al eerder een diefstal heeft gepleegd...'

'Rupert Fleetwood,' zei Robin.

'Precies.'

'Maar je denkt niet dat Wright Fleetwood is.'

'Ik denk,' zei Strike met tegenzin, 'dat hij in dit kader wel wat hoger op het verdachtenlijstje moet komen, met een bewezen zilverdiefstal op zijn naam, maar er is nogal een verschil tussen op klaarlichte dag de club van je peetoom uit lopen met dat loodzware tafelschip in je armen en deze nauwgezet geplande roof – want wie het ook gedaan mag hebben, je moet toegeven dat het knap is dat het ongestraft is gelukt. Geen spoor van het zilver, geen enkele aanwijzing. Maar als het lijk wél Fleetwood is, dan lijkt het me bijzonder onverstandig van die bende om hem in de kluis af te maken. Fleetwood had goede connecties in de betere kringen, hij was jong, de neef van een beroemde acteur, en als zulke mensen vermoord worden, verwacht je wraak. Ik snap niet, als er nog drie andere mannen in de kluis waren, dat er niemand tussenbeide is gekomen om een einde te maken aan het gevecht tussen Fleetwood en zijn belager; ze wisten dat de mogelijke consequentie was dat ze hem daar dood moesten achterlaten.'

'Inderdaad,' zei Robin, 'dat is niet logisch.'

'Maar als de moord op Wright gepland was, lijkt me dat nog gekker dan een spontaan gevecht. Van alle plekken om iemand af te maken komt de kluis van een vrijmetselaarswinkel me voor als een van de stomste. De beveiliging bij Ramsay mag dan belabberd overkomen, het blijft een riskante plek en je kunt er donder op zeggen dat de pers erbovenop duikt.'

'Strike, ik moet ophangen, ik geloof dat ze weer gaat shoppen.' Robin zag dat de vrouw van De Ezel het trapje voor het huis van haar vriendin af kwam en ze verbrak de verbinding, waarna Strike, die intussen een knorrende maag had gekregen, een supermarkt binnenging om zijn lunch te kopen. Nog steeds met Murphy in gedachten koos hij voor een salade in plaats van de dik belegde sandwich met bacon waar hij zin in had.

De blonde vrouw van daarstraks op de hoek van Denmark Street was verdwenen, maar toen Strike de deur van zijn kantoor openmaakte, zag hij een wit envelopje dat beslist nog niet op de mat had gelegen toen hij vertrok. Hij bukte om het op te rapen en zag de gebruikelijke benadering van zijn eigen naam in hoofdletters: CAMERON STRIKE. Het handschrift zag er vreemd uit, alsof iemand zorgvuldig tussen twee horizontale lijntjes had geschreven, en Strike, die ooit een reden had gehad om handschriftdeskundigen te raadplegen, vermoedde dat dit was gedaan om elk spoor van individualiteit te wissen.

Bij binnenkomst op kantoor trof hij Midge en Pat in gesprek. Ze vielen stil zodra ze hem zagen. Midge had bloeddoorlopen ogen, zag hij.

'Goedemorgen,' zei hij, en hij deed alsof hij het niet zag. Hij liep langs de goudvissen naar het partnerkantoor, deed de deur achter zich dicht, ging aan het bureau zitten en maakte het witte envelopje open. Er zat een velletje papier in met daarop twee regels, geschreven in wat hij herkende als rozenkruisersgeheimschrift.

'What the fuck?' mompelde Strike, en hij had net zijn computer aangezet om het te vertalen toen Pat op de tussendeur klopte.

'Er staat een man beneden bij de intercom. Zegt dat hij jou wil spreken over Niall Semple.'

'Echt?' Strike moest meteen denken aan de man die, toen hij Jade Semple belde, had gezegd dat ze niet met hem moest praten. 'Heeft hij een naam genoemd?'

'Nee,' zei Pat met een ontstemd gezicht. 'En hij heeft geen afspraak.' Ze was er principieel op tegen om mensen zomaar binnen te laten zonder afspraak.

'Laat maar komen.'

Strike stond op, klapte het prikbord dicht waarop hij de foto's van Semple en de andere mogelijke Wrights had opgehangen en schoof het briefje in geheimschrift uit het zicht, achter zijn toetsenbord. Toen liep hij de tussenruimte in, op het moment dat Pat de glazen deur openhield, Midge naar buiten liep en een onbekende binnenkwam.

Het was een goed uitziende man van eind vijftig met brede schouders, bijna net zo lang als Strike, in een donkerblauw pak waarvan de detective kon zien dat het op maat gemaakt was. Hij had dik, kortgeknipt peper-en-zoutkleurig haar, hoekige kaken en een bril met een zilverkleurig montuur, en hij kwam binnen met de uitstraling van iemand die nog net niet verwachtte dat er voor hem gesalueerd zou worden, maar het scheelde weinig. Het verbaasde Strike niet erg dat Pats boze frons plaatsmaakte voor een hartelijke glimlach; ze had altijd een zwak gehad voor knappe mannen.

'Meneer Strike?' zei de nieuwkomer met een volle, bekakte stem waarvan Strike zich kon voorstellen dat er een Garden Fair mee voor geopend verklaard zou worden. Dit was beslist niet de man die Jade Semple 'babe' had genoemd.

'Dat ben ik.'

'Ralph Lawrence.'

Ze schudden elkaar de hand.

'Wilt u koffie?'

'Nee, dank u, beetje haast,' zei Lawrence.

'Ik kan een kleintje voor u maken,' zei Pat.

'Nou, vooruit dan,' zei Lawrence, met een in Strikes ogen bewust charmante glimlach, 'een kleintje.'

'Komt u binnen.' Strike deed een stapje terug om Lawrence erdoor te laten.

Hij zag de blik die de man over de twee vertrekken liet gaan toen hij doorliep naar het bureau van de beide partners, alsof hij alle details in zijn geheugen wilde opslaan.

'We hebben een gezamenlijke kennis,' zei Lawrence, die op Robins stoel ging zitten terwijl Strike de deur dichtdeed.

'O ja? Wie dan?'

'Angela Darwish.'

Strikes belangstelling voor zijn ongenode gast verscherpte aanzienlijk. Hij en Robin hadden Angela Darwish ontmoet in de context van een vorige zaak, die betrekking had op een extreemrechtse terroristische groepering. Darwish had samengewerkt met de politie en had nooit haar precieze functieomschrijving of werkgever onthuld, maar aan het eind van het onderzoek had Strike heel goed geweten dat ze voor MI5 werkte. Dat wilde natuurlijk niet zeggen dat Lawrence ook voor de geheime dienst werkte, maar bepaalde vermoedens in Strikes achterhoofd over Niall Semple werden nu versterkt.

'Wat kan ik voor u doen?' vroeg hij terwijl hij ook ging zitten.

'U probeert momenteel de identiteit vast te stellen van het lijk dat is gevonden in de zilverkluis van Ramsay Silver, klopt dat?'

Bij afwezigheid van bewijs dat hij met een echte MI5-medewerker sprak, antwoordde Strike met een wedervraag.

'Heeft Semples echtgenote u getipt dat ik haar wil spreken of houdt u de privéberichten op haar Facebook-pagina bij?'

'Hebt u iemand anders dan Jade gesproken?' vroeg Lawrence.

'Waarom vraagt u dat?' Strike zou dit vragenspel de hele dag kunnen volhouden.

'Ik denk dat een man van uw intelligentie wel begrijpt waarom ik dat vraag,' zei Lawrence met een lachje.

Er werd op de tussendeur geklopt en Pat kwam binnen met een dienblad. Hoewel hij wist dat het kinderachtig van hem was, was Strike enigszins geërgerd dat Pat het melkkannetje en de suikerpot tevoorschijn had gehaald voor hun beminnelijke bezoeker.

'Hartelijk dank.' Lawrence glimlachte naar de officemanager, en Strike hoorde de voldoening in Pats gebromde 'Graag gedaan'.

'Kan ik eerlijk tegen u zijn?' zei Lawrence toen Pat de deur weer had dichtgedaan.

'Dat weet ik niet. Kunt u dat?' vroeg Strike.

Hij was niet alleen strijdlustig omdat hij honger had en niets anders dan een supermarktsalade had om naar uit te kijken, of vanwege Lawrence' soepele zelfverzekerdheid; die kende hij goed genoeg uit het leger. Wat Strike beledigend vond was dat de man ervan uitging dat hij maar hoefde te hinten dat hij van MI5 was en dat Strike het voor waar zou aannemen. Strike vond dat hij wel wat meer respect verdiende, dus hij leunde achterover in zijn stoel zonder Lawrence' glimlach te beantwoorden en nam een slok uit de Arsenal-mok met de beschadigde rand die Pat goed genoeg had gevonden voor haar baas.

'Er zijn al mensen op betere posities dan u op zoek naar Niall Semple,' zei Lawrence.

'O ja? Mijn bureau heeft een slagingspercentage van honderd in het opsporen van mensen, maar mochten jullie hem eerder vinden dan wij, geef dan even een gil.'

Hij had min of meer gehoopt daarmee de glimlach van Lawrence' gezicht te vegen, maar nee.

'Wat weet u van Semple?'

'Niemand heeft hem nog in leven gezien sinds een lijk van ongeveer zijn lengte, gewicht en leeftijd is opgedoken in een kluis in Holborn.'

'Voor wie werkt u? Een krant?'

'Als jij bent wie je doet doorschemeren te zijn, kun je altijd onze computers hacken, dan weet je het gauw genoeg.'

Lawrence' glimlach week voor geen millimeter. De indruk die hij wekte was die van een man die te vaak te maken had gehad met domme dwarsliggers als Strike om zich daar kwaad door te laten maken.

'Meneer Strike, Niall Semple was niet de man in de zilverkluis. Dat garandeer ik u persoonlijk.'

'Oké, breng me het bewijs en we strepen hem van onze lijst.'

'Helaas kan ik dat niet bewijzen zonder de Official Service Act te overtreden.'

'Je kunt hem niet uitsluiten, hè?' Strike was niet onder de indruk van de suggestie dat hij weleens de nationale veiligheid in gevaar zou kunnen brengen met het identificeren van een lijk.

Hij bespeurde een zekere mate van chagrijn bij Lawrence omdat zijn verwijzing naar koningin en vaderland niet had gewerkt. Lawrence gluurde nu omlaag naar de plek waar Strikes beenprothese schuilging achter het bureau.

'Herrick, toch?' vroeg hij, verwijzend naar de Britse militaire operatie in Afghanistan.

'Ja,' zei Strike, die heel goed besefte dat hij nu gevleid zou moeten zijn dat Lawrence dit wist.

'Ik begrijp dat u misschien een... een bepaalde kameraadschap voelt ten opzichte van Semple, als oud-militair...'

'Ik hoef geen kameraadschap voor een vermiste persoon te voelen om uit te zoeken of hij nog leeft,' zei Strike. 'Dat is mijn werk.'

'U hebt niet de middelen die wij hebben.'

'En toch hebben jullie hem, met al jullie middelen, nog niet gevonden.'

'U houdt van publiciteit, meneer Strike, maar in dit geval kan publiciteit schadelijk zijn.'

Strike wist dat hij nu de overhand had; hij kon merken dat Lawrence onmiddellijk spijt had dat hij zich had verlaagd tot deze persoonlijke aanval, want de man zei snel: 'Luister, wij staan aan dezelfde kant.'

'Ik wil uitzoeken of Niall Semple dood is. Jij wilt dat verhinderen. Dat zijn verdomme twee verschillende kanten. Zal ik jou eens zeggen wat ik denk dat hier aan de hand is?'

'Graag.' Lawrence pakte zijn koffie op.

'Uit angst voor een lek naar de bladen nu ik op zoek ben naar Semple heb je besloten mij in stilte te benaderen om me te vragen de zaak te laten rusten. Het feit dat hooggeplaatste bureaucraten me proberen te waarschuwen mijn werk niet te doen,' – hij zag Lawrence' ooglid knipperen en was blij om te zien dat de man het vervelend vond een bureaucraat genoemd te worden – 'doet mij vermoeden dat Semple weleens gewond geraakt zou kunnen zijn bij een operatie waarvan jullie niet willen dat het publiek ervan hoort. Hij heeft hersenschade opgelopen en kan voor jullie een gevaar vormen. Kortom: het zou jullie prima uitkomen als hij dood was, maar dan liefst wel op een manier die niet in het nieuws komt.'

Even keken ze elkaar zonder knipperen in de ogen; Lawrence' lichtblauwe in de bruine van Strike.

'Goed.' Lawrence zette zijn koffie weg en stond op. 'Bedankt voor uw tijd. Mocht u op enig moment contact willen opnemen, belt u dan dit nummer.'

Hij haalde een plat zilverkleurig houdertje tevoorschijn en legde een dik wit visitekaartje op het bureau. 'Tot ziens.'

Hij vertrok zonder een tweede handdruk. In plaats van met hem mee te lopen naar de deur pakte Strike het kaartje dat Lawrence had achtergelaten en bekeek het aandachtig, niet onder de indruk. Er stond niets anders op dan de naam van de man, waarvan Strike niet klakkeloos geloofde dat hij echt zo heette, en een mobiel nummer. Strike klapte het prikbord weer open en hing het kaartje onder de foto van Semple. Toen liep hij terug naar zijn pc, opende Facebook en stuurde een nieuw bericht naar Semples vrouw.

Ik werk niet voor een krant. Ik wil alleen even met u praten.

Als Lawrence echt toegang kon krijgen tot Jades privéberichten op Facebook, dan hoopte Strike dat hij ervan zou genieten.

Hij ging weer aan zijn bureau zitten, negeerde zijn salade omdat hij toch al een rotbui had, en hij zette zijn computer aan en ging aan de slag om het geheimschrift te vertalen van het briefje dat hij onder zijn toetsenbord had verstopt, symbooltje voor symbooltje. Binnen een paar minuten had hij een zin onder de code geschreven:

De | man | in | de | kluis | was | dangerous| dick | delion | ik | weet | niet | wie | hem | heeft | laten | vermoorden | maar | hij | is | op | tv

27

The only difficulty was to decide how to look into it – what to do, and how

John Oxenham
A Maid of the Silver Sea

De zaterdag was mistig en koud. Robin werd 's ochtends doodmoe wakker in Murphy's appartement in Wanstead. Ze zou graag nog een paar uur geslapen hebben, want ondanks het feit dat ze tegen haar vriend had gezegd dat ze 'zo meteen' naar bed zou komen en 'alleen nog wat mailtjes' hoefde te versturen, had Robin tot twee uur in Murphy's huiskamer gezeten om de Facebook-pagina te bekijken van Calvin Osgood, de echte muziekproducent, en de Instagram-pagina van Calvin 'Oz' Osgood, de man die zich voor hem uitgaf. Nadat ze een digitaal labyrint van connecties en doodlopende sporen had doorgespit, was ze uitgekomen bij een website voor vermiste jonge mensen, waarna ze niet meer verder kwam.

Ze was stilletjes in bed gekropen om Murphy niet wakker te maken, maar had een rusteloze nacht gehad, doorspekt met nachtmerries over Chapman Farm. Maar omdat Murphy en zij een afspraak hadden om weer samen een huis te gaan bezichtigen, stond ze om acht uur op, met dikke ogen maar zonder te klagen, kleedde zich aan en ontbeet, waarna ze vertrokken in de dikke, kille mist. Ze gingen met Murphy's Toyota Avensis, want Robin had haar Land Rover naar de garage gebracht voor de apk. Bij het achterlaten voelde ze zich een beetje als een baasje dat moest afwachten of de dierenarts haar geliefde huisdier nog kon redden; het gerammel van de auto, waarvan ze nog altijd de bron niet had opgespoord, was erger geworden.

Murphy was vandaag in een betere stemming. De politie had opnieuw de bestuurder gearresteerd van de auto van waaruit vermoedelijk de twee jonge broertjes waren neergeschoten. Murphy zei, met voorzichtig zelfvertrouwen: 'Ik denk dat we die schoften deze keer echt gaan pakken.'

De mist hing zwaar boven de weg toen ze in westelijke richting naar Wood Green reden, maar in de Avensis was het warm en knus. En toen Robin aan de oude Land Rover moest denken, probeerde ze zichzelf voor te houden dat het misschien nog niet zo'n slecht idee was om straks een auto met betere verwarming te hebben. 'Do They Know It's Christmas?' was op de radio toen Robins mobiel ging en onmiddellijk verbinding maakte met Bluetooth, zodat Strikes naam in beeld kwam.

'Hoi,' zei ze. 'Zeg het eens.'

'Ik heb nieuws, kan het even?'

'Nou,' zei Robin enigszins paniekerig – ze wilde niet dat Strike iets zou zeggen waardoor Murphy doorkreeg waar ze mee bezig waren, en al helemaal niet dat Strike zou laten vallen dat het lijk niet Jason Knowles was geweest – 'kan ik je straks terugbellen? Ik ben weer op weg naar een bezichtiging.'

'Geen probleem, spreek je later.'

Robin hing op. 'Do They Know It's Christmas?' klonk weer door de speakers.

'Wat mag ik niet horen?' vroeg Murphy.

'Doe niet zo gek. Ik ben gewoon moe, ik heb nu geen zin in een lang gesprek over werk.'

Ze reden verder door de mist, en na een poosje begon Robin zelf over hun naderende bezoek aan Masham.

Zie je nou? dacht ze. *Jij bent degene die ik meeneem naar huis. Jij bent degene met wie ik de kerst doorbreng.*

'Dit ziet er wel goed uit,' zei Murphy een half uur later enthousiast, toen ze in Moselle Avenue aankwamen. De geschakelde huizen waren van rode baksteen en leken allemaal een stuk beter onderhouden dan het pand dat ze laatst hadden bezichtigd in Wanstead.

Robin was net uit de auto gestapt toen haar mobiel weer ging, en ze herkende het nummer in Ironbridge dat ze al eerder had gezien. Aangezien ze weer een bericht had achtergelaten voor Dilys Powell, zei ze: 'Ryan, ik moet even opnemen, het gaat over Rupert Fleetwood. Ga maar vast naar binnen, ik ben er over vijf minuten.'

'Ik wacht op je.'

Ze vroeg zich af of hij dacht dat het Strike weer was.

'Het is steenkoud, ga gewoon naar binnen en doe geïnteresseerd, we willen de rondleiding niet missen.'

Dus stak Murphy de straat over, en hij werd het huis binnengelaten terwijl Robin de telefoon opnam.

'Robin Ellacott.'

'Ja, met Dilys,' klonk een schorre stem.

'Mevrouw Dilys Powell? De grootmoeder van Tyler?'

'Ja.' De vrouw klonk wantrouwend en verward.

'Wat fijn om van u te horen, mevrouw Powell. Ik ben privédetective en ik hoopte u te kunnen spreken over uw kleinzoon.'

'Hè? Jij belde mij.'

'Ja.' Robin sprak langzaam en duidelijk. 'Uw achternichtje vertelde me dat u in het ziekenhuis lag.'

'Wat?'

'Ik hoop dat het nu beter met u gaat?' zei Robin luid.

'Nou ja, ik ben thuis,' mompelde Dilys Powell.

'Ik had u gebeld omdat we hoorden dat u bang was dat Tyler misschien de man in de zilverwinkel was. Het lichaam in de kluis. Is hij al terug sinds u de politie had gebeld?'

'Nee, hij is niet teruggekomen,' zei Dilys Powell. 'Niks gehoord.'

'Waarom dacht u dat hij misschien de man in de kluis was, mevrouw Powell?'

'Wat?' zei Dilys Powell. 'Praat eens wat harder, ik versta je niet.'

'Zou ik een keer naar u toe mogen komen? Om over Tyler te praten? Ik kan naar Ironbridge komen.'

'Vertrokken,' zei Dilys Powell. 'Hij heeft tegen Griff gezegd dat hij wegging. Tegen mij niet.'

'Is Griff een vriend van Tyler?' Robin graaide met één hand naar haar notitieboekje.

'Hij woont even verderop. Wat wil je van me?'

'Ik wil graag met u praten,' zei Robin, nu nog luider en duidelijker. 'Over Tyler. Mag ik naar Ironbridge komen? Misschien na Kerstmis?'

Het bleef even stil.

'Ja, kom maar.'

'Heel fijn, dank u wel.' De voordeur van het huis dat te koop stond ging open en ze zag Murphy naar haar kijken. 'Kan ik u straks terugbellen, mevrouw Powell, om een afspraak te maken?'

'Mij terugbellen? Ja. Goed.'

Robin hing op en stak snel de straat over. 'Sorry,' zei ze. 'Het was dringend.'

Een opgewekt babbelende zwangere vrouw van ongeveer Robins leeftijd begon aan de rondleiding door het huis, dat eruitzag om door een ringetje te halen. Haar man hield in de huiskamer een peuter en een wat ouder meisje bezig.

'Ze zouden naar het park gaan, maar het is zo koud en Nat is eindelijk van zijn hoest af,' zei de moeder tegen Robin en Murphy toen ze langs de rest van het gezin liepen om de kleine, brandschone keuken te bekijken. 'Het is een heerlijke buurt, heel leuke buren. We zijn hier zó gelukkig, maar we willen meer ruimte nu er nog een kindje op komst is, en ik wil graag wat dichter bij mijn ouders wonen. De tuin,' voegde ze er met een glimlach aan toe, wijzend naar het goed onderhouden gazonnetje achter het keukenraam.

Boven deed ze een stapje opzij om hen een blik te laten werpen in de kleinste kamer, waar een bed stond met de naam Nathan in het hoofdeinde gegraveerd, en de wanden waren hemelsblauw met vliegtuigjes in primaire kleuren. Murphy zocht Robins hand en gaf er een kneepje in. Ze voelde haar maag even samentrekken en er schoot haar een ongenode gedachte door het hoofd: *Ik zal nooit in dit huis wonen.*

'En deze is natuurlijk van Laura,' zei de trotse huiseigenares stralend toen ze de tweede, grotere slaapkamer te zien kregen, ingericht in wit met bubblegumroze. 'En dit is onze kamer.'

'Mooi,' zei Robin automatisch, met een lege blik op het gele dekbedovertrek en de grenen meubelen.

'En de badkamer.'

Smetteloos, met blauwe en witte tegels: een fijn huis in alle opzichten, alleen had Robin haar besluit al genomen. De trap was smal, en Murphy liet haar hand los om haar als eerste naar beneden te laten gaan. Toen ze naar beneden liepen, ging de bel.

'Oeps, dat zijn vast de volgende kijkers al, ze zijn te vroeg,' zei de bewoonster.

'Is er veel belangstelling?' vroeg Murphy.

'Jazeker,' zei de vrouw, haast verontschuldigend. 'Willen jullie de tuin nog wat beter bekijken?'

Dus gingen Robin en Murphy door de achterdeur naar buiten, waar ze in het koude gras de dompige, aardse geur van de langzaam optrekkende mist inademden.

'Wat vind je ervan?' vroeg Murphy.

'Mooi,' zei Robin, omdat ze niet te snel iets negatiefs wilde zeggen.

'Ik durf te wedden dat het boven de vraagprijs weggaat.'

'Dat dacht ik ook net,' zei Robin geveinsd spijtig. 'En parkeren kan ook lastig worden, met twee auto's. Maar het is een fijn huis.'

Door het keukenraam zagen ze een gezin van vier personen rondkijken.

'Zullen we nog eens boven gaan kijken?' vroeg Murphy.

'Er staan goede foto's online. We kunnen ook ergens koffie gaan drinken en de omgeving bekijken.'

'Goed idee.'

Dus liepen ze door het huis terug, bedankten de eigenaren en gingen in Moselle Avenue naar buiten. Net toen ze de straat wilden oversteken, ging Murphy's mobiel.

'Werk,' zei hij. 'Sorry.'

Hij liep de straat in en nam pas op toen hij buiten gehoorsafstand was. Robin wachtte tot hij vijftig meter verderop was en belde toen Strike terug.

'Hoe was het huis?' vroeg hij.

'Niet geweldig.' Robin voelde een zekere bevrijding zodra ze het zei, al wist ze best dat het niet het huis was wat haar niet aanstond, maar Murphy's kneepje in haar hand – als troost? hoop? bemoediging? – 'Vertel me je nieuws maar, want ik heb ook iets.'

Strike deed verslag van het bezoek van Ralph Lawrence aan hun kantoor de vorige middag.

'Goeie god.' Robin was immens opgelucht dat ze Strike daarstraks niet de kans had gegeven dat allemaal te vertellen via de bluetooth in de auto. 'Worden we teruggefloten door MI5?'

'Aangenomen dat hij de waarheid vertelt over wie hij is. MI6 zou er eerst bij betrokken zijn, als Semple bij het Regiment zat.'

'Welk regiment?'

'Hét Regiment,' zei Strike. 'SAS, en als ik moet gokken, zou ik zeggen E Squadron.'

'Wat wil dat zeggen?'

'Geheime operaties, wat verklaart waarom er in de pers geen details zijn vrijgegeven over de oorzaak van zijn hersenbeschadiging. Hij was bezig met iets waar het Britse publiek en de vijand niets van mogen weten. Verklaart ook zijn baard. Die mag je alleen hebben bij *special forces*. Maar over Lawrence maak ik me geen zorgen.'

'Niet?'

'As hij echt bewijs zou hebben dat Semple niet het lijk in de kluis was, zou hij het wel hebben laten zien. Bij gebrek aan bewijs hebben wij alle recht om dit onderzoek voort te zetten.'

Robin zei niets, hoewel ze zich weer voorstelde wat voor gezicht Murphy zou trekken als hij Strike nu kon horen.

'Hoe dan ook,' zei Strike, 'ik heb de vrouw van Semple nog een bericht gestuurd, en ik hoop ook op een reactie van mijn SIB-maat Hardy, die ik heb gevraagd of hij wat voor me zou kunnen opdiepen over Semple. Maar dat is niet het enige wat ik je te vertellen had...'

Strike beschreef het briefje dat bij het detectivebureau op de mat had gelegen.

'Wat krijgen we nóú dan!' zei Robin.

'Ja. En ik denk dat ik weet van wie het komt. Toen ik gisteren van kantoor vertrok, stond er aan het einde van de straat een vrouw die niet wilde dat ik haar gezicht zag. Ik dacht er op dat moment weinig van, maar ik denk dat ze onderweg was naar onze deur om dat briefje door de brievenbus te duwen toen ze mij naar buiten zag komen. Bij het passeren probeerde ze te doen alsof ze gewoon op iemand wachtte, maar het is een rare plek om af te spreken, op de steenkoude hoek van een straat vol pubs en kebabzaken.'

'Welke naam stond er in dat briefje, zei je?'

'Dangerous Dick de Lion.'

'Dat klinkt als...'

'Een pornoster?'

'Ik wilde stripfiguur zeggen.'

'Hij is pornoster.'

'Huh?'

'Ik heb hem opgezocht. Een onvervalste pornoacteur, en aan haar uiterlijk te zien zit de vrouw die bij ons op straat rondhing ook in die business. Als Dangerous Dick al ooit socialmedia-accounts heeft gehad, heeft hij die nu allemaal verwijderd. Dat kan natuurlijk betekenen dat hij met een schone lei wil beginnen na de pornowereld, maar het kan ook wat anders zijn.'

Niet helemaal tot Strikes verbazing volgden er tien seconden verbijsterde stilte van Robin.

'In dat briefje stond "heeft láten vermoorden"?'

'Ja.'

'Door iemand die op tv is?'

'Schijnbaar.'

'Maar zou dat niet...?'

'... aansluiten op Shankers verhaal, over een hoge pief met mensen die naar zijn pijpen dansen? Jawel.'

'En hoe weet zíj dat wij onderzoek doen naar dat lijk?'

'Dat vind ik een stuk interessanter dan de afmetingen van Dangerous Dick de Lion, die je zelf kunt opzoeken, mocht je geïnteresseerd zijn.'

'En waarom dat briefje? Ze had ons ook gewoon anoniem kunnen mailen.'

'Misschien wil ze geen cyberfootprint achterlaten. Ze zou kunnen denken dat wij van die computerwhizzkids in dienst hebben die haar kunnen opsporen. Dat briefje ziet eruit alsof ze heeft geprobeerd haar handschrift onherkenbaar te maken, en dat verklaart misschien ook het geheimschrift, hoewel rozenkruisersschrift ook wel het vrijmetselaarsalfabet wordt genoemd.'

'Dat meen je niet.' Robin gluurde even naar Murphy, die nog steeds met zijn rug naar haar toe stond.

'Ik weet niet of het bullshit is of niet,' zei Strike, 'maar vanaf nu nemen we voorzorgsmaatregelen. Ik wil te allen tijde weten waar je bent, en als je naar schaarsverlichte of verlaten plekken moet, ga je niet alleen.'

'En laat je mij ook weten waar jíj elke minuut van de dag bent?' vroeg Robin.

'Als je wilt.'

'Maar dat is minder belangrijk?'

'Ik heb weinig zin om me in stukken te laten hakken en een maçonnieke sjerp te laten omhangen, maar dat lijkt me, met alle respect, bij mij moeilijker uitvoerbaar dan bij jou. Wat was jouw nieuws?'

'Wat? O ja, een paar dingen. De grootmoeder van Tyler Powell belde me daarnet terug. Ze heeft in het ziekenhuis gelegen. Ze is bereid met me te praten, als ik naar Ironbridge kom.'

'Uitstekend,' zei Strike. 'Misschien kunnen we Dilys Powell en de vrouw van Semple in één tripje combineren.'

'Oké, mooi,' zei Robin.

'En wat had je nog meer?'

'Midge en Tasha zijn uit elkaar.'

'Aha. Ik dacht al dat er iets aan de hand was. Volgens mij huilde ze toen ik haar gisteren op de zaak zag.'

'Juist, probeer dan...'

'Geen botte lul te zijn?'

'Ik wilde zeggen: "Probeer haar een beetje te ontzien", maar geen botte lul zijn werkt ook.'

'Prima. Verder nog iets?'

'Nou, misschien hebben we er niks aan, maar ik heb gisteravond zitten speuren op Facebook en Instagram, de accounts van Osgood en Oz, en er is een vrouw...'

Murphy was terug, hij kwam naar Robin toe gelopen.

'Strike, ik moet gaan,' zei Robin haastig. 'De rest vertel ik je nog, maar het wordt allemaal...'

'Ja,' zei Strike. 'Inderdaad.'

28

I've my taste of truth,
Likewise my touch of falsehood...

Robert Browning
Mr Sludge, 'The Medium'

Maandagmiddag om kwart voor twee vertrok Strike naar Holborn voor zijn ondervraging van Jim Todd, de schoonmaker van Ramsay Silver. Hij had een excuus om Robin te bellen en maakte daar gebruik van, want het maximaliseren van het contact met haar viel zowel in de categorie 'speel je sterke punten uit' als in 'hou je aan je opzet'. Hij liet zijn plannen niet wijzigen door Ryan Murphy.

'Hoi.' Robin nam na twee keer overgaan haar telefoon op. 'Ik heb net ontdekt waarom we Ruperts vriend Albie nooit te pakken krijgen bij Dino's. Hij werkt er al vijf maanden niet meer.'

'Hadden ze dat verdomme niet even kunnen zeggen?' Ook Robin liep ergens waar druk verkeer was, en Strike moest zijn vrije wijsvinger in zijn oor steken om haar te kunnen verstaan.

'Nee, want volgens de serveerster die ik net heb onderschept op straat mogen ze aan de telefoon geen informatie geven over personeel. Ze zegt dat Albie nu bij Harrods werkt, dus daar ga ik zo heen. Waar ben jij?'

'Bijna bij Leather Lane.'

'De oude stek van Mucky Ricci,' zei Robin, verwijzend naar een oude gangster die verdachte was geweest in een eerdere zaak.

'Precies.'

'Belde je ergens over of wilde je gewoon even checken of ik nog niet te grazen genomen ben door de vrijmetselaars?'

'Ja, ik heb net antwoord gekregen van mijn oude SIB-maat Hardacre. Semple zat inderdaad bij de SAS en is in 2015 ongeschikt verklaard nadat hij traumatisch hersenletsel had opgelopen, waarvoor hij drie maanden kunstmatig in coma is gehouden. Verder geen details beschikbaar, zelfs niet voor de militaire politie, zodat ik denk dat mijn vermoeden dat hij bij het E Squadron gezeten moet hebben juist was.'

'Dus moet die Lawrence wel van MI5 zijn?'

'Ik vind dat we voorlopig met dat uitgangspunt moeten werken. Maar even iets heel anders: wat wilde je me zaterdag vertellen over Osgoods Facebook?'

'O ja,' zei Robin, die in haar huidige staat van slaapgebrek was vergeten dat ze die informatie nog niet had doorgegeven, al had ze het wel in het dossier ingevoerd. 'Nou, dezelfde jonge vrouw – Sapphire heet ze – komt voor in de reacties op zowel de echte Facebook-pagina van Osgood als op de Instagram van de nep-Oz. Ik heb wat zitten graven en ik denk dat ik haar gevonden heb. Ze heet voluit Sapphire Neagle, en nou komt het: ze staat op een site over vermiste personen. In november is ze opgehouden met posten op social media en sindsdien is ze niet meer gezien. Ik weet dat het toeval kan zijn, maar...'

'Onlinecontact met een man die beslist niet is wie hij beweert te zijn, dat geeft te denken,' zei Strike.

'Ja, dat dus. Ik zeg niet dat ze bij Oz is of dat hij haar uit de weg geruimd heeft, alsjeblieft niet, maar het moet een mogelijkheid zijn. Ik zat te denken om die instelling te bellen om te vragen wat zij over haar kunnen vertellen. Wat denk je?'

'Kan geen kwaad. We moeten ook maar iemand bij de politie vragen of ze daar weten wat er met haar is gebeurd. Trouwens, is de Land Rover door de apk gekomen?'

'Nee,' zei Robin met een zucht. 'Ze belden tien minuten geleden. De reparatie zou meer gaan kosten dan hij op de sloop waard is,' zei ze, en ze hoopte minder treurig te klinken dan ze zich voelde. Ze was aan die wagen gehecht, op een sentimentele manier die ze moeilijk kon uitleggen aan mensen die niet wisten dat ze de Land Rover sterk associeerde met haar ontsnapping aan haar eerste echtgenoot, die nooit iets om de auto had gegeven, en met de carrière die zoveel voor haar betekende.

'Als je een nieuwe wilt, kun je die deels op kosten van de zaak kopen,' zei Strike. 'Een Land Rover is nuttig voor ons. Het is fijn om een auto te hebben waar je ook mee naar het platteland kunt, en die niet zo opvalt buiten de stad. Biedt mogelijkheden. Goed, laat even weten als je bij Harrods bent. Ik moet gaan, ik ben bij Leather Lane.'

Na het beëindigen van het gesprek liep Strike de smalle straat in met aan weerskanten winkels, fastfoodzaken en marktkraampjes, zijn gedachten bij Robins Land Rover die nu rijp was voor de sloop. Ook al was hij minder gehecht aan de auto dan Robin, dit leek op de een of andere manier het einde te zijn van een tijdperk, en hij bedacht dat hij misschien zijn kerstcadeau voor Robin moest heroverwegen, in het licht van dit nieuws over haar auto.

The Craft Beer Co, de pub die Todd had uitgekozen voor zijn ondervraging, huisde in een hoekpand versierd met plantenbakken en een driedimensionaal model van de koninklijke standaard boven de deur. Strike keek even omhoog naar de harp, de klimmende leeuw en de drie stappende leeuwen toen hij naar binnen ging en de houten vloer betrad.

Strike herkende Jim Todd niet aan zijn gezicht, daarvoor was de kwaliteit van Ramsays camerabeelden te slecht, maar aan zijn figuur. De schoonmaker zat op een leren bankje met een halve liter bier voor zich op het tafeltje. Todd was klein en heel rond, met kleine handen en voeten, heel kleine blauwe oogjes, een brede mond met dunne lippen, en toefjes pluizig grijs haar bij zijn oren, hoewel hij verder kaal was. Hij droeg een oude broek en een groezelig jack, en zijn speldenknopoogjes waren gericht op een jonge vrouw in een heel kort rokje die bij de bar stond.

'Cameron, toch?' vroeg Todd toen Strike zich bij hem voegde, met een glas IPA in zijn hand.

'Cormoran, maar ik luister naar allebei.' Strike nam de stoel tegenover hem. 'Fijn dat je wilde afspreken, dat stel ik op prijs. Is dit je stamkroeg?'

'Zo'n beetje, ik woon hier verderop in de straat. Klein kamertje, maar handig voor mijn werk. Ik woon met een stel Pakistani hutjemutje boven een Libanees restaurant, hahaha.'

'Ja, de huizenmarkt in Londen is geen pretje.' Strike haalde zijn aantekenboekje tevoorschijn. 'Je maakt dus schoon voor meerdere bedrijven?'

'Klopt.'

'Allemaal in dezelfde buurt?'

'Holborn, Covent Garden, ja. Mond-tot-mondreclame. Ik ben goed in mijn werk.' Todd glimlachte nog steeds, maar er sloop iets opstandigs in.

'Nou, zoals ik aan de telefoon al zei, is dit puur als achtergrondinformatie. Hoeveel uur per week maak je schoon bij Ramsay Silver?'

'Maandag- en donderdagochtend, vaste tijden, en soms wat extra uurtjes om de voorraad te poetsen en zo.'

'Hoelang al?'

'Twee jaar.'

'Had je gereageerd op een advertentie, of...?'

'Iemand voor wie ik ook schoonmaak had mijn naam genoemd bij Ken Ramsay, en Ken heeft me ingehuurd.'

'Had je veel te maken met William Wright?'

'Ik zag hem weleens, ja. Maar je bedoelt Knowles, toch? Niet Wright.' Todds grijns werd breder, alsof hij Strike had betrapt.

'De politie heeft nog altijd niet definitief zijn identiteit vastgesteld.'

'Jawel, toch?'

'Nee,' zei Strike. 'Maar jij weet dus zeker dat het Knowles was?'

'Nou en of.' Todd grijnsde nog steeds. 'Nee, het was Knowles. Daar waren we het alle drie over eens, Ken, Pamela en ik.'

'Maar Pamela ziet slecht, hè?'

'Hè? Jawel, maar ze is niet blínd.'

'Heeft de politie je nog andere foto's dan die van Jason Knowles laten zien?'

'Wel een paar, ja,' antwoordde Todd.

'Kun je je de namen van die mannen herinneren?'

'Eentje was soldaat.'

Strike maakte een aantekening. 'Was de foto van Knowles een politiefoto?'

'Ja,' zei Knowles, en hij beantwoordde meteen de niet-gestelde vraag. 'Dat was het niet alleen. Hij leek op Wright.'

'Wright was tamelijk goed vermomd, zag ik op de camerabeelden uit de winkel.'

'Eh... ja,' gaf Todd toe.

'Hij zag eruit als een man die een flinke baard kan laten staan,' zei Strike.

'Hij had een flinke baard, ja. Sommige mannen hebben dat, hè? Een baard van hier...' – Todd tikte met zijn mollige wijsvinger tegen een punt op vijf centimeter onder zijn oog – 'tot halverwege de hals. Pamela zei dat hij 'm een beetje moest fatsoeneren, maar Wright vertelde dat hij acnelittekens had. Die wilde hij bedekt houden.'

'O ja?' Strike maakte nog een aantekening. 'Ik heb hier een paar foto's, als je even zou willen kijken. Ik denk dat je minstens één ervan al eerder gezien hebt.'

En inderdaad, toen Todd de foto's van Niall Semple zag, zei hij: 'Ja, dat is die soldaat.'

De foto van Tyler Powell liet hij licht hoofdschuddend passeren, maar bij de foto van de man die Strike alleen maar Dick de Lion kon noemen tot ze zijn echte naam wisten, hield hij even stil, grinnikend. Op de minst obscene foto die Strike online van hem had kunnen vinden stond De Lion met ontbloot bovenlijf.

'Wie is dat, een stripper?'

'Voor zover ik weet niet,' antwoordde Strike.

'Hij had wel dezelfde kleur, Wright.'

'Zelfbruiner?'

'Ja. Hij had het kunnen zijn, misschien...'

Todd kneep zijn ogen tot spleetjes, en Strike nam aan dat hij zich de blonde Dick de Lion probeerde voor te stellen met donker haar, een volle baard en een bril. De Lion had bruine ogen en spierwitte tanden, al waren die voor de foto waarschijnlijk witter gemaakt.

'Het zou kunnen,' zei Todd.

'Hoe zeker ben je, van een tot tien?'

'Ik weet niet... vijf? Maar het zóú kunnen, Wright was een beetje...'

In plaats van de zin af te maken hield Todd zijn rechterhand omhoog en liet die vanaf de pols slap omlaaghangen.

'Wat bedoel je? Camp?'

'Verwijfd. Ja.'

Todd ging van de foto van De Lion door naar die van Rupert Fleetwood. 'Nee, denk het niet.'

Hij gaf de foto's terug.

'Had je veel met Wright te maken in de winkel?' vroeg Strike.

'Soms.'

'Sprak je hem ook?'

'Soms,' zei Todd weer.

'Wat voor accent had hij? Klonk hij als iemand uit Doncaster?'

'Ik zou niet weten hoe dat klinkt,' zei Todd.

'Had hij een Schot kunnen zijn die een Engels accent nadeed?'

'Volgens mij niet.'

'Of iemand die chiquer was dan hij zich voordeed?'

'Een van die lui is zeker bekakt?' Todd wees naar Strikes foto's.

Strike negeerde de vraag.

'Waar hadden jij en Wright het over?'

'Vrijmetselaars,' antwoordde Todd prompt en hij grijnsde weer. 'Hij wilde er alles over weten, heel irritant.'

'Ben jij vrijmetselaar?' vroeg Strike.

'Hahaha, echt niet.'

Todd begroef zijn gezicht in zijn glas en dronk een aantal centimeters voordat hij het weer neerzette.

'Denk je dat hij geïnteresseerd is geraakt in de vrijmetselarij door zijn werk daar, of had het daarvóór al zijn belangstelling?'

'Geen idee. Maar het boeide hem zeker. Ging in de lunchpauze naar Freemasons' Hall.'

'O ja?' zei Strike.

'Zeker. Ik liep een keer Great Queen Street in, op weg naar een van mijn andere adresjes, en toen zag ik Wright daar naar binnen gaan. De volgende keer dat ik hem zag, vroeg ik: "Heb je nog offergeiten gezien?" Hahaha!'

'En wat zei hij?'

'Dat hij Tempel Zeventien wilde bekijken.'

'Waarom?'

'Geen idee, dat zei hij er niet bij. Toen ik later hoorde dat hij Knowles was, dacht ik: Tempel Zeventien m'n reet, het had natuurlijk te maken met het zilver dat hij later zou gaan jatten. Ze hebben daar een museum, bij Freemasons' Hall, en een winkel, met boeken. Ik dacht: hij heeft daar opgezocht wat het allemaal waard was, dat Hoe-heet-het-zilver.'

'Heb je de politie verteld dat Wright bij Freemasons' Hall was geweest?'

'Ja, natuurlijk,' zei Todd zelfvoldaan.

'Heeft Wright ooit tegen jou gezegd dat iemand hem misschien zou komen zoeken?'

'Nee,' zei Todd. 'Integendeel.'

'Hoe bedoel je?'

'Ik dacht dat de winkel in de gaten gehouden werd. Ik zag een paar keer zo'n kerel rondhangen. Toen ik hem voor de derde keer had gezien, zei ik tegen Wright: "Hou het in de smiezen. Grote vent, net zoiets als jij. Hangt hier de hele tijd rond." Maar Wright zei dat hij hem al had gezien en dat hij bij de Connaught Rooms werkte. Het boeide hem geen reet. Later dacht ik: dat was natuurlijk een handlanger.'

'Heb je Pamela of Kenneth over die man verteld?'

'Ik wilde ze niet ongerust maken. Trouwens, het was Wrights taak, hij moest de beveiliging doen.'

'En de politie? Heb je die erover verteld?'

'Ja, ik dacht het wel. Ja.' Todd nam nog een grote slok bier.

'Had die man donkere krullen?'

'Wat? Nee, steil haar. Wie heeft er donkere krullen?'

Strike negeerde ook deze vraag.

'Dus Wright heeft nooit gezegd dat hij op de vlucht was, dat hij zich schuil moest houden of dat hij ergens vals van beschuldigd werd?'

'Zoals?' vroeg Todd.

'Dat weet ik niet, maar hij heeft een website bezocht die Abused and Accused heet, op de computer van Ramsay Silver.'

'Dat van die website wist ik, dat heeft de politie ons verteld.' Todd grijnsde nu niet meer. 'Ze vroegen of ik daar ooit op had gekeken. Natuurlijk niet. Ik had geen wachtwoord van die fucking computer. Het is haar schuld als die zwakke slapjanus heeft gerotzooid met de computer.'

'Hoe bedoel je?' vroeg Strike.

'Nou, ze was toch weg? Pamela. Op de dag dat dat stomme Hoe-heet-het-zilver kwam, was zij eerder vertrokken en alles.'

'Ik zou er veel aan hebben als je die middag nog eens met me kon doorlopen,' zei Strike. 'Je was toch ergens anders aan het werk toen het zilver werd geleverd?'

'Ja. Ik zei donderdag tegen Pamela: "Ik kom wel helpen als het nodig is." Overuren,' voegde hij eraan toe. 'Want ik wist dat een van die dingen heel groot was. Kenneth had het ons laten zien in de catalogus. Ik zei: ik wil wel helpen.'

'Werd er niet van die Gibsons-bezorger verwacht dat hij het zilver naar de kluis tilde?'

'Heb je die trap gezien?' vroeg Todd. Sinds het noemen van de website deed hij stekelig, en nu fronste hij geërgerd zijn voorhoofd.

'Ja,' zei Strike.

'Denk je dat mensen het risico nemen hun nek te breken als dat niet per se hoeft? Ik was er al eens eerder toen een bezorger die trap niet af wilde. Arboregeltjes, hè? De eerste keer zei ik tegen Pamela: voor tien pond doe ik het wel, want toen hadden ze Wright nog niet.'

'Die eerste bezorger die het niet wilde doen, was dat Larry McGee?'

'Wie?' Todd pakte zijn glas en nam weer een slok.

'McGee heeft het Murdoch-zilver bezorgd.'

'O. Nee. Ik weet niet, ik heb hem dus niet gezien, hè.'

'Zou je Larry McGee herkennen?'

'Nee. Wie was dat?'

'Dat zeg ik net. De bezorger van Gibsons.'

'Nooit van gehoord.'

'En wanneer belde Pamela je over het Murdoch-zilver, weet je dat nog?'

'Om een uur of drie. Ik moest wachten tot ik onopvallend kon vertrekken, ik was bij mijn andere adres.'

'Dus hoe laat was je er?'

'Ongeveer een half uur later, en Wright had het meeste al zonder mij naar beneden gebracht. We hebben het samen afgemaakt.'

'Ben je teruggegaan naar je werk in Kingsway nadat jullie die kist in de kluis hadden gezet?'

'Nee, want Pamela riep beneden dat er dingen verwisseld waren, en ze zei tegen Wright dat hij iets moest gaan halen dat bij haar bezorgd was, bij Bullen & Co, en ze zegt tegen mij: "Jij blijft hier om hem te helpen tillen als hij terug is." En ik zeg: "Ik moet gaan, dit zou vijf minuten duren." Zij zegt weer dat ik moet blijven en dat wilde ik niet, ik had dat andere werk, maar ze praatte me zeg maar een schuldgevoel aan.'

'Hoe deed ze dat?' vroeg Strike.

'Ach, je weet wel. Ken en zijn vrouw en hun zoon... Weet je dat hun zoon dood is?'

'Ja, dat wist ik.'

'Dus ja, ik zei dat ik wel zou blijven. Ken is een goeie vent, ik wilde hem niet laten stikken. Dus Wright komt terug en samen sjouwen we dat rotding naar de kluis, en Pamela zegt: "Jim, breng mijn handtas mee," dus dat doe ik, en ik dacht dat ik klaar was, maar toen zei Pamela dat ik moest blijven tot Wright weer boven was, want die was beneden nog zo'n fucking kandelaar of wat het ook was uit die kist aan het tillen. En weg was ze, en toen moest ik dus op de winkel passen.'

'Dus je hebt niet gezien wat er in die laatste kist zat? Waar het Oriental Centrepiece in had moeten zitten?'

'Nee. En dan komt Wright weer naar boven en ik zeg tegen hem: "Ik moet gaan, ik was nog niet klaar op mijn andere adres" en hij zegt:

"Hoe moet dat met het alarm en alles?" en ik zeg: "Dat is niet mijn probleem" en ik stap op. Dat was natuurlijk gespeeld,' zei Todd. 'Niet dan? Hij rook zijn kans. De deur niet op slot, de kluisdeur open. Het is gewoon háár schuld.'

Todds interpretatie mocht dan niet waterdicht zijn, zijn relaas van wat er was gebeurd klopte precies met wat Strike had gezien op de camerabeelden, dus stelde hij verder geen vragen over vrijdag. Hij sloeg een blaadje om in zijn aantekenboekje.

'Ben je dat weekend bij Ramsay Silver geweest?'

'Nee, dat zeg ik. Ik werk op maandag en donderdag.'

'Had je sleutels van de winkel, of de alarmcode?'

'Nee, nooit gehad.'

'De politie heeft vast wel gevraagd waar je vrijdagnacht was?'

'Ja, toen zat ik te kaarten met vier andere mannen, bij mij thuis. Dat hebben we de politie verteld, en bij ons op de hoek hangt een camera waarop je kon zien dat ik in mijn flat was toen...'

'Ik dacht al wel dat de politie dat had gevraagd. Kunnen we het nog even hebben over de maandag dat het lijk en de diefstal ontdekt werden? Jij was beneden toen Kenneth de kluis openmaakte, klopt dat?'

'Ja, ik had de personeelsruimte schoongemaakt. Ik was net bezig met de wc.'

'Wat herinner je je over de ontdekking van het lijk?'

'Ik was op de wc,' zei Todd nogmaals. 'Met de deur dicht, want als je hem openlaat, kan er niemand door naar de trap en de kluis. Ik hoorde Kenneth de kluis openmaken. Toen hoorde ik hem schreeuwen. Ik zeg: "Alles goed, Ken?" Pamela riep iets vanaf boven, en toen hoorde ik haar naar beneden komen. Daarna maakte ze een raar geluid en alles, dus ik vraag: "Wat is er aan de hand?" en ik ga kijken.'

Todd nam een slok van zijn bier.

'Fuck man... ze hadden hem flink toegetakeld. Dingen in zijn vel gekerfd, de handen verdwenen en toen... toen hij werd omgedraaid... verschrikkelijk.'

'Wie draaide hem om?' vroeg Strike.

'De politie. Die kwam en we mochten niet weg. Juut bij de voordeur om mensen weg te sturen. We hebben daar bijna de hele dag vastgezeten. Er werden broodjes gebracht. De forensische dienst kwam, ze draaiden hem om, waar wij bij waren... Pamela moest bijna kotsen. Zijn ogen waren uitgestoken, zijn gezicht was tot pulp geslagen en zijn lul was weg.'

'Was zijn penis afgesneden?'

'Ja... fucking verschrikkelijk... Toen werd hij in een lijkzak gestopt en meegenomen, en wij mochten naar huis.'

'Heeft iemand aan de politie verteld dat John Auclair daar is geweest, meteen na de vondst van het lijk?'

'Ja. Ken, geloof ik.'

Strike maakte nog een aantekening en vroeg toen: 'Weet je misschien iets over hoe Wright was aangenomen? Er was toch onenigheid over wie er op de lijst zouden komen voor een sollicitatiegesprek?'

'Dus dat weet je al? Ja, ik heb ze erover horen ruziën.'

'Kenneth en Pamela?'

'Ze verweten elkaar dat ze Wrights mail op de lijst hadden gezet in plaats van die van een andere kerel.'

'Wie denk jij dat het gedaan moet hebben?' vroeg Strike.

'Hoe bedoel je?' vroeg Todd met een frons.

'Wie van de twee zou eerder de verkeerde mail hebben gekozen? Pamela of Kenneth?'

'Weet ik veel,' zei Todd, maar toen voegde hij eraan toe: 'Ken, denk ik.'

'Waarom denk je dat?'

'Omdat... Ik weet niet, hij is soms best wel slordig. Maar het is een goeie kerel, Ken,' zei Todd, alsof Strike het tegendeel had gesuggereerd. 'Niks mis met Ken.'

'Maar je denkt dat hij een fout gemaakt zou kunnen hebben?'

'Iedereen kan fouten maken,' zei Todd.

'Dat is waar. Weet jij toevallig iets van een e-mail zonder genoemde afzender die vanaf Ramsay Silver is verstuurd aan een zekere Calvin "Oz" Osgood?'

'Nee,' zei Todd strijdlustig.

'Verder nog iets wat je je herinnert over Wright? Misschien iets wat hij per ongeluk heeft losgelaten?'

'Hij was er de man niet naar om per ongeluk iets los te laten, hè?'

'Maar hij heeft je wel verteld over Tempel Zeventien.'

'Dat was vast gelogen. Hij wilde natuurlijk gewoon van alles opzoeken over zilver.'

'Ik heb hier veel aan, dank je wel,' zei Strike. 'Nog een paar dingen.' Hij sloeg een bladzijde terug in zijn boekje. 'Waarom noemde je William Wright daarstraks een "zwakke slapjanus"?'

'Wat?'

'Je zei: "Het is haar schuld" – van Pamela – "als die zwakke slapjanus heeft gerotzooid met de computer."'

'Ja, waar slaat dat op, altijd Wright op de zaak laten passen als ze er weer eens tussenuit knijpt? Dom wijf. Wie laat er nou een dief op z'n spullen passen?'

'Maar waarom "zwakke slapjanus"?'

'Nou ja, het is toch fucking stom om dat soort dingen op te zoeken op de computer van je werk.'

'Wat voor soort dingen?'

'Nou... wat er op die website stond. Hoe heette die ook alweer?'

'Abused and Accused,' zei Strike.

'Lekker slim, je baas laten weten dat je iets hebt uitgevreten.'

'De mensen op die website beweren onschuldig te zijn.'

Todds reactie was een vaag 'huh'.

'En je vroeg "Wie was dat" toen ik de naam Larry McGee noemde.'

'Ja, en?'

'"Wie was dat?" en niet "Wie is dat?"'

Todd staarde hem aan.

'Larry McGee is dood,' zei Strike. 'Wist je dat al?'

'Nee. Hoe moet ik dat weten? Wie was dat, wie is dat, één pot nat.'

'Heb je altijd in dit deel van Londen gewoond?' Strike liet zijn aantekenboekje weer in zijn zak glijden.

'Zo ongeveer.' Todd had nu iets uitgesproken agressiefs.

'En altijd schoonmaakwerk gedaan?'

'Verschillende dingen,' zei Todd. 'Klusjesman... verschillende dingen.'

Strike schatte Todd halverwege de zestig, een leeftijd waarop hij binnenkort of misschien kortgeleden in aanmerking kwam voor zijn staatspensioen. Hij droeg geen trouwring. De los-vaste klussen buiten het oog van de belasting, plus de onaangename woonsituatie die de man daarnet had beschreven, suggereerden dat hij spaargeld noch gezin had, maar het kon ook op iets anders wijzen.

Als Strike nog bij de SIB had gezeten en Todd was soldaat geweest, dan zou hij rechtstreeks toegang hebben gehad tot 's mans geboortedatum, vorige adressen en eventuele misdrijven. Zijn gevoel dat er iets niet helemaal in de haak was met de schoonmaker was in de loop van de ondervraging sterker geworden, ook al had hij Todd op geen enkele leugen kunnen betrappen; integendeel, de na te trekken informatie die hij had gekregen was volkomen accuraat. Maar die verspreking over Larry McGee, en zijn zichtbare ongemak bij het noemen van de website Abused and Accused waren interessant.

'Bedankt voor je komst.' Strike kwam overeind.

'Graag gedaan,' zei Todd, maar zijn toon weersprak zijn woorden.

Terwijl Strike terugliep door Leather Lane waren zijn gedachten bij de man van wie hij zojuist afscheid had genomen: al op leeftijd en dan nog overal geld bij elkaar moeten schrapen. Strike was geïnteresseerd in de bereidheid van zijn uiteenlopende opdrachtgevers om Todd op pensioengerechtigde leeftijd werk te verschaffen, en in het feit dat het allemaal bedrijven waren midden in Londen, in plaats van ergens in een shabby randgebied.

Respectabele verhuurders waren vaak niet bereid om bepaalde types onderdak te verschaffen, wist Strike, en diezelfde mannen hadden ook beperkte opties als het op sociale huur aankwam. In die categorie vielen recentelijk vrijgekomen ex-gedetineerden, vooral wanneer ze bepaalde vergrijpen op hun kerfstok hadden. Zulke mannen hadden vrienden nodig als ze het in de buitenwereld wilden redden met enige mate van comfort, en Cormoran Strike had de indruk dat, hoe weinig benijdenswaardig Todds leven ook mocht lijken, hij een ongewone hoeveelheid stilzwijgende hulp kreeg die noch zijn persoonlijkheid noch zijn talent leek te rechtvaardigen.

29

... the souls of the vicious dead passed into the bodies of those animals to whose nature their vices had most affinity... To this doctrine probably referred those figures of animals and monsters which were exhibited to the Initiate...

Albert Pike
Morals and Dogma of the Ancient and Accepted Scottish Rite of Freemasonry

Harrods stond in zijn volle glorie in het hart van Knightsbridge, het rode baksteen in het doffe middaglicht omlijst met goudgele lampjes, de groen-met-gouden markiezen boven de etalages gevuld met kleding, handtassen en sieraden die Robin nooit had kunnen betalen. Ze was pas twee keer eerder in het warenhuis geweest: een keer met haar ex-man, kort na hun aankomst in Londen en puur voor de bezienswaardigheid, de tweede keer met haar moeder, om dezelfde reden.

Vandaag toonden de etalages van Harrods hun gebruikelijke uitstalling van designerspullen tegen een besneeuwde achtergrond, en toen Robin naar binnen liep, werd ze ondergedompeld in een weelderige kerstfantasie. Als je maar lang genoeg door de grote ruimtes liep, allemaal even overvloedig en fonkelend versierd, zou je gemakkelijk in de verleiding kunnen komen te geloven dat ook jij de feestdagen zou kunnen vullen met al die glamour en luxe voor je dierbaren – in elk geval tot je op de prijskaartjes keek.

De winkel was zo groot dat het desoriënterend was, en Robin kon het de verschillende verkopers die ze om hulp vroeg niet kwalijk nemen dat ze ongeduldig waren; ze werden overweldigd door het winkelende kerstpubliek, en sommigen van hen waren begrijpelijkerwijs wantrouwend toen ze beweerde een broer te willen bezoeken van wie ze niet meer wist op welke afdeling hij werkte. Verdieping na verdieping besteeg Robin het Egyptische trappenhuis, de wanden en het plafond versierd met gouden ankhtekens, farao's en sterrenbeelden, en ze speurde enorme ruimtes vol koopwaar af op zoek naar de jongeman wiens foto's ze aandachtig had bekeken op Facebook.

En eindelijk, na tweeënhalf uur onafgebroken zoeken, vond Robin Albie Simpson-White op de sportafdeling op de vierde verdieping, waar hij vlak bij een levensgroot paard van fiberglas een moeder en haar tienerdochter hielp bij het vinden van de juiste maat paardrijbroek.

Hij zag er ongelooflijk jong uit, maar Robin wist van zijn Facebook-pagina dat hij vierentwintig was. Hij was lang, blond, met een babyface en een huidje waar menig vrouw jaloers op zou zijn. Ze bleef rondhangen bij de Aertex-shirts tot Albie klaar was met zijn klanten en liep toen, voordat iemand anders hem kon claimen, naar de toonbank waar hij stond.

'Albie?'

Hij keek enigszins verbaasd toen hij werd aangesproken met zijn naam, ook al stond die op het speldje op de revers van zijn pak.

'Ik ben Robin Ellacott en ik ben privédetective.' Ze schoof hem haar kaartje toe. 'Ik zou je heel graag willen spreken over Rupert Fleetwood. Niet hier natuurlijk, maar als je even pauze hebt, of na je werk. Misschien een kop koffie of een borrel?'

Hij keek naar haar visitekaartje, knipperde een paar keer met zijn ogen en vroeg toen: 'Heeft... Wie... Heeft Decima je ingehuurd?'

'Inderdaad,' zei Robin.

Albie gluurde om zich heen en zei toen zacht: 'Ik heb al tegen haar gezegd dat ik niet weet waar hij is. Dat heb ik gezegd! Ze bleef maar bellen. Ik weet niet waar hij is!'

'Ik zou je heel dankbaar zijn als we even konden praten. Alleen voor wat achtergrondinformatie. Decima is erg ongerust over Rupert.'

'Dat is niet nodig!'

'Hoe weet je dat? Heb je contact met hem?'

'Nee.' Albies jongensachtige gezicht werd rood. 'Maar het gaat vast goed met hem.'

'We kunnen echt alle informatie...'

'Wie heeft jou verteld dat ik hier was?'

'Ik heb een vriendin van je gesproken bij Dino's. Lina.'

Albie keek snel naar een man een paar meter verderop die ook een naamplaatje droeg en toen weer naar Robin. Ze kon merken dat Albie, net als de meeste mensen die onverwacht werden geconfronteerd met een privédetective, het net zo eng vond om te weigeren als om met haar te gaan praten. Wat konden de consequenties zijn als hij haar wegstuurde?

'Goed,' zei hij nerveus. 'Ik zie je om acht uur bij de personeelsingang.'

'Waar is die?'

'Basil Street 28.'

'Heel erg bedankt, Albie. Houd mijn kaartje maar, voor het geval je mijn nummer nodig hebt.'

Albie stak het visitekaartje snel weg en richtte zich toen op een klant die een paar sportschoenen wilde afrekenen.

Robin ging terug naar de begane grond om de tijd te doden tot hun afspraak; de terugkeer naar de ijskoude straat stelde ze nog even uit. Ze was net aangekomen op een van de delicatessenafdelingen toen haar telefoon trilde. Toen ze het toestel tevoorschijn haalde, zag ze dat haar moeder een foto had gestuurd met het bijschrift: 'Kijk, dit is Betty,' met een oogrolemoji. Op de foto stond Robins vader Michael met een pikzwarte labradorpuppy in zijn armen.

Robin stopte de telefoon weer in haar tas zonder te reageren en liep verder, met het vage plan om bonbons of koekjes te kopen om mee te nemen naar haar ouders in Masham. Maar het was vrijwel onmogelijk om meer dan een meter ongestoord te lopen en er botsten voortdurend mensen tegen haar op, sommige woest, andere doelloos. Sinds haar vertrek bij de sekte waar ze undercover had gezeten vond Robin het niet prettig om in een mensenmassa te verkeren, zeker niet in ruimtes zonder ramen.

Net toen ze dacht dat ze misschien toch liever op het koude trottoir wilde wachten, viel haar oog op een buis jellybeans in de kerstkleuren rood, groen en wit. Ze moest denken aan het buisje waarvan William Wright had beweerd dat het een bloedmonster was. Misschien zou haar nichtje Annabel blij zijn met jellybeans? Robin reikte ernaar...

Een grote hand sloot zich pijnlijk om haar nek en pakte haar van achteren zo stevig beet dat ze haar hoofd niet kon draaien en niet kon gillen, de sterke vingers strak om haar halsslagader gevouwen, en Robin was volledig in shock, waardoor ze niet goed kon bevatten wat er gebeurde of zelfs maar haar armen omhoog kon doen, en om haar heen schuifelde iedereen gewoon verder...

De man die haar beethad – ze wist dat het een man was, door de omvang en kracht van de hand die haar hals dichtkneep – probeerde iets kleins en rubberachtigs in haar linkerhand te stoppen, en ze balde haar vuist, probeerde naar lucht te happen om te kunnen schreeuwen, maar hij kneep haar hals dicht en ze wist dat ze haar hand moest openen als dat was wat hij wilde, en toen ze dat deed stopte hij een brok rubber tussen haar vingers en fluisterde in haar oor: 'Het gaat weer gebeuren als je het verdomme niet laat rusten.'

Hij liet haar los, maar gaf tegelijkertijd zo'n harde duw in haar rug dat ze tegen een vrouw aan viel die een peuter in haar armen droeg. De vrouw slaakte een gil en verloor haar grip op de pot brandyboter die ze in haar hand had, die op de vloer uiteenspatte.

'Kijk uit je doppen!' riep de vrouw, nog steeds wankelend om haar evenwicht te bewaren, en de peuter begon te huilen, andere mensen keken om.

'Sorry, het spijt me echt, iemand duwde me...'

Met een pijnlijk kloppende hals draaide Robin zich om en ging op haar tenen staan, en ze meende bij een deur in de verte beweging te zien alsof iemand met hoge snelheid de delicatessenafdeling af probeerde te komen, maar ze kon haar belager onmogelijk onderscheiden in die zee van hoofden.

Nu trillend keek Robin naar het voorwerp dat hij in haar hand had gestopt. Het was een kleine rubberen gorilla.

Vele lange seconden staarde ze ernaar, en ze probeerde zichzelf wijs te maken dat de man gestoord was, dat ze de willekeurige ontvangster was van een onzinnige gift, dat hij haar in de drukte voor iemand anders had aangezien, dat dit niet betekende waarvoor ze doodsbang was dat het dat betekende.

Het gaat weer gebeuren als je het verdomme niet laat rusten.

De verkrachter die een einde had gemaakt aan haar universitaire loopbaan en haar eileiders had verwoest had een rubberen gorillamasker gedragen toen hij haar en zes andere jonge vrouwen aanviel, van wie er twee de verwurging niet hadden overleefd. Hij had levenslang gekregen en zat nog in de gevangenis, alle aanvragen voor vervroegde vrijlating waren afgewezen. Robins identiteit was geheimgehouden voor de pers toen ze op haar negentiende in de rechtbank moest getuigen.

Hoe kon een wildvreemde weten dat zij Getuige G was geweest?

'Párdon!' klonk een boze stem, en een lange, aristocratisch aandoende man reikte langs Robin heen om een voorverpakte kerstcake te pakken.

Robin ging opzij, de rubberen gorilla nog in haar linkerhand geklemd, en ze strompelde weg op zoek naar een uitgang, vruchteloos de gezichten afspeurend van alle mannen die ze passeerde. Het liefst had ze de gorilla ergens weggegooid, maar haar belager had geen handschoen gedragen, dus misschien zat er DNA op, net als op het rubberen masker van haar serieverkrachter, dat was teruggevonden onder de vloerplanken van de 'werkkamer' waar zijn vrouw nooit had mogen komen. Robin propte de gorilla in haar handtas.

Terwijl ze in de richting liep waarvan ze dacht dat het Brompton Road moest zijn, langs cosmeticastands, moeizaam door een nog dichtere mensenmassa, stelde ze zich voor dat ze Murphy zou vertellen wat er zojuist was gebeurd. Hij zou woest zijn. Hij zou eisen dat ze hem vertelde wat voor maatregelen ze nam om zichzelf te beschermen. En net zo snel als ze zich had voorgesteld hoe ze het haar vriend zou vertellen wist ze dat ze dat niet zou doen.

Maar ze moest het wel aan Strike vertellen. Had ze haar collega ooit verteld dat haar bijna-moordenaar een gorillamasker had gedragen? Ze dacht van niet.

Buiten was het nog kouder geworden, en de avond viel snel. Robin koos een plek naast een van de helder verlichte etalages, uit de weg voor de winkelende meute, haar adem in wolkjes voor haar gezicht.

Strike nam zijn mobiel op na een paar keer overgaan.

'Hoi.' Robin probeerde het nonchalant te laten klinken. 'Hoe was het bij Todd?'

'Interessant. Is het gelukt met Albie Simpson-White?'

'Ja,' zei Robin, 'we hebben afgesproken voor straks na zijn werk.'

'Mooi.'

Ja... ik bel eigenlijk omdat er net iets raars is gebeurd.' Robin deed haar best om vaag geïnteresseerd te klinken, in plaats van hevig geschrokken.

Toen ze vertelde wat er was gebeurd, zei Strike ongelovig: 'Hij heeft een speelgoedgorilla in je hand gestopt?'

'Ja,' zei Robin. 'En het punt is... de man die, je weet wel... toen ik negentien was... de reden dat ik met mijn studie ben gestopt... die droeg een latex gorillamasker, tijdens de... aanval.'

Robin besefte opeens dat de tranen heel hoog zaten, en ze duimde mentaal dat Strike niet boos zou reageren, haar niet de les zou lezen omdat ze niet voorzichtiger was geweest of niet snel genoeg de dader had kunnen vinden.

'Oké,' zei Strike, en hij klonk wel serieus, maar tot haar opluchting niet kwaad. 'Waar ga je met Simpson-White praten?'

'Ik denk hier ergens in de buurt, in een pub of zo.'

'Zal ik je na afloop komen halen?'

'Wat?' zei Robin met een lachje. 'Nee, natuurlijk niet. Het is hartstikke druk hier midden in de stad. Ik ga gewoon...'

'Wat doe je daarna?'

'Ik heb met Ryan afgesproken.'

'Neem een taxi.'

'Dat hoeft...'

'Neem verdorie een taxi.'

'Oké, oké, ik neem een taxi.' Robin keek hoe laat het was en liep in de richting van de personeelsingang waar ze Albie zou treffen. 'Misschien,' zei ze, en ze moest haar best doen om kalm en objectief te klinken, 'was het wel... weet ik veel, toeval, of...'

'Het was geen toeval.'

'Nee.' De dubbeldekkers raasden langs haar heen, de gezichten van voorbijgangers werden verlicht door de gouden gloed uit de etalages van Harrods. 'Dat denk ik ook niet.'

De tranen brandden in haar ogen, en even was ze het liefst weggevlucht. Maar waarheen? Naar haar ouders in Masham, zoals na de verkrachting? Naar Murphy, van wie ze wist dat ze het hem niet zou vertellen?

'Als je maar uitkijkt,' zei Strike, en ze merkte dat het hem de grootst mogelijke moeite kostte om het niet strenger te zeggen. 'Afgesproken?'

'Ik kijk uit,' zei Robin. 'Beloofd.'

30

Ask me no more, for fear I should reply;
Others have held their tongues, and so can I...

A.E. Housman
VI, *Additional Poems*

Albie kwam kort na acht uur door de personeelsuitgang naar buiten. Zijn blik zocht die van Robin over de hoofden heen van de vele personeelsleden die zich naar huis haastten.

'Hallo,' zei Robin, en hoewel ze nog flink van slag was, slaagde ze erin het opgewekt te laten klinken. 'Wil je iets eten? Ik betaal. Misschien een burger of zo?'

Met drie broers, van wie twee jonger dan zij, wist Robin hoe belangrijk eten was voor jongemannen.

'Eh... oké,' zei hij, en ze meende in zijn gezichtsuitdrukking, hoe nerveus ook, een zekere voldoening te zien over het feit dat er voor hem ook iets te halen viel.

'Ken je de Alfred Tennyson?' vroeg Robin, die de pub onder het wachten had opgezocht. 'Het is tien minuten lopen, maar het eten is er goed.'

Ze had er nooit gegeten, maar alles wat dichterbij was zag er nog duurder uit, en er zat een grens aan wat ze bij hun boekhouder kon declareren als zakelijke kosten.

Ze liepen in de koude avond tussen de drommen voorbijgangers, Robin oppervlakkig babbelend. Ze bespraken de personeelskorting die Albie kreeg bij Harrods, en dat dat heel gunstig was voor zijn kerstinkopen. Ze kwam te weten dat hij pasgeleden zijn knie 'naar de kloten' had geholpen met voetballen, en 'de mensen denken altijd dat ik chiquer ben dan ik eigenlijk ben', vanwege zijn dubbele achternaam, die het gevolg was van zijn feministische moeder die gelijkheid had geëist bij het opmaken van zijn geboorteakte.

Albie leek een aimabele jongeman te zijn, slim maar niet academisch ('Ik zie het nut niet in van de universiteit, het is alleen maar tijdverspilling terwijl je intussen ook geld kunt verdienen') en ze begreep niet goed waarom Rupert Fleetwood, wiens gedrag – het gestolen tafelschip, en zoals hij zijn zwangere vriendin had behandeld – leek te wijzen op een lamlendige, onvriendelijke man, goed bevriend was geweest met zo'n fatsoenlijke, hardwerkende, verstandige jongen.

Bij de Alfred Tennyson was het druk, maar ze slaagden erin een tafeltje voor twee te bemachtigen in het restaurantgedeelte. Robin nam de stoel waarop ze met haar rug naar de muur kon zitten; niemand mocht haar ongezien van achteren benaderen. Albie, die in tweestrijd leek te staan tussen blijdschap vanwege het vooruitzicht van een fatsoenlijke warme maaltijd na een lange werkdag, en bezorgdheid om wat er komen zou, bestelde een hamburger en een halve liter bier en wachtte af, een beetje ineengedoken met zijn handen tussen zijn knieën.

'Nou,' zei Robin toen de serveerster weg was, 'zoals ik al zei, Albie, ben ik alleen maar uit op achtergrondinformatie. We weten niet veel over Rupert, behalve dat Decima en hij een relatie hadden, en dat hij in Zwitserland is grootgebracht door zijn oom en tante.'

'Oké.' Albie zag er nerveus uit.

'Wanneer heb je hem voor het eerst ontmoet?'

'Vorig jaar. Vroeg in het jaar... februari, denk ik. Toen hij bij Dino's begon.'

'Hoelang heb jij daar gewerkt?'

'Twee jaar in totaal. Iets meer.'

'Vond je het leuk?'

Albies bier werd gebracht, en hij nam een grote slok.

'Het was wel oké. Soms. Heb je meneer Longcaster gesproken?'

'Nee,' zei Robin, 'maar ik weet van dat tafelschip.'

'Daar moet je hem niet op beoordelen,' zei Albie snel.

'Wie? Rupert?'

'Ja.'

Robin voelde de tafel licht trillen; een van Albies lange benen wipte blijkbaar op en neer.

'Mocht je Rupert graag? Waren jullie vrienden?'

'Ja,' zei Albie met een lachje. 'Het is een goeie gast. Beetje... een oude ziel, weet je wel? Zo iemand aan wie iedereen zijn problemen vertelt.'

Dat strookte niet echt met het beeld dat Robin had gevormd van Rupert Fleetwood, die ze zag als een van de vele welvarende Londenaars van goede komaf met wie ze in haar loopbaan als detective te maken had gekregen. Ze leefden als toeristen in hun eigen stad, pakten het beste van wat die te bieden had en hoefden zich nooit te verlagen tot de gebaande paden tussen de gewone mensen, tenzij ze werden getroffen door een persoonlijke crisis – meestal een plotselinge daling in inkomsten doordat een ouder de toelage inhield, of door uit de hand gelopen drugsgebruik.

'Wat weet je van Ruperts voormalige huisgenoot, Zac?'

'Hij probeerde een drugsdealer te naaien door niet te betalen, toen smeerde hij 'm en moesten Rupe en Tish de klappen opvangen,' zei Albie duister.

'Wie is Tish?'

'De ex van Zac. Die dealer bedreigde haar ook. Probeerde Zac te pakken via haar en Rupe.'

'Hoe heet Tish voluit?'

'Haar achternaam weet ik niet. Ik heb haar één keer gezien.'

Albies burger werd gebracht en hij begon meteen te eten, duidelijk rammelend van de honger.

'Rupert had niet veel geld, hè?' vroeg Robin.

'Nee. Hij klinkt chic, maar er is niks over van zijn trustfonds. Al het geld is naar die Zwitserse kostschool gegaan. Rupe moet werken voor de kost. Heb je zijn tante gesproken?'

'Mijn collega heeft haar gesproken.'

'Rupe kan haar niet uitstaan. Hij heeft een rotjeugd gehad. Hij was heel ongelukkig op die kostschool en hij mocht zijn oom en tante niet. Hij vertelde me dat hij zich daar nooit thuis heeft gevoeld. Hij wilde terug naar Engeland, naar de familie van zijn moeders kant. Zijn oom Ned vond hij heel leuk, maar die is gestorven toen Rupe net terug was.'

'Wat deed Rupert voordat hij bij Dino's ging werken?'

'Eerst werkte hij bij een makelaar, toen in een restaurant in Soho, in de bediening, en daarna heeft Sacha... Wist je dat Rupe een neef is van Sacha Legard?'

'Ja, dat wist ik,' zei Robin. 'Gaan ze goed met elkaar om?'

'Ik geloof dat Sacha dat niet wil.'

'Waarom niet?'

'Hij is bang dat Rupert iets van hem wil,' zei Albie uilig.

'Wat dan?'

'Weet ik het. Geld? Kaartjes voor premières? Zijn beroemde vrienden ontmoeten?'

'Zou Rupert die dingen van Sacha willen?'

'Nee. Het enige wat hij echt wil is familie. Maar Sacha was wel degene die voorstelde dat Rupe bij Dino's ging werken. Sacha is daar lid. Hij zei dat als Rupe een betere baan wilde dan in dat restaurant, hij het aan meneer Longcaster moest vragen, omdat die zijn peetoom was en zo.'

'Had Rupert veel met meneer Longcaster te maken voordat hij voor hem ging werken?'

'Hij wist niet eens dat meneer Longcaster zijn peetoom was voordat Sacha hem dat vertelde. Rupes tante mag meneer Longcaster niet, maar het kon Rupe niet meer schelen wat zij ervan vond, dus ging hij naar die club en meneer Longcaster zei: "O, dus jij bent de zoon van Veronica en Peter?" en hij mocht wel een poosje op proef komen.'

'Dus meneer Longcaster was geen erg betrokken peetoom?'

'Ik denk dat hij Rupert helemaal vergeten was tot hij bij die club aankwam.'

'En vond Rupert het leuk om daar te werken?'

Ze leidde het gesprek langzaam naar Decima toe, maar wilde daar niet te snel aanbelanden.

'Hij dacht er hetzelfde over als ik,' zei Albie. 'Sommige dingen zijn cool. Je ziet daar heel beroemde mensen en in het begin is dat interessant, maar na een tijdje besef je dat het ook maar gewoon mensen zijn. Sommigen zijn oké en anderen zijn eikels, weet je wel?'

'En zo dacht Rupert er ook over?'

'Ja... heb je meneer Longcaster niet gesproken?' vroeg Albie nogmaals.

'Nee,' zei Robin, maar deze keer voegde ze eraan toe: 'Hoezo?'

'Hij... Ik haat hem,' zei Albie, plotseling verrassend fel. 'Ik haat ze allemaal – behalve Decima. Zij is oké. Ze is de enige die deugt.'

'Als je zegt "allemaal", bedoel je dan...'

'De Longcasters. Hij en zijn vrouw, zij is echt een bitch, en zijn andere kinderen. Valentine – ik zou nog niet over hem heen pissen als hij in brand stond,' zei Albie ruw. 'Vreselijke vent, doet alsof die club van hem is, behandelt het personeel als oud vuil. En Cosima, dat is de jongste, is een verwend kreng. Decima is de enige die wel te doen is, zij behandelt het personeel netjes. Nou ja, ze was zelf ook eigenlijk personeel, een poosje, ze werkte aan de menukaart. Meneer Longcaster had haar gevraagd hem te helpen. Ze is een heel goede kok... maar ik geloof dat het slecht gaat met haar restaurant. Dat heb ik online gezien.'

Robin meende iets van schuldgevoel te horen, maar Albie praatte snel verder.

'Hoe dan ook, ze past niet in die familie. Net als Rupe. Ik heb die twee daar een keer samen over horen praten.'

'Dus je hebt de relatie tussen Rupert en Decima van dichtbij meegemaakt?'

'Ja, op zich wel.'

Het verbod van hun cliënte om iets over haar baby te zeggen kwam nu erg slecht uit; Robin voelde dat Albie wel gevoelig zou zijn voor een beetje emotionele chantage.

'Vind je dat Rupert en Decima goed bij elkaar pasten, of...?'

'Waarom vraag je dat, als je voor haar werkt?'

Robin keek Albie recht in de ogen. 'Omdat het me op de lange termijn beter voor haar lijkt dat ze de waarheid weet in plaats van leugens te horen krijgt en zich maar moet blijven afvragen waarom Rupert verdwenen is, als hij dan zoveel van haar hield.'

Albie keek strak naar zijn bord, at nog wat friet en zei toen: 'Zij denkt dat hij dat lijk in de zilverwinkel was, hè?'

'Heeft ze je dat verteld?'

'Ja, maar...' – Albie lachte ongemakkelijk – 'dat is idioot. Waarom zou Rupert daar in godsnaam zijn gaan werken?'

'Jij hebt me net verteld waarom. Hij moest de kost verdienen. Hij was er met dat tafelschip van meneer Longcaster vandoor gegaan, dus hij had een reden om zich schuil te houden, ja toch? Maar jij lijkt me niet het type om hem aan te sporen zomaar zijn vriendin in de steek te laten, zonder iets te zeggen.'

Ze zag een rode blos over Albies gezicht trekken.

'Dat ben ik ook niet,' mompelde hij.

'Wilde Rupert het uitmaken met Decima?'

Albie opende zijn mond, sloot hem weer en zei toen: 'Niet echt.'

'Wat wil dat zeggen?'

'Ik weet niet... Haar broer was er heel erg op tegen dat ze samen waren, hij vond Rupe veel te jong voor haar – en waarschijnlijk niet rijk genoeg, Valentine kennende.'

'Besloot Rupert bij haar weg te gaan omdat Valentine hun relatie afkeurde?'

'Nee,' zei Albie, 'hij wilde het niet uitmaken, maar hij...'

Hij kapte zichzelf af.

'Hij moest wel?' vroeg Robin. 'Waarom? Omdat hij bang was voor Valentine, of voor meneer Longcaster?'

'Nee, niet "hij moest wel", dat wilde ik niet zeggen.' Albie was nog steeds rood. 'Hij had... je weet wel, met die drugsdealer en zo. Hij wilde niet dat Decima ook gevaar zou lopen.'

'Albie, dat is een mooi verhaal,' zei Robin, 'maar waarom zou hij alle contact met haar verbreken als hij haar wilde beschermen? En waarom zou hij dat tafelschip stelen van haar vader als hij zoveel om haar gaf? Dat heeft haar toch ook problemen opgeleverd?'

'Het tafelschip was niet... Hij heeft het... Je weet niet hoe het is gegaan.'

'Ik ben hier om daarachter te komen,' zei Robin.

Albie haalde diep adem en zei toen zacht: 'Meneer Longcaster is een bullebak. Hij mag niemand behalve zijn dochter Cosima, en dan alleen omdat ze slank en blond en knap is. Zelfs Valentine is bang voor zijn vader. Meneer Longcaster deed afschuwelijk tegen Decima, ook al kwam ze hem uit de brand helpen in de club en ze heeft talent, echt waar, als kok. Maar bij meneer Longcaster is alles oppervlakkig, je moet eruitzien zoals hij het graag ziet, alles draait om mooi en stijlvol zijn. Als je wat dikker bent of zo, of je weet je niet goed te kleden, dan is dat... een soort zonde. En Decima en Rupe zien er niet uit zoals meneer Longcaster de mensen in zijn club en zijn familie wil zien. Je denkt dat ik overdrijf, maar zo'n leven heeft hij, alles moet perfect zijn, de servetten precies op de juiste manier gevouwen, de cocktails koud genoeg, de serveersters slank... Serieus, hij bedenkt wel een manier om die meiden eruit te gooien als hij vindt dat ze er niet goed uitzien. Hij wil in een wereld leven waar alles... onder controle is. Rupert had een paar dagen voor hij vertrok zijn hand verbrand in de keuken, ernstig verbrand, en meneer Longcaster was alleen maar kwaad. Zei dat hij niet wilde dat obers rondliepen met verband om hun hand, dat zag er niet netjes uit. En hij noemde Rupe "de kwal". Telkens als hij iets verkeerd deed – en Rupe werkt hard, het ging om kleine foutjes – dan noemde hij hem de kwal en ging hij de lolbroek uithangen.' Albie was nu echt kwaad. "Een kwak hersenloze, semibewuste massa", dat soort dingen zei hij dan. "Invasieve soort, in de kern nutteloos." En dan begon hij over Rupes vader.'

'Wat zei hij dan?'

'Dat Rupe precies zo was als hij. "De klodder valt niet ver van de kwal," dat was zijn favoriet. En één keer, toen Rupe meneer Longcaster en zijn vrienden moest bedienen tijdens een privé-etentje in een van de zaaltjes – die zijn allemaal vernoemd naar beroemde gokkers – wees meneer Longcaster een van zijn vrienden dat tafelschip aan, waar Rupert bij was, en zei dat hij het had gewonnen van de vader van de ober, en toen zei hij dat Peter Fleetwood nog slechter was in backgammon dan in skiën. Terwijl Rupes ouders zo zijn omgekomen.' Albie zag nu niet meer rood maar was wit weggetrokken. 'Met skiën.'

'Dat klinkt ontzettend wreed,' zei Robin.

'En dan vertel ik niet eens alles,' zei Albie zacht. 'Gemeen doen tegen Rupert was zijn nieuwe hobby. En toen kwam meneer Longcaster erachter dat Rupe en Decima iets hadden samen. Ik denk dat Valentine het had gemerkt en dat hij het zijn vader heeft verteld. Toen was het jachtseizoen pas echt geopend, op allebei. Rupe trok het niet. Vandaar dat tafelschip. Op een dag kreeg hij een rood waas voor ogen, nam dat tafelschip mee en vertrok voorgoed.'

'Wanneer heb jij hem voor het laatst gezien, Albie?'

'Eh... toen. Toen hij dat ding meenam. Eerder op die dag.'

'Daarna niet meer?'

'Nee.'

'Maar jullie waren duidelijk goede vrienden.'

'Ja.'

'Heb je hem echt niet meer gezien sinds de dag dat hij dat tafelschip heeft meegenomen?'

'Nee.'

Robin wist zeker dat hij loog. De manier waarop hij heel vloeiend vertelde over het gedrag van Dino Longcaster had plaatsgemaakt voor iets schichtigs.

'Heeft hij je nog gebeld of geappt?'

'Eh... misschien een paar keer.'

'Hoelang geleden?'

'Ik denk... best lang. Een paar dagen na zijn vertrek bij Dino, zoiets. Daarna niet meer.'

Zoals Strike had ervaren bij Jim Todd werd Robin nu gehinderd door het feit dat ze niet gemachtigd was om van Albie te eisen haar zijn whatsapps te laten zien, om zijn medewerking af te dwingen. Albie had zijn bord bijna leeg, ze wist dat haar tijd er bijna op zat.

'Wist je dat de zilverwinkel waar het lijk is gevonden – het lichaam waarvan Decima denkt dat het Rupert was – een vrijmetselaarszaak is?' vroeg ze.

'Eh... ja, dat had ik geloof ik wel gezien.'

'Was Rupert geïnteresseerd in de vrijmetselarij? Had hij contact met vrijmetselaars?'

'Nee,' zei Albie. 'Ik heb hem er nooit over gehoord.'

'Kende Rupert een zekere Osgood, of "Oz"?'

'Volgens mij niet.'

'Maak je je geen zorgen over hem?'

'Over wie... Rupert? Waarom zou ik me zorgen maken?' Albie klonk nu een beetje bang.

'Nou ja, hij leed onder veel spanningen, toch? De politie en die drugsdealer zaten achter hem aan, hij had geen familie die hem steunde – en misschien was er nog wel meer reden tot paniek, dingen die hij niet aankon?'

Dichter bij het onderwerp van Decima's baby durfde Robin niet te komen.

'Rupe zou zich nooit van kant maken,' zei Albie. 'Dat zou hij nooit doen. Het gaat vast gewoon goed met hem. Ik moet gaan, ik heb met een paar mensen afgesproken.'

'Ik zal de rekening even vragen,' zei Robin, en zoals ze had gehoopt, hielden Albies tafelmanieren hem op zijn stoel terwijl ze haar hand opstak naar de ober. 'Waarom ben je bij Dino's weggegaan?' vroeg ze nadat ze een schrijfgebaar had gemaakt in de lucht.

'Ik was het zat, ik wilde daar niet blijven nadat meneer Longcaster Rupe zo gemeen had behandeld. Een paar andere mensen zeiden ook dat ze daarom zouden vertrekken, maar dat deden ze niet,' zei Albie op vernietigende toon. 'Blijven was makkelijker. Je verdient er goed.'

Vijf minuten later, de rekening betaald, liepen ze samen de drukke stoep op, waar groepjes borrelende mensen bij elkaar stonden.

'Fijn dat je wilde praten, Albie,' zei Robin. 'Dank je wel.'

Ze stak haar hand uit, maar toen Albie die beetpakte, liet ze de zijne niet los.

'Ik denk dat je meer weet dan je me vertelt. Ik denk dat je weet waar Rupert is.'

'Nee!' zei Albie. 'Echt, ik weet het niet!'

'Dan heb je in elk geval contact met hem.'

Albie trok zijn hand los. 'Niet waar!'

Ze had verwacht dat hij zich zou omdraaien en zou weglopen, maar nu ze hem niet meer fysiek tegenhield, leek hij aan de grond genageld door zijn eigen brave inborst.

'Luister,' zei hij. 'Zeg maar tegen Decima... zeg maar dat hij echt van haar hield.'

Zelfs in het donker kon Robin zien dat Albie weer vuurrood was geworden.

'Als hij van haar hield, waarom is hij dan weggelopen zonder haar iets uit te leggen?'

'Misschien had hij geen keus,' zei Albie.

'Wat wil dat zeggen?'

'Ik bedoel, dat moet wel,' zei Albie snel. 'Want hij hield echt van haar. Het ging hem niet om haar geld of zo, wat Valentine ook mocht denken. Rupe was echt... hij was gek op haar.'

'Waarom praat je in de verleden tijd? Wat is er veranderd?'

'Niks. Ik bedoel... hij zal wel bedacht hebben dat het niet werkte. Ze is veel ouder en... en alles.'

'Albie, ik denk dat je meer weet dan je mij vertelt.'

'Soms ben je beter af als je iets niet weet,' flapte Albie eruit, alsof de woorden uit hem geperst werden. 'Ik moet gaan. Bedankt voor de hamburger.'

Hij draaide zich om, liep met zijn lange benen bij haar vandaan en verdween in de drukte.

Robin keek hem na en gluurde toen nerveus om zich heen. Niemand lette op haar, er lag niemand op de loer in het donker, klaar om haar te bespringen.

Ze vertrok in tegengestelde richting van Albie en speurde naar een vrije taxi terwijl ze dacht aan alles wat Albie had gezegd, maar ze keek ook regelmatig over haar schouder.

DEEL 3

'They put a lot of money in, and they get a lot of dirt out, but one does not hear much of any silver.'

John Oxenham
A Maid of the Silver Sea

31

... Polyphemus blinded, striking at random, and falling headlong among the sharp rocks by the impetus of his own blows.

Albert Pike
Morals and Dogma of the Ancient and Accepted Scottish Rite of Freemasonry

Strike kon zich niet voorstellen dat MI5 een geheim agent opdracht zou geven Robin van achteren bij haar nek te grijpen en een rubberen gorilla in haar hand te stoppen om het detectivebureau er op die manier van te weerhouden het onderzoek naar de zilverkluis voort te zetten, maar hij begon zich wel af te vragen welk van de wespennesten die het detectivebureau blijkbaar onbewust omver had geschopt hiervoor verantwoordelijk was. Het baarde hem vooral zorgen dat Robins belager precies had geweten waar hij haar kon vinden, en zijn kans had gegrepen om haar aan te vallen op een plek waar hij niet zomaar gezien zou worden, wat suggereerde dat hij haar al een hele poos was gevolgd, zonder dat zij het had gemerkt.

Die gedachte was ook bij Robin opgekomen. Toen zij en Strike elkaar de volgende morgen aan de telefoon hadden, gaf ze toe dat ze bang was dat de man haar urenlang had gevolgd.

'Iedereen kan een achtervolger over het hoofd zien in de kerstdrukte midden in Londen,' zei Strike, om toch vooral Robin niet tegen de haren in te strijken, ondanks zijn eigen zorgen.

'Dat weet ik wel,' zei Robin, 'maar toch voel ik me dom. Ik zal die fout niet nog eens maken.'

'Ik denk dat we dat anonieme telefoontje naar de zaak nu wat serieuzer moeten nemen.'

'"Laat het rusten en er zal je niks gebeuren"?'

'Precies.'

'Dus "het" moet slaan op het lijk in de zilverkluis?'

'Mijn gevoel zegt van wel.' Strike aarzelde even voor hij verderging, zich er terdege van bewust hoe gevoelig het onderwerp lag, maar het moest gezegd worden. 'Ik snap niet hoe hij wist...'

'Dat ik Getuige G was in de zaak van de verkrachter?' Robin had zich al schrap gezet voor dit gesprek.

'Ja.'

'Ik denk dat ik dat wel weet. Het is online te vinden, heb ik gisteravond ontdekt.'

'Shit,' zei Strike. 'Hoe...?'

'Geroddel in Masham, misschien.' Robin probeerde het zorgeloos te laten klinken, maar toen ze de vorige avond haar naam op die website had zien staan, was ze er fysiek beroerd van geworden. 'De mensen daar wisten wat er gebeurd was. Vrienden en familie, nadat ik was gestopt met mijn studie. Hoe dan ook, ik zag het staan tussen de reacties onder... nou ja, onder dat artikel over jou. Iemand zei anoniem dat hij of zij niet begreep hoe ik met jou kan samenwerken terwijl ik zelf slachtoffer ben geweest van een bekende verkrachter.'

'Shit,' zei Strike. 'Het sp...'

'Ga je nou niet verontschuldigen,' zei Robin mat. 'Jij kunt er niks aan doen.'

Strike schroomde om zijn volgende mening te uiten, maar besloot dat het gezegd moest worden, zelfs al zou het op ruzie uitlopen.

'Ik méén het, dat je me steeds moet laten weten waar je bent. Geen stille straten in het donker, in je eentje. Misschien heeft iemand besloten dat je een makkelijk doelwit bent.'

'Goed,' zei Robin, maar Strike merkte aan haar toon dat hij er maar net mee wegkwam. Zijn zakenpartner reageerde nooit erg positief als Strike zijn zorgen uitte over zaken die impliceerden dat hij er geen vertrouwen in had dat ze goed op zichzelf zou passen. Maar hoewel hij alle reden had om haar zo nu en dan roekeloos te vinden – hij zou niet snel vergeten dat ze voor een rijdende trein was gesprongen om te proberen een man te redden die ze onmogelijk van de rails had kunnen sleuren, of hoe ze voor hem uit een huis in rende waar in het donker een moordenaar wachtte – had hij meer vertrouwen in haar vermogen om risico's in te schatten dan zij waarschijnlijk dacht. En van alle medewerkers van het detectivebureau was zij de enige die zich qua inzet echt met hem kon meten.

'Heb je Murphy ver...'

'Ja natuurlijk.' Robins toon had een scherp randje, en Strike besloot dat het veiliger was om het onderwerp verder te laten rusten.

Maar Robin loog. Ze had helemaal niks tegen Murphy gezegd over de man bij Harrods, want ze verdomde het om van meer dan één man een preek over haar veiligheid aan te horen, of het weer over de verkrachting te moeten hebben. De rubberen gorilla lag nu, gewikkeld in een diepvrieszakje, thuis in haar sokkenlade.

Strike en Robin zouden op 22 december onder vier ogen bijpraten, de laatste ochtend die Robin op haar werk doorbracht vóór Kerstmis. Strike werd die morgen wakker van de wekker, gaf er een klap op om hem uit te zetten, trok zijn vapepen uit de oplader en nam een diepe trek. De kille decemberlucht kroop de flat binnen door de kieren van zijn slecht sluitende ramen terwijl hij de damp over zijn donkere plafond zag kruipen.

Sinds hun laatste gesprek vroeg hij zich al de hele tijd af of vandaag misschien niet evengoed een geschikte dag zou zijn om het gesprek met Robin te forceren waar hij nog steeds geen natuurlijke opening voor had gevonden. Het zou dan natuurlijk niet gaan zoals hij het had gepland. Hij had gehoopt op een pub of restaurant ergens ver van huis, waar ze door wijn en gelach misschien wat minder gespannen zou zijn, maar hij maakte zich zorgen over haar huizenjacht, en over Kerstmis, met de mogelijkheid dat Murphy een feestelijk aanzoek zou doen. Als Strike zich vandaag uitsprak, voordat Robin afreisde naar Masham, zou ze nog de tijd en ruimte hebben om na te denken over wat ze nou echt wilde. Misschien was dit toch wel de manier: op een winterdag, niks romantisch, in het kantoor waar hun vriendschap was gesmeed en waar Strike, bijna tegen zijn wil, verliefd op haar geworden was.

Al vapend probeerde hij een openingszin te bedenken.

'Luister, ik wil je iets zeggen.'

'Er is iets wat je moet weten.'

'Ik zoek al een tijdje naar een manier om je dit te vertellen.'

Hij besefte ineens dat dit pas de tweede keer zou worden dat hij de eerste zet deed bij een vrouw. Alle andere keren (en hij kon zich de reacties van andere mannen voorstellen, mocht hij ooit zo stom zijn om dit hardop te zeggen) had de vrouw het initiatief genomen, of ze had zo overduidelijk laten blijken dat een seksuele toenadering welkom zou zijn dat het op hetzelfde neerkwam. De enige uitzondering was op dat studentenfeest in Oxford geweest, waar hij dronken naar Charlotte toe was gewankeld, met wie hij nooit eerder een woord had gewisseld. Ze was het mooiste meisje geweest dat hij ooit had gezien, maar er had niets op het spel gestaan: hij wist dat hij er in het ergste geval een goede anekdote aan over zou houden over zijn lef om de vrouw te benaderen die door elke man op het feest werd bekeken met gelijke delen wellust en ontzag.

Dit was anders. Als hij vandaag het risico zou nemen, moest hij zich voorbereiden op de mogelijke gevolgen: de zaak kapot, zijn belangrijkste vriendschap verpest, alle hoop op de enige relatie die hij ooit had gewild vervlogen. Het onuitwisbare beeld van Robins gezicht toen hij haar had willen kussen voor het Ritz dook op voor zijn geestesoog terwijl hij in bed lag te luisteren hoe het keukenraam huiverde in de wind. Als ze vandaag zou reageren met zo'n zelfde blik...

Maar hij moest het zeggen. Hij kon niet leven met het besef dat hij het niet op z'n minst had geprobeerd. Vastberaden ging hij rechtop zitten, zwaaide zichzelf van het bed en hopste, met gebruik van de vaste punten om zijn evenwicht te bewaren – stoelleuning en deurpost – naar de badkamer.

Hij had net zijn ontbijt op toen er, precies om negen uur, op de deur van zijn zolderflat werd gebonsd. Verontrust deed hij open, en op de overloop stond zijn officemanager.

'Heb je het gelezen?' vroeg Pat streng, met die bariton van haar.

'Gelezen?'

'Over jou, in de krant. Van die kerel van Culpepper.'

'Wat, alweer?'

'Ja. Ik had niet door... Ze belden gisteren, vroegen om commentaar. Ik dacht dat het nog over laatst ging. Er staan minstens vijftien berichten op het antwoordapparaat beneden, en buiten hangen twee van die figuren rond.'

Strike beende onmiddellijk naar de laptop die op zijn keukentafel aan de lader lag, ging zitten en klapte hem open.

'Wat wil je dat ik doe?' Pat keek hem afwachtend aan.

'"Geen commentaar" zeggen tegen iedereen die belt.'

Hij had het verhaal gevonden. Toen Pat de deur dichtdeed, begon Strike het artikel te lezen.

ZOON JONNY ROKEBY BETROKKEN BIJ CLAIM SEKSWERKER

Cormoran Strike, de onwettige zoon van rockster John Rokeby en tevens favoriete privédetective van welgestelde Londenaren, heeft naar verluidt de 23-jarige sekswerker Candy ingehuurd om een getrouwde man in de val te lokken, en toen dat plan mislukte probeerde hij haar te dwingen tot seks met hemzelf...

'Het was in 2013 en ik dacht dat hij wel moest deugen, want hij had die man gepakt die meiden uit het vak wurgde... Ik vond het wel leuk, eigenlijk, ik dacht dat ik hem zou helpen iets goeds te doen...'

'... niet eerlijk om de naam van die andere man te noemen, hij wilde niks met me doen. Maar toen ik Strike om mijn geld vroeg, zei hij dat ik dat alleen kreeg als ik met hem naar bed ging...'

... recent artikel in deze krant over Cormoran Strike, waarin een tweede vrouw beweerde dat de detective haar had gebruikt om informatie los te krijgen die hij nodig had voor een zaak...

... zoon van rockster Jonny Rokeby en seventiessupergroupie Leda Strike, die in 1994 is gestorven aan een overdosis heroïne...

'Dit is het zoveelste bewijs, als we dat nog nodig hebben, dat privédetectives opereren op een ongereguleerd wildwestterrein dat dringend aandacht van de wetgeving nodig heeft,' aldus Lord Oliver Branfoot... 'De verachtelijke tactieken van deze detectives moeten worden aangepakt, ten behoeve van de gemeenschap...'

We hebben Cormoran Strike om commentaar gevraagd.

Strike zat roerloos naar het scherm te kijken, al zijn spieren gespannen, met een harde ruis in zijn oren, zijn ingewanden gevuld met lava. Culpepper had een grens overschreden naar pure verzinsels; het verhaal miste iedere grond. Was dat meisje – haar gezicht was gepixeleerd op de twee foto's bij het verhaal, maar haar lichaam was duidelijk zichtbaar, in schaars rood ondergoed – ook een hersenschim? Of had Culpepper een echte sekswerker betaald om in de krant Candy te spelen?

Strike wendde zich af van het scherm en zijn blik viel op de visknuppel die stil op de vensterbank lag, een doorleefd aandenken aan Ted, een man over wie niemand ooit dit soort ranzige verhalen geloofd zou hebben. Strike wierp een blik op zijn mobiel. Niemand had hem geappt. Zijn vrienden en familie vroegen zich ongetwijfeld af of het waar kon zijn, of dit de manier was waarop hij zijn zaken aanpakte, of dit zijn ranzige geheimpje was.

Hij kwam overeind met het gevoel alsof zijn hart door zijn ribben naar buiten probeerde te bonzen, pakte zijn sleutels, liep de zolderflat uit en smeet de deur achter zich dicht.

32

What I seem to myself, do you ask of me?
No hero, I confess.

Robert Browning
A Light Woman

Robin had het onlineartikel over Strike die ochtend gezien vlak voordat ze in de metro stapte, en vervolgens keek ze het grootste deel van haar rit naar Denmark Street strak naar de voeten van de passagier tegenover haar. Ondertussen dacht ze na over wat ze had gelezen, in plaats van over de ontdekking die ze de vorige avond had gedaan en waarvan ze zich erop had verheugd Strike erover te vertellen.

Ze hield zichzelf voor dat het Candy-verhaal onzin moest zijn, maar kon ze dat wel zeker weten? In 2013 waren Strike en zij lang niet zo close geweest als nu; er waren delen van zijn leven geweest die voor haar volkomen mysterieus waren. Een stemmetje in haar hoofd hield vol: *Je weet dat hij dit nooit heeft gedaan,* maar het leven had Robin geleerd dat mannen die je volledig leek te kunnen vertrouwen – een keurige beëdigd accountant zoals haar eigen overspelige exechtgenoot, bijvoorbeeld, of serieverkrachters (de man die een einde had gemaakt aan haar universitaire loopbaan en die haar eileiders had verwoest woonde samen met een vrouw die hem gedurende de hele rechtszaak had gesteund en hem een flinterdun alibi had verschaft) of de bigamisten en rokkenjagers waarmee ze op haar werk te maken kreeg – soms gigantische, grillige geheimen verborgen die meer levens verwoestten dan die van henzelf wanneer ze aan het licht kwamen. Strike scoorde bijzonder laag op het gebied van openheid en transparantie over zijn seksleven. Robin zou niets over Madeline geweten hebben als Charlotte het haar niet had verteld, niets over Bijou zonder Ilsa, en niets over de nicht van Dominic Culpepper als Kim het niet terloops had laten vallen.

Nee, Strike zou niet de eerste zijn die iets had gedaan waarvoor niemand hem had aangezien, en Robin kreeg een gevoel alsof er maden in haar binnenste krioelden. Ze wilde het gewoon op kantoor met hem bespreken, want ze geloofde (maar kon ze daar eigenlijk wel van op aan?) dat als ze hem in de ogen keek, ze de waarheid zou weten.

Robin verliet net Tottenham Court Road toen haar mobiel ging.

'Er staan journalisten voor de zaak, dat moest ik van hem aan je doorgeven,' zei Pat.

'Hoeveel?'

'Twee.'

'Wat is er aan de hand?'

'Ik denk dat hij domme dingen gaat doen,' zei Pat.

'Hoe bedoel je?'

'Hij probeert de journalist die dat stuk heeft geschreven te pakken te krijgen.'

'Ben er over vijf minuten.' Robin versnelde haar pas.

Toen ze de hoek omsloeg naar Denmark Street hoorde ze een man haar naam roepen. Ze liep met gebogen hoofd door; godzijdank leek er geen fotograaf te staan.

'Mevrouw Ellacott? Mevrouw Ellacott, hebt u iets te zeggen over de opmerkingen van Lord Branfoot? Over Candy, mevrouw Ellacott?'

'Geen commentaar,' zei Robin koeltjes, en ze weigerde de jongeman aan te kijken, maar daar kwam een oudere man aan, met zijn telefoon in de hand voor een geluidsopname.

'Was u op de hoogte van Candy, mevrouw Ellacott? Hebt u haar ontmoet?'

'Geen commentaar,' herhaalde Robin. Ze had nu de deur opengemaakt, ging naar binnen en smeet hem dicht in de gezichten van de verslaggevers.

Ze rende de metalen trap op, twee verdiepingen omhoog met steken op de plek van de operatiewond, naar de glazen deur. Het eerste wat ze zag bij binnenkomst was het geschrokken gezicht van Pat. Toen hoorde ze, net als de hele straat waarschijnlijk, de stem van haar collega-detective.

'JA, IK LAAT ZEKER EEN BOODSCHAP ACHTER! ZEG MAAR TEGEN DIE KUTLUL DAT IK HEM WEL ZAL KRIJGEN, JA?'

'Godsamme, wat...'

Robin holde door de tussendoor naar hun kantoor.

'ALS HIJ DENKT DAT IK NIKS ANDERS OVER HEM TE VERTELLEN HEB DAN DAT ZIJN VROUW...'

Strikes eerste aanwijzing dat zijn zakenpartner was gearriveerd was dat de telefoon uit zijn hand werd getrokken.

'*What the fuck...?*'

Robin verbrak met priemende vinger de verbinding.

'Je kunt nu geen oorlog beginnen met Culpepper,' zei ze fel, en ze liep achteruit bij Strike vandaan met zijn telefoon stevig in haar hand geklemd. 'Doe dat nou niet! Hij heeft een landelijke krant achter zich staan!'

Strike keek haar aan, zijn gezicht op onweer. 'Dus je hebt het gezien. Da's duidelijk.'

'Ja, ik heb het gezien.'

'Ik laat me dit goddomme niet aandoen. Dit kan hij me niet flikken. Ik maak hem af, de klootzak, hij zal nog wensen...'

'Strike.'

'Ze hebben een fucking... Ze betalen iemand om...'

'Ik weet wat ze gedaan hebben! Wij moeten praten!' Robin sloeg de tussendeur dicht tegen de starende blikken van Pat.

Strike liep in hemdsmouwen te ijsberen.

'Wat nou?' beet hij Robin woest toe. 'Moet ik het hardop zeggen? Mij best, ik zeg het hardop: ik heb nooit een sekswerker ingehuurd om... Nee, ik heb nooit een sekswerker ingehuurd, punt. Maar al helemaal niet om iemand erin te luizen.'

'Dat weet ik,' zei Robin. (Wist ze dat inderdaad? God, ze hoopte het maar.) 'Maar zo pak je dat niet aan. Als je gaat dreigen geef je

Culpepper alleen maar meer om over te schrijven!'

Ze zou willen dat haar stem niet zo trilde, maar ze moest de volgende vraag stellen; de boel was te ver uit de hand gelopen om het onderwerp beleefd uit de weg te gaan.

'Wie was die vrouw in het eerste artikel?'

Strike kende nu de toorn van een in de hoek gedreven roofdier. Zijn bedrijf lag onder vuur, zijn relatie met Robin werd bedreigd; hij wist dat hij haar een verklaring verschuldigd was, en dat het cruciaal was dat ze de waarheid van hem hoorde, en dat hij die zo niet-ranzig mogelijk maakte, maar eigenlijk wilde hij nu alleen maar ramen uit de sponningen beuken.

'Ze heet Nina Lascelles,' zei hij. 'De "hooggeboren" Nina Lascelles, als je haar fucking titel erbij wilt, en via haar ben ik aan het manuscript van fucking *Bombyx Mori* gekomen,' zei hij, verwijzend naar een boek dat het detectivebureau ooit dringend in handen wilde krijgen. 'Culpepper vertelde me dat zijn nicht bij de uitgeverij werkte, en hij gaf me haar contactgegevens. We spraken een keer af, gingen samen naar het feest van Roper Chard, zij regelde een exemplaar van het manuscript voor me. Niks verleiding, niks beloftes. Zij genoot van het avontuur.'

'En?' Robin hield Strikes mobiel nog steeds stevig met twee handen vast.

'En ik nodigde haar uit om de volgende dag te gaan eten bij Lucy. Als bedankje.'

Robin, die nog nooit was uitgenodigd om bij Lucy te gaan eten, begreep niet waarom Strike, die zo op zichzelf was, op die manier zakelijk en privé had gecombineerd.

'En toen?'

'Toen ben ik met haar naar bed geweest,' zei Strike fel. 'Ja. Twee keer. En daarna heb ik haar nooit meer gebeld. Maar er was verdomme geen sprake van dwang, geen tegenprestaties, niks.'

'Juist,' zei Robin.

'Het was... Zo gaan die dingen. Ze was niet eens...'

Hij had nog net de tegenwoordigheid van geest om de zin niet af te maken, maar Robin hoorde het einde evengoed. *Ze was niet eens mijn type.*

Maar toch ging je met haar naar bed, dacht Robin. *Want ja, natúúrlijk. En moet je nu kijken.*

‘Ze wilde een relatie,’ zei Strike, die dacht dat dat een punt in zijn voordeel was. ‘Ze wilde ermee doorgaan. Daarom... Ik merkte wel dat ze een wrok koesterde, die avond dat ik haar tegenkwam in het Dorchester. Ze beweert dat ik ook nog het leven van een van haar beste vriendinnen heb verpest.’

‘Van wie dan?’ vroeg Robin gealarmeerd, en ze kreeg al nieuwe visioenen van vruchtbare schandalen voor de roddelbladen.

‘Geen flauw idee. Waarschijnlijk een of andere overspelige echtgenote die wij hebben ontmaskerd. Maar ze gokte dat ik daar aan het werk was, bij het Dorchester, dus toen Mr H tegen zijn ex zei dat hij wist wat ze uitspookte...’

‘Nou, vanaf nu,’ zei Robin (Strike zou precies hetzelfde hebben gezegd, wist ze, als het om een andere medewerker ging) ‘moet je misschien geen klussen meer doen waar je voormalige vriendinnetjes tegen het lijf kunt lopen.’

‘Zoveel zijn het er verdomme niet!’

‘Maar veel van hen komen wel uit diezelfde sociale kringen, of niet dan?’ Robin was vastbesloten om haar zegje te doen; niet om hem te straffen, maar omdat het bureau voor haar belangrijker was dan Strikes gekwetste gevoelens. ‘Het is een wonder dat dit niet eerder is gebeurd. Jij bent ook nog eens de herkenbaarste van het hele bureau. Daar moeten we voortaan gewoon rekening mee houden.’

Nadat hij even ziedend was blijven zitten zwijgen brulde Strike keihard ‘GODVERJU!’ tegen niemand in het bijzonder, al schrok Robin zich rot.

‘Weet je wat jij moet doen?’ zei ze, en ze dwong zichzelf om kalm te blijven. ‘Fergus Robertson bellen.’

Strike keek haar kwaad aan en zei toen: ‘Daar heb ik wel aan gedacht, maar ik ga niet...’

‘Dit verdwijnt niet met “geen commentaar”. Ga met Robertson praten, vertel hem de waarheid. Je bent altijd eerlijk tegen hem geweest.’

‘Ik wilde niet verplicht...’

'Het is te laat voor wat je "niet verplicht" wilt,' zei Robin kwaad. Dit was ook haar bureau, en ze ging niet toekijken hoe het de vernieling in geholpen werd. 'Je moet Robertson de feiten geven. Terugslaan.'

'Dat is niet genoeg. Ik moet dit bij de bron uitroeien.'

'Wat wil je doen dan, dat meisje opsporen en onder bedreiging eisen dat ze haar woorden terugneemt?' Robin verloor haar geduld. 'Hoe denk je dat dát zal uitpakken? "*Cormoran Strike bedreigt sekswerker opnieuw*"? Of was je van plan Dominic Culpepper met een honkbalknuppel te lijf te gaan? Want dat...'

'Geef mijn telefoon terug.'

'Je gaat Culpepper niet bedreigen, Strike! Niet doen!'

'Dat doe ik niet. Ik bel Robertson om te kijken of ik de schade nog enigszins kan beperken.'

Robin gaf hem de telefoon terug, maar bleef naar hem staan kijken.

'Ik heb liever niet dat je meeluistert,' liet hij haar weten.

'Dan niet,' zei Robin kil, en ze liep het kantoor uit.

Strike wachtte tot de deur dicht was voordat hij ging zitten en het nummer van Robertson belde.

'Hallo, hallo,' klonk een geamuseerde stem aan de andere kant van de lijn. 'Ik zat er net aan te denken om jou te bellen, aangezien je geen van mijn collega's te woord staat. Waarom heeft meneer Culpepper het ineens op je gemunt?'

'Misschien ben ik bereid je dat te vertellen,' zei Strike, 'als je me een paar accuraat weergegeven citaten kunt garanderen.'

'Citaten van wie?'

'Van mij,' zei Strike.

'Brand maar los,' zei Robertson, en Strike hoorde dat er een bladzijde werd omgeslagen.

'Ik heb nooit een vrouw, geen enkele vrouw, sekswerker of anderszins, ingehuurd om iemand naar wie ik onderzoek deed of een getuige in de val te lokken of over te halen,' zei Strike, en hij hoorde Robertsons rappe steno over het papier gaan. 'En evenmin heb ik ooit geprobeerd seks te scoren door geld te bieden, een betaling in te houden of op wat voor manier dan ook te dreigen. Ik heb de vrouw die zich Candy noemt nooit ontmoet, gesproken of anderszins contact met haar gehad, en haar beweringen, waarvoor ze geen bewijs heeft geleverd, zijn volslagen ongefundeerd.'

'Ga je juridische actie ondernemen?' vroeg Robertson, die nog steeds hoorbaar aan het schrijven was.

'Voor het verhaal: jazeker, ik praat met advocaten. Maar onder ons gezegd heb ik het geld niet om hem voor de rechter te slepen, zoals Culpepper verdomd goed weet.'

'Juist,' zei Robertson. 'Dit is zo te horen in rap tempo uiterst persoonlijk geworden.'

'Daar is een reden voor,' zei Strike, 'en ik ben eventueel bereid je aanwijzingen te geven voor waar je moet zoeken, zolang je mij garandeert dat ik accuraat geciteerd word...'

33

And we have been on many thousand lines,
And we have shown, on each, spirit and power;
But hardly have we, for one little hour,
Been on our own line, have we been ourselves–
Hardly had skill to utter one of all
The nameless feelings that course through our breast,
But they course on for ever unexpress'd

Matthew Arnold
The Buried Life

Robin was op de wc op de overloop. Daar had ze zich teruggetrokken om Pats vragen niet te hoeven beantwoorden, en nu zat ze voor de tweede keer in drie weken op een toiletpot met haar hoofd in haar handen, tot razernij gedreven door Cormoran Strike.

Had ze dan gedacht dat hij een soort Sir Galahad was? Nee, nooit, daar kende ze hem te goed voor, maar zoals miljoenen vrouwen vóór haar had Robin graag gewild dat de man die haar zo dierbaar was een beter mens zou zijn. Ze geloofde dat hij Candy de sekswerker nooit had ontmoet, maar feit bleef dat als Strike gewoon nee had kunnen zeggen tegen seks met een vrouw die hij zover had gekregen dat ze hem hielp tijdens een klus, Culpepper niet ver gekomen zou zijn met zijn laag-bij-de-grondse verhaal.

Toen Robin vijf minuten later het kantoor in liep, had Strike zich nog steeds opgesloten achter de tussendeur, en Pat zat met de telefoon tegen haar oor geklemd naar iemand te luisteren. Robin hing net haar jas en tas op toen Pat zei: 'Ik zet u even in de wacht, meneer Rokeby.'

Door de spanningen van die ochtend registreerde Robin de naam niet meteen. Pas toen ze zich omdraaide en het gezicht van hun officemanager zag, een combinatie van bewondering en schrik, drong het gewicht van wat ze zojuist had gehoord tot haar door.

'Zijn vader,' zei Pat ademloos.

'*Oh my God*,' fluisterde Robin. Als er iets was wat Strike die ochtend dat laatste zetje zou kunnen geven, was het zijn vader wel, dacht Robin. 'Wat wil hij?'

'Hem spreken,' mimede Pat, met een ruk van haar hoofd in de richting van de niet-zichtbare Strike. 'Hij zegt dat hij hem niet kan bellen op zijn mobiel omdat hij geblokkeerd is. En als hij niet beschikbaar is, zegt-ie, dan wil hij jóú spreken.'

Robin hoorde de gedempte stem van Strike, die in hun kantoor nog steeds met Fergus Robertson aan het bellen was. Het gesprek kon elk moment beëindigd worden.

'Zeg maar dat we allebei bezig zijn, maar dat je een boodschap kunt aannemen, dan belt een van ons terug. En stuur die boodschap dan door naar mij, niet naar...'

De tussendeur ging open.

'Kunnen we dan nu bijpraten?' vroeg Strike met een frons.

'Ja, natuurlijk.' Robin deed haar best om zakelijk te klinken.

Ze liep langs hem heen het kantoor in en deed de deur dicht voor Pat, die de telefoon nog tegen haar borst gedrukt hield.

'Robertson schrijft een artikel, met een volledige ontkenning van mij,' zei Strike, die hijgde alsof hij zojuist had gedaan wat hij het liefst had willen doen: Culpepper tot moes slaan. 'Zegt dat hij iets zal toevoegen over "de Cormoran Strike die ik ken", en over de UHC, de Shacklewell Ripper, publieke dienstverlening, dankbare klanten...'

'Fijn,' zei Robin.

Ze keken elkaar niet aan. Robin hoorde Pats stem weer achter de tussendeur, hard en dan weer zachter. Strike liep naar het raam en keek door de luxaflex Denmark Street in.

'En hij zou ook die figuur hier... Ja, dat doet hij dus.'

De oudere journalist die beneden op straat stond had zijn telefoon opgenomen, waarschijnlijk belde Robertson. De man gaf aan zijn jongere collega door dat het geen zin had om daar rond te blijven hangen, omdat Strike het enige commentaar dat hij bereid was te geven al had gegeven, aan hun collega.

'Goed.' Strike keek Robin nog steeds niet aan toen hij ging zitten, maar schoof de aantekeningen over de zilverkluiszaak naar zich toe. 'Ik heb nieuws over Larry McGee. Gisteravond heb ik zijn dochter gesproken.'

Zijn adrenaline wilde maar niet zakken; er doken steeds weer levensechte beelden op van de stompen die hij uitdeelde aan Dominic Culpepper, zo hard dat zijn tanden versplinterden. Het idee om Robin te vertellen wat hij voor haar voelde was uiteraard vervlogen. Je had niet-volmaakte momenten voor een dergelijke verklaring en je had momenten dat het compleet gekkenwerk zou zijn, en Strike kon maar moeilijk een minder gunstige gelegenheid verzinnen dan nadat hij zojuist had moeten uitleggen hoe slecht hij een andere vrouw had behandeld, waarna hij Robins advies had opgevolgd wat betreft de beste manier om een beschuldiging van het lastigvallen van een sekswerker af te weren.

'Goed.' Hij probeerde zich te concentreren op de aantekeningen die hij had gemaakt tijdens zijn gesprek met McGee's dochter. 'Er is niks verdachts aan zijn dood. De lijkschouwing wees op een hartinfarct gerelateerd aan slecht behandelde diabetes. Het komt erop neer dat die beveiliger bij Gibsons gelijk had: McGee had na zijn ontslag heel slecht voor zichzelf gezorgd.'

'Stond hij op goede voet met zijn dochter?' vroeg Robin, die ook probeerde zakelijk te klinken.

'Ze had hem bijna tien jaar niet gezien. Ze hoorde pas van zijn dood toen de politie aan haar deur stond. Uit wat zij me heeft verteld, maak ik op dat het geen erg aimabele man was; heeft haar moeder in de steek gelaten toen zij zes was, was altijd op zoek naar manieren om snel geld te verdienen, een creep als het om vrouwen ging, bij zijn vorige baan ontslagen omdat hij een collega betast zou hebben. Ik heb gevraagd of de dochter wist waarom hij dacht dat er binnenkort geld zou komen en ze had geen idee. Ze zegt dat niemand in de familie veel na te laten heeft, en al helemaal niet aan hem. Ik vroeg of ze dacht dat hij ooit iets had gestolen op zijn werk, of had meegewerkt aan een roof, en ze zei dat ze dat makkelijk zou kunnen geloven. Ze hebben de as na de crematie achtergelaten bij het crematorium,' voegde Strike eraan toe. 'Niemand in de familie wilde er wat mee doen, zei ze. Afijn.' Hij bladerde in zijn aantekeningen. 'Heb je mijn mail over Jim Todd gelezen?'

'Ja,' zei Robin. 'Denk je dat hij McGee kende buiten het werk?'

'Ik ben niet overtuigd dat zijn "Wie was dat?" een verspreking was, en ook niet dat Todd niet degene is die op het werk Abused and Accused heeft bekeken. Hij kreeg de zenuwen toen ik erover begon, en als je bedenkt hoe slordig ze in die winkel met alles zijn, geloof ik Todd niet meteen als hij zegt dat hij daar niet online kon. Als ik hoor hoe hij woont, betwijfel ik of hij thuis een computer heeft. Dat hij Wright een "zwakke slapjanus" noemde omdat hij dat soort dingen had opgezocht kan ook een soort zelfbeschuldiging zijn geweest. Soms reageren mensen zo. Wat zou je ervan zeggen om hem een tijdje te laten volgen?'

'In principe prima,' zei Robin, 'maar daar hebben we nu niet echt de mankracht voor, hè?'

'We moeten het proberen, ik wil hem nagetrokken hebben. Jij hebt vast ook al bedacht dat, gezien het slechte zicht van Pamela, de identificatie van Wright als Knowles grotendeels van Jim Todd afhankelijk is.'

'Dat had ik inderdaad bedacht,' zei Robin, die de ruwe toon van haar zakenpartner niet erg kon waarderen. Het was niet haar fout dat hij met de nicht van een journalist naar bed was geweest.

'Maar goed,' zei Strike. 'Ik heb je aantekeningen over Albie Simpson-White gelezen. Jij denkt dat hij meer weet dan hij toegeeft.'

'Ja. Dat verhaal dat Rupert geen andere keus had dan bij Decima weg te gaan, en "soms ben je beter af als je iets niet weet" – ik wil weten wat dat betekent.'

'Dat Fleetwood nog een ander meisje zwanger had gemaakt?' opperde Strike ongeïnteresseerd.

Die reactie riep bij Robin nog meer ergernis op. Ze had immers beleefd Strikes speculatie over Jim Todd aangehoord.

'Maar hij zei dat Rupert echt van Decima hield, en zoals hij het vertelde klonk Rupert over het algemeen verstandig, evenwichtig.'

'Als "verstandig" en "evenwichtig" betekent dat je je vriendin zwanger maakt, een loeigroot zilveren ding van haar vader jat en 'm dan smeert, dan heeft die Simpson-White een fucking nieuw woordenboek nodig,' zei Strike, en Robin vermoedde, terecht, dat het met zijn huidige gemoedstoestand weinig zin had om te proberen hem een wat mildere kijk op Rupert Fleetwood bij te brengen.

Dus zei ze alleen maar: 'Nou, als we genoeg freelancers hadden, zou ik voorstellen om ook Albie te laten schaduwen, want volgens mij is er een kansje dat hij ons naar Rupert voert. Ik weet dat Decima niet wil dat we Rupert levend terugvinden, maar...'

'Nee,' zei Strike, 'dat wil ze niet. Ik heb haar gisteren gebeld om haar te vertellen wat we over Wright te weten zijn gekomen in St George's Avenue, en ze maakte nogmaals duidelijk dat ze alleen wil horen dat hij dood is.'

Hij legde zijn aantekeningen van het gesprek met Decima bovenaan op de stapel en verdubbelde zijn inspanningen om zich te concentreren. 'Ik heb gevraagd of Rupert weleens met gewichten in de weer was, en Decima zei dat hij goed voor zichzelf zorgt, graag naar de sportschool gaat, en dat ze zich kon voorstellen dat hij met gewichten zou trainen als hij geen crosstrainer tot zijn beschikking had. Voor zover zij weet heeft hij nooit aan jiujitsu gedaan, maar wel aan worstelen, vroeger op school. Ze heeft hem nooit zien blowen, maar weet dat hij het vroeger wel heeft gedaan. Ik vroeg of Rupert wist hoe je een wapen hanteert en ze zei ja, een geweer, want op die dure Zwitserse kostschool hadden ze een schietclub, en toen vroeg ik of hij een zekere Rita of Rita Linda kende, of het ooit over haar heeft gehad. Ook niet. Vervolgens heb ik nog gevraagd of hij zowel links- als rechtshandig was.'

'Huh? Waarom?'

'Omdat ik, voordat ik haar belde, nog eens alles had doorgenomen wat we tot nu toe hebben, waaronder de beelden die jij hebt gekregen van Bullen & Co.'

'Maar die zijn waardeloos.' Robin had de drie minuten film al bekeken. 'Wright is bijna de hele tijd dat hij daarbinnen is slecht te zien.'

'Ja, maar de tweede keer dat ik het bekeek viel me iets op. Kom eens hier zitten, dan laat ik het je zien.'

Dus rolde Robin haar stoel naar Strikes kant van het dubbele bureau. Terwijl ze dat deed, voelde ze haar telefoon trillen in haar zak, en ze vermoedde dat Pat haar de boodschap van Jonny Rokeby had gestuurd. Met het gevoel dat ze een krachtig explosief bij zich droeg keek ze toe hoe Strike de zwart-witte filmbeelden opriep, die veel scherper waren dan die van Ramsay Silver. De groothoekcamera bestreek heel Bullen & Co, waar een heel grote kist vlak bij de ingang stond en een paar klanten rondliepen. Een man met een choker, van wie Robin aannam dat het Pamela's echtgenoot was, zat aan het bureau te schrijven.

'Daar komt hij,' zei Strike.

Klein en krachtig, hier met zijn volle baard en bril, verscheen Wright even vol in beeld, al krabde hij helaas net aan de zijkant van zijn gezicht, waarna de grootste van de rondkijkende klanten het zicht op hem blokkeerde. Wright had in één hand een zwart-met-zilveren tas. Pamela's man pakte het papier op waarop hij had zitten schrijven en liep ermee naar Wright toe.

'Nu,' zei Strike, en hij vertraagde het beeld. 'Ik weet dat je hem niet goed kunt zien, door de man die voor hem staat, maar let op: Driscoll pakt de tas en Wright buigt zich over die kist om iets te tekenen, ik neem aan een ontvangstbevestiging voor dat tafelstuk. Let op zijn elleboog.'

'O god, hoe heb ik dat kunnen missen?' riep Robin uit. 'Hij tekent met zijn rechterhand!'

'Precies.' Strike zette het beeld stil. 'Dus er zijn drie mogelijkheden. Eén: hij is zowel links- als rechtshandig, twee: om de een of andere reden wilde hij dat de handtekening voor Bullen & Co niet op de zijne leek, of drie: bij Ramsay deed hij alsof hij linkshandig was, en dat vergat hij toen hij hier onverwacht zijn handtekening moest zetten.'

Terwijl Robin haar stoel terugreed naar de andere kant van het bureau hoorde ze een hoge, heldere stem waarin ze Kim Cochran herkende. Toen werd er op de tussendeur geklopt, en die ging open voordat een van beide zakenpartners 'binnen' kon zeggen.

'O,' zei Kim, die als eerste Robin zag, 'als ik ongelegen kom...'

'Nee,' zei Strike, want hij wilde niet dat Robin de indruk zou krijgen dat hij liever niet had dat ze zou horen wat Kim te zeggen had. 'Zeg het eens.'

Kim kwam binnen in alweer een nauwsluitende jurk, zwart en tot op de knie, met daaronder laarzen met hoge hakken. Haar make-up was onberispelijk, zag Robin. Kim gebaarde met een lachje naar haar outfit, met slecht geveinsde verlegenheid, alsof ze zich nu pas herinnerde wat ze aanhad.

'Sorry hiervoor, het is mijn laatste vrije middag voor Kerstmis. Ik ga lunchen met mijn zus. Maar goed, ik heb informatie over de auto waarvan ze denken dat de zilverkluiskillers hem hebben gebruikt als vluchtwagen.'

'Echt waar?' zei Strike.

'Ja,' zei Kim. 'Is het goed als ik erbij kom zitten?'

Ze ging een derde stoel halen zonder op antwoord te wachten. Hoewel het haar ergerde dat Kim kwam storen, maakte Robin gebruik van de afleiding om haar mobiel te pakken en de berichten te lezen die Pat haar had gestuurd.

Rokeby zegt dat hij dat verhaal in de krant heeft gelezen en hij wil zijn eigen advocaten aanbieden, op zijn kosten. Hij weet dat Cormoran het niet gedaan heeft en dat Culpepper een eikel is. En hij vindt het rot dat ze steeds aankomen met 'onwettige zoon'.

Pat had daarna nog een bericht gestuurd.

Hij was heel aardig.

'Hartstikke leuk trouwens, die goudvissen,' zei Kim stralend toen ze terugkwam met een van de klapstoelen. Ze ging zitten en sloeg haar benen over elkaar, waardoor het strakke jurkje tot halverwege haar dijen omhoogschoof.

'Oké,' zei ze. 'Mijn contactpersonen konden me geen van allen vertellen waarom er niets over de vluchtauto is losgelaten aan de pers. Zoals ik al eerder zei, lijkt er iets heel raars aan de hand te zijn met deze zaak, want iedereen doet heel schichtig, maar goed: het was een lichtgekleurde Peugeot 208 met valse nummerplaten. Die kwam aan het einde van Wild Court aan met één persoon erin, maar bij vertrek waren het er twee, al is een van beiden niet duidelijk te zien. De auto reed in westelijke richting over de A40 en verdween toen in een woonwijk, waar de kentekenplaten misschien weer verwisseld zijn. Dat is alles wat ik tot nu toe heb, maar ik blijf het proberen.'

'Daar hebben we wat aan, dank je wel.' Strike zei het weer op een toon alsof hij het gesprek wilde afronden, maar deze keer negeerde Kim het.

'Ik heb ook nieuws over Plug.'

'Echt?' zei Strike.

'Ja. Wat er in die schuur zat, wat het ook mag zijn, is verplaatst. Ik ben Plug en zijn zoon kort na middernacht gevolgd naar dat terrein. Ze zijn tien minuten in de schuur geweest en kwamen toen naar buiten met iets wat gewikkeld was in een jutezak. Het was groot, ze moesten het met z'n tweeën dragen, en het was óf dood of gedrogeerd.'

'Shit,' zei Strike. 'Ik heb ook de dierenbescherming gebeld.'

'Misschien moesten ze het daarom kwijt,' opperde Robin. 'Dat er een inspecteur langs is geweest en Plug daar lucht van heeft gekregen.'

'Daarna,' zei Kim alsof Robin niets had gezegd, 'gooiden ze het achter in de bestelbus van Plug en reden er helemaal mee naar Haringey, waar ze het naar binnen sleepten in een krakkemikkig huis in Carnival Street.'

'Plug en zijn zoon hebben in Haringey gewoond,' zei Robin. 'Misschien gaat een vriend voor dat beest – of wat het ook mag zijn – zorgen?'

'En toen,' zei Kim, weer zonder ook maar enigszins te reageren op

Robin, 'kwamen ze naar buiten en gingen terug naar het huis van Plugs moeder.'

'Heb je het huisnummer van Carnival Street?' vroeg Strike.

'Ja, 15.'

'Oké, goed gedaan. Schrijf maar op voor het dossier. Misschien moeten we dat huis ook in de gaten houden.'

Toen ze opstond en haar stoel oppakte, vroeg Kim aan Strike: 'Wil je koffie?'

'O ja, graag,' zei Strike.

'Robin?'

'Nee, dank je,' zei Robin automatisch, al had ze graag een kop koffie gewild.

Kim glimlachte en liep weg. Ze liet de deur open.

'Waar hadden we het over?' Strike wreef met zijn hand over zijn gezicht.

'Of Wright linkshandig was,' zei Robin. 'Ik neem aan dat je Decima erover hebt verteld?'

'Ja. We hebben deze opdracht aangenomen met het uitgangspunt dat we haar niet aan het lijntje zouden houden, ja toch?'

'Natuurlijk,' zei Robin.

'Dus heb ik haar de waarheid verteld: dat we nog geen bewijs hebben gevonden dat Fleetwood Wright was, en dat dat nu nog minder waarschijnlijk is dan in het begin – waarna ze in tranen uitbarstte, me smeekte te blijven zoeken en zei dat ze weer een heleboel berichten heeft ingesproken bij Sacha Legard om hem over te halen met mij te gaan praten, aangezien hij mijn mail negeert.'

Kim kwam terug met een beker koffie.

'Dank je.' Strike zag haar warme glimlach toen ze de beker neerzette en had bijna spijt dat hij de koffie had geaccepteerd. Kim vertrok en deed de deur achter zich dicht.

Ze blijft hier rondhangen tot wij het kantoor uit komen, dacht Robin. *Ze moet natuurlijk alles uit die jurk halen.*

'Ik kan me voorstellen dat de politie niets kwijt wilde over die Peugeot 208,' zei Strike met gedempte stem, 'als er in Lynden Knowles' kringen iemand is die er een heeft.'

'Zou kunnen,' zei Robin.

'En verder.' Strike sloeg weer een blaadje met aantekeningen om. 'Pat heeft tot nu toe tweeënnegentig getrouwde Hussein Mohameds gevonden, dus het zal wel even duren voordat we net die ene hebben die boven William Wright woonde, maar als ik tijd heb, ga ik er wel doorheen om te kijken of er goede kandidaten bij zitten. Verder heb ik onze pornovriend nog eens nader bekeken, Dangerous Dick. Hij staat ingeschreven bij Triple XR, zo te zien het grootste agentschap in Londen op pornogebied. Of stónd ingeschreven. Ik heb gebeld, uiteraard onder een valse naam, en gevraagd of ze me met hem in contact konden brengen. Hij staat daar niet meer in de boeken.'

'O!' zei Robin.

'Dat wil natuurlijk niet zeggen dat hij is omgelegd, maar het is toch interessant. Ik heb om zijn contactgegevens gevraagd en ze reageerden wantrouwend. Ik kon een boodschap voor hem achterlaten. Dat heb ik gedaan, ik heb gevraagd of hij me wilde bellen, maar dat doet hij tot nu toe niet. Ik kan me voorstellen dat er regelmatig gekken naar dat bureau bellen die contact willen met die pornosterren, dus misschien moet jij de volgende zet doen. Nieuwe stem, en een vrouw komt vast minder verdacht over, alleen kan ik geen andere dekmantel verzinnen dan dat je acteurs zoekt voor een nieuwe pornofilm.'

'Juist.' Robin vroeg zich in stilte af met hoeveel onvoorziene dilemma's ze vandaag te maken zou krijgen. Ze had geen flauw idee hoe dat in z'n werk ging, een agentschap voor pornoacteurs ervan overtuigen dat je een bonafide pornoproducent was.

'Daar verzinnen we wel wat op,' zei Strike. 'Na Kerstmis. Intussen ga ik proberen uit te zoeken wie de vrouw is die dat briefje met geheimschrift hier in de bus heeft gedaan. Als zij ook in die branche zit, moet ze online te vinden zijn. Maar goed, wat heb jij?'

'Nou, ik zit op een morsdood spoor met Sapphire, de vrouw die Osgood en Oz een bericht had gestuurd. Ik heb die stichting voor vermiste personen gebeld. Ze is blijkbaar verdwenen vanuit een pleeggezin. Ze was daar pas een maand en heeft die pleegouders nooit iets verteld over een man die ze ontmoet had, of over iemand die Oz heette. Maar ze was al vaak weggelopen, dus dat zegt op zich niet zoveel. Maar,' zei Robin aarzelend, 'ik heb wel iets anders gevonden. Misschien is het totaal niet relevant, maar voor wat het waard is...'

Ze typte een paar woorden in op haar eigen toetsenbord en draaide de monitor naar Strike toe, zodat hij het nieuwsbericht van juni kon zien.

Twee foto's van dezelfde mooie jonge vrouw, met zwart haar tot aan haar middel en een olijfkleurige huid. Op een ervan droeg ze een T-shirt en spijkerbroek, op de andere tuitte ze haar lippen en droeg ze zwarte lingerie.

LONDENSE STUDENTE AANGETROFFEN MET STEEKWONDEN OP NORTH WESSEX DOWNS

Het lichaam van een jonge vrouw dat zondag 19 juni is gevonden op de North Wessex Downs blijkt na identificatie de twintigjarige Spaanse studente Sofia Medina te zijn, aldus de politie.

Medina, door vrienden beschreven als 'extravert, hardwerkend, altijd in voor iets leuks' studeerde Filmstudies aan de University of West London. Ze is voor het laatst in leven gezien door huisgenote Gretchen Schiff (21), in de middag van donderdag 16 juni.

'Ze zei dat ze misschien wel het hele weekend weg zou zijn,' vertelde Schiff aan verslaggevers. 'Ik vond dat niet gek. Ze had veel vrienden. Ik dacht dat ze misschien bij iemand bleef slapen na een feest of zo.'

Medina was zeer actief op haar OnlyFans-account; volgens een vriendin die anoniem wil blijven was dat voor Medina een manier om inkomen te genereren voor haar studie.

'Ik waarschuwde haar dat ze het voor mannen te makkelijk maakte om haar te vinden. Ze vertelde daar dat ze studente was en plaatste foto's van zichzelf die waren genomen op de toiletten van de universiteit. Ik ben heel bang dat iemand die haar OnlyFans heeft gezien haar heeft gestalkt en ontvoerd.'

Uit forensische analyse is gebleken dat Medina voorafgaand aan de moord is verkracht. Ze zou gedood zijn in de vroege uren van zaterdag 19 juni. Haar lichaam, met meerdere steekwonden, is gevonden door iemand die zijn hond uitliet.

BESTELWAGEN

De politie is op zoek naar de eigenaar van een vw Up Complete 999c uit 2013, die zonder nummerplaten is aangetroffen op Baydon Road, zo'n vier kilometer van de vindplaats van het lichaam.

Als u informatie hebt over deze zaak, belt u dan alstublieft...

Robin had gedacht dat ze Strike misschien zou moeten uitleggen waarom ze hem dit artikel liet zien, maar toen hij het had gelezen zei hij: 'Ja, dat herinner ik me nog. Denk je dat zij de Aziatische met de lichtgetinte huid geweest kan zijn die spullen heeft meegenomen uit de flat van William Wright, voordat ze werd vermoord?'

'Nou, ze is dus niet Aziatisch, maar het is donker op die gang en Mandy heeft het stel maar kort gezien. Ik weet dat het vergezocht is, maar ze voldoet in grote lijnen aan de beschrijving van die vrouw – lichtbruine huid, lang zwart haar, klonk niet Engels – en ze is vermoord binnen vierentwintig uur na Wright.' Robin hoorde zelf hoe flinterdun de theorie klonk nu ze het hardop zei, en toch voelde ze zich geroepen het hem voor te leggen. 'Ik vond het typisch dat Sofia tegen haar huisgenote had gezegd dat ze het hele weekend weg zou zijn, zonder erbij te zeggen wat ze dan ging doen.'

'Misschien hadden ze ruzie. Of waren ze niet eens vriendinnen, huurden ze alleen kamers in diezelfde flat.'

'Ik weet dat dat kan,' zei Robin, 'maar kijk hier eens naar.'

Ze typte weer een zoekterm in. 'Dit is de beschrijving die van het lijk werd gegeven voordat ze wisten dat het Sofia was. "*Latina of Zuid-Aziatisch, 1,62 meter, jeans, sportschoenen en een roze T-shirt met pioenrozendessin.*"' Ze keek op naar Strike. 'Mandy zei dat het meisje in Wrights flat een roze truitje met bloemen droeg.'

Ze zag aan Strikes gezicht dat hij nu geïnteresseerd was.

'De laatste keer dat Sofia levend is gezien was op donderdagmiddag, dus de dag voordat het Murdoch-zilver aankwam bij Ramsay. Op vrijdagmiddag rijdt een vrouw die voldoet aan Sofia's beschrijving, in dezelfde of een vrijwel identieke outfit, naar St George's Avenue in een zilverkleurige auto, laat zichzelf binnen in Wrights kamer, neemt spullen mee in een koffer en vertrekt weer. De volgende morgen verschijnt er een zilverkleurige auto – waarschijnlijk dezelfde zilverkleurige auto – een man met krullen stapt uit, gaat naar binnen en komt terug met nog meer spullen in een koffer. Iemand anders rijdt. De volgende dag wordt Sofia ergens in the middle of nowhere vermoord, bij een oude, verlaten bestelwagen.'

'Een bestelwagen,' herhaalde Strike.

'Ik weet dat het beter zou zijn als het een Peugeot 208 was geweest...'

'Dat hoeft niet,' zei Strike. 'Iemand heeft Calvin Osgood gemaild, in de veronderstelling dat hij Oz was, om te vragen of hij nog geïnteresseerd was in zijn bestelwagen, weet je nog?'

'O god, natuurlijk!'

Strike wreef over zijn kin, zijn ogen tot spleetjes geknepen. 'Weet je, vrouwen kunnen soms nuttig zijn.'

'Dank je,' zei Robin.

Strike glimlachte bijna, voor het eerst sinds hij uit bed was.

'Ik bedoel, de aanwezigheid van een vrouw doet alles meestal onschuldiger lijken. Terecht of onterecht, mensen zien een man en een vrouw samen en denken: "stelletje dat gewoon dagelijkse dingen doet" en niet: "die zijn uit op diefstal en moord".'

Hij nam een trek van zijn vape. Hij moest nodig het nicotinegehalte verhogen, want dit was lang niet zo bevredigend als een Benson & Hedges geweest zou zijn.

'Oké,' zei hij, 'stel nu eens dat Sofia Medina iets had met een van de mannen die Wright hebben omgelegd. Dan gaan we nog een stapje verder: stel dat die man onze krullenbol Oz was. Ze zegt tegen haar huisgenote dat ze het hele weekend weg is omdat ze weet dat ze Oz gaat helpen bij het stelen van het Murdoch-zilver en bij de moord op William Wright.'

'Als je het zo stelt,' zei Robin, 'klinkt het minder geloofwaardig. Ze was studente. Had vooruitzichten. Waarom zou ze zich in godsnaam inlaten met moord?'

'Misschien had hij haar zover gekregen.'

'Hoe dan?'

'Jonge vrouwen van wie de familie niet weet dat ze op OnlyFans zitten kunnen gevoelig zijn voor chantage.'

'Maar wat moest ze dan doen, onder druk? Zij kan Wright niet vermoord hebben, en ze was ook niet van nut als het Oriental Centrepiece versleept moest worden.'

'Nou, voor een jonge vrouw met haar uiterlijk is het voor de hand liggende antwoord dat ze als lokaas kon worden gebruikt.'

Ze moesten allebei onmiddellijk denken aan de gepixeleerde foto in de krant van Candy in haar rode ondergoed.

'Wright had tegen zijn buren gezegd dat er een meisje bij hem zou komen wonen,' zei Robin. 'Zou dat Sofia Medina kunnen zijn geweest? Kan zij degene zijn die hem heeft overgehaald om bij Ramsay Silver te gaan werken?'

'Het is een theorie,' zei Strike, die in gedachten het verhaal aan het uitwerken was. 'Misschien dacht Wright dat hij en Medina als Bonnie en Clyde te werk konden gaan, zonder dat hij zich realiseerde dat er mensen achter haar zaten die zijn ogen zouden uitsteken en zijn lul eraf zouden snijden?'

'Misschien is er geen verband.' Robin verloor haar zelfvertrouwen weer.

'Het kan natuurlijk zijn dat Medina niet besefte dat er moord en verminking bij kwamen kijken,' zei Strike. 'Dat Oz haar had wijsgemaakt dat ze alleen gingen inbreken, misschien met een verhaal over dat hij recht had op dat zilver, dat zij hem alleen maar zou helpen terug te krijgen waar hij recht op had. Hij kan beweerd hebben dat Ramsay hem iets had aangedaan, dat dit wraak was. Of... wacht even.'

Strike kwam overeind en ging naar het prikbord om op het kaartje te kijken waar hij alles had opgeschreven wat ze tot dusverre wisten over Oz.

'De echte Osgood had nog een mail gekregen die bestemd was voor Oz,' zei Strike terwijl hij de kaart las. 'Een meisje dat in slecht Engels schreef over een nicht die door Oz voor de gek gehouden zou zijn...'

'Slecht Engels,' herhaalde Robin. 'Denk je dat dat meisje Spaans was?'

'Zou goed kunnen. Jammer dat die domme sukkel de mails heeft verwijderd.'

'Hoe zou Oz haar "voor de gek gehouden" kunnen hebben door in het donker die winkel binnen te gaan en onder het bloed weer naar buiten te komen?'

'Misschien heeft ze het bloed niet gezien, als hij bijna bezweek onder het gewicht van het Oriental Centrepiece,' zei Strike.

'Maar hoe verklaarde hij dan dat hij naar buiten kwam met een stapel mannenkleren? Want Wright was uitgekleed, weet je nog?'

'Ja, goed punt,' zei Strike met een frons. 'Misschien moet ik Wardle nog eens bellen en hem wijzen op het toeval dat Sofia Medina qua uiterlijk en kleding precies voldoet aan de beschrijving van de vrouw die 's morgens heel vroeg in Wrights huis is geweest.'

Strike stond nog met zijn rug naar Robin toe het steeds voller geraakte prikbord te bekijken. Intussen kwelde Robin zichzelf met de vraag wat ze aan moest met de boodschap van Jonny Rokeby. Het liefst had ze die achtergehouden, want tenzij er nog enige communicatie had plaatsgevonden zonder dat zij het wist, waren de laatste woorden die haar zakenpartner tegen zijn vader had uitgesproken 'Sodemieter op!' geweest. Maar het zou echt verkeerd zijn om Rokeby's aanbod van juridische hulp niet door te geven.

Strike, zich niet bewust van wat zich achter zijn rug afspeelde, keek naar een nieuw papiertje dat onder de foto van Tyler Powell was opgehangen en zei: 'Je hebt "Griff" gevonden.'

'Wat?'

'Hier staat: "Man die door Tyler Powell in vertrouwen werd genomen, in plaats van zijn oma."'

'O ja,' zei Robin. 'Dilys zei: "Hij had tegen Griff gezegd dat hij wegging, maar tegen mij niet." Volgens mij is dat zijn adres. Dilys zei dat Griff "even verderop" woonde, en recht tegenover Tylers ouders woont een Ian Griffiths. Misschien de moeite waard om eens met hem te gaan praten, en ook met Dilys.'

'En Dilys kan in januari?' vroeg Strike, die nog steeds Robins aantekeningen aan het lezen was.

'Ja.'

'Ik heb nog wat meer druk uitgeoefend op Jade Semple en ze lijkt zich gewonnen te geven. Ik heb haar verzekerd dat ik niet van de pers ben, al snap ik niet waarom ze daar zo bang voor is. Als ze echt haar man wil vinden, kan een beetje meer publiciteit daar juist bij helpen. Hoe dan ook, als ik haar kan overhalen, proberen we die ondervragingen rond dezelfde tijd te plannen, dan gaan we er samen heen.'

'Oké.' Robin probeerde nog steeds te bedenken hoe ze over Rokeby moest beginnen.

Strike liep bij het prikbord vandaan, en hij wilde net gaan bespreken hoe ze het beste van Londen naar Ironbridge zouden kunnen reizen, toen Robin zei: 'Zeg, ik moet je wat vertellen,' (en heel even bedacht Strike dat hij degene was die diezelfde of soortgelijke woorden die ochtend had willen uitspreken), 'maar ga alsjeblieft niet door het lint. Beloof me dat je geen gekke dingen doet.'

'Oké.' Strike vroeg zich af wat er in hemelsnaam ging komen. Voor een aankondiging van haar verloving zou ze toch niet die woorden kiezen?

'Je vader heeft net naar de zaak gebeld. Hij had dat artikel gezien en bood zijn hulp aan. Juridische hulp. Hij wil zijn eigen advocaten erop zetten, op zijn kosten.'

Strike staarde haar alleen maar aan. Robin hoorde Kim lachen aan de andere kant van de deur.

'Hij belde toen jij Robertson aan de lijn had,' zei Robin. 'Ik zei tegen Pat dat ze een boodschap moest aannemen en... nou, dat is dus de boodschap. Hij vond het rot, zei hij, dat... dat hij erbij gehaald wordt in dat verhaal, dus wil hij helpen. Pat zegt dat hij aardig was... Niet flippen, Alsjeblieft.'

'Ik flip niet,' wist Strike met moeite uit te brengen.

Niet met jou erbij.

Robin keek op haar telefoon hoe laat het was. 'Ik moet gaan,' zei ze, en ze kwam overeind.

'Rijd je vanmiddag naar Yorkshire?'

'Vanavond, maar ik moet mijn spullen nog pakken en iets anders afhandelen.'

Ze moest die middag naar de huisarts. Het was lastig geweest om nog voor de kerst een afspraak te krijgen en die wilde ze niet mislopen.

'Ik heb hier je cadeau.' Robin graaide in haar tas en haalde er iets uit wat eruitzag als een kaart. 'Zo lijkt het niks, dat weet ik, maar je snapt het wel als je hem openmaakt.'

'Bedankt,' zei Strike automatisch. 'Jouw cadeau ligt nog boven, wacht even.'

Robin liep met hem mee naar de tussenruimte, waar Kim met een beker koffie in de hand tegen het aanrecht geleund stond. Toen Strike naar de glazen deur liep, zei ze: 'Bedankt voor de cadeaukaart, Strike.'

'Bedank Robin maar, het was haar idee.' Strike liep naar zijn zolderflat.

Zodra de glazen deur dicht was, gromde Pat, op een toon die bij haar voor fluisteren moest doorgaan: 'Heb je het gezegd?'

'Ja,' zei Robin.

'Wat gaat hij doen?'

'Dat weet ik niet.'

Kims kraaloogjes schoten van de een naar de ander; Robin zag haar neus bijna trillen van nieuwsgierigheid.

Strike was binnen een paar minuten terug, met een plat, vierkant pakje in kerstpapier, met een kaartje erbij.

'Vrolijk kerstfeest,' zei hij toen hij het Robin overhandigde.

'Beda...'

De telefoon op Pats bureau ging en Robin voelde haar maag samentrekken.

God nee, niet weer Rokeby.

'Detectivebureau Strike en Ellacott... Wie zegt u?'

Pat zette grote ogen op.

'Ik zet u even in de wacht.'

Ze drukte een toets in en keek om naar Strike.

'Hij zegt dat hij Sacha Legard is.'

'Wat?' Ook Kims ogen werden groot. 'De acteur?'

'Ik moet gaan,' zei Robin met haar cadeau in de hand. 'Fijne kerst allemaal.'

Als Kim er niet was geweest, en als Legard niet in de wacht had gestaan, zou ze misschien meer gezegd hebben tegen Strike, had ze misschien haar dringende verzoek om niet uit te vallen tegen zijn vader herhaald, niet voor Rokeby maar voor zijn eigen bestwil, maar nu glimlachte ze alleen naar hem en vertrok.

'Oké,' zei Strike nors tegen Pat (*fuck Rokeby, fuck Kerstmis, fuck fucking Culpepper, fuck fucking alles en iedereen)*, 'verbind Legard maar door naar mijn bureau.'

Hij liep zijn kantoor weer in. De telefoon op zijn bureau rinkelde.

'Strike.'

'Cormoran,' zei Sacha Legard met prachtige stembuiging, 'dat is lang geleden.'

'Ja.'

'Ik had niet meegekregen dat je me probeerde te bereiken.'

Rot op, alsof ik dat geloof.

'Ik kreeg een telefoontje van Dessie Longcaster... Mullins, bedoel ik. Ze klonk nogal overstuur,' zei Legard.

'Heeft ze je verteld waar het over gaat?'

'Ja, over mijn neef Rupert,' zei Legard met een vleugje geamuseerde ergernis.

'Decima maakt zich grote zorgen om hem. Kunnen wij ergens afspreken?'

'Eerlijk gezegd denk ik dat dit een beetje een storm in een glas water is,' zei Legard.

Interviewers, wist Strike, waren het er over het algemeen over eens dat Sacha Legard niet alleen zeer talentvol was, maar ook een ongekend goede en gulhartige inborst had. Strike wist wel beter, en hij had de zwijmelende commentaren jarenlang gemeden. Hij at al te veel gefrituurd voedsel, hij wilde zijn bloeddruk niet nog verder opdrijven. Nu liet hij de stilte voor zich spreken. Wilde Legard zijn charmante imago doorprikken door zich op te stellen als een man die niet bereid was een vrouw in nood te helpen? Wilde hij echt onverschillig doen over de verblijfplaats van zijn jonge neef?

'Ach, als ik Dessie daarmee gerust kan stellen,' zei Legard ten slotte, 'natuurlijk.'

'Mooi,' zei Strike. 'Komt het morgen uit? Ik kan de hele dag.'

'Ja, hoor. Kom om drie uur maar naar het National Theatre. Het is de laatste avond van...'

'Goed, tot morgen,' zei Strike, en hij ervoer een lichte afname van zijn aanhoudende behoefte om iemand een stomp te verkopen toen hij de verbinding verbrak voordat Sacha Legard hem kon vertellen in welk ongetwijfeld goed ontvangen toneelstuk hij op dat moment schitterde.

34

Blame not thou the faulting light
Nor the whispers of the night:
Though the whispering night were still
Yet the heart would counsel ill.

A.E. Housman
XVII, *More Poems*

Robins bezoek aan de huisarts was moeilijk op een manier die ze niet had verwacht. Ze wilde alleen maar weten of ze zich zorgen moest maken om de stekende pijn in haar rechterzij, en het korte antwoord op die vraag was, volgens de botte vervanger bij wie ze gedwongen op controle ging in plaats van bij de vrouwelijke dokter om wie ze had gevraagd, 'nee'. Nadat hij had geïnformeerd of ze symptomen had van een infectie, zoals verhoging, en of de operatiewond goed genezen was (ze had zijn aanbod om ernaar te kijken afgeslagen) zei hij: 'Je bent geopereerd,' alsof ze dat zelf niet wist; alsof ze door de schrik, de pijn en de morfine heen geslapen had. 'Je bent nog aan het herstellen. Ben je fysiek erg actief geweest na je ontslag uit het ziekenhuis?'

'Redelijk.' Robin dacht aan haar sprint over de weg naar Plugs schuur, en vandaag weer de trap naar boven op het bureau.

'Daar heb je het al,' zei de dokter.

'Juist.' Robin bukte om haar tas te pakken, maar de dokter was nog aan het woord.

'Ik zie dat ze in het ziekenhuis al ivf besproken hebben,' zei hij, zijn blik op de monitor gericht.

'Ja, maar...'

'Je bent tweeëndertig?'

'Ja,' zei Robin.

'Onder de vijfendertig is er zo'n vijfenvijftig procent kans op een levende geboorte via ivf, maar bij de eerste plaatsing is dat minder.'

'Oké. Nou be...'

'Vrouwen zien ivf vaak als een vangnet. Er zijn geen garanties. Als je ervoor wilt kiezen, zul je erover moeten nadenken...'

'Hoe eerder, hoe beter,' zei Robin. 'Ja, dat zei de chirurg al.'

Ze wilde niet bot doen, maar ze was helemaal klaar met de huisarts, zijn cijfertjes, die samengegroeide wenkbrauwen van hem en zijn neerbuigende houding. Misschien had ze zich zijn afkeuring verbeeld toen hij hardop 'chlamydia' van zijn scherm las, maar ze verdomde het om hem te vertellen hoe ze aan die beschadigde eileiders was gekomen.

Het grootste deel van de vier uur durende rit naar Masham veinsde Robin een vrolijkheid die ze niet voelde. Murphy, die zo tactvol was geweest om niets te zeggen over het artikel over Strike en Candy, was opgetogen omdat hij en zijn team eindelijk drie arrestaties hadden verricht in de zaak van de neergeschoten broertjes: de man die de schoten had gelost, de bestuurder van de auto van waaruit hij dat had gedaan en de vriendin van die laatste, die beide mannen een vals alibi had verschaft. Robin feliciteerde hem, oprecht blij voor hem en voor de moeder van de jongens, en hield zichzelf voor dat dit het verkeerde moment was om hem te vertellen over haar bezoek aan de huisarts.

Wanneer het dan wel het juiste moment zou zijn om het te bespreken wist ze niet. Ze had het afschuwelijke gevoel dat als ze Murphy zou vertellen hoe de kansen op een geslaagde geboorte met ivf ervoor stonden, hij zou voorstellen om meteen te beginnen, en dat zijn 'je bent pas tweeëndertig' van laatst snel zou omslaan in 'je bent al tweeëndertig'. Robin dacht aan alle vrouwen ter wereld die dolblij zouden zijn als hun vriend kinderen met hen wilde en ze vroeg zich af wat er mis met haar was, waarom ze in paniek raakte en zich verstikt voelde bij de gedachte aan wat ze ooit had gedacht te willen, voordat ze door een uitzendbureau naar een sjofel kantoortje in Denmark Street was gestuurd als tijdelijke secretaresse en alles anders was geworden: dat deel van haar waarvan ze had gedacht dat de verkrachter het haar voorgoed had afgepakt bleek niet dood te zijn, maar sluimerend aanwezig, in afwachting van een kans, terwijl iets wat ze altijd voor lief had genomen – dat ze kinderen zou kunnen krijgen als ze dat wilde – voorgoed verdwenen was, al had ze dat toen niet geweten.

Niet huilen, dacht Robin terwijl de donkere M11 langs de autoraampjes trok, de kerstliedjes op de radio klonken en Murphy tot in detail vertelde hoe hij persoonlijk de vriendin van de bestuurder had verpletterd door haar te betrappen op tegenstrijdigheden in haar verhaal.

'Ze is verslaafd aan *spice*,' zei hij tegen Robin.

'Aan wat?'

'Spice. Synthetische cannabis. Duikt nu verdomme overal op. Ze zweette alsof ze in een sauna zat. Sprak ongeveer drie woorden per minuut. Het heeft bijna vijf uur gekost om haar klein te krijgen.'

Murphy nam een slok water, alsof de herinnering hem schor maakte. 'Jezus, wat verheug ik me hierop. Ik moet er echt even uit.'

'Ik ook,' zei Robin onoprecht. In werkelijkheid zou ze er vrijwel alles voor overgehad hebben om de andere kant op te rijden, in haar eentje terug naar haar flat en haar werk, ook al liep de man die haar bij haar nek had gegrepen daar ergens rond. *Het gaat weer gebeuren als je het verdomme niet laat rusten.*

Het was al donker toen ze eindelijk aankwamen bij het oude stenen huis in Masham waar Robin was opgegroeid. Haar vader had witte lichtjes in de oude sering in de voortuin gehangen. Toen Robin aanbelde, werden ze met druk enthousiasme verwelkomd en Betty, de nieuwe puppy, schoot naar buiten en moest door Murphy worden gered toen ze de weg op rende. Stephen was er, Robins oudste broer, en Jenny, zijn lange vrouw, die zo hoogzwanger was dat ze drie pogingen moest doen om op te staan uit haar fauteuil om de nieuwkomers te verwelkomen, en Jonathan, Robins jongste broer, die nu was afgestudeerd aan de universiteit en een baan had bij een brandmanagementconsultancy in Manchester; Robins donkerharige vader met zijn hoornen bril en haar moeder Linda, wier genegenheid voor Murphy betekende dat hij net zo'n warme omhelzing kreeg als Robin. De familie had gewacht met eten tot Robin en haar vriend er waren. Ze gingen allemaal aan de schoongeboende tafel zitten in de keuken, waar de vloer was bedekt met kranten door de aanwezigheid van de nog niet zindelijke Betty, die non-stop zo hevig kwispelde dat haar hele lijfje meebewoog. Robin, langzamerhand iets opgewekter, dronk wijn en at van de ovenschotel met kip en champignons die haar moeder had klaargemaakt, en het nieuws dat haar ex-echtgenoot Matthew ook in de stad was voor Kerstmis, met zijn tweede vrouw en zijn zoontje, deed amper iets met haar emoties.

'Ze is weer zwanger,' liet Linda de familie weten. 'Die Sarah. Ik zag haar bij de Co-op.'

'Nou, ik wens haar veel succes,' zei Robin nadrukkelijk laconiek.

'Wanneer ben jij uitgerekend?' vroeg Murphy aan Jenny.

'Op 3 januari,' zei Jenny, 'maar van mij mag hij vanavond nog komen. Ik word doodziek van dat brandende maagzuur.'

'Dus het is een jongetje?' vroeg Robin, die dat niet had geweten.

'Ja, en ze denken dat hij meer dan negen pond weegt,' zei Stephen.

'Ik ben blij dat nog iemand van ons daar blij mee is,' zei Jenny.

'Ik heb me zorgen gemaakt,' zei Linda quasiverwijtend, met een blik op haar schoondochter. 'Ze heeft tot een maand geleden doorgewerkt.'

'Alleen het kleine spul, Linda,' zei Jenny, die dierenarts was. 'Geen paarden of vee.'

'Ik dacht dat Martin er ook zou zijn,' zei Robin. Martin was de derde van de vier kinderen Ellacott, die tot zeer kortgeleden nog thuis had gewoond maar nu bij zijn zwangere vriendin was ingetrokken, in de buurt van Ripon.

'Nee, ze komen morgen,' zei Linda, met net dat vleugje terughoudendheid dat Robin duidelijk maakte dat er een verhaal achter zat waar haar moeder niet over wilde beginnen waar het bezoek bij was.

Robin was blij dat ze naar bed kon, in haar oude kamer. Murphy viel in slaap zodra hij ging liggen. Robin luisterde naar de geluiden van de anderen die de badkamer in en uit gingen, naar Annabels ouders die bij haar gingen kijken in Martins oude kamer, naar Jonathan die rondscharrelde op de zolderkamer waar hij, als laatstgeborene, vroeger had moeten slapen. Even vroeg ze zich af wat er in het platte, vierkante doosje zou zitten dat ze voor Kerstmis van Strike had gekregen, en dat ze bij het uitpakken onder in haar weekendtas had laten liggen in plaats van het mee naar beneden te nemen en onder de kerstboom te leggen, zoals Murphy en zij hadden gedaan met de cadeaus die ze voor de familie hadden gekocht, en voor elkaar. Het doosje van Strike had de omvang en het gewicht die je bij een sieraad zou verwachten, maar ze kon zich niets onwaarschijnlijkers voorstellen dan dat haar zakenpartner haar zoiets persoonlijks zou geven, terwijl hij een ander jaar bang was geweest om parfum voor haar te kopen omdat hij de namen zo intiem vond. Ze glimlachte in het donker bij de herinnering aan Strike die haar had verteld dat hij in paniek was geraakt bij het idee om haar een flesje te geven met op het etiket een tekst als 'Je bent neukbaar'.

Komt goed, zei ze tegen zichzelf terwijl ze luisterde naar de trage ademhaling van Murphy. *Het is maar voor vier dagen*.

35

Why not, then, have earlier spoken,
Written, bustled? Who's to blame
If your silence kept unbroken?

Robert Browning
Waring

Strike beschouwde zelfmedelijden als onverdedigbare tijdverspilling, maar de neerslachtigheid die hem de volgende morgen in haar greep had weigerde te verdwijnen. Robin mocht dan laatst gezegd hebben dat ze geen zin had in de kerst met haar familie, wie weet zou de feestelijke sfeer haar een stuk milder stemmen als ze eenmaal in Masham was. Er kwamen kinderen, er werden kerstliederen gezongen in de kerk en misschien was er wel van die ellendige glühwein, en iedereen was natuurlijk gecharmeerd van haar immens begeerlijke CID-rechercheur... Strike was maar één keer in Masham geweest, als ongenode gast op Robins bruiloft. Nou, verdomd als hij het een tweede keer zou doen.

Hij zat in zijn BMW te posten bij een bouwmarkt waar hij de werkloze Plug naartoe was gevolgd. Terwijl Strike de ingang in de gaten hield in afwachting van Plugs terugkeer vergrootte hij zijn eigen zwaarmoedigheid met gepeins over de vele andere dilemma's waar hij voor stond.

Het artikel van Fergus Robertson was die ochtend verschenen in *The Telegraph*. Zoals de detective eigenlijk had moeten voorzien, had Robertson zich er door een of andere aftandse erecode onder broodschrijvers van laten weerhouden om de wereld te vertellen wat de ware reden was van Dominic Culpeppers vastberadenheid om Strikes reputatie om zeep te helpen, maar hij had wel laten doorschemeren dat Strike gedurende zijn loopbaan als detective veel vijanden had gemaakt, en hij citeerde Strike volledig in zijn ontkenning van alles wat Candy betrof, plus zijn loze dreigement van juridische stappen. Misschien, dacht Strike, zijn blik strak op de bouwmarkt gericht, kon hij echt een advocaat in de arm nemen. De kosten zouden exorbitant zijn, maar hij had het akelige gevoel dat zijn weerlegging niet afdoende zou zijn om het verhaal over Candy voorgoed te laten verdwijnen.

Hij was niet van plan in te gaan op zijn vaders aanbod voor financiële hulp, waarvan hij zeker wist dat het voortkwam uit een verlangen van Rokeby's kant om zijn eigen imago op te krikken. In Strikes ogen had Rokeby een territoriale grens overschreden door naar zijn kantoor in Denmark Street te bellen en met een van zijn werknemers te praten. Ja, Robin had waarschijnlijk gelijk, de verstandigste route was om zijn vader te negeren, maar als zij straks verloofd terugkwam uit Masham, zou Strike alle voormalige beloften als ongeldig beschouwen.

Intussen had Jade, de verlaten vrouw van Niall Semple, hem de vorige avond een bericht gestuurd.

hoor eens je hoeft niet te komen want ik denk niet meer dat Niall de man in die winkel was

Dat was slecht nieuws, want mocht Robin zonder ring terugkeren uit Masham, dan zou een uitstapje naar Schotland voor Strike een uitgelezen kans zijn om zich uit te spreken, maar als ze niet verder hoefden te reizen dan Ironbridge, dan was een overnachting in een hotel moeilijk te verantwoorden. Hij had teruggetypt:

Wat is er veranderd?

Haar antwoord luidde:

ik denk dat hij bij een andere vrouw is

Strike had nog gevraagd of het haar geen rust zou geven om zeker te weten dat haar man niet het lijk in de kluis was geweest, maar daar had ze niet meer op gereageerd.

Alsof dat allemaal nog niet genoeg was, had hij een anoniem telefoontje ontvangen op zijn mobiel, doorgeschakeld vanaf kantoor, kort nadat hij die ochtend was vertrokken uit Denmark Street. Na wat hijgerige keelklanken zei een schorre stem: 'Laat het rusten. Wij hebben *obedeha* aan onze kant. Laat rusten!'

'What the fuck is obedeha?' had Strike gevraagd, waarna de beller had opgehangen.

Obedeha. Sinds de onbekende man Robin had bedreigd bij Harrods was Strike niet meer bereid om het anonieme telefoontje af te doen als een grap van iemand die zich vermaakte ten koste van het detectivebureau. Dat gezegd hebbende, nu Robin veilig in Yorkshire zat, was hij vooral kwaad dat er nog een extra ergernis was toegevoegd aan de toch al torenhoge berg ellende.

Er was op korte termijn niets in het vooruitzicht waar Strike van zou kunnen opvrolijken. Het liefst was hij door de komende drie dagen heen geslapen, maar zelfs dat zat er niet in. De volgende dag was kerstavond, en dat betekende dat hij naar Lucy's buurtborrel moest, gevolgd door een nacht in de logeerkamer en de opgelegde vrolijkheid van eerste kerstdag, met zijn zwager Greg die de gebruikelijke stekelige opmerkingen maakte over Strikes keuzes in het leven. Meestal negeerde de detective die om zijn zus een plezier te doen, al bedacht hij nu, in de auto voor de bouwmarkt waar Plug inkopen deed, dat Greg op zijn bek slaan misschien wel net zo lekker zou zijn als een pak slaag voor Dominic Culpepper, en even stond hij zichzelf het plezier toe zich voor te stellen dat hij Greg knock-out zou slaan boven de kalkoen. Maar voor hij aan de kerstdis zou aanschuiven moest hij nog naar Sacha Legard toe in het National Theatre, een vooruitzicht dat herinneringen opriep aan Strikes overleden verloofde, die hij in zijn verzwakte emotionele toestand onmogelijk op afstand wist te houden.

Charlottes houding ten opzichte van haar halfbroer Sacha, of eigenlijk ten opzichte van haar hele familie, had altijd heen en weer geslingerd tussen twee extremen. Het grootste deel van haar leven had ze hen allemaal vervloekt en geroepen dat ze de pest had aan Heberley House, het statige huis waar ze vrijwel haar hele jeugd had doorgebracht en waar haar moeder en stiefvader extravagante, met drugs overladen feesten hadden gegeven, op een waarvan Charlotte als kind van tien per ongeluk lsd had binnengekregen. Ze had altijd volgehouden dat ze een afkeer had van de conventies van haar sociale klasse, had de kostscholen en haar familie de schuld gegeven van haar ongelukkige bestaan en beweerd dat toen ze er eenmaal van bevrijd was, ze niets anders wilde dan eenvoudige geneugten en een echte, menselijke band. Dat was de kant van Charlotte waar Strike van had gehouden en waarmee hij medelijden had gehad, en waarvan hij zichzelf, in de begintijd van hun verhouding, had toegestaan te geloven dat het de 'echte' Charlotte was.

Maar met de jaren en de ervaring was het onwillige besef gekomen dat de vrouw van wie hij hield een soort kameleon was, met verschillende gezichten en vaak manipulatief; dat ze heel veel andere kanten had, die net zo echt waren als zijn favoriete kant van haar. De verschuiving van het ene aspect van haar persoonlijkheid naar het andere kwam vaak zonder waarschuwing; dan vond ze opeens het vermaak dat Strike haar van zijn politiesalaris kon bieden saai en beperkend en kondigde ze aan dat ze behoefte had aan een duur dagje op de renbaan met champagne en weddenschappen met hoge inzet, of er moest op stel en sprong een reisje naar Marrakech worden geregeld met haar highsocietyvrienden, onder wie 'Sachy' en 'Val', want 'toe nou, schat, dat is toch leuk', en dan maakte ze Strike belachelijk om zijn aarzeling en zijn burgerlijke obsessie met banksaldo's en oprechtheid.

'Ja, natúúrlijk is Sachy een enorme hypocriet,' had Charlotte ooit lachend gezegd, toen Strike die beschuldiging uitte aan het adres van haar halfbroer, na een etentje waar Sacha drie gangen lang met een andere rijke acteur over socialisme had gepraat. 'We weten allemaal dat hij Tory stemt, en er bestaat geen list om belasting te ontduiken die hij niet kent. Kom op, schat, je moet dat soort dingen niet zo serieus nemen.'

In de manische buien die Charlotte regelmatig in hun greep hielden vroeg ze Strike waarom hij er moeite mee had als iemands publieke gezicht niet strookte met de mores die diegene er privé op na hield, zolang die persoon maar onderhoudend en stijlvol was. Waarom moest Strike iedereen vervelen en lastigvallen met pietluttigheden die voortkwamen uit zijn eigen ervaring met armoede en misère? Dan kregen ze ruzie, waarbij ze Strike beschuldigde van gierigheid en vreugdeloosheid, en als hij Charlotte wees op dingen die ze een paar dagen of zelfs een paar uur eerder had gezegd, dat ze een hekel had aan mensen die met twee maten meten, aan onoprechtheid en materialisme, dan kon ze plotseling een woedeaanval krijgen, waarin ze hem woest beschuldigde van van alles en nog wat: dat hij haar haatte, dat hij haar waardeloos en oppervlakkig vond, en dan volgde er zelfdestructief drankgebruik of slingerde ze projectielen naar zijn hoofd, en vaak allebei.

Het enige familielid tegenover wie Charlotte nooit, onder wat voor omstandigheden dan ook, liefde had geuit, was haar moeder. Charlotte was beschouwd als boventallig door haar beide ouders, die na haar oudere zus hadden gehoopt op een zoon. Charlotte had van Tara nooit iets anders ontvangen dan minachting en onvriendelijkheid, en Strike had altijd gedacht dat die geworteld waren in hun sterke fysieke gelijkenis; de narcistische Tara vond het vreselijk om haar eigen verloren jeugdige schoonheid te zien stralen tegenover haar aan de ontbijttafel. Hij had nooit eerder, en ook daarna niet, meegemaakt dat een ouder en een kind zo'n diepe hekel aan elkaar hadden als Tara en Charlotte, en hij schreef Charlottes labiele mentale toestand toe aan een jeugd van verwaarlozing die soms grensde aan pure mishandeling.

Tara's latente moederinstinct was uiteindelijk ontwaakt met de komst van Sacha, het product van haar derde huwelijk. Tara had haar enige zoon verafgood, en ze vond het prima om haar eigen trekken terug te zien in mannelijke vorm. Hij zou de enige persoon worden om wie de hedonistische, egocentrische Tara net zoveel gaf als om zichzelf. Het gevolg was dat Sacha de enige in Charlottes door drank en drugs verscheurde familie was die oprecht kon zeggen dat hij een volkomen gelukkige jeugd had gehad.

Daar kon Sacha natuurlijk niks aan doen, en Strike nam het hem ook niet kwalijk. Wat hij hem wél kwalijk nam was de manier waarop Sacha zich had gedragen vanaf het moment dat hij oud genoeg was om te merken hoe harteloos Tara zich opstelde tegenover zijn zus. Sacha was de enige levende ziel die had kunnen ingrijpen, en toch waren Charlottes zelfmoordpogingen en haar opnames in psychiatrische inrichtingen nooit erkend door haar halfbroer, die haar daar niet bezocht, nooit belde en er nooit naar verwees als ze achter de rug waren. Als het goed ging met Charlotte, vond Sacha het prachtig om met haar te socializen, want ze was geestig en vormde een decoratieve toevoeging op elke bijeenkomst. Verder had Charlotte wat Sacha betrof net zo goed niet kunnen bestaan.

Er was één gelegenheid geweest, eentje maar, waarbij Strike een beroep had gedaan op de jongere man om hem te helpen. Ondanks haar frequente felle kritiek op Heberley House was Charlotte vastbesloten geweest om haar dertigste verjaardag daar te vieren met een groot feest. Strike had talloze mogelijkheden voor drama en conflict voorzien toen ze Heberley als locatie wilde gebruiken en had geprobeerd haar ervan te overtuigen dat een feest in Londen, of zelfs een weekendje weg met hem, te prefereren zou zijn, maar tevergeefs. Charlotte wilde champagne en luxe hapjes, tweehonderd mensen in black tie opeengepakt in de balzaal, foto's die genomen werden op de weelderige trap, lantaarns in de bomen van het hertenkamp, en Strikes gebrek aan enthousiasme voor het plan werd onvermijdelijk opgevat als stierlijk vervelend en een blijk van minachting. Misschien probeerde een restantje van het verwaarloosde, niet-geliefde kind dat Charlotte ooit was geweest voor zichzelf te bewijzen dat ze wel degelijk waardevol was in de ogen van haar familie, of misschien creëerde ze bewust een situatie waarin een implosie zou plaatsvinden. Strike was tegen die tijd vertrouwd geweest met de gevaarlijke kant van Charlotte; soms was ze erop uit om zichzelf zo ernstig mogelijk te beschadigen, op zo groot mogelijke schaal.

Twee maanden van volkomen voorspelbare conflicten met Tara voorafgaand aan het feest waren uitgemond in het afzeggen van de helft van alle bestellingen door Tara en de mededeling dat ze op de dag van het feest met haar zoon in St. Moritz zou verblijven. Strike, die op dat moment met verlof was uit het leger, had niet geweten dat Tara deze explosieve boodschap per voicemail had overgebracht en was met zijn oude vriend Nick wat gaan drinken in de kroeg. Toen hij daarna terugkeerde naar Charlottes appartement, was zijn vriendin nergens te bekennen, maar de zwartkanten jurk die ze van plan was te dragen op haar feest in Heberley lag aan flarden gescheurd op de slaapkamervloer, en de wasbak in de badkamer was besmeurd met bloed. Ze nam haar telefoon niet op en kwam die nacht niet thuis. De volgende morgen had hij, toen hij verder niemand van de familie kon bereiken, Sacha gebeld. Sacha had zijn mobiel opgenomen in de first class-lounge van Heathrow, tussen Tara's jetsetkennissen. De informatie dat zijn zus vermist werd en bloedsporen en een verscheurde jurk had achtergelaten, had nog niet het kleinste deukje gemaakt in Sacha's goede humeur. Ook al sprak hij met een man die tien jaar ouder was dan hij en een veel bredere levenservaring had, de twintigjarige Sacha had een vermoeide toon aangeslagen toen hij Strike liet weten dat Tara's therapeut haar had aangeraden een beetje streng te zijn voor zijn zus. Het beste wat Strike kon doen, had Sacha gezegd, terwijl Strike Tara en haar vrienden hoorde lachen op de achtergrond, was Charlottes overduidelijke roep om aandacht negeren, en voordat Strike Sacha kon laten weten hoe hij over hem en zijn moeder dacht, had de jongeman opgehangen.

Het had Strike nog eens achtenveertig uur gekost om Charlotte op te sporen in een ziekenhuis. Ze bleek een handvol antidepressiva te hebben ingenomen met zo veel whisky als ze kon binnenhouden, midden in een bar in Soho. Toen ze schuin van haar stoel gleed was de bedrijfsleider haar te hulp geschoten, om vervolgens ronduit beledigd te worden en te horen te krijgen dat hij met zijn vuile poten van haar af moest blijven. Ongelooflijk genoeg had ze nog kunnen lopen, want ze was de stoep op gestrompeld en het drukke verkeer in gewankeld, waar ze was geraakt door een passerende bus. Toen Strike haar eindelijk had gevonden, een dag na zijn eigen dertigste verjaardag, die hij had doorgebracht met vruchteloos rondbellen naar nog meer familieleden en ziekenhuizen, lag ze in een kamertje bij te komen nadat haar maag was leeggepompt, met wonden van zelfbeschadiging op haar armen en een gebroken schouder. Zijn beloning voor drie dagen doodsangsten en non-stoppogingen om haar familie te interesseren voor haar lot was de mededeling dat hij een vuile klootzak was omdat hij wat was gaan drinken met Nick toen zij hem het hardst nodig had. Vervolgens had ze hem voor haar welbekende ultimatum 'het leger of ik' gesteld, en Strike had zoals altijd gekozen voor het leger en was als tijdelijk vrij man teruggekeerd naar Duitsland, waar hij destijds gestationeerd was.

Toen Charlotte later door de politie dood was aangetroffen in een met bloed gevuld bad, had Sacha klaargestaan met de volmaakte, aangrijpende verklaring voor de pers. 'Ik ben maar gewoon een van de intens verdrietige mensen die van haar hielden, en die niet kunnen bevatten dat we haar lach nooit meer zullen horen. "*Death lies on her like an untimely frost Upon the sweetest flower of all the field.*"'

En nu, in zijn koude BMW, met al die ongewenste herinneringen, vroeg Strike zich weer eens af wat hem in godsnaam had bezield, al die keren dat hij Charlotte had teruggenomen. Hij was een man van de waarheid, zij was een onverbeterlijke leugenaar geweest. Hij was van mening dat je door hard te werken boven je genetische afkomst uit kon stijgen, terwijl Charlotte de fatalistische overtuiging had gehad dat ze onontkoombaar verdoemd was door een familie die werd geplaagd door verslaving. Toch hadden ze elkaar zo goed gekend dat ze allebei met een bijna griezelige accuratesse hadden kunnen voorspellen wat de ander dacht en voelde. Toen hij nog verstrikt zat in de relatie had Strike zich niet kunnen voorstellen dat hij ooit nog evenveel van een andere vrouw zou kunnen houden, maar sinds het beeindigen ervan zag hij de band met Charlotte als een langdurige infectie die hij eindelijk van zich af had kunnen schudden.

Het kwam nu bij hem op, terwijl hij daar naar de bouwmarkt zat te staren, dat Robin, die zoveel minder gecompliceerd leek dan zijn dode ex-verloofde, voor hem een veel groter raadsel vormde dan Charlotte ooit was geweest. Hij wist niet wat Robin dacht en voelde, en dat hij op haar verliefd was geworden, compleet tegen zijn wil, leek niet op een infectie, maar op het erkennen van een tekort waarvan hij nooit had geweten dat hij het had, maar waarvan hij langzaam de pijnlijke symptomen leerde kennen. En nu – al zijn gedachten voerden er weer heen, hoe niet-gerelateerd ze ook leken – was ze in Masham met Murphy, en hij was alleen en ongelukkig, en dat had hij aan niemand anders te wijten dan aan zichzelf.

36

A Grecian lad, as I hear tell,
One that many loved in vain,
Looked into a forest well
And never looked away again.

A.E. Housman
xv, *A Shropshire Lad*

Strike had weinig uitgesproken meningen over architectuur, maar het brutalistische gebouw waarin het National Theatre huisde, dat leek op een kruising tussen een parkeergarage met meerdere verdiepingen en een krachtcentrale, had hij altijd beschouwd als een van Londens grootste beledigingen voor het oog. Terwijl hij er die middag om tien voor drie naartoe liep, met even verderop de dofgrijze Theems, bedacht hij dat het lelijker was dan de bouwmarkt waar hij zojuist zijn schaduwklus had overgedragen aan Midge. Een groot doek bij de deur liet weten dat Sacha's toneelstuk *Death Is No Punishment* heette, met daarbij een portretfoto waarop Sacha ernstig en vastberaden voor zich uit keek, in wat eruitzag als een gestreepte pyjama.

Een timide aandoende vrouw met een grote bos haar en een bril stond naast de ingang, met een sleutelkoord om haar hals.

'Meneer Strike?'

'Dat ben ik.'

'Ik ben Grace. Sacha heeft me gevraagd u naar hem toe te brengen. Het gebouw is wat verwarrend voor wie het niet kent.'

'Oké.'

Ze hield de deur voor hem open, en toen ze samen door de enorme foyer liepen, met bruin tapijt en een hoog plafond dat een patroon had van een reusachtige betonnen wafel, vroeg zijn gids aan Strike of hij Sacha's stuk had gezien.

'Nee.'

'O, het is prachtig,' zei ze ademloos, en ze praatte minutenlang door over het toneelstuk, waarin Sacha de rol speelde van een bestaande arts, dokter Walter Loebner, die martelingen door de Gestapo had overleefd, was ontsnapt uit een kamp en lang genoeg was blijven leven om te getuigen tegen zijn beulen.

Strike weerstond de verleiding om minachtend te snuiven. Er was natuurlijk geen wet die gebood dat alleen moedige mannen zich mochten uitgeven voor degenen die onuitsprekelijke gruweldaden hadden overleefd en daar met gevaar voor eigen leven aan waren ontsnapt, maar hij vond het buitengewoon ongepast dat Sacha dat deed. Charlotte en Strike, die allebei fysieke moed in overvloed hadden, hadden vaak samen gelachen om de succesvolle manier waarop Tara haar afschuw over het aantasten van het schitterende werk der natuur had overgebracht op haar beminde zoon. Strike wist heel goed dat Sacha zich druk maakte om de veiligheid van stunttuigjes en het gevaar verwondingen op te lopen bij grondig gerepeteerde zwaardgevechten, dat hij met skiën nooit verder was gekomen dan de babypiste en ervoor koos alles op het gebied van duiken, paardrijden of sprongen in de diepte te laten uitvoeren door stuntmensen. Dat was uiteraard niet bekend bij het grote publiek, want op het witte doek was Sacha heel overtuigend als waaghals.

'... naar Broadway, maar ik denk niet dat ze zich iemand anders dan Sacha kunnen voorstellen voor de rol van Walter, en hij heeft volgend jaar al filmverplichtingen...'

Strike en zijn gids namen een lift naar de bovenste verdieping, en de jonge vrouw zette haar rapsodie over Sacha voort tot Strikes verveelde uitdrukking haar op intimiderende wijze het zwijgen oplegde. Toen ging ze hem eindelijk voor naar een barretje op de derde verdieping dat was voorbehouden aan de cast, en daar zat Sacha, alleen op de barman na.

De acteur droeg jeans en een donkerblauw overhemd, en zelfs in het onflatteuze licht van de bar was hij verbazingwekkend knap. Zoals zo veel van zijn collega-toneelspelers was hij van dichtbij veel tengerder dan hij overkwam op het toneel of in de bioscoop.

'Cormoran,' zei hij hartelijk, en hij kwam overeind. 'De laatste keer dat we elkaar zagen moet op de begrafenis van pa geweest zijn.'

'Dat zal wel, ja.' Strike schudde Sacha's uitgestoken hand.

'Bedankt, *Your Grace*,' zei Sacha met een glimlach tegen de jonge vrouw met de bril, die vuurrood werd van genoegen om wat duidelijk een vast onderonsje was.

'Graag gedaan, *My Lord*. Zal ik...?'

'Wat drink je?' vroeg Sacha aan Strike.

'Koffie, als er is,' zei de detective, en Grace haastte zich om het te halen.

'Je hebt het verdomd goed gedaan sinds die laatste keer,' zei Sacha.

'Jij ook,' zei Strike met moeite.

'Ha,' zei Sacha met een lachje om zichzelf omlaag te halen. 'In deze tak van sport ben je zo goed als je laatste recensie.'

'Dat kan jij gerust zeggen,' jubelde Grace bij het aanrecht. 'Want "hij heerst over het toneel", volgens *The Independent*!'

'"Heerst over het toneel".' Sacha grijnsde en rolde even met zijn ogen terwijl hij weer ging zitten. 'Ik weet niet eens wat het betékent.'

Strike had vaak bedacht dat Sacha op het toneel natuurlijker overkwam dan in het echt. Als de camera's draaiden of het doek opging, wist hij de menselijke emoties perfect na te bootsen. Buiten de spotlights wekte hij altijd een beetje de indruk dat hij zichzelf speelde, en op dat moment kreeg Strike de privévoorstelling *Talentvol acteur tijdens pauze* voorgeschoteld.

'Dus je bent tegenwoordig Lord Legard,' zei Strike.

'Jezus, nee zeg,' zei Sacha met een lachje. 'Nee, ik ben net als pa, ik gebruik de titel niet. Het is allemaal zo verdomd ouderwets.'

Maar je laat het je ondergeschikten wel weten, leuk voor grapjes. Lul.

Onderweg naar het theater had Strike zich afgevraagd of Sacha iets zou zeggen over Charlotte, of hij hem zou condoleren met een handdruk of weer met dat *Romeo en Julia*-citaat zou aankomen, wat Strike allebei even laakbaar zou vinden, maar de totale afwezigheid van iedere verwijzing stuitte hem nog meer tegen de borst. Misschien had hij moeten beseffen dat Sacha het liever niet over het verleden had, en dat bezorgde Strike het tegendraadse voornemen om erover te beginnen zodra hij de kans kreeg.

Grace zette een kop koffie voor Strike neer en hij bedankte haar. Ze verliet de bar.

'Goed,' zei Sacha, 'je wilde het over Rupe hebben?'

'Inderdaad.' Strike haalde zijn notitieboekje tevoorschijn.

'Oké. Laat ik je meteen maar eerlijk zeggen dat je weinig aan me zult hebben. Ik was voor opnames in Mexico toen dat gedoe tussen hem en Dessie plaatsvond – ik ken haar overigens amper – dus echt, jij weet waarschijnlijk meer dan ik. Maar natuurlijk wil ik je helpen,' zei Sacha ernstig. 'Je zegt het maar.'

'Je kent Decima amper?'

'Ik ben bang van wel. Ik heb haar een handjevol keren ontmoet – via Valentine, weet je wel. Ik bedoel, ik heb wel bij de Happy Carrot gegeten. Ze is een talentvolle chef-kok. Ze heeft nu tijdelijk verlof genomen of zoiets, toch?'

Strike vermoedde dat dit een uitnodiging was om te bevestigen dat zijn cliënte in een emotionele crisis zat. Toen hij niets zei, vervolgde Sacha: 'Ja, dus ik ben bang dat ik niet goed op de hoogte ben van het hele verhaal, want na de opnames voor *Conquest* ben ik meteen doorgegaan voor de repetities van dit stuk.'

Strike had geen idee wat *Conquest* was – film, tv, aftershavereclame – en het boeide hem zelfs nog minder, dus vroeg hij alleen: 'Rupert is een volle neef van je?'

'Ja, dat klopt. De zoon van mijn vaders zus. Arme jongen. Je weet wat er is gebeurd? De lawine, et cetera?'

'Ja. Decima heeft het me verteld.'

'Vreselijk verhaal. Ik was pas twaalf toen het gebeurde. Ik weet nog dat ik de ogen uit mijn kop heb gejankt. Mijn eerste ervaring met echte rouw.'

Nadat Strike met zijn stilzwijgen deze indirecte uitnodiging om met de acteur mee te leven had afgeslagen, vervolgde Sacha: 'Ja, dus Rupe is in Zwitserland grootgebracht door zijn tante van vaderskant.

Ze hield hem nogal kort in zijn jeugd. Het enige wat pa kon doen was hem om de paar jaar naar Heberley halen, en Rupe is een stuk jonger dan ik, dus trokken we als kinderen niet echt met elkaar op. Heel aardige jongen verder, dat wel,' zei Sacha.

'Hij lijkt zich op de een of andere manier flink in de nesten gewerkt te hebben,' zei Strike.

'Nou ja, zoals ik al zei weet jij daar waarschijnlijk meer van dan ik,' zei Sacha met een treurig gezicht.

'Wist je iets van die drugsschuld?'

'De... sorry, wat?' zei Sacha, en Strike zag dat zijn verbijsterde reactie gespeeld was.

'Rupert werd bedreigd. Zijn huisgenoot had een drugsdealer bedonderd en die richtte zijn pijlen toen op Rupert.'

'Aha.'

'En uiteindelijk heeft Rupert die kerel een paar duizend pond gegeven om van hem af te zijn.'

'O,' zei Sacha. 'Juist ja.'

'Jij wist niet dat er een wraakzuchtige cokedealer achter hem aan zat?'

'Ik... nee, ik had geen flauw idee.'

'Heeft hij jou gevraagd hem geld te lenen?'

Er trok een lichte blos over Sacha's knappe gezicht. 'Ik weet niet of jou dat wat aangaat.'

'Het is mijn werk om vragen te stellen over dingen die me normaal gesproken niet aan zouden gaan.'

'Maar iemand moet het doen?'

'Ik zou niet beweren dat het moet,' zei Strike. 'Het is gewoon het werk dat het beste past bij mijn capaciteiten.'

'Luister, degene met wie jij moet gaan praten is Rupes tante, Anjelica. Zij weet vast hoe het zit.'

'Ik heb haar al gesproken. Ze was niet erg complimenteus over Rupert en had weinig sympathie voor zijn hachelijke situatie.'

'Ach,' zei Sacha, met alweer een treurig lachje. 'Nou, ik denk dat ze bang is dat Rupe een genetische aanleg tot mislukken heeft.'

'Ruperts ouders waren mislukkelingen?'

'Mijn tante niet, maar Peter Fleetwood was nou niet bepaald 's werelds hardste werker. Charmante kerel, maar hij hield zich voornamelijk bezig met gokken en drinken.'

'Wist je dat Rupert dat zilveren schip had gestolen bij Dino's?'

Een minder ervaren ondervrager zou misschien het minuscule trekje bij Sacha Legards mondhoek hebben gemist.

'Nee. Nogmaals, ik was...'

'Mexico, ja. Maar later heb je het wel gehoord?'

'Ja,' zei Sacha, en Strike bemerkte een lichte weerzin om deze concrete kennis te moeten toegeven, hoe minimaal ook.

'Wanneer hoorde je het?'

'Eh... op mijn verjaardag, om precies te zijn.'

'En wanneer is dat?'

'Op 21 mei.'

'Heeft Rupert je toen verteld wat hij had gedaan?'

'Nee, ik... Nou ja, eerlijk gezegd zag ik dat Rupe een soort confrontatie had met Valentine, ergens in een hoekje op mijn feest. We waren bij Claridge's en ja, er was wat ophef. Ik had Rupe niet eens uitgenodigd – het was geen groot feest, hij zou er maar weinig mensen kennen – maar ik keek om en daar stond hij. Nogal raar om ongevraagd binnen te vallen, gezien de situatie. Je zou denken dat hij elke plek zou mijden waar de Longcasters waren.'

'Inderdaad.' Strike maakte nu rap aantekeningen. 'Was Dino op je feest?'

'Jezus, nee,' zei Sacha met een lachje. 'Dino gaat nooit naar feestjes tenzij ze in zijn club gehouden worden. Ken je hem?'

'Nee.'

'Een bijzonder type.'

'Vindt Tara het niet vervelend dat je met haar ex-man omgaat?'

'O, dat is allemaal verleden tijd,' zei Sacha luchtig. 'Mijn moeder bepaalt niet met wie ik optrek. Nee, voor mijn feest had ik alleen Val en Cosima uitgenodigd. Zij was in tranen, trouwens.'

'Wie is Cosima?' vroeg Strike, hoewel hij dat al wist.

'De halfzus van Decima en Valentine. Leuke meid.'

Strike meende zich van Robins aantekeningen van haar gesprek met Albie Simpson-White te herinneren dat Cosima Longcaster werd beschreven als 'een verwend kreng'.

'Waarom was ze in tranen?'

'Ik neem aan omdat Rupert agressief deed, of beledigend werd. Ik... Eerlijk gezegd,' zei Sacha voor de tweede keer, en hij dempte zijn stem, 'heb ik de beveiliging moeten vragen Rupe weg te sturen. Hij leek te zijn gekomen om ruzie te zoeken. Toen hij weg was, vroeg Val wat er nou aan de hand was, en hij vertelde me over dat zilveren schip of zoiets dat verdwenen was.'

'Zei hij ook wat Rupert daar kwam doen?'

'Ik neem aan dat hij wilde dat Val de politie zou terugfluiten, of zoiets. Val was er behoorlijk pissig over, zoals je je wel kunt voorstellen.'

'Hoe had Valentine de politie moeten terugfluiten? Het gestolen goed was toch van zijn vader?'

'Ik weet echt de details niet,' zei Sacha met een enigszins hulpeloos gebaar. 'Voor mij was het allemaal nieuws, ik wist niet wat er aan de hand was. En je kunt je wel voorstellen dat ik die avond een heleboel mensen moest spreken en dergelijke, dus liet ik het gaan.'

'Heb je na het feest nog iets van Rupert gehoord?'

'Nee, ik hoorde later dat hij naar New York was vertrokken.'

'Hoe kwam je dat te weten?'

'Anjelica mailde iedereen van het trustfonds om te vertellen dat hij daar een baan had.'

'Heb je sinds zijn vertrek naar New York nog iets van hem gehoord?'

'Ik dacht het niet.' Sacha fronste weer. Hij boog zich naar Strike toe en ging nog zachter praten. 'Luister, mag ik eerlijk zijn? Ik denk... Echt, ik zeg het niet graag, maar ik denk dat Dessie... je weet wel... zichzelf een beetje voor de gek houdt. Val denkt dat het beter voor haar is – aardiger, op dit punt – als iemand haar helpt de waarheid onder ogen te zien.'

'En de waarheid is...?'

'Kom op, Corm,' zei Sacha met een glimlach, en Strike ergerde zich aan het gebruik van die afkorting van zijn naam die alleen vrienden gebruikten, en Charlotte als ze hem niet 'Bluey' noemde. 'Dessie is veel ouder dan Rupe, en ik zeg het niet graag, maar ik denk dat Rupe gewoon zijn gezonde verstand terug had en zijn biezen heeft gepakt. Dessie is een schat, een heel lieve meid, maar ik vermoed dat Rupe gewoon iets met haar was begonnen toen hij bij Dino's werkte en dat zij daar in haar hoofd een *grand amour* van heeft gemaakt. Hij is zesentwintig, hij wil op zijn leeftijd niet gebonden zijn.'

Strike vergat voor het gemak even dat hij tegen Robin had gezegd dat hij Decima geen vrouw van achtendertig vond op wie 'een jongen van zesentwintig zou vallen' en dat hij haar had verzekerd dat Decima's aantrekkingskracht voor Rupert vooral in haar geld had gezeten. 'Ze waren al een jaar samen, toch? Niet bepaald een onenightstand.'

'Dat weet ik niet, want...'

'Ja, je was in Mexico. Heb je een nummer van Rupert in New York?'

'Nee.'

'Weet je waar hij werkt?'

'Dat moet je aan Anjelica vragen.'

'Heb ik gedaan. Ze weigert me informatie over hem te geven.'

'Nou, met alle respect,' zei Sacha, 'dat hoeft ze toch ook niet te doen?'

'Dus je hebt nooit gecontroleerd of hij echt naar New York is vertrokken?'

'Hij is volwassen, hij wil niet dat ik hem overal volg.'

'Dus jouw uitgangspunt is: hij is naar New York gegaan, hij leeft absoluut nog...'

'Wat bedoel je met "hij leeft nog"?' Sacha glimlachte nu niet meer.

Misschien had de acteur nu, net als de detective zelf, het gevoel alsof de geest van Charlotte een stoel had bijgetrokken en glimlachend bij hen aan het tafeltje was komen zitten. Ze was altijd opgeveerd door spanningen en de mogelijkheid van ruzie, en ze had het heerlijk gevonden als mensen binnen de familie die ze beweerde te haten maar van wie ze zich nooit echt had kunnen losmaken botsten met haar vriend die niet onder de indruk was van hun rijkdom, noch van hun afkomst. Rupert Fleetwood, voor wie Strike tot dat moment bijzonder weinig sympathie had gevoeld, leek opeens haar plaatsvervanger: een jongeman tegenover wie zijn bloedverwanten in het gunstigste geval onverschillig stonden, die uit het zicht was verdwenen en daarmee eerder ergernis dan bezorgdheid opriep. De nacht dat Charlotte bijna doodgereden was door die bus in Londen leek pas een paar dagen geleden toen Strike zei: 'Ik weet niet hoe ik dat nog simpeler zou moeten formuleren. "Hij is niet dood", als je dat liever hebt.'

'Waarom zou hij in godsnaam dood zijn?'

'Hij was zijn baan kwijt, hij was blut, werd bedreigd door een drugsdealer, de politie zat achter hem aan, hij had een verbroken liefdesrelatie, had geen noemenswaardige familie...'

'Hij heeft familie,' zei Sacha.

'Het is niet als kritiek bedoeld,' zei Strike, 'maar volgens mijn informatie kan hij niet opschieten met de tante en oom in Zwitserland, zodat jij als enige overblijft, en jij geeft zelf toe...'

'Denk je nou echt dat ik niks gedaan zou hebben als ik dacht dat Rupe serieus vermist werd?'

Ja, lul, dat denk ik echt.

Strike kon bijna Charlottes brede glimlach zien. Hij kreeg nu een wraakzuchtig plezier in dit gesprek. 'Waar kwam dat zilveren schip eigenlijk vandaan?'

'Uit Dino's club.'

'Ik bedoel, was het oorspronkelijk van de familie Fleetwood of van de Legards?'

'Is dat relevant?'

'Nou ja, waar dacht Rupert dat ding kwijt te kunnen?'

Het bleef even stil. Strike zag Sacha wit wegtrekken.

'Suggereer je nou serieus...?'

'Ik suggereer helemaal niks,' zei Strike onoprecht. Hij dacht geen seconde dat Rupert het tafelschip had gestolen in opdracht van Sacha, zodat het voortaan het dressoir in Heberley House kon sieren, maar hij vond het leuk om te hinten dat Sacha, die zich glad als een aal wist te bevrijden van elke vorm van verantwoordelijkheid en aansprakelijkheid, best eens meegesleurd zou kunnen worden in het verhaal van het gestolen tafelschip en de drugsdealer, door de politie of de pers. ‘Het was dus een familiestuk van de Fleetwoods?’

‘Nee,’ zei Sacha na alweer een zeer korte stilte, ‘het was van ons. Ik bedoel, van de zus van pa.’

‘Aha.’ Strike maakte weer een aantekening. ‘Nou, ik kan me niet voorstellen dat Rupert het heeft meegenomen naar het buitenland. Hij had geld nodig. Hij wilde het natuurlijk verkopen. Heeft de pers geen navraag gedaan?’ vroeg hij toen, een idee dat hem werd ingegeven door zijn eigen recente problemen.

‘Waarnaar?’

‘Het is genoeg om de bladen wild te maken. “Neef van beroemde acteur opgejaagd door cokedealer, verdwijnt met de noorderzon met oude familieschat”...’

‘Nee,’ zei Sacha. ‘Niemand... Nee, er is geen belangstelling geweest.’

Strike trok zijn wenkbrauwen op om verbazing over te brengen, genietend van het ongemak dat Sacha nu duidelijk was aan te zien.

‘Jij bent toch lid van Dino’s? Was jij niet degene die voorstelde dat Rupert daar zou gaan werken?’

‘Ja,’ zei Sacha.

‘Enig idee waarom Ruperts tante Dino Longcaster “een vreselijke man” vindt?’

‘Heel veel mensen vinden Dino een vreselijke man.’ Sacha forceerde een glimlach. ‘Heb je mijn moeder nooit over hem gehoord?’

‘Jawel. Heeft Tara contact met Rupert?’ vroeg Strike, die er niet aan twijfelde dat het antwoord ‘nee’ zou zijn, want hij kon weinig bedenken waarin Tara minder geïnteresseerd zou zijn dan in een onbemiddeld neefje uit een vorig huwelijk.

‘Nee.’ Sacha had zich eindelijk laten verlokken tot enige opvliegendheid, ‘en ik raad je aan...’

Hij viel stil, maar Strike, die nu nog als enige doel had om de acteur zoveel mogelijk te irriteren voordat Sacha een einde zou maken aan de ondervraging, zei: ‘Je raadt me aan om geen contact op te nemen met je moeder?’

‘Inderdaad.’

'Is ze weer ergens aan het afkicken?' vroeg Strike, zo beleefd dat het een paar seconden duurde voordat de strekking van zijn woorden tot Sacha doordrong, zodat hij weer langzaam rood werd.

'Ik raad je aan om geen contact met haar op te nemen,' zei hij met een gespannen gezicht, 'om redenen die mij wel duidelijk lijken.'

'Charlotte, bedoel je.'

Eindelijk was de naam uitgesproken, en van de twee mannen die tegenover elkaar aan de houten tafel zaten was Strike verreweg het meest op zijn gemak, en niet alleen omdat hij degene was die het taboe had vermorzeld. De detective was aanzienlijk groter en forser dan de acteur, niet bang om zijn toch al gebroken neus nog eens te breken, en hij had sowieso al een hele tijd zin om iemand te slaan, terwijl hij ervan overtuigd was dat Sacha, ondanks zijn woede, nu wenste dat er ergens onder de bar een alarmknop gemonteerd was.

'Als je moeder mij ziet roept dat ondraaglijke herinneringen op aan haar geliefde dochter, zeker? Die woorden gebruikte ze toch in de pers, "onze geliefde Charlotte"?'

'Ik moet gaan, vrees ik.' Sacha zag nu een stuk bleker dan toen Strike was binnengekomen.

Strike kon merken dat de acteur had gehoopt dat hij bij die woorden zou opstaan om te vertrekken, dus het deed hem veel genoegen om te blijven zitten waar hij zat.

Het ongelukkige aan de lafaard is dat hij overal gevaar ziet, en het ongeluk van de snob is dat hij eeuwig degenen onderschat die hij als inferieur beschouwt. Daarom wist Cormoran Strike dat Sacha Legard, die zowel snob als lafaard was, niet rationeel durfde te vertrouwen op de zelfbeheersing van de ordinaire ex-soldaat die tegenover hem zat.

'Corm, ik wil geen ruzie.'

Maar die krijg je wel, miezerig onderkruipsel.

'Wat zullen de bladen smullen, twee familieleden van jou die zich met een paar maanden tussenpauze van kant maken. Waar kan ik foto's van Ruperts lijk naartoe sturen als ik het heb gevonden? Via je agent?'

'Ga je nou dreigen?' Sacha fluisterde nu bijna.

'Ik stel een simpele vraag.'

'Ik heb geen reden om aan te nemen dat Rupert... dat hij zichzelf iets aangedaan zou hebben.'

'Hij is al een half jaar niet meer gezien, door niemand. Social media inactief. Geen telefoontjes. Drugsbaron achter hem aan. De familie houdt vol dat hij in Amerika is, maar dwarsboomt iedereen die contact met hem wil opnemen.'

'Waarom suggereer je niet meteen dat een van ons hem heeft vermoord?' zei Sacha, met een schamele poging tot een schamper lachje.

'Ik zie niet zo snel een motief, tenzij jullie echt dat tafelschip terug wilden halen naar Heberley House en hem er niet voor wilden betalen,' zei Strike.

'Mij is verteld dat Rupert in New York zit,' zei Sacha. 'Ik kan je alleen maar zeggen wat ik gehoord heb.'

'Die tekst zou ik even door mijn pr-mensen laten beoordelen voordat ik hem gebruikte bij het gerechtelijk onderzoek, als ik jou was.'

'Ga je nou... Is dat het?' Sacha leek ergens een klein beetje moed vandaan geschraapt te hebben. Misschien rekende hij erop dat de barman hem te hulp zou schieten, mocht Strike over de tafel heen duiken en hem bij de keel grijpen. 'Wil je wraak of zo? Charlotte was al jaren ziek...'

'O, dat had je dus toch wel gemerkt?'

'Dus het gaat inderdaad om wraak.' Sacha zag nu spierwit rond zijn mond en ogen. 'Charlotte had de beste psychiaters, de beste zorg die de familie voor haar kon betalen. Je hebt geen idee...'

'Ík heb geen idee? Jij zegt dat ík geen fucking...'

'Je was niet eens op haar begrafenis!'

'Ik had die dag een andere fucking modeshow.'

Strike kwam overeind en zag Sacha tot zijn genoegen even terugdeinzen in zijn stoel.

'Ik ben ingehuurd om iets uit te zoeken. Als het zo uitkomt dat ik in de rechtbank moet getuigen dat jij een egoïstische zak bent die het geen reet kan schelen dat zijn wanhopige familieleden vermist worden, dan kun je erop rekenen dat ik ook over het fucking toneel zal heersen. Nog een fijne kerst.'

37

But wherefore be harsh on a single case?
After how many modes, this Christmas-Eve,
Does the selfsame weary thing take place?
The same endeavour to make you believe,
And with much the same effect, no more:
Each method abundantly convincing,
As I say, to those convinced before...

Robert Browning
Christmas-Eve

'... als hij het echt heeft gedaan, is dat crimineel,' zei Murphy.

Robin bleef staan op de trap. Ze had tot half tien geslapen, wat in maanden niet was gebeurd, en toen ze wakker werd bleek haar vriend al uit bed te zijn. Te oordelen naar de rust in huis vermoedde Robin dat Annabel door een of beide ouders was meegenomen naar de supermarkt of het park. Robin was halverwege de trap geweest op weg naar de keuken toen ze Murphy hoorde praten, en iets in zijn toon maakte dat ze bleef staan luisteren, tussen de wanden vol familiefoto's.

'Heeft ze het er met jou over gehad?' vroeg Linda.

'Nee,' zei Murphy, 'en ik begin er niet over. Dan wordt ze kribbig.'

'Volgens mij kan ze het niet verdragen te moeten toegeven dat hij niet volmaakt is, ze is bang dat wij dan allemaal zeggen dat ze een andere baan moet zoeken, maar het is heus niet zo dat ze nergens anders aan de slag zou kunnen. Maar dit is wel even wat anders, dit is echt heel... verachtelijk. Heeft hij momenteel een vriendin, weet jij dat?'

'Ja, een of andere advocate, kennelijk,' zei Murphy.

'Benieuwd wat zij zei toen ze dit zag.'

'God mag het weten,' zei Murphy. 'Hij zal wel gezegd hebben dat het onzin is. Wat moet hij anders?'

'In *The Telegraph* stond dat hij naar de rechter stapt.'

Robins hart bonsde onaangenaam snel, maar ze hield zichzelf voor dat ze kalm moest blijven. Ze zou haar moeder juist in de kaart spelen, en Murphy trouwens ook, als ze nu te emotioneel reageerde. Ze sloop de trap af.

'Ze heeft tegen mij niks gezegd over een rechtszaak.'

'Nou, als hij dat niet doet...'

'Hebben jullie het over Strike en Candy?' Robin liep de keuken binnen en dwong zichzelf om monter te klinken in plaats van ziedend.

Murphy zag er geschrokken en schuldbewust uit. Linda verstarde midden in het afdrogen van een bord. Puppy Betty stuiterde op Robin af en verwelkomde haar blaffend. Robin bukte automatisch om haar te aaien, maar daarbij keek ze haar vriend aan.

'Ik had je laten slapen omdat ik dacht dat je het nodig had,' zei Murphy, die een joggingbroek en T-shirt aanhad en zijn waterfles in de hand had. 'Ik wilde gaan hardlopen.'

'Laat je door mij vooral niet tegenhouden,' zei Robin, op een toon alsof ze wilde zeggen: *Jou spreek ik nog wel.*

Niet geheel tot haar verbazing liep Murphy schaapachtig naar de achterdeur. Toen die achter hem dichtgevallen was, zei Robin tegen haar moeder: 'Als je geïnteresseerd bent in Strike, kun je beter aan mij vragen hoe het zit dan aan Ryan. Ik ben namelijk degene die met hem werkt.'

The Telegraph die op de keukentafel lag verslechterde Robins humeur nog eens. Misschien had haar moeder erin gebladerd om te kijken of er nog meer onaangename verhalen over Strike te vinden waren die ze kon bespreken met Murphy terwijl Robin buiten gehoorsafstand was.

'Ik wilde alleen maar...' begon Linda.

'Ik weet wat jij "alleen maar" wilde.' Robin liep naar de koffiepot, met Betty dartelend rond haar in pantoffels gestoken voeten. 'Dus vraag maar raak.'

'Ik zag het verhaal over die... die vrouw, en... nou ja, de mensen hier weten dat je bij hem werkt, dus stelden ze er vragen over.'

'Oké, dit is je kans om een volledig verslag voor de buren te krijgen,' zei Robin.

'Robin, doe nou niet zo...'

'Als jij achter mijn rug om over me wilt praten...'

'We hadden het niet over jóú.'

'"Dan wordt ze kribbig." "Ze kan het niet verdragen te moeten toegeven dat hij niet volmaakt is."'

'We hadden...'

'Ons bureau heeft ontdekt dat de vrouw van die journalist vreemdgaat,' zei Robin. 'Dat was de wraak van de journalist, beweren dat wij een sekswerker hebben ingehuurd om een man in de val te lokken.'

'Hij zei niet dat jullie dat allemáál hebben gedaan,' zei Linda.

'We hebben het geen van allen gedaan,' zei Robin met klem, en ze draaide zich om en keek haar moeder kwaad aan. 'Geen van allen.'

'Goed, als jij zegt dat het niet waar is, dan is het niet waar.' Linda had het bord en de theedoek nog in haar handen, maar deed er niets mee.

'En Strike stapt wel degelijk naar de rechter,' zei Robin uit pure ergernis. 'Dus houd de krant maar in de gaten voor een rectificatie, dan kun je de buren op tijd inseinen.'

'Robin...'

'Als je mijn zakenpartner wilt afkatten, doe dat dan in mijn gezicht en niet tegen mijn vriend,' zei Robin. Haar opvliegendheid nam eerder toe dan af door het ventileren van haar ergernis; ze had niet beseft hoeveel woede ze had opgekropt (omdat zij het makkelijke kind was, de verzoener, degene die nooit moeilijk deed, tussen drie recalcitrante broers). 'Ik ben het kotsbeu, constant dat afzeiken van Strike en het bureau. Als dat niet elke keer gebeurde als ik jullie zie, zou ik misschien wat vaker zin hebben om naar huis te komen!'

Ze merkte aan het kreetje dat haar moeder ontsnapte hoezeer ze Linda hiermee kwetste, maar het kon haar niet schelen. Robin dacht aan de nasleep van de operatie die ze helemaal alleen had doorstaan, alleen maar om niet te hoeven worden blootgesteld aan Linda's bezwering dat het allemaal was gekomen doordat ze te hard werkte; ze dacht aan de week die ze bij haar ouders had doorgebracht na haar lange periode als infiltrant, een week waarin Linda haar spanningen eerder had vergroot dan verminderd; ze dacht aan de talloze schimpscheuten over het gevaar dat ze liep, terwijl Jenny, de zwangere dierenarts, eraf kwam met 'we waren bezorgd' in plaats van de dringende oproep om te stoppen met het werk waar ze dol op was en waar ze zo hard voor had geknokt.

'Strike hoeft sekswerkers niet te intimideren als hij met ze wil neuken.' Robin was nu op dreef. 'Als het je allemaal zo boeit, moet je ook weten dat hij het verdomd goed doet bij de vrouwen, hij hoeft ze niet te betalen. Ik meen me te herinneren dat jij hem leuk vond, dat je zei dat hij "wel iets had", voordat je besloot dat hij de duivel in eigen persoon is – en gezien zijn achtergrond heeft hij *Ryan* niet nodig om hem uit te leggen dat het crimineel is om vrouwen tot seks te dwingen door een betaling achter te houden.'

'Robin...'

'Zeg het dan gewoon recht in mijn gezicht! Zeg dan dat je hem niet moet, dat je liever zou hebben dat ik het meisje was gebleven dat ik na de verkrachting was!'

'Dat kun je niet... Hoe kun je zoiets tegen me zeggen?' fluisterde Linda.

'Makkelijk zat. Ik heb nu het leven dat ik hoor te hebben, waar ik altijd voor voorbestemd was. Het heeft me alleen meer tijd gekost om daar te komen, door wat er is gebeurd, maar jij zou liever willen dat ik een soort semibestaan leidde, je zou liever...'

'Ik zou niet liever willen dat je nog met Matthew was,' zei Linda. 'We hebben hem nooit gemogen. Ik was blij dat je bij hem wegging, dat wilde ik nooit zeggen, maar echt, we vonden hem nooit geschikt voor jou...'

'Jammer dat je minder slim bent als het gaat om wat wél goed voor me is.'

'Robin!'

'Ik ben verdomme niet meer in dat trappenhuis!' Robin ging steeds harder praten. 'Maar jij geeft me het gevoel dat ik daar nooit aan ontsnapt ben, zoals je me behandelt!'

Ze had te veel zwarte koffie in haar mok geschonken, die stroomde over de rand. Betty, die de harde stemmen maar niets vond, was weggerend en zat nu in een hoekje in een rubberen bot te bijten. Robin wist dat ze Linda meer pijn had gedaan dan ooit tevoren, meer zelfs dan vroeger als tiener, toen er natuurlijk best eens met deuren was gegooid en er verwijten over en weer gevlogen waren. Ooit was ze heel close geweest met haar moeder, maar de afgelopen vier jaar, sinds Robin een verwonding had opgelopen die een litteken van twintig centimeter had achtergelaten op haar onderarm, was de kloof tussen moeder en dochter steeds breder geworden. Robin was woest en beledigd door de voortdurende impliciete suggestie van haar moeder dat haar dochter een kneedbare dwaas was die precies deed wat haar zakenpartner wilde, zonder eigen inbreng, zonder eigen mening; haar moeder had geen idee hoe vaak Strike zijn beste medewerkster op het hart had gedrukt voorzichtig te zijn, hoe hij er alles aan deed om te voorkomen dat haar iets overkwam.

'Jij hebt geen kinderen,' zei Linda zacht.

'Fijn dat je me daar even op wijst. Ik was bang dat ik ze ergens had achtergelaten.'

'Je weet niet hoe het is om dodelijk ongerust te zijn over je dochter.'

'Jíj weet niet hoe het is om mijn zorgen te hebben.' Robin dacht aan de koude staaf van de echo op haar buik, aan de rubberen gorilla, verborgen in haar sokkenlade in Londen, aan MI5 dat kwaad was op het detectivebureau omdat ze deze zaak onderzochten, aan hoofdinspecteur Malcolm Truman en zijn vrijmetselaarsloge. 'Dus we staan quitte.'

Ze had net een deel van haar overvloedige koffie in de gootsteen gekieperd toen ze de voordeur open hoorde gaan en haar vader, Stephen en Annabel de keuken binnenkwamen, allemaal met rode wangen, opgewekt en druk pratend. Linda droogde haastig haar tranen met een theedoek terwijl Michael Ellacott een uitpuilende tas met boodschappen op tafel zette.

'Tante Bobbin,' zei Annabel, en ze dribbelde naar Robin toe om haar een tak te laten zien. 'Ik heb Takkenman.'

'We zitten in een takkenfase,' liet Stephen zijn zus weten.

'Mooi hoor,' zei Robin tegen Annabel, die groot was voor haar leeftijd en hetzelfde bruine haar had als haar moeder, maar de kuiltjes in haar wangen van haar vader. 'Je moet goed voor hem zorgen.'

'Anders pakt een hond hem.' Annabel knikte ernstig.

'Slaapt Jenny nog?' vroeg Stephen aan Linda.

'Ja, en Jonathan ook.' Linda's toon was kunstmatig opgewekt terwijl ze het afdrogen en opruimen van het serviesgoed hervatte. 'Ik weet niet wat zíjn excuus is.'

Robin ging aan de keukentafel zitten en schoof *The Telegraph* naar zich toe terwijl de anderen om haar heen druk in de weer waren: Linda trok kastjes open en deed ze weer dicht, Michael ruimde boodschappen op, Stephen maakte de knoopjes van Annabels jas los en pakte wat te drinken voor haar. Nadat ze gedachteloos naar een artikel over de Veiligheidsraad van de Verenigde Naties had zitten staren zonder er een woord van mee te krijgen sloeg Robin de bladzijde om.

Lord Oliver Branfoot, verlopen, groot en grof, was gefotografeerd terwijl hij in smoking stralend naast een heel lange man en een stevig gebouwde blonde vrouw in avondkleding stond. Het bijschrift luidde: 'Branfoot Trust adviseert terugkeer van jeugdgevangenis.'

'Heb je die klucht rond Martin al gehoord?' klonk een stem naast Robin, en ze schrok.

'Wat?'

'Heeft mam je bijgepraat over Martin?' vroeg Stephen.

'Nee.' Robin stond op, koffie in de ene hand, krant in de andere. 'Sorry, het zal moeten wachten. Ik moet Strike bellen.'

38

What were the wise man's plan? –
Through this sharp, toil-set life,
To work as best he can,
And win what's won by strife.

Matthew Arnold
Empedocles on Etna

Hoewel hij strikt genomen kerstverlof had, zat Strike aan zijn kant van het dubbele bureau. Om zichzelf een tocht naar boven te besparen had hij de weekendtas die hij had ingepakt voor zijn korte verblijf bij Lucy alvast mee naar beneden genomen, plus twee draagtassen vol met kerstcadeaus voor de familie, met onder andere de sjaal in pasteltinten die hij bij Liberty had uitgekozen voor Lucy, een fles gin voor Greg, cadeaukaarten voor zijn oudste en jongste neefje, en voor Jack, zijn favoriet, een survivalpakket dat Strike als kind geweldig gevonden zou hebben. De kaki rugzak bevatte onder andere waterzuiveringstabletten, een kompas, noodrantsoenen, camouflageschmink, een uitgebreid zakmes en een paar *safety light sticks*. Die laatste hadden Strike doen denken aan het buisje dat uit de zak van William Wright was gevallen op de avond dat hij bij Mandy en Daz had meegegeten van de afhaalmaaltijd; het buisje waarvan Wright had beweerd dat het een bloedmonster was. Strike had nog altijd geen flauw idee wat het echt geweest kon zijn.

Pat had kerstvakantie, maar ze had weer een handgeschreven kaartje tegen het aquarium gezet.

Niet voeren, er zit een blok in dat langzaam oplost, gaat een week mee.

De freelancers waren allemaal naar hun eigen klus, zodat Strike de research doen waarvoor hij het liefst privacy had: speuren naar de identiteit van de vrouw die het briefje met geheimtaal bij hen op kantoor had bezorgd. Dat betekende advertenties voor pornofilms doornemen, en hij had geen zin om betrapt te worden met een erectie, noch verheugde hij zich erop om de accountant te moeten uitleggen waarom hij porno declareerde op zijn zakelijke rekening, dus probeerde hij betaalde sites te omzeilen.

Uitgaande van de premisse dat de blonde vrouw had gewerkt met Dangerous Dick de Lion en nu wist of vreesde dat hij vermoord was, werkte Strike zich gestaag door het oeuvre van De Lion, dat titels omvatte als *Twelve Horny Men* en *The Ass House*. De man had 'crossover' gedaan, hetgeen betekende dat hij zowel hetero- als gayporno maakte, en nu tuurde Strike naar uiteenlopende naakte of schaars geklede vrouwen in een poging de vrouw te onderscheiden die hij maar één keer had gezien. Hij zat net te kijken naar een brunette die zowel anaal als oraal werd gepenetreerd toen zijn mobiel ging.

'Hoi,' zei Robin, 'sorry dat ik je bel op kerstavond.'

'Geeft niet.' Strike sloot het venster op zijn computer, alsof ze kon zien wat hij aan het doen was, en hij hoopte dat zijn stijve genoeg zou afnemen om zich te concentreren. 'Zeg het eens.'

'Je hebt *The Telegraph* zeker niet gezien?'

'Nee,' zei Strike, met een onheilspellend gevoel dat in elk geval hielp tegen zijn erectie. 'Staat er weer...?'

'Nee, niks over jou,' zei Robin, 'maar wel een foto van Lord Oliver Branfoot, en hij staat naast de klant die wij hebben gezien bij Ramsay Silver. Die lange man met dat ene oog dat naar het plafond keek.'

Robin zat op haar bed, nog in pyjama, te wachten op Strikes reactie.

Na een paar tellen zei hij: 'Shit.'

'Kenneth Ramsay heeft jouw naam genoemd waar hij bij was, weet je nog? Maar niet de mijne.'

'Wie is het, die klant?' vroeg Strike.

'Sir Victor Lambert.' Robin las de naam voor uit de krant. 'Hij maakt deel uit van de Branfoot Trust en ik heb hem net opgezocht, hij is bankier. Maar híj kan toch geen opdracht hebben gegeven voor de moord op Wright? Dan zou hij daarna niet doodleuk gaan winkelen bij Ramsay Silver.'

'Dat zou niet slim zijn, nee,' was Strike het met haar eens.

'Dus...' Robin wilde eigenlijk niet hardop zeggen wat ze dacht; ze was al bang geweest dat het vergezocht was om Sofia Medina in verband te brengen met de moord op Wright, en dit was nog honderd keer erger.

'Jij denkt dat Lambert tegen zijn vriend Branfoot heeft gezegd dat ik heb lopen snuffelen bij Ramsay Silver,' zei Strike, 'en dat Branfoot, de opdrachtgever van de moord op Wright, in paniek raakte en het nu op ons gemunt heeft?'

'Nou... ik weet dat het vergezocht is,' zei Robin, 'maar je kunt niet zeggen dat het niet kan. Shanker zei "Je bent gezien" en we hebben al die tijd geweten dat dat alleen bij Ramsay Silver of in St George's Avenue geweest kan zijn. Ik weet dat Branfoot overal met zijn mening strooit, maar waarom is hij ineens zo geïnteresseerd in de privédetectivebusiness? Waarom richt hij zijn pijlen op ons? En hij komt op tv, dus dat klopt met het geheimtaalbriefje.'

Robin hoorde iemand naar boven komen. Op dat moment zou ze het heerlijk hebben gevonden als Murphy binnenkwam terwijl ze met Strike aan het bellen was; ze zou hem expres vragen de slaapkamer te verlaten tot ze klaar was. Maar de voetstappen liepen haar deur voorbij, en ze bedacht dat Murphy waarschijnlijk lang zou zijn gaan hardlopen na de scène in de keuken.

'Nou,' zei Strike na een hele tijd, 'dat iemand constant als een idioot de publiciteit opzoekt, wil niet zeggen dat hij niet óók een schurk kan zijn. Neem Jeffrey Archer, of Jimmy Savile.'

Hij kwam overeind en keek nog een keer peinzend naar het prikbord van kurk aan de wand waar de vier huidige kandidaten voor William Wright hingen, zijn blik gericht op Dick de Lion met zijn kunstmatig gebruinde huid, geblondeerde haar en die spierwitte tanden.

'Het zou de moeite waard kunnen zijn om uit te zoeken waar Branfoot warm voor loopt, qua seksuele voorkeur.'

'Hij is getrouwd,' zei Robin, die snel even had gegoogeld voordat ze Strike belde. 'Met een vrouw. Ze staat hier op de foto in *The Telegraph*, met Branfoot en Lambert. Ze hebben twee zonen.'

'Sterk motief, als hij iets heeft uitgevreten met De Lion en niet wil dat zijn gezin en de kranten daar lucht van krijgen,' zei Strike. 'Het verklaart nog niet waarom De Lion dan voor Ramsay Silver is gaan werken, maar... ja, ik denk dat we eens goed naar Branfoot moeten kijken. Misschien moet ik Fergus Robertson nog een keer bellen, zien wat hij me kan vertellen.' Strike draaide zich om om het voor zichzelf te noteren in zijn aantekenboekje, dat opengeslagen op het bureau lag. 'Er is trouwens weer een dreigtelefoontje binnengekomen.'

'Serieus?'

'Ja. "Stop ermee, anders krijgt obedeha je wel."'

'Wat is obedeha?'

'Dat vroeg ik hem dus ook. Hij hing op.'

'Is het een naam?'

'Niet een waar ik ooit van heb gehoord. Maar goed, kijk uit voor hem, of het, of hen. Ik heb ook Sacha Legard gesproken.'

'Echt?' vroeg Robin met een lichte huivering. 'Hoe ging dat?'

'Het was behoorlijk informatief.' Strike beschreef de ondervraging, waarbij hij enkele van de agressieve dingen die hij tegen Legard had gezegd wegliet, en hij eindigde met: 'Dus moet een van ons met Valentine Longcaster gaan praten, en als hij niet wil meewerken, zullen we eens kijken of zijn zus Cosima kan uitleggen waar Fleetwood mee bezig was, waarom hij onuitgenodigd binnenviel op een feest met vooraanstaande gasten, om daar te gaan praten met de familie van wie hij een groot zilveren schip had gejat. Ik heb Cosima gegoogeld. Herinner je je Legs nog?' vroeg hij, verwijzend naar de tiener die een tijdje door het bureau was geschaduwd, omdat haar moeder dacht dat ze een verhouding had met haar eigen ex-vriend.

'Ja,' zei Robin, die de gazelleachtige tiener een paar keer had gevolgd.

'Daar lijkt ze op. Misschien moet jij die ondervraging doen, als het zover komt. Ze is pas achttien, ik word waarschijnlijk meteen weer beschuldigd van aanranding als ik in haar buurt kom.'

'Ja, snap ik,' zei Robin.

'En er is nog iets,' zei Strike. 'Ik heb gisteravond de ingang van Freemasons' Hall in de gaten laten houden door Shah. Raad eens wie daar kwam opdagen voor zijn logebijeenkomst van half zeven, met een regaliatas in de hand?'

'Hoofdinspecteur Malcolm Truman?' zei Robin met een akelig voorgevoel.

'Meteen raak. Shah heeft stiekem wat foto's genomen.'

'Interessant,' dwong Robin zichzelf te zeggen.

'Hoe is het in Masham?' Strike liep naar het raam en staarde Denmark Street in, waar de lastminutepaniekshoppers de muziekwinkels in en uit liepen.

'Waardeloos. Ik heb net knallende ruzie gehad met mijn moeder.'

'Hm,' zei Strike, en terwijl hij keek naar een oudere hippie die de straat door snelde met een ukelele onder de ene arm en een stapel vinylplaten onder de andere, bedacht hij hoe jammer het was dat ze geen ruzie had met Murphy. 'Ach, het is er de tijd van het jaar voor.'

'Wanneer vertrek je naar Lucy?'

'Zo laat mogelijk. Ik probeer zo ongeveer halverwege de borrel aan te komen, zogenaamd omdat ik het druk had.'

'Als ik moet lijden, moet jij het ook,' zei Robin. 'Ga gewoon vroeg en help haar met de hapjes of zo. Dan scoor je punten.'

'O ja,' zei Strike, 'nog bedankt voor het kerstcadeau.'

'Heb je het al opengemaakt?'

'Ja, dat wilde ik niet doen waar Greg bij is.'

'Waarom niet?'

'Omdat hij een ontzettende lul is,' zei Strike, die dat een prima reden vond. Robins cadeau bestond in een maandelijkse bezorging van specialiteiten en bier uit Cornwall. Hij was geroerd door het gebaar en was blij dat hij het opengemaakt had zonder uitleg te hoeven geven, en zonder commentaar over zijn figuur of de vrouw die hem blijkbaar zo goed kende.

Hij wilde niet dat het telefoongesprek zou eindigen, maar kon geen reden bedenken om het te laten voortduren, dus toen Robin zei: 'Ik moet maar eens ophangen' zei hij dat hij ook moest gaan, wenste haar een fijne kerst en verbrak de verbinding.

Hij zat net weer achter zijn bureau, met een iets beter gevoel nu hij Robin had gesproken, toen de vaste telefoon ging achter de tussendeur. Er was geen gevaar meer dat het Charlotte zou zijn, die vaak had gebeld bij speciale gelegenheden en op feestdagen, vooral wanneer ze dronken was, maar hij was ook zeer alert op journalisten, die misschien zouden proberen het Candy-verhaal uit te breiden tot een kerstreeks, dus stond hij op en liep naar Pats bureau, zette de telefoon op speaker en liet de voicemail zijn werk doen. Toen Pats zware, schorre stem had gezegd dat het kantoor tijdens de feestdagen gesloten was volgde er een klik, gevolgd door een manisch klinkende vrouwenstem met een sterk Schots accent.

'Aye, je moet me helpen, hij heeft me een beetje gegeven maar er is meer, zei hij, het is verstopt onder de brug maar iemand moet me helpen om erbij te komen, dus kom naar de Golden Fleece, vraag daar naar mij, ik moet me blijven verplaatsen, er zitten mensen achter me aan, ik meen het, kom naar de Golden Fleece.'

Toen het bericht afgelopen was, bleef Strike in opperste verbazing naar de telefoon staan staren.

39

And as yon tapers dwindle, and strange thoughts
Grow, with a certain humming in my ears,
About the life before I lived this life...

Robert Browning
The Bishop Orders His Tomb
at Saint Praxed's Church

Robin had de onvermijdelijke ruzie met Murphy zachtjes in hun kamer nadat hij was teruggekeerd van het hardlopen. Inmiddels gedoucht, in een trui die ze van Jenny had gekregen en die ze uit tactische overwegingen mee naar huis genomen had voor de kerst, liet Robin haar vriend onomwonden weten wat ze ervan vond dat hij achter haar rug met Linda had gepraat en ze vroeg op hoge toon waarom hij, als hij vragen had over Candy, die niet gewoon aan haar kon stellen.

'Dat weet je best.' Ook Murphy dempte zijn stem. Aanvankelijk had hij zich verontschuldigd, verhit en bezweet van het rennen, maar geconfronteerd met Robins woede was hij zelf ook langzaam ziedend geworden. 'Jij wilt geen kwaad woord over Strike horen, en de laatste keer dat ik zei dat ik hem in de krant had gezien, praatte je niet meer met me.'

'Ik heb méérdere keren gezegd dat Strike bloedirritant kan zijn,' zei Robin, ervan overtuigd dat ze dat vast wel had gedaan. Ze had het in elk geval vaak genoeg gedacht.

'Dat moet dan geweest zijn terwijl ik mijn koptelefoon ophad. Je zwijgt tegen mij net zo hardnekkig over hem als andersom tegen hem over mij.'

'Waar slaat dat nou weer op?'

'"Ik ben weer op weg naar een bezichtiging."'

'Hè?'

'Dat zei je tegen Strike, toen we onderweg waren naar dat huis in Wood Green. "Ik ben weer op weg naar een bezichtiging."'

'Nou ja, we waren toch ook...'

'Ja, *we*.'

'Ik had...'

'*We* waren op weg.' Murphy dempte zijn stem niet langer. 'Jij en ik. We!'

'Eten!' riep Jonathan onderaan de trap.

Zoals te verwachten was, gonsde de sfeer aan de keukentafel van de onderstromen terwijl de familie een grote pastaschotel at. Linda was ongewoon stil, maar gelukkig vulde het argeloze gebabbel van Annabel de stiltes waar normaal gesproken Robins gesprekken met haar moeder en haar vriend geklonken zouden hebben, en Betty zorgde voor afleiding door naast het fornuis een grote drol te draaien.

Linda haalde net de appelkruimeltaart uit de oven toen Robins derde broer Martin op de achterdeur bonsde. Net als zijn vader had Martin donker haar en donkere ogen, maar hij had niet Michael Ellacotts goedmoedige inborst en zijn gedrevenheid als het op werk aankwam.

'Is Carmen er niet bij?' vroeg Linda gespannen.

'Die komt straks.' Martin keek er nors bij.

Robin bracht het grootste deel van de middag door in de zitkamer met Jenny en Annabel terwijl alle mannelijke familieleden, plus Murphy, in de keuken over voetbal praatten. Annabel speelde zustertje met een lappenpop, die blijkbaar uit een boom gevallen was en al haar botten had gebroken, en terwijl Robin haar hielp de pop te omwikkelen met heel veel toiletpapier en haar medicijnen gaf uit een plastic bekertje, praatte Jenny haar bij over Martin en Carmen, die al drie keer uit elkaar geweest bleken te zijn.

'Je moeder is verschrikkelijk bezorgd,' fluisterde Jenny.

'Wanneer is Carmen uitgerekend?' vroeg Robin. Ze had de vrouw nooit ontmoet, maar wist dat ze zwanger was geraakt toen ze Martin drie maanden kende.

'Februari,' antwoordde Jenny zacht. 'Ik zou het graag wijten aan haar hormonen, maar ze lijken zoveel op elkaar.'

'O god,' zei Robin.

Martins loopbaan was zeer grillig en zijn grens voor verveling lag laag. Wat hij het liefst deed was drinken en gokken; het geld was altijd als water tussen zijn vingers door geglipt, en Robins eerdere suggestie dat het vaderschap misschien juist goed voor hem zou zijn was meer gebaseerd op hoop dan op verwachting.

'Iemand een kop thee?' vroeg Murphy, die in de deuropening was verschenen.

Terugdenkend aan Kims aanbod voor koffie dat ze had afgeslagen zei Robin: 'Ja, graag. Lekker, Ryan, dank je wel,' en ze zag dat Murphy's starre blik enigszins verzachtte, zoals haar bedoeling was geweest.

Om zes uur die avond werd besloten dat de vier Ellacott-telgen met Murphy, maar zonder Jenny, die heel moe was, iets zouden gaan drinken bij de Bay Horse, de plaatselijke pub waar de broers en zus in hun jeugd kwamen. Robin was blij om even uit de buurt te zijn van haar moeder, want die straalde een martelaarschap uit waar Robins toorn eerder heviger dan minder van werd. Bovendien snakte ze naar alcohol; dat zou haar beter in de stemming brengen voor de feestdagen dan thuiszitten.

Net toen ze de deur uit wilden gaan kwam er in de donkere kou een stokoude Nissan Micra voorrijden, en omdat Martin er onmiddellijk op een drafje naartoe ging, nam Robin aan dat de bestuurster zijn vriendin was.

'Loop maar gauw door,' mompelde Jonathan, 'voordat ze elkaar weer in de haren vliegen.'

'Is het zo erg?' vroeg Robin. Ze liep met Jonathan achter Stephen en Murphy, die samen bulderend lachten om een grap die Robin had gemist.

'Het houdt nooit op. Het is zo'n ruige meid.'

'Hoe bedoel je?'

'Tattoos, zuipt als een tempelier en een op de twee woorden is "fucking". Je kunt je wel voorstellen hoe dat valt bij mama.'

Gezien haar huidige gevoelens voor Linda was Robin graag bereid Carmen het voordeel van de twijfel te geven.

Toen ze de straat van de Bay Horse in liepen vroeg Robin zich pas voor het eerst in haar leven af waarom die eigenlijk Silver Street heette. Haar hoofd vulde zich weer met gedachten aan maçonnieke tafeldecoraties, instelhamers en winkelhaken toen ze de drukke pub binnengingen waar ze voor het eerst legaal alcohol had gedronken en later haar examenuitslag had gevierd zonder te beseffen hoe kort haar universitaire loopbaan zou zijn, en waarom. De pub had drie aparte ruimtes, twee aan weerskanten van de hoofdingang en een zaaltje achterin, waar het, zoals te voorspellen was geweest op kerstavond, bomvol was. Robin vroeg om whisky. De laatste drie keer dat ze dat had gedronken was met Strike geweest. Alle drie de keren had ze behoefte gehad aan de scherpe, onmiddellijke verlichting van sterkedrank, de eerste keer omdat hij haar een bloedneus en twee blauwe ogen had bezorgd, de tweede keer omdat ze een fout had gemaakt in een zaak waarvan ze had gedacht dat die catastrofaal zou zijn, en de laatste keer omdat ze officieel was verhoord door de politie.

De scotch had zijn gebruikelijke welkome uitwerking en ze klokte het spul naar binnen; het brandde in haar keel en begon met het losmaken van die strakke, harde knoop in haar borst. Het was nu makkelijker om Murphy's hand te pakken, en hij beantwoordde het gebaar en bukte toen om haar op haar mond te kussen, en ze glimlachten naar elkaar en Robin dacht: hij is echt leuk, en nog steeds hand in hand stonden ze daar onder de kerstversiering, waar Robin zwaaide naar een paar oude schoolvriendinnen die nooit uit Masham vertrokken waren; ze was opgelucht dat ze niet met haar kwamen praten.

'Robin,' brulde Martin in haar oor, 'dit is Carmen.'

Robin draaide zich om en zag een vrouw die langer was dan zijzelf, de zijkanten van haar hoofd opgeschoren en de rest van haar haar tomaatrood geverfd en opgebonden in een paardenstaart. Ze droeg een leren jack over een nauwsluitend recht jurkje, en de huid boven haar borsten was één aaneengesloten massa van tatoeages: het wrak van een galjoen bij zonsondergang, met zeemeerminnen op rotsen. Haar zwangere buik leek niet helemaal bij haar te horen, zo mager was de rest van haar lichaam.

'Hoi,' brulde Robin toen Slade 'Merry Christmas Everybody' begon te zingen door de speakers. 'Leuk je te ontmoeten.'

'Vind ik ook,' riep Carmen terug.

'Nee, dit rondje is voor mij,' zei Robin luidkeels tegen Jonathan, toen ze hem naar zijn portefeuille zag tasten. 'Carmen, wat drink jij?'

Ze verwachtte dat de zeven maanden zwangere vrouw een sapje zou nemen, maar Carmen zei: 'Dubbele wodka met ijs, graag.'

Robin liet Murphy's hand los om naar de bar te lopen.

In de rij bij de bar stond alweer een zwangere vrouw, met een blonde bob, haar gezicht een beetje opgeblazen en toch afgetobd, net als dat van de thuis achtergebleven Jenny. De vrouw keek vluchtig naar Robin die naast haar kwam staan en toen pas, met een schok van verbazing, herkende Robin Sarah Shadlock, de oude studievriendin en tegenwoordig tweede echtgenote van haar ex-man.

'Hallo, Sarah,' zei Robin automatisch.

Sarah mompelde 'Hallo' en schoof door naar de vrije plek die was achtergelaten door een man die bij de bar vandaan liep met vier halveliterglazen bier in zijn enorme boerenknuisten.

'Laat me je helpen,' zei Murphy in Robins oor, en toen ze zich omdraaide kuste hij haar weer op de mond. Ze zou haast denken dat hij net zo aangeschoten was als de mannen die in de hoek meezongen met Slade, zo blij als hij leek te zijn dat hun ruzie voorbij was, en ze zag Sarah naar hen kijken voordat ze haar drankjes bestelde.

In de warme benevelde gloed die Robins tweede dubbele whisky voortbracht bedacht ze dat ze het misschien de volgende morgen goed moest maken met Linda, voordat alle anderen op waren. Carmen en Martin stonden in elkaars oren te schreeuwen, en het was moeilijk te zien of het lieve woordjes waren of beledigingen, maar uiteindelijk zouden ze er wel uit komen, dacht Robin, waarna ze Martin, die aan de beurt was voor een rondje, vroeg om haar derde whisky. Hij en Murphy konden het bijzonder goed met elkaar vinden; ze lachten weer om een grap die Robin niet had gehoord, maar zo hoorde het toch te zijn met Kerstmis? Ze ervoer een diepe welwillendheid ten opzichte van iedereen, en wat ze nu nodig had was meer whisky om het allemaal zo te houden. Toen Stephen haar die derde scotch in de hand duwde, zei ze: 'Ik hou van jou, Button,' en hij moest lachen en zei: 'Je bent bezopen, Bobbin,' zijn oude bijnaam voor haar, zoals Button haar naam voor hem was.

En toen, door een opening in de drukte, zag Robin haar ex-man aan een tafeltje in de hoek zitten. Ze zou haar blik gewoon langs hem heen hebben laten gaan als Sarah niet bij hem had gezeten. Hij was dikker geworden en zag grauw rond zijn ogen. Op het moment dat Robin haar blik afwendde, begon 'Not Tonight Santa', en ze dacht met een onaangename huivering terug aan het jaar dat dat nummer uitkwam: ze was toen eenentwintig, en de man die nu weggestopt zat in een hoekje van deze vertrouwde pub, de man die later onbetrouwbaar, uitermate materialistisch, dwingend en overspelig was gebleken, was haar enige garantie geweest dat niet álle mannen die seks met je wilden monsters waren. Dat was in de nasleep geweest van de vernietigende verkrachting die, zonder dat ze het wist, een infectie in haar had achtergelaten die in stilte haar vermogen had weggevreten om te doen wat Sarah, Jenny en Carmen met zo veel gemak hadden gedaan: op de natuurlijke manier zwanger raken, zonder dat er mannen met rare wenkbrauwen, gewapend met statistieken en kritische preken, aan te pas hoefden te komen.

'Ben jij Robin Ellacott?'

'Wat?' zei Robin onnozel tegen het meisje dat de vraag had gesteld. Het was een onbekende met een babyface, in een jurkje als een zeer bloot nachthemd, en met valse wimpers zo dik als de harige rupsen die Robin en Stephen als kind hadden gevangen en zonder succes hadden geprobeerd groot te brengen in bakken met sla.

'Ben jij Robin Ellacott?' vroeg de jonge vrouw nog een keer.

No stocking this morning

But that don't make me blue...

'Ja,' zei Robin.

'Hoe kun je, zeg maar, voor hem werken als hij zulke dingen doet?'

'Wat?' vroeg Robin luidkeels.

Het meisje moest op haar tenen gaan staan om in Robins oor te kunnen schreeuwen. 'Hoe kun je, zeg maar, met iemand omgaan als hij vrouwen dwingt om seks met hem te hebben?'

'Ik weet niet wat...' Met enige vertraging besefte Robin waar ze het over had. 'Dat is niet waar,' riep ze.

'Wat?'

'Het is niet waar! Je moet niet alles geloven wat je leest!'

Ze keek toe hoe het meisje zich omdraaide om haar reactie door te geven aan twee vriendinnen, die ook zeer schaars gekleed en zwaar opgemaakt waren. Waarschijnlijk hadden ze op dezelfde school gezeten als Robin, maar niet tegelijk; daarvoor was haar schooltijd te lang geleden. Ze keerde hun de rug toe, goot nog een slok whisky naar binnen en zag Martin en Carmen nu onmiskenbaar ruziën bij de muur waar deksels van biervaten hingen. Robin wendde haar blik af; vanavond wilde ze het niet zien of erover piekeren. Murphy ging helemaal op in een groep bekenden van Stephen, maar daar kwam Jonathan aan, goddank, met alweer een dubbele whisky.

'Bedankt, Jon,' zei ze, en er volgde weer een geschreeuwd gesprek tussen haar en haar jongere broer, waarvan ze vrij zeker was dat het over zijn werk ging, want ze ving de woorden 'uitdaging' en 'lastig' op en het was haar eerder die dag, in het ouderlijk huis, opgevallen dat hij een gewichtig toontje gebruikte als hij vertelde over zijn eerste echte baan.

'Mooi,' zei ze op een willekeurig moment, en Jonathan vroeg: 'Hoezo, "mooi"?'

'Weet ik niet?' zei Robin een beetje verbaasd. Ze had weinig gegeten van de pastaschotel die middag, en nu had ze ongeveer een derde fles pure whisky achter de kiezen.

'Ik zei,' brulde Jonathan in haar oor, 'dat ze kanker heeft.'

'Shit, wie?' vroeg Robin geschrokken.

'Mijn baas!'

'O!' Robin probeerde niet te laten merken hoe opgelucht ze was dat het niet iemand was die ze kende. 'Wat erg!'

'Heel erg.' Jonathan praatte door, maar Robin kreeg niet meer dan een op de vier lettergrepen mee, en de drie jonge meiden met de rupsen boven hun ogen, die er niet in waren geslaagd de aandacht van mannen te trekken, hadden het nu duidelijk over die vreselijke oudere vrouw die samenwerkte met een beruchte viespeuk maar deed alsof hij dat niet was. Robin vroeg zich af of ze online hadden gelezen over haar verkrachting of dat haar verleden zonder dat ze het had gemerkt was doorgesijpeld in de plaatselijke overlevering.

'Even een luchtje scheppen,' riep ze tegen Jonathan.

'Wat?'

'Zo terug,' riep ze nog harder en Jonathan, die ongetwijfeld aannam dat ze naar de wc ging, draaide zich om, waardoor hij niet zag dat ze naar de uitgang liep, met nog een bodempje whisky in haar hand.

Het was heel koud in Silver Street, maar Robin was blij om weg te zijn uit de drukte. Ze leunde tegen de witgekalkte muur van de pub met het idee dat ze daar wat nuchterder van zou worden, dan kon ze daarna terug naar binnen. Ze goot het laatste slokje van haar vierde whisky naar binnen en pakte toen, uit de macht der gewoonte, haar telefoon uit haar zak om te kijken of Strike haar had geappt, maar natuurlijk had hij dat niet gedaan, want hij was op Lucy's borrel. Het was Kerstmis. Er hoefde niet gewerkt te worden.

Haar goede bui was verdwenen; ze had moeten stoppen na twee whisky en vanmiddag meer moeten eten. Haar adem vormde een wolkje in de winterlucht toen ze naar rechts keek, Chapman Lane in, en ineens dacht ze, met een grappig inwendig schokje, hoe toevallig dát was. Gek, dat je dingen zo vanzelfsprekend vond als ze vertrouwd waren, dat je je nooit afvroeg hoe het zat; er was afstand nodig om je af te vragen waarom, en hoe, en of het allemaal toeval was, of er een betekenis achter zat...

Strike zou haar uitlachen... om dat zweverige gedoe...

Ze moest het goedmaken met haar moeder, vooral nu ze Martin en Carmen samen had gezien...

Linda.

Rita Linda.

Vroeg of we haar kenden.

Rita Linda.

Hij wist wat er met haar gebeurd was.

Ritalin-da.

Robin bracht haar telefoon op ooghoogte en typte 'Rita Linda'.

Linda Rita Clay was een kapster in Nantwich. Rita Linde was een Duitse componist. Linda Mae Ritter woonde in Detroit en had zeven kinderen, waaronder een drieling.

Robin probeerde verschillende spellingen. Reeta Linder. Reena Lynda. Reata Lindar.

Bedoelde u Reata Lindvall?

'Hoe is-ie, Rob?'

Robin keek om. Daar stond haar ex-man, met een pakje Marlboro Light in zijn hand. Als student had hij zo nu en dan gerookt, maar daarna nooit meer, in elk geval niet toen ze samen waren.

'Hoi,' zei Robin.

Hij stak een sigaret op.

'Aan het werk?' vroeg hij met een lachje.

'Ja.'

'Huh.'

Ze bleven even zwijgend zo staan. De kerk waar ze getrouwd waren, waar Strike ongenood was binnengevallen en daarbij een van de bloemstukken had omgestoten, stond op amper vijf minuten loopafstand.

'Wie is die dubbelganger van Paul Newman?'

'Wat? O, Ryan? Hij is CID-rechercheur.'

'Aha.' Matthew knikte en blies rook uit. 'Ik had altijd gedacht dat jij nog wel met Strike zou eindigen.'

'Goh, dat heb je goed verborgen weten te houden,' zei Robin sarcastisch.

Matthew moest lachen. 'Hoelang blijf je?'

'Tot de negenentwintigste.'

'Wij tot Nieuwjaar.'

Toen Robin niet reageerde, zei hij: 'Het doet wat met je, hier terug te zijn.'

Robin had geen idee waarom het wat met Matthew zou moeten

doen, en ze richtte haar aandacht weer op haar telefoon – *Bedoelde u Reata Lindvall?* – maar Matthew praatte door.

'Dus nog geen kinderen?'

'Negen.' Robin probeerde de informatie over Reata Lindvall op haar telefoon te lezen, maar gek genoeg was haar zicht erg wazig. 'Maar ik heb ze allemaal ter adoptie afgestaan.'

Hij lachte weer. 'Geen slecht idee. Binnenkort moet ik weer hele nachten mijn bed uit. Die ellendige luiers en...'

'Daar ben je.'

Sarahs stem was ijzig. Ze had twee jassen in haar handen. Robin keek naar haar, maar de vrouw die met haar echtgenoot naar bed was geweest in hun slaapkamer in Deptford en een diamanten oorbel tussen de lakens had achtergelaten, wilde nu haar blik niet beantwoorden.

'Ik was alleen even een peuk roken.' Matthew gooide de sigaret weg.

'Ik ben moe,' zei Sarah, en ze stopte haar echtgenoot zijn jas toe.

'Oké,' zei hij, en tegen Robin: 'Doei.'

'Doei,' zei Robin.

Het echtpaar Cunliffe liep weg. Robin besloot dat de inspanning om op haar telefoon te kijken te lastig was in haar huidige toestand, dus ze zoog de avondlucht in haar longen en liep terug de pub in.

40

Ale, man, ale's the stuff to drink
For fellows whom it hurts to think:
Look into the pewter pot
To see the world as the world's not.
And faith, 'tis pleasant till 'tis past:
The mischief is that 'twill not last.

A.E. Housman
LXII, *A Shropshire Lad*

Strike kwam om half tien aan op Lucy's kerstborrel in Bromley. Zijn doel was geweest om zoveel mogelijk van het feestje van te missen zonder dat het onbeschoft werd, en boven alles om die pijnlijke beginfase van dat soort bijeenkomsten over te slaan, wanneer er nog weinig mensen waren, het gebabbel over koetjes en kalfjes bijzonder stroef verliep en de keuze van het gezelschap zo beperkt was dat je het risico liep aangeklampt te worden door een vervelende zeurkous die de hele avond aan je bleef plakken.

Maar nu was hij nóg later dan de bedoeling was geweest, want hij was de tijd vergeten tijdens het zoeken naar de blonde vrouw van wie hij dacht dat ze het briefje met de geheimtaal bij het bureau had afgeleverd. Frustrerend genoeg had hij haar gevonden vlak voordat hij besefte dat hij al laat was, en hij had meteen moeten vertrekken met een tas vol cadeaus en een weekendtas in de kofferbak van zijn BMW.

De vrouw bleek te werken onder de naam Fyola Fay en had samen met De Lion gespeeld in *I Know Who You Did Last Summer* en *Done*

Girl. Als Strike niet had beloofd naar die verdomde kerstborrel te gaan, dan had hij aan zijn bureau op kantoor kunnen blijven zitten om systematisch OnlyFans, Flickr en ModelHub door te spitten, en de vele andere sites waar een vrouw kon bijverdienen met de online-verkoop van naaktfoto's of camcorderbeelden, op zoek naar aanwijzingen voor Fayes echte naam en manieren om met haar in contact te komen. Maar nu sjokte hij naar Lucy's voordeur, met zijn tas vol onhandig ingepakte cadeaus langs de magnolia in de voortuin, en bereidde zich, na een middag te hebben gestaard naar borsten, enorme penissen en diverse lichaamsopeningen, zowel mannelijk als vrouwelijk, voor op het veinzen van belangstelling voor de banen, huizen en kinderen van andere mensen.

Hij had verwacht dat Lucy geïrriteerd zou zijn omdat hij zo laat was. Maar toen Adam, zijn jongste neefje, de voordeur opendeed, riep Strikes zus, die verderop in de gang stond in een feestjurk met een knipperend hertengewei op haar hoofd, alleen maar 'Stick!', en ze snelde langs de vrouwen met wie ze had staan praten naar hem toe om hem te omhelzen, en het kwam ineens bij hem op, met een licht schuldgevoel, dat ze blij en opgelucht was dat hij überhaupt was gekomen.

In de huiskamer knalde 'I Wish It Could Be Christmas Everyday' uit de speakers. Met het voornemen zich zo braaf mogelijk te gedragen liep Strike de trap op om zijn tassen in de logeerkamer te zetten, begroette zijn favoriete neefje Jack, die in zijn eigen kamer een of andere schietgame deed op zijn PlayStation met drie andere jongetjes van ongeveer dezelfde leeftijd, en ging toen terug naar de drukke benedenverdieping, die gevuld was met volwassenen in kersttruien en feestjurken, en diverse kleine kinderen die Strike zorgvuldig moest ontwijken om er niet op te trappen of ze omver te duwen op weg naar de keuken, waar, naar hij aannam, eten en drinken te vinden zouden zijn.

'Daar is hij, hoor!' zei zijn zwager Greg gespeeld enthousiast.

Greg stond bij drie andere mannen, die hun blikjes bier tegelijkertijd aan hun mond zetten alsof ze het gebaar hadden geoefend, waarbij ze Strike bekeken met de opstandigheid die bepaalde mannen tentoonspreiden wanneer ze oog in oog staan met soortgenoten die op wat voor manier dan ook beschouwd zouden kunnen worden als superieur, of het nu is door hun omvang, hun fitheid of hun succes in de wereld.

'Zie ik je alweer!' klonk een vrouwenstem achter Strike, en toen hij zich omdraaide stond daar een vrouw van wie hij zich niet herinnerde haar ooit eerder gezien te hebben: donker, met overgewicht en een vette huid, gekleed in een soort zilverkleurige kaftan tot op de knie die hem deed denken aan aluminiumfolie, en ze droeg engelenoorbellen die net zo knipperden als het gewei op Lucy's hoofd.

'Marguerite,' zei ze, en haar gezicht betrok toen Strike geen blijk van herkenning gaf. 'We hebben elkaar hier ontmoet, op het etentje voor jouw verjaardag een paar jaar geleden. Je had je vriendin bij je, Nina.'

'O ja.' Strike kon haar nu plaatsen: Lucy had Marguerite destijds uitgenodigd om haar voor te stellen aan haar broer, zonder te weten dat hij met een andere vrouw zou komen. 'Alles goed?'

'Heel goed. Is Nina er ook?'

'Nee,' zei Strike.

'Zo gewonnen, zo geronnen. Zo gaat het bij jou met de vrouwtjes, hè Corm?' zei Greg op de geforceerd lollige toon die hij vaak gebruikte tegen zijn zwager. Marguerite leefde op.

'Even bier halen,' zei Strike tegen haar, want hij had op een aanrecht verderop een stapel sixpacks zien staan. Toen hij zich een weg baande tussen de mensen door bij de centrale tafel, die beladen was met eten, ontstond er een kleine golf van geroezemoes en werd er volop omgekeken. In zijn pessimistische gemoedstoestand vermoedde hij dat het kwam door het Candy-verhaal en niet door enige waardering voor zijn triomfen als detective, en hij meed zorgvuldig alle blikken tot hij bij de veilige haven van het bier was aanbeland.

Toen hij een biertje opentrok trilde zijn telefoon in zijn zak. In de hoop dat het een bericht van Robin zou zijn haalde hij zijn mobiel tevoorschijn, maar hij zag dat het Kim was.

Plug heeft zijn zoon achtergelaten bij de oude dame en is weer vertrokken naar Carnival Street, met een stapel planken en kippengaas in zijn bestelwagen.

En wat wil je dat ik daaraan doe? dacht Strike geërgerd. Hij had het gevoel dat Kim alleen maar een smoes zocht om contact met hem op te nemen, wat nog werd versterkt door het feit dat er vrijwel onmiddellijk een tweede appje volgde.

Hoop dat je een leuke kerstavond hebt x

Strike stopte de telefoon weer in zijn zak zonder te reageren, en toen hij opkeek zag hij dat het groepje rondom Greg, dat nu Marguerite had opgenomen, naar hem stond te kijken. Strike had niet de minste behoefte om zich bij hen te voegen; de mannen zagen eruit als van die types die een ellenlang gesprek konden voeren over de beste tankstations langs de M1 of hun laatste rondje golf. Marguerites uitdrukking was simpelweg gretig.

Strikes telefoon zoemde weer.

'Sorry,' mompelde hij tegen niemand in het bijzonder. Hij pakte zijn telefoon weer en liet zichzelf, puur om te ontkomen aan de starende blikken, door de achterdeur naar buiten op de veranda die Greg zelf had gebouwd, waar hij uitkeek over het koude gazon.

Omdat hij opnieuw Kims naam verwachtte, was hij verrast toen hij een bericht zag van Jade Semple, die, naar haar spelling te oordelen, haar best leek te doen – en daarin veel succesvoller was dan hij – om haar kerstzorgen te verdrinken in alcohol.

Ik den kniet dat bNiall datt lijk was het kwan door de naam William Wrihgt dat ikdat dahct

Strike typte terug:

Had Niall een bepaalde connectie met die naam?

Er werd op het raam achter Strike geklopt. Toen hij zich omdraaide stond daar zijn oudste en minst favoriete neefje, Luke, die blijkbaar alleen maar op het glas had gebonsd om het gezicht van zijn oom te laten zien aan twee meesmuilende tienervrienden, alsof Strike een aquariumvis was. Strike keerde ze met een chagrijnige frons de rug toe en zag dat Jade hem weer een appje had gestuurd.

Min of meer maar het was gwoon paneik ik denk nnit dathij het is

'Stick, wat doe jij nou buiten?'

Lucy was de veranda op gekomen, huiverend in haar dunne feestjurk.

'Sorry.' Strike stopte haastig zijn telefoon weer in zijn zak. 'Werk. Een van mijn freelancers is in zijn gezicht gestompt.'

Dat was wel ongeveer waar: Shah had een paar klussen geleden bijna een gebroken neus opgelopen.

'O, wat erg,' zei Lucy. Hoe...?'

'Kom, we gaan naar binnen,' zei Strike, die zich weer schuldig voelde. 'Stel me maar voor aan je vrienden.'

Het uur daarna dronk hij bier en voerde op luide toon nietszeggende gesprekjes met diverse ouders van kinderen die bij Lucy's zoontjes op school zaten. Sommigen wilden hem uithoren over zijn detectivewerk, anderen wilden hem vertellen hoe geweldig zijn zus was; een paar, die al dronken waren, leken hem niet te kunnen plaatsen van het schoolplein en snapten niet wat iemand die zijn kinderen op een andere school had gedaan hier te zoeken had. De uitzondering was een ladderzatte magere vrouw in een heel wijde jurk die waarschijnlijk uiterst modieus was, maar die Strike deed denken aan een postzak. De vrouw verkondigde luidkeels dat ze Strike kende van taekwondo, en dat zijn zoon Fingal veel talent had en niet zou mogen stoppen. Uiteindelijk gaf hij haar haar zin en beloofde Fingal ertoe te bewegen vooral door te zetten, waarop ze hem omhelsde en hij ontdekte dat ze naar zweet stonk.

Vijf minuten later werd hij, onderweg om een nieuw biertje te halen, in een hoek gedreven door een man die met zijn platte voorhoofd en lange, spitse neus op een whippet leek. Strike nam aan dat hij verzekeringsagent of iets dergelijks was, want hij wilde weten hoe Strike zijn bedrijf beschermde tegen beroepsmatige fouten die resulteerden in onterechte arrestaties of verwondingen. Toen Strike naar waarheid zei dat zijn bureau nooit een fout had gemaakt die resulteerde in een onterechte arrestatie of verwonding, of althans geen verwonding bij een persoon naar wie ze onderzoek deden (Robin had hem kunnen aanklagen, als ze dat had gewild), reageerde de man met het whippetgezicht geërgerd.

'Maar stél nou dat het gebeurt...'

'Ik zou niet weten hoe,' zei Strike.

Hij was zich al twintig minuten bewust van de grote zilveren massa van Marguerite die om hem heen cirkelde, als een onvoorspelbare asteroïde, en toen hij inzag dat zijn gespreksgenoot vastbesloten was om uiterst grondig zijn punt te maken, zei Strike botweg: 'Effe naar de plee,' en liet hem daar achter.

Boven voor de badkamer stond een onvermijdelijke rij. Strike sloot met tegenzin aan, want de vrouw in de postzakjurk die dacht dat hij een zoon had die Fingal heette was er ook, dus haalde hij zijn telefoon weer tevoorschijn om een gesprek te ontmoedigen. Hij wilde de appjes van Jade Semple nog eens bekijken, maar zag dat er een nieuw bericht was van Kim.

Aan het werk. En ik moet je VEEL *beter kennen voordat ik naaktfoto's stuur.*

Godver. Kreeg hij dadelijk weer zo'n 'oeps, die was niet voor jou bedoeld'-melding, of een naaktfoto? Wat Kim Cochran niet besefte was dat Strike dit soort spelletjes zestien jaar lang had gespeeld op een veel hoger niveau, met een grootmeester; dit was een uiterst amateuristische versierpoging.

Een zwaarlijvige man in rendiertrui had zojuist de badkamer verlaten en de vrouw die naar zweet stonk ging naar binnen. Toen Strike opschoof om voor de dichte deur te gaan staan, kwam er een nieuw bericht binnen van Jade Semple.

Een vrouw heeft geld opgenomen met Nialls pas nadat dat lijk was gevonden

Strike stond nog over dat bericht na te denken toen de badkamerdeur openging.

'Die stank is niet van mij!' joelde de vrouw in de wijde soepjurk, wankel tegen de deurpost geleund, duidelijk zeer dronken. 'Dat was die man vóór mij.'

Iedereen behalve Strike moest lachen. De vrouw strompelde opzij en hij ging de badkamer in. Ze had niks te veel gezegd over de stank; Strike zette het badkamerraam open voordat hij uitgebreid ging pissen. Het liefst had hij zich de rest van het feest hier opgesloten, als de stank tenminste zou wegtrekken, zodat hij zich kon concentreren op Jade Semple. Maar hij durfde zich hier best een paar minuten in alle rust af te zonderen, dus stuurde hij haar een bericht.

Als Niall enige connectie had met de naam William Wright dan zou ik je heel graag persoonlijk willen spreken.

Hij wachtte een paar minuten, maar ze reageerde niet, dus ging hij op de omlaaggeklapte wc-bril zitten, genietend van het tijdelijke respijt van al die loze praatjes, en googelde 'Fyola Fay pornoactrice echte naam'. Net toen de zoekresultaten verschenen, werd er op de badkamerdeur gebonsd.

'Schiet alsjeblieft op, hij gaat overgeven!'

Strike maakte de deur open en drukte zich plat tegen de muur toen een roodharig jongetje van een jaar of zes, dat door zijn moeder half werd opgetild, half meegesleurd over de vloer, hevig kokhalsde en vervolgens royaal begon te braken, zo'n dertig centimeter naast de toiletpot. De spetters belandden op Strikes schoenen en broekspijpen en op de hoogpolige witte badmat aan de voet van de wastafel.

'Hij is lactose-intolerant,' zei de gekwelde moeder. 'Heeft een hele berg kaasblokjes gegeten – hè Hector?' zei ze kwaad, en ze duwde het hoofd van de jongen in de pot toen hij weer begon te kotsen.

Strike beschouwde zichzelf niet als een erg teergevoelig man, maar braaksel was veruit zijn minst favoriete lichaamsvocht; bovendien stond een goede persoonlijke hygiëne hoog op zijn lijst van deugden, dus was het bijzonder hinderlijk dat hij de brokken die eruitzagen als witte bonen met kerriesaus niet van zich af kon wassen.

Hij ging terug naar beneden, maar moest halverwege wachten voor de opstopping van vertrekkende gasten bij de voordeur. Marguerite stond beneden in de gang, als een reuzenhaai die op haar prooi loerde, en al keek hij niet rechtstreeks naar haar, hij zag aan haar licht geheven gezicht dat ze naar hem staarde. De batterij van een van haar knipperende oorbellen was leeg.

Gelukkig werd haar aandacht net opgeëist door whippetgezicht toen Strike de gang bereikte, dus slaagde hij erin haar te ontlopen op weg naar de keuken, waar hij hoopte zich te kunnen fatsoeneren met nat keukenpapier.

Toen hij langs Greg liep, zei hij: 'Misschien is het handig om te weten dat er zojuist een milieuramp heeft plaatsgevonden in je badkamer.'

'Hoezo, wat heb je gedaan?'

'Ik heb niks gedaan. Een zekere Hector had kaas gegeten.'

Hij zou er misschien aan toegevoegd hebben dat een van Gregs vrienden een drol had achtergelaten die meer kwalijke dampen achterliet dan een berg kernafval, ware het niet dat de dader een halve meter verderop volkomen onbezorgd cocktailworstjes naar binnen stond te werken.

'Godver!' zei Greg, en hij baande zich een weg de keuken uit.

'Pardon,' zei de dronken vrouw in de soepjurk achter Strike; hij rook haar voordat hij haar zag. Ze sloeg van achteren haar armen om zijn middel, alsof ze hem lijfelijk opzij kon schuiven, maar gleed uit over een plasje gemorste vloeistof op de vloer, en toen hij haar instinctief beetpakte om te voorkomen dat ze zou vallen, gleed zijn telefoon uit zijn hand.

'Je bent een lieve man,' zei ze nauwelijks verstaanbaar, en hij hield haar stijfjes op afstand terwijl ze haar evenwicht zocht, want hij wilde niet nog eens omhelsd worden.

Marguerite had zijn telefoon opgeraapt. 'Oh my God!' bracht ze met een vaag lachje uit.

Hij keek vluchtig waar ze naar staarde: een close-upfoto van Fyola Fay met haar mond om een gigantische zwarte penis geklemd. Strike griste het toestel uit haar hand. Ongetwijfeld zou in Lucy's sociale kring als een lopend vuurtje rondgaan dat hij zich had afgetrokken in de badkamer op haar kerstborrel, en omdat hij geen enkel excuus kon bedenken dat niet onmogelijk zwak zou klinken, stopte hij zijn telefoon weer in zijn zak en liep met een stalen gezicht naar het aanrecht, waar hij Hectors braaksel van zich af probeerde te vegen. Vanuit zijn ooghoeken zag hij een zilveren massa naderen.

Zeg alsjeblieft niet dat je van fucking porno houdt.

'Het geeft niet,' fluisterde ze schalks, 'ik roddel niet. Vrouwen kunnen ook van porno houden, hoor.'

'Pardon,' zei hij, en hij liep opnieuw de tuin in, zijn natte broekspijp koud tegen zijn rechterenkel.

Waarom was hij verdomme ook gestopt met roken? Toen hij het trapje van de houten veranda af liep naar het grasveld, met de bedoeling in het donker op te gaan voor een paar minuten ongestoorde rust, trilde zijn telefoon weer. Als er nu een 'per ongeluk' verstuurde naaktfoto van fucking Kim binnenkwam, dan zou hij haar eens even onomwonden de les lezen, maar toen hij zijn mobiel weer uit zijn zak had gevist, werd zijn hart wat lichter bij het zien van een bericht van Robin.

Idy~#=eeid

Broekzakbericht, duidelijk. Maar hij antwoordde:

Geheimtaal? Stuur even de code.

41

Creep into thy narrow bed,
Creep, and let no more be said!
Vain thy onset! all stands fast.
Thou thyself must break at last.

Matthew Arnold
The Last Word

Alles was vreselijk misgegaan bij de Bay Horse. Het was sluitingstijd en Robin was nu extreem dronken ('we regelen zelf wel wat te eten,' hadden de vertrekkende pubgangers tegen Linda gezegd, maar niemand had iets gegeten in de pub, en Robin was zo onverstandig geweest om nog meer pure whisky te drinken nadat ze buiten Matthew had gesproken).

Toen ze terugkwam van de wc hadden Martin en Carmen nog steeds ruzie gehad, en daarna had Jonathan, die aan de bar twee voetbalvrienden was tegengekomen, gevraagd of ze het bier dat hij had gehaald naar Stephen en Murphy wilde brengen. Murphy had raar gekeken toen hij haar de telefoon gaf die ze op tafel had laten liggen; ze zag dat er een appje was binnengekomen, maar las het niet omdat ze zich moest concentreren om geen bier te morsen, en toen ze Murphy zijn glas overhandigde, vroeg ze: 'Is deze alcoholvrij?' in de veronderstelling dat hij zou kunnen ruiken welk bier voor hem was, maar toen had hij vanuit het niets opeens een woedeaanval gekregen, zoals die avond van hun ergste ruzie.

'What the fuck wil je daar nou weer mee zeggen?'

Ze zag Stephens geschokte gezicht toen Murphy zich omdraaide. Robin probeerde antwoord te geven, maar het was alsof haar mond vol zat met onzichtbare watten.

'Ik bedoe... Ik wil...'

Haar zicht was een blijvend plakkerig waas geworden. Zo veel whisky. Zo veel zwangere vrouwen. Matthew. Sarah. 'Not Tonight Santa'.

En nu was het sluitingstijd. Het was een verademing om weer in de koude avondlucht te zijn, ook al gedroeg Robins omgeving zich nog steeds als een flipboekje; Silver Street en de hemel en haar gezelschap leken op een schokkerige reeks losse plaatjes. Murphy liep voorop met Jonathan, en ze wist niet of Martin en Carmen al weg waren. Zo veel whisky...

'Waarom viel hij nou ineens tegen je uit?' fluisterde Stephen.

'Nie... niks,' zei Robin. 'Was een... Hij dacht dat ik... hem beschuldigde. Ik ben hartstikke dronken, Button.'

Stephen sloeg een arm om haar heen. Haar oudere broer, die beheerder was op een groot landgoed ruim dertig kilometer van Masham, was de grootste van de Ellacotts, bijna net zo groot als Strike, maar dit voelde heel anders dan toen Strike haar op de been had gehouden bij het Ritz, op die avond dat hij haar bijna had gekust. *Niet aan denken.*

De sterren bewogen ook schokkerig, en je zou toch denken dat sterren in elk geval stilstonden... Ze zeiden dat je naar de horizon moest kijken als je zeeziek was, maar Robin zag de horizon niet, alleen maar wazige lantaarnpalen, en Murphy's gekromde, boze rug...

En toen waren ze thuis, waar de verlaten keuken rook naar wat het ook mocht zijn dat Linda, Jenny en Annabel hadden gegeten. Betty, wakker geworden in haar bench, begon te piepen en te janken om eruit bevrijd te worden. Murphy vertrok zwijgend naar boven. Jonathan riep opgewekt welterusten en Robin slaagde erin zijn groet te beantwoorden dwars door de onzichtbare watten in haar mond heen, en ze bedacht dat het misschien een goed idee was om de wc hierbeneden te bezoeken.

'Gaat het wel, Bobbin?'

'Jaaah, moe'na'bed, Button...'

In tegenstelling tot het jongetje in Bromley van wiens bestaan Robin niet op de hoogte was, slaagde ze erin de toiletpot op tijd te bereiken voordat ze overgaf. Een wrede, meedogenloze reuzenhand kneep meerdere keren in haar ingewanden. Uiteindelijk, helemaal leeg, trillend en badend in het zweet, ging ze op de harde tegelvloer liggen, slap en moe, en ze bedacht wat een vreselijke puinhoop ze van kerstavond had gemaakt. Na wat evengoed tien minuten als een half uur had kunnen zijn, toen het kleine, donkere kamertje niet meer ronddraaide, kwam ze voorzichtig overeind.

Ze liep de keuken in op het moment dat Martin en Carmen binnenkwamen door de achterdeur, allebei duidelijk flink beschonken.

'Wie slaapt er in mijn kamer?' wilde Martin weten, en Robin moest diep nadenken.

'Annabel.'

Martin en Carmen zouden die nacht in hun eigen flat geslapen hebben; het was maar twintig minuten rijden.

'Fuck,' zei Martin kwaad, alsof het Robins schuld was, en bijna voelde het voor haar ook zo. Het scheelde weinig of ze had hem haar kamer aangeboden, tot ze zich herinnerde dat Murphy daar sliep. 'Dan zullen we in de fucking huiskamer moeten slapen,' zei Martin, en hij beende erheen.

'Jij ziet er bijna net zo beroerd uit als ik me voel.' Carmen tuurde naar Robin, die naar haar probeerde te glimlachen voordat ze naar boven ging.

Ze deed heel zachtjes haar slaapkamerdeur open, in de hoop dat Murphy al sliep, maar hij was natuurlijk nog wakker. Hij lag op zijn rug, met ontbloot bovenlijf, verlicht door zijn nachtlampje met een strak gezicht naar haar te kijken terwijl ze voorzichtig de deur dichtdeed.

'Gekotst, zeker?'

'Ja,' zei Robin.

'En dan ben ík degene die drinkt.'

'Ryan, ik dacht dat je zou kunnen ruiken welk bier alcoholvrij was.' Robin bleef bij de deur staan, ze wilde niet te dicht bij hem komen voordat ze haar tanden had gepoetst. 'Dat was het. Ik beschuldigde je er helemaal niet van dat je echt bier zou drinken.'

Ze deed haar uiterste best om duidelijk te articuleren, want de whisky was nog niet uit haar lichaam. Toen Murphy niet reageerde, liep ze naar de stoel in de slaapkamer waar haar pyjama lag.

'Zelfs op kerstavond kun je het niet laten om stiekem met hem te appen,' zei hij toen ineens.

'Wat?' vroeg Robin, van haar stuk gebracht. Ze stond daar met haar pyjama in haar handen.

'Strike. Waar jij mee bezig was toen je naar buiten ging.'

'Ik heb Strike niet geappt.'

'Leugenaar,' zei hij, en het woord galmde door de kamer als het geluid van een gietijzeren pan die op de grond valt.

'Ik heb Strike niet geappt. Niet één keer sinds we hier zijn.'

'Leugenaar,' zei hij weer. 'Je had je telefoon laten liggen toen je naar de wc ging. Hij appte terug, ik heb het zelf gezien.'

Robin voelde in haar zakken, haalde haar telefoon tevoorschijn en staarde naar het raadselachtige bericht van Strike, dat ze pas begreep toen ze zag wat ze hem per ongeluk had gestuurd, waarschijnlijk na haar gestaakte poging om iets op te zoeken over Reata Lindvall.

'Ryan, het was een broekzakbericht. Kijk dan.'

Ze liep naar het bed en hield hem haar telefoon voor. Hij pakte hem aan en las de twee berichten.

'O,' zei hij.

Robin nam haar telefoon terug. Ze was nog niet nuchter en ze had zin om een potje te janken, maar ze pakte haar badjas om naar de badkamer te gaan. Toen ze de deurklink beethad vroeg Ryan: 'Waarom ben je vanavond zo dronken geworden?'

'Omdat ik ruzie had met mijn moeder,' zei Robin, en haar keel werd dichtgesnoerd. 'En daarna met jou... en iedereen is verdomme zwanger.'

Hij kwam omhoog van het hoofdkussen, ongelooflijk knap in het schemerlicht. (*Wie is die dubbelganger van Paul Newman?*)

'Robin, het spijt me,' zei hij zacht. 'Kom eens hier.'

'Nu niet.' Ze vocht tegen de tranen. 'Ik moet me wassen en mijn tanden poetsen. Ik voel me vies.'

'Jij bent nooit vies.'

'Zo terug.' Ze bukte, boog zich over haar bijna lege weekendtas en graaide naar Strikes cadeau, verstopt achter haar pantoffels. Ze kwam omhoog met het doosje verborgen achter haar badjas en liep de kamer uit.

Het was stil in huis. Robin sloot zich op in de badkamer. Ze had graag willen douchen, maar was bang dat ze Annabel wakker zou maken, dus kleedde ze zich uit en waste zich, trok haar pyjama aan en poetste haar tanden twee keer zo lang als anders, tot ze geen whisky meer proefde. Haar hoofd bonsde inmiddels, maar de vloer bleef nu in ieder geval stil onder haar voeten, en de muren bewogen niet meer.

Nadat ze haar badjas had aangetrokken ging ze op de rand van het bad zitten en pakte Strikes cadeau, dat was ingepakt in blauw papier met gouden sterretjes. Ze kon zien dat hij het zelf had gedaan, het zat vol bobbels. Hij had te veel plakband gebruikt. Strike was heel slecht in cadeautjes inpakken.

Maar toen ze het papier eraf scheurde, zag ze een doosje dat onmiskenbaar van een juwelier kwam, gemaakt van dik, lichtblauw karton. Langzaam, alsof de inhoud zou kunnen exploderen, haalde ze het deksel eraf.

Een dikke, zilveren schakelarmband met daaraan zeven bedeltjes lag op een bedje van zwart schuimrubber, en Robin herkende het middelste bedeltje meteen: het was de maçonnieke bolvorm die ze had bewonderd bij Ramsay Silver. Gebiologeerd staarde ze ernaar, zich er niet van bewust dat haar mond openhing. Toen pakte ze het armbandje uit het doosje, en hoe stomverbaasd ze ook was, ze kon Strikes gedachteproces precies volgen. Hij was teruggegaan voor dat bedeltje en iemand, misschien Kenneth Ramsay, had geprobeerd hem er meer te verkopen – een hele armband! – en zo was hij op het idee gekomen, maar hij had het niet genoeg gevonden om alles in één keer bij Ramsay aan te schaffen; nee, hij had het armbandje nauwgezet samengesteld, en het Strike-aspect eraan was dat het een beetje grof en onelegant was, dat de bedeltjes niet bij elkaar pasten, maar over elk ervan was zo goed nagedacht: onderlinge grapjes en gezamenlijke herinneringen, dingen die alleen zij samen begrepen.

Een zilveren Land Rover, die stond voor de auto die misschien alleen Strike net zo hard zou missen als zij; de Houses of Parliament, waar ze als infiltrant had gewerkt en een afluisterapparaatje had geplaatst – een handeling die juridisch gezien net zo verdacht was als waarvoor Mitch Patterson was gearresteerd (dat had ze Murphy nooit verteld); een emaillen miniatuurschild met het wapen van Skegness, waar ze ooit samen friet gegeten hadden, grapjes hadden gemaakt over een ezelritje en de belangrijkste getuige in een dertig jaar oude moordzaak hadden ondervraagd; een zilveren schaap ('Wat doet je vader eigenlijk? Dat heb je me nooit verteld.' 'Hij is hoogleraar schapenmedicatie en voortplanting... Wat lach je nou?'), een piepklein zilveren weegschaaltje ('Dat is Weegschaal, mijn sterrenbeeld. Daar had ik vroeger een sleutelhanger van.' 'Nou, ik ben van team nuchter.'); een roodborstje (*robin)* van zilver met emaille, het nieuwste en kleurrijkste bedeltje van allemaal, voor haar naam en misschien ook vanwege Kerstmis, en in het midden ongetwijfeld het duurste van allemaal, op de schakelarmband zelf na: de zilveren bolvorm die je kon uitschuiven tot een maçonniek kruis. Ze bracht het vlak voor haar ogen om de symbooltjes te bekijken die aan de binnenkant gegraveerd waren – tot ze besefte dat ze niks zag omdat de tranen over haar wangen liepen.

Waarom heb je dat gedaan? dacht ze, en ze liet zich van de badrand glijden en huilde zachtjes tegen haar knieën, twee natte plekken die zich verspreidden over haar pyjamabroek, het armbandje in haar vuist geklemd.

Het kostte Robin vele lange minuten om zichzelf weer in de hand te krijgen, en toen bekeek ze elk bedeltje opnieuw aandachtig, twee keer, terwijl ze bedacht dat wat ze vandaag verder ook zou krijgen (want het moest inmiddels wel eerste kerstdag zijn) het nooit zoveel voor haar zou kunnen betekenen als dit: diamanten niet, een nieuwe Land Rover niet, niks. Ze wist hoeveel werk Cormoran hierin gestoken moest hebben, de man voor wie cadeaus geven zo'n zware taak was, die het onbegrijpelijk vond dat iemand onthield wat anderen leuk vonden, of droegen, maar dit had hij allemaal onthouden, en hij wilde dat zij wist dat hij het had onthouden, en *o god, ik ben verliefd op hem*, dacht Robin, en toen zei een andere stem in haar hoofd streng:

Nee, dat ben je niet.

Jawel, jawel...

Je bent nog dronken.

Robin veegde haar ogen droog aan de onderkant van haar badjas en pakte haar telefoon. Het kon haar niet schelen of hij er wakker van zou worden, het kon haar niet schelen of hij zich zou afvragen waarom ze nog op was en hem appte in de vroege uren van eerste kerstdag, terwijl ze in bed hoorde te liggen met haar vriend.

Dank je wel, ik vind het geweldig
xxxxx

En vierhonderd kilometer verderop in de logeerkamer van zijn zus in Bromley, slapeloos en met brandend maagzuur en oprispingen door te veel bier, chagrijnig na wat misschien wel het vreselijkste feest was dat hij ooit had bijgewoond, hoorde Cormoran Strike zijn mobiel trillen, en hij tastte ernaar in het donker. Toen hij Robins bericht zag, kwam Kerstmis, en de ongewone kansen die het je bood, als je tenminste eindelijk bereid was er moeite voor te doen, hem opeens voor als iets prachtigs.

Daar ben ik blij om, typte hij, en hij voegde er langzaam, nauwgezet, een kusje aan toe voor elk van de hare.

DEEL 4

And all putting in and getting nothing out results in stressful times, in business ventures as in the case of individuals. The great shafts sank deeper and deeper, the galleries branched out far under the sea, and there was a constant call for more and more money, lest that already sunk should be lost.

John Oxenham
A Maid of the Silver Sea

42

In every man's career are certain points
Whereon he dares not be indifferent;
The world detects him clearly, if he dare,
As baffled at the game, and losing life...
Thus, he should wed the woman he loves most
Or needs most, whatsoe'er the love or need...

Robert Browning
Bishop Blougram's Apology

Strike bracht oudjaarsavond door met een schaduwklus in de Stapleton Tavern in Haringey, waar hij toekeek hoe Plug drinkend het nieuwe jaar inluidde met een groep al even ruig aandoende vrienden. Strike gebruikte de tijd productief. Hij had met tussenpozen app-contact met Jade Semple sinds Lucy's feest, en ook vanavond stuurden ze elkaar over en weer berichten. Ze was duidelijk weer dronken. Ook al bleef ze volhouden dat ze niet langer dacht dat haar man het lijk in de kluis was geweest, haar bereidheid om de communicatie met Strike voort te zetten suggereerde een latente twijfel. Strike hoopte door pure volharding het punt te bereiken dat ze zou instemmen met een gesprek onder vier ogen.

Hij was vastbesloten om deze kans op een avond alleen met Robin in een goed restaurant niet te laten schieten, honderden kilometers verwijderd van Murphy of welke andere eikel dan ook die hen wilde storen. Natuurlijk, als hij zich uitsprak en Robin wees hem keihard af, dan zou de rest van het uitstapje bijzonder ongemakkelijk worden, maar er zouden altijd wel redenen zijn om het er niet op te wagen. Als het ergste gebeurde, zou hij daar gewoon mee moeten dealen. Hij had per slot van rekening ook leren leven met het verlies van een half been.

De reactie op eerste kerstdag van zijn zakenpartner op zijn strooptocht naar serieus creatieve cadeaus had Strike hoop gegeven. Ze moest begrepen hebben wat hij haar impliciet vertelde toen ze die zilveren bedeltjes bekeek, vrijwel allemaal boordevol herinneringen en onderonsjes. Wees het openmaken van zijn cadeau in de vroege uren van eerste kerstdag niet op een ongewone gretigheid om te weten wat hij haar had gegeven? De vijf kusjes na haar bedankje, haar opmerking dat ze het geweldig vond – oké, 'het', niet hem – dat was toch niet het gedrag van een vrouw die een man ferm op afstand wilde houden? En waar was Murphy geweest toen Robin al die x'jes intikte? Was het te veel gehoopt dat ze ruzie hadden gehad?

Dergelijke overpeinzingen stelden Strike in staat om de lange, onproductieve uren posten bij Plug met geheven hoofd vol te houden. Maar bij zijn terugkeer om drie uur 's nachts in het koude, verlaten Denmark Street werden zijn aangename gedachten ruw verstoord.

Op de voordeur van hun kantoor was een grote letter G geverfd, de rode verf was nog nat. Strike bleef er een volle minuut naar staan kijken en verwierp binnen een paar seconden de mogelijkheid dat hij hier te maken had met de tag van een dronken graffitikunstenaar. Geen enkele andere deur in Denmark Street was op soortgelijke wijze beklad, en het leek veel te toevallig dat iemand willekeurig had gekozen voor die ene letter van het alfabet die nog maar zo kortgeleden een onheilspellende dubbele betekenis had gekregen voor het detectivebureau op de bovenste twee verdiepingen.

Moest hij deze G opvatten als de letter die groot stond afgebeeld in het midden van het herkenbaarste teken van de vrijmetselarij, de passer met de winkelhaak? Was hiervoor gekozen omdat een alziend oog of een acaciaboom meer tekentalent vereist zou hebben? Of was dit een boodschap voor Robin, die Getuige G was geweest in de rechtszaak tegen haar verkrachter en bijna-moordenaar?

Inwendig vloekend omdat hij nu helemaal naar boven moest hees Strike zich de trap op naar zijn zolderflat. Hij diepte schoonmaakspullen op en keerde terug naar de straat om de letters te verwijderen, maar omdat hij geen terpentine had, kon hij niet meer doen dan de letter onleesbaar maken, zodat er een grote rode veeg achterbleef. De deur zou beslist opnieuw geverfd moeten worden voordat de huurbaas hem te zien kreeg.

Het was vier uur toen Strike eindelijk zijn prothese afdeed, waarbij hij zich afvroeg of hij Robin moest vertellen wat er was gebeurd. Hij wilde haar verkrachting niet opnieuw oprakelen. Was dit niet een duidelijk geval van 'wat niet weet, wat niet deert'?

Pas toen hij zijn mobiel aan de lader legde, zag hij dat er ergens die nacht een voicemail was binnengekomen, en hij speelde het bericht af.

'Met Valentine Longcasjter,' klonk een bekakte stem, slissend met dubbele tong tegen een achtergrond van geroezemoes en bedrijvigheid. 'Ik heb al je fucking boodschappen doorgekregen, maar ik heb jou niks te zeggen. Doe ons allemaal een lol en neem je voor het nieuwe jaar voor om jezelf te vergassen.'

Strike zette de wekker, geeuwde en kroop in bed. Valentines reactie op de mails die Strike hem had gestuurd kwam niet als een verrassing. Valentine had meermaals, onder invloed van veel drank, cocaïne of allebei, hele kamers vol met mensen laten weten dat dít, wijzend naar Charlotte, zijn fucking favoriete mens in de hele wereld was. Het leek erop dat Valentine, in tegenstelling tot Sacha, die nergens iets van wilde weten, niet bereid was te doen alsof hij was vergeten wat er in Charlottes afscheidsbriefje had gestaan: omdat Strike de telefoon niet opnam, had ze die overdosis genomen en haar polsen doorgesneden in bad.

Zijn telefoon zoemde. Toen hij het toestel pakte, zag hij dat er een bericht was van Jade Semple.

Ok je kunt de q17de komen mar neimand vertellen wnat ze willn niet dat ik met jepraat

Fijn, typte Strike terug, met een sterk vermoeden wie 'ze' konden zijn die niet wilden dat ze met hem praatte. *Dan zie ik je de zeventiende.*

Hij ging weer liggen met de gedachte dat het jaar toch een positieve start had, en hij begon al strategische manoeuvres te plannen die niks te maken hadden met de vermiste Niall Semple.

43

The stars have not dealt me the worst they can do:
My pleasures are plenty, my troubles are two.
But oh, my two troubles they reave me of rest,
The brains in my head and the heart in my breast.

A.E. Housman
XVII, *Additional Poems*

Nog vele dagen na haar terugkeer uit Masham, dagen waarin ze vrijwel onafgebroken had gewerkt, voelde Robin zich zoals ze zich had gevoeld bij het uitpakken van Strikes cadeau: gespannen en schuldbewust. Haar nervositeit leek op de toestand waarin iemand verkeerde tijdens het wachten op de uitslag van een examen of een medisch onderzoek. Als haar weerspannige onderbewustzijn zo nu en dan een suggestie deed van waar ze naar uitkeek, of tegen opzag – ze wist niet goed welke van de twee – dan onderdrukte ze die zo goed als ze kon.

Strikes armbandje was nu verstopt in haar enige avondtasje in de kledingkast, maar het was moeilijk te vergeten wat ze in haar dronken toestand had gedacht toen ze het voor het eerst bekeek. Bovendien wist ze dat als een andere vrouw haar die armband had laten zien en haar de betekenis van de bedeltjes had uitgelegd, ze gezegd zou hebben: 'Ik denk dat hij je duidelijk wil maken dat hij verliefd op je is.' Welke man zou zo'n intiem cadeau geven, zo betekenisvol voor slechts twee mensen, zonder te weten hoe het geïnterpreteerd kon worden?

Maar dit was een cadeau van Cormoran Strike, die vrijwillig in twee zolderkamertjes boven zijn kantoor woonde, alleen, en niemand nodig had. Ja, de recente verwijzingen naar het afscheidsbriefje van Charlotte zouden kunnen duiden op de wens om een gesprek aan te gaan waar ze maar één keer eerder bij in de buurt gekomen waren, toen ze samen een Indiase afhaalmaaltijd aten op kantoor, toen Strike had gezegd dat ze zijn beste vriendin was, en ze had gedacht dat hij misschien méér zou gaan zeggen, dat hij zou erkennen wat ze allebei hadden gevoeld – daar was ze nog steeds van overtuigd – tijdens die omhelzing op Robins bruiloft, dat moment waarop ze gezworen zou hebben dat hij overwoog om haar te vragen samen met hem weg te lopen en Matthew achter te laten op de dansvloer...

Maar ja, hij had zich dus niet uitgesproken op haar bruiloft. En ook niet op kantoor bij de whisky en de afhaalmaaltijd. Tijdens haar schuldbewuste overpeinzingen over wat er in Strikes hoofd zou kunnen omgaan kwam Robin steeds weer uit bij de conclusie die ze al had getrokken op het toilet in de Prince of Wales: dat Strike, bewust of onbewust, een of ander spelletje speelde om haar banden met Murphy los te weken, zodat ze niet zou overwegen om ontslag te nemen en een gesetteld leventje te gaan leiden.

De gedachten die ze had gehad toen ze dronken bij haar ouders thuis op de badkamervloer zat, voelden als verraad aan de man met wie ze nu werd geacht huisje-boompje-beestje te beginnen. Ze hield toch zeker van Murphy? Dat had ze in elk geval tegen hem gezegd en ze dacht – wist – dat het waar was. Op zijn twee recente cobra-achtige woedeaanvallen na, de ene voortvloeiend uit stress, de andere uit jaloezie, en allebei onlosmakelijk verbonden met zijn eigen achtergrond van drank en een mislukt huwelijk, hadden ze zelden ruzie. Hij was lief en intelligent, en ze had niets beters van hem kunnen verlangen in de nasleep van haar buitenbaarmoederlijke zwangerschap. Hij had nooit iets gezegd over haar salaris, nooit geklaagd over de oude Land Rover of wat iedereen leek te beschouwen als haar grillige loopbaan. Hun inmiddels hervatte seksleven was veel fijner dan wat ze met Matthew had gehad, want het leek Murphy zowaar te interesseren dat Robin ervan genoot, terwijl Matthew, zo besefte ze achteraf, vooral applaus had gewild. Hij was ook vrijgevig: ze droeg nu de oorbellen met opaal die ze met Kerstmis van hem had gekregen, passend bij het hangertje dat ze voor haar dertigste verjaardag van haar ouders had gekregen. En het belangrijkste van alles: Murphy was open en eerlijk. Hij speelde geen spelletjes, loog niet en scheidde nooit de verschillende aspecten van zijn leven van elkaar af zodat Robin niet wist waar ze stond.

Dus was zij hem diezelfde eerlijkheid en transparantie verschuldigd, toch? Maar ze voelde zich steeds sterker zoals ze vermoedde dat ontrouwe echtgenoten zich moesten voelen wanneer hun leugens compleet uit de hand liepen en ze voortdurend op hun hoede moesten zijn om niet per ongeluk iets verkeerds te zeggen. Als Murphy erachter kwam dat zij en Strike familieleden van andere mogelijke William Wrights ondervroegen, dan zou hij weten dat ze onderzoek deden naar het lijk in de kluis en niet alleen naar de vermiste Rupert.

Bijna nog erger: Strike had haar een reisschema gestuurd voor hun bezoek aan Crieff en Ironbridge. Hij had twee slaapplaatsen gereserveerd in de nachttrein naar Glasgow op de zestiende. Dan zouden ze een huurauto ophalen en naar Crieff rijden voor het gesprek met de vrouw die Niall Semple verlaten had, waarna ze verder zuidwaarts zouden reizen naar Ironbridge, waar de grootmoeder van Tyler Powell woonde, met een tussenstop voor een overnachting in het Lake District. Robin had het hotel in het Lake District gegoogeld. Het zag er heel mooi uit, met een verbluffend uitzicht over Windermere. Meestal logeerden Strike en zij in de goedkoopst mogelijke accommodaties als ze voor werk op pad gingen. Ze voelde telkens weer kleine golfjes van nerveuze opwinding als ze eraan dacht, en ze deed haar best om die niet te analyseren, want ze had al genoeg last van schuldgevoel. Ze had tegen Murphy gezegd dat de naderende driedaagse trip verband hield met 'de zaak-Fleetwood'. Gelukkig had hij, druk met zijn werk als altijd, niet echt doorgevraagd.

Robins knagende schuldgevoel en verwarring manifesteerden zich naar buiten toe in steeds liever en attenter gedrag ten opzichte van haar vriend. Voordat ze waren teruggegaan naar Londen had ze ermee ingestemd een bod uit te brengen op het tweede huis dat ze hadden bezichtigd, maar ze had geweten dat het niet geaccepteerd zou worden en was niet verbaasd geweest toen ze aan het einde van de eerste week van januari te horen kregen dat het was verkocht voor bijna tienduizend pond meer dan het hoogste bedrag dat zij zich zouden kunnen veroorloven. Nu stuurde Murphy haar de gegevens van andere huizen, en ze beloofde hem min of meer ernaar te kijken zodra ze tijd had.

Intussen hield ze nauwlettend haar eigen gedrag met betrekking tot Strike in de gaten. Op de donkere, sombere avond van nieuwjaarsdag kwam ze thuis na het posten bij Plug, die de deur niet uit was geweest na zijn thuiskomst uit de pub in de kleine uurtjes, en ze had haar jas amper uit of Strike appte haar.

Valentine Longcaster wil ons niet spreken. Verbaast me niks. Hij was Charlottes grootste fan.

Robin, die op de bank zat, werd weer bevangen door – wat was het? Paniek? Opwinding? – bij het opnieuw opduiken van Charlottes naam, maar ze was vastbesloten om zich niet van de wijs te laten brengen en professioneel te blijven, dus ze appte terug:

Jammer. Ik wil weten waarom Rupert naar dat feest van Legard ging. Over mensen spreken gesproken: wat zou je ervan zeggen als ik probeer Gretchen Schiff te benaderen, de huisgenote van Sofia Medina?

Strike was traag met reageren op dat voorstel. Toen er vijf minuten verstreken waren, dacht Robin dat hij misschien vergeten was wie Sofia Medina was, en ze voegde eraan toe:

Sofia, het meisje dat dood gevonden is in de North Wessex Downs. Roze truitje.

Toen er nog steeds geen antwoord kwam, nam Robin haar telefoon mee naar de keuken om een kop thee te zetten. Strikes reactie kwam op het moment dat het water kookte.

Sorry, dacht dat echtgenote van Ezel ging vertrekken, vals alarm. Met Schiff praten lijkt me een goed idee. Als Medina een man kende met donkere krullen die binnen een zonnebril draagt, hebben we eindelijk iets concreets.

Oké, ik neem contact op met Schiff. Heb haar Instagram gevonden.

Robin had nog een paar dingen die ze Strike wilde vertellen, één waarover ze zich opgelaten voelde, terwijl het andere misschien helemaal niet relevant was voor het onderzoek. Ze zat zich juist af te vragen of het niet makkelijker was om ze allebei per app aan te kaarten toen Strike weer een bericht stuurde.

Nieuws van Barclay. Ik had hem vanmiddag op Jim Todd gezet. Todd heeft twee uur schoongemaakt in een lunchzaak, belde toen in een telefooncel en ging met de metro nergens naartoe.

Hoezo, nergens naartoe?

Zat een uur in de Circle Line, helemaal rond, en stapte weer uit waar hij was begonnen. Er is echt iets verdachts aan Todd. Niet te vinden in dossiers. Ik denk dat hij een valse naam gebruikt.

Op dat moment kreeg Robin een appje binnen van Murphy, die op zijn werk was. Ze zag de zoveelste link naar de huizensite en swipete het bericht weg zonder het te lezen, waarna ze Strike weer appte.

Denk je dat Todd een strafblad heeft?

Dat begin ik wel te vermoeden.

Na het lezen van zijn antwoord besloot Robin het onderwerp aan te snijden dat ze lastig vond. In de korte tijd die ze rond Kerstmis niet had besteed aan piekeren over haar gevoelens voor Strike, of zijn gevoelens voor haar, had ze zich druk gemaakt over de vraag wat hij van haar verwachtte met betrekking tot pornoacteur Dangerous Dick de Lion die, als ze het geheimtaalbriefje dat op kantoor was bezorgd moest geloven, het lijk in de zilverkluis was geweest. Robin appte:

Ik wilde het met je hebben over Dick de Lion.

Er kwam niet meteen een reactie, misschien omdat de vrouw van De Ezel nu echt vertrok. Dus opende Robin de app van Murphy en klikte de link aan naar een huis in Walthamstow. Anders dan de meeste rijtjeshuizen met twee slaapkamers en een opberghok die hij haar had gestuurd zag dit eruit alsof het nog niet zo lang geleden was ingericht, en was het een hoekpand. Murphy's bericht luidde:

Maar twee slaapkamers, jammer.

Op hoeveel ivf-baby's had je precies gehoopt? dacht Robin onmiddellijk.

Haar telefoon ging. Strike belde in plaats van terug te appen. Robin probeerde de kronkel in haar maag te negeren en nam op.

'Wat is er met De Lion?' vroeg Strike.

'Ik... Het gaat me nooit lukken om me voor te doen als iemand die pornoacteurs komt casten, hoeveel research ik ook doe. Sorry, maar daar ben ik echt niet goed in. Als jij denkt dat dat de enige manier is om erachter te komen waar hij is, zul je een van de anderen moeten vragen.'

Ze vroeg zich af of Strike haar nu preuts of ongeschikt zou vinden. De waarheid was dat Robin een sterke aversie had tegen porno. De verkrachter die haar eileiders had verwoest had een stapel films over wurgseks verstopt onder de vloerplanken waar hij ook zijn gorillamasker had bewaard.

'Ik wil niet een van de anderen moeten betrekken bij De Lion,' zei Strike.

'Nou, zullen we ons dan eerst richten op de vraag wie die vrouw van het briefje was?'

'Shit, helemaal vergeten te vertellen,' zei Strike. 'Ik weet wie ze is. Ze werkt onder de naam Fyola Fay, haar echte naam is Fiona Freeman en ze woont in Wimbledon. Ik heb een website gevonden waar de gegevens van vrouwelijke pornosterren worden onthuld. Echte naam, voormalig of huidig beroep, huwelijkse staat, et cetera. Geen soortgelijke site voor mannen, helaas.'

'Goh, wat een verrassing,' zei Robin duister. 'Zal ik proberen met haar te gaan praten?'

'Daar moeten we even goed over nadenken. Ik twijfel er niet aan dat ze liever met jou praat dan met mij, maar ik heb ontdekt dat ze samenwoont met een pornoregisseur die eruitziet alsof hij ontbijt met anabolen en met gemak een stadsbus kan optillen. Misschien moeten we het huis eerst een tijdje onopvallend in de gaten houden, zodat we zeker weten dat ze alleen thuis is. O, en nog wat: het lijkt erop dat we weer een nieuwe Gateshead te pakken hebben. Schotse vrouw, klinkt knettergek, heeft nu al twee keer gebeld. Ik moet naar de Golden Fleece komen.'

'Waar is dat?'

'Wie het weet, mag het zeggen. Ze klinkt zo gestoord dat ze me misschien wel aanziet voor Jason, van de Argonauten, met dat Gulden Vlies.'

Robin moest lachen. 'Er is nog iets wat ik je moet vertellen,' zei ze toen. 'Ik weet dat het misschien helemaal niet relevant is, maar ik heb laatst bij mijn ouders Rita Linda gegoogeld en ik kreeg een zoekresultaat waar je even naar moet kijken. Het is het enige wat "misschien in de krant" zou kunnen verklaren, en dat Wright "wist wat er is gebeurd met–"'

'Shit, ik moet gaan, de vrouw van De Ezel is actief,' zei Strike, en hij hing op.

Robin scrolde door haar recente foto's tot ze het screenshot had gevonden dat ze had gemaakt van een paragraaf over Reata Lindvall, de vrouw wier naam ze online had gevonden toen ze te dronken was om te lezen, buiten bij de Bay Horse, en ze appte het aan Strike.

Ze maakte een kop thee voor zichzelf, pakte een paar koekjes, ging aan haar laptop zitten en keerde terug naar de lang niet meer gebruikte Instagram-pagina van Sapphire Neagle, het vermiste schoolmeisje dat online berichten had achtergelaten voor zowel Calvin Ozgood, de echte muziekproducent, als Oz, degene die zich voor hem uitgaf. Robin probeerde te achterhalen op welke school Sapphire kort had gezeten voordat ze verdween. Eén knap zwart meisje leek in die paar weken daar op school close met haar te zijn geweest, te oordelen naar de vele selfies die de twee samen hadden genomen, maar Robin was er nog niet in geslaagd de echte naam van de vriendin te vinden.

Ook al had ze nu iets om haar gedachten bezig te houden, en ondanks de zakelijke informatie-uitwisseling met haar collega-detective, Robins onderliggende spanning was niet verminderd. Het voelde nog steeds alsof ze ergens op wachtte, een ontwrichtende, cathartische gebeurtenis, zoals je aan de veranderende luchtdruk de eerste tekenen van naderend onweer kunt voelen.

44

Not over-rich, you can't have everything,
But such a man as riches rub against,
Readily stick to, – one with a right to them
Born in the blood...

Robert Browning
Half-Rome

Zonder dat Robin het wist had ook Strike problemen die met onroerend goed te maken hadden. Er was een goed bod uitgebracht op het huis van Ted en Joan in St Mawes, maar Greg vond dat ze moesten wachten op méér. Wat dat Greg aanging, aangezien hij niet de eigenaar was, was een vraag die Strike nog niet had gesteld, in het belang van de harmonie binnen de familie. Hij had inmiddels twee gespannen telefoontjes met zijn zus doorstaan. Beide keren had Strike ervoor gepleit te accepteren wat er werd geboden. De tweede keer had Lucy afwezig gezegd: 'Greg zei al dat jij zou... O, ik weet gewoon niet wat ik moet doen.'

Strike wist niet wat hij volgens Greg gedaan zou hebben, maar hij kon het wel raden. Zijn zwager had natuurlijk tegen Lucy gezegd dat de detective het extra geld dat hij uit de kopers hoopte te persen niet nodig had, of dat Strike te dom was om in te zien dat er meer geld uit te halen viel. Strike wist dat Lucy's voorkeur om op een hoger bod te wachten niet echt voortkwam uit hebberigheid. Ze wilde op de een of andere verwarde manier de best mogelijke waarde halen uit wat voor haar zo'n lange tijd zoveel had betekend.

Toevallig was ook voor Strike het oude huis in St Mawes niet zomaar een mooi stuk onroerend goed, maar hij vond het uitgebrachte bod meer dan schappelijk. Hoe droevig het ook was om te bedenken dat er straks andere mensen in het huis van Ted en Joan zouden wonen; was een paar duizend pond extra het nou echt waard om een echtpaar uit de streek, zo te horen een leuk en aardig stel, weg te jagen ten faveure van mensen die het als hun tweede huis wilden aanschaffen en misschien meer konden betalen? En het verbaasde Strike zelf een beetje dat hij er zo'n typisch Cornwall-standpunt op na hield, iets waar zijn oudste vriend Dave Polworth vast helemaal achter zou staan.

Intussen had Decima Mullins verzocht om een persoonlijke update op 13 januari, een dag dat ze toch in Londen moest zijn, zei ze. Strike, die vermoedde dat dat bezoek te maken had met haar kwijnende restaurant, stemde in met de afspraak en besloot, zich er maar al te zeer van bewust hoe weinig verse informatie hij haar had gegeven, dat het nu gerechtvaardigd was om contact op te nemen met de voormalige huisgenoot van Rupert, en met de aanrichter van een van Fleetwoods dringendste problemen, Zacharias Lorimer. Daarom mailde hij de jongeman een tweede keer, waarbij hij vaag zinspeelde op een politieverhoor en sterk hintte dat het voor Lorimers bestwil zou zijn om te reageren.

Even voor één uur op een bitter koude vrijdag, precies een week voor de afspraak met Decima, trof Strike bij zijn terugkeer in Denmark Street Pat aan haar bureau in een verder verlaten kantoor.

'Er is een bericht voor je van een man in Kenia, Zacharias Lorimer,' zei ze tegen Strike.

'Ja? Wat zei hij?'

'Hij kan vandaag met je facetimen, om half vijf. Dat is half twee onze tijd. Zijn nummer ligt bij je toetsenbord.'

'Mooi.' Strike keek op zijn horloge en liep naar de waterkoker. 'Wil je koffie?'

'Ja, doe maar,' bromde Pat. 'En Dev was net hier. Hij zegt dat Todd weer de Circle Line heeft genomen, en dan weet jij kennelijk wel wat hij bedoelt.'

'Juist. Dank je wel.'

'En ik heb nog vijf Hussein Mohameds gevonden.'

'Op hoeveel zitten we nu?'

'Honderdvijf.'

Aangezien Pat in een tamelijk goede bui leek te zijn, knikte Strike naar het aquarium. 'Heb je die zwarte uit medelijden gekocht?' vroeg hij, wijzend naar de enigszins obscene vis met de knobbel op zijn kop.

'Dat is een *oranda*,' zei ze schor, waarvoor ze even haar e-sigaret verwijderde. 'Da's een duur ras.'

'Aha.'

'Ik noem hem Cormoran. Hij heeft net zulk haar als jij.'

'Haar?'

'Je weet wat ik bedoel,' zei Pat.

Nadat hij voor hen beiden koffie had gemaakt ging Strike het partnerkantoor in, met de sandwich die hij onderweg had gekocht. Hij had amper twee happen genomen toen zijn mobiel trilde en er een bericht van Robin binnenkwam.

Update over Gretchen Schiff.
Misschien ben ik te enthousiast, maar
ik denk dat we iets op het spoor zijn.
Ik heb niks gezegd over moord, alleen
dat we onderzoek doen naar diefstal,
een man met een valse naam en een
vrouw die er net zo uitzag als Sofia.
Ik verwachtte dat ze

Strikes mobiel ging: Lucy. Hij drukte haar weg en las de rest van Robins bericht.

zou zeggen dat Sofia nooit iets te
maken kon hebben met een overval,
maar ze zweeg. Ze heeft net weer
contact opgenomen omdat ze meer
wilde weten. Ik zei dat ik liever niet
te veel wilde zeggen door de telefoon,
maar wel persoonlijk. Ik heb haar
bewijs gestuurd dat ik ben wie ik zeg
te zijn.

Zijn mobiel ging een tweede keer. Midge. Deze keer nam hij wel op.

'Hallo. Zeg het eens.'

'Die fokking Kim!'

'Wat is er met haar?'

'Ze zat op me te vitten omdat ik zogenaamd slordig was met aantekeningen! Ik heb verdomme zelf bij de fokking politie gezeten, ik laat me door haar niet de les lezen over mijn fokking dossier. Ik zeg het je vast, mocht ze bij jou komen janken: ik heb haar net laten weten dat ze dood kan vallen.'

'Mooi,' zei Strike een stuk minder oprecht dan vijf minuten eerder, maar toen herinnerde hij zich dat hij Midge 'een beetje zou ontzien'.

'Sorry hoor, maar ze gedraagt zich zo fokking irritant,' zei Midge woest. 'Alsof zij de fokking baas is van...'

'Ik ga wel met haar praten,' zei Strike. 'Moet nu verder, ik moet iemand bellen.'

Hij verbrak de verbinding en keerde terug naar Robins app.

Ik heb de indruk dat ze zich zorgen maakt
en wil weten wat ik weet. Ik wacht af of
ze bereid is met me af te spreken.

Strike legde zijn sandwich weg om te reageren toen zijn mobiel voor de derde keer ging: Kim. Hij nam op.

'Hoi,' zei Kim. 'Sorry alvast, maar Midge en ik hebben net een aanvaring gehad.'

'Dat heb ik gehoord.'

'Luister, ik ben een pietje-precies met het bijwerken van de dossiers. Het punt is dat het niet opschiet met Plug, en de beste optie lijkt nog om het bij zijn maten te zoeken. Midge is nogal slordig met...'

'Ik heb haar nooit slordig meegemaakt,' zei Strike, en dat was waar, al had hij soms een reden om haar eigenzinnig te vinden, 'en je kunt ook met collega's communiceren op zo'n manier dat ze niet de indruk krijgen dat jij denkt dat je hun baas bent.'

Hij keek even op het klokje van zijn computer. Nog drie minuten tot zijn belafspraak met Zacharias Lorimer.

'Als mijn toon haar niet bevalt dan spijt me dat,' zei Kim. 'Ik ben gewoon erg gefocust op mijn werk en ik wil dat iedereen op volle kracht draait.'

'Het is aan Robin en mij om te bepalen of de freelancers al dan niet op volle kracht draaien.'

'Oké, duidelijk. Ik zal mijn excuses aanbieden. Heel eerlijk gezegd begon ik pissig op haar te worden omdat ze maar blijft zaniken over dat stomme verhaal in de krant, je weet wel, over jou en Candy...'

'Je excuus aanbieden lijkt me een goede oplossing,' zei Strike op ferme toon, al stond die laatste mededeling hem helemaal niet aan.

'Ik bel Midge meteen. Trouwens, als je even hebt: ik wilde nog uitleggen hoe het zat met die app aan jou op kerstavond. Ik schaam me kapot. Jij staat in mijn contacten pal boven een zekere Stu, die al sinds hij heeft ontdekt dat ik het heb uitgemaakt met Ray om een date zit te zeuren en...'

'Doet er niet toe. Ik moet gaan.'

Hij hing op, bloedchagrijnig, en vroeg zich af of Midge echt had doorgedramd over dat verdomde nieuwsbericht. Ze had er een handje van om luidkeels commentaar te geven op zijn privéleven; hij wist nog goed hoe ze was losgegaan over 'zij met die neptieten' nadat er in *Private Eye* een stukje had gestaan over zijn buitengewoon onverstandige verhouding met Bijou Watkins.

Toen hij zich realiseerde dat het precies half twee was, opende hij snel FaceTime en toetste het nummer in dat op de post-it stond die Pat naast zijn computer had geplakt.

Zacharias Lorimer nam op na een paar keer overgaan, en toen zat Strike oog in oog met een jongeman met dik, golvend blond haar en die typisch rozig-bruine, ham-achtige huidskleur van Britten die in de felle zon verkeren. Lorimer zat zo te zien in een of andere luxe lodge, met houten wanden. Door een raam aan de rechterkant viel verblindend zonlicht naar binnen. Op de achtergrond was een hoek van een groot schilderij van een leeuwin zichtbaar, en een goed gevuld dienblad met drank, waarmee de indruk werd gewekt dat Zacharias niet als een arme sloeber in Kenia verbleef, al wees zijn kaki shirt wel vaag in de richting van een positie als parkwachter.

'Hallo,' zei hij voordat Strike iets kon zeggen. 'Jij bent dus Cormoran?'

'Dat ben ik. Fijn dat je me...'

'Oké,' zei Zacharias krachtig. 'Zeg luister, ik weet niet waar Rupert is, oké? Dat heb ik ook tegen Decima gezegd, en meer heb ik niet te melden, oké?'

'Ja, dat is vrij duidelijk,' zei Strike, die meteen hoorde dat hij met een branieschopper van doen had, en hij veranderde zijn tactiek. 'Heb je dat ook aan de politie verteld?'

'Hoe bedoel je?'

'Je bent naar Kenia vertrokken voordat de politie contact met je kon opnemen, toch?'

'Wat?' Zacharias bekeek hem vanaf het scherm met zijn enigszins bloeddoorlopen ogen.

'Ik nam aan... Maar oké, als ze je nog niet hebben opgespoord...'

'Waar heb je het over? Waarom zou de politie mij verdomme willen spreken?'

'Afgezien van die drugsschuld, bedoel je?'

Strike merkte dat Lorimer had gehoopt dat hij niets wist van zijn betrekkingen met Dredge, want zijn roodverbrande huid werd nu vlekkerig. Hij concludeerde bovendien dat Lorimer niet de slimste was, want na een lange stilte zei hij, op een toon van slecht gespeelde verwarring en opstandigheid: 'Waar héb je het over?'

'Dredge. De dealer die je een kilo Colombiaans topspul afhandig hebt gemaakt.'

'Ik heb geen...'

'Die coke kan me geen zak schelen,' zei Strike, 'maar als je liever met de politie praat dan met mij, zal ik je verder met rust laten.'

Hij stak een hand uit alsof hij FaceTime wilde sluiten, en Zacharias zei: 'Wacht!'

Strike trok zijn hand terug.

'Niemand heeft contact met me opgenomen, behalve jij, oké?' Zacharias zag er nu paniekerig uit.

'Luister,' zei de detective, met zorgvuldig geveinsde omzichtigheid, 'het gaat mij alleen maar om informatie over Rupert. Als de politie denkt dat ik hun onderzoek in de war schop, of dat ik verdachten waarschuw...'

'Hoezo "verdachten"? Waarom zou... Verdacht waarvan?'

'Wanneer ben je naar Kenia vertrokken?'

'Hoezo?'

'Want als je bent vertrokken nadat de moord al volop in het nieuws was in Engeland, dan kan ik er niet van beschuldigd worden jou details te hebben gegeven die je al wist.'

'Ik... wat?' Zacharias was duidelijk van zijn stuk gebracht. 'Wacht even, gaat het over die zilverzaak?'

'Hoe wist je dat?' vroeg Strike op scherpe toon, alsof Zacharias verdachte insiderinformatie had.

'Daar zei Decima iets over, maar dat slaat nergens op. Ik heb het allemaal online opgezocht en de politie zei dat het een dief was die...'

'Er zijn daarna ontwikkelingen geweest, maar ik kan beter niet... Bedankt voor je tijd.' Strike stak opnieuw zijn hand uit naar het scherm om het venster te sluiten.

'Wacht! Ze... wat? Denken ze echt dat dat lijk Rupert was? Maar dat is... dat is bullshit!' Zacharias leek nu echt in paniek te zijn.

'Heb je een concrete reden om dat te denken? Heb je nog contact met hem gehad na de vondst van dat lijk?'

'Nee, maar dat wil niet... Hij kan het niet geweest zijn!'

'Wist je dat Rupert een antiek zilveren schip in zijn bezit had waar hij vanaf wilde?'

'Nee.' Zacharias klonk nu echt verbaasd.

'Hij had het gestolen omdat hij geld nodig had om van die Dredge af te komen, nadat jij was afgetaaid naar Kenia.'

'Ik heb verdomme nooit gezegd dat hij een zilveren schip moest jatten!' Zacharias werd nu langzaam paars. 'Als hij dat gedaan heeft, is dat zijn eigen fout!'

Hij greep naar een shotglas, waar net zo goed water als gin in kon zitten, en nam een grote slok.

'Dus het is voor jou nieuws dat Rupert misschien wel de hersens zijn ingeslagen omdat jij je schulden niet betaalt?'

'Ik weet niet eens wie die Dredge...'

'Bespaar me je lulkoek,' zei Strike. 'We weten allebei dat je niet in Kenia zit voor de mooie vergezichten. Wanneer heb je voor het laatst iets van Rupert gehoord?'

'Niet meer sinds we uit dat huis zijn vertrokken.'

'Enig idee waar hij kan zijn, als hij niet het lijk in de zilverkluis was?'

'Weet ik veel – terug naar Zwitserland misschien, als skileraar of zo? Hij spreekt Duits en Italiaans. Dat zou ik gedaan hebben als ik hem was.'

'Ik denk niet dat er veel vraag is naar skileraren in mei, en Rupert is voor het laatst gezien in mei.'

'Hij kan naar zijn tante en oom in Zürich gegaan zijn voordat het seizoen begon.'

'Zijn tante zegt dat Rupert in New York zit.'

'Nou, dan zal dat wel zo zijn.'

'Heeft hij het met jou ooit gehad over een baan in New York?'

'Nee, niet dat ik me kan herinneren. Luister, als hij ervandoor is gegaan, heeft dat niks met mij te maken, oké?' zei Lorimer. 'Ik heb hem nooit iets laten stelen! Hij was helemaal doorgedraaid, door die gestoorde relatie – dat mens van Longcaster is bijna veertig! Volgens mij had hij een fucking oedipiddelcomplex of zoiets.'

'Oedipiddelcomplex?'

'Ja, je weet wel, als je je moeder wilt neuken,' zei Zacharias. 'En ik kan je zeggen dat hij al raar in z'n kop werd voordat ik vertrok. Scheurde z'n kleren kapot en alles.'

'Hoe bedoel je, hij scheurde...'

'Heeft Tish je dat niet verteld?' vroeg Zacharias honend.

'Is Tish je vriendin?'

'Ex-vriendin. Zij weet vast wel waar hij is, vraag het haar maar, het was op het laatst dikke mik tussen die twee.'

'Hadden ze een verhouding?'

'Nee,' zei Zacharias met een boze frons, maar Strike vermoedde een ander soort verraad; misschien hadden die twee een band gekregen door hun gezamenlijke angst voor Dredge' op de verkeerden gerichte wraak.

'Hoe heet Tish van haar achternaam?'

'Benton, Tish Benton.' Zacharias' antwoord kwam zo snel dat hij leek te hopen dat Strike zijn nerveus makende aandacht daarmee op zijn ex zou richten.

'Heb je een nummer van haar?'

'Geen recent nummer.'

'Enig idee waar ze woont?'

'Nee. Probeer haar ouders eens, in Hampshire.'

Strike maakte een aantekening. 'Wat was dat nou over die verscheurde kleren van Rupert?'

'Niet zijn kleren,' zei Zacharias, alsof Strike daarmee was gekomen, niet hij. 'Alleen dat stomme geluks-T-shirt van hem dat hij altijd aanhad. Dat scheurde hij kapot. Bij wijze van... gebaar, weet ik veel. Om Tish voor zich te winnen,' zei hij spottend.

'Wanneer heeft Rupert zijn T-shirt verscheurd?'

'Weet ik het, niet lang voor mijn vertrek.'

Zacharias keek vluchtig naar iets buiten beeld, misschien een naderende werkgever, want hij zei: 'Ik moet gaan, ik moet aan het werk.'

'Wat doe je daarginds eigenlijk?' vroeg Strike.

'Toerisme, bij een ecolodge,' zei Zacharias stug.

Dat was, bedacht Strike, het eenentwintigste-eeuwse equivalent van het afserveren van de teleurstellende zoon naar de koloniën. Misschien verklaarde het gemak waarmee Zacharias' familie een comfortabel baantje voor hem had geregeld de nonchalante suggestie dat Rupert Fleetwood verdwenen zou zijn om aan de slag te gaan als skileraar in de Alpen.

'Mag ik nog één vraag stellen?' vroeg Strike.

'Wat dan?' reageerde Zacharias onbeleefd.

'Kende jij of Rupert een zekere Osgood, of Oz?'

'Nee.'

'Heb je Rupert ooit die naam horen noemen?'

'Nee,' zei Zacharias weer.

Strike hoorde buiten beeld een deur opengaan.

'Ik moet gaan,' zei Zacharias snel, en hij boog naar voren, drukte iets in en verdween.

De detective leunde achterover in zijn stoel, fronste naar het lege computerscherm en keek toen naar zijn aantekeningen.

Tish Benton weet meer?
Fleetwood spreekt Duits en Italiaans
Heeft 'geluksshirt' kapotgescheurd

Hij betwijfelde of deze informatie de zaak zou oplossen, en hij had nu iets van een doorbraak nodig, want de kosten van het zich almaar uitbreidende onderzoek liepen gestaag op. Er lag nog een reis naar Schotland en Ironbridge in het verschiet, en Strike was niet vergeten dat Decima's restaurant blijkbaar in zwaar weer verkeerde. Hij scheurde het blaadje uit zijn notitieboek, kwam overeind, klapte het prikbord open en hing zijn spaarzame aantekeningen onder de foto van Robert Fleetwood.

Er was iets toegevoegd aan het prikbord sinds de laatste keer dat hij het had gezien, kennelijk door Robin opgehangen toen ze even op kantoor was. Het was een print van het artikel dat Robin online had gevonden, waarvan ze al een screenshot naar Strike had gestuurd. Het ging over een Zweedse vrouw, Reata Lindvall, die samen met haar zesjarige dochtertje was vermoord in België, in 1998. Haar exminnaar was schuldig bevonden aan de misdrijven en veroordeeld tot levenslang.

Strike had al gereageerd op Robins bericht over Lindvall, met een neutraal 'het onthouden waard', maar hij wilde het prikbord niet onnodig volhangen met dingen die naar zijn idee hooguit vaag speculatief waren. Al hun huidige kandidaten voor William Wright waren nog kinderen geweest toen Lindvall werd vermoord en ze hadden geen van allen een connectie gehad met België, voor zover bekend. Als een van de andere detectives het artikeltje daar had opgehangen, zou hij het meteen hebben weggehaald, maar aangezien het van Robin kwam, liet hij het hangen. Voorlopig.

Hij deed een stap terug, koffie in de hand, en bestudeerde het patroon van de meeste aantekeningen: kolommen onder hun mogelijke Wrights. Strike had over geen ervan een bepaald gevoel, geen onderliggende zekerheid dat dít de man was die ze zochten; het leek nog steeds even goed mogelijk dat William Wright totaal iemand anders was geweest.

Hij liep terug naar zijn bureau, pakte zijn mobiel en belde Robin. Toen ze opnam kon hij horen dat ze achter het stuur zat.

'Waar ben je?'

'De vrouw van De Ezel is in Chelsea,' zei Robin.

'Ik wilde alleen zeggen: heel goed gedaan, met Schiff. Als ze...'

'Shit!'

'Wat is er?'

'De versnellingspook van die stomme huurauto blijft steeds hangen.'

'Heb je al naar een nieuwe Land Rover gekeken?'

'Ja, maar er is niks te koop wat ik realistisch gezien zou kunnen betalen.' Robin klonk gekweld. 'Sorry, Strike, ik moet me concentreren. Het is druk op de weg en die klótepook...'

'Oké, spreek je...'

Robin hing op.

Strike ging weer aan zijn computer zitten en pakte zijn inmiddels koude koffie en zijn vapepen terwijl hij bedacht hoe onpraktisch het was dat ze steeds een auto moesten huren voor Robin. Hij associeerde haar Land Rover met veel gedenkwaardige ritten, met grapjes, samen eten onderweg en lange gesprekken. Sommige van hun beste gedeelde momenten hadden plaatsgevonden in die tochtige oude wagen, met in het handschoenenvak het blikje dat hij gebruikte als asbak, en het gerammel dat steeds erger geworden was...

Strike pakte opnieuw zijn mobiel en belde Lucy. 'Ik zag net pas dat je gebeld had.'

'O, wat ben ik blij dat je terugbelt,' zei zijn zus, en ze klonk net zo gestrest als de laatste twee keer dat hij haar had gesproken. 'Het gaat over het huis. Greg wil per se wachten op een hoger bod, maar de makelaar heeft net gebeld. De familie Smith kan echt niet méér bieden...'

'Weet je, ik heb eens zitten denken,' zei Strike onoprecht, 'over wat Ted en Joan gewild zouden hebben.'

'Greg zegt dat zij gewild zouden hebben dat we er zoveel mogelijk uit halen.'

Ja, dat zal fucking Greg wel zeggen.

'Je weet wel, voor de toekomst van de kinderen,' zei Lucy snel, 'en ook voor ons, misschien.'

'Denk je nou echt dat ze dat geld belangrijker zouden vinden dan wie er komen te wonen? Ik weet ook wel dat we het huis best kunnen verpatsen aan Londenaren die het als tweede woning...'

'Dat zouden ze nooit gewild hebben,' zei Lucy. 'Nee, ze wilden vast liever mensen uit de streek.'

'Dat bedoel ik. Hoe oud zei je dat de kinderen van de familie Smith zijn?'

'Zes en acht, dacht ik.'

'Dan zou het weer net zo zou worden als met Ted, Joan en wij samen,' zei Strike schaamteloos.

Lucy maakte een geluidje waarvan hij vermoedde dat het op tranen duidde.

'Luister, ik laat het aan jou over,' zei hij. 'Als je liever wacht op meer geld...'

'Nee, je hebt gelijk. Je hebt helemaal gelijk.' Lucy's stem brak. 'Zo zouden ze het inderdaad gewild hebben, dat het een echt gezinshuis blijft. Dat dacht ik steeds al, maar Greg... Nee, mijn besluit staat vast. Ik wil dat de familie Smith het krijgt.'

'Ik ben het met je eens,' zei Strike. 'Ik denk dat Ted en Joan daar blij mee zouden zijn. Ze waren niet geldbelust.'

'Nee.' Lucy snoot haar neus. 'Inderdaad. Dank je wel, Stick, er valt een last van mijn schouders. Ik heb zo lopen stressen. Hoe is het trouwens met j...?'

'Heel goed. Sorry Luce, ik moet gaan, ik ben aan het werk. Hou me op de hoogte over de familie Smith.'

Hij hing op. Met het geld van de verkoop van het huis in Cornwall op zijn rekening zou hij niet alleen bevrijd zijn van de last om het huis bijna vijfhonderd kilometer verderop in de gaten te houden, hij zou bovendien Robin een persoonlijke lening kunnen geven om een nieuwe Land Rover te kopen. In een iets verbeterde gemoedstoestand ging hij aan het werk, op zoek naar contactgegevens voor Tish Benton.

45

Slow, slow and softly, where she stood,
She sinks upon the ground; – her hood
Had fallen back, her arms outspread
Still hold her lover's hands; her head
Is bow'd, half-buried, on the bed.

Matthew Arnold
Tristram and Iseult

Robin was blij dat ze op dat moment een project had waarop ze zich kon richten, een plek om haar energie te concentreren, zodat ze niet steeds liep te piekeren over persoonlijke zaken: een persoonlijke ontmoeting zien te regelen met Gretchen Schiff, de voormalige huisgenote van Sofia Medina.

Medina's OnlyFans-pagina was verdwenen van internet, waarschijnlijk op aandringen van haar familie, zodat Robin niet kon zien welke mannen hadden geprobeerd contact met haar te krijgen in de echte wereld. Gretchen was daarom haar beste hoop op meer informatie over Sofia. Er zaten lange stiltes tussen Robins berichten en Gretchens reacties, maar Robin raakte er steeds meer van overtuigd dat ze, zoals Strike het had geformuleerd, iets op het spoor waren. Terwijl Gretchens wantrouwen en tegenzin om hierbij betrokken te raken op zich te verklaren waren door de traumatische nasleep van het bericht dat haar huisgenote vermoord was, had de jonge vrouw nog steeds niet tegengesproken dat Sofia betrokken geweest kon zijn bij een inbraak, en dat zei op zich net zoveel als het feit dat Gretchen constant meer wilde weten over de man met de valse naam naar wie Robin onderzoek deed.

En toen stemde de studente, tot Robins grote vreugde, eindelijk in met een afspraak voor donderdag, en ze koos als locatie de Montagu Pyke, een pub uit de Wetherspoon-keten.

Op de dag van hun lunchafspraak regende het pijpenstelen. Robin was op haar hoede toen ze naar de pub liep, ze keek regelmatig om en nam alle mogelijke maatregelen om eventuele achtervolgers af te schudden; ze stak soms onverwacht over om te zien of iemand zich achter haar aan in het verkeer zou storten, maar ze vertrouwde erop dat ze niet gevolgd was.

Ze was blij om uit de regen te zijn, maar de pub was niet bepaald knus of intiem, zag ze toen ze naar binnen ging. Het was vroeger een beroemde concertlocatie geweest, met een heel hoog boogplafond en kastanjebruine muren, waar grote posters hingen van de bands die er ooit hadden opgetreden, waaronder The Who, Jimi Hendrix en – Robins blik werd onmiddellijk naar de gigantische foto getrokken – de Deadbeats, de band van Strikes vader, met op de voorgrond de langharige Jonny Rokeby in jeans met wijd uitlopende pijpen, een openhangend leren jack over zijn blote borst. Robin wachtte tot een groepje jonge mensen die een enorme kater leken te hebben hun karaffen met cocktails hadden besteld, nam voor zichzelf koffie en zocht een tafeltje uit waar ze goed zicht had op de ingang.

Ze herkende Gretchen zodra ze de pub in kwam lopen, met een natte paraplu die ze inklapte. Ze had vrouwelijke rondingen en dik, van nature goudblond haar dat tot op haar schouders viel, een vale huid en heldergroene ogen. Ze droeg geen make-up en haar fleecetrui voegde vele centimeters toe aan haar omvangrijke boezem.

Gretchen werd vergezeld door een lange, magere man met een intense uitstraling. Hij droeg zijn haar in een knot, had een sikje en een bril met ronde glazen. Ze haalden voor hen allebei bier, en toen Gretchen Robin zag – ze had de studente haar foto gestuurd – mompelde ze iets tegen de jongen die bij haar was en samen kwamen ze naar haar toe.

'Hallo,' zei Robin toen ze bijna bij haar waren, en ze stak glimlachend een hand uit, die Gretchen schudde zonder de glimlach te beantwoorden. De jongen negeerde Robins uitgestoken hand.

'Robin?' vroeg Gretchen.

'Dat ben ik.'

Gretchens Engels was, zoals Robin al had gehoord tijdens hun enige telefoontje, vrijwel accentloos, ook al was ze Oostenrijks.

'Dit is Max, mijn vriend.'

'Hallo Max,' zei Robin toen het stel tegenover haar kwam zitten. 'Studeer jij ook aan de University of West London?'

'Ja.'

'Wat studeer je?'

'Digital marketing.' Max had de uitstraling van een man die vastbesloten was niet meer informatie te verstrekken dan strikt noodzakelijk.

'Willen jullie misschien iets eten?' Robin schoof de menukaart naar hen toe, maar ze schudden allebei nee. Max had zijn koerierstas niet van zijn schouder gehaald.

'Nou, zoals ik je al heb uitgelegd, Gretchen, doet ons bureau onderzoek naar een inbraak.'

'Vaarom júllie?' vroeg Max, die een veel sterker accent had dan zijn vriendin. 'Vaarom niet de politie?'

'De politie doet er ook onderzoek naar,' zei Robin.

Het zou waar kunnen zijn, dacht ze. Misschien was er iemand van de politie naar St George's Avenue gegaan om Daz en Mandy te vragen naar de mensen die Wrights kamer binnengegaan waren en waren vertrokken met koffers.

'Maar onze cliënt denkt dat de politie de zaak niet serieus genoeg neemt, omdat de gestolen voorwerpen niet zo heel waardevol waren,' vervolgde Robin.

Ook dat kon waar zijn: het enige wat Robin zeker wist was dat Wrights gewichten op zijn kamer hadden gelegen, en het pak en de bril die hij had gedragen naar Ramsay Silver.

'Vaarom wil je dan alles veten over Sofia?' vroeg Max.

'Er is een jonge vrouw gezien die op vrijdag 17 juni de kamer in en uit ging waar spullen zijn gestolen. Ze had lang zwart haar en droeg kleding die heel veel leek op wat Sofia aanhad toen ze werd gevonden. Daarna kwam er een man met dikke donkere krullen binnen, in de vroege uren van de volgende morgen. We denken dat die twee samen zijn vertrokken in een zilverkleurige auto.'

Bij het noemen van de man met de krullen verloor het gezicht van Max alle uitdrukking, en Gretchen pakte plotseling haar flesje bier en nam onhandig een grote slok.

'Maar,' zei Robin, die niet liet blijken dat er een huivering van opwinding door haar heen was gegaan, 'er zijn natuurlijk heel veel vrouwen met lang zwart haar die een roze truitje dragen. Het gaat er alleen om dat er in die ongewone omstandigheden een vrouw is gezien die aan de beschrijving van Sofia's uiterlijk voldeed, niet meer dan vierentwintig uur voordat Sofia dood is aangetroffen, waardoor wij ons afvroegen of er soms een verband was.'

De pauze die volgde had naar Robins idee gevuld moeten zijn met tegenwerpingen – 'Sofia zou nooit spullen gestolen hebben', 'zij kan het niet geweest zijn', 'jullie hebben de verkeerde' – maar de twee studenten zaten daar verstard, zonder elkaar aan te kijken. Desondanks kon Robin bijna de onzichtbare communicatie tussen hen over en weer zien gaan. *En nu? Zeg iets – wat dan ook.*

'Maar zoals je al zei,' zei Max na een hele tijd met dat sterke accent van hem, 'zijn er zo veel vrouven die er zo uitzien, met lang haar en zo. En ik denk niet dat zij bij zoiets betrokken zou zijn,' voegde hij eraan toe, en hij draaide zich tamelijk gekunsteld om om naar zijn vriendin te kijken. 'Nee, toch?'

'Nee,' zei Gretchen. 'Ik denk het niet.'

'Kende je Sofia goed, Gretchen?' vroeg Robin.

'Ja,' zei Gretchen, maar ze voegde er snel aan toe: 'alleen omdat we samen een flat deelden. Ik had een advertentie opgehangen op de faculteit en zij reageerde. We hadden niet dezelfde vrienden.'

'Mocht je haar graag?' vroeg Robin.

'Vat maakt het uit of Gretchen haar graag mocht?' vroeg Max laatdunkend.

Robin negeerde hem en richtte zich weer tot Gretchen. 'Had een van haar vrienden donkere krul...'

'Nee,' zei Gretchen te snel.

Ja, dacht Robin, het ging duidelijk om de man met de krullen waar het stel zich zorgen om maakte.

'Maar jullie hadden niet dezelfde vriendengroep,' zei Robin, 'dus misschien wist jij niet dat ze met zo iemand optrok.'

'Nee.' Gretchen streefde duidelijk naar een nonchalante toon. 'Misschien niet.'

'Ik heb in de krant iets gelezen over Sofia's OnlyFans-account. Jij was bang dat ze het mannen te makkelijk maakte om haar op te sporen...'

'Dat was ik niet,' zei Gretchen snel. 'Dat heeft iemand anders gezegd, ik niet.'

'Vat heeft dat met die diefstal te maken, haar OnlyFans?' vroeg Max kwaad. 'Het is niet verboden om je eigen naaktfoto's te plaatsen. Dat is *kein* misdrijf.'

Natuurlijk niet,' zei Robin, en ze richtte zich opnieuw tot Gretchen. 'Heb je Sofia ooit gehoord over een zekere William? William Wright?'

'Nee, ik heb nooit iets gehoord over een William,' antwoordde Gretchen.

'Villiam? Nee, ik heb haar ook nooit over een Villiam gehoord,' zei Max.

'Wat vond jij van Sofia, Max?' vroeg Robin. Als hij zo graag wilde praten, mocht hij praten.

'Ik kende haar alleen omdat zij samen in een flat woonden,' zei hij, maar hij kon het niet laten eraan toe te voegen: 'Ze vas *ein partygirl*.'

'*Sag das nicht*,' mompelde Gretchen.

'Er is niks mis met partygirls,' liet Max zijn vriendin weten. 'Zo'n type was ze gewoon. Ze liet me haar... hoe noem je dat, *Requisiten* zien,' zei hij tegen Gretchen. 'De eerste keer dat ik in de flat vas, liet ze me haar pruiken en zo zien.'

Toen Robin beleefd een vragend gezicht trok, mompelde Gretchen: 'Hij bedoelt haar toneelspullen.'

'Toneelspullen?' vroeg Robin, maar toen begreep ze wat ze bedoelden. 'O, spullen voor de foto's die ze online plaatste?'

'Ja,' zei Max. 'Seksspeeltjes en pruiken en zo.'

'Juist.' Robin keek Gretchen aan. 'Ik neem aan dat de politie hier ook vragen over heeft gesteld?'

'Ja.'

'En over Sofia's liefdesleven?'

'Ja,' zei Gretchen met tegenzin. 'Ze was populair.'

'Er varen altijd mannen bij haar,' zei Max. 'Dat veet iedereen.'

'Had ze ook een vriend?'

'Niet... nee,' zei Gretchen. 'Volgens mij niet.'

Had Gretchen tegenover de politie ook zo schichtig gedaan, of had de politie haar aarzelingen toegeschreven aan de schrik, of aan gebrekkig Engels?

'Heeft Sofia ooit tegen een van jullie gezegd dat ze zich bedreigd voelde, of dat ze zich zorgen maakte over iemand van de mannen die haar OnlyFans-site bezochten?' vroeg Robin.

'Ze genoot van de aandacht. Ze maakte zich geen zorgen,' antwoordde Max.

'Dus je hebt Sofia nooit gezien met een man met donkere krullen?' vroeg Robin aan Gretchen, maar Max antwoordde weer voor haar.

'Gretchen heeft al nee gezegd. Ze heeft de politie alles verteld vat ze veet.'

'Ik ken niet iedereen met wie Sofia omging. Dat heb ik ook tegen de politie gezegd. Het is zoals Max zegt, er waren veel verschillende mannen.'

'Weet je of ze ooit iets heeft gesto...?'

'Nee,' zei Gretchen.

'Weet je het zeker?'

'Ze kon soms... vergeten iets terug te geven,' zei Gretchen onzeker, 'maar dat is wat anders dan iemands flat leegroven.'

Aangezien Robin met vriendelijkheid niets bereikte, besloot ze dat het tijd werd voor een andere toon.

'Waarom heb je ingestemd met deze afspraak, Gretchen?' vroeg ze, nu zonder te glimlachen.

'Omdat... ik wilde weten waar het over ging,' zei Gretchen.

Robin hoorde de spanning in haar stem. Ze kon ook merken dat

Max niets liever wilde dan zijn vriendin bij deze gevaarlijke vrouw vandaan trekken om te overleggen, hun volgende stappen te overdenken. Robin besloot dat bluf nu de enige manier was.

'Gretchen, ons bureau heeft goede contacten met de politie. Ze weten daar al dat Sofia omging met een man die donkere krullen had. Zo hebben we de link gelegd met het duo dat de flat in Newham heeft leeggehaald. Ik denk dat jij weet wie die man is, en ik denk dat je weet dat Sofia bij hem was in het weekend dat ze is vermoord.'

'Hoe kan Gretchen nou veten bij vie Sofia vas?' zei Max kwaad. 'Ze vas er niet bij.' Hij ging staan. '*Lass uns gehen*,' zei hij tegen zijn vriendin.

Gretchen kwam half overeind.

'Ik ben bang dat ik aan de politie moet doorgeven dat je bewust informatie hebt achtergehouden,' zei Robin.

Gretchen viel terug in haar stoel alsof haar benen haar gewicht niet meer konden dragen. Max bukte om fel iets in haar oor te fluisteren.

'*Du solltest mit einem Anwalt reden!*'

Robin, die drie jaar Duits had gehad op school, meende zich te herinneren dat het woord 'Anwalt' voorbijgekomen was toen ze de namen van de verschillende beroepen moesten leren.

Gretchens gezicht betrok bij het horen van de woorden van haar vriend. Ze verborg het in haar handen en begon te snikken.

'*Ich hätte es sagen sollen!*'

'*Dann geh zurück zur Polizei!*' zei Max kwaad, en Robin maakte uit dat laatste woord op dat Max tegen zijn vriendin zei dat ze met de informatie die ze had bij de politie thuishoorde en niet bij Robin.

'Je hoeft me niet te vertellen wat je weet,' zei Robin, 'maar vertel het wél aan de politie, als je iets weet over die man.' En ze veranderde opnieuw van tactiek, ging nu op de geruststellende toer. 'Je komt vast niet in de problemen. Mensen vergeten nu eenmaal dingen, en als hun geheugen dan wordt gestimuleerd...'

Gretchen huilde nog steeds. Max ging weer zitten en legde aarzelend een hand op haar rug, mompelend in het Duits. Het meisje schudde haar hoofd, met schokkende schouders, haar gezicht nog verborgen. Vier jonge mensen aan een nabijgelegen tafeltje, die samen een karaf met een paarse vloeistof deelden, staarden naar het tafereel. Robin wierp ze een kille blik toe en ze richtten zich haastig weer op hun kan met cocktails.

'Vertel me eens wat meer over Sofia.' Het leek Robin beter om de man met de krullen even te laten rusten.

Gretchen keek op. Haar betraande, smartelijke gezicht had nu iets kinderlijks. Ze veegde haar neus af aan de mouw van haar fleecetrui.

'Ze vas... vat Max zei,' fluisterde ze, nu wel met een licht Duits accent.

'Een partygirl?' zei Robin op milde toon. 'Nou, hij heeft gelijk, daar is toch niks mis mee?'

Max, die nog steeds over de rug van zijn vriendin zat te wrijven, zei met opeengeklemde kaken: '*Sag nichts anderes. Sie hat keine Autorität.*'

'Ik mag dan niet van de politie zijn,' zei Robin, 'we werken wel nauw samen, en als je blijft verbergen wat je weet...'

'Ze vilde een *sugar daddy*,' flapte Gretchen eruit.

Robin had geen woord Duits hoeven verstaan om te begrijpen dat Max zachtjes vloekte. Er ontstond ruzie in hun moedertaal, Max woest fluisterend, Gretchen in tranen, haar stem steeds hoger. Verschillende woorden kwamen vaker terug: *Polizei*, *Anwalt* en *Lüge*; van dat laatste wist Robin zeker dat het 'leugen' betekende.

'*Weil die Polizei es bereits weiß!*' beet Gretchen haar vriend uiteindelijk toe, en aan Robin vroeg ze: 'Ze veten het al, ja, de politie? Veten zij dat ze de man met de krullen kende?'

Door de stress van de situatie bleef er weinig over van haar vlekkeloze Engels.

'Ja, ze weten het,' zei Robin. *En als ze niet hebben geluisterd toen wij zeiden dat hij bij Wright in huis is geweest, dan horen ze dat binnenkort.*

'Zie je nou?' zei Gretchen wanhopig tegen haar vriend. 'Ze veten het al!'

'Vertel me eens wat over die man,' zei Robin. 'Waar had Sofia hem ontmoet?'

'Op... op OnlyFans.'

Robin haalde haar aantekenboekje uit haar tas. Beide ondervraagden keken er angstig naar, maar ze zaten nu te diep in de nesten om op de vlucht te slaan.

'Hoelang waren ze samen?'

'Pas... een maand of zo, voor haar dood. Ze zei dat ze van hem híéld.'

'Het vas geen *luff*,' zei Max ongeduldig. 'Ze viel op zijn geld.'

'Hij is rijk,' zei Gretchen tegen Robin. 'Hij had haar een ketting met robijnen gegeven. Echte robijnen.'

'Weet je zeker dat ze echt waren?' vroeg Robin terwijl ze aantekeningen maakte.

'Ja, want ze is ermee naar een juwelier gegaan en hij zei dat ze echt waren.'

'Had ze die ketting om, de laatste keer dat je haar zag?'

'Ze droeg hem altijd,' zei Gretchen, en Robin schreef het op. Er was niets gemeld over een robijnen halsketting op het lijk dat was aangetroffen in de North Wessex Downs.

'Heb jij hem ooit ontmoet, Gretchen?'

'Nee, ik wilde niet dat ze hem meenam naar onze flat, ik wilde daar geen mannen van OnlyFans. Ze zei dat hij in de muziekbusiness zat...'

Er ging een tweede golf van opwinding door Robin heen.

'... maar dat hij foute dingen had gedaan toen hij jong was.'

'Wat voor foute dingen?'

'Dat weet ik niet. Voor Sofia maakte hem dat juist...'

'Opwindend?' opperde Robin, en Gretchen knikte treurig.

'En ze heeft hem tóch meegenomen naar onze flat en dat weet ik, want ik zag hem naar buiten komen toen ik thuiskwam. In de verte, een man zoals... zoals jij zegt, met donkere krullen, en hij was ouder, ik wist dat hij het was. En ik zei: "Je hebt O... je hebt hem hier binnengelaten, hè?'

Robin besloot dat 'O' even te laten gaan, maar voordat ze haar volgende vraag kon stellen begon Gretchen weer te huilen.

'Ik vilde niet dat haar familie zou veten dat ze het aanlegde met een getrouwde man! Ze zijn gelovig, en best wel oud! Daarom vilde ze in Engeland studeren, om bij hen weg te zijn. Ze vas... onschuldig.

Vel vaar,' zei ze tegen haar boze vriend, die zijn mond al opendeed om weer wat te zeggen. 'Die dingen, met de foto's online, die deed ze wel, maar ze vas... naïef. Kinderlijk. Ze vilde in een fantasie leven. En O... hij had gezegd dat niemand mocht weten dat ze met hem samen was, omdat hij getrouwd was, en hij had een kind, maar ze heeft het mij wel verteld. Ze vas heel blij, maar ze kon het niet voor zich houden. Ze vilde mij die ketting laten zien...'

'Was Sofia bij hem, het weekend waarin ze is vermoord?' vroeg Robin nogmaals.

'Ik veet het niet,' antwoordde Gretchen huilend, 'maar ik denk het vel. Ze zei dat ze naar een bijzondere plek ging. Hij reisde veel, dus ik dacht dat ze misschien naar het buitenland zouden gaan, maar ze giechelde er ook bij, alsof het... alsof het iets ondeugends vas of zoiets, vant zijn vrouw vas veg. Ik vond het maar niks, ik vond niet dat ze... Niet met een getrouwde man die een kind had, dat is niet goed.'

'Heeft Sofia je verteld waar die man woonde?'

'Ze zei dat hij een groot buitenhuis had, met een zwembad.'

'Weet je in welk graafschap, welke stad?'

Gretchen schudde haar hoofd.

Robin legde haar pen neer. 'Ik kan merken dat je een goed mens bent, Gretchen,' zei ze. 'Je hebt een geweten. Je maakte je zorgen over wat Sofia deed met die man, en je wilde haar duidelijk beschermen.'

Gretchen sloot haar heldergroene ogen, alsof ze het niet kon verdragen naar Robin te kijken.

'En daarom weet ik dat er iets belangrijks moet zijn waarom je de politie niet over de man hebt verteld.'

'Ja, dat zei ik net. Haar familie...'

'Ik ben bang dat ik niet geloof dat het is omdat haar ouders niet mogen weten dat ze een verhouding had met een getrouwde man,' zei Robin op ferme toon. 'Ze wisten al dat ze naaktfoto's online zette voor geld. En trouwens, als hij degene is die hun dochter heeft vermoord, denk je dan niet dat ze willen dat hij gepakt wordt?'

Gretchen begon weer te huilen.

'Ben je bang voor hem? Bang dat hij jóú iets zal aandoen als je over hem praat?'

Max zat nu naar de poster van de Deadbeats te kijken. Hij probeerde niet langer de ondervraging te beïnvloeden; dat wat hij had willen voorkomen was toch al gebeurd.

'Gretchen.' Robin dempte haar stem. 'Heeft deze man ook van jou foto's?'

Een nauwelijks waarneembaar schokje van haar hoofd was de enige reactie, maar Gretchen snikte nu nog harder.

'Nou?' zei Robin zacht, en deze keer knikte Gretchen.

'S-Sofia... Hij bood haar veel geld voor foto's van ons samen. Ik vas... ik vas dronken. En de volgende dag... vilde ik dat ze tegen hem zou zeggen dat hij ze moest wissen, maar ik veet dat hij ze nog heeft...'

'Het beste wat je nu kunt doen is mij vertellen hoe die man heet, en alles wat je verder nog van hem weet,' zei Robin.

'Maar die foto's komen straks in de bladen...' zei Gretchen snikkend.

'Als je getuige bent, zijn er manieren om je te beschermen tegen...'

'De mensen veten toch vel dat ik het ben, mijn familie, medestudenten...'

'Toekomstige verkgevers,' kwam Max er kwaad tussen.

'Dan denken ze dat ik zulke dingen altijd toe. Dat is niet zo, nooit gedaan, ik vas dronken en ze zei dat ik de helft van het geld zou krijgen...'

'Dus je hebt liever dat Sofia's moordenaar hier ongestraft mee wegkomt?' vroeg Robin zacht. 'Dat deze man op vrije voeten blijft om nog meer meisjes te vermoorden? Of vind je dat Sofia haar verdiende loon heeft gekregen, omdat ze een beetje domme dingen deed en van kettingen met robijnen hield?'

'Nee!' piepte Gretchen. 'Ik vond haar leuk! Ze vas grappig en ze vas... ze vas lief.'

'Vertel me dan alles wat je weet van die man,' zei Robin streng.

'Ze heeft me niets over hem verteld, behalve wat voor werk hij deed en dat hij een vrouw had.'

'En zijn naam?'

'Dat vas niet zijn echte naam,' zei Max minachtend. 'Die gebruikte hij heus niet.'

Maar Gretchen, bij wie nu een mengeling van snot en tranen langs haar kin droop, fluisterde: 'Osgood. Calvin Osgood, maar ze noemde hem Oz.'

Max slaakte een diepe zucht, sloeg een arm om de schouders van zijn vriendin en zei: '*Und jetzt rufen wir einen Anwalt an.*'

'Ja.' Robin sloeg haar notitieboek dicht. 'Een advocaat bellen lijkt me een heel goed idee.'

46

And like the cloudy shadows
Across the country blown
We two fare on for ever,
But not we two alone.

A.E. Housman
XLII: *The Merry Guide,*
A Shropshire Lad

'Nou, ik kan niet tippen aan wat jij gisteren voor elkaar hebt gekregen,' zei Strike toen Robin de volgende morgen om elf uur op kantoor aankwam. Ze hadden een afspraak om met Decima Mullins te gaan lunchen bij Quo Vadis in Dean Street, en Strike had voorgesteld om eerst samen bij te praten voordat ze hun klant troffen, niet omdat er zoveel te bespreken viel wat ze niet al hadden uitgewisseld per whatsapp, e-mail en telefoon, maar omdat hij nog steeds elke kans aangreep om zijn partner persoonlijk te spreken.

Het was weer een koude dag, de lucht rookgrijs, en Robin droeg een mosgroene gebreide jurk en zwarte laarzen die geschikt waren voor zowel de kou als het door hun klant uitgekozen restaurant. Strike, die het enige pak aanhad dat hem nog paste na ruim een jaar met tussenpozen diëten, liet na om tegen Robin te zeggen dat ze er goed uitzag. Dat kon allemaal wachten tot in het hotel in het Lake District. Tot die tijd leek het hem beter om het puur professioneel te houden.

'Hoe groot schat jij de kans dat Oz en Medina Wrights flat leeggehaald hebben?'

'Nu een heel stuk groter.' Robin deed haar best om het opgewekt te laten klinken.

De triomf die ze kort na haar gesprek met Gretchen en Max had gevoeld was omgeslagen in een lichte nervositeit. Ook nu weer waren zij en Strike in het bezit van informatie die ze zouden moeten doorspelen aan de politie. Strike had gezegd dat hij Wardle zou inlichten, waardoor Robin opnieuw vurig hoopte dat haar vriend niet zou horen waar deze info vandaan kwam, maar ze had het gevoel dat het nu een kwestie van tijd was voordat Murphy zich zou realiseren waar ze echt mee bezig waren.

'Maar we hebben nog steeds niet het hele plaatje, toch?' zei Robin. 'Als Oz inderdaad degene is die Wrights flat heeft leeggehaald, waarom zou hij er dan Medina bij betrokken hebben? Waarom deed hij het niet gewoon in zijn eentje? Waarom moest het in twee etappes gebeuren, waarom ging hij terug toen Wright dood was?'

'Daar heb ik wel een idee over,' zei Strike, 'en als ik gelijk heb, is dat omdat Oz het verkloot heeft.'

'Hoezo?'

'Ik denk dat Medina alles had moeten meenemen wat kon helpen bij de identificatie van Wright, maar dat er iets was wat zij niet kon tillen. Dus gaat Oz terug om dat te halen, hij laat het vallen op de trap omdat het te zwaar is. Wright heeft die gewichten gekocht terwijl hij daar al woonde, weet je nog? En als Oz niet bij Wright geweest zou zijn in de aanloop naar de moord, kan hij niet geweten hebben dat die gewichten daar waren.'

'Maar wat maakt het uit dat daar gewichten zijn achtergebleven? De politie had Wrights DNA al, dus dat zou sowieso vergeleken worden.'

'Dat is precies waar mijn gespeculeer ophoudt. Ik snap niet waarom die gewichten daar zo dringend weg moesten, maar ik kan verder niet zo snel iets anders bedenken wat een tamelijk tengere vrouw niet had kunnen dragen, en waar Oz zelf ook moeite mee had. Ik denk dat Oz helemaal niet in de buurt van Wrights kamer had mogen komen, maar dat hij wel moest – en helaas voor hem was Mandy dus om vijf uur 's morgens wakker.'

'Ik snap nog steeds niet waar hij Sofia Medina voor nodig had,' zei Robin. 'Ze vormde een risico, ze praatte haar mond voorbij tegen haar huisgenote. En als lokmiddel... Zij kan niet de vriendin zijn geweest van wie Wright dacht dat ze bij hem kwam wonen.'

'Waarom niet?'

'Omdat de tijden dan niet kloppen. Gretchen zegt dat Sofia Oz pas een maand kende. Sofia mag dan naïef geweest zijn, ik kan me niet voorstellen dat ze zich liet doorgeven aan een tweede man terwijl het haar te doen was om Oz – of om zijn robijnen en zijn luxeleventje. Bovendien had Wright wel héél naïef moeten zijn om ermee in te stemmen dat een meisje vrijwel meteen na de ontmoeting bij hem introk, terwijl hij wist dat er mensen achter hem aan zaten.'

'Hij zou niet de eerste man zijn die een zeer aantrekkelijk gegeven paard liever niet in de bek kijkt,' zei Strike, die pijnlijk werd herinnerd aan een naakte Bijou Watkins, 'maar inderdaad, de tijden lijken niet te kloppen. Nou, als de politie onderzoek gaat doen naar Oz en Medina, kunnen wij misschien wat kruimeltjes meepikken.'

'Ik probeer nog steeds informatie te vinden over dat vermiste meisje dat online contact heeft opgenomen met Oz,' zei Robin. 'Sapphire Neagle. Ik heb haar Instagram-account gevonden en daar zag ik een vriendin die ons misschien wel kan helpen. Als ik kan achterhalen op welke school ze zit, kan ik proberen met die vriendin te gaan praten.'

'Alle nieuwe informatie is welkom, als het lukt.' Strike richtte nu zijn aandacht op het cluster aantekeningen over Wright en over Ramsay Silver, bij elkaar gehangen onderaan op het prikbord. 'Want ik snap er geen moer van hoe dit allemaal in elkaar zou moeten passen, en er moeten dingen bij zitten die niet relevant zijn. We zullen ook een manier moeten vinden om al die Hussein Mohameds in te dammen, want we hebben niet de mankracht om zomaar bij honderd deuren te gaan aanbellen. Intussen zegt Midge dat Jim Todd nog twee keer is gaan bellen in een telefooncel en dat hij weer de hele Circle Line is rondgereden zonder uit te stappen.'

'Ik ben nog steeds benieuwd naar het appje dat Pamela Bullen kreeg op de dag van de roof, waarna ze de winkel uit snelde zonder af te sluiten.'

'Ja.' Strike krabde aan zijn kin. 'Maar dat moet de politie nagetrokken hebben, en de uitkomst moet afdoende zijn geweest.'

'Maar toch...'

'Ja, ik zou dat ook graag opgehelderd willen zien, maar ze heeft al tegen je gelogen en ik zie niet in waarom ze nu ineens eerlijk zou antwoorden. Ik heb nog eens gekeken naar John Auclair, de zilververzamelaar die erbij was toen het lijk werd ontdekt, maar hem zullen we voorlopig niet spreken, want...'

'... hij zit in Monaco,' zei Robin. 'Ik weet het, ik zag het online. Leuk jacht.'

Strike nam een slokje van zijn thee terwijl hij zich vanaf het prikbord omdraaide naar Robin. 'Zullen we de recente info over onze vier huidige kandidaten voor William Wright eens doornemen?'

'Oké.'

'We beginnen met de laatste.' Strike wees naar de foto van Dick de Lion, met zijn gebeeldhouwde buikspieren en zijn oranje huid. 'Ik heb zijn echte naam niet kunnen vinden, maar ik ben ook eens gaan spitten naar Lord Oliver Branfoot. Volgens Fergus Robertson gaan er in journalistieke kringen al jaren volop geruchten over Branfoot.'

'Wat voor geruchten?'

'In kringen van de roddelbladen zeggen ze dat Branfoot van twee walletjes eet. Robertson vertelde me dat Branfoot is afgetreden als minister omdat er een incident is geweest met een jonge stagiair. Die heeft kennelijk een flink pak zwijggeld gekregen, want hij weigerde de pers te woord te staan en heeft sindsdien zijn mond gehouden. Branfoot nam ontslag, zogenaamd omdat zijn vrouw ziek was, en sindsdien heeft hij zich geconcentreerd op zijn denktank en liefdadigheidswerk. Hij heeft bijzondere belangstelling voor getroebleerde jongemannen, projecten voor jeugdige delinquenten, et cetera, en volgens Robertson is dat allemaal niet puur uit altruïsme. Ik heb hem niet verteld waarom we geïnteresseerd zijn in Branfoot, maar Robertson is niet achterlijk, het is hem ook opgevallen dat Branfoot de laatste tijd een ongebruikelijke belangstelling voor de detectivebranche aan de dag legt. Ik heb hem gevraagd zijn oor te luisteren te leggen en hem de primeur beloofd als we iets vinden. Als – grote "als", maar stel dat – Branfoot iets te maken had met het lijk en als – nog grotere "als" – we dat briefje in geheimtaal moeten geloven en het lijk inderdaad Dick de Lion was, dan hebben we misschien een motief. De Lion chanteerde Branfoot, die zich weigerde te laten afkopen zoals die stagiair, dus besloot Branfoot zich van hem te ontdoen. Maar om te zeggen dat we daar geen concreet bewijs voor hebben, is het understatement van het jaar.'

'Maar die theorie zou wel verklaren wat Shanker je heeft verteld,' zei Robin.

'Inderdaad. Daarom heb ik Robertson gevraagd of Branfoot vrijmetselaar is. Dat weet hij niet, maar hij leek heel blij het te mogen gaan uitzoeken. Aan de andere kant...' – Strike draaide zich om en keek weer op het prikbord – 'hebben we ons uitstapje nog in het vooruitzicht. Als we iets horen wat erop kan duiden dat het Semple of Powell was in die kluis, valt Branfoot af.'

Robin, die weer zo'n ongepaste huivering van opwinding had gevoeld bij de gedachte aan het hotel in het Lake District, deed haar best om zakelijk te klinken toen ze vroeg: 'Dus eerst Jade Semple?'

Er klonk een klopje op de tussendeur, die meteen openging.

Nee hè, niet weer, dacht Robin toen Kim Cochran daar stond met een klapstoel in haar handen.

'O, sorry,' zei ze. 'Ik wist niet dat jij er ook was, Robin.' Ze wendde zich stralend tot Strike. 'Dit ga jij leuk vinden.'

'Wat?' Strikes toon was zo onvriendelijk als Robin maar had kunnen wensen.

'Ik heb informatie over de drie mannen die de zilverzaak zijn binnengegaan om Wright te vermoorden, en...' – Kim hield een bruine envelop omhoog – 'ik heb foto's van het lijk voor je.'

47

And destiny, her course pursuing straight,
Has struck man's ship against a reef unseen.

Robert Browning
The Agamemnon of Aeschylus

'Ik probeer die jongen al wéken zover te krijgen, maar gisteravond is hij eindelijk over de brug gekomen,' zei Kim triomfantelijk, en ze klapte haar stoel uit en ging zitten, terwijl Robin zich in stilte opvrat van ergernis. Het punt was niet alleen dat Kim haar dadelijk ging overtreffen (al had ze daar zeker óók last van), ze had ook grote moeite met Kims achteloze toon als ze tegen Robin sprak versus de brede glimlach die ze Strike schonk.

'Oké.' Kim maakte de bruine envelop open. 'Ik hoef natuurlijk niet te zeggen dat als iemand erachter komt dat hij me deze heeft gegeven...'

'Dat gebeurt niet,' zei Strike met uitgestoken hand. En hoewel het drie verschillende foto's waren, gaf Kim ze allemaal aan Strike, waardoor Robins ergernis nog wat heviger begon te gloeien.

'Jezus,' zei Strike. Na het bekijken van de eerste foto schoof hij die over het bureau naar zijn partner.

De uitgestoken ogen waren donkere, griezelige holtes. Opgedroogd bloed, als lippenstift die was aangebracht door een dronkaard, bedekte de mond waar de tanden uit getrokken waren. Eén oor was afgesneden; de andere wond was nog bedekt door het lange donkere haar. De maçonnieke sjerp – zwart met rood, met goudkleurig borduursel dat glinsterde in de flits van de camera – lag over een gespierde, haarloze borst die kunstmatig gebruind was; de zelfbruiner was niet gelijkmatig aangebracht, onder de armen zaten witte plekken. Maar de zogenaamd gezonde huidskleur kon de grote blauwig-paarse vlekken niet verhullen. Het waren geen gewone blauwe plekken, maar tekenen van *livor mortis*. Ook de penis was afgesneden, met achterlating van alweer een gapende, zwart uitgeslagen wond. De armen eindigden in stompjes daar waar de handen hadden moeten zitten. Robin zag bot en pezen en ze vroeg zich af, enigszins onpasselijk, wat er was gebeurd met de verwijderde lichaamsdelen. In zakken gestopt, jaszakken misschien?

Ze had tegenover Strike haar verbazing geuit over het feit dat de pers niet méér belangstelling had getoond voor wat deze niet-geïdentificeerde man was aangedaan nadat eenmaal bekendgemaakt was dat hij een crimineel zou zijn. Nu voelde ze zich een beetje schuldig dat ook zij hem in de loop van deze zaak niet meer als een mens was gaan beschouwen. Het lijk in de kluis – zo'n vreemd geënsceneerd tafereel, met de sjerp en het zilver, de onwaarschijnlijkheid van het hele verhaal, het theatrale – was in haar gedachten bijna gereduceerd tot een wassen beeld, het middelpunt van een bizar raadsel.

'Van achteren gezien.' Strike schoof een nieuwe foto over het bureau heen naar Robin toe.

In haar verbeelding was het merkteken dat in de rug van de dode was gekerfd klein geweest. Maar het tegendeel was waar: het Salemkruis liep van de nek tot de bilnaad. De repen vlees die waren verwijderd om het kruis met de drie dwarsbalken te vormen deden Robin denken aan geschroeide bacon.

'De verminking heeft een behoorlijke tijd na de moord plaatsgevonden,' zei Strike. 'Als het meteen na de dood was gebeurd, zou er veel meer bloed te zien zijn.'

'De moordenaars zijn twee uur in de win...' begon Robin.

'Hij is van achteren aangevallen, met een zwaar voorwerp op het hoofd geslagen,' onderbrak Kim haar. 'De achterkant van de schedel is ingedeukt. Volgens de lijkschouwer is dat hem fataal geworden. Het bloed moet naar de onderkant van het lichaam gestroomd zijn voordat ze begonnen aan de verminking. Misschien hebben ze bewust gewacht. Misschien wilden ze niet dat er bloed onder de kluisdeur door zou lopen.'

'Dat zou niks uitgemaakt hebben, er was toch niemand op zaterdag of zondag,' zei Strike. 'Weet je waar die voetafdruk stond, ten opzichte van het lijk?' vroeg hij met een blik op de derde foto.

'Eronder,' zei Kim. 'Ze zagen de afdruk toen ze het lijk optilden.'

'Echt?' Strike gaf met een lichte frons de laatste foto aan Robin, die een vage, gedeeltelijke voetafdruk zag in wat duidelijk vers bloed was. Er vielen haar een paar dingen op, maar in plaats van ze op te noemen waar Kim bij was, vroeg ze: 'Hoe zit het met de vier mannen die die avond de winkel zijn binnengegaan?'

'Die zijn er niet naar binnen gegaan.' Kim keek Strike aan in plaats van Robin. 'Ze zijn uitgesloten als verdachten. Blijkbaar schijt iedereen in z'n broek, en dat is voornamelijk aan jou te danken.'

'Wat heb ik daarmee te maken?' vroeg Strike.

'Volgens mijn contactpersoon weet jij via via – van een echte gangster, zeggen ze – dat het niet Jason Knowles was in de kluis.'

Kims helderbruine ogen speurden Strikes gezicht af op zoek naar bevestiging, maar toen hij strak voor zich uit bleef kijken, zei ze: 'Niet lang nadat jij dat had laten doorschemeren – als het waar is – hebben ze het bevestigd gekregen. Volgens mijn mannetje kwam er toen nieuwe informatie binnen, ik weet niet waarvandaan.'

Van die infiltrant van de NCA, dachten Strike en Robin tegelijk.

'Blijkbaar is Jason Knowles meegelokt en is hem wijsgemaakt dat hij een grote kraak ging zetten in een woonhuis, dus hij had uiteindelijk niks met die zilverkluis te maken, en nou is iedereen over de zeik omdat jij gelijk had.'

'Hoe hebben ze die vier mannen in Wild Court kunnen uitsluiten van verdenking?' vroeg Strike.

'Iedereen ging als een gek alles opnieuw natrekken wat Truman had gedaan, en toen zijn ze de beelden van de vier mannen die vanaf Great Queen Street naar Wild Court reden nog eens gaan bekijken. Ik weet de details niet precies, maar die vier zijn uiteindelijk opgespoord. Bezopen buitenlandse studenten, kennelijk. Waren de weg kwijt, doolden door Wild Court, kregen ruzie, gingen uit elkaar en vonden uiteindelijk de weg weer naar hun hostel. De politie heeft ze volledig uitgesloten van verdenking, ze hebben niks met deze zaak te maken, dus nu is de grote vraag hoe en wanneer Wright is teruggekeerd naar de winkel als hij niet een van die vier mannen was, want ze kunnen nergens camerabeelden vinden waarop hij te zien is. Bovendien,' zei Kim 'was er nog iets met een chauffeur van een bezorgdienst, McGee of zoiets, die naar Dalston is gegaan, maar ik begreep niet goed wat mijn contactpersoon daar nou over zei. Ik heb hem nogal dronken gevoerd,' zei Kim, alweer met zo'n lachje.

'Dalston.' Strike maakte een aantekening.

'Ja, daar is hij heen gegaan en toen naar Old Street, of zoiets, maar zoals ik al zei, begrijp ik de relevantie niet – jij vast wel.' Kim glimlachte naar Strike.

Ze leunde naar achteren in haar stoel, benen over elkaar geslagen, en zo te zien was ze – misschien wel terecht, ja, dacht Robin – uiterst tevreden over zichzelf.

'Nog nieuws over de vluchtauto?' vroeg Strike. 'De Peugeot?'

'O ja, dat zou ik haast vergeten,' zei Kim. 'Ze denken dat er een stel in zat. Ik neem aan dat een expert erin geslaagd is foto's vanaf beveiligingscamera's die wél werkten scherper te maken. Zo te zien zijn het een man en een vrouw.'

'Juist,' zei Strike. 'Nou, bedankt, dit is een grote sprong vooruit.'

'Graag gedaan,' zei Kim, nog steeds glimlachend, maar ze stond niet op. 'Eh, kan ik Cormoran misschien even alleen spreken, Robin?'

Het verbaasde Robin dat ze haar stekels nog verder kon opzetten, maar blijkbaar was er genoeg ruimte over.

'Natuurlijk,' zei ze zo vriendelijk als ze kon opbrengen, en ze kwam overeind. Eigenlijk zou zij Kim ook moeten feliciteren met de extra informatie die ze van de politie had losgekregen, maar aangezien Kim tot nu toe had gedaan alsof Robin volkomen onzichtbaar was, kon ze het niet opbrengen. Ze liep gewoon het kantoor uit en deed de deur achter zich dicht.

'Sorry,' zei Kim tegen Strike toen Robin weg was, 'maar ik dacht dat je misschien liever zou hebben dat niemand dit hoort.'

'Wat hoort?'

'Bijou Watkins wordt gevolgd door het bureau van Farah Navabi, op instructies van Andrew Honbold.'

Strike staarde haar alleen maar aan. De zin bevatte onderdelen die niet bij elkaar leken te horen.

'Farah wil nog steeds dat ik bij haar kom werken,' zei Kim. 'Ze belde me gisteravond en zei dat jij binnenkort op de fles zou gaan door negatieve berichten in de pers.'

Strike negeerde het plotselinge brandende gevoel achter zijn navel en vroeg: 'Andrew Honbold heeft Farah Navabi ingehuurd? De vrouw die afluisterapparatuur in zijn kantoor heeft aangebracht?'

'Ze zei in de rechtbank dat hij "een heel goed mens" is en vertelde huilend dat ze was overgehaald door Patterson, en hij smulde daarvan. Dus nu heeft hij haar ingehuurd om Watkins te volgen.'

'Waarom?' vroeg Strike. 'Waarom laat hij haar volgen?'

'Dat weet ik niet, maar Navabi leek te denken dat dat voor jou een probleem was.'

'Oké, bedankt voor de tip.'

Kim stond op. 'En dat gedoe met Midge is nu uitgepraat, toch?'

'Ja,' zei Strike, die alleen maar wilde dat ze wegging. 'Prima.'

Kim liep het kantoor uit. Robin verscheen weer in de deuropening.

'Alles goed?' vroeg ze, want Strike had nu een merkwaardig gesloten gezichtsuitdrukking.

'Prima,' zei Strike nog een keer, met een blik op zijn horloge. Ze hadden nog aardig wat tijd tot de lunch met Decima. 'Hoewel... kun je me nog even alleen laten? Ik moet iemand bellen.'

48

Along the path that the Moon travels are nine conspicuous Stars...

Albert Pike
Morals and Dogma of the Ancient and Accepted Scottish Rite of Freemasonry

Robin trok zich weer terug. Tot haar ongenoegen nam Kim de tijd om te vertrekken; ze stond bij de deur in haar schoudertas te rommelen. Aangezien Pats stoel leeg was, nam Robin aan dat ze op de wc op de overloop was.

Kim keek om en zei glimlachend: 'Ik had het liever niet gedaan, maar hij moest het weten.'

'Wat weten?' vroeg Robin.

'Dat kan ik maar beter niet vertellen,' zei Kim, gekmakend zelfvoldaan. Ze trok haar jas aan en vertrok.

Intussen probeerde Strike in hun kantoor contact te krijgen met zijn oude vriendin Ilsa Herbert, die advocaat was en hem ooit met Bijou in contact had gebracht. De twonightstand tussen Strike en Bijou viel Ilsa niet te verwijten; sterker nog, ze had hem juist gewaarschuwd na hun eerste nacht, gezegd dat Bijou alles aan iedereen doorvertelde en totaal niet discreet was, maar Strike – geërgerd door het ongevraagde advies en kwaad vanwege de steeds inniger wordende relatie tussen Robin en Murphy – had Ilsa duidelijk gemaakt dat zijn privéleven haar niks aanging.

Ilsa's mobiel was in gesprek. Strike belde meerdere keren opnieuw, en de vijf minuten die het hem kostte om haar te pakken te krijgen voelden als een uur. Toen nam ze eindelijk op.

'Hoi, Corm.'

Hij hoorde onmiddellijk aan haar toon dat ze wist waar hij over belde.

'Ik loop even naar een rustiger plekje,' zei ze.

Strike luisterde naar haar voetstappen en zou willen dat ze rende. Na een hele tijd klonk Ilsa's stem weer, met een lichte galm.

'Oké, nu kan het.'

'Wat weet jij over Honbold en Bijou Watkins?'

'Hoe...?'

'Ik kreeg een tip dat hij haar laat volgen.'

'O, god. Nou, er wordt gefluisterd dat Honbold een publicatieverbod heeft geëist,' zei Ilsa.

'Waarom?'

'Om de bladen te verbieden het verhaal te plaatsen dat hij niet weet of Bijous baby van hem of van jou is.'

Strike reageerde niet meteen, want het ergste wat hij had kunnen verzinnen terwijl hij wachtte tot Ilsa de telefoon opnam was zojuist werkelijkheid geworden.

Hij had geen onbeschermde seks gehad met Bijou, hij was niet achterlijk. Nadat hij tegen haar had gezegd dat hij haar nooit meer wilde zien was hem duidelijk geworden dat haar doelwit al die tijd de getrouwde raadsheer was geweest die ze had willen dwingen bij zijn vrouw weg te gaan; Strike was een aangename afleiding geweest, en misschien een manier om Andrew Honbold jaloers te maken. Bijou en Strike hadden vervolgens allebei tegen de bewuste raadsheer gelogen en beweerd dat ze niet meer waren dan kennissen die samen wat gedronken hadden. Honbold, een bekende kwelgeest van de rioolpers, was door zijn vrouw op straat gezet nadat zijn affaire met Bijou de bladen had gehaald, en tot vanochtend had Strike de hele zaak als afgedaan beschouwd, ervan uitgaand, in afwezigheid van andere informatie, dat Honbold na zijn echtscheiding met Bijou zou trouwen.

'Het is niet van mij,' zei hij, en toen: 'Dat kan niet, als dat kind nog niet geboren is.'

'Dat is het wel, het is te vroeg gekomen,' zei Ilsa. 'Tenminste, dat zegt ze...'

'Kunnen ze dat niet zien dan?' vroeg Strike, die vrijwel niets wist van bevallingen en baby's.

'Ik ken de details niet, Corm.'

'Waarom gaat Honbold verdomme... Heeft ze hem vertéld dat wij...?'

'Zij niet,' zei Ilsa aarzelend. 'Corm, het spijt me, ik had je willen waarschuwen. De hele raadkamer wist dat ze met jou naar bed geweest is, dat moest een keer bij Honbold terechtkomen – ik bedoel, voordat ze zwanger was, wílde ze dat hij het te horen zou krijgen, om hem jaloers te maken. Blijkbaar heeft een journalist er lucht van gekregen dat Honbold denkt dat de baby weleens van jou zou kunnen zijn, en Honbold is meteen naar het hooggerechtshof gestapt om publicatie tegen te houden. Hij wil niet weer in alle tabloids staan, maar ik denk dat het uit is tussen hem en Bijou. Hij zal haar wel laten volgen omdat hij liever geen kinderalimentatie betaalt. Hij probeert aan te tonen dat ze het nog steeds stiekem met jou doet.'

'Het kan niet van mij zijn,' zei Strike met klem.

De stilte die volgde beviel hem niet.

'Wat nou?' zei hij agressief.

'Ik weet niet...'

'Jij weet iets.'

'Corm...'

'Zeg het nou maar gewoon!'

'Oké dan. Ze had een trucje toen ze Honbold bij zijn vrouw probeerde weg te halen. Ze viste gebruikte condooms uit de prullenbak en...'

'Dat zou ze bij mij nooit gedaan hebben,' zei Strike, terwijl zijn ingewanden samentrokken van pure paniek. 'Ze wilde Honbold.'

Ook nu weer zei Ilsa niets.

'Is er nog iets anders wat jij weet?'

'Weten niet, het zijn geruchten,' zei Lisa. 'Advocaten kunnen vreselijk rodde...'

'Wat voor geruchten?'

'Oké, er doet een verhaal de ronde dat Honbold medicijnen gebruikt die de vruchtbaarheid verminderen, dus vond hij het vreemd dat hij haar zwanger gemaakt zou hebben, en toen hij hoorde over jou en haar ging hij door het lint, en nu is hij ervan overtuigd dat het kind van jou is.'

'Wanneer is het geboren?' Strike probeerde tijden en data terug te halen, een formule te ontdekken die zou bewijzen, zonder enige twijfel, dat hij niet de vader was.

'Dat weet ik niet precies. Begin december?'

Dat was bij lange na niet nauwkeurig genoeg voor Strike. Als de baby niet te vroeg geboren was, bestond er een kans...

'Ik heb dit allemaal letterlijk pas gistermiddag gehoord, toen er werd gefluisterd over dat publicatieverbod,' zei Ilsa. 'Ik denk dat hij die privédetective net pas heeft ingehuurd.'

'Ja, dat denk ik ook.' Strike zweette nu onder het jasje van zijn pak. 'Als je verder nog iets hoort...'

'Ja, natuurlijk, dan bel ik je,' zei Ilsa. 'Corm, ik... ik vind het rot voor je.'

'Jij hebt nog geprobeerd me te waarschuwen,' zei Strike, wat hem moeite kostte. 'Zeg, kun je me Bijous nummer sturen? Dat heb ik verwijderd.'

'Oké.'

'En wil je Robin hier alsjeblieft niks over vertellen? Dat doe ik liever zelf.'

'Natuurlijk.'

Na het beëindigen van het gesprek deed Strike de tussendeur open. Pat zat te typen, Robin was afwezig.

'Waar...?'

'Wc,' zei Pat nors.

Strikes telefoon trilde. Ilsa had hem zojuist het nummer van Bijou gestuurd. Hij trok zich weer terug in het kantoor om na te denken. Hij kon haar nu niet bellen, niet nu Robin elk moment terug kon komen. Het zou straks moeten, na de lunch met Decima.

Intussen waste Robin op de kleine, bedompte wc op de overloop haar handen, en ze dacht dat als Strike dadelijk nog één keer aan kwam zetten met complimenten over Kims onmiskenbaar indrukwekkende staaltje speurwerk, het haar vast niet meer zou lukken om vriendelijk te reageren.

'Alles goed?' vroeg ze nog een keer toen ze het kantoor in liep.

'Ja, Kim wilde even iets persoonlijks bespreken.' Strike deed hard zijn best om het nonchalant te laten klinken.

'Beschouwt ze jou als het hoofd van personeelszaken?' zei Robin.

'God mag het weten.'

Robin ging weer zitten. 'Goed, het stel in de Peugeot. Denk je...?'

'Oz en Medina?' Strike probeerde zich te concentreren (hij dacht er wel op te kunnen rekenen dat Kim tegen Robin haar mond zou houden over Bijou, want hij was ervan overtuigd dat Kim niks fijner vond dan de gedachte dat zij en Strike samen een enigszins pikant geheimpje hadden waarvan zijn partner uitgesloten was). 'Het zou een kansje kunnen zijn.'

Robin pakte de foto van de voetafdruk in het bloed rond het hoofd van het lijk. 'Deze lijkt wat klein voor een mannenvoet, hè?'

'Ja, dat dacht ik ook al,' zei Strike.

'En hij zat ónder het lichaam.'

'Mooi. Ik bedoel, ja.' Strike had nog steeds moeite om zich te concentreren.

'De verminking, die sjerp – het lijkt allemaal zorgvuldig geënsceneerd. Waarom hebben ze die voetafdruk niet weggehaald?'

'Misschien niet gezien? En toen is het lijk op die afdruk terechtgekomen tijdens het verminken.'

'Weet je, als Medina inderdaad in die Peugeot reed om Oz na de moord op te halen, dan zou het kunnen dat ze geen bloed op hem heeft gezien,' zei Robin. 'De dader heeft gewacht tot de livor mortis zijn intrede deed en is toen pas in het lichaam gaan snijden...'

Robins telefoon trilde, en ze zag dat er een bericht was van haar broer Stephen.

'Is er iets?' vroeg Strike toen hij Robins geschrokken gezicht zag.

'Nee, nou... mijn schoonzusje heeft net een spoedkeizersnede gehad... Goeie god, de baby woog bijna elf pond.'

'Zelfde als ik.' Strike deed nog steeds zijn best om normaal te klinken.

'Wanneer heb jij een spoedkeizersnede ondergaan?' vroeg Robin.

'Nee, ik woog bijna elf pond. Zo kom ik aan mijn naam.'

'Hoe bedoel je?'

'Cormoran was een reus uit Cornwall. Mijn moeder zei voor de grap dat ze me zo ging noemen, mijn tante nam dat serieus en zei dat ze dat niet kon maken, dus natuurlijk werd ik toen echt zo genoemd, om Joan te stangen.'

'Ze noemen hem Barnaby.' Robin keek naar de foto van haar nieuwe neefje, dat vuurrood zag en gewikkeld was in een ziekenhuisdoek, met een verontwaardigd gezichtje, als een sumoworstelaar. 'Geboren op vrijdag de dertiende.'

'Wie?' vroeg Strike.

'Mijn neefje. Het is vandaag vrijdag de dertiende.'

'O. Ach ja, natuurlijk.'

Strike was niet bijgelovig, maar dat zou na vandaag weleens kunnen veranderen.

49

Oh, many a month before I learn
Will find me starting still
And listening, as the days return,
For him that never will.

A.E. Housman
XLII: *A.J.J., More Poems*

Strikes geweten fluisterde dat hij Robin moest vertellen welke gloednieuwe, onvoorziene calamiteit over hem was neergedaald, en dat hij haar moest waarschuwen dat ze misschien opnieuw overspoeld zouden worden door een zondvloed aan tabloidvuiligheid. Maar na het verhaal over de callgirl en zijn gedwongen biecht dat hij met Nina Lascelles naar bed was geweest, om maar te zwijgen van de manier waarop Robins verkrachting door zijn nieuwswaardige liefdesleven de publiciteit in was gesleept, had Strike weinig zin om de toch al onsmakelijke stapel omstandigheden die in zijn nadeel werkten nog te vergroten met de mededeling dat er een heel klein kansje was – *alstublieft God, een fucking piepklein kansje* – dat hij een kind had verwekt bij een vrouw die hij verafschuwde. Daarom werd zijn geweten luidkeels teruggefloten door een primitief gevoel van eigenbelang: hij zou dit oplossen zonder dat Robin er ooit iets van hoefde te weten.

Om kwart over twaalf verlieten de zakenpartners het kantoor voor de lunch in Dean Street. Het was een koude dag, de zon boven hun hoofden een verblindend platina muntstuk dat het wolkendek probeerde te verdrijven. Strike deed zijn best om zijn zojuist ontstane spanningen te verbergen.

'Het ziet ernaar uit dat we kunnen uitsluiten dat Wright is omgekomen in een uit de hand gelopen ruzie of vechtpartij. Zijn achterhoofd is ingeslagen terwijl hij met zijn rug naar de dader toe stond. Dat was geen ongeluk.'

'Nee,' zei Robin. 'En dat maakt het waarschijnlijker dat de verminking, de maçonnieke sjerp en het merkteken al vóór de moord gepland waren.'

'Hoeveel mensen zijn er die het merkteken van A.H. Murdoch kennen, zou jij zeggen?'

'Niet veel,' zei Robin. 'Maar het Salemkruis is ook een maçonniek symbool.'

'Klopt.' Strike dacht terug aan de vuurrode letter G die met Nieuwjaar op de deur van het kantoor geverfd was. 'Heb je nog een nieuwe Land Rover kunnen vinden?'

'Nee, ze vallen allemaal ver boven mijn budget, zelfs tweedehands. Is er eigenlijk nog gebeld door die Schotse Gateshead? Die van de Golden Fleece?'

'Niks meer sinds Nieuwjaar,' zei Strike.

Zijn mobiel ging. Hij viste het toestel uit zijn zak en zag dat Pat belde. Bang dat Bijou, die zijn mobiele nummer niet meer had, hem via kantoor probeerde te bereiken, zette hij zijn telefoon op stil.

'Lucy,' zei hij tegen Robin. 'Ik bel haar straks wel terug. Over Lucy gesproken... we hebben net het huis van Ted en Joan verkocht. Ik zat te denken: we zouden een Land Rover deels op de zaak kunnen kopen, en dan leen ik je de rest van het bedrag.'

'Huh? Dat kan toch niet zomaar!'

'Jawel. Dat geld staat straks toch maar op de bank, ik heb er nu geen bestemming voor.'

Robins eerste gedachte was Murphy, wat hij ervan zou vinden als ze zo'n grote lening aannam van Cormoran Strike. Hij zou het ongetwijfeld zien als een nieuw verbond tussen hen, alweer een verbintenis die ze met hem nog niet was aangegaan. En al voelde ze zich vreemd kwetsbaar en onthand zonder haar eigen auto, haar eigen manier om te... Het woord 'ontsnappen' schoot door haar hoofd en werd meteen verworpen.

Quo Vadis, het grote restaurant annex besloten club met de zwarte gevel waar Decima had gereserveerd voor de lunch, kwam nu in zicht. Toen Robin besefte dat ze nog niet had gereageerd op wat volgens elke maatstaf een erg gul aanbod was, zei ze: 'Strike, dank je wel, maar dat kan ik niet aannemen.'

'Je hebt je eigen auto nodig en ik denk dat geen enkele zakenmanager ons zou aanraden auto's te blijven huren.'

'Maar...'

'De Land Rover was verdomd handig, vooral voor lange afstanden en ritten buiten Londen.'

'Maar zelfs tweedehands kosten ze...'

'Ik weet wat ze kosten. We zullen kijken hoeveel we van de accountant op de zaak mogen zetten, en dan vul ik het verschil aan. We kunnen een contract opstellen voor de lening als je dat fijner vindt.'

'Maar het kan een eeuwigheid duren voordat ik het heb terugbetaald.'

Mooi, dacht Strike, maar hardop zei hij: 'Nou en? Ik zeg net dat ik nu toch geen bestemming weet voor dat geld.'

'Het is écht een gul gebaar,' zei Robin, en ze dacht met enig verlangen aan de tweedehands Defender 90 die ze de vorige dag online had gespot. 'Maar...'

'Jezus, ik bied je geen nier aan,' zei Strike, en Robin moest lachen.

Ze gingen de club binnen. De ontvangstruimte had bloedrode wanden. Bij de receptie gaven ze Decima's naam door en ze werden naar boven gebracht, langs de ingang naar een groot restaurant met witte muren en tafels met leren zitjes eromheen, en vervolgens naar een kleine besloten ruimte die de Library heette, met donkerblauwe muren, boekenkasten en bolvormige lampen.

Decima zat al aan de ronde tafel, in een ruimvallende zwarte jurk. Ze was veel afgevallen sinds haar laatste ontmoeting met Strike; ze had kringen onder haar grote bruine ogen, maar ze had haar haar geborsteld en de grijze uitgroei geverfd. Ze had de uitstraling van een schepsel dat uit haar hol was gejaagd en nu gedwongen in het daglicht verkeerde. Strike, die doodsbenauwd was geweest om te moeten toezien hoe Decima borstvoeding gaf, zag nu dat er geen baby aanwezig was.

'Heb je je...?'

'Nee, Lion is er niet bij. Een buurmeisje past op.' Decima wierp een blik op de telefoon die naast haar lag. 'Komt goed, ik heb genoeg melk gekolfd.'

Dat viel voor Strike in de categorie 'te veel informatie', maar Robin vroeg glimlachend: 'Heb je foto's van hem?'

'Een paar.' Decima zocht foto's van haar kind op en liet ze aan Robin zien.

'Wat een schatje,' zei Robin, maar in haar ogen zag hij er gewoon uit als elke andere baby, al leek hij wel kleiner dan haar reusachtige neefje van wie ze net nieuwe foto's toegestuurd had gekregen. Maar anders dan de babyfoto's die Robin steeds vaker toegestuurd kreeg door familie en vrienden waren dit allemaal kiekjes van het kind alleen, op een aankleedmat of slapend in zijn wieg. Er woonde natuurlijk niemand bij Decima om een foto van haar met haar kind te nemen, en de vader had hem zelfs nooit gezien.

'Ik had hem liever niet thuis achtergelaten, dit is de eerste keer,' zei Decima nerveus, 'maar ik moest vandaag naar de stad, ik moet wat personeelsproblemen oplossen. Hopelijk redden ze het samen even zonder mij.'

'Fijne club is dit,' zei Robin om Decima op haar gemak te stellen.

'Ik heb hem uitgekozen omdat hij dicht bij jullie kantoor is, en hier kunnen we ongestoord praten. Mijn vader vindt het hier vreselijk,' voegde Decima eraan toe.

'Ik snap niet dat iemand deze plek vreselijk kan vinden.' Robin keek om zich heen naar de ingetogen elegantie van de zaak; de houten lambrisering en de verse bloemen.

'Mijn vader vindt alle clubs behalve die van hemzelf waardeloos. En hier komen altijd veel mediamensen. "Schijtjournaille", zegt mijn vader dan.'

Robin zou misschien gelachen hebben als Decima er niet zo gespannen bij had gezeten.

Een ober kwam hun drankjes opnemen.

'Alleen water, graag, ik geef borstvoeding,' zei Decima, en Strike beschouwde ook dit als informatie die de ober nergens voor nodig had.

Toen de deur weer dicht was, nam Decima onmiddellijk het woord, waarbij ze naar Strike keek in plaats van naar Robin. Haar toon was bibberig maar assertief.

'Ik wil een paar dingen zeggen, als dat mag.'

'Natuurlijk,' zei Strike.

'Oké. Nou, allereerst: jullie lijken te denken dat als Rupe erin geslaagd zou zijn die Dredge geld te geven, die man Rupe niks zou hebben aangedaan. Maar Zac was Dredge veel meer schuldig dan tweeduizend pond. Dredge had nog steeds een motief om Rupe iets aan te doen: Zac een boodschap sturen!'

'Dat zou kunnen,' zei Strike, 'maar we hebben niets gevonden wat erop wijst...'

'En als Rupe tweeduizend pond had, dan móét hij dat tafelschip verkocht hebben! Hij heeft natuurlijk een voorschot op de verkoop ervan gekregen bij Ramsay Silver!'

'De eigenaar van Ramsay Silver zegt dat hij maar één tafelschip in zijn zaak heeft gehad,' zei Strike. 'Een vrijmetselaarsstuk, en dat is meegenomen in de nacht van de moord op Wright.'

'Maar Ramsay zou toch nooit toegeven dat hij mijn vaders tafelschip had? Dat ding was gestolen!'

'Nou ja, iedereen weet hoe lastig het is om te bewijzen dat iets níét is gebeurd.' Strike hield zijn toon zorgvuldig beleefd. 'We kunnen niet honderd procent zeker weten dat Kenneth Ramsay het tafelschip van je vader nooit heeft gekocht, maar het lijkt me erg onwaarschijnlijk. Zijn zaak is gespecialiseerd in vrijmetselaarsartikelen en...'

'Maar waar had Rupe dan die tweeduizend pond vandaan?'

'Ik zal niet ontkennen dat hij het tafelschip misschien ergens heeft verko...'

'Maar het is wel héél toevallig, hè, dat er bij Ramsay Silver een lijk opduikt dat precies lijkt op Rupe, die een groot zilveren voorwerp te koop had.' Decima's stem sloeg nu over. 'En dat Rupe een drugsdealer achter zich aan had, die letterlijk had gedreigd hem te vermoorden.'

Dat had ze natuurlijk al gezegd, zowel persoonlijk als per mail. Strike had kunnen antwoorden dat het lijk niet méér op Rupert had geleken dan op ieder ander van de mannen van wie een foto op het prikbord bij hen op kantoor hing. Hij had er zelfs op kunnen wijzen dat er door het hele land duizenden mannen moesten zijn die iets van zilver in hun bezit hadden dat ze graag te gelde zouden maken, maar dat hij geen reden zag om ervan uit te gaan dat een van hen was omgekomen in de zilverkluis. Terwijl hij probeerde een diplomatieke reactie te formuleren, zei Decima: 'En ik wilde nog wat zeggen. Ik geloof niet dat Rupert naar dat verjaardagsfeest van Sacha Legard is geweest. Of Sacha liegt, of hij vergist zich.'

'Ik denk niet dat hij zich kan vergissen,' zei Strike. 'Er waren heel veel getuigen. Het zou ook een heel domme leugen zijn.'

'Maar Rupe zou daar nóóit naartoe gegaan zijn!'

'Waarom zeg je dat?'

'Omdat Sacha een week voor dat feest met een paar vrienden bij Dino's was en toen hadden ze het met z'n allen over dat feest, en toen Sacha opkeek en besefte dat het Rupe was die hem cocktails bracht, geneerde hij zich ontzettend, want hij had Rupe er niks over verteld en hem niet uitgenodigd of zo. Maar Rupe zei tegen mij dat hij nog liever de hele nacht dood in een greppel lag dan dat hij naar Claridge's ging met Sacha en zijn vrienden. En het feest was op de eenentwintigste, precies midden in het weekend dat Rupe en Zac gingen verhuizen, dus waarom zou Rupe in hemelsnaam naar een feest hebben gewild waar hij niet gewenst was, terwijl hij druk bezig was met inpakken en regelen? En jullie zeggen dat hij erheen ging om met Val te praten, maar Valentine is wel de laatste die hij wilde zien, na dat hele verhaal met het tafelschip, en terwijl Val zo rottig deed over ons samen!'

'Ik vond het zelf ook erg raar van Rupert,' zei Strike. 'Blijkbaar heeft hij daar je zus Cosima gesproken, en ook je broe...'

'Cosima is mijn halfzus.' Er waren rode vlekken verschenen op Decima's bleke wangen. 'En Rupe kon haar niet uitstaan, dus dat slaat ook nergens op!'

'Waarom kon hij haar niet...?'

'Omdat het een verwend kreng is. Mijn vader is dol op haar en geeft haar alles wat ze...'

De ober kwam terug om hun bestelling voor het eten op te nemen. Strike en Robin kozen allebei voor de vuist weg pasta.

Toen de ober weg was, zei Strike: 'Ik heb een paar vragen voor je, Decima, als het mag.'

Decima keek nu alsof ze een valstrik verwachtte. 'Vraag maar.'

'Heeft Rupert het ooit over een zekere Calvin Osgood gehad, of Oz?'

'Nee. Hoezo?'

'Er bestaat een kans dat Oz betrokken was bij de moord.'

'Misschien was het een van de vrienden van Dredge!' zei Decima onmiddellijk.

'Mogelijk.' Strike wilde boven alles tranen voorkomen, als dat enigszins mogelijk was. 'En een zekere Sofia Medina?'

'Nee,' zei Decima weer, maar nu keek ze er bezorgd bij. 'Hoezo?'

'Zij kan er ook bij betrokken zijn geweest.'

'Nee, ik heb de naam Sofia nooit horen vallen.'

'Oké, dan gaan we verder. Heb je toevallig het nummer van Tish Benton? Haar ouders in Hampton lijken weg te zijn en ik kan geen recent adres van haar vinden.'

'Waarom zou je Tish willen spreken? Die weet echt van niks.'

'Lorimer vertelde me dat ze een soort vertrouwelinge voor Rupert was geworden voordat ze allemaal gingen verhuizen.'

'Daar geloof ik niks van,' zei Decima onmiddellijk.

'Nou, dat zei Lorimer dus.'

'Nee, ik heb het nummer van Tish niet. Zij en Zac werkten Rupe op de zenuwen, toen ze daar in huis woonden waren ze altijd aan het kibbelen. Ik geloof niet dat ze ooit erg close is geweest met Rupe,' voegde Decima eraan toe, met een vleugje angst dat Robins hart deed samentrekken uit medelijden.

'Wat voor werk doet Tish, weet je dat?' vroeg Strike.

'Marketing. Ze werkte voor een bedrijf waar handtassen gemaakt worden. Ik weet niet meer van welk merk.'

'Oké.' Strike maakte een aantekening. 'Nog even over Lorimer. Hij zei dat Rupert misschien wel teruggegaan was naar Zwitserland om skileraar te worden.'

'Rupe zou nóóit skileraar willen worden. Jezus!' Decima's stem klonk plotseling rauw. 'Van z'n leven niet! Hij wilde sowieso nooit leren skiën, maar dat moest op die stomme school. Hij vond het vreselijk. Wie zou dat niet vreselijk vinden, als je ouders zo zijn verongelukt? Zac was zogenaamd zijn vriend, je zou toch denken dat hij kon snappen dat dat wel het laatste was wat Rupert wilde!'

'Ik vond het ook onwaarschijnlijk,' zei Strike. 'Goed, de volgende vraag lijkt misschien raar, maar Zacharias zei dat Rupert een "geluks-T-shirt" had.'

'O... ja, dat klopt,' zei Decima, en een fractie van een seconde glimlachte hun cliënt bijna, maar toen betrok haar gezicht. 'Is dat gevonden in de kamer van Wright?'

'Nee,' zei Strike, 'maar kun je ons er meer over vertellen?'

'Waarom?'

'Lorimer zegt dat Rupert het heeft verscheurd voordat hij verdween.'

'Wat?' zei Decima zwakjes. 'Nee... nee, dat zou hij nooit doen.'

'Waarom niet?'

'Omdat... hij dacht dat het geluk bracht. Hij was gek op dat shirt.'

'Waarom bracht het geluk?' vroeg Robin.

'Hij had het altijd aan als er fijne dingen gebeurden: toen hij hoorde dat hij een baan had gekregen in Londen en terug kon komen naar Engeland, en toen hij slaagde voor zijn rijbewijs en... en hij droeg het... op de avond... dat ik hem vertelde dat ik, dat ik... zwanger w-was.'

O god, dacht Robin. O, shit.

Decima barstte in tranen uit.

'Hij kan het niet kapotgescheurd hebben!' jammerde ze, en alle terughoudendheid was nu verdwenen. Robin vermoedde dat ze in de hele club te horen was. Ze reikte meteen over de tafel om troost te bieden, maar hun cliënt deinsde terug.

'Nee, nee, niet doen... hij kán dat T-shirt niet verscheurd hebben, dat kan niet...'

Strike en Robin vingen elkaars blik, de eerste licht geërgerd, Robin dieptreurig.

'Hij was gek op dat T-shirt!' bracht Decima snikkend uit, graaiend naar haar servet. 'Hij was er gek op!'

'Kun je het voor ons beschrijven?' vroeg Robin, met geen ander doel dan Decima het gevoel te geven dat ze serieus genomen werd, dat er naar haar werd geluisterd en de detectives nog steeds actief hun best deden om haar te helpen.

'Het is z-zwart,' snikte Decima nauwelijks verstaanbaar, haar gezicht nu verborgen achter het servet. 'Met "White Lion" erop geschreven.'

'"White Lion"?' herhaalde Robin.

'Dat is een band uit de eighties. Glamrock... Rupe heeft dat shirt in een tweedehandswinkel gevonden als tiener... Hij had een filmpje... van zijn vader die voor hem een nummer van White Lion zong... "Little Fighter" heet het, en... en Rupe zong het altijd... het was meer een grap... de muziek bij de film over zijn eigen leven of zo... daarom heb ik Lion ook Lion genoemd!'

'Juist,' zei Robin, en zonder zich iets aan te trekken van wat Strike ervan zou vinden voegde ze eraan toe: 'Nou, zo te horen heeft Zacharias zich dan vergist. Ik kan me niet voorstellen waarom Rupert dat T-shirt verscheurd zou hebben als het zoveel voor hem betekende.'

De deur ging weer open en de ober kwam terug met hun eten. Hij deed tactvol alsof hij Decima's tranen niet zag toen hij haar bord neerzette, terwijl zij haar gezicht droogde en haar neus snoot.

Zodra de ober zich had teruggetrokken, zei Strike: 'Je zult wel weten dat de politie ook andere kandidaten voor Wright op het oog had, hè, behalve Jason Knowles?'

Robin begreep de abrupte overgang op een ander onderwerp niet, maar Strike handelde volledig uit eigenbelang. Hij had het akelige voorgevoel dat Robin hem meteen na dit gesprek zou zeggen dat ze een morele plicht hadden om Decima ervan te overtuigen dat haar vriend nooit William Wright geweest kon zijn, maar hij ging de aanstaande trip naar Crieff en Ironbridge niet opofferen, hij had dat hotel in het Lake District nodig. Daarom was het van essentieel belang dat Robin uit Decima's eigen mond hoorde dat ze wilde dat zij alle andere mogelijke kandidaten voor de dode man in de kluis zouden uitsluiten.

'Ja, ik... ik weet dat ze naar andere mogelijkheden hebben gekeken,' zei Decima, die nog steeds haar tranen probeerde te bedwingen. 'Sir Daniel – Sir Daniel Gayle,' voegde ze er tussen haakjes aan toe voor Robin, 'is een gepensioneerd hoofdcommissaris.' Ze legde een treurige nadruk op zijn rang: *zie je wel, ik heb mijn informatie uit betrouwbare bron, ik heb connecties, ik ben rationeel.* 'Hij heeft me verteld dat ze ook naar een vermiste veteraan hebben gekeken, en naar een man die per ongeluk iemand had gedood en toen is gevlucht.'

'Was er iemand bij die per ongeluk iemand had gedood?' vroeg Strike. 'Weet je zijn naam nog?'

'Nee. Sir Daniel zei dat ze de dossiers van die twee mannen alleen maar openlieten omdat ze van hen geen DNA konden krijgen. Waarom vragen jullie daar nu naar?' Ze probeerde weer haar tranen te stelpen met het servet.

'Je zei dat je bewezen wilde zien wie de man in de kluis was,' zei Strike. 'Dat houdt in dat we ook naar de andere mogelijkheden moeten kijken, maar als je liever hebt dat we uitsluitend Rupert natrekken, en wat er met hem is gebeurd...'

'Hij is dood, ik wéét dat hij dood is!' zei Decima, nu lichtelijk hysterisch. 'Ik wil inderdaad zekerheid, maar ik wéét wie het was in die kluis...'

'Dus je wilt graag dat we die twee mannen uitsluiten?'

'Ik denk dat het, als dat jullie lukt, de politie wel wakker zal schudden, zodat ze Rupe serieuzer zullen nemen.' Decima droogde alweer haar tranen met het servet. 'Ik heb nog gezegd: "Jullie mogen DNA van mijn baby hebben als die geboren is, om dat te vergelijken met dat van Wright... maar toen Anjelica had gezegd dat hij in New York zat, was het afgelopen, toen hielden ze op met zoeken. Omdat we niet getrouwd zijn, dat weet ik zeker. Maar hij is niet in New York, dat kán niet... Ik denk steeds dat ik hem hoor...'

'Je hoort hem?' vroeg Robin bezorgd.

'Dan denk ik dat ik hem de oprit op hoor komen... of dat hij mijn naam roept... Ik droom dat hij terug is, maar ik weet dat hij nooit meer terugkomt. Hij zal Lion nooit zien, hij zal nooit weten... nooit weten hoezeer het me spijt...'

'Wat spijt je?' vroeg Robin.

'De laatste keer dat ik hem heb gesproken... Ik was zo kwáád op hem omdat hij dat tafelschip had gestolen, het was zo stóm van hem... Het is mijn schuld, het is allemaal mijn schuld, ik was kwaad en Rupe dacht geen andere keuze te hebben dan de hele ellende in zijn eentje op te lossen... Ik heb zijn dood op mijn geweten,' jammerde Decima Mullins, 'en er komt een dag dat ik Lion dat zal moeten uitleggen!'

50

... no sordid ambitions or pitiful greeds or base considerations can tempt a true Scottish Knight to dishonor...

Albert Pike
Morals and Dogma of the Ancient and Accepted Rite of Scottish Freemasonry

Een uur nadat ze zich bij Decima hadden gevoegd, en met niet meer informatie dan wat ze in het eerste kwartier van de lunch te horen gekregen hadden, verlieten Strike en Robin Quo Vadis, zich er allebei van bewust dat hun cliënte aanzienlijk ongelukkiger was geworden van de bijeenkomst. Decima had bij haar onaangeroerde maaltijd volgehouden dat Rupert wel degelijk William Wright was geweest en ze was blijven hameren op het gevaar van drugsdealer Dredge; met een soort morbide wanhoop had ze steeds weer gewezen op de lengte en lichaamsbouw van het lijk in de kluis dat, zoals ze meerdere keren had benadrukt, precíés overeenkwam met Rupert, tot zijn gewicht en bloedgroep aan toe.

Hoewel Strike het restaurant had verlaten met Decima's officiële goedkeuring voor de reis naar Crieff en Ironbridge, voelde hij aan dat hij problemen zou krijgen met Robin, die zowel kwaad als bezorgd leek te zijn, dus stelde hij voor om koffie te gaan drinken bij zijn favoriete zaak om de hoek, op drie minuten loopafstand.

En inderdaad, zodra ze samen aan een rond metalen tafeltje voor Bar Italia zaten, zei Robin: 'Ik voel me hier niet prettig bij, Strike.'

‘Waarbij?’ vroeg hij, klaar voor de strijd. Hij had onderweg naar Frith Street in gedachten zijn argumenten op een rijtje gezet. De slaapcoupés waren geboekt. Het hotel, met uitzicht over het meer, wachtte op hen.

‘Ik denk dat die vrouw een zenuwinzinking heeft. Ze heeft zichzelf ervan overtuigd dat Rupert dood is en dat dat haar schuld is. Wij houden alleen maar haar…’

‘Als wij het niet doen, doet iemand anders het.’

‘Dan moeten we Albie Simpson-White gaan schaduwen. Ik weet zeker dat hij weet waar Rupert is.’

‘Decima is er heel duidelijk over: ze wil niet dat Rupert wordt gevonden als hij nog in leven blijkt te zijn.’

‘Maar… Strike, kom op! Dat is waanzin. Je hebt gezien hoe ze…’

‘Ik denk dat je in de gemiddelde bus in Londen evenveel mensen zult aantreffen die net zo in de war zijn als zij. Het is ook weer niet zo dat ze rijp is voor het gesticht.’

‘Ze heeft in haar eentje de zorg over een baby. Sorry, ik vind echt dat we…’

‘… een morele verantwoordelijkheid hebben? Dat ben ik met je eens, dus hoe sneller we bewijzen dat het lijk niet Fleetwood was…’

‘Jij wilt gewoon deze zaak aanhouden. Je wilt de politie aftroeven.’

Zodra ze de woorden uit haar mond hoorde komen, had ze spijt dat ze het had gezegd. Ze meende het niet, opeens had Murphy via haar gesproken, of misschien projecteerde ze haar schuldgevoel over alles wat ze voor haar vriend verborgen hield wel op Strike.

‘“De politie aftroeven”?’ Strike staarde haar aan.

‘Zo bedoelde ik het niet,’ zei Robin snel. ‘Ik…’

‘Jij denkt dat dit voor mij allemaal niet meer dan een egotrip is, hè?’

‘Nee, natuurlijk niet, ik denk alleen dat je heel erg geïnteresseerd bent geraakt in dat lijk in de kluis, en dat je niet meer kijkt naar wat het beste is voor Deci…’

‘Wat voor haar het beste is, is dat ze ermee ophoudt zichzelf te verwijten dat Fleetwood is vermoord,’ zei Strike, ‘want hij ís verdomme niet vermoord, en iemand moet dat voor haar aantonen.’

‘Maar dat kunnen wij doen, als we Albie Sim…’

'Als de vrouw van De Ezel een beetje opschiet en gauw met een ander neukt, of als Plug de wet overtreedt, ja, dan komt er misschien iemand vrij om Simpson-White te volgen, maar hoe moeten we Decima daar de rekening voor sturen, terwijl ze nadrukkelijk heeft gezegd dat ze dat niet wil?'

'Dus moet ze maar geld blijven pompen in de opsporing van mannen die niks met haar te maken hebben?'

'Ze heeft er zelf mee ingestemd dat we...'

'Je weet heel goed dat jij haar die woorden in de mond hebt gelegd!'

'We kunnen haar geld niet aannemen zonder open en eerlijk te vertellen wat we gaan doen.'

Nu ging Strike in de aanval. Hij had het niet willen doen, want hij had gehoopt niet aan hun reis naar Schotland te hoeven beginnen terwijl Robin kwaad op hem was, maar nu de trip zelf in gevaar kwam had hij geen andere keus. 'Jij hebt ermee ingestemd om deze zaak aan te nemen terwijl we wisten dat het vrijwel zeker een waanidee van haar is dat Fleetwood dat lijk zou zijn.'

'Dat weet ik wel, maar...'

'Het enige wat er is veranderd is dat je haar nu hebt ontmoet en dat je medelijden met haar hebt gekregen.'

'Misschien wel,' zei Robin. 'Maar...'

'Voor haar is het een kwestie van bewijzen wie dat lijk was en anders niks. Zolang er geen contact te krijgen is met Fleetwood, zal zij willen aantonen dat hij het was. Doen wij het niet, dan doet iemand anders het wel. Het verschil met ons is dat wij geen uurtarief rekenen voor bullshit. Wij proberen actief te doen wat zij wil, en als Wright dan Semple, Powell of De Lion blijkt te zijn, zit de klus erop – dan was het Fleetwood dus niet.'

'En als we aantonen dat zij het geen van allen waren?'

'Misschien heeft ze gelijk en zal de politie de mogelijkheid dat het Fleetwood was iets serieuzer nemen zodat ze haar DNA-test krijgt, en bingo, dan heeft ze zekerheid. Jij denkt dat ik haar niet probeer te helpen, maar dat doe ik wel. Als ik een manier kan vinden om Valentine te dwingen met ons te gaan praten...'

'Waarom is het wel oké om Valentine te dwingen met ons te praten en niet om iemand op Albie te zetten? Waarom is het wel oké om die Tish op te sporen met wie Rupert in één huis woonde?'

'Omdat alles wat Fleetwood heeft gezegd en gedaan voordat hij verdween licht zou kunnen werpen op de vraag of hij van plan was zich uit te geven voor William Wright. Dat kunnen we verantwoorden op haar factuur. Wat we níét kunnen verantwoorden is dat we zoeken naar de levende Fleetwood, omdat de klant nadrukkelijk heeft laten weten dat niet te willen!'

'Maar ze zal toch een keer die mogelijkheid onder ogen moeten zien!'

'Het is niet onze taak om de klant te vertellen wat ze wel en niet onderzocht wil hebben,' zei Strike. 'We zijn geen fucking maatschappelijk werkers.'

Ze bleven even zwijgend zitten, terwijl Robin van haar koffie dronk zonder Strike aan te kijken.

'Ik moet gaan,' zei ze toen. 'Ik moet me nog omkleden, ik doe vanavond Plug. Als ik je voor die tijd niet meer zie, zien we elkaar maandagavond op Euston.'

Strike keek haar na, ontevreden over het verloop van het gesprek, en haalde toen zijn telefoon tevoorschijn, die op stil stond. Hij had weer een gemiste oproep van Pat, na de vorige die hij had genegeerd bij Quo Vadis. Hij belde haar terug.

'Ja, hallo, jij probeerde me te bereiken.'

'Klopt,' zei Pat. 'Een zekere Bijou Watkins wil je spreken.'

Strike wist dat Pat wist wie Bijou Watkins was, maar hij waardeerde het dat ze deed alsof ze het handjevol berichten in de pers van enkele maanden terug was vergeten waarin hij in verband werd gebracht met Bijou.

'Oké,' zei Strike. 'Ik heb haar gegevens. Ik bel haar meteen terug.'

'Prima,' zei Pat nors, en ze hing op.

Strike keek naar Ronnie Scotts jazzclub, bijna pal tegenover de zaak waar hij nu zat, en dacht na over wat hij zou gaan zeggen. Toen zoog hij zijn longen vol nicotinedamp en belde het nummer van Bijou.

51

... all I want's the thing
Settled for ever one way. As it is,
You tell too many lies and hurt yourself:
You don't like what you only like too much,
You do like what, if given you at your word,
You find abundantly detestable.

Robert Browning
Fra Lippo Lippi

'Hallo?'

'Met mij. Strike.'

'O, goddank,' zei Bijou. 'Luister, het spijt me, ik had je hier niet in willen meeslepen, maar...'

'Ik weet van het publicatieverbod. Ik weet dat hij denkt dat het kind van mij is.'

'Wat? Hoe...'

'Door alle fucking roddels. Precies zoals jij het wilde toen je probeerde Honbold zo jaloers te maken dat hij bij zijn vrouw weg zou gaan.'

'Je begrijpt niet...'

'Wáág het godverdomme niet om mij te vertellen wat ik niet begrijp.' Strike had zijn woede nauwelijks in bedwang nu hij die luide, hese stem van haar weer hoorde, want die deed hem denken aan de stomvervelende uren die hij in haar gezelschap had doorgebracht, allemaal ten behoeve van twee makkelijk te scoren beurten, en aan zijn eigen stupiditeit. 'Luister even naar me. Hij laat je volgen.'

'Wie, Andrew?'

'Wie anders?' Strike dempte met moeite zijn stem, want een onverschrokken stel van middelbare leeftijd had zeer ongelegen besloten de kou te trotseren en aan het tafeltje naast hem te gaan zitten. Strike liet zijn koffie staan, kwam overeind, stopte zijn vapepen weer in zijn jaszak en liep in de richting van Denmark Street. 'Wij kunnen elkaar dus niet treffen, mocht je daarvoor bellen.'

'O god, o god,' kreunde Bijou. 'Hoe ziet mijn achtervolger eruit?'

'Hoe moet ik dat verdomme weten? Ik waarschuw je alleen. Je zult moeten leven als een non met straatvrees tot je de uitslag van de DNA-test hebt.'

'Andrew weigert een test! Hij weet zéker dat ze van jou is!'

'En dat is ze niet?'

'Natuurlijk niet!'

'Dat weet je heel zeker?'

'Ja, natuurlijk!'

'Want na ons laatste samenzijn is mij iets verteld over een onsmakelijke gewoonte van jou in de slaapkamer,' zei Strike meedogenloos.

'Hoe bedoel...'

'Gebruikte condooms. Prullenbak. Doe-het-zelf.'

'Ik heb nooit...'

'Mijn bron beweert wat anders, en ik ben bang dat ik die een stuk geloofwaardiger vind dan jou. Bovendien heb ik gehoord dat Honbold een goede reden zou kunnen hebben om te denken dat hij een vrouw niet zwanger kan maken.'

'Bedoel je de sulfasalazine die hij slikt? Dat verlaagt de vruchtbaarheid alleen, je wordt er niet onvruchtbaar van!'

'Als je opzettelijk zwanger bent geworden van mij omdat Honbold zwak zaad had en jij dacht dat je hem wel kon wijsmaken dat het kind van hem was...'

'Waar zie je me voor aan?'

'Het is wel duidelijk waar ik jou voor aanzie, daarom hebben we dit fucking gesprek. Ik heb je gewaarschuwd toen je me de vorige keer bij je vuile zaakjes probeerde te betrekken, en ik zal dit niet zomaar pikken als je me nog meer fucking ellende bezorgt.'

'Je bedreigt een kersverse moeder!' Bijous stem sloeg over. 'Hoe denk je dat dat overkomt in de pers?'

'Als jij naar de pers stapt, dan probeer je een brand te blussen met een fucking atoombom, dus waag het niet om daar nu mee te gaan dreigen. Honbold moet een vaderschapstest doen.'

'Hij zegt dat hij dat niet doet, of ik moet hem voor de rechter slepen. Hij is zo kwaad, Cormoran, alsjeblíéft, jij moet het doen, dan kan ik bewijzen dat Ottolie van hem is.'

'Je kunt doodvallen,' zei Strike ziedend. 'Dat zou impliceren dat ik denk dat ik de vader zou kúnnen zijn, en als dat uitlekt...'

'Hoe zou het moeten uitlekken?'

'Door jou waarschijnlijk, want jij lult alles door tegen fucking iedereen, je kunt niet eens je bek houden als het in je eigen belang is. Als jij tegen Honbold zegt dat ik DNA afsta, dan zullen zijn fucking verdenkingen alleen maar bevestigd worden.'

'Ik zeg niks, echt niet, ik zal zeggen dat je het alleen doet om te bewijzen dat je niet...'

'Tenzij je liegt, tenzij je denkt dat het kind wél van mij zou kunnen zijn, heb je mijn DNA helemaal niet nodig. Zeg tegen Honbold dat je hem desnoods voor de rechter sleept en kijk maar eens waar hij dan blijft met zijn fucking publicatieverbod.'

'Maar als ik dat doe, zal hij zeker niet...'

'Met je trouwen? Jij denkt nog steeds dat je na dit alles mevrouw Honbold zult worden? Zeg dat je hem voor de rechter sleept en laat mij hier godverdomme buiten.'

Strike verbrak ziedend de verbinding.

52

... while acts are from their motives judged,
And to one act many most unlike motives,
This pure, that guilty, may have each impell'd–
Power fails us to try clearly if that cause
Assign'd us by the actor be the true one...

Matthew Arnold
Merope: A Tragedy

Robins vrijdag eindigde eigenlijk pas in de vroege uren van zaterdagochtend, toen de lichten in het huis van Plugs moeder uitgingen en ze wist dat haar doelwit, de man die die middag veel had lopen schreeuwen, eindelijk in bed lag. Ze reed door de ijskoude nacht naar huis in haar gehuurde Mazda, regelmatig geeuwend terwijl haar gedachten ongewild uitgingen naar een heleboel stressvolle zaken, met op de voorgrond Decima Mullins.

Strike mocht dan gelijk hebben met zijn opmerking dat de kwetsbare vrouw die geobsedeerd was door het lijk in de zilverwinkel gewoon iemand anders zou inhuren als zij weigerden de zaak voor haar uit te zoeken, dit was de eerste keer dat Robin zich smoezelig voelde door alleen maar haar werk te doen, en ze zat niet te wachten op nog meer dingen die haar geweten belastten. De naderende trip naar Crieff en Ironbridge liet ook zijn sporen na, omdat ze bewust vaag had gedaan over hun bestemmingen tegen Murphy en hem min of meer de indruk had gegeven dat ze ergens in Northumbria op zoek gingen naar Rupert Fleetwood. Het ergst van alles waren de golfjes van vrees vermengd met opwinding die ze voelde wanneer ze zich dat hotel in het Lake District voorstelde.

Om Robins algemene en specifieke spanningen nog te vergroten drong Murphy er nu op aan dat ze op z'n minst een van de huizen die hij haar steeds doorstuurde zouden bezichtigen, en er kwam ook nog eens elke tien minuten – althans, zo voelde het – een stroom aan informatie binnen over haar nieuwe neefje, zodat Robin de verrukking en fascinatie die haar familie van haar leek te verwachten moest veinzen en in haar drukke agenda de tijd moest zien te vinden om een cadeau te kopen en op te sturen.

Het leek wel of er overal baby's waren. Jenny en de minisumoworstelaar die ze Barnaby hadden genoemd; Robins nicht Katie, van wie de eerste zoon Robins petekind was, had pas haar tweede zwangerschap aangekondigd; het binnenkort te verwachten kind van de ruziende Martin en Carmen; Robins vriendin bij de politie, Vanessa Ekwensi, kon ieder moment bevallen; en Lion Fleetwood, die er op de foto's zo teer en geschrokken uitzag op zijn aankleedkussen.

Niet aan denken. Sinds de schrik van de buitenbaarmoederlijke zwangerschap was gezakt moest Robin steeds vechten tegen de verraderlijke neiging om stil te staan bij het feit dat wat haar eileider had doen openbarsten een heus mensje was geweest. Het was veel beter om het te beschouwen als iets wat vergelijkbaar was met een geperforeerde blindedarm in plaats van iemand die, als er geen sprake was geweest van onbehandelde chlamydia, in augustus zijn of haar opwachting gemaakt zou hebben en onherroepelijk Robins leven zou hebben veranderd. *Niet aan denken, wat heeft het voor zin?*

Rond het middaguur vertrok Robin om het schaduwen van Jim Todd over te nemen. Het was de eerste keer dat ze de schoonmaker volgde, en ze had haar warmste jas aangetrokken, met een muts die haar haar verborg en een sjaal die niet alleen bescherming bood tegen deze zeer koude dag, maar ook van pas kon komen om haar gezicht erachter te verbergen. Shah had Robin al Todds huidige locatie geappt: een broodjeszaak op Kingsway. Het bureau had eindelijk ontdekt, door de schoonmaker in de gaten te houden, boven welk Libanees restaurant hij woonde, en ze wisten nu dat hij zelden vóór twaalf uur de deur uit ging op de dagen dat hij niet schoonmaakte. Robin bleef alert op een eventuele achtervolger sinds de onbekende man bij Harrods een rubberen gorilla in haar hand geduwd had, maar ze was er zeker van dat niemand haar nu volgde.

'Godver, wat is het koud, hè?' waren Shahs eerste woorden toen Robin zich bij hem voegde. 'Hij zit nu een half uur daarbinnen. Laat ontbijt.'

'Oké, dank je wel,' zei Robin.

Ze verwachtte dat Shah meteen zou vertrekken, want hij had thuis een vrouw en twee kinderen en wilde vast niet te veel missen van het weekend, maar tot haar verbazing bleef hij staan.

'Luister eens,' zei hij, 'ik hoop niet dat ik voor mijn beurt spreek, maar ik wilde je iets vragen.'

'Zeg het eens.' Robin vroeg zich af of er weer een klacht over Kim Cochran zou komen.

'Waarom belt Bijou Watkins Strike?'

'Wanneer heeft Bijou Watkins hem gebeld?' vroeg Robin verbaasd.

'Gisteren. Ik was op kantoor mijn bonnetjes aan het inleveren toen ik Pat haar boodschap hoorde doorgeven.'

'O. Oké. Ik... Geen idee. Ik bedoel, het is uit tussen die twee. Weet je zeker dat Pat "Bijou" zei?'

'Het is nou niet een naam die je verkeerd verstaat, hè?'

'Nee, da's waar.'

'We moeten niet hebben dat Strike weer met *bloody* Bijou Watkins gaat lopen rotzooien,' zei Shah. 'Jij hebt dat allemaal gemist, maar sodeju...'

'Wat heb ik gemist?'

'*Private Eye,* geruchten dat hij zou hebben geholpen afluisterapparatuur te plaatsen in het kantoor van haar getrouwde minnaar. En ze is nu zwanger, dat heeft in de *Mail* gestaan, in zo'n medelevend achtergrondverhaal over zijn ex-vrouw – de kranten haten Honbold, hij is voorzitter van een of andere vereniging voor ethische journalistiek. We zitten hier niet te wachten op nog meer publiciteit over Strikes seksleven, na dat kloteverhaal over die callgirl en dat gedoe dat hij vrouwen neukt die bewijsmateriaal voor hem regelen.'

De knoop in Robins maag werd groter. Loyaliteit ten opzichte van Strike streed met het verlangen om Shahs zorgen te bevestigen. Ze mochten Shah niet kwijtraken, daarvoor was hij te goed in zijn werk.

'Misschien belde Watkins voor professionele hulp,' probeerde ze tijd te winnen. 'Niet voor iets persoonlijks.'

'Dan mag ik verdomme hopen dat hij heeft geweigerd. We hebben klanten zat, de vrouwen die hij neukt hebben we echt niet nodig.'

'Hij deelt het bed niet met klanten.'

'Dat moet hij dan vooral zo houden,' zei Shah. 'Sorry, ik weet dat jij er niks aan kunt doen, maar mijn vrouw geloofde dat callgirlverhaal. Ze vraagt steeds waarom ik voor zo'n schoft wil werken.'

'Dat verhaal was niet waar,' zei Robin.

'Dat heb ik ook tegen mijn vrouw gezegd, dus het zou fijn zijn als Strike voortaan... Daar is Todd.'

Robin gluurde naar de overkant van de straat. De bijna bolronde schoonmaker met zijn glimmende witte kale schedel en de toefjes haar boven zijn oren was zojuist Black Sheep Coffee uit gekomen en schuifelde nu de straat in.

'Tot de volgende keer,' zei Robin tegen Shah, en ze ging achter Todd aan vanaf de overkant van de weg.

Verward en bezorgd over wat ze zojuist had gehoord, had ze Strike het liefst meteen gebeld om te vragen wat er aan de hand was, maar Todd liep naar metrostation Holborn, een minuutje verderop, en jawel, hij stak de vier rijbanen over en verdween in het station.

Robin nam de roltrap omlaag, niet vlak achter Todd maar met meerdere mensen tussen hen in, en ze ging in gedachten na welke bewijzen er waren dat de verhouding tussen Strike en Bijou inderdaad maanden eerder was beëindigd. Hij had expliciet tegen haar gezegd dat hij Bijou nooit als zijn vriendin had beschouwd. Hij had Bijous zwangerschap niet voor haar verzwegen; integendeel, niet lang nadat Robin was teruggekomen van Chapman Farm had Strike haar verteld dat ze een kind kreeg van Honbold, volkomen onverschillig, wat de indruk had versterkt dat moeder en baby hem totaal niet interesseerden.

Dus misschien wilde Bijou echt een detective in de arm nemen? Alleen klonk dat niet erg geloofwaardig. Andrew Honbold zou nooit willen dat ze Strike inhuurde nadat Bijous naam en die van de detective samen genoemd waren in *Private Eye*... Nee, dacht Robin, en het onaangename knagende gevoel in haar binnenste werd heviger, er was iets aan de hand, iets wat Strike haar niet had verteld.

Todd nam de eerstvolgende metro in oostelijke richting, ging zitten, wijdbeens met zijn korte dikke beentjes, en deed ogenschijnlijk een spelletje op zijn telefoon terwijl Robin zich staand vasthield aan een lus aan het plafond om haar evenwicht te bewaren, klaar om te vertrekken als Todd zou uitstappen, haar gedachten ver verwijderd van de eivormige man die ze via zijn spiegelbeeld in het donkere raam in de gaten hield.

53

Ill as yet the eye could see
The eternal masonry,
But beneath it on the dark
To and fro there stirred a spark.

A.E. Housman
XXXI: *Hell Gate, Last Poems*

Strike, die die zaterdagmiddag vrij was, stond in het partnerkantoor weer eens peinzend naar het prikbord te kijken waar materiaal met betrekking tot de zilverkluiszaak was opgehangen en zojuist door hem opnieuw was gerangschikt.

Hij probeerde de zacht gonzende vrees die hem kwelde sinds het telefoontje met Bijou te overstemmen met werk. Zijn ogen waren gericht op de gedeeltelijke voetafdruk die was aangetroffen onder Wrights lichaam. Daaraan waren hem een heleboel dingen opgevallen voordat het nieuws over Bijou Watkins zijn gedachten verdreef.

Robin had gelijk, de afdruk was achtergelaten door een relatief kleine voet. Hoewel hij niet volledig was, was hij heel goed zichtbaar, en dat leek vreemd omdat de afdruk was gevonden onder het lijk, en dan zou je verwachten dat hij was uitgeveegd. Als de afdruk de tijd had gehad om te drogen voordat het lijk werd verplaatst, kon Strike geen reden bedenken waarom de moordenaar hem niet gezien en weggeveegd zou hebben.

Er was hem nog iets anders opgevallen. De zool van de sportschoen die de afdruk had gemaakt was aan de rechterkant zichtbaar afgesleten. Strike wist toevallig veel van loopfunctiebeoordeling, omdat het na de amputatie deel had uitgemaakt van zijn revalidatie. Hij had op een lichtbak gestaan terwijl werd geëvalueerd hoe gelijkmatig zijn passen waren, als onderdeel van het instellen van de prothese, en daardoor had hij iets geleerd over de verschillende manieren waarop zolen slijten als de drager van de schoen enigszins uit evenwicht is bij het lopen. Als hij zich niet vergiste – en het orthopedieartikel dat hij zojuist had gelezen leek zijn aarzelende hypothese te bevestigen – had de drager van deze sportschoen enigszins mank gelopen.

Strike pakte het aantekenboek dat op tafel lag. Toen hij het opensloeg, zag hij een briefje dat Robin aan zichzelf had geschreven: *Cadeau Barnaby*. Strike moest meteen denken aan Shanker en het geheimzinnige 'Barnaby' waar lijken naartoe gingen, maar toen herinnerde hij zich dat haar nieuwe neefje Barnaby heette. Hij sloeg een nieuwe bladzijde op, noteerde één woord: *Mank?*, scheurde het blaadje eruit en prikte het onder de foto van de voetafdruk.

Strike had het stukje over Reata Lindvall, de Zweedse vrouw die in 1998 in België vermoord was, vervangen door foto's van de vermoorde Sofia Medina. De Spaanse studente keek met getuite lippen op hem neer, haar huid de kleur van donkere honing tegen haar zwarte lingerie, haar haar in glanzende golven aan weerskanten van haar gezicht. De provocatieve leegte van haar uitdrukking beroofde haar volledig van elke persoonlijkheid.

Naast die van Medina hingen de drie foto's die Kim had weten te bemachtigen van het lijk van William Wright. Strike keek een paar seconden aandachtig naar de decoratie op de sjerp, ging toen aan zijn bureau zitten, zette zijn computermonitor aan en begon op Amazon te zoeken naar de e-books van A.H. Murdoch, waarna hij *Secrets of the Craft* aanschafte, wat het bekendste werk van de man leek te zijn.

Strike nam aan dat het getal 32, dat in rode kralen was weergegeven op de sjerp rondom het lijk, verwees naar een van de maçonnieke graden, en hij ontdekte al snel dat dat juist was. Met het bereiken van graad tweeëndertig verwierf een vrijmetselaar de rang van Sublieme Prins van het Koninklijk Geheim, gesymboliseerd door golvende zwaarden en een ridderordekruis met daarop een adelaar die ook te zien was op de sjerp. Deze rang werd in status slechts overstegen door de hoogste graad van allemaal: Soeverein Grootinspecteur-Generaal.

Murdochs boek, waar allang geen copyright meer op rustte, was niet op de juiste manier opgemaakt maar digitaal ingescand, zodat hier en daar een woord onleesbaar was. Strike bekeek vluchtig de paragraaf onder het kopje 'De drieëndertigste graad'.

> De Sublieme Prins van het Koninklijk Geheim wordt door de begiftiging met deze graad niet minder dan een christelijke Ridder, de spirituele en erkende opvolger van de Tempeliers…

Strike scrolde verder, tot hij het woord 'zilver' tegenkwam.

> Wanneer zij zich verheft en verlicht, is een zuivere en kuise vrouw als zilver, of de maan. De […] vrijmetselaar zal nimmer onedel lood aanzien voor het edelere metaal, anders zal hij zich voor eeuwig begraven zien in de kerkers der lust en losbandigheid.

Die laatste zin bracht bij Strike ongemakkelijke gedachten aan Bijou Watkins naar boven, maar voordat hij dieper kon wegzakken in zijn neerslachtigheid, ging zijn mobiel weer.

'Strike.'

'Ik moet hier weg,' klonk het zwakjes met een Glasgows accent.

'Barclay?' vroeg Strike fronsend. 'Is alles oké?'

'Ik ben de lul. Je zult iemand anders moeten regelen voor Plug.'

'Godver! Ben je weer gezien?'

'Nee, ik heb een fucking garnaal gegeten…'

'Wát?'

'Garnaal… gegeten. De verpakking van die klotesandwich klopte verdomme niet… Fuck!'

Strike hoorde hem kokhalzen.

'Ben je daar allergisch voor?'

'Aye, ik ben fucking allergisch voor garnalen,' klonk Barclays antwoord zwakjes. 'Ik moet een plee zien te vinden.'

'Oké, ik neem Plug van je over. Waar is hij?'

Barclay kokhalsde weer en bracht toen moeizaam uit: 'Camberwell. Bij zijn moeder.'

'Goed, ga maar.' Strike kwam overeind. 'Hoef ik je niet...?'

'Nee, mijn vrouw komt me halen. Ik kan zo niet rij...'

Het gesprek werd beëindigd toen Barclay begon te braken.

54

A man may be a good sort of man in general, and yet a very bad man in particular: good in the Lodge and bad in the world; good in public, and bad in his family; good at home, and bad on a journey...

Albert Pike
Morals and Dogma of the Ancient and Accepted Scottish Rite of Freemasonry

Robin was nog bezig met het schaduwen van Jim Todd, die was uitgestapt in Liverpool Street en daar de Circle Line had genomen, wat om tot dusverre onbekende redenen verreweg zijn favoriet leek te zijn.

Hij bleef bijna een uur in de nieuwe trein zitten, waar hij afwisselend een spelletje deed op zijn telefoon en om zich heen keek naar de andere passagiers. Een paar keer wisselde hij van zitplaats, al begreep Robin niet waarom. Hij leek haar niet te hebben opgemerkt, maar uit voorzorg bracht ze zo nu en dan kleine veranderingen aan in haar uiterlijk als Todd niet keek: ze zette de bril met vensterglas op die ze voor dit soort situaties altijd bij zich had, zette haar muts af en draaide die binnenstebuiten, zodat hij rood was in plaats van zwart. Ze nam ook andere posities in, soms zittend, soms staand; alles om te voorkomen dat hij in de gaten zou krijgen dat er nog iemand in het rijtuig was die het leuk leek te vinden als hij om steeds hetzelfde rondje te rijden.

Al die tijd dat Robin daarmee bezig was, al die tijd dat ze Todd in de gaten hield, voelde ze steeds die steekjes van onrust over Strike en Bijou Watkins. Het was toch absurd om te denken dat er nog iets speelde tussen die twee? Bijou was zwanger van een andere man...

Aldgate... Tower Hill... Monument...

Maar Strike had er wel een handje van om zijn seksleven verborgen te houden, zoals Robin maar al te goed wist...

Gloucester Road... High Street Kensington... Notting Hill Gate...

Bijou was zwanger. Haar verhouding was toch een jaar geleden geweest? Misschien iets minder dan een jaar... en er was iets verschrikkelijks wat Ilsa haar had verteld, toen ze haar probeerde over te halen met Strike te gaan praten over de onbezonnen affaire... over hoever Bijou was gegaan in haar poging zwanger te worden van haar getrouwde minnaar. Strike wilde geen kinderen, daar was hij altijd duidelijk over geweest...

Baker Street... Great Portland Street... Euston Square...

De deuren van het treinstel gingen open en weer dicht. Er kwam een stel snaterende tienermeisjes binnen, druk pratend en lachend met hun winkeltasjes tegen zich aan geklemd. Toen Robin naar hen keek, voelde ze zich plotseling oud in haar praktische laagjeskleding. Twee van de meisjes hadden blote benen, hun huid vlekkerig onder de minirokjes waarmee ze zelfs deze ijskoude januaridag trotseerden.

Todd stond op. Robin veranderde ook van positie, zodat ze hem beter in de gaten kon houden voor het geval hij opeens zou uitstappen. Hij pakte een handgreep beet en bleef op zijn telefoon kijken.

Farringdon...

Een oudere vrouw stond op van haar zitplaats naast de tienermeisjes en schuifelde naar de deuren, zodat ze klaar zou staan als die opengingen. Met verrassende snelheid voor zo'n kogelronde man nam Todd de vrijgekomen plaats in. Hij zat nu pal voor het meisje met de vlekkerige benen in het minirokje, zijn kleine voeten gekruist, zijn hoofd over de telefoon gebogen, ogenschijnlijk helemaal in beslag genomen door het spelletje.

Barbican...

En een paar tellen voordat ze het bewijs zag, begreep Robin ineens waarom Jim Todd zo graag urenlang rondreed in de Circle Line, en ze wist ook waarom geen van de freelancers het hem had zien doen: omdat de kansen schaars waren in de bitterkoude wintermaanden...

Hij schoof steels zijn telefoon zo ver naar voren dat die zich onder het rokje bevond van het meisje in de minirok, dat wijdbeens stond om haar evenwicht te bewaren. Robin maakte een onbewuste beweging, waardoor – of misschien door het gevoel dat hij bekeken werd – Todd omkeek, recht in haar ogen.

'Hé!'

Robin was niet de enige die het had gezien: een lange zwarte man met een reusachtige koptelefoon op zijn hoofd wees naar Todd.

'IK ZIE HET WEL, SMEERLAP!'

De man met de koptelefoon struikelde over de rugzak van zijn buurman toen hij op de schoonmaker af vloog, en Robin werd aan één kant geblokkeerd door de geagiteerde tieners, van wie er een angstig vroeg: 'Wat deed hij? Wat deed hij?' en aan de andere kant door een groepje mensen dat reikhalzend probeerde te volgen wat er aan de hand was. Todd was al bij de deur toen de trein station Barbican binnenreed; hij dook in de drom wachtende reizigers die wilden instappen en verdween uit het zicht.

'Pardon, pardon!' zei Robin luid, en ze probeerde door te lopen. Toen ze er eindelijk in slaagde zich het treinstel uit te wurmen, keek ze verwoed naar links en naar rechts op het perron, maar Todd was nergens te zien.

55

He had the elemental heartlessness of the savage, which recognizes no sufferings but its own…

John Oxenham
A Maid of the Silver Sea

Strike was aangekomen bij het huis van Plugs moeder in Vestry Road om de getroffen Barclay af te lossen. De zon was ondergegaan en de plas rozig braaksel in de goot die hij bij aankomst had zien liggen vervaagde in het donker.

Net toen hij het zich gemakkelijk wilde maken voor wat waarschijnlijk een avond in zijn BMW zou worden, ging de voordeur van het huis open en kwam Strikes doelwit naar buiten, alleen, ingepakt tegen de kou in een dik zwart jack. Tot Strikes ongenoegen stapte Plug niet in zijn auto, maar vertrok hij lopend, waardoor de detective geen andere keuze had dan hem te volgen.

Strike wenste dat hij de vooruitziende blik had gehad om handschoenen mee te nemen terwijl hij achter Plug aan door Peckham High Street liep. Hij kwam al snel terug op zijn aanvankelijke vermoeden dat Plug iets te eten ging halen, want de man bleef maar lopen, tot hij uiteindelijk verdween onder de poort van station Queen's Road Peckham.

Op het perron benaderde Plug een tweede man, een kerel met een gedrongen postuur en een vrijwel kaalgeschoren hoofd die een nauwelijks onderdrukte agressie uitstraalde.

Strikes vermoeden over de reden van Plugs regelmatige bezoeken aan het afgesloten terrein even buiten Ipswich, de zakelijk aandoende transacties met andere ruige kerels en de merkwaardige toestand rond het levende schepsel in de schuur was nog steeds bij lange na niet bewezen. Dit was de eerste keer dat hij zich in een situatie bevond waarin hij de man misschien zou kunnen afluisteren, dus zette hij zijn mobiel op stil en kuierde naar het tweetal toe, dat nu zachtjes een onsamenhangend gesprek voerde.

'Wat schuift het?'

'Een rug,' zei Plug.

'Is meer waard.'

'Heb ik ook gezegd. Ze heeft een hoop te bieden.'

De twee mannen vielen stil, allebei met een vernietigende blik. Het was moeilijk te zeggen of ze de pest aan elkaar hadden of boezemvrienden waren; ze behoorden tot die categorie Engelsmannen bij wie haat en liefde een vrijwel identiek gezicht hadden.

De trein kwam aangereden en Strike volgde de mannen het rijtuig in. Het was druk, dus leek het niet onnatuurlijk dat hij vlak bij hen ging zitten, zogenaamd bezig met een bericht op zijn telefoon, terwijl hij in werkelijkheid alles noteerde wat hij van het gesprek kon opvangen.

'Hoorde dat je gezeik had bij Ipswich.'

'Geen gezeik. Er kwam bezoek. Maar ze zijn niet meer terug geweest.'

De trein vertrok. Strike spitste zijn oren.

'Misschien die teef van Gaz.'

'Fuck, nee man,' zei Plug.

'Ze ziet er goed uit.'

'Als je je geld door de plee wilt spoelen, ja.'

De trein reed ratelend door naar London Bridge.

56

I took my question to the shrine that has not ceased from speaking,
The heart within, that tells the truth and tells it twice as plain;
And from the cave of oracles I heard the priestess shrieking
That she and I should surely die and never live again.

A.E. Housman
XXV: *The Oracles, Last Poems*

Robin was door gangen gehold en had drukke roltrappen afgespeurd, maar Jim Todd was nergens te bekennen. Waarschijnlijk was het niet de eerste keer dat hij werd betrapt bij het filmen onder rokjes, en misschien had hij een speciale strategie, had hij verstopplekken op zijn favoriete stations van de Circle Line en kende hij de snelste manieren om bovengronds te ontsnappen. Kort nadat ze het zoeken had opgegeven zag Robin de jongeman die ook had gezien waar Todd mee bezig was; hij stond samen met de tienermeisjes, die nu in tranen en geagiteerd waren, te praten met een Underground-medewerker, maar Robin wist dat er niks gedaan zou worden. De overtreding was te alledaags en Todd was gevlogen. Wat kon de vrouw in het donkerblauwe uniform er nog aan doen?

Met steken in haar zij van het rennen leunde Robin tegen de tegelwand van het perron, en terwijl ze keek naar de langstrekkende kroeg- en restaurantgangers stelde ze zich de hatelijke opmerkingen voor die Kim zou maken als ze hoorde dat Robin Todd was kwijtgeraakt op station Barbican, zoals ze laatst Plug was kwijtgeraakt op Victoria. Toen – omdat het haar al uren dwarszat en zelfs de onthulling van wat Todd in de metro had uitgespookt, al die dagen in de Circle Line, het niet uit haar hoofd kon verdrijven – dacht ze aan Strike en Bijou.

Nu had ze een excuus om hem te bellen. Strike was die avond vrij, dus was hij waarschijnlijk thuis. Ze zou hem vertellen over Todd en de rokjes en dan terloops vragen waarom Bijou naar kantoor had gebeld. Ze zou erbij zeggen dat Shah zich er zorgen om maakte, dan kon ze het brengen als een persoonlijke kwestie. Met dat voornemen liep Robin terug naar de roltrap, waar ze ondanks de steken in haar zij lopend naar boven ging, erop gebrand Strike zo snel mogelijk te bellen.

Dat deed ze buiten op Aldersgate Street, maar ze kreeg Strikes voicemail. Ze sprak niets in maar probeerde het nog een keer, met hetzelfde resultaat.

Iets wat sterker was dan ongerustheid nam bezit van haar. Het was zaterdagavond. Waar was hij, met uitgeschakelde telefoon? Robin keek een paar seconden naar het langsrijdende verkeer, keerde toen om en ging het station weer in. Op de roltrap naar beneden dacht ze terug aan die avond dat Strike bij haar thuis was geweest om te horen wat Murphy hun te vertellen had over Jason Knowles, en hoe hij had gezegd: 'Ik heb met Bijou afgesproken.' Misschien was het geen grapje geweest. Misschien was hij echt naar Bijou gegaan.

Murphy had vanavond met haar willen afspreken, maar ze moest werken en daarom zouden ze nu de zondag samen doorbrengen. De gedachte aan de volgende dag met haar vriend zou haar moeten opvrolijken, zou die akelige mengeling van angst en boosheid moeten verlichten, maar dat gebeurde niet. Robin wilde Strike in de ogen kijken wanneer ze hem vertelde over Todd, en hem vragen naar Bijou Watkins.

Zodra ze Denmark Street in liep wist ze dat Strike er niet was, want alle lichten waren uit, zowel in de zolderflat als op kantoor. Toch belde Robin hem nog een keer terwijl ze omhoogkeek naar de ramen. Ze kreeg opnieuw zijn voicemail.

Hij is met haar op stap.

Dat weet je niet.

Waarom neemt hij zijn telefoon dan niet op?

Robin liet zichzelf beneden binnen en beklom de drie metalen trappen naar Strikes zolder, wetend dat het geen zin had, maar vastbesloten om toch even te kijken. Ze klopte aan, maar er kwam geen reactie, dus daalde ze af naar het kantoor, maakte de glazen deur open en schakelde het alarm uit.

In het partnerkantoor deed ze het licht aan, en ze merkte vaag op dat er veranderingen waren aangebracht op het prikbord sinds ze dat voor het laatst had gezien. Ze keek op haar telefoon hoe laat het was; door de lange dag en de donkere lucht buiten achter het raam had ze het gevoel gekregen dat het minstens negen uur was. Haar hart klopte in haar keel toen ze op haar eigen stoel ging zitten, waar ze een paar minuten lang roerloos nadacht. Toen haalde ze diep adem en belde Ilsa Herbert.

'Hé, Robin,' zei Ilsa, die na een paar keer overgaan opnam. 'Alles goed?'

Robin wist zeker dat ze een lichte aarzeling hoorde.

'Kan beter,' zei Robin naar waarheid. 'En met jou? Hoe gaat het met Benji?' informeerde ze naar haar petekind.

'Hij kan lopen,' zei Ilsa. 'Wat betekent dat hij aan de snoeren van tafellampen trekt en twee keer per dag met zijn kop tegen de salontafel knalt, dus dat is heerlijk ontspannend. Hoe is het daar?'

'Niks bijzonders,' antwoordde Robin gemaakt luchtig. 'Maar wel een beetje een zware tijd. Druk op het werk, en de Land Rover heeft de geest gegeven.' Ze slikte moeizaam. 'Weet jij het van Bijou Watkins?'

Er viel een heel kleine stilte. Robin zag Ilsa's bedachtzame gezicht voor zich.

'Wat bedoel je?'

'Van haar en Strike,' zei Robin.

'Heeft hij... heeft hij het je verteld?' zei Ilsa, en Robins hart ging nu helemaal tekeer.

'Ja.'

'O, goddank.' Ilsa klonk immens opgelucht. 'Hij heeft me gevraagd niks tegen jou te zeggen, hij zei dat hij dat zelf zou doen, maar ik heb létterlijk een half uur geleden tegen Nick gezegd: "Ik wil wedden dat hij dat niet doet." Heeft hij haar al gesproken?'

'Volgens mij doet hij dat nu.' Robins oren gonsden.

'Onder vier ogen?'

'Ik denk het wel.'

'O god,' zei Ilsa, en ze hield de telefoon bij haar mond vandaan om tegen haar man te zeggen: 'Robin zegt dat hij vanavond met Bijou heeft afgesproken.' Ze richtte zich weer tot Robin. 'Ik heb hem nog gewaarschuwd, dat weet jij ook! Als het echt van hem is... Hij zegt dat dat niet kan, maar ik heb je toch verteld over dat condoomtrucje van haar?'

'Dat ze condooms uit de prullenbak viste?' De hoge piep in Robins oren werd luider. 'Ja, dat heb je verteld.'

'Even onder ons gezegd: de roddel in de raadkamer is dat het inderdaad van Corm is, dat ze besefte dat ze zwanger was nadat hij haar had gedumpt en dat ze daarom deed alsof het van Honbold was, maar waarschijnlijk wíllen de mensen gewoon dat het zo zit. Ze zijn geen van beiden erg populair – Bijou en Honbold, bedoel ik. Heeft Corm je verteld over dat publicatieverbod?

'Jazeker.'

'Ik sta er echt van te kijken dat Honbold dat erdoor heeft gekregen. Als je imago naar buiten toe volledig draait om persoonlijke gedragsnormen en het gezin als hoeksteen van de samenleving, en je hebt zelf je vrouw bedrogen en je wilt geen verantwoordelijkheid nemen voor een dochter die je buitenechtelijk hebt verwekt, is dat behoorlijk interessant voor de publieke zaak. Maar Honbold heeft hooggeplaatste vrienden, en hij zou nooit zo rijk geworden zijn als hij niet steengoed was in pleiten voor zijn eigen zaak. Hij moet ze hebben overtuigd dat er niks aan de hand is, maar dat houdt nooit lang stand. De kranten staan straks te trappelen om hierover te schrijven. Het zal wel op een DNA-test uitdraaien, en dan kunnen de bladen losgaan, op de een of de ander... Jezus, ik hoop echt dat het niet van Corm is.'

'Dus het is een dochter?' Robins stem leek van ver weg te komen en niets te maken te hebben met haar verdoofde mond of haar verlamde brein.

'Ja. Ik zou bijna zeggen dat het niet van hem kan zijn, want Bijou probeerde Honbold al een eeuwigheid in de val te lokken, maar – en ik zeg dit niet graag – ze was wel echt gek op Corm. Het was niet zomaar willekeurig. Ik denk dat ze het wel zag zitten om mevrouw Cormoran Strike te worden, maar toen dumpte hij haar dus, dus moest ze terug naar Honbold.'

'Juist,' zei de stem die niet meer bij Robin hoorde.

'Ik zou bijna medelijden met haar krijgen, het is niet niks, meteen na de bevalling in de steek gelaten worden, maar dat mens is zo onhebbelijk dat ik alleen maar kan denken dat het haar verdiende loon is. Ik vind het wel heel erg voor Corm... ik weet dat hij een eikel is, maar hij heeft wel een condoom gebruikt, en die zijn...'

'Achtennegentig procent effectief,' zei Robin als een robot. 'Indien correct gebruikt.'

'Tenzij iemand ze uit de prullenbak vist. God, wat een ellendige puinhoop.'

'Nou ja, niemand heeft hem gedwongen,' zei Robin, wier keel in rap tempo dichtgesnoerd werd. 'Niemand dwingt hem om met vrouwen naar bed te gaan en ze dan te dumpen, alleen omdat ze geen nee zeggen en hij graag zijn pleziertje heeft zonder verplichtingen.'

'Ik weet het, maar dat het dan zó loopt...'

'Ilsa...' Robin dacht niet dat ze het nog lang zou volhouden om te doen alsof ze er niet mee zat. 'Ik moet ophangen, sorry.'

'O,' zei Ilsa, van haar stuk gebracht. 'Waarom... Belde je zomaar, of...?'

Shit.

'O ja, sorry,' zei Robin, zogenaamd verstrooid, ook al werd haar verraderlijke keel meteen weer dichtgeknepen en brandden haar ogen, 'ik vroeg me af of je deze week tijd hebt om een keer samen wat te drinken.'

'Deze week niet,' zei Ilsa. 'Ik sta in de rechtbank, we komen om in het werk. Kan ik je appen over volgende week?'

'Leuk,' zei Robin, maar het kwam eruit als een soort piepje.

'Robin?'

Ze kon niet meteen reageren.

'Robin?' zei Ilsa nog een keer; ze klonk nu bezorgd. 'Je wist het toch allemaal al, hè, wat ik je net heb verteld?'

'Ja, natuurlijk,' dwong Robin zichzelf te antwoorden, maar het viel niet te verbergen dat ze huilde. 'Ik heb alleen... Het is een puinhoop, zoals je al zei. Zeg alsjeblieft niet tegen Strike dat ik jou hierover heb gebeld. Dan ergert hij zich rot... zeker als hij weet dat ik ermee zit.'

'Natuurlijk vertel ik het hem niet,' zei Ilsa begripvol. 'Ik vind het echt rot, Robin. Ik weet dat dit een nachtmerrie is voor jullie bureau, zeker na die verhalen in de pers.'

'Ja, dat is het probleem... maar hopelijk... Nou ja, eerst maar afwachten wat er uit die DNA-test komt.'

'Ik bel je om wat te gaan drinken, na volgende week.'

'Leuk,' zei Robin. 'Nou, tot dan.'

Ze hing op en liet zich met haar gezicht in haar armen op het bureau zakken, en er brak een dam door: eindelijk kwamen de niet-geplengde tranen van al die maanden terwijl die verwarde kluwen van gevoelens, sommige erkend, maar de meeste lang onderdrukt, eindelijk ontsnapte, bevrijd van alle remmingen.

Dus Strike was misschien wel sinds kort vader, net als Matthew, Stephen, Martin, Shah en Barclay, terwijl zij... Ze had geprobeerd niet aan haar baby te denken, want het was toch maar een hompje cellen geweest? Geen echt mensje dat van haar was, maar toch was ze beroofd van wat zo veel vrouwen bewust deden, met het grootste gemak, ook al moesten ze er ranzige capriolen voor uithalen met een slijmerig rubberen ding in een prullenbak; nee, haar kind was ontstaan uit zorgeloosheid en onwetendheid, gevolgd door een marteling voor haar en de dood voor het minimensje dat had vastgezeten in haar eileider, voorgoed verstoken van een ontmoeting met zijn of haar moeder, en Robin had die baby niet gewild, maar nu rouwde ze erom, vervuld van schaamte omdat het had geleefd en was gestorven...

En Strike, voor wie ze gevoelens had die ze niet hoorde te hebben, gevoelens die ze probeerde te doven maar die haar de laatste tijd weer in hun greep hadden gekregen... Hij had haar die armband gegeven en hij begon telkens weer over Charlottes afscheidsbrief, en hij bood haar een lening aan voor een Land Rover, alleen om haar te binden aan hemzelf en het bureau; het was allemaal zo cynisch, hij was niet eerlijk tegen haar, hij waarschuwde haar niet dat er nieuwe schandalen zouden exploderen, als landmijnen onder haar voeten. Hij wilde niet hebben wat Murphy haar bood, nee, hij wilde alleen maar stiekem blijven doen en er gigantische geheimen op na houden over andere vrouwen, en misschien zou ze er over een jaar achter komen dat hij met Kim Cochran naar bed was geweest, en dan zouden er weer andere smerige bijverschijnselen volgen, en een nieuwe verpletterende ontdekking voor Robin, en ze moest ermee ophouden, nu, voorgoed, om iets anders dan vriendschap voor hem te voelen – al voelde ze op dat moment amper vriendschap...

Ze huilde ook uit schuldgevoel, omdat ze zoveel verborg voor Murphy, vooral het belangrijkste van allemaal: dat ze voelde wat ze niet zou mogen voelen voor haar collega-detective, dat viel nu niet meer te ontkennen, maar daar moest een einde aan komen, vandaag nog...

Hoe vaak ging ze zichzelf nog kwellen over zijn ware gevoelens terwijl hij immense geheimen voor haar verborg? Hoeveel van haar leven ging ze op een laag pitje zetten in de hoop en de verwachting – ze gaf het nu voor zichzelf toe – dat Cormoran Strike eerlijk en oprecht zou worden en haar onomwonden zou laten weten wat hij wilde en voelde? Hij had haar laten zíén wat hij wilde, dat hoefde hij niet te zeggen: een reeks knappe vrouwen die hij kon dumpen als ze hem niet meer van pas kwamen, en op de achtergrond Robin om hem te helpen het succesvolle bedrijf te runnen dat nu werd bedreigd door zijn eigen daden. Welke verliefde dwaas verwachtte dat die man op tweeënveertigjarige leeftijd nog zou veranderen in iemand die monogamie en een gesetteld gezinsleven wilde?

Na een hele tijd haalde Robin diep adem, ging rechtop zitten, wreef haar brandende, dikke ogen droog met de mouw van haar jas en haalde wc-papier op het toilet op de overloop, om haar neus te snuiten en het bureau schoon te vegen, dat helemaal onder de tranen en de mascaravlekken zat. Toen ging ze weer zitten, nog zo nu en dan nahikkend, met opkomende hoofdpijn en de lange metrorit naar huis in het vooruitzicht.

Ze zou Ilsa niet verraden; Robin kon net zo goed als Strike huichelachtig verbergen wat ze wist. Maar ze trok het nu niet om met Strike te gaan praten, niet voordat ze zichzelf beter in de hand had.

De vaste telefoon ging. Robin wilde niet opnemen, ze wilde niet dat Strike zou weten dat ze hier was geweest. Toch zette ze automatisch het toestel op de speaker zodat ze het bericht kon horen, mocht er iets ingesproken worden. Ze luisterde naar de schorre stem van Pat die de beller liet weten dat dit het nummer was van detectivebureau Strike en Ellacott, kantooruren van negen tot vijf, en dat er een boodschap kon worden achtergelaten. Er klonk een piep, gevolgd door een krassende mannenstem.

'Er is je gezegd het te laten rusten. Laat het verdomme rusten, anders krijg je je verdiende loon, fucking bitch!'

Een klik, de beller had opgehangen.

Met nog prikkende ogen staarde Robin naar de telefoon. Zelfs in haar huidige toestand meende ze de stem te herkennen als die van de man die haar bij Harrods bij de nek had gegrepen en in haar oor had gesist: 'Het gaat weer gebeuren als je het verdomme niet laat rusten.' Ze dacht aan Todd (het voorval met de minirokjes leek nu uren geleden) en de manier waarop hij haar recht in de ogen had gekeken, bijna alsof hij had gevoeld dat ze hem in de gaten hield, maar Todd was niet degene geweest die haar de gorilla in de hand had gestopt; dan zou ze die dikke buik van hem tegen haar rug hebben gevoeld.

Er is je gezegd het te laten rusten. De onbekende man wist dat ze het niet 'liet rusten'. Hoe wist hij dat? Had Todd iemand gebeld en verteld dat hij was gevolgd door Robin? Hield de beller nu het kantoor in de gaten? Het zou niet de eerste keer zijn dat iemand naar Denmark Street kwam om het detectivebureau te bedreigen. Ze zag scherp voor zich hoe Strike en Murphy kwaad tegen haar zouden zeggen dat ze voorzichtig moest zijn, een taxi moest bellen, deze bedreiging serieus moest nemen, zoals mannen dat deden als ze bezorgd waren, wanneer ze hun agressie liever op jou richtten dan de situatie objectief in te schatten, maar als deze beller haar echt iets wilde aandoen, waarom zou hij dan eerst een bericht inspreken? Zou het dan slim zijn om haar te volgen naar kantoor, na wat er zojuist gebeurd was?

Robin verdreef het telefoontje uit haar hoofd en zette de computer aan. Ze moest iets vinden wat ze kon gebruiken om onder dat reisje naar Schotland van maandagavond te komen...

Drie kwartier later had ze twee goede redenen, die zo makkelijk waren komen aanwaaien dat ze het gevoel had dat het lot haar gunstig gezind was en haar vanaf het computerscherm een schouderklopje had gegeven. *Hier, je hebt het verdiend.*

Robin pakte haar telefoon en legde hem toen weer terug. Ze wilde Strike niet appen, want dan zou hij misschien bellen. In plaats daarvan opende ze de mail. Na een korte overpeinzing over de aanhef besloot ze die gewoon maar over te slaan, want hij was vanavond niet haar 'lieve' of 'beste'.

> Ik heb ontdekt waarom Todd zo graag hele middagen in de Circle Line zit. Hij filmt jonge meisjes onder hun rokjes. Ik ben gezien toen ik hem betrapte en hij de trein uit werd gejaagd. In de commotie raakte ik hem kwijt.

Robin dacht even na en typte toen verder.

> Heb nagedacht over de reis van volgende week en het lijkt me zinloos om samen naar Jade Semple te gaan, terwijl jij degene bent die haar heeft overgehaald. Ik heb net de school gevonden waar Sapphire Neagle zat voor haar verdwijning en ik wil proberen een vriendin van haar te spreken te krijgen als ze van/naar school gaat, om na te gaan wat ze van Oz weet, als ze al iets weet.
>
> Ook heb ik Valentine Longcasters Instagram bekeken. Hij heeft zich beziggehouden met God's Own Junkyard, een plek die ik ken, waar hij dinsdag een fashionshoot wil houden. Het is in Walthamstow, niet ver bij mij vandaan. Ik vind dat ik erheen moet gaan om te proberen hem te ondervragen. Misschien is hij eerder bereid met mij te praten dan met jou.

Dan rijd ik woensdag naar Ironbridge voor Dilys Powell, want ik ben degene die haar al heeft gesproken.

Robin hield weer op met typen. Haar blik dwaalde af naar het prikbord, en ze zag dat Strike haar aantekeningen over Reata Lindvall had weggehaald. Ze wist heus wel dat geen van hun vermoedelijke Wrights ook maar enige bevestigde connectie had met Reata Lindvall, of met België, maar ze was blij met deze nieuwe reden om kwaad te zijn op Strike, die achteloos had verwijderd waar zij op was gestuit op kerstavond, terwijl haar ex-man naast haar stond en haar boze vriend binnen bleef in de pub achter haar, Robin zoals altijd met haar gedachten bij haar werk.

Ik zag dat je de aantekeningen over Reata Lindvall hebt weggehaald, maar zou je, aangezien we verder geen aanwijzingen hebben over wie 'Rita Linda' zou kunnen zijn, aan Jade kunnen vragen of iemand in haar familie ooit van haar heeft gehoord of misschien een band heeft met de stad Luik?

Ze pauzeerde nog een keer en staarde met prikkende ogen naar het scherm. Toen typte ze verder.

Ik kan niet lang in Ironbridge blijven, want Ryan en ik zijn samen een huis aan het zoeken en we hebben volgende week een aantal bezichtigingen staan.

Tot dinsdag.

DEEL 5

It was still a case of faith and hope – a case of continual putting in of work and money, and, so far, of getting little out – except the dross which intervened between them and their highest hopes.

John Oxenham
A Maid of the Silver Sea

57

When the bells justle in the tower
The hollow night amid,
Then on my tongue the taste is sour
Of all I ever did.

A.E. Housman
IX, *Additional Poems*

Cormoran Strike had van alles naar zijn hoofd geslingerd gekregen door de vrouwen in zijn leven, maar 'dom' was hij nooit genoemd. Robins botte aankondiging dat zij en Murphy samen een huis gingen kopen, de ijzige toon van haar mail en de gespannen werkgerelateerde appjes die ze in de achtenveertig uur erna hadden uitgewisseld waren allemaal overduidelijk, alsof ze het in zijn gezicht had geschreeuwd. Dit was de onverbloemde afwijzing waar hij al die maanden alert op was geweest, maar die tot nu toe nooit was gekomen.

Er was iets veranderd, maar hij wist niet wat. Was haar boosheid over zijn weigering om Albie Simpson-White te laten volgen na hun koffie bij Bar Italia uitgegroeid tot grote woede? Had Murphy bezwaar gemaakt tegen hun reis naar het noorden en (enigszins terecht) gevraagd waarom ze met z'n tweeën naar Schotland moesten reizen om één vrouw te ondervragen? Had Strike de opeenstapeling van meerdere kleine ergernissen gemist, gesymboliseerd door Robins kwade opmerking over het verwijderen van Reata Lindvall van het prikbord?

Hij had Robin gebeld nadat hij bij aankomst op kantoor het nieuwe dreigbericht had gehoord, achtergelaten door de onbekende man met de schorre stem, maar hij had de voicemail gekregen. Robin had gereageerd met een kort appje waarin ze hem liet weten alle mogelijke voorzorgsmaatregelen te nemen. Door de toon van dat bericht had hij zich afgevraagd of hij moest proberen een gesprek te forceren, haar misschien een luchtig 'Is alles oké?' moest sturen, maar de lange ervaring met vrouwen die kwaad op hem waren gaf hem het vermoeden dat hij hooguit een passief-agressief 'prima' terug zou krijgen. De onappetijtelijke situatie rond Bijou drukte zwaar op zijn geweten, maar daar kon Robin toch niet van op de hoogte zijn? Ilsa had beloofd haar niks te vertellen, en als Kim haar mond had opengedaan, zou Robin hem er toch zeker naar gevraagd hebben? Hij was in elk geval niet van plan het haar te vertellen als het niet per se hoefde: ze zag hem toch al als een lamlendige rokkenjager, dat ging hij niet nog eens versterken.

Hij annuleerde zijn reservering bij het hotel in het Lake District, want hij verdomde het om in zijn eentje over Windermere te gaan zitten uitkijken, en die maandagavond om half twaalf stapte Strike, ondanks de zelfdiscipline die hem er meestal van weerhield in zijn eentje te drinken, in de Caledonian Sleeper met twee halve liters Doom Bar achter zijn kiezen en een fles scotch in de weekendtas die hij had aangeschaft voor deze nachtelijke rit naar Glasgow.

De slaapcoupé was klein en veel te warm. Strike ging zonder zijn jas uit te trekken op het onderste stapelbed zitten en goot een beker pure whisky naar binnen. De Schotten in de coupé ernaast praatten zo hard dat Strike sommige woorden kon verstaan, vooral 'lulhannes' en 'smeerlap'. Hij zou niet kunnen zeggen of ze lol hadden samen of ruzieden.

Zelfwalging en een zwaarmoedig fatalisme hielden Strike vanavond in hun greep. Het leek hem een stuk aannemelijker dan drie dagen eerder dat hij inderdaad de vader van Bijous kind was. De niet te overbruggen afstand tussen hemzelf en de enige vrouw die hij wilde zou dadelijk een tegenwicht krijgen door het verstevigen van de ongewenste band met een vrouw die hij nooit zelfs maar aardig had gevonden. Zou dat geen ongelooflijk rotgeintje van het fucking universum zijn? Hij, met een levenslange wrok tegen de vader die hem per ongeluk had verwekt, de vader die met een DNA-test gedwongen had moeten worden tot de meest obligate ouderlijke verplichtingen, nu geketend aan zijn eigen ongewenste kind?

Zeven jaar van gemiste kansen met Robin; hij zou de stand voor eeuwig bijhouden, zoals een vrek zijn centen telt. Hij had het helemaal verkloot en het was voorbij: ze ging samenwonen met Murphy, met hem trouwen, kinderen krijgen, weg bij het detectivebureau, en daar zou Strike, ontzettende lul die hij was, mee moeten leven, want hij was te laat om er nog iets aan te doen, te laat om te erkennen wat verdomme overduidelijk was, en hij verdiende deze misère, verdiende de hopeloosheid die hem overspoelde, want hij was een arrogante sukkel geweest die had gedacht dat ze voor het grijpen lag zodra het hem uitkwam...

Een kwartier voor middernacht vertrok de trein, om Strike weg te brengen naar een ondervraging die hij puur had gepland als excuus voor een etentje met Robin. Een tweede whisky deed niet veel, behalve dat het zweet hem uitbrak. Hij wurmde zich moeizaam uit zijn jas en wrikte het raam open, waarna hij languit op het onderste bed ging liggen met een plastic bekertje whisky op zijn borst, denkend aan de e-mail waarin Robin eindelijk had gemeld dat zij en Murphy gingen samenwonen – een mail die hij zo langzamerhand vanbuiten kende.

Hij kon, voor zover hij het kon inschatten, op dat moment niet veel doen om de relatie te verbeteren. Niet dat hij dacht dat er nog een kans was om de hoop op romantiek – misschien altijd al vergeefse hoop – nieuw leven in te blazen, maar hij wilde haar niet kwijt als zakenpartner of, erger nog, als vriendin. Als haar boosheid voortkwam uit zijn weigering om Albie Simpson-White te laten schaduwen kon hij daar vanavond niets aan doen, want er was niemand beschikbaar om de man te volgen. En hij begreep er al net zo weinig van als de bron van haar plotselinge kilheid een jaloerse aanval van Murphy was. Aan de andere kant: als het probleem wel degelijk het verwijderen van dat stomme stuk papier van het prikbord was, dan kon hij nog doen alsof hij de mogelijkheid dat 'Rita Linda' in werkelijkheid Reata Lindvall was geweest serieus nam. Daarom nam hij nog een slok whisky en googelde haar, om uiteindelijk terecht te komen bij een verslag over de moord op haar op een Belgische website, waar een slechte vertaling naar het Engels werd geboden.

Reata was geboren in 1972 in Zweden als dochter van een ongetrouwde moeder en een onbekende vader, en ze was op haar tiende wees geworden na de dood van haar alcoholistische moeder. Ze was van het ene pleeggezin naar het andere gestuurd, tot ze in 1988 wegliep. Nadat ze met een vriendin naar Zwitserland was gereisd, waar het tweetal werk vond als 'chaletschoonmaaksters', had ze in 1993 zelf een dochter gekregen, Jolanda, van 'alweer een onbekende vader', zoals het werd geformuleerd op de website.

De terugkerende vermelding van onbedoeld verwekte dochters deed Strikes gemoedstoestand geen goed. Toch las hij verder.

Reata had haar dochter ter adoptie willen afstaan, maar had zich bedacht toen het meisje geboren was. Kort na de bevalling had ze de Belgische Elias Maes ontmoet, een man van negenendertig. Het stel kreeg een relatie en Reata en Jolanda verhuisden naar Luik om bij Maes te gaan wonen.

> De relatie met Maes was gewelddadig en ingewikkeld, en beide partners dronken veel alcohol. Maes beschuldigde Lindvall ervan een slechte moeder te zijn en beiden verweten de ander ontrouw. Buren vertelden dat Maes klaagde over Jolanda's gedrag en onaardig voor haar kon zijn. Lindvall en Maes gingen in 1997-98 voor een half jaar uit elkaar, waarna ze zich herenigden.
>
> Op 20 juni 1998 verdwenen Reata en Jolanda. Bezorgde vrienden namen contact op met de politie. Maes, die voor zaken afwezig was, werd bij terugkeer gearresteerd op verdenking van ontvoering of moord. Hij werd later zonder tenlastelegging vrijgelaten.
>
> Ondanks oproepen aan het publiek is er nooit een spoor gevonden van Lindvall of haar dochter. Maes bleef verdacht, en in 1999 verhuisde hij naar Antwerpen.
>
> Begin 2000 kreeg de politie een tip en werd het bos nabij Lac d'Ougrée uitgekamd. Hier werden botresten en resten van oude kle-

ding gevonden. DNA-analyse toonde aan dat de menselijke overblijfselen van Reata en Jolanda waren.

Maes werd opnieuw gearresteerd. Belgische feministengroepen demonstreerden gedurende de hele rechtszaak voor de rechtbank. In maart 2001 werd Maes schuldig bevonden aan de moord op Reata en Jolanda Lindvall, en hij kreeg twee keer levenslang.

Strike klokte nog meer whisky naar binnen en overwoog om Robin een verzoenende opmerking of vraag over Lindvall te sturen om te laten zien dat hij haar bijdrage niet zomaar afwees, maar hij zag nog steeds niet in hoe de dode Zweedse vrouw relevant zou kunnen zijn voor hun onderzoek, en bovendien was hij er op masochistische wijze zeker van dat Robin op dat moment lag te wippen met Murphy en daar volop van genoot.

Zijn Schotse buren waren nog steeds aan het grappen of ruziën, en opeens zou Strike willen dat hij ergens anders was, waar dan ook, alles beter dan in dit rammelende sardineblik. Met de fles whisky in zijn hand stond hij op van het bed, trok de coupédeur open en liep de trein door.

Het krappe bargedeelte was verblindend verlicht, niet al te schoon en nauwelijks minder deprimerend dan zijn slaaphut. Helemaal achterin zaten een paar mannen op een kluitje, zo te horen Schotten. Strike ging aan het enige tafeltje zitten en schonk nog een flinke borrel scotch in zijn plastic beker, waarna hij uit het raam naar de langstrekkende hoogspanningsmasten en verlichte ramen staarde.

Zijn mobiel trilde. Hij hoopte dat het Robin zou zijn, maar natuurlijk was het Kim.

Je slaapt vast nog niet als je in de trein zit. Is dit niet die vrouw die we in het Dorchester tegenkwamen?!

Strike klikte de link aan naar het persbericht dat ze had bijgevoegd, en inderdaad, daar verscheen de hooggeboren Nina Lascelles in een trouwjurk, naast dezelfde blonde man die ze op de dansvloer had aangewezen. Hij bleek Percy te heten, en zijn bruiloft was nieuwswaardig omdat hij een veelbelovende jonge minister voor Labour was. Strike keek bijna een minuut lang naar de foto terwijl hij zich afvroeg waarom een van de bruidsmeisjes hem vaag bekend voorkwam. Toen besefte hij dat ze de donkere, nors kijkende vrouw ooit hadden gevolgd voor een klant. Midge had de getrouwde vrouw betrapt op een bezoek aan haar minnaar, wat Nina's woeste 'Je hebt het leven van een vriendin van me flink verziekt' in het Dorchester verklaarde.

Hij scrolde omlaag. Onder het verhaal over Nina stond een nieuw artikel van Dominic Culpepper, en met een onaangename steek in zijn buik zag Strike Charlottes naam staan.

Het artikel ging uitgebreid in op het 'onconventionele huwelijk' van Charlottes moeder Tara en haar vierde echtgenoot, een zekere Lord Jenson. Het stel woonde niet samen: Jenson hield het grote huis in Mayfair aan waarin hij had gewoond met wijlen zijn echtgenote, terwijl Tara ('uit de welgestelde familie Clairmont, de oprichters van de gelijknamige hotelketen') de leiding hield over het door haar zoon geërfde landhuis Heberley House, 'wat Sacha goed uitkomt,' aldus Tara, 'want hij is erg veel van huis voor filmopnamen, en wie kan er nu beter op Heberley passen dan ik?'

Natuurlijk werd ook de 'tragische' zelfdoding van Tara's dochter genoemd.

> 'Ze was al vanaf haar jeugdjaren getroebleerd,' zegt Lady Jenson treurig. 'We hebben natuurlijk gedaan wat we konden, maar als je kind eenmaal volwassen is... Helaas had ze zich gestort in een zeer langdurige, zeer problematische relatie waarvan wij menen dat die aanzienlijk heeft bijgedragen aan haar mentale gezondheidsproblemen.'
>
> Voor haar huwelijk had Charlotte bijna twintig jaar lang een knipperlichtrelatie met Cormoran Strike, de controversiële privédetective die recentelijk werd beschuldigd van grensoverschrijdend gedrag jegens een sekswerker.
>
> Maar Lady Jenson blijft veerkrachtig. 'Je leert ermee omgaan,' zegt ze. 'Uiteraard is het verlies van een kind...'

'Wat doe jij hier nou?' klonk een bulderende stem.

Strike keek op. Een kleine, gedrongen en vrijwel kale man die verwoed kauwgum kauwde had zich losgemaakt van het groepje aan de bar en stond nu op de detective neer te kijken: Fergus Robertson, de journalist die onlangs Strikes verklaring over het Candy-verhaal had genoteerd.

'Werk,' zei Strike. 'Jij?'

'Ook.' Robertson plofte onuitgenodigd neer op de stoel tegenover Strike. 'Ik ga voor de reactie van Nicola Sturgeon op de Brexit-toespraak van Theresa May morgen. De krant heeft een interview voor me losgepeuterd.'

'Juist.' Strike stopte zijn telefoon weer in zijn zak.

'Je had geen zin om British Rail te verrijken, zie ik,' zei Robertson met een blik op Strikes scotch.

'Pak maar.' Strike schoof de fles naar de journalist, die een flinke scheut in zijn eigen plastic beker goot.

Strike was zo down dat hij amper belangstelling kon opbrengen voor het verhaal van Robertson, maar het bezorgde hem wel enige afleiding om hier tegenover de journalist te zitten. Toen Robertson hem de fles teruggaf, schonk hij voor zichzelf nog een driedubbele scotch in.

'Geinig om jou hier tegen het lijf te lopen,' zei Robertson. 'Ik had je willen bellen als ik terug was uit Edinburgh.'

'O ja?' zei Strike zonder veel belangstelling. 'Waarom?'

'Ooit gehoord van de Winston Churchill Masonic Lodge?'

'Waarom vraag je dat?' vroeg Strike, die maar al te goed wist dat het de vrijmetselaarsloge van hoofdinspecteur Malcolm Truman was.

'Jij vroeg me of Oliver Branfoot vrijmetselaar is.'

'Ja, en jij zei dat je dat niet wist.'

Robertson propte nog een nicotinekauwgum in zijn mond en zei toen, terwijl hij Strike nauwlettend in de gaten hield: 'Onbetrouwbare vrijmetselaars zijn altijd nieuws.'

'Dat zal wel, ja.' Strike was nog niet zo dronken dat hij Robertson onbedoeld een verhaal zou overhandigen waarvoor ze allebei voor de rechter gesleept konden worden.

'Het gerucht gaat dat een hoop leden van de Churchill-loge bij de politie zijn.'

'O ja?'

'Ja. Ik sprak een *journo*-vriend die in '99 over de vrijmetselaars heeft geschreven.' Robertson ging nog zachter praten. 'Toen de Commissie Binnenlandse Zaken een rapport uitbracht over de vrijmetselarij in het openbare leven, weet je nog?'

'Nee,' zei Strike, die een groot deel van 1999 in Kosovo had doorgebracht. 'Wat stond erin?'

'Dat er veel onterechte paranoia bestaat over de vrijmetselarij, maar dat ze zich ook niet geliefder maken door zo geheimzinnig te doen, en er waren gevallen waar de beschuldigingen van maçonnieke invloed misschien wel terecht waren. De forensisch wetenschapper die betrokken was bij het onderzoek naar de Birmingham Six was vrijmetselaar. Hoe dan ook,' zei Robertson, die nog zachter ging praten, en naar Strike bleef kijken om zijn reactie te peilen, 'ik sprak laatst een kerel en liet expres even de naam Branfoot vallen, en hij zei ja, Branfoot is vrijmetselaar, en hij had gehoord dat Branfoot een paar jaar geleden was overgestapt naar een andere loge. Blijkbaar zat hij eerst bij een loge waar het stikte van de aristocraten. Toen is hij volgens mijn bron overgestapt naar Winston Churchill.'

Toen Strike niet reageerde, bromde Robertson half schertsend: 'Kom op nou, je hebt iets over Branfoot.'

'Hij haakte ineens aan op de haatcampagne tegen mij en ik wilde weten waarom, meer niet.'

Strike had zojuist een stukje eersteklas informatie gekregen, maar hij was zo verdoofd door zijn eigen ellende en door de alcohol dat hij er nauwelijks van kon genieten. De bar met al die mannenstemmen en het gelach, de puisterige jongen in zijn polyester gilet, de lucht van goedkope whisky en het verwoede geknauw van Robertson waren plotseling nog ondraaglijker dan zijn eigen krappe coupé.

'Ik moet slapen,' liet hij de journalist weten terwijl hij opstond.

'Je houdt me op de hoogte, toch?'

'Ja, hoor.'

Strike pakte zijn whiskyfles bij de hals en liep de trein weer door, slingerend door het gewiebel.

Weer op zijn onderste stapelbed overwoog hij Robin te appen om haar te vertellen dat Branfoot bij dezelfde loge zat als Malcolm Truman, maar wat had het voor zin? Ze lag nu natuurlijk lachend na te genieten van de seks met haar fucking CID-vriend. Het nieuws kon wel wachten tot Ironbridge. Maar één wraakzuchtige gedachte bracht een soort kille troost.

Hij had nu een verdomd goede reden om dieper te graven in het verleden van hoofdinspecteur Malcolm Truman, die heel toevallig in dezelfde vrijmetselaarsloge zat als Lord Oliver Branfoot, en iedereen die het niet aanstond dat Strike zijn pijlen richtte op iemand bij het Londense politiekorps – Ryan Fucking Murphy, om maar een voorbeeld te noemen – kon zijn bezwaren in zijn reet steken.

58

Some girl, who here from castle-bower,
With furtive step and cheek of flame,
'Twixt myrtle-hedges all in flower
By moonlight came
To meet her pirate-lover's ship...

Matthew Arnold
A Southern Night

Robin, die een groot deel van het weekend had gedaan alsof ze zich verheugde op de bezichtiging van het volgende huis met Murphy die donderdagavond, was maandagochtend blij dat ze een excuus had om eerder op te staan dan haar vriend. Ze wilde klaarstaan bij Juniper Hill High School in Finsbury Park voordat de eerste leerlingen aankwamen, om zo haar kans te vergroten op het onderscheppen van Tia Thomson, de vriendin van de vermiste Sapphire Neagle.

Op het trottoir tegenover de ingang van het grote, lelijke grijze gebouw, waar Robin stond te kijken hoe de eerste scholieren in hun rode truien de school binnengingen, probeerde ze zonder succes haar gedachten aan Strike te verdrijven.

Hij had in het weekend niet gebeld. Niet dat ze dat normaal gesproken zou verwachten, maar je zou toch denken dat hij haar zou bellen om te vragen waarom haar e-mail zo onvriendelijk was, en waarom ze zich had afgemeld voor hun reisje naar Schotland, en om te zeggen dat er genoeg andere gelegenheden waren om Tia Thompson en Valentine Longcaster te spreken. Maar nee. Lekkere vriendschap was dat...

Misschien moet ik opstappen, dacht Robin. Misschien moet ik gewoon een andere baan zoeken.

Maar het was een vorm van mentale aderlating: ze was beslist niet van plan om echt ontslag te nemen. Weglopen van alles wat ze had helpen opbouwen? Weglopen van bijna zeven jaar offers brengen, risico's nemen, van onafgebroken keihard werken? De baan weggooien waar ze zo dol op was, alleen omdat Cormoran Strike een misselijke, manipulatieve leugenaar was? Want hij wás manipulatief, dat zag ze nu in: zijn aanbod om een nieuwe Land Rover voor haar te kopen, zijn kerstcadeau, en steeds weer beginnen over Charlottes afscheidsbrief, allemaal bedoeld om haar aan hem en de zaak te binden, terwijl hij ondertussen die verdomde Bijou Watkins had bezwangerd, en voor hetzelfde geld ook nog met een paar andere vrouwen het bed in was gedoken... Nou, succes ermee, Bijou, je hebt een lekkere vader uitgekozen voor je baby.

De drom scholieren in rode truien zwol aan en Robin speurde de gezichten af van alle zwarte meisjes die ze zag. Er kwamen nog meer groepjes leerlingen aan, maar toen Robin Tia eindelijk zag, liep het meisje in haar eentje. Ze las al vapend iets op haar telefoon en ging daar zo in op dat toen ze wilde oversteken, op een meter of twintig van de plek waar Robin stond, die laatste schreeuwde: 'Tia, kijk uit!'

Tia schrok en deinsde achteruit voor een langsrijdende bus.

'Hoezo weet jij hoe ik heet?' wilde het meisje weten toen Robin naar haar toe snelde.

'Ik hoopte je te kunnen spreken,' zei Robin, en ze kon het niet laten eraan toe te voegen: 'Je moet niet op Snapchat lopen kijken tijdens het oversteken.'

'Als je het weten wilt,' zei Tia, en ze liet Robin haar telefoon zien, 'ik ben een fucking boek aan het lezen.'

'O,' zei Robin. 'Nou, dan nog... Ik hoopte je te spreken over Sapphire Neagle.'

'Waarom?'

'Ik ben Robin Ellacott, privédetective. Sapphire wordt vermist en ik probeer te achterhalen wat er met haar is gebeurd.'

Ze gaf Tia haar kaartje. Het meisje keek er fronsend naar.

'Ik wil gewoon een paar dingen vragen. Als je de antwoorden niet weet, ook goed.'

Tia was begrijpelijkerwijs op haar hoede.

'Je kunt me online opzoeken,' zei Robin. 'Ik ben echt privédetective, en ik maak me zorgen om Sapphire. Niets van wat je zegt wordt gebruikt in de rechtszaal of zo. Ik wil haar gewoon vinden.'

'Oké,' zei Tia langzaam. 'Maar wel snel, ik wil niet te laat komen bij Engels.'

'Weet je iets over een man, een oudere man, die Sapphire ontmoet zou kunnen hebben voordat ze verdween?'

'Ja,' zei Tia. 'Dat heb ik ze al verteld.'

'Wie heb je dat verteld?'

'De politie.' Tia nam een diepe trek van haar vape en blies uit. Robin rook suikerspin.

'Wat heb je gezegd?' vroeg Robin.

'Hij zei dat hij een baan als achtergrondzangeres voor haar kon regelen. Dat ze op tournee mocht. Met Ellie Goulding.'

'Heb je haar ooit met die man gezien?'

Tia schudde haar hoofd.

'Zijn er mensen die hen samen gezien hebben?'

'Geen idee. Ik denk het niet.'

'Waar kende Sapphire hem van?'

'Van Jimmy's, verderop in de straat.' Tia knikte naar de hoek.

'Wat is Jimmy's?'

'Broodjeszaak.'

'Dus ze had hem niet online leren kennen?'

'Dat zeg ik net, ze kende hem van Jimmy's. Op een middag spijbelde ze en raakte ze daar met iemand aan de praat. Hij betaalde haar koffie. Ze zei dat ze hem daarna online had opgezocht, zodat ze wist dat zijn verhaal klopte.'

'In welk opzicht?'

'Hij werkte in de muziek of zoiets.'

'Heeft ze ook zijn naam genoemd?'

'Nee, ze vertelde me niks meer over hem omdat ik zei dat het allemaal gelul was, en toen flipte ze en gaf me een klap in mijn gezicht.'

'Ze slóég je?'

'Ja,' zei Tia met een wrang lachje. 'Deed niet echt pijn. Ze is lang maar heel dun... Sommige jongens noemden haar Olijfje.'

'Maar ze was wel een vriendin van je?'

'Niet echt.' Tia haalde licht haar schouders op. 'Ik was haar "buddy". Als je een goede leerling bent, moet je andere mensen onder je hoede nemen, als ze nieuw zijn...'

'Moest jij haar onder je hoede nemen?'

'Zo'n beetje, ja. Maar ze had constant ruzie. Ze moest altijd nablijven, als ze al op school kwam.'

'Wat weet je verder van haar?'

'Ik weet dat haar vader en haar oom haar misbruikt hebben tot ze op haar zevende naar een pleeggezin ging,' zei Tia, een mededeling die extra schokkend overkwam door haar nuchtere, zakelijke toon.

'Wat afschuwelijk,' zei Robin.

'Ja,' zei Tia emotieloos. 'Ze praatte er volop over. Meisjes zoals zij denken eroverheen te komen door jongens hun gang te laten gaan. Ze maken zichzelf wijs dat het niks voorstelt.'

Tia's ogen onder de dikke wimpers zagen er te oud en levensmoe uit voor haar jeugdige, ronde gezicht. Robin kreeg niet de indruk dat haar niet te choqueren houding gespeeld was. Misschien was ze 'buddy' geweest van te veel getroebleerde leerlingen om de lelijkere kanten van het leven niet mee te krijgen.

'Denk je dat Sapphire met die zogenaamde muziekproducent naar bed ging?'

'Vast wel.' Tia nam nog een trek van haar vape.

'Herinner je je nog meer van wat ze over hem heeft gezegd?'

'Ja,' zei Tia. 'Hij had haar een ketting gegeven. Ze zei dat het robijnen waren.'

Ondanks haar lamlendige stemming ging er een huivering van opwinding door Robin heen.

'Robijnen,' zei Tia minachtend. 'Het waren gewoon kralen. Mijn tante heeft een ring met robijnen. Ik zie het verschil heus wel.'

'Weet je verder nog iets wat ze over hem heeft gezegd?'

'Nee.' Terwijl Tia het zei klonk er in de verte een bel, en Robin zag de hordes in hun rode sweatshirts het lelijke grijze gebouw binnendrommen. 'Ik moet gaan.'

Robin keek toe hoe Tia de straat overstak, maar het meisje was amper bij de schoolpoort toen ze zich met een ruk omdraaide en teruggehold kwam naar Robin.

'Dat schiet me net te binnen. Hij had gezegd dat ze hem deed denken aan een Zweeds meisje dat hij had gekend. Dat was toen hij zei dat ze de juiste look had voor een achtergrondzangeres.'

'Een Zweeds meisje.' Robins hart begon opeens sneller te slaan.

'Ja.'

'Dank je wel, Tia. Hier kan ik echt wat mee. Moet je die niet verbergen?' Ze keek naar de vape die Tia nog in haar hand had.

'O ja.' Het was de eerste keer dat Tia lachte. Ze stopte de vape in haar rugzak, draaide zich om, sprintte de weg weer over en liep het snel leeglopende schoolplein op.

59

Listlessly through the window-bars
Gazing seawards many a league
From her lonely shore-built tower,
While the knights are at the wars…

Matthew Arnold
Tristram and Iseult

Al sinds hij om zes uur die ochtend op Glasgow Centraal hinkend uit de trein gestapt was, met een zweterige, pijnlijke stomp omdat hij in slaap was gevallen met al zijn kleren aan zonder zijn prothese af te doen, voelde Strike zich zwaar beroerd: slecht uitgerust, misselijk en met een bonkende hoofdpijn achter zijn slapen.

Zich er volledig van bewust dat hij met bijna een hele fles Johnnie Walker in zijn lijf een te hoog alcoholpromillage in zijn bloed had om te mogen rijden, haalde hij zijn huurauto op, een Audi A1-automaat, en vertrok in de stromende regen – alweer – in noordelijke richting en stopte bij een fastfoodwagen langs de weg om een broodje bacon met gebakken ei te nuttigen, want het naar plastic ruikende ontbijt dat in de trein werd verkocht was in zijn toestand geen optie geweest. Het volgende half uur reed hij in voortdurende onzekerheid over de vraag of hij zou moeten stoppen om over te geven.

Even voor zeven uur, nog steeds in de stromende regen, reed Strike met een opstandige maag en bonkend hoofd het stadje Crieff in Pertshire binnen, waar de in de steek gelaten vrouw van Niall Semple nog steeds woonde. Hij zette zijn auto op een parkeerterrein vlak bij de hoofdstraat. Het huis van het echtpaar Semple had op de kaart vlakbij geleken, maar wat Strike niet had gezien was dat Comrie Road, de weg die hij helemaal uit moest lopen om op zijn bestemming te komen, steil omhoog voerde. Met gebogen hoofd, inwendig vloekend op het weer, de heuvel en zijn eigen whiskyconsumptie, liep hij de straat in, langs winkeltjes in victoriaanse panden van zwart uitgeslagen steen.

Zijn mobiel ging en hij nam op, schuilend in een portiekje dat weinig bescherming bood.

'Pat, zeg het eens,' zei hij schor.

'Ben je ziek?'

'Nee hoor, kiplekker,' zei Strike, terwijl de regen langs zijn nek omlaagdroop.

'Ik denk dat ik je Hussein Mohamed heb gevonden. In de regionale krant staat een verhaal over een Syrische vluchteling van negen jaar, Hafsa Mohamed, die in een rolstoel zit. Hier staat: "Haar vader Hussein vertelt trots dat waar zijn vrouw en hij al een beetje Engels geleerd hadden toen ze in Londen aankwamen, Hafsa helemaal blanco moest beginnen. Ze spreekt de taal nu vloeiend en floreert op haar basisschool in Forest Gate." Forest Gate, dat valt nog onder Newham. Zo te zien zijn ze in de omgeving gebleven die ze kenden.'

'Klinkt veelbelovend,' zei Strike. 'Zou jij willen proberen om via de krant aan contactgegevens van die familie te komen?'

'Ja, doe ik.' Pat maakte een aantekening.

'Ik moet door, ik heb zo een ondervraging,' zei Strike.

Toen hij zijn telefoon weer in zijn zak had gestopt, keek hij omhoog naar de regen zodat die rechtstreeks in zijn gezicht viel, in de hoop dat hij zich daardoor iets minder beroerd zou voelen. Zijn oog viel op een bekend symbool, pal boven hem: de winkelhaak met het kompas, discreet boven de onopvallende blauwe deur waar hij stond te schuilen.

Hij liep weer het trottoir op en bekeek de vrijmetselaarsloge, die niet groter was dan een gemiddelde gezinswoning, en hij vroeg zich af – terwijl hij moeizaam probeerde zijn evenwicht te bewaren op de gladde stoep en zijn kolkende ingewanden en bonkende hoofdpijn te negeren – hoeveel vrijmetselaars er zouden samenkomen in die minitempel achter hem. Hij had ergens moeten stoppen om pijnstillers te kopen. Hij had niet bijna een hele fles Johnnie Walker Black Label moeten zuipen. En van dat ellendige broodje had hij ook diepe spijt.

Het huis van de Semples was groot, recht, vrijstaand en gebouwd van grijze steen, met een goed onderhouden voortuin. Zoals hij wist van Jades berichten was dit het huis waar haar man was opgegroeid, het huis dat hij had geërfd na de dood van zijn moeder.

Toen Strike aanbelde werd er opengedaan door de kleine, tengere echtgenote van Niall Semple, die tot Strikes verbazing een knalgele regenjas met capuchon aanhad en werd vergezeld door een hond aan een riem, die er in Strikes ogen uitzag alsof iemand een vos in een droogtrommel had gestopt. Het beestje was klein en had lang, dik oranjerood haar dat alle kanten op piekte, en het begon fel te keffen toen het hem zag.

'Cameron?' zei Jade luid, boven het lawaai van de blaffende hond uit.

'Ja.' Strike nam niet de moeite haar te verbeteren.

'Ik snap niet waarom ik hier ja op heb gezegd,' zei ze, met wat leek op een combinatie van ergernis en een bang voorgevoel, 'maar we kunnen wel effe praten terwijl ik Pom Pom uitlaat. Ik heb weinig tijd.'

Strike, die zich erg had verheugd op een stoel in plaats van een wandeling in de regen, zei: 'Oké.'

In de gang achter Jade verscheen een kleine, roodharige man met het soort snor dat Strike associeerde met piloten uit de Tweede Wereldoorlog, met een beker koffie in de hand. Hij dook weg, uit het zicht. Zich er niet van bewust dat Strike haar gast had gezien zei Jade: 'Kom mee dan,' en ze ging naar buiten, deed de deur dicht en liep langs hem heen het tuinpad op, zodat Strike geen andere optie had dan haar te volgen.

Hij had zo'n vermoeden dat hij zojuist de man had gezien die 'babe' had gezegd tegen Jade Semple en haar had gewaarschuwd dat Strike vast voor een krant werkte. Strike vermoedde ook dat Jade net als hij een kater had, een conclusie die hij trok op basis van niet alleen haar gewoonte om hem te appen zonder dat ze haar telefoon goed leek te kunnen zien of haar vingers helemaal goed te kunnen gebruiken, maar ook op basis van haar ziekelijk bleke, pafferige gezicht en het feit dat haar dikke nepwimpers scheef waren aangebracht. Ze had iets elfachtigs, amper een meter vijftig lang, met grote bruine ogen en een klein, spits neusje, en ze rook sterk naar een zwaar oosters parfum dat hem deed denken aan een vriendin van zijn tante Joan in de jaren tachtig, die zo'n zware geur had gebruikt dat ze er zelfs de barbecuewalm mee overstemde. In dit geval (als hij haar tenminste vergeleek met zichzelf, want hij wist zeker dat hij naar whisky stonk) vermoedde hij dat ze probeerde te verhullen dat ze te laat was opgestaan om te douchen. De paar plukjes blauwzwart haar die hij kon zien onder de capuchon van haar regenjas zagen er ongekamd uit, en ze had een diepe vouw in haar linkerwang die zo te zien was veroorzaakt door een hoofdkussen. Strike gokte dat Rode Snor haar tot laat wakker had gehouden.

'We gaan naar MacRosty Park,' zei Jade. 'Maar luister, ik denk écht niet meer dat het Niall was in die kluis, oké? Dat dacht ik toen ik nog niet doorhad wat er echt aan de hand is. Ik snap niet dat ik hier ja op heb gezegd,' herhaalde ze verward.

'Waarom dacht je eerst wel dat het Niall was?' Strike kneep zijn ogen dicht tegen de regen en deed zijn best om niet met zijn been te trekken. Hij voelde het uiteinde van zijn stomp schuren.

'Omdat het een vrijmetselaarszaak was, het lijk klonk een beetje zoals hij, en omdat hij nogal raar deed over de vrijmetselarij, na zijn hersenbeschadiging. Wist je dat hij vrijmetselaar is?'

'Nee,' zei Strike. 'Weet je ook welke graad?'

'Iets met ridder, ik weet het niet precies.'

'Niet prins?'

'Nee, ridder... alle mannen bij hem in de familie waren vrijmetselaars. Hij deed er nooit raar over, tot hij gewond raakte. Het was vroeger gewoon iets sociaals, maar daarna werd het gek, hij zat altijd te lezen, dus toen ik zag dat het een vrijmetselaarswinkel was, zette dat me aan het denken. En dan was er nog die naam, William Wright.'

'Daar had hij iets mee, hè?'

'Ja. Wright was een beroemde... hoe noem je dat? Botanist. En hij is geboren in Crieff, iets van tweehonderd jaar geleden.'

'Dus Niall is geïnteresseerd in de plaatselijke geschiedenis?'

'Nee, maar zijn vader was dat wel. Had in eigen beheer een boek uitgegeven over de geschiedenis van de vrijmetselaars in Perthshire, en daar stond een heel hoofdstuk in over die William Wright omdat hij dacht dat die vrijmetselaar was, maar toen bleek dat dat helemaal niet zo was heeft hij een hoop bladzijden uit het boek moeten halen. Toen ik zag dat die kerel in de zilverwinkel zich William Wright noemde, dacht ik: was dat niet die kerel over wie de oude Semple het helemaal mis had? En ik zocht het op en het bleek te kloppen.'

Ze stak de weg over naar een natgeregend park en Strike volgde haar terwijl hij vurig hoopte dat ze niet van hem zou verlangen dat hij over glibberig gras ging lopen, want dat was de slechtst denkbare ondergrond voor zijn prothese.

'Maar toen ontdekte ik het van die vrouw,' zei Jade op bittere toon, 'dus toen wist ik hoe het echt zat. Ik blijf alleen hier in Crieff omdat hij toch een keer terug zal moeten komen. Ik ga niet terugverhuizen naar Colchester zodat hij hier een andere vrouw kan laten intrekken. Ik ga het hem verdomme niet makkelijk maken, na wat hij heeft geflikt. Hij kan me in mijn fucking gezicht komen vertellen dat hij van me wil scheiden.'

Tot Strikes opluchting betraden ze het park via een mooi strak asfaltpad. Het regende nog steeds hard, maar de koude, frisse lucht maakte hem minder misselijk, in de stevige bries rook hij Jades parfum amper, en buiten was haar harde stem minder oorverdovend. Rechts van hen was een verlaten speeltuintje.

'Dus je denkt dat hij nu met de vrouw is over wie je me appte? De vrouw die zijn creditcard heeft gebruikt, nadat het lijk in de kluis was opgedoken?'

'Ja, dat denk ik.'

'Heeft de politie haar opgespoord?'

'Nog niet, maar ze lieten mij een foto zien waarop ze bij de pinautomaat zijn pas gebruikte. Camera van de bank. Echt zo'n sloerie. Blond. Hij zei altijd dat hij niet op blond viel. Ik wist niks van de rekening die ze samen gebruikten. Die heeft hij voor mij verborgen gehouden.'

'Dus hij nam geld op waar jij niks van wist?'

'Ja. Niemand wil me vertellen hoeveel er op die rekening stond, en of het nu weg is. Ze komen gewoon aanzetten met een foto van een vrouw en vragen of ik haar ken, en ik had haar nooit van m'n leven gezien. Tatoeage in haar gezicht,' zei Jade bitter. 'Chic hoor.'

Ze bukte om de riem van de pomeriaan los te maken; het beestje huppelde het gras op terwijl Strike en Jade over het pad bleven lopen.

'Wat voor tatoeage had die vrouw?'

'Dat kon je niet goed zien, hij zat onder haar oog. Ik had het kunnen weten, ik heb hem met een vrouw horen bellen, bij ons thuis, een week voordat hij 'm smeerde. Hij zei: "Kom naar de Engineer." Toen ik de kamer binnenkwam, voelde hij zich fucking schuldig en hing gauw op. We kregen ruzie. Ik zei: "Met wie heb je afgesproken? Welke Engineer?" Hij zei dat hij niet wist waar ik het over had. Vuile leugenaar. Ik weet heus wel wat de Engineer is, ik heb het opgezocht. Een pub in Camden. Toevallig, zeg. Vlak bij de plek waar hij geld opnam van zijn geheime rekening.'

'Weet je zeker dat het een vrouw was aan de telefoon?'

'Ja, ik hoorde haar kakelen,' zei Jade. 'Ik heb aan de deur staan luisteren, op de gang.'

'Heb je dat aan de politie verteld?'

'Ja, en ze zeggen dat niemand bij de Engineer zich herinnert hem gezien te hebben, maar wat zegt dat? Het is daar hartstikke druk. Ik had het moeten weten. We waren pas een maand getrouwd, maar we waren al veel langer samen, toen hij al vreemdging – nou, ik ben ook vreemdgegaan, hoor – maar toen we gingen trouwen, zeiden we allebei: nou is het afgelopen, alleen wij tweeën, weet je wel?'

'Juist,' zei Strike.

'POM POM, NIET DOEN!' brulde Jade, en Strike kromp in elkaar. De hond had iets gepakt wat hij van Jade niet mocht opeten. Ze beende over het natte gras terwijl Strike in de stromende regen bleef staan wachten en toekeek hoe ze iets uit de bek van de pomeriaan wrikte.

Jade deed Strike denken aan Penny Polworth, de vrouw van zijn oudste vriend. Niet qua uiterlijk – Jade was knapper, ondanks de scheve aanplakwimpers en het ongekamde haar – maar door de manier waarop ze over haar verdwenen echtgenoot praatte. Strike had altijd het idee dat de Polworths met elkaar omgingen in een toestand van wederzijdse animositeit, die zij leken te beschouwen als de enige natuurlijke manier om als man en vrouw onder één dak te leven. Beiden leken het gelukkigst wanneer ze hun eigen gang konden gaan tegen de wens van de ander in, en ze klaagden voortdurend over elkaar, of ze nu samen waren of apart. Strike herinnerde zich nog heel goed Polworths eerlijke verklaring over de reden dat hij haar ten huwelijk had gevraagd (*Ik dacht aan al die poen die ik had uitgegeven om wijven te scoren, en het gedoe eromheen, en ik vroeg me af of ik straks op mijn veertigste in mijn eentje porno zou zitten kijken. Toen dacht ik: dit is het juist, hier draait een huwelijk om. Kan ik wat beters krijgen dan Penny? Vind ik het leuk om in de kroeg tegen al die vrouwen aan te ouwehoeren? Penny en ik doen het hele nachten. Het kan een stuk slechter. Ze ziet er niet verkeerd uit. Die goeie beurt waar ik nu naar op zoek ben had thuis al op me kunnen wachten, ja toch?).* Strike was getuige geweest op hun bruiloft en hij meende zich te herinneren dat beide Polworths die dag best gelukkig hadden geleken, maar hij had ze nooit, niet één keer, benijd om hun relatie; sterker nog, hij kon zich niet heugen ooit jaloers te zijn geweest vanwege welk huwelijk dan ook, behalve misschien (hij voelde een steek vanbinnen toen hij het erkende, hij had er nooit zo over nagedacht) dat van Ted en Joan, die niet alleen van elkaar hadden gehouden, maar elkaar ook echt leuk leken te vinden.

‘Kom, we gaan deze kant op,’ riep Jade naar Strike, en ze wenkte hem vanaf het gras.

In plaats van uit te leggen dat dat lastig was met zijn been, zette Strike zijn tanden op elkaar en hobbelde over het glibberige gras naar Jade en de pomeriaan, die weer kefte, omdat hij was beroofd van het ranzige voorwerp dat hij had willen opvreten, wat het ook mocht zijn.

‘We kunnen naar die bomen toe lopen,’ zei Jade. ‘Een beetje beschut.’

Onder het lopen haalde Strike zijn vapepen tevoorschijn.

'Ik had er ook zo een.' Jade keek met half dichtgeknepen ogen naar Strike. 'Maar die heeft die eikel afgepakt.'

'Wie, Niall?' vroeg Strike, die zich nu vooral moest concentreren om niet te struikelen.

'Ja, hij wilde niet dat ik vapete. Godsamme, ik ben al voor hem gestopt met roken, ik ging niet meer op stap, en nou zit ik hier in fucking Crieff in de kou. Dan mag ik toch op z'n minst vapen, of niet dan?'

'Ik zou niet weten waarom niet,' zei Strike tactvol. 'Wat bedoelde je precies toen je zei dat Niall raar deed over de vrijmetselarij, na die hersenbeschadiging?'

'Hij zat er de godganse dag over te lezen, dan deed hij urenlang z'n mond niet open. En op een dag ging hij hardlopen en toen is hij helemaal doorgerend naar fucking Dunkeld.'

'Waar is dat?'

'Zeker vijfendertig kilometer van huis. En toen stond hij vast op de brug.'

'Hoe bedoel je, "vast"?'

'Durfde er niet overheen. Hij ging helemaal over de rooie. Het is ook een vrijmetselaarsding, die brug. Gebouwd door een ouwe vrijmetselaar. Er moet een of ander merkteken op staan of zo, weet ik veel. Ik moest hem met de auto gaan halen. Had ik hem daar maar achtergelaten, achteraf gezien,' zei ze op bittere toon.

'Had Niall een connectie met Camden, dat je weet?'

'Nee, maar er bleken wel meer dingen te zijn die ik niet wist, hè?'

'Kende hij Freemasons' Hall?'

'Geen idee.'

'En had hij iets met oud zilver?'

'Nee. Waarom zou hij iets hebben met oud zilver?'

Strike moest onmiddellijk denken aan een glazen vitrine vol glimmend Rhodesisch zilver in Hereford, gesitueerd op de best bewaakte legerbasis in het Verenigd Koninkrijk, met prikkeldraad op de hekken, camera's rondom het hele terrein, waar fotograferen en schetsen verboden waren, en waar de aard van wat er achter sommige gesloten deuren gebeurde onder de Official Secrets Act viel.

'Wat las Niall voordat hij verdween?' vroeg hij.

'Weet ik het. Oude boeken.'

'Heeft hij die meegenomen toen hij vertrok?'

'Zou kunnen. Hij had een koffertje bij zich toen hij werd gefilmd bij die geldautomaat.'

'Ja, dat heb ik gezien,' zei Strike. 'Een metalen koffertje. Had je dat ooit eerder gezien?'

'Nee.'

'Het leek wel alsof het aan zijn pols was vastgemaakt.'

'Ja, dat vond de politie ook.'

Ze liepen nu onder het bladerdak van de bomen. Strike zou dankbaarder zijn geweest om even te kunnen schuilen voor de regen als de grond niet zo modderig was geweest. Nog steeds met de helft van zijn aandacht bij de inspanning om niet onderuit te gaan vroeg hij: 'Wat kun je me vertellen over de tijd rond Nialls vertrek?'

Er viel een korte stilte. Strike besloot dat het beleefd zou zijn (en zeker makkelijker) om te doen alsof hij niet had gezien dat ze huilde. Hij had een excuus; de tranen die over haar gezicht biggelden konden ook best regendruppels zijn, maar waarom was Robin er nou niet bij? Waarom moest hij in zijn eentje dealen met al die huilende vrouwen?

'Iedereen vindt me een bitch omdat ik wegging terwijl het niet goed met hem ging,' zei Jade schor, 'maar we waren jarig, mijn tweelingzus en ik, we werden dertig. Ik had drie maanden bij hem aan dat ziekenhuisbed gezeten. Toen kwamen we hierheen en gingen we in het oude huis van zijn moeder wonen, en hij zei amper een woord tegen me, het enige wat hij deed was lezen over die klotevrijmetselaars en hardlopen. Ik zei tegen hem: "Ik wil mijn verjaardag vieren," en hij wilde dat niet, dus uiteindelijk zei ik tegen hem: "Dan niet, dan ga ik alleen." Ik had mijn familie al zo lang niet gezien. En toen is hij vertrokken, terwijl ik een weekend in Colchester zat.'

'Had hij een brief achtergelaten of iets dergelijks?'

'Ja – nou ja, niet echt een brief,' zei Jade met verstikte stem. 'Gewoon een velletje papier met rare onzin erop. Niet eens mijn naam erbij, maar het lag wel op mijn kussen.'

'Waar is dat papiertje nu?'

'Dat heb ik aan die kerel gegeven die langskwam nadat Niall was vertrokken.'

'Welke kerel?'

'Lawrence of zoiets. Van het leger of het ministerie van Defensie, weet ik het, ik was toen in alle staten. Maar hij leek alles van Niall te weten, zei dat ze hem zochten. Ik heb nooit meer iets van hem gehoord.'

'Maar Lawrence heeft zich wel geïdentificeerd?'

'Dat weet ik niet meer. Vast wel. Hij wilde weten waar ik dacht dat Niall gebleven kon zijn, en dat was allemaal voordat ik het wist van die blonde vrouw, dus ik zei dat hij misschien wel onder een brug sliep of zo, want hij had onze gezamenlijke rekening niet aangeraakt. Ik was ziek van bezorgdheid,' zei ze, met een snik waarvan zelfs Strike niet geloofwaardig zou kunnen beweren dat hij hem niet had gehoord.

'Wat erg, dit moet heel moeilijk voor je zijn,' zei hij. 'Ik weet dat het...'

Zijn kunstbeen schoot onder hem vandaan; even zweefde hij door de lucht, toen belandde hij met een klap op zijn rug in een modderige plas. De pomeriaan stootte een blafsalvo uit, alsof Strikes kreet van pijn een uitnodiging was geweest om te vechten.

'O god,' zei Jade paniekerig, haar blik gericht op de metalen staaf die uit zijn broekspijp stak. 'Pom Pom, hou je kóp. Je hebt geen been! Waarom heb je dat niet gezegd?'

'Ik heb wel een been,' zei Strike stompzinnig, terwijl de hond keffend om hem heen bleef dartelen. 'Nee,' zei hij toen Jade een hand uitstak om hem te helpen; hij had niks aan zo'n klein vrouwtje dat zijn hele gewicht zou moeten dragen, dat zou zijn alsof hij zich zou optrekken aan een blaadje dat aan de boom bungelde. Na meerdere pogingen, waarbij zijn handen onder de modder kwamen te zitten, slaagde hij erin zich overeind te hijsen, met gruwelijke pijn in zijn rechterknie en een hevig schrijnende stomp. Omdat hij geen medelijden wilde en het niet over zijn ontbrekende rechtervoet wilde hebben, zei hij geforceerd opgewekt: 'Niks aan de hand. Kom, we gaan verder.'

'Had het gewoon gezegd... We gaan terug over het pad.' Jades houding veranderde. Ze was nog steeds in tranen, maar keek nu met enige bezorgdheid hoe de nu totaal met modder besmeurde Strike moeizaam verder strompelde; hij kon niet meer verhullen dat hij mank liep.

'Had Niall alleen hersenletsel?' vroeg de detective.

'Nee,' antwoordde Jade. 'Hij had brandwonden op zijn rug en een soort deuk in zijn achterhoofd. Ik heb nooit geweten hoe hij daaraan is gekomen, hij vertelde me nooit wat hij deed tijdens militaire operaties. Maar zijn beste vriend in het regiment, Ben, is omgekomen toen Niall gewond raakte. Dat moesten ze steeds weer tegen Niall zeggen voordat het eindelijk bij hem bleef hangen. "Waar is Ben?" "Hoe gaat het met Ben?" Ben was getuige toen we trouwden,' zei Jade, met een nieuwe snik. 'Alles liep fout... Ik raakte zwanger en toen trouwden we en toen verloor ik het kind en daarna, iets van een maand later, raakte hij gewond. Toen hij uit coma kwam – na de dood van Ben – vond ik dat ik zo'n ontzettende mazzel had gehad... en toen verdween hij verdomme...'

'Wat erg,' zei Strike weer.

Ongeplande zwangerschappen, miskramen: hij werd tegen zijn zin herinnerd aan Bijou Watkins, en aan Charlotte, die in de tijd dat hun relatie op haar laatste benen liep had beweerd een baby te hebben verloren waarvan hij nooit zeker had geweten of die echt had bestaan.

Ze liepen langzaam terug naar Jades huis, pratend over van alles en niets, de met modder besmeurde Strike met steeds meer pijn. Toen ze bijna bij haar voordeur waren, bleef ze staan en zei ongemakkelijk: 'Ik zou je wel vragen binnen te komen, maar ik moet dadelijk weg.'

'Geeft niks,' zei Strike, die zeker wist dat ze loog, en dat ze niet wilde dat hij Rode Snor zou zien. 'Ik ben met de auto, ik maak de boel wel schoon in mijn hotel. Bedankt dat ik mocht komen.'

Hij kon haar geen hand geven omdat die onder de modder zat, dus salueerde hij vaag en liep weg. Na een halve minuut strompelen hoorde hij achter zich: 'Hé, Cameron!'

Ze had hem ingehaald, haar mobiel in haar hand.

'Ik heb een foto gemaakt van dat briefje dat Niall op mijn kussen had gelegd. Je mag het hebben, als je wilt. Dan app ik het.'

'Dat zou heel fijn zijn,' zei Strike. 'Dank je wel.'

'Oké, nou... veel succes met uitzoeken wie het lijk was.' Ze draaide zich om, liep terug naar het huis van haar echtgenoot, naar de nieuwe man die daar op haar wachtte.

60

Now that her hope was shattered her mind dropped naturally into a grim groove...

John Oxenham
A Maid of the Silver Sea

Ruim zevenhonderd kilometer verderop hield Robin op een industrieterrein in Walthamstow de ingang in de gaten van een grote opslagruimte waarin God's Own Junkyard huisde. Het was een combinatie van winkel, verhuurbedrijf en museum, volgepakt met honderden neonreclame's, sommige overgenomen van oude bedrijven, andere op bestelling gemaakt. Robin had een glimp opgevangen van het kleurrijke, felverlichte interieur toen de modellen, de fotograaf, de visagist en allerlei hulpjes rekken met kleding en accessoires naar binnen brachten. Ze had ook Valentine Longcaster gezien, die ze herkende van de foto's die ze online had gevonden. Hij had vaalblond haar met een lange pony en droeg zwarte jeans, een rood overhemd en een veelkleurig vest. Valentine had de week ervoor enkele artistieke foto's van neonborden op zijn Instagram geplaatst, en als antwoord op een vraag van iemand die een vriend van hem leek te zijn had hij gezegd: 'Bezig met voorbereidingen voor een fotoshoot dinsdag.'

Robins opwinding over wat ze die morgen te weten was gekomen via Tia Thomson was enigszins gezakt, en niet alleen omdat het bitter koud was en ze zich nogal opgelaten voelde daar tussen de pallets en de geparkeerde bestelbusjes, bekeken door nieuwsgierige automonteurs, van wie er een liep te krabben aan de vijf centimeter brede reep zichtbare billen boven de tailleband van zijn afgezakte jeans. Nee, de voornaamste reden van Robins toenemende chagrijn was dat ze een van de modellen had herkend die de loods waren binnengegaan: Ciara Porter, lang en hoekig, met een melkwitte huid en witblond haar. De bladen lieten nooit na om lezers van de roddelrubrieken eraan te herinneren dat Ciara Engels had gestudeerd aan Cambridge, maar voor Robin zou ze voor altijd een van de vrouwen zijn met wie Cormoran Strike het bed had gedeeld. Het wemelde er kennelijk van in Londen. Misschien had ze net in de bus ook wel tegenover een van hen gezeten, of was haar koffie voor vertrek door een ervan geserveerd.

Maak je toch niet zo druk om hem, je moet hiervanaf.

Ze betwijfelde of het urenlange posten hier in de kou iets zou opleveren. Ze kon niet bij God's Own Junkyard naar binnen gaan, want de zaak was vanwege de fotosessie gesloten voor het publiek, en als Valentine eindelijk naar buiten kwam, hoefde hij alleen maar in zijn auto te stappen en weg te rijden, want ze kon hem niet dwingen met haar over Rupert Fleetwood te praten. Toch was ze blij – als je haar rancune en chagrijn 'blij' kon noemen – dat ze een reden had gevonden om niet mee te hoeven naar dat stomme hotel in het Lake District.

Even verderop was een monteur aan een auto aan het sleutelen. Hij droeg een bandana over de onderste helft van zijn gezicht, als een bandiet. Robin zou willen dat ze ook zo'n ding had, al stond het misschien raar. Ze voelde haar lippen en haar tenen bijna niet meer.

Haar telefoon ging: Murphy.

'Hoi, Ryan.'

'Ik moet je iets vragen.' Hij klonk kwaad.

'Wat is er?' Robin ging een eindje verderop staan. Het was sowieso tijd om van positie te veranderen.

'Heeft jullie bureau geprobeerd foto's van het lijk van William Wright in handen te krijgen?'

O, shit.

'Wat... Waarom vraag je dat?' vroeg Robin.

'Geef verdomme gewoon antwoord!'

'Ryan, ik... Strike en ik hebben dat niet geprobeerd, maar inderdaad, Kim Cochran heeft foto's weten te krijgen.'

'VERDOMME, Robin!'

Robin hield de telefoon bij haar oor vandaan.

'Besef je wel... Ik had je nog gezégd hoe fucking gevoelig die hele zaak ligt!'

Blijkbaar had het nieuws dat ze bij de politie niet langer dachten dat Jason Knowles het lijk in de kluis was geweest Murphy nog niet bereikt.

'Kim heeft het op eigen initiatief gedaan. We hebben het haar niet gevraagd. Hoe...?'

'De ongelooflijke súkkel van wie ze ze heeft is betrapt toen hij kopieën maakte, en daarna zat hij met haar te borrelen, en nu is hij verdomme geschorst, onbetaald. Besef je wel...?'

'Ik besef dat je mij beschuldigt van iets wat ik niet heb gedaan.' Robin werd nu kwaad. 'Ik zeg net dat ik het haar niet heb gevraagd, ze dacht dat ze behulpzaam...'

'Nou, ik ben er niet bepaald mee geholpen als jullie een fucking positieonderzoek ondermij...'

'Wat hebben we ondermijnd? We hebben een paar foto's bekeken!'

'Waarom zou dat mens van Cochran denken dat fucking foto's helpen bij het vinden van Fleetwood?'

'De klant denkt dat Fleetwood het lijk was, dus het lijkt me duidelijk...'

'Jullie moeten die vrouw niet aan het lijntje houden en gewoon vertellen dat het Knowles was!'

'Misschien moet je eens met het team gaan praten dat de zaak behandelt, als je wilt weten hoe groot de kans is dat het Knowles was,' zei Robin kwaad. 'Ik moet gaan.'

Ze hing op, nu verscheurd tussen woede en chagrijn over zowel Murphy als Strike. Het was maar goed dat ze hem niet had verteld dat MI5 hun had opgedragen te stoppen met het onderzoek naar Niall Semple. Of over het vermeende lidmaatschap bij de vrijmetselaarsloge van hoofdinspecteur Truman. Of de rubberen gorilla die ze had verstopt in haar sokkenlade.

De man die zijn gezicht had afgedekt als een bandiet stond nog steeds naar haar te kijken.

61

The eyes of the cheerful and of the melancholy man are fixed upon the same creation; but very different are the aspects which it bears to them. To the one, it is all beauty and gladness... The other idly or mournfully gazes at the same scene, and everything wears a dull, dim, and sickly aspect.

Albert Pike
Morals and Dogma of the Ancient and Accepted Scottish Rite of Freemasonry

Tweeënhalf uur na zijn vertrek uit Crieff onderbrak Strike zijn reis naar het zuiden in het Schotse dorp Moffat, waar een zaakje op het marktplein hem voorzag van koffie en een hamburger, en een welkome gelegenheid om zijn knie rust te geven. De modder op zijn jas en broek was opgedroogd en het regende niet meer zo hard, maar de hemel werd halverwege de middag al donker. Strike veronderstelde dat veel mensen Moffat pittoresk zouden vinden, maar zelf bekeek hij alles met het negatieve oog van een man met een kater die zich toch al ellendig voelt. Zijn knie was dik en pijnlijk, en het standbeeld van een ram op een stapel rotsblokken, zichtbaar door het raam van de lunchzaak, maakte zijn gemoed nog somberder. Schapen, zelfs in brons gegoten, herinnerden hem algauw aan Robins vader, de hoogleraar schapengeneesmiddelen, en aan de avond die Robin en hij samen hadden doorgebracht in het Ritz, toen ze hem die informatie had verschaft.

Hij haalde zijn telefoon tevoorschijn en zocht de foto op die Jade hem had gestuurd, van het briefje dat Niall Semple had achtergelaten toen hij verdween.

> *Omnia in numeris sita sunt*
> generatief
> occult
> chaos
> heilzaam
> generatief
> chaos
> godheid
> heilzaam
> RL weet waar

Het enige wat Strike van het briefje begreep was het Latijnse zinnetje, dat betekende: alles ligt verborgen in getallen.

Hij zocht op zijn telefoon 'botanist William Wright' op en zag dat de man inderdaad was geboren in Crieff, maar begraven in Edinburgh. Vervolgens googelde Strike Dunkeld, en hij zag dat de brug daar was gebouwd door de vrijmetselaar Thomas Telford, en dat een brug over de Dee was aangelegd door de al even maçonnieke Isambard Kingdom Brunel. Strike herinnerde zich dat Semple met een onbekende vrouw had willen afspreken in een pub die de Engineer heette, en hij vroeg zich vaag af of de vrijmetselarij specifiek aantrekkelijk was voor ingenieurs, of vice versa.

Hij zocht de verschillende graden binnen de vrijmetselarij op en kwam te weten dat er maar liefst negen waren die 'ridder' genoemd werden. Hij opende weer De waarheid over vrijmetselaars en speurde de site af naar een vermelding van de SAS of de strijdkrachten.

Hij vond twee enigszins relevante draadjes. Het eerste, uit 2015, was een discussie over het aantal onderscheiden soldaten dat vrijmetselaar zou zijn.

K of the East:	Paddy Mayne, een van de oprichters van de SAS, was er zeker een. Omgekomen bij een botsing met een geparkeerde tractor in Ierland, na een vrijmetselaarsdiner.
Jeroboam9:	Weet vrij zeker dat Austin 'Fuzz' Hussey (ook SAS, Slag bij Mirbat) vrijmetselaar was.
Harry O'Dim:	Dat van Hussey is niet waar, maar Johnson Beharry (Victoria Cross) heel zeker wel.

De enige andere vermelding van het leger die Strike kon vinden was ook een korte uitwisseling.

St Geo:	Is het waar dat er een Sublieme Prins van het Koninklijk Geheim is omgekomen bij Operatie Toral?
DeMolay:	Ja
St Geo:	'een strijd van twee religies, recht tegenover elkaar, als twee geiten der duisternis op de brug van het Oneindige' – Pike

Strike las het citaat nogmaals. Er knaagde iets aan hem... Bruggen...

Zijn mobiel rinkelde, en hij zag het nummer van zijn vriend en tevens oudste politiecontact, Eric Wardle.

'Hé, zeg het eens.'

'Jij hebt foto's van het lijk in de zilverkluis,' zei Wardle.

'Aha,' zei Strike. Anders dan bij Robin versnelde zijn hartslag niet toen hij hoorde dat de politie daarvan op de hoogte was. 'Probleem?'

'Nou, het team dat op de zaak zit is serieus fucking woest op je,' zei Wardle. 'De collega die ze naar jullie heeft gelekt is geschorst.'

'Even voor de duidelijkheid: het was op eigen initiatief van een freelancer. Wat trouwens niet wil zeggen dat ik niet blij ben met die foto's.'

'Kim Cochran is een onruststoker,' zei Wardle op effen toon. 'Ze heeft gezeik veroorzaakt in elke baan waar ze heeft gewerkt, heb ik gehoord. Mannenverslindster.'

Strike koos ervoor te doen alsof hij dat niet had gehoord. 'Waar maken ze zich nou druk om? Dat ik die foto's heb of dat zij het hebben verkloot met hun bewering dat Knowles het lijk was?'

'Allebei. En ze zullen wel denken dat jij ze wilt aftroeven. Alweer.'

'Als ik de identiteit van het lijk weet te achterhalen, troef ik de politie niet af, maar Malcolm Truman,' zei Strike. 'Gaan ze die fout nog toegeven of blijven ze doen alsof het Knowles was?'

'Geen idee. Ik vond alleen dat je het moest weten. Als je ze voor de voeten loopt, zullen ze net zo lang zoeken tot ze iets hebben gevonden om jou in een kwaad daglicht te stellen.'

'Waarschuwing genoteerd. Heb je al enig idee wat er met het lijk van Knowles is gebeurd?'

'Nee. Ik zit tijdelijk thuis.'

'Ben je ziek?' vroeg Strike.

'Niet echt,' zei Wardle, en toen, omdat hij blijkbaar het gevoel had dat hij Strike een verklaring schuldig was: 'Depressie, zegt de dokter.'

'Aha. Juist.'

Wardle had een paar jaar geleden zijn broer verloren door een aanrijding waarbij de bestuurder was doorgereden. Strike wist dat hij sindsdien had geprobeerd een surrogaatvader te zijn voor zijn vier neefjes en nichtjes. Inmiddels was Wardles vrouw bij hem weggegaan, en ze had hun eigen baby van drie maanden meegenomen.

'Ik denk erover om ermee te kappen,' zei Wardle.

'Weg bij de politie?' vroeg Strike, die duidelijkheid wilde over wat Wardle precies bedoelde. Soms kozen mannen een andere uitweg. Hij had er een paar gekend.

'Ja,' zei Wardle. 'Ik ben gewoon zo fucking... moe.'

'Er is een baan voor je bij ons op het bureau, je kunt beginnen wanneer je maar zin hebt,' zei Strike. 'Gooi het over een andere boeg. Een fijn team – als je mij niet meetelt, natuurlijk.'

'Ha!' Wardle forceerde een lachje.

'Zin om samen een biertje te pakken als ik weer in Londen ben?'

'Ja, oké. Waar zit je nu?'

'Schotland. Ik bel je als ik terug ben.'

'Goed,' zei Wardle, al klonk hij niet enthousiast.

Toen het gesprek was beëindigd keek Strike uit het raam, nu nog somberder. Buiten was het harder gaan regenen. Hij pakte zijn vape, zag de afkeurende blik van de serveerster, stopte hem terug in zijn zak en bestelde een tweede kop koffie.

62

Ubi honor non est, *where no honour is,*
Ibi contempus est; *and where contempt,*
Ibi injuria frequens; *and where that,*
The frequent injury, Ibi et indignatio;
And where the indignation, ibi quies
Nulla; *and where there is no quietude,*
Why, ibi, *there, the mind is often cast*
Down from the heights where it proposed to dwell...

Robert Browning
Dominus Hyacinthus de Archangelis

Het was half zeven en donker op het industrieterrein. De meeste mensen die de units rondom God's Own Junkyard in en uit liepen waren vertrokken, al waren er wel enkele achterblijvers, waar Robin dankbaar voor was, want daardoor leek haar eigen aanwezigheid minder vreemd.

Uiteindelijk ging de deur van Unit Twaalf open, en Robin zag weer het felle neonschijnsel binnen. Ze keek toe hoe de drie modellen naar buiten kwamen, die al pratend sigaretten opstaken zodra ze de frisse lucht bereikten, alle drie in een dikke jas. Als laatste, nadat de rekken met kleding een bestelbus in gereden waren en de fotograaf en zijn assistent hun spullen hadden opgeborgen, kwam Valentine Longcaster naar buiten, en hij bleef even staan om een sigaret op te steken en een praatje te maken met de modellen. Het was nu of nooit, dacht Robin, die het zo koud had dat het haar niet meer kon schelen of ze weggestuurd zou worden, en ze liep naar het groepje toe.

'Meneer Longcaster?'

Valentine draaide zich om.

'Mijn naam is Robin Ellacott, ik ben privédetective en ik vroeg me af of ik u zou kunnen spreken over Rupert Fleetwood.'

Ze was zich sterk bewust van vier paar ogen die op haar gericht waren. Vooral Ciara Porter – die zo bleek zag dat ze licht gaf in het donker – staarde haar met grote ogen aan, en een van de andere modellen, haar zwarte haar in een kort jongenskopje geknipt, slaakte een kreetje en fluisterde duidelijk hoorbaar tegen Ciara: 'Wacht even, is dit PP?'

'Dat moet haast wel,' zei Valentine lijzig, en hij blies rook uit.

Robin, die ervan overtuigd was dat hij niet met haar zou willen praten, was van haar stuk gebracht toen hij zei: 'Oké, laten we het over fucking Rupert Fleetwood hebben.'

Het model met het jongenskopje lachte.

'Er is een restaurant hier vlakbij,' zei Robin, die niet van plan was Valentine uit te horen met publiek erbij. 'Zullen we daar praten?'

'Ik betwijfel of er iets fatsoenlijks zit in Walthamstow,' zei Valentine. 'Maar mij best, ik rijd achter je aan.'

'Ik ben niet met de auto,' zei Robin. 'Het is maar een paar minuten lopen.'

'Dan zie ik je daar. Hoe heet die tent?'

'Arte e Pasta,' zei Robin. 'Dan wacht ik daar op je.'

Ze draaide zich om en liep weg. Achter haar hoorde ze Valentine iets onverstaanbaars zeggen, gevolgd door een lachsalvo.

Het restaurantje, op drie minuten loopafstand, had een muurschildering op de buitenkant. Robin had het veel te koud om buiten op Valentine te wachten, dus ging ze naar binnen en koos alvast een tweepersoonstafeltje uit, onder het hoge plafond dat deels uit golfplaten bestond. Gekleurde lantaarns hingen aan ijzeren staven boven de tafels en aan de muur waren kindertekeningen geprikt. Robin betwijfelde of dit een zaak was waar Valentine Longcaster graag kwam.

Er verstreken twintig minuten zonder een spoor van Longcaster. Robin bestelde voor zichzelf mineraalwater en bekeek haar mail. Pat had Strike en haar allebei een bericht gestuurd om door te geven dat de plaatselijke krant weigerde om haar de contactgegevens van het gezin Mohamed te geven. Robin begreep het bericht pas toen ze de bijlage zag over Hafsa, het negenjarige Syrische vluchtelingetje. Op de foto stond een klein meisje met een lief, hartvormig gezicht en enorme ogen met lange, dikke wimpers. Robin zat nog naar de foto te kijken toen ze voelde dat er iemand boven haar uittorende. Ze keek op en daar stond Valentine.

In silhouet afgetekend tegen de neongloed van God's Own Junkyard had hij kunnen doorgaan voor vijfentwintig, omdat hij slank was en zich energiek bewoog. Zijn dikke, vaalblonde haar was heel kort geknipt aan de zijkant maar hij had een jongensachtige lange pony, en hij droeg eigenzinnige, jeugdige kleding. Maar toen hij plaatsnam tegenover Robin vond ze dat zijn veertig jaar hem goed aan te zien waren. Hij had een wat slappe kin en wallen onder zijn bloeddoorlopen ogen, waarvan de pupillen zo groot waren dat het blauw haast zwart leek. Er zat ook een cluster gelige puistjes bij zijn mondhoek, die hij had geprobeerd te verhullen met make-up.

'Goed.' Hij trok zijn zwarte jack uit. 'Waar is Decima?'

'Dat weet ik niet,' zei Robin.

'Hm-hm,' zei Valentine sarcastisch. 'Die denkt natuurlijk dat als ze zich maar lang genoeg schuilhoudt, Fleetwood bang wordt dat ze zichzelf iets heeft aangedaan en dan terugkomt?'

Er verscheen een jonge serveerster aan hun tafel.

'Wat kan ik hier veilig drinken?' vroeg Valentine op die lijzige toon van hem, en hij keek naar het meisje op.

'O, nou, we hebben...'

'Peroni,' zei hij.

'Ik hou het bij water,' zei Robin voordat de serveerster het kon vragen.

De serveerster ging Valentines bier halen. Robin pakte haar notitieboekje erbij.

'Mag ik vragen wanneer je Rupert voor het laatst hebt gezien?' vroeg ze.

'Dat mag je vragen. Ga je het ook doen?'

'Oké,' zei Robin. 'Wanneer heb je...?'

'Op 21 mei vorig jaar, zoals je al weet, want dat heeft Sacha aan korporaal Brokeby verteld.'

Robin koos ervoor om de beledigende bijnaam voor Strike te negeren.

'En sindsdien heb je geen contact meer met hem gehad?'

'Natuurlijk niet. Jezus.'

'Waarom "natuurlijk niet"?'

'Hou maar op met dat Miss Marple-gedrag, je lokt me heus niet uit mijn tent.'

'Hoe bedoel je?'

'Decima heeft je natuurlijk allang verteld dat ik Fleetwood een bedrieger en een ettertje vind. De familie is blij dat hij is opgedonderd.'

Robins mobiel ging. Ze haalde het toestel uit haar zak, zag het nummer van haar moeder en drukte dat weg.

'Je hebt op 21 mei ruzie gehad met Rupert, klopt dat?' zei ze tegen Valentine. 'Waar ging dat over?'

'Hij kwam onuitgenodigd naar Sacha's feest, en ik houd niet van klaplopers.'

'Wat kwam Rupert daar doen, weet je dat? Hij had dat tafelschip gestolen van je vader, dus het lijkt me gek...'

'Omdat hij zo dom is als het achtereind van een varken.' Valentine harkte zijn haar uit zijn ogen en keek Robin met die enorme zwarte pupillen kwaad aan. 'Hij geloofde niet dat mijn pa de politie zou bellen, vanwege de publiciteit, maar het kan pa geen zak schelen wat de pers over hem schrijft, en het zou hem al helemaal niks boeien wat er over Fleetwood zou worden geschreven. Ik zei op het feest dat mijn vader de politie had gebeld zodra hij merkte dat dat tafelschip weg was, dus raakte Fleetwood in paniek en sodemieterde weer op. Decima had hem de waarde van dat schip moeten terugbetalen, zodat hij het kon teruggeven. Blijkbaar heeft ze haar lesje niet geleerd.'

'Welk lesje?'

'Dat als je van een gigolo een vaste aanhanger wilt maken, je moet blijven dokken,' zei Valentine. 'Toen ze in de twintig was, is ze al eens getrouwd geweest met zo'n profiteur, heeft ze dat niet verteld?'

'Nee.'

'Nou, de familie heeft het dus al eerder meegemaakt. Mullins was een knappere versie van Fleetwood. Waardeloze businessideeën, wilde iedereen laten investeren en dumpte haar voor een knappere vrouw toen hij doorkreeg dat Decima geen geldautomaat is, al heeft ze wel hetzelfde figuur.'

De serveerster kwam Valentines bier brengen. Aangezien hij haar duidelijk niet ging bedanken, deed Robin dat.

'Hebt u een keuze kunnen maken?' vroeg de serveerster.

'Ik eet niks,' zei Valentine.

'Spaghetti carbonara, graag,' zei Robin, omdat ze vond dat een van hen het bezet houden van een tafeltje moest rechtvaardigen.

Toen de serveerster weg was, vroeg Robin: 'Dus jij denkt dat Rupert je zus in de steek heeft gelaten voor een andere vrouw?'

'Dat doen de meesten van haar vriendjes.'

'Jouw zus Cosima was van streek door iets wat Rupert op het feest tegen haar had gezegd, hè?'

'Ja, en?'

'Wat had ze dan gezegd?'

'Dat zijn verdomme jouw zaken niet.'

'Toch wel,' zei Robin. 'Ik word betaald om uit te zoeken waarom Rupert is verdwenen.'

'Hij is niet verdwenen, mens, hij zit in Amerika.'

'Hoe weet je dat?'

'Van Sacha.' Na een lichte aarzeling zei Valentine: 'Fleetwood was onbeschoft tegen Cosima toen ze zei dat hij niet zomaar op dat feest had mogen opduiken, oké?'

'Dus ze was naar hem toe gegaan? Om hem weg te sturen?'

'Nee,' zei Valentine. Maar toen: 'Misschien.'

'Sacha heeft tegen mijn collega gezegd dat Rupert ruzie leek te zoeken. Met wie zocht hij ruzie? Met Cosima? Met jou?'

Valentine nam een slokje van zijn Peroni.

'Want het klinkt niet logisch,' hield Robin vol, 'dat hij daar alleen maar kwam om wat te drinken. Hij zat dat weekend midden in een verhuizing. Dat geeft altijd stress, en het is veel werk. Bovendien heb ik een goede vriend van Rupert gesproken, Albie Simpson-White...'

'Wie?'

'Hij heeft in de club van je vader gewerkt. Zoals hij Rupert beschreef, is het niks voor hem om onuitgenodigd op een feest te verschijnen.'

'En toch deed hij het,' zei Valentine, 'dus blijkbaar is de mensenkennis van Albie met zijn fucking dubbele naam niet al te best, hè?'

'Volgens Sacha was Cosima in tranen. Huilt ze zo makkelijk, op een druk feest, alleen omdat een ongenode gast bot tegen haar doet?'

'Probeer je nou lollig te doen?' Valentines toon was plotseling agressief, en hij boog zich naar haar toe.

'Ik wil alleen...'

'Als jij of die fucking collega van je ook maar in de búúrt van Cosima durft te...'

'Dat is niet nodig, als je me gewoon antwoord...'

'Hoor je wat ik zeg?'

'Waarom heb je met dit gesprek ingestemd?' vroeg Robin, gespeeld beheerst. Toen hij zich daarnet naar haar toe boog, had ze een paar korreltjes wit poeder rond zijn neusgaten gezien; hij had cocaïne gesnoven, in de auto of vlak voor zijn vertrek bij God's Own Junkyard. 'Mensen stemmen meestal in met een ondervraging omdat ze willen nagaan wat we al weten.'

'Heb je dat van de grote detective geleerd? Die doorzichtige spelletjes?'

'Het is geen spelletje, ik...'

'Zit je dan aan die anderhalve voet van Brokeby zijn wijsheid op te slorpen?'

'Twee voeten, waarvan één kunst. Jij bedoelt anderhalf been, maar ga door.'

'Dat is precies zo'n opmerking die hij zou maken, om punten te scoren, dat pedante ettertje.'

'Laat dat "tje" maar weg, zo klein is hij niet,' zei Robin.

'Daar weet jij natuurlijk alles van.'

'Gaan we nu serieus met penistoespelingen beginnen?'

'*Quod si non aliud potest, ruborem ferreo canis exprimamus ore.*'

'Dat zul je moeten vertalen, ben ik bang. Ik heb nooit Latijn gehad.'

'Vraag dat maar aan dat fucking vriendje van je.'

'Mijn vriend spreekt ook geen Latijn.'

'Maar dit snapt hij wel.'

'Cormoran Strike is niet mijn...'

'O!' zei Valentine. 'Verveelt hij je nu al? Dat is snel.'

'We zijn niet samen, nooit geweest. Ik ben hier om...'

Haar telefoon ging weer. Het was Linda, voor de tweede keer. Robin weigerde het gesprek.

'Jullie neukten met elkaar zodra hij bij Charlotte was weggegaan.'

'Je bent verkeerd geïnformeerd.'

'Jij bent hier degene die verkeerd geïnformeerd is, schat.'

'Ik denk dat ik beter weet met wie ik het bed deel...'

'Wist je dat hij haar zwanger heeft gemaakt?'

'Meneer Longcaster, ik...'

'Wil je de harde feiten over je held liever niet horen?'

'Cormoran Strike is niet mijn held, hij is mijn zakenpartner,' zei Robin.

'Charlotte heeft me verteld dat je helemaal hoteldebotel was zodra hij ergens binnenkwam.'

'Ze heeft ons ongeveer anderhalve minuut samen gezien, hooguit.' Robin begon haar geduld te verliezen. 'En als ik het me goed herinner, keek ik toen alleen naar haar.'

'Vast wel. En, vond je het wat?'

'Waar slaat dat op?'

'De concurrentie inschatten, toch? Je kon het wel vergeten, van haar zou je het nooit...'

'Ik zag haar niet als concurrentie, dat is niet...'

'Weet je hoe ze jou noemde?'

'Dat interesseert me geen...'

'PP,' zei Valentine. 'Wil je weten waar dat voor staat?'

'Wij zijn wel klaar verder,' zei Robin, maar haar timing was belabberd, want de serveerster kwam net terug met een bord vol spaghetti en zette dat voor haar neer.

'Dank je wel,' mompelde Robin.

'Parmezaan?'

'Nee, dank je.'

De serveerster liep weg.

'We zijn klaar,' zei Robin nog een keer, maar Valentine bleef gewoon zitten.

'Als korporaal Brokeby naar mij toe was gekomen met dat gelul van "stel dat Fleetwood zich van kant heeft gemaakt", dat verhaal dat hij bij Sacha heeft opgehangen, dan had ik hem lik op stuk gegeven,' zei Valentine. 'Als hij het over fucking zelfmoord wil hebben, dan ben ik maar al te bereid om daarover te praten.'

'Nou, je hebt je kans gehad,' zei Robin, 'en je weigerde hem te woord te staan.'

'Het is zijn schuld dat Charlotte dood is.'

'Niet waar.'

'Hij heeft haar kapótgemaakt.'

'Ze waren al zes jaar uit elkaar toen ze het deed.'

'Heeft hij jou dat wijsgemaakt?'

Robin kreeg een akelig gevoel in haar maag. Had Strike dat ook voor haar verborgen gehouden? Was hij Charlotte blijven zien, en met haar naar bed blijven gaan, in al die jaren dat het zogenaamd uit was?

'PP staat voor *pit pony*,' zei Valentine meedogenloos. 'Zijn eigen mijnwerkerspaardje uit Yorkshire dat zich voor hem uitslooft.'

'Charmant,' zei Robin. 'Jij weet wel hoe...'

'Hij neukte andere vrouwen toen hij zogenaamd nog met haar was, hij sloeg haar verrot en toch hield ze verdomme van hem, en op de avond van haar dood heeft hij dingen tegen haar gezegd...'

'Volgens mijn informatie nam hij de telefoon niet op.'

'Misschien moet je een betere bron van informatie zoeken.'

Valentine ging staan en keek op haar neer. 'Je bent echt een fucking pit pony. Hij laat je sjouwen in het donker als een achterlijk beest. En nu sodemieter je op, en je blijft bij mijn familie uit de buurt. Ik wil jou nooit meer zien.'

Hij beende weg, jas over zijn schouder, vloekend tegen een vrouw die niet snel genoeg opzijging bij de deur.

63

The thoughts of others
Were light and fleeting,
Of lovers' meeting
Or luck or fame.
Mine were of trouble,
And mine were steady;
So I was ready
When trouble came.

A.E. Housman
VI, More Poems

Robin had totaal geen trek meer in haar spaghetti. Net toen ze overwoog om de serveerster te roepen en om de rekening te vragen, ging haar mobiel voor de derde keer. Toen ze zag dat het alweer haar moeder was, haalde ze diep adem, stak een vinger in haar vrije oor om het lawaai van het restaurant buiten te sluiten en nam op.

'Hoi mam, sorry dat ik niet opnam, ik was aan het werk. Is er iets?'

'De baby van Carmen is geboren,' zei Linda.

'Hè? Ik dacht dat ze pas...'

'Hij is een maand te vroeg. En het was een zware bevalling, en ze denken dat er iets mis is.'

Er trok een kille huivering door Robin heen. 'Met de baby?'

'Ja,' zei Linda. 'We wachten op nieuws, we zitten in het ziekenhuis.'

'Wat...?'

'Hij beweegt één armpje niet goed of zoiets. Ik weet het niet, we krijgen bijna geen informatie. Ze denken dat het bij de bevalling gebeurd is, beschadigde zenuwen of... Niemand lijkt het te weten.'

'Ach, nee toch.' Robin voelde zich volslagen hulpeloos. 'Ik... Wat kan ik doen?'

'Niks, niks. Ik moest het je alleen even... Robin, daar is de dokter. Ik bel je straks terug.'

Ze hing op.

'Is de spaghetti naar wens?' vroeg de jonge serveerster, die weer aan haar tafel stond.

'Ja, hoor.' Robin keek op. 'Mag ik de rekening?'

'Weet u zeker dat er niks...?'

'Nee. Alleen de rekening, alsjeblieft.'

Vijf minuten later liep Robin de ijskoude avond weer in, en ze vertrok in de richting van het dichtstbijzijnde station. Uiteindelijk, toen ze de spanning niet langer in haar eentje kon dragen, trok ze haar handschoenen uit en belde Ilsa.

'Hé, hoe gaat-ie?' vroeg die laatste toen ze na drie keer overgaan opnam.

'Sorry dat ik je weer lastigval, Ilsa. Ik moet met iemand praten. Of eigenlijk met jou.'

'Hoezo? Wat is er?'

'Ik... De vriendin van mijn broer is een maand te vroeg bevallen en er is iets mis met de baby, heb ik net gehoord.'

'O nee, Robin, wat erg...'

'Dat is het niet, daar kan ik vanavond niks mee,' zei Robin afwezig. 'Misschien zou ik me hier nu helemaal niet druk om mogen maken, maar Ilsa, ik moet het weten: was Strike gewelddadig tegenover Charlotte?'

'Wát?'

'Ik heb net een zekere Valentine Longcaster gesproken, en die...'

'Ach, hij!' Ilsa's toon was vernietigend. 'O, die ken ik wel. We hebben hem een paar keer ontmoet. Op een verschrikkelijk feest op een woonboot, en bij een of ander etentje in Belgravia. Waar ben je hém nou tegengekomen?'

'Lang verhaal,' zei Robin. 'Maar hij zei dus dat Strike Charlotte sloeg, en als dat waar is, Ilsa...'

'Niks van waar,' zei Ilsa.

'Weet je het zeker?' vroeg Robin, en nog terwijl ze het zei besefte ze dat niemand haar de absolute geruststelling zou kunnen geven waar ze zo naar snakte. Wie kon weten wat er gebeurde als een man en een vrouw alleen waren, door niemand gezien of gehoord? 'Ik kan niet met hem samenwerken als... Ik trek dit niet, boven op alles wat er...'

'Robin, zij viel hém aan. Ze gooide met spullen, krabde zijn gezicht open...'

'Hoe weet je dat dat geen zelfverdediging was?'

'Nou, om te beginnen: die avond op de woonboot greep ze met haar dronken kop een mes en begon ermee te zwaaien. We gingen allemaal weg, maar Nick was zo stom om zijn favoriete zonnebril te laten liggen, dus ging hij terug. Hij heeft het gezien door het raam, ze dreigde Corm met dat mes te steken, of zichzelf, en hij pakte het af en toen gleed ze uit. We hebben Corm nooit verteld dat Nick het had gezien, maar later, veel later, vertelde Corm aan Nick dat ze hem ervan beschuldigde haar op het dek te hebben gesmeten of zoiets idioots. Als hij dan zogenaamd gewelddadig was, waarom is hij dan degene die constant rondliep met een snee in zijn lip, en waarom smeekte ze hem steeds om bij haar terug te komen?'

Robin wilde Ilsa graag geloven, maar door de recente gebeurtenissen was ze nergens meer zeker van als het om Cormoran Strike ging.

'Luister, negen van de tien keer vertellen vrouwen de waarheid over mishandeling,' zei Ilsa, 'en ik kan het weten, ik heb genoeg gevallen meegemaakt in de rechtszaal, maar Corm slaat niet. Echt niet, Robin. Ik had vijf jaar geleden een afschuwelijke zaak: een vrouw probeerde de voogdij te krijgen over haar jonge dochter...'

Robin hoorde voetstappen achter zich. Ze keek over haar schouder, maar de man liep vijftig meter verderop. Ze werd niet graag gevolgd, na Harrods, en na het voorval waaraan ze een litteken van twintig centimeter op haar rechteronderarm had overgehouden. Niet dat deze man haar volgde natuurlijk, hij liep gewoon dezelfde kant op, in het donker. Bovendien was dit een woonwijk, met overal licht achter de ramen, volop mensen die haar zouden kunnen horen gillen...

'... zelf ook een achtergrond van geweld, dus de enige manier waarop ze de voogdij kon krijgen, was door hem nog slechter af te schilderen. Ze zei dat hij haar te lijf was gegaan met kapotte flessen en ijzerdraad...'

Beeldde Robin het zich in of versnelde de man achter haar zijn pas? Ze keek weer om. Ja, hij was nu echt dichterbij, en hij leek één hand onder zijn jas te steken.

'... viel door de mand. Het kon nooit gegaan zijn zoals zij beweerde. Intussen zat haar man onder de schrammen en blauwe plekken...'

De man achter Robin liep nu onder een lantaarnpaal. Hij droeg een latex gorillamasker.

'Ilsa,' riep Robin. 'Ik loop in Shernall Street, in de richting van station Wood Street, en ik word gevolgd, ik ga hem nu filmen en aan jou beschrijven.'

'W...?'

'Als er iets gebeurt, bel de politie!'

Hij kwam met grote passen op haar af. Robin hield haar telefoon omhoog alsof ze hem filmde en zei heel hard: 'Hij draagt een gorillamasker, is hooguit een meter vijfenzeventig, donker haar, groene jas, zwarte handschoenen...'

De man ging nu langzamer lopen. Ze kon zijn ogen zien fonkelen achter de gaatjes in het masker.

'Je moet ermee ophouden,' zei hij zacht, en hij kwam dichterbij terwijl ze achteruitliep. 'Kappen. Gewoon ermee kappen.'

Hij trok een dolk onder zijn jas vandaan.

'ILSA,' schreeuwde Robin. 'HIJ HEEFT EEN MES.'

64

She thought, moreover, real lies were – lies told
For harm's sake; whereas this had good at heart...

Robert Browning
Pompilia

'Je moet ermee ophouden,' zei de man nog een keer vanachter het masker. 'Oké? Laat het rusten. Dan zal je niks gebeuren. Kap ermee.'

Voordat Robin iets kon zeggen of doen gooide hij de dolk voor haar voeten en sprintte weg.

Ilsa schreeuwde nog aan de telefoon. Te verbijsterd om te bevatten wat er zojuist was gebeurd staarde Robin naar de dolk die op het trottoir lag, en toen bukte ze om hem te bekijken.

'BEN JE ER NOG? ROBIN!'

'Ja.' Robin hield de telefoon weer bij haar oor. Haar hart leek in haar keel te kloppen. 'Ik ben er. Alles oké. Hij is weggerend.'

'JEZUS, ROBIN!'

'Het is al goed, niks aan de hand. Hij heeft me niks...'

'Gaat het wel?' vroeg een man op pantoffels die uit het dichtstbijzijnde huis naar buiten was gekomen. 'Ik hoorde iemand gillen.'

'Ja,' zei Robin, terwijl Ilsa van alles riep in de telefoon, die ze had laten zakken om hem antwoord te geven. 'Ja, dank u wel, het is oké. Ik werd gevolgd door een man, maar hij is nu weg.'

'Weet je zeker dat het goed gaat?'

Hij was wat ouder, en toen hij dichter bij de lantaarnpaal kwam staan, zag ze zijn bezorgde gezicht.

'Ja, echt, maar dank u wel – heel lief dat u kwam kijken.'

De man ging zijn huis weer in.

Robin hield de telefoon weer bij haar oor. 'Het is al goed, Ilsa. Hij heeft dat mes naar me toe gegooid.'

'Wát?'

'Ja, stom hè?' zei Robin, die juist kracht putte uit Ilsa's paniek. 'Lekkere belager is dat.'

'Heeft hij dat mes naar je toe gegooid?!'

'Ja.' Robin staarde naar de dolk die op de grond lag. Het meer dan twintig centimeter lange lemmet zag er bot uit. De dolk had een zwart heft en een koperen dwarsverbinding, waar een bekend symbool in gegraveerd was. Robin haalde haar handschoenen uit haar zak, trok ze weer aan met de telefoon tussen haar oor en haar schouder geklemd en raapte het mes op. Ilsa praatte door.

'Sorry, wat zei je?' Robin kwam overeind met de dolk in haar hand. Die was een kleine veertig centimeter lang, zwaar, en overduidelijk ceremonieel van aard, geen echt wapen. Toch zou je er iemand flink mee kunnen verwonden.

'Ik zei: bel de politie!'

'Ik betwijfel of ze hem te pakken zouden krijgen.' Robin bekeek het symbool met de passer en de winkelhaak. 'Het is donker en hij droeg een masker. Geen camera's... bovendien ben ik ongedeerd. Hij wilde me alleen maar bang maken.'

'Alsof het daar verdomme om...'

'Vanaf waar is hij me gevolgd?' vroeg Robin, meer aan zichzelf dan aan Ilsa.

'Robin, je jaagt me de stuipen op het lijf.'

'Het is oké, echt... nu moet ik alleen die dolk zien te verbergen, zodat ik niet word gearresteerd in de metro.'

Robins telefoon begon piepjes uit te stoten.

'Ilsa, sorry, dat is mijn moeder. Ik moet opnemen.'

'Maar...'

'Ik bel je terug.'

Verderop in het donker dook een man op die zijn hond aan het uitlaten was. Robin stopte de maçonnieke dolk weg onder haar jas, trok de ceintuur aan zodat hij er niet uit zou vallen en nam het gesprek van haar moeder aan.

'Hoi, mam.'

'O, Robin, wat een nachtmerrie,' zei Linda, die duidelijk huilde.

'Wat is er?' vroeg Robin geschrokken.

'Martin heeft net gedreigd de dokter te slaan...'

'Wát?'

'Carmen blijkt een androïde bekken te hebben.'

'Wat is dat?'

'Daar kan de baby moeilijk doorheen, en ze denken dat hij daardoor bij de geboorte geblesseerd is geraakt. Als hij voldragen was geweest, hadden ze waarschijnlijk een keizersnede gedaan. Martin is nu boos dat ze dat niet eerder hebben gezien en er niet naar gehandeld hebben, ze heeft negentien uur weeën gehad, en nu wordt hij onder begeleiding het ziekenhuis uit gezet...'

Robin liep door, haar moeder snikkend in haar oor, en ze kon niets bedenken om te zeggen.

'Waar is papa?'

'Die is achter Martin aan, om te proberen hem tot bedaren te brengen.'

'Mam, wat rot. Ik wou dat ik iets kon doen...'

'O jee, wacht, Stephen is er.' Linda's stem werd gedempt. 'Dat is Robin, Stephen, ik vertel haar net... Ja, daar ben ik weer,' zei Linda in de telefoon.

'Maar wat is er nou met de baby? Je zei dat zijn armpje niet beweegt.'

'Ze zeggen dat de zenuwen beschadigd zijn, iets met een verlamming – ze moeten nog onderzoek doen. Ze zeggen dat het nog goed zou kunnen komen, als het dat is, maar ze lijken zich wel echt zorgen te maken...'

'Mam, ik...' Maar Robin kon niets bedenken wat zou kunnen helpen. 'Wil je... Veel liefs voor Carmen, zeg maar dat ik me erop verheug om... Heeft hij al een naam?'

'Ze zeggen dat ze hem Dirk gaan noemen,' zei Linda. 'Kan me niet schelen, als het maar goed komt. Met jou is alles toch wel goed?'

voegde Linda eraan toe, omdat ze kennelijk vond dat ze daarnaar moest informeren.

'Met mij?' Robin bleef even staan om haar ceintuur strakker aan te trekken, want de dolk gleed weg. 'Heel goed. Maak je om mij maar geen zorgen.'

Robin, nu hyperalert, haastte zich naar huis, herhaaldelijk over haar schouder kijkend. Eenmaal in haar appartement stopte ze de dolk met het gegraveerde passer-en-winkelhaaksymbool in een nieuw diepvrieszakje en verstopte dat in haar ondergoedlade, bij de rubberen gorilla die haar bij Harrods in de hand geduwd was.

Was het dezelfde man geweest? Had ze – de gedachte was onbedwingbaar – oog in oog gestaan met Oz?

Voordat ze de gordijnen in de huiskamer dichttrok, tuurde ze naar de straat beneden om zich ervan te verzekeren dat zich daar niemand ophield die stond te kijken. Ze zei tegen zichzelf dat de methodologie van haar belager ook wel iets komisch had: haar die dolk voor de voeten gooien was een belachelijke anticlimax geweest, als de daad van een kind. Maar het gorillamasker had haar van streek gemaakt, veel meer dan het mes; het masker was verachtelijk, persoonlijk, bedoeld om een atavistische angst op te roepen. In de twintig minuten sinds haar thuiskomst was ze al drie keer naar haar voordeur gelopen om te controleren of ze die wel had vergrendeld, en of ze haar alarm had ingeschakeld.

Hoe langer Robin erover nadacht, hoe zekerder ze wist dat de man haar die ochtend gevolgd moest zijn vanaf haar appartement, dat hij met haar in dezelfde bus was gestapt en zich had opgehouden op dat industrieterrein, en nu ze erover nadacht: de man met de bandana die daar rondhing had hetzelfde donkergroene jack gedragen als de man met het gorillamasker. Hij had zich voorgedaan als een van de vele mensen die op het industrieterrein werkten en zijn kans afgewacht om haar de stuipen op het lijf te jagen met zijn masker en dolk, en om zijn boodschap af te geven. Ze voelde zich vernederd: zij die speciale trainingen had gevolgd om anderen te schaduwen en te voorkomen dat ze zelf geschaduwd werd zou toch beter moeten weten. Ze kende alle trucjes, omdat ze ze zelf toepaste: jas aan- en uittrekken, subtiel van uiterlijk veranderen, gezicht bedekken, steeds een nieuwe positie innemen. Hij was er niet eens heel goed in geweest: ze had al eerder opgemerkt dat hij naar haar stond te staren.

Natuurlijk wist ze maar al te goed waarom ze zo achteloos was geweest. Opgelucht om alleen te zijn, om geen vrolijkheid meer te hoeven veinzen tegenover Murphy, was ze weer verzonken in gepieker over Strike en Bijou Watkins, en daarna werd ze afgeleid door de aanwezigheid van Ciara Porter bij de fotosessie.

Gespannen, kwaad op zichzelf, en ondanks het feit dat ze de hele dag amper iets had gegeten nam Robin maar twee hapjes van de boterham die ze voor zichzelf had klaargemaakt en gooide de rest in de vuilnisbak. Ze overwoog om haar vriend te bellen maar besloot het niet te doen, nog steeds kwaad over de manier waarop hij tegen haar had gesproken. En ze kon hem toch niet vertellen over de man met de dolk; hij zou er veel te veel van maken, en het laatste waar ze nu op zat te wachten was zijn bezorgdheid, of alweer die bezwering dat ze geen onderzoek moesten doen naar het lijk in de kluis.

Nee, de enige die ze hierover kon vertellen – de enige die ze het móést vertellen – was Strike. Ze pakte opnieuw haar telefoon en dacht er even over na, en toen besloot ze om het hem de volgende dag te vertellen, als ze samen in Ironbridge waren.

De bovenbuurman was waarschijnlijk niet thuis, want er dreunde geen muziek door het plafond. Dat was fijn, nu zou Robin het kunnen horen als er iemand op de overloop liep, en ze zou op tijd gewaarschuwd worden als iemand haar flat probeerde binnen te dringen. Ze liet het bad vollopen. Twee keer draaide ze snel de kraan uit, ervan overtuigd dat ze iets hoorde bij de voordeur.

Er wordt heus niet ingebroken. Doe eens rustig, zeg.

Eenmaal in bad probeerde ze te genieten van het warme water, zich te ontspannen. Ze moest straks kunnen slapen, want morgen moest ze om vijf uur op om de huurauto te gaan halen waarmee ze naar Ironbridge zou rijden voor het gesprek met de oma van Tyler Powell.

Het gorillamasker verscheen steeds voor haar geestesoog, de pupillen fonkelend in het licht van de lantaarnpaal. Dit was de derde man die haar in het donker had belaagd: ze dacht terug aan de handen die haar keel hadden dichtgeknepen in het trappenhuis, het snerpende geluid van haar alarm, het mes dat door haar huid sneed...

Charlotte Campbell zwaaiend met een mes op een woonboot; *Het is zijn schuld dat Charlotte dood is*; een te vroeg geboren baby met een lam armpje; *Vijfenvijftig procent kans op een levende geboorte;* de kist op Chapman Farm; *Je weet niet hoe het is om dodelijk ongerust te zijn over je dochter*; een armband, een dolk en een rubberen gorilla, verstopt voor de man met wie ze een koophuis zocht; *Als je verdomme een politieonderzoek gaat ondermijnen... We zijn alleen op zoek naar Rupert Fleetwood... Ik ben echt teleurgesteld dat we het huis niet hebben gekregen... Met mij? Prima. Maak je om mij maar geen zorgen...*

Ze kon de mensen die werden verondersteld van haar te houden niet de waarheid vertellen, want ze wilden de waarheid niet horen, ze wilden dat zij degene was van wie de leugens geen leugens waren.

Het bad hielp niet. Charlotte Campbell was doodgebloed in een badkuip als deze...

Robin stapte uit bad, trok de stop eruit alsof ze haar duistere gedachten samen met het water zou kunnen wegspoelen, droogde zich af en deed haar pyjama aan. Voor de allereerste keer sinds ze naar dit appartement was verhuisd zou ze willen dat ze niet alleen woonde, en ze moest meteen denken aan de nacht dat Strike hier had gelogeerd, snurkend op de bank; ze had het geluid geruststellend gevonden, omdat hun kantoor verwoest was door een explosief...

Waarom dacht ze nu aan Strike, niet aan Murphy? Ze deed de tv aan en zette die vrijwel meteen weer uit. Ze wilde voetstappen kunnen horen.

Je bent echt een fucking pit pony. Sjouwen in het donker als een achterlijk beest.

Laat het rusten, dan zal je niks gebeuren. Kap ermee.

65

Little is the luck I've had
And oh, 'tis comfort small
To think that many another lad
Has had no luck at all.

A.E. Housman
XXVIII, *Last Poems*

Strike had de inklapbare wandelstok die hij altijd bij zich had voor noodgevallen gebruikt om de Travelodge in Penrith in en uit te gaan, en voordat hij ging slapen had hij het uiteinde van zijn stomp dik ingesmeerd met de gebruikelijke zalf. Helaas had geen van beide maatregelen geholpen tegen de pijn in zijn rechterknie, die nog steeds dik was en zich verzette tegen het geringste gewicht en de kleinste beweging.

De rit naar Ironbridge de volgende morgen was daarom oncomfortabel, ondanks het feit dat de Audi een automaat was. Het hield op met regenen terwijl hij naar het zuiden reed, maar de zon die zo nu en dan doorbrak deed weinig om hem op te beuren. Hij had nu moeten vertrekken uit het hotel in het Lake District met Robin aan zijn zijde, ofwel zielsgelukkig omdat zijn liefde voor haar wederzijds bleek te zijn en (nog beter) geconsummeerd was, of – en in zijn huidige sombere stemming twijfelde hij er niet aan dat dit altijd al waarschijnlijker was geweest – beiden extreem opgelaten omdat ze hem had afgewezen. Maar zelfs dat had hij liever gehad dan deze ronduit depressieve toestand. Het was niet eerloos om te verliezen als je alles op het spel had gezet; hij zou het wel aangekund hebben, en dan had hij tenminste geweten dat hij het had geprobeerd. Neergeschoten worden voordat je zelfs maar je loopgraaf uit was, dat was pas oneervol verliezen.

Het stadje Ironbridge was prachtig, wat Strike niet had verwacht. Een theatrale ijzeren boogbrug overspande de slijkgroene Severn, die werd omzoomd door dikke bomen en struiken. Huizen leken van de steile noordoever te tuimelen, waar parallel aan de rivier de hoofdstraat lag, met winkels, eettentjes en pubs die een ouderwetse jarenvijftiguitstraling hadden, de uithangborden verlicht door het winterse zonlicht. Strike genoot er niet van, hij had liever flatgebouwen met graffiti en kapotte ramen gezien, dat paste beter bij zijn gemoedstoestand.

Hij liet zijn Audi achter op het parkeerterrein van de Swan Taphouse en wilde net Robin zijn locatie appen, toen hij haar honderd meter verderop uit haar eigen huurauto zag stappen. Hij vond het vervelend dat hij de stok moest gebruiken om naar haar toe te lopen, het voelde als vragen om medelijden.

Robin, die die nacht maar een paar uur geslapen had – met dromen waarin ze zich had verslapen en te laat was om de huurauto op te halen; dromen over de kist op Chapman Farm en over Murphy die tegen haar tekeerging – had zich onderweg voorgenomen zich volkomen natuurlijk te gedragen tegenover Strike als ze hem zag. Murphy had haar gebeld tijdens de rit naar het noorden om zich te verontschuldigen voor zijn woeste reactie op de foto's van het lijk in de kluis, en ze hadden hun plan bevestigd om de volgende dag het huis met de twee slaapkamers in Walthamstow te gaan bezichtigen. Robin had haar vriend natuurlijk niet verteld dat ze was bedreigd met een vrijmetselaarsdolk.

Toen ze elkaar naderden, allebei wat ongemakkelijk, hadden ze elk hun eigen, totaal verschillende gedachten. Strike bedacht dat Robin er beslist niet op haar best uitzag. Ze had nog steeds niet alle kilo's terug die ze op Chapman Farm had verloren, en in dit heldere winterlicht oogde ze erg mager en moe. Ze had ook een zwarte veeg onder haar rechteroog. Maar dat maakte allemaal niet uit: hij verlangde naar haar zoals hij zijn hele leven nog nooit naar een vrouw had verlangd, en het was te laat.

Intussen zag Robin Strike mank naar haar toe komen lopen, en ze kon het niet uitstaan van zichzelf dat ze hem zo aantrekkelijk vond, verfomfaaid en slecht geschoren als hij was. Het had lang geduurd voordat Robin begreep wat andere vrouwen zo sexy leken te vinden aan deze beer van een man met zijn gebroken neus en zijn overgewicht, en het was buitengewoon verontrustend om hem uitgerekend nu fysiek aantrekkelijk te vinden. Ze moest haar kijk veranderen, zich alleen nog richten op Murphy (*Wie is die dubbelganger van Paul Newman*?), want Strike was een leugenaar die zowel vriendinnen als baby's verborgen hield voor zijn zakenpartner.

'Hallo,' zei hij toen ze de laatste meters die hen van elkaar scheidden hadden overbrugd, waarbij ze allebei hun best deden vooral niet naar de ander te kijken. 'We hebben nog een half uur voordat we naar Dilys moeten, toch?'

'Ja.'

'Zullen we ergens koffiedrinken?'

'Oké,' zei Robin. 'Ik denk dat dat hotel daar open is.'

Ondanks haar voornemen om zich natuurlijk te gedragen hoorde ze zelf hoe onvriendelijk haar stem klonk toen ze wees naar het Tontine Hotel, een groot achttiende-eeuws gebouw met heldergroene luiken en uitzicht op de ijzeren brug.

Zwijgend staken ze de weg over. Robin had kunnen vragen waarom haar collega met een stok liep, maar aangezien hij er over het algemeen een hekel aan had als er werd geïnformeerd naar zijn been, besloot ze dat niet te doen. Intussen vroeg Strike zich tegendraads af waarom ze niet kon informeren naar zijn been.

Toen ze bij het raam zaten in de hotelbar, allebei met koffie, vertelde Strike Robin over zijn gesprek met Jade Temple, waarbij hij wegliet dat hij een kater had gehad en halverwege de ondervraging met zijn reet in de modder was beland, want zijn reputatie als detective was op dat moment zo'n beetje het enige wat nog voor hem sprak, en hij verdomde het om dat ook nog op te geven.

'Als Niall er mentaal zo slecht aan toe was dat hij niet over een brug heen durfde,' zei Robin toen Strike uitgepraat was, 'is het dan waarschijnlijk dat hij er in die toestand met een minnares vandoor is gegaan? Zou die vrouw zich geen zorgen over hem gemaakt hebben? Zou ze de verantwoordelijkheid willen dragen?'

'Geen idee,' zei Strike. 'Maar eerlijk gezegd denk ik dat het huwelijk van de Semples geen verbintenis van gelijkgestemden was. Zij komt uit Colchester, wat betekent dat ze hem waarschijnlijk heeft ontmoet toen hij nog 3 Para was, want die hebben daar hun basis. Bot gezegd worden de mannen in zulke regimenten gewaarschuwd voor meisjes uit de omgeving die aan het dorpsleven willen ontsnappen. Ze ziet er goed uit, dat wel, maar ik kan me niet voorstellen dat die twee veel gemeen hadden. Semple is door de SAS-selectie gekomen, dus hij moet zeer intelligent zijn, en ze heeft zelf gezegd dat ze allebei vreemdgingen voordat ze trouwden. Ik denk dat ze zwanger geraakt is, dat hij zich in een hoek gedreven voelde en dacht dat hij het juiste deed door met haar te trouwen.'

Zwaar geïrriteerd door Strikes lef om zo nonchalant over ongewenste zwangerschappen te spreken, en zijn impliciete kritiek op Niall Semple omdat hij zich had ingelaten met een vrouw met wie hij niets gemeen had, zei Robin: 'Heb je haar gevraagd naar Reata Lindvall en België?'

Shit. Helemaal vergeten.

'Ja. Geen verband,' zei Strike.

'Heb je gevraagd of hij een zekere Oz kende?'

Fuck. Ook dat had hij niet gevraagd.

'Ja. Ze dacht van niet.'

'Oké.' Robin deed haar best om koel en professioneel te klinken. 'Hoe groot acht jij de kans dat Niall Semple de man in de kluis was?'

'Alles in aanmerking genomen iets groter dan de kans dat het Fleetwood was,' zei Strike. 'Omdat hij vrijmetselaar is, en volgens Jade was hij na zijn hersenletsel nogal geobsedeerd door de vrijmetselarij. Bovendien is er een connectie met de naam William Wright. Aan de andere kant: zou hij in staat zijn geweest om zo'n ingewikkelde leugen op te hangen door zich voor te doen als Wright, met die hersenschade? En waarom ging hij meer dan dertig kilometer hardlopen? Dat klinkt mij in de oren alsof hij ergens voor trainde, of dácht dat hij ergens voor trainde. Ik vraag me steeds af of hij niet het land uit is, misschien op zoek naar het slagveld, om wraak te nemen voor zijn beste vriend.'

'Maar als hij uit Engeland vertrokken was, zouden we het weten.'

'Denk je dat SAS'ers altijd op hun eigen paspoort reizen?'

'O.' Dat was nog niet bij Robin opgekomen.

'We hebben het hier over een man die kan navigeren op de stand van de sterren, gebouwen kan beklimmen zonder touw en in twee weken Arabisch kan leren – het is het neusje van de zalm, de SAS. Ik kan me niet voorstellen dat zo'n man het belangrijk zou kunnen vinden om te infiltreren in een zilverwinkel in Londen.'

'Misschien had hij door zijn hersenletsel abnormale belangstelling gekregen voor het Murdoch-zilver?'

'O ja, ze heeft me ook een foto gestuurd van het briefje dat hij voor haar heeft achtergelaten.' Strike pakte zijn telefoon erbij, en Robins woede laaide nog verder op omdat hij haar suggestie negeerde. Toch pakte ze de mobiel aan en las het vreemde bericht.

'RL weet waar,' las ze hardop. 'Enig idee wat dat betekent?'

'Nee,' zei Strike.

Het kwam nu pas bij hem op dat dit de initialen waren van Reata Lindvall, maar aangezien miljoenen andere mensen dezelfde initialen hadden, leek het hem niet buitengewoon relevant.

'Wat ik verder heb ontdekt, is dat hij dat koffertje aan zijn pols had bevestigd. Dat vermoedde ik al toen ik de foto in de pers zag.'

'Denk je dat er iets waardevols in zat?'

'Dat zou de meest voor de hand liggende verklaring zijn, maar in dat geval moet hij dat waardevols in handen hebben gekregen tussen zijn vertrek uit Crieff op 27 mei en zijn bezoek aan die pinautomaat op 4 juni. Jade zegt dat hij niks waardevols van huis heeft meegenomen. Misschien wat oude boeken over de vrijmetselarij.'

'Nou, het is me gisteren gelukt om Tia Thompson te spreken, de vriendin van Sapphire,' zei Robin, en toen ze Strike zijn telefoon teruggaf, zorgde ze ervoor dat hun vingers elkaar niet raakten.

'Ha, goed gedaan,' zei Strike om haar gunstig te stemmen, maar ze glimlachte niet. Na een samenvatting van wat Tia haar had verteld, zei ze: '... en het laatste wat ze me vertelde was dat een geheimzinnige man in de muziekbusiness tegen Sapphire had gezegd dat ze hem deed denken aan een Zweeds meisje dat hij had gekend.'

'Heel interessant,' zei Strike. Hij koos ervoor om niet hardop te zeggen dat 'Je ziet eruit als een Zweedse' nogal makkelijk werd gezegd tegen een jonge blonde Britse die je probeerde te vleien. Maar hij zei wel, nog steeds in een poging bij haar in een goed blaadje te komen: 'Nou, we worden niet bepaald overspoeld met kandidaten voor Rita Linda, dus moeten we Lindvall zeker in gedachten houden... Over schoolkinderen gesproken: Pat denkt dat ze Hussein Mohamed heeft gevonden – of in elk geval zijn dochter.'

'Ja, ze mailde me.'

'We zouden met de foto van dat meisje uit de krant...'

'... kunnen gaan rondhangen bij basisscholen in Forest Gate en haar dan volgen naar haar huis?' zei Robin.

'Bij Tia Thomson heeft het gewerkt.'

'Ik ben haar niet gevolgd naar haar huis, en Tia is zestien. Vind jij dat serieus hetzelfde als het stalken van een kind in een rolstoel dat net aan een burgeroorlog is ontsnapt?'

'Ik heb het niet over stalk... Oké, laat maar, het was maar een ideetje.'

'Laten we de koffie afrekenen, we hebben niet veel tijd meer.'

'Doe ik wel.' Strike pakte zijn portefeuille.

'Ik moet naar de wc.' Robin stond op. 'Eh... Dily's huis ligt aan een steile weg, ik zag het bord net. Als je been slecht is...'

'Gaat prima,' zei Strike kortaf.

Dan zoek je het maar uit, dacht Robin, en ze ging op zoek naar het damestoilet.

Strike vroeg de rekening en keek toen somber uit het raam naar de enorme ijzeren brug. Ineens besloot zijn onderbewustzijn hem toe te werpen wat al die tijd in de lunchzaak in Moffat aan hem had geknaagd. De onbekende Schotse vrouw die twee keer naar kantoor had gebeld om hem om hulp te vragen en had beweerd dat hij naar de Golden Fleece moest komen, had gezegd: *Het is verstopt onder de brug.*

Intussen keek Robin in de spiegel boven de wasbak waar ze haar handen stond te wassen, en ze zag niet alleen hoe bleek en moe ze eruitzag, maar ook dat er een grote zwarte mascaraveeg onder haar rechteroog zat. Dat had Strike weleens mogen zeggen, dacht ze woest terwijl ze hem wegveegde.

66

... it was only the mistaken justice of a simple people that wanted blood for blood, and was not over-heedful as to whose blood so long as its own sense of justice was satisfied.

John Oxenham
A Maid of the Silver Sea

Robin had niet gelogen over New Road: de weg was zo steil dat Comrie Road in Crieff erbij verbleekte tot een licht hellinkje. De straat liep slingerend omhoog achter de hoofdstraat, en de stijgingsgraad was zodanig dat Strike ondanks de kou algauw zweette van pure pijn, en hij moest om de paar meter stoppen, al wilde hij dat beslist niet.

'Luister,' zei Robin, haar boosheid tijdelijk gedempt door medelijden, 'ik kan makkelijk alleen met Dilys gaan praten.'

'Nee,' bracht Strike hijgend uit. 'Ik ga mee.'

Een mengeling van trots, koppigheid en een laatste restje van zijn vastberadenheid om zo veel mogelijk tijd met Robin door te brengen dwong hem om door te lopen. Murphy, dacht hij terwijl zijn knie schreeuwde om genade, zou ongetwijfeld die heuvel op huppelen als een fucking gazelle.

De huizen aan beide kanten van de smalle weg waren gericht op de rivier beneden, zodat de woningen rechts van hen met de achterkant naar hen toe stonden. Ze waren allemaal vrijstaand en goed onderhouden, sommige van baksteen, andere geschilderd en in cottagestijl, met klimplanten rond de voordeur. Robin, die had geprobeerd haar snelheid aan te passen aan Strike zonder al te duidelijk te treuzelen, bleef opeens uit zichzelf staan en staarde naar een ronde blauwe plaat op een huis in een kort rijtje.

'Strike.'

'Wat?'

Ze wees. Hij volgde haar vinger.

HIER HEEFT GEWOOND

BILLY WRIGHT CBE

1924-1994

LEGENDARISCHE AANVOERDER

VAN ENGELAND EN WOLVES

'Jezus,' mompelde Strike, blij dat hij even kon blijven staan, en hij deed zijn best om niet te laten merken dat de wandelstok zijn halve gewicht moest dragen. 'Billy Wright... dat had ik moeten bedenken... Ik heb hem nooit gezien als William...'

'En de oma van Tyler woont hier vlakbij.' Robin wees naar een huis dat iets kleiner was dan de panden ernaast en in een fletse tint oranje was geschilderd.

'Vlakbij' was een relatief begrip, dacht Strike. Het kostte hem nog eens vijf minuten van pure marteling om de houten voordeur van Dilys Powell te bereiken.

Robin klopte aan, en nog een keer. Ze wachtten.

'O nee,' zei Robin. 'Ze klonk behoorlijk vaag, allebei de keren dat ik haar sprak. Misschien is ze vergeten dat we zouden komen?'

Strike kon nog net een vloek binnenhouden. Robin tuurde naar binnen door het stoffige raam, langs de plastic bloemen die in een karaf op de vensterbank stonden, naar de kamer die de sfeer had van het huis van een oude dame, met fauteuils waar antimakassars op lagen, goedkope stenen beeldjes en een paars kleed met een druk patroon.

'Het huis van Tylers ouders is een eindje verderop,' zei Robin. 'Zullen we het daar eens proberen?'

'Prima.' Strike probeerde het te doen voorkomen alsof dat geen enkele moeite zou kosten.

Daar gingen ze weer, Strike nu naar opzij gebogen in een poging de wandelstok te gebruiken als reservebeen.

Op de top van de heuvel stond een wit huis dat groter was dan dat van Dilys, met voor de deur een TE KOOP-bord. Robin klopte aan. Geen reactie. Ze ging door het raam kijken. In de kamer beneden stond geen meubilair.

'Hé daar!'

De detectives draaiden zich om. Een kleine, buitengewoon agressief aandoende man met vrij lang, donker haar was naar buiten gekomen door de achterdeur van het huis aan de overkant. Hij droeg een Steely Dan-T-shirt en had een akoestische gitaar bij de hals vast terwijl hij naar hen toe gesneld kwam, en daarbij gebeurde hem precies wat Strike voor zichzelf al een kwartier probeerde te voorkomen: hij gleed uit op het gras achter zijn huis en struikelde. Maar hij wist zijn evenwicht te bewaren met de hulp van zijn gitaar, en hij kwam hobbelend naar hen toe, zijn voeten enigszins naar binnen gedraaid.

'Wat moet dat daar? Ratten van de pers zeker?' brulde hij.

'Nee,' zei Strike, geïnteresseerd in die aanname. Hij pakte zijn portefeuille en haalde er een kaartje uit. 'We zijn privédetectives.'

Robin nam aan dat de man Tylers buurman Ian Griffiths was, omdat hij uit het huis was gekomen waarvan ze wist dat het van Ian Griffiths was. Robin kwam uit een gezin van lange mensen – de enige die van gemiddelde lengte was, was haar moeder, en al haar broers waren rond de een meter tachtig – en ze voelde zich een beetje schuldig (bestond er zoiets als lengtediscriminatie?) dat het eerste wat haar opviel aan Ian Griffiths was dat hij amper boven de een meter vijftig uit kwam. Maar ze bewonderde zijn moed, want hij stelde zich tegenover Strike op alsof hij meer dan bereid was hem fysiek uit te dagen, ondanks het lengteverschil van zeker dertig centimeter en het feit dat Strike aanzienlijk breder was. Misschien, dacht ze, was Griffiths van plan de gitaar als wapen te gebruiken. Hij griste het kaartje zo'n beetje uit Strikes hand.

'Detectives?' gromde hij toen hij het las. 'Jullie zijn verdomme van de *Shropshire Star*, hè?'

'Nee,' zei Robin voordat Strike antwoord kon geven; ze voelde dat een verzoenend gebaar hier op zijn plaats was, en Strikes talent op dat gebied was wisselend. 'Dilys Powell heeft ons uitgenodigd om te komen praten over haar kleinzoon Tyler, maar het lijkt erop dat ze niet thuis is.'

'Heeft Dilys jullie ingehuurd?' vroeg Griffiths met zichtbaar ongeloof.

'Nee, we werken voor een andere cliënt,' zei Robin.

'Voor fucking Faber Whitehead zeker?' Griffiths zag er nu nog woester uit.

'Ik ken niemand die Whitehead heet,' zei Robin op milde toon. 'Dilys denkt dat Tyler misschien de man was die afgelopen juni dood gevonden is in een zilverwinkel in Londen. Daarom wilde ze ons spreken.'

'O.' De wind leek hem enigszins uit de zeilen genomen te zijn. 'Ja. Daar heeft ze wel iets van gezegd...'

'Je weet niet toevallig waar Dilys is?' vroeg Robin.

'Nee.' Griffiths keek de straat in, in de richting van Dilys' huis. 'Ze is waarschijnlijk vergeten dat jullie kwamen. Ze gebruikt veel medicijnen. Ze is een paar maanden geleden lelijk gevallen. Deze heuvel is dodelijk als het glad is.'

Zijn strijdlustigheid leek om te slaan in gêne. Hij was zo te zien halverwege de veertig, donker, met lichtbruine ogen en een kuiltje in zijn kin, een tamelijk knappe man. Nu keek hij naar de gitaar alsof het hem verbaasde dat hij die in zijn hand had.

'Ik neem aan dat je Tyler Powell kent?' zei Robin. 'Die tegenover zijn ouders woont?'

'Ja, die ken ik.' Griffiths leek ergens over in tweestrijd te staan. Hij kneep zijn ogen tot spleetjes en keek naar Strike, die hij vooral verdacht leek te vinden. 'Jullie werken echt niet voor de Whiteheads?'

'Nooit van gehoord,' zei Strike.

'Oké, nou... kom dan maar bij mij binnen op Dilys wachten, als jullie willen. Ze kan niet ver weg zijn. Ik zal theezetten, het is ijskoud.'

'Heel aardig van u,' zei Strike, dankbaar voor de kans om zijn rechterknie te ontzien. 'Dank u wel.'

'Ian Griffiths.' De man stak eindelijk een hand uit, die eerst werd geschud door Strike en toen door Robin. 'Maar iedereen noemt me Griff.'

Met zijn gitaar nog in de hand ging Griffiths Strike en Robin voor door zijn achtertuin. Die stond vol met zonderlinge beelden, waaronder een waterspuwer.

Strike, die na zijn eerste jaar aan de universiteit was gestopt met zijn studie, had slechts een vage herinnering aan studentenhuizen, maar naar zijn afkeurende mening wees het interieur van Ian Griffiths' huis op een bewoner die zijn late tienerjaren nooit ontgroeid was. Het stonk er niet alleen naar wierookstokjes, waar Strike een sterke aversie tegen had omdat het een van de vaste geuren was geweest in de diverse huizen waar Leda hem als kind mee naartoe had gesleept, maar de huiskamer waar Griffiths hen naartoe leidde stond ook nog eens vol met kitscherige spullen die Strike in gedachten aanduidde als 'prullaria': onder andere Mexicaanse Dag-van-de-Doden-poppetjes, schudbollen met glittersneeuw, een rasta-teddybeer, losse kussens met psychedelische patronen en een ingelijste poster van Jezus die een joint rookte; allemaal voorwerpen waar Strike het nut niet van inzag. Er waren kaarsen in lege wijnflessen gestoken, op gammele planken stond een combinatie van lp's en cd's en in een hoek stonden een keyboard en nog eens twee gitaren. Wel moest Strike met tegenzin toegeven dat het huis er in grote lijnen schoon uitzag.

Er stonden veel ingelijste foto's, op de grootste daarvan een aantrekkelijke vrouw met donker haar in een tie-dyeshirt met een kralenketting om, haar armen om een al even knap meisje geslagen. Hetzelfde kind was te zien op andere foto's, op twee daarvan in schooluniform.

Toen hij Robin naar de foto's zag kijken, zei Griffiths: 'Ik heb zeven jaar geleden mijn vrouw verloren. Borstkanker.'

'O, wat erg,' zei Robin.

'Ja,' zei Griffiths. 'We zijn naar Ironbridge verhuisd om dichter bij mijn broer en zijn vrouw te wonen. Chloe is nu volwassen en ze is aan het interrailen met haar vriend, dus momenteel ben ik alleen. Wat gebruiken jullie in de thee?'

Toen ze hun verzoekjes hadden doorgegeven en Griffiths was weggelopen voor de thee, gingen Strike en Robin op dc bank zitten, waar een sprei met een mandalapatroon op lag. Robin, die precies wist hoe Strike moest denken over de inrichting van hun gastheer, zou er iets over gezegd kunnen hebben, maar koos ervoor om alleen haar notitieboekje tevoorschijn te halen.

'Stel jij de vragen,' zei Strike zacht. 'Ik maak wel aantekeningen. Ik denk dat hij jou leuker vindt.'

'Mij best.' Robin stopte het boekje weer in haar zak.

Griffiths kwam na vijf minuten terug met drie bekers thee en een schaal individueel verpakte chocoladekoeken. Strike bedankte hem en zette zijn beker naast zich op het gammele rieten dienblad op pootjes, waarvoor hij een gouden beeldje opzij moest schuiven van een jongetje dat net leek te gaan plassen, en een grote paarse kaars bezet met kristallen.

'Bent u muzikant, meneer Griffiths?' vroeg Robin.

'Ja. Ik geef piano- en gitaarles. Speel in een band. We zijn inmiddels aan de oude kant om nog een platencontract in de wacht te slepen, maar we treden op in kroegen en op bruiloften en zo.'

Hij kwam tegenover hen zitten, haalde een koek uit de wikkel en zei: 'Sorry dat ik een beetje... Er is een hoop gedoe geweest. Over Tyler, bedoel ik.'

'Wat voor gedoe?' vroeg Robin. Strike hield zijn pen in de aanslag boven zijn notitieboek.

'Heeft Dilys dat niet verteld?'

'Nee, maar we weten dat Tyler iets heeft gedaan waardoor de mensen in Ironbridge niet blij met hem waren,' zei Robin. 'We zagen online dat ze niet eens naar hem wilden kijken op foto's.'

Griffiths slikte een grote hap chocoladekoek door. 'Hij is hier weggejaagd. Gewoon gelyncht, verdreven.'

'Wat is er gebeurd dan?' vroeg Robin.

'Dat is een lang verhaal.'

'We willen het graag horen, als u het ons wilt vertellen.'

'Huh. De mensen hier in het dorp zouden zeggen dat je het aan de verkeerde vraagt.'

'Hoezo?'

'Omdat ik de enige ben die aan Tylers kant staat, in tegenstelling tot zijn oma... Er is een auto-ongeluk gebeurd... en de mensen gaven Tyler daar de schuld van.'

'Zat hij achter het stuur?'

'Nee, dat maakt het zo verdomd... Ze zochten gewoon een zondebok.'

Robin wachtte af. Griffiths zette zijn bordje met de half opgegeten koek neer en zei: 'Ty had verkering met een meisje, Anne-Marie. Zij was een goede vriendin van mijn Chloe, dus ik kende haar. Lieve meid. Eén brok energie. Ty was gek op haar. Hij zei dat hij dacht dat ze de ware was, dat soort dingen...

Maar toen kwam die ellendige familie Whitehead hier wonen, in een groot huis verderop in de straat. Hij is architect, zij yogadocente. Jacuzzi in de achtertuin, Range Rover op de inrit, je kent het wel. De mensen hier wilden niks liever dan voor hun etentjes worden uitgenodigd.

Ze hadden twee zonen. De jongste, Hugo, had een grote bek, echt zo'n patserig type. Jonger dan Ty, hij was een jaar of twintig.

Afijn... toen werd Anne-Marie verliefd op Hugo. Het is een toffe gast, Ty,' zei Griffiths. 'Hij zal nooit de wereld veroveren, qua hersenen, maar hij is echt aardig. Werkte bij een garage in Dawley, kon uitstekend met zijn handen werken. Ik ken hem goed, heb hem gitaarles gegeven. Hij vertelde me van alles. En hij heeft het niet makkelijk gehad. Zijn ouders... nou ja, ik zeg "ouders", maar hij is geadopteerd. Toen hij één jaar was, ging zijn adoptiemoeder ervandoor. Wilde daarna niks meer met hem te maken hebben. Geen idee waar ze naartoe gegaan is. Zijn vader hertrouwde, maar die twee gaven geen van beiden iets om Ty. Ze hielden allebei van drank en feesten, en toen Ty's stiefmoeder een erfenis kreeg, smeerden Gill en Ivor 'm naar Florida. Daar zitten ze nu. Ty bekijkt het verder maar. Ze hebben hem als een soort kraker achtergelaten in het oude huis tot dat verkocht werd.'

'Maar het is nog niet verkocht.' Robin keek door het raam aan de achterkant naar het huis van de Powells.

'Nee, omdat ze nog geen bod hebben gekregen dat ze aanstaat. Zo is Ivor. Dat is zo'n type dat er elke cent uit wil slepen...'

Strike, die aantekeningen maakte, dacht meteen aan Greg.

'Had Tyler niet mee kunnen gaan naar Florida?' vroeg Robin.

'Neuh, Ty houdt van Ironbridge. Hij kent niks anders, snap je? Trouwens, ze wilden niet dat hij meeging. Hij was vijfentwintig, voor die twee werd het tijd dat hij op eigen benen ging staan. En Anne-Marie ging dus bij Ty weg voor Hugo, en hij weet niet wanneer hij op straat komt te staan. Chloe en ik wilden hem nog onze logeerkamer aanbieden, maar... Nou ja, dat was voordat...'

'Voordat?' spoorde Robin hem aan.

'Ach, het was zo moeilijk voor Chlo,' zei Griffiths ongemakkelijk. 'Zij en Ty waren goede vrienden toen we hier pas woonden, maar nadat het was gebeurd keerden de mensen zich tegen iedereen die het voor Ty opnam, dus ik denk... Ik bedoel, je kunt het haar niet echt kwalijk nemen. Ze bedacht zich. Ze wilde niet meer dat Ty hier kwam wonen, na het ongeluk.

Ik weet niet heel precies wat er die avond is gebeurd, maar in grote lijnen komt het hierop neer: er was een of ander concert in Birmingham waar ze met een groepje naartoe wilden, maar Hugo mocht pappies Range Rover niet lenen, dus vroeg hij aan Ty of Anne-Marie en hij met hem mee konden rijden. Niks mis mee, hoor,' zei Griffiths snel. 'Ty is gewoon heel aardig, weet je wel? Die doet alles voor anderen. Maar op het laatste moment zei Ty dat hij zich niet goed voelde, maar dat Hugo zijn auto wel mocht lenen. Ty is gek op auto's, deze had hij goedkoop gekocht en helemaal opgeknapt. Die wagen was zijn grote trots, dus de mensen zijn niet goed snik als ze denken...

Afijn... Hugo had nog maar net zijn rijbewijs, en hij verongelukte met die auto. Anne-Marie was op slag dood en Hugo heeft drie maanden in coma gelegen. Hersendood, maar zijn moeder wilde de stekker er niet uit trekken.

De mensen hier waren van streek,' zei Griffiths. 'Logisch. Anne-Marie kwam hiervandaan, opgegroeid boven de snoepwinkel in de hoofdstraat. Iedereen kende haar. En dan Hugo die in coma lag, terwijl iedereen zo dol was op de Whiteheads...

En toen begon de familie Whitehead praatjes rond te strooien dat het nooit aan Hugo's rijkunst gelegen kon hebben, weet je wel. Er moest iets met Ty's auto aan de hand geweest zijn. Die had de weg niet op gemogen, dat soort dingen. Maar daarna gingen ze ineens beweren dat er iets met die auto was gedáán. Dat ermee geknoeid was. Ze zeiden dat Ty ermee had gerommeld om dat ongeluk te veroorzaken. Wraak, weet je wel, op Hugo en Anne-Marie. Bullshit,' zei Griffiths fel. 'Pure bullshit. Maar de geruchten gingen maar door, en iedereen keek met een schuin oog naar Ty. Uiteindelijk kwam hij naar me toe en zei dat hij het zat was, hij wilde... Wacht even,' zei Griffiths plotseling, en hij kwam overeind en tuurde uit het raam naar New Road. 'Dat is Dilys. Zal ik haar gaan halen?'

67

I spoke to her, but she merely jabbered
In the old style; both her eyes had slunk
Back to their pits; her stature shrunk;
In short, the soul in its body sunk
Like a blade sent home to its scabbard.

Robert Browning
The Flight of the Duchess

Dilys Powell was een klein vrouwtje met hangwangen en dun wit haar, en ze zag er zwak en ziek uit. Ze droeg een dikke geruite winterjas en kwam heel traag de kamer binnen, met behulp van een looprek, en ze droeg een grote zware tas aan één arm.

'Dag mevrouw Powell,' zei Robin, en ze ging staan. 'Ik ben Robin Ellacott. We hebben elkaar aan de telefoon gesproken over uw kleinzoon, Tyler?'

Dilys' antwoord was een sniffend geluid.

'Ze was bij de kerk,' zei Griffiths, die Dilys naar een stoel hielp. 'Daar is haar man begraven. Ik heb ze net verteld over het auto-ongeluk, Dilys,' zei hij met stemverheffing tegen de oude vrouw. 'Over Hugo en Anne-Marie, en waarom Tyler is vertrokken uit Ironbridge.'

'Hij heeft niks met die auto uitgehaald,' mompelde Dilys.

'Dat heb ik ook gezegd,' zei Griffiths.

'Niks mee uitgehaald.' Dilys liet het looprek los en liet zich, met Griffiths' hulp, in een leunstoel zakken.

‘We hoopten u wat vragen te mogen stellen, mevrouw Powell,’ zei Robin, ‘over waarom u dacht dat de man in de kluis misschien Ty...’

‘Vertrokken,’ zei Dilys. ‘Niet tegen me gezegd waarheen. Wel tegen hém,’ voegde ze er met een verongelijkte blik op Griffiths aan toe.

‘Alleen...’ begon Griffiths.

‘Zilver,’ zei Dilys.

‘Wat is er met zilver, mevrouw Powell?’ vroeg Robin.

‘Hij had het over zilver. Aan de telefoon.’

‘Wie, Tyler?’

‘Ja.’

‘Wat zei hij over zilver?’

‘Weet ik niet.’

‘Tegen wie had hij het? Tegen u?’

‘Ik denk tegen Jones.’

‘Wie is Jones?’ vroeg Robin.

‘Een vriend,’ zei Dilys. ‘Op Highwell Farm, bij Apeton.’

‘Hoe heet Jones met zijn voornaam?’

‘Wynn,’ zei Dilys, en Strikes pen bewoog snel over het papier.

‘Is Wynn een goede vriend van Tyler?’

‘Ja.’ Dilys fronste boos. ‘Ik mag hem niet.’

‘Waarom niet?’ vroeg Robin.

‘Onbeschoft,’ zei Dilys, en ze richtte zich tot Griffiths. ‘Ik moet naar de wc.’

‘Oké dan.’ Griffiths kwam weer omhoog. Hij hielp Dilys uit de leunstoel en bracht haar handen naar het looprek. ‘Eerste deur links in de gang.’

Dilys liep langzaam de kamer uit. Toen ze buiten gehoorsafstand was, zei Griffiths zacht: ‘Ze is flink achteruitgegaan sinds Ty weg is. Hij was goed voor haar, deed de boodschappen en zo. Het is hard aangekomen, zijn vertrek, zeker nadat zijn ouders naar Florida vertrokken waren. Ivor is Dilys’ zoon. We bieden allemaal onze hulp aan, maar Dilys hecht aan haar zelfstandigheid.’

‘Er is ook een achternichtje, toch?’ vroeg Robin. ‘Ik heb haar voor de kerst gesproken.’

'Zij woont hier niet in de buurt, ze studeert,' zei Ian. 'Ik zou maar niet over haar beginnen. Dilys' kat, die zij te eten zou geven, is doodgegaan toen Dilys in het ziekenhuis lag. De kat was stokoud, maar Dilys heeft het haar niet vergeven, en als Dilys kwaad wordt, geloof mij maar, dan zul je het weten. Het is erger geworden sinds ze in het najaar is uitgegleden op het ijs. Keihard gevallen, ze was op weg naar beneden. Ze heeft een paar uur daar in het donker gelegen en niemand had iets in de gaten. Ze heeft een maand in het ziekenhuis gelegen... Shit,' zei Griffiths, en hij sprong op toen er ergens buiten zicht een doffe bons klonk. Hij liep de kamer uit. Ze hoorden nog wat gebonk, en Dilys die riep: 'Dat was ik niet! Ik kan het heus wel!' gevolgd door het geluid van een deur die dichtging. Griffiths kwam terug.

'Niks aan de hand, ze was tegen het tafeltje in de hal gelopen,' zei hij.

'Dus Tyler heeft tegen u nooit iets gezegd over zilver?'

'Nee, hij zei alleen dat hij een baan had in een pub, ergens in het zuiden. Dilys was kwaad dat ik haar dat niet had verteld, maar ik dacht dat ze het wist. Trouwens, ik weet niet eens of het wel waar was wat Ty zei. Hij heeft me de naam van die pub niet gegeven of zo. Misschien wilde hij me wel gewoon wijsmaken dat hij een plan had.'

Ze hoorden in de verte een wc doorspoelen.

'U bent in België geweest,' zei Strike tegen Griffiths.

'Hè?'

Strike pakte het gouden beeldje van het tafeltje naast hem. 'Dit is toch Manneken Pis?'

'O! Dat heeft Chloe me gestuurd, van het interrailen. Familiegeintje. Zoek overal waar je komt het foutste souvenir.'

'Aha.' Strike zette het ding weer weg. Dat verklaarde waarschijnlijk de maagd Maria met de glitters en de neonroze Thaise olifant in de kast boven Griffiths' hoofd.

'Mevrouw Powell is toch verhoord door de politie?' vroeg Robin.

'Ja,' zei Griffiths, 'maar ik denk niet dat het iets heeft opgeleverd. Ty heeft al zijn spullen meegenomen toen hij vertrok, dus konden ze hem niet uitsluiten op grond van zijn DNA. Zoals ik al zei, woonde hij als een soort kraker in dat huis nadat Gill en Ivor naar Florida waren vertrokken. Ze hebben bijna alle meubels weggedaan voordat ze het huis te koop zetten.'

'Hebben ze nog contact gehad met Tyler, weet u dat?'

'Geen idee, dat zou je Dilys moeten vragen, maar zoals ik al zei, zijn het geen erg bezorgde ouders.'

Dilys schuifelde een paar minuten later de kamer weer binnen en werd opnieuw in haar stoel geholpen door Griffiths. In plaats van hem te bedanken, wierp ze hem een boze blik toe.

'Jouw Chloe praatte niet meer met Ty, en dat terwijl ze zogenaamd vrienden waren.'

'Zo is het niet gegaan, Dilys,' zei Griffiths. 'Ze was op reis, dus...'

'Tyler had niemand die hem steunde,' zei Dilys. 'Niemand. Ze zeiden allemaal dat hij iets met die auto had gedaan. Niks van waar. Dat is niet waar.'

Ze leek boos en van streek, haar handen bewogen rusteloos in haar schoot.

'Wanneer is Tyler uit Ironbridge vertrokken?' vroeg Robin.

'Maanden geleden,' zei Dilys. 'Maanden.'

'Dat moet geweest zijn in... mei, Dilys?' zei Griffiths. 'Ik weet dat het niet lang na Chloe's verjaardag was.'

'Ze waren zogenaamd vrienden, maar ze is gewoon vertrokken en ze kwam niet eens voor hem op,' zei Dilys, die het daar erg moeilijk mee leek te hebben.

'Alleen maar omdat ze op inter...'

'Hij keek de hele tijd op zijn telefoon. Hij moest zich verdedigen, zei hij. Op internet. Ik zei: "Kijk toch niet naar wat ze zeggen, je raakt er alleen maar door van streek."'

'Hebt u na zijn vertrek nog iets van hem gehoord, mevrouw Powell?' vroeg Robin.

'Hij heeft me gewatdingest,' zei ze. Haar handen in haar schoot grepen in elkaar en ontspanden weer even. 'Maar toen niet meer.'

'Bedoelt u gewhatsappt?' opperde Robin aarzelend.

'Wat?' Dilys hield met een boze frons haar hand bij haar oor.

'Mag ik die berichten eens zien?' vroeg Robin luider.

'Waarvoor?'

'Om de data te bekijken.'

Griffiths pakte Dilys' tas van de vloer en gaf haar die. Zachtjes mompelend begon Dilys erin te graaien, tot ze uiteindelijk een oude Nokia opdiepte. Zwaar hijgend drukte ze op de toetsen, en na lang wachten gaf ze de telefoon aan Robin, die een korte reeks berichten zag.

Tyler Powell
Hoi oma hopelijk alles goed

Dilys Powell
mijn knie is zo slecht dat ik amper kan lopen

Tyler Powell
Wat rot kun je Doris niet bellen?

Dilys Powell
Ik kan Doris niet steeds lastigvallen. wanneer kom je terug?

Dilys Powell
negeer je me nou?

Dilys Powell
Onnozele sukkel

Dilys Powell
na alles wat ik voor je heb gedaan

Tyler Powell
Oma ik ben niet ondankbaar maar ik heb het druk ik moet werken

Dilys Powell
dus vind je het prima dat ik een gevangene ben in mijn eigen huis

Dilys Powell
Ik kan geen boodschappen doen of niks

Dilys Powell
je kunt straks fluiten naar mijn geld na dit alles

Dilys Powell
Ondankbaar ettertje

Tyler Powell
oké ik ben een ondankbaar ettertje
dan kan ik je beter niet meer lastigvallen

Dilys Powell
Waar ben je?

Dilys Powell
Ik moet weten waar je bent

Dilys Powell
Gaat slecht met mij, mijn knieën spelen op

Dilys Powell
waar ben je Tyler

Dilys Powell
Ik heb de politie gebeld

Dilys Powell
zeg nou waar je bent ik maak me zorgen

Het laatste bericht van Tyler was verstuurd op 16 juni het jaar ervoor. Dilys' laatste bericht aan hem was van oktober.

Maar boven deze whatsappchat stond een andere, en toen Robin de naam Tyler zag staan opende ze die heimelijk en scrolde naar het eerste bericht, dat was verstuurd op 12 juli het voorgaande jaar.

07700 903361
Oma dit is mijn nieuwe nummer

07700 903361
Oma ik heb mijn oude tel weggedaan want ik werd lastiggevallen dus je moet nu dit nr voortaan gebruiken. Griff mag het hebben maar verder niemand, oké?

Dilys Powell
Wie is dit?

07700 903361
Ik ben het, Tyler. Je moet voortaan dit nummer gebruiken.

Dilys Powell
Ben jij dat Wynn Jones

07700 903361
Nee oma ik ben het, Tyler.
Ik bel je nu, oké?

07700 903361
Oma neem nou op ik ben het Tyler

07700 903361
Oma DIT IS NIET WYNN IK BEN HET

Het laatste bericht was vlak voor Kerstmis gestuurd.

'Vindt u het goed als ik hier kopieën van maak, mevrouw Powell?' vroeg Robin.

'Ja, doe maar,' zei Dilys, en Robin fotografeerde beide chats met haar eigen telefoon.

'En is het goed als ik het nummer van Tylers vader noteer?' vroeg

Robin toen ze in een ouder whatsappgesprek het nummer van Ivor Powell zag staan.

'Ja, doe maar,' zei Dilys nogmaals.

Robin sloeg het nummer op en gaf toen de Nokia terug.

'Hebt u Tyler nog aan de telefoon gehad sinds zijn vertrek, mevrouw Powell?'

'Nee,' zei Dilys. 'Dat is hij niet. Het is die Jones die me voor de gek houdt.'

'Wynn Jones van Highwell Farm?'

'Ja.'

'Denkt u dat hij u heeft gebeld en zich uitgaf voor Tyler?'

'Wat?'

'U denkt dat het niet echt Tyler is die u heeft gebeld?'

'Onbeschoft,' zei Dilys. 'En het was zo'n goeie jongen, voordat het allemaal gebeurde.'

'Heb jij Tyler na zijn vertrek nog gesproken, Griff?' vroeg Robin.

'Niet meer sinds juni,' zei Griffiths.

'Hij wilde blijkbaar dat u zijn nieuwe nummer kreeg,' zei Robin.

'Dat is Tyler niet, die andere,' zei Dilys opstandig. 'Ik merk het verschil meteen.'

'U hebt eind juni de politie gebeld, nietwaar mevrouw Powell?' Robin keek weer naar de berichten. 'Was dat omdat u de nieuwsberichten had gezien over het...'

'Hij zei "zilver",' zei Dilys koppig. 'Ik heb het zelf gehoord.'

'Wist u dat het lijk is gevonden in een vrijmetselaarszaak?'

'Wat?'

'Er worden vrijmetselaarsspullen verkocht. Was Tyler geïnteresseerd in de vrijmetselarij?'

'Vrijmetselaars? Die met die rare handdrukken?'

'Ja, die,' zei Robin.

'Nee, dat is niks voor hem,' zei Dilys ongeduldig. 'Hij werkt in een graazje.'

'Wist hij iets van zilver? Merktekens, antiek, dat soort dingen?'

'Nee,' zei Dilys wantrouwend. 'Maar hij had het kunnen leren. Hij is niet achterlijk.'

'Wat waren Tylers interesses? Meneer Griffiths heeft ons al verteld dat hij van auto's hield.'

'Was gek op zijn auto,' zei Dilys. 'Helemaal zelf opgeknapt. Hij wist hoe de motor werkte.' Alsof ze een onuitgesproken beschuldiging moest weerleggen, zei ze nog een keer: 'Hij is niet achterlijk.'

'Had hij verder nog interesses?' vroeg Robin.

'Voetbal,' zei Dilys. 'Wolves. Hij is gek op Wolves.'

'Ja,' zei Robin, 'we zagen de plaquette verderop. Billy Wright. Wist u dat de man die in de zilverwinkel werkte zichzelf William Wright noemde?'

'Ja.' Dilys knikte. 'Billy Wright.'

'Mag ik nog wat dingetjes met u nalopen?' vroeg Robin. 'Hoe lang was Tyler?'

'Langer dan hij daar.' Dilys wees met trillende hand naar Griffiths.

'Niet zo moeilijk,' zei Griffiths met een wrang lachje. 'Hij is ongeveer een meter tachtig, hè Dilys?'

'Had Tyler nog bijzondere kenmerken? Littekens of...'

'Moedervlek,' zei Dilys.

'O ja? Waar?'

'Op zijn rug.'

'Is hij links- of rechtshandig?'

'Rechts,' zei Dilys.

'Weet u zijn bloedgroep?'

Dilys schudde haar hoofd.

'Wist hij iets van vuurwapens?'

'Geweren? Ja, wel een beetje,' zei Dilys.

'O ja?'

'Ja, hij had vroeger een luchtbuks. Hij wilde bij het leger, maar daar wilden ze hem niet hebben.'

'O, echt?' vroeg Griffiths verbaasd.

'Dat was voordat jij hier kwam wonen.' Dylis leek er plezier in te hebben dat er iets was wat Griffiths niet wist van Tyler. 'Hij vond het heel erg dat hij niet werd aangenomen. Wilde het heel graag.'

'Waarom werd hij niet aangenomen, Dilys?' vroeg Robin.

'Hij is allergisch voor pinda's. Vroeger op school is hij een keer bijna doodgegaan toen iemand hem een pinda had gegeven.’

‘Wat akelig,’ zei Robin.

‘Dat wist ik helemaal niet,’ zei Griffiths.

‘Nou, er is wel meer wat jij niet weet,’ zei Dilys bot.

‘Deed Tyler aan lichaamsbeweging?’

‘Hij werkte bij een graazje,’ zei Dilys weer.

‘Probeerde hij fit te blijven?’ Robin ging weer harder praten.

‘Ja, hij was fit.’

‘De hele dag met autobanden sjouwen,’ zei Griffiths.

‘Hij is niet achterlijk,’ snauwde Dilys weer.

‘Heeft hij ooit een meisje gekend dat Rita heette?’

‘Welke Rita?’ Dilys handen bleven rusteloos bewegen in haar schoot.

‘We weten haar achternaam niet,’ zei Robin. ‘Kende hij iemand met de voornaam Rita?’

‘Er is hier geen Rita.’

‘Heb jij Tyler ooit over een zekere Rita horen praten?’ vroeg Robin aan Griffiths. ‘Of Rita Linda?’

‘Nee,’ zei Griffiths. ‘Het enige meisje over wie ik hem ooit heb horen praten was Anne-Marie.’

‘Jammer genoeg, ja,’ mompelde Dilys. ‘Moet je zien wat een problemen ze heeft veroorzaakt.’

Die opmerking kon je op twee manieren opvatten, dacht Robin.

‘Tyler vond het erg dat het uitging met Anne-Marie, hè?’ vroeg ze.

‘Het kon hem niet schelen. Waarom zou het ook? Ze deed het met iedereen, die meid.’

‘Hij was er kapot van toen ze doodging, Dilys,’ zei Griffiths verwijtend.

‘Teerhartig. Dood is dood.’

‘Meneer Griffiths heeft ons verteld over de familie Whitehead,’ zei Robin.

‘Hou maar op!’ Dilys’ handen trilden in haar schoot. ‘Ze zijn weg, na alle ellende die ze hebben aangericht.’

‘Ze zijn verhuisd,’ legde Griffiths uit. ‘Na de dood van Hugo.’

‘Enig idee waarheen?’ vroeg Robin.

'Ik weet dat ze oorspronkelijk uit de Home Counties kw...'

'Opgeruimd staat netjes. Ze verspreidden leugens,' zei Dilys. 'Zeiden dat het Tylers schuld was. En iedereen geloofde dat.'

'Ik niet, hoor,' zei Griffiths. 'En...'

'Jouw Chloe is 'm gewoon gesmeerd en heeft hem laten stikken. Niemand nam het voor hem op.' Dilys perste haar lippen op elkaar, alsof ze wilde voorkomen dat ze zou gaan huilen.

'Wanneer las u in de krant over het lijk in de kluis?' vroeg Robin zo medelevend als ze maar kon. 'Hoe kwam u...?'

'Omdat hij op hem leek en hij zei "zilver",' zei Dilys. 'Ik heb hem dat aan de telefoon horen zeggen.'

'Is de politie hierheen gekomen nadat u het speciale nummer had gebeld?' vroeg Robin

'Prutsers,' zei Dilys. 'Stelletje prutsers.'

'Zijn ze u komen ondervr...'

'Ze kwamen langs. Prutsers.'

'Nog één ding, mevrouw Powell. Heeft Tyler het ooit gehad over een zekere Oz, of over een man die in de muziek werkt?'

'Oz? Wie is Oz? Zijn jullie verslaggevers?'

'Nee, mevrouw Powell, we zijn privédetectives,' zei Robin. 'Wij hebben elkaar gesproken aan de telefoon. Ik heb u gevraagd of we...'

'Ik moet naar huis,' zei Dilys plotseling. 'Ik moet gaan.'

Het leek haar ineens allemaal te veel te worden, te verwarrend, en ze wees Griffiths' hulp ruw af toen ze moeizaam opstond uit haar stoel. Robin voelde aan dat het geen zin zou hebben om te proberen haar op andere gedachten te brengen. Dilys pakte haar looprek, nam haar tas aan van Griffiths zonder hem te bedanken en liep in een slakkengangetje naar de achterdeur.

'Ik kan het zelf wel,' snauwde ze tegen Griffiths toen hij haar wilde volgen.

'Sorry,' zei Griffiths zacht zodra Dilys het tuinpad op schuifelde.

'Nee, we zijn je dankbaar voor de thee en de informatie,' zei Robin, die ook overeind kwam. Naast haar had Strike enige moeite om hetzelfde te doen: zijn knie weigerde medewerking.

Robin haalde een kaartje uit haar tas en gaf dat aan Griffiths. 'Als je je verder nog iets herinnert, kun je het ons dan laten weten?'

'Ja, natuurlijk.' Griffiths stak het kaartje in de zak van zijn spijkerbroek. 'Dit hele verhaal... Het was een ongeluk, en de mensen willen iemand de schuld geven. Dorpsroddels. Jullie weten hoe dat gaat.'

Robins gedachten gingen ongewenst naar Masham, en het feit dat haar verkrachting was uitgelekt op internet.

'Ja,' zei ze, 'dat weet ik inderdaad.'

Met een zacht gekreun, dat hij tevergeefs probeerde te onderdrukken, slaagde Strike erin van de bank af te komen. 'Ja, bedankt,' zei hij, en hij probeerde zijn gezicht niet te vertrekken van de pijn terwijl hij Griffiths een hand gaf. 'Je hebt ons goed geholpen.'

68

And long we try in vain to speak and act
Our hidden self, and what we say and do
Is eloquent, is well – but 'tis not true!

Matthew Arnold
The Buried Life

'Ik denk dat we langs die kant terug kunnen naar de hoofdstraat,' zei Robin, wijzend naar een bijna verticaal aflopende weg om de hoek van het huis van Griffiths die naar de voet van de heuvel leek te voeren.

'Ik ga liever terug zoals we zijn gekomen,' zei Strike, wat niet helemaal waar was: wat hij liever had gedaan, was in een kabeltram stappen die hem pijnloos terugbracht naar zijn auto.

Zwijgend liepen ze dezelfde route terug. Omhoog in New Street was al erg genoeg geweest, omlaag was zo'n belasting voor zijn rechterknie dat hij bij elke stap bang was dat die het zou begeven. Dilys was nog niet bij haar eigen huis aangekomen. Ze schuifelde in de verte uiterst traag met behulp van haar looprek, klein en gedrongen in haar geruite jas, maar omdat Strike en Robin zelf al net zo langzaam liepen, kwamen ze nauwelijks dichterbij, en Dilys had zichzelf al binnengelaten en de deur van haar huisje dichtgedaan voordat ze daar langsliepen.

'Zullen we wat eten tijdens de nabespreking?' vroeg Strike toen ze eindelijk onderaan de straat aangekomen waren, en hij deed zijn best geen al te pijnlijk gezicht te trekken en hoopte dat niet erg opviel hoezeer hij zweette.

'Oké,' zei Robin.

'Daar waar ik mijn auto geparkeerd heb is een pub,' zei Strike, dus liepen ze naar Swan Taphouse, een groot, lichtgrijs hotel dat uitkeek op de traag stromende rivier. Buiten stonden houten tafels, beschut onder rechthoekige blauwe parasols. Strike hield zijn blik strak op de dichtstbijzijnde bank gericht tot hij die had bereikt. Nadat hij er opgelucht op neergeploft was, ving hij Robins blik en herinnerde zich dat vrouwen zijn ongevoeligheid voor kou meestal niet deelden.

'Als je liever naar binnen gaat...'

'Nee,' zei Robin stijfjes, in tweestrijd tussen irritatie omdat hij het haar niet had gevraagd en schoorvoetende compassie, want ze kon merken dat hij verging van de pijn. 'Het is oké Ik ga wat te drinken halen, wat wil jij?'

'Alcoholvrij bier. Het merk maakt niet uit.'

Een serveerster kwam naar buiten kort nadat Robin naar binnen gegaan was. Hoewel het haar duidelijk verbaasde dat er klanten waren die in januari het terras verkozen boven een plekje binnen, gaf ze Strike twee papieren menukaarten. Hij haalde zijn notitieboekje tevoorschijn, maar ging zitten kijken naar het kakikleurige water en de mensen die langs de oever hun hond uitlieten tot Robin terugkwam met zijn bier en een tomatensap voor haarzelf.

'Nou,' zei Strike toen ze tegenover hem kwam zitten, 'wat denk je van Powell?'

'Hij heeft wel iets gezegd over zilver,' zei Robin. 'Naar verluidt... maar...'

'Ja, hij had het evengoed over een auto in de garage kunnen hebben die hij ging overspuiten,' zei Strike. 'Al moeten er wel pubs zijn met Silver in de naam. En ik denk ook dat het een achternaam is, of geldt dat alleen voor Long John Silver?'

Hij had gehoopt op een glimlachje van Robin, maar werd teleurgesteld.

'Ja, we moeten zeker met die vriend van Tyler gaan praten, die Wynn Jones,' vervolgde Strike. 'We zouden na het eten die boerderij kunnen gaan zoeken.'

'Zo lang kan ik niet blijven. Ik moet morgen al heel vroeg posten bij het huis van Fyola Fay. Jij kunt Jones best alleen doen.'

'Goed,' zei Strike. *En jij moet natuurlijk weer huizen gaan bezichtigen met fucking Murphy.*

Beiden hadden er moeite mee de ander aan te kijken. Op het bankje was er minder ruimte tussen hen dan aan het tafeltje bij hotel Tontine, en Robin, vastbesloten om over werk te blijven praten en Strike geen kans te geven om te vragen waarom ze zo koeltjes deed, zei: 'Tyler lijkt me wel iemand die zo'n Abused and Accused-site zou raadplegen.'

'Inderdaad,' zei Strike, terwijl Robin haar telefoon erbij pakte om de foto's te bekijken die ze had genomen van de whatsappuitwisseling tussen Tyler en Dilys.

'Tylers laatste bericht vanaf zijn oude nummer was vlak voor de moord op Wright. Dan stuurt hij haar een nieuw nummer, zegt dat hij "lastiggevallen" wordt op het oude. Zij dacht om een of andere reden dat Wynn Jones zich voor hem uitgaf... Ik ga dat nummer proberen.'

De telefoon ging een paar keer over en er werd een opgenomen boodschap afgespeeld. 'Met Tyler, ik ben bezig, spreek een bericht in en ik bel je terug.'

'Hallo Tyler, mijn naam is Robin Ellacott en ik zou je heel graag willen spreken als dat kan.' Ze somde haar eigen mobiele nummer op en verbrak de verbinding.

'Wel toevallig, dat hij appt vanaf een nieuw nummer meteen nadat Wright vermoord is,' zei Strike.

'Ja.' Robin hield haar blik op de appjes gericht in plaats van Strike aan te kijken. 'Hoewel er wel degelijk mensen kwaad op hem waren. Op Instagram werd van Chloe Griffiths geëist dat ze haar foto's van hem verwijderde omdat ze hem niet meer wilden zien. Hij kan het echt zat geweest zijn om al die afschuwelijke berichten en telefoontjes binnen te krijgen.'

'Dat is waar,' zei Strike, die nu als belangrijkste doel had om de spanning tussen hem en Robin te verminderen.

'Maar de politie moet die berichten ook gezien hebben.' Robin keek nog steeds naar haar telefoon in plaats van naar haar zakenpartner. 'En ze hebben hem niet uitgesloten, dus waarschijnlijk hebben ze geen geloofwaardig bewijs dat hij nog leeft.'

'Of ze zijn opgehouden met zoeken toen Truman eenmaal had besloten dat het Knowles was,' zei Strike. 'Ik heb het al eerder gezegd: wie kan het wat schelen als jongemannen vermist raken?'

'Hij lijkt geprobeerd te hebben Dilys te bellen.' Robin was de berichten nog aan het bekijken. 'Maar als hij echt wilde dat ze hem met rust liet, waarom zei hij dan niet gewoon waar hij was?'

'Misschien vertrouwde hij er niet op dat ze het voor zich zou houden,' zei Strike. 'Of misschien zou ze iemand sturen om hem terug te halen... maar dat gezegd hebbende lijkt dat hele gedoe met een valse naam en vermomming me nogal extreem voor Powell, en ik snap al helemaal niet waarom hij in godsnaam in een vrijmetselaarswinkel zou willen gaan werken. Goede monteurs zijn altijd in trek. Waarom zou hij niet ergens anders in die branche aan de slag gegaan zijn?'

'Tenzij hij wel degelijk iets te maken heeft gehad met dat autoongeluk en bang was dat hij gearresteerd zou worden,' zei Robin.

'Ik snap alleen niet hoe geknoei met de remleidingen of de stuurinrichting voordat ze naar dat concert vertrokken zou kunnen leiden tot een dodelijk ongeluk op de terugweg. Daar is vast ook naar gekeken. Er moet onderzoek naar gedaan zijn.'

'Maar er is wel een verband met de naam William Wright.'

'Klopt.' Strike krabde aan zijn kin. 'Nou, als Powell je niet belt, moeten we maar eens gaan praten met de Whiteheads, als we ze kunnen vinden. Als zij echt denken dat Powell die auto gesaboteerd heeft, hadden ze een motief, dus dat moet worden uitgesloten. Dan hebben we nog de moedervlek op Powells rug. Was dat Salemkruis in het lijk gekerfd om een herkenbare plek onzichtbaar te maken?'

'En hebben ze dan de oren, ogen en handen er voor de lol af gesneden?'

'Je vergeet de penis,' zei Strike, wat niet juist was; Robin was hem niet vergeten. 'Het punt is dat die verminking bij al onze mogelijke Wrights iets zou kunnen verdoezelen.'

Ze namen allebei nog een slok en keken naar de Severn in plaats van naar elkaar. Robin vroeg zich af wanneer ze Strike moest vertellen over de man met de maçonnieke dolk.

Voordat ze iets kon zeggen, kwam de barvrouw terug om hun bestelling op te nemen. Toen Strike schelvis in bierbeslag had besteld en Robin nacho's met kip, zei die eerste: 'Over vrijmetselaars gesproken, dat had ik je nog niet verteld: ik kwam Fergus Robertson tegen in de trein naar Schotland. Blijkt dat Lord Oliver Branfoot vrijmetselaar is en dat hij is aangesloten bij de Winston Churchill-loge, die samenkomt in een van de tempels van Freemasons' Hall, en dat is ook de loge van...'

'Malcolm Truman,' zei Robin, zich bewust van dat akelige gevoel, dat haar steeds vertrouwder werd.

'Ja. Blijkbaar is Branfoot een paar jaar geleden overgestapt op een andere loge en stikte het in de Winston Churchill van de politiemensen.'

Het viel hem op dat Robins gezicht ineens strak stond, maar voordat hij verder kon gaan, zei ze: 'Ik heb ook iets wat ik je nog niet heb verteld. Gisteravond, na mijn gesprek met Valentine Longcaster...'

'O, dus hij heeft je te woord gestaan?' Ook Strike kreeg nu een vervelend gevoel. Hij had verwacht, en erop gerekend, dat Longcaster Robin bot zou afwijzen.

'Ja.'

'Heeft-ie me met de grond gelijkgemaakt?'

'Een beetje.'

'Wat zei hij? Dat ik Charlotte sloeg? Dat ik vreemdging? Dat het mijn schuld is dat ze zich van kant heeft gemaakt?'

'Wel iets van die strekking, maar...'

'Ik heb haar nooit met een vinger aangeraakt uit kwaadheid, alleen om te voorkomen dat ze zichzelf iets zou aandoen,' zei Strike.

Hoe vaak moest hij nog een trap na doorstaan? Hoeveel zelfrespect moest hem ontnomen worden, in het bijzijn van degene wier positieve mening over hem belangrijker was dan die van alle anderen?

'Oké,' zei Robin, 'maar dat is niet wat ik...'

'Had hij iets nuttigs te melden over Fleetwood of was het alleen maar Charlotte als heilige en ik als schoft?'

'Hij heeft niet veel nuttigs gezegd over Fleetwood, nee.' Robin hield haar toon afgemeten. 'Maar hij werd duidelijk zenuwachtig van het idee dat we zelfs maar in de buurt van zijn zus Cosima zouden komen, en hij reageerde ontwijkend op de vraag waarom Rupert ongevraagd op het feest van Legard was geweest. Maar...' Ze haalde diep adem. 'Maar dat was niet wat ik je wilde vertellen.

Ik ben gevolgd toen ik terugkwam uit het restaurant waar ik Longcaster heb ondervraagd.' Het volgende gedeelte wilde ze liever niet opbiechten, maar de eerlijkheid dwong haar daartoe. 'Ik denk dat hij me gisterochtend al is gevolgd vanaf mijn appartement en dat ik dat niet gemerkt had. Hij droeg een... Nou ja, hij droeg een gorillamasker toen hij me eenmaal had ingehaald...'

'Wát?'

'... maar ik had hem al eerder gezien, op het industrieterrein waar ik op Longcaster wachtte; toen had hij hetzelfde groene jack aan. Hij sloeg pas toe toen ik helemaal alleen was en er niemand anders...'

'Hij sloeg toe?'

'Hij trok een mes,' zei Robin, 'en...'

'WAT?!' Strike riep zo hard dat een vrouw die langsliep met een bichon frisé omkeek.

'Dat probeer ik je te vertellen,' zei Robin zacht. 'Hij trok een... Het was een maçonnieke dolk. Dat weet ik omdat hij die naar me toe gooide. Ik heb dat ding thuis. Het was een waarschuwing, geen aanval,' zei ze, omdat Strike er nu gevaarlijk uitzag. 'Hij zei "Laat het rusten, dan zal je niks gebeuren". Hij probeerde me bang te maken.' Ze vertelde er niet bij dat haar belager daarin zijn doel had bereikt. 'Er is nooit sprake van geweest dat hij me echt...'

'*Waarom heb je me verdomme niet meteen gebeld?*'

'Wat had je kunnen doen?' zei Robin koeltjes. 'Je zat in Schotland.'

'Ik heb je gezegd, en daar heb jij mee ingestemd, dat je het me moest melden als je ergens alleen naartoe ging. Na Shanker, na die kerel bij Harrods, en met al die fucking telefoontjes, het laatste specifiek met jou als doelwit...'

'"Bitch" had ook op Kim of Midge kunnen slaan, en ik kan je niet letterlijk elke keer dat ik ergens alleen ben gaan bellen.' Robins toon was niet langer afgemeten. 'Het was een goedverlichte straat in een woonwijk, en hij heeft me niks...'

'Besef je wel dat er op oudjaarsavond een fucking G op de deur geschilderd was?'

'Wat? Nee, dat wist ik niet! Waarom heb je dat niet ver...'

'En deze vent zei: "Laat het rusten"?

'*Waarom heb je me niet verteld dat er een* G *op de deur geschilderd is?*'

'Iemand heeft duidelijk besloten dat jij de zwakke schakel...'

Zodra de woorden zijn mond uit waren zou hij willen dat hij ze kon terugnemen. Robin trok wit weg van woede. Kims steken onder water over haar gebrek aan politieopleiding en haar eigen besef dat ze de vorige dag haar achtervolger had moeten opmerken streden met haar verlangen om aan Strike te vragen hoe hij het in zijn botte hoofd haalde om te suggereren dat zij slecht was voor het bureau, terwijl zijn gerotzooi met vrouwen zo veel negatieve pers.

'Met "zwakke schakel" bedoel ik niet dat... Ik bedoel,' hakkelde Strike, 'je bent nu eenmaal een vrouw, en Branfoot weet dat hij iets heeft waarmee zijn ingehuurde idioten jou bang kunnen maken.'

'We hebben geen greintje bewijs dat Branfoot iets met die mannen te maken heeft,' zei Robin woest.

'Wie van de anderen die iets met deze zaak van doen hebben heeft een stel foute types tot zijn beschikking die naar zijn pijpen dansen?' Wright zei: "Of hij zou iemand sturen." Jij bent degene die Branfoots vriend in de krant zag, die vent die we bij Ramsay Silver hebben gezien. Branfoot zit verdomme bij dezelfde loge als de hoofdinspecteur op deze zaak.'

'Dat weet ik, ik ben prima in staat om de informatie die je me twee minuten hebt gegeven te onthouden! Maar ik ben niet degene die Branfoot een excuus heeft gegeven om ons af te maken in de roddelpers...'

Nu verloor Strike, tegen het zere been geschopt, ook zijn zelfbeheersing. 'Weet je zeker dat de pers je probleem is?'

'Waar slaat dat nou weer op?'

'Wil je soms liever niet dat we een vrijmetselaarsloge vol politiemensen onderzoeken?'

'Dit heeft niks met Ryan te maken!' zei Robin kwaad, en niet naar waarheid. 'Ik weet dat die loge best verdacht is, maar we hebben geen...'

'"Best verdacht"? Dat zaakje stinkt een uur in de wind! Waarom is Branfoot overgestapt naar een andere loge? Waarom zat hij liever tussen de politiemensen?'

'Ik zou het niet...'

'Schei toch uit, we weten allebei dat hij hartstikke geslepen is. Jimmy Savile was jarenlang dikke maatjes met zijn plaatselijke politiekorps, ze borrelden elke vrijdag bij hem.'

'Denk je nou serieus dat Truman wist dat Branfoot achter de moord zat en dat hij ermee heeft ingestemd dat te verdoezelen?' vroeg Robin smalend.

'Zo simpel hoeft het niet in elkaar te zitten! Ik beweer niet dat Truman weet dat Branfoot opdracht heeft gegeven...'

'Waarom zou Branfoot iemand laten vermoorden in een maçonnieke zilverwinkel?'

'Omdat hij vriendjes was met een stel vrijmetselaars bij de politie die letterlijk naast de deur bij elkaar komen, omdat hij wist dat ze bereid zouden zijn alles wat naar de vrijmetselarij riekt in de doofpot te stoppen, en omdat hij maximale invloed kon uitoefenen op het onderzoek! Branfoot heeft óf mazzel gehad dat zijn maat Truman de leiding had gekregen, of Truman heeft zelf zijn invloed bij de vrijmetselaars gebruikt om op die zaak gezet te worden!'

'En waarom zou Branfoot dan opdracht hebben gegeven om dat lijk een sjerp om te hangen, en er een maçonniek merkteken in te laten kerven?'

'Stel nou dat het er expres zo dik bovenop lag? Zodat het leek alsof iemand de vrijmetselaars erin probeerde te luizen, en dat Truman daar met twee voeten in getrapt is, zodat hij niet wist hoe snel hij moest ontkennen dat er een verband was, aangespoord door Branfoot.'

'Dus Truman zette zijn hele carrière op het spel om Branfoot tevreden te houden?'

'Luister nou naar me. Het hoeft niet specifiek voor Branfoot gedaan te zijn! Misschien heeft Truman zijn carrière op het spel gezet omdat de vrijmetselarij heel belangrijk voor hem is, het middelpunt van zijn gevoels- en sociale leven! Zo werkt dat voor sommige mannen! Maar kun jij me recht in de ogen kijken en zeggen dat er geen mannen zijn die het vleiend vinden om te worden geassocieerd met de aristocratie, die geen egokick zouden krijgen als ze dikke maatjes konden zijn met Lord Oliver Branfoot, de man van de tv...'

'Dat zeg ik niet, maar...'

'Geef nou toe: Truman moet makkelijk door Branfoot te beïnvloeden zijn geweest om het idee naar voren te schuiven dat iemand erop uit was de vrijmetselarij de schuld in de schoenen te schuiven. In dat geval was dat hele Knowles-verhaal natuurlijk als manna uit de hemel voor Truman. Beroepsmatig heeft hij ervoor moeten boeten dat hij het mis had, maar hij dribbelt nog elke maand naar Freemasons' Hall, en dat zegt toch wel wat over zijn prioriteiten in het leven!'

'We hebben een heel verhaal over Branfoot in elkaar gefröbeld zonder een greintje bewijs dat het klopt,' zei Robin verhit. 'Dat briefje met de geheimtaal, en Branfoots vriend als klant bij Ramsay Silver, en Branfoot die afgeeft op privédetectives en Dick de Lion – misschien heeft het allemaal niks met elkaar te maken!'

'En dat zegt degene die mij dringend aanspoort om te informeren naar een Belgische vrouw met een naam die vaag op Rita Linda lijkt,' zei Strike, en hij had er meteen spijt van, want Robins gezicht werd vuurrood.

'Ik heb van het begin af aan gezegd dat ze misschien niet relevant was, en even voor de duidelijkheid: ze was Zweeds, niet Belgisch.'

'Waar het mij om gaat...'

'Ik snap waar het jou om gaat, dank je, ook al ben ik de zwakke schakel, en als we het dan toch hebben over niet snappen waar het om gaat: is het al eens bij je opgekomen dat ik allebei de keren dat ik bedreigd werd probeerde met mensen te gaan praten over Rupert Fleetwood?'

'Beide keren dat je werd bedreigd was dat op een plek waar de dader je makkelijk te pakken kon nemen zonder betrapt te worden,' zei Strike. 'Hoe konden de mannen die je volgden weten met wie je ging praten? Je zegt net zelf dat die vent met het gorillamasker je vanaf je huis gevolgd was!'

'Oké.' Robin keerde terug naar de aanvalspositie. 'Leg mij dit dan eens uit: waarom zou een pornoacteur gaan werken in een maçonnieke zilverwinkel?'

'In de val gelokt,' zei Strike.

'Hoe dan? Door wie?'

'Stel dat wat er met Knowles had moeten gebeuren in werkelijkheid De Lion is overkomen? Misschien dacht hij dat hij zou helpen een lading zilver te jatten. Dat Branfoot een eikel is wil nog niet zeggen dat De Lion een engeltje was. We weten niks van hem, misschien was hij zelf wel een crimineel. Stel dat Oz en Medina samen De Lion naar Ramsay Silver hebben gelokt door hem wijs te maken dat hij er een ton aan kon overhouden? Dan is het logisch dat ze het Murdoch-zilver hebben meegenomen – het moest eruitzien als een inbraak die per ongeluk is uitgedraaid op moord, terwijl het eigenlijk een moord is die is uitgedraaid op diefstal.'

'En waar is dat zilver nu dan?'

'Weet ik veel! Dat kan overal zijn. Begraven in het bos. In een anonieme opslagruimte. Branfoot is schatrijk, die heeft het niet nodig.'

'Het valt me toch op,' zei Robin, haar toon nu staalhard, 'dat je houding ten opzichte van de politie enigszins afwijkt van je houding ten opzichte van de SAS.'

'Hè?' zei Strike verbaasd.

'Vrijmetselaar Niall Semple kon onmogelijk betrokken zijn bij de diefstal van vrijmetselaarszilver, want hij behoort tot het neusje van de zalm, hij spreekt vloeiend Arabisch en kan navigeren op de sterren, terwijl vrijmetselaar Malcolm Truman...'

'Truman en Branfoot zitten bij dezelfde fucking loge! Waarom heeft Branfoot het op ons gemunt? Vanwaar die plotselinge belangstelling voor onze business?'

'Misschien heeft zijn vrouw hem ooit laten volgen door een privédetective en heeft hij dat ontdekt! Misschien houden de kranten hem in de gaten vanwege alle geruchten over zijn seksleven!'

'Jij zei, aan het begin van deze zaak, dat het niet uitmaakte of Murphy...'

'Dit gaat niet om Ryan!' Robins woede werd gevoed door het besef dat ze op z'n minst deels loog. 'Wat betekent het voor onze contacten bij de politie als we hun mensen in diskrediet brengen?'

'Truman was al geschorst, die is nu thuis aan het tuinieren. Waarschijnlijk zouden ze bij de politie dolblij zijn als ze een reden hadden om hem de zak te geven! Als je denkt dat Wardle, Layborn en Ekwensi ons niet meer zouden willen helpen omdat we het korps hebben geholpen een echt foute figuur te lozen, dan heb jij een lagere pet van ze op dan ik!'

'Het gaat me om die houding van je. Volkomen bereid om het slechtste te geloven van de politie, terwijl...'

'In het leger zitten zat klootzakken, en ik zou het toch moeten weten omdat ik er zelf in heb gezeten...'

'Je zei dat je Branfoot keihard zou aanpakken. Denk je dat hij zijn mond houdt als jij gaat insinueren...?'

'Weet Murphy toevallig dat wij foto's van het lijk hebben?' vroeg Strike. 'Hij is over de zeik, hè?'

Robin voelde het bloed weer naar haar hoofd stijgen.

'Dat is niet...'

'O nee?'

Robin kwam ziedend overeind. 'Ik moet gaan. Ik ben moe en ik heb tijd nodig om me voor te bereiden op Fyola Fay.'

'Wacht je niet op je eten?'

'Ik heb geen honger,' snauwde Robin, en ze trok haar sleutels uit haar zak.

Toen Strike de sleutels zag, zei hij: 'Ik ga een nieuwe fucking Land Rover kopen.'

'Wat?'

'Praat ik zo onduidelijk? We hebben een nieuwe Land Rover nodig. Je kunt niet de hele tijd auto's huren, de zaak kan niet...'

'Ik koop wel wat anders, ik heb gewoon nog niks gevonden wat ik kan be...'

'Dus daarom...'

'Zo'n grote lening kan ik niet van je aannemen.'

'Dat hoeft ook niet. De Land Rover is straks van de zaak en jij rijdt erin, dus zoek een geschikte uit en stuur mij de gegevens.'

'Mij best.' Robins toon was ijzig.

Ze draaide zich om en liep weg, maar voordat Strike kon laten bezinken wat er zojuist was gebeurd had Robin zich weer omgedraaid en beende ze terug naar de tafel.

'Dat was ik even vergeten,' zei ze, wat een veel grotere leugen was dan de bewering dat ze geen honger had. 'Er is nog iets.'

'Wat dan?'

'Ik hoorde van Dev dat Bijou Watkins naar kantoor gebeld heeft. Wat wilde ze?'

Een fractie van een seconde keek Strike precies zo verbijsterd als ze had verwacht. Toen zei hij: 'Ze wilde advies.'

'Ach, je meent het.' Robin keek kwaad op hem neer. 'Advies over...?'

'Ze denkt dat Honbold vreemdgaat,' verzon Strike.

'O ja?'

'Ja. Ik heb gezegd dat ze maar iemand anders moet zoeken. Dat ik niet voor haar wil werken.'

'Dus ik kan tegen Dev zeggen dat er geen negatieve pers meer komt over jou en vrouwen?'

'Dat zeg ik hem zelf wel.'

'Mooi,' zei Robin, 'want we mogen Dev niet kwijtraken. Ik zie je op kantoor.'

Ze liep weg, en deze keer keek ze niet om.

De barvrouw kwam terug met twee grote borden eten.

'O,' zei ze toen ze Robin weg zag benen. 'Wilt u...?'

'Ik eet ze wel allebei op,' zei Strike nors, en hij schoof zijn notitieboekje opzij.

DEEL 6

There was silver there without a doubt, and the many thin veins they came across lured them on with constant hope of mighty pockets and deposits of which these were but the flying indications.

John Oxenham
A Maid of the Silver Sea

69

Weary of myself, and sick of asking
What I am, and what I ought to be,
At this vessel's prow I stand, which bears me
Forwards, forwards, o'er the starlit sea.

Matthew Arnold
Self-Dependence

Dus dat was het dan, dacht Robin: Strike had recht in haar gezicht gelogen. Hij die haar een uitbrander gaf omdat ze hem niet onmiddellijk op de hoogte had gesteld van een onbelangrijk incident (in haar huidige rancune kwam het Robin goed van pas om de impact van haar stalker, met zijn gorillakop en zijn dolk, te minimaliseren) verborg willens en wetens een nieuw risico voor het bureau van schandalen en opdringerige pers (en het kwam haar goed uit om al haar woede en pijn daaraan toe te schrijven, in plaats van na te gaan waarom ze zo'n enorme knoop in haar maag had, die steeds groter werd als ze dacht aan Strike als vader).

Toen zij en Barclay de volgende ochtend vroeg met zijn auto Wycliffe Road in reden, had Robin een andere bron van ergernis: een pijnlijk rood oog dat maar bleef tranen. Ze had de avond ervoor een heleboel rode pepers fijngesneden in haar keuken, en blijkbaar had ze naderhand haar handen niet goed genoeg gewassen, want ze had bij het aanraken van haar ooglid haar traanbuizen geïnfecteerd. Het snijden van de pepers maakte deel uit van een project waarover ze Murphy niet van plan was te vertellen, ten eerste omdat hij nog steeds niets wist van de man bij Harrods of de belager met de maçonnieke dolk, en ten tweede omdat het in het Verenigd Koninkrijk verboden was om pepperspray bij je te dragen of te gebruiken. Toch voelde Robin zich deze ochtend wat veiliger, in de wetenschap dat ze een krachtig mengsel van chili- en cayennepeper, knoflook en azijn in een doorzichtig plastic spuitflesje in haar tas had. Over de juridische gevolgen zou ze zich later wel druk maken, mocht ze het moeten gebruiken. Op internet was de spray aangeprezen als middel tegen ongedierte in de tuin, maar ze zou juridisch gezien niet erg sterk staan als ze zou beweren dat ze het in haar handtas had zitten voor die drie kamerplanten die ze thuis had. Maar als het aan Robin lag zou ze nooit meer van achteren door een man bij de nek gegrepen worden zonder dat hij de gevolgen hoefde te dragen, en geen enkele man zou dicht genoeg in haar buurt kunnen komen om met een mes voor haar gezicht te kunnen zwaaien, ook al was het een botte dolk.

Barclay parkeerde op korte afstand van de maisonnette waar Fyola Fay – die op de rekeningen van gas, water en licht Fiona Freeman heette – woonde met haar vriend Graig Wheaton, een zeer grote, gespierde en volledig kale pornoregisseur wiens gepersonaliseerde kentekenplaat de letters GYM bevatte. Fiona gebruikte social media alleen om de nieuwe films waarin ze speelde te promoten, of om een voorproefje te geven van haar OnlyFans-account. Haar meest recente post was een advertentie voor een *fleshlight* gemodelleerd naar haar eigen genitaliën, met het onderschrift *Beleef je favoriete ster vanbinnen!* Tot nu toe had het bureau nog geen vaste tijden kunnen vinden waarop Wheaton afwezig was en Fiona thuis. Robin wilde beslist niet proberen Fiona te ondervragen als ze niet zeker wist dat Wheaton weg was, want ze had ooit eerder gesproken met een vrouw wier partner onverwacht thuiskwam, waarna hij Robin fysiek te lijf was gegaan, woest om haar daar aan te treffen, en dat wilde ze niet nog eens meemaken. Het plan was dat Barclay Wheaton in de gaten zou houden zodra hij de deur uit ging. Als het stel de hele dag thuisbleef, zouden ze niks proberen.

'Stoot me maar aan als ik in slaap val,' zei Barclay geeuwend. 'Ik heb vannacht tot twee uur de vrouw van De Ezel gevolgd. Maar ik ben allang blij dat ik niet meer hoef te kotsen.'

'Wanneer moest je kotsen dan?' vroeg Robin vaag geïnteresseerd.

'Heeft Strike je niet verteld over de garnalen?'

'Garnalen?'

'Ik had een paar weken geleden per ongeluk een garnaal gegeten, toen ik stond te posten voor het huis van de moeder van Plug. Ik had een sandwich gekocht bij een of andere flutzaak waar ze hun ingredientenlijst niet op orde hebben. Als je zelfs maar in mijn buurt komt met zeevruchten dan verander ik in een fucking vulkaan waar het aan twee kanten uit spuit. Strike moest me komen aflossen. Dat was die avond dat jij de schoonmaker betrapte in de metro, met de rokjes.'

'O,' zei Robin.

Ze keek weer naar Fiona Freemans voordeur en dacht terug aan die avond, toen ze zeker had geweten dat Strike bij Bijou Watkins was, voor een stiekem afspraakje of om de puinhoop rond het vaderschap van de baby te bespreken. Hij was dus toch niet bij Bijou geweest. Maar veranderde dat ook maar iets? Strike hield nog steeds de waarheid voor haar verborgen, of niet dan? Hij kon nog steeds niet gewoon toegeven dat er misschien wel weer een explosie aan ranzige artikelen aan kwam die het bureau in gevaar zou brengen.

'Aye, aye,' zei Barclay toen de gordijnen in de huiskamer van Freemans maisonnette opengingen, en ze zagen een glimp van Fiona in een limoengroene sportbeha en legging.

'Shit,' zei Robin toen het platinablonde hoofd van Fiona weer verdwenen was. 'Zo te zien gaat ze naar de sportschool.'

'Of ze heeft thuis een loopband,' zei Barclay.

Er verstreken twintig minuten, toen ging de voordeur van Freemans huis open en kwam Wheaton alleen naar buiten, in joggingpak. Hij liep op een drafje de trap af en stapte in zijn auto.

'Ik waag het erop.' Robin deed het portier open.

'Oké, succes.'

'We houden contact.'

Ze bleef nog tien minuten op straat rondhangen om er zeker van te zijn dat Wheaton niet ineens terugkwam om iets te halen wat hij was vergeten, en toen stak ze de weg over, liep het trapje op en belde aan.

Een paar seconden later deed Fiona open. Robin wist van haar onlineresearch dat Freeman drieëntwintig was. Ze was een goedgebouwde jonge vrouw van wie letterlijk elke zichtbare centimeter was verfraaid of versterkt om één luid en duidelijk signaal uit te zenden: platinablond lang haar en een kunstmatig gebronsde huid, dikke wimperextensions en puntige, neonroze nepnagels, kunstborsten, fillers in de lippen en de jukbeenderen – zelfs haar tenen waren versierd met ringen en nagellak, en er was een kettinkje rond haar rechterenkel getatoeëerd.

'Fiona, ik ben Robin Ellacott, privédetective. Ik werk samen met Cormoran...'

Fiona wilde de deur dichtgooien. Robin stak haar voet ertussen en zei heel snel: 'We onderzoeken het lijk in de zilverkluis. We weten dat jij denkt dat het Dick de L...'

'Wegwezen. Oprotten!' bracht Fiona hijgend uit. Ze had bijna net zo'n zware stem als Pat.

'Alles wat je zegt blijft onder ons, niemand hoeft te weten dat je me hebt gesproken. Je kunt beter met mij praten dan...'

'Sodemieter OP!'

Het gevaar dat de botjes in haar voet zouden breken maakte dat Robin hem terugtrok.

De deur viel met een klap dicht. Robin bleef waar ze was, voor de deur, nu enigszins gehavend en buiten adem.

Een minuut later verscheen Fiona achter het raam naast de deur.

'SODEMIETER OP, JIJ! WEGWEZEN!' brulde ze door het glas heen.

'Het is voor jou gunstiger om met mij te praten!' riep Robin terug.

Fiona stak haar middelvinger op en verdween weer. Robin bleef staan, in de hoop dat haar vage dreigement zou werken als het de tijd had gehad om door te dringen.

Vanuit haar ooghoeken zag ze weer een flits limoengroen. Fiona was even teruggekomen voor het raam om te kijken of Robin er nog was, maar ze dook snel weer uit het zicht.

Er verstreken nog vijf minuten. Robin vroeg zich af of Fiona wachtte tot Wheaton thuiskwam om haar weg te sturen. Toen ging de voordeur op een kiertje open.

'Ik zeg toch dat je moet oprotten. Donder op!'

'Of je praat met mij, en in dat geval kan ik je identiteit beschermen, of je kunt straks in de rechtbank verklaren waarom je dat briefje hebt geschreven,' zei Robin. 'De keus is aan jou.'

De deur bleef nog een paar seconden op een kier staan. Toen ging hij vijftien centimeter open.

'Ik weet niet waar je het over hebt,' zei Fiona. 'Ik heb nooit een fucking...'

'Jawel. Je hebt een anoniem briefje in maçonniek geheimschrift geschreven en bij ons op kantoor door de brievenbus gedaan.'

'Je bent niet goed snik. Ik heb nooit...'

'Het is opgenomen op camera,' blufte Robin. 'We kunnen bewijzen dat jij het was.'

Fiona's zelfbruiner was te dik aangebracht om te kunnen zien of ze wit wegtrok, maar een van haar klauwachtige handen vloog naar haar mond en de pupillen van haar lichtblauwe ogen werden groot. Ze bleef stokstijf staan, blijkbaar met stomheid geslagen, haar andere hand om de deur geklemd.

'Vertel me gewoon wat je weet en dan ga ik weg,' zei Robin.

De voordeur van de buren ging open.

'Naar binnen,' fluisterde Fiona, en ze deed een stap terug om Robin erdoor te laten, duidelijk bang dat haar buurvrouw zou merken wat er aan de hand was. Ze leek op het punt te gaan hyperventileren. Ze ging Robin voor naar de keuken, nog steeds met die scherpe klauw voor haar mond, haar enorme, cosmetisch vergrote billen trillend onder het limoengroene lycra. Er was een vlinder vlak boven haar tailleband getatoeëerd. Robin pakte haar mobiel, zette hem op 'opnemen' en verstopte hem weer in haar tas.

De keuken had witte muren en een wit eiland in het midden, met daarop een schone asbak, een pakje Marlboro Light en een iPhone in een roze glitterhoesje. Een duur uitziende fitnessfiets was gericht op de openslaande tuindeuren, met uitzicht op een achtertuintje. De inrichting werd gedomineerd door een ingelijste uitvergrote zwartwitfoto van de naakte bovenlichamen van Wheaton en Fiona. Hij stond achter haar, zijn spieren geolied, en hij bukte om haar op de mond te kussen, met zijn handen op Fiona's borsten.

Fiona begon te ijsberen in de krappe ruimte tussen het keukeneiland en de fiets. 'Craig vermoordt me,' bracht ze uit, tussen de vingers door die haar mond nog bedekten. 'Hij gaat over de rooie.'

'Is Craig je partner?' vroeg Robin, alsof ze dat niet wist.

'Ja.'

'Weet hij niets van die brief?'

'Nee, hij weet niets van die fucking brief, natuurlijk niet!' riep Fiona verwilderd uit.

'Waarschijnlijk zul je alleen maar bevestigen wat we al weten.'

'Hebben andere mensen hun mond opengedaan?' Fiona bleef met een ruk staan.

'Ja,' zei Robin. Het was ongeveer waar. Shanker had zijn mond opengedaan.

'En wat zeiden ze?'

'Dat de man in de kluis is vermoord omdat hij informatie had over een rijk en belangrijk iemand.'

'O, fuck!' kreunde Fiona, en ze begon weer te ijsberen.

'Ik beloof je dat we jou hierbuiten kunnen houden, als je ons vertelt wat je weet.'

'Je kunt me hier niet buiten houden, ik zit verdomme tot over mijn oren in de shit, Craig vermóórdt me!'

Er sloop een vermoeden Robins gedachten binnen, maar ze wist wel beter dan dat hardop uit te spreken in deze fase van de ondervraging.

'Ken je Dick de Lion?' vroeg ze.

'Hij heet Danny.' Fiona's dikke lippen trilden. 'Ja, die ken ik. Ik heb met hem gewerkt.' Ze barstte los: 'Ik heb hem nog gewaarschuwd er niet bij betrokken te raken!'

'Waarbij?' vroeg Robin.

Fiona griste haar sigaretten van het keukeneiland, liep naar de tuindeuren, zette die open en stak er een op. Ze nam een diepe trek en blies de rook de tuin in, die betegeld was, met planten in potten en een knalroze tafel en stoelen.

'Wat is Danny's achternaam?'

'Hetzelfde. De Lion is zijn echte naam.'

'En waar had hij niet bij betrokken moeten raken, Fiona?'

Fiona nam nog een trek van de sigaret en blies weer uit naar de tuin, waarbij ze met haar hand wapperde om de rook buiten te houden. Robin besloot een beetje in te binden.

'Waar komt Danny vandaan? Londen?'

'Nee,' zei Fiona, 'hij komt van een heel rare plek, zeg maar, waar ze geen auto's hebben. Ik dacht dat hij een geintje maakte, maar het is echt zo. Er waren daar geen auto's, alleen, zeg maar, paard-en-wagens en tractors. Ik denk dat het een eiland is. Ik dacht dat hij uit zijn nek kletste, maar nee dus. Hij heeft me foto's laten zien.'

'Weet je nog hoe het daar heette?'

Fiona schudde haar hoofd.

'Hoe oud is Danny, weet je dat?'

'Vijfentwintig.'

'Werkt hij al lang in de porno-industrie?'

'Net zo lang als ik, denk ik. Twee, drie jaar.'

Ze wierp Robin een wanhopige blik toe. 'Ik weet niet hoe die vent heet, die rijke vent. Dat heeft Craig me nooit verteld. Alleen dat hij weleens op tv komt.'

Fiona huiverde licht in de kou, maar haar behoefte aan nicotine was sterker dan het verlangen naar warmte, want ze nam nog een diepe trek en blies de rook tuinwaarts.

'Waar kent Danny die man van?' tastte Robin voorzichtig af. 'Via Craig?'

Fiona knikte zonder naar Robin te kijken.

'En kregen Danny en die rijke man een relatie?'

'Néé,' zei Fiona met een schamper lachje.

'Wat wij tot nu toe weten,' waagde Robin het erop, 'klinkt alsof Danny werd gechan...'

'Nee, dat niet,' zei Fiona snel, en ze draaide zich weer naar Robin toe. 'Hij is nooit gechan... Het was een geintje! Craig vertelde me dat Danny en die rijke man ruzie hadden en dat die man, zeg maar, contacten had en zo in... Hij zei dat hij heftige figuren kende, dat

hij de politie in zijn zak had... en toen verdween Danny.'
'Wanneer?'
'Ik weet niet... Eind mei vorig jaar?'
'Waar kent Craig die rijke man van?'
'Van vroeger, als kind. Ik weet niet precies hoe.'
Robins telefoon trilde. Ze haalde hem uit haar tas en zag een bericht van Barclay.

Wheaton doet boodschappen. Ik geef'n seintje als hij in de auto stapt.

Robin stopte de telefoon, die nog aan het opnemen was, weer weg.
'Dus Craig heeft tegen je gezegd dat Danny het lijk in de kluis moest zijn?'
'Ja.' Fiona begon te huilen. 'Hij zei dat ik niet steeds... dat ik niet aan iedereen moest vragen waar Danny was... tenzij ik net zo wilde eindigen als hij...'
'Is Danny de enige jongeman die Craig heeft voorgesteld aan de rijke man?'
Fiona schudde haar hoofd, nog steeds huilend.
'Zijn er nog meer?'
'Ja... ook meisjes.... De rijke man is bi. Graig vertelde me dat hij getrouwd is met een vrouw, maar dat hij op allebei valt.'
Fiona nam nog een trek van haar sigaret en streek met de rug van haar hand over haar ogen.
'Hoe wist je dat wij onderzoek deden naar dat lijk, Fiona?'
'Ik hoorde Craig aan de telefoon met de rijke man praten... Hij praat tegen hem altijd ánders... en ik hoorde hem "Cameron Strike" zeggen, en dat hij hem niet had gezien of zoiets... Craig klonk bang. Dus googelde ik Strike en toen zag ik dat hij privédetective was.'
Fiona schuifelde op blote voeten de tuin in, drukte haar sigaret uit op een tegel, knipte de peuk de tuin van de buren in, deed de tuindeuren dicht en liep, nog altijd huilend, naar het keukeneiland, waar ze ging zitten, haar voorhoofd steunend op haar hand.
Robins telefoon trilde weer, en binnen een paar tellen pingde Fiona's toestel. Ze pakten allebei hun mobiel, en Robin las:

Wheaton weer in auto met boodschappen, maar staat stil en is aan het appen.

'Het is Craig,' fluisterde Fiona, en ze stuurde een bericht terug aan haar partner.

'Komt hij naar huis?' Robin probeerde het nonchalant te laten klinken.

'Nog niet... hij wil weten wat hij mee moet brengen van de slijter.'

Robin stopte haar eigen telefoon weer in haar tas.

'Ik dacht,' zei Fiona, die weer overeind kwam en een bus luchtverfrisser pakte uit een lade van het keukeneiland, 'dat ik die Strike een tip kon geven met een briefje, want Craig leest mijn mail en appjes en alles.'

Ze spoot rijkelijk luchtverfrisser om zich heen in de keuken en verstopte toen haar sigaretten achter een mixer in een bovenkastje.

'Danny wilde gewoon wat geld scoren,' zei ze schor toen ze terugliep naar haar stoel. 'Dat is geen misdrijf. Hij had nooit veel gehad. Hij dacht dat er iets moois aan zat te komen met die rijke man, maar hij werd hebberig. Ik heb hem nog gewaarschuwd.'

'Hoezo werd hij hebberig?'

'Nou, zeg maar... de rijke man betaalde voor Danny's facings, weet je wel, want Danny had een heel slecht gebit. En toen heeft hij de rekening een beetje – een klein beetje maar – hoger gemaakt. Dat soort dingen deed hij steeds. Probeerde er meer uit te persen, snap je? Ik zei tegen hem: "Kijk nou uit," maar hij zei dat hij de favoriet van die man was en...'

'Ging daar die ruzie over?' vroeg Robin. 'Had de rijke man gemerkt dat Danny er meer geld uit probeerde te slepen dan ze hadden afgesproken?'

'Ja,' zei Fiona. 'Het begon op te vallen. Hij confronteerde Danny er min of meer mee, en toen zei Danny dat... dat ene... als grapje. Het was gewoon een geintje. Maar die man nam het serieus. Hij zei tegen Danny dat het chantage was.'

'Maar Danny had geen seks met die man?'

'Nee.'

'Waar had Danny hem dan mee kunnen chanteren?'

'Nou... die man vindt het leuk om stiekem toe te kijken en te filmen. Hij kickt erop dat ze niet weten dat hij er is.'

'Maar Danny wist dat wel?'

'Ja. Alle... Sommigen wisten het, ja.'

'Waar werd er gefilmd?'

'Die man heeft een appartement, daar hangt zo'n doorkijkspiegel. Hij had de hele boel verbouwd. Craig was zijn stroman voor de bouwvakkers.'

'Deed Craig alsof het zijn appartement was? Alsof de verbouwing voor hem was?'

'Ja, dat.'

'Weet je waar dat appartement is?'

'Nee. Ik weet alleen dat het dáár allemaal gebeurde.'

'Dus de rijke man huurt pornoacteurs in voor zijn privéfilmpjes?'

'Ja. Hij wil geen sekswerkers. Die vertrouwt hij niet. Hij maakt zijn eigen films, voor privégebruik. Het is allemaal legaal. Hij betaalt goed,' zei Fiona. 'Heel goed. Daarom ging Danny steeds terug.'

'Maar niet alle mensen die worden gefilmd weten dat die man toekijkt?'

'Nou, nee,' zei Fiona schor, en ze keek naar haar neonroze nagels in plaats van naar Robin. 'De profs weten het allemaal, maar de... de amateurs niet. Craig heeft me verteld dat er altijd wel iemand bij is die niet weet dat er wordt gefilmd. Eén keer was er een meisje dat voor de rijke man werkt, als assistente of zoiets bij hem op kantoor. Een van de profs had haar versierd in een bar en meegenomen naar het appartement, en ze dacht dat hij daar woonde en ze was dronken en de rijke man keek toe hoe die jongen haar nam, en filmde dat. En datzelfde heeft hij gedaan bij twee jongens van zo'n liefdadigheidstoestand die de rijke man runt. Hij liet ze door twee profs meelokken naar dat appartement, de rijke man filmde het en keek toe. Maar de amateurs vonden het verder prima wat er gebeurde,' zei Fiona snel. 'Het was geen verkrachting. Ze waren niet gedrogeerd of zo. Niemand was minderjarig. Ze deden het allemaal met instemming.'

Maar ze wisten niet dat ze werden bekeken en gefilmd, dacht Robin. Zelfs Fiona leek te beseffen dat het niet zo onschuldig was wat ze zojuist had beschreven, want ze voegde eraan toe: 'Craig vertelde me dat de profs na afloop de amateurs moesten overhalen om geld aan te nemen. Voor een taxi, zeg maar, maar wel meer dan het eigenlijk kostte. Zodat ze dus gefilmd werden terwijl ze zeg maar geld aannamen.'

Robins telefoon trilde weer.

Wheaton weer in auto, lijkt naar huis te gaan.

'Is de rijke man zelf ooit te zien op de films?' vroeg Robin.

'Nee, nooit. Hij zit achter de spiegel.'

'Maar wat zei Danny nou tegen die man, wat klonk als chantage?'

'Die man ging tegen hem tekeer over dat geld, dus toen zei Danny: "Ik denk dat mijn in eigen beheer opgenomen films het heel goed zouden doen als ik ze wat meer in de publiciteit zou brengen." En toen ging die kerel door het lint. Danny was bang. Hij probeerde het niet te laten merken, maar hij was echt wel bang.'

'Heeft Craig je echt nooit de naam van die man verteld?'

'Nee, nooit. Hij zegt dat zijn leven hem te lief is om mensen erover te vertellen.'

'Behalve dat hij rijk is en op tv komt heeft hij helemaal geen persoonlijke dingen over die man verteld?'

'Alleen dat zijn vrouw niks weet van dat appartement.'

'En hij is vrijmetselaar,' zei Robin, alsof ze dat al zonder enige twijfel wist, en de nietsvermoedende Fiona knikte.

'Hier is mijn kaartje.' Robin gaf haar een visitekaartje terwijl ze haar tas weer over haar schouder hees. 'Bel me alsjeblieft als je je nog iets anders herinnert over die man. Niemand krijgt te horen dat je met mij hebt gepraat, alleen Strike.'

'Dus... Danny was echt de man in die kluis?' vroeg Fiona in tranen toen ze met Robin meeliep naar de gang.

'Dat weet ik niet. Maar als je me je nummer appt, laat ik je weten wie het was zodra we het hebben uitgezocht.'

Robin liep de bovenste trede van het trapje voor de deur op en draaide zich toen om naar Fiona. Strikes woorden 'We zijn geen fucking maatschappelijk werkers' schoten door haar hoofd toen ze zei: 'Je hoeft niet bij hem te blijven. Je kunt ook iets anders gaan doen.'

'Hè?'

'Ik denk... Het klinkt niet alsof Craig je erg goed behandelt,' zei Robin. Ze was tien jaar ouder dan Fiona, maar voelde zich bejaard toen ze het zei. 'Mannen die al je mail en appjes lezen... Ik ben zelf met een man geweest die mijn voicemail afluisterde en het bericht niet aan me doorgaf. Het is slecht afgelopen. Maar,' voegde ze eraan toe, 'ik weet dat het me niet aangaat.'

'Nee,' zei Fiona. 'Het gaat je niks aan.'

Robin hoorde de voordeur achter zich dichtslaan toen ze het trottoir bereikte. Net voordat ze bij de hoek van de straat was, keek ze om. Fiona keek naar haar vanachter het raam; Robin verwachtte weer een middelvinger, maar het gezicht van de jonge vrouw was uitdrukkingsloos.

70

Life, misfortune, isolation, abandonment, poverty, are battle-fields, which have their heroes, – heroes obscure, but sometimes greater than those who become illustrious.

Albert Pike
Morals and Dogma of the Ancient and Accepted Rite of Scottish Freemasonry

Toen Strike op dinsdagochtend aan zijn beslagen zolderraam ging zitten voor zijn ontbijt zag hij dat Robin hem die nacht had gemaild. Sinds ze hem had laten weten dat ze niet meeging naar Schotland om Jade Semple te ondervragen, koos ze er steevast voor om hem te mailen terwijl ze normaal gesproken gebeld zou hebben. Het was hem ook opgevallen dat de mailtjes nooit begonnen met een begroeting.

Audiobestand van gesprek met Fyola Fay bijgevoegd. Belangrijke punten: de echte naam van Dick de Lion is Danny, hij komt van een eiland zonder auto's en is eind mei verdwenen.

Fyola Fays partner kende de rijke man van vroeger, 'als kind'. Ik heb zitten zoeken: Craig Wheaton heeft in zijn tienerjaren in een jongenstehuis gezeten dat deels werd gefinancierd door Oliver Branfoots stichting.

Ook bijgevoegd: mogelijke Land Rover.

R

Strike pakte zijn mobiel en belde haar.

'Ik zie net je mail.'

'O, oké,' zei Robin koeltjes.

'Verdomd goed gedaan. Je hebt de schakel gevonden tussen Branfoot en De Lion.'

'Een indirecte schakel, ja.' Robin moest helaas denken aan de 'zwakke schakel'-opmerking die Strike in Ironbridge had gemaakt. Hij praatte nu tegen haar alsof alles normaal was tussen hen, en ook al wilde ze geen gesprek voeren waarin ze kwaad zou kunnen worden of, erger nog, kon gaan huilen, zijn zakelijke toon ergerde haar. Ze verdomde het om zich te verontschuldigen voor haar woorden bij Swan Taphouse, maar ze kon het niet uitstaan dat Strike kennelijk niet het gevoel had dat hij het goed moest maken.

'Nou, ik heb zojuist Ruperts vriendin Tish Benton gevonden, of eigenlijk haar ouders,' zei Strike.

Robin vermoedde dat hij haar daarmee wilde laten weten dat hij Decima niet vergeten was.

'Ja, ik heb haar ook gevonden,' zei Robin koeltjes. 'Ze heeft Instagram, maar die staat op privé. Ik heb haar een volgverzoek gestuurd.'

'Mooi, want haar ouders waren erg wantrouwend toen ik zei wie ik was. Ik heb mijn gegevens achtergelaten en gevraagd of Tish me wil bellen, maar ik heb weinig hoop.'

'Oké, nou, er is nog iets wat ik je wilde zeggen,' zei Robin. 'Ik wil dat we Albie Simpson-White gaan volgen. Kan me niet schelen hoe we dat factureren, maar ik wil er best vrije uren voor opgeven, of invallen voor anderen als zij het doen. Het voelt niet goed om Decima te laten betalen voor het natrekken van al die mogelijke Wrights als we niet ook actief proberen om zekerheid te krijgen voor haar.'

'Oké.' Strike klonk gelaten. 'Dan gaan we Simpson-White volgen.'

'Dank je,' zei Robin stijfjes.

'Nog geen resultaat met Powells vriend Wynn Jones,' zei Strike. 'Hij was niet op de boerderij. Blijkbaar heeft hij een ongeluk gehad met een tractor. Ze leken niet erg happig om me te vertellen hoe ik hem kon bereiken, maar ik heb een kaartje achtergelaten. Tyler Powell heeft je zeker niet meer gebeld?'

'Nee.' Robin had nu spijt dat ze haar echte naam had ingesproken op de telefoon die van Tyler zou moeten zijn. Als hij nog leefde en hij hield zich schuil in zijn oude dorp, zou hij vrijwel zeker niet met een privédetective willen praten, zeker niet als hij haar ervan verdacht te zijn ingehuurd door de familie Whitehead.

'En er is weer zo'n anoniem telefoontje binnengekomen,' zei Strike.

'Van de man of van de Schotse vrouw?'

'Man. Hij zei blijkbaar: "Hou ermee op, of je wordt gezuiverd als zilver in de smeltoven der ellende." Pat heeft het in steno genoteerd, dus het moet kloppen. Ik heb het opgezocht, en het lijkt op een Bijbelcitaat, over Elia.'

'Juist,' zei Robin.

Strike klikte nu de link aan van een tweedehands Land Rover die ze had meegestuurd met haar mail.

'Die Defender 90 ziet er goed uit,' zei hij. 'Wil je gaan kijken?'

'Ja, oké. Ik zou zondagmiddag kunnen. Was dat alles?'

'Ja, ik denk het wel.'

Robin hing op zonder dag te zeggen. Toen Strike zijn mobiel neerlegde, voelde hij zich nog iets somberder dan voordat hij haar had gebeld.

Hij was nog maar net weer aan het werk toen zijn telefoon ging. Wardle belde om te zeggen dat hun geplande etentje in de stad van die avond uitgesteld moest worden, want zijn vrouw had hem onverwacht gemeld dat hij op hun zoontje van anderhalf moest passen. De politieman liet doorschemeren dat het kleine beetje informatie dat hij voor Strike had net zo goed telefonisch doorgegeven kon worden, maar Strike koos ervoor de hint niet op te pakken en kondigde aan dat hij rond zeven uur die avond met een afhaalmaaltijd naar hem toe zou komen om Wardles bevindingen persoonlijk te bespreken.

Ook al waren ze vrienden, toch zou dit de eerste keer worden dat Strike bij Wardle thuis kwam. Ze koesterden de wederzijdse genegenheid, die in de loop der jaren was gegroeid ondanks hun aanvankelijke wederzijdse wantrouwen, maar ze hadden zelden een gesprek gevoerd dat je echt persoonlijk zou kunnen noemen. Eigenlijk kon Strike zo een-twee-drie geen enkele man bedenken met wie hij diepgaande gesprekken voerde. Toch kende hij Wardle goed genoeg om te weten dat het echt slecht met hem moest gaan als hij opbiechtte dat hij thuiszat met een depressie, en Strike wist ook dat 's mans recente tegenslagen – de dood van zijn broer, het vertrek van zijn vrouw, de verhuizing naar een vrijgezellenflat, de gedeelde voogdij over zijn jonge zoontje, en dat alles boven op een zeer veeleisende baan – hem daar reden genoeg voor hadden gegeven. De herinneringen aan twee gevallen van zelfdoding die hij in het leger had onderzocht zaten in Strikes achterhoofd. Beide mannen leken het allemaal wel aan te kunnen tot ze opeens dood waren, dus toog hij die avond naar Brixton, hoeveel pijn zijn been ook deed, en ondanks zijn eigen sores.

Toen hij om zes uur het Indiase restaurant uit liep met een afhaalmaaltijd in zijn hand ging zijn mobiel, en hij kreeg een bang vermoeden toen hij Bijous nummer zag.

'O, goddank,' zei ze toen hij opnam, met een vleugje hysterie in haar stem. 'Luister, het spijt me, maar je móét een DNA-test doen. Dat moet.'

'Ach, je meent het.'

'Andrew daagt me uit om hem voor de rechter te slepen, maar als ik dat doe, zegt hij,' – Bijou begon weer te snikken – 'dan gaat hij linea recta naar een of andere journalist, Colin Pepper, om te zeggen dat het kind van jou is!'

'Dus hij overtreedt zijn eigen publicatieverbod?' Strike kreeg weer het hem niet onbekende gevoel dat er een gloeiende draad om zijn hoofd zat die steeds strakker werd aangespannen.

'Hij doet zo vréselijk, hij is ervan overtuigd dat Ottolie van jou is... Als ik hem bewijs kan geven... ALSJEBLIEFT!' jammerde ze. 'Dit is net zo goed voor jouw bestwil!'

Strike, die het afschuwelijke gevoel had dat ze daar gelijk in had, keek naar een aansnellende dubbeldekker en stelde zich heel even, een fractie van een seconde, voor dat hij ervoor zou stappen om zichzelf en al zijn problemen in één klap weg te vagen: opgaan in het zwarte niets, in een heerlijke toestand van niet-zijn – maar de bus reed voorbij en Strike hinkte verder. Hij kon het niet eens opbrengen om woede te voelen.

'Oké. Moet ik zo'n test halen?'

'Nee, dat doe ik, maar we moeten wel ergens afspreken zodat ik het monster bij je kan afnemen, en dan neem ik er ook een van mij en van Ottolie.'

'Je wordt in de gaten gehouden,' bracht Strike haar in herinnering.

'Ik heb niemand gezien die...'

'Omdat degene die jou schaduwt daar goed in is, niet omdat het niet gebeurt,' zei Strike geërgerd. 'Dit moet goed doordacht worden. Ik bel je als ik een plan heb.'

Hij hing op en terwijl hij verder liep, deed hij zijn best om zijn vele eigen problemen opzij te zetten, zodat hij zich beter kon concentreren op die van Wardle.

De flat van de politieman was in een modern complex aan Brixton Water Lane. Strike drukte op de intercom en liep twee trappen naar boven, wat weinig goeds deed voor zijn pijnlijke stomp, en boven werd hij in de deuropening opgewacht door Wardle met zijn slaperige zoontje van anderhalf in de armen. Die aanblik bezorgde Strike een buitengewoon onwelkom visioen van zichzelf als hij probeerde een dochter bezig te houden in zijn zolderflatje zodat Bijou de stad in kon gaan, op zoek naar een nieuwe welgestelde potentiële echtgenoot.

'Hij gaat zo naar bed,' zei Wardle, en tot Strikes lichte verbazing – zijn ervaring met kleine kinderen was dat ze op willekeurige tijden naar bed gebracht werden, meestal onder protest en met veel gejengel – verdween Wardles zoontje inderdaad snel in de logeerkamer, terwijl Strike in de keuken de deksels van de plastic etensbakken wrikte. Uit de huiskamer kwamen de klanken van een tekenfilm.

De keuken was zo schoon en opgeruimd als Strike had verwacht, maar Wardle had geen moeite gedaan om de boel gezellig te maken of iets te veranderen aan het decor, waarvan Strike vermoedde dat het zo was geweest toen hij in de flat trok, want hij betwijfelde of de politieman gekozen zou hebben voor tegels met een dessin van wortelgroenten.

'Bedankt,' zei Wardle toen hij aan tafel ging zitten. 'Hoeveel krijg je van me?'

'Niks. Het is mijn betaling voor de informatie die jij me gaat geven.'

'Nou, je hebt het team dat de moord onderzoekt flink pissig gemaakt.'

'Waarmee dan?' Strike pakte een stuk naan.

'Die getuigen, Wrights buren. Daz en nog iemand.'

'Mandy, ja. Wat is daarmee?'

'Ze ontkennen dat ze jou ook maar iets hebben verteld.'

'Aha.'

Het verbaasde hem niet. De onmiddellijke reactie van Daz en Mandy toen ze voor de tweede keer politie aan de deur kregen was ongetwijfeld geweest, in een reflex, om alles te ontkennen, zonder erbij na te denken dat ze veel grotere problemen konden verwachten als ze bleven ontkennen dat ze bewijs hadden verborgen voor de politie.

'En een van hen liet vallen dat jij ze geld hebt gegeven.'

'Dat ze hebben aangenomen, in ruil voor de informatie. Denkt de politie nou echt dat ik met bankbiljetten strooi als mensen mij niks vertellen?'

'Ik waarschuw je alleen,' zei Wardle, 'dat het team er zo in staat: jij probeert je reputatie op te bouwen door te doen alsof je dingen hebt die zij niet hebben.'

'Dus niemand gaat verder naar Oz en Sofia Medina kijken?'

'Dat zeg ik niet,' zei Wardle. 'Een van de vrouwen in het team – Iverson, heet ze – denkt dat Daz en Mandy jou de waarheid hebben verteld en dat het de moeite waard is om die Oz eens wat beter te bekijken. Murphy kent Iverson,' voegde hij eraan toe. 'Verdomd goed zelfs.'

Strike voelde belangstelling opflakkeren die niks met de zaak te maken had.

'O ja?'

'Ja. Ze hebben flink staan vozen in de kroeg een tijd terug.'

'Hoelang geleden?' Strike probeerde het terloops te laten klinken.

'Toen zijn vrouw en hij uit elkaar gingen,' antwoordde Wardle, en het kleine vonkje van... niet echt hoop, maar iets wat erop leek, verschrompelde en verging. 'Ik heb het je al eerder gezegd, hij was een echte eikel toen hij nog dronk, niks in een rok was veilig voor hem. Schijnbaar is hij de laatste tijd niet te harden. Als Iverson niet beter wist, zei ze, zou ze denken dat hij weer aan de drank was. Nou, hij zou er een goede reden voor hebben.'

Hoe graag Strike ook wilde geloven dat Murphy weer de fout in was gegaan, dat leek hem te veel gevraagd.

'Hoezo "een goede reden"?'

'Hij zat op die zaak met de schietpartij, de bende en de twee broertjes.'

'Dat hoorde ik, ja.'

'Nou, hij is dus degene die het heeft verkloot. Hij arresteerde de vriend van de moeder, inderdaad een gewelddadige, wraakzuchtige klootzak met een strafblad, maar Murphy had geen enkel bewijs.'

Strike, die aannam dat Robin dat al wist, besefte dat zelfs als dat niet het geval was, hij alleen maar zou overkomen als een ontzettende lul als hij erover zou beginnen, dus ging hij er nu niet op door.

'Maar goed, ik heb dus het alibi van die Calvin Osgood voor je nagetrokken,' zei Wardle. 'Het klopt. Hij was echt in Manchester, zoals hij zegt.'

'Dacht ik al, maar ik wilde het bevestigd hebben.' Strike schoof een van de plastic bakken naar Wardle toe. 'Neem ook wat, het is lekker.'

De politieman schepte kip madras op. Hij leek de laatste tijd afgevallen te zijn, en in tegenstelling tot Strike had hij al niet veel kilo's te verliezen gehad. Wardle was jongensachtig knap geweest toen Strike hem voor het eerst ontmoette, maar hij leek er veel meer jaren bij gekregen te hebben dan de zeven die sindsdien verstreken waren, en hij was nu helemaal grijs bij zijn slapen.

'Die Iverson,' zei Strike, 'heeft zij naar het Instagram-account van Oz gekeken? Want Robin heeft ontdekt dat een vermist meisje daar met hem communiceerde. Sapphire Neagle heet ze.'

'Geen idee,' zei Wardle. 'Ik denk dat ze me niet te veel info geeft omdat ik te dik bevriend ben met jou. Maar ik weet wel dat het team woest is op Truman. Wist je dat hij vrijmetselaar is?'

'Dat wist ik, ja.' Strike was blij dat Robin hem nu niet kon horen.

'Er wordt flink gespeculeerd dat Truman wilde dat het lijk Knowles was, om de aandacht af te leiden van de plek waar de moord is gepleegd. We moeten vooral geen vrijmetselaars-bij-de-politieverhaal hebben, hè? Wist je ook dat die vier kerels in Wild Court zijn weggestreept als verdachten?'

'Ja, wist ik.'

'Dus nu proberen ze uit te vogelen hoe Wright en zijn moordenaar bij die winkel gekomen zijn, want er schijnen nergens camerabeelden van hen te zijn.'

'Er was toch een Peugeot bij betrokken?'

'Is dat de zilverkleurige auto waarvan ze denken dat de moordenaar er om drie uur 's nachts mee is opgehaald?'

'Ja. Ik neem aan dat ze daarnaar hebben gezocht?'

'Ja. Niks gevonden. Ze bekijken nu alle camerabeelden, maar die wagen is een woonwijk in gereden en uit het zicht verdwenen.'

Strike had net zijn bestek weer opgepakt toen zijn mobiel ging, en hij nam op zodra hij zag dat het Robin was.

'Hoi, kan het even?' vroeg ze.

'Ja, natuurlijk, ogenblikje.'

Hij stond op van de tafel en wees naar de voordeur, gebarend dat hij privacy nodig had voor dit gesprek.

'Oké,' zei hij toen hij op de galerij voor Wardles flat stond. 'Vertel.'

'Ik ben op de spoedeisende hulp – nee, niet voor mezelf,' voegde ze er snel aan toe. 'Plug is hier, met zijn zoon. De zoon is gewond, zwaargewond, aan zijn gezicht. Gebeten. Strike, ik denk dat ik weet hoe het zit.'

'Hoe dan?'

'Honden. Gevaarlijke honden. Die jongen is gebeten in dat huis in Carnival Street waar ze dat beest uit die schuur naartoe gebracht hebben. Er was niks geks te zien toen ze naar binnen gingen. Twintig minuten later sleepte Plug zijn zoon half over de grond naar buiten, zijn hele gezicht onder het bloed.'

'Fuck.' Strike dacht terug aan het terrein in Ipswich. 'Hondengevechten. Dat is het, hè? Het geld is inzet voor weddenschappen, of om honden van te kopen... Oké, goed gedaan, nu weten we waar we mee te maken hebben. Met een beetje geluk belt een van die artsen de politie na het zien van die verwonding.'

'Plug is ziedend, zo te zien. Je zult zien dat hij dat joch dadelijk onder druk zet om niet te vertellen wat er echt is gebeurd – hij moet natuurlijk beweren dat het een zwerfhond was of zoiets.'

'Ja, vast, en in dat geval moeten wij hem zien te betrappen. Dat gaat makkelijker nu we weten wat we proberen aan te tonen. Heb je trouwens nog iets gedaan voor die Land Rover?' vroeg Strike, erop gebrand deze iets vriendschappelijker sfeer te koesteren.

'Ja, ik heb een afspraak gemaakt om zondagmiddag te gaan kijken. Ik moet ophangen, de zoon wordt nu meegenomen om gehecht te worden.'

'Oké, dag,' zei Strike en hij ging terug naar Wardle, die net zijn tweede bier opentrok.

'Robin,' zei Strike.

'Aha.'

'Luister, ik ben je dankbaar voor de info.' Strike ging weer zitten. 'Fijn om te weten dat er toch nog iemand rondloopt bij de politie die mij geen hufter vindt.'

'Ze hebben zelf ook genoeg hufters daar,' zei Wardle, en het viel Strike op dat hij 'ze' zei en niet 'we'.

'Meende je dat laatst, dat je zou willen stoppen?'

Wardle nam nog een slok bier voordat hij antwoord gaf. 'Ik weet het niet. Mijn moeder is pasgeleden gestorven.'

'Shit,' zei Strike, die daar niets van had geweten. 'Gecondoleerd.'

'Ja. Vorige maand. Ze is nooit meer de oude geworden na mijn broer,' zei Wardle. 'Ze kon het niet aan.'

De woorden kwamen eruit alsof ze stuk voor stuk in zijn keel bleven steken en er met veel moeite uit gesleurd moesten worden.

'Ze heeft ervoor gekozen niet voor een tweede chemokuur te gaan. Heeft ons allebei in haar eentje grootgebracht. Wij waren haar hele leven. Terry's dood was haar al bijna fataal geworden, en toen ging

April bij me weg en zag ze Liam lang niet meer zo vaak.'

'Liam?'

'Mijn zoon,' zei Wardle met een flauw lachje. 'Het kind dat je mij daarnet naar bed hebt zien brengen.'

'O ja, natuurlijk.'

'Maar goed... mijn moeder heeft me meer geld nagelaten dan ik had verwacht. Ze had zelf vlak voor haar dood nog een erfenis gekregen... nooit van kunnen genieten. Voorheen zei ik altijd tegen mezelf dat ik gek zou zijn om mijn werk niet vol te houden tot mijn pensioen, maar met wat zij me heeft nagelaten kan ik nog steeds prima voor Liam zorgen.'

De politieman zuchtte. 'Zullen we op betere stoelen gaan zitten? Ik zit hier soms de hele avond met mijn laptop, krijg er een dooie kont van.'

In de huiskamer stonden een bankstel, een televisie en verder bijna niets. Toen Strike de drempel over stapte, werd er in de verte klaaglijk 'papa!' geroepen.

'Shit,' mompelde Wardle en hij vertrok naar de logeerkamer.

Strike ging op de bank zitten, bier in de hand, ogen op de televisie gericht, en hij dacht aan dat woord 'papa'. Zelf had hij het nooit in de mond genomen voor welke man dan ook in zijn leven, want de enige die hij als een vaderfiguur had kunnen beschouwen was Ted geweest. Heel lang geleden, als kind, had hij ernaar verlangd Rokeby zo te mogen noemen, over hem te kunnen praten als 'pap', maar dat was nooit gebeurd. Strike was altijd een groot voorstander geweest van nauwkeurigheid, als kind al. En een man die je tien minuten had ontmoet, die noemde je niet je vader. Hij stelde zich voor dat het meisje dat Bijou kortgeleden op de wereld had gezet hem 'pappie' noemde en nam nog een slok bier.

De tekenfilm die Wardles zoon had gekeken was afgelopen. Er was een of andere comedy-nieuwsquiz voor in de plaats gekomen, en opeens besefte Strike dat hij zat te kijken naar Lord Oliver Branfoot, die krom onderuitgezakt achter een verlicht podium naast een jonge komiek zat.

Branfoot, groot, zwaarlijvig en met hangende schouders, droeg een pak dat eruitzag alsof hij erin had geslapen. Zijn donkere haar was slecht geknipt of zo door de war gedaan dat het slecht geknipt léék, terwijl zijn grote, vlezige neus en zijn geloken oogleden hem de koddige aanblik van een reusachtige tuinkabouter gaven.

De quizmaster was aan het woord.

'Waarvan zei president Trump deze week "de vijand zegt steeds dat het vreselijk is"?'

Branfoot drukte als eerste op zijn zoemer.

'Zijn haaw?' zei hij geaffecteerd, waarmee hij de lachers makkelijk op zijn hand kreeg. 'Sewieus!' zei Branfoot. Hij keek met een stalen gezicht het publiek in en knipperde toen alsof hij hun reactie niet begreep. 'Dat moet het zijn.'

'Moet jij nodig zeggen,' zei de komiek die naast Branfoot zat, waar opnieuw hard om gelachen werd.

'Ik vwees dat ik die opmewking als zeer beledigend opvat,' zei Branfoot quasiverontwaardigd. Hij had moeite met de letter r, maar leek op televisie expres veel woorden te gebruiken waar die in thuishoorde, om de komische waarde van zijn spraakgebrek ten volle uit te melken. 'Ik ben misschien geen Richawd Gewe, maaw ik loop tenminste niet met van dat gele hooi op mijn hoofd.'

'Het antwoord,' zei de presentator met stemverheffing om boven de hernieuwde hilariteit van het publiek uit te komen, 'is zijn Twitter-account.'

'Niks aan de hand, hij riep in zijn slaap,' zei Wardle, die weer binnenkwam. 'O jezus, niet die lul van een Branfoot. Waarom nodigen ze hem toch steeds uit voor dit soort dingen?'

'Omdat hij graag de domme idioot speelt.'

'Dat is vast geen act.'

'Het is één grote act.' Strike keek onbewogen naar het scherm. 'Die eikel weet precies wat hij doet.'

71

But I persist, because I have my spice
Of intuition likewise...

Robert Browning
Balaustion's Adventure

Ondanks Robins aanbod om haar vrije tijd ervoor op te geven zodat zij geen uren hoefden op te offeren, zorgde het toevoegen van Albie Simpson-White aan de lijst van te volgen personen voor enige ergernis onder de freelancers. Robin wist dat ze vonden dat ze hun handen vol genoeg hadden met het in de gaten houden van Plug, het huis in Carnival Street waar ze meenden dat een of meer gevaarlijke honden werden gehouden, plus de figuren rondom Plug die honden fokten en er gevechten mee hielden in Londen en Ipswich, terwijl ze tegelijkertijd de echtgenote van De Ezel moesten volgen en de uren rondom de zilverkluiszaak opvulden waar de twee partners het niet alleen af konden.

Zoals te voorspellen was geweest, was Kim Cochran het meest uitgesproken in haar dedain voor de nieuwe klus. Robin vermoedde dat Strike de freelancers had laten weten dat het volgen van Albie de uitdrukkelijke wens was van Robin, want ze had Kim tegen Shah horen zeggen: 'Dus nu hobbelen wij achter Simpson-White aan voor het geval hij ons naar zijn vermiste maatje leidt?' Waarna ze er, toen ze Robin achter de tussendeur had zien zitten, met een van haar bekende lachjes achteraan had gezegd: 'Ach, er gebeuren wel gekkere dingen. Misschien win ik deze week ook de loterij.'

Ik zou willen dat je verdomme de loterij won, dan zou je misschien oprotten, dacht Robin die zondagmiddag kwaad toen ze Albie volgde van zijn flat naar de metro. Ze zou over een paar uur worden afgelost door Kim, en als er tijdens de overdracht nog meer zogenaamd grappige opmerkingen gemaakt zouden worden, dan was de kans groot dat ze dat mens eens stevig op haar plaats zou zetten.

Buiten bleef het gelukkig steenkoud, waardoor Robins keuze van een muts en een sjaal om een groot deel van haar gezicht te verbergen volkomen natuurlijk leek. Omdat ze Albie al eens had ontmoet, droeg ze ook een zwarte pruik en een bril. Albie had niet eens naar haar gekeken, hij luisterde muziek op zijn koptelefoon, met zijn grote voet meetikkend op de maat. Daarom had Robin even de tijd om na te denken over het huis met de twee slaapkamers dat Murphy en zij die woensdag hadden bezichtigd.

Het was een hoekpand, het laatste van een rijtje – dat betekende veel licht – er hoefde weinig aan opgeknapt te worden en het was dicht bij de metro. Murphy vond het aan de krappe kant, maar toen Robin hem eraan had herinnerd hoeveel er was overboden op het huis met de drie slaapkamers in Wood Green, zwaar boven hun maximumbudget, had hij ermee ingestemd een bod uit te brengen, en dat was die vrijdag geaccepteerd.

Robin was opgelucht dat de knoop was doorgehakt, en ze hield zichzelf voor dat het blijdschap was wat ze nu voelde. Ze had zelfs haar moeder gebeld om te vertellen dat Murphy en zij gingen samenwonen, en Linda was zoals te voorspellen was geweest dolblij geweest, al had ze na het uiten van haar enthousiasme in vertrouwen verteld dat Martin en Carmen non-stop ruziemaakten en dat ze dacht dat baby Dirk daarom zo onrustig was en veel huilde. Dat had niet veel goeds gedaan voor Robins inmiddels vrijwel niet-aflatende spanning en schuldgevoel. En ze had ook nog steeds geen cadeautjes opgestuurd voor haar nieuwe neefjes.

Sinds de man in het groene jack met het gorillamasker haar had bedreigd was ze schrikachtig, en ze keek voortdurend over haar schouder op zoek naar tekenen dat ze werd gevolgd. Het aantal dingen dat ze Murphy niet vertelde drukte zwaar op haar geweten.

Strikes theorie over Malcolm Truman die zich met het onderzoek bemoeid zou hebben om de vrijmetselaars te beschermen begon ook verontrustend geloofwaardig te klinken, en Robin kon zich al voorstellen wat Murphy's reactie zou zijn, mochten ze kunnen aantonen dat het Danny de Lion was geweest in de zilverkluis en dat het hoofd van het onderzoeksteam diens identiteit bewust had willen verdoezelen op aandringen van een vrijmetselaarsvriend.

Albie stapte op station Notting Hill Gate uit de metro, en Robin volgde hem naar Pembridge Road en de hoek om, waarna hij een pub in ging die Sun in Splendour heette, in een pand met een halfronde, felgele gevel. Robin appte Kim haar locatie en ging naar binnen, waar Albie in zijn eentje aan een tafeltje bier zat te drinken.

Ze durfde niet te dicht bij hem te gaan zitten, dus bestelde ze voor zichzelf een tomatensap en bleef bij de bar staan, waar ze afwisselend Albie in de gaten hield via een spiegel en op haar telefoon keek om de indruk te versterken van een vrouw die wachtte op een verlate vriendin.

Toen ze WhatsApp opende, zag ze dat er een nieuw, zeer lang bericht was van een onbekend nummer.

Hallo, hier Chloe Griffiths, de dochter van Ian Griffiths. Mijn vader heeft me gevraagd contact met je op te nemen als een soort karaktergetuige voor Tyler Powell. Dat wilde ik eerst niet maar mijn vriend vindt dat ik de waarheid moet vertellen, ook al wil mijn vader die niet horen.

Ik weet dat mijn vader tegen je heeft gezegd dat Tyler zeker niks te maken had met het auto-ongeluk en ik zeg niet dat het wel zo is, maar ik weet ook dat Tyler niet die lieve goeie jongen is waar mijn vader hem voor houdt. Pap denkt dat iedereen die van Steely Dan houdt en die gitaar wil leren spelen wel oké moet zijn, maar Tyler is dat niet.

Hij is heel opdringerig tegen meisjes als hij dronken is, dat hebben veel van mijn vriendinnen meegemaakt. Mijn vader heeft medelijden met hem, denkt dat Tyler snakt naar liefde of zo, omdat zijn ouders niet erg aardig voor hem zijn, dus denkt hij dat het allemaal onschuldig is maar dat is het niet. Anne-Marie is maar een paar keer met Tyler uit geweest, en hij begon al over trouwen. Volgens mijn vader toont dat aan dat Tyler gewoon een eigen gezinnetje wil, maar Anne-Marie kreeg de zenuwen van dat heftige, bezitterige gedoe na twee dates en Tyler was heel kwaad toen ze hem dumpte en zei heel lullige dingen over haar.

Een ander meisje dat ik ken, Zeta, heeft ook een vervelende ervaring met Tyler maar ze is nooit naar de politie gegaan, ook al zeiden wij allemaal dat ze dat wel moest doen, maar ze had geen bewijs zei ze. Ik wil niet vertellen wat er is gebeurd want misschien wil ze er niet over praten maar jij kunt het proberen. Haar nummer is 07700 942369.

Tyler en ik waren min of meer vrienden toen we tegenover hem kwamen wonen, want ik had met hem te doen en mijn moeder was net dood en daar deed hij heel aardig over. Hij is een beetje traag en ik merkte dat hij thuis ongelukkig was, maar toen kwam hij steeds met allerlei smoesjes bij ons aanzetten en ik denk dat hij alleen gitaarles heeft genomen bij mijn vader om met mij te flirten. Tyler is het type dat denkt als een meisje aardig tegen hem is, dat ze iets met hem wil. Toen ik zei dat ik een vriend had werd hij heel vervelend en kwam hij niet meer naar gitaarles en zijn oma deed ineens heel akelig tegen mij.

Maar Anne-Marie was een van mijn beste vriendinnen en ik wilde echt vooral gaan interrailen om niet de hele tijd aan haar dood te hoeven denken en ook omdat iedereen zich tegen me keerde, want mijn vader verdedigde Tyler overal en ze dachten dat ik er net zo over dacht als hij omdat Tyler en ik vroeger vrienden waren.

Ik kan niet bewijzen dat Tyler die avond iets met die auto heeft uitgehaald, maar dat hij ineens uit Ironbridge is vertrokken is heel raar, want hij wilde nooit ergens anders wonen. Mijn vader moet niet zeuren dat ik jou de waarheid vertel, alleen omdat hij die niet wil horen.

Een paar seconden nadat Robin het bericht had gelezen belde Strike haar.

'Waar ben je? Kan het even?'

'Ja, ik ben in een pub.' Robin keek via de spiegel naar Albie.

'Mijn oude SIB-maat, Hardy, is volgende week in Londen voor een trouwerij in de familie en hij denkt dat hij een privérondleiding door Freemasons' Hall voor ons kan regelen. Wil je mee om Tempel Zeventien te bekijken?'

Robin aarzelde. Ze was heel nieuwsgierig naar Freemasons' Hall, hoe het er vanbinnen uitzag, zeker tijdens een privérondleiding, maar ze was nog steeds kwaad op Strike.

'Nee, we komen nu al mensen tekort. Hou jij je bij Semple, dan blijf ik Tyler Powell doen. Ik las toevallig net een bericht van Chloe Griffiths, zijn voormalige buurmeisje. Dat zal ik naar je doorsturen.'

'Oké,' zei Strike, teleurgesteld over Freemasons' Hall. Hij was ervan overtuigd geweest dat ze het zou willen zien. 'Vanmiddag ga je naar de nieuwe Land Rover kijken, toch?'

'Ja. Ik moet ophangen, ik heb zo de overdracht met Kim.'

Terwijl ze het zei, zag ze de freelancer de pub binnenkomen.

'Doei,' zei Robin tegen Strike, en ze hing op.

'Albie is de blonde jongen die daar alleen zit,' zei Robin tegen Kim zonder naar haar te kijken, terwijl ze allebei naar de bar gekeerd stonden, alsof ze niets met elkaar te maken hadden. 'Jij kunt dichterbij komen dan ik – o!' zei Robin, haar blik op de spiegel gericht. Er was een knappe jonge vrouw de pub binnengekomen, met glanzend, bijna zwart haar, die naar Albie zwaaide.

'Het is ons te doen om een zekere Tish Benton,' zei Robin zachtjes tegen Kim toen de nieuwkomer helemaal achteraan aan de bar een drankje voor zichzelf bestelde. 'Dat zou ze kunnen zijn. Als je dicht genoeg bij hen kunt komen om haar naam te horen, zou dat heel mooi zijn.'

'Ik denk dat dat wel binnen mijn capaciteiten valt,' zei Kim.

'Fijn om te horen,' zei Robin vinnig, en ze vertrok.

72

... we made a league together, notwithstanding that my gods were not thine; because we were brethren in the sacred mysteries...

Albert Pike
Morals and Dogma of the Ancient and Accepted Rite of Scottish Freemasonry

Zonder dat Robin het wist hield Strike zich op dat moment bezig met het uitzoeken van een probleem dat voor hem nog dringender was dan de identiteit van het lijk in de zilverkluis.

Na lang piekeren over de beste manier om de door Bijous voormalige minnaar ingehuurde achtervolger af te schudden, en over een discrete plek die geschikt was voor het afnemen van DNA-monsters, had hij besloten weer gebruik te maken van zijn uitgebreide kennis van de vijfsterrenhotels van Londen. Op diezelfde koude, natte ochtend dat hij met zijn oude vriend Graham Hardacre had afgesproken zich te laten rondleiden in Freemasons' Hall bleef Strike in zijn zolderflat tot tien over negen, een tijdstip dat hem redelijk leek om ervan uit te gaan dat Bijou wakker zou zijn maar nog wel thuis was, zonder mensen die meeluisterden of langsliepen. Hij pakte Teds visknuppel en woog het ding in zijn hand terwijl hij wachtte tot ze zou opnemen, wat ze deed nadat de telefoon een paar keer was overgegaan.

'Hallo?'

'Met mij. Ik heb een plan voor de DNA-test.'

'O, goddank,' zei Bijou vurig. 'Vandaag?'

'Overmorgen,' zei Strike. 'Maar je mag tegen níémand...'

'Doe ik niet!' Bijous stem sloeg over. 'Jezus, denk je soms dat ik wíl dat de mensen het weten?'

'Goed. Nou, ik heb een kamer geboekt in het Savoy,' zei Strike.

'Het hotel?'

'Nee, de kool,' zei Strike geërgerd. 'Natuurlijk het hotel, mens.'

'We kunnen niet in het hotel afspreken, dan lijkt het...'

'Luister nou!' Strike had haar bezwaren al voorzien en was niet in de stemming om ze aan te horen. 'Het is het lastigste hotel in heel Londen om de weg te vinden, het is een fucking doolhof daarbinnen. Er zijn twee ingangen, voor en achter, en drie verschillende liften die naar drie verschillende delen van het gebouw gaan. Ze zijn er discreet en professioneel, gewend aan beroemdheden, dus laten ze zich niet met een trucje informatie aftroggelen over reserveringen. Niemand kan je volgen naar je kamer of aantonen wie je daar hebt getroffen, zolang je mijn instructies opvolgt.'

'Maar...'

'Hoe waarschijnlijk is het dat wij in een duur hotel afspreken om te neuken, in de stad waar we allebei een appartement hebben, terwijl jij een baby bij je hebt? Je hebt daar afgesproken met een oude vriendin uit Amerika die maar vierentwintig uur in de stad is, voor zaken, maar ze wil je baby zien. Je gaat om vier uur koffiedrinken op haar kamer. Dat zeg je, mocht je een verhaal nodig hebben.'

'Oké,' zei Bijou onzeker.

'Heb je een pen bij de hand?'

'Ja,' zei ze, en hij hoorde haar rommelen. 'Zeg het maar.'

'Je gaat via de vooringang naar binnen. Niet stiekem doen, je hebt niks te verbergen. Loop meteen de lobby door, trap af, naar links en dan naar rechts. Dan kom je bij de rode lift.'

'Rode lift,' herhaalde Bijou, die duidelijk aantekeningen aan het maken was.

'Als iemand je volgt, merk je dat meteen, want diegene moet dan met jou in de lift stappen. Als dat gebeurt – en het kan me niet schelen hoe onschuldig iemand lijkt – dan stap je uit. Doe alsof je iets vergeten bent of ineens beseft dat je de verkeerde lift hebt. Er is ook een groene en een blauwe. Als die ander dan met je uitstapt, blijf je staan en maak je duidelijk dat je dat raar gedrag vindt.'

'Hoe dan?'

'Staar hem of haar aan. Laat merken dat je wantrouwend bent. Die ander moet weten dat het spel uit is, dat jij een melding kunt maken bij het hotel dat je wordt gevolgd.'

'En als iemand me vraagt waar ik naartoe ga?'

'Dan hang je dat verhaal op over die Amerikaanse vriendin, of je zegt: wat gaat jou dat aan? Je stapt niet met iemand anders in de lift, oké?'

'Oké.'

'Als je in je eentje in die lift staat, druk je op de knop voor de zesde verdieping. Daar stap je niet uit, maar we willen dat je achtervolger helemaal naar boven gaat terwijl jij terugzakt naar vier. Ik wacht dan al op je in die kamer. We doen die test en ik vertrek meteen via de achterkant van het hotel. Jij blijft minstens een paar uur in die kamer, zodat het verhaal met de vriendin en de koffie geloofwaardig is. Dan vertrek je weer via de lobby en de vooringang.'

'Oké,' zei Bijou, 'maar dat gaat een hoop geld kosten, een kamer in het Savoy, en ik krijg niet betaald bij...'

'Hoeft niet, ik heb al betaald,' zei Strike.

'O,' zei Bijou. 'Nou, ik wil best de helft...'

'Dat hoeft niet, ik wil dit gewoon afgehandeld hebben.'

Nadat hij haar het kamernummer had gegeven hing Strike op. Hij legde de visknuppel terug op de vensterbank en kwam overeind terwijl hij zijn best deed om niet te denken aan de slachtpartij in de pers die zou ontstaan als Dominic Culpepper doorkreeg dat er een verhaal was met een combinatie van Strike, een bloedmooie brunette, een per ongeluk verwekte baby en een bekende raadsheer die de luis in de pels was van de schandaalkranten, en hij wilde ook niet denken aan het effect van dat verhaal op Robin en de rest van het detectivebureau.

Strike had een duidelijk gebrek aan hartelijkheid bespeurd in de recente omgang met Shah, en hij had het akelige gevoel dat dat kwam doordat Shah wist dat Bijou naar de zaak had gebeld.

Hij ging naar beneden zonder het kantoor in te gaan, want hij wilde ruim op tijd zijn voor zijn afspraak met Hardacre, maar Pat zag hem langslopen en riep hem door de deur met het glazen paneel heen terug.

'Wat is er?' Strike keek naar binnen.

'Die Schotse Gateshead belde net weer.' Ze keek er chagrijnig bij. 'Onbeschoft.'

'De vrouw die wil dat ik naar de Golden Fleece kom?'

'Ja,' zei Pat. 'Heel boos dat je niet teruggebeld hebt. Ze vloekte.'

'Ik heb haar nummer niet,' zei Strike. 'Wat zei ze deze keer?'

'Iets over een ingenieur en dat mensen het op haar gemunt hebben. Ze vloekte als een bootwerker.'

'Oké, als ze nog eens belt, probeer dan haar nummer te krijgen.'

Hij wilde weer vertrekken, maar bedacht zich en liep naar het partnerkantoor, waar hij een aantekening maakte op een briefje en dat op het prikbord onder de foto van Niall Semple hing. *Schotse vrouw. Ingenieur. Mensen hebben het op haar gemunt.*

'Als die vrouw nog een keer belt,' riep hij op weg naar de glazen deur tegen Pat, 'vraag dan of ze blond is en of er iets in haar gezicht getatoeëerd is.'

'In haar gezícht?' vroeg Pat.

'Ja, je weet wel, dat ding aan de voorkant van je hoofd,' zei Strike en hij vertrok.

Hardacre had voorgesteld om elkaar te treffen in een pub die Freemasons' Arms heette, vlak bij Freemasons' Hall, want, zo had hij Strike geappt, 'als we het doen, moeten we het maar meteen goed doen.' Maar in de pub, zo zag Strike toen hij binnenkwam, waren teleurstellend weinig vrijmetselaarsemblemen te zien, de nadruk lag op oude voetbalfoto's.

Hardacre zat al aan de bar. De SIB-man, die amper een meter zeventig mat, was dikker geworden sinds de laatste keer dat Strike hem had gezien, en hij had meer van zijn muisgrijze haar verloren, maar zijn vriendelijke, onopvallende gezicht had veel minder rimpels dan dat van Wardle. De twee wisselden hun gebruikelijke begroeting uit, half omhelzing, half handdruk.

'Je bent dunner geworden, Oggy.'

'Niet dun genoeg,' zei Strike, wiens knie en hamstring hem de wandeling van tien minuten kwalijk namen. 'Je ziet er goed uit. Hoe is het thuis?'

'Alles goed,' zei Hardacre. 'Snel een biertje voordat we jou gaan inwijden?'

'Ja, doe maar. Maar je moet daar al je geld en metaal inleveren, toch?'

'Heb je je ingelezen?' zei Hardacre met een grijns.

'Ik vraag me alleen maar af of alcohol wel een goed idee is als ik dadelijk in het donker moet hinken.'

'Ik denk dat ze voor je been wel een uitzondering maken, tenzij je dat gewoonlijk gebruikt als wapen.'

'Meestal niet,' zei Strike, 'maar er zijn wel gevallen bekend.'

Ze liepen met hun halve liters bier naar een tafeltje bij het raam.

'Oké,' zei Hardacre. 'Wat zoeken we?'

'Het museum en Tempel Zeventien.'

'Het museum zal geen probleem zijn, maar ze laten gewoonlijk geen publiek toe in de tempels, alleen in de Grand Temple. Vanwaar die belangstelling voor Zeventien?'

'William Wright was erin geïnteresseerd, althans volgens mijn informant.'

'Heel specifiek, belangstelling voor één tempel.'

'De bewuste informant is niet al te betrouwbaar. Ik trek het toch maar na, je weet nooit. Maar je hebt verder zeker niks over Niall Semple voor me?'

'Wel iets.' Hardacre dempte zijn stem. 'Maar dit moet je echt voor je houden, Oggy. Ik zit diep in de shit als ze erachter komen dat ik dit aan jou heb verteld.'

'Er komt geen publiciteit,' zei Strike, die aanzienlijk meer begrip had voor dit verzoek dan voor de bijna identieke bezwering van fucking Ryan Murphy.

'Zegt de naam Ben Liddell jou iets?'

'Nee,' zei Strike, 'maar ik weet dat Semples beste maat Ben heette en ik weet ook dat hij is gesneuveld bij dezelfde operatie waaraan Semple zijn hersenletsel heeft overgehouden.'

'Dat is 'm. Nou, daar schijnt Semple dus fucking woest om te zijn geweest, en van wat ik heb gehoord – ik mag dit helemaal niet weten, Oggy – vertoonde hij een extreme vijandigheid ten opzichte van het Regiment toen hij weer compos mentis was, en hij had het zelfs over het inlichten van de pers over die totaal misgelopen operatie waarbij Liddell is omgekomen.'

'Dat zou een hoop verklaren,' zei Strike, denkend aan Ralph Lawrence, de vermeende MI5-man, die overduidelijk had gewild dat Strike zijn zoektocht naar Semple zou staken. 'Wat weet jij van die operatie?'

'Niks,' zei Hardacre. 'En eerlijk gezegd wil ik het ook niet weten.'

'Heeft die Ben Liddell familie?'

'Geen idee.'

'Oké... mag ik je een paar vrijmetselaarsvragen stellen?'

'Ja, ga je gang.'

'Je weet zeker niet toevallig wat obedeha is?'

'"Obedeha" als één woord? Of bedoel je O-B-D-H?'

'Zou kunnen, ik heb het niet op papier gezien. Als het dat is, wat betekent het dan?'

'Het is een vrijmetselaarsacroniem. OpperBouwmeester Des Heelals.'

'God dus, met andere woorden?'

'Ja. Hoezo?'

'We hebben een anonieme beller die dat beweert OBDH op haar hand is. Ik dacht dat de vrijmetselarij geen religie was?'

'Is het ook niet.'

'Maar jullie geloven wel in God.'

'Je moet in één hogere macht geloven om vrijmetselaar te zijn. Dat hoeft geen specifieke god te zijn.'

'En dat ondanks het feit dat de symbolen grotendeels christelijk zijn en veel ontlenen aan de kruistochten?'

'Het is maar symboliek,' zei Hardacre. 'We proberen niet meer om de Tempel van Jerusalem te herbouwen. Alleen in onze eigen zuivere harten.'

Strike snoof cynisch. 'Heb jij iets gelezen van A.H. Murdoch?'

'Niet veel. De taal is nogal bloemrijk en vaag. Ik heb liever *Bridge to the Light.*'

'Wat is dat?'

'Populaire inleiding tot de Schotse Ritus.'

'Bruggen zijn wel een ding, hè, in de vrijmetselarij?'

'Hoe bedoel je, "een ding"?'

'Er duiken steeds weer bruggen op,' zei Strike.

'Hoe dan?'

'Semple flipte toen hij tijdens het hardlopen een vrijmetselaarsbrug over moest, en ik heb een Schotse vrouw die steeds naar kantoor belt die denkt dat er iets verborgen is onder een brug.'

Hardacre nam een slok bier, keek even peinzend naar Strike en zei toen: 'In *Morals and Dogma*, ook een belangrijk werk over de Schotse Ritus, staat ook iets over een brug. "De generaal die de aftocht blaast kan een brug achter zich omhakken, om de achtervolger te vertragen en het merendeel van zijn leger te sparen, maar daarmee geeft hij een detachement over aan een zekere ondergang." Er staat dat een dergelijke handeling niet onrechtvaardig is, maar "een mogelijke schending van de ideale rechtsnorm van een dromer".'

'Interessant,' zei Strike. 'Dat zou kunnen stroken met Semple die kwaad is dat zijn maat Liddell is geofferd.'

'Ja. En als je wordt toegelaten tot de vijftiende graad, is er ook een brug.'

'Letterlijk?'

'Nou, ze timmeren meestal geen brug van hout midden in de tempel,' zei Hardacre, 'maar er is wel een symbolische weergave van een brug.'

'En dan? Springt er een trol tevoorschijn om je te pakken als je het wachtwoord verkeerd hebt?'

'Haha. Je steekt de brug over, over een rivier waarin lichaamsdelen drijven...'

'Lichaamsdelen?'

'Symbolisch, Oggy.'

Enigszins tot Strikes verbazing leek zijn vriend nu half opgelaten, half opstandig, dus besloot hij zijn spottende opmerkingen over de vrijmetselarij even te staken.

'Hoeveel waarde hechten vrijmetselaars volgens jou aan de medailles...'

'Juwelen,' verbeterde Hardacre hem.

'... juwelen die ze krijgen bij het bereiken van de graden?'

'Nou, ze zullen ze waarschijnlijk niet graag verliezen. Hoezo?'

'Semple heeft iets waardevols, of iets waarvan hij dacht dat het waardevol was, meegenomen naar Londen – of hier opgehaald, misschien. Er was een koffertje aan zijn pols bevestigd de laatste keer dat hij is gezien.'

'Als hij geobsedeerd was geraakt door de vrijmetselarij vond hij het misschien belangrijk om zijn regalia bij zich te dragen,' zei Hardacre.

'Wat valt er onder regalia? Sjerp? Schootsvel? Medailles – juwelen, bedoel ik?'

'Al het bovenstaande, zou ik zeggen. Ik heb trouwens eens gekeken naar maçonnieke connecties met de naam William Wright. In de Eerste Wereldoorlog is er een commandant William Wright van de Ardwick-loge gesneuveld.'

'Waar is die loge?'

'In Oost-Lancaster. Nog steeds actief.'

'Was hij bekend, die Wright? Zouden de meeste vrijmetselaars van hem gehoord hebben?'

'Dat betwijfel ik. Zijn enige wapenfeit is dat hij op zee is verdronken. Hoe gaat het met het onderzoek, in grote lijnen?'

Strike trakteerde Hardacre op een beknopte samenvatting van de recente gebeurtenissen, waaronder de anonieme telefoontjes naar kantoor en Robins aanvaring met de gemaskerde man die met een dolk had gezwaaid, maar hij liet een vermelding van gorilla's achterwege.

'Shit,' zei Hardacre. 'Maar dit wijst toch allemaal in één richting?'

'Ze willen iedereen om de tuin leiden?'

'Duidelijk,' zei Hardacre met een lachje. 'Op straat met een maçonnieke dolk zwaaien – denk je dat een echte vrijmetselaar dat zou doen?'

'Misschien is het een gestoorde vrijmetselaar,' zei Strike. 'Maar ik ben het met je eens, waarschijnlijk zijn de maçonnieke toevoegingen bedoeld als rookgordijn.'

'Dat moet haast wel,' zei Hardacre.

'Dus jij kunt je niet voorstellen dat een vrijmetselaar een moord zou plegen?'

'Zo ver wil ik niet gaan. Vergeet de woorden van Albert Pike niet.'

'Nu moet je me even helpen.'

'"Vrijmetselarij verandert de aard van de mens niet, en het kan geen rechtschapen mens maken van een geboren schurk."'

Toen de glazen leeg waren, liepen ze het heldere zonlicht in. Tien minuten later sprak Hardacre zacht met een vrouw achter de balie in de marmeren lobby van Freemasons' Hall, die een hoog plafond had met een vergulde kroonlijst.

'Je hebt geluk,' zei Hardacre toen hij zich weer bij de detective voegde. 'Over een half uur kunnen we Tempel Zeventien bekijken. Er zijn daar nu mensen. Eerst het museum doen?'

Dus liepen ze de brede trap op naar het museum op de eerste verdieping.

Er waren meerdere maçonnieke zilveren voorwerpen tentoongesteld, maar het bleef voor Strike een raadsel wat William Wright ermee opgeschoten kon zijn om die te bekijken.

'Kijk hier.' Hardacre wenkte Strike naar een klein olieverfschilderij aan de muur. 'Dat is die kerel van jou, Alexander Hughson Murdoch.'

Op het schilderij was een streng kijkende, grijze victoriaanse heer te zien, met grote bakkebaarden en wenkbrauwen die leken te duiden op scherpzinnigheid, gekleed in het rijkversierde gewaad van een meester, compleet met schootsvel met goudborduursel, en om zijn hals een gouden ketting. Op de achtergrond was het zilveren tafelschip geschilderd dat was gestolen bij Ramsay Silver, een miniatuurreplica van het schip dat de allereerste vrijmetselaar naar Amerika had gebracht. De korte biografie naast het schilderij meldde Murdochs geboorte in Edinburgh, zijn emigratie naar Amerika en zijn triomftocht van arme sloeber naar multimiljonair.

Terwijl Strike de inhoud van de glazen vitrines bekeek, bracht Hardacre een bezoek aan de winkel tegenover het museum, om een paar minuten later terug te keren.

Strike keek over Hardacres schouder naar de winkel. 'Verkopen ze daar dolken?'

'Ik heb er geen gezien,' zei Hardacre. 'Maar er is makkelijk zat aan te komen. Ze zijn online te koop.'

'En iedereen kan ze kopen? Je hoeft geen wachtwoord in te vullen of je tattoo van het alziende oog te tonen?'

'Ik stuur ze meestal een foto van mijn Prins Albert, maar alleen voor de gein,' zei Hardacre. 'Nee, iedereen kan ze kopen.'

Hij keek op zijn horloge. 'Ik denk dat we nu wel naar Zeventien kunnen.'

'Hoe gebruikelijk is het dat een vrijmetselaar van loge verandert, in jouw ervaring?' vroeg Strike toen ze het museum verlieten en door een gang met marmeren vloer liepen.

'Niet zo ongebruikelijk. Mensen verhuizen naar een andere stad. Of je vindt een loge die je meer aanspreekt of je wilt iemand met wie je ruzie hebt niet meer tegenkomen.'

'Ik zou zo denken dat de broeders met al die onderlinge goede bedoelingen nooit ruzie krijgen.'

'Ik zei het net al: de vrijmetselarij verandert de aard van de mens niet. Vanwaar die belangstelling voor het overstappen naar een andere loge?'

'Zomaar een gedachte. Je weet toevallig niks van de Winston Churchill-loge? Die komt hier bijeen.'

'Net als een stuk of duizend andere loges,' zei Hardacre. 'Er gaan geruchten dat bij een ervan echte mensenschedels worden gebruikt voor hun rites. Noors, als je de verhalen moet geloven, maar je hebt het niet van mij. Ik wil niet verbannen worden.'

Een man in pak kwam naar hen toe met een lange staf met daarbovenop een Salemkruis. Strike wachtte tot de man buiten gehoorsafstand was.

'Vindt de paus het goed dat jullie zo rondlopen?'

'Hij is sowieso niet dol op ons. Te veel niet-christelijke goden toegestaan.'

Een paar minuten later kwamen ze bij een houten deur met nummer 17 erop, die Hardacre opendeed. De ruimte had een donkere eikenhouten lambrisering, en op de zwart-wit geblokte vloer stonden genoeg stoelen voor tachtig mensen. Achter een zetel die aan een troon deed denken was een grote geketende zwaan in de wand uitgesneden.

'Symbool van Buckinghamshire,' zei Hardacre. 'Deze tempel is opgericht door vrijmetselaars van het platteland. Hier komen drie van de oudste loges – van voor 1717 – bij elkaar.'

'En wat is dit allemaal?' Strike draaide zich om en wees naar een vreemde verzameling voorwerpen in het midden van de geblokte vloer.

'Tja, als ik je dat vertel, zal ik je moeten vermoorden,' zei Hardacre.

Tien spandoeken hingen aan palen tegenover elkaar op het zwartwitte tapijt, en Strikes blik werd onmiddellijk getrokken door de leeuw onder het woord 'Judah'. Op de vloer lag gereedschap, een spade en een pikhouweel, een oud boek met daarop in reliëf de naam van de loge, en een groepje driedimensionale geometrische voorwerpen die uit witte steen gehouwen waren.

'Dit staat klaar voor een rite, of niet?' vroeg hij aan Hardacre. 'Dit ligt er normaal gesproken niet?'

'Nee.'

Strike keek om zich heen in de rest van de ruimte. Hij zag de 'ruwe' en de 'perfecte' blokken steen – die stonden voor de nog niet ingewijde en de geschoolde vrijmetselaars – naast stoelen die duidelijk toebehoorden aan vrijmetselaars die een voorname ceremoniële rol hadden.

'Ik kan niet zeggen dat het me duidelijk is wat William Wright hier te zoeken had,' zei hij uiteindelijk, nadat hij uitgebreid had rondgekeken, 'maar ik heb genoeg gezien.'

Bij het verlaten van de tempel vroeg Strike: 'Is het nog steeds zo dat vrijmetselaars het lidmaatschap niet mogen gebruiken in hun eigen persoonlijke belang?'

'Het staat zo in de regels, Oggy. Het is niet toegestaan om tijdens bijeenkomsten over politiek of religie te praten of zakendeals te sluiten.'

'Maar zoals je zelf al zei: de vrijmetselarij verandert de aard van de mens niet.'

'Wat jij wilt,' zei Hardacre, goedgehumeurd als altijd.

Toen ze vanuit de hal het zonlicht in liepen, ging het gesprek als vanzelf over op wederzijdse vrienden uit het leger, en Strike sloeg OBDH, de geketende zwaan en de symbolische betekenis van bruggen op in zijn gedachten om er later over te peinzen, als hij tijd had.

73

I knew the mass of men conceal'd
Their thoughts, for fear that if reveal'd
They would by other men be met
With blank indifference, or with blame reproved;
I knew they lived and moved
Trick'd in disguises, alien to the rest
Of men, and alien to themselves – and yet
The same heart beats in every human breast!
But we, my love! – doth a like spell benumb
Our hearts, our voices? – must we too be dumb?

Matthew Arnold
The Buried Life

Om acht uur de volgende avond nam Robin, die van De Ezel te horen had gekregen dat zijn vrouw de verjaardag van een vriendin zou vieren bij Coya, een Latijns-Amerikaans restaurant in Mayfair, plaats aan een tafeltje om toe te kijken hoe zijn tot nu toe onberispelijke echtgenote met zeven andere vrouwen zat te eten en drinken. Er dreunde harde muziek door het schemerig verlichte benedenzaaltje, dat gehuld was in weelderig groen om de sfeer van een regenwoud na te bootsen. Robin, die naar huis was geweest om zich om te kleden, droeg een oude blauwe jurk, het hangertje met de opaal dat ze voor haar dertigste verjaardag van haar ouders had gekregen, en de bijpassende oorbellen, Murphy's kerstcadeau. Toen ze in de spiegel keek voordat ze de deur uit ging, had ze moeten denken aan de avond waarop ze precies dezelfde outfit had gedragen; de avond dat Strike haar, dat wist ze zeker, bijna had gekust op de stoep voor het Ritz.

Omdat ze dacht dat ze te veel zou opvallen als ze alleen aan een tafel zat, had Robin Midge gevraagd met haar mee te eten. Maar Midge was er nog niet, dus ging Robin wat in haar notitieboekje zitten schrijven terwijl ze nonchalant en ongemerkt het gezelschap van mevrouw Ezel in de gaten hield. De vrouwen waren allemaal zo'n beetje van Robins leeftijd, uitgelaten, en duidelijk van plan om zo snel mogelijk zo dronken mogelijk te worden.

Robin keek net voor de derde keer op van haar aantekeningen in de hoop Midge te zien binnenkomen toen ze Strike in pak haar kant op zag lopen, en ze ervoer een elektrisch schokje diep in haar buik.

'Midge en ik hebben geruild.' Hij kwam tegenover haar zitten. 'Ik dacht dat we dan mooi konden bijpraten over de zilverkluiszaak, want ik heb de afgelopen vierentwintig uur goed gescoord op het informatieverzamelingsfront.'

'Ja, ik zag je aantekeningen over Tempel Zeventien.'

'Ik ben gisteravond weer wat verder gekomen met Semple. Zijn beste vriend Ben Liddell, ook een Schot, de man die is gesneuveld bij de operatie waar Semple zijn hersenletsel heeft opgelopen, heeft maar één familielid dat nog in leven is: een zus, Rena. Ik begin me af te vragen of zij niet onze Schotse Gateshead is.'

'Echt?'

'Ja. Ze zou zelfs de vrouw kunnen zijn met wie Jade Semple haar man hoorde afspreken. Gisteren belde de nieuwe Gateshead weer, en ze brabbelde wat over een ingenieur tegen Pat. De pub waarvan Jade hoorde dat Niall er afsprak met die vrouw aan de telefoon heette The Engineer. Deze Gateshead lijkt daar niet meer naartoe te durven, en daarom wil ze dat ik naar de Golden Fleece kom.'

'Juist,' zei Robin, bewust niet enthousiast. Blijkbaar was het zinloos om te speculeren over de Zweedse Reata Lindvall, maar Strike mocht wel aannames doen over een onbekende vrouw omdat ze Schots was.

'Maar ik heb nog veel meer,' zei Strike, zich er niet van bewust dat hij Robin zojuist nog meer ergernis had bezorgd. 'Kijk hier eens naar.'

Hij gaf Robin zijn telefoon, en ze keek naar een nieuwsbericht uit 2010, met daarboven een foto van Jim Todd die stuurs in de camera keek, met als onderschrift 'Todd Jameson'. De schoonmaker had op de foto meer haar, maar de brede mond en de kleine oogjes waren onmiskenbaar. De kop van het artikel luidde: GEVANGENISSTRAF VOOR VERKRACHTER BATTERSEA.

'Verkrachting van een meisje van zeventien, tien jaar cel gekregen, vrijgekomen na vijf jaar,' zei Strike.

'Hoe heb je dát nou gevonden?' Robin vergat even haar vijandigheid.

'Ik zei al dat ik dacht dat Todd misschien een valse naam gebruikte. Ik heb gezocht op varianten met Todd en James en toen kreeg ik dit. Verrassend hoe vaak mensen dicht bij hun echte naam blijven.'

Robin gaf Strike zijn telefoon terug. Strike, die zowel de jurk als de hanger had herkend die Robin had gedragen naar het Ritz op de avond dat hij haar bijna had gekust, werd eraan herinnerd hoe kortgeleden hij nog had gehoopt op een situatie als deze – allebei op chic, alleen in een restaurant – om de verklaring af te leggen waarvan hij nu zeker was dat die vruchteloos zou zijn geweest.

'Er is nog meer.' Hij probeerde die treurige gedachte uit zijn hoofd te zetten. 'Toen ik Todds echte naam eenmaal had, was het niet moeilijk om erachter te komen dat hij een broer heeft die gemeenteraadslid is voor de Conservatieve Partij. Die heb ik opgebeld. Hij was niet al te blij met het telefoontje van een privédetective die belangstelling heeft voor zijn perverse broer, maar hij werd een stuk vriendelijker toen ik hem vroeg hoe oud zijn grootmoeder is.'

'Is hij vrijmetselaar?'

'Nou en of. Hij ging er klakkeloos van uit dat we ingehuurd zijn door Kenneth Ramsay om alle vrijmetselaarsgeruchten over de moord de wereld uit te helpen. Ik hoef je vast niet te vertellen dat ik hem niet heb verbeterd.

Het komt er in het kort op neer dat toen Todd vrijkwam uit de gevangenis na die verkrachting in Battersea, hij bij zijn broer aanklopte voor geld. Broer zei dat hij kon oprotten en Todd dreigde naar de plaatselijke pers te stappen met een heel stel familiegeheimen, waaronder het feit dat moeder vroeger de hoer had gespeeld. Grote broer gaf zich gewonnen en slaagde erin een paar schoonmaakbaantjes te regelen bij medevrijmetselaars, zodat Todd geld had om te kunnen blijven gokken. Als je het zo hoort, is hij alleen geïnteresseerd in kaarten en vrouwen.

Afijn, de broer nam aan dat ik al wist dat Todd jaren geleden is veroordeeld voor zedendelicten. Ik speelde mee, viste wat, en Todd blijkt in 1997 te zijn gearresteerd in België.'

'Bélgië?' zei Robin geschokt.

'Ja. Hij werkte als buschauffeur, en hij bracht jonge Oost-Europese meisjes van bordeel naar bordeel, en naar besloten groepen waar ze werden misbruikt, en dat deed hij onder de naam Jim Philpott, de meisjesnaam van zijn moeder. Kijk maar.'

Strike opende een nieuw artikel op zijn telefoon en gaf die aan Robin. Daar, tussen zeven andere politiefoto's uit 1997, waren weer de kleine oogjes en de brede mond van Todd te zien, maar ten tijde van de foto had hij nog een volle bos dofbruin haar. Blauwe plekken op zijn bovenkaak duidden op het verzet dat hij had gepleegd toen de Belgische politie hem klemzette. Hij was opgepakt als onderdeel van een pan-Europese bende die jonge vrouwen had gelokt als seksobject met de belofte van een modellencarrière of een baan in de huishouding bij welgestelde mensen in het Verenigd Koninkrijk.

Todd, zag Robin, had twaalf maanden vastgezeten voor zijn daden, de kortste gevangenisstraf van alle gearresteerden. Geen van de geredde meisjes had hem beschuldigd van fysiek misbruik, ze zeiden dat hij hen alleen doelbewust naar bordelen en groepen verkrachters in Frankrijk, Duitsland, Luxemburg en België had gebracht. Robin was sceptisch over Todds rol als louter chauffeur: het was niet zeker dat alle slachtoffers waren gevonden, en zijn latere veroordeling in Engeland wegens verkrachting leek erop te duiden dat hij gewoon mazzel had gehad bij het ontlopen van een langere straf. Maar Robin zag nu ook dat Jim Todd in de gevangenis had gezeten toen Reata Lindvall en haar dochter verdwenen, dus kon hij hen zeker niet vermoord hebben.

'Interessant.' Ze gaf Strike zijn telefoon terug.

Strike, die nog steeds hoopte op een verbetering van de sfeer, zei: 'Ik weet nu ook wat voor bericht Pamela binnenkreeg waardoor ze voortijdig uit de winkel vertrok.'

'Hoe weet je dat?' Robin kon een vleugje beroepsmatige rivaliteit niet onderdrukken. Ze beschouwde Pamela als háár getuige, en ze was er trots op dat ze zo veel informatie uit de vrouw had losgekregen.

'Ik heb haar man opgespoord en ben vanmiddag met hem gaan praten. Ze zijn uit elkaar. Pamela heeft hem eruit gegooid, omdat hij het deed met een oude vriendin die hij op Facebook had gevonden.'

'Wat stond er dan in dat appje?'

'Het kwam zogenaamd van die oude vriendin, die Pamela liet weten dat zij en de echtgenoot een affaire hadden en smoorverliefd waren, en Pamela werd gevraagd naar de koffiehoek van Debenhams in Oxford Street te komen om het erover te hebben. Maar...'

'Het bericht kwam niet echt van die vriendin?'

'Precies. Anonieme wegwerptelefoon. Pamela kwam vrijdag thuis nadat ze in haar eentje tot sluitingstijd bij Debenhams had zitten wachten. Ze viel uit tegen haar man, die zichzelf in paniek verraadde door te zeggen dat het maar één keer gebeurd zou zijn, voordat hij doorkreeg dat het bericht afkomstig was van een onbekend nummer. Dus iemand was goed genoeg op de hoogte van het privéleven van Pamela en Geoffrey om precies te weten hoe hij Pamela kon weglokken uit de winkel. Geoffrey zegt dat ze al wantrouwend was over de ware aard van de hernieuwde vriendschap voordat ze dat nepbericht kreeg. Ik heb Geoffrey gevraagd wie hiervan op de hoogte zou kunnen zijn, en hij zei dat hij en Pamela er een paar keer ruzie over hebben gehad, in de tijd dat hij Bullen & Co runde en zij bij Ramsay werkte.'

'Dus iedereen in de winkel kan dat opgevangen hebben?'

'Precies. En wat Geoffrey me verder vertelde was dat het zeker het echte Oriental Centrepiece was in de kist die was bezorgd bij Bullen & Co, want hij heeft hem opengemaakt en het gecontroleerd. Hij is een expert op het gebied van antiek zilver, dus ik denk dat we dat van hem moeten aannemen.'

'Juist,' zei Robin, en het kostte haar moeite om niet gekrenkt te zijn dat Strike en niet zij dat allemaal had ontdekt. 'Nou, ik heb Ivor Powell gesproken, de vader van Tyler. In Florida.'

'En?'

'Hij zegt dat hij een paar appjes heeft ontvangen van Tyler, en dat hij in een pub werkt. Pa leek geïrriteerd dat ik hem lastigviel met wat hij "Dilys' flauwekul" noemde en hij weigerde me die apps van Tyler te sturen. Het zou me niks verbazen als hij ze helemaal niet heeft. Ik kreeg de indruk dat hij geen moer om Tyler geeft.'

Er verscheen een ober aan hun tafel om te vragen wat Strike wilde drinken. Toen hij weg was, zei Strike: 'Dat bericht van Griffiths' dochter over Powell was interessant.'

'Ja,' zei Robin. 'Het geeft in ieder geval een heel ander beeld van Tyler dan haar vader wilde schetsen.'

'Pat heeft Powell nog niet kunnen vinden in pubs met "Silver" in de naam. Nu kan hij natuurlijk net als Todd een andere naam gebruiken. Nog een andere naam dan William Wright, bedoel ik.'

'Ik heb me ook verdiept in het auto-ongeluk waarbij Anne-Marie Morgan en Hugo Whitehead zijn omgekomen,' zei Robin. 'Het lijkt erop dat Hugo echt gewoon de macht over het stuur is verloren in de storm. Het antiblokkeersysteem van de remmen van de Mazda werkte niet, en ze zijn in een slip geraakt en tegen een vrachtwagen met oplegger gereden. De airbags werden niet geactiveerd en de auto vloog in brand. Ik neem aan dat de mensen in Ironbridge vooral inhaakten op dat antiblokkeersysteem, maar in dergelijke omstandigheden is het niet gek dat dat niet werkte, zeker als Hugo te hard reed.'

'Dus we denken niet dat Powell is gevlucht uit Ironbridge vanwege een slecht geweten?'

'Misschien was hij niet de veroorzaker van dat ongeluk,' zei Robin, 'maar ik zou ook graag willen horen wat dat andere meisje dat een slechte ervaring met hem heeft gehad, Zeta, te vertellen heeft.'

Strikes bier werd gebracht, door een ober die vroeg of ze al eten wilden bestellen. Strike nam biefstuk, Robin kip, en de ober trok zich weer terug. In de groep van de echtgenote van De Ezel barstte gejoel en gelach uit, en toen Robin naar hun tafel gluurde, zag ze mevrouw

Ezel haar vakkundig gekleurde haar uit haar ogen strijken terwijl ze met een zeer knappe ober met donkere ogen praatte.

'Ik denk dat het jou ook opgevallen moet zijn dat we een ongebruikelijk aantal zedendelinquenten hebben rond dit misdrijf. McGee heeft bij een vorige baan een collega betast, Todd is een verkrachter en een soort pooier, Oz lijkt jonge meisjes te groomen...'

'Mijn reactie daarop staat je vast niet aan,' zei Robin.

'En dat is...?'

'Dat mannen eeuwig onderschatten hoeveel van hun medemannen perverselingen en roofdieren zijn. Je weet wat ze zeggen: "Alle vrouwen kennen wel een slachtoffer van verkrachting, niet één man kent een verkrachter."'

Strike besloot zich op iets veiliger terrein te begeven.

'Dit voelt als het werk van een doorgewinterde moordenaar, niet als een eerste keer. Niet veel mensen zijn koelbloedig genoeg om een paar uur door te brengen met een vers lijk, om het in stukken te snijden en er lichaamsdelen af te hakken, 's avonds laat in een ondergrondse kluis. Daar moet je stalen zenuwen voor hebben.'

'Denk je dat Oz de huurmoordenaar is die Shanker bedoelde?'

'Als dit een huurmoord is, moet Oz het wel zijn, ja, maar ik heb nog steeds mijn vragen. Als ik iemand zou inhuren,' – Strike dempte zijn stem – 'zou ik ver uit de buurt blijven van een zedendelinquent. Kijk eens naar Todd. Hij staat geregistreerd bij de zedenpolitie, hij weet wat hij op het spel zet als hij gearresteerd wordt, en toch kan hij zich niet bedwingen. Een man wiens leven wordt beheerst door impulsen, die kan zich niet op zo'n klus concentreren, en de weinige fouten die Oz heeft gemaakt bij deze misdaad hebben allemaal te maken met seks en vrouwen.'

'Dat hij twee keer dezelfde rol heeft aangenomen, bedoel je?'

'Om te beginnen, ja. Dat was slordig. Ik neem aan dat hij dacht: bij Medina heeft het prima gewerkt en ik ben er ongestraft mee weggekomen, dus waarom niet nog eens "Oz" gebruiken? Want daar had hij al werk in gestoken. Maar het was wel verdomd optimistisch om te denken dat Sapphire Neagle, een meisje van veertien, haar mond zou houden over een kerel die haar overlaadde met robijnen.'

'Maar ze heeft niemand zijn naam verteld,' zei Robin.

'Maar wel geroepen dat ze een spannende oudere man had ontmoet die haar had beloofd dat ze achtergrondzangeres zou worden. En dat is niet het enige roekeloze dat hij heeft gedaan. Waarom kwam hij bij Medina thuis? Ik denk dat hij kickt op het risico, dat hij zo dichtbij wil komen als hij maar kan. Het was verdomd stom van hem om aan te dringen op foto's van Gretchen en Medina samen. Misschien dacht hij dat hij daarmee iets had om Gretchen onder druk te zetten, maar de kans was net zo groot dat ze hem dan júíst wilde laten oppakken. De grootste fout van allemaal: Medina gebruiken voor de inbraak terwijl ze duidelijk een enorme flapuit was. Waarom koos hij voor háár? Als je een vrouw nodig hebt voor die klus, waarom dan niet iemand die stabiel en betrouwbaar is en haar mond houdt?'

'Misschien kende hij geen andere vrouwen die het geen punt vonden om een vluchtauto te besturen?' zei Robin.

'Of misschien kon hij het niet laten om een meisje te gebruiken dat hij uiteindelijk zou verkrachten en vermoorden. Medina was de kers op de taart. Een zelftoegekende bonus. Op dat punt heeft Oz geen zelfbeheersing: meisjes.'

Er viel weer een stilte, waarin beide partners elk in hun eigen gedachten verzonken waren, tot Strike zei: 'Toch zijn er nog dingen die niet kloppen. Shanker zei over de huurmoordenaar: "Knettergek, praat te veel," maar los van dat seksgedoe lijkt Oz me efficiënt en beheerst. Duidelijk een aartsmanipulator. Een goed acteur. Ook al zou hij met Medina zijn voorzichtigheid hebben laten varen, uiteindelijk zijn we geen stap dichter bij het antwoord op de vraag wie bij de krullen en de zonnebril hoort dan toen we voor het eerst over hem hoorden.'

'Ik denk dat die krullen een pruik zijn,' zei Robin. 'Om de echte Osgood te imiteren.'

'Daar zou je zeker gelijk in kunnen hebben.'

'Maar Mandy ontkent dat ze de man met de krullen en de vrouw met het lange zwarte haar ooit heeft gezien,' zei Robin, die Strikes aantekening in het dossier had gelezen.

'Ja, en het probleem is: als niemand in Wrights huis een vrouw heeft gezien die voldoet aan de beschrijving van Medina en een man die voldoet aan die van Oz, dan haalt dat ons uitgangspunt dat Oz de moordenaar is onderuit.'

'Er is ook nog die mail die vanaf Ramsay Silver aan Osgood is gestuurd,' zei Robin, 'en Gretchens verklaring dat Sofia iets had met een oudere man die Oz heette, en die wildvreemden die de echte Osgood mailden over een bestelwagen die te koop zou zijn, en een probleem, en een meisje dat voor de gek gehouden zou zijn.'

'Mij hoef je niet te overtuigen, ik ben al overtuigd,' zei Strike. 'Ik weet zeker dat Oz en Medina de kamer van Wright hebben leeggehaald en ook dat zij het duo in de vluchtauto waren, maar het team dat de moord onderzoekt gaat ervan uit dat Mandy haar verhaal ter plekke verzonnen heeft, omdat ik ze had betaald voor die ondervraging en ze me waar voor mijn geld wilde geven.'

Hun eten werd gebracht. Terwijl Strike zijn bestek oppakte, zei hij: 'Kim vertelde dat het meisje met wie Albie Simpson-White had afgesproken in de pub niet Tish Benton was. Ze heet Clarissa en ze had het alleen maar over haar naderende vakantie op Sicilië. Maar één ding is gek: ze woont in Pembridge Gardens, vrijwel tegenover een loge voor vrouwelijke vrijmetselaars.'

'Heeft Kim dat in het dossier gezet?' vroeg Robin, die nog niet in de gelegenheid was geweest om dat na te gaan. 'Of heeft ze je alleen maar gebeld met dit nieuws?'

'Ze belde me, ik weet niet of het in het dossier staat. Hoezo?'

'Omdat het blijkbaar mij aangaat als ze wil klagen, maar jou als ze nieuws heeft,' zei Robin op scherpe toon, en ze had er meteen spijt van. Op minder strijdlustige toon vervolgde ze: 'Ik ga deze week proberen met Cosima Langcaster te praten. Uitzoeken waarom Rupert zonder uitnodiging op dat verjaardagsfeest was.'

'Fijn. Dat zou mooi zijn, want Decima dringt aan op een update.'

Er viel weer een stilte, waarin beide partners nu dachten aan Bar Italia en hun ruzie over de verantwoordelijkheid ten opzichte van Decima, maar natuurlijk lieten ze daar geen van beiden iets van blijken.

'De nieuwe Land Rover is superfijn,' zei Robin.

'Mooi. En hoe gaat het met de huizenjacht?'

'We hebben iets gevonden. Ons bod is geaccepteerd.'

'Aha.' Strike kreeg weer het bekende gevoel van een stomp in zijn maag. 'Gefeliciteerd.'

'Dank je,' zei Robin, haar blik op haar eten gericht.

74

... so the game is ended
That should not have begun.

A.E. Housman
XIV: The Culprit, Last Poems

De wetenschap dat Robin en Murphy nu echt gingen samenwonen lag Strike nog als een steen op de maag toen hij de volgende middag om half vier aan de Theems-kant het Savoy Hotel binnenging. Hij haalde zijn sleutelcard bij de receptie in de voorname groen-met-crèmekleurige lobby en ging naar boven met de rode lift, waarvan de gelakte wanden een gouden patroon hadden. Hij wist dat hij niet gevolgd was, maar toen dat rood-met-gouden hokje hem omhoogvoerde, voelde hij zich zoals hij zich voorstelde dat schuldig bevonden mannen zich moesten voelen als ze de rechtszaal in liepen om hun straf aan te horen.

In de lange, verlaten gang waar hij uitkwam lag vloerbedekking in blauwgroen met lila die zijn voetstappen dempte. Hij ging ongezien de 'Superior Queen'-kamer binnen die hij had geboekt, met uitzicht op de koude binnenplaats. De kamer, waarvan de inrichting iets weghad van art deco, had Strike vele honderden ponden gekost.

Hij ging in de rechte stoel aan het bureau zitten en zette de televisie aan op zoek naar afleiding, maar na een paar minuten gekeken te hebben naar president Trump die zijn besluit rechtvaardigde om de emigratie van moslims naar de VS in te perken, zette hem weer uit. Hij opende de mail op zijn telefoon en zag een lang, treurig bericht van Decima Mullins die alle overeenkomsten tussen Wright en Fleetwood die ze al aan hem had doorgegeven nog eens herhaalde. Na het vluchtig lezen ervan legde hij zijn mobiel weg en verruilde die voor het enige leesvoer in de kamer, een dik tijdschrift voor mensen die luxeartikelen kochten of begeerden.

Op de cover stond een heel mooie jonge blonde vrouw die een grote hoeveelheid diamanten droeg, en Strikes oog viel op de tekst onder de toto.

COSIMA LONGCASTER: IT-GIRL EXTRAORIDINAIRE

Hij bladerde langs advertenties voor mannenhorloges, handtassen van krokodillenleer en platina vulpennen, tot hij uitkwam bij vier pagina's foto's van Cosima die nog meer diamanten kettingen en ringen showde, haar blonde haar wapperend in een windmachine. Op de vijfde pagina stond iets wat vaag voor een interview zou kunnen doorgaan.

Favoriete eten: Alles wat pittig is, hoe heter hoe beter!

Favoriete drankje: Ik heb mijn eigen cocktail bij Dino's, de Cosmic: tequila, gember en honing. Jammie!

Hoe breng je graag je tijd door? Bij Dino's, daar is het elke avond leuk. Het is mijn tweede thuis.

Geheime passie? Ik ben verslingerd aan true crime. Alles over onopgeloste moorden.

Beste cadeau dat je ooit hebt gekregen? Ik kreeg van mijn vader een fantastische, niet-gezette roze diamant. Ik weet nog niet wat ik ervan laat maken.

Iets wat niemand van je weet? Ik heb zo'n DNA-test gedaan om je afkomst na te trekken en ik blijk 3 procent neanderthaler te zijn!

Strike gooide het tijdschrift terug op tafel.

Er werd op de deur geklopt. Hij kwam overeind en deed open. Op de gang stond Bijou, met een gekweld gezicht, haar handen op de greep van een duur uitziende wandelwagen.

'Ben je gevolgd?' Strike deed een stap terug om haar binnen te laten.

'Misschien door een donkere vrouw, maar ze ging niet mee de lift in.'

'Ben je eerst naar de zesde verdieping gegaan, zoals ik had gezegd?'

'Ja, ik heb alles gedaan wat je zei,' snauwde ze.

Strike keek naar beide kanten de gang in. Er was niemand. Hij sloot de deur, deed hem op slot en draaide zich om naar Bijou, die zich van haar jas ontdeed. Ze was iets zwaarder dan ze tijdens hun extreem kortstondige verhouding was geweest, maar ze zag er nog steeds goed uit, haar blauwe ogen staken fel af tegen haar olijfkleurige huid. In plaats van de nauwsluitende jurken waarmee hij haar associeerde droeg ze een dikke roomwitte trui en een spijkerbroek.

De baby in de wandelwagen lag te slapen; Strike zag dichtgeknepen oogjes onder een lichtroze mutsje. Hij had zich afgevraagd of hij, bij het zien van het kind, zou weten of ze een genetische band hadden, maar ze zag eruit als een kaal aapje, en hij voelde niets anders dan antipathie met een vleugje vrees.

'Ik heb de test bij me.' Bijou rommelde in haar tas en haalde een kartonnen doosje tevoorschijn. 'Je hoeft alleen maar langs de binnenkant van je wang te strijken en dat staafje in deze vloeistof te dopen. Dan doe ik nu ook die van ons.'

Hoewel hij daar geen enkele reden voor kon bedenken trok Strike zich terug in de zwart-witte badkamer, zodat ze hem niet met het wattenstaafje in de weer zou zien. Toen het klaar was liep hij terug de kamer in, waar Bijou nietsziend naar de perkamentkleurige muren en het goudkleurige bloementapijt zat te staren.

'Alsjeblieft.'

Haar vingers streken langs de zijne toen ze het staafje overnam; hij trok zijn hand terug alsof hij zich had gebrand.

'Juist,' zei hij. 'Laat het me weten zodra je de uitslag hebt.'

'En dat was het dan?' vroeg Bijou op huilerige toon.

'Wat had je dan verwacht?' Strike had zijn hand al op de deurklink.

'Er is... Je hoeft hier niet zo vals over te doen!'

'Als je denkt dat dit vals is, heb je een verdomd beschermd leven geleid,' zei Strike, en hij vertrok.

75

Thus minded then, two parties mean to meet
And make each other happy.

Robert Browning
Half-Rome

De volgende dag stond Robin voor het huis van de familie Longcaster in Belgravia toen Strike haar belde.

'Nieuws,' zei hij botweg. 'Kenneth Ramsay belde me net om te vertellen dat Jim Todd verdwenen is. Hij is donderdag niet komen opdagen voor zijn werk bij Ramsay Silver, vrijdag niet bij dat kantoor in Kingsway, hij neemt zijn telefoon niet op en bij zijn flat wordt de deur niet opengedaan. Ik vraag me af of hij jou herkend heeft in de metro en toen de zenuwen heeft gekregen. Er zijn foto's van je te vinden online, misschien heeft hij de link gelegd met mij.'

'O,' zei Robin met een steen in haar maag. Ze wilde niet de reden zijn dat Todd verdwenen was. Ze stelde zich de spottende opmerkingen al voor die Kim daarover zou maken.

'Hij kan natuurlijk stilletjes de pijp uit gegaan zijn in zijn flat, net als McGee, maar als dat zo is, is het wel heel toevallig. Ik ga proberen met Todds buren te praten als ik tijd heb.'

Toen Strike had opgehangen voelde Robin zich beroepsmatig tekortschieten, een gevoel dat zich bij haar andere zorgen voegde. Todd was verdwenen, misschien wel door haar toedoen; Albie Simpson-White had hen niet dichter bij Rupert Fleetwood gebracht, en haar inspanningen om Cosima Longcaster te spreken te krijgen hadden nog niks opgeleverd.

Cosima was, zoals Robin inmiddels had ontdekt, niet makkelijk over te halen tot een praatje. De eenentwintigjarige woonde met haar ouders in een groot huis in Belgravia, op vijf minuten lopen van haar vaders club Dino's. Te oordelen naar Cosima's Instagram, waar ze twintigduizend volgers had, was haar belangrijkste bezigheid socializen en selfies nemen, met zo nu een dan een modellenklusje ernaast. Cosima, slank, met lang, blond babyhaar, een perzikhuidje en benen als van een veulen, plaatste minstens twee keer per dag foto's op haar pagina, soms wanneer ze verschillende outfits uitprobeerde in haar inloopkleedkamer, maar meestal poseerde ze met vrienden in verschillende restaurants en clubs. Ze bracht ook veel tijd door bij Dino's.

De eerste hindernis om Cosima dicht genoeg te benaderen voor een gesprek was het gesloten kordon van mensen die haar voortdurend omringden. Ze was óf thuis, met personeel in uniform om haar heen, of ze vermaakte zich met grote groepen vrienden op plekken waarvoor je veel geld of een lidmaatschap moest hebben om er binnen te komen. Als ze reisde, was het per Uber of in een van de auto's van de familie, met chauffeur, zodat ze kon drinken. Ze leek nooit ergens lopend heen te gaan, in tegenstelling tot haar vader, die nooit afweek van zijn vaste routine: exact om twaalf uur 's middags de deur uit, met stevige pas naar Dino's voor de lunch, waar hij vervolgens bleef tot de vroege uren van de volgende ochtend.

Dino Longcaster was een lange, zware man, altijd onberispelijk in pak, met een donkere huid en uitgesproken wallen onder zijn ogen. Zijn ongewoon grote, ronde hoofd, met het achterovergekamde grijze haar, deed denken aan een kanonskogel, en zijn vaste uitdrukking was er een van verveling, grenzend aan dedain. Nu ze wist wat voor bullebak hij was geweest tegenover Rupert Fleetwood vond Robin het bijna fijn om een hekel te hebben aan de man die ze nooit had gesproken. Ze zag hooghartigheid in alles aan hem, van zijn gezicht tot die volmaakt geknoopte halve windsor.

De uren die volgden bracht Robin door met wachten tot Cosima naar buiten zou komen, maar uiteindelijk moest ze zonder een glimp van haar te hebben opgevangen vertrekken, voor haar vrije avond met Murphy.

Hij had een tafel voor hen gereserveerd bij zijn favoriete gastropub in Wanstead, de Duke, wat in elk geval betekende dat Robin niet eerst naar huis hoefde om zich om te kleden. Ze werkte haar make-up bij in de metro en liep de koude avond in, regelmatig omkijkend of ze niet werd gevolgd, zoals ze nu steevast deed wanneer ze alleen was in het donker.

Ze had twintig meter gelopen toen haar mobiel ging. Het was haar moeder weer. Robin vermoedde dat ze nieuws te horen zou krijgen waar ze niet vrolijk van werd.

'Hoi mam.'

'O, Robin,' kreunde Linda.

'Wat is er gebeurd?' vroeg Robin paniekerig.

'We denken dat ze uit elkaar zijn. Martin en Carmen. Hij wil er niet over praten, maar hij heeft al drie nachten hier geslapen.'

'O, god.' Robin keek weer over haar schouder. De straat was verlaten. 'Dus nu is Carmen alleen thuis met een zieke baby?'

'Hij is niet echt zíék, maar inderdaad, ze is helemaal alleen met hem. Ik weet niet wat ik moet doen. Ze leek nooit erg dol op ons te zijn, en toen ik vanmiddag belde om mijn hulp aan te bieden, nam ze niet op.'

Er was niets wat Robin kon zeggen of doen om de situatie op te lossen, maar ze luisterde geduldig tot een piepje in haar oor duidelijk maakte dat er een andere beller wachtte.

'Mam, ik vind het heel rot, maar ik moet gaan. Ik bel je morgen.'

Ze nam het andere gesprek aan. 'Robin Ellacott.'

'Hallo,' klonk een timide meisjesstem. 'Met Zeta.'

Een paar passen lang had Robin in haar vermoeidheid geen flauw idee wie Zeta was.

'Ik... ik snap niet hoe je aan mijn nummer komt,' zei het meisje.

'O.' Ineens wist Robin het weer: Zeta, het meisje dat Tyler Powell iets zou hebben aangedaan in Ironbridge. 'Dat heb ik via je vriendin Chloe Griffiths.'

'O,' piepte Zeta. 'Dat had ik liever niet gehad.'

'Ik belde je alleen voor achtergrondinformatie.' Robin probeerde het geruststellend te laten klinken. 'Alles wat je me vertelt blijft onder ons.'

'Wat wil je weten?' vroeg Zeta angstig.

'Chloe heeft me verteld dat jij een slechte ervaring hebt gehad met Tyler.'

'Ik wil niet dat je dat aan de politie doorgeeft!'

'Dat doe ik niet,' verzekerde Robin haar haastig.

'Want ik kan niks bewijzen! Hij zegt gewoon dat het niet waar is.'

'Dat begrijp ik. Maar toch zou ik graag willen weten wat er is gebeurd.'

'Nou... ik was heel dronken bij de Jockey & Horse. De pub. En ik stond te praten over Anne-Marie, en Hugo en het ongeluk... weet je daarvan?'

'Ja,' zei Robin.

'Ik wil geen problemen. Ik wil niet dat Tyler terugkomt om... om me te grazen te nemen, of zo.'

'Ik zal niets tegen de politie zeggen,' stelde Robin haar nogmaals gerust.

'Nou, Tyler was er ook en dat had ik niet door. Iemand moet tegen hem gezegd hebben waar ik het over had en toen kwam hij naar me toe, hij was hartstikke kwaad. En een week later, toen ik door Wesley Road naar huis liep, in het donker, reed er een auto de stoep op. Hij miste me echt op maar een paar centimeter.'

'Kon je zien wie er reed?'

'Nee, de koplampen waren te fel.'

'Maar jij denkt dat het Tyler was?'

'Ja.'

'Herkende je de auto?'

'Nee, maar hij werkt in een garage. Hij had elke auto kunnen lenen.'

'Juist. Wat had je precies gezegd over het ongeluk, Zeta?'

'Hetzelfde wat iedereen zei. Tyler pochte altijd over het sato... saboteren van de auto's in de garage, de auto's van mensen die hij niet mocht. Iedereen wist dat.'

'Juist ja.'

'Niet tegen de politie zeggen,' zei Zeta.

'Doe ik niet. Heb je...?'

Zeta hing op.

Robin werd overspoeld door een enorme lusteloosheid toen ze doorliep. Ze had het helemaal gehad met bazige, ongevoelige mannen met een afwijking, maar ze moest een vrolijk gezicht opzetten voor Murphy bij aankomst in de pub, waar ze zouden vieren dat hun bod op het huis was geaccepteerd, want Murphy kon er niks aan doen dat Tyler Powell zijn stuurmanskunst aanwendde om jonge vrouwen de stuipen op het lijf te jagen, of dat Lord Oliver Branfoot en Dino Longcaster ervan genoten om mensen die minder rijk en invloedrijk waren dan zijzelf te vernederen, of dat Craig Wheaton de mail en whatsapp van zijn vriendin controleerde. Ze kon Murphy niet verwijten dat Niall Semple zijn kersverse bruid kort na haar miskraam in de steek had gelaten, of dat Jim Todd een schoolmeisje had verkracht, dat Larry McGee zo verslaafd was aan porno dat hij niet kon ophouden met kijken, zelfs op zijn werk, of dat een niet-geïdentificeerde man, of mannen, Robins verkrachting gebruikte om haar te intimideren. Ze keek alweer over haar schouder en raakte ter geruststelling even de zelfgemaakte pepperspray in haar tas aan terwijl ze zichzelf eraan herinnerde dat miljoenen mannen, onder wie Murphy, haar eigen vader en haar broers, niet verdorven, gewelddadig of sadistisch waren, maar gewoon aardige mensen die deugden. Het probleem was dat aardige mannen die deugden zelden opdoken in criminele zaken. Door haar baan liep ze het gevaar, dat wist ze ook wel, om een verknipt wereldbeeld te ontwikkelen, en ze bedacht hoe fijn het zou zijn om een tijdje vrij te nemen, weg uit het bitter koude, donkere Londen, en niet te hoeven denken aan de groezelige onderbuik van die mannenlevens – maar nog niet. Niet nu. Er moest te veel gebeuren.

Murphy zat al aan een houten tafel met een groot glas bier voor zijn neus toen Robin de pub binnenkwam.

'Je ziet er prachtig uit,' zei hij tegen haar.

'Leugenaar.' Robin kuste hem. 'Ik zie eruit zoals ik me voel. Belabberd.'

Nadat ze de hele dag op de been was geweest was het een opluchting om te kunnen gaan zitten, en Robin bestelde een glas wijn en hoopte, net als met de whisky op kerstavond, dat ze er een wat feestelijker gevoel van zou krijgen.

'Luister,' zei Murphy toen ze hadden geproost op het nieuwe huis en Robin een grote slok wijn had genomen, 'ik val je niet aan, oké?'

O god, wat nou weer? dacht Robin.

'Waarom heb je me niet verteld dat ze Jason Knowles hebben uitgesloten als mogelijk lijk in de zilverkluis?' vroeg Murphy. Zijn toon was luchtig, maar zijn blik onderzoekend. 'Jij wist dat, hè?'

'Ja, dat wist ik,' zei Robin, te moe om te liegen. Ze gingen samenwonen, ze moest eerlijk tegen hem zijn, in elk geval voor zover dat haalbaar was. 'Kim Cochran heeft ons verteld dat het team dat op die zaak zit hem heeft afgestreept. Dat heb ik je niet verteld omdat ik wist dat jij sowieso al niet wilde dat we onderzoek deden naar dat lijk, en je zei iets over "de politie overtroeven", dus vond ik het lastig om erover te beginnen.'

'Juist. Weet je dan nu wie het wél was, in de kluis?'

'Nee,' zei Robin, en ze dacht met een licht schuldgevoel aan Dick de Lion en Lord Oliver Branfoot.

'Zou je het me vertellen als je het wist?'

'Ryan, kom op nou. Denk je dat we dat soort informatie voor de politie verborgen zouden houden?'

'Nee,' zei Murphy. 'Niet voor de politie, maar ik vroeg me af of je het míj specifiek zou vertellen.'

'Maar natuur...'

'Want ik weet dat ik daar heel lullig over heb gedaan,' zei Murphy.

Robin pakte zijn hand en gaf er een kneepje in. 'Ik begrijp het wel. Ik weet dat je niet wilde dat wij ons er ineens mee bemoeiden. Het lag gevoelig, die zaak. Ik snap het.'

Murphy nam een slok van zijn bier. 'Ik hoorde dat Strike het team heeft getipt dat Knowles' lijk naar "Barnaby" is gegaan.'

'Ja.'

'Hebben jullie al achterhaald wat Barnaby is? Of wie?'

'Nee,' zei Robin, en weer werd ze eraan herinnerd dat ze nog geen cadeautjes had gekocht voor haar pasgeboren neefjes.

'Wie is Strikes contactpersoon, waar komt al die inside-informatie vandaan?'

'Dat zou ik je niet kunnen zeggen, al zou ik het willen. Ik weet zijn echte naam niet.'

'Hij is duidelijk goed geïnformeerd.'

'Ja.'

'Een crimineel dus.'

'Ja,' zei Robin weer. Ze nam weer een slok wijn, nog steeds hand in hand met Murphy.

'Nou, ik heb ook info voor jou, als je wilt,' zei Murphy. 'Over die Peugeot. De vluchtwagen.'

'Serieus?'

'Ja. Het wordt binnenkort openbaargemaakt – hun eerste stap om toe te geven dat Truman het verkloot heeft. Maar jij krijgt het nu alvast.'

Robin liet Murphy's hand los om in haar tas naar haar notitieboekje te zoeken. Murphy moest lachen.

'Wat is er?' vroeg Robin.

'Als jij ook maar een greintje informatie krijgt, verschijnt er zo'n blik op je gezicht...'

'Wat voor blik?'

'Ik zag het die eerste keer dat ik je naar huis bracht, toen ik je vertelde dat we Phillip Ormond hadden gearresteerd. Als een hond die een konijn ziet. Geconcentreerd. Intens.'

'O,' zei Robin.

'Vind ik leuk.'

Een serveerster kwam hun bestelling opnemen. Toen ze weg was, dempte Murphy zijn stem.

'De Peugeot is gehuurd in Reading, die donderdag laat op de dag.'

'Door wie?'

'Een jonge blonde vrouw.'

'Blónd?' Robin dacht aan Sofia Medina.

'Ja. Hoezo?'

'Nou...' Ze gingen samenwonen. Ze moest eerlijk tegen hem zijn, voor zover dat haalbaar was. 'Er is een jonge vrouw, Sofia Medina heet ze, een Spaanse studente. Wij denken dat ze iets te maken heeft gehad met de moord op de man in de kluis.'

'Echt?'

'Ja. Maar zij had lang zwart... O, wacht.' Er schoot Robin plotseling iets te binnen.

'Wat "o"?'

'Sofia had pruiken. Die droeg ze voor haar OnlyFans-video's, hoorde ik van een getui... Nee, wacht. Waren de blondine en de vrouw met het bruine haar even groot?'

'Hè?' vroeg Murphy, begrijpelijkerwijs in de war.

'Of ze even lang waren.' Robin dacht aan de lange, magere Sapphire Neagle, die de bijnaam Olijfje had gehad.

'Ik zou het niet weten,' zei Murphy.

'Oké, laat maar. De blondine, ga door.'

'Ze heeft bij het verhuurbedrijf een vals rijbewijs laten zien.'

'Weet je ook op welke naam?'

'Nee. Afijn, het team heeft honderden uren opnames moeten bekijken om uit te puzzelen waar die auto is geweest, en dat viel nog niet mee, want de nummerplaten zijn onderweg verwisseld en hij reed steeds door straten waar geen beveiligingscamera's hingen. Ze is vanaf het verhuurbedrijf de M4 af gegaan naar Whistley Green – dat is een dorp – en 's nachts was ze niet op beeld te zien. Vrijdag eind van de ochtend verscheen ze weer op de M4, met valse nummerplaten, en ze reed naar Dalston.'

'Dalston.' Robin schreef het op. 'Zat ze op dat punt nog alleen in de auto?'

'Ja. Ze verdween uit beeld in Dalston, maar het team is er vrij zeker van dat ze naar binnen is gegaan bij een verlaten, vervallen rijtje garageboxen die gesloopt gaan worden. Maar bij Dalston Junction kwam rond zes uur 's avonds een vrouw met lang donker haar naar buiten, in andere kleding...'

'Aha.' Robin schreef weer iets op.

'... en zij reed in die auto naar Newham.'

Ze liet er uiterlijk niets van merken, maar Robin voelde een huivering vanbinnen. Waar het team dat de moord onderzocht Mandy aanvankelijk niet had geloofd, moest daar nu verandering in gekomen zijn.

Hardop vroeg ze: 'Reed ze naar St George's Avenue in Newham?'

'Dat weet ik niet, zou kunnen. Daarna werd de auto gezien in Holborn, 's avonds laat. Weer die blonde vrouw achter het stuur. Even na drie uur 's nachts pikt ze een man op aan het einde van Wild Court. Het stel rijdt opnieuw door cameravrije gebieden, maar in Newham worden ze weer even op beeld vastgelegd...' (ja, dacht Robin, de politie moest nu wel anders over Mandy's verhaal zijn gaan denken) 'rond vijf uur 's morgens, en dan rijden ze naar Orpington in de richting van Petts Wood, waar ze weer uit het zicht verdwijnen, maar ze hebben de originele kentekenplaten er weer op gezet. De auto duikt weer op op de M4, en de blondine levert de auto in goede staat in bij het verhuurbedrijf in Reading. Ze is op de camera net zichtbaar aan de rand van het parkeerterrein, waar ze in een bestelbus stapt, maar daarvan is de nummerplaat niet zichtbaar. De bestelbus vertrekt – en als ze weten wat er daarna gebeurd is, dan heeft mijn contactpersoon me dat niet verteld.'

'Van welk merk was de bestelbus?'

'Dat weet ik niet.'

'Is Petts Woods doorzocht op dat zilver?'

'Vast wel, weet ik niet.'

'Is jouw contactpersoon de vrouw die...?'

'Die ik eerder had gesproken, ja.'

'Ze heeft toch niet geprobeerd je te versieren in ruil voor de info, hè?'

Robin zei het omdat ze wist dat hij dat leuk zou vinden. Hij grijnsde.

'Je hebt geen concurrentie, wees maar niet bang. Wat er die ene keer in de pub gebeurd is... Ze was... Nou ja ze wás er, dat is alles.'

Robin moest denken aan Strike en Nina Lascelles, en ze nam nog een slok wijn.

'Dank je wel, Ryan. Ik ben hier echt blij mee.'

'Graag gedaan. Nou, morgen komt het keuringsrapport.'

'Keuringsrapport?' zei Robin niet-begrijpend. 'O, van het huis. O ja, natuurlijk.'

'Als er verdorie maar geen schimmel of rotte planken gevonden worden.'

'Het leek in goede staat te zijn,' zei Robin. 'Komt vast goed.'

Ze praatten over het huis tot het eten werd gebracht. Murphy nam een slokje van zijn bier en dempte zijn stem weer. 'Ik wilde even... Ik hoef vanavond helemaal geen antwoord of zo, oké? Geen haast. Ik wil alleen van mijn fouten leren.'

'Welke fou...'

'Ik had een goed gesprek moeten voeren met Lizzy, voordat we trouwden. Over kinderen.'

Robin kreeg een steen in haar maag.

'Ik bedoel, nu we gaan samenwonen en zo,' zei Murphy. 'Ik wil gewoon weten hoe je erover denkt. Na wat er is gebeurd.'

Er schoot Robin een onaangename gedachte door het hoofd: dat hij haar de informatie over de Peugeot alleen maar had gegeven om haar milder te stemmen voor dit gesprek; dat hij dacht dat ze na het ontvangen ervan bereid zou zijn om over het invriezen van eicellen te praten.

'Oké,' zei ze. Nou... ik weet het niet. Dat is de waarheid. Ik weet het gewoon niet.'

Murphy keek haar verwachtingsvol aan, dus zei ze: 'Ik dacht altijd dat ik kinderen wilde. Of misschien verwachtte ik gewoon dat ik ze zou krijgen. Toen kreeg ik deze baan, waar ik meer van houd dan van alles in... Nee, ik houd niet meer van mijn baan dan van jou,' zei ze snel, want dat moest je zeggen, toch, als je tegenover de man zat met wie je ging samenwonen? 'Maar ik kan me niet voorstellen dat ik een gezin zou stichten met deze baan, met deze werktijden en de stress en... Nee, niet het risico, ik zoek het risico niet op,' aldus de vrouw met de zelfgemaakte pepperspray in haar tas en de maçonnieke dolk verstopt in haar sokkenlade, 'maar ja, ik denk dat ik wel de risico's meer uit de weg zou gaan als ik kinderen had. Misschien komt er een moment dat ik ze heel graag wil, maar... dat kan ik niet garanderen. Ik kan het niet beloven. Ik weet het gewoon niet. Dus als dat een dealbreaker is...'

'Dat is het niet,' zei Murphy. 'Ik zou alleen willen dat ik dit gesprek had gevoerd met Lizzie voordat we trouwden, want ik wist niet dat zij ze zeker niet wilde, en ik wilde ze wel.'

Robin vroeg zich af of hij de cijfers over de slagingskans van ivf had gelezen. 'Ik weet dat ik een besluit moet nemen over dat invriezen. En dat ik de tijd niet mee heb.'

Het verstikkende gevoel dat ze had gehad in dat voormalige zeemanshuis in Deptford, waarvan ze had gedacht dat ze het voorgoed achter zich had gelaten, was terug.

76

How shall I name him?
This spare, dark-featured,
Quick-eyed stranger?

Matthew Arnold
The Strayed Reveller

Strikes zenuwen over de uitslag van de DNA-test waren zeer hevig geworden toen de vierde dag zonder nieuws aanbrak, dus belde hij Bijou terwijl hij te voet op weg was naar de armoedige straat in Holborn waar de verdwenen Jim Todd, of Todd Jameson, zoals Strike hem nu kende, tot zeer kortgeleden had gewoond.

'Ik heb nog niks gehoord,' snauwde ze. 'Je hoort het meteen als ík iets weet!'

'Weet je zeker dat die testbuisjes goed zijn aangekomen?"

'Ja, ik heb een bevestigingsmail gekregen!'

'Je krijgt vaak binnen een paar dagen bericht,' zei Strike.

'Het weekend zat ertussen,' zei Bijou, met een in Strikes ogen betreurenswaardig gebrek aan betrokkenheid. 'Ik heb net gezegd dat ik het je laat weten als ik iets hoor.'

Hij liep verder, met een pijnlijke hamstring en een zwaar gemoed. Hij was niet alleen gespannen vanwege de DNA-uitslag, de relatie met Robin bleef ook ijzig. Haar laatste communicatie was een lange mail waarin ze uitvoerig de route beschreef van de gehuurde Peugeot die was gebruikt bij de diefstal en de moord bij Ramsay Silver, waarin ze Murphy alle eer toekende en Strike op passief-agressieve wijze indirect opdroeg zijn dank over te brengen aan de CID-man. Strike had eenvoudig geantwoord met 'heel interessant, laten we dit bespreken'. Dat had hij laten volgen door een kort appje waarin hij haar liet weten dat hij Lord Oliver Branfoot wilde laten schaduwen, om zo de locatie te achterhalen van het appartement waar stiekem werd gefilmd. Robin had niet gereageerd. Waarschijnlijk omdat ze nog kwaad was, dacht Strike, omdat hij de vrijmetselaarsconnectie tussen Oliver Branfoot en Malcolm Truman probeerde aan te tonen.

Hij kwam aan bij het Libanese restaurant waar Todd boven had gewoond en drukte op alle bellen naast een groezelige, grijs geverfde zijdeur – geen reactie. Dus nam hij positie in in een portiekje aan de overkant, waar hij ging staan kijken en wachten.

Het restaurant had ook afhaalservice, en de mensen die langs Strike liepen met hun maaltijd voor thuis lieten heerlijke geuren achter. Het begon al te schemeren toen er eindelijk iemand de hoek om kwam en naar de grijze deur liep. Het was een kleine bruine man in een witte koksjas vol vlekken die erop leek te duiden dat hij in een keuken werkte. Strike stak onmiddellijk de straat over en bereikte de man net toen die zijn sleutel in het slot wilde steken.

'Goedenavond. Weet jij toevallig of Jim Todd thuis is?'

'Todd?' herhaalde de jongeman, knipperend met zijn vermoeide, bloeddoorlopen ogen. Hij had dikke zwarte wenkbrauwen en een vaag maar waarneembaar Punjabi-accent. 'Kent u hem?'

'Niet goed.'

'Waar is hij?'

'Daar hoopte ik juist achter te komen,' zei Strike.

'Is hij een vriend van u?'

'Nee. Ik zoek hem alleen.'

'Krijgt u nog geld van hem?'

'Nee,' zei Strike. 'Hoezo?'

'Ik wel. Vijftig pond,' zei de jongeman. 'Zeg dat maar als u hem vindt.'

'Heb je hem geld geleend?'

'Nee, van hem gewonnen.'

De jongeman stak zijn sleutel in het slot, wat stroef ging.

'Waarmee gewonnen?' vroeg Strike.

'Poker.' De deur was nu open.

'Ben jij toevallig een van de mensen met wie Todd heeft gepokerd in de nacht van 17 op 18 juni vorig jaar?'

De jongeman reageerde verbaasd en behoorlijk wantrouwig op die vraag.

'Ik ben privédetective.' Strike haalde een kaartje tevoorschijn. 'Ik doe onderzoek naar een moord. Heb je de politie over Todd moeten vertellen? Een alibi moeten bevestigen?'

'Ja.'

'Hebben jullie echt met hem gekaart die nacht?'

'Ja.'

'Tot hoe laat?'

'Vier uur. Hij wilde niet stoppen. Terwijl hij niet eens op winst stond.'

'Wanneer heb je Todd voor het laatst gezien?'

'Ik zou het niet... Een week geleden? Waarom zijn er zo veel mensen die hem zoeken?'

'Zijn er nog meer dan? Behalve de politie en ik?'

'Ja. Er is nog een man langs geweest.'

'Wanneer?'

'Weet ik het,' zei de jongen vaag. 'Woensdag?'

'Witte man?'

'Ja.'

'Krullen?'

'Dat weet ik niet,' zei de keukenmedewerker. 'Hij had een muts op.'

'Droeg hij toevallig binnen een zonnebril?'

'Ja,' zei de jongen een beetje verbaasd; hij dacht duidelijk dat Strike het per ongeluk goed had geraden.

'Heb je hem gesproken?'

'Ja. Hij stond bij Todd op de deur te bonzen. Ik probeerde te slapen. Ik ging naar buiten en riep: "Todd is vertrokken. Rot eens op met die herrie." Hij vroeg: "Waar is Todd gebleven?" en ik zei: "Dat weet ik niet, maar ik krijg nog vijftig pond van hem." Hij zei: "Daar kun je naar fluiten" en weg was hij.'

Strike haalde zijn portefeuille tevoorschijn en trok er vijf briefjes van tien uit. 'Je hulp kan voor mij heel waardevol zijn. Weet je verder nog iets over de man die hem kwam zoeken? Gezichtskenmerken? Bouw? Kleding? Accent?'

De jongen keek naar het geld. 'Hij was niet zo groot als u.'

'Oké. Verder nog iets?'

'Toen hij wegliep... hij liep raar.'

'Mank?'

'Zoiets, ja.'

'Staat Todds kamer nog leeg?'

'Nee, een vriend van me heeft hem ingenomen.'

'Zou ik daar eens een kijkje mogen nemen?'

'Ik kan het hem vragen.'

Hij ging Strike voor door een trappenhuis waar het nog erger stonk dan bij Daz en Mandy in Newham, met een spoor van oude urine. Boven hun hoofden knipperde een tl-buis.

Strike hees zich aan de leuning omhoog achter de keukenmedewerker aan. Het pand was duidelijk zo verbouwd dat er zo veel mogelijk huurders in pasten, en Strike betwijfelde of de aanpassingen met vergunning waren verricht. Voor hem uit stond een deur op een kier, en hij zag een smoezelige doucheruimte. Er waren nog vier deuren aangebracht op de krappe overloop. Zijn gids klopte op de tweede.

'Gagandeep?'

Na een kort gesprekje in het Punjabi door de dunne deur deed een tweede bruine man open. Hij was lang, had een baard en droeg alleen een boxershort, en hij zag er al even vermoeid uit als zijn huisgenoot. Begrijpelijkerwijs wantrouwend richtte hij zich tot die laatste en er volgde opnieuw een gesprek in rad Punjabi, waarna Gagandeep Strike toestemming gaf om binnen te komen.

De kamer, waarvan het stoffige raam pal uitkeek op de stenen muur van een gebouw van de overkant, was klein en bevatte een schamele hoeveelheid stokoud, goedkoop meubilair. Het smalle bed, dacht Strike, moest oncomfortabel zijn geweest voor de bijna sferische Todd. De verf op de muren bladderde, aan het plafond hing een kaal peertje en het tapijt zat vol vlekken.

'Heeft Todd iets achtergelaten?' vroeg Strike.

'Ja,' antwoordde Gagandeep. Hij liep naar de kledingkast en trok die open. Onder een ontoereikend aantal dunne stalen hangertjes lag een berg kleding. Na een paar tellen graven haalde Gagandeep een oud, gebonden boek tevoorschijn, dat hij omhooghield voor Strike: *Winnen met poker: de weg naar succes.*

'Dat zou ik graag van je kopen.' Strike trok nog meer cash uit zijn portefeuille en gaf de man die hem als eerste had geholpen nog eens vijf briefjes van tien. 'En als een van jullie de man die bij Todd op de deur stond te bonzen nog eens ziet,' – hij wees op het kaartje dat de keukenmedewerker in zijn hand had – 'bel me dan. Er zit geld voor je in, als je me kunt helpen hem te vinden.'

77

What of a hasty word?
Is the fleshly heart not stirred
By a worm's pin-prick
Where its roots are quick?

Robert Browning
A Lovers' Quarrel

Robins Valentijnsdag begon slecht. Murphy was blijven slapen. Behalve een kaart had hij een pluchen hond voor haar gekocht met een hart in zijn bek, als toespeling op zijn aanbod om een puppy voor haar te kopen.

Nadat Robin hem lachend had gekust, zei hij: 'Neem hem maar mee als je ergens gaat posten, of wat je vandaag ook gaat doen. Heb je toch een beetje een valentijnsdate.'

Robin koos ervoor zich niets aan te trekken van deze duidelijke hint dat Murphy nog steeds geïrriteerd was omdat ze die avond moest werken, maar ze had nog steeds last van het schuldgevoel en de ergernis die zijn opmerking teweeg had gebracht toen ze die middag de vrouw van De Ezel in de gaten hield terwijl die in haar eentje schoenen aan het kopen was. Toen Robins mobiel ging was ze blij dat het de zaak was en niet haar vriend.

'Hoi, Pat.'

'Er heeft een zekere Wynn Jones gebeld,' zei Pat. 'Vriend van die Tyler Powell.'

'Ha, mooi,' zei Robin. Ze had gebeld naar de boerderij waar

Jones werkte en een boodschap achtergelaten. 'Wat zei hij?'

'Dat hij je niet wil spreken. Hij zegt dat hij weet wie je heeft ingehuurd.'

'Zei hij ook wie?'

'"Fucking Faber Whitehead",' citeerde Pat smalend.

'Dat is de vader van de jongen die is verongelukt met Tylers auto,' zei Robin. 'Je hebt Jones' nummer zeker niet opgeslagen?' voegde ze er hoopvol aan toe.

'Jawel,' zei Pat.

'Kun je me dat alsjeblieft sturen?' vroeg Robin terwijl een piepje in haar oor aangaf dat ze werd gebeld.

'Doe ik,' zei Pat en ze verbrak de verbinding, zodat Robin op het schermpje van haar telefoon kon kijken. Toen ze Murphy's naam zag, kreeg ze een raar, onheilspellend gevoel. En inderdaad, toen ze opnam, waren zijn eerste woorden: 'We zijn godverdomme alsnog overboden.'

'Wat?'

'Een of andere eikel heeft de verkoper vijfduizend pond extra geboden. De makelaar belde net.'

'O, shit,' zei Robin, maar ze was geschokt door de opluchting die haar overspoelde.

'Je klinkt niet alsof je het heel erg vindt.'

'Natuurlijk vind ik het wel erg, maar ik sta midden in Selfridges, Ryan, ik kan hier niet in tranen uitbarsten zonder de aandacht te trekken,' zei Robin zacht, terwijl de vrouw van De Ezel een paar smaragdgroene stiletto's aan het passen was. 'Wat raadt de makelaar aan?'

'Meer bieden natuurlijk.'

'Oké, en wil je dat?' vroeg Robin, 'of zullen op zoek gaan naar een an...'

'Ik heb geen zin in nog eens een jaar gezeik. Ik heb je al moeten meesleuren om drie huizen te bekijken.'

'Dat is niet waar,' zei Robin, geschrokken van zijn plotselinge agressie, en ervan overtuigd dat hij ruzie wilde uitlokken om zijn frustratie over het huis af te reageren. 'Ik vond dit een heel fijn huis, ik heb jóú moeten overhalen om een bod te doen, weet je nog?'

'Maar je vindt het prima om het te laten schieten en weer helemaal opnieuw te beginnen.'

'Ik vind het helemaal niet prima, ik vraag alleen of we vijfduizend pond extra kunnen missen!' zei Robin, terwijl de vrouw van De Ezel zichzelf bewonderde in een grote passpiegel.

'En wat is je uiteindelijke doel, eindigen met een nog kleiner huis?'

'Ik heb geen "uiteindelijk doel", ik wil alleen liever niet dat we dadelijk bankroet...'

'Nou, je hoeft in elk geval niet te sparen voor een nieuwe auto, nu Strike een Land Rover voor je heeft ge...'

'Die heeft hij niet voor mij gekocht, de auto staat op naam van de zaak waarin ik partner ben.' Het kostte Robin grote moeite om haar stem te blijven dempen, want ze had de strijd om niet openlijk kwaad te worden inmiddels verloren. 'En als je nog wat te zeggen hebt over te kleine huizen, ga dan vooral je gang.'

'Ik zeg niet...'

'O nee?' zei Robin op luide, woeste fluistertoon. 'Eerst zeggen dat je me niet onder druk wilt zetten en dan hinten dat ik geen ruimte wil voor kinderen!'

'Dat zit tussen jouw oren, niet de mijne.'

'Ga me nou niet gaslighten, Ryan, ik ben niet gek. Ik moet gaan.' Ze hing op.

Een paar minuten later belde Ryan haar terug. Robin nam niet op, want ze was nog steeds gespannen en kwaad, niet alleen vanwege Murphy's verse woede-uitbarsting, maar ook door haar eigen opluchting, waarvan ze wist dat die haar iets vertelde wat ze had onderdrukt en ontkend sinds ze ermee had ingestemd om met hem te gaan samenwonen.

Voor de tweede keer in een paar dagen tijd stelde Robin zich voor dat ze zou vluchten naar een warme, lichte plek, waar ze alle ruimte had om te beslissen wat ze nu echt wilde. De afstand zou haar een ander perspectief bieden, dacht ze; een onbekende omgeving kon haar misschien uit dat patroon halen van overal mee instemmen omdat ze het gevoel had dat het moest, omdat er nu eenmaal bepaalde verplichtingen bij kwamen kijken als je zei: 'Ik hou van jou.' Ze bracht zichzelf opnieuw in herinnering hoe lief en attent Murphy was geweest na de buitenbaarmoederlijke zwangerschap, en in de periode na haar lange verblijf op Chapman Farm, en niet te vergeten hoe openhartig hij het gesprek over kinderen was aangegaan. Ze dacht – wist – dat ze van hem hield, maar toen hij voor de derde keer belde, liet ze opnieuw de voicemail inschakelen.

Om vier uur droeg Robin het schaduwen van de vrouw van De Ezel over aan Midge en ging ze naar de garage waar de nieuwe Land Rover geparkeerd stond, want ze moest Strike aflossen, die het huis in Carnival Street in de gaten hield waar Plug junior zijn hondenbeten had opgelopen, en waar Plug senior nu op bezoek was. Ze had net de sleutel in het contact gestoken toen er een appje binnenkwam van Murphy.

Aangezien je niet opneemt, app ik je maar. Zo had ik me Valentijnsdag niet voorgesteld. Ik had gehoopt dat je net zo teleurgesteld zou zijn als ik om het huis, maar zo klonk het niet, dat bedoelde ik. Dat van te weinig kamers zei ik alleen omdat we allebei graag de ruimte hebben. Het heeft niks met kinderen te maken.

Gelul, dacht Robin, en ze typte terug:

Je had het over mijn 'doel'. Hoezo mijn doel? Die opmerking over de auto stel ik ook niet op prijs. Ik zou denken dat je blij was dat ik niet duizenden ponden eigen geld hoef neer te tellen terwijl we samen een huis willen kopen, maar jij grijpt elke kans aan om Strike bij onze ruzies te betrekken.

Robins telefoon trilde nog meerdere keren tijdens de rit naar Haringey, maar ze negeerde de nieuwe berichten. Er had zich een knoop van spanning en vrees achter haar ribbenkast genesteld, maar ze zou niet kunnen zeggen waar ze precies bang voor was. Bang om eerlijk te zijn tegenover zichzelf? Of eerlijk tegen Murphy? Bang voor wat er zou gebeuren als ze ook maar de minste terughoudendheid zou uiten over het samenwonen? Waarom had ze zich in deze situatie laten meeslepen? Had ze dan niets geleerd over luisteren naar haar twijfels, van de ramp die haar kortstondige huwelijk was geweest?

Maar dit is niet hetzelfde, sprak ze zichzelf tegen. Hij is Matthew niet.

Carnival Street bestond uit vervallen rijtjeshuizen aan de ene kant en een sloperij over de hele lengte aan de andere kant. Toen Robin aankwam zag ze Strikes BMW slechts een paar plekken verderop geparkeerd staan. Ervan uitgaand dat hij zou vertrekken nu hij haar had zien aankomen, haalde Robin na het parkeren haar mobiel uit haar tas. Er was een berichtje van haar moeder.

Martin en Carmen zijn weer samen xxx

Fijn, appte Robin terug, waarna ze de laatste berichten van Murphy bekeek.

Ik grijp niet iedere kans aan om Strike bij ruzies te betrekken, want ik weet wat er gebeurt zodra ik zijn naam noem. Dan ga je vijandig doen.

Het volgende bericht luidde:

Ik wilde een huis waar we lang kunnen blijven wonen, niet iets wat na een paar maanden al te

> *klein voelt. Ik krijg de indruk dat jij alles het liefst zo tijdelijk mogelijk houdt, alsof we studenten zijn die binnen een jaar weer kunnen verhuizen. En het lijkt me geen misdrijf om een paar extra kamers te wensen.*

In het laatste stond:

> *Omdat ik er laatst een open gesprek over wilde, doe jij alsof dit allemaal om kinderen draait. Ik zet je niet onder druk, maar ik ga me ook niet verontschuldigen omdat ik ze graag wil. Ik wil alleen eerlijkheid van twee kanten.*

Het portier aan de passagierskant ging open. Robin schrok; haar hand ging instinctief naar haar tas en de pepperspray, totdat ze zag dat het Strike was die instapte.

'Ik heb een paar dingen te vertellen.'

'Oké.' Robin stopte haar mobiel weg en probeerde zich te concentreren.

'Die vriend van Plug in Ipswich die is gepakt voor dierenmishandeling is een uur geleden vertrokken naar dat terrein van laatst, met achter in zijn bestelbus een hond die – ik citeer Barclay woordelijk – "eruitziet als een fucking tijger". Blijkbaar zijn er sindsdien een heleboel andere kerels aan komen rijden, allemaal met bestelwagens. En nog even iets anders... Shit.'

Plug en een vriend waren zojuist het huis uit gekomen, en ze sleurden een gigantische hond mee die er in Robins ogen uitzag als een schepsel dat de poorten van de hel zou kunnen bewaken: een gemuilkorfde, pikzwarte, gespierde kruising tussen een rottweiler en een reusachtige buldog. Het kostte de twee mannen samen grote inspanning om het beest achter in Plugs bestelwagen te krijgen.

'Wil je niet...?' begon Robin terwijl ze de motor startte.

'Nee,' zei Strike, die zijn gordel omdeed. 'Ik ga mee.'

78

More than I, if truth were told,
Have stood and sweated hot and cold,
And through their reins in ice and fire
Fear contended with desire.

A.E. Housman
xxx, A Shropshire Lad

'Zul je verdomme net zien dat het losbarst als Barclay daar aan het posten is,' zei Strike, en hij haalde zijn telefoon uit zijn zak. 'Hij moet daar weg. Waarschijnlijk zijn die kerels die hem van dat dak hebben getrokken er ook.'

Hij belde Barclay, liet hem weten dat Robin en hij onderweg waren en zei dat hij moest maken dat hij wegkwam voordat hij werd gezien.

'Rare dag voor een hondengevecht, Valentijnsdag,' zei Robin toen Strike had opgehangen.

'Ik denk niet dat we hier te maken hebben met geboren romantici.'

'Hij heeft in elk geval zijn zoon niet meegenomen,' zei Robin. 'Jezus, wat heb ik een medelijden met dat joch.'

'Ja, ik kan me niet voorstellen dat het leuk is om Plug als vader te hebben. Heb je mijn mail gelezen over de man met de zonnebril die Todd is komen zoeken nadat hij was verhuisd?' vroeg Strike.

'Ja, ik heb al je mailtjes gelezen,' antwoordde Robin, een beetje kattiger dan haar bedoeling was geweest.

'Is er iets?'

'Nee, niks,' zei Robin snel. Het laatste wat ze nu wilde was een gesprek over haar humeur. 'Je wilde iets zeggen voordat hij het huis uit kwam. "En nog even iets anders..."'

'O ja. Ik denk dat ik weet wie Danny de Lion is.'

'Dat meen je niet.'

'Toch wel. Ik weet nog steeds niet of hij nog leeft, maar er zijn gegevens over hem op Sark, en dat sluit precies aan op alles wat jij van Fay hebt losgekregen: geen auto's, alleen tractors en paard-en-wagens, klein eiland. Als ik de juiste heb gevonden, is zijn echte achternaam De Leon met een e, niet met een i. De leeftijd klopt en er zwerven online wat oude foto's van hem rond die op hem lijken, vóór het geblondeerde haar en de zelfbruiner, en zijn moeder en zijn broer wonen nog op Sark. Weet je hoe de vlag van Sark eruitziet?'

'Nee.'

'Kruis van Sint-Joris met twee gaande leeuwen in de linkerbovenhoek.'

'O god,' flapte Robin er onwillekeurig uit. Dat het bureau kon aantonen dat Malcolm Truman een complot had gesmeed om de feiten rond de moord op William Wright te verdoezelen zou de spanningen tussen haar en Murphy zeker geen goed doen, al moest ze toegeven dat ze momenteel zo kwaad op hem was dat ze daar iets minder mee zat dan het geval zou zijn geweest voordat hij haar belde over het huis en het hogere bod.

'Ik kan geen vast nummer vinden van de moeder of de broer van De Leon,' vervolgde Strike, 'maar Sark is zo klein dat ik overweeg om erheen te gaan om bij die twee op de deur te bonzen. Niet op Decima's kosten,' voegde hij eraan toe voordat Robin kon protesteren. 'Ik heb het geld van het huis van Ted en Joan, ik betaal het uit eigen zak.'

'Jij denkt dat De Leon Wright was, hè?' vroeg Robin.

'Ik zou mijn geld er nog niet op inzetten,' zei Strike, 'maar hij is de enige bij wie ik het verhaal kloppend krijg: hij was een afperser en is omgelegd in de kluis omdat dat Branfoot maximale controle gaf over het onderzoek. Maar dat kunnen we nog lang niet bewijzen, en daarom wil ik naar Sark. Als de familie van De Leon na 17 juni vorig jaar nog contact met hem heeft gehad, kunnen we hem uitsluiten. Zo niet, dan ga ik naar de vriend van Fyola en probeer hem bang genoeg te maken om me te vertellen waar Branfoot die stiekeme filmpjes opneemt. Het lokaliseren van het appartement waar hij zijn camera en zijn doorkijkspiegel heeft staan, helpt misschien om die door hem ingehuurde belagers weg te jagen.'

Robins mobiel ging en maakte meteen verbinding met Bluetooth, zodat Murphy's naam in beeld verscheen.

'Negeren,' zei ze toen de telefoon bleef rinkelen. 'Dus je neigt ernaar om Semple en Powell uit te sluiten?'

'Nog niet,' zei Strike, die veel geïnteresseerder was in het feit dat Robin op Valentijnsdag Murphy's telefoontje negeerde dan in Niall Semple of Tyler Powell. 'Ik moet toegeven dat ik na mijn gesprek met Hardy toch anders naar Semple ben gaan kijken.'

'In welk opzicht?'

'Het was... het bekijken van Freemasons' Hall, met Hardy's verhaal erbij. Misschien heb ik... te veel van mijn eigen dingen op Semple geprojecteerd.'

Murphy stopte met bellen. De stilte die volgde leek bijzonder luid.

'Hoe bedoel je, geprojecteerd...?'

'Ik heb niet veel met religie of mystiek, dus leek het me logischer dat een voormalig SAS'er in zijn eentje zou proberen terug te keren naar actieve dienst dan dat hij zich in zo'n hol van vrijmetselaars zou begeven. Maar hij had natuurlijk wel hersenletsel, en dat verhaal over die brug zat me ook niet lekker. Ik heb een boek gedownload waar Hardy over vertelde, *Bridge to Light*. Dat is een inleiding tot de verschillende graden in de vrijmetselarij.'

Strike opende Kindle op zijn telefoon en bekeek de passages die hij de vorige avond had gemarkeerd.

'Hardy vertelde dat er een brug voorkomt in de ceremonie van inwijding tot de vijftiende graad, wanneer je Ridder van het oosten wordt. Jade Semple vertelde dat Niall een graad had bereikt die "iets met ridder" heette. Bij de inwijding moet de kandidaat een brug oversteken over een rivier waarin "lijken en ledematen en mensenhoofden drijven". De kandidaat bereikt dan "de schatkamer van koning Cyrus, die gevuld is met de heilige schatten... de Ark van het

Verbond, gouden kandelaars, het altaar en de gouden en zilveren schepen".

Ik ben er misschien te veel van uitgegaan dat het voor Semple een kwestie van of/of was, dat hij een binaire keuze had tussen oorlog en de vrijmetselarij, maar dit,' – Strike doelde op het boek op zijn telefoon – 'staat vol verwijzingen naar spirituele soldaten. Sterker nog, als je Sublieme Prins van het Koninklijk Geheim wordt, word je "Gods soldaat in de oorlog tegen fanatisme, intolerantie, onverdraagzaamheid en al het kwaad dat de aarde tot een hel heeft gemaakt', en dat is niet zo gek ver verwijderd van:

We are Pilgrims, master; we shall go
Always a little further; it may be
Beyond that last blue mountain barred with snow
Across that angry or that glimmering sea...'

'Wat is dat?' vroeg Robin.

'Gedicht van James Elroy Flecker,' zei Strike. 'Wordt door de SAS gebruikt als een soort missionstatement. Het is in de bar van de mess gegraveerd op de basis in Hereford en staat ook op de klokkentoren, waar de namen van gesneuvelde mannen op zijn aangebracht. Er was een kerel bij die commando-operaties had overleefd en daarna in Amerika werd doodgereden door een fucking automobilist die op de vlucht sloeg.'

'Ben je op de SAS-basis geweest?' vroeg Robin met lichte nieuwsgierigheid.

'Eén keer. Als onderdeel van een zaak voor de SIB. Ik moet zeggen: wat daar staat, daar kan Kenneth Ramsay nog een puntje aan zuigen.'

'Hoe bedoel je?'

'Ze hebben complete vitrines vol zilver, en laten we zeggen dat enkele waardevolle souvenirs die ooit in het bezit zijn geweest van dictators na de overgave mogelijk hun weg hebben gevonden naar de zakken van SAS'ers. Ze hebben daar het privépistool van Uday Hussein in een kastje aan de muur hangen. Meegenomen, lag naast zijn lijk. De algehele tendens rond die aandenkens is: "als je ze wilt hebben, kom je ze maar halen". Ik betwijfel of iemand dat aandurft.

Maar wat mij niet lekker zit bij de theorie dat Semple Wright zou zijn is dat ik niet zou weten wie hem zou willen omleggen. Hem discreet vermoorden in de kelder van een zilverwinkel zonder de verantwoordelijkheid op te eisen is niet bepaald de stijl van Islamitische Staat.

Bij Tyler Powell is het andersom. Hier hebben we een duidelijk motief voor wraak, want er zijn mensen die denken dat hij zelf twee doden op zijn naam had staan, maar dan komen we terug bij de vraag: waarom zou je hem vermoorden in een kluis? Powell klinkt als de tegenpool van Semple: tamelijk lomp en onhandig. Waarom zou je dat ingewikkelde bedrog doorlopen terwijl er zoveel mis kan gaan, alleen om hem undercover in een zilverwinkel te laten werken en hem op zo'n onhandige plek te vermoorden?'

'Vooral omdat ze hem ook gewoon een pinda hadden kunnen voeren,' zei Robin, en Strike moest lachen. 'En Fleetwood?'

'Die is nog steeds even onwaarschijnlijk als Powell, wat mij betreft,' zei Strike, 'maar ik ben hem nog niet vergeten. Kim volgt vanavond Albie weer. Het zou helpen als we Tish Benton konden vinden...'

Er viel weer een stilte, waarvan Robin zich geroepen voelde die te doorbreken. 'Heeft Pat nog wat bereikt met Hussein Mohamed?'

'Ja, er staan er drie geregistreerd op een woonadres in de buurt van Forest Gate. Ik denk dat het erop neerkomt dat we straks ouderwets de deuren moeten langsgaan.'

'Volgens mij gaat hij inderdaad naar Ipswich,' zei Robin terwijl ze achter Plug aan de M11 op reden.

'Ik heb dat pokerboek bekeken dat Todd in zijn oude huis had laten liggen,' zei Strike. 'Er zijn met potlood interessante aantekeningen gemaakt in de kantlijn.'

'Wat staat er dan?'

'Het gaat niet zozeer om wat hij heeft geschreven, hij krabbelde alleen zijn eigen stukjes pokerwijsheid neer. Maar ik wil wedden dat Todd dyslectisch is. De spelling is belabberd, zelfs terwijl de tekst ernaast die wel goed gespeld is als leidraad had kunnen dienen.'

Heel even begreep Robin niet waarom dat van belang was.

'O,' zei ze toen het tot haar doordrong. 'Het cv van Willam Wright?'

'Precies. Een en al spelfouten, volgens Pamela.'

'Denk je dat Todd het heeft geschreven?'

'Het lijkt me een sterke mogelijkheid. Todd wist natuurlijk precies waar Kenneth Ramsay naar op zoek was, en hij kon het cv voor Wright daarop aanpassen: de jiujitsu, eerder in een antiekzaak gewerkt, et cetera. En iemand heeft Wright geholpen om genoeg over zilver te leren om door het sollicitatiegesprek heen te komen. Todd heeft twee jaar bij Ramsay Silver gewerkt voordat Wright opdook, en ik kan me zo voorstellen dat iedereen die langdurig contact heeft met Kenneth Ramsay uiteindelijk meer over maçonniek zilver zal weten dan hem lief is.'

'Denk je dat Todd degene is die Wright had toegevoegd op de lijst "op gesprek laten komen"?'

'Ja, dat denk ik. En hij raakte in paniek toen Pamela het cv maar niks vond, dus voegde hij ongemerkt Wrights naam aan de lijst toe. Ik geloofde hem niet toen hij zei dat hij niet wist hoe de computer werkte. Ik denk dat Todd Wright heeft geholpen om die baan te krijgen, en ik denk ook dat hij verdomd goed wist wat er bij Ramsay Silver zou gebeuren in de nacht van 17 juni, en dat hij daarom tot vier uur wilde doorgaan met pokeren, zodat hij een waterdicht alibi had.

Hoe dan ook, ik ben nu bezig met het opsporen van Todds moeder, de voormalige hoer, om te kijken of zij weet waar hij is... Heb je gezien dat Pattersons straf is vastgesteld?'

'Ja,' zei Robin. 'Twee jaar.'

'Veel te fucking weinig, als je het mij vraagt,' zei Strike. En toen Robin niet reageerde, zei hij: 'Ik zag dat er een oproep is gedaan voor informatie over die zilverkleurige Peugeot.'

'Ja.' Robin had die ochtend wazige foto's van de auto online zien staan. Ondanks de nieuwe oproep had de politie nog niet toegegeven dat ze ernaast hadden gezeten met hun identificatie van Jason Knowles.

'Als de blonde bestuurster en de brunette allebei Medina waren,' zei Strike, 'dan snap ik niet waarom ze de pruik niet de hele tijd heeft opgehouden.'

'Ik kan me voorstellen dat het heel warm is en kriebelt, voor iemand die van zichzelf zo veel haar heeft,' zei Robin.

'Of misschien zou een blonde vrouw een deel van de klus op zich nemen en de brunette de rest, en was het niet de bedoeling dat ze ooit aan elkaar gelinkt werden.'

De zon ging onder en Plug had net de lichten van zijn witte bestelbus aangezet toen Strikes mobiel trilde in zijn hand. Vanuit haar ooghoeken zag Robin hem iets lezen. Hij bleef bijna een halve minuut volkomen roerloos zitten. Robin gluurde opzij en meende een geschrokken blik te zien.

'Wat is er gebeurd?'

'Ik... niks,' zei Strike.

'Klets niet. Weer gedoe van Culpepper?'

'Nee, ik...'

Duizelig van opluchting kon Strike niets anders bedenken dan de waarheid. 'Ik heb zojuist ontdekt dat ik geen vader ben.'

'Wat?' vroeg Robin zwakjes.

'Ik wilde het je niet vertellen...'

Strike voelde zich haast dronken door het wegvallen van de spanning, en zijn mond leek onafhankelijk van zijn hersenen te handelen. Dit had hij pas een paar keer eerder in zijn leven meegemaakt: toen ze tijdens een overstroming op tijd waren aangekomen bij het oude huis in St Mawe om zijn tante te bereiken op haar sterfbed; toen hij Charlotte eindelijk levend had teruggevonden in het ziekenhuis, achtenveertig uur nadat hij haar verscheurde jurk had gevonden.

'... tot ik het zeker wist.'

'Tot je wat zeker wist?'

'Bijou Watkins is te vroeg bevallen van de baby van Honbold,' zei Strike, 'en hij dacht dat het kind van mij was. Ik heb een DNA-test gedaan en ze heeft me net de uitslag gestuurd. Ik heb er niks mee te maken. Godsamme.' Strike wreef met zijn hand over zijn gezicht en las de app van Bijou voor. '"Ik zie dit nu pas, sorry voor de vertraging". Godverdomme, mens. Maar ze heeft al die tijd geweten dat het niet van mij was, dus ik neem aan dat zij niet in haar broek scheet voor de uitslag.'

Hij keek even van opzij naar Robin, die haar blik strak op Plugs achterlichten gericht hield.

'Ik weet dat ik het je had moeten vertellen. Ik had... Na al die shit van Culpepper... Ik wilde eerst zeker weten hoe het zat.'

Bijna tegen haar wil werd de ijzeren greep van woede en beklemming waarvan Robin al last had sinds Ilsa haar had verteld over Bijous baby losser.

'Wanneer heb je die test gedaan?'

'Donderdag. Afgesproken bij het Savoy. Wangslijm. De hele handel aan haar meegegeven en ik hoop dat fucking mens nooit meer te zien.'

Hij gluurde naar Robins profiel. 'Zeg het maar.'

'Wat?'

'Dat ik een domme, roekeloze lul ben en dat het mijn verdiende loon was geweest als dat kind van mij zou blijken te zijn.'

'Dat wilde ik niet...'

'Dan zeg ik het zelf wel. Ik ben een roekeloze lul en...'

'Een ongelukje zit in een klein hoekje,' zei Robin, die benieuwd was hoeveel Strike haar zou vertellen.

'Het zou geen ongelukje geweest zijn, niet van haar kant. Ilsa heeft me verteld dat ze graag de prullenbak leeghaalt. Jezus!' Strike haalde een hand door zijn haar en keek om zich heen. 'Waarom ligt hier geen drank? We zouden een fles in de auto moeten bewaren.'

'Zodat je het elke keer kunt vieren als je hoort dat je geen vader bent?'

'Dat gebeurt nooit meer, dat kan ik je verzekeren. Nooit meer een vrouw die een wandelende rode vlag is. Ik had geen enkel excuus om niet in te zien dat dat mens voor problemen zou zorgen, ik had verdomme zestien jaar ervaring.'

'Waarom heb je die rode vlag dan genegeerd?'

'Omdat je soms...' Strike liet nu alle voorzichtigheid varen. 'Als je niet kunt krijgen wat je wilt, dan pak je maar wat je krijgen kunt.'

Robin werd overmand door verwarring en vrees. Wat bedoelde hij nou? Wie, of wat, wilde hij? Was er nóg een vrouw van wie zij het bestaan niet wist, een vrouw naar wie hij verlangde? Had hij het over de dode Charlotte, met wie een hereniging voorgoed onmogelijk was geworden? Of hintte hij...? Maar ze kon zich er niet toe zetten het te vragen. Ze was bang om een stap te zetten die haar informatie zou opleveren waarvan de gevolgen veel verder gingen dan de beslissing of zij en Murphy een hoger bod moesten uitbrengen op een huis.

Naast haar dacht Strike: *Vraag het dan. Vraag me wat ik bedoel en ik zal het je verdomme zeggen. Vraag ernaar.*

Ze zeiden geen van beiden iets. In stilte reden ze door.

79

... to Haides' realm descended he
To drag into the light the three-shaped hound
Of Hell...

Robert Browning
Herakles

Ruim een uur later gaf de witte bestelwagen van Plug richting aan naar links, en ze reden de weg op die naar het verlaten, braakliggende terrein ten noorden van Ipswich voerde.

'Wat is het plan?' vroeg Robin, en ze tuurde in het donker voor zich uit, de achterlichten van Plug het enige wat duidelijk zichtbaar was.

'Als het enigszins mogelijk is, komen we daar dadelijk binnen door te doen alsof we zelf ook een gevaarlijke hond achterin hebben zitten,' zei Strike. 'Nu komt een Land Rover dus goed van pas.'

'Oké,' zei Robin, 'maar... shit, ik denk niet dat dit gaat werken, Strike, volgens mij moet je hier je naam geven.'

Een man met baard stond met een zaklamp in de hand aan het einde van het zandpad dat naar het terrein voerde. Plug deed zijn raampje open en wisselde kort een paar woorden met de schildwacht, waarna die laatste hem gebaarde door te rijden. Robin wierp een blik in de binnenspiegel en zag nog een bestelbus naderen, een blauwe.

'Het is het proberen waard. Blijf rijden.'

De potige man keek langs de Land Rover heen naar de blauwe bestelwagen. Hij grinnikte, wenkte, gebaarde nonchalant dat de Land

Rover moest doorrijden en liep naar de auto achter hen, waarschijnlijk om een vriend te spreken.

'Goed gedaan,' zei Strike toen Robin op het pad gas gaf.

Het geroep in de verte, van zware stemmen, werd luider toen ze een ruig gedeelte van het terrein naderden waar een heleboel auto's en busjes geparkeerd stonden. Links zagen ze in silhouet een groep mannen, geschaard rond iets wat buiten het zicht verborgen bleef, verlicht door de koplampen van drie geparkeerde bestelbussen.

Robin parkeerde de auto. Twintig meter verderop was Plug uitgestapt, bijna niet te onderscheiden in het donker. Overal om hen heen stonden bijgebouwtjes, en grote kooien waarin enorme honden onrustig heen en weer drentelden.

'Keer de auto als ik uitgestapt ben,' zei Strike.

'Hoezo "uitgestapt" – we kunnen van hieruit filmen!' zei Robin. Het publiek stond haar niet aan, en het gegrom, gejank en geblaf al helemaal niet – het kwam niet alleen uit de arena, maar ook uit de omringende voertuigen.

'Als ik beeldmateriaal heb van gezichten, hebben we een strafvervolging te pakken. Maar de auto moet naar de weg gericht klaarstaan, voor het geval ik snel weg moet. Blijf hier wachten met de portieren op slot.'

Voordat Robin kon protesteren was Strike al uitgestapt. Ze keek toe hoe hij op de groep mannen af liep, voorzichtig op het ruwe terrein. Voor zover Robin het kon zien was ze de enige vrouw.

Ze keerde de Land Rover, zodat de neus naar de weg gericht stond. Toen pas herinnerde ze zich dat Murphy haar onderweg had geappt, dus pakte ze haar mobiel.

Lekkere Valentijnsdag is dit,
verdomme.

'En wiens schuld is dat?' zei Robin kwaad. Ze gooide haar mobiel opzij en rekte haar hals om de in silhouet afgetekende mannen te kunnen zien bij wie Strike zich intussen had gevoegd.

Met zijn lengte had Strike geen moeite om te volgen wat er in het midden van de blaffende menigte gebeurde. Twee enorme honden, één grijs en één gestroomd, allebei met o-benen en een platte neus, rolden als een kluwen door het zand, grommend en nu al bloedend. Veel van de mannen stonden te filmen. Strike pakte zijn mobiel en zette het toestel op 'opnemen'.

Het zicht was slecht, want de koplampen waren gericht op de honden, niet op de mannen, maar hij meende in de schaduwen het gezicht van Plugs vriend uit de trein te onderscheiden. De man die in Ipswich het kasboek bij zich had gehad nam nu geld in ontvangst van een paar laatkomers. Door van positie te veranderen isoleerde Strike zijn doelwit; hij zoomde in op Plug, die joelend zijn vuist in de lucht stak en de honden ophitste. Strike zag twee kluitjes mannen in de menigte die grote moeite hadden om het hondenduo in bedwang te houden dat klaarstond om als volgende te gaan vechten, allebei gemuilkorfd en zo sterk dat ze bijna niet te houden waren. In de ring greep de grijze hond, die een opengehaalde kop had, nu het gestroomde beest bij zijn nekvel. Terwijl Strike toekeek stroomde het leven en het bloed uit die laatste, waarvan de poten steeds zwakker stuiptrekten naarmate er meer bloed uit de halsader liep. Uiteindelijk betrad een man met kaalgeschoren hoofd de ring en maakte met zijn armen het 'afgelopen'-gebaar van een boksscheidsrechter. De helft van het publiek, onder wie Plug, juichte goedkeurend terwijl de andere helft 'boe' riep. De eigenaar van de grijze hond rende naar voren met twee anderen; ze wrikten de kaken van het beest los van het kadaver, slaagden er met enige moeite in om het dier te muilkorven en sleurden het aan een zware ketting de provisorische ring uit.

Strike bleef filmen toen de dode hond door twee andere mannen de arena uit werd gesleept. Plug stond lachend te praten met vrienden aan weerskanten van hem. Een van de eigenaren van de honden die aan de beurt waren om te vechten schopte zijn beest in de ribben en lachte toen het langzaam steeds woester werd.

'Wie ben jij?' vroeg iemand naast Strike kwaad.

'Wat gaat jou dat aan?' zei Strike bewust agressief, en hij keek neer op een brede, man vol met tatoeages en volop gezichtspiercings.

Maar het leek hem tijd om te vertrekken. Hij stopte zijn mobiel in zijn zak en liep weg over het donkere, oneffen terrein, dat hij met samengeknepen ogen afspeurde op zoek naar de Land Rover.

'Hé! Jij daar!'

Strike versnelde zo goed en zo kwaad als het kon zijn pas, maar probeerde voorzichtig te blijven; hij mocht nu niet struikelen, met zulke gevaarlijke honden achter zich. Er klonk nog wat warrig geschreeuw, maar hij meende te horen: 'Pak zijn fucking telefoon af!'

Strike zag Robin in silhouet en liep zo hard hij durfde op het ruwe terrein. Ze zwaaide het portier open, maar zodra ze dat deed, zag ze een gigantisch beest, type buldog, verlicht door de zaklampen van een naderende groep mannen. De hond droeg geen muilkorf meer en liep los, recht op Strike af.

'Pak 'm, Lennon!' spoorde een van de mannen het beest aan, en Robin wist dat de nu strompelende Strike niet op tijd bij de auto zou zijn. Ze stak haar hand in haar tas, maar te laat: de hond had Strike van achteren in de knieholten geramd. Strike zakte door zijn benen en het beest zette zijn tanden in zijn bovenbeen.

'FUCK!'

Robin schoot de auto uit. De schimmen van de sprintende mannen werden groter, maar ze richtte de pepperspray op de snuit van de verscheurende hond en spoot van dichtbij. Met een uitzinnig gejank liet het half verblinde beest los.

'INSTAPPEN!' brulde Robin, maar Strike was niet alleen gebeten, hij had ook een stoot pepperspray in zijn gezicht gekregen, met het gevolg dat hij niks meer zag. Blindelings tastend naar de plek waar hij dacht dat de auto moest staan slaagde hij erin zichzelf omhoog en naar binnen te hijsen. De reusachtige hond jankte en veegde verwoed met zijn kop over de grond om een einde te maken aan het brandende gevoel, maar nu kwam de dreiging van de mannen, die op slechts een paar meter afstand van Robin stonden. Ze hield haar adem in, deed haar ogen dicht en sproeide de volle laag voor zich uit, om meteen achteruit te springen en bij Strike in de auto te stappen, en ze ramde het portier dicht toen een van de dichtstbijzijnde mannen een kreet van pijn uitstootte en in de kwalijke damp naar zijn ogen greep.

Het regende vuisten op de ramen van de auto, maar Robin had de motor al gestart. Ze gaf plankgas en de Land Rover schoot het zandpad op, met achterlating van een kluit hoestende, proestende mannen.

80

The world to them was stern and drear,
Their lot was but to weep and moan.
Ah, let them keep their faith sincere,
For neither could subsist alone!

Matthew Arnold
Euphrosyne

'Jezus fucking christus, wat zat er in dat flesje?' Strike hapte naar adem. Hij had zijn gordel niet omgedaan omdat hij niks zag, en de tranen liepen over zijn wangen.

'Pepperspray. Sorry, echt, maar het was de enige manier om...'

Ze nam op hoge snelheid de afslag naar de weg en keek toen van opzij naar Strike, die een hand tegen de binnenkant van zijn bovenbeen drukte; het bloed sijpelde langs zijn vingers.

'O god, Strike... moet je naar de eerste hulp?'

'Nee, het gaat wel.'

'In het handschoenenvakje liggen tissues.'

Strike tastte er nietsziend naar; zijn brandende ogen zwollen in rap tempo verder op.

'We moeten naar het ziekenhuis.' Robin keek weer naar zijn kruis.

'Nee,' zei Strike met opeengeklemde kaken, en hij drukte een prop tissues tegen zijn bovenbeen. 'Let wel, als dat kutbeest twee centimeter hoger had toegeslagen, had ik nooit meer in mijn rats hoeven zitten over een vaderschapstest. Hij had bijna mijn ballen eraf gebeten!'

Hij stak zijn vrije hand in zijn broekzak en voelde tot zijn opluchting zijn telefoon nog zitten. Als dat ding eruit was gevallen, was hij nu voor niks stekeblind geweest.

'Sorry, echt, ik vind het heel erg.' Robin vocht tegen de slappe lach. 'Het was de enige manier om die hond van je af te krijgen...'

'Weet ik. Ik zal wat meer dankbaarheid tonen als ik straks zeker weet dat ik nog twee ogen heb. De VN zou die spray verdomme moeten gebruiken,' bracht Strike uit terwijl hij met de mouw van zijn vrije arm over zijn natte gezicht wreef. 'Als Saddam dat spul had gehad, zou niemand ons de aanval verweten hebben.'

'We moeten ergens stoppen om melk te halen.'

'Melk?'

'Dat helpt het beste tegen chilipeper in je ogen. Ik moest het opzoeken toen ik de mijne had aangeraakt na het maken van de spray.'

Robin zag eindelijk een benzinestation en zette de auto aan de kant. De verveelde tiener aan het loket stelde geen vragen na haar dringende verzoek om melk, maar gaf haar een paar pakken, samen met een nieuwe doos tissues.

Ze stapte weer in de Land Rover, maakte een paar tissues nat met melk en stopte ze Strike in zijn handen. Hij drukte de twee proppen tegen zijn ogen, en na een poosje mompelde hij: 'Voelt iets beter.'

'Mooi. En je been?'

'Gaat goed. Maar er zit wel bloed op de bekleding, sorry.'

'De auto is van ons allebei, niet van mij alleen,' zei Robin.

Strike leunde met zijn hoofd naar achteren en drukte de met melk doorweekte tissues tegen zijn ogen.

'Jammer dat dat kutbeest niet in de prothese heeft gebeten, net als die jack russell toen, weet je nog? Dan had hij al zijn tanden gebroken.'

Er verstreken een paar minuten, waarin Strike nog steeds met afgedekte ogen achterovergeleund in de passagiersstoel zat. Na een poosje besprenkelde Robin nieuwe tissues met melk.

'Hier.' Ze trok zijn hand van zijn gezicht en stopte er een nieuwe prop in.

'Bedankt,' mompelde hij.

Zo bleven ze daar zitten, op het verder verlaten terrein, met langszoevende auto's in het donker, en toen Robin naar Strike keek, die haar niet kon zien, kreeg ze plotseling het merkwaardige gevoel dat hij weer scherp in beeld was. Hij was bloedirritant, koppig en stiekem waar ze hem graag openhartig had gezien, maar hij was ook grappig en stoer, en vanavond was hij eerlijk geweest terwijl ze leugens van hem had verwacht. Kortom, hij was haar niet-volmaakte beste vriend.

'Ik wil even iets zeggen,' zei Strike, de doorweekte tissues nog steeds tegen zijn zere ogen gedrukt. 'Ik heb jou nooit een zwakke schakel gevonden.'

Robin lachte, al was ze blij dat Strike haar niet kon zien, want ze had tranen in haar ogen.

'Dat was een fucking slechte woordkeus. Jij bent niet de enige met shit uit het verleden. Er kan ook een kerel achter mij opduiken en "pang" in mijn oor roepen, hè? Ik bedoelde alleen...'

'Ik weet wat je bedoelde,' zei Robin.

'Ik was gewoon bezorgd.'

'Dat weet ik,' zei Robin zacht.

'Heb je zin om mee te gaan naar Sark?'

'Hè?'

'Het is een klein eilandje. We kunnen het twee keer zo snel afhandelen als we samen gaan.'

Het was hem opgevallen dat de gespannen sfeer tussen hen verdwenen was. Hij had te veel pijn om de verandering te analyseren, maar hij was van plan er optimaal gebruik van te maken.

Robin stelde zich voor dat ze in een vliegtuig naar Sark zat. Perspectief, licht, de zee...

'Ja,' zei ze. 'Oké.'

Ze startte de auto weer. Strike had nog steeds dikke, brandende ogen, de wond aan zijn bovenbeen bezorgde hem steeds meer pijn en hij moest waarschijnlijk een tetanusinjectie halen, maar hij was opeens gelukkiger dan hij in maanden was geweest.

DEEL 7

'The silver's there all right,' he said, time and again, 'it only wants finding,' and he pushed ahead, here and there, wherever he thought the chances most favourable.

John Oxenham
A Maid of the Silver Sea

81

See, therefore, that first controlling your own temper, and governing your own passions, you fit yourself to keep peace and harmony among other men, and especially the brethren.

Albert Pike
Morals and Dogma of the Ancient and Accepted Rite of Scottish Freemasonry

Het duurde een volle achtenveertig uur voordat Strikes oogwit was hersteld van de pepperspray, een periode waarin hij een noodinjectie tegen tetanus haalde en zijn videobeelden van het hondengevecht, samen met de namen en adressen van Plug en zijn vrienden, overdroeg aan de politie in Ipswich. De hondenbeten aan de binnenkant van zijn bovenbeen betekenden dat lopen nog pijnlijker was dan gewoonlijk, maar zijn stemming bleef al die tijd opgeruimd. Niet alleen had Robin ermee ingestemd met hem mee te gaan naar Sark, ze had er ook voor gekozen de telefoon niet op te nemen toen Murphy haar belde op Valentijnsdag, en haar gevoelens ten opzichte van Strike leken weer de oude te zijn. Strike moest toegeven dat hij niet wist wat 'de oude' hier precies inhield, maar hun vriendschap leek in elk geval op raadselachtige wijze volledig hersteld te zijn. Het universum had blijkbaar besloten dat Strike niet langer het mikpunt was van een wrede grap. Er werd hem een greintje hoop gegund, en hij was zo opgelucht en blij, zowel door het herstel van de normale relatie met Robin als door het feit dat hij geen dochter bleek te hebben, dat hij zich nu durfde af te vragen of er misschien een kansje was dat hij de verklaring die hij nog maar zo kortgeleden voor onmogelijk had gehouden alsnog zou kunnen afleggen, op een gunstig moment op het eiland.

Het vroegste moment dat hij en Robin konden afreizen was volgende week woensdag, want de veerboot vanaf Guernsey vervoerde buiten het seizoen geen passagiers op maandag en dinsdag. Pat had voor de detectives kamers geboekt bij de Old Forge, de enige B&B die open was in februari, en Strike had het huis online opgezocht. Het mocht dan niet het uitzicht hebben van het hotel in het Lake District dat hij zo hoopvol had uitgekozen, maar het had wel diezelfde rustieke charme. En wat nog beter was: hij en Robin zouden helemaal alleen zijn in dat afgelegen huis: de eigenaar, die ook het ontbijt verzorgde, woonde ergens anders.

Intussen hadden Robin en Murphy veel gepraat sinds Valentijnsdag. Murphy had volmondig zijn excuses aangeboden voor zijn vijandige gedrag na het hogere bod op het huis, waardoor Robin zich verplicht had gevoeld om ook een concessie te doen, dus had ze – slechts gedeeltelijk naar waarheid – gezegd dat ze wat schoorvoetend tegenover het zoeken van een geschikt huis had gestaan, niet omdat ze niet wilde samenwonen, maar omdat ze momenteel allebei zelfs zonder huizenjacht een erg druk leven hadden. Ze had gezegd dat ze graag een hoger bod op het huis wilde doen als Murphy dat ook wilde, en ze probeerde zich niets aan te trekken van de domper die ze toch een beetje voelde toen hij daarmee instemde. Daarna had Murphy het gesprek weer op kinderen gebracht, maar alleen, zo benadrukte hij, omdat hij wilde dat ze volledig open en eerlijk tegen elkaar zouden zijn, niet om haar onder druk te zetten. Vanuit een obscuur verlangen naar boetedoening, en omdat ze zich schuldig voelde over haar recente halve waarheden en volledige misleidingen, vertelde Robin hem voor het eerst dat ze naar de huisarts was geweest voor een controle en dat ze daar te horen had gekregen dat de kans op een levende geboorte na ivf een stuk lager was dan ze had gedacht. Murphy slaagde er niet al te best in om te verhullen hoe blij hij was dat ze überhaupt met een arts had gepraat; hij dacht kennelijk dat dit betekende dat ze overwoog om binnenkort haar eicellen te laten invriezen. In de hoop te profiteren van zijn welwillendheid liet Robin hem weten dat ze de week daarop naar Sark zou gaan, voor werk.

Murphy vatte dat nieuws best goed op, maar toen ze die maandagavond bij Robin thuis eten besteld hadden, twee dagen voordat zij met Strike naar Guernsey zou vliegen, zei Murphy opeens uit het niets dat ze nog nooit samen naar het buitenland op vakantie waren geweest. Robin bevestigde dat dat leuk zou zijn en hoopte dat het onderwerp daarmee was afgedaan.

Ze lagen nog maar net in bed lagen en Robin had juist het licht uitgedaan toen er een stilte viel die beladen was met het onuitgesprokene. Robin wist zeker dat er iets ging komen wat ze niet wilde horen. Toen vroeg Murphy vanuit het donker: 'Wat had je willen doen als het niet buitenbaarmoederlijk was geweest?'

'Wat zeg je?' vroeg Robin, al had ze hem heel goed gehoord.

'Stel dat de zwangerschap levensvatbaar was geweest. Wat had je dan willen doen?'

Robin had het gevoel dat het bed onder haar vandaan smolt. Het was de vraag waar ze bang voor was geweest, de vraag die ze zichzelf niet had durven stellen, en ze wist waarom Murphy hem had gesteld nu ze elkaars gezicht niet konden zien. Elke seconde leek een uur te duren.

Na een hele tijd zei ze: 'Dat is niet eerlijk.'

Ze wilde dat hij iets zou zeggen, maar dat deed hij niet.

'Ik hoorde het pas toen het allemaal achter de rug was. Ik had niks te kiezen. Het... het embryo, of wat het ook was... was al dood voordat ik er iets van wist.'

'Maar als het niet dood was geweest. Als je had kunnen kiezen.'

'Dat is niet eerlijk!' Robins stem sloeg onbeheerst over. 'Het was een ongelukje, een vergissing. Het had helemaal niet mogen gebeuren.'

'Maar stel...'

'Dat weet ik niet, Ryan. Ik weet niet hoe ik me zou voelen als ik per ongeluk zwanger was geraakt van een baby die kon blijven leven, en dat zal ik ook nooit weten, hè?'

'Het was niet...'

'Niet je bedoeling om mij van streek te maken? Om ruzie te krijgen? Waarom uitgerekend nu? Waarom vraag je dit vanavond?'

Maar ze wist wel waarom. Het kwam door Sark, door Strike; misschien deed Murphy het niet bewust, maar ze kon merken dat hij haar wilde straffen en haar tegelijk een bekentenis wilde afdwingen die geruststelling noch afwijzing was.

Hij sloeg een verzoenende toon aan zodra hij de pijn in haar stem hoorde en Robin, te moe om nu te gaan ruziën, dwong zichzelf om op dezelfde manier te reageren. Het korte gesprek dat volgde loste niets op, en al eindigde het met Robin in Murphy's armen, ze moest zichzelf dwingen om daar stilletjes te blijven liggen, met die vertrouwde knoop van boosheid en spanning in haar maag.

'Gaat het wel?' vroeg Pat nors toen Robin de volgende morgen binnenkwam op kantoor, en ze haalde even haar e-sigaret uit haar mond om de vraag te stellen.

'Ja hoor,' zei Robin.

Ze had zojuist op Instagram iets gezien wat haar persoonlijke problemen misschien niet helemaal verdreef, maar ze toch minstens naar haar achterhoofd verdrong.

'Weet je waar Kim is?' vroeg ze aan Pat.

'In Forest Gate, op zoek naar het huis van Hussein Mohamed.'

'Schiet het een beetje op met Powell?' Robin keek naar de lange lijst van pubs met 'Silver' in de naam die op het bureau van de officemanager lag; de meeste waren doorgestreept. Silver End in Colchester; Silver Ball in Cornwall; Silver Hind in Lymington...

'Nog niks. Heeft hij je verteld' – Robin wist dat Pat het over Strike had, die ze altijd 'hij' noemde als hij er niet bij was – 'dat er maar één B&B open is op Sark? Het is laagseizoen.'

'Ja, weet ik. Geeft niks, het is heus niet zo dat we op vakantie gaan,' zei Robin, bijna alsof Murphy haar kan horen, en om gauw over iets anders te beginnen, zei ze met een blik op het aquarium: 'De vissen doen het goed.'

'Hij vindt die zwarte maar niks,' zei Pat.

'Wie, Strike?' Robin keek naar de vis met de knobbelige kop die langzaam tussen de plastic planten door slingerde.

'Ik heb gezegd dat hij op hem lijkt,' zei Pat, en Robin moest lachen, onlangs haar belabberde stemming.

Haar mobiel trilde, en ze zag een foto die haar moeder had gestuurd, van Stephen en Jenny zij aan zij met Martin en Carmen, beide moeders met hun babyzoontje in de armen: de dikke Barnaby en de fragiel ogende Dirk. Met alweer een steek van schuldgevoel werd Robin eraan herinnerd dat ze nog steeds geen cadeautjes had gekocht voor haar nieuwe neefjes.

Ze ging naar het partnerkantoor, nam plaats aan het dubbele bureau en wilde net Kim bellen toen er een appje binnenkwam op haar telefoon. Tot haar verrassing was het een bericht van Wynn Jones, de vriend van Tyler Powell, die ze de vorige dag nogmaals haar verzoek om een gesprek had gestuurd, met de verzekering dat ze niet voor de Whiteheads werkte.

Het bericht van Jones bevatte een foto van Robin die twee jaar eerder in de pers was verschenen. Hij had erbij geschreven: *Ben jij dit?*

Ja, stuurde Robin terug. *Hoezo?*

Tot haar ongenoegen reageerde Jones met een kwijlende emoji.

Robin wist dat het in de wereld wemelde van de jongemannen die instinctief op elke vrouw die er niet slecht uitzag reageerden met seksueel getinte ongein. Ze wist ook dat ze, om zuinig te zijn op deze nieuwe communicatielijn, zou moeten reageren met een lachende emoji. Dat deed ze, zonder erbij te glimlachen, en daarna haalde ze diep adem en belde ze Kim Cochran.

'Hoi.' Kim nam na een paar keer overgaan op. 'Zeg het eens.'

'Heb je het huis van de Mohameds gevonden?'

'Nog niet.'

'Juist,' zei Robin. 'Nou, ik wilde het met je hebben over het meisje met het donkere haar met wie Albie Simpson-White laatst had afgesproken bij de Sun in Splendour.'

'Ja, Clarissa. Wat is er met haar?'

'Om te beginnen heet ze niet Clarissa. Dat was Laetitia Benton, degene die we zoeken.'

'Nee,' zei Kim, een en al zelfvertrouwen. 'Ze heette Clarissa, hij noemde haar Riss of zoiets, als afkorting.'

'De vrienden van Laetitia Benton noemen haar Tish,' zei Robin, 'en ik wéét dat zij het was, want ze heeft zojuist mijn volgverzoek op Instagram geaccepteerd. De meest recente foto's zijn van haar vakantie, niet op Sicilië, zoals jij zei, maar op Sardinië.'

'Oké, verkeerd verstaan,' zei Kim achteloos. 'Maar we weten nu waar ze woont, dus als ze terug is van Sardinië...'

'Doordat jij je schaduwtaak niet serieus genomen hebt, zijn we een kans misgelopen op een persoonlijk gesprek met een van de mensen die het dichtst bij Rupert Fleetwood stonden voor hij verdween. Ze was ons beste spoor.'

'Ik neem het schaduwen altijd serieus,' snauwde Kim. 'Maar er was een hoop lawaai in die pub en ik ben niet de enige die de laatste tijd fouten...'

'Heb je tegen Strike gezegd dat je het misschien niet goed verstaan had?' vroeg Robin.

'Ik dacht dat ik het wél goed had verstaan, dus waarom zou ik dan tegen hem zeggen van niet? Sorry, maar volgens mij blaas je dit nu nogal op, om de een of andere reden. Je kunt haar toch mailen?'

'Ik zou denken dat een vrouw met jouw ervaring weet dat getuigen moeilijker kunnen weigeren om je te woord te staan als je ze persoonlijk spreekt,' zei Robin.

'"Getuigen",' zei Kim schamper. 'We weten niet eens of ze iets weet!'

'Dus je doet alleen je best als jij hebt besloten dat het de moeite waard is?'

'Nee,' zei Kim, met weer zo'n lachje, 'maar...'

'Je weet dat ik partner ben op dit kantoor?'

'Ja, natuurlijk weet...'

'Dan moet je misschien een andere toon tegen me aanslaan.'

'Ik zeg alleen...'

'Een verontschuldiging zou fijn zijn.'

'Oké, mij best. Sorry!'

Robin hing op.

Haar woede-uitbarsting had niet de ontlading gegeven waarop ze had gehoopt.

Ze keek op haar mobiel om te checken of er een nieuw bericht was van Wynn Jones, maar dat was niet het geval, dus zette ze haar computer aan en ging naar de website over vermiste personen waar Sapphire Neagle geregistreerd stond. Het meisje was nog altijd niet gevonden.

Nadat ze daar een poosje in gedachten verzonken had gezeten, haalde Robin de binnenopnames van Ramsay Silver tevoorschijn die ze had opgeslagen.

Het bestaan van een blonde vrouw die de Peugeot 208 had bestuurd had Robin herinnerd aan iets waar ze tot dan toe geen belang aan had gehecht. Ze spoelde verder en drukte op 'play' toen de onscherpe gestalte van de blonde klant Ramsay Silver betrad.

Haar gezicht was niet te onderscheiden, maar haar bouw was onmiskenbaar: klein en slank, maar met vrouwelijke rondingen. Beslist geen type, zoals Robin had willen nagaan, dat je de bijnaam 'Olijfje' zou geven. Maar ze zag er jong uit, zoals ze zich tussen de vitrines door begaf. Haar haar, golvend en tamelijk kort, was een wit waas. Ze droeg een jurk, niet het roze topje en de jeans van Medina, maar er hing een tamelijk grote tas over haar schouder. Zou daar een setje andere kleren in kunnen zitten?

Robin keek hoe ze met Pamela praatte. Pamela trok haar witte handschoenen aan om een vitrine open te maken. Wright kwam naar boven en zeulde een van de middelgrote kisten naar de kluis.

Todd kwam aan, maar Robin bleef naar de blonde vrouw kijken. Het leek een vreemde winkel om te shoppen voor zo'n jonge vrouw... al kon ze natuurlijk een vrijmetselaar in de familie hebben...

Nu tilden Wright en Todd de grootste kist op en verdwenen weer uit beeld, terwijl de blonde vrouw, nog steeds geholpen door Pamela, tuurde naar iets kleins uit dezelfde vitrine als die waaruit Kenneth Ramsay het driehoekige zakhorloge en het bedeltje had gepakt om aan Robin te laten zien.

Pamela maakte de kast open. De blonde vrouw koos iets uit wat niet te onderscheiden was en Pamela liep naar de kassa terwijl Wright weer in beeld verscheen, even later gevolgd door Todd.

De blonde vrouw vertrok, nu met een zwart tasje waar haar aankoop in zat. Pamela daalde de trap af naar de kluis.

Robin liet de beelden lopen terwijl ze nadacht over de blondine en de brunette die de Peugeot 208 bestuurd hadden. Twee jonge vrouwen, of één vrouw die zich had verkleed en een pruik had opgezet? Ze vermoedde sterk het laatste en dacht dat de vrouw in kwestie Sofia Medina was geweest.

Op beeld gebaarden de wazige gestalten van Wright en Todd naar elkaar; Todd gaf duidelijk aan dat hij weg wilde en Wright protesteerde, aan zijn drukke handgebaren te zien. Todd vertrok. Wright stond nu alleen, met zijn rug naar de camera. Om 17.55 uur liep hij de winkel door naar de zwengel van de metalen rolluiken voor de etalages en deed die omlaag.

Robin drukte op 'pauze'. Er was haar zojuist iets opgevallen wat haar eerder was ontgaan. Ze spoelde terug.

Het was haast niet te zien, maar Wright was licht gestruikeld toen hij naar het raam liep. Robin moest meteen denken aan een moordslachtoffer in een eerdere zaak, een vrouw die met haar hiel draaide toen ze van haar werk vertrok. Destijds was de verklaring geweest dat ze gedrogeerd was, maar dat leek in Wrights geval hoogst onwaarschijnlijk. Misschien was hij gewoon moe; hij had zware spullen getild en versjouwd. Toch spoelde Robin nog een keer terug, en ze zag hem opnieuw een beetje strompelen; ze kneep haar ogen tot spleetjes om de gestalte beter te kunnen zien, maar tevergeefs.

Het leek alsof zijn voet een klein obstakel had geraakt, maar door de vele glazen vitrines waarmee de winkel vol stond en de slechte kwaliteit van de film was het onmogelijk te zien waarover hij had kunnen struikelen. Nadat ze het incident vijf keer op rij had bekeken was ze niets wijzer geworden, en ze zette de opname uit. Op het moment dat ze dat deed, kwam er weer een bericht van Wynn Jones binnen.

Door jou zou ik best gefouilleerd willen worden

Voor het geval Robin de subtiele grap had gemist had hij er twee waterdruppel-emoji's aan toegevoegd, waarvan Robin wist dat die konden staan voor zweet of een ejaculatie. Ze kon er niet bepaald om lachen, maar stuurde evengoed weer een emoji van een gierend gezichtje.

82

Clay lies still, but blood's a rover;
Breath's a ware that will not keep.
Up, lad: when the journey's over
There'll be time enough to sleep.

A.E. Housman
IV: *Reveille, A Shropshire Lad*

Ondanks haar vermoeidheid, en hoewel het aanhoudende schuldgevoel en de spanningen in rap tempo een gewoonte begonnen te worden, kwam Robin de volgende morgen om zes uur relatief opgewekt en enthousiast op vliegveld Gatwick aan, omdat haar wens om uit Londen weg te gaan vervuld ging worden, al was het voor korte tijd.

Ze liep het luchthavengebouw in met haar koffertje op wielen achter zich aan en speurde de incheckbalies af op zoek naar haar zakenpartner, maar hij was nergens te bekennen. Strikes laatste bericht aan haar was van tien uur de vorige avond, toen hij Plug aan het schaduwen was, die nog altijd vrij rondliep. Robin was net aangesloten in een rij toen ze Strike zag aankomen, met een plunjezak over zijn schouder, ongeschoren, wallen onder zijn ogen van vermoeidheid, en licht trekkend met zijn been.

'Hele fucking nacht niet geslapen,' waren zijn eerste woorden.

'Hoe komt dat?'

'Plus is verdomme nog niet gearresteerd. Het wordt heftig.'

'Hoe bedoel je?'

'Hij had een stel kleinere honden in zijn auto. Reed naar Carnival

Street 15 – dat zwarte monster heeft duidelijk het bloedbad op Valentijnsdag overleefd – en nam de honden mee naar binnen, bij hun nekvel. Er volgden verschrikkelijke geluiden... zo te horen heeft het zwarte monster die andere honden verscheurd.'

'O god,' zei Robin.

'Ik heb de dierenbescherming gebeld en gezegd dat ze zo snel mogelijk naar Carnival Street moeten gaan. Hoe eerder dat beest wordt afgemaakt, hoe beter. Maar toen is Plug vertrokken naar fucking Barking. Ik denk dat die zwarte hellehond een zus heeft, want rond vijf uur vanmorgen kwam Plug een krot van een huis uit met een puppy die er sprekend op leek.

Hoe dan ook, zijn oom hing meteen aan de lijn. Die is woest dat Plug nog niet gearresteerd is. Het scheelde weinig of hij gaf mij de schuld.'

'Wat kun jij eraan doen?'

'De klant denkt dat-ie koning is. Wij moeten wonderen verrichten. Ik heb gezegd dat de politie zoveel mogelijk van die lui tegelijk wil identificeren en oppakken, zodat ze de rest niet kunnen waarschuwen, maar het is kennelijk mijn taak om de politie sneller te laten werken.'

Nadat hun bagage was ingecheckt liepen ze naar de vertrekhal, waar Strike een paar espresso's tot zich nam in een poging goed wakker te worden. Zo had hij zich zijn vertrek naar Sark niet voorgesteld. Gezien de verklaring die hij aan Robin hoopte af te leggen had hij op z'n minst eerst willen douchen, en hij was nu te moe om een beetje gevat uit de hoek te komen. Robin, die wel kon zien dat hij moeite had om zijn ogen open te houden, besloot te wachten tot ze aan boord zaten voordat ze het gesprek zou beginnen over België en Reata Lindvall dat op haar tong brandde. Tegelijkertijd genoot ze, zelfs nu Strike zo slaperig was, van de rust die ze de laatste tijd niet vaak had gevoeld, en ze wist dat dat deels kwam doordat niemand haar ineens zou bespringen met gezeur over verloren baby's of ingevroren eicellen.

Uiteindelijk stapten ze in, en Robin gaf Strike de plaats bij het raam, omdat hij zo groot en breed was dat hij beide buren tot last zou zijn als hij in het midden zat. De jongeman links van Robin zat druk Frans te praten met zijn vriend aan de andere kant van het gangpad, dus durfde ze veilig tegen Strike te beginnen.

'Ik heb gisteravond een heleboel gelezen over Reata Lindvall. Ik weet dat jij niet denkt...'

'Vergeet wat ik daarover zei,' zei Strike, iets alerter door de cafeïne-inname, en van plan om te profiteren van deze wellicht tijdelijke energiestoot. Hij was bereid vrijwel alles wat hij ooit had gezegd terug te nemen als het gunstig was voor zijn vooruitzichten met Robin, en ook al had hij zelf eveneens nieuwe informatie, hij was graag bereid eerst naar haar te luisteren.

'Oké,' zei Robin. 'Nou, ik weet dat Jim Todd niet de moordenaar kan zijn van Reata en haar dochter, omdat hij al in de gevangenis zat voor zijn rol als pooier-chauffeur, maar hij lijkt zeer goede contacten te hebben in de criminele wereld. Net zulke goede contacten als Jason Knowles, op zijn manier.'

'Ja,' zei Strike. 'Jammer dat hij te oud is om een van die veelbelovende foute hulpjes van Branfoot te kunnen zijn. Dat zou mooi in het plaatje gepast hebben. Dan had hij Oz bij Branfoot kunnen aanbevelen als schutter.'

'Oz klinkt jonger dan Todd, vind je niet? Maar niet echt heel jong.'

'Dat ben ik met je eens. Maar hij en Todd lijken wel dezelfde smaak te hebben in slachtoffers: tieners en heel jonge vrouwen. Het lijkt me niet uitgesloten dat ze elkaar kennen van zijn chauffeursklus bij die bordelen.'

Het vliegtuig begon te taxiën.

'Nou, ik ben dus gisteravond een paar nieuwe dingen te weten gekomen over de moord op de Lindvalls,' zei Robin. 'Ik was oude nieuwsberichten aan het uitkammen, die natuurlijk voornamelijk in het Frans geschreven zijn, dus dat viel niet mee, maar de stoffelijke resten die zijn gevonden in het bos zijn interessant – eerder door wat er ontbrak dan door wat er lag.'

'Wat ontbrak er dan?'

'Hoofden, handen en voeten,' zei Robin. 'De stukjes bot die zijn gevonden waren zo klein dat niet eens is vast te stellen of ze van een volwassene of een kind zijn. Degene van wie die botten waren lijkt verminkt te zijn geweest, en daarna zijn de botten in een oven gedroogd om ze makkelijker te verpulveren te maken.'

In haar stoel gedrukt omdat het vliegtuig aan het opstijgen was haalde ze het artikel tevoorschijn op haar telefoon, met foto's van het bosgebied naast Lac d'Ougrée.

'Ik weet dat wilde dieren in de jaren voordat de resten werden gevonden de lijken hebben kunnen opgegraven en er met delen vandoor kunnen zijn gegaan,' zei Robin, 'maar het is wel heel toevallig dat een vos precies de lichaamsdelen zou meenemen die de identificatie vergemakkelijken.'

'Inderdaad,' zei Strike. De cafeïne raakte sneller uitgewerkt dan hij had gehoopt, maar hij dwong zichzelf om zich te concentreren, deels uit verlangen om bij Robin in het gevlij te komen, maar ook omdat zijn belangstelling nu echt was gewekt. 'Dus er is een duidelijke overlap in de werkwijze van de Lindvalls-moordenaar en die van William Wright?'

'Precies,' zei Robin. 'Maar dat is nog niet alles. In de meeste van de artikelen die ik heb gevonden wordt als vanzelfsprekend aangenomen dat Reata en Jolanda allebei in dat bos lagen, omdat van beiden kleding en spullen zijn gevonden, maar in het meest gedetailleerde verslag dat ik heb gevonden, dat ik naar het Engels heb moeten vertalen, staat dat de botresten maar één DNA-profiel hadden. Het probleem is dat Reata en Jolanda allebei een onbekende vader hadden, dus is niet te zeggen of de resten van de moeder waren of van de dochter, en natuurlijk waren de spullen in het bos verrot en verroest en niet te testen, en de beschuldigde vriend had thuis al hun bezittingen weggegooid.'

'Dat zet je toch aan het denken,' zei Strike, niet helemaal naar waarheid. Hoe hard hij ook zijn best deed, hij voelde zich langzaam weer groggy worden.

'En toen werd het een echt politieke kwestie.' Robin swipete naar rechts voor een foto van een vrouwenmars op een brug over de Meuse, de rivier vlak bij Lac d'Ougrée. 'Heb je gelezen dat er werd geprotesteerd tijdens de rechtszaak?'

'Boze vrouwen,' zei Strike, terwijl het vliegtuig in lichte turbulentie terechtkwam en Robin en hij elkaar raakten met hun ellebogen.

'Ja,' zei Robin. 'Het team dat Maes verdedigde kwam met het verweer dat Reata Jolanda had verwaarloosd, dat ze haar lastig vond, dat ze spijt had dat ze haar niet ter adoptie had afgestaan en haar vervolgens had omgebracht, misschien per ongeluk, in een vlaag van woede. Ze zeiden dat de bezittingen van Reata die waren aangetroffen op de begraafplek daar neergelegd konden zijn door Reata zelf, in de hoop dat de mensen dan zouden denken dat zij ook dood was, net als Jolanda.'

'Flinterdun verweer,' zei Strike.

'Zeg dat wel. Dus je snapt dat het een ware cause célèbre werd voor feministen. Ik zeg niet dat de jury daardoor overstag ging, maar objectief gezien hadden ze geen concreet bewijs dat er twee mensen vermoord waren. Het enige wat onomstotelijk vaststaat is dat er delen van één lichaam in het bos gevonden zijn. Maar Maes was de enige die beweerde dat Reata haar kind verwaarloosde. Volgens andere getuigen was ze dol op Jolanda. Intussen zei de eisende partij dat de botresten die gevonden waren eerder van Reata moesten zijn, want die van Jolanda zouden kleiner zijn, en makkelijker te verbergen. Maes blijft volhouden dat hij onschuldig is. Hij heeft online een kleine fanclub van mannen die menen dat hij erin geluisd is door Reata. Ze zou nog gezien zijn na haar verdwijning, maar die meldingen komen geen van alle erg geloofwaardig over.'

Ondanks Strikes inspanningen kon Robin merken dat hij aan niets van wat ze hem vertelde groot belang leek te hechten, dus ging ze over op een onderwerp waarvan de relevantie duidelijker was.

'Ik boek trouwens wel enige vooruitgang met Wynn Jones, die vriend van Powell. We appen over en weer.'

'Echt?' Strike vocht tegen een nieuwe gaapaanval. Hij merkte de beweging van het vliegtuig uitgesproken slaapverwekkend was.

'Ja. Hij gedraagt zich een beetje...' Het woord dat Robin wilde gebruiken was 'creepy', maar ze besefte dat het gedrag van Jones in vergelijking met dat van sommige andere mannen die betrokken waren bij deze zaak eerder lomp dan eng was, en ze maakte er 'flirterig' van.

'O ja?'

'Ja. Hij heeft foto's gegoogeld van toen ik de rechtbank in en uit ging. Maar goed, ik denk dat ik hem wel heb kunnen overtuigen dat onze cliënten niet de Whiteheads zijn. Ik heb gezegd dat we voor een vrouw werken, en hij zei: "Het is Dilys, hè?" Ik zei dat ik dat niet kon bevestigen, maar hij vertelde dat Dilys hem had gebeld, bang dat Tyler het lijk in de kluis was, en hij – Jones dus – had tegen Dilys gezegd dat ze niet goed bij haar hoofd was.'

'Dat zou kunnen verklaren waarom Dilys Jones een botterik vindt.'

'Dat dacht ik ook. Maar nu hoop ik dat hij met me wil facetimen, dan kan ik doorvragen waarom Powell aan de telefoon met hem over zilver begon, want die vraag heeft hij al twee keer genegeerd. Maar over Powell gesproken: ik vind het niet heel netjes van mezelf, maar ik vind echt dat we moeten proberen met de familie Whitehead te gaan praten. Alleen om na te gaan of er een concrete reden was om te denken dat Powell zijn eigen auto gesaboteerd zou hebben, of dat het gewoon een gerucht was, meer niet. En er zijn nog een paar andere dingen,' zei Robin. 'Dit is misschien helemaal niks, maar...'

Ze besefte midden in de zin dat Strike was weggedoezeld, met zijn hoofd tegen het raampje. Terwijl ze naar hem keek, stootte hij een luid, zwaar gesnurk uit. Links van haar begon de Fransman te lachen.

'Uw man *ies* moe.'

'Ja.' Robin pakte het tijdschrift van de luchtvaartmaatschappij uit de zak voor haar. 'Hij werkt 's nachts.'

Vijftig minuten later, toen het vliegtuig schokkerig begon te dalen, schrok Strike wakker.

'Shit,' mompelde hij. 'Sorry.'

'Geeft niet.'

'Heb ik gesnurkt?'

'Een beetje.'

Strike veegde met de rug van zijn hand over zijn mond, bang dat hij ook had liggen kwijlen.

'Volgens mij snurkte ik nooit zo erg voordat ik een gebroken neus had,' zei hij verontschuldigend.

'Hoe is dat eigenlijk gebeurd?' zei Robin, die dat nog nooit had gevraagd.

'Met boksen. Uppercut van een grenadier uit Wales. Hij had gewoon mazzel.'

'Ja, tuurlijk,' zei Robin geamuseerd.

'Nee, echt. In de volgende ronde heb ik hem knock-out geslagen. Maar je was me aan het vertellen over Lindvall.'

'Ik was al klaar,' zei Robin, niet naar waarheid. 'Dat was alles.' Dat Strike midden in haar verhaal in slaap gevallen was had haar enthousiasme voor het onderwerp tijdelijk gedempt.

Strike geeuwde en vroeg toen: 'Wist je dat er op Sark ooit zilver is gevonden?'

'Echt?'

'Ja. Negentiende eeuw. Er werd een goede ader aangeboord, ze dachten fortuin te maken en staken een hoop geld in de mijnen, maar die ader raakte uitgeput. Kostte klauwen met geld, want ze groeven onder de zee en hadden pompen nodig om het water daar weg te houden. Toen stortte er een schacht in, waarbij tien mijnwerkers verdronken, en dat was het einde van het zilver op Sark. En de ondergang van de Seigneur.'

'Wie is de Seigneur?'

'De feodale heerser van Sark. Het is een rare plek,' zei Strike. 'Laatste feodale systeem in Europa, tot 2008, toen ze besloten het eens te proberen met een democratie.'

Robins fantasie over warmte en licht werd de grond in geboord bij de eerste aanblik van Guernsey, waar het koud en nat was. Zij en Strike namen vanaf het vliegveld een taxi naar St Peter Port, vanwaar de veerboot naar Sark vertrok. De praatgrage taxichauffeur maakte het onmogelijk om de zaak verder te bespreken tot ze hem verlieten bij het kaartjesloket, waar ze te horen kregen dat ze behalve kaartjes voor de veerboot ook bagagelabels moesten kopen, om ervoor te zorgen dat hun tassen na aankomst op Sark per tractor naar hun onderkomen gebracht zouden worden.

'Heb je zeebenen?' vroeg Strike aan Robin toen ze naar de haven liepen, de regen striemend in hun gezicht terwijl ze uitkeken over de wilde grijze zee.

'Dat heb ik eigenlijk niet vaak uitgeprobeerd,' biechtte Robin op.

'Ach, het is maar een kort tochtje.'

Pas toen Strike begon aan het afdalen van de lange, steile, natte loopplank van metalen roosters naar de veerboot kwam het bij hem op dat hij zijn wandelstok in de plunjezak had moeten gooien die hij, noodgedwongen gehaast, die ochtend had ingepakt. Hij liep langzaam, zijn rechterknie trillend bij elke tweede stap, en hij hield de reling stevig vast terwijl Robin enigszins huiverig toekeek. Maar Strike slaagde erin zonder ongelukken de kleine boot te betreden; hij wilde geen risico nemen en nam plaats op de eerste de beste rij plastic stoeltjes, pal tegenover een bord met de tekst: SARK SHIPPING BEHOUDT ZICH HET RECHT VOOR DE TOEGANG EN OVERTOCHT TE WEIGEREN AAN EENIEDER DIE IN DRONKEN TOESTAND LIJKT TE VERKEREN.

De motoren kwamen bulderend tot leven, en de veerboot manoeuvreerde de haven uit.

'Naar de horizon blijven kijken als je zeeziek wordt,' raadde Strike Robin aan, en ze moest meteen denken aan kerstavond, toen alles leek te bewegen, en aan de boos gekromde rug van Murphy.

83

'And our men – well they're Sark, and there's more'n a bit of the devil in them.'

John Oxenham
A Maid of the Silver Sea

'Viel best mee,' zei Strike drie kwartier later.

'Ja,' zei Robin, al had ze het deinen van de oude veerboot niet erg aangenaam gevonden en de laatste twintig minuten inderdaad zonder een woord te zeggen strak naar de horizon gekeken.

'Voorzichtig op de trap,' riep een jonge veerman achter hen. 'De treden zijn glad.'

Zichzelf vervloekend omdat hij zijn stok vergeten was beklom Strike in een slakkengang de steile stenen trap van de haven, waarvan de treden inderdaad glibberig waren, ook al was het opgehouden met regenen. Toen hij eindelijk, met kloppend been, boven aankwam, zag hij drie tractors staan, waarvan er één een open passagierstrailer voorttrok die al bijna vol was, en de twee andere werden volgeladen met bagage.

'Jullie kunnen er nog bij,' riep de kaartjescontroleur, en hij wenkte Strike en Robin. 'Een beetje wringen.'

Robin vond een smal reepje bank naast een forse man die een muts met verfvlekken droeg, terwijl Strike zich tussen twee vrouwen in wurmde die met boodschappentassen op schoot zaten. Robin snapte niet hoe het voertuig nog meer passagiers zou kunnen bevatten, maar de laatste twee mensen die van de veerboot kwamen, allebei eilandbewoners, te oordelen naar hun begroeting van de tractorbestuurders, kwamen aangekuierd en klommen, toen ze zagen dat er geen zitplaatsen waren, doodgemoedereerd op de rand van de trailer en bleven daar staan, waarbij ze zich vasthielden aan de metalen palen die het dak ondersteunden.

De tractorbestuurder startte de motor en trok de sliert trailers een korte tunnel onder de heuvel door, en daarna een zeer steile weg op. Robin maakte zich onnodig zorgen om de mannen die moesten staan, die geen enkel gevaar leken te zien. Een paar minuten later had de tractor de top van de heuvel bereikt en hielden ze halt voor een roomwit geschilderde pub, de Bel Air, waar de vlag van Sark wapperde naast de Union Jack. Alle passagiers stapten uit en vertrokken te voet in verschillende richtingen, zodat Strike en Robin alleen achterbleven om hun omgeving in zich op te nemen terwijl de tractor met hun groen gelabelde bagage uit het zicht verdween.

Voor hen strekte zich een weg uit die de aard had van een winkelstraat, al bood die in de ogen van mensen die Londen gewend waren een vreemde aanblik: geen auto's, alleen laagbouw, en een uitermate slaperige sfeer.

'Goed,' zei Strike, 'de moeder van De Leon woont in Rue des Laches, dat zou hier vlakbij moeten zijn.'

Robin kon aan zijn vertrokken gezicht zien dat hij nu al veel pijn had. Ze liepen een stukje de weg in, wat eigenlijk meer een zandpad was, egaal maar met plassen, en hier en daar een losse kei. Nu pas drong het echt tot Robin door wat het totale gebrek aan bussen of taxi's inhield: ze zouden veel moeten lopen, want ze waren aangekomen op de oostkant van het eiland en hun B&B lag in het zuiden.

Tot haar opluchting wees het eerste houten bord dat ze tegenkwamen al naar Rue des Laches rechts van hen. Ze volgden een tweede pad, met akkers aan de ene kant en huizen aan de andere, tot Strike zei: 'Daar is het.'

Het huis met het lage dak was lichtblauw geschilderd en zag er nogal vervallen uit. In de voortuin stonden een paar kale appelbomen. Toen Strike en Robin het tuinpad op liepen, kwam er een potige man met baard de hoek om gelopen met een kruiwagen vol houtblokken.

'Goedemorgen,' riep Strike. 'Mijn naam is Cormoran Strike, dit is Robin Ellacott en we zoeken mevrouw De Leon.'

'Die is naar St Peter Port,' zei de man wantrouwend. 'Wat moeten jullie van haar?'

'We willen haar wat vragen over haar zoon Danny.'

'O ja?' De man zette de kruiwagen neer. Zijn gezichtsuitdrukking was harder geworden. 'Waarom?'

'Mag ik vragen wie...?'

'Ik ben zijn broer,' zei de man. 'Oudere broer. Richard de Leon.'

Tot Robins schrik pakte Richard een van de blokken hout uit de kruiwagen, hield het in zijn hand geklemd en kwam er langzaam mee op hen af. Ze moest denken aan Ian Griffiths die in Ironbridge woest zijn huis uit was gestormd met zijn gitaar in de hand, maar de dreiging van de oudste De Leon-broer was van een heel ander kaliber. Hoewel hij kleiner was dan Strike, had hij enorme bovenarmen, en de gesprongen adertjes in zijn gezicht leken te duiden op lange dagen van hard werken in de buitenlucht.

'Wat hebben jullie met Danny te maken?' vroeg hij.

'Ik wil alleen weten of je moeder de laatste tijd nog iets van hem heeft gehoord,' zei Strike.

'Nee,' zei Richard. 'We hebben niks gehoord.'

'Dus hij is niet naar huis gekomen, naar Sark?'

'Nee.'

'Heb jij nog wat van hem gehoord?'

'Nee,' zei Richard voor de derde keer. 'Hij is hier niet. Niet gezien, niks gehoord.'

'Hoelang al niet meer?' vroeg Strike.

'Waarom wil je dat weten?'

'Wij doen onderzoek naar een niet-geïdentificeerd lijk.' Strike stak zijn hand in zijn zak, maar hield zijn blik gericht op het blok hout in Richards hand. 'Vrienden van Danny in Londen zijn bang dat hij het was. Hier is mijn kaartje.'

De Leon griste het zo'n beetje uit Strikes hand en keek er wantrouwend naar.

'Privédetective,' zei hij met een smalend lachje, alsof Strike hem iets uit de feestwinkel had gegeven.

'Inderdaad,' zei Strike.

De Leon keek met donkere, bloeddoorlopen ogen naar de detective. Hij leek niet erg veel op de blonde man met de kunstmatig gebruinde huid die bij hen op kantoor op het prikbord hing.

'Wat moet je nou echt?'

'Dat zeg ik net,' zei Strike. 'Als jij zegt dat Danny er niet is...'

'Dat zég ik niet alleen, dat is zo,' zei Richard luid. 'Maak je me nou uit voor leugenaar?'

'Nee, ik zeg alleen...'

'Hij is in Londen,' zei Richard. 'Oké? Hij is naar Londen gegaan.'

'En wanneer heb je voor het laatst iets van hem gehoord?'

'Wat gaat jou dat aan?'

'Nou, als je na afgelopen juni nog iets van hem hebt gehoord, kan hij niet de dode man zijn van wie wij de identiteit proberen vast te stellen,' zei Strike.

Richard de Leon keek seconden lang kwaad naar Strike op. 'Nee, we hebben sinds juni niks meer gehoord.'

'Juist. Nou, bedankt voor...'

'Blijf uit de buurt van mijn moeder,' zei De Leon, en nu moest Robin denken aan Valentine Longcaster die een soortgelijk impliciet dreigement had geuit over zijn jongere zusje. 'Je komt verdomme niet in haar buurt, begrepen?'

'We zouden moeilijk in haar buurt kunnen komen, aangezien ze in Guernsey is en ik niet weet hoe ze eruitziet,' zei Strike. 'Maar bedankt voor je hulp.'

Strike was er niet van overtuigd dat De Leon niet met het blok hout zou gooien zodra ze hem de rug toekeerden, dus gebaarde hij Robin om voor hem uit te lopen. Beiden bereikten de weg zonder verwondingen op te lopen van rondvliegend hout, maar Richard de Leon bleef dreigend naar hen kijken tot ze uit het zicht verdwenen waren.

'Geloof je hem?' vroeg Robin zacht toen ze Rue des Laches weer in liepen.

'Ik twijfel. Het gesprek had een paar rare kenmerken.'

'Je zou wat meer bezorgdheid verwachten, hè? Nadat hij had gehoord dat er een lijk is dat weleens Danny zou kunnen zijn?'

'Inderdaad,' zei Strike. 'Hij gaf geen krimp, hè? Hij wilde alleen maar dat we zouden oprotten.'

'Misschien kunnen Danny en hij niet met elkaar opschieten? Misschien kan het hem niet schelen of Danny nog leeft.'

'Of hij weet precies waar Danny is en denkt dat wij zijn broer iets willen aandoen.'

'Huurmoordenaars, gestuurd door Oliver Branfoot?'

'Als hij daar bang voor is, dan moeten die twee elkaar volledig in vertrouwen nemen. En dat zou goed kunnen,' zei Strike. 'Ik vergeet nogal eens dat er ook broers en zussen zijn die elkaar alles vertellen.'

'Doen jullie dat niet dan?' vroeg Robin.

'Nee, zeg. Jullie wel?'

'Nee,' gaf Robin toe, en ze dacht aan die rampzalige Kerstmis.

'Zullen we wat gaan eten terwijl we de volgende stappen plannen?'

Ze liepen terug naar de pub, de Bel Air, wat de meest voor de hand liggende plek leek. Strike trok steeds sterker met zijn been.

Robin bleef even staan om de golden retriever te aaien die uit een kleine ijssalon kwam om hen te begroeten.

'Trouwens, ik kom daar zo wel naartoe,' zei ze. 'Ik ben iets vergeten, even kijken of ik dat hier kan kopen.'

Strike vroeg zich af of ze Murphy ging bellen. Hij liep alleen verder langs de toiletten van de pub, aan de andere kant van een binnenplaatsje, met bordjes MEN/HOMMES en WOMEN/FEMMES, waarna hij bij de Bel Air naar binnen ging.

Een paar buurtbewoners zaten paardenrennen te kijken op de grote flatscreen in de voorste ruimte, waar rood tapijt lag. De pub deed Strike denken aan zijn oude buurtkroeg in Cornwall, de Victory; het interieur had een uitgesproken nautisch thema, dat in de andere van de twee ruimtes was doorgevoerd in een bar die was gemaakt van een houten roeiboot. Hij haalde een groot glas bier, informeerde naar het eten en kreeg te horen dat er alleen pizza's op de kaart stonden, waarvan hij er twee bestelde. Het was een verademing om plaats te nemen aan een tafeltje, in de hoek, naast een wand vol ingelijste oude muziekposters, van niet alleen The Beatles en David Bowie, maar ook zijn vaders band de Deadbeats.

Robin liep intussen door de hoofdstraat, de Avenue. Op een winkel waar zilveren sieraden werden verkocht na was bijna alles gesloten, maar uiteindelijk vond ze een zaak die wel open was, en waar zo'n beetje alles te koop leek te zijn, van huishoudelijke artikelen tot ansichtkaarten en speelgoed. Net toen ze naar binnen wilde gaan zag ze, links van haar, een grote gestalte haar kant op komen lopen, en ze herkende Richard de Leon. Toen hij Robin zag, draaide hij zich snel om en liep met grote passen terug naar Rue des Laches.

Robin keerde terug naar de pub met haar aankoop: een wandelstok met rubberen handgreep. Ter hoogte van Rue des Laches keek ze de straat in, maar Richard de Leon leek zich te hebben teruggetrokken in het huis van zijn moeder.

Ze trof Strike aan in het achterzaaltje van de Bel Air, waar ze hem de wandelstok gaf.

'Jawel, die heb je wél nodig,' zei ze geërgerd, toen Strike zijn mond al opendeed om te protesteren. 'We moeten straks naar de B&B lopen. Kom op, Strike, ik heb expres een legergroene genomen zodat niemand je een mietje zal vinden.'

Strike grinnikte, al was het als een boer met kiespijn, want hij stelde zich voor hoe Murphy over het eiland zou benen, zonder enige belemmering, waarschijnlijk met die stomme sporttas en waterfles van hem.

'Ik had er een mee moeten nemen,' gaf hij toe. 'Dank je wel. Ik heb een pizza voor je besteld, dat is het enige wat ze hier hebben.'

'Lekker,' zei Robin. 'Ik kwam trouwens net Richard de Leon weer tegen. Hij deed niet meer zo dreigend,' voegde ze eraan toe, om Strikes vraag voor te zijn. 'Hij zei niks, zodra hij me zag draaide hij zich om en keerde terug naar waar hij vandaan kwam.'

'Vreemd,' zei Strike terwijl een groepje mensen plaatsnam aan de tafel naast hen. Hij nam een slok van zijn alcoholvrije bier en vervolgde toen, zachter: 'Dat wilde ik je vertellen voordat ik in slaap viel in het vliegtuig. De Schotse Gateshead van wie ik dacht dat het weleens de zus van Niall Semples beste vriend kon zijn, weet je nog? Ik geloof dat ik haar dit weekend online op het spoor gekomen ben. Ze is in de afgelopen zeven jaar twee keer een Twitter-account begonnen en één keer een pagina op Facebook, om er daarna niks meer mee te doen. Kijk maar.'

Robin swipete langs de foto's op Strikes telefoon. De posts van Rena Liddell waren vaak cryptisch, en zo nu en dan ronduit warrig. Ze leek te houden van willekeurige foto's van wolken, deuren en vage kiekjes van de ruggen van voorbijgangers, maar niet van selfies. Haar profielfoto was op alle drie de accounts een stripfiguurtje, een paarsblauwe vleermuis.

'Zubat,' zei Robin.

'Wat?'

'Haar ava. Dat is een Pokémon, Zubat. Mijn broer Jon was als kind gek op Pokémon. Maar ze noemt zichzelf @Mirbat, niet @Zubat.'

'Dat is een van de dingen waardoor ik vrijwel zeker wist dat zij het was.'

'Hou jij van Pokémon?' Robin keek lachend op.

'Nee, Mirbat is een kustplaats in Oman. Er is daar een veldslag geweest in 1972: negen SAS'ers tegen tweehonderdvijftig communistische rebellen. De SAS heeft gewonnen.'

'Negen tegen tweehonderdvijftig?'

'Het neusje van de zalm,' zei Strike, zoals hij ook in Ironbridge had gezegd. 'Het zou me niks verbazen als Rena over die veldslag heeft gehoord van haar broer, vandaar de naam.'

Rubin scrolde langs Rena's chaotische, warrige output. Het was duidelijk dat ze geobsedeerd was door moslims en het gevaar dat die in Rena's ogen vormden voor het Verenigd Koninkrijk. Enkele van haar tweets waren na een melding verwijderd. Te oordelen naar de berichten die waren blijven staan vermoedde Robin dat de verwijderde tweets buitengewoon islamofobisch waren geweest.

'Ik denk dat we hier te maken hebben met een ernstige mentale aandoening, een verslaving of allebei,' zei Strike. 'Ze postte bij vlagen, met tussenpozen van maanden, maar ze schrijft de laatste tijd steeds minder en steeds onsamenhangender. Maar als je kijkt naar 2015... misschien was ze er toen in geslaagd iets te zeggen nadat ze de juiste medicatie had gekregen.'

Robin scrolde terug.

Ze zeggen dat me broer dood is ik gellof het niet.
geloof er niksvan.

'Maar ja,' zei Strike, 'als het waar is wat Richard de Leon zegt en hij heeft sinds 18 juni vorig jaar niks meer van Danny gehoord, dan valt Rena Liddell natuurlijk af als...'

Strikes mobiel ging in Robins hand.

'Wardle,' zei ze, en ze gaf hem het toestel terug.

'Ik loop even naar buiten,' zei Strike met een blik op de tafel naast hen.

De wandelstok, moest hij tandenknarsend toegeven, hielp echt: hij kon veel sneller de binnenplaats op lopen dan hem zonder gelukt zou zijn.

'Zeg het eens,' zei hij tegen Wardle.

'Hallo,' zei de politieman. 'Niks dringends. Ik wilde alleen vragen... meende je dat, van die baan bij jullie bureau?'

'Ja, natuurlijk. We kunnen je alleen niet het salaris betalen dat je nu krijgt, denk ik.'

'Dat snap ik. Ik denk erover na. Zoals ik al zei: na de dood van mijn moeder kan ik gewoon voor Liam blijven zorgen.'

'We kunnen je gebruiken zodra je maar aan de slag wilt,' zei Strike, al besefte hij meteen dat hij het nog niet had besproken met zijn detectivepartner. Toen hij zich afwezig omdraaide naar de winkelstraat, zag hij Richard de Leon uit Rue des Laches komen. Richard keek om zich heen, zag Strike kijken en keerde haastig terug naar het pad waar hij net uit gekomen was.

Intussen in de pub was er zojuist een barman aan Robins tafel verschenen met twee pizza's.

'Op vakantie?' vroeg hij toen hij ze neerzette.

'Niet echt,' zei Robin. 'We zijn op zoek naar Danny de Leon.'

'Danny?' zei de barman opgewekt. 'Die is bij Helen Platt, ik heb hem net nog gezien. Clos de Camille, aan Rue de La Seigneurie. Hij doet haar tuin.'

84

What so false as truth is,
False to thee?
Where the serpent's tooth is
Shun the tree...

Robert Browning
A Woman's Last Word

Een half uur later, toen de pizza's op waren, kwamen Strike en Robin de Bel Air uit en liepen de Avenue in onder een hemel die nog steeds regen dreigde te brengen, en ze volgden de mondelinge aanwijzingen die ze van de behulpzame barman hadden gekregen. Ze kwamen langs kleine, lage winkelpandjes die leegstonden of gesloten waren.

'Hoe groot schat jij de kans dat onze vriend Richard naar zijn broer probeerde te sluipen om hem voor ons te waarschuwen?' vroeg Strike.

'Groot tot zeer groot,' zei Robin.

'Waarom belt hij hem niet gewoon?'

'Misschien heeft hij dat wel gedaan. Of hij heeft gewacht tot jij terug de pub in ging, zodat hij gauw naar hem toe kon gaan. Misschien wacht hij ons wel op bij Helen Platt. Ik hoop dat hij zijn houtblok niet heeft meegenomen.'

Strike moest lachen maar maakte geen gevatte opmerking terug, want zelfs met de wandelstok merkte hij dat de Avenue lastiger begaanbaar was dan wanneer er asfalt had gelegen, en hij wilde niet overkomen als een man die moeite had met het terrein, terwijl Murphy waarschijnlijk over hekken zou springen als hij hier was geweest, de soepele eikel.

'Ik snap niet dat dit eiland Brits is,' zei Robin toen ze rechtsaf Rue de la Seigneurie in gingen. 'Alle straatnamen zijn Frans en we zijn hier dichter bij Frankrijk dan bij Engeland.'

'Volgens mij is het strikt genomen niet Brits.' Strike deed nog steeds zijn uiterste best om geen pijnlijk gezicht te trekken of te hijgen. 'De Seigneur bewaakte het eiland voor de Britse vorst, of zoiets. Het is allemaal terug te voeren tot Willem de Veroveraar.'

Ze kwamen langs een kerk met kerkhof en het plaatselijke politiebureau, allebei oude, lage gebouwen van steen, en nog eens vijf minuten later passeerden ze onverwacht aantrekkelijke huizen. Verderop aan de linkerkant zagen ze een toren; Strike wist van de plattegronden dat het de toren van de Seigneurie moest zijn, het grote stenen gebouw waar de huidige Seigneur woonde.

'Daar is het,' zei Robin plotseling, wijzend naar een huis dat lichtroze geverfd was. 'Clos de Camille.'

Het was beter onderhouden dan het onderkomen van de familie De Leon, en de camelia waarnaar het was vernoemd stond trots naast de voordeur. Maar toen Robin aanbelde werd er niet opengedaan.

'Misschien heeft Richard inderdaad gebeld om hem te waarschuwen,' zei ze toen ze terugliep naar Strike.

Aan de zijkant stond een geverfd hek open, waardoor ze een lange, goed onderhouden tuin in konden kijken.

'Daar staat een man met een schop.' Strike kneep zijn ogen tot spleetjes en tuurde naar een figuur in een knalgeel jack, die aan het werk leek te zijn helemaal achteraan op een uitgestrekt gazon. 'We zouden...'

Robins mobiel ging.

'Sorry,' zei ze, en de moed zonk haar in de schoenen toen ze zag dat het Murphy was. 'Ik moet...'

'Oké, ik zie je zo hier.' Strike liep het open hek door, royaal gebruikmakend van zijn stok toen hij het gras betrad naar de tuinman in de verte. Robin wachtte tot haar partner buiten gehoorsafstand was voordat ze haar telefoon opnam.

'Hoi,' zei Murphy. 'Hoe is het op Sark?'

'Koud.' Robin keek toe hoe Strike langzaam naar de man met het gele jack liep, die nog met zijn rug naar de weg stond.

'Gevonden wat je zocht?'

'Misschien. Ik weet het niet.'

'Luister, ik wilde het met je hebben over maandagavond.'

Robin, die dacht dat ze warm en lief genoeg had gedaan toen ze dinsdagochtend afscheid nam van Murphy om een nabespreking te vermijden, dacht: o god, niet nu.

'Ryan, ik ben aan het werk. We kunnen het erover hebben als ik terug ben.'

'Wanneer is dat?'

'Morgen, met een beetje geluk.' Robin keek naar Strike. De gestalte in het gele jack had zich nog steeds niet omgedraaid.

'Ik moet er gewoon steeds aan denken,' zei Murphy. 'Het was echt niet mijn bedoeling om je van streek te maken, ik wilde alleen...'

'Alsjeblieft, zeg,' zei Robin met opeengeklemde kaken, 'ga nou niet zeggen dat je eerlijk probeerde te zijn.'

'Wil je dan niet...?'

'Natuurlijk wil ik dat we eerlijk tegen elkaar zijn, alleen wordt het nu een excuus om gesprekken te forceren die ik...'

'Ik probeerde niks te forceren, ik probeer alleen maar te begrijpen...'

'En ik heb je mijn antwoord gegeven.' Robin probeerde zich in te houden. 'Ik heb je eerlijk geantwoord. Ik weet niet wat ik gedaan zou hebben als de baby levensvatbaar was geweest, en ik vind het niet fair...'

'Was je verdrietig? Om de baby?'

'Ja.' Robins stem brak. 'Ja, ik heb om de baby gehuild. Is het je daar om te doen? Wil je horen dat ik niet onmenselijk ben?'

'Ik zeg niet...'

'Wees nou eerlijk, Ryan. Jij wilt dat ik me gedraag zoals jij denkt dat een vrouw zich hoort te gedragen.'

'Waar slaat dat nou...'

'Je had gewild dat ik in je armen snikte om ons verloren kind en dat ik zou zeggen dat ik onmiddellijk mijn eicellen wilde laten invriezen, zodat we een vervanger konden maken.'

'Dat is niet...'

'Luister, ik ben aan het werk,' zei Robin, die zag dat Strike nu ruim binnen roepafstand van de tuinman was. 'Ik zou liever...' Ze slaakte een kreetje, riep: 'Oh my God, ik moet gaan!' en hing op.

Cormoran Strike had zojuist een klap in zijn gezicht gekregen met een spade.

85

'You don't know our Sark men... They do things first and are sorry after...'

John Oxenham
A Maid of the Silver Sea

Danny de Leon had zijn spade zo hard tegen Strikes hoofd geramd dat die laatste gestrekt was gegaan. Vanaf zijn onverwachte positie liggend in het gras zag Strike de paniekerige man zijn wapen van zich af gooien en naar het huis rennen, terwijl Robin een sprintje trok in hun richting.

'Waag het godverdomme niet!' brulde Strike, bang dat De Leon ook geweld zou toepassen op Robin, maar Robin profiteerde van het feit dat De Leon had omgekeken naar Strike toen hij schreeuwde. Ze zette zich schrap, bukte en tackelde hem door hem bij zijn middel te grijpen en haar been achter zijn scheenbeen te haken, waardoor ze allebei omvielen. Robin ving de hardste klap op; ze belandde op de grond met De Leon boven op haar.

'We zijn detectives, we doen je geen kwaad,' wist ze uit te brengen, ook al kreeg ze haast geen lucht meer. 'We zijn juist naar Sark gekomen om te zien of het wel goed met je gaat!'

Hij probeerde zich van haar te bevrijden terwijl ze uit alle macht zijn gele jack vasthield. Intussen was Strike erin geslaagd overeind te komen. Hij vergat de wandelstok en was zo onverstandig om naar het worstelende duo te hobbelen, waarbij hij uitgleed op het gras en bijna opnieuw viel, en hij was net op tijd bij De Leon om hem te grijpen voordat hij zich van Robin kon losmaken, en hij sleurde hem overeind tot hij stond.

Het kunstmatige bruin en het geblondeerde kapsel waren verdwenen. Het haar van De Leon was nu donkerbruin, wat zijn natuurlijke kleur leek te zijn, en het perfecte gebit dat door Lord Oliver Branfoot was betaald stak spierwit af tegen een gezicht dat nu verweerd was in plaats van kunstmatig bruin uit een flesje. Hij was klein, stevig gebouwd en knap, en hij bleef zich tegen Strike verzetten tot die hem door elkaar schudde en brulde: 'HOU VERDOMME EENS OP, MAN, WE KOMEN JE NIET VERMOORDEN!'

'We waren juist bang dat je vermoord was,' bracht de verfomfaaide, met grasvlekken besmeurde Robin hijgend uit, en ze krabbelde overeind. 'We dachten dat je een lijk was...'

'In een kluis,' zei Danny, en zo te zien had hij daar onmiddellijk spijt van. Hij verzette zich niet langer, maar hij leek boos en ook bang. Hij bracht zijn handen omhoog en zei: 'Mijn oortjes.'

'Vergeet die fucking oortjes.' Strikes kaak bloedde en werd in rap tempo dikker. 'We willen met je praten.'

Danny zag eruit alsof hij het liefst had geweigerd, maar toen hij naar Strike opkeek, leek een deel van zijn verzet uit hem te zijn weggestroomd.

'Goed dan,' mompelde hij. 'Ga maar mee naar binnen.'

'Mag dat van de eigenaar?'

'Die is er niet. Ze is winkelen op Guernsey met mijn moeder.'

'Ik ga je stok halen,' zei Robin tegen Strike. 'Ik zie je binnen.'

Strike strompelde in de richting van het huis, met kloppende kaak en een extreem pijnlijke knie door het rennen over het gladde gras. Hij hield Danny nog steeds vast bij zijn jack voor het geval hij zou proberen ervandoor te gaan, terwijl Robin naar het einde van het gazon liep, waar ze Strikes wandelstok opraapte en Danny's oortjes vond, waarvan er een door een mannenvoet was platgetrapt.

De achterdeur van Clos de Camille kwam rechtstreeks uit in een keurige keuken met lichtroze muren, behangen met schilderijtjes van zeegezichten die Strike deden denken aan het huis van Ted en Joan in St Mawes.

Danny was net aan de vurenhouten tafel gaan zitten toen Robin binnenkwam met Strikes stok.

'Dat moet je schoonmaken.' Ze keek naar Strikes gezicht, waar de spade een diepe snee in had gemaakt. 'Je bloedt en er zit vuil in.'

Strike liep naar de gootsteen en ging in de weer met water en zeep, terwijl Robin het vriesvak van de koelkast opentrok en een zak diepvrieserwten vond. Die gaf ze aan Strike, die haar mompelend bedankte terwijl hij zijn gezicht droogde met keukenrol.

Door de achterdeur kwam een vierde persoon binnen: Richard de Leon.

'Jezus man, wat kom jij nou doen?' riep Danny.

'Wat moet dat hier verdomme?' zei Richard kwaad.

'Je broer heeft me in m'n gezicht geramd met een schop,' zei Strike, met de zak bevroren erwten tegen zijn kaak gedrukt.

'Waarom nam je je fucking telefoon niet op?' vroeg Richard fel aan zijn jongere broer.

'Ik was muziek aan het luisteren, oké?'

'Zoals we u al hebben gezegd, meneer De Leon,' zei Robin in een poging een crisis te bezweren, want de broers leken ieder moment in geweld te kunnen uitbarsten, mogelijk fysiek, 'waren we bang dat uw broer dood was.'

'Nou, dat is hij dus niet, hè?' zei Richard.

'Goh, bedankt,' zei Strike, met de erwten nog tegen zijn gezicht gedrukt. 'We twijfelden.'

'Nou, waarom moeten jullie hem hebben dan, als hij niet...'

'Het is niet ingewikkeld.' Strike liet zich op een stoel aan de keukentafel zakken, met gruwelijke pijn in zijn knie, meer dan bereid om zijn woede eens flink te uiten tegen iedereen die zich daarvoor leende. 'Er is een man vermoord, wij kregen de tip dat het je broer zou zijn, we zoeken je broer, hij leeft nog, hij was niet het lijk. Ik kan het ook wel voor je uittekenen, als je wilt.'

'Je helpt zo niet, hè?' zei Danny op hatelijke toon tegen Richard. 'Bemoei je er goddomme niet mee!'

'Dat maak ik zelf wel uit, lul,' zei Richard, en toen richtte hij zich weer tot Robin, van wie hij schijnbaar dacht dat hij bij haar de grootste kans had op een rationeel antwoord. 'Goed, jullie weten nu dat hij nog leeft. Waarom zijn jullie hier dan nog?'

'We willen hem graag een paar vragen stellen over Oliver Branfoot,' zei Robin.

Richard keek van Robin naar Danny en weer naar Robin.

'Is het waar?' vroeg hij, nu eerder geschokt dan kwaad. 'Dat verhaal over Branfoot? Is dat echt waar?'

'Dat zei ik je toch!' riep Danny.

'Ja, maar jij lult wel vaker uit je nek, of niet dan?'

'Waarom kun je niet gewoon...'

'Het is waar,' zei Robin.

'Hoe weten we dat jullie niet voor hem werken?' vroeg Richard.

'Zouden we dan zijn naam noemen, denk je?' snauwde Strike. Hij wist nu al dat zijn gezicht helemaal opgezwollen zou zijn als ze straks bij de B&B aankwamen.

'Danny,' zei Robin, 'hoe weet je dat Lord Branfoot denkt dat jij de man in de kluis was?'

'Dat heb ik gehoord.'

'Van wie?'

'Dat ga ik je niet vertellen, bekijk het maar. Dan is diegene de volgende.'

'Vertel op, lulhannes,' zei Richard, die een derde stoel naar achteren schoof en ging zitten.

'Wat maakt het uit wie mij dat heeft verteld?'

'Was het een van de andere acteurs in die privéfilms van Branfoot?' vroeg Robin.

'Wat zeg ik nou net, dat ga ik niet... *Hoe weten jullie dit allemaal*?'

'Je vriendin Fiona heeft een anoniem briefje bij ons op kantoor bezorgd,' zei Robin. 'Haar vriend had tegen haar gezegd dat jij het lijk in de kluis was, en ze geloofde hem. Ze maakt zich grote zorgen om je.'

'Ik weet het, ze bleef maar bellen,' zei Danny. 'Maar ik kon toch moeilijk zeggen dat alles oké was, hè, want dan had die fucking Craig het tegen Branfoot gezegd, als hij wist waar ik was!'

'Ze zegt dat je werd bedreigd door Lord Branfoot, nadat hij voor jouw nieuwe gebit had betaald.'

'Heeft hij voor je fucking tanden betaald?' riep Richard uit.

'Ja,' zei Danny. 'Nou en?'

'*Waarom kun je verdomme niet zelf de tandarts betalen?*'

'Hij bood het aan, oké?'

'Dat is nou net het probleem!' Richard priemde met een dikke wijsvinger naar Danny. 'Jij wilt verdomme altijd alles voor niks!'

'Fucking Branfoot heeft er genoeg voor teruggekregen, maak je daar vooral geen zorgen om.'

'Waarom ben je teruggekomen naar Sark, Danny?' vroeg Robin.

'Ik was... Laat maar,' mompelde Danny.

'Vertel verdomme gewoon de waarheid!' brulde Richard.

'Ik kreeg er een slecht gevoel over!' schreeuwde Danny. 'Nou goed?'

'Wat voor fucking slecht gevoel?'

'Over Branfoot?' vroeg Robin.

'Ja,' zei Danny.

'Wat is er gebeurd?' Robin probeerde Richard de mond te snoeren.

'Ik... ik liep op een avond naar huis,' zei Danny aarzelend, 'en toen werd ik gevolgd. Boom van een kerel. Ik ging sneller lopen, hij ging sneller lopen. Ik begon te rennen, hij ook. Er kwam een taxi langs en die hield ik aan. Toen ik omkeek, holde die kerel de andere kant op... Branfoot kent mensen, zware jongens, door zijn... Je weet wel, door die zogenaamde goede doelen van hem. Kerels die in de bajes hebben gezeten en alles doen voor een beetje geld. Hij heeft eens tegen me gezegd dat hij de enige in Londen is die net zo veel smerissen kent als criminelen... Nadat ik was gevolgd ben ik een paar dagen thuisgebleven, maar daarna zag ik die kerel weer. Hij hing rond op straat en keek naar mijn ramen.'

'Heb je toen besloten naar huis te komen?' vroeg Robin.

'Niet meteen. Maar toen werd ik gebeld door een maat van me die vertelde dat fucking Craig rondbazuinde dat ze mij zouden "opruimen". Dus ja... ik heb een tas ingepakt, gewacht tot die kerel voor mijn deur 's avonds laat vertrokken was, heb een taxi gebeld en ben rechtstreeks naar het vliegveld gegaan.'

'Die vriend die je waarschuwde dat Branfoot je uit de weg zou laten ruimen,' zei Robin, 'is dat dezelfde die zei dat Branfoot denkt dat jij het lijk in de zilverwinkel was?'

'Ja,' zei Danny. 'De kerel die mij moest vermoorden moet tegen Branfoot gezegd hebben dat ik het was.'

Robin kon aan Richards gezichtsuitdrukking merken dat hij Danny's relaas over de reden van zijn vlucht uit Londen tot dan toe had beschouwd als overdreven of zelfs compleet uit de duim gezogen. De komst van twee vreemden die zijn broer zochten was duidelijk een schok voor hem geweest, maar Robin merkte dat het aanhoren van Danny's verhaal, verteld aan derden, en dan vooral derden die er informatie over hadden, Richard alsnog de schrik bezorgde waaraan hij tot dan toe had weten te ontkomen.

'Nou, Branfoot zal heus niet blijven denken dat jij dat lijk was, of wel dan?' zei Richard verhit. Wijzend naar Strike en Robin voegde hij eraan toe: 'Als zij erachter gekomen zijn, kan bloody Branfoot dat ook! Hoelang denk je dat het duurt voordat hij snapt dat je gewoon weer bij ma bent gaan wonen?'

'Luister, jij moet je er verdomme buiten houden! Je hebt hier niks mee te maken!' Danny kwam zo snel overeind dat zijn stoel omkieperde.

'Danny, ga alsjeblieft zitten,' zei Robin. 'Toe nou, we willen je helpen.'

Ze keek naar Strike voor bevestiging, maar aangezien Strike op dat moment het liefst zelf Danny een hoek had gegeven, zei hij niets.

'Mij helpen, jullie?' zei Danny tegen Robin, en ze hoorde de angst die schuilging onder zijn agressie. 'Hoe kunnen jullie me verdomme helpen? Jullie maken het alleen maar erger. Ik ben veilig zolang hij denkt dat ik dat lijk in de kluis was, en dan komen jullie hier aantonen dat ik het niet was!'

'Nou, de meest voor de hand liggende manier om van die dreiging af te komen is...'

'Nee!' zeiden de broers De Leon tegelijk.

'Hij gaat verdomme de publiciteit niet opzoeken,' zei Richard.

'Ik praat niet met de pers, bekijk het maar,' zei Danny.

'Onze moeder weet niet wat hij heeft uitgespookt,' zei Richard, 'en dat blijft zo. Ze heeft vorig jaar al onze vader verloren.'

'Als ik ga praten, laat Branfoot me zéker omleggen,' zei Danny.

'Maar wat Branfoot doet is illegaal,' zei Robin. 'Hij filmt mensen zonder toestemming, en als...'

'Ze hebben allemaal op beeld geld aangenomen, er is geen bewijs,' zei Danny. 'Als ik ga praten...'

'Maar je broer heeft gelijk, Danny. Als dat lijk straks wordt geïdentificeerd...'

'Dan ga ik ergens anders heen,' riep Danny verwilderd uit.

'Blijf je je de rest van je leven verstoppen?'

'Als het moet!'

'Jezus man, wat een fucking puinhoop!' barstte Richard uit, en ook hij ging staan. 'Ik ben voor je opgekomen tegenover pa, Dan, maar verdomme, ik ga nu bijna denken dat hij...'

Danny vloog op zijn broer af; Richard weerde zijn vuist af, maar Danny bleef hem aanvallen, waardoor Richard, die niet terug leek te willen slaan, achteruitdeinsde tegen de keukenkastjes. Strike liet de zak erwten vallen, hees zich uit zijn stoel, plaatste zijn omvangrijke lijf tussen de broers en duwde Danny achteruit, met één grote hand op de borst van de jongere man.

'Raap die stoel op en ga verdomme zítten,' zei hij. 'En vergeet niet dat ik nog een klap met die fucking schop in te halen heb.' Hij wees naar Robin. 'Zij is aardiger dan ik. Mijn belang in jouw welbevinden is geëindigd toen ik ontdekte dat je nog leefde. Het probleem is dat Branfoot nu óns moet hebben, want hij denkt dat we gaan aantonen dat je wel dat lijk in de kluis was, en hij lijkt zijn loopjongens die het op jou gemunt hadden nu op ons detectivebureau afgestuurd te hebben. Zij is al bedreigd met een fucking dolk.'

'Ik kan dit gewoon niet geloven.' Richard wreef met een hand over zijn mond. 'Ik kan het godverdomme niet geloven.'

Danny, die tegen Strikes bevel in bleef staan, schreeuwde tegen zijn broer: 'Je weet waarom ik vertrokken ben!'

Richard leek een deel van zijn strijdlust te verliezen; hij hees ongemakkelijk zijn broek op.

'Ja, ik weet waarom... en ik zeg niet dat het verkeerd van je was, Dan. Maar waarom moet je dan de kost gaan verdienen met...'

'Jij bent hier degene die zei dat ik niks kan!'

'Ik heb nooit gezegd dat je niks kunt, vuile leugenaar, ik zei dat je nooit bouwvakker zou kunnen worden!' schreeuwde Richard. 'Dus dat zijn de enige twee keuzes in Londen? Muurtjes metselen of met je lul lopen zwaaien?'

Strike raapte de omgevallen keukenstoel op en zette die overeind. 'Zitten,' zei hij voor de tweede keer tegen Danny.

Danny deed, ogenschijnlijk verslagen, wat hem werd opgedragen.

Richard pakte ook weer een stoel, net als Strike, wiens rechterknie heviger trilde dan ooit.

Richard mompelde vanonder zijn dikke wenkbrauwen tegen Robin: 'Onze vader was... keihard voor Danny. Maar waarom moet je dan bij zúlke zaken betrokken raken?' vroeg hij treurig aan Danny.

'Weet ik veel. Ik had geld nodig. Het overkwam me gewoon!'

'Wat jou overkwam is coke, enorme lul die je bent.'

'Gelukkig heb ik een enorme lul, ja,' mompelde Danny. 'Anders had ik die coke niet kunnen betalen.'

'Haha, grapjas.' Richard keek met een schuin oog naar Strike. 'En nu?'

'We vertellen Branfoot dat hij nog leeft,' zei Strike onverbiddelijk.

'Dat kunnen we niet maken!' riep Robin uit.

'Wil je de komende jaren steeds over je schouder moeten kijken of er niet een kerel met een dolk achter je aan zit?' vroeg Strike kwaad. 'De vorige keer was de dolk bot, maar de volgende keer misschien niet. Branfoot kent echte criminelen, dat heeft hij duidelijk genoeg gemaakt.' Hij richtte zich tot Danny. 'Of jij vertelt de pers over Branfoot en maakt hem zo bang dat hij je niks meer zal doen, of wij doen het. Er is geen derde optie. Het komt sowieso uit.'

De gebroeders De Leon zagen eruit alsof ook zij een klap met een spade hadden gekregen. Robin raapte de diepvrieserwten van de vloer en gaf ze terug aan Strike, die ze met een 'bedankt' weer tegen zijn kloppende kaak drukte.

Na een hele tijd zei Richard: 'Hij gaat met de pers praten, maar pas nadat we onze moeder hebben voorbereid.'

'O, god.' Danny liet zijn gezicht op de keukentafel zakken.

'Ja, we moeten het haar wel vertellen,' zei Richard kwaad. 'Dit wordt het grootste nieuws van Sark sinds de bezetting door de verdomde Duitsers.'

'Ik had mezelf van kant moeten maken.' Danny's stem klonk gedempt.

'Wie schiet daar wat mee op, domme sukkel, behalve Branfoot?'

'Hij gaat ermee naar de pers,' zei Richard tegen Strike. 'Geef ons een paar dagen.'

Strike keek even naar Robin, die smekend terugkeek. Toen zei hij met de grootst mogelijke tegenzin: 'Het moet wel snel gebeuren. Ik wil van Branfoot af.'

'Oké. We leggen het uit aan ma – al vraag ik me af hoe we dit in godsnaam moeten uitleggen... Nee, niet janken!' zei hij tegen het achterhoofd van zijn broer, want Danny, die nog steeds met zijn gezicht op de tafel lag, snikte nu.

'Heb je mijn kaartje nog?' vroeg Strike aan Richard.

'Ja, in het huis van daarstraks.'

'Ik wil ook jullie telefoonnummers. Branfoot moet snél aan de schandpaal. Als je te lang wacht, kan het verdomme zomaar een van ons zijn die vermoord wordt.'

Richard gaf beide mobiele nummers, die Strike invoerde op zijn telefoon terwijl Danny bleef snikken.

Richard kwam overeind. 'Ik zal jullie uitlaten.'

Ze lieten Danny achter met zijn hoofd op tafel en liepen om het huis heen naar de straat. Strike verging van de pijn en leunde zwaar op zijn stok. Toen ze bij de weg aankwamen, zei Richard ongemakkelijk: 'Oordeel niet te hard over hem. Onze vader was echt keihard voor Danny. Hij was... nou ja, hoe noem je dat? Homofoob. Ze konden niet met elkaar overweg. Daarom is Dan vertrokken. Daarom is hij ontspoord, de stomkop. Hij liep weg en ging doen waarvan hij dacht dat mannen zoals hij het nu eenmaal deden, snap je? Rebellie, dat was het.'

'Ik begrijp het,' zei Robin.

Strike, wiens wond nog meer pijn deed door het contact met de koude buitenlucht, zei niets. De zijkant van zijn gezicht voelde alsof hij met een fietspomp was opgeblazen.

'Stomkop,' zei Richard nog een keer. 'Ik had niet in de gaten... Hij was altijd van de grote verhalen, snap je? Ik dacht dat hij de helft verzon. Dat hij zich inbeeldde dat die vent hem te grazen wilde nemen. Dit is voor mij... het is een schok, weet je wel?'

'Natuurlijk,' zei Robin. 'We willen echt niet dat Danny iets overkomt.'

Richard gluurde naar Strike, die een neutraal geluidje maakte, maar alleen om Robin tevreden te houden.

'Oké, nou, zoals ik al zei: geef ons een paar dagen,' zei Richard. Hij slaakte een diepe zucht. 'Ma denkt dat Danny bij een kleermaker op Savile Row werkte. Hij vertelde haar verhalen over beroemde mensen die hij fucking smokings zou hebben aangemeten.'

86

All that gay courageous cheer,
All that human pathos dear;
Soul-fed eyes with suffering worn,
Pain heroically borne,
Faithful love in depth divine–
Poor Matthias, were they thine?

Matthew Arnold
Poor Matthias

'Zullen we een plekje zoeken waar we kunnen zitten?' waren Robins eerste woorden toen Richard de Leon weer binnen was in Clos de Camille. Hoewel de diepe snee van de spade niet meer bloedde, kleurde de linkerkant van Strikes gezwollen gezicht langzaam paars door de kneuzing die aan de oppervlakte kwam.

'Het valt mee,' zei hij, zich er maar al te zeer van bewust dat het eruit moest zien alsof het helemaal niet meeviel.

'Nou, ik kan wel een kop koffie of zo gebruiken, na dat alles,' zei Robin.

Tot haar opluchting, want ze was bang geweest dat ze helemaal terug hadden gemoeten naar de Avenue, was er op Rue de la Seigneurie een etablissement open, al moesten ze daarvoor wel een trap op naar de Captain's Bar, waar patrijspoorten op de schuine dakwand geschilderd waren. Strike was door zijn toestand niet langer in staat om het nautische decor te bewonderen, en hij liet zich in een stoel bij het raam zakken. Toen hij van Robin te horen kreeg dat er geen koffie werd geserveerd, vroeg hij om het bier dat hij eigenlijk veel liever had.

'Met alcohol,' voegde hij eraan toe, want in afwezigheid van pijnstillers was hij graag bereid te improviseren, en Robin moest onmiddellijk denken aan kerstavond, en aan Murphy's plotselinge woede omdat ze hem had gevraagd naar de alcohol in het bier.

'Nou... dat was het dan,' zei Robin toen ze terugkwam bij Strike aan het tafeltje met zijn bier en haar eigen tonic. 'De Leon valt af. Hij was nog wel jouw favoriet voor Wright.'

'Inderdaad,' gaf Strike toe. 'Ik zag een reden waarom hij uitgerekend in die kluis zou zijn omgelegd, maar ik snap niet waarom Powell of Semple in godsnaam...'

'Of Rupert.'

'Of Fleetwood, als het moet – waarom hij dáár dood moest.'

'Ik ook niet.' Na een paar seconden voegde Robin eraan toe: 'Denk je dat de dode compleet iemand anders was, vermoord om een reden die wij niet kennen?'

'Dat denk ik zo'n beetje om het uur,' zei Strike. 'Maar als het inderdaad iemand was van wie wij nooit gehoord hebben, dan lijkt de politie ook nooit van hem gehoord te hebben, en het is wel verdomd raar dat letterlijk niemand zich heeft gemeld met een vermiste die het had kunnen zijn. Maar ik denk wel dat we kunnen concluderen dat wie Oz ook mag zijn, hij niet de man is die Branfoot heeft betaald om De Leon te vermoorden. Shanker is voor de gek gehouden. Ik zal hem moeten laten weten dat de veronderstelde moordenaar een bullshitverhaal heeft opgehangen.'

Het begon weer te regenen terwijl ze daar bij het raam allebei aan hun glas nipten.

'Er blijken dus toch broers te zijn die elkaar alles vertellen,' zei Robin.

'Ik betwijfel of Danny het hem had willen vertellen. Waarschijnlijk dacht hij dat hij Richard nog nodig kon hebben als versterking, mocht er een handlanger van Branfoot opduiken.'

'Maar ze geven om elkaar, dat kon je merken... Heb jij Al de laatste tijd nog gezien?' vroeg ze, verwijzend naar de enige halfbroer van Strike met wie hij contact had.

'Nee. Nog steeds kwaad dat ik het niet wilde goedmaken met Rokeby toen we hoorden dat hij prostaatkanker had. Daarna hebben we elkaar niet meer gesproken.'

'Ik mag hem graag,' zei Robin, die Al één keer had gesproken, maar zich hem herinnerde als iemand die veel ophad met zijn broer en tegelijkertijd van hem onder de indruk leek te zijn.

'Ja, dat zeg je steeds.'

'Jij mag hem ook,' zei Robin met een glimlach.

'Hij is oké,' zei Strike met een licht schouderophalen. 'We hebben alleen geen ene moer gemeen.'

'Net als Martin en ik,' zei Robin. Ze sloeg met haar hand tegen haar voorhoofd. 'Ah, shit!'

'Wat?'

'Ik ben gisteren vergeten mijn moeder terug te bellen, over Dirk.'

'Wáárover?'

'Dirk, Martins zoontje. Mijn nieuwste neefje. Hij zou gisteren naar huis mogen. Er waren problemen bij de geboorte, hij heeft een verlamd armpje.'

'Shit.'

'Ze denken dat het wel goedkomt,' zei Robin.

'Er is flink voortgeplant bij jou in de familie de laatste tijd.'

Robin voelde een lichte huivering vanbinnen, zoals elke keer wanneer het over baby's of zwangerschap ging, en ze was zich er niet van bewust dat Strike haar ook vanbuiten licht ineen zag krimpen.

'Trouwens,' zei ze, om op een ander onderwerp over te gaan. 'Ik denk niet dat we hier ergens eten kunnen afhalen voor vanavond, zo te zien is er niks open. Zal ik boodschappen gaan doen, zodat we vanavond kunnen koken bij de Old Forge?'

'Het regent.'

'Dan komt het goed uit dat ik niet van suiker ben.'

'Oké, ik ga mee.' Strike pakte zijn glas met de bedoeling om het leeg te drinken.

'Nee, jij blijft hier om je been rust te geven. Kijk niet zo naar me, we moeten straks ook nog naar de B&B lopen. Zorg dat je een beetje bijkomt, ik ben zo terug.'

Toen Robin weg was, ging Strike weer uit het raam zitten staren met het gevoel dat hij een krakkemikkige ouwe knar was die werd verzorgd door zijn kleindochter. Hij had zijn gezicht nog niet in de spiegel gezien, maar hij wist dat de wond van de spade er beroerd uit moest zien, want hij trok heimelijke blikken van de mannen die aan het poolen waren. Zijn knie, die hij had verdraaid bij die domme achtervolging van Danny de Leon over het natte gras, voelde ook weer gevaarlijk dik. Terwijl hij zich afvroeg hoe ver ze zouden moeten lopen naar de B&B keek hij naar een stroompje kinderen van basisschoolleeftijd die buiten voorbijholden, allemaal gezond en lichtvoetig. Hij was nog steeds doodop, hij wist dat hij er belabberd uitzag, en na de onvoorziene fysieke uitdagingen die hij op Sark al was tegengekomen was hij er bijna net zo slecht aan toe als ruim een jaar geleden, toen Robin had gezegd dat hij niet fit genoeg was om met hem naar boven te lopen, terwijl hij vreesde dat daar een moordenaar op haar wachtte. Zo had hij zich deze reis niet voorgesteld, en om zijn ellende nog te vergroten vroeg hij zich af of die vreemde blik van Robin toen hij het over voortplanten had gehad er misschien op kon duiden dat ze hem binnenkort – of nu al – iets te vertellen zou hebben dat een versterking van haar relatie met Murphy betekende; een hechtere band die door geen enkele bekentenis van zijn kant onderuit te halen zou zijn.

Het kostte Robin bijna een uur om eerst een supermarkt te vinden en vervolgens een tas vol te laden met de ingrediënten voor spaghetti carbonara, plus de wijn waarvan ze vond dat ze die verdiend hadden, en pijnstillers en doekjes met ontsmettingsalcohol voor Strikes gezicht. Ze ging terug naar de Captain's Bar omdat ze niet wilde dat Strike haar in zijn eentje tegemoet zou moeten lopen, gezien de toestand van zijn been. Tegen de tijd dat ze terugkwam was zijn kaak nog blauwer en dikker, waardoor hij een heel raar scheef gezicht had gekregen.

'Hoe voelt het?' vroeg Robin.

'Nog niet zo erg als laatst met die enge spray van jou.' Strike dwong zichzelf om overeind te komen. 'Geef mij maar een tas.' Hij stak een hand uit.

'Hoeft niet, ik...'

'Geef me een van die fucking tassen, ik heb een vrije hand en één goed been.'

'Oké, oké,' zei Robin geërgerd. 'Hier, nou tevreden?'

'Uitzinnig van vreugde,' zei Strike, en ze liepen samen naar de trap.

Toen ze terugliepen door Rue de la Seigneurie, onvermijdelijk traag omdat Strike sterk gehinderd werd door zijn verdraaide knie, zei hij: 'Wat zou je ervan vinden als Wardle voor ons kwam werken?'

'Wardle?' zei Robin verbaasd. 'Zou hij dat willen dan?'

'Ja.'

'Dat zou heel mooi zijn. Maar kunnen we hem betalen?'

'Hij verwacht niet het salaris dat hij bij de CID heeft. Kosten-baten: met een extra freelancer kunnen we meer werk aannemen. Ik denk dat hij zichzelf ruimschoots zou terugbetalen.'

'Waarom wil hij weg bij de politie?'

Terwijl Strike uitlegde door welke combinatie van persoonlijke omstandigheden Wardle grote behoefte had aan een verandering in zijn loopbaan, kreeg Robin de tijd om zich te herinneren dat Murphy iets tegen Eric Wardle had. Hij had nooit verteld waarom, maar meestal kwam hij met een kritische opmerking zodra de naam Wardle viel. Maar Murphy bepaalde niet wie er bij het bureau kwam werken, net zomin als hij bepaalde welke zaken ze besloten te onderzoeken.

De bui was weer overgewaaid, maar het werd snel schemerig en omdat ze zo langzaam liepen, was de zon ondergegaan voordat ze het afgelegen laantje bereikten waar de Old Forge zou moeten zijn. Algauw werden ze ondergedompeld in een fluwelen duisternis.

'Wat zijn de sterren mooi, hè?' Robin keek naar boven. In de afwezigheid van straatverlichting staken ze fel en helder af tegen het diepe zwart, elk sterrenbeeld duidelijk gemarkeerd.

'Ja,' zei Strike, die in andere omstandigheden misschien geprobeerd zou hebben poëtisch uit de hoek te komen, maar nu te veel pijn had en zich vooral concentreerde op de drassige, oneffen ondergrond, door Robin beschenen met de zaklamp op haar telefoon. De wind fluisterde door de heggen; Robin keek steeds om in de verwachting een auto te zien, maar het was een opluchting om te beseffen dat er niemand zou opduiken met een gorillamasker.

'Hier is het, denk ik,' zei ze toen er na een hele tijd rechts van hen een gebouw opdoemde.

Strike slikte zijn 'Jezus, ik mag het hopen' in en liep uiterst voorzichtig achter haar aan het korte grindpad op, een stenen trapje af en toen eindelijk, met grote opluchting, door de niet-afgesloten deur van de B&B naar binnen, waar Robin de lichten aandeed.

Ze stonden in een grote hal, met boven hen een houten overloop die twee slaapkamers op de eerste verdieping met elkaar verbond. Beneden was rechts een slaapkamer en links een doucheruimte. Hun bagage, nog met de groene labels eraan, stond midden op de houten vloer.

'Wil jij de kamer beneden?' vroeg Robin.

'Dank je wel. Is het goed als ik eerst ga douchen voor het eten?'

'Natuurlijk, ik ga koken.' Robin nam de tas met boodschappen van hem over.

Hun vingers raakten elkaar toen ze hem de tas aanreikte. Robin voelde een lichte huivering door zich heen trekken, gevolgd door een plotselinge mengeling van opwinding en paniek.

87

... we shall be
But closer linked – two creatures whom the earth
Bears singly – with strange feelings, unrevealed
But to each other...

Robert Browning
Pauline

In de keuken van de Old Forge stond een fornuis in een nis in een bakstenen muur, en er waren genoeg zitplaatsen voor acht mensen. Op de vensterbanken stonden houten vuurtorens, maar buiten was het zo donker dat de kust noch de zee te zien was.

Robin was tien minuten aan het koken en wijn aan het drinken toen haar mobiel trilde, en ze nam aan dat het Murphy was. Ze zette het vuur onder haar carbonarasaus lager, pakte het toestel en las:

Misschien is het onzekerheid, maar het is de waarheid. Je zegt dat je van me houdt, maar ik heb het gevoel dat je een deel van jezelf voor me achterhoudt. Soms voelt het zelfs alsof je me alleen maar naar de mond praat. Ik heb steeds het gevoel gehad dat het samenwonen van mij uitging, maar ik kan me niet herinneren dat je ook maar één keer enthousiasme hebt getoond, en toen ik zei dat er een hoger bod was gekomen, hoorde ik geen teleurstelling.

Wat je laatst zei over de baby: dat is niet waar. Het is niet zo dat ik wil dat jij je gedraagt zoals ik denk dat een vrouw zich hoort te gedragen, alleen heb je nooit erkend dat het ons kind was dat je hebt verloren. Ik had het gevoel dat ik niet mocht treuren om de baby omdat jij je dan onder druk gezet voelt.

Er is soms een afstand tussen ons en ik weet niet of jij nu eenmaal zo bent, en dat dit jouw manier is om van iemand te houden, of dat je ons allebei voor de gek houdt over wat je nou echt voelt. En als het het tweede is, zou ik dat liever willen weten.

Robin stond naar het bericht te staren, zo geschokt dat ze pas weer bij haar positieven kwam toen ze besefte dat de kaassaus hard stond te spetteren in de pan, en ze richtte snel haar aandacht weer op het koken. Ze werd overspoeld door een kille golf van paniek en angst. Dus Murphy wist... Wat eigenlijk? Ze hield toch van hem? Ja, ze dacht – wist – dat ze van hem hield. Maar hij had aangevoeld...

Strike kwam de keuken binnen, nog leunend op zijn wandelstok, maar hij voelde zich een stuk beter nu hij had gedoucht. Nat zag zijn haar er nauwelijks anders uit dan zoals het gewoonlijk zat.

'Ruikt heerlijk,' zei hij en hij begon de kleinste van de twee tafels te dekken.

'Hoe is het met je gezicht?' vroeg Robin.

'Is weleens erger geweest,' bromde Strike.

'Onder in de tas zitten ontsmettingsdoekjes, als je die nodig hebt.' Robin schudde de spaghetti in een grote schaal en zette die op tafel. 'Ik ga heel even... Tast toe, wacht niet op mij,' zei ze, en ze liep de gang in, pakte haar weekendtas en nam die mee naar boven, waar ze willekeurig een van de twee slaapkamers koos. Die was ingericht met geeltinten en er stonden drie bedden, waaronder een tweepersoons. Een gezinskamer, besefte ze vaag. Op het bed gezeten las ze Murphy's bericht nog een keer, en ze typte haar antwoord, zin voor pijnlijke zin.

Je weet dat ik van je hou.

Was dat wel zo? Echt? Robin probeerde een nieuwe aanval van spanning en schuldgevoel te onderdrukken en vervolgde:

Ik snap niet wat je bedoelt met die
afstand.

Snapte ze dat niet? Misschien toch wel – maar zou niet elk stel spanningen voelen, na haar lange verblijf op Chapman Farm, die vreselijke zaak van Murphy rond de schietpartij, het gedoe met de huizenjacht, en natuurlijk de buitenbaarmoederlijke zwangerschap?

Robin type verder.

Ik had wel verdriet om de baby, ik
heb erom gehuild, maar het was pas
echt afschuwelijk om te horen dat ik
niet op de natuurlijke manier
kinderen kan krijgen. Dat moet ik
nog verwerken, en het helpt niet als
jij me onder druk zet om erover te
praten, om een beslissing te nemen
over dat invriezen. Je moet
begrijpen dat ik tijd nodig heb om te
bevatten wat er is gebeurd en te
bepalen wat ik nu ga doen.

Dat was in elk geval eerlijk.

Kunnen we dit alsjeblieft fatsoenlijk
bespreken als ik weer thuis ben? Ik
zit hier met Strike, we zijn aan het
werk, en ik kan niet met je praten
zonder dat hij het hoort.

Ze aarzelde, herinnerde zichzelf aan de fijne tijd die ze met Murphy had gehad. Ze wist toch dat hij een fijne, lieve man was? Dus rondde ze af met:

Ik hou echt van je xxxxx

Ze drukte op 'verzenden', met een hol gevoel dat niets met honger te maken had. Haar telefoon trilde. Ze was bang voor wat ze te zien zou krijgen, maar toen ze omlaagkeek, zag ze dat het een bericht was van Wynn Jones.

Dus ik kan jou alleen te spreken
krijgen als ik me door je laat
ondervragen?

Ja, typte Robin automatisch terug. En omdat ze niet te lang boven wilde blijven, voor het geval Strike zou vragen of er iets aan de hand was, liep ze de houten trap weer af.

'Sorry,' zei Strike toen ze de keuken in kwam lopen, met zijn mond vol spaghetti, 'ik rammelde.'

'Prima, ik zei toch dat je niet moest wachten,' zei Robin geforceerd opgewekt, en ze vulde haar glas wijn bij. 'Ik geloof dat ik bijna een gesprek met Wynn Jones binnen heb. Hij appte me net weer.'

Strike slikte de hap door. 'Mooi zo. Dit is trouwens verrukkelijk.'

'Fijn.' Robin ging tegenover hem zitten.

'En weet je al hoe het met Dirk gaat?'

'Wie... O, mijn neefje? Ja,' zei Robin, die inderdaad die middag haar moeder had gebeld, onderweg naar de supermarkt. 'Ze zijn blij met hem. Ze hopen nog steeds dat die verlammingsverschijnselen zullen verdwijnen.'

'Wat was er nou mis?'

'Het was een zware bevalling.' Ze leek weer een brok in haar keel te hebben. *Je hebt aardig wat schade opgelopen...* Ze nam nog een grote slok wijn. 'Zijn zenuwen waren gescheurd en hij is ook nog te vroeg geboren.' *Het embryo kon niet langs dat littekenweefsel...*

'Kleiner dan de baby van elf pond van laatst, dus?'

'Veel kleiner,' wist Robin moeizaam uit te brengen, terwijl ze dacht aan de hobbelende brancard en het gevoel van de ijskoude echostaaf.

Strike nam nog een grote hap spaghetti. Ondanks het kloppen van zijn gezicht en zijn been wist hij dat het moment nu snel naderde waarop hij haar zou vertellen dat hij van haar hield. Wat daar nu voor nodig was, was een ongedwongen praatje, hopelijk met nu en dan een lach, en nog meer wijn, om de remmingen weg te nemen. Hij zou misschien subtiel informeren naar haar relatie met Murphy, en dan...

'Zou jij, na wat je tot nu toe hebt gezien, op Sark willen wonen?' vroeg hij.

'Ik weet het niet,' antwoordde Robin, die de gedachte aan Murphy's bericht niet van zich af kon zetten en haar pasta bijna niet doorgeslikt kreeg vanwege die brok in haar keel. 'Het is wel mooi hier.'

'Ik had meer paarden verwacht.'

'Waarschijnlijk rijden ze hier alleen 's zomers met paard-en-wagen,' zei Robin. 'Voor de toeristen.'

'Ja. Ik zou me wel redden als ik een tractor mocht hebben, maar...'

Strike besefte ineens, tot zijn grote consternatie, dat Robin huilde, al probeerde ze dat te verbergen.

'Heb ik iets...?'

'Nee, het ligt niet aan jou.' Robins stem sloeg over. Ze kwam overeind, strompelde naar de keukenrol en scheurde er een paar velletjes af. 'Let maar niet op mij. Sorry.'

'Waarom...?'

'Nee, n-niks.' Robin leunde tegen het aanrecht, maar ze kon niet ophouden met huilen.

'Wat nou "niks", wat...'

'Ik... heb een baby verloren.'

'Wát?' zei Strike vol afschuw.

Robin kon het niet meer, ze kon de schijn niet langer ophouden, de last van haar verwarring en schuldgevoel niet meer in haar eentje dragen. Onvast liep ze terug naar de tafel, ging zitten en vertelde snikkend het korte, wrede verhaal van haar ongeplande zwangerschap.

'Shit,' zei Strike. 'Ik... Wat erg.'

Hij had geen flauw idee wat hij nog meer kon zeggen. Hij wist niet wat dit betekende, voor Robin of voor haar relatie, wist niet of ze rouwde om het verlies van het kind, of ze de baby had gewild. Hulpeloos keek hij toe hoe Robin tevergeefs probeerde zichzelf weer in de hand te krijgen.

'Ik snap niet waarom ik zo... O, jezus!'

Ze kon niet ophouden met huilen en liet zich slap voorover op de tafel zakken, zoals Danny de Leon eerder had gedaan, haar gezicht verborgen in haar armen terwijl haar haar in haar bord met spaghetti viel. Haar loyaliteit ten opzichte van Murphy vermengde zich met haar tegenstrijdige gevoelens over het bericht dat hij haar zojuist had gestuurd, en ze vocht tegen een sterke aandrang om dingen te zeggen die ze nooit tegen iemand had durven zeggen.

Strike kon niets anders bedenken dan om de tafel heen lopen en een grote hand op haar schouder leggen terwijl ze huilde. Hij was zelden zo onzeker geweest, zo bang om iets verkeerds te zeggen.

'Had je... had je het gewild?'

'Nee,' zei Robin, haar stem iets tussen een piep en een kreun in. 'Het was echt een ongelukje. Ik wist niet eens... tot het al... tot het voorbij was... O god, sorry hoor.'

'Zeg nou niet steeds sorry,' zei Strike, en in totale afwezigheid van enige kennis van wat een buitenbaarmoederlijke zwangerschap zou kunnen inhouden vroeg hij: 'Wat... Hoelang heb je in het ziekenhuis gelegen?'

'Een paar nachten maar.' Robin hief haar betraande gezicht en probeerde zich nog steeds te vermannen. 'Het was... het stelde niet veel voor. Het is alleen gebeurd omdat... de verkrachter... toen ik negentien was... Ik heb een infectie van hem opgelopen en daarom kan ik nu geen... Ik snap niet waarom ik zo reageer!' zei ze licht hysterisch toen er nog meer niet te stelpen tranen kwamen, en ze veegde verwoed haar gezicht droog.

'Is Murpy... Ryan...'

'Hij reageerde heel goed, maar hij wil echt graag kinderen.' Robin snoot haar neus in een stuk keukenpapier en haalde diep adem. 'Ik kan hem niks kwalijk nemen, hij zegt dat hij me ook nog wil als ik ze niet kan krijgen, en hij is heel lief voor me geweest sinds het is gebeurd...'

'Fijn,' dwong Strike zichzelf te zeggen, al was het misschien wel de minst oprechte lettergreep die ooit over zijn lippen was gekomen. 'Logisch,' voegde hij eraan toe. 'Hij is niet gek, hij weet dat hij nooit meer iemand zoals jij zal vinden.'

'Dank je,' mompelde Robin. Ze bette haar ogen met haar linkerhand, maar haar rechterhand vond die van Strike en gaf er een kneepje in.

'En zo te horen,' zei Strike, 'zou je nog steeds – als je wilt...'

'Maar ik wéét niet of ik wel kinderen wil,' zei Robin, en haar opluchting om het hardop uit te spreken tegen iemand anders dan Murphy voelde alsof ze een tourniquet verwijderde. 'Als ik een kind had, zou ik dít niet meer kunnen doen. Er zijn vast vrouwen die het allebei kunnen, maar ik geloof niet dat ik er daar een van ben. Het is niet dat ik niet van kinderen houd. Ik snap heel goed dat mensen ze willen en dat ze er gek op zijn, dat begrijp ik helemaal, voor zover je het kunt begrijpen als je ze zelf niet hebt, maar ik vind dít zo fijn. Het zou niet hetzelfde zijn als ik kinderen had, ik zou banger zijn om risico's te nemen, ik zou me schuldig voelen over mijn werktijden, mijn loyaliteit zou verdeeld raken, en ik ben bang dat ik het ze kwalijk zou gaan nemen dat ik dit moest opgeven, of dat ik me niet meer honderd procent zou kunnen geven, zoals nu. Is dat egoïstisch?' Ze keek Strike met tranen in haar ogen aan.

'*Bloody hell*, het is het tegenovergestelde van egoïstisch,' zei Strike krachtig. 'Als iedereen goed zou nadenken over kinderen voordat ze er kwamen, zouden er heel wat minder verknipte lui rondlopen op deze wereld.'

'De artsen zeggen dat ik mijn eicellen moet invriezen, en Ryan wil dat ook, hij brengt het zo dat ik dan tenminste opties heb straks... en misschien moet ik het ook wel doen.' Robin droogde haar ogen met haar mouw. 'Misschien is het wel het verstandigst... alleen wordt het me zo opgedrongen, en om te horen te krijgen dat die verkrachter me de kans heeft ontnomen...'

Ze zag dat er kaassaus in haar haar zat en veegde die weg.

'Wat erg,' zei Strike nogmaals; hij had geen idee wat hij anders moest zeggen.

'Het is oké.' Robin snoot haar neus. 'Het stelt niks voor in vergelijking met wat jij hebt doorstaan.'

'Wat, met mijn been? Dat is ánders, niet erger,' zei Strike. 'Als je ooit in een militair hospitaal hebt gelegen, dan tel je je zegeningen, neem dat maar van mij aan. Mijn amputatie was vanaf de knie, eronder. Dat is een heel ander verhaal dan erboven. Ik ben niet verlamd. Mijn geslachtsdelen zijn er niet af geblazen door die bom, ik kan nog zien – nog net, na die verdomde spray van jou. Ik red me prima.' Hij was bang dat het te vroeg was voor humor, maar voegde er evengoed aan toe: 'Het is natuurlijk wel een klap voor me dat ik nooit meer *Het zwanenmeer* zal dansen.'

Tot zijn opluchting begon Robin te lachen.

'Denk je weleens aan degene die die bermbom heeft geplaatst?'

'Niet zo vaak. Hij heeft gedaan wat hij dacht te moeten doen. Het was niks persoonlijks.'

'Voor mijn verkrachter was het waarschijnlijk ook niks persoonlijks.'

'Dat is wat anders,' zei Strike weer.

Robin haalde diep adem. 'Sorry dat ik dit allemaal over jou uitstort.'

'Daar heb je vrienden voor,' zei Strike.

Maar hij had nog nooit zo'n lastig dilemma ervaren als waar hij nu voor stond. Kon hij echt tegen haar zeggen, nu ze van streek was door een recent beëindigde zwangerschap: 'Ik heb nog iets waar je misschien rekening mee moet houden als je nadenkt over je toekomst: ik hou van jou'?

'Laten we het over werk hebben.' Robin trok haar hand terug. 'Alsjeblieft.'

'Goed, maar eerst eten,' zei Strike.

Dus aten ze verder, allebei in beslag genomen door hun eigen gedachten. Strike vroeg zich verwoed af wat hij het beste kon doen en probeerde de vraag van alle kanten te bekijken. Ze had zojuist iets uiterst persoonlijk verteld. Opende dat voor hem de deur om hetzelfde te doen? Ze waren eindelijk alleen, op de meest afgelegen plek waar ze waarschijnlijk ooit samen zouden komen, waar niemand anders hen kon bereiken of storen. Was het gekkenwerk om deze kans te laten schieten? Toch was hij bang dat als hij zich nu zou uitspreken, terwijl Robin duidelijk al in een crisis verkeerde, hij zichzelf zou transformeren, misschien wel voorgoed, van vriend en vertrouweling tot nog een extra bron van pijn en verwarring.

Robin zag Strikes lichte frons en vroeg zich af of hij haar net zo chaotisch en onvoorzichtig vond als ze zich voelde, omdat ze in deze puinhoop was beland, omdat ze languit in haar spaghetti had liggen snikken, en opeens verscheen Kim Cochran voor haar geestesoog, altijd netjes en professioneel en opgewekt, haar privéleven perfect op orde. *We maken allemaal fouten. Al moet ik toegeven dat ik nooit met een van de mijne* getrouwd *ben...*

Toen ze allebei uitgegeten waren, gingen ze op Robins voorstel in de naastgelegen huiskamer zitten, die een balkenplafond had en een stenen schouw met houtkachel. Robin nam de wijn mee.

'Vuurtje?' opperde Strike, want het was fris in de kamer, en al zat hij daar zelf niet mee, hij wist uit ervaring dat vrouwen het vaker koud hadden.

'Graag,' zei Robin, die al een dekentje van de bank had gepakt om dat om zich heen te slaan.

Ze keek rond in de kamer met het lage plafond, naar het scheepje in een fles en het porseleinen paardje op de schoorsteenmantel, het zoveelste zeegezichtschilderij aan de muur en de foldertjes met reclame voor de attracties van Sark die uitgespreid lagen op een bijzettafeltje, en ze bedacht hoe fijn ze het gevonden zou hebben om hier te zijn als dat bericht van Murphy niet was binnengekomen. Ze was fysiek moe, maar verlangde naar mentale stimulatie, en ze was zich ook bewust van de wens om tegenover Strike te bewijzen dat ze haar werk nog prima aankon, ondanks haar persoonlijke problemen.

'Oké,' zei ze terwijl Strike in de weer ging met oude kranten en haardblokken, 'we zijn dus terug bij de vraag waarom Wright dáár is vermoord, in die kluis, als het geen uitgekiende truc was om juist met vrijmetselaars de aandacht af te leiden van de vrijmetselaars.'

'Ja.' De moed zonk Strike in de schoenen bij die woorden. Ze wilde het over werk hebben. Sloot ze daarmee bewust de deur voor een vervolg van hun persoonlijke gesprek? Was ze zich er net zo sterk van bewust als hij hoe ongewoon deze situatie was – het afgelegen huis, de vele honderden kilometers tussen hen en Londen – en wilde ze daarom de relatie weer terugbrengen op professionele voet? Met tegenzin en een zwaar gemoed kwam hij tot de conclusie dat het een vergissing zou zijn om nu met zijn eigen gevoelens aan te komen zetten; misschien wel een onherstelbare vergissing.

'Goed,' zei hij nadat hij succesvol vuur had gemaakt, de deur van de houtkachel had dichtgedaan en zich overeind had gehesen aan de rand van de schouw, 'wat voor redenen hebben mensen om iemand op een specifieke plek te vermoorden?'

'Ik zou het niet weten,' zei Robin.

Strike schonk nog wat wijn voor zichzelf in en ging in een rieten stoel zitten, die luid kraakte.

'Ik kan er vier bedenken.'

'Echt?' vroeg Robin verrast.

'Ja. Toeval, gemak, gelegenheid en noodzaak.'

'Nou,' zei Robin, en ze trok het dekentje steviger om zich heen, gekalmeerd door de intellectuele stimulans waarmee ze haar gedachten kon afleiden, en dankbaar voor het vuur, 'toeval was het in elk geval niet, hè? Wright en zijn moordenaar waren niet toevallig midden in de nacht in die kluis. Het was vooropgezet. Georganiseerd.'

'Eens.'

Robin nam nog een slok van haar wijn en probeerde zich te concentreren. 'Wat kwam er na toeval?'

'Gemak. Dat geldt vooral bij moord in eigen huis. Ik denk dat we dat wel kunnen afstrepen. Als het om moordplekken gaat, kan ik maar moeilijk een onhandiger plek bedenken dan een ondergrondse zilverkluis.'

'En dan? Gelegenheid?'

'Gelegenheid zou mooi passen als Kenneth Ramsay, Pamela Bullen-Driscoll of Jim Todd de moordenaar was geweest. Die kluis zou best eens een van de heel weinige plekken kunnen zijn waar zij de kans hadden kunnen krijgen om een sterke, jonge kerel van achteren de hersens in te slaan, zonder getuigen. Helaas hebben zij allemaal een waterdicht alibi. Dan blijft alleen noodzaak over. De kluis was letterlijk de enige plek waar de moord kon plaatsvinden.'

Strike interpreteerde het uitblijven van een reactie van Robins kant correct en zei: 'Ik kan ook niet bedenken waarom het noodzakelijk geweest zou kunnen zijn om het daar te doen. Zelfs als we uitgaan van de premisse dat Wright erheen gelokt is met de belofte van een deel van de opbrengst van de buit, waarom zou de moordenaar het zichzelf dan zo moeilijk maken? Als een slachtoffer makkelijk geld wil verdienen, zijn er honderd andere scenario's te bedenken om hem in de val te lokken, op plekken waar hij ook op zeker moment met zijn achterhoofd naar de dader toe zou komen te staan. Waarom dáár?'

'Ik zou het niet weten,' zei Robin weer. 'Het voelt alsof we een heleboel stukjes van allemaal verschillende puzzels hebben.'

'Dat is ook zo. Semple, Powell, Fleetwood – Knowles ook, trouwens... God mag weten wat "Barnaby" is.'

Robin keek naar de dansende vlammen. 'Hoe vaak denk je dat het voorkomt dat bij een moord zowel de moordenaar als zijn slachtoffer zich voordoet als iemand anders?'

'Niet vaak, lijkt me. Maar als ze de kans kregen, zouden vast meer moordenaars het zo doen. De valse identiteit van Wright heeft heel goed gewerkt in het voordeel van zijn moordenaar. Als het slachtoffer niet te identificeren is, is het verdomd lastig om na te gaan waarom iemand hem dood wilde hebben.'

Ze keken allebei een poosje naar de vlammen die dansten in de houtkachel.

'Ik blijf maar aan Wright denken,' zei Robin toen. 'Zoals Daz en Mandy hem beschreven, klonk hij...' Haar stem stierf weg. Ze nam nog een slok wijn.

'Klonk hij...?' spoorde Strike haar aan.

'Nou ja, een beetje... eenzaam, of verloren of zo... Het lijkt me zo raar om naar je benedenburen te gaan, mee te eten van hun afhaalmaaltijd en te blowen, jezelf uitgebreid door ze laten bekijken, terwijl je vermomd bent en van plan bent een inbraak te gaan plegen. Als Wright wist dat hij daar maar kort zou blijven, waarom sloot hij dan vriendschap met Mandy en Daz? En dat hij gewichten had besteld en die in zijn flat had laten bezorgen... waarom zou je dat doen als je maar een maand blijft?'

'Twee heel goede punten,' zei Strike.

'Denk je nog steeds dat Todd het cv van Wright had geschreven?' vroeg Robin.

'Ja, dat denk ik. Ergo, Wright beschouwde Todd als een bondgenoot, misschien zelfs een vriend... maar dat roept nog meer vragen op, nietwaar? Als Todd dubbelspel speelde door Wright wijs te maken dat hij aan zijn kant stond terwijl hij hem in werkelijkheid die kluis in wilde lokken zodat Oz hem kon vermoorden, dan komen we weer uit bij de vraag waarom de moord in die kluis moest plaatsvinden. En waarom zou Wright er in godsnaam mee ingestemd hebben om om één uur 's nachts die kluis in te lopen, met de man voor wie hij op de vlucht was? Dit is geen shakespeareaanse klucht, waar een man zijn haar anders kamt en onmiddellijk onherkenbaar wordt voor zijn eigen zuster. Een krullenpruik is niet bepaald een onherkenbare vermomming.'

'Misschien had Wright Oz nooit eerder ontmoet, of wist hij niet hoe hij eruitzag.'

'Ook dan is het heel gek dat hij om één uur 's nachts met hem die kluis in wilde gaan. Volgens Mandy had Wright tegen haar en Daz gezegd: "Of misschien stuurt hij iemand." Wright wist dat hij degene die het op hem gemunt had misschien niet zou herkennen.'

'Ik weet dat Reata Lindvall waarschijnlijk niet "Rita Linda" was, zei Robin, terugdenkend aan Strikes ongeïnteresseerde blik in het vliegtuig, 'maar stel nu even van wel, stél. Misschien had Todd dan aan Wright verteld wat er met haar was gebeurd, nadat hij dat in zijn Belgische cel had gehoord.'

'Daar heb ik ook aan gedacht toen ik hoorde dat Todd in België had vastgezeten,' zei Strike. 'Maar als Wright Todd beschouwde als een vriend, waarom zou hij dan met die informatie naar de pers stappen? Dan was Todd niet langer incognito, dan had iedereen geweten dat hij was veroordeeld wegens verkrachting, de politie en de pers zouden hun pijlen weer op hem richten en Todd zou beschuldigd worden van het wegmoffelen van bewijs.'

Er verstreek bijna een minuut waarin ze allebei hun eigen gedachtegang volgden.

'Die mail die vanaf Ramsay Silver naar Osgood is gestuurd...' Robin bevrijdde zichzelf van het dekentje om haar telefoon uit haar zak te vissen. Toen ze het bericht had gevonden, las ze het hardop voor.

'"Beste meneer Ozgood, Ik kan u helpen met iets waarvan ik weet dat het een probleem voor u is, als u me zou willen treffen."'

Ze keek op naar Strike. 'Die mail moet wel door Wright verstuurd zijn. Todd zou Oz nooit mailen vanaf zijn werk, niet als ze handlangers waren.'

'Sterk beredeneerd, tot op zekere hoogte,' zei Strike, 'maar was Wright van plan om Oz te mailen, de zogenaamde muziekproducent, of Osgood, de echte?'

'Stel nou dat Wright wist er een bedrieger was die zich voor Osgood uitgaf, en dat hij hem wilde vertellen wie dat was? Dat hij daarom "Oz" noemde, als hint.'

'Dat past in het plaatje,' zei Strike. 'Maar het is niet de enige verklaring. Wat nou als Wright aanbood om te helpen met een probleem dat om één uur 's nachts opgelost zou worden in de kluis?'

'Wat voor probleem kan Osgood gehad hebben waarvoor hij om één uur 's nachts die kluis in zou moeten?'

'Nou, bijvoorbeeld "ik kom momenteel voor een ton aan maçonniek zilver tekort",' zei Strike, en Robin moest lachen.

'Het is verleidelijk om te proberen Semple in dit verhaal in te passen,' vervolgde Strike, 'want zijn mentale toestand zou enkele van de anomalieën kunnen verklaren: te veel vertrouwen in Todd, blowen met de buren. Misschien was hij inderdaad geobsedeerd door het Murdoch-zilver.'

'Maar je kunt Powell ook in het plaatje passen,' zei Robin. 'Hij wilde een nieuwe start en we weten dat hij niet de slimste was, wat kan verklaren dat hij zo veel vertrouwen had in Todd, en dat hij het gevaar niet zag dat Oz voor hem vormde.'

'Klopt, maar zoals ik in Ironbridge al zei: een maçonnieke zilverwinkel lijkt me wel een heel rare plek waar een monteur zou willen werken. Bovendien lijkt niemand ook maar ene moer om Powell te hebben gegeven, behalve zijn oma, en zij vond het vooral erg dat hij geen boodschappen meer voor haar deed. Ik denk dat dat met die auto echt een ongeluk was. Denken we serieus dat de keurige Whiteheads, die brave burgers, na het verlies van hun dierbaren huurmoordenaars zouden inschakelen om heel Engeland af te speuren naar Tyler Powell?'

'Nee,' gaf Robin toe, 'maar misschien dacht Tyler wel dat dat zou gebeuren... We vergeten Rupert Fleetwood.'

'Ik ben hem niet vergeten,' zei Strike, 'maar ik zal je één ding zeggen: het is niet logisch dat Todd een cv geschreven zou hebben voor Fleetwood, die dat heel goed zelf kon – en gezien zijn opleiding aan een privéschool zou het me hogelijk verbazen als hij niet genoeg over zilver kon leren om door dat sollicitatiegesprek heen te komen zonder de hulp van Todd. Van Powell daarentegen vind ik het wel heel geloofwaardig dat hij dat klusje maar al te graag aan iemand anders zou overlaten, en van Semple misschien ook. We weten niet hoe het bij hem zat met lezen, en met zijn concentratie, na dat hersenletsel, en waarschijnlijk had hij nooit van zijn leven een cv geschreven. Dat heb je als man bij de Special Forces niet nodig.'

'Ik weet zéker dat Rupert nog leeft,' zei Robin, 'maar zou je niet inmiddels een teken van leven van hem verwacht hebben? Hij moet weten dat we naar hem op zoek zijn. Sacha Legard moet zijn nagegaan waar hij is, na dat gesprek met jou. En ik weet ook zeker dat Albie Simpson-White weet wat er met hem is gebeurd. En toch heeft Rupert niks gedaan om te voorkomen dat we hem vinden, of om Decima te verlossen van die vreselijke onzekerheid. Hij moet snappen dat dat op de lange duur beter zou zijn – en hoe zit het met zijn zoontje? Geeft hij dan helemaal niks om hem?'

'Geen idee.'

'Hij is ook weer iemand die zich heel onlogisch lijkt te hebben gedragen,' zei Robin. 'Uit Albies mond klonk hij echt als een goed mens. Albie zwoer dat Rupert van Decima hield, en toch is hij zonder een woord vertrokken... Ik móét proberen Cosima Longcaster te spreken te krijgen,' zei Robin vastberaden. 'Dat ga ik deze week doen... Zeg, vind je het erg als ik naar bed ga? Ik ben doodop – jij zult ook wel moe zijn, na een nacht zonder slaap.'

'Ja, vroeg naar bed zou me nu wel goed doen.'

'Ik doe nog even de afwas.' Robin bevrijdde zich van het dekentje dat ze weer om zich heen had geslagen.

'Dat doe ik, jij hebt gekookt. Het is maar een pan met twee borden.' Strike hees zich moeizaam uit zijn stoel, met behulp van zijn stok. 'Ga maar naar bed, ik was af.'

Toen Robin naar boven was, strompelde Strike met een ellendig gevoel naar de keuken. Het was een schrale troost dat hij naar zijn idee het juiste had gedaan door zijn eigen emotionele crisis niet aan Robin op te dringen nu ze duidelijk zelf in een ernstige crisis zat, maar zijn laatste sprankje hoop was gedoofd en veranderd in een diepe duisternis, en hij werd overmand door zelfverwijt. Het was helemaal zijn eigen schuld dat hij gedwongen was geweest, in waarschijnlijk de meest gunstige setting voor romantiek waar Robin en hij ooit samen zouden komen, om haar plannen voor het bewaren van haar eicellen voor Murphy aan te horen.

Op de vensterbank boven de gootsteen waar hij de afwas deed stond een ingelijste spreuk: *Eindig de dag altijd met een positieve gedachte. Hoe zwaar het vandaag ook was, morgen is een nieuwe kans voor een frisse start.*

Strike wierp de tekst een duistere blik toe terwijl hij zijn handen afdroogde, en hij hobbelde de hal door naar zijn slaapkamer.

88

But she had mistaken her man. Perhaps she had not met many like him.

John Oxenham
A Maid of the Silver Sea

De wond in Strikes gezicht zag er de volgende morgen nog erger uit; de zwelling was enigszins afgenomen, maar zijn huid zat vol heftige blauwe plekken. Het deed ook nog pijn en hij koos ervoor zich niet te scheren, uit angst de snee die door de spade was veroorzaakt weer open te halen.

Voordat ze teruggingen naar de veerboot liepen Robin en hij een eindje over La Coupée, dat vlak achter de Old Forge lag: een hoge, smalle landengte die het hoofdeiland verbond met Little Sark. Terwijl Robin met de wind in haar haren naar de turbulente grijze zee keek, checkte Strike zijn telefoon.

'We mogen van geluk spreken als we vandaag terug kunnen,' zei hij.

'Hoezo?'

'Storm Doris heeft net Engeland bereikt. Windstoten van honderdvijfenveertig kilometer per uur. Een heleboel vluchten zijn geannuleerd.'

En inderdaad, toen ze in Guernsey op het vliegveld aankwamen, zagen ze dat hun vlucht vertraging had, en onder de geërgerde passagiers ging het gerucht dat hij geannuleerd zou worden. Robin betrapte zich erop dat ze hoopte dat dat zou gebeuren, dat Strike en zij een hotel konden nemen op Guernsey, waar ze met een schoon geweten zou kunnen genieten van een extra avond ver van Londen. Maar een uur na de geplande vertrektijd mochten ze alsnog instappen.

De daling in Gatwick was zenuwslopend, en op zeker moment pakte Robin instinctief Strikes onderarm omdat het vliegtuig zigzaggend de landingsbaan naderde, geteisterd door de stormachtige wind. Maar ze landden keurig, onder applaus van de passagiers, maar niet van Strike, voor wie het beetpakken van zijn arm bitterzoet was geweest. Hij zou met liefde een veel ruigere daling doorstaan hebben als dat het fysieke contact had verlengd.

Hoewel Londen nog sporen droeg van de beukende storm was het de volgende dag kalm, zonnig en koud. Er was een boom omgewaaid in Richmond Street, waar De Ezel en zijn vrouw woonden, en Strike keek vanuit zijn BMW toe hoe mannen in gele jassen de boel opruimden, blij dat hij niet op zijn been hoefde te steunen na het vele lopen op Sark. Zijn kaak was nog pijnlijk en hij voelde zich nog somberder dan in de Old Forge. Hij kon geen troost putten uit de herinnering aan Robin die zijn arm had beetgepakt in het vliegtuig of zijn hand had vastgehouden in de keuken, want zij en Murphy zouden binnenkort gaan samenwonen, en of ze nu wel of niet op korte termijn kinderen wilde, het was duidelijk te zien welke kant het allemaal op ging: Murphy voerde subtiel de druk op, Robin zou zich uiteindelijk gewonnen geven en dan beseffen, zoals ze op Sark al had gezegd, dat ze zich niet voldoende kon losmaken van haar kind als ze haar werk bleef doen zoals ze het nu deed...

Kim zou die avond om zeven uur het schaduwen van de echtgenote van De Ezel overnemen, maar tien minuten voor die tijd ontving Strike een appje van haar.

Sorry, persoonlijk noodgeval, kun jij blijven? Ik kom zo snel als ik kan.

Aangezien hij niet alleen neerslachtig was, maar ook honger had en moe was, was Strike niet bepaald blij met dat bericht, maar hij stuurde een bevestigend antwoord, waarna de vrouw van De Ezel een paar minuten later in haar eentje het huis uit kwam, in een Uber stapte en vertrok in de richting van het centrum. Strike volgde haar in zijn BMW en hoopte dat ze niet te ver weg zou gaan; hij wilde naar huis. Terwijl hij toekeek hoe ze haar make-up bijwerkte op de achterbank, vroeg Strike zich af of De Ezel haar uiteindelijk niet zou dumpen, zoals hij had gedaan met een vorige vriendin die teleurstellend monogaam was gebleken. Het was jammer, dacht Strike, dat hij niet dezelfde fetisj had als De Ezel; hij zou de tijd van zijn leven hebben als hij ervan genoot dat de vrouw van wie hij hield neukte met een kerel die er beter uitzag dan hij.

De chauffeur van mevrouw Ezel zette haar af voor het St Martins Lane Hotel. Strike zocht een parkeerplek en betrad de witte vloer van de ruime lobby, die was ingericht met voorwerpen als reusachtige schaakstukken en een bank bekleed met kunstbont. Hij deed zijn best om niet al te zichtbaar met zijn been te trekken terwijl hij naar de informatiebalie liep, waar hij te horen kreeg dat er een restaurant was en een lunchgedeelte. Hij ging bij allebei kijken, maar geen spoor van zijn doelwit.

Nu vroeg hij zich af of de vrouw van De Ezel misschien naar een kamer was verdwenen voor een geheim rendez-vous, en hij informeerde bij een langslopende hotelmedewerker of er nog andere plekken waren waar zijn date op hem kon wachten. Hij werd doorverwezen naar de Blind Spot, een geheime bar die te bereiken was via een verscholen witte deur met een uitgestoken gouden hand als klink. Strike was niet in de stemming om dat lekker gek te vinden.

De ruimte achter de deur was lang, smal en zo donker dat hij bijna gestrekt ging toen hij met zijn kunstvoet achter de rand van een kleed bleef haken. Toen hij zijn evenwicht had hervonden zag hij de vrouw van De Ezel zitten, helemaal achterin met twee andere vrouwen aan een tafel met twee banken, verlicht door een schemerlampje. Een ober bracht Strike naar de enige vrije tafel, waar hij plaatsnam op een leren bankje dat zo gepositioneerd was dat hij mevrouw Ezel in de gaten moest houden via een grote spiegel aan de muur tegenover hem, waarin hij haar maar deels kon zien, en nog vervormd ook.

Uit de speakers boven zijn hoofd klonk 'Itchycoo Park'.

I feel inclined to blow my mind...

De ober gaf hem de cocktailkaart. *Fuck it.* Het kantoor was tien minuten lopen; hij zou de auto hier laten staan, hij had alcohol verdiend. Nadat hij ongeduldig langs de cocktails had gebladerd, die allemaal het thema van verschillende steden en landen hadden, bestelde hij een dubbele Ardbeg en zocht naar een manier om zijn been met de prothese in de smalle ruimte tussen de tafel en de leren bank te schuiven.

Strikes drankje kwam kort nadat hij Kim de nieuwe locatie had geappt. Hij nam een grote slok van de rokerige whisky en zag af van het bestellen van dure borrelhapjes, ondanks zijn trek, want hij hoopte hier niet lang te hoeven zitten. Overal om hem heen in de schemerige ruimte zaten stelletjes, hun gezichten beschenen door kleine poelen van licht uit de lampjes, dus nam hij zijn toevlucht tot zijn telefoon, in de hoop over te komen als iemand die op zijn vriendin wachtte. Hij zocht online naar gegevens over Jim Todds moeder, een taak waar hij zich al de hele dag met tussenpozen mee bezighield.

Nancy Jameson bleek lastig op te sporen, want ze was vaak geswitcht van haar meisjesnaam naar de namen van haar echtgenoten en terug. Strike had meerdere veroordelingen voor haar gevonden, de meeste wegens verstoring van de openbare orde, maar ook voor winkeldiefstal, al leek de laatste daarvan te dateren van vijf jaar terug. Strike besefte dat ze ook dood zou kunnen zijn, maar hij bleef zoeken, want dat alledaagse klusje leidde hem af van zijn problemen. Toen zijn glas leeg was, bestelde hij een tweede whisky.

Om acht uur, terwijl Françoise Hardy door de speakers zong en Strike aan zijn derde dubbele Ardbeg zat, kwam er op zijn mobiel een telefoontje door dat was doorgeschakeld vanaf de zaak.

'Strike.'

De lijn was slecht. Een paar seconden lang zei niemand iets, maar Strike hoorde gekraak. Toen zei plotseling een zware mannenstem: 'Je spreekt met Rupert Fleetwood.'

Het duurde even voordat het helemaal tot Strike doordrong; tweeënhalve dubbele Ardbeg had zijn concentratie geen goed gedaan. Hij tastte haastig in zijn zak naar zijn aantekenboekje en verhief zijn stem, boven Françoise Hardy uit.

'Wat fijn u te spreken, meneer Fleetwood.'

'U zocht mij,' zei de zware stem.

'Ja.'

Het onverwachte van het telefoontje, zo kort nadat Robin haar verbazing had geuit over het feit dat Fleetwood geen contact met hen had opgenomen, had hem verrast.

'Je ex-vriendin is erg bezorgd om je.'

Er kwam geen reactie.

Oui mais moi, je vais seule

Car personne ne m'aime...

'Waar ben je momenteel?' vroeg Strike, die erin was geslaagd zijn notitieboekje open te slaan en nu zocht naar zijn pen.

'Dat doet er niet toe,' zei de zware stem. 'Zeg gewoon tegen Decima dat het goed met me gaat.'

'Daar zal ze niet blij mee zijn, vrees ik.' Strike bracht zijn telefoon nu naar zijn linkeroor, zodat hij kon schrijven. 'Ze gelooft niet dat je zomaar bij haar weggaan zou zijn. Zij denkt dat ze niks van je hoort omdat je dood bent.'

Hij wachtte, maar er kwam geen reactie.

'Ik denk dat ze op z'n allerminst zal willen weten waarom je verdwenen bent,' zei Strike.

'Het had nooit kunnen werken tussen ons.'

'Waarom niet?'

'Daarom niet,' zei de stem. 'Het ligt niet aan haar.'

'Ik zal bewijs moeten hebben dat je echt Rupert Fleetwood bent, als je wilt dat ik je boodschap doorgeef. Vertel eens iets wat alleen Rupert en Decima kunnen weten.'

Hij wachtte, zijn pen in de aanslag.

'Ze noemde me Beer,' zei de zware stem.

'En zij en Rupert zijn de enigen die dat weten? Heeft Decima nooit Beer gezegd waar anderen bij waren?'

Comme les garçons et les filles de mon âge

Connâitrais-je bientôt ce qu'est l'amour?

'Ik kan wel iets bedenken wat alleen Rupert en Decima wisten voordat hij verdween,' zei Strike.

'Ik heb het zilveren schip van haar vader gestolen,' zei de zware stem.

'Er zijn zat mensen die weten dat Fleetwood dat schip heeft gestolen. Ik wil iets wat alleen Rupert en Decima...'

De beller hing op.

Strike liet fronsend zijn mobiel zakken. Hij vroeg zich af of hij Robin moest bellen met het nieuws dat hij zojuist was gebeld door Rupert Fleetwood, of iemand die zich voor hem uitgaf, maar ze was nu waarschijnlijk samen met Murphy.

Ook al beurde de whisky hem niet echt op, de drank had in elk geval een verdovende uitwerking en dat was beter dan niets, dus bestelde hij een vierde terwijl hij zich afvroeg waar Kim bleef. Het was niks voor haar om te laat te komen, ze was meestal overdreven punctueel.

Zijn verse drankje was net voor hem neergezet toen zijn mobiel weer ging, opnieuw met een doorgeschakeld telefoontje. In de hoop dat het weer de man met de zware stem zou zijn nam hij op.

'Strike.'

'Aye, met mij,' klonk het op luide, felle fluistertoon, met een zwaar Schots accent. 'Waar wacht je nou op? Ik moet je zien!'

Na een moment van verwarring zei Strike: 'Bent u degene die me heeft gebeld over een brug?'

'Daar wil ik niet over praten!' zei ze woest. 'Je moet komen!'

'Waar bent u?' Strike probeerde zijn notitieboekje weer uit zijn zak te vissen.

'Kom nou maar gewoon naar de Golden Fleece, verdomme!'

'Waar is dat?'

'Dat weet je best, het is de enige plek waar ik veilig ben, min of meer, maar ik moet uitkijken, ik denk dat ze me in de gaten houden...'

'Bent u Rena Liddell?'

'NIET MIJN FUCKING NAAM ZEGGEN!' brulde ze.

Hij hoorde het geluid van een ouderwetse telefoonhoorn die op de haak werd gegooid in een telefooncel.

Shit.

Strike, die inmiddels enigszins dronken was, rammelde nu van de honger, dus ging hij overstag en bestelde friet en calamariringen van de borrelkaart. De ober had zijn hielen nog niet gelicht of Kim kwam eindelijk de bar binnen.

'Sorry, echt. Ik kom nóóit te laat op mijn werk,' mompelde ze.

Toen ze naast hem kwam zitten, zag Strike in het beperkte licht bij het zitje dat hij niet de enige was die gewond was. Kims gezicht was overduidelijk opengehaald, door iemand die diepe, bloederige krassen had achtergelaten. Haar rechteroog was dik en Strike zag dat er blauwe plekken omheen verschenen.

'Wat is er met jou gebeurd?'

'Dat heeft... Ray, weet je wel, mijn ex?'

Trager van begrip dan gewoonlijk door alle Ardbeg die hij tot zich had genomen, zei Strike: 'De werkloze man, ja. Heeft híj dit gedaan?'

'Nee, het was... Ik heb je toch verteld dat hij een vriendin had toen we iets met elkaar kregen? Nou, zij heeft het gedaan.'

'Jezus.'

'Ik deed de deur van mijn flat open en daar stond ze, ze wachtte me op,' zei Kim. 'Luister, het spijt me echt, kan ik een borrel krijgen, ik...'

Strike was niet in de positie te weigeren, gezien de hoeveelheid Ardbeg die hij zelf had genuttigd, dus stak hij een hand op om de ober te wenken, en omdat Kim inmiddels met haar gezicht in haar handen zat en mompelde 'Doe maar wat' bestelde bij ook voor haar een Ardbeg.

Toen haar drankje gebracht was, nam Kim een grote slok, hoestte en zei: 'Getver, wat smerig. Wat is dit?'

'Whisky.'

'O... nou ja, het zal vast wel helpen.'

Ze goot nog een slok naar binnen.

'Waarom kwam de ex van je ex vandaag langs?' vroeg Strike.

'Omdat Ray zelfmoord heeft gepleegd,' zei Kim botweg.

Het beeld van Charlotte in een bad vol bloed kwam vanuit Strikes onderbewustzijn bovendrijven. Hij herinnerde zich ook de schok nadat een voormalige verdachte zich had opgehangen in een garage.

'Fuck, dat is klote.'

'Het heeft niks met mij te maken,' zei Kim snel. 'We waren al maanden uit elkaar, ik kan er niks aan doen, maar ze zoekt gewoon iemand die ze de schuld kan geven. Zij is degene die hem constant aan zijn kop liep te zeuren over geld. Ze hebben kinderen samen,' voegde ze eraan toe. Ze nam nog een grote slok Ardbeg. 'Ik deed de deur open en ze stond op de galerij te wachten. Ze pakte me bij mijn haar en gaf zo een stomp in mijn gezicht. Ze werkte me tegen de grond, schopte me, en toen kwam ze boven op me zitten...'

'Was ze niet bij de politie?' Strike herinnerde zich vaag wat Kim hem had verteld in het Dorchester.

'Ja. Als ze dan zo fucking bezorgd is om haar kinderen, dan verwacht je toch dat ze niet gearresteerd wil worden, hè, zo kort na de dood van hun vader? Mijn buren kwamen de galerij op, trokken haar van me af en belden de politie. Ik moest een verklaring afleggen. Toen ik daarna buiten bij mijn auto aankwam zag ik dat ze daar een grote kras op had gemaakt en alle ramen had ingeslagen. Ik heb een taxi hierheen moeten nemen. Ik weet niet hoe ik de vrouw van De Ezel straks naar huis moet volgen.'

'Daar zou ik me maar niet druk om maken. Ze duikt vanavond heus niet met iemand anders het bed in.'

'O god, wat ben je toch aardig voor me.' Kim leunde tegen hem aan voordat ze haar glas leegdronk. 'Mag ik er nog een?'

Strike had zo zijn bedenkingen over een tweede whisky voor haar, maar hij stak zijn hand op. Als hij geen eten had besteld zou hij nu op weg zijn naar huis, maar hij rammelde en hij wilde zijn friet.

Tegen de tijd dat zijn eten en Kims nieuwe Ardbeg waren gebracht had ze zich nog twee keer tegen hem aan gedrukt, met haar rechter- tegen zijn linkerarm, met hese lachjes. Ze leek begrijpelijkerwijs van slag door het nieuws dat haar ex dood was, maar de flirterigheid die haar gedrag binnensloop stond hem niet aan, of die nu op zichzelf stond of voortkwam uit het verlies. Intussen had hij slechts drie calamariringen gekregen, wat hem geen al te beste beloning leek voor het blijven. Hij begon aan de friet.

'Dat is hij, dat is Ray.' Kim liet Strike een foto zien op haar telefoon, al had hij daar niet echt behoefte aan. Ray was een knappe man geweest met hetzelfde dikke, vroegtijdig grijze haar als Barclay. Strike vroeg zich af of hij de foto te zien kreeg omdat Kim daarop naast Ray stond in een nietsverhullend topje.

'Dat was op Ibiza.' Kims stem haperde even, en ze draaide het schermpje naar zich toe en bekeek de foto aandachtig. 'O god,' zei ze toen, plotseling emotioneel, terwijl ze langs de foto's scrolde. 'Hij heeft het in zijn auto gedaan. Uitlaatgas. Ik snap niet waarom ik nu...'

Ze begon te huilen. Strike, die geen fysiek gebaar van troost wilde maken en grote moeite had om zijn gedachten te ordenen, door de vermoeidheid en de grote hoeveelheid whisky die hij had gedronken, zei: 'Klote is dat, als zoiets gebeurt.'

Precies zoals hij had gevreesd liet ze zich tegen hem aan zakken en bleef zo zitten, snikkend, terwijl Johnny Kidd & the Pirates door de speakers begonnen te zingen.

When you move in right up close to me
That's when I get the shakes all over me...

Godsamme, dacht Strike, die nu niet bij zijn friet kon zonder Kim van zich af te duwen. Toen hij naar haar mobiel keek, die met het scherm naar boven in haar schoot lag, zag hij een foto van haar waarop ze naakt voor een spiegel stond, zodat je goed kon zien waar haar bikini had gezeten. Hij wendde zijn blik af en hoopte dat het gebrek aan een troostende arm haar ertoe zou aanzetten te gaan verzitten, en even later deed ze dat inderdaad. Met alweer een hees lachje en een gefluisterd 'sorry' ging ze rechtop zitten, en ze streek met de rug van haar hand over haar ogen.

'O, shit!' zei ze met slecht gespeelde gêne, en ze draaide de telefoon om. 'Ik snap niet wat ik...' Nu richtte ze haar glanzende bruine ogen voor het eerst op hem, en ze slaakte een kreetje. 'Wacht even, wat is er met jóú gebeurd?'

Hij was te traag om te verhinderen dat ze even de zijkant van zijn gezicht aanraakte.

'Spade,' zei hij, en hij pakte de laatste friet.

'Een spáde?'

'Ja. Zeg, ik moet nu echt...'

Hij stak een hand op om de rekening te vragen, en toen hij dat deed, legde Kim een hand op zijn bovenbeen. 'Je bent zo lief. Dank je wel.'

Hij pakte haar pols en gooide haar hand terug in haar schoot. 'Niet doen.'

'Wat?'

'Dat weet je best. Wij gaan niet neuken,' zei Strike, feller dan hij gesproken zou hebben als hij niet zoveel had gedronken. 'Nooit.'

'Wat? Ik was niet...'

'Genoeg!' Zijn tong voelde te zwaar, maar hij had eindelijk iemand gevonden op wie hij zijn woede kon afreageren; woede op hemzelf, en om de puinhoop die hij ervan had gemaakt met Robin. 'Geen zogenaamd verkeerde appjes meer, geen geintjes, oké? En hou die fucking naaktfoto's voortaan bij je.'

Hij was zich er hyperbewust van hoe Kim die star naast hem zat terwijl hij de rekening betaalde. Hij twijfelde er niet aan dat ze kwaad was en zich vernederd voelde, maar het kon hem niet schelen. Na het afrekenen kwam hij overeind, moeizaam omdat zijn been sliep, zonder haar aan te kijken.

'Ik zie je op kantoor.'

Hij vertrok, en het was pure mazzel dat hij niet een tweede keer struikelde over het kleed.

89

Half-way, for one commandment broken,
The woman made her endless halt,
And she to-day, a glistening token,
Stands in the wilderness of salt.
Behind, the vats of judgment brewing,
Thundered, and thick the brimstone snowed:
He to the hill of his undoing
Pursued his road.

A.E. Housman
xxxv, More Poems

Robin had het gevoel alsof ze twee weken weg was geweest uit Londen, in plaats van de achtenveertig uur die in werkelijkheid verstreken waren. Het ergste van alles was het onrustige, nerveuze gevoel dat vrijwel meteen na de stormachtige landing van het vliegtuig was teruggekeerd. Ze besefte nu pas hoe veilig ze zich had gevoeld op Sark. Ze was terug in het lawaaiige, drukke Londen, waar elke man die je passeerde thuis een gorillamasker verstopt kon hebben; ze keek weer om de paar meter over haar schouder, en ze schoot weer regelmatig tussen het drukke verkeer de weg op of stapte pas op het allerlaatste moment uit de metro om niet gevolgd te worden.

En dan was die onderdrukte, immer aanwezige angst niet eens haar grootste zorg. Murphy en zij troffen elkaar die zaterdagavond in een Italiaans restaurant om te praten. Ze herhaalde dat ze van hem hield, zei dat ze geen afstand voelde en dat ze zeker met hem wilde gaan samenwonen. Ze probeerde niet te denken aan Strike die aan de keukentafel bij de Old Forge haar hand had vastgehouden, of aan zijn begrip toen ze had moeten huilen. Dat moest ze uit haar hoofd zetten. Ze ging samenwonen met Murphy.

Die nacht sliep ze bij hem en op zondag bleef ze in zijn appartement. Ze hadden twee keer seks; hij leek een stuk gelukkiger dan de afgelopen tijd, en Robin maakte zichzelf wijs dat zij dat ook was.

Tot haar verbazing stuurde Wynn Jones, de vriend van Tyler Powell, haar zondagmiddag een bericht dat hij haar die avond wel wilde spreken via FaceTime.

'Is alles oké?' vroeg Murphy toen hij haar gezicht zag bij het lezen van Jones' bericht.

'Ja, hoor. Het is van iemand die ik al een tijdje probeer te spreken over Rupert Fleetwood.'

Ze vroeg zich af waarom ze nog steeds tegen hem loog over wat ze precies deed in de zaak van de zilverkluis, en ze nam aan dat het de macht der gewoonte was.

'Zeg, vind je het erg als ik een uurtje naar de sportschool ga?' vroeg Murphy.

'Natuurlijk niet.'

Ze was opgelucht bij het vooruitzicht alleen te zijn, en nog blijer dat Murphy er niet was toen Strike haar belde, tien minuten nadat hij was vertrokken.

'Kan het even?' vroeg hij, zijn stem klonk schor.

'Ja. Gaat het wel goed?'

Strike, die in zijn zolderflat op zijn bed lag zonder prothese, zei: 'Ja, gaat goed.'

In werkelijkheid had hij al de hele dag last van zijn maag, en hij vermoedde dat dat te wijten was aan het broodje kebab dat hij op weg naar huis vanaf de Blind Spot had gehaald de vorige avond, omdat zijn honger niet gestild was door een bakje peperdure friet en drie calamariringen. Hij had tot laat uitgeslapen en was daarna op bed blijven liggen en had geprobeerd zich niks aan te trekken van zijn opspelende maag en darmen terwijl hij al vapend online bleef zoeken naar de moeder van Jim Todd, met een ijspakking rond zijn pijnlijke knie gebonden. Hij zou straks de prothese weer moeten bevestigen, want die avond moest hij Plug schaduwen.

'Ik heb groot nieuws,' ging hij door. 'Gisteravond heeft er een man gebeld die beweerde Rupert Fleetwood te zijn.'

'Wát?'

'Ja, wat een toeval, net nadat jij had gezegd dat het je verbaasde dat hij geen contact met ons had opgenomen. Hij heeft me het koosnaampje gegeven dat Decima volgens hem voor hem gebruikte en gaf toe dat hij het tafelschip heeft gestolen, maar toen ik doorvroeg naar iets wat alleen hij en Decima kunnen weten, hing hij op.'

'O,' zei Robin.

'Hij had een heel zware stem. Ik heb Decima gemaild om te vragen of dat strookt met Rupert, al zal ze, haar kennende, wel zeggen dat iemand hem nadeed. En ik denk dat ik ook Todds moeder heb gevonden. Ze woont in Harlesden, dus ik ga erheen zodra ik tijd heb, kijken of Todd contact met haar heeft opgenomen. En dan nog iets,' zei Strike, en hij hoopte dat er geen ruzie van zou komen. 'Kim heeft ontslag genomen. Ik kreeg net de mail.'

'O,' zei Robin weer. Voor het eerst in dagen leefde ze op. 'Waarom? Is er iets gebeurd, of...?'

'Ja, er is iets gebeurd.' Strike besloot dat hij hier eerlijk over moest zijn, ook al kwamen er misschien problemen van. 'Ze kwam me aflossen en was in alle staten. Haar ex heeft zich vergast in zijn auto.'

'O, mijn god!'

'En toen stond zíjn ex bij Kim voor de deur om haar een pak rammel te geven. Ze kwam huilend in de bar aan, ze zat onder de schrammen en... nou ja, ze leunde tegen me aan en legde haar hand op mijn been en...' Hij dacht terug aan de naaktfoto, maar besloot er niks over te zeggen. 'Ik had wat gedronken. Ik zei dat ze moest oprotten en toen was ze beledigd. Nou ja,' gaf Strike toe, 'ik was ook nogal beledigend. Hoe dan ook, ze beëindigt de overeenkomst met twee regels: "Ik wil met onmiddellijke ingang mijn contract beëindigen. Stuur aub door hoeveel salaris ik nog tegoed heb."'

'Juist.' Het duizelde Robin een beetje. Dit was veel om te verwerken in één telefoongesprek. 'Nou... heel eerlijk gezegd ben ik blij dat ze weg is.'

'Goddank.' Strike kon zich nu enigszins ontspannen. Hij was bang geweest voor Robins reactie; in het bijzonder dat ze pinnig zou reageren omdat hij weer 'problemen met vrouwen' had, zoals het in algemene termen aan te duiden was. 'Het betere nieuws is dat Wardle zijn ontslag heeft ingediend op zijn werk, dus we zitten niet lang met een personeelstekort.'

'Fijn,' zei Robin. 'Nou, ik heb net een doorbraak bereikt met Wynn Jones. Over een half uur ga ik met hem facetimen.'

'Flirt hij nog steeds?'

'Als je het sturen van aubergine-emoji's flirten noemt,' zei Robin.

'Het sturen van wát?' vroeg Strike, die hier niets van begreep. Hij had zijn hele leven nog nooit een emoji gebruikt.

'Ik leg het nog wel een keer uit,' zei Robin. Ze had het nooit met Strike gehad over stijve penissen of de symbolen die daar online voor werden gebruikt, en ze was niet van plan daar nu mee te beginnen. 'Ik laat je weten hoe het gaat. Spreek je nog.'

Robin zette koffie voor zichzelf en belde Wynn Jones op de afgesproken tijd op haar laptop. Na een paar keer overgaan nam hij op met 'Oké?'

Jones was een zwaarlijvige jongen met een onderkin en bijna geen nek. Zijn zeer korte donkere haar had al grote inhammen, boven een groot, glimmend rood voorhoofd. Eén oog was groter dan het andere, wat hem een pijnlijk doortrapte aanblik gaf. Met zijn verweerde huid en zijn geruite overhemd zou hij makkelijk hebben kunnen doorgaan voor een van de landarbeiders die Robin had gekend in Masham, onder wie enkele voormalige schoolgenoten die geen zin hadden gehad om te gaan studeren omdat ze thuis een boerderij hadden waar ze konden werken, en die ze in sommige gevallen zouden erven.

Jones zat in een huiskamer die erg krap en niet al te opgeruimd oogde. De kunstleren bank vertoonde op verschillende plekken sporen van vernieling door kattennagels. Op een laag tafeltje links van Jones lagen gedeukte bierblikken en dozen van afhaalmaaltijden, en boven zijn hoofd was de rand van een dartbord te zien, de muur eromheen vol gaatjes. Jones had een blik Carlsberg in zijn hand, en hoewel het amper zes uur 's avonds was, had hij het enigszins beschonken, glazige voorkomen van een man die al flink wat bier had gedronken.

'Hallo,' zei Robin. 'Fijn dat je met me wilt praten, Wynn, dank je wel.'

'Is oké.' Jones keek naast de camera en trok zijn wenkbrauwen op naar iemand of iets buiten beeld; een veelzeggende, geamuseerde blik.

'Is ze lekker?' vroeg een stem op de achtergrond.

'Ja, niet slecht.' Jones grijnsde.

'Dus zoals ik je heb uitgelegd, Wynn,' zei Robin alsof ze het niet had gehoord, 'wil ik het met je hebben over Tyler, want zijn oma denkt...'

'Dat-ie een lijk was,' zei Jones, en Robin hoorde snuivend gegrinnik van de man buiten beeld. 'Seniel, hè, die vrouw. Dat zou zo'n pientere Londense detective als jij toch door moeten hebben, als je haar hebt gesproken.'

Een agressieve afkeer van de hoofdstad en zijn inwoners was de in Yorkshire geboren Robin ook niet vreemd, dus negeerde ze deze opmerking.

'Dilys gelooft niet dat de man die haar vanaf juli heeft gebeld Tyler is. Zij denkt...'

'Dat ik dat ben, ja.' Jones leek onbewogen. 'Domme ouwe muts. Ik heb gezegd dat ik het niet ben. Dat moest van Lugs, dus dat heb ik gezegd.'

'Lugs?'

'Zo noemen we hem. Lugs. Jij en die zoon van Jonny Rokeby zouden me moeten betalen. Ik vertel jullie allemaal dingen die jullie allang hadden moeten weten.'

De man buiten beeld lachte.

'Dilys denkt altijd dat mensen haar proberen te belazeren,' zei Wynn. 'Vorig jaar dacht ze dat de postbode haar pensioencheques had gejat, die ouwe gek. Lugs heeft het helemaal gehad met haar. Hij moest voor haar boodschappen doen en alles.'

'Heb jij na zijn vertrek nog iets van Tyler gehoord?'

'Ja, maar daarna werd hij pissig op me.' Jones grijnsde nu breder dan ooit.

'Waarom was dat?'

'Nou, ik had hem een vuile lafbek genoemd, hè?'

'Waarom noemde je hem laf?'

'Hij had al die lui die dat gelul over hem en dat ongeluk verspreidden een klap voor hun bek moeten geven,' zei Jones en hij nam nog een slok bier. 'Dat zou ik gedaan hebben, als ze zo over mij praatten. Nou leek hij fucking schuldig, door op de vlucht te slaan.'

'Dus jij weet zeker dat Tyler onschuldig is?'

'Waarom vraag je dat, als je aan Dilys d'r kant staat?'

'Ik probeer gewoon na te gaan waar Tyler is gebleven en of iemand hem iets heeft aangedaan,' zei Robin.

'Niemand heeft hem iets áángedaan, mens, er is niks met hem aan de hand! En hij zou nooit met zijn Mazda hebben gerotzooid. Helemaal naar Birmingham om met die wagen te knoeien? Wat een gelul.'

'Dus de mensen zeggen dat er in Birmingham met die auto is geknoeid?'

'Niet "de mensen", dat zei fucking Faber Whitehead.'

'De vader van Hugo?'

'Ja. Hij zanikte maar door dat er op de camera van het parkeerterrein iemand te zien was die met die wagen rotzooide.'

'Echt? Weet je ook hoe die persoon eruit...?'

'Er was daar niemand,' zei Jones minachtend. 'Whitehead wilde gewoon niet geloven dat die fucking zoon van hem te hard gereden had. Sabotage, m'n reet.'

De persoon buiten beeld lachte weer.

'Tyler was toch thuis op de avond van het ongeluk?' vroeg Robin.

'Ja, hij was verkouden of zoiets.'

'Waren zijn ouders er ook?'

'Nee, die waren 'm toen al gesmeerd naar Florida.'

'Weet jij waar hij is, Wynn?'

'Ja.' Jones' grijns werd breder. 'Maar ik vertel het je pas als je het voor mij de moeite waard maakt.'

Op de achtergrond werd weer een ruwe lach uitgestoten.

'Tyler is nu toch niet daar bij jou, hè?' vroeg Robin, die ineens een vermoeden kreeg. 'Luistert hij mee?'

Robin hoorde een deur opengaan en dichtslaan, en een hoop gegrinnik.

'Nee, tuurlijk niet.' Jones grijnsde nu breder dan ooit.

'Kun je me even voorstellen aan de vriend die daar bij je is en meeluistert?' vroeg Robin.

De camera maakte een duizeligmakende draai toen Jones de telefoon richtte op een jongen met scheve bruine tanden, die in een doorgezakte fauteuil van tweed zat. Robin nam aan dat de deur achter hem de deur was die zojuist was dichtgegooid, misschien voor het komische effect door de jongeman met het scheve gebit of door een derde persoon die zojuist was vertrokken. De jongen zwaaide met een verlekkerde blik naar Robin en de camera keerde met een zwiep terug naar Jones.

'Wil je Dilys niet geruststellen, Wynn?' vroeg Robin.

'Ik heb haar gezégd dat hij in een pub werkt, en híj heeft haar dat ook verteld, en ik heb haar laten weten dat ik niet de beller was,' zei Jones ongeduldig. 'Lugs wil niet dat ze weet waar hij werkt omdat hij niet wil dat dat gekke ouwe wijf hem lastigvalt, dat is alles, maar hij heeft haar verteld dat-ie nog leeft en ze roept de hele tijd: "Hou maar op, Wynn Jones, ik weet dat jij het bent."'

Robin besloot het over een andere boeg te gooien. 'Tyler praatte niet meer met je, zei je?'

'Klopt.'

'Sinds wanneer?'

'Dat weet ik niet meer. Rond Kerstmis?'

'Maar jij weet zeker dat het Tyler was die je belde en appte?'

'Natuurlijk.'

'Vertel eens wat meer over Tyler en Anne-Marie.' Robin was van plan langzaam terug te keren naar de naam van de pub.

'Valt niks over te vertellen.'

'Ze hadden toch een relatie?'

'Nee, hij geilde op die Chloe Griffiths.'

De jongen met het slechte gebit lachte weer op de achtergrond.

'Is dat Chloe die tegenover hem woonde?'

'Ja. Anne-Marie stelde niks voor, gaf-ie niks om. Nou ja,' verbeterde Jones zichzelf, 'hij vond het wel erg dat ze dood was, maar niet omdat ze het met elkaar deden.'

'Was Anne-Marie dan niet Tylers vriendin?' vroeg Robin.

'Nee. Ze waren gewoon vrienden.'

'Mijn informatie is dat Tyler het heel erg vond toen ze uit elkaar gingen.'

'Wie zegt dat, zeker die klote-Faber Whitehead?'

'Ik heb niemand van Whitehead gesproken.'

'Hij vond Chloe leuk, niet Anne-Marie. Hij geilde op Chloe en zij speelde daarmee, en die sukkel dacht dat hij haar wel kon krijgen, maar ik had hem zo ook wel kunnen vertellen dat het zonde van zijn tijd was.'

'Hoezo?' vroeg Robin.

'Ze kreeg van alles van hem, maar deed nooit wat samen met hem, en toen liet ze hem vallen als een baksteen en ging er met een ander vandoor. Snob,' voegde Jones eraan toe. 'Hoge cijfers en zo. Die ging heus niet met een automonteur.'

'Wat kreeg Chloe dan van Tyler?'

'Hij had een fucking armband gekocht, met allemaal bloemen eraan, voor haar verjaardag,' zei Jones, alsof dat een bizarre daad was, en Robins gedachten gingen naar de zilveren bedelarmband die verstopt was in haar kast, en die ze nog steeds niet had gedragen. 'Maar hij kreeg er nooit iets voor terug, de stomkop.'

'Heeft Tyler tegen jou ooit iets gezegd over zilver, aan de telefoon?' vroeg Robin.

'Zilver? Waarom zou hij het nou over zilver hebben?'

'Dat weet ik niet, daarom vraag ik het. Kun je je een telefoongesprek herinneren waarin Tyler iets zei over zilver, of misschien iets wat klinkt als zil...'

'Sylvain misschien.' Het schoot Jones duidelijk ineens te binnen. 'Sylvain Deslandes.'

'Wie is Sylvain Deslandes?'

'Linksback van de Wolves.'

'Een voetballer?'

'Ja.' Jones grijnsde weer om het gebrek aan basiskennis van deze Londense vrouw.

'Herinner je je echt dat Tyler het met je over Sylvain Deslandes heeft gehad, of denk je dat het zou kúnnen?'

'We kunnen het wel over hem gehad hebben, ja. Lugs had hem hoog zitten.'

'Ken je een zekere Zeta? Ze woonde in Ironbridge rond de tijd dat Tyler wegging.'

'Nee, ik ken geen Zeta,' zei Jones. 'Ik woon niet in Ironbridge, ik woon in Apeton.'

'Zeta vertelde me dat Tyler haar over hem had horen praten en dat hij haar toen heeft bedreigd.'

'Vind je het gek?' zei Jones fel. 'Als iemand dat soort dingen over mij riep, zou ik klappen uitdelen – meid of geen meid,' voegde hij eraan toe, en hij nam nog een flinke slok bier.

'Heeft Tyler ooit een van de auto's geleend van de garage waar hij werkte?'

'Nee, tuurlijk niet. Hoezo?'

'Zeta zegt dat ze bijna werd geschept door een auto op Wellsey Road, en ze dacht...'

'*Wesley* Road,' verbeterde Jones haar, met het pedante plezier van een plaatselijke bewoner die de domme vrouw uit de grote stad corrigeert.

'Dus je kent Ironbridge wel?' zei Robin.

'Ik heb daar toch op school gezeten? En ik ga er weleens wat drinken.'

'Maar Zeta ben je nooit tegengekomen?'

'Nee, en als ze beweert dat Lugs haar probeerde te scheppen, dan liegt die vuile aandachttrekster dat.'

'En Rita? Heb je Tyler ooit de naam Rita horen noemen?'

'Zieta, Rieta, wie nog meer, Pieta?'

'Ryvita,' zei de jongen met het slechte gebit buiten beeld, en beide mannen lachten bulderend.

'Dus hij had het nooit over een vrouw die Rita heette, of Reata?' drong Robin aan.

'Godsamme, wat zeg ik nou? Hij vond fucking Chloe Griffiths leuk,' zei Jones ongeduldig. 'Dus Zeta en Rita en al die eikels die maar door liepen te zeiken over dat ongeluk die lulden uit hun nek, en als ze beweren dat hij ze iets heeft aangedaan, dan is dat bullshit, oké? Ze willen gewoon een slaatje slaan uit wat er is gebeurd.'

'Wynn, ik zou het echt fijn vinden als je me de naam gaf van die pub waar Tyler werkt. Ik wil Dilys graag geruststellen dat hij nog leeft, daar houdt het dan mee op.'

'Misschien geef ik jou die naam als jij mij iets geeft,' zei Jones, en de man buiten beeld lachte proestend.

'Had Tyler nog andere vrienden die ik zou kunnen spreken, over waar hij is gebleven?' Robin negeerde ook de tweede hint dat Jones een tegenprestatie wilde.

'Nee,' zei Jones. En toen: 'Nou ja, hij had wel vrienden, maar niemand weet meer dan ik.'

'Kun je me alsjeblieft de naam van die pub geven, Wynn?'

Jones dronk met een lange teug zijn blik Carlsberg leeg, kneep het met één hand fijn en bukte om een nieuw blik te pakken; Robin ving een glimp op van het vieze tapijt en een overvolle asbak.

'Wat krijg ik van je?' Het bolle gezicht van Jones zag nog roder door het bukken. Hij legde zijn mobiel in zijn schoot, en nu had Robin zicht op een plafond vol nicotineaanslag en de onderkant van het blik dat Jones opentrok, voordat zijn gezicht het scherm weer vulde.

'Wil je Dilys niet geruststellen?' vroeg Robin.

'Dat ouwe kreng maakt me overal zwart, het kan me geen reet schelen of zij gerustgesteld wordt,' zei Jones. 'Maar weet je wat?'

Jones' vriend lachte nu harder dan ooit, al moest de clou van de grap nog komen. Robin dacht dat ze wel wist wat dat zou zijn, dat was haar na de eerste kwijlende emoji steeds duidelijker geworden. Of Jones wist niet waar Powell was, of hij had zijn vriend beloofd dat geheim te houden. Hij gedroeg zich lomp en kinderachtig, en een vrouw die hij waarschijnlijk nooit zou ontmoeten was alleen goed ter vermaak van hemzelf en zijn vrienden.

'Laat je tieten zien en ik zal je...'

Robin beëindigde het gesprek.

Ze liet zich achteroverzakken in haar stoel en wreef in haar vermoeide ogen. Ze kon de gedachte niet loslaten dat Powells vriendschap met de beledigend botte Jones beter paste bij het beeld van hem dat was geschetst door Chloe en Zeta dan bij dat van Dilys en Griffiths. Robin deed haar ogen weer open en keek opnieuw in haar notitieboekje.

Om de een of andere reden knaagde er ergens lichte twijfel, maar ze wist niet waarom. Had ze nou iets gemist, een belangrijk verband over het hoofd gezien? Ze las haar aantekeningen terug, maar zag niet meteen iets, dus probeerde ze zich alles te herinneren wat Jones had gezegd, los van de gedeeltes die ze belangrijk genoeg had gevonden om te noteren. *Dilys denkt dat Jones zich uitgaf voor Tyler. Armband voor Chloe. Zieta, Rieta, wie nog meer, Pieta? Apeton. Wesley Road.*

Robin hoorde de voordeur open- en dichtgaan; Murphy was terug. Een paar tellen later kwam hij de huiskamer binnen, graaiend in zijn sporttas.

'O, fuck! Ik heb mijn telefoon op de sportschool laten liggen.'

'Hier.' Robin stak haar eigen telefoon naar hem uit.

Murphy belde zijn nummer, voerde een kort gesprekje en hing op. 'Hij ligt bij de balie. Zal ik op de terugweg Indiaas meebrengen?'

'Lekker,' zei Robin geeuwend.

Murphy vertrok weer. Robin bleef zitten denken aan Tyler Powell, van wie ze nooit iets had kunnen vinden op social media. Ze keerde terug naar haar laptop, opende Twitter en Instagram en zocht naar variaties op de namen Lugs en Powell.

Na twintig minuten vond ze een Instagram-account dat misschien van Tyler had kunnen zijn: LugzCarz. Het bevatte niets anders dan foto's van vintage motoren, afgewisseld met auto's waaraan de persoon die de foto's plaatste aan het sleutelen was. Het account had maar weinig volgers, maar twee dingen gaven Robin het vermoeden dat het van Powell was: er was niets toegevoegd sinds mei van het vorige jaar, toen Powell onder verdachte omstandigheden uit Ironbridge was vertrokken, en onder een foto van een Austin-Healey

Mark III uit 1965 had iemand gereageerd met: *Rot toch op met die autoplaatjes, alsof wij niet weten wat je hebt geflikt.* Maar voor aanwijzingen over de huidige verblijfplaats van Powell had ze niks aan het account.

Robin sloot de website, rekte zich uit en kwam overeind.

Murphy had zijn sporttas laten liggen. Er was een plasje heldere vloeistof uit gelekt. Blijkbaar had hij zijn waterfles niet goed dichtgedraaid.

Robin maakte de tas open en trof een kluwen klamme sportkleren aan. En inderdaad, in de fles zat nog maar een bodempje, en de dop was er niet goed op gedraaid.

Een vage geur maakte dat ze aan haar vingers rook. Omdat ze haar eigen neus niet kon geloven, stak Robin haar wijsvinger in haar mond.

Nog op haar hurken, bij het proeven van pure alcohol, voelde ze weer die ijskoude schok die ze ook had ervaren na het vinden van de diamanten oorbel die tussen het beddengoed vandaan was gevlogen in dat huis in Deptford, op de dag dat ze voorgoed bij Matthew was weggegaan. Ze dacht aan het toegenomen aantal sportschoolbezoekjes en hardlooprondes van Murphy, die hem in haar beleving zo veel goed hadden gedaan. Ze dacht aan kerstavond, toen ze had gedacht, als ze niet beter had geweten, dat hij had gedronken, net als haar broers. Ze dacht aan de avond van hun ergste ruzie.

Met een wezenloze blik pakte ze een stuk keukenrol en depte de gemorste vloeistof van de vloer, waarna ze de waterfles met de bezwarende resten op de salontafel zette. Even bleef ze ernaar staan staren, toen liep ze naar de keuken en doorzocht methodisch de keukenkastjes, waar geen drank te vinden was.

Buiten was de hemel donker; ze had niet gemerkt dat de avond viel. Ze ging naar de slaapkamer en trok Murphy's kledingkast open. Waarschijnlijk had haar vriend uit hoofde van zijn beroep vaak genoeg kasten en laden van andere mensen doorzocht, maar privédetectives rommelden zelden tussen de persoonlijke bezittingen van verdachten.

Robin moest op haar tenen gaan staan om bij de bovenste plank te kunnen. Achter een stapel T-shirts en een doosje met buitenlands geld en oude laadkabels stond een jutezak die rammelde toen ze hem aanraakte. Ze trok hem van de plank en was al zeker van wat ze te zien zou krijgen.

Er zaten zes flessen wodka in, één bijna leeg.

90

Yet something seemed to prick
And tingle in his blood; a sleight – a trick –
And much would be explained

Robert Browning
Sordello: Book the Second

Strike stond, alweer, in Carnival Street in Haringey, bij het huis waar Plugs vrienden de gigantische zwarte hond hielden. Hij had zo langzamerhand veel begrip voor zijn klant, die het een grof schandaal vond dat Plug nog niet gearresteerd was. Strike was niet overdreven sentimenteel als het om dieren ging; met als enige uitzondering een slang die hij als kind had weten te vangen had hij nooit behoefte gehad aan een huisdier. Maar wat hij had gezien bij het hondengevecht en daarna bij Plug, had hem ervan overtuigd dat deze sadistische schoft gevangenisstraf verdiende, en wel zo snel mogelijk, waarmee zijn moeder en zijn zoon bevrijd zouden zijn van zijn overheersende getreiter.

Strike stond op een donkere plek onder een niet-werkende straatlantaarn al vapend te wachten tot zijn doelwit weer zou opduiken. De sterren verschenen geleidelijk aan boven zijn hoofd, iets duidelijker zichtbaar dan wanneer hij in een beter verlichte straat gestaan zou hebben, maar op geen stukken na zo helder als wanneer je ze vanaf Sark bekeek. Omdat hij liever niet piekerde over die avond in de Old Forge stak hij de weg over en vond een nieuwe donkere plek op het trottoir voor de schroothandel. Op een groot bord was te lezen dat die Brian Judge Scrap heette, en het hek eromheen liep over de hele lengte van de weg. Strike zag de bovenkant van grote hopen samengeperst metaal. Hij vroeg zich af of Robins oude Land Rover ook op zo'n autokerkhof terechtgekomen was.

Er reed een roestige bestelbus langs die stopte voor de ingang van de sloperij. De bestuurder deed de lichten uit, stapte uit en zei iets in de intercom naast het hek.

Toen het gezicht van de man verlicht werd door de beveiligingslamp boven het hek, kreeg Strike het merkwaardige gevoel dat hij hem eerder gezien had. Hij was kleiner dan gemiddeld, behaard, in de veertig, heel donker en niet bepaald knap. Strike had het idee dat hij de man ooit had gezien in pak met stropdas, in plaats van het groezelige sweatshirt en de jeans die hij nu droeg, en dat hij tussen een groep al even chic geklede anderen had gelopen, maar hij kon niet bedenken waar dat geweest zou moeten zijn.

Op het terrein rammelden kettingen. Het hek ging langzaam open. De bestuurder stapte weer in de bestelbus, liet de lichten uit en reed naar binnen. Het hek ging weer dicht.

Wat had hij die man verdomme eerder gezien? Op een bruiloft? Een begrafenis? Hij associeerde hem vaag met een kerk, maar Strike had de afgelopen tien jaar niet meer dan een handjevol keren een kerk vanbinnen gezien. De donkere man was beslist niet op de begrafenis van Ted of Joan geweest, en ook niet in de verlaten kerk waar Strike een deel van de ochtend had doorgebracht op de dag dat hij had gehoord dat Charlotte dood was.

De deur van het huis dat Strike in de gaten hield ging open. Plug kwam naar buiten met een grote, tegenstribbelende puppy. Strike nam een paar foto's vanaf zijn donkere plek en wilde Plug net volgen naar de straat toen hij zich ineens herinnerde waar hij de bestuurder van de bestelbus eerder had gezien.

Een paar jaar terug hadden Strike en Robin een cold case onderzocht waarbij ze in aanraking waren gekomen met twee gewelddadige criminelen, de gebroeders Ricci. Het duo bezocht elke zondag hun vader Niccolò (een gangster die in zijn hoogtijdagen als pooier en pornoproducent bekendgestaan had als Mucky) in het verpleeghuis waar hij woonde. Strike zag nu het groepje weer voor zich dat daar was aangekomen, kinderen en vrouwen chic gekleed, de twee mannen in pak. De oudere broer, Luca, had de vreeswekkendste reputatie, maar ook Marco, de jongste van de twee en tevens de man die zojuist met zijn bestelbus het terrein van Brian Judge Scrap op was gereden, had een respectabel aantal aanvallen met bijtend zuur en steekpartijen op zijn naam staan.

Een sterk instinct spoorde Strike aan om te blijven staan waar hij stond in plaats van achter Plug aan te gaan, dus hield hij hem alleen buiten zicht in de gaten. Nu als enige in de verder verlaten straat vroeg Strike zich af waar hij mee bezig was, maar hij had geen antwoord op die vraag, behalve dat zijn onderbewustzijn, nu hij weer wist wie de man in de bestelbus was, hem nog iets anders leek te proberen te vertellen.

Hij nam zijn plaats weer in op de eerste donkere plek waar hij zich had opgehouden, aan de andere kant van de straat tegenover de sloperij. Er verstreken tien minuten, waarin Strike naar het bord met de naam van het bedrijf keek. Toen verschoof er iets ergens diep in zijn achterhoofd, zoals oud ijzer op een sloperij kan verschuiven, en ineens zag hij wat zich had schuilgehouden, en hij wist waarom hij was gebleven.

Cockney rhyming slang.

Brian Judge.

Judge.

Barnaby Rudge.

Terwijl hij in zijn zak naar zijn mobiel tastte, kwam er een Renault langzaam tot stilstand voor het hek. Marco Ricci sloop het terrein weer af, stapte in de auto en die reed weg. Ergens verderop op de sloperij klonk een ratelend geluid. Rare tijd om aan een luidruchtige klus als het samenpersen van een voertuig of het opstarten van een verbrandingsoven te beginnen, maar onder bepaalde omstandigheden kon zo'n klus erg dringend zijn.

Shanker nam binnen dertig seconden op. 'Ja, Bunsen?'

'Ik wil je iets vragen. Heb jij persoonlijke belangen bij Barnaby?'

Toen Shanker het woord weer nam, klonk hij op zijn hoede.

'Waarom vraag je dat?'

'Geef gewoon antwoord.'

'Ik heb het persoonlijk nooit gebruikt, nee.'

'Dus de politie kan jou niet in verband brengen met Haringey? En in het bijzonder Carnival Street?'

Strike verwachtte dat Shanker zou ontkennen dat Barnaby in Carnival Street was, maar hij vroeg alleen op onheilspellende toon: 'Wat is dit, Bunsen?'

'Ik geef je een waarschuwing, in ruil voor de jouwe van een paar maanden terug.'

'Wie is er te grazen genomen?' vroeg Shanker op felle toon.

'Er is iemand gevolgd en toen zijn er verdachte activiteiten waargenomen,' zei Strike.

'Fuck,' zei Shanker. En toen: 'Je bent nou toch niet met een juut, hè?'

'Denk je dat ik jou zou bellen als ik een smeris bij me had?'

'Hoe moet ik dat weten? Je kent genoeg van die klootzakken, toch?'

'Ze zijn ook heel positief over jou,' zei Strike. 'Oké, ik wilde je alleen even waarschuwen.'

'Ja, bedankt,' zei Shanker nors, en hij hing op.

91

...forgive me! I abase–
Know myself mad and monstrous utterly
In all I did that moment; but as God
Gives me this knowledge – heart to feel and tongue
To testify – so be you gracious too!
Judge no man by the solitary work
Of – well, they do say and I can believe–
The devil in him...

Robert Browning
The Inn Album, IV

Precies op het moment dat Robin Murphy's sleutel weer in het slot van de voordeur hoorde, belde Strike haar op haar mobiel. Ze drukte hem weg en wachtte met een beroerd gevoel tot Murphy de zitkamer binnen zou komen, wat hij enkele seconden later deed, met zijn telefoon in de ene hand en een afhaalmaaltijd in de andere.

'Ik heb voor jou kip madras.' Hij hield glimlachend het tasje omhoog.

Toen viel zijn blik op de open waterfles die Robin voor zich op de salontafel had gezet.

'Wat doet die daar?'

'Hij was leeggelopen. In je sporttas.'

'Wat moet jij in mijn...?'

'Er lag een plas op de vloer,' zei Robin. 'Toen ik die opdweilde, besefte ik wat het was.'

Ze keek naar hem op, afwachtend, met een merkwaardig trillerig gevoel, als iemand die griep begint te krijgen.

Hij deed zijn mond open en sloot hem weer. Hij keek naar de fles met het bodempje wodka, en toen weer naar Robin.

'Ik...'

Robin had zich zijn mogelijke reacties voorgesteld terwijl ze wachtte tot hij terugkwam. Ze had zich afgevraagd of hij zou proberen te doen alsof dit een eenmalige terugval was, en misschien zelfs zou beweren dat iemand anders die fles had gevuld zonder dat hij het wist. Het leven had haar geleerd dat de leugens die wanhopige mannen bereid waren op te hangen weinig grenzen kenden.

Murphy kreeg tranen in zijn ogen. Hij zette het tasje met eten neer en ging in een fauteuil zitten, sloeg zijn handen voor zijn gezicht en begon te snikken. Het leed geen twijfel dat zijn tranen echt waren: hij maakte geluiden die nauwelijks menselijk leken, verstikte, jammerende uithalen, terwijl zijn hele lijf schokte.

Robin had hem nooit eerder zien huilen, maar ze bood geen troost. Ze wilde horen wat hij te zeggen had, hoeveel onwaarheden hij nog bereid was te vertellen.

Na een hele tijd begon hij te praten, in gebroken zinnen, zonder haar aan te kijken, nog steeds huilend.

'Die kinderen waren neergeschoten... ik heb het verkloot... het was mijn schuld... ik dacht dat die getuige de boel naaide... ik heb de verkeerde gearresteerd... mijn fout, ik heb het verkloot... ik wist zeker dat die lul het had gedaan... heb hem veel te ruw aangepakt... onderzoek... klachten...

Ik nam een biertje in de pub... eentje maar... kon niet meer stoppen... kon verdomme niet stoppen... je gaat bij me weg, hè?'

Hij keek met rode ogen naar haar op, zijn gezicht nat.

'Jij bleef maar roepen dat we eerlijk moesten zijn,' fluisterde Robin, 'en al die tijd was je aan de drank...'

'Nee, niet al die tijd. Ik zweer het, niet de hele tijd, met tussenpozen. Ik probeerde steeds... Morgen ga ik terug naar de AA. Ik gooi alle drank weg die ik heb, je mag erbij blijven.'

'Heb je nog meer, hier in huis?' vroeg Robin om hem op de proef te stellen.

'Ja, in... in mijn kleerkast,' zei Murphy. 'Ik gooi het nu meteen weg. Robin, jij bent letterlijk het beste wat me ooit is overkomen, ik maak het goed met je...'

'En die ene nacht?' vroeg ze. 'De nacht dat ik zwanger geraakt ben?'

'Toen was ik niet dronken,' zei hij snel. 'Het is daarna begonnen.'

Ze geloofde hem niet. Ze stond op van de bank en ging naar de slaapkamer om de weekendtas te pakken die ze al had ingepakt, en haar jas. Toen ze terugkwam, stond Murphy naast zijn stoel.

'Robin, ik zweer dat ik morgen terugga naar de AA, ik stop...'

'Ik moet... hier nu niet zijn.' Robin trok haar jas aan. Haar ingewanden voelden ijskoud. Maandenlang had ze zich schuldig gevoeld omdat ze dingen voor hem had verzwegen, en intussen had hij dit gigantische geheim voor haar verborgen.

'Is dit het dan?' vroeg hij paniekerig. 'Is het nu voorbij?'

'Ik heb tijd nodig,' zei Robin.

'Hou je van me?'

'Ja,' zei ze automatisch.

'Het huis...'

'We moeten het bod intrekken.' Daar had Robin ook al over nagedacht, terwijl hij zijn telefoon aan het ophalen was bij welke pub of bar hij ook geweest mocht zijn, tenzij hij echt naar de sportschool was geweest en daar in de koffiehoek pure wodka had zitten drinken, zogenaamd om zijn vocht aan te vullen na de inspanning.

'Nee,' zei Murphy. 'Robin, alsjeblieft...'

'Je moet je nu richten op stoppen met drinken. We gaan geen verhuizing toevoegen aan alles wat er speelt. Ik bel je als ik...'

'Als je hebt besloten hoe je me voorzichtig kunt vertellen dat het uit is?' Murphy begon weer te snikken. 'Robin, niet weggaan. Ga alsjeblieft niet weg. Ik zweer het, ik ga mijn leven beteren...'

'Ik spreek je morgen.' Robin hees de weekendtas over haar schouder en liep naar de voordeur.

92

My lad, no pair of kings our mothers bore...

A.E. Housman
IX, *Last Poems*

Strike nam aan dat Robin zo'n geweldige avond had met Murphy dat ze geen zin had om haar telefoon op te nemen, wat zijn triomfantelijke gevoel over zijn onverwachte Barnaby-openbaring enigszins dempte. Hij was moe, maar had geen zin om thuis somber in zijn zolderflatje te gaan zitten, dus had hij besloten naar Harlesden te gaan, naar het laatst bekende adres van Jim Todds moeder Nancy Jameson, meisjesnaam Philpott.

Drie kwartier na zijn vertrek uit Carnival Road reed hij een parkeerterrein op dat aan drie kanten geflankeerd werd door lage flatgebouwen. Zelfs in het halfdonker zag Magdalen Court er mistroostig uit; Strike zou nog liever in Carnival Street wonen, met uitzicht op de sloperij, dan hier. Overal lag afval. Het strookje gras naast de plek waar Strike geparkeerd had was bezaaid met sigarettenpeuken. Vele grauwe muren waren bedekt met graffiti. De gebouwen waren van beton en leken in hun afgezwakte brutalisme op een goedkoop eerbetoon aan het National Theatre. Lange grijze galerijen strekten zich uit over elke verdieping, met deuren op regelmatige afstand van elkaar. Strike tuurde naar boven en zag de flat van Nancy Jameson, nummer 39, verlicht op de tweede verdieping van het middelste gebouw. Er brandde een lamp achter haar raam.

Een eindje van Strikes parkeerplek vandaan stonden vijf opgeschoten jongens te vapen, allemaal met een keurende blik op de BMW. Twee van hen waren wit, twee bruin en de laatste zwart. Strike ging recht op het groepje af, waarmee hij een wolk cannabisdamp betrad.

'Vijf pond voor elk van jullie als die auto straks als ik terugkom in dezelfde staat is zoals ik hem heb achtergelaten.'

'Wah?' zei een van de witte jongens wazig; hij had lang, droog geblondeerd haar en droeg een hoody waar in grote letters WACKEN OPEN AIR op stond.

'Ja, oké,' zei de zwarte jongen, die lang en pezig was en geen jas droeg over zijn Snoop Dogg-T-shirt, ondanks de kille avond.

Strike liep naar het trappenhuis dat zichtbaar was op de hoek van het middelste flatgebouw. Ook de binnenmuren waren bedekt met graffiti, en iemand had kortgeleden het restant van een afhaalmaaltijd over de leuning naar beneden gekieperd, of uitgebraakt. Strike, die met zijn moeder op dit soort plekken had gewoond, deed een innerlijk gebedje van dankbaarheid dat dat niet meer hoefde.

Aangekomen op de galerij van de tweede verdieping klopte hij aan bij nummer 39. Er werd niet opengedaan.

Toen hij naar beneden keek, zag hij de vijf jongens naar hem staan kijken.

'Kennen jullie Nancy Jameson?' riep hij naar hen.

Een van de twee Zuid-Aziatische jongens, die een vlassig baardje had, riep terug: 'Die zal wel bezopen zijn.'

Zijn metgezellen lachten. Strike klopte nog een keer. Niemand.

Hij wilde door het raam naar binnen kijken, maar de zeer vuile vitrage maakte het vrijwel onmogelijk om meer te zien dat het feit dat er een lamp brandde. Toch meende hij na een paar seconden iets te zien bewegen in de hoek van de kamer.

Hij liep terug naar de voordeur en klopte voor een derde keer aan. Geen reactie. Hij ging terug naar het parkeerterrein.

'Jij kent Nancy?' vroeg hij aan de jongen met het baardje terwijl hij het groepje naderde.

'Ja, het is een rotwijf,' zei de tiener, onder instemmend gemompel en gelach van zijn vrienden.

'Heb je haar pas nog gezien?'

De jongen schudde zijn hoofd.

'Een van jullie?'

'Ik wel,' zei de tweede witte jongen, die een voetbalshirt van Millwall aanhad. 'Met een dikke vent.'

'Jonger dan zij?'

De jongen haalde zijn schouders op. Strike wist nog hoe het was op zijn leeftijd; iedereen boven de veertig leek oud en versleten.

'Oké,' zei hij. 'Ik heb reden om aan te nemen dat Nancy zichzelf iets heeft aangedaan en dat ze de deur niet kan opendoen.'

Het was een zwakke smoes, maar omdat de jongens sowieso getuige zouden zijn van wat hij ging doen, kon Strike maar beter alvast een basis leggen voor zijn verdediging. Hij liep terug naar zijn auto en haalde een bos lopers uit het handschoenenvakje.

'Gaat u inbreken?' vroeg de jongen met het baardje belangstellend.

'Het is geen inbreken,' loog Strike.

'Mogen we mee?' vroeg de jongen met het Millwall-shirt.

'Maken jullie je ook zorgen om Nancy?' vroeg Strike.

'Ja,' zei de tweede van de Zuid-Aziatische jongens, die als enige een jas aanhad, en wiens acne er pijnlijk uitzag. 'We zijn dodelijk ongerust.'

'En vinden jullie dat ik daar naar binnen moet gaan om te kijken of het wel goed gaat met haar?' Strike dacht nog steeds aan wat hij straks misschien tegen een advocaat zou moeten zeggen.

De jongen met de acne lachte. 'Ja,' zei hij. 'Echt wel.'

Strike nam aan dat het de lopers waren die hun belangstelling trokken, of misschien wilden ze zien hoe de oude vrouw in dronken woede uitbarstte als een vreemde haar flat binnenkwam. Hij betwijfelde of er verder veel te doen was in Magdalen Court op een zondagavond in februari.

'Minstens één van jullie moet hier mijn auto in de gaten blijven houden,' zei hij.

'Krijgt degene die op de auto past dan de hele vijfentwintig pond?' vroeg de zwarte jongen.

'Nee, maar hij krijgt vijf pond extra,' zei Strike.

'Oké, dan blijf ik wel hier,' zei de jongen.

Dus sleepte Strike zich weer de trap op, op de voet gevolgd door de twee witte en de twee Zuid-Aziatische jongens.

'Da's van Baggy,' hoorde hij een van de jongens zeggen, die wees naar de spetters etensresten of kots onderaan de trap, en ze lachten allemaal.

Strike klopte voor een vierde keer op de deur van Nancy's flat, zonder resultaat, dus stak hij de sleutel in het slot en draaide die om. Er zat geen grendel of nachtslot op, dus hoefde hij de deur niet met zijn schouder open te rammen.

'Fuck, wat is dat voor gore lucht?' vroeg de jongen met het baardje, en hij wilde naar voren lopen, maar werd daarin belemmerd door de arm die Strike had uitgestoken.

'Hier blijven,' zei de detective streng. 'Níét binnenkomen.'

De onmiskenbare, misselijkmakend zoetige, weeë geur van rottend vlees had zojuist zijn neusgaten belaagd. Hij hoorde vliegen gonzen.

'Blijf hier,' zei hij op ferme toon tegen de jongens, en hij liep de smalle gang door naar de open deur en keek naar rechts, waar de lamp nog brandde en een volkomen uitgemergelde kat klaaglijk miauwde, langs hem heen trippelde en de galerij op vluchtte.

De lichamen van Jim Todd en een vrouw van wie Strike aannam dat het zijn moeder Nancy was lagen op een vies tapijt, in de smerige damp die werd bevorderd door de nog loeiende gaskachel. Todd, die volledig gekleed was, had meerdere steekwonden. Zijn nu zwarte bloed had zijn shirt en de vloer onder hem doorweekt. Er waren aanwijzingen dat de uitgehongerde kat een deel van zijn gezicht eraf had geknaagd. Nancy, een kleine, tengere vrouw in nachthemd, was gedood met één enkele steek in de borst. De *tache noire*, een horizontale streep, was zichtbaar in haar doffe, nietsziende ogen; in een daarvan krioelde een made.

'FUCK!'

Strike draaide zich om. De jongens hadden, uiteraard, zijn instructie om achter te blijven in de wind geslagen.

'Eruit!' riep Strike. 'Eruit!'

Drie van de jongens deinsden achteruit, maar het joch met de baard bleef staan, alsof hij zich niet kon verroeren. Strike pakte hem ruw beet bij de schouder van zijn jack en bonjourde hem de galerij op, te laat om de jongen in het Millwall-shirt ervan te weerhouden naar zijn vriend die op Strikes auto paste te brullen: 'Ze zijn fucking vermóórd!'

'Hou je kop,' snauwde Strike. 'Dit is geen fucking game.'

De deur van flat 38 ging open en een vrouw met een zwaar gegroefd gezicht, roodgeverfd haar en een getatoeëerde hals kwam naar buiten, in ochtendjas en op pantoffels.

'Wat izzer?' vroeg ze kwaad.

'Ik kom zo bij u,' zei Strike.

Hij richtte zich tot de witte jongen met de acne, die er erg beroerd uitzag en minder opgewonden leek te zijn dan de anderen, wat voor Strikes gevoel duidde op een zekere mate van volwassenheid.

'Bel de politie. Zeg...'

'Ik vroeg wat hier aan de hand is!'

'Ogenblikje, mevrouw.' Strike dempte zijn stem. 'Zeg dat er twee mensen vermoord zijn en geef ze het adr...'

'Ik blijf hier niet als de politie komt,' zei de jongen met de WACKEN-hoody, en hij zette een drafje in en duwde in het voorbijgaan de buurvrouw opzij.

'Hé!' riep die, en ze keek hem woest na. 'Wat stinkt het hier,' zei ze toen ze dichterbij kwam.

'Geef de politie het adres,' vervolgde Strike, nog steeds tegen de jongen met de acne. 'Wacht dan beneden, zodat je ze de weg kunt wijzen – en hou verdomme verder tegen iedereen je mond,' voegde hij eraan toe toen hij zag dat de andere twee jongens druk in de weer waren met hun telefoon. 'We willen geen fucking toeschouwers en jullie willen niet opgepakt worden wegens belemmering van de rechtsgang.'

Dat was natuurlijk een loos dreigement, maar het werkte; beide jongens stopten hun telefoon weer in hun broekzak.

'Ik vroeg...' begon de buurvrouw dreigend.

'Er is een ongeluk gebeurd,' zei Strike toen de drie jongens naar de trap liepen. 'De juiste instanties zijn al ingelicht.'

'Maar...'

Strike liep flat 39 weer in en duwde de deur in het gezicht van de vrouw dicht.

Hoeveel lijken hij ook al had gezien in zijn leven, rottende lichamen vond hij niet bepaald aantrekkelijk. Toch trok hij de revers van zijn jas over zijn gezicht om de ergste kadaverstank buiten te houden en ging de huiskamer weer in, vastbesloten om optimaal gebruik te maken van het kwartier dat hij waarschijnlijk had voordat de politie er was.

Een snelle blik op de lijken bevestigde zijn indruk dat ze al dagen dood moesten zijn, al was het ontbindingsproces ongetwijfeld versneld door de gashaard. Todd, zo zag hij, had een hoofdwond, afgezien van het feit dat hij meermaals in zijn buik en hals was gestoken.

Strike keek om zich heen in de kleine, tamelijk kale ruimte. Het rauhfaserbehang bladderde hier en daar. De tv was minstens tien jaar oud. Er lag een grote, hoekige, massief kristallen presse-papier op de vloer, bedekt met opgedroogd bloed en met één grijze haar eraan geplakt. Verder wees niets op enige strijd of verzet.

Strike ging de rest van de kleine flat bekijken. De badkamer was niet al te schoon, maar er waren geen bloedsporen te zien. In Nancy's overvolle slaapkamer was het een troep en het rook er onaangenaam. De kamer ernaast lag boordevol rommel, maar het opengeslagen dekbed op het eenpersoonsbed leek erop te duiden dat Todd hier had geslapen. Onder het kussen was een hoek van een boek zichtbaar, dat Strike verschoof om de titel te kunnen zien: *Hoe ik meer dan een miljoen verdiende met pokeren*, door Doyle Brunson, ofwel Texas Dolly.

Het geluid van een sirene in de verte werd langzaam luider. Strike hoorde stemmen buiten: nog meer buren die hun flat uit kwamen, als vliegen die een doodskist belaagden. Strike trok zijn revers weer over zijn neus en liep de deur uit op het moment dat het blauwe zwaailicht het donkere voorplein van de flat bereikte.

DEEL 8

For months he had been following up a vein which ran out under the sea, and grew richer and richer as he laid it bare. He believed it would lead him to the mother vein...

John Oxenham
A Maid of the Silver Sea

93

You have had your turn and spoken your home-truths:
The hand's mine now, and here you follow suit.
Thus much conceded, still the first fact stays –
You despise me...

Robert Browning
Bishop Blougram's Apology

Strike was in zijn beroepsleven vaker de verhoorder geweest dan degene die werd verhoord, maar de afgelopen jaren had hij veel vaker aan de onaangename kant van een politieondervraging gezeten dan hem lief was. Er waren weliswaar gelegenheden geweest dat hij daar zat als slachtoffer – een jaar eerder toen Robin en hij beschoten waren, en het jaar daarvoor nadat er een explosief was bezorgd bij hen op kantoor – maar dit was de derde keer dat Strike een lijk had aangetroffen in Londen, en dan rekende hij de twee doden die Robin had gevonden niet mee. Als hij de zaak objectief bekeek, begreep hij wel waarom het korps van Londen kregelig werd over wat zo langzamerhand begon te lijken op een voorliefde in plaats van toeval.

Hij reed in zijn eigen auto naar het plaatselijke politiebureau, vergezeld van een agent in uniform, en legde een verklaring af, waarbij hij afstand deed van het recht op een advocaat. Na het aanhoren van Strikes relaas over het vinden van de twee dode Jamesons, met daarbij het feit dat hij was ingehuurd om de identiteit vast te stellen van het lijk in de zilverkluis, droeg zijn gesprekspartner, een oudere man met een turende blik, Strike op hem de lopers te overhandigen, wat hij niet erg vond omdat hij meerdere sets had. Vervolgens verliet de politieman de verhoorkamer, mompelend dat hij een paar mensen moest bellen. De detective bleef alleen achter, bijna een uur lang aan de grijze tafel vol krassen, vapend tot hem werd opgedragen daarmee te stoppen door een woeste vrouwelijke agent die hem een beker lauwe thee had gebracht.

Toen de man met de turende blik eindelijk terugkwam, was dat om te verkondigen dat Strike naar Scotland Yard gebracht zou worden. Op Strikes vraag of hij er met zijn eigen auto naartoe mocht rijden, kreeg hij 'nee' te horen en vervolgens werd hij, bijna alsof het nu pas bij de politiemensen opkwam, gearresteerd.

'Waarvoor?' vroeg hij, al zeker van het antwoord, maar hij wilde bevestiging.

'Inbraak,' zei de brigadier met de turende blik.

Het was bijna middernacht tegen de tijd dat Strike bij Scotland Yard uit de politieauto stapte. De laatste keer dat hij hier was geweest had hij de politie echt, en niet eufemistisch, geholpen met hun onderzoek. Nu werd hij naar een nieuwe verhoorkamer op een hogere verdieping gebracht en, alweer, alleen gelaten.

Rekening houdend met Wardles waarschuwing dat hij het team dat de moord onderzocht – het team waarvan hij aannam dat hij er dadelijk kennis mee zou maken – flink pissig had gemaakt, besloot Strike eerlijk te zijn voor zover dat haalbaar was zonder een gezonde dosis zelfbehoud uit het oog te verliezen. Een jury in de rechtbank zou hem misschien vergeven dat hij zich toegang had verschaft tot de flat van mevrouw Jameson als hij overtuigend kon overbrengen dat hij had gedacht dat de twee mensen die op de vloer lagen nog gered hadden kunnen worden, dus besloot hij hardnekkig vast te houden aan het verhaal waarvoor hij de basis al had gelegd in Magdalen Court. Mocht het onderzoeksteam erg onbuigzaam blijken, dan had hij nog een metaforische worst die hij hun kon voorhouden, verleidelijke informatie die hij hier goed zou kunnen gebruiken, daar had hij het volste vertrouwen in. Dus haalde hij zijn vape weer tevoorschijn en genoot opnieuw in stilte van de nicotine tot er, kort voor één uur

’s nachts, twee agenten in burger binnenkwamen: een kwabbige witte man van rond de vijftig in een goedkoop uitziend pak, met een gezicht alsof hij last had van constipatie, en een vrouw van halverwege de dertig met schouderlang rood haar. Als hij zijn mening had moeten geven, zou Strike deze vrouw ‘niet onknap’ genoemd hebben. Ze had een grote moedervlek op haar wang en brede spleten tussen haar tanden, maar een goede teint en aantrekkelijke groene ogen. Hij had zo’n gevoel dat dit weleens Murphy’s contactpersoon zou kunnen zijn, Iverson, de vrouw met wie Robins vriend ooit dronken had staan vozen. Strike vroeg zich af of dit duo uit bed getrommeld was om hem te ondervragen of dat ze de hele nacht moesten werken. De gespannen uitdrukking van de man had beide mogelijkheden kunnen verklaren.

Hij zette het opnameapparaat aan en stelde zich voor als hoofdinspecteur Northmore, en hij bevestigde Strikes vermoeden door hem te laten weten dat de roodharige Iverson was. Northmore noemde datum en tijd en onthulde daarmee een buitengewoon slechte adem te hebben, die Strike een dikke meter verderop kon ruiken. Northmore nodigde Strike uit zijn naam en adres te noemen, vroeg hem te bevestigen dat hij afzag van een advocaat en informeerde hem vervolgens dat Iverson zich bezighield met het onderzoek naar de moord in de zilverkluis, terwijl hij de moord op Sofia Medina onderzocht. Dat laatste stukje informatie interesseerde Strike: blijkbaar was de politie niet langer van mening dat de man en vrouw die waren gezien in St George’s Avenue waren ontsproten aan Mandy’s verbeelding.

Northmore raadpleegde de handgeschreven aantekeningen die de geüniformeerde agent uit Harlesden hem overhandigde.

‘U zegt dat u bent ingehuurd om het lijk te identificeren dat op 20 juni vorig jaar is aangetroffen bij Ramsay Silver.’

‘Dat is juist,’ zei Strike.

‘Door wie bent u ingehuurd?’

‘Dat kan ik niet vertellen, sorry.’

‘U begrijpt dat u onder arrest staat?’ vroeg Northmore, die grote grijze wallen onder zijn bloeddoorlopen blauwe ogen had.

'Ja, dat had ik wel in de smiezen.'

'U hebt afstand gedaan van uw zwijgrecht.'

'Ik heb voor mijn cliënt een contract getekend dat mij verplicht tot geheimhouding.'

'Die regels gelden niet als de politie de vragen stelt, meneer Strike.'

'Niets van wat ik vanavond heb gedaan heeft te maken met mijn cliënt. Ik ben de flat van mevrouw Jameson binnengegaan,' zei Strike – hij kon het maar beter achter de rug hebben – 'omdat ik toen ik door haar raam keek niet alleen twee mensen op de vloer zag liggen, maar ook iets zag bewegen. Ik dacht dat minstens een van hen misschien nog leefde en mogelijk dringend medische hulp nodig had.'

'U kunt niks hebben zien bewegen,' zei Northmore, en opnieuw bereikte een sterke vlaag gingivitis Strikes neus. 'Tenzij u gaat beweren dat u door het raam heen de maden kon zien,' voegde hij er enigszins minachtend aan toe.

'Er was een kat in de kamer,' zei Strike. 'De jongens die naar boven kwamen hebben hem zien wegrennen toen ik naar binnen ging. De vitrage was smerig, ik kon niet zien dat het een dier was dat bewoog. Ik dacht dat het een van de lichamen was.'

'Waarom hebt u geen ambulance gebeld, als u dacht dat er binnen gewonden lagen?'

'Ik wilde de tijd van de hulpdiensten niet verspillen als die mensen daar om de een of andere reden vrijwillig lagen, levend.'

'U zegt net dat ze de deur niet opendeden.'

'Daarom vond ik dat er dringend iemand naar binnen moest gaan om te kijken wat er aan de hand was.'

Ze speelden allebei toneel, wist Strike, met het oog op de geluidsopname. Deze uitwisseling was een voorbereiding op de belangrijke taak die voor hen lag. Northmore bracht Strike in herinnering dat hij nu al diep in de nesten zat; Strike maakte een begin met de verdediging die hij van plan was vol te houden, mochten ze hem echt iets ten laste willen leggen. Het spel was nog niet echt begonnen.

Nu nam Iverson het woord, en ze bleek onverwacht Welsh te zijn.

'Heeft uw cliënt recentelijk een baby gekregen? Of is ze het afgelopen jaar zwanger geweest?'

Strike hoopte vurig dat zijn gezicht hem niet zou verraden, maar de vraag kwam als een schok voor hem.

'Waarom vraagt...'

'Wright heeft aan een van zijn bovenburen verteld dat hij een zwangere vriendin had.' Iverson wachtte op Strikes reactie. 'Hij was aan het sparen voor een verlovingsring.'

'Behoort de bovenbuur in kwestie tot de familie Mohamed?' vroeg Strike.

'Ja,' zei Iverson.

'Ik kan geen details vrijgeven over mijn cliënt,' zei Strike, al was hij van zijn stuk gebracht door de informatie dat Wright had beweerd een zwangere vriendin te hebben.

'Hoe komt u aan de tip dat Knowles niet de man was die is gevonden in de zilverkluis?' vroeg Iverson.

Het viel hem op dat ze nu dus toegaven dat ze lang voor vanavond al hadden geweten dat Strike onderzoek deed naar het lijk in de kluis.

'Contactpersoon,' antwoordde hij.

'Dezelfde persoon die u al eerder had getipt over de georganiseerde misdaad?'

'Ja,' zei Strike.

'De mensen zouden van mening kunnen zijn dat een dergelijke informant beter voor de politie kan werken dan voor een privédetective,' zei Northmore. De adem van de man stonk echt, Strike probeerde om niet door zijn neus te ademen. 'Of betaalt u hem genoeg om ervoor te zorgen dat u die tips als enige krijgt?'

'Het is geen kwestie van geld,' zei Strike, en Northmore snoof even minachtend, een gebaar dat de detective irriteerde, al probeerde hij dat niet te laten merken. 'Deze specifieke contactpersoon werkt nog niet met de politie samen als Pasen en Pinksteren op één dag vallen.'

'Maar wij moeten maar blind van hem aannemen dat Knowles naar "Barnaby" is gegaan?'

'Dat hoeven jullie niet blind aan te nemen als ik jullie precies kan aanwijzen waar Barnaby is.' Strike besloot dat het tijd werd om te laten doorschemeren dat hij een waardevolle spreekwoordelijke worst voor hen had.

Zoals hij had verwacht volgde er weer een stilte.

'U weet waar het is?' vroeg Iverson.

'Inderdaad. Vanavond ontdekt, om precies te zijn.'

'Komt dat even goed uit,' zei Northmore.

'Puur toeval,' zei Strike.

'U lijkt er weinig moeite mee te hebben om een politieonderzoek onnodig gecompliceerd te maken of in gevaar te brengen, meneer Strike,' zei Northmore.

'Wanneer heb ik dat gedaan dan?'

'U hebt nog maar enkele uren geleden onbevoegd de plaats delict van een moord betreden.'

'Niemand wist dat er een moord was gepleegd totdat ik daar aankwam.'

'U hebt mensen ondervraagd die te maken hebben met twee lopende moordonderzoeken.'

'Het onderzoek naar William Wright was gesloten toen mijn bureau de zaak aannam,' zei Strike. 'Jullie hadden Wright geïdentificeerd als Knowles. Ik heb alle informatie doorgegeven die voor jullie nuttig kon zijn, vanaf het begin van ons onderzoek. Nooit iets verzwegen.'

'Behalve Barnaby.'

'Dat zeg ik net: ik heb pas vanavond ontdekt wat Barnaby is.'

'Hoeveel informatie hebt u toegespeeld gekregen van inspecteur Murphy?' vroeg Northmore.

Vanuit zijn ooghoeken zag Strike het gezicht van Iverson verstarren. Het verbaasde hem dat ze Murphy noemden, op tape. Zouden ze hem misschien niet vertrouwen? Liep er soms een intern onderzoek naar hem?

'Nul komma nul,' antwoordde Strike.

'Geen loslippigheden in de slaapkamer?' vroeg Northmore.

'Ik heb het nog niet met hem gedaan,' zei Strike. 'Ik speel *hard to get.*'

Iverson stootte een kreetje uit dat een onderdrukte lach zou kunnen zijn.

'Murphy heeft mij nooit vertrouwelijke informatie gegeven, en voor zover ik weet heeft hij mijn partner ook nooit wat verteld,' zei Strike.

'U hebt anders wel zonder scrupules op ongeoorloofde wijze bewijsmateriaal van ons team losgepeuterd,' zei Northmore.

'Als dat slaat op die foto's van het lijk, dat heeft Cochran op eigen initiatief gedaan,' zei Strike. 'En ze heeft ons bureau inmiddels verlaten.'

'O ja? Waarom? Beviel uw manier van zakendoen haar niet?'

Strike vermoedde dat dit een toespeling was op de recente verhalen in de schandaalkranten over zijn omgang met vrouwen, en hij koos ervoor geen antwoord te geven.

'Verraste het u om Jim Todd vanavond dood aan te treffen, meneer Strike?' vroeg Iverson.

'Ja, nogal. Ik ging erheen om zijn contactgegevens te vragen aan zijn moeder, als ze die had. Ik wist niet dat hij bij haar verbleef.'

'Waarom was u zo geïnteresseerd in Todd?'

'Ik denk dat hij degene is die William Wright heeft geholpen om die baan bij Ramsay Silver te krijgen.'

Hij had de indruk dat dit antwoord Iverson niet verbaasde, en hij vermoedde dat ook het team van de zilverkluismoord tot die conclusie was gekomen.

'Wat weet u van de handelingen van Jim Todd op de zeventiende juni?' vroeg Iverson.

'Niet veel.'

'Weet u toevallig waarom hij naar Dalston ging?'

Nu werd Strikes belangstelling flink aangescherpt.

'Ik zou zeggen,' zei hij, met de gedachte dat de politie de beelden van de beveiligingscamera uitgebreid bekeken moest hebben, 'dat hij naar Larry McGee toe ging.'

De starre blikken die op hem gericht waren leken erop te wijzen dat de politie diezelfde conclusie had getrokken, maar Iverson vroeg: 'Waarom denkt u dat?'

'Omdat het me wel heel toevallig lijkt dat twee mannen die iets te maken hadden met het Murdoch-zilver rond dezelfde tijd' (Strike wist niet of het rond dezelfde tijd was geweest, maar hij was nu aan het vissen) 'naar Dalston gingen, waar ze verder niks te zoeken hadden.'

Uit het gebrek aan tegengas maakte hij op dat McGee en Todd inderdaad rond dezelfde tijd in Dalston waren geweest.

'Wat weet u van de relatie tussen McGee en Todd?' vroeg Iverson.

'Heel weinig, behalve dat Todd bij Ramsay Silver werkte en McGee daar die dag het zilver heeft bezorgd. Maar Todd liet per ongeluk blijken dat hij wist dat McGee dood was toen ik hem ondervroeg, wat ik raar vond, want eerst beweerde hij niet te weten wie McGee was.'

'U hebt contact gehad met de dochter van McGee,' zei Iverson.

'Ja, klopt. Maar ze heeft me niks bruikbaars verteld, behalve dat McGee een creep was als het om vrouwen ging, wat ik al had gehoord van zijn collega's bij Gibsons.'

'Hebt u de dochter geld geboden?' vroeg Northmore.

'Waarom zou ik haar geld aanbieden?' vroeg Strike, maar de politieman hielp hem niet aan een antwoord.

'Waarom was u zo geïnteresseerd in McGee?' vroeg Iverson.

'Ik ben geïnteresseerd in alles wat er is gebeurd met het gestolen zilver. Er is een verband met de vermoorde man die ik moet identificeren,' zei Strike. 'Achtergrondinformatie, nietwaar?'

Hij was niet vergeten dat de belangstelling van de politie voor wat er met het Murdoch-zilver was gebeurd vlak voordat het bij Ramsay aankwam minimaal was geweest.

Iverson keek even naar Northmore, die zich rechtop hees in zijn stoel en vroeg: 'Hoe komt u aan het idee dat Sofia Medina iets met de zilverkluismoord te maken zou hebben?'

'Dat was ik niet, dat was mijn partner. Zij merkte op dat de beschrijving van Medina's lijk en kleding overeenkwam met de beschrijving die we kregen van een vrouw die spullen had meegenomen uit Wrights kamer in Newham. Zoals jullie wel weten,' zei Strike speciaal voor de geluidsopname, 'hebben wij, toen ons werd verteld over de man en vrouw die in de uren voor en de uren na zijn moord in Wrights kamer zijn geweest, die informatie rechtstreeks aan jullie doorgegeven.'

'U hebt getuigen geld geboden voor informatie,' zei Iverson.

'Klopt,' zei Strike. 'Ze zijn hartstikke blut.'

'U hebt met geld gestrooid bij potentiële getuigen,' zei Northmore, en opnieuw werd Strike overspoeld door de stank van ziek tandvlees. 'Dat maakt hun verklaring makkelijk te ondermijnen in de rechtbank.'

'Als je me nu wilt vertellen dat de politie nooit informanten heeft beloond met...'

'U hebt twee voormalige buren van Jim Todd ook betaald. Snapt u dan niet dat dat de verhoudingen vertroebelt, een welgestelde privédetective die met geld smijt naar getuigen en verdachten?' vroeg Iverson.

Dat mens had lef, dacht Strike. Ze had gelekt naar Murphy terwijl ze goed wist wie zijn vriendin was, en nu zat ze daar zelfvoldaan in haar blauwe broekpak te doen alsof zij, in tegenstelling tot Strike, nooit een haarbreedte was afgeweken van strikt professioneel gedrag. Desalniettemin moest Strike toegeven dat ze de aanklacht tegen hem niet slecht aanpakten. Vóór de verkoop van het huis van Ted en Joan was hij verre van welgesteld geweest; alle inkomsten waren teruggestopt in de zaak, maar het was makkelijk genoeg om hem af te schilderen als de zoon van een schatrijke rockster die snoevend lopende moordzaken verstoorde en voor zijn eigen eer en glorie belangrijke getuigen beïnvloedde, en misschien wel omkocht. Nu begreep hij die eerste, vreemde hint van Northmore over het voor zichzelf houden van Shankar dankzij zijn dikke portemonnee in plaats van de informant, als een soort menselijke metaaldetector, met de politie te delen.

'Hebt u Gretchen Schiff geld gegeven?' vroeg Iverson.

'Mijn partner heeft Schiff ondervraagd, en nee, ze heeft haar geen geld gegeven.' Strike besloot dat het tijd werd voor zijn metaforische worst. 'Ik moet zeggen dat het ons verbaasde dat jullie de informatie over Oz niet uit Schiff hadden losgekregen, vooral omdat Medina niet de enige jonge vrouw is die na een ontmoeting met hem is verdwenen, hè?'

Eén ding moest hij Iverson nageven: ze had een uitstekende pokerface. Geen spoor van herkenning bij het horen van de naam Oz.

'Jullie weten dat hij dit minstens twee keer heeft geflikt, hè?' zei Strike. 'Dat meisje, Sapphire Neagle, die is verdwenen na haar ontmoeting met een man die zich ook voordeed als muziekproducent en haar ook een ketting met robijnen had gegeven?'

'Dit verhoor gaat over wat u weet, niet wat wij weten,' zei Iverson.

'Het verbaast me gewoon dat jullie geen oproep hebben gedaan voor informatie over hem,' zei Strike. 'Vooral gezien dat verhaal over die bestelwagen.'

Strike kon merken dat Iverson niet wilde vragen wat hij bedoelde; daarmee zou ze haar zwakte toegeven. Uiteindelijk vroeg ze: 'Welke bestelwagen?'

'Oz wilde een bestelwagen kopen,' zei Strike. 'De echte Calvin Osgood heeft daar een e-mail over ontvangen, maar hij had zich nooit beziggehouden met een oude bestelbus. Er is toch een bestelbus aangetroffen in de buurt van Medina's lichaam?'

Hij had meer kunnen zeggen, had kunnen melden dat hij wist dat een jonge vrouw die van nature blond was of een pruik droeg in een bestelbus was gestapt na het inleveren van de zilverkleurige Peugeot bij het verhuurbedrijf, maar omdat die informatie afkomstig was van Murphy, via Robin, hield hij het voor zich.

'Gek hoor, dat Truman niet wilde kijken naar alles wat niet strookte met de theorie dat het lijk Knowles was,' zei hij.

Northmores ogen schoten naar het opnameapparaat. Strike wist maar al te goed dat de politieman opeens bang werd voor wat hij zou kunnen zeggen op tape, en dat was precies de reden dat hij van plan was het te zeggen. Als ze hem wilden intimideren met de mogelijkheid van negatieve pers, moesten ze weten dat hij zelf ook het een en ander te vertellen had.

'En over toeval gesproken, en het beïnvloeden van moordonderzoeken,' vervolgde Strike, 'ik betwijfel of het algemeen bekend is dat Malcolm Truman lid is van de vrijmetselaarsloge Winston Churchill. Gek genoeg is dat dezelfde loge waarbij Oliver Branfoot zich een paar jaar geleden heeft aangesloten. Hij heeft de laatste tijd wat al te veel belangstelling voor mij, dus heb ik mezelf de taak opgelegd zijn belangstelling te beantwoorden. Als iemand iets voor mij doet, doe ik graag iets terug,' zei hij, waarbij hij Northmore strak aankeek.

'We nemen een korte pauze,' zei die laatste, met een blik op de klok aan de muur. 'Het verhoor wordt onderbroken om één uur vijfentwintig.'

Hij drukte op de uitknop van het opnameapparaat, ging staan en ving Iversons blik. Samen liepen ze de verhoorkamer uit.

Strike bleef daar twintig minuten in zijn eentje zitten voordat de politiemensen terugkwamen. Northmores blik was nog grimmiger dan toen hij vertrok.

'U zei dat u graag iets terugdoet, meneer Strike,' zei Iverson.

'Ik voel me veiliger als de opname loopt.' Strike sloeg zijn armen over elkaar. Verhulde dreigementen om hem zwart te maken in de bladen en de zeer reële mogelijkheid dat hem straks inbraak ten laste gelegd zou worden haalden hem niet over om deals te sluiten die later teruggedraaid konden worden.

Na een korte stilte zette Northmore het opnameapparaat weer aan, verkondigde dat het kwart voor twee was en herhaalde de namen van de aanwezigen.

'U zei dat u graag iets terugdoet, meneer Strike.'

'Zo vaak ik kan, ja.'

'We zijn misschien bereid af te zien van vervolging voor de inbraak, gezien het feit dat u meende dat een of beide Jamesons misschien nog gered konden worden.'

'Dat is netjes van jullie,' zei Strike zonder een spoortje van een glimlach.

'Maar u krijgt wel een waarschuwing wegens het ongeoorloofde gebruik van lopers.'

'Begrijpelijk,' zei Strike.

'Mocht ook maar iets van de informatie die wij vannacht met u gedeeld hebben openbaar gemaakt worden, dan zou dat uiteraard ons onderzoek in gevaar brengen,' zei Iverson. 'Hetzelfde geldt voor persoonlijke gegevens die u misschien denkt te hebben over hoofdinspecteur Truman.'

'O, ik twijfel niet aan de juistheid daarvan,' zei Strike. 'Ik heb fotografisch bewijs dat hij de Winston Churchill-loge bezoekt.'

Northmore slaagde er niet in zijn schrik te verhullen.

'Dan nog...'

'Ik zou niet weten waarom ik die informatie met anderen zou moeten delen,' zei Strike. 'Het is geen pretje om door de bladen afgemaakt te worden, daar weet ik alles van.' Voor de geluidsopname voegde hij eraan toe: 'En, zoals ik volgens mij al heb aangetoond door jullie alle informatie te geven die ons bureau naar boven gekregen heeft, is het absoluut niet mijn wens om politieonderzoeken te dwarsbomen.'

Hij genoot van Northmores chagrijnige blik.

'Dat kan allemaal wel zo zijn,' zei Northmore, 'we willen toch graag weten wat, en waar, "Barnaby" is.'

'Mij best. Er is een sloperij in Carnival Street in Haringey, Brian Judge. Daar worden op de gekste tijden midden in de nacht verbrandingsovens gestart en voertuigen geplet. Marco Ricci, broer van Luca, was daar een paar uur geleden om een smerige bestelbus af te leveren.'

Northmore en Iverson wisselden blikken die Strike het gevoel gaven dat ze al hun verdenkingen hadden gehad over de sloperij of de eigenaar ervan.

Iverson keek weer op de klok.

'Verhoor afgerond om zeven minuten voor twee.' Nadat ze de tape had uitgezet, zei ze: 'Goed, meneer Strike, u mag gaan.'

Strike was moe, had honger, zijn been klopte en hij had zijn auto in Harlesden moeten achterlaten. Desalniettemin had hij het gevoel dat hij vannacht als winnaar uit de bus gekomen was.

94

But when the snows at Christmas
On Bredon top were strown,
My love rose up so early
And stole out unbeknown
And went to church alone.

A.E. Housman
XXI: Bredon Hill, A Shropshire Lad

Om vijf uur 's ochtends besloot Robin, die amper had geslapen, dat het geen zin had om in bed te blijven liggen, en ze stond op om voor zichzelf koffie te zetten.

Ze had drie gemiste oproepen van Murphy op haar telefoon, die ze allemaal negeerde, en meerdere berichten, die ze had gelezen toen ze binnenkwamen. Bij een ervan was een video bijgevoegd: Murphy had gefilmd hoe hij flessen wodka leeggoot in de gootsteen. Robin vroeg zich af wat dat voor zin had. Dacht hij soms dat zij geloofde dat zijn stiekeme voorraad alle drank van de hele wereld bevatte?

Zijn smekende, verontschuldigende appjes vol uitleg en verklaringen bevatten veel informatie waarvan zij niets had geweten. Er bleek op zijn werk een intern onderzoek naar hem te lopen en hij was door een meerdere aangesproken op zijn drankgebruik, nadat hij was 'verlinkt' door een collega die wist dat hij op het werk wodka dronk.

In zijn appjes van die nacht beweerde hij dat de buitenbaarmoederlijke zwangerschap de reden was dat hij haar niets over dat alles had verteld: hij had haar er niet mee willen belasten, niet al zijn problemen bij haar neer willen leggen na wat ze had moeten doorstaan. Hij zei dat hij al maanden werd opgevreten door schuldgevoel, dat Robin veel te goed voor hem was, dat hij meer van haar hield dan hij ooit van een andere vrouw had gehouden, maar dat hij het zou begrijpen als ze bij hem weg wilde gaan, want hij had haar vertrouwen geschaad op een manier die hij niet zou proberen goed te praten, maar toch smeekte hij haar om te blijven, hem nog een kans te geven, een kans om haar te laten zien wat hij waard was.

Het cumulatieve effect van die berichten was niet alleen dat Robin was beroofd van haar slaap, maar ook dat ze werd vervuld met woede, schuldgevoel en vrees.

Murphy's verhaal sprak zichzelf tegen. Het interne onderzoek op zijn werk was al aan de gang geweest vóór haar ziekenhuisopname, en ze wist zeker dat hij loog over de nacht dat ze zwanger was geraakt, dat hij wel degelijk dronken was geweest toen ze seks hadden. Hoewel ze niet alle schuld bij hem kon neerleggen – ze had er zelf voor gekozen om een tijdje condooms te gebruiken, en ook om geen morning-afterpil te gaan halen – nam ze hem zijn woede-uitbarsting op haar vraag of hij had gedronken wel kwalijk; ze had zich ontzettend schuldig gevoeld omdat ze hem vals beschuldigd had.

En toch... toch kon Robin, met haar blik op de donkere hemel gericht, niet tegen zichzelf liegen. Zij was verre van schuldloos.

Murphy had niet één keer kritiek gehad op het feit dat ze vrijwillig al die lange maanden undercover op Chapman Farm had doorstaan, waarna haar mentale toestand zo fragiel was geweest dat ze niet meer met hormonen had willen beginnen. Hij was alleen maar lief geweest en had haar gesteund toen ze de draad van haar gewone leven weer was gaan oppakken, en dat was de periode geweest (besefte ze achteraf) dat hij ermee opgehouden was haar veel te vertellen over zijn eigen werk. Ze was als vanzelf in een patroon gegleden: niet naar details vragen, vanuit de veronderstelling dat hij het fijner vond om niet over zijn baan te praten. Zou een vrouw die echt van hem hield meer hebben aangedrongen, al zou dat op ruzie uitgedraaid zijn? Hij had zich onbetrouwbaar gedragen, zeker, maar was zij niet een beetje te makkelijk bereid geweest om zich voor de gek te laten houden? En had zij ook niet maandenlang tegen haar vriend gelogen, hetzij ronduit, hetzij door dingen te verzwijgen?

Robin dronk haar snel koud wordende koffie op en dacht terug aan de avond dat ze had gehuild, met haar gezicht op het bureau, om de verloren baby, maar ook om Cormoran Strike. *Je zegt dat je van me houdt, maar ik heb het gevoel dat je een deel van jezelf voor me achterhoudt...* Was zij een deel van de reden dat Murphy weer was gaan drinken? *Er is soms een afstand tussen ons en ik weet niet of jij nu eenmaal zo bent, of dat dit jouw manier is om van iemand te houden...* Ze dacht aan de opluchting die ze had gevoeld toen er een hoger bod was gekomen op het koophuis... *Zelfs op kerstavond kun je het niet laten om stiekem met hem te appen...* Ze had Strike niet geappt, maar ze had wel op haar telefoon gekeken in de hoop dat hij háár had geappt... Ze was zo vaak schuldig, misschien niet naar de letter, maar wel naar de geest.

Kon ze nu bij Murphy weggaan, op wat duidelijk het dieptepunt van zijn leven was? Nadat hij haar had gesteund, na Chapman Farm, en de zwangerschap? Wat zou er van hem worden als ze bij hem wegging? Stel dat hij ontslagen werd. Ze dacht aan Kims ex, die zelfmoord had gepleegd nadat zij hem had gedumpt. Het was alsof Robin weer het mooie gezicht zag van Charlotte Campbell, gezien door bloederig badwater. Ondanks alles geloofde ze dat Murphy in de kern een goed mens was. Ze had herhaaldelijk tegen hem gezegd dat ze van hem hield.

Niet langer in staat de gedachten te verdragen die haar dieper de ellende in voerden ging Robin douchen en zich aankleden. Terwijl ze haar haar droogde, appte Murphy weer.

> *Ga alsjeblieft niet bij me weg.*
> *Alsjeblieft.*

Robin reageerde niet. Het was krankzinnig vroeg, maar dat kon haar niet schelen: ze ging naar kantoor om haar administratie bij te werken.

95

Now who beat his head in? Who would be most likely to beat his head in?

John Oxenham
A Maid of the Silver Sea

Kort nadat ze een uur later station Tottenham Court Road uit was gekomen, zag Robin dat Strike haar had geappt terwijl ze in de metro zat.

Bel me als je wakker bent, ik heb een drukke nacht gehad

Robin belde zijn nummer.

'Wat is er gebeurd?'

'Ik dacht dat je nog zou slapen. Waar ben je?'

'Charing Cross Road.'

'Zo vroeg? Waarom in godsnaam?'

'Kon niet slapen,' zei Robin.

'Dat ken ik.' Strike had een taxi terug naar Harlesden genomen om zijn auto op te halen. Die had hij in zijn vaste garage geparkeerd en daarna was hij teruggegaan naar kantoor, waar hij, getroffen door een plotselinge ingeving en veel te wakker om naar bed te gaan, zich de uren erna over het dossier van de zilverkluiszaak had gebogen.

'Waar ben jij dan?' vroeg Robin, die op de achtergrond geroezemoes en gerammel van bestek hoorde.

'Eh... waar ben ik? Wacht... Little Portland Café in Little Portland

Street. Stevig Engels ontbijt. Ik heb gisteravond niks gegeten.'

'Heb je zin in gezelschap?'

'Ja, als jij het bent,' zei Strike, en hoe moe Robin ook was en hoe belabberd ze zich ook voelde, ze ervoer een sprankje troost bij die woorden.

'Oké, ik kom eraan.'

Vlak voordat ze bij de zaak was waar Strike zat, kwam er weer een appje van haar vriend binnen.

Bel me alsjeblieft.

Robin werd weer overspoeld door woede en schuldgevoel. Ze moest eerst beslissen wat ze zou zeggen voordat ze op Murphy's berichten ging reageren. Voorlopig had ze geen idee.

Toen ze het eettentje binnenkwam, een ouderwetse goedkope zaak waar de lucht van spekvet en gebakken eieren te snijden was, zat Strike aan een tafeltje in een hoek, en hij zag eruit zoals zij zich voelde: doodop en een beetje verfomfaaid.

'Wat is er gebeurd?' Robin plofte neer op de stoel tegenover hem.

'Gaat het wel goed?' vroeg Strike, want Robin was lijkbleek en zag er moe uit.

'Ja, hoor.'

Ze was niet van plan om Strike te vertellen dat Murphy weer was gaan drinken, daarvoor voelde ze te veel loyaliteit jegens haar vriend.

'Wil je iets eten terwijl ik het je vertel?'

'Eigenlijk wel, ja,' zei Robin, die niet ontbeten had.

Ze bestelde thee en een broodje bacon, en toen de ober weer weg was, bracht Strike haar op de hoogte van zijn activiteiten van die nacht, te beginnen met Barnaby, gevolgd door de ontdekking van de twee lijken, en eindigend met zijn arrestatie, verhoor en vrijlating.

Haar mond hing open. 'O... mijn... god.'

'Ja,' zei Strike. 'En dat is nog niet alles. Iverson vroeg of onze cliënt zwanger is geweest of pasgeleden een kind heeft gekregen.'

Robins hand vloog naar haar mond, zoals Fiona Freeman laatst had gedaan toen Robin haar vertelde dat op camera was vastgelegd dat ze het geheimtaalbriefje bij hen in de brievenbus stopte.

'Blijkbaar,' vervolgde Strike, 'heeft Wright tegen een van de bovenburen gezegd dat zijn vriendin in verwachting was.'

'O nee,' fluisterde Robin tussen haar vingers door.

'Misschien lulde hij maar wat,' zei Strike, die deze reactie had verwacht.

'Maar...'

'Misschien probeerde hij zich voor te doen, voor de buren, als een man die heus wel iets had bereikt.'

'Ja, dat zou kunnen, maar...'

'Ik schrok me kapot toen ze dat zei,' gaf Strike toe, 'maar het wil nog niet zeggen dat Fleetwood Wright was. Voor hetzelfde geld had Powell of Semple iemand met jong ge... Misschien werd een van hen binnenkort vader,' verbeterde Strike zichzelf snel, want na wat Robin hem op Sark had verteld wilde hij niet lichtzinnig doen over zwangerschappen. 'Hoe dan ook, ik kan nu helemáál niet meer wachten om Hussein Mohamed te vinden, en Shah denkt te weten welk huis het is.'

'Echt?'

'Ja, ik zag het net in het dossier. De vrouw deed open toen Shah aanbelde en hij zag achter haar een rolstoel in de gang staan. De vrouw zei dat haar man Uber rijdt. Ze leek paniekerig omdat er iemand aan de deur kwam en sloeg die in Shahs gezicht dicht voordat hij naar Wright kon vragen. Ik denk dat we bij dat huis moeten gaan posten, proberen Hussein aan te spreken als hij tussen zijn diensten door naar huis komt.'

'Gaan we Decima vertellen wat Wright heeft gezegd?'

Strike kauwde op een hap worst terwijl hij nadacht.

'Wat mij betreft liever niet,' zei hij toen. 'Tenzij we nog iets meer hebben, iets concreets. Er heeft ook iemand gebeld die beweerde Fleetwood te zijn, weet je nog?'

'Heeft Decima daar eigenlijk nog op gereageerd?'

'Ja. Voorspelbaar antwoord: "Iedereen heeft gehoord dat ik Rupert 'Beer' noemde, die man kan wel expres een zware stem opgezet hebben" – hier viel me op dat ze daarmee indirect toegaf dat Fleetwood inderdaad een zware stem heeft – en "Iedereen die bij Dino's werkte weet dat dat tafelschip gestolen is." Ze denkt dat iemand zich voor hem uitgaf, als macabere grap of omdat de beller iets te maken heeft met zijn dood en ons nu van het spoor af probeert te brengen. Eerlijk gezegd denk ik dat ze op dit punt, als we bij haar op de stoep zouden staan met de levende Fleetwood, nog steeds zal volhouden dat hij dood is.'

'Tish Benton is terug uit Sardinië.' Robin pakte haar telefoon en liet Strike het Instagram-account van Tish zien. 'Ik denk niet dat het een vakantie was, niet alleen maar. Ze heeft een nieuwe baan, waarvoor ze veel moet reizen. Misschien hebben we binnenkort een keer het geluk om haar in Londen te treffen.'

Strike nam de telefoon van haar aan. Een knap meisje met glanzend zwart haar keek hem stralend aan vanaf de meest recente foto. Ze stond voor een bord met de naam Hotel Serenità, en het onderschrift luidde:

Zo blij dat ik bekend mag maken dat ik vanaf 1 maart als #brandconsultant ga werken voor #ClairmontHotelsEuropa!!! #travel #droombaan #luxuryhotels

'Aha,' zei Strike. 'Nou, dan moeten we maar proberen tussen twee vluchten door bij haar langs te gaan.'

Robin zag er echt moe en ongelukkig uit, dacht Strike toen hij haar de telefoon teruggaf. Dat kon hij niet helemaal toeschrijven aan de schok vanwege de toegenomen kans dat Wright Fleetwood was geweest, want ze was bij binnenkomst al zo bleek en treurig geweest.

'Gaat het echt wel goed?' vroeg hij, denkend aan haar mededeling van daarstraks dat ze niet had kunnen slapen.

'Ja hoor,' antwoordde Robin automatisch.

Maar het verlangen om haar hart te luchten, om hem misschien niet alles maar toch op zijn minst iets te vertellen, maakte dat ze eraan toevoegde: 'Ryan... heeft het zwaar op het moment.'

'Aha.' Strike had nu spijt dat hij het had gevraagd, want hij werd niet bepaald vrolijk van de gedachte dat Robin de hele nacht op was gebleven om haar vriend te troosten of goede raad te geven. 'Ik had het je niet willen vertellen,' zei hij, 'maar zijn naam is gevallen in mijn verhoor van vannacht.'

'Hoe dan?' vroeg Robin, plotseling paniekerig.

'Ze vroegen of hij ons informatie had toegespeeld – dat heb ik natuurlijk ontkend. Ik zei dat hij ons geen van beiden ooit iets heeft verteld.'

Ze bleven even zwijgend zo zitten. Toen zei Robin: 'Misschien had hij wel een zenuwinzinking.'

'Wie Murphy?'

'Nee!' zei Robin snel. 'Rupert Fleetwood!'

'O,' zei Strike, terneergeslagen door haar beschermende toon.

'Ik weet dat je me te soft vindt als het om Rupert gaat,' zei ze, 'maar laat me alsjeblieft even uitpraten. Hij werd afschuwelijk behandeld op zijn werk. Longcaster treiterde hem over de dood van zijn ouders waar gasten bij waren. Er zat een dealer achter hem aan die geld eiste. Iedereen was tegen zijn relatie. Decima kondigde aan dat ze zwanger was. Stel nou dat Rupert een soort... inzinking kreeg en dat schip meenam en toen pas besefte dat hij de situatie daarmee nog veel erger had gemaakt. Dat is een hoop stress. Laten we zeggen dat hij die baan bij Ramsay Silver aannam om iets te bewijzen: dat hij het in zijn eentje kon redden, dat hij niet bang was om zijn handen vuil te maken, en dat hij zichzelf voorhield dat hij dan als held kon terugkeren naar Decima, en...'

'Om vervolgens gearresteerd te worden voor de diefstal van dat tafelschip,' zei Strike.

'Maar misschien kon hij niet meer rationeel denken?'

Strike slikte een grote hap bloedworst door. 'Ik zal niet ontkennen dat Fleetwood hiermee naar boven is opgeschoven op de lijst van mogelijke Wrights, maar hoe zit het dan hiermee: als hij echt blij was met de zwangerschap, waarom heeft hij dan zijn "geluksshirt" verscheurd dat hij aanhad toen ze het hem vertelde?'

'Dat weet ik niet,' zei Robin. 'Maar als Wright een zwangere vriendin had en het was níét Fleetwood, dan lijkt het me heel vreemd dat er zich geen enkele andere vrouw heeft gemeld die de vader van haar kind zoekt. Decima is de enige recente moeder die wij kennen die denkt dat Wright haar partner was.'

'Misschien denkt de vrouw in kwestie wel gewoon dat hij haar in de steek gelaten heeft. De anti-Decima,' zei Strike.

'Ik wil nog steeds weten waarom Rupert naar dat feest van Sacha Legard is gegaan. Het is de laatste keer dat hij is gezien, en het is echt raar dat hij daar onuitgenodigd opdook, gezien wat er allemaal speelde toen. Ik spreek Cosima deze week, dat moet, ik ga haar op de een of andere manier dwingen met me te praten... Heb je sinds gisteren nog iets van Kim gehoord?'

'Nee. Hoezo?'

'Ik had niet verwacht dat ze zo stilletjes zou vertrekken. Ik dacht dat ze misschien nog terug zou komen om je over te halen haar te laten blijven.'

'Niet na wat ik tegen haar heb gezegd in die bar,' zei Strike. 'Nee, ik heb vanmorgen een boodschap voor Pat achtergelaten op haar bureau dat ze Kim moet betalen waar ze nog recht op heeft, dus hopelijk is de zaak daarmee afgedaan.'

'Wat gaat ze nu doen?'

'Ze zal wel bij dat nieuwe bureau van Farah Navabi werken.'

'Wanneer kan Wardle beginnen, weet je dat al?'

'Woensdag. Hij wil meteen aan de slag en hij had nog vrije dagen staan. Blijkbaar zaten ze op zijn werk niet te springen om hem langer om zich heen te hebben toen hij eenmaal had gezegd dat hij ontslag nam. Hij denkt dat ze wel vermoeden dat hij bij ons komt werken.'

Robin keek om zich heen in de snel drukker wordende zaak en dempte haar stem. 'Goed... Todd.'

'Morsdode Todd,' zei Strike. 'Ja. Precies dezelfde werkwijze als bij de moord op Wright, behalve de afgesneden lichaamsdelen en de verminkingen. Op het achterhoofd geslagen en meerdere steekwonden. De moeder is één keer in de buik gestoken. Dat zal niet moeilijk geweest zijn, ze was klein en mager.'

'Wat afschuwelijk,' zei Robin.

'Het is niet best,' zei Strike instemmend. 'Ik denk dat Oz vier moorden heeft gepleegd in acht maanden, waarmee hij het terrein van de seriemoordenaars betreedt, maar ik geloof niet dat hij het voor de kick heeft gedaan – niet allemaal althans. Van Medina heeft hij wel genoten, denk ik, maar ik betwijfel of de moord op Todd, of op diens moeder, hem plezier heeft bezorgd. Todd was gewoon een risico geworden, dus moest hij dood.'

'Door dat verhaal met die rokjes?'

'Ik denk het wel. Hij wist dat Todd weer bij de politie in het vizier was gekomen, en ik kan me zo voorstellen dat Todd die in een verhoorkamer belandt wel een van de laatste dingen is die Oz wilde. Stel je voor dat Todd een deal had willen sluiten door hem te verraden.'

'Dus Todd móét eigenlijk wel zelf betrokken zijn geweest bij de moord op Wright?'

'Ja. En ik denk dat de politie daar ook naar neigt. Ze hebben het verband gevonden tussen Todd en McGee, al geloof ik niet dat ze veel meer weten dan wij. Ze vroegen aan mij waarom die twee rond dezelfde tijd naar Dalston gingen.'

'Maar Todd heeft een waterdicht alibi voor de moord zelf.'

'Dat wel, ja. Maar ik durf te wedden dat Todd het cv voor Wright heeft geschreven en met hem heeft geoefend om door de sollicitatieronde te komen. En ik bedacht nog iets toen ik bij de politie vandaan kwam. Als Todd die armetierige kamer in St George's Avenue voor Wright had gevonden, heeft hij daar misschien op zeker moment ook de sleutels van gehad. Die kan hij hebben laten bijmaken en aan Oz gegeven hebben. En die verhalen over een man met een zonnebril die de winkel en Tempel Zeventien in de gaten hield, en dat Wright "verwijfd" zou zijn: volgens mij was dat allemaal bullshit en probeerde hij daarmee iedereen op het verkeerde been te zetten.'

'Hm... Oz dus,' zei Robin. 'We zoeken een zedendelinquent die de mensen vermoordt die een gevaar voor hem gaan vormen?'

'Een gevaarlijke zedendelinquent die geen genade kent voor handlangers die zich niet kunnen beheersen, ook al wijst alles erop dat hij zelf ook wel aan zijn zelfbeheersing zou mogen werken.'

'Maar hij is voor geen van de moorden gepakt,' zei Robin. 'Dat lijkt erop te wijzen dat hij pienter is.'

'Mee eens. Een goed stel hersenen, en ik vermoed dat hij veel ervaring heeft opgedaan. Een man die de kluts kwijt is zou ineens aan het moorden kunnen slaan, maar Oz is de kluts niet kwijt. Hij gaat methodisch en beheerst te werk – behalve als het om jonge meisjes gaat. Maar zelfs daarvoor is hij nog niet gepakt.'

'En jij zegt vier moorden in acht maanden,' zei Robin, 'maar het kunnen er ook vijf zijn. We weten nog steeds niet wat er is gebeurd met Sapphire Neagle.'

'Ik zou er niet op rekenen dat we daar ooit nog achter komen, want de politie is nu bezig met een inhaalslag rond Oz. Ik denk niet dat ze de moord op Medina en de verdwijning van Neagle met elkaar in verband gebracht hadden totdat ik dat vannacht deed, en ze leken niet te weten dat de echte Osgood e-mail heeft gekregen van een onbekende over een bestelwagen, waar ik uit opmaak dat ze niet meer bij de echte Osgood zijn geweest of hebben geprobeerd de raadselachtige berichten te achterhalen die hij heeft ontvangen. Aan de andere kant hebben ze duidelijk wel hun standpunt heroverwogen dat Mandy het verhaal dat ze Oz en Medina heeft gezien in St George's Avenue uit haar duim gezogen zou hebben, voor het geld...'

'Waarschijnlijk door de ontdekking dat de zilverkleurige Peugeot twee keer in Newham is geweest,' zei Robin.

'Dat dacht ik dus ook. Ze leken flink pissig dat we weten dat Malcolm Truman vrijmetselaar is, en nog pissiger door mijn suggestie dat hij weigerde te kijken naar bewijzen dat het lijk misschien wel helemaal niet Jason Knowles was. En ik hoef jou natuurlijk niet te vertellen dat ik dat heb gezegd terwijl de tape meeliep.'

Een geeuw verraste Strike. Toen hij uitgegaapt was, stak hij zijn hand op naar de serveerster om nieuwe koffie te bestellen.

'Het is je vast opgevallen,' zei hij toen zijn beker was bijgevuld, 'dat er geen verhalen in de pers zijn verschenen over de privépornofilms van Lord Oliver Branfoot. De broers De Leon houden zich niet aan de afspraak.'

'Het is pas een paar dagen geleden. We hebben ermee ingestemd dat ze eerst hun moeder zouden voorbereiden.'

'Ik wil dat Branfoot wordt uitgeschakeld,' zei Strike. 'We zijn in meerdere opzichten kwetsbaar zolang hij nog rondsluipt en die zware jongens van hem op ons afstuurt om ons te intimideren. "Wij denken dat je misschien een appartement hebt waar je vieze filmpjes maakt" is niet genoeg voor een degelijke tegenaanval. We hebben bewijs nodig. Een adres.'

'Denk je nog steeds dat de man die mij bedreigde afkomstig was van Branfoot?'

'Niemand anders die bij deze zaak betrokken is heeft de beschikking over foute types die het geen punt vinden om de wet te overtreden in ruil voor een pak geld, en aangezien die eikel een hotline heeft met Culpepper, lopen we nog steeds het risico van lulkoekverhalen in de pers. Hoofdinspecteur Northmore maakte een hatelijke opmerking over mijn manier van zakendoen. Ik denk dat hij dolblij zal zijn als ik weer word afgemaakt in de bladen. Het zou echt schelen als we Powell of Semple konden uitsluiten. Hoe ging het met Wynn Jones?'

Robin gaf een korte samenvatting van haar gesprek met Jones. 'Als je het mij vraagt, weet hij waar Tyler is en heeft hij hem beloofd zijn mond te houden. Hij beweert ervan overtuigd te zijn dat Tyler niet met die auto heeft geknoeid, maar Tylers alibi voor die avond is echt zwak – hij voelde zich niet goed en bleef achter in het lege huis van zijn ouders. Maar aan de andere kant is het ook niet bepaald geloofwaardig dat Tyler hen helemaal naar Birmingham gevolgd zou zijn om op het parkeerterrein met het ABS te knoeien.'

'Inderdaad,' zei Strike. Hij streek met zijn hand over zijn ongeschoren kaak. 'Geloofde jij Jones toen hij zei dat Powell tegen hem nooit iets over zilver heeft gezegd?'

'Hij deed er een beetje schamper over. Misschien hadden ze het echt over Sylvain Deslandes. Moet Pat nog alle pubs blijven bellen met Silver in de naam? Zo loopt de rekening voor Decima wel op, met al die uren.'

'Ja, maar aangezien we verder geen ene moer hebben over Powell... Trouwens, ik heb donderdag eindelijk rechtstreeks contact gehad met de Schotse Gateshead. Toen ik haar vroeg of ze Rena Liddell was, gilde ze: "Niet mijn naam noemen" of woorden van die strekking en ze hing op, dus kunnen we er volgens mij wel van uitgaan dat zij het is. Ik heb berichten achtergelaten op al haar socialmedia-accounts en gevraagd of ze weer contact met me wil opnemen. God weet waar ze is. Niet in Londen, maak ik op uit wat ze zei. Ik dacht dat ze misschien was teruggegaan naar Schotland, maar ik heb vannacht zitten zoeken en ik kan geen enkele Schotse pub vinden met de naam Golden Fleece. Tenzij ik er een heb gemist, is het een naam die alleen de mensen in Engeland en Wales aanspreekt. Afijn, ik ga straks naar de bibliotheek in Holborn.'

'Om op te zoeken waarom Schotten geen pubs hebben die de Golden Fleece heten?' vroeg Robin verbaasd.

'Nee, om te kijken of ze oude plattegronden hebben van Freemasons' Hall en Wild Court. Online kan ik niks vinden, maar misschien zijn er bij de bibliotheek nog oude dossiers.'

'Waar heb je plattegronden van Wild Court voor nodig?'

'Ik snap nog steeds niet hoe Wright en Oz die nacht bij de winkel gekomen zijn. Jij zei ook al dat er toch camerabeelden zouden moeten zijn waarop is te zien dat ze erheen gingen, maar als de politie die gevonden zou hebben, zouden ze inmiddels wel vrijgegeven zijn. De enige mensen die zijn gezien op weg naar Wild Court rond de juiste tijd waren die vier studenten, en die zijn uitgesloten. Dus hoe konden die twee ineens opduiken in Wild Court zonder dat iemand ze heeft gezien, of zonder dat ze op camera zijn vastgelegd?'

'Geen idee, maar wat kan een plattegrond... O, wacht,' zei Robin, en ze wist niet of ze moest lachen of niet. 'Je denkt toch niet dat er een of andere...?'

'Een geheime doorgang tussen de hal en de winkel waar de hal met de achterkant tegenaan is gebouwd? Ik geef toe dat het vergezocht is, maar ik wil nagaan wanneer dat winkelpand is gebouwd, en of er toen misschien een deel van de hal voor is verbouwd. Als er een verbinding is tussen die twee panden, moeten we mogelijk op zoek naar twee mannen die Freemasons' Hall zijn binnengegaan op de avond nadat Wright bij Covent Garden in de metro is gestapt.'

'Maar de hal was gesloten toen... O! Je bedoelt om een vrijmetselaarsbijeenkomst bij te wonen?'

'Zou kunnen. Ik probeer erachter te komen welke loges daar die avond bijeengekomen zijn. Als Oz en Wright allebei vrijmetselaar waren, zou dat kunnen verklaren waarom Wright Oz vertrouwde, ook al wist hij dat iemand het op hem gemunt had.'

'Maar als Wright Oz vertrouwde omdat ze allebei vrijmetselaar waren, had Oz hem overál naartoe kunnen lokken,' zei Robin. 'Waarom dan afspreken in Freemasons' Hall, met al die medevrijmetselaars als getuigen, om hem vervolgens mee te nemen naar Ramsay Silver, alleen om hem daar te vermoorden?'

'Waarom moest het in de kluis gebeuren?' zei Strike met een frons.

'Ja. We zijn terug bij af.'

96

... the cold strange eyes of a little Mermaiden
And the gleam of her golden hair.

Matthew Arnold
The Forsaken Merman

Het nieuws van de moord op Jim Todd en zijn moeder bereikte de Londense *Evening Standard* de volgende dag. Tot Strikes opluchting werd zijn aanwezigheid op de plaats delict niet vermeld. Het zag ernaar uit dat voor de verandering zijn belang en dat van de politie een keer samenvielen: ze wilden geen van allen publiciteit over het feit dat detectivebureau Strike en Ellacott de politie misschien wel voor was in het onderzoek naar de zilverkluismoord, en Strike had geen zin om de journalisten reden te geven om opnieuw Denmark Street te bestormen. De kranten leken het verband tussen de moord op Wright en die op Todd en zijn moeder niet te hebben opgemerkt, en daar was ook Robin dankbaar voor. Ze zat niet te wachten op verdere complicaties in haar ernstig gespannen relatie met Murphy.

Zij en haar vriend troffen elkaar die dinsdagavond eindelijk in de pub, de Duke. Murphy leek afgevallen te zijn in de twee dagen dat ze elkaar niet hadden gezien. Hij luisterde, een beetje ineengedoken en met rode ogen, naar de toespraak die Robin had voorbereid.

'Ik ga niet bij je weg,' begon ze, en Murphy kreeg tranen in zijn ogen; hij pakte haar hand, maar Robin trok hem terug. 'Maar we kunnen niet doen alsof er niks aan de hand is, Ryan, want er is wel degelijk iets aan de hand. Ik kan niet met je gaan samenwonen voordat we het vertrouwen hersteld hebben.'

'Dat snap ik,' zei Murphy. 'Het is volkomen fair. Fuck, ik dacht dat ik je voorgoed kwijt was.' Zijn stem brak. 'Ik hou zo fucking veel van je, Robin.'

'Ik hou ook van jou, maar deze keer moeten we echt eerlijk zijn. Je moet me precies vertellen wat er speelt, op je werk, en met de drank...'

'Ik ben gisteren teruggegaan naar de AA,' zei Murphy. 'Ik was gestopt met de meetings. Het was zo heftig op mijn werk dat ik mezelf wijsmaakte dat ik er geen tijd voor had – maar nu komt het op de eerste plaats. Als dat kloteonderzoek eerst maar eens achter de rug was...'

'Waarom loopt er een onderzoek naar je? Wegens drankgebruik?'

'Nee, het gaat om de eerste verdachte die ik had gearresteerd voor die schietpartij met de bende,' mompelde Murphy. Hij wilde er duidelijk niet over uitweiden, maar Robin drong aan.

'Maar waarom loopt er dan een onderzoek naar jou?'

'Hij... beweert dat ik hem ruw behandeld heb.'

'Is dat waar?'

Er viel een korte stilte. Toen knikte Murphy.

'Hij had een vet strafblad en de scheiding van de moeder van zijn kind was fucking toxisch. Ik was niet de enige die dacht dat hij het had gedaan. Ik draaide door. Ik had dat jongste zoontje gezien met zijn halve hoofd eraf geschoten.' Murphy's knokkels zagen spierwit rond zijn glas mineraalwater. 'Ze zeiden dat hij niet geloofde dat die kleine van hem was. Ik weet dat ik niet had mogen... De moeder heeft die vent verdomme nog teruggenomen ook, en ze spoort hem aan om er een zaak van te maken, omdat ze net zo'n fucking hekel heeft aan de politie als hij.'

'Ryan, wat erg, dat is verschrikkelijk. Maar vanaf nu móét je me vertellen wat er speelt. Je kunt niet alles zomaar wegstoppen.'

'Ik weet het.' Ryan wilde weer haar hand pakken, en deze keer trok Robin hem niet terug. 'Dat zal ik doen.'

Die woensdagmiddag, terwijl Robin in de koude regen stond te posten bij de ingang van Dino's, hield ze zichzelf voor dat ze de juiste keuze had gemaakt. Zij en Murphy hadden samen veel meegemaakt en ze gaf echt om hem. Nu bij hem weggaan zou moedwillig wreed zijn. Later, als hij weer emotioneel stabiel was, zou ze wel beslissen of... Maar dat was een gedachte die ze steeds weigerde af te maken. Charlotte Campbell in een bad vol bloed; de ex van Kim in zijn met koolmonoxide gevulde auto. Ze kon Murphy nu niet in de steek laten.

Het werk bleek vandaag weinig afleiding te bieden. Robin betwijfelde of het urenlange huiveren onder haar paraplu veel zou opleveren, ook al had ze geconcludeerd dat haar enige realistische kans om Cosima persoonlijk te spreken te krijgen zich zou moeten voordoen wanneer ze aankwam of vertrok bij Dino's, want dat leek de enige plek te zijn waar Cosima ooit kwam zonder een hele horde vrienden. Het probleem was dat het maar een paar kleine stappen was van de straat naar de voordeur van de club, die werd bewaakt door een portier in een bordeauxrood jacquet met hoge hoed. Maar de ervaring had Robin geleerd dat je met een plotselinge, onverwachte toenadering de overrompelde ondervraagde soms antwoorden kon ontfutselen, en omdat de zoektocht naar Rupert Fleetwood niet erg opschoot, nam ze haar toevlucht tot deze laatste wanhoopspoging.

Terwijl ze daar de natgeregende weg afspeurde naar een teken van haar prooi, zag de hyperwaakzame Robin een man van middelbare leeftijd in een geparkeerde Honda Accord zitten, niet ver van haar Land Rover vandaan. Hij leek haar in de gaten gehouden te hebben, want hij draaide snel zijn hoofd weg toen Robin naar hem keek. Hij had dik, grijzend haar en een ongewoon kleine neus, als een champignonnetje midden in dat grote, rechte gezicht. Robin bleef naar hem kijken en vroeg zich af of ze zich zorgen moest maken. Hij leek groter en zachter dan de man die met de maçonnieke dolk had gezwaaid. Ze veranderde enigszins van positie in de hoop zijn nummerplaat te kunnen zien, maar toen zag ze de Mercedes met chauffeur van Dino Longcaster de straat in komen zoeven, en ze herkende Cosima, die in haar eentje op de achterbank zat.

Robin holde haast naar het trottoir aan de overkant. Tegen de tijd dat de auto halt hield, stond ze al te wachten, klaar voor Cosima als ze zou uitstappen. Cosima nam de tijd: ze borstelde eerst haar lange haar en werkte haar lipgloss bij in het neergeklapte spiegeltje van de auto, en ze typte iets op haar telefoon voordat ze eindelijk haar spullen in haar tas stopte en het portier aan de passagierskant opendeed.

'Cosima,' zei Robin onmiddellijk, terwijl de portier naar het duo toe snelde met een grote bordeauxrode paraplu.

De jonge vrouw keek Robin verbaasd aan.

'Ik ben Robin Ellacott, privédetective. Ik zou je een paar vragen willen stellen over Rupert...'

'Wat?' Cosima staarde Robin aan terwijl de portier haar met zijn paraplu beschermde tegen de regen.

'Rupert Fleetwood. Wat heeft hij tegen je gezegd op het feest van Sacha Legard?'

'Ik... wat?' zei Cosima nog een keer, maar haar bleke gezicht kleurde rood. 'Ik weet niet... Laat me met rust!'

'Cosima, je moet toch weten dat Rupert vermist wordt.' Robin liep snel naast het meisje mee terwijl ze naar de ingang van Dino's beende. 'Je zus is ontzettend ongerust om hem, en...'

'Laat me met rust!' herhaalde Cosima op schrille toon, en ze dook onder de paraplu vandaan, rende naar de draaideur en verdween uit het zicht.

De portier, een lange man van in de vijftig, zei: 'Je hebt het gehoord. Wegwezen.'

'Dit is een openbaar trottoir,' antwoordde Robin koeltjes.

Ze trok zich terug in een portiek vlak bij Dino's en vroeg zich af wat ze nu moest doen. Er was misschien een klein kansje dat Cosima, net als Fyola Fay, terug zou komen om uit te vissen hoeveel Robin al wist, maar daar rekende ze niet op.

Robins oog viel weer op de geparkeerde Honda Accord met daarin de man met het champignonneusje. Ook deze keer wendde hij haastig zijn hoofd af toen Robin naar hem keek. Ze kon vanaf de plek waar ze nu stond de nummerplaat helemaal niet zien. Terwijl ze zich afvroeg of het een goed idee zou zijn om een stukje verder te lopen zodat ze het kenteken kon noteren, werd ze afgeleid door het geluid van zware voetstappen links van haar, en toen ze die kant op keek zag ze Dino Lancaster aan komen lopen, groot en in een mooi pak gestoken, met zijn zacht glanzende hoofd als een kanonskogel.

'Ik hoor dat u mijn dochter lastigvalt,' zei hij lijzig.

'Ik val haar niet lastig.' Robin moest zichzelf dwingen om het onverstoorbaar te laten klinken, want Longcaster was intimiderend in zowel zijn omvang als zijn manier van doen. 'Ik stel alleen een vraag.'

'Hebt u vijf minuten voor me?' Dino Longcaster keek haar langs zijn lange neus aan. 'In de club?'

'Natuurlijk,' zei Robin.

'Dank je wel, Joshua,' zei Longcaster in het voorbijgaan tegen de portier.

'Tot uw dienst, meneer Longcaster,' mompelde de medewerker met een tikje tegen zijn hoge hoed, en hij wendde zijn blik af toen Robin hem passeerde, zodat ze zijn oortje en microfoontje zag.

Een heerlijke warmte kwam Robin tegemoet toen ze een weelderige gang vol artistiek verweerde spiegels in liep. De wanden waren behangen met nachtblauwe stof met een gouden dessin van gestileerde jarentwintigvrouwen en hazewindhonden, en het rook er naar amber en sandelhout. De trap naar boven liep in een draai langs een veelheid aan schilderijen, de meeste van honden. Een levend wit exemplaar, waarin Robin een Pyrenese berghond herkende, wachtte vlak achter de deur op Longcaster, kwispelend; het beest duwde zijn neus tegen Longcasters hand en hij aaide hem.

'We gaan naar boven.' Longcaster richtte zich tot een bloedmooi zwart meisje in een nauwsluitende bordeauxrode jurk, haar haar in een chignon. 'Montagu is toch vrij?'

'Jazeker, meneer Longcaster.'

'Deze kant op,' zei Longcaster tegen Robin, en hij ging de trap op, gevolgd door de Pyrenese berghond.

Boven liep nog meer in bordeauxrood gestoken personeel rond, allemaal mooie mensen, die een voor een hun rug rechtten, als elegante stokstaartjes, bij de nadering van Longcaster. Robin was druk bezig zichzelf op het hart te drukken dat ze absoluut weigerde zich te laten intimideren door deze man of zijn club, want ze had in haar loopbaan als detective veel angstaanjagender types meegemaakt dan

Dino Longcaster, maar de toegenomen alertheid en nervositeit van elke medewerker die ze passeerden vertelde haar dat er misschien een zekere mate van lef nodig was om niet bang te zijn voor Dino Longcaster.

Hij leidde Robin langs een paar deuren met de naamplaatjes AMARILLO en DOSTOJEWSKI, om haar ten slotte binnen te laten in een lege kamer die nog weelderiger was dan de gang, en die erin slaagde groots en knus tegelijk te zijn. De wanden waren bedekt met rode stof met een wervelend paisleypatroon; er hingen nog veel meer olieverfschilderijen, voornamelijk van honden en paarden; in de haard brandde een houtvuurtje; in grote kristallen schalen waren dieprode rozen geschikt; de fluwelen fauteuils waren diep en zagen er aanlokkelijk uit. Op kleine tafels stonden een backgammonbord en een schaakspel, en de indruk van een privéwoning werd nog versterkt door enkele foto's in zilveren lijstjes die her en der waren neergezet en aan de muur hingen, sommige zwart-wit. Op de meeste foto's stond Longcaster zelf, of zijn zeer fotogenieke dochter. Op een ervan nam Longcaster een zilveren trofee in ontvangst van de koningin; op een andere begroette hij in smoking de Aga Khan bij de ingang van zijn club.

'Gaat u zitten.' Longcaster wees Robin op twee fauteuils bij de haard.

Hij trok zijn broekspijpen op bij de knieën voordat hij tegenover haar kwam zitten. De hond legde onmiddellijk zijn grote witte kop in zijn schoot, en Longcaster begon hem met zijn lange, spatelvormige vingers te masseren.

'Kunt u mij het genoegen schenken te horen wie mijn dochter lastigviel?'

'Mijn naam is Robin Ellacott, ik ben privédetective, en er was geen sprake van lastigvallen.'

Longcaster bleef de hond aaien terwijl hij zijn vrije hand uitstak om op een koperen belletje op een bijzettafeltje te drukken. Er verscheen een geüniformeerde ober, zo snel dat Robin dacht dat hij al bij de deur moest hebben klaargestaan.

'Martini,' zei Longcaster.

'Ja, meneer Longcaster. Mevrouw?'

'Nee, dank...'

'Breng haar een Majesty,' zei Longcaster tegen de ober, die glimlachte en de kamer uit liep. Longcaster wendde zich weer tot Robin. Zijn diepliggende grijze ogen namen haar op, van top tot teen en weer terug, voordat hij zei: 'Dus jij probeert de kwal op te sporen.'

'Wie is "de kwal"?' vroeg Robin onoprecht.

'*Genus* Fleetwood, *species* Rupert.' Hij stak een lange arm uit naar een humidor op een ander laag tafeltje, opende die en haalde er een sigaar en een knipper uit. De hond keek verwijtend naar zijn baasje bij het beëindigen van het aaien en ging toen, met een soort zacht gekreun, aan zijn voeten liggen, met zijn kop op zijn poten. Longcaster ging in de weer met het knippen van de sigaar en keek op naar Robin.

'Jij zou geen zwart moeten dragen.'

'Wat?'

'Zwart. Maakt je oud. Je kunt niet ouder zijn dan... wat is het, vijfendertig?'

'Vindt u dat ook niet een erg onbeleefde opmerking tegen iemand die u net pas hebt ontmoet?' Robin dwong zichzelf om het geamuseerd te laten klinken.

'Niks onbeleefds aan. Ik geef je goed advies.'

'Maar daar heb ik niet om gevraagd.'

'Waarschijnlijk omdat je niet in de gaten had dat je het nodig had. Jij denkt zeker dat zwart je slank maakt?'

'Nee,' zei Robin. 'Het is gewoon makkelijk.'

'Goede smaak heeft niets met "makkelijk" te maken,' zei Longcaster ruw, en hij reikte naar een aansteker van malachiet. 'Zwart staat elegant bij Aziatische vrouwen, bij de mééste zwarte vrouwen en sómmige donkerharige blanke vrouwen, maar niets ziet er zo goedkoop uit als zwart bij een blondine.'

'Hartelijk dank voor uw input,' zei Robin. 'Is het tegenwoordig niet verboden om te roken in clubs?'

'Jazeker.' Longcaster trok energiek aan zijn sigaar.

De deur ging open en de ober kwam terug. Hij zette een martini met een olijf aan een prikker neer bij Longcasters elleboog en bracht Robin een champagnecoupe gevuld met een schreeuwerig rood brouwsel.

'Wat is dit?' vroeg Robin aan Longcaster, met een blik op haar drankje terwijl de deur achter de ober dichtzwaaide.

'Dubonnet met gin. We noemen het Majesty omdat het het favoriete drankje van de koningin is. Dat vind ik altijd een verontrustend idee, dat ze zoiets ordinairs drinkt.'

Longcaster nipte aan zijn martini, zijn donkere ogen gericht op Robin.

'Vooruit, drink op. Ik zal je heus niet vergiftigen, wel? Of ben je bang dat ik je zal bespringen? Dat is nergens voor nodig. Ik raak tegenwoordig eerder opgewonden van mijn ochtendpisbeurt dan van vrouwen.'

'Ik houd mijn hoofd liever helder als ik werk.' Robin hoorde zelf hoe nuffig het klonk.

'Eén Majesty, dat zou Decima je vast niet kwalijk nemen.'

Robin koos ervoor die opmerking te negeren. 'Weet u waar Rupert Fleetwood is, meneer Longcaster?'

'Nee.'

'Zijn tante denkt dat hij een baan heeft in New York.'

'Dat lijkt me ontstéllend onwaarschijnlijk.'

'Waarom?'

'Kwallen staan niet bekend om hun vermogen een vlucht naar New York te nemen. Drink verdorie dat glas leeg.'

Robin pakte het glas en nam een klein slokje.

'Lekker?' vroeg Longcaster.

'Ja,' zei Robin eerlijk.

'Dacht ik al.' Longcaster blies sigarenrook uit. 'Ik betwijfel of Fleetwood erg ver is gekomen, tenzij hij in een gunstige stroomversnelling terechtgekomen is. Hij kan natuurlijk ergens aangespoeld zijn... Kleine kinderen die met plastic schepjes in hem porren.'

'Bent u niet bang dat hij zelfmoord heeft gepleegd?'

'Nee,' zei Longcaster. 'Nee, ik kan naar waarheid zeggen dat ik me op dat gebied geen seconde zorgen heb gemaakt.'

'Hij stond schijnbaar behoorlijk onder druk voordat hij verdween.'

'Druk, dat betwijfel ik. Hij bezweek wel bijna onder het gewicht van een puik stuk zeventiende-eeuws Nederlands zilver. Zou je dat suïcidaal noemen? Of is dat het gedrag van een jongeman die weigert begrip te hebben voor, zoals Wodehouse het formuleert, "het aangename verschil tussen *meum* en *tuum*"?'

'U hebt de politie gebeld, nietwaar?' vroeg Robin.

'Uiteraard, maar onze dappere jongens in het blauw hebben niet al te veel belangstelling voor het terugvinden van de bezittingen van mijn soort mensen. "U bent toch verzekerd?" luidt hun vaste liedje dan. Maar zeg maar tegen Decima dat ik, zodra ik er lucht van krijg waar de kwal is, de politie de juiste kant op zal sturen. Hij heeft inmiddels ongetwijfeld ontdekt dat dat ding onmogelijk te verkopen is. Geen enkele gerenommeerde handelaar zal hier zijn handen aan branden, niet zonder officieel eigendomsbewijs. Het is een bijzonder fraai en uitgesproken voorbeeld in zijn soort, en helaas voor de kwal komt het schip voor op foto's van de Dostojewski-kamer.' Longcaster nam nog een trek van zijn sigaar. 'Wist je dat ik het van zijn vader heb gewonnen?'

'Dat wist ik, ja,' zei Robin.

'Peter en ik hebben samen op Eton gezeten. Eigenlijk had Peter dat tafelschip helemaal niet mogen vergokken, want het was van zijn vrouw. Dat mens was ziedend toen ze erachter kwam wat hij had geflikt. Peter had geen nagel om zijn gat mee te krabben toen hij met Veronica trouwde. De kwal is precies als hij, hij hoopt een rijke vrouw te trouwen.'

Longcaster wees met een lange vinger naar een foto aan de wand met daarop twee mannen, één herkenbaar als een jongere Longcaster, de andere met een smal, liederlijk gezicht, en er stonden drie vrouwen bij. Een van de vrouwen, zo te zien ook rond de veertig, droeg een bril en zag er tamelijk streng uit. De andere twee waren jonger, een donker, een blond, en allebei erg mooi. Ze poseerden alle vijf, de vrouwen in baljurk, de mannen in jacquet, voor een gigantisch kasteel waarop een gele vlag met een zwarte leeuw wapperde.

'Dat zijn Peter en Veronica,' zei Longcaster. 'De vrouw met de bril is Anjelica, Peters zus – tante van de kwal. Ze moet me niet, zoals ze je ongetwijfeld heeft verteld, als je haar hebt gesproken.' Longcaster keek nog een paar seconden emotieloos naar de foto en zei toen: 'Ik weet het niet zeker, maar ik gelóóf dat ik haar dat weekend geneukt heb. En de donkere vrouw is een ex-vriendin van me. Ik ben destijds niet ingegaan op haar overduidelijke hints om met haar in het huwelijksbootje te stappen, want ik genoot ervan om even geen echtgenote te hebben.'

'Is dat het huis van de familie Fleetwood?' Robin keek naar het middeleeuwse kasteel op de achtergrond.

'Natuurlijk niet, zeg. Dat is Gravensteen.' Longcaster snoof minachtend.

Hij dronk zijn glas leeg, boog zich naar de bel toe en drukte er nogmaals op. De ober deed binnen luttele seconden de deur open.

'Nog een martini. Voor haar niks, ze treuzelt.'

Toen de deur weer dicht was, zei Robin: 'Ik heb gehoord van iemand die de relatie van dichtbij heeft meegemaakt dat Rupert echt van Decima hield. Die persoon geloofde niet dat Rupert na maanden...'

'Lulkoek,' blafte Longcaster. 'Niemand hecht zich aan Decima vanwege haar schoonheid of haar charme. Die twee zagen er samen uit als Tweedledum en Tweedledee. Stel je die bolle koppen van die kinderen eens voor. Wat nou?' vroeg hij, als reactie, wist Robin, op haar gezichtsuitdrukking.

'Ik dacht alleen: wat een vreselijke dingen om over je eigen dochter te zeggen.'

'Ik behoud me het recht voor om over mijn kinderen te spreken zoals mij goeddunkt,' zei Longcaster hardvochtig. 'Decima is geboren voor een twee-onder-een-kap in Basingstoke. Ze houdt van tweederangs spullen en tweederangs mensen. Nu heeft ze zich weer volslagen belachelijk gemaakt en ze wil het niet toegeven, daarom heeft ze jou ingehuurd.'

'Rupert is toch uw petekind?'

'Wat heeft dat ermee te maken? Vind je dat ik hem zou moeten vertroetelen omdat ik ooit zijn ouders heb gekend? Het stikt in de wereld van de petekinderen. Wat ik nodig heb is verdomme meer barpersoneel. Ik heb de kwal een gunst verleend door hem een baan te geven, en het enige wat ik ervoor terugkreeg was een poging om de bankrekeningen van mijn dochter leeg te trekken, en een hondsbrutale diefstal. Als hij nu al vindt dat hij slecht behandeld is, nou, dat is nog niks vergeleken met wat er verdomme gaat gebeuren als ik hem te pakken krijg.'

'Wist u dat Rupert onuitgenodigd op Sacha Legards verjaardagsfeest is verschenen na het stelen van uw tafelschip?' vroeg Robin. 'Dat hij daar ruzie kreeg met Valentine en dat hij tegen Cosima iets heeft gezegd waarvan ze moest huilen?'

Ze was er zeker van, door de manier waarop Longcaster even licht zijn wenkbrauwen optrok, dat hij het niet had geweten. Hij haalde de sigaar uit zijn mond.

'Het lijkt me hoogst onwaarschijnlijk dat de kwal mijn familieleden zou opzoeken nadat hij mijn bezit had gestolen.'

'Toch deed hij dat,' zei Robin. 'Vlak voor zijn verdwijning. Er zijn heel veel getuigen van die ruzie. Daar wilde ik uw dochter over spreken.'

De ober kwam terug met Longcasters tweede martini. Toen hij bij de deur was, zei Longcaster: 'Oliver, stuur Mimi hierheen.'

'Ja, meneer Longcaster.'

Robin hoopte dat 'Mimi' stond voor Cosima, en ze nam nog een slok van haar cocktail, waarvan ze moest toegeven dat die net zo welkom was als het haardvuur, na twee uur buiten in de regen.

'Jij zou er nog niet slecht uitzien al zou je er je best voor doen,' zei Longcaster, en hij nam Robin opnieuw van top tot teen op met zijn verveelde blik. 'Maar je moet wel iets beters doen met je haar. Zo strak naar achteren gekamd, dat doet je geen goed.'

'Laat u iedereen weten hoe ze eruit zouden moeten zien en zich moeten kleden, meneer Longcaster?'

'Alleen mensen die het nodig hebben.'

Het leek hem oprecht te frustreren, bijna te kwellen, dat Robin niet beter opgesmukt en getooid was. Ze dacht terug aan Albies beschrijving van de man als iemand die wilde leven in een wereld die hij volledig onder controle had, de man die het als een zonde beschouwde om slechtgekleed of zwaarlijvig te zijn, en toen dacht ze aan Decima, aan hoe het moest zijn om op te groeien met deze man als vader.

Cosima kwam het vertrek binnen. Zonder bedankje voor de ober die de deur voor haar openhield nam ze plaats in een stoel tussen Robin en haar vader in, naar het vuur gekeerd. Robin kon merken dat de jonge vrouw buitengewoon slecht op haar gemak was, al deed ze het voorkomen alsof dat niet zo was. Ze zwiepte haar lange blonde haar naar achteren, streek de rok van haar korte rode jurkje glad, sloeg haar benen over elkaar en glimlachte naar haar vader.

'Hallo, papa.'

'Ik heb zojuist te horen gekregen,' zei Longcaster, 'dat de kwal op het verjaardagsfeest van Sacha Legard is geweest.'

Cosima stootte een geforceerd lachje uit om het woord 'kwal', maar haar vader zag er niet uit alsof hij het leuk vond.

'En ik hoor dat jij en Valentine hem daar gesproken hebben.'

'Heel even maar,' zei Cosima. 'Het stelde niks voor.'

'Waarom heb je de politie niet ingeseind om door te geven waar hij was?' vroeg Longcaster. 'Of mij gebeld, zodat ik het had kunnen doen?'

'Hij was... hij was er maar heel even, en toen vertrok hij weer,' zei Cosima. 'De politie zou niet de tijd hebben gehad om hem te komen halen. Hij liep eigenlijk gewoon binnen en meteen weer naar buiten.'

Haar rechterhand speelde met een set gouden ringen aan haar linkerhand. Ze sloeg haar benen weer over elkaar.

'Sacha heeft mijn partner verteld dat Rupert iets zei of deed waarmee hij jou aan het huilen maakte,' zei Robin.

'Dat is...'

Robin merkte dat Cosima het wilde ontkennen, maar dat zou betekenen dat ze de beroemde, knappe acteur voor leugenaar uitmaakte.

'Ik geloof dat ik... Ik huilde niet om Rupert.'

'Sacha zegt van wel,' zei Robin. 'Hij zegt dat Rupert je van streek had gemaakt.'

'Nee, dat is niet waar.' Cosima liep rood aan. 'Jij was er niet bij, je weet niet wat er is gebeurd. Ik was gewoon van streek omdat hij ineens, zeg maar, opdook op Sacha's feest, oké?'

'Je zei net dat je niet om Rupert huilde,' zei Robin.

Ze verwachtte dat Longcaster zou ingrijpen, om zijn lievelingskind te beschermen tegen haar vragen, maar het tegendeel was waar: Longcaster keek strak naar Cosima, met een niet al te vriendelijke blik op zijn vlezige gezicht.

'Nee, ik... Er was een hoop drama die avond. Oké, het werd me allemaal wat veel en de komst van Rupert was, zeg maar, de laatste druppel, ik dacht dat er een scène zou ontstaan...'

'Wat voor scène?' vroeg Robin.

'Gewoon, je weet wel, dat de beveiliging erbij moest komen en dat de mensen, zeg maar, zouden denken dat Valentine en ik Rupert hadden uitgenodigd of zo.'

'Waarom zou iemand dat denken?' vroeg Robin. 'Jullie waren toch geen van beiden met hem bevriend? Hij heeft hier alleen even gewerkt. Zouden de mensen niet veel eerder denken dat Sacha degene was die Rupert had uitgenodigd, omdat die twee neven zijn?'

'Luister.' Cosima was nog roder geworden. 'Ik was gewoon van streek die avond, oké? En ik vond het, zeg maar, wálgelijk dat hij daar aankwam nadat hij dat zilveren ding van papa had gestolen...'

'Maar niet walgelijk genoeg om de politie te bellen,' zei Longcaster.

'Het ging zo snel, pap, het ene moment was hij er en het volgende...'

'Hij was er wel lang genoeg om ruzie te maken met Valentine, toch?' zei Robin.

'Ik denk dat Val, eh, zeg maar... dat hij Rupert zag en ik denk dat hij hem probeerde weg te sturen.' Cosima was nog steeds vuurrood.

'Nogmaals, Sacha Legard zegt iets anders,' zei Robin. 'Hij zegt dat Rupert ruzie zocht. Hij ging naar Valentine toe, niet andersom.'

'Nou, ik snap niet... Ik heb niks gezien, het was zo druk, ik weet niet wat er is gebeurd. Jézus, wat maakt het nou uit?' zei Cosima met een neplachje. 'Waar maak jij je eigenlijk druk om?'

'Dat heb ik je buiten verteld. Je zus maakt zich zorgen om Rupert. Hij is verdwenen.'

'Daar kan ík niks aan doen.' Er trok een merkwaardig paniekerige blik over Cosima's mooie gezicht. 'Het is niet mijn schuld. Ik wist het niet. Ik kan er niks aan doen.'

'Wat wist je niet?' vroeg Robin.

'Ik bedoel, ik heb hem dat schip niet laten stelen, het is niet mijn schuld dat hij is vertrokken.'

'Dat lijkt me voldoende,' zei Longcaster toen Robin haar mond opendeed om iets terug te zeggen. Hij drukte weer op het koperen belletje naast hem. 'Ik denk dat we wel genoeg van jou hebben gehoord, mejuffrouw...'

'Ellacott,' zei Robin.

De ober die eerder hun drankjes had gebracht kwam weer binnen.

'Mejuffrouw Ellacott gaat vertrekken, Oliver.'

Longcaster kwam overeind, waardoor de Pyrenese berghond wakker werd, zich uitrekte en begon te kwispelen.

'Dag,' zei Longcaster, en hij stak een hand uit naar Robin. 'Interessant bezoek.'

'Dag,' zei Robin. 'Dank u wel voor de cocktail.'

Bij het verlaten van de kamer ving ze nog een keer Cosima's blik. Het meisje zag er opstandig uit, dacht Robin, maar ook bang.

97

But still, as we proceed,
The mass swells more and more
Of volumes yet to read,
Of secrets yet to explore.

Matthew Arnold
Empedocles on Etna

Op de regenachtige avond van de eerste dag van maart maakte Strike, moe na een saaie middag de echtgenote van De Ezel schaduwen, een klus die hij zojuist had overgedragen aan Wardle, een tussenstop bij House of Computers op Tottenham Court Road om een nieuwe laptop te kopen. Daarna liep hij binnen bij de Flying Horse, waar hij de vaste computerman die het bureau altijd gebruikte belde, om van hem instructies te ontvangen over het installeren van een anonimiseerbrowser op het nieuwe apparaat. Het zou raar zijn om niet een paar biertjes en een burger te nuttigen nu hij er toch was, dus was het half negen voordat Strike uiteindelijk naar huis ging.

Bij aankomst in Denmark Street verbaasde het hem dat er licht brandde achter het raam van het kantoor, want Robin was die avond vrij, en Pat was de enige andere medewerker van het bureau die sleutels had. Hij liep de metalen trap op naar de tweede verdieping en ging door de gegraveerde glazen deur naar binnen.

Robin zat op haar vaste plek aan het dubbele bureau, met een half opgegeten pizza bij haar elleboog en een breed scala aan researchmateriaal voor zich uitgestald, waaronder de plattegronden van Wild

Court en Freemasons' Hall die Strike had gevonden bij de bibliotheek. Ze had persoonlijke redenen om op kantoor te blijven in plaats van naar huis te gaan, en een ervan was dat haar angst om gevolgd of bedreigd te worden niet afnam. Ze was zo opgegaan in alles wat ze las en uitploos dat ze de tijd was vergeten, en ze schrok toen ze Strikes sleutel in het slot hoorde. Maar toen ze zag dat hij het was, maakte haar hart een sprongetje, veel groter (realiseerde ze zich onmiddellijk, schuldbewust) dan gepast was.

'Sorry,' zei ze automatisch, voordat ze besefte dat dat onzin was.

'Je hoeft je niet te verontschuldigen, het is ook jouw kantoor,' zei Strike. 'Wat doe je hier zo laat nog? Ik dacht dat jij vanavond vrij was.'

'Ryan moest werken, dus ik dacht, ik kan net zo goed doorgaan.'

Dat was niet helemaal waar. Murphy had het inderdaad druk, maar de tweede reden dat Robin niet vroeg naar huis had gewild was dat ze bang was dat haar vriend 'als verrassing' zou langskomen in haar appartement. Hij was de laatste tijd afwisselend behoeftig en prikkelbaar. Dat laatste was ongetwijfeld te wijten aan het ongemak van de onthouding na het abrupte stoppen met drinken, maar hij bleef maar proberen Robin vast te pinnen met zijn plannen, hij zette de agenda vol met toekomstige afspraken en zocht zo de garantie dat ze over zes, acht, twaalf weken nog samen zouden zijn. De vorige avond had hij voorgesteld om zijn snel naderende vierendertigste verjaardag te vieren in San Sebastián, waar zijn zus woonde. Robin had gezegd dat ze erover na zou denken. Ze verzette zich momenteel tegen elke afspraak die niet makkelijk af te zeggen was.

Somber door de implicatie dat het voor Robin geen zin had om naar huis te gaan als Murphy er niet was, zette Strike zijn nieuwe laptop op het bureau.

'Had je oude kuren?' vroeg ze, en het viel haar op dat Strike zijn mooie blauwe overhemd aanhad.

'Nee.' Strike liep naar het keukentje. 'Ik wil geen enkel spoor van wat ik ga opzoeken nalaten op de pc van kantoor. Darkweb. We kunnen niet voorzichtig genoeg zijn nu MI5 ons in de gaten houdt.'

Hij pakte de whisky die hij van Robin had gekregen voor zijn verjaardag uit een keukenkastje. 'Jij ook?' riep hij naar haar.

'Nee, ik ben met de auto.' Robin probeerde het zakelijk te laten klinken. Zij tweeën hier alleen, 's avonds laat: ze moest denken aan de avond dat ze hier samen Indiaas hadden gegeten, nog voordat ze Murphy zelfs maar had ontmoet, toen Strike had gezegd dat ze zijn beste vriendin was. Ze moest niet aan dat soort dingen denken. Ze moest niet op Strikes overhemd letten.

'Dev appte me net,' riep ze. 'Hij wil met Pasen een week vrij als we het dan zonder hem afkunnen.'

Strike kwam het kantoor weer in met zijn whisky en een glas en ging tegenover haar zitten.

'Een hele week is wat veel van het goede, tenzij we dan van die verdomde zilverkluiszaak af zijn. Is er trouwens iets aan de hand met hem?'

'Met Dev? Nee, volgens mij niet. Hoezo?'

'Hij doet nogal bot tegen me de laatste tijd, en het valt me op dat hij met vragen over vrije dagen naar jou toe stapt, niet naar mij.'

'Hij heeft er niks van gezegd,' zei Robin. 'Eh... ik weet misschien wat dat briefje betekent dat Niall Semple had achtergelaten voor zijn vrouw.'

'Hè?' zei Strike stomverbaasd.

'Ik heb dat boek gelezen dat jij hebt gedownload. *Morals and Dogma of the Ancient...*'

'*... and Accepted* blablabla, ja,' zei Strike. 'Hoe kun je daar nou iets aan gehad hebben?'

Robin keek op haar computerscherm en las hardop voor:

'*Vraag: wat is het meest occulte getal?*

Antwoord: 5, omdat het besloten ligt in het midden van de reeks.

Vraag: wat is het meest heilzame getal?

Antwoord: 6, omdat het de bron bevat van ons spirituele en lijflijke geluk.

Vraag: wat is het meest fortuinlijke getal...? Je snapt waar het heen gaat,' zei ze. 'Als ik het goed heb, heeft Niall een code van acht cijfers aan Jade nagelaten: twee, vijf, nul, zes twee, nul, een, zes. Het zal wel te optimistisch zijn om te hopen dat dat de code van de zilverkluis bij Ramsay is, hè?'

'Ik betwijfel het,' zei Strike toen Robin hem over het bureau heen het post-it-briefje gaf, en hij keek neer op de reeks cijfers. 'Er zit geen negen bij. De meest uitgesleten toets op dat cijferpaneeltje was de negen… maar het kan ook een datum zijn. 25 juni 2016.'

'O god, dat had ik helemaal niet gezien! Wat is er gebeurd op 25 juni 2016?'

Strike googelde het.

'Op de Filipijnen zijn vijf nieuwe orchideeënsoorten ontdekt.'

'Ik dacht meer aan gebeurtenissen in het leven van Semple,' zei Robin geamuseerd.

'De datum is drie weken na de laatste keer dat hij in leven is gezien, dus als jij het weet…'

Strike sloeg zijn notitieboekje open op de bladzijde met Spanners instructies over het installeren van de anonimiseerbrowser. Hij dacht niet aan Sark, of aan de avond dat ze Indiaas hadden gegeten op kantoor, of aan die keer dat hij met Robin in één bed had geslapen na haar ontsnapping uit Chapman Farm; hij dacht dat dit precies het soort situatie was waarvan hij had gehoopt dat die zich op een natuurlijke manier zou voordoen in de loop van de zilverkluiszaak, en hoe verdomd zinloos het uiteindelijk was gebleken om deze opdracht aan te nemen.

'Ik heb nog een nieuwtje,' zei Robin. 'De vader van Hugo Whitehead heeft me gebeld.'

'Help me even?'

'Zijn zoon Hugo is verongelukt met de auto van Tyler Powell.'

'O ja. Wat zei hij?'

'Ik heb hem verteld dat we op zoek zijn naar Tyler Powell en hij wil wel met me praten, zolang zijn vrouw er niet achter komt, want zij raakt van streek als ze over het ongeluk moet praten. Ik ga maandagavond naar hun huis, als zij bij een vriendin is.'

De vaste telefoon ging.

'Dat zou Rena Liddell weer kunnen zijn.' Strike nam op.

Hij hoorde verkeersgeluiden.

'Aye… met mij weer…'

Strike stak zijn duim op naar Robin.

'Hallo,' zei hij, en om te voorkomen dat ze in paniek zou raken, zoals de vorige keer, vroeg hij: 'Hoe gaat het met je?'

'Ik moet je spreken. Ik ben báng,' zei ze met haar Schotse tongval. Ze begon te huilen.

'Waar ben je bang voor?' vroeg Strike.

'Ik weet dat ze me in de gaten houden.'

'Ik wil wel met je afspreken,' zei Strike voorzichtig, 'maar dan zul je me moeten vertellen welke Golden Fleece je bedoelt.'

'Luisteren er mensen mee?' vroeg ze, plotseling wantrouwend.

'Nee,' zei Strike.

'Heb jij een pistool?'

'Nee, hoezo?'

'Ik wil er een.'

'Dat is een slecht idee,' zei Strike op ferme toon.

'Aye, misschien wel... Ik wilde... maar dat is niet goed, zelfs niet als het moslims zijn, hè? Het is niet goed... Kom nou maar gewoon naar de Golden Fleece, oké? Daar was hij, meer kan ik niet zeggen, hè?'

Hij hoorde een piepje en wist dat ze in een telefooncel stond. Misschien had ze geen munten meer, want de verbinding was verbroken. Strike wilde snel 1471 intoetsen om het nummer te bereiken vanwaar ze had gebeld, toen de telefoon weer ging.

'Shit. Ja?' zei hij bij het opnemen.

'Met mij.' Het was Midge, die zo te horen in een bar of restaurant zat. 'Groot nieuws over Plug.'

'Wacht even,' zei Strike, en hij zette de telefoon op speaker. 'Robin is hier. Vertel, over Plug.'

'Hij is met een stel vrienden bij de Stapleton Tavern in Haringey en ze gaan iemand neersteken.'

'Wát?' zei Robin.

'Je weet dat die zwarte hond van hem, die moordmachine, bij een maat van hem in Carnival Street zat?'

'Ja,' zei Strike.

'Die maat heeft dat beest laten afmaken. Hij wilde blijkbaar niet gepakt worden voor deelname aan een vechthondenbende. Plug gaat als een razende tekeer. Dat beest was kennelijk een kampioen, een moordmachine.'

'Shit,' zei Strike weer. 'Staat die wraak gepland voor vanavond?'

'Dat weet ik niet,' zei Midge, 'maar ik heb voor de zekerheid Shah gevraagd om te komen, als versterking. Ik heb foto's genomen van al die mannen.'

'Heel goed,' zei Strike. 'Maar wees voorzichtig.'

'Doe ik.' Midge hing op.

'Fuck.' Strike veegde met zijn hand over zijn gezicht. 'Een ongeluk komt echt zelden alleen.'

'Daarover gesproken,' zei Robin met tegenzin, 'ik denk dat ik weer word gevolgd. Er is niks gebeurd,' voegde ze er snel aan toe, als reactie op Strikes gezichtsuitdrukking, 'maar ik heb nu twee keer dezelfde man in een Honda Accord gezien. Woensdag stond hij bij Dino's en vanmorgen reed hij achter me op weg naar kantoor. Toen ik vaart minderde om te parkeren reed hij gewoon door, maar ik heb een deel van de nummerplaat en ik heb zijn gezicht goed kunnen zien. Het is zeker niet de man die me heeft bedreigd met de dolk – deze is ouder en dikker. Heel klein neusje, groot gezicht, dik grijs haar.'

'Shit,' zei Strike.

'Je zult het misschien gek vinden,' zei Robin, en ze deed hard haar best om niets van haar immer aanwezige angst te laten doorklinken in haar stem, 'maar zoals hij eruitzag, zo keurig en respectabel, netjes geschoren... ik kan me niet voorstellen dat hij een van die jongens van Branfoot is, en ik vroeg me af...'

'Politie?'

'Nou ja, we weten dat het team dat op de zilverkluiszaak zit niet bepaald blij met ons is. Zou het kunnen dat ze ons willen betrappen op inmenging?'

'Ik zie dat stel dat mij heeft verhoord er wel voor aan om te proberen ons ergens op te pakken,' gaf Strike toe.

'Het zou natuurlijk ook kunnen,' zei Robin aarzelend, 'dat hij...'

'... van MI5 is?'

'Nou ja, misschien,' zei Robin.

'Jezus, wat hebben we een hoop mensen pissig gemaakt in deze zaak. Heb je de anderen een beschrijving van die kerel in de Accord gegeven?'

'Ja, en dat gedeelte van de nummerplaat dat ik heb.'

'Mooi.' Hij nam een slok whisky en keek naar de plattegronden van Wild Court en Freemasons' Hall die voor Robin lagen. 'Heeft dat wat opgeleverd? Ik heb nog geen tijd gehad om er serieus naar te kijken.'

'Niet iets waar we wat aan hebben,' zei Robin. 'De winkel is ontstaan door het samenvoegen van een paar opslagruimtes achter Freemasons' Hall in 1958. Er zaten ooit twee deuren in de achtermuur, maar die zijn dichtgemetseld toen de opslag een winkel werd.'

'Was er een deur op kelderniveau?'

'Ja, toen dat nog een voorraadkast was.'

'Waar zat die deur precies?'

'Aan de achterkant van de kluis, maar die is dus dichtgemetseld, zoals ik al zei. Er is ook een stukje loze ruimte achter de kelderwand waar de kasten zijn, maar om daar te komen zou je een tunnel moeten maken door de bakstenen.'

'Is de ruimte zo groot dat een moordenaar zich daar zou kunnen schuilhouden?'

'Misschien een kind, op handen en knieën,' zei Robin, 'maar dan had dat kind eerst door de voordeur van de winkel naar binnen moeten gaan, dan naar beneden, naar de kelder, die muur doorbreken en daarna die ruimte in.'

'En dat zou zelfs Kenneth Ramsay waarschijnlijk wel gemerkt hebben,' zei Strike. 'Dus Wright en Oz kunnen die nacht niet via Freemasons' Hall de kelder in gegaan zijn?'

'Nee.'

'Hoe zijn ze dan in godsnaam ongezien daar gekomen?'

'Geen flauw idee.' Robin pakte nog een punt koude pizza. 'Wat wil je eigenlijk bekijken op het darkweb?' vroeg ze toen ze zag dat Strike nog aan zijn nieuwe laptop zat te prutsen.

'Het is allemaal vergezocht, maar ik ben op dit punt bereid álles te proberen. Eén ding dat ik wel zou willen zien is het OnlyFans-account van Sofia Medina.'

'Dat is verdwenen,' zei Robin. 'Ik heb gekeken.'

'Ja, verdwenen van het gewone web, maar ik bedacht dat het misschien nog wel ergens rondzwerft in die poel van verderf onder de oppervlakte.’

‘Zoek je Oz?’

‘Ja. Ik snap wel dat hij zich op OnlyFans vast niet Oz noemde, maar mensen kiezen vaak een gebruikersnaam die iets verraadt, zelfs mensen die een stuk intelligenter zijn dan Jim Todd. Rodolphe Lemoine. Sidney Reilly. Laurel Rose Willson – al moet ik toegeven dat zij knettergek was.’

‘Wie zijn Rodolphe Lemoine, Sidney Reilly en... wie nog meer?’

‘Lemoine,’ zei Strike, en hij bukte om de adapter van de nieuwe laptop in het stopcontact te steken, ‘was een Franse meesterspion in de Tweede Wereldoorlog. Zijn echte naam was Stallmann, maar voor spionagedoeleinden had hij de meisjesnaam van zijn moeder aangenomen.’

‘Zoals Todd de meisjesnaam van zijn moeder gebruikte als pooierchauffeur van die meisjes.’

‘Dat bedoel ik dus. Sigmund Rosenblum, ook wel bekend als de Ace of Spies, hield blijkbaar van zijn initialen...’

‘Net als Fyola Fay,’ viel Robin hem in de rede.

‘Precies. Want Rosenblum nam als nieuwe naam Sidney Reilly aan. En Laurel Rose Willson schreef haar verzonnen biografie – over haar leven in een satanische sekte waar ze misbruikt zou zijn – onder de naam Lauren Stratford, en ze verdiende er een smak geld aan totdat ze als fraudeur werd ontmaskerd, om daarna terug te keren als Holocaust-overlevende, wat ze ook niet was, onder de naam Laura Grabowski.’

‘Waar is Wardle vanavond?’ vroeg Robin.

‘Die doet de vrouw van De Ezel,’ zei Strike. ‘Ik dacht, laten we hem iets makkelijks geven om op gang te komen.’

Robins mobiel ging. De moed zonk haar in de schoenen toen ze zag dat het Murphy was.

‘Hoi.’ Ze stond op en liep de tussendeur door zodat Strike niet iets tegen haar kon zeggen, want ze wilde niet dat Murphy zou weten dat ze met Strike alleen op kantoor was.

‘Je bent niet thuis,’ zei hij.

'Nee, ik zit nog op kantoor. Omdat jij moest werken dacht ik hier mijn administratie maar eens bij te werken. Hoe weet je dat ik niet thuis ben?' vroeg ze, en ze vroeg zich af of hij bij haar voor de deur stond.

'Ik was op de gok langsgegaan, gewoon voor een kop koffie of zo. Ik ga nu terug.'

'O,' zei Robin. 'Als ik had geweten dat je een uurtje vrij was, zou ik naar huis gekomen zijn.'

'Dus je bent nog op kantoor? Is Strike er ook?'

'Nee,' loog ze weer, met dat bekende, knagende schuldgevoel. 'Die is ergens aan het posten.'

Toen het telefoontje met Murphy beëindigd was ging Robin het kantoor weer in. Ze voelde zich schuldiger dan voordat hij had gebeld, en al was ze liever gebleven om met Strike de zilverkluiszaak te bespreken, zei ze: 'Ik moest maar eens gaan.'

'Oké.'

Toen ze weg was schonk Strike, zich er maar al te zeer van bewust dat hij weer afgleed in een patroon van drinken in zijn eentje, iets waarvoor hij jaren had gewaakt, nog een whisky in voordat hij terugkeerde naar zijn pc, waar hij Tom Waits' album *Blue Valentine* selecteerde en op 'shuffle' drukte. Hij kon de onopgesmukte troost van zijn favoriet met de knarsende stem altijd waarderen. Waits zong over wanhoop, drugs en dronkenschap, over niet-betreurde doden en levens doorgebracht in armoede en hopeloosheid; de liefde was voor Waits over het algemeen gedoemd of goor, en de dood kwam voortijdig, willekeurig en wreed. Strike had de zanger ontdekt in zijn tienerjaren en in hem een aangenaam tegengif gevonden voor de seventies-gitaarrock die zijn moeder eindeloos draaide.

Romeo is bleeding but nobody can tell,
Sings along with the radio
With a bullet in his chest...

Twintig minuten en een lange pisbeurt later keerde Strike terug naar zijn pasgeconfigureerde laptop, klaar om de woestenij van het internet te betreden waar het kopen en verkopen van drugs, wapens en gestolen data dagelijkse kost was, waar vervalste documenten konden worden aangeschaft en hackers ingehuurd, en waar video's van de afschuwelijkste handelingen te bekijken waren, voor degenen die daar opgewonden van werden.

Het kostte hem bijna een uur om een gearchiveerde versie te vinden van Sofia's OnlyFans-pagina, op een website onder de naam DEAD SLAGS, 'dode sletten', die zich erop toelegde mannen te bedienen die graag zagen dat hun masturbatiemateriaal vrouwen bevatte die aantoonbaar waren omgekomen door mannelijk geweld in plaats van vrouwen die deden alsof.

Hij scrolde omlaag langs de namen en reacties van abonnees. Kon Oz 'Fat_Hard_Cock' zijn? 'Bucket O'Jism'? Hij betwijfelde het. Oz was op zoek geweest naar contact in de echte wereld, en een man die zich voordeed als rijke muziekproducent zou het gesprek vast niet openen met 'Ik wil je zien vuistneuken'. SkunkB daarentegen had gepost: 'Wat ben je mooi. Ik hoop dat je een man hebt die je behandelt zoals je verdient', waarop Medina had gereageerd met drie hartjesemoji's. Maar als SkunkB iets met die veelbelovende uitwisseling had gedaan, was dat niet openbaar zichtbaar.

Tom Waits was nog aan het zingen. *I'm calling out my bloodhounds, chase the devil through the corn...*

De whisky dreef Strike dieper zijn depressieve dal in, maar hij bleef geesteloos scrollen door dat zompige cybermoeras, langs sites die vervalste papieren en creditcards aanboden uit uiteenlopende landen van Oekraïne tot Thailand, en verder handel in wat volgens Strike vermoedelijk om mensen ging. Eén zwaar versleutelde site met de naam *Nursery* was bezaaid met bloemenemoji's, maar uit de context maakte hij op dat die stonden voor 'kleine meisjes'.

Hij hield zichzelf voor dat Interpol genoeg experts had die zijn hulp niet nodig hadden om vervalsers en pedofielen op te sporen, en hij ging op zoek naar executievideo's van IS, denkend aan de geheime missie die Niall Semple zijn beste vriend had gekost.

Elk van de filmpjes die Strike methodisch opende had in de hoek de zwart-witte vlag van Islamitische Staat, met daarop een wit cirkeltje waar in het Arabisch 'Er is geen andere God dan Allah, en Mohammed is zijn profeet' in stond. Strike moest denken aan de veroverde IS-vlag die hij ingelijst had zien hangen in het hoofdkwartier van de SAS in Hereford, met een in beslag genomen hakenkruis uit de Tweede Wereldoorlog aan de tegenoverliggende muur. Naar Strikes mening was er nauwelijks verschil tussen beide groeperingen. De nazi's hadden onuitsprekelijke gruweldaden begaan jegens hun eigen volk en tevens jegens niet-Duitsers; IS vermoordde veel meer moslims dan westerlingen, en beide waren sadistischer dan de meeste mensen konden bevatten. De dood was in hun ogen niet voldoende straf, tegenstanders moesten ook extreme vernedering, angst en pijn doorstaan voordat ze de zaak afgedaan achtten.

Hij keek uitdrukkingsloos toe hoe mannen werden verbrand, doodgeschoten, onthoofd en verdronken. Het was vakkundig gefilmd: IS wilde dat de wereld precies zou weten dat ze op angstaanjagende wijze gespeend waren van enige menselijke empathie. Lijken werden door joelende gemaskerde mannen in een diepe natuurlijke kloof gegooid, al-Hota in Syrië. Strikes Arabisch was te rudimentair om te begrijpen wat ze zeiden, maar ze leken er een spel van te maken en probeerden een lijk dat aan een richel was blijven steken los te maken met het lichaam van een tweede man. Hij had al-Hota één keer gezien, vele jaren eerder. Ter plaatse deden verhalen de ronde over het monster dat daar in de diepte zou leven.

Enigszins misselijk sloot hij zijn laptop af, precies op het moment dat zijn mobiel ging. Het was Wardle.

'Ik sein je even in,' zei de oud-politieman, en hij klonk nogal verbaasd. 'Ze belt zo aan bij je kantoor.'

'Wie?' vroeg Strike niet-begrijpend.

Achter de tussendeur klonk de deurbel.

98

Lovers' ills are all to buy:
The wan look, the hollow tone,
The hung head, the sunken eye,
You can have them for your own.

A.E. Housman
VI, A Shropshire Lad

'Ik weet zeker dat ze me niet heeft gezien.' Wardle klonk bezorgd.

Strike zette Tom Waits af, liep het partnerkantoor uit en deed de tussendeur dicht om de whisky, de boeken en de plattegronden van Wild Court aan het zicht te onttrekken.

'Hoe is ze hierheen gekomen?' vroeg hij.

'Taxi,' zei Wardle. 'Uitgestapt op Charing Cross Road – ik dacht dat het misschien toeval was, maar...'

De deurbel ging nog een keer.

'Misschien heb ik je straks nog nodig om haar te volgen als ze weer weggaat,' zei Strike, 'dus blijf in de buurt.'

Hij beëindigde het gesprek en drukte op de knop van de intercom. 'Strike.'

'Dat weet ik,' zei een vrouwenstem. 'Ik wil u spreken.'

'Oké, ik laat u binnen.'

Hij deed het licht in de tussenruimte aan. Terwijl hij wachtte op zijn onverwachte gast zag Strike een beweging vanuit zijn ooghoeken: de lelijke zwarte goudvis met de knobbelige kop dreef op het wateroppervlak, hulpeloos met zijn vinnen spartelend.

Het silhouet van de echtgenote van De Ezel verscheen op de overloop. Strike deed de glazen deur open.

'Gaat u zitten,' zei hij.

'Bedankt,' zei ze op gespannen toon, en ze liep langs hem heen en nam plaats op de bank.

Zoals te verwachten was van een vrouw die het grootste deel van haar dagen doorbracht met kleding kopen, bezoekjes aan de nagelstudio en het laten föhnen van haar haar was ze onberispelijk gekleed en verzorgd, in een jas die van satijn leek te zijn, een nauwsluitende roomwitte jurk en schoenen met hoge hakken en dunne bandjes. Toch zag ze er van dichterbij minder goed uit dan van een afstand. Haar gelaatstrekken waren muizig en onuitgesproken, maar ze was het levende bewijs van wat geld, vakkundigheid en goede smaak kunnen doen voor het uiterlijk van een vrouw: haar figuur in toom gehouden met diëten; de highlights in haar duur geverfde, karamelkleurige haar flatterend voor haar teint, en haar ogen op bekwame wijze zo opgemaakt dat ze twee keer zo groot leken.

'Ik heb vanmorgen ontdekt dat hij u betaalt om mij te volgen,' zei ze, nog steeds met een klein stemmetje. 'Ik herkende het bankrekeningnummer.'

'O ja?' zei Strike, die wel begreep dat ontkennen geen zin zou hebben. 'Hoe dan?'

'Ik was vroeger zijn PA. Ik moest een keer de overmaking naar uw bureau nakijken. Toen heb ik het rekeningnummer genoteerd. Hij was destijds met dat buitenlandse meisje.'

'De Russin,' zei Strike.

'Ik was benieuwd of hij het bij mij ook zou doen. Denkt hij écht dat ik vreemdga?'

'Dat weet ik niet,' zei Strike gedeeltelijk naar waarheid. Hij was niet van plan haar te vertellen wat voor theorie hij had over de seksuele eigenaardigheden van haar man. 'Ik heb hem verzekerd dat u geen enkel teken van ontrouw vertoont.'

'Hm.' Haar ogen gingen het kantoor door en eindigden bij Strike, die ze inschatte met haar blik. 'Oké, nou, ik heb eens nagedacht over wat ik moet doen.'

Strike, die een dreigende ondertoon hoorde in die woorden, ging achter Pats computer in haar bureaustoel zitten.

'Ik wéét dat hij zelf vreemdgaat,' zei de echtgenote van De Ezel.

'Aha.'

'Escorts. Ook die bankrekening herken ik. Er is zo'n tent waar hij altijd al graag kwam, die gebruikt hij al jaren. Daarom vindt hij het prima als ik met mijn vriendinnen op stap ga.'

De vraag waarom ze met zo'n man was getrouwd was nog niet bij Strike opgekomen of hij beantwoordde hem zelf al. De designerkleding, de onberispelijke kapsels, de lange lunches, de giechelende gesprekjes met knappe obers; waarschijnlijk maakte dat alles de merkwaardige deal die ze had gesloten een stuk aantrekkelijker.

'Hij is best wel bekend in zijn branche,' zei ze, terwijl ze haar volmaakt gemanicuurde nagels bekeek. 'Ik zou een hoop problemen voor hem kunnen veroorzaken als ik u erbij zou betrekken. Dat betekent een heleboel publiciteit en dan zou hij u niet meer kunnen gebruiken om zijn vriendinnen te bespioneren, hè?'

Strikes akelige voorgevoel werd sterker.

'Of,' zei ze, opkijkend van haar nagels, 'u zou hem voortaan voor míj in de gaten kunnen gaan houden. Bewijs leveren van die escorts. Ik zou hem niet vertellen dat ik u daarvoor had gebruikt en ik vind het wel een leuk idee dat híj dan betaalt om mij straks bewijs te bezorgen voor een dikke vette echtscheidingsregeling.'

'Dat zou inderdaad een mooie oplossing zijn,' zei Strike.

'Dus u wilt het doen?'

'Ja, ik denk dat we dat wel kunnen afspreken.'

Ze stond op, pakte een pen uit de pot op Pats bureau en schreef haar mobiele nummer op een post-it.

'Ik wil elke week een update.' Ze trok het briefje los en gaf het hem.

'Prima,' zei Strike.

Ze schudden elkaar de hand. De hare was koud.

'Ik had ook niet gedacht dat het een blijvertje zou zijn,' zei ze. 'Mannen veranderen niet, hè?'

'Nou... niet vaak,' zei Strike.

Ze wierp een blik op het aquarium. 'Ik geloof dat uw vis dood ligt te gaan.'

Strike wachtte op de overloop tot hij beneden de deur open en dicht hoorde gaan en belde toen Wardle.

'Laat haar maar gaan. En het lag niet aan jou, ze is gewoon slimmer dan hij. Kom boven wat drinken als je wilt, ik heb whisky openstaan.'

Vijf minuten later kwam Wardle het kantoor binnen, waar Strike zijn fles Arran-single malt al had klaargezet.

'Gebeurt dat vaak?' vroeg Wardle toen Strike hem had verteld wat de vrouw van De Ezel had gezegd.

'Dit was voor mij de eerste keer.'

'Nee, doe maar niet,' wuifde Wardle het aanbod van de whisky af toen Strike de fles omhooghield. 'Ik dronk een paar maanden terug een beetje te veel, in mijn eentje. Ik ben er een tijdje mee gekapt.'

'Aha.' Strike schonk voor zichzelf een driedubbele in. 'Goed van je.'

'Gaat het wel lekker met die vis?' Wardle keek naar het zwarte hoopje dat op het wateroppervlak dreef.

'Nee,' zei Strike.

'Effe een erwt fijnprakken,' zei Wardle.

'Wat?'

'Dat beestje heeft waarschijnlijk te veel lucht naar binnen gezogen boven water. Het zijn gulzige krengen, goudvissen. Schep hem eruit en voer hem een geprakte erwt. Soms werkt dat.'

'Hoe wéét jij zoiets?'

'Mijn nichtje houdt vissen. Drie verschillende bakken in haar slaapkamer. Net overgestapt op Betta's.'

Strike had geen flauw idee wat Betta's waren en het interesseerde hem totaal niet. Hij ging weer in Pats bureaustoel zitten en vroeg: 'Hoelang drink je al niet meer?'

'Sinds die avond dat jij met eten bij me langskwam. Gek genoeg kwam het doordat je zei dat ik hier kon komen werken. Toen dacht ik na over... je weet wel... veranderingen. Maar ik zou wel een kop koffie lusten,' zei Wardle. 'Heb je decafé?'

'Als we het hebben, moet het in een van die kastjes staan,' zei

Strike, die voor zover hij wist in z'n hele leven nog nooit cafeïnevrije koffie had gedronken. Toen hij weer een slok whisky nam, trilde zijn mobiel. Hij zag dat er een appje was van Midge.

Plug is naar huis. Niemand neergestoken vanavond.

'Wat?' vroeg hij, want hij meende vaag dat Wardle iets had gezegd.

'Ik zei: "Heb je gehoord dat Murphy weer aan de drank is?"'

Wardle had cafeïnevrije oploskoffie gevonden en ging ermee aan de slag. Strike, wiens hartslag zojuist was versneld alsof hij een sprintje had getrokken, probeerde de gretigheid uit zijn stem te weren.

'Je zei laatst al dat iemand dacht dat hij weer dronk.'

'Ja, nou, dat klopt dus. Hij is betrapt met wodka in zijn bureau. Hij zit sowieso zwaar in de nesten. Maar hij zal zich er wel weer uit slijmen,' zei Wardle met opgetrokken lip. 'Iverson denkt nog steeds dat hij verkeerd begrepen wordt.'

'Iverson,' herhaalde Strike. Zijn hersenen werkten traag.

'De vrouw die de zilverkluiszaak onderzoekt. Waar hij mee heeft staan vozen een paar jaar terug.'

'O ja, die heb ik ontmoet. Rood haar.'

'Ja.' Wardles water kookte. 'Wat ga je zeggen als ze Murphy dadelijk op straat gooien en hij hier wil komen werken?'

'Dat zie ik dan wel weer,' zei Strike.

'Waarschijnlijk zal hij Robin proberen over te halen om op te stappen, zodat ze samen met hem Ellacott en Murphy kan beginnen,' zei Wardle, nog met zijn rug naar Strike toe. 'Of Murphy en Murphy, als hij zijn zin krijgt.'

'Wat?' zei Strike nog een keer.

Wardle liep terug naar de bank met zijn beker koffie. 'Hij gaat haar ten huwelijk vragen.'

'Denk je dat?' vroeg Strike op scherpe toon. 'Of wéét je het?'

'Hij heeft het Iverson laatst verteld, en zij vertelde het aan mij, toen ik zei dat ik hier ging werken,' zei Wardle. 'Hij zal het wel tegen haar gezegd hebben zodat ze hem met rust zou laten. Ze moest bijna janken toen ze het me vertelde.'

'Juist.' Strike voelde zich alsof zijn hele lijf vanaf zijn nek in ijs veranderd was. 'Ring gekocht en alles, zeker?'

'Geen idee.' Wardle nipte van zijn koffie.

Voornamelijk omdat hij bang was dat zijn gezicht zijn gedachten zou verraden, boog Strike zich weer over zijn telefoon. Midge had nog een appje gestuurd.

heb foto's van zijn handlangers

Strike, die nu een soort ruisende piep in zijn oren had, typte *heel goed* terug en moest toen nogmaals 'Wat?' vragen, want Wardle had beslist iets gezegd.

'Die Kim Cochran. Ik hoorde laatst iets heel interessants over haar. De reden van haar vertrek bij de politie.'

'Ja?' Strike was nog met zijn gedachten bij Murphy en Robin. 'Nou, dat maakt voor mij niet meer uit.'

Of Wardle de plotseling afwezigheid van zijn collega nu opmerkte of niet, hij vroeg: 'Wat zal ik doen, morgen beginnen met het volgen van De Ezel?'

'Daar moet ik over nadenken.' Strike dwong zichzelf om zich te concentreren. 'We moeten de schijn ophouden dat we zijn vrouw volgen, anders vraagt hij waarom hij nooit meer iemand ziet als hij zich bij haar voegt.'

Ze bespraken de vertakkingen van deze klus als dubbelspion, tot Wardle zijn koffie ophad en zei dat hij vroeg onder de wol zou kruipen. Strike, die niks liever wilde dan nu alleen zijn, zei dat Wardle zijn beker kon laten staan, die zou hij straks wel afwassen met zijn whiskyglas.

Toen Wardle weg was bleef Strike zitten waar hij zat. Zoals hij nu moest erkennen, had hij nog een sprankje hoop gehad dat er ondanks Robins verhaal over het invriezen van de eicellen misschien iets zou gebeuren om haar en Murphy uit elkaar te drijven. Maar als er een huwelijksaanzoek in de pijplijn zat...

Hij dacht terug aan de saffieren ring die Robins vinger had gesierd toen ze voor hem kwam werken, aan het bureau waar Pat tegenwoordig zat. Die ring stond toen voor 'punt uit, tot hier en niet verder'. Ze was daarna met Matthew getrouwd, ondanks zijn eerdere ontrouw en ondanks wat Strike in stilte beschouwde als zijn algemene hufterschap, en er was een tweede, schaamtelozer geval van overspel voor nodig geweest om het huwelijk uit elkaar te laten spatten, maar Murphy leek helaas wel trouw te zijn... *Hij reageerde heel goed... ik kan hem niks kwalijk nemen... zegt dat hij me ook nog wil als ik ze niet kan krijgen... hij is heel lief voor me geweest sinds het is gebeurd...*

Strike kwam overeind, en hij besefte dat hij niet meer al te vast op zijn benen stond toen hij terugliep naar het partnerkantoor. Bij het afsluiten van de verschillende open tabbladen op zijn computer zette hij per ongeluk Waits weer aan.

Nobody nobody
Will love you the way that I could
Cause nobody, nobody's that strong...

Hij zette met een klap de muziek uit, sloot zijn computer af, deed het licht uit en liep het kantoor weer uit om Wardles mok en zijn eigen glas af te wassen.

Hij stond op het punt om de tweede lamp uit te doen toen zijn blik weer op de hijgende zwarte goudvis viel, die in het aquarium aan het wateroppervlak pathetisch op zijn rug naar lucht lag te happen. Als Strike Wardle moest geloven, had het beestje die benarde positie helemaal aan zichzelf te danken. Strike staarde ernaar, met zijn vinger op de lichtknop, enigszins wankelend, en hij stelde zich voor hoe hij de vis de volgende morgen dood en roerloos zou aantreffen, drijvend op de plek waar hij nu voor zijn leven vocht. De twee aquariumgenoten van het beestje, de ene zilver, de andere goud, zweefden er sereen onderdoor, onverschillig voor zijn benarde situatie. De zwarte vis was buitengewoon lelijk, tegen het afzichtelijke aan. Wat het nog extra erg maakte, was dat het dier zijn naam droeg.

'Oké dan, domme sukkel,' mompelde Strike, en hij liep niet al te stabiel naar zijn zoldertrap, twijfelend of hij diepvrieserwten in huis had, maar bereid om het te checken – verbaasd over zichzelf, maar met een vage wens om iets goeds te doen terwijl verder alles om hem heen naar de kloten ging.

99

... perfect honesty, which ought to be the common qualification of all, is more rare than diamonds.

Albert Pike
Morals and Dogma of the Ancient and Accepted Scottish Rite of Freemasonry

De volgende morgen gebeurden er kort achter elkaar meerdere dingen die Robin volledig ontregelden.

Als eerste werd ze om zes uur wakker gebeld door Barclay, die haar liet weten dat ze niet op pad hoefde voor de vrouw van De Ezel, omdat die een beautydagje had met vriendinnen, wat De Ezel was vergeten door te geven. Robin was dolblij met haar onverwachte vrije zaterdag, die ze van plan was door te brengen met slapen en de was doen.

Helaas werd ze even voor negen uur opnieuw wakker gebeld, deze keer door Murphy, die haar liet weten dat zijn ouders onverwacht in de stad waren en vroeg of ze bij hem kwam lunchen.

'Ik verwachtte ze niet, ze stonden ineens voor de deur.' Hij klonk zwaar geïrriteerd. 'Als "verrassing" omdat ik niet genoeg contact houd. Dus kom je ook? Ze willen je heel graag ontmoeten. Ik kook. Mijn vader wil voetbal kijken. Ze blijven niet slapen, goddank, ze logeren bij de zus van mijn moeder.'

Hoewel Robin en Murphy inmiddels in het tweede jaar van hun relatie zaten, had Robin nooit iemand van zijn familie ontmoet. Zijn gepensioneerde ouders woonden in Ierland, waar zijn vader geboren was. Robin had een keer de telefoon opgenomen toen zijn moeder, die Engels was, belde terwijl Murphy onder de douche stond, en ze hadden een gezellig praatje gemaakt, maar dat was hun enige contact geweest. Daarom vond Robin dat ze het niet kon maken deze lunch te weigeren, dus sleepte ze zich met tegenzin uit bed en ging in haar beperkte voorraad schone kleren op zoek naar iets gepasts om aan te trekken.

Ze liet net het bad vollopen toen haar telefoon weer ging. Deze keer was het Strike. Na een korte uitleg over het onverwachte bezoek aan hun kantoor door de vrouw van De Ezel de vorige avond vroeg hij of Robin haar vrije dag zou kunnen opgeven om De Ezel te volgen, want alle andere detectives waren al bezet: met het schaduwen van Plug en zijn mogelijke moordzuchtige metgezellen, die hun geplande aanval op de man die Plugs monsterlijke hond had laten afmaken nog niet hadden uitgevoerd; met het in de gaten houden van Lord Branfoot; met hun poging Uber-chauffeur Hussein Mohamed thuis te treffen, en met het volgen van Albie Simpson-White. Robin meende ergernis te bespeuren toen Strike die laatste naam noemde, en ze nam aan dat ze er hiermee aan werd herinnerd, niet al te subtiel, dat zij degene was die deze extra last aan het rooster had toegevoegd.

Toen Robin uitlegde dat ze niet onder de lunch met Murphy's ouders uit kon omdat ze net vijf minuten geleden had gezegd dat ze zou komen, reageerde Strike kortaf.

'Dan niet. Nu maar hopen dat zijn vrouw niet pissig wordt als we niet doen wat ze heeft gevraagd en naar de pers stapt.'

Aangezien het de eerste keer in jaren was dat Robin om persoonlijke redenen een klus weigerde en ze de laatste tijd veel meer had gewerkt dan alle freelancers, vond ze Strikes ongeduldige toon onterecht, maar voordat ze hem dat kon laten weten hing hij op.

Nu niet alleen moe maar ook nog kwaad (wiens schuld was het dat het bureau nu zo kwetsbaar was voor negatieve pers?) stapte Robin in bad. Toen ze na haar bad, afgedroogd en aangekleed, de gordijnen in haar slaapkamer opendeed, zag ze – haar blik werd meteen naar hem toe getrokken, alsof ze hem had verwacht – een man in een groen jack op het trottoir aan de overkant staan. Hij draaide zich snel om zodra het gordijn openging, alsof hij zijn gezicht wilde verbergen, ook al zou ze dat van die afstand toch niet kunnen zien zonder verrekijker. Haar bewuste geest zei dat ze het niet zeker kon weten, maar haar instinct vertelde een ander verhaal: hetzelfde groene jack, zelfde bouw en dezelfde lengte als de man met het gorillamasker die haar had bedreigd met de maçonnieke dolk.

Met bonzend hart keek Robin toe hoe hij maakte dat hij wegkwam, zijn gezicht nog steeds afgewend. Ze wist zeker dat hij naar haar ramen had staan kijken.

Het dragen van hetzelfde jack waarin ze hem al had gezien wees op een niet al te snuggere man. Maar Robin wist dat domme mannen net zo gevaarlijk konden zijn als intelligente. Ze controleerde of haar alarm en de pepperspray nog in haar tas zaten en hield zichzelf voor dat hij niks zou durven uithalen in zo'n drukke straat, op klaarlichte dag, en dat het maar een klein stukje lopen was van de ingang van het appartementencomplex naar de Land Rover. Ze overwoog om Strike te bellen, maar deed het niet omdat hij daarnet zo chagrijnig had gedaan aan de telefoon. Bovendien was er op het bureau niemand vrij om naar haar toe te komen en haar bij te staan. Nu zou ze willen, voor de tweede keer in evenveel maanden, dat ze niet alleen woonde, maar ze bedacht dat als ze nu met Murphy had samengewoond, ze evengoed in een lastig parket zou hebben gezeten. Hij wist nog steeds niets van de man met het groene jack, of de rubberen gorilla of de maçonnieke dolk die ze in haar sokkenlade had verstopt.

Had Groen Jack een auto? Zou hij haar volgen naar Murphy's huis? Had hij iets uitgehaald met de Land Rover terwijl ze lag te slapen, of toen ze in bad zat? Dat moest controleren voordat ze instapte, maar ze zou de pepperspray bij de hand houden. Vastberaden trok Robin haar jas aan, checkte nogmaals de inhoud van haar tas en verliet haar appartement.

Het was een koele dag, er trokken wolken voor de zon langs. Robin keek om zich heen en achter zich terwijl ze met ferme pas naar haar auto liep, maar de man in het groene jack was nergens te bekennen. Met de pepperspray in haar hand bukte ze diep om de onderkant van de Land Rover te bekijken, maar ze zag niks, en er zaten nergens krassen op de lak. Ze stapte snel in en sloot de portieren af. Zo voelde ze zich wat veiliger, en ze zette haar tas open op de passagiersstoel, de pepperspray binnen handbereik, en reed weg, waarbij ze voortdurend in haar binnenspiegel keek.

Het probleem met Blackhorse Road was dat het er altijd erg druk was. Robin wist dat Groen Jack de tijd had gehad, als hij een beetje bij de les was, om in een auto te stappen en haar te volgen, vooral als hij wist waar Murphy woonde. Ze had geen idee wat voor auto Groen Jack kon hebben, terwijl ze er niet aan twijfelde dat hij precies wist welke Land Rover hij moest volgen.

Kort voor het middaguur kwam Robin aan bij Murphy's flat; ze wist nog steeds niet of ze was gevolgd. De deur werd opengedaan door Murphy's moeder, een goedgeklede, aantrekkelijke beige-blonde vrouw van begin zestig van wie Murphy duidelijk zijn knappe uiterlijk had, met dezelfde jukbeenderen en die volle bovenlip.

'Wat ontzettend leuk om je eindelijk te ontmoeten!' zei ze, en Robin reageerde zo uitbundig als ze kon opbrengen, haar gedachten nog half bij Groen Jack.

Waar Murphy's knappe verschijning te danken was aan moederskant, had hij zijn lengte en zijn haar van zijn vader, een potige Ier met een zware stem, die eveneens zijn enthousiasme uitte over het ontmoeten van Robin en zei dat Murphy haar veel te lang voor hen verborgen had gehouden. Murphy leek enigszins gespannen, wat Robin toeschreef aan het onverwachte bezoek van zijn ouders en het feit dat hij voor hen moest koken. Hij moest bij zijn pannen in de keuken blijven, dus gingen Robin en de twee oudere Murphy's samen in de huiskamer zitten. Hun gebabbel verliep best soepel, over hun verhuizing naar Galway na lange jaren in Londen, over de derde zwangerschap van Murphy's zus en Robins recente aanwinst van twee neefjes. Het viel Robin op dat ze geen van beiden informeerden naar haar werk, wat vreemd was, want zo hadden Murphy en zij elkaar leren kennen. Ze vroeg zich af of hij tegen zijn ouders had gezegd dat ze niet over het bureau moesten beginnen.

De lunch was best aangenaam, al had het eten lekkerder gekund: Murphy's biefstukken waren rubberachtig en de aardappelen niet helemaal gaar. Er stond wijn op tafel, waar Murphy's vader gretig van dronk terwijl hij voortdurend moppen vertelde, sommige grappig.

Robin werd onwillekeurig herinnerd aan haar voormalige schoonouders. Matthews vader was ook zo praatgraag geweest, terwijl zijn inmiddels overleden moeder stiller was, verfijnder en waakzaam, en Robin had altijd het gevoel gehad dat ze haar niet erg mocht. Murphy's moeder was veel vriendelijker dan haar Cunliffe-tegenhanger, maar Robin had de indruk dat ze heimelijk werd beoordeeld.

'Zo jammer dat het huis niet doorgegaan is,' zei ze tegen Robin.

'Ja,' zei Robin. 'Heel jammer.'

Hoe langer de lunch duurde, hoe zekerder Robin ervan werd dat Murphy's ouders er niets van wisten dat hij weer was gaan drinken. De onderzoekende blik van mevrouw Murphy suggereerde wel dat ze aanvoelde dat er meer achter het verhaal van het hogere bod op het huis zat. Misschien wisten Murphy's ouders (er ging een ongemakkelijk gevoel door Robin heen) van de buitenbaarmoederlijke zwangerschap. Robin had haar vriend laten beloven niets tegen háár ouders te zeggen, maar dat bood geen enkele garantie voor die van hem.

Tijdens de lunch hoorde ze voor het eerst waarom de in Londen geboren Murphy supporter was van Liverpool: zijn vader had een groot deel van zijn tienerjaren in die stad gewoond en was hartstochtelijk aanhanger van de club gebleven; hij zou het niet verdragen hebben als zijn zoon voor een ander elftal was geweest, zei hij tegen Robin, die beleefd lachte. Liverpool speelde die middag tegen Arsenal, aftrap om half zes, en dat was de reden dat Murphy senior niet buiten de deur had willen lunchen – je wist nooit hoelang die opgeklopte restaurants in Londen de maaltijd zouden weten te rekken. Robin kreeg herhaaldelijk van beide ouders te horen hoe trots ze waren op Murphy, en die laatste zat er gespannen bij toen ze het zeiden. Robin betrapte zich erop dat ze niet kon wachten tot de voetbalwedstrijd begon, want 'als die bezig is mogen we niet meer praten' had Murphy's moeder gezegd, waarbij ze lachend haar ogen ten hemel sloeg. 'Ik heb mijn breiwerk meegenomen.'

'Haar zakenpartner is voor Arsenal,' zei Murphy met een knikje naar Robin, die heel vaag een vijandig steekje voelde in zijn opmerking. Het leidde tot enkele goedmoedige, plagerige opmerkingen van zijn vader, die zei dat het maandag vast heel ongezellig zou worden op kantoor, omdat Arsenal straks compleet ingemaakt zou worden.

Om vijf uur, ruim op tijd voor de wedstrijd, verhuisden de drie Murphy's naar de bank en de fauteuil, en meneer Murphy ging zo breeduit zitten dat er weinig ruimte overbleef voor Robin, dus bleef ze achter aan de tafel waar ze hadden gegeten.

Toen de wedstrijd eenmaal bezig was haalde Robin heimelijk haar telefoon tevoorschijn. Ze had liever haar laptop gehad, maar die had ze toch moeilijk kunnen meenemen. Murphy en zijn vader, die blijkbaar zoveel mochten praten als ze wilden, leverden kritiek en bejubelden diverse speelwijzen en spelers terwijl mevrouw Murphy zich vooral concentreerde op haar breiwerk van roze angora, dat zo te zien een babytruitje moest worden.

Robin keek eerst of Tish Benton (momenteel in een vijfsterrenhotel in Parijs, te oordelen naar haar meest recente foto op Instagram) had gereageerd op het verzoek om haar te woord te staan, verstuurd via de Clairmont-keten, maar er was geen antwoord gekomen.

'ERIN!' brulden Murphy en zijn vader als uit één keel, en Robin schrok zich rot. Beide mannen stakend juichend hun vuist in de lucht: Firmino had gescoord voor Liverpool. Robin maakte snel enthousiaste geluidjes en glimlachte breed, tot de Murphy's hun aandacht weer op de televisie richtten.

Ze had net Instagram afgesloten toen er een appje binnenkwam van haar broer Martin.

Kan ik een paar dagen bij jou logeren?

Robin staarde naar het bericht en vroeg zich af of Martin het naar de verkeerde had gestuurd. Haar tweede broer was niet alleen nooit bij haar langsgekomen in Londen, hij was ook met afstand het familielid met wie ze het minst close was. Natuurlijk hield ze van hem, maar zoals ze op Sark tegen Strike had gezegd hadden ze heel weinig gemeen. Hij was vroeger onzeker geweest omdat zijn broer en zus beter konden leren, en hij had Robin als kind veel geplaagd, niet heel gemeen maar wel aanhoudend, puur omdat zij het enige meisje was.

Hun vrienden, gewoontes en keuzes in het leven hadden haast niet verschillender kunnen zijn.

Met de gedachte dat een simpele vraag hem erop zou wijzen dat hij de verkeerde had geappt, antwoordde ze:

Met Carmen en de baby, bedoel je?

Er kwam niet meteen een reactie, dus richtte Robin zich weer op haar zoektocht van afgelopen nacht, waarmee ze was gestopt toen de vermoeidheid haar in de vroege uren had geveld.

Kort na middernacht was ze gestuit op de informatie dat Ruperts tante van vaderskant, Anjelica, historica was en had gewerkt voor de universiteit van Gent. Ze was nog lang verbonden gebleven aan de Belgische universiteit nadat ze met haar man, ook academicus, was verhuisd naar Zwitserland, en in Ruperts jeugd had ze gependeld tussen de twee landen. De beslissing om Rupert naar kostschool te sturen leek te zijn genomen om zijn kinderloze tante en oom de gelegenheid te geven aan hun afzonderlijke, intellectueel gerenommeerde carrières te werken.

'Had je Sánchez maar niet op de bank moeten laten zitten, hè Wenger, oetlul die je bent!' zei Murphy, en Murphy senior bulderde van het lachen. Robin ploegde voort met haar speurwerk.

Anjelica had haar hoogleraarschap aan de universiteit van Gent beëindigd in het jaar 2000, toen Rupert negen was.

Volgens mij zei hij... Zei hij niet dat hij wist wat er met haar was gebeurd? En dat wij het nog wel op het nieuws zouden zien?

Was het mogelijk dat Rupert iets had gehoord, of iets had geweten, over de moord op Reata Lindvall en haar dochter, wat hem was verteld door zijn tante uit België, of een van haar collega's?

'JAAAA! FUCK MAN, ERIN MET DIE BAL!' schreeuwde Murphy terwijl zijn vader goedkeurend brulde. Liverpool had weer gescoord, vlak voor de rust.

Robin pleisterde haastig een glimlach op haar gezicht en vroeg: 'Wil er iemand nog thee? Koffie?'

Maar Murphy's moeder was al op weg naar de keuken, haar pluizige roze breiwerk achtergelaten op de bank. Murphy senior kondigde luidkeels aan te gaan plassen.

Robin pakte haar notitieboekje erbij en schreef op: Ruperts tante heeft in België gewerkt tot hij negen was. Ze moest toegeven dat de informatie niet echt een doorbraak leek te zijn als ze het zo zwart-op-wit zag. Toen ze haar boekje dichtsloeg kwam Murphy senior de kamer weer in, zijn hand nog op zijn gulp.

'Die Strike van jou zal niet blij zijn, hè?' zei hij tegen Robin terwijl hij weer op de bank plofte en met gemak twee zitplaatsen in beslag nam. 'Nu al twee-nul!'

'Nee.' Robin forceerde weer een glimlach. 'Die is niet blij.'

Dus je weet wel iets over mijn werk. Je weet hoe mijn partner heet.

'Ze halen Sánchez van de bank,' zei Murphy.

'Ja, nu moeten ze wel,' zei zijn vader.

Robin nam met een glimlach en een bedankje een kop koffie in ontvangst van Murphy's moeder, die haar breiwerk weer oppakte en in de fauteuil ging zitten. Toen de wedstrijd werd hervat en de aandacht van de anderen weer gericht was op de televisie, stond Robin nonchalant op, zogenaamd om zich uit te rekken, maar in werkelijkheid om uit het raam te kijken.

Ze zag geen spoor van Groen Jack, al stonden er wel geparkeerde auto's waarin hij zich schuil zou kunnen houden.

Ze ging weer zitten en opende opnieuw Instagram, nu vanuit een andere gedachtegang. Robin had al twee accounts van Chloe Griffiths gevonden. Op het oudste van de twee waren diverse bezienswaardigheden van Ironbridge te zien, op het nieuwste een heleboel foto's van haar en haar vriend tijdens het interrailen.

Van de foto's die Chloe had geplaatst vóór Tylers verdwijning waren die van haar verjaardag in april voor Robin het interessantst. Chloe had thuis een feest had gegeven: Robin herkende de poster van de blowende Jezus op de achtergrond.

Op de foto barstte het van de jonge mensen, maar een viertal vormde het middelpunt. Tyler Powell met zijn grote oren en zijn sullige grijns had een arm om de schouders van Anne-Marie geslagen, die Robin kende van persfoto's: een nietszeggend meisje wier bleke gezicht niet werd geflatteerd door haar ogenschijnlijk zelfgeverfde roze haar. Anne-Marie zag er heel tevreden uit, op haar gemak. Chloe daarentegen, die aan de andere kant naast Tyler stond, had een glimlach op haar gezicht die geforceerd aandeed. Een jongeman van wie het gezicht niet te zien was maar die een grote bos rood haar had, had zijn arm om Chloe's nek geslagen. Hij viel naar voren, ogenschijnlijk lachend, en sleurde haar daarin mee terwijl er bier uit zijn plastic bekertje gutste. Wynn Jones stond in de schaduw van het stel, met een zelfgenoegzaam lachje, terwijl naast hem Ian Griffiths, die misschien zag aankomen dat er bier op zijn kleed gemorst zou worden, niet erg blij keek.

'SHIT!' brulde Murphy, en Robin schrok weer. Ze zette snel een glimlach op, tot ze besefte dat Murphy niet blij was en dat het Arsenal was dat had gescoord, niet Liverpool.

'Let een beetje op je woorden,' zei mevrouw Murphy zacht, en weer moest Robin denken aan wijlen haar ex-schoonmoeder, die bij haar familie altijd wat zuur had aangedrongen op een zekere welgemanierdheid, zelfs in tijden van feest of een crisis.

Robin keek weer naar de foto van Chloe's verjaardag. De jonge vrouw droeg een armband met emaillen viooltjes of iets dergelijks, en Robin nam aan dat dat Tylers verjaardagscadeau was geweest en dat ze hem misschien droeg uit beleefdheid, want hij paste niet echt bij Chloe's simpele zwarte jurkje. Ze vroeg zich af waarom Chloe niet had gedaan wat in diverse boze commentaren was geëist: het verwijderen van Tylers foto's, al stond er in een van haar eigen reacties wel een aanwijzing wat het antwoord op die vraag zou kunnen zijn.

ponzie2 chloegriff haal ze weg niemand wil die eikel zien

chloegriff rot op dat bepaal ik zelf wel

Het laatste bericht op het oude account, van een paar weken na Chloe's verjaardag, was een citaat van Sylvia Plath.

Ik neig naar je over, star als een fossiel. Zeg me dat ik hier ben.

Een vreemd citaat, dacht Robin, dat blijk gaf van het soort nihilisme dat ze eerder zou verwachten van een tiener dan van een jonge vrouw van begin tot midden twintig. Was het een uitdrukking van rouw om haar vriendin Anne-Marie? Het oude account was niet verwijderd, misschien als daad van opstandigheid jegens alle kritiek in Ironbridge, maar het nieuwe account leek voor een bewust nieuwe start te staan, want ook dat opende met een citaat van Plath.

Ik voelde mijn longen opzwellen door het aanstormende landschap – lucht, bergen, bomen, mensen. Ik dacht: zo is het om gelukkig te zijn.

De nieuwe foto's waren gemaakt tijdens Chloe's reizen door Europa met een bijzonder knappe jongeman. Er waren artistieke plaatjes bij van steden en de gerechten die het stel had gegeten, een paar selfies van haar alleen met een pittoreske achtergrond, en andere met haar vriend erbij. Toen, vanuit een ander gedachtespoor, verliet Robin de pagina van Chloe en ging naar die van Oz.

Het account had er nog eens dertig volgers bij gekregen sinds de laatste keer dat Robin het had gezien, wat haar kwaad maakte. Het was gebruikt voor het groomen van twee jonge meisjes, van wie er een dood was. Deed de politie hier eigenlijk wel wat aan? Of weigerden ze zo koppig om ook maar iets van het detectivebureau aan te nemen dat het nepaccount een lage prioriteit toegewezen had gekregen?

Oz' meest recente posts waren foto's van Nashville, met de gebruikelijke niet-specifieke, intrigerende hashtags: #TS6, #SecretProject. Eén meisje had enthousiast gereageerd met:

OMG – TAYLOR SWIFT????????

Oz had erop gereageerd met een knipoogemoji.

Een nieuwe kreet vanaf de bank verkondigde de derde goal van Liverpool.

'Dat is 'm!' schreeuwde Murphy senior. 'We zijn binnen!' Hij draaide zich om naar Robin. 'Condoleer meneer Strike maar namens mij.' Hij zei het op zo'n toon, en met zo'n tevreden gniffelend lachje, dat Strike ervan overtuigd was dat Strike onderwerp van gesprek was geweest tussen *père et fils* Murphy, en dat Murphy zijn vader ronduit had laten weten hoe weinig hij met Robins zakenpartner ophad.

Juist, dacht Robin, en ze gebruikte het Instagram-account van Venetia Hall, dat ze voor haar werk aanhield, om een reactie te typen onder het meest recente bericht van Oz.

> Deze man is een oplichter. Hij kent Taylor Swift niet, hij werkt niet aan haar zesde album en als je zijn foto's googelt bij 'afbeeldingen' zul je zien dat hij ze allemaal heeft gejat.

De wedstrijd was afgelopen en meneer en mevrouw Murphy maakten eindelijk aanstalten om te vertrekken. Ze zochten hun spullen bij elkaar, ze wilden op tijd bij Murphy's tante zijn.

'Het was heel leuk om jullie te ontmoeten,' zei Robin met elk greintje enthousiasme dat ze kon opbrengen. 'Echt heel leuk.'

Ze werd overrompeld door de omhelzing van Murphy's moeder. 'We zijn zo blij dat we je eindelijk hebben leren kennen.'

Maar de omhelzing voelde geforceerd, het lichaam van de oudere vrouw stijf, niet meegaand.

'Neem een keer een weekendje vrij, meid,' zei Murphy's vader met een knipoog. Blijkbaar had hij geraden dat ze had zitten werken onder het voetbal. Had Murphy ook al geklaagd dat ze een workaholic was?

Eindelijk vertrokken de drie Murphy's; de zoon vergezelde zijn ouders naar hun auto. Robin liep weer naar het raam om te kijken of Groen Jack er stond, maar zag hem nergens. De Murphy's bleven vijf minuten voor de deur staan praten, waarna de ouders vertrokken en Murphy weer naar binnen kwam.

Zodra hij de huiskamer in kwam wist Robin dat ze in de problemen zat. Desondanks deed ze haar best om de sfeer die hij meebracht af te zwakken.

'Wat een leuke...'

'Als je hier niet wilt zijn,' zei Murphy zacht, 'zeg dat dan gewoon.'

Robin staarde hem aan. 'Hoezo, als ik hier niet...'

'Verveelder dan dit had je niet kunnen overkomen, nog niet al had je het geprobeerd.'

'Wacht even. Ik had te horen gekregen dat we niet mochten praten als er gevoetbald werd.'

'Dat bedoelde ze niet letterlijk! Je kon niet eens bij ons komen zitten om...'

'Je vader nam twee derde van de bank in beslag!'

'Had dan gevraagd of hij wilde opschuiven!'

'Ik ken hem net, ik ga hem niet vertellen waar hij wel en niet mag zitten in een flat die niet de mijne is,' kaatste Robin terug.

Ze werd nu ook opeens kwaad. Hoe moe ze ook was, ze had zich al babbelend door een lange lunch heen geslagen, gelachen om alle grappen van zijn vader, elke vraag van zijn moeder beantwoord en in haar eentje de vaatwasser ingeruimd, zodat Murphy's ouders hem voor zichzelf hadden bij de koffie. Ze had op het laatste moment haar vrije zaterdag opgegeven om het hem naar de zin te maken. Ze had gedaan alsof ze wilde dat Liverpool de wedstrijd zou winnen.

Maar het echte probleem, daar was ze van overtuigd, was niet dat ze op haar harde stoel was blijven zitten, op de achtergrond, maar dat ze in plaats van een breiwerk te pakken – liefst een babytruitje – een notitieboekje en haar telefoon had geraadpleegd. Misschien dacht Murphy dat haar internetzoektocht in werkelijkheid een stiekem appgesprek was geweest met Strike, iets waarvan Murphy haar op kerstavond ook had beschuldigd. *Kun je even twee minuten niet aan je werk denken?*

'Ik heb frisse lucht nodig,' zei Murphy. Hij draaide zich om en gooide de voordeur met een klap dicht, Robin geschokt achterlatend.

Frisse lucht? Net als al dat hardlopen zeker, en de sportschool waar je zo van genoot?

Met een ijzige efficiëntie begon Robin aan haar zoektocht, allereerst in de keukenkastjes. Daar vond ze geen alcohol, en ook niet in het gootsteenkastje waar de boiler hing, of onder de bank of verstopt achter Murphy's spaarzame collectie boeken. De badkamer was alcoholvrij; ze rook zelfs voor de zekerheid aan zijn shampoo en aftershave. Dan bleef de slaapkamer over.

Geen flessen onder het bed of in de nachtkastjes. Ze rommelde ook deze keer tussen Murphy's kleding, haalde de doos met laadkabels en kleingeld uit de kast en tastte over de bovenste plank waar hij de vorige keer de wodka had verstopt, maar er stonden nu geen flessen, en in zijn sporttas zat niets anders dan sneakers en een trainingspak.

Maar helemaal achter in de kledingkast stond een aktetas. Toen ze daarin graaide, stuitten haar vingers op iets wat aanvoelde als een kartonnen tasje.

Ze haalde het eruit en zag op het tasje het logo van een bekende juwelier. Toen ze erin keek, lag daar een zwartfluwelen doosje, ook duidelijk gloednieuw, met een opgerolde aankoopbon ernaast. Met een veel grotere schok dan ze had gevoeld toen de deur met een klap dichtviel begreep Robin plotseling wat ze zou zien als ze het doosje openmaakte.

En inderdaad, toen ze het deksel eraf haalde, fonkelde een kleine diamant haar tegemoet, in een witgouden of platina solitairring.

Het zweet brak haar uit over haar hele lichaam.

O god, nee.

Ze keek op de bon, niet voor de prijs, maar voor de datum. Hij had hem een paar dagen voor haar ontdekking van de wodka gekocht, voordat ze hadden besloten om het nieuwe huis te laten schieten.

Robin stopte de ring en de bon zorgvuldig terug in het tasje en legde dat weer in de oude aktetas, waarna ze de kast dichtdeed en haar spullen pakte. Als Murphy niet naar de pub of de slijter was gegaan, zou hij waarschijnlijk zo terugkomen, berouwvol, bang dat hij het deze keer echt verpest had.

Bij het verlaten van het appartement was Robin zo van de wijs gebracht dat ze Groen Jack helemaal vergat. Maar ze kwam veilig bij de Land Rover aan en vertrok, nog banger dan ze bij aankomst was geweest. Niet bang voor een plotselinge aanval, maar voor de zilverkleurige ring in de krochten van Murphy's kledingkast: een kleine, fonkelende kluister.

100

Ha ha, John plucketh now at his rose
To rid himself of a sorrow at heart!
Lo, – petal on petal, fierce rays unclose;
Anther on anther, sharp spikes outstart;
And with blood for dew, the bosom boils;
And a gust of sulphur is all its smell;
And lo, he is horribly in the toils
Of a coal-black giant flower of Hell!

Robert Browning
The Heretic's Tragedy

Maandagmorgen om half negen vertrok Strike in zijn BMW voor een rit naar de West Country. Hij had niet zo vroeg hoeven vertrekken, maar hij wilde Robin niet tegenkomen op kantoor, en hij had ook niet gereageerd op de mail die ze hem had gestuurd over wat hij beschouwde als een flinterdunne connectie tussen Rupert Fleetwood en België. Ervan overtuigd dat Murphy haar ten huwelijk had gevraagd en dat zij ja had gezegd, en dat de lunch die Robin zaterdag niet had willen afzeggen dus een etentje was geweest met haar toekomstige schoonouders, had Strike niet genoeg aan achtenveertig uur om te oefenen op de gezichtsuitdrukking en toon die hij nodig zou hebben om haar te feliciteren.

Om kwart voor negen werd hij gebeld door Midge.

'Ik heb het adres van Branfoots appartement,' zei ze triomfantelijk.

'Fantastisch.' Strikes stemming verbeterde enigszins door dit nieuws, want het afschrikken van Branfoot en zijn handlangers was nu een van zijn eerste prioriteiten. 'Waar is het?'

'Black Prince Road in Lambeth, tweede verdieping van een luxe complex,' zei Midge. 'Ik ben hem gisteravond gevolgd. Hij ging om een uur of elf naar binnen, een uur later gevolgd door een zwarte man in leer met een dronken meisje. Het licht ging aan op de tweede verdieping en bleef zo'n drie uur branden. Om vier uur kwam Branfoot weer naar buiten geslopen. Om zes uur strompelde dat meisje de stoep op om in een taxi te stappen, ze zag er hartstikke afgeleefd uit. Een half uur later kwam dat foute pornotype ook naar buiten. Ik heb van iedereen foto's.'

'Uitstekend werk,' zei Strike.

'Bedankt,' zei Midge. 'Nou, oké, ik moet die Hussein Mohamed te pakken zien te krijgen tussen twee Uber-diensten door. Eerst koffie. Spreek je later.'

Strike reed een half uur door over de M40 en werd toen gebeld door Robin, zoals hij al min of meer had verwacht. Hij zette zich schrap en nam op.

'Pat zegt dat je onderweg bent naar Hereford,' zei ze. 'Wat...?'

'Ik heb een afspraak met Rena Liddell. Ze reageerde gisteravond op een van haar oude Twitter-accounts: "Hereford, morgen 14 u" en in Hereford zit een Golden Fleece.'

'Wauw, wat goed,' zei Robin. 'Nou, Midge heeft...'

'Ik weet het, ze belde me net. Dus als ik in Hereford aankom, bel ik De Leon om hem te waarschuwen dat ik zelf naar Branfoot toe ga om hem te zeggen dat ik weet wat hij uitspookt in dat appartement, en als De Leon op zijn luie reet wil blijven zitten wachten tot het verhaal losbarst zonder dat hij een eigen draai aan zijn betrokkenheid heeft kunnen geven, dan is dat zijn probleem.'

'Nou, ik heb nog ander nieuws,' zei Robin vanuit hun gezamenlijke kantoor, en Strike kreeg een knoop in zijn maag.

'Of eigenlijk heeft Pat nieuws. Ze heeft een pub in Yeovil gevonden, de Quicksilver Mail, waar afgelopen juni een paar weken een barman heeft gewerkt die zich Dave noemde. Hij was klein en had grote oren. Ze hebben hem ontslagen omdat hij zijn werk niet al te best deed.'

'Aha,' zei Strike. 'Nou, ik ben over een paar uur zo'n beetje in de buurt van Yeovil. Ik kan er na Hereford wel naartoe rijden om ze daar een paar foto's van Tyler Powell te laten zien.'

'Dat is een eind rijden op één dag,' zei Robin. 'Hereford en Yeovil liggen niet echt dicht bij elkaar.'

'Dat lukt mij vast wel. Verder nog iets?'

Robin, die niet erg te spreken was over Strikes bitse toon, zei: 'Nee, ik ben alleen even op kantoor om wat bonnetjes op te bergen, maar vanavond heb ik een gesprek met Faber Whitehead, zoals ik je heb verteld.'

'Oké, dan laat ik je verder met rust,' zei Strike.

'Strike,' zei Robin op scherpe toon.

'Wat?'

'Als je nog kwaad bent over zaterdag, zeg dat dan gewoon. Je hebt me letterlijk op het allerlaatste moment gebeld, en het is ook niet zo dat ik de laatste tijd niet een hoop vrije tijd heb opge...'

'Ik ben niet kwaad over zaterdag. Ik weet dat het kort dag was. Ik was alleen bang omdat de vrouw van De Ezel indirect dreigde met de pers.'

'Nou, ík ben hier niet degene die ons tot doelwit voor de bladen heeft ge...'

'Aandacht van de bladen hoort erbij in ons werk,' zei Strike. 'Vraag dat maar aan je vriend.'

Zoals hij half had hopen te bereiken met zijn opmerking hing Robin op.

Ziedend stond ze bij het dubbele bureau, en ze keek naar haar mobiel alsof ze Strike kwaad terug zag staren. *Wat een lul ben je ook.* Ze trok de tussendeur zo hard open dat Pat geschrokken omkeek.

'Gaat het een beetje?'

'Prima,' zei Robin. 'Ik kom een paar bonnen opbergen.'

Ze was halverwege de dossierkast toen ze zag dat er een grote margarinekuip vol water naast het aquarium stond. Daarin zwom de zwarte vis die Cormoran heette traag rondjes in de beperkte ruimte.

'Waarom is die vis uit z'n kom?'

'Die moet ik van hem verdorie erwten voeren,' zei Pat chagrijnig.

Er stond een kaart tegen het aquarium geleund, met instructies van Strike. Geamuseerd ondanks zichzelf pakte Robin de kaart en las de tekst.

Goudvissen horen van de bodem te eten
Als ze te veel lucht happen aan het wateroppervlak, dan raken ze uit balans en gaan ze op hun rug drijven.
Voer voortaan eerst natmaken
Kleine beetjes geprakte erwten geven tot het beter gaat
Als hij weer normaal zwemt mag hij terug in de grote bak

'Hij zwemt nu normaal,' zei Robin tegen Pat.

'Ja?' Pat kwam bij Robin staan, en samen tuurden ze naar de vis met de knobbels op zijn kop. Het gedrongen lijfje waggelde en de dubbele staartvin waaierde zacht achter hem aan terwijl hij door het bakje zwom. Er hingen lange slierten goudvisuitwerpselen achter hem.

'Zal ik hem er weer in kieperen?' vroeg Pat.

'Zou ik wel doen,' zei Robin. 'In dat bakje heeft hij niet veel ruimte.'

Intussen kastijdde de onwillige redder van de zwarte vis die over de M40 reed zichzelf voor zijn opmerking tegen Robin. *Echt een slimme zet van je*, zei hij tegen zichzelf, *om zo schofterig tegen haar te doen terwijl ze net verloofd is*. Het leek wel of hij haar van zich af wílde duwen zodat ze Murphy en Murphy kon gaan oprichten.

101

... necessity alone, and the greatest good of the greatest number, can legitimately interfere with the dominion of absolute and ideal justice.

Albert Pike
Morals and Dogma of the Ancient and Accepted Scottish Rite of Freemasonry

Strike zette zijn auto in een grote, meerlaagse parkeergarage dicht bij het centrum van Hereford en ging op pad voor een vroege lunch, want het ontbijt leek ver achter hem te liggen. Na een korte wandeling kwam er een restaurant in zicht dat Beefy Boys heette, dat hij uitkoos vanuit een boze impuls van zelfsabotage, want wat had het nu nog voor zin om te proberen net zo slank en fit te worden als Murphy?

Nadat hij had plaatsgenomen aan een tafeltje op het terras zodat hij kon vapen, en na het bestellen van de specialiteit van het huis, de Dirty Boy-burger, belde hij De Leon, die niet opnam. Daarom sprak Strike een bericht in op de voicemail om De Leon te waarschuwen dat het detectivebureau het appartement had gevonden waar Branfoot stiekem opnames maakte van mensen die overduidelijk dronken waren terwijl ze werden geneukt door pornoacteurs, en dat hij Branfoot op korte termijn zou confronteren met die informatie. Danny zou dus de gevolgen moeten dragen van het feit dat hij niet naar de pers was gestapt, terwijl dat het risico op wraak van Branfoot voor hemzelf zou hebben verkleind.

Vervolgens tastte Strike in zijn zak naar het boek van Jim Todd, *Winnen met poker: de weg naar succes,* dat hij had meegenomen om de gekrabbelde aantekeningen van Todd nader te bekijken. Hij sloeg het open op een nieuwe bladzijde en bestudeerde de lijst met bijnamen voor diverse pokerhanden.

Heer-heer – Cowboys

Heer-vrouw – Huwelijk

Heer-boer – Kojak

Heer-negen – Canine

Hij wilde net deze bladzijde omslaan, waarop Todd alleen *poket 8s* had geschreven, zonder uitleg, toen zich in zijn onderbewustzijn iets roerde wat hem zei dat hij te snel ging.

77 – *wandelstokken...* ('Ik heb expres een legergroene genomen zodat niemand je een mietje zal vinden.')

4-4 – *zeilboten...* ('Naar de horizon kijken als je zeeziek wordt.')

Godver, moest nou echt alles hem aan Robin doen denken? Hij las verder tot hij zijn trillende telefoon hoorde brommen en haalde hem tevoorschijn in de hoop dat Robin hem een woest bericht had gestuurd, wat hem de kans zou geven om met weinig inspanning een getypte verontschuldiging op te stellen voor zijn felle opmerking over Murphy. Maar het was Barclay maar, om hem te laten weten dat De Ezel zojuist schichtig had ingecheckt in een hotel.

Strike zat zich met de telefoon in zijn hand af te vragen of hij niet toch een excuus moest sturen, ook zonder een eerste bericht van haar. Hij besefte heel goed dat het verkeerd van hem was om haar te straffen voor het niet beantwoorden van gevoelens die hij nooit hardop had uitgesproken. Dat was het gedrag van een totale hufter. Hij was nog bezig een bericht op te stellen dat niet al te duidelijk een ondertoon had van 'Ik vind het verschrikkelijk dat je met Murphy bent' toen zijn hamburger werd gebracht, en opgelucht legde hij zijn telefoon weg.

Het verorberen van een enorme cheeseburger, compleet met bacon en gebakken uien, bracht Strike in een iets betere stemming. Nadat hij zijn laatste frietje had opgegeten, pakte hij zijn telefoon weer op en appte Robin.

Sorry voor wat ik zei. Ik ben hondsmoe maar dat is geen excuus.

Hij bleef even naar zijn telefoon zitten kijken, hopend op de drie puntjes die aangaven dat Robin aan het typen was, maar er verscheen niks.

Nadat hij zijn koffie had opgedronken, de rekening had betaald en het toilet van Beefy Boys had bezocht, begon Strike aan de volgens Google Maps korte wandeling naar de Golden Fleece.

Bij het betreden van de pub trof hij een smalle, krappe ruimte die deed denken aan een gang, met een groot tv-scherm waarop Sky Sports te zien was. Strike haalde alcoholvrij bier en wilde net gaan zitten toen de barman zich naar hem toe boog en vroeg: 'Ben jij Cameron Strike?'

'Ja.'

'Dan moet je daarginds zijn.' De barman wees naar de deur achter in de pub.

De barman leek met 'daarginds' te verwijzen naar een binnenplaatsje achter de deur waar geen tafels stonden, maar daar bleek een steile metalen trap te zijn die naar het dakterras voerde. Strike nam aan dat Rena Liddell niet wist dat hij een kunstbeen had. Hij hees zich met behulp van de trapleuning omhoog, zijn bier gutsend over zijn hand.

Hij kwam uit op een plat dak waar kunstgras lag, met daarop een paar tafels en plastic palmbomen in vierkante kuipen. Langs de reling was een sliert Engelse vlaggetjes gespannen, en daarachter zag Strike de hoge torenspits van de St Peters-kerk.

Er was maar één tafel bezet. Daar zat, met zijn gezicht naar Strike toe en een vaag glimlachje om zijn mond, de lange Ralph Lawrence, met zijn peper-en-zoutkleurige haar en hoekige kaken, vermoedelijk de man van MI5. Hij was vandaag niet in pak, maar droeg een spijkerbroek en een overhemd waarvan het bovenste knoopje openstond onder een donkergroene kasjmieren trui, en zijn blauwe ogen gingen schuil achter een pilotenzonnebril.

Strike wist dat zijn uitdrukking zowel verbazing als ongenoegen had verraden, en hij zag ook dat dat Lawrence plezier deed. Na een lange autorit, met een zere knie en een pijnlijke hamstring, plus een gedwongen beklimming van de trap terwijl deze man wist dat hij een half been miste, en met een natte mouw waar bier overheen was geklotst, kon Strike zijn rancune nauwelijks verbergen. Toen hij tegenover Lawrence ging zitten, draaide er een soort rolodex aan theorieën rond in zijn hoofd, die stilhield bij de meest voor de hand liggende vraag.

'Heeft Rena me gevraagd hierheen te komen of was jij dat?'

'Zij,' zei Lawrence minzaam, 'maar wij keken mee.'

'Waar is ze?'

'Opgenomen in een inrichting.'

'Waarom?'

'Ze probeerde een vuurwapen in bezit te krijgen.'

'Waarvoor?'

'U hebt haar gevonden op social media. Vertelt u me maar van welke groep mensen ze vindt dat ze neergeschoten moeten worden.'

Dat was een val waar Strike niet in zou lopen. Lawrence dronk van zijn water, of iets wat eruitzag als water, en Strike nam een trek van zijn vape en vermaakte zichzelf even door zich voor te stellen dat hij de man het glas uit de hand zou slaan.

'Dat is dus precies wat de mensen denken dat geheim agenten doen, hè?' zei hij. 'Iemand voor gek verklaren en laten opsluiten omdat ze te veel weet.'

'Waarom denkt u dat Rena Liddell iets weet?'

'Ze weet iets,' zei Strike, 'anders zat jij hier niet. Als je niet bang zou zijn dat ze me al iets heeft verteld, zou je zou me hebben laten geloven dat ze gewoon niet was komen opdagen.'

'Misschien heb ik nog wat vragen voor u.'

'Kom maar op.'

'U hebt duidelijk contact met haar gehad, buiten de social media.'

'O ja?'

'Het eerste contact is niet daar gelegd. Wie heeft wie benaderd?' vroeg Lawrence.

'Het is allemaal een beetje vaag,' zei Strike.

'Angela zei al dat u denkt dat u leuk bent.'

'Nee, dat heeft ze niet gezegd,' zei Strike kalm.

'Moet u horen,' zei Lawrence, en Strike vond het fijn om te zien dat het de man niet aanstond dat zijn hatelijke opmerking van Strike af gegleden was zonder een spoor na te laten. 'Ik doe u een plezier, al lijkt u dat niet te beseffen. U hebt onlinecontact gehad met een geesteszieke islamofoob die probeerde een vuurwapen te bemachtigen.'

'Je gaat me niet intimideren door te suggereren dat ik contact gehad zou hebben met een terrorist,' zei Strike. 'Ik weet heel goed wat jij hier komt doen, en dat heeft geen zak te maken met wapens. Je hebt het verkloot door Rena te waarschuwen dat ze mij niet serieus moest nemen. Zo kwam ze juist op het idee om contact met me op te nemen. Als zij voor jullie een probleem is geworden is dat jouw schuld, niet de mijne.'

'Meneer Strike, ik vraag u om uw medewer...'

'En die zou ik misschien gegeven hebben als jij me niet had gedwongen die fucking trap naar het dak op te klimmen en mijn bier te morsen.' Strike duwde zich omhoog in zijn stoel. 'We leven nog altijd in een land met burgerlijke vrijheid. Het zal jullie echt niet lukken om haar oneindig op te sluiten in die psychiatrische inrichting. Ik kan wel wachten.'

Hij draaide zich om en deed zijn uiterste best om niet te hobbelen toen hij terugliep naar de metalen trap. Aangezien hij zich koppig had voorgenomen om nog naar de Quicksilver Mail te rijden, de pub in Yeovol, leek het hem beter om te vertrekken.

102

Indulge me but a moment: if I fail
– Favoured with such an audience, understand! –
To set things right, why, class me with the mob
As understander of the mind of man!
The mob, – now, that's just how the error comes!

Robert Browning
Tertium Quid

Robin was te kwaad om zijn per whatsapp verstuurde excuus te aanvaarden. Haar werk zou de enige plek in haar leven moeten zijn waar ze geen last had van mannen die hun chagrijnige buien op haar afreageerden, en ze zag geen reden om toegeeflijk te doen terwijl Strike zelf daar zelden aan deed.

Plug was nog niet gearresteerd, hetgeen volkomen onterecht Robins woede ten opzichte van Strike nog verergerde: ze verbond zijn wangedrag aan de man die gevaarlijke honden fokte en nog steeds ongestraft rondliep. Maar toen ze die middag weer stond te posten voor het huis van Plugs moeder bood het Robin geen enkele troost om te bedenken dat haar vermoeidheid en ellende niets voorstelden in vergelijking met de uitputting die ze had moeten doorstaan toen ze als infiltrant bij de Universal Humanitarian Church had gezeten. Ze sliep erg slecht, en vanmorgen was ze om vier uur wakker geworden, ervan overtuigd dat ze weer in die slaapzaal van de sekte was, waar ze één keer per week had moeten wegsluipen om Strike een verslag te sturen. Daarna had ze tot de wekker ging liggen piekeren over Murphy.

Hij had haar die zaterdag voor ze thuis was gebeld en zich verontschuldigd voor zijn boze vertrek na de lunch. Zoals Robin al had vermoed wisten zijn ouders niet dat hij een terugval had gehad, en ook niet dat er een onderzoek naar hem liep op zijn werk. Hij had tegen Robin gezegd dat hij er altijd moeite mee had als zijn vader zo luidruchtig was en veel dronk, en dat zijn moeder hem voorafgaand aan Robins komst genadeloos had uitgehoord over hun ingetrokken bod op het gezamenlijke koophuis. Robin wist zeker dat ze goed had ingeschat hoe mevrouw Murphy over haar dacht, dat Robin in haar ogen niet de toegewijde vriendin was die haar zoon verdiende.

Ze had niet aan haar vriend gevraagd of zijn ouders op de hoogte waren van de buitenbaarmoederlijke zwangerschap, omdat ze het antwoord niet wilde horen, maar ze was er zeker van dat ze het wisten. Ze vermoedde dat ze ook wisten van de ring met diamant die verstopt was in Murphy's kledingkast. Ze waren naar Londen gekomen om zijn aanstaande te ontmoeten, de mogelijke moeder van hun toekomstige kleinkinderen, zonder ook maar iets te weten van wat hun zoon had gedaan om Robin huiverig te maken voor langetermijnplannen met hem.

Ze aanvaardde Murphy's excuus waar ze dat van Strike niet had aanvaard, omdat Murphy radeloos had geklonken aan de telefoon en ze nog steeds de verantwoordelijkheid voelde om hem te steunen in zijn strijd tegen de drank. Als er één goed ding uit hun laatste ruzie zou komen, dacht ze, dan was het wel dat hij er vast niet aan twijfelde dat dit een heel ongunstige tijd was om haar ten huwelijk te vragen. Ze had liever gedacht dat hij het idee helemaal uit zijn hoofd had gezet, maar het feit dat de ring en de aankoopbon niet waren teruggebracht leek erop te wijzen dat hij nog altijd hoopte dat zich een geschikte gelegenheid zou voordoen.

Plug bleef thuis tot half zes, het tijdstip waarop Robin het posten overdroeg aan Midge. Ze at een sandwich in de Land Rover en vertrok toen naar Beaconsfield in Buckinghamshire, voor de ondervraging van de vader van Hugo Whitehead, de jongen die was verongelukt met Tyler Powells auto. Zoals ze wist na haar onlineresearch hadden de Whiteheads hun biezen gepakt en hadden ze kort na Hugo's uitvaart Ironbridge voorgoed verlaten.

Robin kwam even voor zeven uur aan in Tilsworth Road. Het huis van de familie Whitehead was groot, van rode baksteen, met een dubbele garage. Aangezien mevrouw Whitehead niet mocht weten dat ze hier was geweest, zette ze de Land Rover een eindje verderop in de straat in een parkeervak dat buiten de straatverlichting viel en liep ze terug naar het huis.

De voordeur werd vrijwel meteen nadat ze had aangebeld opengedaan, en daar stond Faber Whitehead, van wie Robin wist dat hij een gerenommeerd architect was. Hij zag er raar uit; hij deed haar denken aan zo'n witte dolfijn, een beluga met bril, door zijn zeer bleke huid, kleine oogjes en een enorm, bol en kaal voorhoofd. Hij droeg een wijde zwarte trui en jeans, en zijn brillenglazen, in een knalrood montuur, waren zo dik dat zijn ogen werden gereduceerd tot puntjes.

'Mevrouw Ellacott?'

'Ja.' Robin stak haar hand uit, die hij schudde.

'Komt u binnen,' zei Whitehead, en nadat hij haar jas had aangenomen en voor haar had opgehangen, ging hij Robin voor door de gang naar een grote huiskamer met muren in modieus donker greige, een salontafel van glas en een lange, lage zwarte bank met stalen elementen, zo diep dat Robin de keuze had tussen op het puntje zitten of naar achteren leunen en haar benen gestrekt voor zich houden.

'Wilt u iets drinken?' vroeg Whitehead aan Robin. 'Thee, koffie...?'

'Een glaasje water zou fijn zijn. Dank u wel.'

Terwijl Whitehead dat ging halen keek Robin om zich heen, en ze zag op een lage, zwarte houten kast een digitaal fotolijstje staan. Daarop trok langzaam een reeks familiefoto's voorbij, en Robins oog viel erop op het moment dat er een foto in beeld was van de roodharige Hugo, die haar vertrouwd voorkwam van Chloe Griffiths' verjaardagsfoto. Hugo was gestorven toen hij twintig was, wist ze, maar hier was hij zo te zien een jaar of veertien. Hij droeg een rugbyshirt en wees lachend naar zijn eigen mond, waarschijnlijk omdat er een tand ontbrak.

'Goed,' zei Whitehead nadat hij Robin haar water had gegeven en met een glas rode wijn in de hand had plaatsgenomen in een fauteuil die bij de bank paste. 'U doet onderzoek naar Tyler.'

'Niet helemaal. Zoals ik u heb verteld in mijn mail, zijn we ingehuurd om te proberen het lichaam in de zilverkluis te identificeren. Tyler werd door de politie als mogelijk slachtoffer gezien, dus hebben we naar hem gekeken. Als we erachter komen waar hij is gebleven, kunnen we hem uiteraard schrappen als mogelijke William Wright.'

'Juist,' zei Whitehead. Hij nam een grote slok wijn. 'Ik weet dat jullie Ian Griffiths en Dilys Powell al hebben gesproken.'

'Ja, dat klopt. Hebt u contact met hen?'

'Daar zorg ik wel voor, dat ik contact houd met Griffiths,' zei Whitehead. 'Hij heeft me verzekerd dat u en uw partner te vertrouwen zijn.'

'O, fijn,' zei Robin.

'Griffiths en ik willen allebei dat Tyler wordt gevonden, al is het om totaal verschillende redenen.' Whitehead keek even door het raam naar buiten, waar het in rap tempo donker werd. 'We moeten het kort houden, want ik weet niet hoelang we erop kunnen rekenen dat Lucinda wegblijft. Ze had dat etentje bijna afgezegd, maar ik heb haar overgehaald om toch te gaan. Het zal haar goed doen, denk ik. Ze slikt nu de maximale dosis antidepressiva, maar ze is nog steeds... En onze oudere zoon, Harvey, moet zijn laatste jaar aan de universiteit overdoen. Compleet ingestort na wat er met Hugo is gebeurd. Krijgt nu uitstel wegens familieomstandigheden.'

'Het is vreselijk,' zei Robin. 'Het moet voor u ontzettend pijnlijk zijn om erover te praten.'

'Het is minder pijnlijk om erover te praten dan er dag in, dag uit aan te denken,' zei Whitehead. 'Lucinda wil dat ik "doorga met mijn leven". We kunnen het er niet over hebben samen, dan raakt ze van streek. Maar Harvey staat aan mijn kant. Hij weet dat ik u vanavond ontvang. Hij is het met me eens dat de schuldige er veel te makkelijk van afgekomen is.'

'Tyler, bedoelt u?'

'O, nee,' zei Whitehead. 'Nee, niet Tyler. Chloe Griffiths!'

Robin was zo van haar stuk gebracht dat ze geen enkele reactie kon bedenken.

'Dat verbaast u.' Whitehead keek aandachtig naar haar. 'Maar als ik u uitleg... U weet wie Chloe Griffiths is?'

'Ja,' zei Robin langzaam. 'De dochter van Ian Griffiths...'

'Precies.' Whitehead nam nog een grote slok van zijn wijn. 'Het is namelijk zo, er was iets wat de politie nooit bekendgemaakt heeft: beelden van een beveiligingscamera. Uiteindelijk hebben ze beslist dat het geen afdoend bewijs was, maar op die beelden zie je dus *iemand in die Mazda stappen op het parkeerterrein in Birmingham.*'

'Echt waar?' Robin dacht aan de slechte kwaliteit van de opnames, die de zaak alleen maar verwarrender had gemaakt. 'Hebt u er bezwaar tegen als ik aantekeningen maak?'

'Nee, ga uw gang.'

Terwijl Robin haar notitieboekje en pen pakte, zei Whitehead: 'De politie heeft naar die beelden gekeken, om ze vervolgens af te doen als irrelevant. We kregen te horen dat ze onscherp waren, en het regende die avond heel hard, wat ook niet meehielp, maar een ogenschijnlijk vrouwelijke gestalte liep tussen de Mazda en de auto ernaast door en dook toen weg, uit het zicht, en de politie dacht dat diegene misschien in de Mazda was gestapt, maar later besloten ze dat hij of zij gewoon een schoenveter vastmaakte of zo.'

'Waarom bekeek de politie die beelden van het parkeerterrein?'

'Ze hadden lucht gekregen van alle geruchten die rondgingen in Ironbridge, over Tyler die met de auto geknoeid zou hebben, en als dat ergens gebeurd kon zijn, moest het natuurlijk wel op het parkeerterrein zijn geweest, want ze zijn op de terugweg verongelukt. Nu kan Tyler het niet gedaan hebben. Niet alleen zou hij nooit worden aangezien voor een vrouw, hij heeft ook de hele periode dat die persoon in Birmingham in de Mazda stapte aan de telefoon gezeten. Het signaal van zijn mobiel bevestigde dat hij belde vanuit Ironbridge.'

'Weet u wie hij aan de lijn had?'

'Nee, maar dat zal de politie ongetwijfeld nagetrokken hebben. Ik ken mensen in Ironbridge die zeiden dat Tyler is verhuisd vanwege het ongeluk, maar ik weet dat hij er al ruim daarvóór over dacht om te vertrekken. Ik heb hem er met Hugo over horen praten.'

'Zei hij dat hij naar Londen wilde gaan?'

'Nee, hij wilde gewoon iets anders, maar hij deed werk dat je overal kunt doen, hij was een goede monteur. Hoe dan ook, Tyler kan niet degene zijn die met het ABS heeft geknoeid,' zei Whitehead. 'Iemand anders heeft dat moeten uitschakelen. We wisten allemaal dat er storm op komst was. Het was een manier om hen iets aan te doen zonder dat het ontdekt zou worden. Iedereen kon weten dat de terugweg gevaarlijk zou worden, zeker voor iemand die pas zijn rijbewijs had.'

Robin, die aantekeningen maakte, was blij dat ze een reden had om Whitehead niet te hoeven aankijken. Ze had deze ontmoeting niet nodig om te weten dat zelfs de meest intelligente mensen verblind kunnen worden door hun hartstochtelijke verlangen om de feiten niet onder ogen te hoeven zien. Hugo had de Range Rover van zijn ouders niet mogen lenen op de avond van het fatale ongeluk. Zijn familie had zich vast afgevraagd of hij nog geleefd zou hebben als hij die auto wel had meegekregen.

'Ik snap wel waarom de mensen zeggen dat Tyler iets met die auto had uitgespookt, en dat hij helemaal niet ziek was die avond, dat hij deed alsof, want het was natuurlijk zijn Mazda, hij had er sleutels van. Maar Chloe en Tyler waren vrienden – zij kan die sleutels gepikt hebben, of ze zonder dat hij het wist hebben laten bijmaken. Ze hing soms bij hem rond daar in de garage, ze kan best gevraagd hebben hoe je een ABS-systeem uitschakelt.'

Robin deed haar mond open om iets te zeggen, maar Whitehead ratelde door. 'Nu dachten Tylers vrienden en zijn grootmoeder dat wij degenen waren die het gerucht de wereld in hadden geholpen dat Tyler die auto had gesaboteerd, maar dat is beslist niet zo. In de periode vlak na het ongeluk hebben Lucinda en ik dag en nacht aan Hugo's bed gezeten – we hadden geen idee wat er werd gezegd in Ironbridge. Pas later hoorden we wat de geruchten waren, en dat verhaal over die camerabeelden. Maar ik heb nooit begrepen waarom Tyler zoiets gedaan zou hebben. Nooit.'

'Ik heb gehoord,' zei Robin voorzichtig, 'dat hij jaloers was, en dat Anne-Marie eerst zijn vriendin was?'

'Nee, nee, dat was jaren daarvoor.' Whitehead wuifde het idee weg met zijn grote witte hand. 'Toen ze zestien waren of zoiets. Er was geen sprake van dat hij daar kwaad om zou zijn. Maar toen de politie inzag dat het Tyler niet kon zijn geweest die in Birmingham met de auto had geknoeid, leken ze ineens élke vorm van sabotage uit te sluiten. Terwijl die figuur op de film er dus nog wel was.'

Die figuur die misschien een veter strikte.

'Niemand vroeg zich af waarom Chloe Griffiths ineens naar het buitenland was vertrokken,' zei Whitehead. 'Vóór het ongeluk had ze geen enkele belangstelling getoond om weg te gaan uit Ironbridge. En wat de politie nooit serieus heeft genomen: ze had nota bene gedreigd Hugo en Anne-Marie te vermoorden!'

'Echt waar?' zei Robin.

'Ja. Ze had vreselijke ruzie gehad met die twee, heel onaangenaam. Dat hoorden we pas weken na het ongeluk, maar er waren heel veel getuigen. Ze schreeuwde letterlijk: "Ik maak jullie godverdomme af als je er niet mee ophoudt." Tegen allebei.'

'Waar moesten ze mee ophouden?'

'Ze maakten een grapje, een simpel grapje. Ze zeiden dat ze haar vriend in Telford bedroog met Tyler. Het was niet kwaad bedoeld, ze plaagden haar alleen maar. Tyler had Chloe een armband gegeven – daar begon die ruzie door. Hugo kwam helemaal ontdaan thuis. Hij zei dat hij en Anne-Marie haar "muurbloempje" hadden genoemd omdat er bloemetjes op die armband zaten en daar werd ze steeds kwader om, en toen suggereerden ze dat ze haar vriendje bedroog met Tyler. Ik kan alleen maar aannemen dat ze bang was dat haar vriend het te horen zou krijgen, want ze werd echt woest en ging tegen hen tekeer. Zwaar overdreven, maar de hele Horse & Jockey kon meegenieten, alleen heeft niemand de politie verteld dat ze zo agressief werd en ging dreigen, eigenlijk om niks. Ik heb andere mensen die toen in die pub waren gevraagd om hun mond open te doen. Harvey heeft dat ook dringend gevraagd. Maar de politie wilde niet luisteren. "Ach, het was gewoon een ruzietje." Maar om te zeggen, letterlijk te zeggen dat ze ze zou afmaken... Lucinda en ik hebben die meid nooit erg gemogen,' zei Whitehead. 'Je had wel met haar te doen:

geen moeder, tienervader, niet gek dat haar sociale vaardigheden belabberd waren. Ze was nogal stil, nukkig, maar dan kon ze ineens gemeen worden. Ik denk dat ze het gewend was om zichzelf te zien als slachtoffer, en haar vader verwende haar, vond alles goed, en ze verwachtte van de rest van de wereld hetzelfde. Heel knap meisje, maar je voelde altijd dat er onder de oppervlakte iets onaangenaams schuilging. En nu is ze naar het buitenland vertrokken, kwam dat even goed uit. Dáárom wil ik het contact met Griffiths niet verliezen. Ik wil weten wanneer Chloe weer in het land is.'

'Op die manier. Heeft...?' begon Chloe, maar Whitehead overstemde haar.

'De heersende opvatting onder de jongelui, vóór het ongeluk, was dat Chloe net deed of ze Tyler leuk vond. Hij was duidelijk weg van haar, maar zij behandelde hem als een sloofje, ze kleineerde hem en dergelijke. Hij is niet de slimste, maar het is een goeie jongen, en hij was ongelukkig thuis. Zijn vader, Igor, is een gemene kerel, dus was Tyler altijd bij de Griffiths thuis, en voor Chloe was hij nuttig, begrijpt u wel. Hij bracht haar overal heen. En ik denk dat het haar ego streelde om dat schoothondje om zich heen te hebben. Maar op de avond dat ze Hugo en Annemarie bedreigde, heeft ze ontzettend akelige, neerbuigende dingen over Tyler gezegd. Ze maakte meer dan duidelijk dat hij niet goed genoeg voor haar was, en Hugo was geschokt – hij mocht Tyler graag, hij vond hem echt leuk. En daarna praatte Chloe amper nog met hem, vertelde Hugo me, het was alsof ze een vendetta voerde tegen Hugo en Anne-Marie. Hugo probeerde haar tot rede te brengen, maar ze zei dat hij moest oprotten. Onvoorstelbare woede voor zoiets kleins.'

'Chloe vertelde me...'

'*Heb je haar gesproken?*' vroeg Whitehead met een haast griezelige opwinding.

'Alleen per whatsapp. Ze heeft tegen mij gezegd dat ze Tyler niet mag, dat ze aardig tegen hem deed uit medelijden, en ze suggereerde inderdaad dat hij weleens geknoeid zou kunnen hebben met...'

'Daar heb je het al! Zie je nou wel, ze probeert nog stééds om hem de schuld in de schoenen te schuiven. Wie heeft dat vuurtje aangewakkerd, over Tyler? Wie houdt de geruchten gaande? Ik denk dat Chloe dat doet. Tyler was voor haar een wegwerpartikel, een nuttige sul. Ik weet honderd procent zeker dat zij die geruchten dat Tyler zou hebben geknoeid met de auto heeft aangemoedigd. Griffiths heeft zelf toegegeven dat hij het voor het eerst van Chloe hoorde. "Ach, dat zeggen die kinderen, er is vast niks van waar."'

'Weet u of Chloe een alibi had voor die avond?' vroeg Robin.

'Dat wilde de politie niet zeggen. Ze luisterden gewoon niet.'

'Kende u in Ironbridge een zekere Zeta?'

'Zeta? Nee, als ze niet in dat vriendengroepje van Harvey en Hugo zat ken ik haar niet. Hoezo?'

'Zij beweert dat Tyler haar op een bedreigende manier heeft benaderd, nadat hij haar het gerucht over het saboteren van de Mazda had horen herhalen.'

'Ik kan het hem niet kwalijk nemen,' zei Whitehead krachtig. 'Om van zoiets beschuldigd te worden...'

'Ze beweert dat hij haar bijna had aangereden.'

'O, dat is vast niet waar,' zei Whitehead onmiddellijk. 'Nee, nee, dat is niks voor Tyler. Zijn vriend Wynn Jones is een ander verhaal, van hem zou ik het wel geloven, dat is echt tuig van de richel, maar Tyler niet. Weet je, het zou me niks verbazen als hij vermoedt dat Chloe zelf achter dat ongeluk zit. Ik wil hem heel, heel graag vinden, ik wil antwoorden, en hem helpen zijn naam te zuiveren... Ik denk dat we nu snel een einde aan dit bezoekje moeten breien,' zei Whitehead, met een nerveuze blik op de donkere hemel achter het gordijnloze raam. 'Als Lucinda eerder thuiskomt...'

'Natuurlijk. Ik heb nog één vraag. Als Chloe zich door Tyler overal naartoe liet brengen, wil dat zeggen dat ze zelf geen auto had?'

'Nee, maar ze had toch die van haar vader kunnen lenen? Als die niet beschikbaar was, viel ze terug op Tyler.'

'Juist,' zei Robin. Nou, heel hartelijk bedankt voor uw tijd.'

'Weet u,' zei Whitehead toen hij met Robin meeliep de hal in, 'Hugo was dol op hard rijden, niemand zal beweren dat het niet zo is – hij was nog jong – maar nooit onder die omstandigheden, nooit met een passagier. Bovendien,' voegde hij eraan toe terwijl hij Robins jas van een haak pakte en hem aan haar gaf, 'hij wíst dat er storm op komst was. Dat wisten we allemaal.'

'Gecondoleerd met uw verlies.' Robin kon niets anders bedenken om tegen hem te zeggen.

'Laat u het me weten als jullie Tyler vinden?'

'Als we hem vinden, vraag ik of hij het goedvindt dat we u op de hoogte brengen,' beloofde Robin.

Buiten was het fris. Ze liep met grote passen naar de Land Rover en stapte in, haar gedachten bij alles wat ze zojuist had gehoord. Toen haalde ze haar telefoon tevoorschijn en typte ze een nieuw bericht voor Chloe Griffiths.

Hi Chloe, Robin Ellacott hier. Sorry dat ik weer contact met je opneem, maar ik heb een paar vragen waarvan ik denk dat jij de enige bent die ze kan beantwoorden. Ik snap hoe moeilijk dit voor je is, en ik zou je niet opnieuw storen als ik niet dacht dat het belangrijk was.

Na het versturen van het bericht bleef Robin zitten nadenken. Om de een of andere reden schoot de naam Horse & Jockey door haar hoofd, maar ze wist niet waarom. Ze had net Google geopend om het op te zoeken toen het portier naast haar werd opengetrokken. Voordat ze kon gillen werd er een hand om haar keel gevouwen.

103

... mark
What one weak woman can achieve alone.

Matthew Arnold
Merope: A Tragedy

Hij lag boven op haar en duwde haar achterover in de passagiersstoel; ze voelde de handrem in haar rug drukken; ze kon niet gillen omdat hij zijn handen om haar keel had; hij ging op haar zitten en klemde haar vast, en ze voelde haar handtas naar de mat op de vloer glijden...

Hij probeerde haar verder de auto in te duwen, en ze wist dat hij van plan was met haar weg te rijden; ze hoorde zijn telefoon met een plof vallen, zag zijn gezicht in merkwaardig hoekig licht met schaduwen, de ruwheid, de dikke wenkbrauwen...

Ze slaagde erin haar rechterhand onder hem vandaan te bevrijden en greep zijn pols, probeerde die van haar keel weg te trekken, maar met haar linkerhand tastte ze over de vloer, in het donker; het was er, ze wist dat het er was, ze had het vanmorgen nog gecontroleerd voordat ze de deur uit ging...

Haar vingers sloten zich om het plastic, tastten naar het spuitgat, en er verschenen zwarte vlekjes voor haar ogen, maar ze had het...

De eerste keer spuiten raakte hem niet – ze voelde de scherpe lucht om zich heen.

De tweede stoot vloeistof raakte de zijkant van zijn hoofd, en Robin sloot haar ogen.

Ze hoorde hem hoesten, proesten, naar adem happen; de greep op haar keel verslapte; ze spoot nog een keer en hoorde hem vloeken – nu probeerde hij de spray te ontwijken, maar hij zat nog geknield boven op haar...

Met elk beetje kracht dat ze kon verzamelen stompte ze met haar rechterhand blindelings omhoog, en ze hoorde het geluid van knokkels op bot...

Ze opende haar ogen; ze begonnen te tranen door de schadelijke damp die nu zwaar in de lucht hing, maar ze wist waar ze moest richten...

Nog een vlaag en nog een, recht in zijn gezicht...

Ze hapte naar adem en haar longen brandden, maar dat gaf niet: ze schreeuwde harder dan ze ooit van haar leven had geschreeuwd en rukte met beide handen aan dikke plukken van zijn krullende haar.

104

To envenom a name by libels, that already is openly tainted, is to add stripes with an iron rod to one that is flayed with whipping...

Albert Pike
Morals and Dogma of the Ancient and Accepted Scottish Rite of Freemasonry

Strike reed op dat moment over de M4 terug naar Londen. Zijn omweg langs Yeovil en de Quicksilver Mail was zinloos geweest: niemand in de pub had de foto van Tyler Powell herkend.

'Nee, Dave was nogal... spekkig,' had een van de barvrouwen gezegd, waarbij ze een onzichtbare hoelahoep rond haar heupen tekende om de forse omtrek van de verdwenen Dave aan te geven.

Hoe verleidelijk het ook was om te geloven dat Tyler Powell was aangekomen om 'Dave' te worden, het leek Strike onwaarschijnlijk dat hij in een maand tijd een flinke buik had kunnen kweken, dus nadat hij hen allemaal had bedankt was hij teruggekeerd naar zijn BMW en naar Londen vertrokken. Ondanks zijn geprikkelde, opstandige verklaring aan Robin dat hij heus wel een paar uur extra kon rijden, had hij nu kramp in zijn rechterbeen. Bovendien rammelde hij van de honger; de Dirty Boy-burger van Beefy Boys was inmiddels een verre herinnering. De woede die hij nog steeds voelde jegens Ralph Lawrence kwam steeds terug, als brandend maagzuur.

Een kilometer of vijftien voor Londen ging zijn telefoon.

'Met mij,' klonk een paniekerige stem. 'Danny de Leon.'

'Dus je hebt mijn bericht gehoord?' zei Strike. Hij was te moe en had te veel pijn en honger voor een gezellig babbeltje. 'Toen we bij je waren heb ik je gewaarschuwd dat ik dit zonder jou in gang zou zetten als je te lang wachtte om je verhaal te doen tegen de pers.'

'Ik wist niet met wie ik contact moest opnemen,' zei de geagiteerde stem. 'Oké? Ik wist niet hoe je zoiets aanpakt.'

'Dan had je mij moeten bellen om het te vragen,' zei Strike. 'Ik stuur je de gegevens van Fergus Robertson, een journalist die toch al belangstelling heeft voor Branfoot, maar je zult hem nu meteen moeten bellen als je niet de rest van je leven bekend wilt staan als Branfoots criminele knechtje, en denk erom: je moet je verdomd boetvaardig opstellen over wat je hebt gedaan.'

'Hóé moet ik me opstellen?'

'Boetvaardig,' zei Strike luid. 'Beschaamd. Schuldbewust. Als je geen straf wilt krijgen, en als je aan zijn wraak wilt ontkomen, dan moet je nú openbaar maken wat die schoft allemaal uitspookt.'

Strike beëindigde het gesprek en reed verder terwijl hij zich afvroeg of het misschien een beter idee was om bij het eerstvolgende wegrestaurant te stoppen om wat te eten, in plaats van te wachten tot hij terug was in hartje Londen.

Tien minuten later, bij rustplaats Heston, stuurde Strike de contactgegevens van Fergus Robertson per whatsapp naar Danny de Leon, en hij zag dat er nog steeds geen reactie van Robin was op zijn excuusbericht. Vervolgens bezocht hij de toiletten, en na het plassen haalde hij wat te eten, waarbij hij aan niets anders dacht dan zijn eigen neerslachtigheid en de gepaste geluiden die hij zou moeten maken als Robin haar verloving aankondigde.

Toen zijn mobiel weer ging en hij zag dat het Fergus Robertson was, liet hij de voicemail inschakelen. Waarschijnlijk had De Leon zojuist contact opgenomen met de journalist en wilde Robertson van Strike de bevestiging dat het verhaal klopte, maar omdat Strike net aan de beurt was in de lange rij nam hij niet op.

Het verbaasde hem enigszins dat Robertson nogmaals belde terwijl hij wachtte op zijn koffie, en een derde keer toen hij wilde gaan zitten om zijn broodje op te eten.

'Wat nou?' zei Strike toen hij eindelijk opnam.

'Ik probeer je een gunst te verlenen.' Robertsons toon was ongeduldig.

'Dus hij heeft al gebeld?'

'Hè?'

'De Leon. Over Branfoot.'

'Waar heb je het over?'

'Ik... laat maar. Wat voor gunst ga je me verlenen?'

'Culpepper gaat een fucking mega-artikel over je plaatsen. Hoorde ik van een vriend. Hij heeft een nieuwe bron.'

Het was alsof er een bevroren slang door Strikes slokdarm kroop. Hij had gedacht dat het voorbij was, achter de rug, klaar, maar hij wist meteen wie die nieuwe bron moest zijn.

'Kim Cochran?'

'Weet ik niet.'

'Wat voor artikel?' vroeg hij, maar hij wist het al.

'Blijkbaar heb jij een driehoeksverhouding gehad met een hete brunette en Andrew Honbold. Honbold heeft een publicatieverbod geëist om de kranten ervan te weerhouden te schrijven dat hij niet wist of de baby die zijn minnares heeft gekregen van hem is of van jou. Zijn eis is net afgewezen. Wegens algemeen belang: de man die strijdt voor het gezin als hoeksteen van de samenleving bedriegt zelf zijn vrouw.'

'De baby is van hem. Ik ben niet de vader.'

'Oké, nou, als je dat kunt bewijzen, lijkt dit me een goed moment om ermee naar een jurist te stappen,' zei Robertson. 'Het zal wel te laat zijn om dat artikel nog tegen te houden, maar je kunt het laten rectificeren.'

'Oké.' Strike verwonderde zich erover hoe kalm zijn eigen stem klonk. 'Bedankt voor het inseinen.'

Hij stond op, zijn broodje nog ingepakt en zijn koffie onaangeroerd, en strompelde terug naar zijn BMW, waar hij in het donker een poos voor zich uit ging zitten staren. Als dat artikel werd gepubliceerd, was hij zwaar de lul. Dan zouden de journalisten weer neerstrijken in Denmark Street. Elke insinuatie die Culpepper toe nu toe over hem had gedaan zou honderd keer uitvergroot worden. Hij zou Die Kerel zijn die vrouwen van alles aandeed: sekswerker Candy, Nina die hij had geneukt en uitgekotst, Charlotte, dood in bad, Bijou, haar onwettige baby en haar minnaar die streed tegen de roddelpers. Het zou gedaan zijn met zijn bedrijf. Iedereen die voor hem werkte zou erdoor besmet worden.

Hij belde Bijou. Ze nam vrijwel meteen op.

'Heb je het gehoord?' Ze klonk net zo paniekerig als hij zich voelde.

'Ja. Zeg eens eerlijk: heb je aan Honbold toegegeven dat wij het met elkaar gedaan hebben?'

'Nee, nooit! Ik heb het alleen gesuggereéérd tegenover wat mensen op mijn werk, om hem jaloers te maken! Ik heb hem de DNA-tests laten zien en toen zei hij zowaar, gisteren nog, dat het hem speet dat hij aan me had getwijfeld, maar nu...'

'Juist. Jij blijft bij je verhaal dat we nooit iets anders met elkaar gedaan hebben dan een borrel drinken, en ik doe hetzelfde. Niemand kan bewijzen dat het anders is. Ik probeer dit te regelen. Ik moet nu ophangen.'

Hij beëindigde het telefoongesprek. Hij zag maar één mogelijke oplossing voor dit dilemma, en niets anders dan deze extreme situatie zou hem zover hebben kunnen krijgen. Strike zoog zijn longen vol nicotine en belde zijn halfzus Prudence.

105

The night my father got me
His mind was not on me;
He did not plague his fancy
To muse if I should be
The son you see.

A.E. Housman
XIV: The Culprit, Last Poems

Het herenhuis waar Strike een half uur later halt hield was hoog en wit, met zuilen aan weerskanten van de glanzend zwarte voordeur. Toen hij het dicht genoeg genaderd was, zag hij dat de koperen klopper de vorm had van een elektrische gitaar in plaats van de standaardleeuwenkop. Strike koos ervoor om aan te bellen.

Hij hoorde voetstappen en stak zijn hand al in zijn zak voor een visitekaartje, in de verwachting dat een huishoudster of misschien zelfs een butler zou opendoen, maar toen de deur openging stond daar de lange, grijze Jonny Rokeby in hoogsteigen persoon, in een zwart pak met een blauw overhemd, de bovenste knoopjes open.

'Aha.' Hij deed grijnzend een stapje terug om Strike erdoor te laten. 'Kom binnen.'

In zijn jongere jaren, wist Strike, was Rokeby precies even lang geweest als zijn oudste zoon, maar nu was hij wat kleiner. Rokeby had zijn volle bos schouderlang haar grijs laten worden, na het jarenlang paarsig bruin te hebben geverfd. Zijn walnootbruine gezicht was diep gegroefd, ongetwijfeld met dank aan de lange verblijven in zijn vakantiehuis in de Caraïben, en tevens aan jaren vol drugs en drank. In tegenstelling tot zijn oudste zoon was hij erg slank.

'Hierzo,' zei hij, en hij ging Strike voor naar een enorme salon die was ingericht met tinten chocoladebruin en goud. Het voelde vaag vertrouwd, maar in zijn verstrooide toestand zou Strike niet kunnen zeggen hoe dat kwam.

'Pru zegt dat je hulp nodig hebt.'

'Ja,' zei Strike. Iedere cel in zijn lichaam verzette zich ertegen dat te moeten zeggen, maar het was dit of de zekere ondergang van het detectivebureau. 'Ik heb een advocaat nodig die snel kan handelen. Ik betaal zelf, maar ik denk dat jij er sneller een kunt regelen dan ik.'

'Geen punt,' zei Rokeby. Hij haalde zijn mobiel uit zijn zak en toetste een nummer in.

'Denholm, met Jonny. Dringend. Ik ben thuis, bel me.'

Rokeby legde zijn mobiel op de salontafel. 'Die belt zodra hij dit hoort. Borrel?'

'Ik ben met de auto.'

'Wil je alcoholvrij bier? Zelf ben ik van de drank af. Doktersadvies. Ga zitten.'

Strike deed wat hem was opgedragen, op een grote bruine bank die haaks op de stoel van Rokeby stond. Die laatste drukte op een belletje dat op het glazen tafeltje naast hem stond, en er verscheen een Filipijnse vrouw van middelbare leeftijd in een zilvergrijs uniform.

'Kun je ons een paar van die niet-echte biertjes brengen, Tala?'

Ze vertrok, en Rokeby richtte zich weer tot Strike. 'Waar heb je een advocaat voor nodig?'

'Dominic Culpepper probeert weer een verhaal over me te plaatsen.'

'Wat heeft die fucking kerel tegen jou? Waarom...?'

Rokeby's telefoon ging. Hij nam op.

'Ik... Denholm, sorry dat ik je zo laat nog bel... Nee, voor m'n zoon... Nee, Cormoran... Nee, hij heeft je nodig... ja... hij is nu hier. Ik geef hem even.'

Strike nam de telefoon van zijn vader over. 'Goeienavond.'

'Goedenavond,' klonk een droge, deftige stem aan de andere kant van de lijn.

'Ik heb hulp nodig voor een artikel dat Dominic Culpepper van plan is te plaatsen.'

'Over welk onderwerp?'

'Een publicatieverbod aangevraagd door Andrew Honbold, Queen's Council. Hij wilde de kranten beletten een artikel te publiceren waarin wordt beweerd dat hij niet wist of ik de vader was van het kind van een zekere Bijou Watkins. Ik heb nooit een seksuele relatie met haar gehad, zoals zij zal bevestigen, en ik heb een DNA-test waaruit blijkt dat het kind niet van mij is, een test die Honbold heeft gezien. Ik kan u de informatie onmiddellijk toesturen, indien nodig.'

'Heel goed,' zei Denholm. 'Culpepper, zei u?'

'Dat is juist.'

'Goed, ik neem zo snel mogelijk...'

'Geef mij hem nog even,' zei Rokeby luid, gebarend naar Strike.

Strike gaf hem het toestel.

'Denholm? Laat de eikel ook zijn excuses aanbieden voor die bullshit over die hoer.'

'Dat hoeft...' begon Strike.

'Zeg maar tegen fucking Culpepper,' zei Rokeby, met zijn hand wapperend naar Strike, 'dat hij het allemaal terugneemt, anders sleept Cormoran hem voor de rechter. Alles. Ik wil dat die lul zeven kleuren stront schijt... ja... precies... ja. Oké.'

Rokeby hing op. 'Hij belt terug zodra hij contact met hem heeft gehad.'

'Ik had dat andere gedoe er niet bij willen slepen.' Het kostte Strike grote moeite om zijn opvliegendheid in toom te houden.

'Hoezo?' vroeg Rokeby. 'Is het waar dan?'

'Nee, maar...'

De glimlachende huishoudster kwam terug met een dienblad, dat ze op de glanzend geboende mahoniehouten tafel zette. Nadat ze twee biertjes had uitgeschonken en was vertrokken, zei Strike: 'Ik kan me geen jarenlange juridisch strijd veroorloven.'

'Dat gaat geen jaren duren. Denholm regelt het wel. Die eikels doen het in hun broek, want ze weten dat zijn cliënten ze compleet naar de tering kunnen helpen.'

'Maar ik sta er financieel anders voor, dus...'

'Ik beta...'

'Ik wil niet dat jij hier iets van betaalt, dat heb ik je al gezegd. Ik ben hier voor je contacten, niet voor je geld.'

'Kom op, man, laat mij dit nou doen.'

'Nee.'

'Last van je trots?' zei Rokeby, op een toon alsof Strike een seksueel overdraagbare aandoening had.

'Zoiets ja,' zei Strike.

'Betaal het dan van je eigen geld. Dat ligt hier nog steeds op je te wachten.'

'Ik wil het niet.'

'Waarom niet?' vroeg Rokeby, maar voordat Strike iets terug kon zeggen, zei hij: 'Wraak vanwege je moeder? Omdat je denkt dat ik haar geen geld gaf, dat ik haar dwong om in armoede te leven? Ik zal je zeggen waarom ik dat geld niet meer rechtstreeks aan haar overmaakte. Dat was omdat je tante Joan naar mijn kantoor had gebeld om te vertellen dat Leda dat geld over de balk smeet en alleen maar uitgaf aan haar vriendjes en drugs, terwijl jij niet eens fatsoenlijke schoenen had. Leda had kunnen krijgen wat ze wilde als ze had kunnen aantonen dat het voor jou was, maar ze nam nooit de moeite om iets te vragen nadat ik een paar hindernissen had ingebouwd. Te veel gedoe. Maar je hebt toch ook al eerder wat van me geleend?'

'Ik had niks te kiezen als ik aan het werk wilde. Niemand zag een man met één been die nooit een hypotheek had gehad als een goede zakeninvestering,' zei Strike. 'En ik heb het allemaal terugbetaald, mocht je accountant dat niet...'

'Ik weet dat je het hebt terugbetaald, maar fuck man, waarom? Het is jouw geld. Wettelijk van jou. Wat ga je doen als ik de pijp uit ga, die poen verbranden? Aan een fucking ezelopvang schenken?'

'Aan de RNLI, denk ik, de Koninklijke Reddingsmaatsschappij.'

'Voor je oom? Hoe heette hij ook alweer?'

'Ted,' zei Strike.

Er viel een ongemakkelijke stilte, waarin Strike liever niet naar Rokeby keek en daarom zijn aandacht richtte op het gigantische portret van de Deadbeats dat boven de haard hing, een werk van David Bailey.

'Moet je horen, ik wist niet dat Gillespie je opjoeg om dat geld terug te betalen,' zei Rokeby. 'Hij vond het niet leuk wat je over me hebt gezegd toen je het leende, maar ik wist niet dat hij je achter de vodden zat. Hij is nu met pensioen. Ik was blij dat hij ophoepelde, eerlijk gezegd... Ik ben veertig jaar lang compleet van de wereld geweest, liet alles door anderen afhandelen. Daar ben ik verdomme niet trots op.'

'Gillespie interesseert me niet,' zei Strike. 'Ik was sowieso van plan het terug te betalen. Dat heb ik ook gezegd toen ik het leende.'

Er viel weer een korte stilte.

'Jij en Pru zien elkaar nu af en toe, heb ik gehoord,' zei Rokeby.

'Ja.'

'Grappig. Jullie twee lijken van het hele stel het meest op mij.'

'Ik lijk op Ted,' zei een woedende zestienjarige Cormoran Strike door de mond van zijn tweeënveertigjarige zelf, en hij had er meteen spijt van.

'Ik bedoel niet van karakter.' Rokeby leek zich niet beledigd te voelen. 'Ik bedoel dat we zelfstandig iets bereikt hebben. Weet je wat mijn pa was?'

'Politieman,' zei Strike.

'Ja. Fucking politieman! Hij zou jou geweldig gevonden hebben, met het leger en de medailles en alles. Jammer dat hij is doodgegaan voordat hij wist dat hij een echte kerel had voortgebracht. Wij konden elkaar niet uitstaan. Heeft me op straat geflikkerd toen ik vijftien was. Ik moest bij Leo op de bank pitten. Weet je wie Leo is?'

'Je drummer,' zei Strike.

'Ja. Dus heb ik het gemaakt zonder hulp. Net als jij.'

'Ik heb het niet gemaakt zonder hulp,' sprak Strike hem tegen. 'Niet iedereen heeft iemand met een hoop poen die hij kan lenen om een eigen bedrijf te beginnen.'

'Niet iedereen heeft een vriend die Leo heet die voorkomt dat hij op straat moet pitten. Soms zit het tegen en soms heb je mazzel, zo is het leven. Als het tegenzit doe je het er maar mee, en als je mazzel hebt moet je daarvan profiteren, want zo vaak gebeurt dat niet. De hele band is ooit begonnen omdat ik van Leo's ouders daar mocht komen wonen, en moet je nou kijken. Ik heb zo veel huizen waar ik kan slapen dat ik de helft gewoon vergeet... Jij hebt genoeg shit gehad omdat je mij als vader had, dan kun je er nu net zo goed iets positiefs uit slepen. Weet je wat er gebeurt als je een fucking wrok blijft koesteren? Dan krijg je fucking kanker.'

Strike dwong zichzelf om te vragen: 'Hoe gaat het nu? Ik hoorde...'

'Wat, met m'n prostaat?' zei Rokeby onverschillig. 'Goed, zeggen ze. Ik moet steeds op controle komen en alles.'

Er volgde weer een stilte, langer deze keer. Strike dronk nog wat bier.

'Zeg,' zei Rokeby toen. 'Die dag in de studio...'

'Daar wil ik het niet over hebben,' zei Strike, en hij probeerde met zijn gedachten die verdomde advocaat te dwingen om terug te bellen.

'Ik weet dat ik me schofterig gedroeg. Ik had de hele nacht lopen zuipen en had net een lading coke gesnoven om een beetje wakker te worden, want we hadden opnames. Weet je waarom ik er zo fucking belabberd aan toe was? Omdat Jimmy ons de avond ervoor had verteld dat hij fucking aids had. Vuile naalden in het Chelsea, de fucking stomkop. Toen kwam Leda aanzetten, zonder fucking waarschuwing, met jou aan de...'

'Ik zeg toch dat ik het er niet...'

'Ik gedroeg me schofterig, dat geef ik verdomme toe, ja? Naderhand voelde ik me klote. Was niet trots op mezelf. Had ik het beter moeten doen? Natuurlijk had ik het verdomme beter moeten doen. Heb jij nooit iets gedaan waar je je voor schaamt?'

'Zeker wel,' zei Strike. 'Ik kom hier niet om over vroeger te praten, ik hoef geen verontschuldiging. Jij was de enige die me hiermee kon helpen, anders had ik hier nu niet gezeten.'

'Je hebt net zulk haar als Eric Bloom.' Rokeby keek naar zijn haar. 'Weet je wie...?'

'De leadzanger van de Blue Öyster Cult, ja, en ik heb dit haar van mijn grootvader uit Cornwall,' zei Strike.

'Nou ja, hoe kon ik dat verdomme weten?' zei Rokeby. 'Ik wil niet respectloos over haar doen, maar ze was niet erg kieskeurig, Leda, en Eric was degene op wie ze echt een oogje had, dus je snapt dat ik dacht, toen je geboren was...'

'Ik snap het allemaal,' zei Strike met opeengeklemde kaken. 'Laat maar zitten. Het doet er niet toe.'

'Ze gaf je nota bene als tweede naam Blue, man! Toch niet gek wat ik toen dacht? Luister je weleens naar de Blue Öyster Cult?'

'Toen ma nog leefde,' zei Strike. 'Daarna niet meer.'

'Kan ik je niet kwalijk nemen. Maar live waren ze fucking onverslaanbaar. Helemaal top, live, dat moet ik ze nageven. Leda was gek op hun optredens. Ze zei altijd tegen me...'

'Hoezo "ze zei altijd"?' vroeg Strike, tegen zijn zin uit zijn tent gelokt. 'Het was toch eenmalig?'

'Natuurlijk was het niet fucking eenmalig,' zei Rokeby ongeduldig. 'Een keer of twintig denk ik. Of meer. Telkens als ze er was. Heeft ze tegen jou gezegd dat het maar één keer was?'

Strike gaf geen antwoord. Het enige wat Leda hem ooit had verteld over zijn verwekking was dat die had plaatsgevonden tijdens 'het beste fucking feest' dat ze ooit had bijgewoond, en ze had duidelijk gedacht dat hij er trots op zou zijn dat zijn bestaan zijn oorsprong had gevonden in een loft in New York, omringd door rocksterren uit de seventies en hun hordes volgelingen. Haar daaropvolgende woede jegens Rokeby omdat hij weigerde het vaderschap te erkennen totdat hij daartoe werd gedwongen door een DNA-test betekende dat ze zelden zijn naam had genoemd in Strikes jeugd, alleen om op hem te schelden.

'Het was niet eenmalig, het was niet midden in een fucking kamer vol mensen en ook niet op een zitzak,' zei Rokeby geërgerd. 'Het is net als met Marianne Faithfull en die fucking Mars. Mensen verzinnen lulverhalen en willen die graag geloven. Het was in een zijkamertje en er keek niemand toe, want daar kickte ik niet op en zij ook niet. En ik zou verdomme een maand later trouwen met fucking Carla, dus ik moest het wel ontkennen, niet dan? En dat feest was één avond nadat Leda naar een optreden van de Blue Öyster Cult was geweest, dus als jij dan ook nog net zulk haar hebt als Eric...'

'Kunnen we nu ophouden over de vraag met wie mijn moeder al dan niet geneukt heeft?' vroeg Strike met opeengeklemde kaken.

'Mij best,' zei Rokeby schouderophalend. Hij nam nog een slok bier. 'Weet je wat het was met je moeder, ze was grappig. Echt grappig. Dat vond ik leuk. Ik hou van vrouwen met humor. God mag weten waarom ik toen met fucking Carla getrouwd ben, die is ongeveer even grappig als met je voorhuid tussen je rits komen. Hoe komt Leda eigenlijk aan de naam Strike?'

'Dat was een jongen die met de kermis in de stad was,' zei Strike. 'Een week nadat ze met hem was getrouwd is ze bij hem weggegaan.'

'Huh,' zei Rokeby. 'Ik dacht dat ze dat verzonnen had. Dus jij gebruikt de naam van een kerel die je nooit hebt ontmoet?'

'Ik gebruik die naam omdat mijn moeder zo heette. Kunnen we het dan nu...?'

'Luister, ik hoor weleens wat, van de anderen.' Rokeby boog zich naar hem toe. 'Ik weet dat je denkt dat ik het voor de pers doe, zeggen dat wij contact met elkaar hebben, maar dat is niet zo. Ik doe juist mijn best om ervoor te zorgen dat die fucking bladen je met rust laten, want als ze denken dat jij over mij wilt lullen, storten ze zich als een stel jakhalzen op je... Wil je een boterham of zo? Ik wilde net uit eten gaan eten toen Pru belde dat je zou komen. Ik zou wel wat lusten.'

Strike voerde een korte strijd met zijn extreme honger, want hij had verdomme dat broodje in Heston onaangeroerd laten liggen door deze hele toestand.

'Ja, ik zou ook wel wat lusten,' zei hij met tegenzin.

Rokeby drukte weer op het belletje en zei toen: 'Pru zegt dat jij geen kinderen wilt.'

'Klopt,' zei Strike.

'Ik was veel te jong toen ik mijn eerste kreeg. Ik begreep niet wat het inhield. En de kinderen die daarna kwamen heb ik verwend. Ed zit weer in een fucking afkickkliniek,' verzuchtte Rokeby. 'Maar waarom moet die eikel van een Culpepper jou eigenlijk hebben?'

'Ik heb aangetoond dat zijn vrouw vreemdging.'

'Hm.' Rokeby nam een slokje van zijn bier. 'Heb jij iemand? Een vrouw?'

'Nee.'

'Ik vond het heel erg, van Charlotte.'

'Ach, ja,' zei Strike.

'Bloedmooi maar knettergek. Ik heb het zelf meegemaakt. Carla was ook zo. Op een dag word je wakker en denk je: ja, goeie tieten en een mooi gezicht, maar wat een vreselijk mens is het eigenlijk. Maar later heb ik toch nog de juiste gevonden. Jenny en ik zijn al sinds 1981 samen, wist je dat?'

'Ja, dat wist ik.' Strike koos ervoor om niet te zeggen dat er mensen waren die Rokeby's derde huwelijk niet als een onverdeelde triomf zouden aanduiden, gezien zijn veelvuldige, volop gepubliceerde ontrouw.

'Drie keer bij me weggegaan en weer teruggekomen,' zei Rokeby. 'Wij horen bij elkaar, zo simpel is dat. Ze zit nu in Australië, als producent van een of andere film...'

Strikes mobiel ging, en hij nam op toen hij Robins naam zag. 'Hé, alles goed?'

'Ik... jawel,' zei ze, maar hij hoorde hoe gespannen het klonk. 'Met mij wel, maar ik ben op een politiebureau.'

'Wat?'

'Die man die me heeft bedreigd met de maçonnieke dolk...'

'Wat?' Hij kwam overeind en liep naar de deur van de salon; hij kon niet stilzitten terwijl hij hiernaar luisterde.

'Ga alsjeblieft... alsjebliéft niet tegen me schreeuwen,' zei Robin, en Strike kon horen dat ze huilde. 'Alsjeblieft. Ik weet dat ik het verkloot heb. Ik zag niemand achter me op weg naar Beaconsfield, maar ik had de auto moeten controleren. Hij had er een tracker op geplakt.'

'Gaat het echt wel?' vroeg Strike, al ging het duidelijk niet goed met haar, en hij wist niet waarom hij zoiets doms zei.

'Ja. Hij had geen mes, hij probeerde me... te ontvoeren of zo, hij stapte bij me in de auto...'

'Hoe weet je dat het diezelfde kerel was?'

'Hij had weer dat groene jack aan.' Robin vocht tegen de tranen. 'Maar ik heb de spray gebruikt, en zo heb ik hem van me af gekregen, en er kwam een man de straat in die me hoorde gillen en die heeft me geholpen, hij trok hem van me af en hield hem in bedwang en belde de politie.'

'Jezus!'

'Ik heb net een verklaring afgelegd en hij wordt verhoord. Op zich kan dit nog gunstig uitp...'

'Hoe kan dit verdomme gunstig uitpakken?'

'Schreeuw alsjeblieft niet tegen me!' schreeuwde Robin.

'Sorry, sorry, ik...'

'Hij is nu tenminste in hechtenis genomen. En Strike, hij heeft krullen. Het zou Oz kunnen zijn. Misschien is het nu afgelopen. Volgens zijn rijbewijs heet hij Wade King, maar meer weet ik niet. Ik bel je terug als ik meer weet. Ze willen dat ik hier blijf wachten tot ze hebben gehoord wat hij te zeggen heeft.'

'Oké, op welk bureau zit je? Dan kom ik je halen.'

'Dat hoeft niet, Ryan komt al.'

'Oké, nou... hou me op de hoogte... Goddank had je die fucking spray.'

'Ik zal waarschijnlijk wel moeten verklaren waarom ik die in mijn tas had,' zei Robin afwezig. 'God mag weten wat ik daarop moet zeggen. Ik spreek je straks.'

Ze hing op. Strike stond in de hal met de houten lambrisering naar een vlindermandala van Damian Hirst te staren zonder die echt te zien. Toen hij weer bij zijn positieven kwam, liep hij terug naar de salon.

'Alles goed?' vroeg Rokeby.

'Ja. Dat was mijn collega.'

'Robin?'

'Ja.'

'Pru vindt haar leuk. Robin is een goed mens, zegt ze.'

'Dat klopt.'

'Pru vindt dat jullie bij elkaar horen.'

'Je meent het.'

'Ja. Ze denkt dat je verliefd bent op Robin. Niet zeggen dat ik dat gezegd heb, dan wordt ze kwaad.'

De deur van de salon ging open en de huishoudster kwam binnen met een ander dienblad, deze keer beladen met driedubbele sandwiches en vers bier.

'Hoe wist je...?' begon Rokeby.

'Ik ben ze gaan maken toen ik hoorde dat u niet uit eten ging,' zei ze met een glimlach.

'Jij bent je fucking gewicht in goud waard, Tala,' zei Rokeby. 'Dank je wel, schat.'

'Je kunt ook gewoon uit eten gaan, hoor,' zei Strike. 'Laat je door mij niet tegenhouden.'

'Ik had al geen zin,' zei Rokeby met volle mond terwijl de huishoudster weer vertrok. 'Ik heb een schijthekel aan mijn schoonzoon. De nieuwe man van Danni, maar niet tegen Danni zeggen, hè.'

'Ik heb geen contact met haar,' zei Strike.

'Hij is een hoge pief in de pr,' zei Rokeby. 'En een irritante etter.'

Strikes sandwich was erg lekker. Samen aten ze even in stilte, en opeens besefte Strike waar de salon van Rokeby hem aan deed denken: de bar van het Ritz waar Robin en hij voor de deur bijna hadden gezoend.

Toen vroeg Rokeby: 'Mag ik je een goede raad geven?'

'Nee,' zei Strike, en Rokeby moest lachen.

'Ik heb ook de pest aan fucking advies van anderen, daarom moet ik die vent van Danni niet. Komt de hele tijd aanzetten met zijn pr-perspectief, en dan zegt ie: "Deze is gratis, Jonny." Vandaag of morgen vraag ik hoeveel hij rekent om zijn fucking bek te houden. Ik wou alleen maar zeggen dat er uiteindelijk maar één ding belangrijk is, en dat is dat je met een fijn iemand samen bent. Dat heb ik door schade en schande geleerd. En er zijn niet zo veel fijne mensen als je denkt. Mensen die deugen.'

Even werd Strike teruggevoerd naar het afscheid van Ted, en Polworth die zijn bier naar het plafond had geheven. *Een man die deugde, Ted.*

'Laat Robin niet gaan, als zij is wat je wilt,' zei Rokeby. 'Daarvoor is het leven te kort.'

De mobiel op het tafeltje ging en hij nam op.

'Denholm.' Rokeby gaf Strike de telefoon weer.

'Met Strike,' zei de detective.

'Ik heb de krant laten weten dat u onomstotelijk bewijs hebt dat u niet de vader bent,' zei de deftige stem aan de andere kant van de lijn.

'Ik zal het u nu toesturen.'

'Dat hoeft niet, hij geloofde me op mijn woord,' zei Denholm. 'Hij weet uit ervaring dat dat de verstandigste, goedkoopste route is. Ik heb ook gezegd dat u niet het bed hebt gedeeld met deze vrouw en dat u juridische stappen zult ondernemen als uw naam wordt genoemd. Over die andere kwestie: er wordt met de journalist gesproken voordat er wordt besloten het verhaal in te trekken. Ik heb begrepen dat Culpepper volhield dat het verhaal van de vrouw in kwestie klopte, maar als ik hoor hoezeer er wordt geblunderd, denk ik dat zijn baas destijds al zijn bedenkingen gehad moet hebben. Ik heb uiteraard duidelijk gemaakt dat de schadevergoeding die u tegemoetziet toeneemt met elke dag dat zij weigeren excuses te maken, gezien de schade die is berokkend aan uw reputatie, en de gevolgen voor uw levensonderhoud.'

'Dank u wel,' zei Strike. 'Ik wil dat u mij hier de rekening voor stuurt, niet mijn vader.'

'Ik ben niet goedkoop.' Denholm klonk licht geamuseerd.

'Zo te horen kan ik een deel betalen van de schadevergoeding.'

'Als het goed is wel,' zei Denholm. 'U hoort weer van mij zodra ik weet wat ze hebben besloten over jongedame Candy, maar het babyverhaal is definitief de kop in gedrukt. Van de site gehaald, en er is met spoed een herdruk onderweg.'

Voor de tweede keer in evenveel weken voelde Strike een bijna duizeligmakende opluchting. Hij gaf Rokeby zijn telefoon terug.

'Opgelost?'

'Ja,' zei Strike.

'En dat verhaal over de prostituee?'

'Wordt aan gewerkt,' zei Strike. Met enige moeite voegde hij eraan toe: 'Dank je wel. Ik ben hier blij mee.'

'Ik heb niks gedaan, alleen even iemand gebeld,' zei Rokeby. 'Stelt niks voor. Kun je iets voor me terugdoen?'

'Wat dan?'

'Ik wil contact met je houden. Niet voor mijn fucking imago, dat gezeik heeft er niks mee te maken. Ik vind het niet fijn dat ik je niet ken. Je bent verdomme mijn eigen vlees en bloed. Ik weet dat ik me schofterig heb gedragen, oké? Ik weet dat ik het niet kan terugdraaien, niet alsnog de pappie kan uithangen, maar ik ben nu oud. Je denkt niet dat je dat ooit zult halen, als je hebt geleefd zoals ik, ik had allang de pijp uit moeten zijn, maar ik ben oud en ik wil niet doodgaan zonder jou gekend te hebben. Je vindt dat ik niet het recht heb om trots te zijn, maar toch ben ik dat. Ik ben trots op jou.'

Rokeby's bloeddoorlopen ogen stonden nu vol tranen.

'Je hoeft niks van me aan te nemen, ik probeer je niet om te kopen, ik weet dat je het eerder ook niet fijn vond dat ik je geld aanbood. Ik wil je alleen maar leren kennen. Gewoon een biertje drinken of zo, niet in het openbaar. Nog een biertje, maar dan zonder dat er zo'n fucking journalist achter je aan zit. Eén biertje.'

Strike keek hem een paar tellen aan, in tweestrijd, en zei toen: 'Ja, mij best. We doen een biertje.'

DEEL 9

Reasoning from the trend of the cavern, he came to the conclusion that somewhere on that further side there were openings...

John Oxenham
A Maid of the Silver Sea

106

Who prop, thou ask'st, in these bad days, my mind?

Matthew Arnold
To a Friend

Wat Robin ook bleef volhouden tegenover Murphy, het ging niet 'goed', 'prima' of 'echt oké' met haar. De tranen zaten hoog. Ze zag steeds het gezicht van haar belager voor zich, vervormd door die rare hoekige schaduwen in het schuin invallende licht van de lantaarnpaal. Het was alsof ze sterke handen voelde die haar keel dichtknepen. Slikken deed pijn. Als ze in de spiegel keek, zag ze de donkere, grijzig blauwe plekken in haar hals; bij het douchen zag ze ook plekken op haar heup en buik, waar haar belager zijn knie op haar lichaam had gezet. Ze had flashbacks van de man die haar bijna had vermoord toen ze negentien was, met het gorillamasker op een paar centimeter van haar gezicht, het witte vitiligovlekje onder zijn oor dat haar was opgevallen en waarover haar vertrouwenspersoon bij de politie haar later had verteld dat het van doorslaggevend belang was geweest bij de identificatie en veroordeling van de dader. Het twintig centimeter lange litteken op haar onderarm leek te tintelen en herinnerde haar aan nóg een andere man die haar had aangevallen, vanuit het donker.

Als ze deze verhalen aan een vreemde zou vertellen, zou die zich afvragen hoe het in hemelsnaam mogelijk was dat ze te maken had gekregen met drie verschillende mannen die van plan waren geweest haar te wurgen of neer te steken, en dan had ze nog niet eens verteld dat ze was bedreigd met een pistool, of aangerand door een sekteleider. Die ander zou denken dat ze loog, dat ze hengelde naar aandacht. Het was absurd. Belachelijk. Zulke dingen gebeurden niet. En als ze gebeurden, dan in elk geval niet bij een en dezelfde vrouw. Wat deed zij om dit aan te trekken? Wat was er mis met haar?

Zij was de zwakke schakel. Zij was degene die het makkelijkst te intimideren was. Ze zou de rest van haar leven haar geschiedenis van slachtofferschap met zich meedragen, en iedereen kon het zien en tegen haar gebruiken.

Dat alles kon ze niet tegen Murphy zeggen. Ze mochten niet allebei tegelijk een enorme werkcrisis doormaken. Als hij zich nu al zorgen om haar maakte, terwijl ze hem nog niet eens de helft had verteld – nee, ze had hem niet eens een honderdste verteld van wat er speelde – dan kon Robin zich al voorstellen wat hij zou zeggen als hij wist dat Groen Jack haar minstens twee keer eerder was gevolgd, haar had bedreigd met een mes en, zo wist ze bijna zeker, een rubberen gorillaatje in de hand had gedrukt bij Harrods. Ze kon Murphy niet vertellen dat haar belager vrijwel zeker een van Branfoots voormalige foute hulpjes was, want dat zou rechtstreeks leiden naar Malcolm Turnbull, naar de politie en de vrijmetselarij, en als ze Murphy vertelde dat ze was gevolgd door een tweede man in een Honda Accord, of dat er op kantoor dreigtelefoontjes waren binnengekomen, dan zou hij alleen maar kwaad worden. *Waarom heb je me dat niet verteld?*

En het antwoord op die vraag was eenvoudig: omdat hij dan gezegd zou hebben dat ze ermee moest ophouden zichzelf steeds opnieuw dat trauma aan te doen; dat ze de baan moest opgeven waarin ze dat litteken en de blauwe plekken had opgelopen, de slapeloosheid en de nachtmerries. Dat advies zou ongetwijfeld ieder mens met gezond verstand haar geven. Murphy zou willen dat ze weer in haar schulp zou kruipen, zich zou afzonderen zoals na die vernietigende verkrachting, toen ze bijna niet meer in staat was geweest het huis uit te gaan. Hij begreep niet dat deze baan haar een gevoel van eigenwaarde had teruggegeven dat ze op haar negentiende had verloren. Naast al het andere dat de meest recente aanval haar had bezorgd, had die haar ook gedwongen om het grimmige feit onder ogen te zien dat ze nog liever al het andere zou opgeven, ook Murphy, dan het detectivebureau. Dat besef maakte dat ze huiverig was om met een therapeut te gaan praten. Ze wilde niet dat de keuze voor haar carrière geanalyseerd zou worden en ze wilde niet weer opnieuw de verkrachting beleven, met een doos tissues binnen handbereik en een knikkende psycholoog die aantekeningen maakte.

Intussen had Strike erop gestaan, aan de telefoon, dat Robin een poosje vrij nam. Ze hadden er ruzie over gemaakt. Robin was doodsbang dat ze haar appartement niet meer uit zou durven als ze te lang thuis bleef zitten.

Wat Robin niet wist was dat Murphy Strike had opgebeld, de dag na het incident in Beaconsfield. Het was een kort en bot gesprek geweest. Murphy had Strike verteld dat Robin er slecht aan toe was, Strike had gezegd dat hij het prima vond als ze vrij nam zo lang als ze wilde, en zijzelf was degene geweest die erop had gestaan het te beperken tot vijf dagen.

'Na Chapman Farm heeft ze maar één week vrij gehad,' zei Murphy op beschuldigende toon.

'Wat ook haar eigen keuze was,' zei Strike.

Maar toen het gesprek beëindigd was bleef Strike, die in zijn BMW het kantoor van De Ezel in de gaten hield, achter met een toegenomen bezorgdheid over Robins mentale gezondheid. Hij had Murphy niet nodig om hem te vertellen dat Robin langer vrij had moeten nemen na haar vertrek bij de sekte waar ze het voorafgaande jaar had geïnfiltreerd, en niemand hoefde hem iets te leren over PTSS, want daar had hij zelf ook aan geleden.

Hij hoorde een bezitterigheid in Murphy's toon die nog nooit zo duidelijk was geweest, ongetwijfeld omdat Robin en hij nu officieel verloofd waren, en daardoor was Strike extra kortaf geweest, misschien meer dan anders het geval zou zijn. Desalniettemin had het telefoontje het gewenste effect gehad: het had Strike eraan herinnerd dat hij ethische verantwoordelijkheden had ten opzichte van Robin, ook al was ze nu partner in de firma en niet langer werknemer.

Die overpeinzingen maakten dat Strike zijn volgende gesprek met Robin benaderde met een tact waarvan hij zelf wist dat hij er over het algemeen niet om bekendstond. Toen zich die woensdag een smoes voordeed om contact met haar op te nemen, belde hij vanaf kantoor.

'Ik heb nieuws.'

'O, mooi,' zei Robin. 'Ik verveel me zo dat ik naar de begrotingsplannen zit te kijken.' Dat was niet helemaal waar. Op Robins tv, waarvan het geluid uit stond, richtte de minister van Financiën zich weliswaar tot het parlement, maar in werkelijkheid had Robin zich beziggehouden met een oude, amateuristische website met meldingen van mensen die Reata Lindvall nog gezien zouden hebben na de veronderstelde moord op haar.

'Nou, ten eerste: Barclay heeft De Ezel te pakken. Foto's van hem waarop hij een hotel uit komt met een blondine in een minirokje en met kilo's make-up op haar gezicht.'

'Mooi. Weet de vrouw van De Ezel het al?'

'Ja, en ik denk dat ze hem compleet kaal gaat plukken, dus het zal nog wel een paar jaar duren voordat hij ons weer kan inschakelen om zijn schaduwkick te bevredigen. Maar ik heb nog beter nieuws. Raad eens wie er vrijdag met me wil afspreken?'

'Nou?'

'Rare man van de tv. Doet vaak mee aan quizjes. Betaalt om pornosterren te laten omleggen.'

'Dat meen je niet.'

'Echt wel. En het wordt nog beter. Hij wil me trakteren op een etentje in The Goring Hotel.'

'Waarom?'

'Slijmerig charmeoffensief. Zijn politiecontacten zullen hem inmiddels wel verteld hebben dat William Wright niet Jason Knowles was, dus ik zou zeggen dat hij nu nog banger is dat wij ons met die zaak bemoeien. Ik belde vanmorgen naar zijn kantoor om te zeggen dat ik het met hem wilde hebben over de regelgeving voor detectivebureaus, na zijn commentaar in de pers. "O, maar natuurlijk, wat een puik idee."'

'Hij zei niet "puik".'

'Wel. En hij gebruikte ook "voortreffelijk".'

'Dat verzin je.'

'Wacht, er komt nog meer. Ik zei dat ik mijn collega-detective wilde meebrengen, en het zou hem een grote eer zijn.'

'Fantastisch, ik moet verdorie dringend mijn huis uit,' zei Robin enthousiast, en dat was precies de reactie waarop Strike had gehoopt. 'The Goring Hotel... daar verblijven al die koningen en koninginnen toch als ze in Londen zijn?'

'Ik denk dat het zijn bedoeling is dat we zwaar onder de indruk zijn.'

'Waarom wil hij met ons aanpappen?'

'Ik denk dat hij zich wil presenteren als een man die absoluut niets tegen ons persoonlijk heeft, alleen een beroepsmatig belang bij het reguleren van de bedrijfstak. Ik verwacht ook wel dat hij hoopt dat we hem alles vertellen wat we weten over lijken in zilverkluizen terwijl we daar aan de kreeft thermidor zitten.'

'Ik houd niet van kreeft.'

'Dan bestel je het en laat je het onaangeroerd liggen. Hij betaalt,' zei Strike en Robin moest lachen. 'Laten wij wat eerder afspreken daar in de bar, om onze strategie helder te krijgen.'

'Heel goed,' zei Robin. 'Wat ben je nu aan het doen?'

'Ik zit weer op het darkweb.'

'Waarvoor?'

Strike betwijfelde of haar psychologische toestand goed genoeg was om te horen dat hij weer executievideo's van IS had zitten kijken, dus koos hij ervoor het meest aanvaardbare gedeelte van de waarheid te vertellen.

'Het heeft me bijna twaalf uur gekost, maar ik geloof dat ik heb gevonden waar Rena Liddel onlineadvies heeft gevraagd over het kopen van een vuurwapen. Ze noemde zich daar ook Mirbat. Ik dacht dat ze vast ergens te vinden moest zijn. Als ze mij, een wildvreemde, al om een pistool vroeg, waarom zou ze het dan niet openlijk op internet gooien? Afijn, ze legde vluchtig contact met een kerel die zei dat hij haar misschien wel kon helpen en ze gaf hem doodleuk haar telefoonnummer. Ik heb zo'n gevoel dat hij niet was wie hij zei dat hij was. Ik denk dat hij speciaal daarheen gegaan is om haar in de val te lokken.'

'Waarom?'

'Zijn interpunctie en spelling waren te goed en hij stelde gewiekste vragen. Hij zal wel teleurgesteld zijn geweest over wat hij uit haar heeft losgekregen, want toen ze de kans kreeg om aan een wapen te komen, vroeg ze of het eigenlijk niet verkeerd was om mensen te doden. Ik denk niet dat die lui genoeg reden hebben om haar lang in een psychiatrische inrichting op te sluiten. Ik heb een bericht ingesproken op haar mobiel.'

'Lijkt het je wel...?'

'Slim om achter haar aan te gaan? Zal MI5 dat vervelend vinden? Zal Ralph Lawrence pissig worden omdat ik niet snel mijn hielen heb gelicht, zoals hij me had opgedragen?'

'Ja, al het bovenstaande,' zei Robin.

'Hij heeft me verdomme met de trap naar het fucking dak van die pub laten komen om zijn punt te maken. Ik overtreed geen enkele wet door dat nummer te bellen.'

'Dat weet ik wel, maar...'

'Hij draagt een pilotenbril. Discussie gesloten.'

Tegen beter weten in begon Robin weer te lachen.

'Heb jij nog nieuws?' vroeg Strike.

'Niet veel.' Robin haalde diep adem omdat haar volgende woorden nonchalant en terloops moesten klinken. 'Die vent die me in Beaconsfield te lijf ging is onder borgstelling vrijgelaten.'

'Shit,' zei Strike.

Hij had geweten dat het zou gebeuren, maar het stond hem helemaal niet aan, en hij stond er even bij stil dat een bepaald type criminelen veel te soepel werd behandeld door het strafvervolgingssysteem, een standpunt dat in zijn adolescente jaren was gevormd doordat hij had moeten aanzien hoe zijn stiefvader herhaaldelijk geweld pleegde, om vervolgens vrijgelaten te worden onder voorwaarden waaraan hij zich niet hield.

'Hebben ze je nog wat nieuws over hem verteld?'

'Niet echt,' zei Robin. 'Ze schijnen nog steeds te denken dat ik een willekeurig slachtoffer was, ook al heb ik verteld over de andere keren dat ik hem had gezien.'

'"Keren"? Meervoud?' vroeg Strike op scherpe toon.

'Ga nou niet weer beginnen,' zei Robin, 'maar ik... ik heb hem zaterdag gezien, voor mijn appartement.'

Strike wist zich er met de grootst mogelijke moeite van te weerhouden om te 'beginnen' door zichzelf eraan te herinneren dat hij zich zaterdag schofterig had gedragen tegen Robin, wat waarschijnlijk de reden was dat ze hem niet had teruggebeld om te vertellen dat Groen Jack op de loer lag.

'Dus hij weet waar je woont?'

'Ja,' zei Robin. 'Weet je nog, die rubberen gorilla en de maçonnieke dolk die hij naar me toe gooide?'

'Ja, gek genoeg zijn die me allebei wel bijgebleven.'

'Ik heb ze thuis bewaard in diepvrieszakjes. Dat heb ik de politie verteld, maar er is nog niemand voor langsgekomen. Ze lijken daar te denken dat het een opportunist of een stalker is, in plaats van iemand die mij wil beletten onderzoek te doen. Ze waren niet erg geïnteresseerd toen ik zei dat er zaterdag een man met hetzelfde jack voor mijn appartement had gestaan.'

'Kan Murphy er verdomme niet voor zorgen dat ze dit serieuzer nemen?'

'Hij heeft gedaan wat hij kon,' loog Robin.

'Dus dat is alles wat ze je over hem hebben verteld, dat hij onder borgstelling is vrijgelaten?'

'En dat hij in een heel ander deel van Londen woont dan ik. Ik denk dat dat me een veiliger gevoel moest geven – maar omdat hij dus duidelijk weet waar ik woon, is dat niet echt gelukt,' gaf Robin toe. 'Maar goed, alle voorwaarden voor zijn vrijlating zijn van toepassing: hij mag niet van adres veranderen, hij mag geen contact met me opnemen en hij moet zich elke week melden bij de politie.'

'Ja, dat zal hem wel tegenhouden,' zei Strike te snel, voordat hij besefte dat dat nu misschien geen handige opmerking was. 'En die oudere man in de Honda Accord? Heb je die nog gezien?'

'Niet sinds ik jou over hem heb verteld.'

'Oké, nou, we moeten bespreken hoe we dit soort dingen vanaf nu gaan aanpakken.'

'Hoe bedoel je?'

'Dat weet je best,' zei Strike.

Hij had expres voorgesteld dat ze mee zou gaan naar het etentje bij

The Goring Hotel voordat hij aan dit deel van het gesprek begon; daarmee wilde hij haar geruststellen dat ze niet van het onderzoek werd uitgesloten. Het gebrek aan reactie aan de andere kant van de lijn maakte Strike duidelijk dat Robin vol spanning afwachtte wat hij zou gaan zeggen, maar de tijd van uitvluchten en een softe aanpak was voorbij. Hij zou niet zo kwaad worden als laatst in Ironbridge, maar hij deinsde ook niet terug voor wat hij wist dat zijn plicht was, of Robin het nu leuk vond of niet. Het nieuws dat de man in het groene jack hardnekkiger was geweest dan Strike tot dan toe had geweten had ruimschoots zijn mening bevestigd dat er strengere beveiligingsmaateregelen genomen moesten worden.

'Iemand, waarschijnlijk Branfoot, probeert ons af te schrikken, en ze gebruiken jou als doelwit,' zei Strike.

'Omdat ik...'

'Omdat ze menen een kwetsbare plek gevonden te hebben,' zei Strike vastberaden. 'En als je tegenstander een kwetsbare plek heeft gevonden, dan blijf je die niet aan hem presenteren, dan verdedig je die. Jij bent letterlijk de beste met wie ik ooit heb gewerkt. De állerbeste. Maar jij schrok er ook niet voor terug om tegen mij te zeggen dat ik niet kon werken toen ik op krukken liep, en nu zeg ik dat tegen jou. Geen openbaar vervoer, geen afgelegen locaties en zéker niet 's avonds laat in je eentje op pad. Geen enkele keer, tot deze zaak is afgerond.'

'Maar...' zei Robin, die tranen in haar ogen had gekregen toen Strike zei dat ze de beste was met wie hij ooit had gewerkt.

'Geen gemaar. We hebben deze discussie al eerder gevoerd. Als je niet flink geschrokken bent van dit alles, dan klopt er verdomme iets niet. Het betekent niet dat je niet kunt werken, alleen ga je een tijdje anders werken.'

'Maar Strike, ik kan niet stoppen met avondklussen. Als Plug en zijn vrienden wraak plannen op die man in Carnival...'

'Er is tot nu toe niks gebeurd, en het kan ook een kletsverhaal zijn. Luister.' Het kostte Strike enige trots om toe te geven dat hij haar woorden had onthouden. 'Jij zei toen dat je me niet kwijt wilde. Nou, ik wil jou ook niet kwijt.'

Deze keer kon Strike het niet horen, want ze had haar hand tegen haar mond gedrukt, maar Robin huilde weer. De warme tranen drupten langs haar vingers, en ze vertrouwde haar eigen stem niet.

'Dat heb ik je nog niet verteld,' zei Strike. 'Ik was bij Rokeby toen je vrijdag belde.'

'Waar?' Robins stem klonk een beetje verstikt.

'Bij Rokeby.'

'Wat is dat, een restaurant?' Het kostte Robin moeite om het normaal te laten klinken.

'Nee, bij Jonny Rokeby, de man die de helft van mijn DNA heeft geleverd. Mijn vader, zo je wilt.'

'Wát?' vroeg Robin, afgeleid door deze informatie, precies zoals Strike had gehoopt. 'Echt? Waarom? Hoezo?'

Toen Strike klaar was met zijn uitleg vroeg Robin verbijsterd: 'Dus je hebt beloofd wat met hem te gaan drinken?'

'Ik had weinig keus, hè? Nadat hij me uit de brand geholpen had. Maar als je vandaag in de krant kijkt, zul je een rectificatie zien, en excuses voor het Candy-verhaal. Weggestopt op pagina zestien, maar toch.'

'Wauw.' Robin had haar gezicht drooggeveegd met haar mouw en voelde zich – zelfs na de haar opgelegde nieuwe werkomstandigheden – een stuk beter dan aan het begin van het gesprek. Het had iets vreemd geruststellends om eraan herinnerd te worden dat ook Strike inschattingsfouten had gemaakt die niet alleen slecht waren geweest voor zijn gemoedsrust, maar ook voor zijn vermogen om zijn werk te doen.

'Wat vond je van hem?' vroeg ze. 'Ik bedoel, nu je hem voor het eerst echt ontmoet hebt?'

'Ik vond hem ietsje aardiger dan ik had gedacht,' gaf Strike toe. 'Hij was eerlijker dan ik verwachtte, over zijn leven. Ik zou niet enorm mijn best doen om nog eens met hem af te spreken als ik in de kroeg met hem aan de praat was geraakt, maar hij was wel oké.'

'Dat is fijn,' zei Robin. 'En ik ben heel blij met dat excuus voor Candy.' Ze nam zich voor om dat bij haar moeder onder de aandacht te brengen.

'Maar goed,' zei Strike, 'ik wil dus dat je vrijdag een taxi neemt naar The Goring Hotel en terug, oké? En er is iets wat je intussen vanuit huis kunt doen, iets waar ik geen tijd voor heb. Ik heb De waarheid over vrijmetselaars en Abused and Accused uitgeplozen op zoek naar gebruikersnamen, vragen of persoonlijke gegevens die op allebei de sites voorkomen, vooral van mensen die iets hebben geplaatst voor of rond juni vorig jaar, maar ik heb niks gevonden. Het zou fijn zijn als je die sites grondig en systematisch kunt uitpluizen.'

'We weten niet of Wright ooit iets op een van die sites heeft geplaatst,' zei Robin, die vermoedde dat ze een opdracht kreeg die waarschijnlijk niks zou opleveren, alleen om haar bezig te houden, veilig in haar appartement. 'Misschien heeft hij er alleen een kijkje genomen. En hoe groot is de kans dat hij op allebei die sites dezelfde gebruikersnaam zou nemen?'

'Als hij slim is, heeft hij dat niet gedaan,' gaf Strike toe, 'maar het is het proberen waard.'

'Goed,' verzuchtte Robin. 'Ik kijk ernaar.'

'Het zou ook fijn zijn als je wat meer druk kon uitoefenen op Tish Benton, want we lopen helemaal vast met Fleetwood.'

'Ik houd haar Instagram in de gaten,' zei Robin. 'Ze heeft het goed naar haar zin, vliegt van het ene naar het andere Clairmont-hotel.'

'Zei je Clairmont?'

'Ja. Je weet wel, dat is een heel grote, luxe keten. Het stond in een hashtag onder een van de foto's die ik je heb laten zien, op haar Instagram.'

'Aha,' zei Strike. 'Dat had me moeten opvallen.'

'Hoezo?'

'Het oorspronkelijke Clairmont-hotel was van de overgrootvader van Charlotte. Haar moeder heet van geboorte Tara Clairmont. Ik geloof dat ze nog steeds in de raad van bestuur zit.'

'O,' zei Robin.

'Dat lijkt me een merkwaardig toeval,' zei Strike, maar toen Robin niet reageerde, zei hij dat hij maar eens moest ophangen. Hij vroeg zich af waarom ze hem niet had verteld dat ze verloofd was, en kwam tot de conclusie dat ze waarschijnlijk wachtte tot ze het hem persoonlijk kon vertellen.

Het noemen van Charlottes naam had Robin een rare steek in het hart bezorgd die ze niet kon verklaren, maar ze wilde zich er ook niet echt over buigen. Het was alsof ze één bonk zenuwen was, en ze moest zichzelf nodig tot de orde roepen, niet zo gevoelig en schrikachtig zijn, zeker niet nu Strike erin was geslaagd haar op te beuren. Toch huilde ze nog even nadat hij had opgehangen.

Ze liep een beetje onvast naar de keuken om keukenpapier te pakken, waarmee ze haar ogen droogde en haar neus snoot, en ze hield zichzelf voor dat het echte probleem was dat ze moe was. Terug op de bank boog ze zich weer over de website rond Reata Lindvall, die in geen jaren was bijgewerkt.

De kop boven de pagina luidde ERIC MAES HEEFT TIEN JAAR VASTGEZETEN VOOR EEN MISDAAD DIE HIJ NIET HEEFT GEPLEEGD.

Intussen zat Maes al zestien jaar vast voor de dubbele moord op Reata en haar dochter. Zijn foto toonde een kwaad kijkende man met een onderbeet, zware wenkbrauwen en een gezicht dat er groezelig uitzag door dichte baardstoppels; eigenlijk een heel plausibele afbeelding van een dubbele moordenaar.

Onder zijn politiefoto stonden nog andere afbeeldingen. Links echte foto's van Reata, rechts kiekjes waarvan werd beweerd dat zij het was, gespot op verschillende plekken op het vasteland na haar veronderstelde dood.

Gezien Ossendorf bar, juni 1999. Haren uiteraard geverfd maar let op vorm wenkbrauwen, de ene hoger dan de andere. Ossendorf 1 uur rijden van Luik!!!!!

September 2001 hotellobby Dortmund – Lindvall stapt in de lift, haren weer geblondeerd.

25 april 2002 HEEL DIK geworden en haren geknipt, maar het profiel KLOPT PRECIES.

Er was ook een foto bij van Jolanda als kind van een jaar of drie, donker waar haar moeder blond was, gezeten op Reata's schoot. Beiden keken ernstig, geconcentreerd dezelfde kant op. De afwezigheid van een glimlach op beide gezichten werd opgevat als belastend bewijs van Reata's onverschilligheid ten opzichte van haar kind door degene die onder de foto had geschreven: *'Liefhebbende moeder'. Ziet dat er zo uit?*

De laatste paar foto's waren gekozen om te 'bewijzen' dat Reata veel gelukkiger was in afwezigheid van Jolanda. Op een ervan droeg Reata een mini-jurk en danste ze op de muziek van een liveband in een drukke, donkere zaal in Luik, haar blonde haar wapperend.

Hij had tegen haar gezegd dat ze hem deed denken aan een Zweedse die hij had gekend...

Robin klikte de website weg en keerde terug naar de site van de stichting voor vermiste mensen waar ze Sapphire Neagle voor het eerst had ontdekt. Het meisje was nog altijd niet gevonden.

Met een zucht stond Robin op om koffie en koekjes te pakken. Ze voelde dat ze voedsel nodig had als ze dagenlang moest gaan zitten uitzoeken of een van de honderden gebruikers op De waarheid over vrijmetselaars en Abused and Accused misschien iets te maken had, desnoods in de verte, met een van hun kandidaten voor William Wright.

107

Had she willed it, still had stood the screen
So slight, so sure, 'twixt my love and her:
I could fix her face with a guard between,
And find her soul as when friends confer,
Friends – lovers that might have been.

Robert Browning
By the Fire-Side

Robins aangepaste werkschema zou het buitengewoon lastig hebben gemaakt om de lopende zaken van het detectivebureau te verdelen, ware het niet dat ze De Ezel hadden opgelost. Strike had Wardle gevraagd om voorrang te geven aan het zoeken naar zo veel mogelijk informatie over Groen Jack, ook bekend als Wade King, en intussen stelde Strike het aannemen van de volgende klant op de wachtlijst uit: een man die bang was dat zijn vrouw, een hooggeplaatste rijksambtenaar, vreemdging.

'We moeten proberen slimmer te werken, niet harder,' zei Barclay toen Strike en hij elkaar die donderdag even zagen op kantoor.

'Alsof dat ooit gewerkt heeft,' bromde Strike.

Vrijdagmiddag kwam Strike terug naar zijn zolderflat na vele uren schaduwen bij Plug, die schandalig genoeg nog steeds vrij rondliep, om zijn pak aan te trekken voor het etentje met Lord Oliver Branfoot. Terwijl hij zijn das knoopte, bracht hij zichzelf in herinnering dat hij beter toneel moest spelen dan hij ooit had gedaan als Robin hem straks vertelde dat ze verloofd was.

'Gefeliciteerd,' mompelde hij hardop voor de badkamerspiegel, de enige spiegel die hij had. Het zag eruit alsof hij verkondigde dat er iemand dood was.

Wardle belde Strike toen die de metalen trap af liep naar de straat.

'Ik heb iets voor je over Wade King.'

'Uitstekend. Vertel.'

'Zesendertig, was tot een paar maanden terug internationaal vrachtwagenchauffeur, nu werkloos, woont met vriendin in Rainham, één kind. Een buur verdenkt hem van huiselijk geweld – de vriendin draagt vaak een donkere bril.'

'Strafblad?'

'Zware mishandeling op zijn vijfentwintigste. Daarna niks meer. Nooit vastgezeten.'

'Enig idee hoe hij zijn baan is kwijtgeraakt?'

'Nee,' zei Wardle. 'Maar hij werkte vijf jaar voor dat bedrijf toen hij ontslagen werd.'

'Interessant.'

Het was nauwelijks een verrassing dat King gewelddadig was, maar Strike had verwacht te horen dat de man heel jong was, armetierig woonde, dringend om geld verlegen zat en net uit de gevangenis kwam, kortom precies het type dat Lord Branfoot kon inzetten als hulpje. Waarom zou iemand die tot voor kort een vaste baan had gehad, al was hij die nu kwijt, en die niet te vergeten een partner en een kind thuis had zitten, proberen een vrouw te ontvoeren, puur voor het geld? En hij was internationaal vrachtwagenchauffeur geweest... net als de dode Todd, die ook ontslagen was. Kon dat toeval zijn?

In de taxi naar The Goring Hotel, een van de zeer weinige vijfsterrenhotels in Londen waar Strike nooit was geweest, betrapte hij zich erop dat hij weer zat te piekeren over de geheimzinnige Oz. Misschien was King toch Oz, zoals Robin had geopperd. Had de politie zojuist de man gearresteerd van wie Strike dacht dat hij in minder dan een jaar tijd minstens vier mensen had vermoord – en hem weer laten gaan? Hij haalde zijn notitieboekje tevoorschijn en noteerde voor zichzelf dat hij moest nagaan, indien mogelijk, waar King was geweest toen William Wright en Sofia Medina vermoord werden.

Bij aankomst in de cocktailbar van het Goring zag hij Robin al zitten, aan een rond tafeltje bij de marmeren haard, met achter haar een aantal ingelijste botanische prenten op goudpapier. Ze zag er (dat maakte het er allemaal niet makkelijker op) beter uit dan hij haar ooit had gezien, haar rossig blonde haar schoon en los, en ze droeg een hooggesloten, zachtroze nauwsluitende jurk die Strike in zijn ingetogen zedigheid juist sexy vond. Toen hij aan kwam lopen legde ze hetzelfde tijdschrift weg dat hij in het Savoy had gelezen, met een verwaaide Cosima Longcaster op de cover.

'Hallo.' Hij schoof een fluwelen stoel naar achteren en ging zitten, en hij zei (want wat maakte het nu nog uit?): 'Je ziet er goed uit.'

'Ik dacht, laat ik eens mijn best doen,' zei Robin om het compliment te ontwijken, al deed het haar plezier. In plaats van toe te geven dat ze voor roze had gekozen en niet voor de zwarte versie van de jurk vanwege Dino Longcasters ongevraagde stijladvies, zei ze: 'Online gekocht, omdat ik iets moest hebben dat mijn hals bedekt.'

'Aha. Blauwe plekken?'

'Geloof me, je wilt niet zien wat eronder zit.'

Dat denk je maar, dacht Strike.

Ze gaf hem met haar rechterhand de menukaart, maar haar linker kon hij niet zien.

'Heb je al wat te drinken besteld?' vroeg Strike.

'Nog niet. Ik neem iets zonder alcohol.'

Nadat hij de ober had gevraagd om een whisky en een mocktail draaide Strike zich weer om naar Robin, die haar haar uit haar gezicht streek met haar linkerhand, waar ze geen enkel sieraad droeg. Robin, die zijn scherpe blik zag, keek naar de rug van haar hand om na te gaan of daar misschien iets zat wat ze niet had gezien: een veeg mascara bijvoorbeeld, zoals laatst in Ironbridge toen hij niks had gezegd.

'Is er een speciale reden dat je niet drinkt?' vroeg Strike, die zich afvroeg of het afzien van alcohol misschien iets te maken had met de afname van eicellen die moesten worden ingevroren.

'Gewoon geen zin in.' Robin koos ervoor niet te zeggen dat ze haar hoofd erbij wilde houden. Ze zou straks een taxi naar huis nemen, maar ze moest ook nog van het trottoir naar haar voordeur lopen. 'Hoezo?'

Strike besloot ineens om de strijd over te hevelen naar vijandelijk terrein. 'Ik hoorde van Wardle dat Murphy weer aan de drank was.'

'O,' zei Robin, verre van blij dat Strike dit wist. Ze wilde afleiding, geen gesprek over haar relatie. 'Eh ja, hij heeft een terugval gehad, toen het heel zwaar was op zijn werk. Maar hij is weer bij de AA, het gaat nu goed.'

'Juist. En jullie gaan nog steeds samenwonen?'

'Nou, nee. Het huis is niet doorgegaan.'

'Aha. Dus je blijft zoeken?'

'We hebben het even stopgezet, met alles wat er speelt. Maar goed,' zei ze, duidelijk niet van plan het verder over de huizenjacht te hebben. 'Ik heb iemand gevonden op Abused and Accused die ook iets heeft geplaatst op De waarheid over vrijmetselaars – of anders zijn er twee mensen met dezelfde gebruikersnaam.'

'Serieus?' zei Strike verrast. 'Welke naam?'

'Austin H.'

Gek genoeg schoot Strike het woord *fuzz* te binnen. Hij wist niet waarom, maar voordat hij daarover na kon denken, zei een geaffecteerde mannenstem: 'Hallo, hallo!'

Strike en Robin keken op en daar stond Lord Oliver Branfoot, lang en papperig, met zijn bekende slordige haar en hangende oogleden. Er krulde een joviaal lachje om zijn volle lippen.

Naast hem, in een zeer strak zwart jurkje tot op de knie, stond Kim Cochran.

108

But Vengeance travels in a dangerous way,
Double of issue, full of pits and snares
For all who pass, pursuers and pursued–
That way is dubious for a mother's prayer.

Matthew Arnold
Merope: A Tragedy

Branfoots entree had een kleine golf van opwinding veroorzaakt in de ruimte. Vele hoofden draaiden zijn kant op en de meeste blikken waren geamuseerd.

Strike was de eerste die bijkwam van de verbazing bij het zien van Kim. Toen hij ging staan om Branfoots uitgestoken hand te drukken, leken zijn mentale processen naar een hogere versnelling te schakelen, zoals ze plachten te doen wanneer hij onder druk stond. Hij zag de gebeurtenissen die dit duo bijeengebracht hadden voor zich uitgestald, als een rij omvallende dominostenen. Hij was er vrij zeker van dat Kim het initiatief had genomen voor het contact, en Branfoot had ongetwijfeld graag de dure hulp van het bureau van Navabi aanvaard om de dreiging die Strike en Robin voor hem vormden uit te schakelen.

Robin voelde haar tas van haar schoot glijden en bukte om hem op te rapen, blij dat ze een reden had om de schok te verbergen waarvan ze wist dat die op haar gezicht te lezen moest zijn.

'U en mevwouw Ellacott kennen mevwouw Cochwan al, meen ik?' zei Branfoot.

'Jazeker,' zei Strike.

Kim noch Strike stak een hand uit naar de ander.

'Laat u zich doow ons niet opjagen,' zei Branfoot joviaal, toen hij zag dat Strike zijn whisky naar binnen goot.

'Nee, hoor. We zijn klaar om aan tafel te gaan.'

Robin, die haar tas had opgeraapt, kwam overeind in het besef dat ze er waarschijnlijk net zo uitzag als ze zich voelde: behoorlijk verhit.

'De pewsfoto's doen u geen wecht, mevwouw Ellacott,' zei Branfoot stralend.

Robin stond schoorvoetend toe dat hij haar de hand drukte. Dit was de man die had geprobeerd Danny de Leon te laten vermoorden, en die zijn best deed hun bureau te dwarsbomen. Zijn gevlei telde ze in gedachten op bij de wonden die ze moest verhullen met de roze jurk.

'Zullen we dan maaw?' Branfoot maakte met zijn lange arm een weids gebaar in de richting van het restaurant.

Er werd nog meer omgekeken toen het viertal naar de deur liep, en Branfoot keek stralend terug naar elk glimlachend gezicht, soms met de erkenning van een kleine groet. Kim liep naast hem zonder op of om te kijken. Haar hakken waren een paar centimeter hoger dan die van Robin, en haar donkere haar zat onberispelijk in model. Robin gluurde even opzij naar haar zakenpartner om zijn reactie op deze onverwachte situatie te peilen, maar Strikes gezicht verried niks. Tegelijkertijd dacht Robin koortsachtig na, en er rees langzaam een vermoeden terwijl ze achter Kim liep; hoe langer ze erover nadacht, hoe zekerder ze ervan was dat het klopte.

Toen ze door de lobby liepen, met het behang waar palmen op geschilderd waren, stootte een oudere man een verrukte kreet uit bij het zien van Branfoot, en hij greep naar diens hand.

'We willen u terug!' zei hij in alle ernst, terwijl zijn vrouw er met een nerveus lachje maar wat bij stond. 'U zou met grote voorsprong de verkiezingen winnen!'

'*Aut viam inveniam aut faciam*,' zei Branfoot, luidruchtig gniuvend. 'Let maaw eens op.'

Terwijl de drie detectives en Branfoot de grote, voorname eetzaal met de witte wanden betraden, compleet met kroonluchters en vuurrood tapijt, zei Strike: 'Als u me even wilt excuseren, ik moet iemand bellen.'

'Natuuwlijk,' zei Branfoot met een zelfvoldane grijns.

Zonder ook maar het geringste vermoeden wie Strike ging bellen, of waarom, en of hij überhaupt wel ging telefoneren, werd Robin samen met Branfoot en Kim naar een ronde tafel met een sneeuwwit tafelkleed gebracht. De eerbiedige houding van de ober had ook een vleugje van het verwachtingsvolle, geamuseerde dat andere mensen die Branfoot herkenden uitstraalden. Het was alsof hij de vriend was die bij aankomst op een feest verrukt werd begroet: nu zou het pas echt leuk worden.

'Zo,' zei Branfoot. 'Het is me een gwoot genoegen u te ontmoeten, mevwouw Ellacott. Staat u mij toe u te zeggen dat ik veel wespect heb voor uw optweden bij die afschuwelijke sekte vowig jaaw. Dat was bewondewenswaawdig.'

'Dank u,' zei Robin.

'Jonge mensen zijn kwetsbaaw, dat wowdt vaak ovew het hoofd gezien. Voownamelijk jongemannen. De op zichzelf gezonde behoefte aan een doel, aan dienstbaawheid, een missie, bwengt veel jongemannen op een dwaawspoow, en wat u hebt gedaan was des te opmewkelijkew, aangezien u niet fowmeel bent opgeleid om politiewewk te doen, is dat juist?'

'Nou, ik doe dit werk nu bijna zeven j...'

'U was toch de secwetawesse van de heer Stwike?'

'Niet echt. Ik werkte voor een uitzendbureau, ik was...'

'Uitzendkwacht, ja. Dat bedoel ik,' zei Branfoot opgewekt. 'Opmewkelijke loopbaanvewbetewing! En gezien uw pewsoonlijke geschiedenis ook buitengewoon moedig.'

Robin had kunnen vragen 'welke persoonlijke geschiedenis', maar vertrouwde haar eigen reactie nu niet. Het zou kunnen dat Branfoot het had over het litteken van het mes op haar rechteronderarm, waarover was bericht in de pers, maar als Strike gelijk had met zijn theorie dat Groen Jack een van de jonge criminelen van Branfoot was, was Branfoot op de hoogte van haar verkrachting. Ze pakte een stukje brood en zag tot grote ergernis dat haar vingers trilden.

'Ik heb begwepen dat uw vwiend cid-man is, is dat juist?'

'Ik praat liever niet over mijn privéleven, als u het niet erg vindt,' zei Robin vastberaden.

'O, nowmaal gespwoken ben ik het met u eens dat slaapkamewgeheimen geheim moeten blijven,' zei Branfoot, nog steeds glimlachend, 'maar de heer Stwike wil het hebben over de bevoegdheden binnen uw bedwijfstak, en het is nu juist de vage ovewlapping tussen bevoegde en onbevoegde speuwdews die mij stoowt. En dat niet alleen, ik weet dat de politie ew ook mee zit.'

Robin keek over de tafel heen naar Kim. 'Zeg maar tegen Navabi dat die kerel in de Honda Accord een prutser is.'

'Pardon?' zei Kim koeltjes.

'De speurder in de Honda Accord, de man met het grijze haar en dat minineusje. Zeg maar tegen Navabi dat ik hem meerdere keren heb gespot.'

'Sorry, ik weet niet waar je het over hebt,' zei Kim, maar een lichte blos leek erop te wijzen dat Robin raak geschoten had.

Intussen rondde Strike, ijsberend over het trottoir voor het hotel, een dringend gesprek met Wardle af.

'Je moet zijn naam voor me vinden,' zei Strike. 'En snel, anders zijn we de lul.'

'Ik bel je zo snel mogelijk terug.'

Strike belde vervolgens Fergus Robertson.

'Kijk eens aan,' zei die laatste, die vrijwel meteen opnam. 'Ik wilde je al bellen toen ik een...'

'Heeft Danny de Leon contact met je opgenomen?'

'Vanmorgen.' Robertson dempte zijn stem, zijn toon triomfantelijk. 'En ik sta dik bij je in het krijt. Maandag vlieg ik naar de Kanaaleilanden om hem persoonlijk te interviewen. We moeten natuurlijk nog bevestiging krijgen, maar dit kan een fucking klapper...'

'Dus het verhaal wordt nog niet geplaatst?'

'Jezus, Strike, je kunt zoiets niet in de krant gooien zonder je juridische afdeling erop te zetten!'

'Dan moet je vanavond nog iemand met een camera naar Branfoots appartement sturen. Black Prince Road.'

'Hoezo, wat is er aan...?'

'Nog niks, maar ik wil wedden dat hij nog voor het einde van de avond hulpjes die kant op stuurt om filmapparatuur en misschien die doorkijkspiegel weg te halen.'

'Wacht even. Ga je die vuile schoft nou wáárschuwen?'

'Als De Leon zijn mond had opengedaan toen ik hem dat opdroeg, had jij je scoop al lang en breed gepubliceerd en zou ik niet tegenover die eikel in een restaurant zitten,' zei Strike kwaad. 'Ik verleen je hier een gunst, hè. Als jij je onthulling wilt redden, stuur je nu iemand naar Black Prince Road. Ik moet ophangen, ik verwacht een telefoontje.'

Hij ging door met ijsberen, in de gaten gehouden door de portier met bolhoed van The Goring Hotel, maar na vijf minuten had Wardle hem nog steeds niet teruggebeld. Hij besloot dat hij Robin niet langer alleen kon laten met Branfoot en Kim en liep de trap naar het hotel weer op.

'Ha, daaw is hij!' zei Branfoot toen hij Strike naar hun tafel toe zag komen. 'Zullen we bestellen voowdat we tew zake komen? *Cenabis bene, mi Fabulle!*'

'Maar Catullus wilde dat Fabullus het eten en drinken verschafte,' zei Strike terwijl hij ging zitten. 'Ik dacht dat jij betaalde?'

Dat ontlokte Branfoot een verrast lachje. 'Hij wilde ook dat Fabullus een meisje vewschafte, "mooi en welwillend", vewgeet dat niet, maar indewdaad, meneew Stwike, ik betaal. Dus u kent Catullus?'

'Een beetje,' zei Strike.

'Nog een geluk dat onze weewzinwekkende wokevwienden hem nooit hebben gelezen, hè? Ze zouden onze bibliotheken vewbwanden.'

Branfoot bleef hen bestoken met zijn opgewekte gebabbel terwijl ze de menukaart bekeken.

'Ik kan de met twuffel gevulde kip beslist aanbevelen. Houdt u zich niet in, zelf begin ik met de kaviaaw. De oestews zijn hiew ook uitstekend...'

Toen het eten besteld was en de sommelier vertrokken, na een tamelijk lang overleg met Branfoot, zei die laatste: 'Spweekt u ook Latijn, mevwouw Ellacott?'

'Nee,' zei Robin.

'*Pedicabo ego uos et iwumabo, Auweli pathice et cinaede Fuwi...* dat zijn de openingszinnen van Catullus 16, waawin hij sodomie dweigt te bedwijven met Auwelius en hij Fuwius owaal zegt te willen vewkwachten, omdat ze zijn sentimentelewe gedichten belachelijk hebben gemaakt,' zei Branfoot. 'Eigenlijk de enige juiste maniew om cwitici aan te pakken, nietwaaw?'

'Ik zou het even langs de focusgroep laten gaan voordat ik het in mijn verkiezingsprogramma opnam, als ik jou was,' zei Strike, en Branfoot lachte weer.

'Wat hebben we besproken, tot nu toe?' vroeg Strike aan de hele tafel.

'We zijn nog maaw net begonnen,' zei Branfoot, met die vage zelfgenoegzame grijns waarvan Robin had gemerkt dat die zijn gezicht nooit helemaal verliet. 'Ik feliciteewde mevwouw Ellacott met de bewanglijke rol die uw buweau heeft gespeeld in de neewgang van de UHC en heb een voowpwoefje gegeven van mijn bedenkingen ovew de pwivédetectivebusiness. Mevwouw Ellacott laat zich beslist niet in de kaawt kijken.'

'Juist,' zei Strike. 'Nou, jij lijkt me een man die graag hoort waar het op staat, dus zullen we maar meteen beginnen? Je kreeg grote belangstelling voor ons kort nadat we waren gestart met het onderzoek naar het lijk dat afgelopen zomer is gevonden bij Ramsay Silver.'

'Is dat de zaak waawin u bent ingehuuwd doow Decima Mullins?' vroeg Branfoot.

Robin ervoer een plotselinge vrees die niets met haar eigen sores te maken had.

'Goh, je hebt hem alles verteld, hè?' zei Strike tegen Kim, die nu een poeslief lachje op haar gezicht had. 'Geheimhoudingsverklaring overtreden?'

'Farah en ik besloten dat we maar eens wat beter naar Decima Mullins moesten kijken, na mijn vertrek bij het bureau,' zei Kim. 'Je had me niet verteld dat ze een baby heeft die ze probeert te verbergen. Daar heb ik geen geheimhoudingsplicht over.'

'Vuile bitch,' zei Robin, waarmee ze Strike verraste. Kim glimlachte nog breder en Branfoot lachte hardop.

'Maaw een baby is toch een weden tot feest?' zei hij.

'Alleen verliest ze niet alleen haar restaurant, maar ook langzamerhand haar verstand,' zei Kim, 'en jullie kleden haar financieel uit tot op haar laatste cent, voor plezierreisjes en zinloze schaduwklussen, zogenaamd om uit te zoeken wie dat lijk was. Ze was twee dagen geleden op de spoedeisende hulp, ervan overtuigd dat de baby ziek is omdat hij maar blijft huilen. En zo iemand buiten jullie uit! En jullie hebben samengespannen om dat kind geheim te houden. Tja, als je een maatschappelijk werker had ingeschakeld, had diegene misschien een stokje gestoken voor die geldklopperij.'

'Leuke invalshoek,' zei Strike waarderend. 'Ja, ik zie al voor me welke draai de pers daaraan zou geven. Restauranthoudster in goeden doen met haar geheime baby krijgt waanideeën over ex-vriend, nieuwswaardige detectives houden haar aan het lijntje... Helemaal niet slecht.'

De wijn werd gebracht. Branfoot grinnikte toen Robin die afsloeg.

'Wat zeg je daawvan! Ik heb nooit meegemaakt dat iemand een Montwachet '92 afsloeg. Nou, dan hebben wij meew, hè meneew Stwike – of mag ik Cowmowan zeggen?'

'Ga vooral je gang,' zei Strike, en hij wachtte tot de ober weg was voor hij vroeg: 'Goed, wat is de bedoeling? Als wij stoppen met het onderzoek naar het lijk in de kluis hou jij je mond in de pers over Decima en haar baby?'

'Ik heb geen pewsóónlijk belang bij deze zaak, moet u weten,' zei Branfoot, 'maaw dit is pwecíés zo'n voowbeeld waawdoow ik vind dat ew stwengewe wegels zouden moeten komen. Financiële uitbuiting van kwetsbawe mensen, exowbitante honowawia waaw mensen weinig voor tewugkwijgen, een duidelijk lakse houding ten opzichte van de beschewming van kindewen. Nee, ik zal niet zeggen dat jullie beiden geen pwijzenswaawdige dingen hebben gedaan, maaw heel eewlijk gezegd... Dankzij mijn liefdadigheidswewk heb ik uitstekende contacten bij de politie, en vewbetew me gewust als ik het verkeewd zie, maaw u bent pas nog vewhoowd wegens het omkopen van getuigen. Met geld wappewen, dat maakt hun getuigenis voor de wechtbank uitewaawd vewdacht.'

'Nou, zo te horen heb je ons door,' zei Strike. 'Was dat alles?'

'Niet helemaal,' zei de glimlachende Branfoot. 'De vwiend van mevwouw Ellacott – excuses dat ik opnieuw ovew hem begin...'

Er werden amuses gebracht, voor elk van hen drie. De ober beschreef ze stuk voor stuk liefdevol, maar Robin hoorde er geen woord van. Ze was een beetje misselijk. Als Murphy's carrière verwoest zou worden door iets wat met haar in verband te brengen was...

'Waaw was ik gebleven?' zei Branfoot toen de ober weer weg was. 'O ja, CID-wechewcheuw Muwphy. Het spijt me dat ik ewovew moet beginnen, maaw hij is welevant. Zit flink in de pwoblemen op zijn wewk, nietwaaw? Alcoholmisbwuik en die ontewechte awwestatie? En dan heeft hij u ook nog eens ondewhands infowmatie toegespeeld.'

'Nee,' zei Robin, 'dat heeft hij niet gedaan. De enige die ons onbevoegd vertrouwelijke informatie heeft gegeven zit hier tegenover me.'

Branfoot lachte. 'Ik kan wel mewken dat u niet in de politiek zit, mevwouw Ellacott. Zit ew een luchtje aan CID Muwphy? De mensen houden niet van politiemensen die de vewkeewde awwestewen, die vewdachten wuw behandelen en infowmatie ovew moowdzaken lekken naaw knappe jongedames met wie ze toevallig het bed delen, en dan hebben we het nog niet ovew zijn dwankgebwuik. Dus neemt u me niet kwalijk, maaw ik vewmoed dat de pews uw minnaaw beslist niet fwis vindt wuiken.'

'Goh, je hebt ons helemaal in de smiezen,' zei Strike. Hij richtte zich tot Kim. 'Nog iemand leuks opgepikt in Lambeth de laatste tijd?'

'Wat?' zei Kim.

'Heb je je laten versieren in de buurt van het kantoor van Lord Branfoot? Door iemand die een appartement heeft op Black Prince Road?'

Kims gezicht werd merkwaardig uitdrukkingsloos. Ze staarde Strike aan, en hoewel Robin besefte dat ze dit alles zou moeten afkeuren, betrapte ze zich erop dat ze hoopte dat Kim zich inderdaad door iemand had laten overhalen om mee te gaan naar dat appartement.

Toen keek ze naar Branfoot.

Het masker van de olijke lolbroek was weggevallen. Zijn ogen gloeiden donker in dat gewoonlijk komische kaboutergezicht, en opeens was het makkelijk voor te stellen hoe hij een envelop met contanten overhandigde aan een gevaarlijke jonge crimineel en hem meldde dat er een tweede jongeman vermoord moest worden.

Toch meende ze eerder berekening dan paniek op Branfoots gezicht te zien. Misschien bracht hij zichzelf in herinnering wat voor arsenaal aan advocaten, politici, politiemensen, vrijmetselaars en perscontacten hij tot zijn beschikking had, mocht het gevaar waarvan hij zojuist een glimp had opgevangen acuut worden, zoals Robin zelf geruststelling had gevonden bij het voelen van de pepperspray in haar tas.

Strikes mobiel trilde. Hij viste het toestel uit zijn zak en zag een appje van twee woorden van Wardle.

Ed Billings

Hij stopte de mobiel weer in zijn zak. De ober kwam terug om de borden mee te nemen waarop de amuses waren gebracht.

Strike nam het woord weer. 'Een van de "plezierreisjes" die mevrouw Cochran zojuist noemde voerde naar het eiland Sark, al zal het u een plezier doen te horen dat we mevrouw Mullins daarvoor niets in rekening hebben gebracht. Ben je daar ooit geweest, op Sark?'

Branfoot gaf geen antwoord. Zijn plotselinge, atypische roerloosheid was niet zozeer die van een prooidier als wel de houding van een carnivoor die zijn aanval voorbereidt.

'Interessante plek,' zei Strike op luchtige toon. 'Veel te zien. En raad eens wie we daar tegenkwamen? Een kennis van jou.'

Strike nam een broodje. De stilte hield ononderbroken aan tot de voorgerechten kwamen.

De onderdelen van Branfoots kaviaar werden met overdreven aandacht samengevoegd. Strike, die makreel uit Cornwall had besteld, had al een paar happen genomen in de tijd die het de ober kostte om het eiwit, de blini's, de rauwe ui en de kaviaar naar tevredenheid symmetrisch te rangschikken.

Toen de ober eindelijk weg was, zei Strike tegen Branfoot: 'Ik zou er een ton voor overgehad hebben om jouw schutter te horen uitleggen waarom hij De Leon moest omleggen in de kluis van een maçonnieke zilverwinkel. Wat heeft hij ervan gemaakt, een soort schaakspel in 3D? Maçonnieke overdaad – kwam zeker goed uit dat jij vrijmetselaar bent, zodat je er een stokje voor kon steken? Begrijp me niet verkeerd, het past allemaal mooi in elkaar. Ik heb serieus de mogelijkheid overwogen dat het een gevalletje "de waarheid gelogen" was, vooral omdat je je gedroeg als iemand die echt geloofde dat zijn moordopdracht geslaagd was uitgevoerd. Maar de lange ervaring als speurder heeft me tot de conclusie gebracht dat als je iemand onder vier ogen kunt spreken, diegene niet dood is.'

Robin had bijna bewondering voor Branfoots koelbloedige zelfbeheersing. Ogenschijnlijk onverstoord schepte hij kaviaar op een blini. Kim daarentegen had haar eendenleverterrine met kruidenkorst niet aangeraakt.

'Mocht je overwegen om een tweede schutter op De Leon af te sturen,' zei Strike, 'dan moet je weten dat het te laat is. Hij heeft al gepraat. Dus nu we toch aan het optellen zijn wat misschien interessant kan zijn voor de kranten: we hebben ook nog de Winston Churchill-loge, waar jij en Malcolm Truman allebei bij aangesloten zijn, het appartement aan Black Prince Road, je lange geschiedenis met pornoproducent Craig Wheaton, foto's van jou en diverse pornoacteurs die dat appartement in en uit gaan, en daarbij, naar ik heb gehoord, een aanzienlijke lijst van mensen die, als ze eenmaal doorkrijgen dat ze stiekem zijn gefilmd terwijl ze met pornosterren lagen te neuken...'

Kim, die net haar vork had opgepakt, liet die met veel lawaai weer vallen. Strike grinnikte.

'Ik dacht wel dat hij de verleiding niet zou kunnen weerstaan om jou te laten filmen,' zei hij tegen haar. 'Hoe heeft hij het gedaan? Je meegenomen naar de kroeg, je voorgesteld aan een knappe kerel en zich toen met een smoesje teruggetrokken? Nou, nu weet je het dus.

Hij ging niet naar huis naar het vrouwtje, hij sloop naar die flat om achter de spiegel te wachten, gulp open, lul in de hand.'

Branfoot zei nog steeds niets. Hij ging door met het eten van zijn kaviaar.

'Tja, misschien heb ik het mis, hoor,' zei Strike, 'maar ik denk dat vrijmetselaars bij de politie, een quotekanon dat iedereen kent van tv, stiekem gemaakte seksfilmpjes, een stel pornosterren en een mislukte huurmoord voor de kranten en bladen veel interessanter zijn dan een vrouw die niet wilde dat haar familie wist dat ze een baby had en die ons heeft ingehuurd om uit te zoeken of de vader nog leeft. Maar ik heb opnames waarop jij impliciet dreigt haar geheim te verraden,' voegde hij eraan toe, met een tikje op zijn borstzak, 'dus we kunnen ook nog chantage toevoegen aan de lijst.'

Robin wachtte op een uitbarsting van Branfoot, maar hij keek Strike vanaf de andere kant van de tafel alleen maar strak aan, werktuiglijk kauwend op zijn laatste blini.

Uiteindelijk stond hij op uit zijn stoel, keek op Strike neer en zei: 'Jij kunt je eigen fucking eten betalen.'

Hij gooide zijn servet op tafel en liep weg, zonder ook maar één blik op Kim te werpen.

Kim zag lijkbleek en leek aan haar stoel genageld van schrik. Strike stak een hand op om een ober te roepen.

'Kunt u het hoofdgerecht van Lord Branfoot schrappen? Hij is onverwacht weggeroepen. En dat van haar hoeft ook niet meer te komen,' voegde hij eraan toe, wijzend naar Kim.

'Weet u...?' begon de ober

'Ze weet het zeker,' zei Strike.

De in verwarring gebrachte ober trok zich terug.

'Oké,' zei Strike tegen Kim. 'Nou jij. Je zei dat je bij de politie was weggegaan wegens "politiek".'

'Klopt,' zei Kim.

'Wat is er politiek aan het pijpen van een collega in een auto terwijl jullie allebei aan het werk zouden moeten zijn?'

Kims gezicht werd dieprood. 'Dat is niet gebeurd. Het werd beweerd, maar het is niet waar.'

'Waarom heeft de vrouw van Ed Billings hem dan op straat gezet?'

'Het is niet waar! Het was gewoon een... een gerucht dat Rays ex heeft verspreid!'

'Wat wel of niet waar was kon jou geen moer schelen toen je naar Dominic Culpepper stapte om hem te vertellen dat ik de vader zou zijn van de baby van Bijou Watkins. En waag het niet om nou een lulverhaal op te hangen,' voegde hij eraan toe toen Kim haar mond opendeed. 'Ik weet dat jij het was. Maar als de pers dadelijk die film in handen krijgt die Branfoot heeft gemaakt in zijn sekshol in Lambeth, met een voormalig politievrouw in beeld, dan hebben ze maar twee minuten nodig om erachter te komen dat jij bij de politie bent vertrokken omdat je betrapt was tijdens het pijpen van een getrouwde collega.'

'Dat is niet gebeurd, het is gelogen. Ik heb nooit...'

'O, ze zullen er wel een paar keer "vermeend" tussen zetten, maar vanaf dat punt interesseert het natuurlijk niemand meer wie er nog meer in dat appartement waren. Alle krantenkoppen draaien straks wekenlang om jou.'

'Dat kun je niet...'

'Moet jij eens opletten,' zei Strike. 'Hoe kwam Branfoot aan de details over Murphy's werksituatie? *Die heb jij hem gegeven*. Hoe wist hij van Decima's baby? *Van jou*. Maar ik kan je één ding verzekeren: als je vanaf nu daar je bek niet over houdt, gaan bij ons alle remmen los. Dan zal ik ervoor zorgen dat geen enkel detectivebureau in Engeland en omstreken jou nog wil hebben. Affaires met getrouwde mannen, de zelfmoord van Ray, het pijpen van Billings, je bezoekje aan Black Prince Road om een stukje amateurfilm op te nemen – jij denkt dat je van fucking teflon bent, maar ik zorg er persoonlijk voor dat er zoveel aan je blijft kleven dat het er met een hogedrukspuit nog niet af te krijgen is, en het interesseert me geen zak hoeveel ervan waar is.'

Kims rode hoofd was weer spierwit geworden. Haar ogen vulden zich met tranen.

Strike stortte zich weer op zijn makreel, alsof Kim niet meer bestond. Even later stond ze wankel op en liep het restaurant uit.

'Is het verkeerd van me,' zei Robin zacht, 'dat ik daar ontzéttend van genoten heb?'

'Als dat verkeerd is, wil ik niet goed zijn,' zei Strike met zijn mond vol makreel.

'Hoe wist je...?'

'Wardle. Hij probeerde me laatst al te vertellen waarom ze weg was bij de politie, maar toen had ik andere dingen aan mijn hoofd.'

Terugdenkend aan die andere dingen nam hij nog een flinke slok van de Montrachet '92.

'Wardle is nog meer te weten gekomen over Wade King, de man van het groene jack.'

'Echt?' Robin probeerde te doen alsof ze gewoon geïnteresseerd was. Het noemen van de naam had een levendige herinnering naar boven gehaald van zijn gezicht vervormd door hoekige schaduwen.

'Hij was internationaal vrachtwagenchauffeur tot zijn ontslag.'

'Vrachtwagenchauffeur. Net als...'

'Wijlen onze vriend Todd. Precies.'

'Kwam King veel in Europa?'

'Waarschijnlijk wel. Dat hoort bij het vak.'

Robin dempte haar stem. 'Denk je dat er nog steeds jonge meisjes worden vervoerd tussen klanten en bordelen?'

'Het zou kunnen.'

'Dus het ziet ernaar uit dat King echt Oz zou kunnen zijn?'

'Ook dat zou kunnen. Ik probeer uit te zoeken waar hij was in het weekend van 17 tot 19 juni vorig jaar. Intussen blijven al onze beveiligingsmaatregelen van kracht, oké? Jij blijft overdag werken en gaat 's avonds niet in je eentje op pad.'

Robin koos ervoor om daar niet tegen in te gaan. Opgelucht door het uitblijven van tegengas zei Strike: 'Wat wilde je me vertellen daarnet in de bar, over Austin H?'

'O ja. Nou, hij vraagt op De waarheid over vrijmetselaars of de vrijmetselaars elkaar beschermen.'

'Dat heb ik geloof ik ook gezien.' Strike fronste licht. 'Zei niet iemand dat dat deed denken aan de maffia?'

'Klopt.'

'Fuzz,' probeerde Strike voorzichtig.

'Huh?'

'Zei hij toevallig ook iets over "fuzz"? Ik heb steeds het gevoel dat ik de naam Austin heb gezien met "fuzz" erbij.'

'Wat moet dat zijn dan?' vroeg Robin niet-begrijpend.

'Geen idee... het is weg. Ik kijk zelf nog wel even. Wat zei Austin op Abused and Accused?'

'Dat de vader van zijn vriendin gemene geruchten over hem verspreidde, en hij wilde weten hoe hij daar een einde aan kon maken. In de reacties werd hem vooral aangeraden de vader op zijn bek te slaan.'

'Ja, het was me al opgevallen dat de meeste figuren op Abused and Accused geen uitpraattypes zijn.'

'Maar het zou wel van toepassing kunnen zijn op Rupert, of niet?' zei Robin.

'Misschien,' zei Strike, al klonk het sceptisch. 'Maar als "geruchten" betekent dat Dino Longcaster mensen vertelde dat Fleetwood zijn tafelschip had gejat, dan waren ze dus wel waar. Het enige waar letterlijk iedereen het over eens lijkt te zijn, ook Fleetwood zelf, is dat hij dat schip inderdaad gestolen heeft.'

Strike bleef even in gedachten verzonken zitten en zei toen: 'Maandag heb ik misschien meer informatie over Fleetwood. Ik volg een spoor. Misschien levert het niks op, maar ik zal het je vertellen als het wat wordt.'

Haar eerlijk vertellen over de aanwijzing die hij had besloten na te trekken over Rupert Fleetwood zou betekenen dat hij de naam Charlotte weer moest laten vallen, en Robin had de laatste tijd vrijwel iedere keer dat hij dat deed onmiddellijk het gesprek afgekapt.

Een ober kwam hun borden afruimen.

Toen hij weg was, zei Strike: 'God weet wat we straks moeten afrekenen, maar laten we een dessert nemen. We raken toch wel aan de bedelstaf.'

Ze moesten allebei onmiddellijk denken aan de bedelarmband die Robin nog nooit had gedragen.

109

Wind, wave, and bark, bear Euthukles and me,
Balaustion, from – not sorrow but despair,
Not memory but the present and its pang!

Robert Browning
Aristophanes' Apology

Die maandagochtend stond Strike om vijf uur op om in het donker te vertrekken naar Northumberland. Hij koos ervoor om met de auto te gaan, deels omdat de trein niet veel sneller was, maar vooral omdat Heberley House, het landhuis waar Charlotte het grootste deel van haar vroege jeugd en tienerjaren had doorgebracht, zonder auto lastig te bereiken was.

Hij had een gebroken nacht achter de rug. De executievideo's van IS die hij had bekeken hadden besloten om alsnog op te duiken in zijn slaap, in geur en kleur. Hij had opnieuw moeten toezien hoe een rij vastgebonden, geknielde gevangenen, gekleed in op Guantánamo Bay geïnspireerde oranje overalls, hun gezichten verborgen achter een zak, door het achterhoofd geschoten werden, waarna er bloederige gaten in de zakken verschenen terwijl het gezicht weggeblazen werd. Hij had weer mannen onthoofd zien worden, anderen levend verbrand in een kooi, en een man met een kap over zijn hoofd die geketend aan een metalen dumbbell naar de balustrade van een brug werd gesleept en in de rivier onder hem werd gerold, waar hij zonk zonder een spoor na te laten.

Ook had hij in zijn slaap zijn eigen, persoonlijke confrontatie met

Al Qaida herbeleefd: het gele zandpad en de jongemannen die wegrenden, een kind met zich mee slepend; de bermbom die het lichaam van chauffeur Gary Topley in tweeën had gereten en het halve gezicht van Richard Anstis eraf had geblazen, net als Strikes rechteronderbeen en voet.

Badend in het zweet was hij wakker geworden, en hij had een poosje zitten vapen. Hij had geen psycholoog nodig om hem te vertellen dat deze herinneringen waren opgeroepen door zijn naderende bezoek aan Heberley. Charlotte was voor altijd verweven met de oorlogswond die een einde had gemaakt aan zijn militaire loopbaan, want ze was bij hem teruggekomen en gebleven, en ze had hem geholpen bij zijn herstel, waarna onafwendbaar de diepe, niet te dichten kloof tussen hen weer breder was geworden.

Moe en mistroostig reed hij noordwaarts naar een huis dat hij liever nooit meer terug zou zien. Hij had geen enkele goede herinnering aan Heberley, waar hij zo weinig mogelijk was gekomen gedurende zijn lange, veelvuldig verbroken relatie met Charlotte. Charlotte was nergens zo gespannen en opvliegend geweest als daar: zij en haar moeder slopen in de eetkamer en de gangen langs elkaar heen als vijandige katten. Ned Legard, Charlottes inmiddels overleden stiefvader, was best een aimabele man geweest, maar hij was vaak afwezig; om de schijn van een goed functionerend huwelijk op te houden was het nodig geweest dat hij regelmatig voor langere tijd van huis was.

Lady Tara Jenson (voorheen Tara Clairmont, Tara Campbell, Tara Longcaster en Tara Legard) had de relatie van haar dochter met Strike altijd betreurd, een mening die ze niet onder stoelen of banken probeerde te steken. Strike had zich zelfs in zijn jongere jaren niet van de wijs laten brengen door haar dedain. Hij had zelden iemand ontmoet aan wie hij een grotere hekel had, maar door de manier waarop hij was opgegroeid had hij een veerkracht opgebouwd die zich niet zomaar op de proef liet stellen door ijzige stiltes afgewisseld met woede-uitbarstingen. Toch hij had hij er alle vertrouwen in dat als hij een manier kon vinden om vandaag de elektrische poort binnen te komen, Tara hem wel te woord zou staan. Net als haar overleden dochter genoot ze van iedere gelegenheid om haar sterke vermogen tot scheld- en schimppartijen tentoon te spreiden; het gaf haar energie om zich volledig te laten gaan.

Hij had vooraf gebeld om zich ervan te verzekeren dat Lady Jenson aanwezig was, waarbij hij zich had voorgedaan als een verkoper van Cartier aan wie de bezorging van een belangrijk collier was toevertrouwd. De keuze voor deze dekmantel was hem ingegeven door twee feiten: Tara was helemaal het type vrouw dat exorbitant geprijsde halskettingen persoonlijk thuisbezorgd kreeg door slaafse verkopers, en haar verjaardag viel in maart, al wist Strike niet meer precies op welke dag. Sacha was momenteel voor filmopnames in Amerika, wat een dubbel voordeel was: hij zou dus niet in Heberley House zijn om zich ermee te bemoeien, en het was heel plausibel dat hij ervoor gekozen zou hebben zijn moeder een gepast duur verjaardagscadeau te sturen.

Hoe verder Strike naar het noorden reed, hoe scherper de herinneringen als een scheermes door zijn gedachten sneden: Charlotte die op blote voeten snikkend over de lange oprijlaan holde, op de vlucht voor de zoveelste ruzie; Charlottes maniakale lach wanneer ze samen over deze weg reden en ze zwoer dat ze haar moeder een klap in het gezicht zou geven als ze 'weer begon'; Charlotte die dronken huilde in het huisje waar ooit een jachtopziener had gewoond en waar ze na een extra felle woordentwist een keer midden in de nacht haar toevlucht had gezocht, met Strike.

Hij vond het moeilijk om niet te mijmeren over de ironie van zijn positie. Deze route had hij lang geleden genomen, jong en verliefd, en nu was hij middelbaar en verliefd, net zo hopeloos als op zijn negentiende, maar om een andere reden hopeloos. Hij herinnerde zich hoe hij Catullus had geciteerd voor Charlotte op de avond van hun eerste ontmoeting. Hij had indruk willen maken, willen bewijzen dat een jongeman die op zeventien verschillende scholen had gezeten net zo pienter en cultureel onderlegd kon zijn als de oud-Eton-gangers met wie ze voornamelijk optrok. De herinnering was gênant, maar was de tweeënveertigjarige wel echt wijzer dan de jongen die de liefdesgedichten voor Lesbia uit het hoofd had geleerd? De jonge versie had tenminste geweten wat hij wilde en ernaar gehandeld, wat de rampzalige gevolgen ook zouden zijn. Zijn oudere ik had ervoor gekozen om terughoudend te zijn waar hij doortastend had moeten optreden; door te laat in te zien wat hij wilde en misschien zelfs nodig had, had hij datgene waarvan hij steeds meer het gevoel kreeg dat het zijn enige kans op echt geluk was overboord gegooid.

Daar op de snelweg bedacht hij hoe toepasselijk zijn eerste contact met Robin was geweest. Hij was het kantoor uit gestormd, van plan om achter Charlotte aan te gaan, met wie hij het nog maar enkele uren eerder had uitgemaakt, bang dat ze (met de herinnering aan de overdosis en de bus in gedachten) zich misschien voor de metro zou werpen. In plaats van zijn vriendin in te halen was hij tegen Robin op gebotst, met zo'n kracht dat hij haar op de overloop omver had gegooid en alleen zijn snelle fysieke reflex had voorkomen dat ze van de trap viel en mogelijk haar nek brak. Robin die hem de weg terug naar Charlotte versperde, in ruil waarvoor hij haar bijna de dood in had gejaagd: zo'n keihard staaltje symboliek had hij zelden meegemaakt...

Haar ringvinger mocht dan nog kaal zijn, Strike was ervan overtuigd dat het een kwestie van tijd was voordat daar verandering in kwam. Die overtuiging was gebaseerd op zijn kennis van Robin. Zij was iemand die volhardde, doorzette, zelfs wanneer loyaliteit onverstandig geacht zou kunnen worden, een eigenschap waar Strike moeilijk over kon klagen, want hij had er zelf ook van geprofiteerd. Niemand die het beste met haar voorhad zou haar hebben aangeraden om bij Strike en het bureau te blijven in die begintijd, toen ze veel meer had kunnen verdienen bij een bedrijf dat niet de schijn had elk moment failliet te kunnen gaan. Nee, Robin was een goed en fatsoenlijk mens, en goede en fatsoenlijke mensen liepen niet weg als het zwaar werd, en ze lieten hun geliefde niet in de steek als die een crisis doormaakte.

Waar hij Murphy pas nog had verfoeid omdat hij zo fit en succesvol was, misgunde hij hem nu zijn terugval als alcoholist en zijn problemen op het werk.

110

Who can patch union here? What can there be
But everlasting horror 'twixt us two,
Gulfs of estranging blood? Across that chasm
Who can extend their hands?

Matthew Arnold
Merope: A Tragedy

De grote, kronkelige bomen die de weg omzoomden en de uitgestrekte akkers van uitstekende landbouwgrond waren als een landschap uit een halfvergeten droom. Strike probeerde troost te putten uit de verheven onverschilligheid van de natuur voor alle zorgen van de mens, maar die strategie was zo ineffectief dat het bijna een opluchting was om de zijweg naar Heberley in te slaan en zijn aandacht te richten op wat er moest gebeuren.

De hoge smeedijzeren poort doemde voor hem op, tussen twee stenen zuilen met daarbovenop gebeeldhouwde zalmen, als eerbetoon aan het familiewapen van de Legards en misschien ook aan de Tyne, de rivier die langs het huis stroomde. Strike stapte uit de auto en liep naar een intercom, die nieuw was. De oude was roestig geweest, herinnerde hij zich. Hij drukte op de bel en een vrouw met een Oost-Europees accent reageerde.

'Wie ies daar, alstoeblieft?'

'Cartier,' zei Strike in de intercom, en tegen de tijd dat hij weer in zijn auto was gestapt ging de ijzeren poort langzaam open.

Aan weerskanten van de oprijlaan stonden rododendrons. Ze

stonden niet in bloei, daarvoor was het te vroeg in het jaar, maar ze vormden een dichte, glanzende, donkergroene erewacht toen hij een helling op reed. Zodra de BMW de top van de heuvel over was, kwam in de verte Heberley House in zicht: een enorm rechthoekig blok roodbruin natuursteen, met langwerpige ramen en zuilen in Grieks-Dorische stijl. Strike had nog een kleine kilometer te gaan, een weggetje door het hertenkamp, waar enorme volwassen bomen op zonnige dagen welkome schaduwplekken boden en waar de familie Legard, indien nuchter genoeg, zo nu en dan had geluncht met een picknick. Dat was bij hen geen aangelegenheid met kriebelende dekens, Tupperware en hardgekookte eieren, zoals Strike picknicks kende van Ted en Joan; bij de Legards zette het personeel schragentafels op die werden gedekt met sneeuwwitte kleden, waarna het tafelzilver het gazon over werd gedragen.

Hij parkeerde op het gravel voor het huis, en toen hij de voordeur naderde, werd er opengedaan door de vrouw van wie hij aannam dat ze huishoudster was: klein, slank, met licht haar en een zwarte jurk. Hij herkende haar niet, maar dat had hij ook niet verwacht. Als er al ooit oude dienstcontracten hadden bestaan op Heberley House, dan waren die allemaal afgebouwd na de komst van Tara, die berucht was om haar onvermogen personeel te behouden dat interactie van haar vergde.

'U hebt halsketting?' vroeg de huishoudster nieuwsgierig, met een blik op Strikes lege handen.

'Achter slot en grendel in mijn auto.' Hij wees naar de BMW. 'Ik mag hem pas pakken als Lady Jenson aanwezig is.'

De huishoudster leek het ongeloofwaardige verhaal te geloven, want ze draaide zich om zodat hij de hal met de marmeren vloer kon betreden, waar zeer weinig was veranderd sinds Strikes laatste bezoek. Houtsnijwerk van alweer zalmen diende als fioelen onderaan de brede trap, en de achttiende-eeuwse stoelen die hij zich herinnerde stonden nog steeds voor een enorme stenen haard.

Strike wachtte tot ze uit het zicht verdwenen was en sloop toen zo stilletjes als hij kon eerst naar de deur van de salon, maakte die open om snel zijn blik over het interieur te laten gaan, waarna hij de hal overstak om in de eetkamer te kijken. Hij had net gezien waar hij voor kwam toen hij weer voetstappen hoorde, en hij ging snel weer bij de haard staan.

Tara daalde de trap af en was al aan het woord. 'Ik dacht dat u iets moest afleveren namens mijn zoon, maar...'

Midden in de zin viel ze stil, nog zes treden boven de vloer, en ze staarde Strike aan.

Tara, ooit net zo donker en adembenemend mooi als haar dode dochter, had nu geblondeerd haar. Ze had een facelift ondergaan, waarschijnlijk meer dan eens, waardoor er vreemde horizontale vouwen aan weerskanten van haar mond liepen, daar waar de huid naar boven getrokken was. Fillers vervormden de proporties van haar gezicht. Ze was zo dun als ze altijd was geweest en droeg haar dure interpretatie van kleding die bij een buitenhuis hoorde, in dit geval een zijden blouse met een tweedbroek. Als ze haar gezicht normaal had kunnen bewegen, zou ze nu woest gekeken hebben, wist Strike.

'Wat de fuck doe jij hier? Waarom heb je hem binnengelaten?' vroeg ze kwaad aan de huishoudster, die net weer de hal in was gekomen, misschien om een versnapering aan te bieden.

'Hij zei van Cartier.' De huishoudster zag er doodsbenauwd uit.

'Heb je om een identiteitsbewijs gevraagd?'

'Nee.' Het huilen leek de huishoudster nader te staan dan het lachen.

'Zij kan er niks aan doen,' zei Strike.

'Hou jij je bek,' snauwde Tara. 'Trouwens, rot gewoon op. Wegwezen, nu meteen, of ik laat je door een van de fucking terreinknechten naar buiten slépen.'

'Als je Sacha niet in alle kranten wilt zien staan wegens heling, raad ik je dat af,' zei Strike. 'En voordat je gaat doen alsof je niet weet waar ik het over heb, ik heb het net op het dressoir in de eetkamer zien staan.'

Tara keek hem een paar seconden woest aan en blafte toen 'koffie!' naar de huishoudster, die maakte dat ze wegkwam. Tara daalde de laatste treden af zonder naar Strike te kijken, draaide zich om – op precies dezelfde manier als Charlotte had gedaan wanneer ze dronken was, en eenieder die haar irriteerde of verveelde de rug toekeerde – en beende de salon in. Strike volgde haar en zag hoe Tara een sigaret uit een ivoren doos pakte, hem opstak en zich in een lage brokaten fauteuil liet zakken.

De kamer was opnieuw ingericht, ergens in de negen jaar sinds de laatste keer dat Strike er was geweest. Toen waren de muren zilverachtig lichtblauw geweest, nu waren ze donkergroen en enkele schilderijen hadden een andere plek gekregen, al hing het door Augustus John geschilderde portret van Sacha Legards verveeld kijkende overgrootmoeder nog steeds boven de schoorsteenmantel.

'Ik snap niet dat jij het góre lef hebt om hier zomaar binnen te komen,' zei Tara honend.

'Waarom niet?' Strike nam onuitgenodigd plaats op de bank.

'Je weet verdomd goed waarom niet. Na wat je hebt gedáán.'

'Ik heb heel veel gedaan.' Strike strekte het been met de prothese, waar hij weer kramp in had na de lange autorit. 'Je zult wat specifieker moeten zijn.'

'Het is jouw fucking schuld dat ze zelfmoord heeft gepleegd!' schreeuwde Tara.

Het verbaasde Strike totaal niet dat ze binnen enkele seconden al waren aanbeland bij deze groteske beschuldiging, die voor de meeste mensen alleen logisch leek als hoogtepunt van een felle ruzie. Tara's tactiek was altijd geweest om ernaar te streven haar tegenstander het meest beschadigende voor de voeten te werpen voordat die de tijd had om na te denken over een reactie. Charlotte was voorgoed gebrandmerkt geweest door de openingssalvo's van haar moeder. *Ik wou verdomme dat je nooit geboren was. Neem toch weer een overdosis, jammerende aandachttrekster. Jezus, wat ben je toch een stomvervelend, lelijk ettertje.*

'En wiens schuld waren de twee zelfmoordpogingen voordat ik haar ooit had ontmoet?' vroeg Strike.

'*Fuck you!*'

'Welbespraakt als altijd,' zei Strike. 'Maar goed, nog even over het dressoir.'

'Het gaat je geen zak aan wat er op mijn dressoir staat!'

'Het is niet jouw dressoir, het is van je zoon, en hij is keihard de sjaak als de pers er lucht van krijgt waar het zilveren tafelschip van Dino Longcaster is gebleven, of niet soms?'

'Sacha weet dat het hier staat en het kan hem niet schelen!' zei Tara.

Strike was ervan overtuigd dat het een grove leugen was. Als Sacha wist wat zijn moeder had gedaan, zou hij doodsbenauwd zijn dat iemand erachter kwam, zeker journalisten. 'Ik heb de afscheidsbrief van Charlotte gelezen,' voegde ze er luidkeels aan toe. 'Ik weet wat je haar hebt aangedaan.'

'Het ergste waarvan ik beschuldigd kan worden met betrekking tot Charlotte is dat ik niet mijn hele leven heb aangepast aan haar doodswens.'

'Je ging vreemd, je...'

'Ik heb steeds weer de fucking brokken opgeraapt, tot ze niet meer te herstellen was,' zei Strike, 'en voor me staat de reden dat ze nooit oud heeft kunnen worden.'

'Schoft,' zei Tara. 'En je moeder was een sloerie.'

'Ik zou zeggen dat ik goede reclame maak voor een ongetrouwde moeder, vergeleken met de relatie tussen jou en Charlotte,' zei Strike. 'Maar we hadden het over dat tafelschip.'

'Als je denkt dat ik ook maar íéts ga uitleggen aan het tuig dat de dood van mijn dochter op zijn geweten...'

'Dan niet.' Strike ging staan. 'Ik stap naar de pers, vertel dat Sacha het gestolen schip heeft en geloof mij maar, dat wordt genieten.'

'Waag het niet! Kom terug!' gilde Tara toen Strike naar de deur liep. Voordat hij die had bereikt, ging de deur open en daar stond de huishoudster, met een angstig gezicht.

'Ga weg!' schreeuwde Tara tegen haar. 'Dit is vertrou...'

De huishoudster bleef met een ruk staan, met haar dienblad in de handen. Tara slaakte een geërgerde zucht.

'Eerst die koffie brengen,' zei ze. 'En dan wegwezen. Kom terug!' riep ze naar Strike. 'Hier komen!'

'Wij hebben elkaar niks meer te zeggen.' Strike draaide zich om op het moment dat de huishoudster haar dienblad op de salontafel zette en met trillende hand koffie voor Tara inschonk.

'Jawel,' zei Tara ziedend. 'Ga zitten. Zítten.'

Strike verroerde zich niet. Het was bevrijdend om haar te kunnen behandelen zoals ze in zijn ogen verdiende; vroeger had hij zichzelf er altijd aan moeten herinneren dat Charlotte ervoor zou moeten boeten als hij zichzelf zou toestaan zijn woede te uiten tegenover Tara, maar Charlotte lag nu op de begraafplaats van Brompton en kon er eindelijk niet meer onder lijden, in tegenstelling tot het scharminkel van vlees en bloed met dat verwrongen, zorgvuldig opgemaakte gezicht en een sigaret met lippenstiftvlekken in haar klauwachtige hand.

Nadat ze voor Tara koffie had ingeschonken maakte de huishoudster zich uit de voeten, en ze deed de deur dicht terwijl Strike bleef staan.

'Ga zitten,' zei Tara nog een keer. 'Zitten!'

'Ik ben geen hond,' zei Strike. 'Ga je mijn vragen nog beantwoorden?'

'Ja,' zei Tara ongeduldig. 'Ga nou zítten.'

Voordat hij terugliep naar de bank, schonk Strike voor zichzelf koffie in.

'Ik neem aan dat je Fleetwood niet hebt gevraagd om dat tafelschip te stelen. Hij had het gejat en kwam ermee hiernaartoe omdat hij niemand anders kon bedenken aan wie hij het kwijt zou kunnen, klopt dat?'

Hij vatte Tara's stilzwijgen op als instemming.

'Hoeveel heb je hem ervoor gegeven?'

'Gaat je niks aan. Zeg maar tegen fucking Dino...'

'Hij is mijn klant niet.'

'Lieg niet tegen me, ik ben niet achterlijk. En hij heeft je niet het hele verhaal verteld, maar zeg maar tegen hem dat ik de getuigen heb. Lottie Hazlerigg en Angus Lyall hebben me er alles over verteld.'

'Alles verteld waarover?'

'Dino speelde vals. Hij heeft altijd dat tafelschip willen hebben, en Peter Fleetwood was bezopen op de avond dat hij het heeft verspeeld, waarschijnlijk zag hij twee backgammonborden. Lottie en Angus waren erbij en zij hebben het zien gebeuren, ze weten wat Dino heeft gedaan, maar niemand wilde tegen hem in gaan, want hij kan verdomd vals worden, daar weet ik alles van. Hij heeft verdomme mijn schouder uit de kom geramd toen...'

'Ja, het verhaal over je schouder heb ik al gehoord,' zei Strike. 'Ik herinner me de omgekieperde tafel en de brandwonden op je benen. Ik weet dat je hem in bed aantrof met een tiener die was ingehuurd als serveerster op een feestje. Ik ben alleen geïnteresseerd in dat tafelschip.'

'Dat zeg ik je toch! Dino heeft Peter altijd getreiterd, behandelde hem alsof hij nog steeds zijn knechtje op Eton was, zelfs toen ik met hem getrouwd was. Dus ga maar meteen terug naar die ellendeling en zeg namens mij...'

'Ik zeg je net dat hij niet mijn klant is. Ik werk voor zijn dochter, Decima.'

'Wat kan dat stomme schip haar nou schelen?'

'Niks. Ze is alleen geïnteresseerd in de verblijfplaats van Rupert Fleetwood. Heeft Rupert iets over Decima gezegd toen hij hierheen kwam?'

'Nee.'

'Nou, hoeveel was het je waard om Dino terug te pakken?'

'Dat zeg ik net, dat gaat je geen donder...'

'Het gaat me wel aan, want als jij Fleetwood vijftigduizend pond hebt gegeven, zal hij zich veel efficiënter kunnen schuilhouden dan wanneer je hem een tientje hebt toegestopt.'

Tara keek hem woest aan, nam nog een trek van haar sigaret en zei toen door een wolk rook heen: 'Ik heb hem zesduizend pond gegeven. Nou tevreden?'

'Volgens mij heb je hem ook nog iets anders gegeven.'

'Zoals?'

'Zoals een baan in het buitenland, in een Clairmont-hotel.'

'Ik ga niet over het aannemen van personeel.'

'Ik betwijfel of iemand in het bestuur nee zal zeggen tegen de enige nog levende Clairmont als die zegt dat ze wil dat haar aangetrouwde neef een baan krijgt in een restaurant of keuken. Ik betwijfel zelfs of ze veel bezwaar zouden maken als je vroeg om een baan als *brand consultant* voor de enige andere persoon die weet waar dat tafelschip gebleven is.'

'Goh.' Tara kneep haar ogen tot spleetjes boven haar koffiekopje. 'Wat ben jij pienter, zeg.'

'Dat blijkt maar weer. In welk hotel houdt Fleetwood zich schuil?'

'Dat weet ik niet,' zei Tara. 'Ik heb ze opgedragen iets voor hem te zoeken en dat hebben ze gedaan. Ik weet niet waar hij naartoe is gegaan. Hij heeft me wel een bedankkaartje gestuurd. Goede manieren.

Ik kan me van jou geen bedankjes herinneren.'

'Waar zou ik jou in godsnaam voor moeten bedanken?'

Ze was oud, niet langer de schoonheid die blauw bloed en rocksterren had betoverd in de vroege jaren zeventig, voordat ze trouwde met de veilige keuze: Sir Anthony Campbell, met zijn oude familiekapitaal achter hem en zijn kasteel op Arran, maar in de manier waarop Tara nu met Strike sparde zat nog een vonkje van haar verdwenen allure. Haar onverschrokkenheid, haar arrogantie, haar terloopse wreedheid in combinatie met die adembenemende schoonheid hadden ooit mannen in hun greep gehouden, maar Strike was immuun geworden voor die vage schim van gevaarlijke charme door het langdurige contact met de dochter die zoveel op haar leek. Strike en Charlotte hadden zich weleens afgevraagd of hun moeders elkaar ooit ontmoet hadden; er was een foto van Tara met Jonny Rokeby, genomen na een of ander concert. Had hij met haar ook seks gehad? 'Misschien zijn we wel broer en zus,' had Charlotte gezegd, een idee dat Strike eerder afstotelijk dan opwindend vond.

'Heeft Rupert je verteld waarom hij naar het buitenland wilde?'

'Omdat Dino achter hem aan zat natuurlijk.'

'Heeft hij ook verteld waarom hij naar Sacha's verjaardag is gegaan?'

Tara nam nog een diepe trek van haar sigaret. 'Hij niet, maar Sacha vertelde me dat hij daar onuitgenodigd was opgedoken.'

'Zei Sacha ook waarom?'

'Waarschijnlijk omdat Rupert niet vaak de kans krijgt om met de beau monde op te trekken.'

'Dus hij is ook niet geschikt voor een baan vóór de schermen? Is hij als bordenwasser geëindigd?'

'Ik zeg je net dat ik niet weet waar hij is, en ik weet ook niet wat hij doet.'

'Oké.' Strike ging weer staan. 'Ik zal je niet langer lastigvallen. Kan ik hier nog effe pissen voor ik ga?'

'Nee,' snauwde Tara.

'Blijf maar zitten, hoor,' zei Strike alsof ze niks had gezegd. 'Ik weet nog waar de plee is.'

III

Seems as if we'd got to the end of things…

John Oxenham
A Maid of the Silver Sea

Omdat hij er de voorkeur aan gaf Heberley House ver achter zich te laten voordat hij ergens stopte om iets te eten, reed Strike in zuidelijke richting naar de stad York. In zijn geparkeerde BWM, zich verheugend op een late lunch in de pub zodra hij deze onverkwikkelijke plicht had afgehandeld, belde bij Decima Mullins.

Nadat hij zijn relaas over het gesprek met Tara had gedaan, zei Decima met overslaande stem: 'Nee, dat kan niet waar zijn. Hij zou nooit… Hij had niet eens contact met Tara. Nee, dat liegt ze, dat moet wel!'

'Ze heeft dat tafelschip,' zei Strike, 'en eerlijk gezegd vind ik het erg dom van mezelf dat ik niet eerder had bedacht dat er een ex-vrouw was die Dino Longcaster dolgraag een hak zet, die nauwelijks gedragsnormen heeft en flink met geld kan smijten. Ze beweert dat ze niet weet in welk hotel Rupert werkt, maar ik denk wel dat het waar is dat hij ergens aan de slag is gegaan. Zij heeft haar invloed aangewend om hem en Tish Benton een baan te bezorgen binnen die keten. Het spijt me, ik weet dat dit niet het antwoord is waar u op had gehoopt, maar…'

'Dus u gaat alle Clairmont-hotels bellen terwijl hij daar niet eens is?'

'Ik denk dat hij wel degelijk in een van de hotels is.' Strike probeerde sympathie in plaats van ongeduld in zijn toon te leggen. 'En nee, ik ga ze niet bellen. De zaak is hiermee afgedaan.'

'Wat… laat u me in de steek?'

'Er hoeft nu niets meer te gebeuren wat u niet zelf kunt doen, dus het zou verkeerd zijn om rekeningen te blijven sturen. Het spijt me,' zei hij nog een keer. 'Ik weet dat u niet wilde geloven dat Rupert nog leeft, maar...'

'Dat is het niet. Hoe kunt u dat nou zeggen?' riep ze uit. 'Natúúrlijk zou ik liever denken dat hij nog leeft, maar hij zou nooit zomaar bij me weggaan! Nooit.'

'Soms vergissen we ons in mensen, hoe goed we ze ook denken te kennen.' Strike streefde nog steeds naar geduld. 'Het spijt me, maar voor mij zit het werk erop. Ik wens u veel sterkte,' voegde hij er slapjes aan toe. 'En betere tijden.'

Toen het gesprek beëindigd was stapte Strike uit de BMW en ging op zoek, nog steeds licht met zijn been trekkend, naar een plek waar hij iets kon eten. Onder het lopen belde hij Robin en vertelde haar over zijn bezoek aan Heberley.

'... dus het is voorbij,' sloot hij af. 'De taak van het identificeren van William Wright ligt weer bij de politie. Wij stoppen ermee.'

Het verbaasde hem niet dat er een geschokte stilte volgde op die woorden.

'Maar waarom is Rupert zomaar vertrokken?' zei Robin uiteindelijk. 'Waarom die wrede aanpak?'

'Ik kan alleen maar aannemen dat de simpelste verklaring de juiste is,' zei Strike. 'Hij wilde geen baby en koos voor de laffe uitweg. Maar ik rammel van de honger en verderop is een pub, dus ik spreek je straks wel weer.'

De naam van de pub, de Old White Swan, bracht bij Strike een ongelukkige herinnering aan Ironbridge naar boven, maar omdat hij niet nog verder wilde lopen, ging hij naar binnen, de aangename ruimte met wit en blauw geverfde muren in. Hij had net een halve liter alcoholvrij bier gehaald en fish-and-chips besteld toen zijn contactpersoon bij de politie, George Layborn, hem belde.

'Hallo,' zei de politieman, 'ik heb je mail over Wade King gekregen.'

'Ha,' zei Strike, die oprecht hoopte dat hiermee de hele zilverkluiszaak af te sluiten zou zijn.

'Hij zat tussen 16 en 18 juni vorig jaar in Frankrijk.'

'Frankrijk?' herhaalde Strike met een frons.

'Ja, hij is met een vrachtwagen vol scotch van Speyside naar Cannes gereden.'

'Dat is honderd procent zeker?'

'De volle honderd.'

'Shit,' zei Strike. 'Nee, ik bedoel, dat is goed om te weten. Bedankt, ik sta bij je in het krijt.'

Hij hing op. Laybornes informatie was nuttig maar onwelkom. Als Wade King Oz was geweest, zou alles duidelijk zijn, maar nu...

Hij trok per ongeluk zijn vape uit zijn borstzakje bij het terugstoppen van zijn notitieboekje; het ding rolde onder een naburig leeg tafeltje, en toen Strike bukte om het op te rapen, moest hij weer denken aan het buisje dat William Wright had laten vallen, waarvan Mandy en Daz hadden gedacht dat het een jointbuis was terwijl Wright had beweerd dat het een bloedmonster zou zijn. En opnieuw vroeg hij zich af wat het echt was geweest.

112

Oh 'tis jesting, dancing, drinking
Spins the heavy world around.
If young hearts were not so clever,
Oh, they would be young for ever:
Think no more; 'tis only thinking
Lays lads underground.

A.E. Housman
XLIX, *A Shropshire Lad*

Dus het onderzoek was afgesloten. Het detectivebureau had Decima vervangen door de bovenste klant van de wachtlijst, en het verminkte lijk van de man die zich William Wright had genoemd bleef ongeïdentificeerd achter, zonder ogen en zonder handen, in een onbekend mortuarium. Robin mocht zich zijn lot niet aantrekken, of dat van de dode Sofia Medina of de vermiste Sapphire Neagle, maar haar geest weigerde om al die niet met elkaar verbonden feiten rond de zilverkluiszaak te verjagen en bleef er maar met een onaangenaam gevoel op kauwen, als op een hap gruis. Had Wright echt een zwangere vriendin gehad? Waarom had hij de site Abused and Accused bezocht? Waar was het Murdoch-zilver gebleven? Wat betekenden de acht cijfers die Niall Semple voor zijn vrouw had achtergelaten? Waarom had Chloe Griffiths zo agressief gedaan over een armbandje? Wat had Albie Simpson-White gezegd dat Decima beter niet kon weten?

Robin wist dat ze het allemaal zou moeten loslaten. Het was nu een zaak voor de politie, en als om dat te onderstrepen kondigde een woordvoerder van het korps van Londen donderdag aan dat Jason Knowles toch niet het lijk in de kluis was geweest. *The Sun* was de enige krant die het verhaal vrij prominent bracht, onder de kop VRIJMETSELAARSLIJK: POLITIE 'HAD HET MIS'.

Op aandringen van Strike werkte Robin nog steeds vanuit haar appartement of op kantoor. Ze begon zich zo langzamerhand de assistente van Pat te voelen, met alle administratie en kleine opzoekklusjes die online te doen waren. Aan de andere kant wist ze ook wel dat haar mentale toestand nog nooit zo slecht was geweest. Het leek wel of het met het verstrijken van de dagen eerder slechter met haar ging dan beter. Ze schrok van onverwachte geluiden, zelfs van haar telefoon die rinkelde, het lukte haar niet om meer dan een paar uur achter elkaar te slapen, en ze had steeds flashbacks van de man die had geprobeerd haar te wurgen in de Land Rover. De kleinste dingen maakten haar bijna aan het huilen: gemorst sap, een verloren knoop. Ze deed haar uiterste best om dat alles verborgen te houden voor iedereen om haar heen, ook voor Murphy, ervan overtuigd dat ze ruzie zouden krijgen als ze hem de waarheid vertelde, of dat hij erop zou staan dat ze tijdelijk helemaal stopte met werken.

Wade King was voorwaardelijk op vrije voeten en wist waar hij haar kon vinden. Ze had het altijd heerlijk gevonden om alleen te wonen, door de vrijheid die het haar gaf, maar nu voelde Robin zich onveilig in haar appartement, en dat was de reden dat ze elke dag op en neer reisde naar Denmark Street. Het liefst was ze constant in het gezelschap geweest van de mensen die ze kende en vertrouwde.

Toen ze donderdagavond Blackhorse Road in reed, kort voordat Murphy bij haar zou komen eten, belde hij haar.

'Het gaat me niet lukken vanavond.'

'O,' zei Robin, kwaad op zichzelf omdat ze het liefst weer in huilen was uitgebarsten, 'waarom niet?'

'Ik was een uur geleden bij een verdachte thuis die op de bodem van zijn kledingkast iets heeft liggen wat weleens twee zelfgemaakte staafbommen zouden kunnen zijn.'

'Shit!'

'Ja, en de terrorismedreiging staat op "ernstig", dus hebben we de halve straat geëvacueerd. We wachten nu op de explosievenopruimingsdienst.'

'Nou, dat geeft ineens een andere kijk op mijn middagje bonnen labelen,' zei Robin, en Murphy moest lachen. Het verbaasde haar hoe opgelucht ze was dat hij het grappig vond; het voelde alsof ze de laatste tijd niet al te veel hadden gelachen samen.

'Morgenavond?' vroeg hij en Robin stemde ermee in.

Het werd al donker. Eenmaal geparkeerd voor haar appartementencomplex graaide ze in haar tas naar de verse fles pepperspray die ze had gemaakt nadat de eerste in beslag genomen was door de politie, waarna ze minutenlang bleef zitten en probeerde moed te verzamelen om het donkere parkeerterrein over te steken. Hoezeer ze zichzelf ook voorhield dat er niemand op de loer lag, ze leek haar onderbewustzijn niet te kunnen overtuigen.

'Kom op,' zei ze streng tegen zichzelf, en ze stapte uit.

Ze was halverwege op weg naar de ingang van het complex toen ze mannenstemmen hoorde schreeuwen. Overmand door paniek rende ze terug naar de Land Rover.

Twee mannen stormden het gebouw uit, recht op haar af. Ze trilde zo hevig dat ze haar autosleutels liet vallen. Toen ze bukte om ze op te rapen, hoorde ze de gesnauwde woorden 'fucking bitch' en de eerste man stoof langs haar heen, zijn krullen in silhouet afgestoken tegen het licht van de lantaarnpaal. *Hij is het!* Maar de tweede man, die langer en breder was, ging nu langzamer lopen. Hij was bijna bij haar...

'NEE!' gilde Robin, en ze pakte de pepperspray.

'Rob, ik ben het,' zei een bekende stem. 'Ik ben het!'

'Martin?' zei Robin zwakjes, en ze leunde met haar rug tegen haar auto, de pepperspray in haar hand, de autosleutels nog op de grond. 'Wat...?'

'Wie was die kerel?' vroeg hij.

Martin had een verfrommeld vel papier in zijn hand. Robin kreeg haar gedachten niet meer op een rijtje. Ze barstte in tranen uit, er was geen houden aan.

'Rob.' Haar broer sloeg zijn armen om haar heen. 'Wat is er nou?'

'Niks, niks,' bracht ze moeizaam uit, en ze besefte dat het een belachelijke reactie was. 'Wat doe jij hier nou? Hoe ben je...?'

'Wat is er aan de hand?' vroeg Martin weer.

'Ik... ik heb een man laten arresteren die...' Maar ze kon Martin niet vertellen dat ze was aangevallen, ze moest er niet aan denken dat haar moeder, vooral haar moeder, het te horen zou krijgen. 'Die nu kwaad op me is. Maar hoe kun jij...?'

'Het regende, een van je buren heeft me binnengelaten. Ik zat op je trap te wachten tot je thuiskwam toen die eikel opdook en dit onder je deur door probeerde te schuiven.' Martin hield het verfrommelde vel papier omhoog. 'Ik zei: "Hé, wie de fuck ben jij?" en toen werd hij agressief, dus deed ik agressief terug en toen ging hij ervandoor.'

'Wat staat er op dat papier?' Robin probeerde het uit Martins hand te trekken, maar het was duidelijk dat hij het niet wilde laten zien. 'Martin, geef hier.'

Hij stak het met tegenzin naar haar uit. Op het papier stond een afbeelding van een gorillakop.

Martin kende de rol van gorilla's in Robins verleden.

'Hoe weet hij dat?' vroeg hij.

'Staat online,' zei Robin. 'Hé, ik ben blij dat je er bent, maar wat kom je doen?'

'Carmen heeft me eruit gegooid.'

'O, Mart, wat lullig voor je,' zei Robin.

Onder normale omstandigheden zouden ergernis en grote verbazing de overhand hebben gehad als ze Martin op haar stoep aantrof. Het was typisch iets voor hem om onaangekondigd te komen aanzetten, of liever gezegd twee weken nadat hij had gevraagd of hij kon komen logeren, en zonder een reactie van haar kant dat het gelegen kwam. Maar ze was nu zo dankbaar dat hij er was op dit cruciale moment, en zo dolblij dat er iemand zou blijven slapen, dat ze hem nogmaals stevig omhelsde.

'Wat fijn om je te zien. Kom binnen, dan kun je me er alles over vertellen.'

'Je hebt een nieuwe Land Rover,' zei Martin toen ze naar de ingang liepen. 'Wat is er met de oude gebeurd?'

'Die kwam niet door de keuring.'

'Je moet tegenwoordig wel goed verdienen dan,' zei Martin met een blik op de auto, zijn toon ergens tussen jaloezie en bewondering in.

'Hij is van de zaak,' zei Robin, 'niet van mij.'

Ze hield van haar broer, maar hij had er nooit voor teruggedeinsd om zijn familie om geld te vragen. Tot nu toe had hij Robin op dat gebied nooit lastiggevallen, omdat hij wist dat ze niets kon missen.

Martin pakte zijn weekendtas van de trap waar hij die had achtergelaten en liep achter Robin aan naar boven.

'Mooie flat.'

'Dank je,' zei Robin automatisch. Het papier met de gorilla ritselde; toen Robin ernaar keek, besefte ze dat ze trilde.

Zonder haar jas uit te trekken liep ze de keuken door om een nieuw diepvrieszakje te pakken, waar ze de gorillafoto in stopte. Zou de politie dit serieus nemen? Er was nog steeds niemand langsgekomen voor de maçonnieke dolk of de rubberen gorilla die haar bij Harrods in de hand geduwd was.

'Luister.' Ze draaide zich om naar Martin met de nu beschermde foto in haar hand. 'Zeg hier thuis alsjeblíéft niks over. Ik smeek het je, Martin. Ik trek het niet als mam weer tegen me begint, boven op alles wat ik nu al aan mijn hoofd heb.'

'Ga je Ryan bellen?'

'Die heeft vanavond belangrijkere dingen aan zijn hoofd,' zei Robin, denkend aan de staafbommen. 'In de koelkast staat een fles wijn...'

Haar telefoon ging. Strike.

'Ik neem even op in mijn slaapkamer, pak gerust alles wat je wilt.'

Met de foto van de gorillakop nog in haar hand en haar jas nog aan ging Robin naar de slaapkamer, waar ze op het voeteneind van haar bed ging zitten om het telefoontje van haar zakenpartner te beantwoorden.

'Ik bel alleen even om te kijken of je goed thuisgekomen bent,' zei Strike.

'Ja,' zei Robin trillerig. 'Waar ben jij?'

'Haringey. Plug en zijn zoon zitten in zijn bestelbus in Carnival Street.'

'Nee, hè!' zei Robin kwaad. 'Gaat hij zijn zóón erbij betrekken als er uit wraak iemand wordt neergestoken?'

'Daar lijkt het wel op. Barclay en Shah volgen twee andere leden van die wraakbende en ze lijken allemaal deze kant op te komen. Ik denk dat het vanavond gaat gebeuren.'

Robin verwierp onmiddellijk het idee om Strike te vertellen dat Wade langs was geweest. Hij probeerde een mogelijke steekpartij te verijdelen, dit was niet het moment. Maar Strike had de spanning in haar stem gehoord.

'Weet je zeker dat alles oké is?'

'Ja. Mijn broer Martin is hier, hij stond onverwacht voor de deur.'

'Aha.' Strike was blij dat te horen, om twee redenen: Robin had een stevige man bij zich die haar kon beschermen, en ervan uitgaand dat hij dat nog niet had gedaan, zou Murphy haar dus vast niet vanavond ten huwelijk vragen. 'Doe hem de groeten van me.'

'Zal ik doen,' zei Robin. 'Succes met Plug. Ik hoop echt dat er geen gewonden zullen vallen.'

'Het zou weleens goed zijn voor Plug als hij flink afgetuigd werd,' zei Strike, 'maar ik doe mijn best om ervoor te zorgen dat de zoon buiten schot blijft.'

Na het ophangen borg Robin het vel papier dat ze nog in haar hand had op in dezelfde la als waar ze de dolk en de rubberen gorilla had verstopt. Ze trilde nog steeds. In een plotselinge impuls pakte ze haar mobiel weer, en voordat ze kon gaan twijfelen belde ze Prudence, Strikes halfzus, die therapeute was.

'Robin! Hoe gaat het met je?'

'Eh... niet zo best, eerlijk gezegd,' zei Robin. 'Ik vind het heel rot om jou hiermee op te zadelen, Prudence, en ik snap dat jij het natuurlijk niet zelf kunt doen, maar ik vroeg me af of je me iemand kunt aanbevelen... een therapeut, bedoel ik. Voor mezelf. Maar Prudence... sorry hoor,' zei Robin nog een keer, zich ervan bewust dat ze een beetje ratelde, 'het mag geen... Ik wil niet zo iemand die gaat proberen me te laten stoppen met dit werk. Ik wil iemand... iemand die... ik weet niet, die het snapt... iemand die... Ik kan niet goed uitleggen wat ik bedoel.'

'Robin, is er iets gebeurd?' Prudence klonk bezorgd. 'Iets nieuws, bedoel ik?'

'Er is een heleboel gebeurd. En ik ben... Het gaat niet echt lekker. Ik had misschien... na Chapman Farm... maar dat heb ik niet gedaan.'

Er viel een stilte aan de andere kant van de lijn, en toen zei Prudence peinzend: 'Ik denk dat ik precíés de juiste persoon voor je weet.'

'Echt?' zei Robin, verrast en hoopvol.

'Ja. Ze is heel onconventioneel, maar haar patiënten zijn dol op haar.'

'Oké,' zei Robin een beetje behoedzaam, want ze vroeg zich af of 'onconventioneel' stond voor kristallen en reiki. In gedachten zag ze Strike al spottend lachen. 'In welk opzicht...?'

'Ze kan nogal sturend zijn,' zei Prudence.

'In de zin dat ze zegt wat je moet doen?'

'Ja, ze heeft een uitgesproken mening. En ze vloekt veel.'

'Ik werk samen met je broer, daar kan ik wel tegen,' zei Robin, en Prudence moest lachen.

'Ze is niet goedkoop.'

'Dat maakt niet uit. Als ze goed is... Ik weet dat het nodig is. Ik moet iets doen.'

'Ik zal je haar gegevens sturen. Hoewel... nu ik erover nadenk: ik geloof dat ze momenteel weg is.'

'Als zij de juiste voor me is, kan ik best wachten,' zei Robin. 'Ik denk dat ik me al beter voel bij het besef dat ik er nu iets aan ga doen. Maar Prudence... niet tegen Strike zeggen dat ik heb gebeld, alsjeblieft.'

'Natuurlijk niet,' zei Prudence. 'Maar...'

'Hij weet wel dat het niet zo goed gaat,' zei Robin schoorvoetend. 'Ik heb alleen liever niet dat hij weet dat ik jou erbij gesleept heb.'

'Dat is geen "slepen", Robin. Ik help je graag.'

Na het gesprek bleef Robin even zitten met de telefoon in haar hand en ze voelde zich al beter, simpelweg door de gedachte aan de onbekende, vloekende therapeute. Ze trok haar jas uit, gooide die op haar bed, zuchtte een keer diep en liep de huiskamer weer in, waar haar broer op de bank zat en net wijn in een mok schonk.

'Ik heb glazen, hoor,' zei ze.

'Die kon ik niet vinden,' zei Martin, en Robin wist door de lange ervaring met haar broer dat dat betekende dat hij het te veel moeite vond om meer dan één kastje open te trekken. Ze pakte voor zichzelf een glas en ging naast hem op de bank zitten.

'Waarom heeft Carmen je eruit gegooid?'

'Ik heb haar betrapt. Ze ging vreemd.'

'Wát?'

'Toen ik gisteravond thuiskwam was haar fucking ex er. "O, hoi Martin, Jason kwam alleen even een cadeautje brengen voor Dirk."'

Robin vond de manier waarop Martin zijn vriendin nadeed vervelend; haar ex-man had ook altijd een hoog stemmetje opgezet om vrouwen te imiteren.

'Hij is ook nog getrouwd, de lul.'

'Waren ze...?'

'Nee, zover waren ze nog niet gekomen.' Martin klokte de halve mok wijn naar binnen. 'Of misschien hadden ze het al gedaan en waren ze net weer aangekleed.'

'Mart, weet je zéker...?'

'Wat moest hij daar anders, terwijl ik niet thuis was?'

'Nou ja, een cadeautje brengen voor de baby dus. Had hij iets bij zich?'

'Ja,' zei Martin, 'en dat heb ik voor zijn neus uit het raam geflikkerd.'

Robin kreunde inwendig. Ze kende haar broer: een onverbeterlijke heethoofd, onbezonnen en opvliegend in situaties waarvoor daar in de ogen van een objectieve toeschouwer geen enkele aanleiding was. Jaloezie was in zijn eerdere relaties vaak een probleem geweest.

'Hoelang zijn Carmen en die man al uit elkaar?'

'Weet ik veel, zes, zeven jaar.'

Robin moest denken aan Tyler Powell, en de beschuldiging dat hij jaloers geweest zou zijn vanwege een vriendinnetje dat hij op zijn zestiende had gehad, zo jaloers dat hij een auto zou saboteren.

'Ik heb gezegd dat ik die vuile slijmbal nooit meer wil zien, en dan laat ze hem binnen als ik van huis ben!'

'Martin, je hebt het recht niet om te bepalen wie Carmen wel en niet mag zien.'

'Waarom heeft ze dan niet gezegd dat hij langskwam?'

'Misschien wist ze dat niet, misschien was hij toevallig in de buurt?'

'Wel héél toevallig dat dat net gebeurde toen ik niet thuis was.'

'Of...' Robin zette zich schrap voor een uitbarsting die tegen háár gericht zou zijn. 'Misschien had ze het je niet verteld omdat ze wist dat je zou flippen?'

'Heeft ze je gebeld?' vroeg Martin kwaad.

'Nee, natuurlijk niet. Ze heeft mijn nummer niet eens, tenzij jij haar dat gegeven hebt.'

'Ik zei tegen haar: "Hoe kan ik weten dat Dirk niet van hem is?"'

'Dat meen je niet! Martin, jézus...'

Hij dronk de mok leeg en greep weer naar de wijnfles.

'Denk je nou écht,' begon Robin, zich er niet van bewust dat ze parafraseerde wat Strike nog niet zo lang geleden tegen Bijou Watkins had gezegd, 'dat ze seks zou hebben met een ex van lang geleden, in jullie flat, zes weken na de bevalling?'

'Ze heeft het altijd over die fucking eikel!' zei Martin woest. 'Bloedirritante sukkel. Heeft zijn eigen bedrijf. Weet je hoe het heet? Excalibur.' Martin zei het op zo'n minachtende toon dat Robin moeite moest doen om niet te gaan lachen.

'Wat voor bedrijf?'

'Containerverhuur.'

Ondanks haar inspanning barstte Robin in lachen uit. Het was een ontlading en een opluchting, ze kon bijna niet meer ophouden.

'Verdient geld als water,' zei Martin op bittere toon, boven Robins lachbui uit. 'Containers in heel Yorkshire, hij heeft de fucking markt overgenomen. Fucking Excalibur – en hij zet die naam overal op, op de zijkant van de containers en op de fucking overalls van zijn personeel. Het valt me nog mee dat Carmen van hem geen tatoeage op haar reet heeft moeten nemen.'

Robin onderdrukte haar lachbui en zei: 'Sorry, hoor, maar je kunt moeilijk zeggen dat het niet grappig is. "Containerverhuur Excalibur".'

Er verscheen een aarzelend lachje op Martins gezicht, maar hij zei: 'Het is een lul. Carmen en hij speelden samen ook Dungeons & Dragons en dat soort shit. Ik ben bij hem thuis geweest, met Carmen, toen hij een feest gaf. Haar een beetje laten zien wat ze had kunnen hebben als ze niet bij hem weggegaan zou zijn. Zo'n fucking breedbeeld-tv en een kamer vol met fitnessapparatuur. Hij heeft dat fucking logo op al zijn spullen staan thuis! Op fucking kússens! Meneer verdient de kost met containers en hij denkt dat hij... Van wie was Excalibur ook alweer?'

'Koning Arthur.' Robin vocht nog steeds tegen de lachkriebels.

'Die, ja.' Martin goot zijn tweede mok wijn naar binnen. 'Liet steeds zijn spierballen aan haar zien. Zwaarden op zijn T-shirt en op zijn fucking gewichten. Wat een eikel.'

'Hij klinkt wel als een idioot,' zei Robin.

'Is hij ook.' Martin leek enige troost te vinden in die opmerking. 'Ja.'

Maar Robin begreep wel dat deze man, wat zijn persoonlijke absurditeiten ook mochten zijn, de latente onzekerheid van haar broer verergerde. Martin had spaargeld noch bezit, en hij had nooit lang een baan behouden of überhaupt iets gedaan waarvoor hij langdurig hard moest werken.

'Mart,' zei Robin voorzichtig, 'weet je zeker dat je je dit niet inbeeldt?'

'Waarom heeft ze me dan op straat gezet?' wilde Martin weten, met dat typerende gebrek aan logica.

'Misschien omdat je het cadeau voor je zoon uit het raam hebt gegooid hebt en haar hebt beschuldigd van seks met een containerverhuurder die denkt dat hij koning Arthur is?' zei Robin, en daar moest haar broer toch even om proesten.

Het was gek om hier te zitten met Martin en te beseffen dat hij ervoor had gekozen om naar haar toe te komen in plaats van naar een van zijn andere familieleden te gaan. Misschien was hij simpelweg naar het eerste het beste logeerbed getrokken dat hij dacht te kunnen krijgen, maar Robin ontkwam niet aan het niet erg vleiende vermoeden dat hij haar nu meer dan ooit bestemde als een verwante geest, omdat ze koos voor een rare, met tussenpozen gevaarlijke carrière die hun moeder afkeurde, met een mislukt huwelijk achter zich, het koophuis op de lange baan geschoven; heel anders dan de gelukkig getrouwde Stephen, vader van twee kinderen, en de afgestudeerde Jonathan met zijn conventionele nieuwe baan als brandmanager. Maar toen herinnerde Robin zich hoe Martin op haar trouwdag stomdronken tegen haar ex-man was uitgevallen, en ze moest weer lachen.

'Ik dacht ineens aan die keer dat je Matthew bijna een klap had verkocht.'

'Ha.' Deze keer lachte hij echt. 'Dat is pas echt een fucking zeikerd.'

'Ja. Maar niet zo'n zeikerd als die vent om wie jij je nu druk maakt. Zeg luister... ik vind dat je Carmen moet bellen om je excuses aan te bieden.'

'Ik ga niet mijn fucking...'

'Ik denk serieus dat ze niks verkeerd heeft gedaan, Martin.'

Robin kende haar broer te goed om aan te dringen; hij was een onverbeterlijke dwarskop en zou pas de juiste beslissing nemen als de tijd er rijp voor was, of misschien wel helemaal niet.

Ze stond op van de bank. 'Ik ga iets te eten voor ons maken.'

Ze had net de koelkast opengetrokken om de schamele inhoud te bekijken toen haar opeens iets te binnen schoot, en ze liep terug naar de huiskamer.

'Mart, zei je nou dat de Excalibur-man zijn logo op zijn gewichten had staan?'

'Ja, hij zet overal dat fucking logo op.'

'Kun je gecuscomizede gewichten bestellen?'

'Als je zo'n sukkel bent die daarvan houdt. Hoezo?'

'Zomaar.' Robin liep terug naar de keuken.

113

And so it was fated that, one day, after patiently picking round a great piece of rock till it was loosened from its ages-old bed, he felt it tremble under his hand, and leaning his weight against it, it disappeared into space beyond.

John Oxenham
A Maid of the Silver Sea

Robin liet Martin de volgende morgen op de slaapbank in de huiskamer liggen en ging naar kantoor. Er was iets wat ze persoonlijk tegen Strike wilde zeggen, dus dwong ze zichzelf naar het centrum te rijden, voortdurend in de binnenspiegel glurend, en tijdens de korte wandeling naar Denmark Street voelde ze zich trillerig en onbeschut.

Toen ze om een paar minuten over negen binnenkwam zat Pat al aan haar bureau, en Wardle zat in hun kantoor met Strike te praten.

'We hadden toch drie vissen?' vroeg Robin aan Pat terwijl ze haar jas ophing, want de grote zwarte vis en de kleine gouden leken een metgezel verloren te hebben.

'Travolta is dood,' bromde Pat. 'Hij zegt dat hij in de bak dreef toen hij vanmorgen beneden kwam.'

'Travolta?'

'Ja, we hadden Cormoran, Robin en Travolta. De jouwe is de enige waarmee we geen problemen hebben. Wel toepasselijk,' voegde Pat er somber aan toe.

Strike kwam het kantoor uit, ongeschoren en doodop.

'Goedemorgen,' zei hij tegen Robin. 'Je hebt wat gemist gisteravond. Wat een ellende. Ik vertel het net aan Wardle.'Ze liep achter hem aan het kantoor in, waar Wardle met zijn armen over elkaar tegen de muur geleund stond.

'We hebben Plug, twee maten van hem en zijn zoon onderschept toen ze naar de voordeur van Carnival Street nummer vijftien liepen,' zei Strike. 'Ze gingen er meteen van uit dat we onder één hoedje speelden met de hondenmoordenaar en trokken messen. Om een lang verhaal kort te maken: Shah is in zijn been gestoken.'

Robin hapte geschrokken naar adem; het verhaal dat ze voor Strike had voorbereid verdween uit haar gedachten.

'Hoe gaat het met hem?'

'Redelijk. Hij mocht vanmorgen het ziekenhuis uit, maar de wond is diep. Barclay heeft Plug in bedwang gehouden en ik de grootste van zijn twee maten, maar de derde man wist te ontkomen. We hebben Plugs zoon wel kunnen overhalen om daar te blijven, dat arme joch. Je overdreef niet over die hondenbeet in zijn gezicht, hè?'

'Nee,' zei Robin, 'ik denk dat hij er de rest van zijn leven littekens aan zal overhouden – in meerdere opzichten. Waar is hij nu?'

'Bij zijn oudoom en zijn oma,' zei Strike. 'Met een beetje geluk draait Plug voor jaren de bak in, dan heeft die jongen nog enige kans op een normaal leven. Afijn, we moesten onze verklaring afleggen bij de politie en het is verdomme nog een geluk dat we met foto's konden aantonen dat we Plug al maanden volgen, anders hadden ze ons opgepakt voor geweldpleging. Dat zouden ze bij de politie natuurlijk prachtig vinden, zoals we allemaal weten. En hier op het bureau moeten we het met één man minder doen, misschien wel voorgoed.'

'Hoe bedoel je?' vroeg Robin.

'Het zou best eens kunnen dat we Shah kwijtraken aan Navabi.'

'Hè?' zei Robin vol afschuw. 'Dev zou nooit weggaan!'

'Ik zou er mijn geld niet op inzetten. Hij en ik hebben gisteren ruzie gehad terwijl we stonden te wachten tot Plug toesloeg. Hij kwam met dezelfde argumenten als Kim. We hadden die zilverkluiszaak niet moeten aannemen, we hebben Decima uitgebuit, "samengespannen om haar baby geheim te houden", we maakten snoepreisjes door het hele land, et cetera. Ik denk dat zijn oude maatjes bij de politie hebben gezegd dat hij voor een foute figuur werkt. En hij denkt dat ik Kim heb aangerand.'

'Huh?'

'Dat zal ze wel gezegd hebben,' zei Strike vermoeid. 'Zij en Navabi willen me maar al te graag een streek leveren. Hebben ze nog niet geprobeerd om een van jullie in te lijven?'

'Nee,' zei Robin. 'Ik zou me eigenlijk beledigd moeten voelen.'

'Ik ga wel met Shah praten over dat mens van Cochran,' zei Wardle fronsend. 'Dan zal ik hem eens precies vertellen wat voor iemand ze is. Ik heb het je al eerder gezegd, die meid heeft overal waar ze heeft gewerkt voor problemen gezorgd. Een fucking gevaar voor je zaak.'

'Dat zou fijn zijn, bedankt.' Strike wreef in zijn ogen, die brandden van vermoeidheid. 'En als je toch bezig bent, zeg maar tegen Shah dat de zilverkluiszaak gewoon doorgaat, en dat ik dat uit eigen zak betaal.'

'Wát?' Robin leefde onmiddellijk op bij het horen van dit nieuws.

'Ik moet gaan,' zei Wardle. 'Ik heb over een half uur de rijksambtenaar die haar man belazert.'

Toen Wardle de tussendeur achter zich dichtgedaan had, keek Strike Robin aan. 'Wat kijk jij ineens vrolijk?'

'Meende je dat? Gaan we door met de zilverkluiszaak?'

'Ja, dat meen ik.'

'Ik wil ook wel meebetalen. Jij kunt niet alle kosten alleen dragen, straks blijft er niks over van je erfenis als je zo doorgaat.'

'Ik heb dat geld nergens voor nodig,' zei Strike onverschillig.

'Wil je dan niet ooit een huis kopen?'

'Waarvoor? Niks zo makkelijk als de zolder hier.'

Strike had kunnen zeggen dat als Robin met hem wilde samenwonen, hij met alle plezier op huizenjacht zou gaan, maar natuurlijk deed hij dat niet.

'Waarom ben je zo blij dat we ermee doorgaan?' vroeg hij.

'Omdat... Niet kwaad worden. Oké?'

'Wat is er gebeurd?' vroeg Strike met een bang voorgevoel.

'Niks, maar dat komt waarschijnlijk alleen doordat Martin er was.'

Robin beschreef de gebeurtenissen van de vorige avond, en eindigde met: 'Ik wil niet de rest van mijn leven over mijn schouder kijken. Ik wil deze zaak afsluiten. Echt afsluiten.'

'Heb je de politie gebeld om te vertellen dat King de voorwaarden van zijn vrijlating heeft overtreden?' Het kostte Strike grote inspanning om zich in te houden, zoals ze hem had verzocht.

'Ja. En ik heb ze eraan herinnerd dat hier nog twee dingen liggen die hij me heeft opgedrongen, maar...'

'Ze hadden geen belangstelling.'

'Ik denk niet dat het gebrek aan belangstelling is,' zei Robin. 'De terrorismedreiging staat op ernstig, ik snap wel dat een A4'tje met een gorilla erop geen topprioriteit is. Maar goed,' zei ze snel, want ze merkte wel dat Strike zich moest inhouden om niet te gaan preken over veiligheid en bescherming, 'ik wil met Hussein Mohamed gaan praten.'

'We hebben het hier al over gehad. Ik wil niet dat je de straat op gaat.' Strike had nog steeds grote moeite om zich te beheersen. 'En ik zou toch denken dat je na gisteravond...'

'Oké, ook goed,' zei Robin. 'Laat een van de anderen het dan doen, maar Mohamed moet ondervraagd worden.'

'Waarom?'

Ze haalde diep adem. 'Nou, je denkt misschien dat ik gek ben, maar Martin vertelde me gisteravond over een man die hij kent die zijn bedrijfslogo op de gewichten in zijn *home gym* had staan. Een zakenman die bezeten is van Excalibur en die naam blijkbaar overal op zet.'

'Denk je dat Wright gewichten heeft laten maken met iets speciaals erop?' Strike trok een wenkbrauw op.

'We weten dat Oz en Medina 's morgens in alle vroegte naar Wrights flat zijn gegaan om daar iets weg te halen wat zelfs Oz niet kon dragen, toch? Je zei zelf dat dat waarschijnlijk gewichten zijn geweest. Nou, wat nu als daar iets op stond, iets persoonlijks? Weet ik veel, een motief, een slogan?'

'Speciaal voor hem gemaakte gewichten, dat zou wel een uitspatting zijn voor iemand die geen betere woonruimte kon betalen dan dat krappe hok,' zei Strike.

'Dat is waar,' zei Robin, 'maar misschien zaten er gewoon stickers op of zo. Stickers die Medina er niet af kreeg, en al zou dat haar wel gelukt zijn, dan nog waren er misschien sporen achtergebleven die de moordenaar wilde verbergen, iets waarmee Wright te identificeren was. Of misschien waren het gewichten van een speciaal merk, of met een bijzondere kleur of zo, een indicatie van wie Wright echt was. We weten dat Mandy en Daz nooit in die kamer zijn geweest, maar Mohamed misschien wel. Het is vergezocht, dat besef ik ook wel, maar Strike, ik denk dat we de politie ver vóór zijn. Wij hebben de mogelijkheid dat Wright niet Knowles was al veel langer serieus genomen dan zij. Ik heb gewoon het gevoel...'

Er werd op de deur geklopt en Pat kwam binnen, met een nors gezicht.

'Dat was de oom van Plug. Hij wil dat je doet alsof de zoon er niet bij was. Zegt dat hij er niks aan kon doen, hij werd gedwongen door zijn vader.'

'Godver!' riep Strike kwaad. 'We hebben al een verklaring afgelegd bij de politie. Waar komt hij straks mee, moet Shah soms doen alsof hij zichzelf in zijn been heeft gestoken?'

'Het antwoord is dus "nee",' zei Pat met een frons, en ze deed de deur weer dicht.

Strike dempte zijn stem. 'Heeft ze tegen jou zitten zaniken over die dooie vis toen je hier aankwam?'

'Travolta?'

'Wat?'

'Ze noemde ze hem. Dat weet ik ook pas net.'

'Waarom geeft ze die beesten namen?'

'Dat doen mensen met hun huisdieren,' zei Robin geamuseerd.

'Ik wist dat het zo zou gaan,' zei Strike geërgerd. 'Zoals ze me aankeek toen ik zei dat dat beest dood was, je zou goddomme denken dat ik hem opgevreten had. Waar waren we gebleven?'

'Mohamed,' zei Robin. 'En ik heb dit gisteravond ontvangen van Chloe Griffiths. Lees maar even.'

Ze gaf hem haar telefoon.

Hi Chloe, Robin Ellacott hier. Sorry dat ik weer contact met je opneem, maar ik heb een paar vragen waarvan ik denk dat jij de enige bent die ze kan beantwoorden. Ik snap hoe moeilijk dit voor je is, en ik zou je niet opnieuw storen als ik niet dacht dat het belangrijk was.

Wat voor vragen?

Ik heb Hugo's vader gesproken en hij zei dat je erge ruzie hebt gehad met Tyler en Anne-Marie over een armband.

Ja, en?

Ik begrijp jouw relatie met Tyler niet zo goed.

Heb je geen fucking ogen in je kop? Is het Tyler die je op mijn Instagram ziet?

Ik suggereer niet dat je met Tyler aan het interrailen bent.

Daar had Chloe niet op gereageerd.

'Beetje agressief,' zei Strike, en hij gaf Robin haar telefoon terug.

'Ja, hè? Ik weet dat ze misschien geen zin heeft om...'

'Ik heb er ook totáál geen zin in,' Strike haalde een hand over zijn ongeschoren gezicht, 'maar ik werd vanmorgen om zeven uur gebeld door Rena Liddell. Ze is ontslagen uit die kliniek en beweert dat het prima gaat nu ze haar clonazepam weer slikt, al heeft de opsluiting niet veel goeds gedaan voor haar paranoia. Ze wil met me afspreken, maar ze is bang "dat ze meeluisteren". We zien elkaar bij de Engineer in Camden, waar zij nog iets heeft gedronken met Semple voordat hij verdween. Het risico dat Ralph Lawrence daar weer opduikt moeten we maar voor lief nemen.'

Aangezien Strike niet was uitgevallen toen het over Wade King ging, vond Robin dat ze zich nu ook moest inhouden, dus in plaats van te informeren of het wel verstandig was om MI5 nog verder tegen zich in het harnas te jagen vroeg ze: 'Dus Rena is de reden dat je het onderzoek wilt voortzetten?'

'Nee, dat had ik al besloten voordat ze belde. Toen ik hier terugkwam na dat gezeik met de steekpartij en het ziekenhuis had ik... nou ja, misschien geen openbaring, maar toch een idee over die bezorging van het Oriental Centrepiece door Gibsons, en hoe langer ik erover nadenk, hoe meer ik geloof dat ik iets op het spoor ben. Met dank aan Tom Waits.'

'De zanger?' vroeg Robin verbaasd.

'Ja. Luister maar.' Strike drukte een toets in en er klonken pianoklanken.

'Wacht even op het refrein,' zei hij.

... a soldier's things,
His rifle, his boots full of rocks,
And this one is for bravery
And this one is for me
And everything's a dollar
In this box...

'Ik... ik snap het niet,' zei Robin.

'Kom eens kijken.' Strike wenkte haar naar zijn kant van het bureau, en hij rook haar parfum weer toen ze naar het stilstaande beeld van de bewakingscamera bij Ramsay op Strikes monitor keek. Terwijl Tom Waits verder zong, drukte Strike op 'play'.

Larry McGee kwam de winkel binnen, dumpte de kisten en vertrok.

Wright bracht de eerste kist naar de kelder.

De jonge blonde vrouw kwam binnen en vroeg Pamela's aandacht.

Wright bracht de tweede kist naar de kluis.

Hij nam de derde kist mee naar beneden.

Todd kwam de winkel binnen en hielp Wright om de grootste kist naar beneden te tillen.

Wright verscheen weer in de winkel.

Todd was nog in de kelder. Hij bleef er bijna twintig minuten.

Todd kwam terug.

De blonde vrouw vertrok.

Pamela daalde in haar eentje af naar de kelder.

Pamela kwam weer de winkel in, met een aantal voorwerpen die ze in een zak stopte.

Wright vertrok met de zak.

Pamela kreeg het bericht binnen op haar telefoon.

Pamela zei tegen Todd dat hij moest blijven.

Pamela werd gebeld. Ze wees Todd naar de deur. Hij verliet de winkel.

Wright en Todd kwamen terug, wankelend onder het gewicht van weer een grote kist.

Die sjouwden ze naar de kelder.

Todd kwam terug naar boven en gaf Pamela haar tas.

Pamela vertrok.

Todd kreeg zijn hoestbui.

Er verstreken vierenveertig minuten.

Wright kwam weer de kelder uit.

Hij en Todd ruzieden.

Todd vertrok.

Strike drukte op 'pauze'. Tom Waits zong door.

And everything's a dollar in this box...

'Heb je het gezien?'

'Niks wat ik niet al die andere keren al had gezien.'

'Oké.' Strike spoelde terug en speelde nogmaals het stukje af waarin Todd en Wright de grootste krat van de oorspronkelijke levering naar de kluis sleepten. Todd liep heel langzaam, zijwaarts als een krab, en leek de kist bijna te laten vallen.

'Is dit gespeeld, denk je?' vroeg Strike. 'Doen ze alsof die kist veel zwaarder is dan hij in werkelijkheid is?'

'Nee,' zei Robin, 'zo te zien is hij echt zwaar.'

'Maar het Oriental Centrepiece zit er niet in, hè? Want dat is naar Bullen & Co gegaan. Wacht...'

Strike spoelde weer verder en drukte op 'play'. Pamela kwam terug naar boven vanaf de kluis, haar armen vol kleinere spullen, die ze in een zak deed die ze vervolgens aan Wright gaf, die ermee vertrok.

'Pamela heeft dus beneden de grote krat opengemaakt, of niet?' zei Strike tegen Robin. 'En in plaats van die tafeldecoratie zag ze de kleinere stukken die ze had gekocht voor haar eigen zaak.'

'Ja.'

'Spullen die zij, een vrouw van eind vijftig met slechte knieën, makkelijk de trap op kon dragen. Dus...?'

'Dus waarom was die krat dan zo zwaar toen ze hem naar beneden brachten?' zei Robin ontzet. 'Waarom heb ik dat niet gezien!'

'Om dezelfde reden dat ik het niet had gezien. Dezelfde reden dat Pamela het niet verdacht vond, of Wright zelf. Dezelfde reden waarom er nog steeds mensen zijn die zich laten oplichten met balletjeballetje. En toen dacht ik weer aan die voetafdruk in het bloed rondom het hoofd, aan het kapotte rolluik en de scheve deur achter de toonbank. Je had door het raam licht moeten zien als de moordenaar de lamp had aangedaan in de kelder,' zei Strike. 'Dit alles vertelt ons niet waaróm en het vertelt ons ook niet wie, maar het vertelt ons wel iets belangrijks over onze moordenaar. Die kluis was letterlijk de enige plek waar diegene een realistische kans had om William Wright te overrompelen. Noodzaak. Er was letterlijk geen andere keuze.'

114

At the silver bell's shrill tinkling,
Quick cold drops of terror sprinkling
On the sudden pavement strewed
With faces of the multitude.

Robert Browning
Christmas-Eve

Martin keerde terug naar Yorkshire na een tweede nacht bij Robin. Carmen had zijn excuses aanvaard na wat nog eens een etmaal van wederzijdse beschuldigingen leek te zijn geweest, uitgewisseld per telefoon. Robin had geen andere optie gehad dan te luisteren naar Martins kant van de ruzies, en zelfs een groot deel van die van Carmen, omdat ze zo hard schreeuwde. Tussen zijn telefonische geruzie met Carmen door had Martin Robin toevertrouwd dat Dirk nooit langer dan een uur achter elkaar sliep, dat Carmen nog veel last had van het inkniplitteken van de bevalling en dat haar tepels zo bloedden dat ze was gestopt met de borstvoeding. Robin had die akelige details liever niet gehoord, maar Martin leek enige verlichting te vinden in het vertellen ervan. Met gemengde gevoelens zag ze hem vertrekken. Hij hoorde natuurlijk thuis bij zijn partner en zijn baby te zijn, maar ze had zijn aanwezigheid geruststellend gevonden.

Robin bracht haar dagen nog steeds afwisselend door op kantoor en in haar appartement, dat, zoals ze al had gevreesd, steeds meer begon te voelen als een cel. Helaas voelde ze zich in Denmark Street niet veel veiliger, tenzij Strike met haar op kantoor was (ze gaf dit niet graag aan zichzelf toe, maar het was de waarheid). Het was de plek waar de letter G op de deur was geschilderd, en Denmark Street en Charing Cross Road waren lawaaiige, drukke straten die haar nog schrikachtiger maakten.

Toen ze op 22 maart wakker werd, besloot Robin die dag door te brengen in haar appartement, want haar zakenpartner moest de vermeend overspelige rijksambtenaar schaduwen. Haar voordeur was dubbel afgesloten, het alarm ingeschakeld, en onder de klink van de deur was een eetkamerstoel geklemd. Ze deed haar best om niet jaloers te zijn op Midge, die op dat moment uitkeek naar Hussein Mohamed in Forest Gate. Robin had Midge gedegen instructies gegeven, gezegd dat ze vooral wilde weten of Mohamed ooit gewichten had zien liggen in Wrights flat, maar ze had de man veel liever zelf ondervraagd.

Ze had een afspraak gemaakt met de therapeute die Prudence haar had aanbevolen, en al kon ze pas over drie weken bij haar terecht, Robin ervoer, zoals ze ook tegen Prudence had gezegd, een zekere geruststelling in het besef dat er hulp zou komen. Ze had verder niemand verteld over de afspraak, zelfs Murphy niet. Wat dat zei over de staat van hun relatie, daar wilde Robin niet te lang bij stilstaan.

Na het ontbijt stuurde ze een whatsapp naar Chloe Griffiths, die na haar laatste boze uitbarsting stil was gebleven.

Chloe, ik stap dat je hier niet over ondervraagd wilt worden, maar de politie heeft ontdekt dat Tyler vanuit Ironbridge aan het bellen was met iemand in Londen toen Anne-Marie en Hugo verongelukten, dus hij kan er niets mee te maken hebben.

Enigszins tot haar verbazing kreeg ze binnen een paar minuten antwoord.

Ja, nou en? Dat heb ik ook nooit beweerd.

Robin typte: *Waarom denk je dat hij is weggegaan uit Ironbridge?*

Hoe moet ik dat weten? antwoordde Chloe onmiddellijk.

Meneer Whitehead zegt dat Tyler en jij close waren.

Hij lult uit zijn nek. Ik heb het je gezegd, Tyler is een creep.

Je vader en Wynn Jones denken dat Tyler in een pub is gaan werken. Heeft Tyler daar tegen jou ooit iets over gezegd?

Ja, hij zei een keer dat hij erover dacht om ergens anders in een pub te gaan werken.

Weet je nog waar?

Wolverhampton, denk ik. Hij zal wel in de buurt van Molineux willen zijn, het voetbalstadion.

Waar de Wolves spelen?

Ja.

Ik wil niet pedant doen, Chloe, maar eerst zei je in je appje dat Tyler nooit ergens anders had willen wonen.

Deze keer reageerde Chloe niet. Robin wilde net haar telefoon wegleggen toen die overging.

'Waar ben je?' vroeg Murphy paniekerig.

'Thuis, hoez...?'

'Goddank. Er is een terroristische aanslag gepleegd op Westminster Bridge.'

'O, mijn god. Wat is...?'

'Een kerel is opzettelijk met zijn auto op voetgangers ingereden. Ik moet gaan, ik wilde alleen even checken of jij daar niet in de buurt bent.'

Murphy hing op. Het koude zweet brak Robin uit. Strike was in

Westminster, om de rijksambtenaar te volgen. Ze belde hem.

Hij nam niet op.

Ze snelde naar de televisie en zette Sky News aan.

De terrorist was in zijn auto de stoep op gereden op de brug en had voetgangers neergemaaid, van wie er een over de reling in de Theems gevallen was. De dader was doorgereden en had het hek rondom het parlementsgebouw geramd, waarna hij te voet, gewapend met een mes, was gevlucht en een ongewapende politieagent had neergestoken.

Met haar blik op de tv gericht belde Robin Strike nog een keer. Geen antwoord.

'O God, alstublieft, laat hem ongedeerd zijn,' fluisterde ze.

De bestuurder van de auto was doodgeschoten door de gewapende politie. De hele aanslag had in totaal tweeëntachtig seconden geduurd, maar tientallen mensen zaten onder het bloed, waren gewond geraakt en mogelijk zelfs omgekomen.

Robins mobiel ging. Strike.

'Sorry,' zei hij, 'mijn telefoon stond op stil zodat ik haar met een vriendin kon horen praten.'

'Waar ben je?' Robin hoorde sirenes en een heleboel geschreeuw.

'St Stephen's Tavern.'

'Dat is vlakbij!' Robin kende de pub, ze waren er samen geweest.

'Ja, en we mogen hier niet weg, overal staan gewapende agenten,' zei Strike, die hard moest praten om boven de commotie om hem heen uit te komen. 'Ik hou je op de hoogte, maar met mij is niks aan de hand verder.'

'Gelukkig,' zei Robin zwakjes.

Ze stond te trillen op haar benen. Toen Strike had opgehangen liet ze zich weer op de bank zakken, starend naar de televisie. Deze moedwillig brute daad had haar gevoel van niet-aflatend gevaar nog verder opgevoerd.

Toen schoot er een lelijke gedachte door haar hoofd. Zou ze ook zo doodsbang en aangedaan zijn geweest als het Murphy was geweest die in Westminster was, en Murphy met wie ze geen contact kon krijgen?

Natuurlijk wel, zei ze woest tegen zichzelf. Natuurlijk.

115

My dreams are of a field afar
And blood and smoke and shot.
There in their graves my comrades are,
In my grave I am not.

A.E. Housman
XXXIX, More Poems

Terwijl Strike om zeven uur die avond naar Camden reed, luisterde hij naar de autoradio. Er waren vier voorbijgangers vermoord door de nog altijd niet geïdentificeerde terrorist die op Westminster Bridge op voetgangers was ingereden. Meer dan twintig mensen waren gewond geraakt, van wie enkele ernstig. De vrouw die over de reling in de Theems was beland verkeerde in kritieke toestand.

Strike hoopte dat niemand er ooit achter zou komen wat hij had gevoeld en gedaan toen hij buiten voor St Stephen's Tavern het geschreeuw had gehoord, gewapende politiemensen had zien rennen en burgers had zien vluchten, en daarna het pistoolschot had gehoord. Uren later voelde hij nog steeds een diepe schaamte bij de herinnering aan zijn eigen instinctieve reactie.

Het koude zweet had zijn hele lijf doorweekt toen hij zo snel hij kon naar de straat hinkte, langs paniekerige pubgangers, alsof hij nog gewapend was en een kogelvrij vest droeg, alsof hij nog twee hele benen had en het aan hem persoonlijk was om Londen te redden. Een hollende politieman had geschreeuwd dat hij als de donder terug naar binnen moest gaan, en hij was weer bij zinnen gekomen, in een golf van schaamte, en teruggekeerd naar de pub. Een man van tweeenveertig die de held had willen uithangen.

Maar een paar tellen lang waren de pub en het geschreeuw en de klanten met hun drankjes verdwenen in een waas en was hij terug geweest op die gele zandweg in Afghanistan, in het voertuig dat op het punt stond opgeblazen te worden, omdat hij te laat 'remmen' had geroepen. Strike vermoedde dat zijn bloeddruk nog uren na de terreuraanslag verhoogd was gebleven, en hij betwijfelde of die inmiddels weer normaal was.

Hij had geen idee wat voor effect de aanslag zou hebben op Rena Liddell, die de instroom van islamieten naar Groot-Brittannië betreurde en een halfslachtige poging had gedaan om aan een vuurwapen te komen, om daarmee op moslims te schieten. Hij achtte de kans groot dat ze niet zou komen opdagen voor hun afspraak bij de Engineer. Het effect van ingrijpende gewelddaden op de psychische toestand van toch al labiele personen kon rampzalig zijn, zoals Strike maar al te goed wist. Hij herinnerde zich het verhaal dat een bevriend legerarts hem ooit had verteld, over een ernstig gewonde man die in een paranoïde psychose verkeerde en leek te denken dat hij er persoonlijk verantwoordelijk voor was dat er gebouwen ontploften in Bagdad, ook al lag hij in een ziekenhuisbed in Duitsland.

Strike parkeerde zijn BMW in Gloucester Avenue, de straat waar de Engineer was. De pub, merkte hij op, was maar een paar honderd meter verwijderd van de brug over Regent's Canal. Op het bord boven de deur stond een afbeelding van Isambard Kingdom Brunel met een hoge hoed op.

Binnen trof Strike een stijlvolle gastropub aan. De bar was van glanzend geboend hout, de muren dieprood, en de klanten zagen er allemaal verzorgd uit. Hij zag nergens een vrouw met een gezichtstatoeage, binnen noch op het terras. Vastbesloten om met zekerheid vast te stellen dat ze er niet was liep hij naar de bar.

'Hallo, ik ben Cormoran Strike, ik heb hier met iemand afgesproken. Heeft er misschien iemand een boodschap voor me achtergelaten? Een jonge blonde vrouw.'

De jonge barman reageerde een beetje geamuseerd, wat Strike

hem niet kwalijk kon nemen. Wie liet er nog een bericht achter bij mensen, in een wereld waar de mobiele telefoon bestond? Had die oude idioot dan niet door dat ze hem had laten zitten? Maar een oudere vrouw achter de bar keek om toen ze Strikes woorden hoorde.

'Heeft ze een tatoeage in haar gezicht?'

'Ja,' zei Strike.

'Dat was zij,' zei de barvrouw tegen de barman. 'Dat vieze mens dat begon te schreeuwen.'

'O,' zei de barman, die duidelijk zijn mening over Strike als goedgelovige naïeveling was moest herzien, al keurde hij zijn smaak kennelijk sterk af.

'Ik denk dat het niet goed met haar gaat,' zei Strike. 'Wanneer was ze hier?'

'Een uur geleden, zoiets.'

'Heeft ze iets doorgegeven?'

'Nee,' zei de barvrouw. 'Ze schreeuwde wat over een brug en toen was ze weg.'

'Aha. Dank u wel.'

Strike ging de straat weer op. Wat zou Rena gedaan hebben na het ontvluchten van de Engineer? Zou ze gaan liften om uit Londen weg te komen? Hij keek naar de brug over het kanaal; er stond geen blonde vrouw.

Hij liep verder, en toen hij links van hem een trap zag die vanaf de straat naar Regent's Canal voerde, daalde hij die af zonder precies te weten waarom hij dat deed, behalve dat hij, zodra hij in de buurt van water kwam, de natuurlijke impuls had om erheen te gaan en ernaar te kijken. Hij vroeg zich ook af of Rena misschien hetzelfde had gedaan.

Hij kwam uit op een voetpad dat parallel liep aan het slijkgroene, traag stromende kanaal, zodat hij tussen twee bruggen in stond, een van steen, voor auto's en voetgangers, de andere van ijzer met treinrails.

Het avondlicht nam snel af. Schaduwen van de bomen wierpen vlakken van diepere duisternis over het trage water. Een eenzame zwaan gleed Strikes kant op, de donkere oogjes alwetend. Hij keek hoe het dier onder de ijzeren brug door dreef, waar het zuivere wit vaalgrijs werd in de schaduw, en toen zag hij onder de brug een donker, ineengedoken hoopje dat weleens een mens zou kunnen zijn.

Een jogger passeerde Strike, met een boze frons omdat Strike hem had gedwongen dertig centimeter van zijn zelfbepaalde route af te wijken. Hij rende langs wat eruitzag als een berg vodden zonder er een blik op te werpen. Dit was Londen: als mensen hun wanhoop niet uitschreeuwden en niet behoorden tot een demografische groep die makkelijk sympathie opriep – en soms zelfs dan niet – dan hadden hun medestadsbewoners het te druk om te blijven staan, en waren ze te moe om zich er iets van aan te trekken. Strike wist dit uit persoonlijke ervaring. Hij was te fors, te mannelijk en uiterlijk te bedreigend om beschermende impulsen op te roepen bij voorbijgangers, zoals hij had gemerkt aan het universele wantrouwen waarmee hij was bejegend toen hij in de stad was gevallen en niet meer van het trottoir overeind had kunnen komen, die keer dat zijn hamstring het compleet begeven had.

Strike benaderde de gestalte langzaam. Het was iemand die in foetushouding was opgekruld, stil en onbeweeglijk, naast een uitpuilende rugzak. De vuile handen die op het vieze bruine hoofd rustten, ineengeklemd, waren bedekt met zelfaangebrachte tatoeages. De gestalte was klein; beslist geen man.

'Rena?' vroeg hij zacht.

Ze keek op. Zelfs in het halfdonker van de brug die haar beschutting bood kon hij zien dat ze een ongezond bleke, vlekkerige huid had. Op haar onderlip zat een akelige koortsblaas, en onder haar rechteroog had ze een onscherpe tatoeage van een traan.

'Ik ben Corm...'

De terroristische aanslag van die ochtend had van begin tot eind tweeëntachtig seconden geduurd. Dit ging veel sneller, maar Strikes reactie was een stuk rapper doordat hij nog maar zo kortgeleden van dichtbij een massamoord had meegemaakt. Hij had haar dunne pols al te pakken voordat zijn bewuste geest besefte dat hij de mond van een pistool had gezien, en hij duwde het wapen omhoog en wrikte het met zijn andere hand los uit haar greep. Ze schreeuwde en beukte met haar vrije vuist tegen zijn benen, haar stem echoënd door de onderbuik van de brug.

Hij weerde haar af, deed zijn best om haar niet ruwer aan te pakken dan nodig was, zijn neusgaten gevuld met haar geur; het was alsof ze zich in geen maanden gewassen had.

'Ik ben het, Cormoran Strike, je wilde met me afspreken. Godsámme!' Hij greep de hand beet die de meeste stompen had uitgedeeld. 'Ik ben het, je belt me al weken!'

De strekking van zijn woorden leek tot haar door te dringen. Ze verzette zich niet langer en hij liet haar onmiddellijk los; hij wilde niet beschuldigd worden van mishandeling. Toen hij naar het pistool keek om te checken of het geladen was, zag hij meteen dat het een replica was, een zeer overtuigend exemplaar. Hij stopte het in zijn zak en stak een hand naar haar uit.

'Kom, ga staan. Het wordt je dood nog, hier in de kou onder de brug zitten. We kunnen wat gaan eten.'

'Rot op,' zei ze fel. 'Ik blijf hier.'

'Waarom?'

'Omdat ik dat wil. Er zitten mensen achter me aan,' zei ze met een zwaar Schots accent.

Omdat Strike nu wist dat Rena van belang was voor MI5 kon hij die overtuiging niet geheel en al toeschrijven aan Gatesheadschap.

'Nou, fijn om je eindelijk te ontmoeten,' zei hij.

Ze tuurde met toegeknepen ogen naar hem, en hij kreeg de indruk dat ze half geïntrigeerd, half wantrouwend was.

'Jij bent het echt, hè? De detective?'

'Ja, dat ben ik.'

'Ze zeiden dat ik niet met je mocht gaan praten.'

'Ik weet het,' zei Strike. 'Ze denken dat ik problemen zal veroorzaken. Dat is niet zo. Ik wil alleen uitzoeken wat er met Niall Semple is gebeurd.'

'Ik dacht dat je mijn broer probeerde op te sporen?'

Shit.

Hij had natuurlijk Rena's tweet wel gezien waarin ze zei dat ze niet geloofde dat haar broer Ben dood was, maar hij had gehoopt dat de waarheid in de daaropvolgende twee jaar wel tot haar doorgedrongen zou zijn. Deze situatie vroeg om een uiterst voorzichtige aanpak, wist hij, want hij had geen flauw idee of Niall Semple haar, met zijn hersenbeschadiging, valse hoop had gegeven dat haar broer nog leefde.

'Laten we iets gaan eten,' zei hij op een toon die bemoedigend bedoeld was.

'Nee,' zei ze nog een keer. Ze keek nog steeds turend naar hem op in het halfdonker. 'Jij hebt in het leger gezeten, hè? Dat heb ik online gezien.'

'Ik heb in het leger gezeten, ja,' zei Strike.

'Ik geloof niet in legers. Die horen we helemaal niet te hebben, ik heb gezien wat daar gebeurt.'

Langdurige blootstelling in zijn jeugd aan mensen in de greep van verslavingen en mentale gezondheidsproblemen had Strike geleerd dat als je geen liefhebber was van snel escalerende ruzies en grimmige scènes, de beste aanpak was om zoveel mogelijk overal rustig mee in te stemmen.

'Ja, er gebeuren rottige dingen,' zei hij. 'Zullen we een eindje gaan lopen?'

Rena negeerde dat voorstel. Haar blonde haar zat in dreadlocks, en het zou Strike niet verbaasd hebben als hij er insecten in had zien krioelen. Hij nam haar de fysieke toestand waarin ze verkeerde niet kwalijk, maar vroeg zich wel af hoe de psychiatrische instelling haar zo had kunnen laten gaan, hoe goed hem dat ook uitkwam.

'Volgens mij bedoelde hij deze plek.' Rena wees naar de brug.

'Wie, Niall?'

'Aye. Hij zei dat hij spullen voor me had achtergelaten. Meer spullen. Misschien verstopt achter de stenen?' Ze keek vaag omhoog.

'Ja, je vertelde me dat hij je iets had gegeven toen jullie elkaar zagen. Wat was dat?'

'Dat krijg je niet van me.' Daar was het wantrouwen weer.

'Dat hoeft ook niet,' verzekerde Strike haar. 'Ik was gewoon benieuwd, omdat je me erover verteld hebt.'

'Niet waar.'

'Dan heb ik me dat verbeeld,' zei hij om haar gunstig te stemmen. 'Kom, laten we een eindje gaan wandelen. Dan komen we straks hier terug. Heb je geen trek?'

'Je werkt toch niet voor die eikels van de fucking veiligheidsdienst, hè?'

'Nee, die zijn niet blij met mij. Ze willen niet dat ik met jou praat.'

'Aye, dat weet ik wel. Bang voor wat ik zal zeggen.'

'Het wordt koud. Zullen we een eindje gaan lopen?'

Ze pulkte even ongelukkig aan haar duimnagel en zei toen: 'Aye, goed dan.'

Ze kwam overeind en sjorde ook haar rugzak omhoog.

'Zal ik die dragen?' vroeg Strike toen ze hem over haar schouders hees.

'Nee... jij hebt toch maar één been?'

'Anderhalf.' Strike trok zijn rechterbroekspijp omhoog om Rena de metalen staaf te laten zien die dienstdeed als enkel.

'Shit,' zei ze. 'Heb je sigaretten?'

'Nee,' zei Strike terwijl ze langs de oever van het kanaal begonnen te lopen. 'Ik vape tegenwoordig.'

'Is dat wat, zo'n ding?'

'Gaat wel. Maar het is niet zo lekker als roken.'

'Huh.' Rena leek het wel grappig te vinden.

'Heb je Niall gesproken bij de Engineer?' vroeg Strike.

'Aye.'

'Waar hebben jullie het over gehad?'

'Hij zei alleen dat hij het goed ging maken voor Ben. Dat hij hem zou gaan zoeken.'

'O ja?'

'Aye. Daarom willen die hufters niet dat ik mijn mond opendoe. Ze hebben mijn broer daar achtergelaten en hij kon niet terugkomen. Niemand mag dat weten.'

Het werd nu snel donker. Strike merkte dat het pad langs het water geen makkelijke ondergrond was voor zijn rechterbeen.

'Wil je echt niks eten?' vroeg hij.

Ze keek opzij in de avondgloed.

'Aye, oké.'

Haar vijandige houding leek te zijn achtergebleven onder de schemerige brug, een situatie waarvan Strike hoopte dat die zou aanhouden. Ze keerden terug naar de trap die hij was afgedaald en liepen samen naar boven, naar de straat, Strike met een zere knie en hamstring, waarna ze de Engineer binnengingen.

Hij meende bange vermoedens te zien op de gezichten van het barpersoneel toen hij daar aankwam met de stinkende en vuile Rena, maar niemand belemmerde het duo om in de ruimte met de rode muren aan een tafeltje bij het raam te gaan zitten, al trok een stel van middelbare leeftijd wel demonstratief hun neus op toen Rena langsliep.

'Ik kan me niks herinneren van voordat ik zes was,' zei Rena volledig uit het niets toen ze eenmaal zaten.

'Echt niet?' Strike had een lange ervaring met willekeurige, opzichzelfstaande mededelingen van mentaal kwetsbare personen.

'Aye.' Rena pulkte weer aan haar vingers. 'Toen zijn onze ouders doodgegaan.'

'Wat erg. Hoe zijn ze gestorven?'

'Bij een aardbeving, in Turkije, waar ze op vakantie waren. Izmit. Alleen denk ik niet dat zij mijn echte ouders waren. Ik herinner me een blonde vrouw en de vrouw die dood is was donker.'

Strike vroeg zich af of het aardbevingsverhaal waar was. Het was heel goed mogelijk dat meerdere traumatische verliezen de oorzaak waren van Rena's mentale problemen, maar hij moest ook denken aan een vrouw aan wie hij in jaren niet had gedacht, die hij als kind had meegemaakt in een van de vervallen kraakpanden waar zijn moeder Luce en hem mee naartoe had gesleept. De vrouw had een afbrokkelend gebit en een manische blik en zei tegen iedereen die het wilde horen dat ze de onwettige dochter was van prinses Margaret en haar eerste minnaar, Peter Townsend, iets wat ze beweerde te kunnen bewijzen met tijden, data en haar vroegste herinneringen, waar een vrouw in voorkwam met een tiara die snikkend boven haar wieg hing.

Ze bestelden allebei wat te drinken. Rena vroeg om een groot glas bier.

'Kijk,' zei Rena toen zonder enige aansporing, en ze negeerde de menukaart die de barvrouw voor hen had neergelegd. 'Dit heb ik van hem gekregen.'

Ze graaide onder haar lagen vieze kleding en bevrijdde een zilveren ketting. Daar hing een vreemd hangertje aan: een schaakbordje.

'Dus dit heb je van Niall gekregen?' Strike keek ernaar.

'Aye. Het heeft magische krachten, zei hij. Om me te beschermen. Ik heb het gekregen toen we elkaar zagen. En hij zou me nog meer geven. Dat zei hij. Bij de brug.'

'Zou je nog meer zilveren sieraden van hem krijgen?'

'Aye, ik denk het wel. Die heeft hij verstopt, bij de brug.'

'De brug waar we daarnet samen waren?'

'Had Niall een koffertje bij zich toen hij bij je was?'

'Aye,' zei Rena. 'En het was heel zwaar. Ik denk dat er nog meer in zat.'

'Meer zilver?'

'Aye.'

Rena's bier werd gebracht en ze klokte met smaak de helft van het grote glas naar binnen. Strike vroeg zich af of bier wel goed samenging met clonazepam, het medicijn dat ze had verteld te slikken.

'Dus Niall vertelde je dat hij Ben ging halen, toen jullie elkaar zagen?'

'Aye.' Haar boosheid was plotseling terug. 'Want niemand anders van die klootzakken gaat hem halen, hè?'

'Zijn Ben en jij samen opgegroeid, na de dood van jullie ouders?'

'Nee. Ik moest bij mijn oma wonen en hij ging naar onze oom. Die is niet getrouwd en Ben was ouder. Die oom wilde geen klein meisje.'

Strike moest onmiddellijk denken aan zijn eigen moeder, die als kind van twee jaar gedwongen was gescheiden van Ted. Zou Leda's leven beter zijn geweest als ze bij haar broer had mogen blijven? Zou Rena's leven beter zijn geweest?

'Ik dénk dat hij mijn broer is,' zei Rena rusteloos. 'Dat dénk ik.'

'Waar woonde je toen Niall vorig jaar contact met je opnam?' vroeg Strike. 'Nog bij je oma?'

Hij schatte haar midden tot eind twintig, al was het moeilijk te zeggen. Ze zou jonger kunnen zijn dan haar gegroefde, holle gezicht deed vermoeden.

'Nee,' zei Rena, 'die is allang dood. Ik zat in de opvang.'

De manier waarop ze het woord uitsprak deed vermoeden dat Rena misschien in een psychiatrische kliniek had gezeten, of misschien ergens op een afdeling voor mensen die niet zonder zware medicijnen konden.

'Heeft Niall ook verteld hoe hij wist waar je was?'

'Ik denk dat Ben hem dat heeft verteld,' zei Rena vaag.

'Dus Ben en jij hielden wel contact?'

'Soms. Hij heeft me verteld,' zei ze plotseling vol vuur, 'over een veldslag op mijn verjaardag, 19 juli, en ze weigerden om een grote kerel die was gesneuveld, die hartstikke fucking moedig was, en hij kwam niet uit Engeland, hij kwam uit Fuji of zoiets, ik weet het niet precies, en ze weigerden hem een medaille te geven omdat niemand mocht weten waar ze zaten, dus dat soort shit flikken ze in het leger.'

'Talaiasi Labalaba,' zei Strike. 'De slag bij Mirbat.'

'Hoe weet jij dat nou?' vroeg Rena, half enthousiast, half nerveus.

'Er staat een standbeeld van hem op de SAS-basis in Hereford,' zei Strike. Hij wist ineens weer waarom de gebruikersnaam Austin H het woord 'fuzz' bij hem had opgeroepen, toen hij laatst met Robin in de bar van The Goring Hotel zat. Die naam had hij gezien op de site van De waarheid over vrijmetselaars.

Weet vrij zeker dat Austin 'Fuzz' Hussey (ook SAS, Slag bij Mirbat) vrijmetselaar was.

116

'And many and long must the trials be
Thou shalt victoriously endure,
If that brow is true and those eyes are sure;
Like a jewel-finder's fierce assay
Of the prize he dug from its mountain-tomb
Let once the vindicating ray
Leap out amid the anxious gloom,
And steel and fire have done their part
And the prize falls on its finder's heart...'

Robert Browning
The Flight of the Duchess

Robin was thuis, alleen. Buiten was het donker, de gordijnen waren dicht, haar voordeur was dubbel afgesloten, het alarm ingeschakeld, en de eetkamerstoel stond nog onder de klink van de voordeur geklemd. Het geluid van het nieuws op televisie stond uit, en ze zette de ondertiteling aan om meer te weten te komen over de aanslag op Westminster Bridge. Er was nog geen naam genoemd van de dode terrorist, maar zijn fysieke beschrijving suggereerde dat het een moslim zou kunnen zijn. Ze wist dat het haar gespannen zenuwen geen goed deed om naar de beelden van het bloedbad te blijven staren, maar het was alsof ze niet anders kon.

Ze schrok toen haar telefoon ging.

'Hallo.' Midge klonk triomfantelijk. 'Ik heb gekregen wat je wilde hebben van Hussein Mohamed. Die arme kerel kwam vroeger thuis van zijn werk. "Het is een slechte dag om een moslim te zijn die in een auto door Londen rijdt." Ik stuur je het audiobestand, dan kun je het zelf beluisteren.'

'De gewichten?' vroeg Robin, haar verwachting plotseling gespannen. 'Heeft hij iets gezegd...?'

'Luister nou maar.' Midge leek zeer tevreden te zijn met zichzelf. 'Je zult niet teleurgesteld zijn. Begin bij zeven minuten.'

Dus hing Robin op en deed wat haar was opgedragen: ze opende het audiobestand en zette het volume van haar telefoon op maximaal.

'... herkent geen van de foto's?'

'Het was erg donker in de gang, begrijpt u,' zei een man met een Syrisch accent. 'Persoonlijk heb ik hem een paar keer gesproken. De eerste keer bood hij zijn hulp aan met Hafsa's rolstoel. Het was lastig, wonen op de bovenste verdieping. We zeiden dat het wel lukte – alles om weg te zijn uit het asielzoekerscentrum. We vroegen hem binnen voor koffie, maar hij had het druk, zei hij... Is het heel zeker dat hij niet de dief was?'

'Ja,' zei Midge. 'Hoezo?'

'Omdat veel dingen op hun plaats zouden vallen als hij het wel was. We mochten nooit in zijn kamer kijken. Hij wachtte zelfs met het openmaken van de deur tot we doorgelopen waren.'

'Hij had u verteld dat zijn vriendin een baby verwachtte, klopt dat?'

'Mij niet, mijn vrouw, een keer toen ik niet thuis was en hij haar weer hielp met Hafsa. Hij zei dat hij hoopte op een meisje. Mijn vrouw zei: "De meeste mannen willen een zoon." Hij antwoordde dat mannen de meeste problemen veroorzaken in de wereld, en dat hij er daar niet nog een aan wilde toevoegen... Mijn vrouw vroeg waarom zijn vriendin niet bij hem was, als ze een kind van hem verwachtte, en hij zei dat ze gauw zou komen. Hij vertelde dat haar familie hem afkeurde, daarom was het moeilijk. Nadat hij vermoord was, dachten we dat de familie van de vriendin er misschien iets mee te maken had – maar misschien was het wel allemaal gelogen wat hij zei.'

'Hebt u hem na die ene keer ooit nog gesproken?'

'Eén keer maar.'

'Waarover?'

'Leeuwen,' zei Mohamed.

'Lééuwen?'

'Ja. Mijn vrouw en ik en Hafsa waren de hele dag weg geweest. We verwachtten een pakketje. De man van beneden zei dat hij William dozen naar boven had zien brengen, naar zijn kamer. Ik vroeg me af of hij het pakket voor ons bewaarde, dus klopte ik bij hem aan. Het duurde even voor hij opendeed. Hij had de gordijnen dichtgedaan en er brandde maar één lamp, dus het was donker en hij had iets geks gedaan: hij had een doek over zijn gewichten gelegd, maar die gleed eraf toen ik daar stond. Hij trok hem gauw weer recht. Ik kon merken dat hij niet wilde dat ik de gewichten zag. Ik snapte toen niet waarom, ik begreep het niet. Maar als hij ze gestolen had, zou het wel logisch zijn. Misschien kwamen ze uit een huis waar hij had ingebroken?'

'Kunt u zich nog iets herinneren van die gewichten?' vroeg Midge, en Robins hart klopte nu zo snel dat het bijna pijn deed.

'Ja, ze waren geel, met een zwarte leeuwenkop erop, of een leeuwinnenkop, getekend als in een stripverhaal. Ik heb ze maar heel even gezien. Hij keek me raar aan toen hij ze weer had afgedekt. Schuldbewust, weet u wel? Maar hij wist dat ik ze had gezien, dus zei ik, om te laten merken dat het me niet uitmaakte, om aardig te doen: "Ha, de leeuw is mijn geluksdier. Hafsa's naam betekent 'leeuwinnenwelp'." Dat zei ik. En hij glimlachte en vroeg: "Maar wordt al-Assad niet de leeuw van Syrië genoemd?" Dat is waar, en het is iets wat niet iedereen weet, dus antwoordde ik: "Maar daar kunnen de leeuwen niks aan doen," en toen moest hij lachen. Hij gaf me mijn pakketje en dat was het dan – o nee,' zei Mohamed. 'Niet helemaal. Hij was een pak aan het strijken. Hij vertelde dat hij maandag aan een nieuwe baan zou beginnen. Daar leek hij heel blij om te zijn.'

'Hebt u de politie verteld over de gele gewichten die u op Wrights kamer had gezien?'

'Nee. Die zullen ze zelf toch wel gezien hebben, of niet, toen ze daar naar binnen gingen?'

'Wist u dat twee mensen – een man en een vrouw – twee keer in Williams kamer zijn geweest, voor en na de moord, om daar spullen weg te halen?'

'Ik had wel gehoord dat ze er geweest zijn, maar niet dat ze iets hadden meegenomen. De vrouw van beneden vroeg of ik ze had gezien, maar niet dus. Hebben ze iets gestolen, zegt u? De kamer leeggeroofd?'

'Ja, we denken van wel. Kunt u zich nog iets anders herinneren wat William tegen uw vrouw heeft gezegd? Iets over vrienden, collega's, mensen die hij kende in Londen?'

'Nee... behalve... Hij zei iets over een voedselbank in... ik geloof dat het Stone Road was.'

'Had Wright daar gebruik van gemaakt?'

'Ik geloof van wel. Hij zei tegen ons dat hij niet veel geld had.'

'Stone Road dus?'

'Ja. Mijn vrouw en ik zijn er een paar keer geweest nadat hij erover had verteld.'

Robin bracht haar dankbaarheid over aan Midge en zag toen dat er een whatsapp was binnengekomen met antwoord van Chloe Griffiths.

Nee ik weet niet waarom Tyler is vertrokken, hij praatte amper tegen me voordat ik ging interrailen en mijn vriend werd kwaad als ik zelfs maar hallo tegen hem zei op straat na dat stomme bloemenarmbandje dat hij me voor mijn verjaardag had gegeven. Waarom val je me nog steeds lastig? ***IK WEET NIET WAAR TYLER POWELL IS EN HET KAN ME GEEN REET SCHELEN.***

Robin stuurde een nieuw bericht.

Puur uit belangstelling: waar was jij op de avond dat Hugo en Anne-Marie verongelukt zijn?

Ze vermoedde dat Chloe wel even zou willen nadenken voordat ze daarop antwoordde.

Robin zocht Stone Road in Newham op, waar William Wright een voedselbank had bezocht. Ze hoefden maar één iemand te vinden die niet dronken, stoned of slechtziend was geweest toen Wright daar bij daglicht langskwam; één iemand die na het zien van een foto zou zeggen, vol overtuiging: hij was het...

Mohamed had, begrijpelijkerwijs, de straatnaam waar de voedselbank was gesitueerd verkeerd onthouden, het was 'Strone' in plaats van 'Stone'. Toen Robin dat noteerde, moest ze denken aan Wynn Jones, die haar met een zelfvoldaan lachje had verbeterd: *niet Wellsey Road, Wésley Road.*

Woorden die je makkelijk door elkaar haalde... dingen die je zag zoals je ze verwachtte te zien. Een maisplant of een boom. Een zwarte leeuw op een gele achtergrond...

Namen... William Wright was groothandelaar in cateringtafelzilver geweest, of een achttiende-eeuwse Schotse botanist, of een beroemde Engelse voetballer, of een vrijmetselaar die was verdronken in de Eerste Wereldoorlog... de betekenis van namen...

Ze kreeg opeens een willekeurige inval en googelde de betekenis van een naam.

Met trillende handen opende ze Instagram weer. Ze moest het zeker weten voordat ze Strike inseinde. Ze moest het absoluut zeker weten.

Er verstreek een uur, en voor het eerst sinds Robin was belaagd voor het huis van de familie Whitehead vergat ze haar angst. Ze schrok niet van nachtelijke geluidjes en stond niet op van de tafel om te controleren of haar deur wel echt op slot was. Het kwam niet in haar op om naar het raam te lopen en te kijken of Wade King misschien in Blackhorse Road naar haar ramen stond te gluren. Het enige wat haar interesseerde was het bewijzen van de schokkende theorie die haar opeens had besprongen, door de betekenis van een naam.

Uiteindelijk pakte ze haar mobiel en belde het nummer van haar zakenpartner.

Strike nam vrijwel meteen op.

'Waar ben je?' vroeg Robin.

'Ik heb zojuist Rena Liddell achtergelaten in een Travelodge-hotel,' zei Strike. 'Ik heb voor een paar nachten betaald, zodat ze daar even kan blijven. En jij?'

'Strike, ik geloof dat ik iets belangrijks heb – iets héél belangrijks.'

'Dat is toevallig,' zei Strike, terwijl hij moeizaam naar zijn BMW liep, trekkend met zijn been. 'Ik ook.'

DEEL 10

Here, of a surety, he said to himself, was the silver heart from which the scattered veins had been projected.

John Oxenham
A Maid of the Silver Sea

117

Knight of the East, or the Sword…
Most men yield to the stress of the current, and float with it to the shore, or are swept over the rapids; and only here and there the stout, strong heart and vigorous arm struggle on toward ultimate success.

Albert Pike
Morals and Dogma of the Ancient and Accepted Scottish Rite of Freemasonry

'Ik denk nog steeds,' zei Strike, 'dat we van geluk mogen spreken, véél geluk, als we de politie kunnen interesseren voor wat we nu hebben.'

Hij was weer op kantoor en zat aan het dubbele bureau, de lucht achter het raam inktzwart. Het telefoongesprek met Robin dat twee uur eerder was begonnen, toen ze hem belde terwijl hij op weg was naar zijn auto, was nog steeds niet beëindigd. Beiden hadden verteld wat ze allemaal hadden ontdekt en gededuceerd, en al waren ze er allebei van overtuigd dat ze eindelijk alle puzzelstukjes van William Wright uit al die andere mannen hadden gehaald en ze op de juiste manier in elkaar hadden gepast, hun gesprek draaide nu al een tijdje in steeds hetzelfde kringetje rond.

'Ik kan mezelf wel voor m'n kop slaan,' zei Robin. 'Ik had het moeten zien.'

'We waren op zoek naar een speld in een fucking hooiberg,' zei Strike, 'maar ik weet nog niet wat ons tegenargument moet worden als de politie zegt dat we niet méér hebben dan giswerk, een paar nepaccounts op Instagram en een oude advertentie op eBay... Verdomd knap trouwens dat je die hebt gevonden.'

Terwijl hij het zei, keek hij naar de bewuste oude advertentie, die Robin hem per mail had gestuurd: tweedehands gewichten, verkocht door een man in Dagenham, in mei van het jaar ervoor. Robin had al contact opgenomen met de verkoper en te horen gekregen dat ze waren gekocht door een zekere William Wright, die contant had betaald. Hij was er dolblij mee geweest, want hij had nooit gedacht dat zulke gewichten bestonden.

'Maar ik vind het wel eng dat je er in je eentje op afgaat,' zei Robin, die zich niet door zijn vleiende woorden van haar bezorgdheid af liet praten.

'Ik ga niet alleen, ik neem Barclay en Wardle mee.'

'Maar je gaat wel inbreken. Stel dat je weer gearresteerd wordt.'

'Deze keer is het anders.'

'Hoezo?'

'Met een beetje mazzel sta ik weer buiten voordat iemand heeft gemerkt dat ik daar was. Je denkt zelf dat het een kwestie van leven en dood zou kunnen zijn.'

Dat had Robin inderdaad gezegd aan het begin van het gesprek, maar nu ze twee uur lang steeds bij hetzelfde punt uitkwamen met hun gesprek was ze wat minder optimistisch.

'Misschien hoop ik dat vooral. Ik vind het heel erg om te zeggen, maar het zou kunnen dat Sapphire Neagle dood is. Er is al maanden geen teken van leven geweest en we weten dat hij zijn hand er niet voor omdraait om mensen te vermoorden die voor hem niet meer van nut zijn.'

'Nou, als jij en Midge morgen succes hebben bij Ramsay Silver hebben we hard bewijs dat in elk geval een deel van onze theorie klopt. Had ik je al verteld dat Ramsay gesloten is sinds ze hebben gehoord dat Todd is vermoord?'

'Nee,' zei Robin. 'Waarom?'

'Blijkbaar is hun verkoopster opgestapt, bang dat zij de volgende werknemer zal zijn die vermoord wordt. Ramsays vrouw kan in haar toestand niet in de zaak werken en hij heeft al moeite genoeg om die andere baan te behouden, bij dat administratiekantoor. Hij zegt dat hij het faillissement gaat aanvragen.'

'O, nee.'

'Jij hebt al die tijd meer medelijden met hem gehad dan hij verdient,' zei Strike. 'Ik weet dat zijn zoon dood is en zijn vrouw ziek, maar het is gewoon een dwaas.'

'Oké, rustig maar,' zei Robin, een beetje verbaasd over Strikes chagrijnige toon. 'Mensen maken nu eenmaal fouten.'

'Ja, ik heb er zelf ook genoeg gemaakt, maar ik doe niet sentimenteel over mensen die het herhaaldelijk verkloten terwijl dat makkelijk te vermijden zou zijn, en die winkel was van meet af aan natuurlijk gedoemd te mislukken.'

Hij hoorde een piepje.

'Heb je een andere beller?'

'Ja, sorry, ik moet opnemen. Het is Ryan, die zal wel...'

'Prima, tot morgen,' zei Strike kortaf en hij hing op.

'Hoi,' zei Robin tegen haar vriend.

'Is alles oké daar?' vroeg Murphy.

'Uitstekend,' antwoordde ze, want wat moest ze anders zeggen? *Ik denk dat we morgen de grote doorbraak gaan bereiken in een zaak waarin de politie de plank flink misgeslagen heeft, maar ik kon je niet vertellen hoe we tot dit punt gekomen zijn, want dan had ik je ook een hele hoop dingen moeten vertellen die ik bewust voor je heb achtergehouden. Bovendien staat mijn zakenpartner op het punt om weer in te breken in een privéwoning en ik heb niks gedaan om hem tegen te houden.*

'En hoe gaat het daar bij jou? Hoe staat het erbij met de man van de staafbom?'

'Heel jong nog, intermenselijke problemen, dat is nu bevestigd,' zei Murphy. 'Staat helemaal los van de aanslag in Westminster.'

'Gelukkig,' zei Robin, al wist ze niet precies waarom. Bommen waren bommen. Misschien was het een opluchting dat de jongen in zijn eentje moordlustig was geworden, niet als onderdeel van een organisatie. Haar gevoel van onheil was toegenomen in de loop van het gesprek met Strike; Oz had een onbekend aantal handlangers.

'Even iets anders,' zei Murphy. 'Ik heb eens zitten denken over mijn verjaardag.'

Het kostte Robin een paar tellen om haar hersenen te laten overschakelen naar het dagelijks leven. Natuurlijk, Murphy's verjaardag kwam snel dichterbij, ze moest voor hem ook iets kopen, naast de cadeaus voor haar neefjes, waar ze nog steeds niet aan toegekomen was.

'Ik heb een tafel gereserveerd in het restaurant van het Ritz,' zei Murphy. 'Ik vind dat we niet vaak genoeg de bloemetjes buitenzetten. Ik geef het ruim op tijd aan je door, zodat je die avond vrij kunt nemen, oké? Want ik heb mijn creditcardnummer moeten geven.'

'O,' zei Robin neutraal. 'Oké. Ik bedoel... goed, ik zal zorgen dat ik vrij ben.'

Bang dat ze niet enthousiast genoeg had gereageerd voegde ze eraan toe: 'Wat leuk zeg, het Ritz.'

Maar nadat Murphy had opgehangen bleef ze roerloos naar de Raoul Dufy-prent boven de haard zitten staren. Het was een zeegezicht gezien door twee open ramen, dat een vaag verlangen toevoegde aan haar plotselinge paniek.

Haar vriend had altijd de voorkeur gegeven aan gastropubs als ze uit eten gingen. Hij had nog nooit, al die tijd dat ze een relatie hadden, een chic restaurant als het Ritz voorgesteld. Niet dat hij gierig was, integendeel, hij gaf altijd flinke fooien en was de eerste die een rondje aanbood, maar hij had nooit enige belangstelling gehad voor de Franse keuken of het soort restaurant waarvoor je je netjes moest kleden.

Vijftien kilometer verderop had Strike spijt van de toon die hij tegen Robin had aangeslagen over Kenneth Ramsay. Zijn kritiek op degenen die domme dingen deden en veel te makkelijk vergeving kregen van Robin had heel weinig te maken met de eigenaar van de zilverwinkel, en alles met de teruggevallen alcoholist wiens aanzoek, zo wist Strike zeker, rap naderde.

Meestal hielp het werk Strike om zijn persoonlijke problemen te vergeten; hij kon gedeeltes van zijn hersenen afsluiten en zich volledig concentreren op wat er gedaan moest worden, een talent dat hij in het leger had aangescherpt. Helaas werkte die tactiek tegenwoordig niet al te best, omdat de persoon aan wie hij niet steeds wilde denken onlosmakelijk verbonden was met zijn werk.

Desalniettemin waren een zorgvuldige planning en voorbereiding van essentieel belang als hij voor elkaar wilde krijgen wat hij van plan was de volgende dag te gaan doen, dus deed Strike zijn best om de gedachten aan Robin en Murphy opzij te zetten terwijl hij begon aan het opstellen van een lijst van de dingen die gedaan of aangeschaft moesten worden voordat hij kon afhandelen wat hopelijk het laatste onderdeel van de zilverkluisklus zou zijn.

Nadat hij de punten had nagelopen die hij tot dan toe had opgeschreven, voegde hij er handboeien (meerdere?) aan toe, dacht nog even diep na en noteerde toen het woord 'knuppel'. Toen hij klaar was deed hij de lamp op zijn bureau uit, pakte zijn notitieboekje en ging naar zijn zolderflat.

118

No man omits precaution, quite neglects
Secrecy, safety, schemes not how retreat,
Having schemed he might advance.

Robert Browning
Count Guido Franceschini

'Ik neem aan dat er een reden is waarom we om zeven uur 's morgens beginnen?' vroeg Barclay geeuwend toen hij de volgende morgen aankwam bij de garage waar Strikes BMW stond. Barclay had een McDonald's-zak bij zich die naar bacon rook. Wardle, die een paar minuten eerder was aangekomen, dronk koffie uit een meeneembeker.

'Ja, jullie gaan vooruit om het terrein te verkennen,' zei Strike. 'Ze hebben mijn gezicht en mijn auto daar al gezien, dus ik kan pas komen als het donker is. Maar eerst gaan we naar het verhuurbedrijf, jij rijdt.' Hij gaf Wardle de autosleutel. 'Ik wil niet dat mijn been gaat opspelen als er gevochten moet worden.'

'Dat kunnen wij wel doen, mocht het zover komen,' zei Wardle, en hij liep om de auto heen.

'Jullie raken hier niet fysiek bij betrokken als het niet per se nodig is,' zei Strike. 'Als ik betrapt word, is dat klote, want de politie is toch al pissig op me en dan kom ik weer in het nieuws. Maar als een man die net weg is bij het korps van Londen wordt betrapt bij een inbraak, of mijn freelancer bij geweldpleging, terwijl hij laatst ook al is gearresteerd nadat hij op een dak geklommen was, dan wordt op het bureau het percentage medewerkers die met naam en foto in de krant komen veel te hoog.'

'Ik word wagenziek achterin,' zei Barclay somber toen Strike op de passagiersstoel ging zitten.

'Dat zal wel meevallen,' zei Strike, 'tenzij ze garnalen in je Egg McMuffin gestopt hebben.'

'Denk maar niet dat je mijn boksbeugel mag lenen als je zo gaat beginnen,' zei Barclay terwijl hij zijn lange benen de auto in schoof.

119

... and again begin the quest!
Here, where the reaper was at work of late...

Matthew Arnold
The Scholar-Gypsy

'Hoi,' zei Midge toen ze zich om kwart voor negen bij Robin voegde aan het einde van Wild Court. De grauwe ochtend was kil en Midge droeg een sjaal over haar leren jack, terwijl Robin spijt had dat ze geen trui had aangetrokken. Beide vrouwen hadden een grote weekendtas bij zich, en Robin moest lachen toen die van Midge rammelde.

'Zelfde idee als ik,' zei ze terwijl ze haar eigen tas omhooghees over haar schouder.

'Ja, ik heb mijn halve gereedschapskist meegenomen.'

Samen trokken ze de steeg in, langs de vuilcontainers en de achteringang van de Connaught Rooms.

'Hoe gaat het met je?' vroeg Robin, die Midge in geen weken echt had gesproken.

'Niet slecht. Vannacht een potje reboundseks gehad.'

'Goed zo,' zei Robin zogenaamd geamuseerd, maar verbroken relaties en gekwetste gevoelens waren nu het laatste waar ze aan wilde denken. *Ik heb een tafel geboekt in het Ritz... Ik geef het ruim op tijd aan je door...* 'Wie is de gelukkige?'

'Ellen heet ze. De ex van mijn een-na-laatste ex.'

'Aha.'

'Altijd al een lekker ding gevonden. Ze heeft alleen een ellendige rotkat.'

'Echt?'

'Dat beest heeft maar drie poten,' zei Midge.

'Dat kun je hem niet kwalijk nemen,' zei Robin, denkend aan Strike.

'En maar één oog.'

'Dan nog.'

'En als iets hem niet zint, schijt hij in bad.'

Robin begon te lachen, en toen zag ze Kenneth Ramsay snel hun kant op komen lopen, zijn zilvergrijze haar in de war, zijn jasje nog losser om zijn lijf dan de laatste keer dat Robin hem had gezien.

'Dit komt me erg... Toen meneer Strike me belde...'

'Probeert u niet te veel hoop te hebben,' zei Robin. 'We weten niet zeker of onze theorie klopt.'

Maar aan de geagiteerde manier waarop Ramsay met de winkelsleutels in de weer ging kon ze merken dat hij bad om een wonder.

120

... so, at length, a silver thread
It winds, all noiselessly, thro' the deep wood,
Till thro' a cleft way, thro' the moss and stone,
It joins its parent-river with a shout.

Robert Browning
Pauline

Terwijl ze naar het noorden reden vertelde Strike aan Barclay en Wardle hoe hij dacht dat Wright aan zijn einde was gekomen, en waarom. Hij vond het een nuttige oefening, want hun ongeloof liet hem precies zien wat Robin en hij zouden moeten doen om de politie te overtuigen.

'Als het echt zo is gegaan,' zei Wardle, 'is dat de ingewikkeldste moord waarover ik ooit heb gehoord, en het is fucking ongelooflijk dat het 'm gelukt is.'

'Het is 'm niet gelukt,' zei Strike, 'anders zouden wij niet naar hem onderweg zijn, hè? Het was gewoon veel te ingewikkeld. Te veel bewegende delen. Nou ja, daarbij opgeteld het feit dat hij de verleiding niet kon weerstaan om er nog een zedendelict bij te halen. Nooit je hobby bij je zaken betrekken.'

'Ik denk dat je van geluk mag spreken als je alles op die voetafdruk kunt gooien,' zei Wardle.

'Als we gelijk hebben, is er heel wat meer tastbaar bewijs dan een voetafdruk,' zei Strike. 'Al moet ik toegeven dat we daar nog niks van in handen hebben, en van sommige dingen weten we ook niet waar ze zijn.'

Even voor negen uur kwamen ze aan bij het autoverhuurbedrijf in Banbury. Wardle en Barclay haalden de gereserveerde Mitsubishi op en reden verder naar het noorden, zodat Strike in zijn eentje een paar uur de tijd moest doden in het stadje waar hij achterbleef. The Old Town Deli and Café had niet alleen koffie, maar ook een tafeltje op het terras, waar Strike twee haverkoeken at en kon vapen terwijl hij op zijn telefoon het nieuws las.

Islamitische Staat had de verantwoordelijkheid opgeëist voor de terroristische aanslag op Westminster Bridge. De chauffeur was geïdentificeerd als Khalid Masood, een tweeënvijftigjarige inwoner van Groot-Brittannië met een hele rits criminele veroordelingen op zijn naam. Strike scrolde langs de site van de BBC op zoek naar afleiding. Robin had hem nog steeds niet gebeld, en als zijn theorie over Ramsay Silver onjuist zou blijken te zijn, moest hij misschien Barclay en Wardle bellen om ze terug te roepen. Daardoor kwam het dat het zien van Dominic Culpeppers naam op de site iets minder belangstelling bij hem opriep dan dat een paar dagen eerder het geval geweest zou zijn. De journalist was ontslagen bij zijn krant, en Strike had sterk het vermoeden dat de reden van zijn ontslag het ongefundeerde Candy-verhaal was.

Zijn telefoon ging. Hij griste het toestel van tafel zonder te kijken wie er belde, en hij was even in de war toen hij Shah hoorde in plaats van Robin.

'Hallo,' zei Shah. 'Ik eh... ik bel om mijn excuses aan te bieden.'

'Waarvoor?' Strike werd zo in beslag genomen door andere dingen dat hij niet meteen wist waar Shah zich voor zou moeten verontschuldigen.

'Voor wat ik zei over de zilverkluiszaak, en dat ik Cochran geloofde toen ze beweerde dat je haar wilde versieren. Ik heb het er met Wardle over gehad en... tja. Ik had haar nooit op haar woord moeten geloven. En ik weet dat je er alles aan doet om uit te zoeken wie die mensen vermoord heeft, van je eigen geld, dus ik... Ik ben er niet trots op, wat ik tegen je heb gezegd.'

'Ach man, ik heb zo veel dingen gezegd waar ik niet trots op ben,' zei Strike. 'Hoe is het met je been?'

'Doet zeer.'

'Dat zal wel. Maak je niet druk over geld, we kunnen je gewoon je gemiddelde maandinkomen doorbetalen zolang je thuiszit.'

'Dat is verdomd netjes van je,' zei Shah.

'Ja, nou, ik wil je graag houden.'

Hij hoorde een piepje.

'Shah, ik moet gaan, dat kan Robin zijn.' Hij schakelde over zonder op een reactie te wachten.

'Hoi,' klonk de stem van Midge. 'Het is bijna zover. Robin dacht dat je misschien een uitgebreid verslag zou willen. Ze heeft de achterkant er bijna af.'

Robin, die iets kleiner was dan Midge en ook iets dunner, zat op haar knieën in een van de oude kastjes bij Ramsay in de kelder, waar ze alle schoonmaakproducten uit gehaald hadden. Alleen haar voeten waren zichtbaar terwijl ze de klauwhamer van Midge gebruikte om spijkers uit te trekken.

'Hoe ziet het eruit?' vroeg Strike. 'Is ermee geknoeid?'

'Er zitten nieuwe spijkers in,' zei Midge, 'maar we weten nog niet of de muur achter het hardboard intact is.'

Kenneth Ramsay zat op de steile trap naar de kelderruimte, met zijn hoofd in zijn handen.

'Hebbes,' klonk Robins gedempte stem, en Strike hoorde geschuifel en een bons.

Verfomfaaid en onder het stof schuifelde Robin achteruit het kastje uit, en ze trok de plaat hardboard die de achterkant van het kastje had gevormd mee naar buiten.

'Geef me je moker eens,' zei ze tegen Midge. 'De bakstenen zijn teruggezet, maar ze zitten los.'

'Zegt ze nou dat de bakstenen loszitten?' vroeg Strike uiterst gespannen aan Midge.

'Ja.' Midge gaf Robin de moker aan. Robin kroop weer in het kastje, alleen haar voeten staken nog naar buiten. Strike hoorde gedempte dreunen.

'Wat gebeurt er?'

'Ze probeert door de muur heen te breken.'

Robin had tegen de stenen geslagen zo hard als ze kon in dat krappe kastje, en een ervan schoot los en belandde in de lege ruimte erachter. Hij raakte met een 'kleng!' iets van metaal.

'Zaklamp,' riep Robin naar Midge, die haar er een aangaf.

'Heeft ze...?'

'Ze vroeg om een zaklamp, die heb ik haar gegeven,' zei Midge.

Hoestend in een kleine stofwolk en met tranende ogen trok Robin de moker uit het kastje en deed de zaklamp aan, zodat ze door het gat van de gevallen baksteen kon kijken.

De lichtstraal van de zaklamp bescheen een schatkamer aan zilver, opgestapeld in de loze ruimte achter de muur. Ze zag het Oriental Centrepiece, lelijk en druk versierd; de zilveren metselaarshamer en winkelhaak; de ceremoniële dolk van John Skene, in de schaduw van de muur erachter, de zilveren zeilen en het tuigage van het tafelschip van de Carolina Merchant. In een verre hoek lag een hoopje dat eruitzag als verfrommelde kleding. Het overhemd zat vol roestbruine vlekken.

Robin schuifelde achteruit het kastje uit en reikte naar de telefoon die Midge in haar hand had.

'Het ligt er,' zei ze tegen Strike. 'Alles, zo te zien. Plus Wrights kleren.'

'Schoenen?'

'Die zie ik niet.'

'Fuck,' zei Strike.

Op basis van de waarschijnlijkheidsbalans had Strike wel verwacht, dat het Murdoch-zilver de winkel nooit verlaten zou hebben, maar het was een immense opluchting om zijn theorie bevestigd te zien. Toen hoorde hij een luid, echoënd gejammer.

'Wat krijgen we nou?'

'Eh... dat was meneer Ramsay,' zei Robin.

De winkeleigenaar had zich op handen en knieën laten zakken om zich in het kastje te persen en tuurde nu door het gat dat Robin had gemaakt. Hij zat hysterisch te snikken, en alleen zijn benen en zijn achterste waren zichtbaar.

'Wacht even,' zei Robin, terwijl de echo van Ramsays jammerkreet de kleine ruimte vulde, en ze liep de trap op terug naar de winkelruimte. 'Het wordt hem een beetje te veel,' zei ze zachtjes.

'Dat zal best, ja,' zei Strike.

'Ik vraag me af hoelang Todd ervoor nodig heeft gehad om dat gat in de muur te maken,' zei Robin. 'De voegen waren oud en brokkelig, dus ik denk niet dat het heel moeilijk is geweest. Het lastigste was waarschijnlijk om zich in dat kastje te wurmen.'

'Een probleem dat onze vriend Oz niet heeft gehad toen hij al dat zilver erin stopte,' zei Strike.

'Klopt... waar ben jij nu?' vroeg Robin, die intussen in de donkere, stoffige winkelruimte stond.

'Banbury, ik wacht op bericht van Barclay en Wardle.'

'Ga je pas als het donker is?'

'Er mogen deze keer geen getuigen zijn. Ik begeef me toch al op glad ijs. Als jij nou... Shit, wacht even,' zei hij toen zijn telefoon begon te piepen. 'Ik bel je zo terug.'

Hij verbrak de verbinding en nam het andere telefoontje aan.

'Met mij,' zei George Layborn, zijn contactpersoon bij de politie, op mistroostige toon. 'Je had gelijk.'

'Heb je hem gevonden?' vroeg Strike geschrokken. 'Nu al?'

'Ja.'

'Dat is snel.'

'De algemene tendens is nu dat je jouw tips niet in de wind moet slaan, na Knowles. De familie is vanmorgen ingelicht.'

'Oké, bedankt voor het doorgeven.'

'Wil je nog iets anders kwijt, nu we toch bezig zijn?'

'Nog niet,' zei Strike.

'Wat voer je in je schild?' vroeg Layborn, met een wantrouwen waarvan Strike moest toegeven dat het verdedigbaar was.

'Dat wil jij niet weten.' Hij hing op en belde Robin terug.

'Layborn,' zei hij zonder inleiding. 'Ze hebben Semples lijk gevonden.'

'O god.'

'Ja. Maar nu weten ze het tenminste. Beter dan die eeuwige onzekerheid. Luister, zou jij Ramsay kunnen overhalen om niet rond te bazuinen dat zijn zilver is gevonden tot ik de rest van deze hele toestand heb afgerond? Leg maar uit dat het in zijn eigen belang is – dat het anders misschien overkomt alsof hij publiciteit wilde scoren door het zilver zelf in dat pand te verstoppen.'

'Oké,' zei Robin, 'maar wees alsjeblieft voorzichtig.'

'Hoor wie het zegt. Hier spreekt een vrouw die ooit voor een rijdende trein sprong,' zei Strike. 'Goed, ik zal voorzichtig zijn. Dat is Barclay,' voegde hij eraan toe toen zijn telefoon weer begon te piepen. 'Ik hou je op de hoogte.'

Hij hing voor de tweede keer op en nam Barclays gesprek aan.

'We zijn er,' zei de man uit Glasgow. 'Maar hij is net vertrokken, in een bestelbus vol andere kerels. Wardle is ze gevolgd. Ik houd het huis nog in de gaten.'

'Oké,' zei Strike, 'ik kom eraan.'

Hij betaalde voor zijn haverkoeken en koffie, bracht binnen een bezoekje aan het toilet en liep terug naar zijn auto, om te vertrekken in de richting van Ironbridge.

121

Upon the face of the jewel you see a representation of the First three recipients of this degree, two of them lowering the third into the subterranean vault.

Albert Pike
Liturgy of the Ancient and Accepted Scottish Rite of Freemasonry

De avond was gevallen tegen de tijd dat Strike besloot dat hij veilig kon terugkeren naar het stadje dat bij daglicht zo schilderachtig mooi had geleken. Het had nu een compleet andere uitstraling, of misschien kwam dat door wat Strike wist over een van de inwoners, die zo veel onheil had uitgestort over de plaats met de brede, zwarte Severn en de gigantische boogbrug. Daar tussen de rivier en de brug links van hem, en rechts de huizen die van de steile heuvel leken te tuimelen, ervoer hij wat van het primitieve wantrouwen dat ravijnen en kloven oproepen, het gevoel alsof hij ingeklemd en opgesloten werd. Hij dacht aan de ogenschijnlijk bodemloze al-Hota-kloof, aan de doden die erin gegooid waren en de verhalen die werden verteld over wat er in de diepte lag.

Verderop twinkelden vrolijk de lichten van Swan Taphouse, de pub waar Robin en hij ruzie hadden gekregen. Hij nam de haarspeldbocht naar rechts naar New Road, de weg waar ze samen de heuvel op gelopen waren, en passeerde de blauwe plaquette ter nagedachtenis aan William Wright en een verlicht raam in het bruinig oranje huisje van Dilys. Hij parkeerde de auto een paar deuren voorbij het ouderlijk huis van Tyler Powell.

Toen hij uit de BMW stapte, dook er een lange gestalte op uit de duisternis.

'Hoe staat het ervoor?' vroeg Strike.

'Net bericht gehad van Wardle; ze zijn nog in de pub in Horsehay,' zei Barclay. 'Kwartier rijden van hier. Het huis is verlaten, tenzij er iemand binnen is die het prima vindt om in het donker te zitten.'

'Met hoeveel anderen is hij vertrokken?'

'Voorin zaten er twee, maar achter in de bestelbus vast nog meer.'

'Heb je aangebeld?'

'Ja. Geen reactie.'

'Juist.' Strike klopte op zijn jaszakken om te controleren of hij zijn lopers, handboeien en de zware visknuppel bij zich had. 'Ik ga naar binnen, bel me als je hem ziet, of als die bestelbus terugkomt.'

'En als ik jou "help" hoor roepen?'

'Gewoon negeren natuurlijk.'

Strike liep de straat in. Het was een tintelend koude avond, de maan een afnemend boogje dat als een sikkel boven de bomen aan de tegenovergelegen oever van de Severn stond. Er brandde geen licht in het oude huis van de familie Powell, maar het TE KOOP-bord was verdwenen: waarschijnlijk had Ivor eindelijk een bod gekregen dat aan zijn hebberige verwachtingen voldeed.

Strike ging rechtsaf en liep het pad op dat naar Ian Griffiths' achterdeur leidde. Hij haalde zijn lopers tevoorschijn en ging aan het werk; hij hoopte dat er aan de binnenkant geen kettingslot of grendel zou zitten.

Na een paar minuten werkte het slot mee, en de deur ging licht piepend open. Strike stapte over de drempel de pikdonkere gang in en deed de deur zachtjes achter zich dicht.

Een bedompte, vieze lucht vulde zijn neusgaten. Die was er de vorige keer niet geweest, al hadden de wierookstokjes, waarvan hij nog vaag een vleugje bespeurde, de geur misschien gemaskeerd. Behoedzaam en geruisloos ging hij de zitkamer binnen, en hij deed de gordijnen dicht voordat hij de zaklamp van zijn telefoon aanzette. Het licht viel vrijwel onmiddellijk op het beeldje van Manneken Pis. Langzaam keek Strike de kamer rond bij het schijnsel. Net als de vorige keer waren er volop kitscherige souvenirs te zien. Het licht van de telefoon bescheen de poster van Jezus die een joint rookte en deed de Thaise olifant glinsteren, om vervolgens verder te glijden naar de vele foto's van Chloe, die moesten aantonen wat een goede vader Ian Griffiths was, zo trots op zijn dochter, nu op reis in het buitenland met haar knappe vriend. En daar was de foto van de aantrekkelijke jonge vrouw met de rode kralenketting, de armen om de jonge Chloe heen geslagen. Strike vroeg zich af of ze nog leefde. Voor Griffiths leek die robijnen ketting het equivalent te zijn van de oranje executieoveralls van IS.

Op het moment dat Strike de kamer uit wilde lopen, hoorde hij in de verte een mobiel overgaan.

Hij deed onmiddellijk de zaklamp uit en bleef stokstijf staan luisteren.

Een doffe dreun boven zijn hoofd bracht de fitting aan het plafond in beweging. Er was iemand in de kamer pal boven hem.

Met zo weinig mogelijk beweging drukte hij zich plat tegen de muur naast de deur, terwijl een mannenstem langzaam duidelijker hoorbaar werd.

'Ik ben het, Jonesy, wie anders? Je belt me zelf, sukkel, ben je bezopen?'

Er kwam iemand naar beneden; een groot en zwaar iemand, zo te horen. Het licht in de gang ging aan. Strike liet zijn telefoon in de linkerzak van zijn overjas glijden en haalde de visknuppel van Ted tevoorschijn uit de rechter.

'Ja, zeg het maar... hahaha... nee, ik lag te pitten... wah...? bezopen gisteravond, vandaar... ja, precies... moet voor oppas spelen, hè? Oké, ja, ik zal zorgen dat ze er klaar voor is... hahaha... bedankt.'

Strike hoorde voetstappen, vaag geritsel, gevolgd door een dreun. Die leek sterk op het geluid waarvan Griffiths de vorige keer had beweerd dat Dilys het had veroorzaakt, toen ze volgens hem bij het verlaten van de kamer tegen het haltafeltje was gebotst.

'Je moet je wassen,' hoorde hij de man zeggen. 'Mickey wil dadelijk, ze komen terug.'

'Ik kan niet bij de spullen,' klonk een klaaglijke meisjesstem. 'Hij heeft me weer vastgebonden.'

'Als ik helemaal naar beneden moet komen, wil ik daar wel wat voor terug' zei de man. 'Als je me pijpt, kun je je daarna wassen.'

Strike sloop zo stilletjes als hij kon de hal in, met de knuppel in zijn vuist. Er was niemand te zien. Hij liep nog een hoek om.

Recht voor hem stond, links van de trap en met zijn rug naar de detective toe, een man van dezelfde omvang als Strike zelf, met een dikke nek en kort donker haar. Hij leek op het punt te staan om af te dalen door een opengeklapt luik, waar een kleed op een hoop naast lag.

Wynn Jones hoorde of voelde Strikes aanwezigheid. Hij draaide zijn hoofd, maar te laat: de visknuppel was al aan zijn afdaling begonnen.

122

... many a man,
Seeking a prey unto his hand,
Hath snatch'd a little fair-hair'd slave...

Matthew Arnold
The Sick King in Bokhara

De klap op Jones' schedel gaf een luid gekraak. Jones viel voorover, smakte met zijn voorhoofd tegen de tegenovergelegen rand van het rechthoekige gat in de vloer en viel er onhandig doorheen, waarbij hij eerst de korte ladder raakte en toen, met een doffe dreun die nog even nagalmde, de keldervloer. Strike liep naar voren en zag het omvangrijke lichaam van Jones languit liggen, roerloos op het beton. Zich terdege bewust van de sterke mogelijkheid dat hij zojuist een man had vermoord stapte hij op de ladder en daalde enigszins moeizaam af, belemmerd door zijn zware overjas, een ondergrondse ruimte in, waar de bedompte lucht die hij al eerder had geroken sterker was, nu met een ondertoon van uitwerpselen en urine.

'Wie ben jij?' vroeg een doodsbange meisjesstem.

Ze zat tegen de achterste muur. Toen Strikes ogen gewend raakten aan de duisternis zag hij een gezicht als een doodshoofd, met diepliggende ogen. Haar bleke huid scheen als de maan in het donker, en hij stelde na één vluchtige blik vast dat ze vrijwel geen kleding droeg. Hij trok zijn jas uit en ging naar haar toe, gebukt zodat hij zijn hoofd niet zou stoten aan het zeer lage plafond, en hij legde zijn jas over haar heen.

'Ik kom je helpen. Ben je vastgebonden?'

'Ja.' Haar schelle stem klonk paniekerig. 'Wie ben jij?'

'Ik ben detective.'

De kelder zag eruit alsof de eigenaar de ruimte zelf had uitgegraven. De betonnen vloer was oneffen en hobbelig. In een hoek was een wc. Langs de onderkant van de muur liep een buis. Op een rieten tafeltje lagen twee enorme dildo's. Er stond ook een wasteiltje met sop waar een spons in dreef.

Strike bukte om de arm van het meisje te bekijken, die was vastgeketend aan de buis die langs de onderkant over de muren van de grotachtige ruimte liep. Het zou beslist tijd kosten om haar te bevrijden.

'Ben jij Sapphire?'

'Hoe weet u dat?'

'We waren naar je op zoek. Ik ga je bevrijden,' beloofde hij haar. 'Ik moet alleen eerst controleren of die schoft dood is.'

Nog steeds gebukt liep Strike terug naar Jones en voelde in zijn hals of er een hartslag was. Die was er, maar Strike zou er niet om durven wedden dat Jones zijn nek niet had gebroken bij de val. Ondanks zijn wijkende haargrens zag de dikke Jones er in bewusteloze toestand absurd jong uit.

Strike wist dat zijn telefoon, die nog in de zak zat van de jas die nu over Sapphire heen lag, hier onder de grond geen bereik zou hebben.

'Ik pak alleen even mijn telefoon en ga dan naar bov...'

'Nee! Maak me eerst los! Haal me hier weg!' riep Sapphire, in een luide jammerkreet.

'Ik moet een paar mensen bellen die kunnen helpen je te bevrijden.'

'Laat me gaan! HAAL ME HIER WEG!'

'Stil!'

Strike hoorde boven iets: het onmiskenbare geluid van de achterdeur die openging, gevolgd door zware mannenstemmen.

'O god, nee, nee, nee, ga gauw weg, hij vermoordt me.'

Strike gebaarde verwoed naar het meisje dat ze stil moest zijn terwijl hij terugsloop naar de opening in het plafond, en hij schatte snel zijn kansen. Ongetwijfeld had Wardle of Barclay geprobeerd hem te waarschuwen dat Griffiths en zijn vrienden op weg waren naar huis, en zij konden er niets aan doen dat hij zich momenteel ondergronds bevond zonder bereik op zijn telefoon, maar dat veranderde niets aan de hachelijke situatie waarin hij en het meisje zich nu bevonden. Zijn lichtzinnige reactie op Barclays 'En als ik jou "help" hoor roepen?' was nu niet meer zo grappig; waarschijnlijk wachtten zijn collega's op een teken of een oproep om hem te hulp te schieten, maar als hij nu ook maar het geringste geluid zou maken, zou hij daarmee zijn aanwezigheid verraden aan wat klonk als vier of vijf mannen, onder wie een kerel van wie hij wist dat het een seriemoordenaar was, dus koos Strike ervoor zich terug te trekken in de donkere ruimte achter het laddertje van het luik.

In de huiskamer werd harde muziek aangezet. Steely Dan.

While the music played...

Er kon nu elk moment iemand – waarschijnlijk de 'Mickey' die Jones had genoemd en die 'dadelijk wilde' – de hoek van de gang om komen, en dan zou hij het open kelderluik en de bewusteloze Jones zien. Het luidruchtige gesprek van de mannen mengde zich met de muziek.

'Ga nou weg,' jammerde Sapphire. 'Zo meteen geeft hij mij de schuld...'

'Stil!'

'Hij heeft mensen vermoord!' fluisterde Sapphire.

'Ik weet het. Stil nou!'

Strike had Wardle en Barclay nodig; als ze op z'n minst de mannen daarboven konden laten geloven dat ze van de politie waren, dan maakte hij nog een kans...

'What the fuck?' zei een mannenstem pal boven zijn hoofd, en er viel een schaduw over het roerloze lichaam van Jones. 'Jonesy?'

Een kleine voet, in een sneaker, op de bovenste sport van de ladder. Strike stak zijn hand door het gat, greep de enkel en gaf er een ruk aan.

Ian Griffiths viel met een gil waarvan Strike hoopte dat die overstemd werd door de muziek van boven, en hij landde boven op de bewusteloze Jones en rolde weer van hem af.

Strike dook op Griffiths af voordat die overeind kon komen, ramde hem tegen de betonnen vloer, drukte zijn grote rechterhand over Griffiths' mond en tastte met de andere naar Griffiths' pols, maar te laat.

Strike voelde een gloeiende pijn toen het lemmet langs de zijkant van zijn hoofd flitste; hij had geluk dat niet zijn hele gezicht werd opengehaald, maar zijn oor was geraakt.

Terwijl het bloed uit de wond gutste slaagde Strike erin de pols van Griffiths' hand waarmee hij het mes vasthield beet te pakken en die ook tegen de ruwe betonnen vloer te slaan, tot hij het mes uit Griffiths' greep hoorde vallen. Griffiths probeerde te schreeuwen, zo hard als mogelijk was met Strikes andere hand over zijn mond gedrukt. Strike ramde Griffiths' hoofd herhaaldelijk tegen de vloer, probeerde hem zijn verzet te laten staken...

De muziek in de huiskamer boven hield op. Strike hoorde gebons op de achterdeur. Toen een stem die hij herkende als die van Wardle: 'Doe open! Politie!'

Strike hoorde boven rennende voetstappen; er gleed een schaduw over hem en Griffiths heen en het luik werd gesloten, dichtgeschopt door iemand die niet naar beneden leek te hebben gekeken. De drie mannen en het meisje zaten nu samen opgesloten in het donker, en Strike hoorde dat het kleed weer over het luik werd geschoven om het te verbergen.

Er galmde een luid gekreun door de krappe ruimte: Jones kwam bij. Strike, die schatte dat Jones minstens twintig jaar jonger was dan hij, zag het somber in voor zichzelf gezien de omvang van Jones, een half afgesneden oor waarvan hij al misselijk begon te worden, een tweede man die op afstand gehouden moest worden en een mes dat ergens in het donker lag.

'What the fuck?' zei Jones groggy. 'Wat is er gebeurd?'

Strike had nog steeds moeite om de tegenstribbelende Griffiths tegen de grond gedrukt te houden, met zijn hand over zijn mond. Hij hoorde niet goed met zijn linkeroor, dat was volgelopen met bloed.

'Fuck, wat is er gebeurd?' zei Jones nog een keer. En Strike hoorde beweging. Hij was verre van blij dat Jones zijn nek niet gebroken had;

nu zou hij willen dat het wel zo was. Griffiths probeerde door Strikes hand heen iets te zeggen en bracht alleen een verstikt gebrom uit.

'Wie is daar?' Jones klonk angstig. 'Wat gebeurt er?'

Boven was nu geroep en gebons hoorbaar, al werd het geluid gedempt door het luik en het kleed. Aangezien Barclay en Wardle met meer dan twee tegen een flink in de minderheid waren, betwijfelde Strike of hij op snelle hulp kon rekenen. Hij haalde zijn hand van Griffiths' mond, omdat het nu niet veel meer uitmaakte of die eikel zou gaan schreeuwen, en hij stompte hard in de richting waar hij wist dat Griffiths' gezicht zich moest bevinden en hoorde zijn kreet van pijn. Het bloed bleef uit Strikes half afgesneden oor stromen.

'Wat gebeurt hier?' vroeg Jones nog een keer, en Strike voelde een grote hand naar zijn schouder graaien, die onder het bloed zat. 'Wie ben jij godverdomme?'

'STRIKE?' klonk Wardles stem.

'HIER BENEDEN,' brulde Strike.

'Huh?' zei de niet zichtbare Jones, en Strike hoorde hem overeind krabbelen, gevolgd door een kreet van pijn toen hij zijn hoofd stootte aan het lage plafond.

Het luik ging open en Strike zag Wardle staan, die op hem neerkeek.

'Jezus fucking christus,' zei hij geschrokken, en Strike besefte dat zijn linkerschouder glanzend dieprood was.

'Ik heb hier hulp bij nodig,' hijgde Strike, die nog boven op Griffiths zat.

'Barclay!' riep Wardle, waarna hij de kelderruimte in sprong zonder de ladder te gebruiken.

Strike betwijfelde of het wel goed afgelopen zou zijn voor Wardle als Barclay zich niet op dat moment de kelder in had laten zakken, want de jonge Jones, nog steeds groggy, leek te beseffen dat de onbekenden het niet goed met hem voorhadden. Zijn poging om de oud-politieman te overmeesteren werd gedwarsboomd door de Schot, die de ladder lostrok, ermee uithaalde – waarbij hij op een haar na Strikes hoofd miste – en Jones omverramde, samen met het tafeltje waar de dildo's op lagen.

'Een mes, daar ergens,' bracht Strike hijgend uit, en hij pinde de tegenstribbelende Griffiths tegen de vloer.

'Hebbes.' Wardle griste het mes van de vloer voordat hij Barclay te hulp schoot, die probeerde Jones' handen achter zijn rug te boeien.

'Wat gebeurt er boven?' vroeg Strike.

'Drie zijn ervandoor gegaan zodra wij binnenkwamen,' bracht Wardle hijgend uit. 'De traagste twee zijn geboeid, maar ik weet niet of er nog...'

'Dit is de man om wie het gaat,' zei Strike, die nog steeds moeite had om Griffiths in bedwang te houden.

'Weet je dat je oor loshangt?' vroeg Barclay aan Strike.

'Jij hebt toch een dochter?'

'Ja.' Barclays perplexe blik na deze onlogische vraag was begrijpelijk.

Strike, die het verwarde idee had dat de vader van een dochter het beste alternatief was in afwezigheid van een vrouw, knikte in de richting van Sapphire. 'Ze is aan die klotebuis vastgeketend. Kun jij haar loskrijgen?'

'Geen punt.' Barclay ging rechtop staan voor zover dat mogelijk was; Jones lag nu veilig met zijn handen op zijn rug geboeid op de vloer. 'Komt goed, meiske,' zei hij met zijn zware Schotse accent tegen Sapphire, en hij liep naar haar toe. 'We gaan jou heel snel bevrijden.'

'Help me eens om die klootzakken naar boven te krijgen,' zei Strike buiten adem tegen Wardle toen Griffiths zich hevig bleef verzetten.

123

We intuitively understand what justice is, better than we can depict it. What it is in a given case depends so much on circumstances, that definitions of it are wholly deceitful.

Albert Pike
Morals and Dogma of the Ancient and Accepted Scottish Rite of Freemasonry

Griffiths gaf zijn verzet op nadat Wardle hem in de boeien had weten te slaan. Het deed Strike genoegen dat hij Griffiths' neus had gebroken, die nu een groter deel van zijn gezicht in beslag nam en hevig bloedde, al was het een stuk minder overvloedig dan Strikes linkeroor, dat hem een helse pijn bezorgde. Het voelde vreemd koud, alsof huid die nooit aan frisse lucht was blootgesteld geweest daar nu voor het eerst mee in contact kwam, en dat vormde een onaangenaam contrast met het nog altijd stromende warme bloed.

'Je moet naar een ziekenhuis,' zei Wardle toen ze Griffiths de ladder op zeulden, die Barclay weer tegen het luik had gehangen. 'Snel.'

'Straks,' zei Strike.

De pijn was niet zo hevig dat hem ontging hoe Griffiths zijn tenen naar binnen draaide toen hij werd versleept, een typerend kenmerk dat Strike die eerste keer dat ze elkaar zagen had toegeschreven aan het feit dat Griffiths struikelde over zijn gitaar. Deze kleine extra bevestiging van zijn theorie was voor Strike genoeg om zich nog eens vastberaden voor te nemen dit zelf af te handelen, want hij was bang dat Ian Griffiths zou wegkomen met de moord op Tyler Powell. 'Niet onomstotelijk bewezen' was het oordeel dat hij vreesde. Ook al zouden de moorden op Sofia Medina, Jim Todd en Todds moeder wel aan Griffiths toegeschreven worden, ook al zou de man terecht meerdere malen levenslang krijgen, voor Strike was dat niet genoeg. Hij wilde gerechtigheid, wraak zelfs, voor Tyler Powell: een jongeman die bij leven een buitensporige hoeveelheid pech had gehad en die het lot dat hem had getroffen in Griffiths' handen zeker niet had verdiend. De vernuftige, ingewikkelde en zonderlinge aard van deze moord zou er misschien voor zorgen dat een jury niet geloofde dat het was gegaan zoals het naar Strikes stellige overtuiging was gegaan, maar de laatste tijd was Powell voor hem gaan leven: een beetje verloren, zoals Robin had gezegd, maar moedig, vindingrijk en vastbesloten, niet de dwaas voor wie mensen hem misschien hadden aangezien; een jongeman die deugde, zo meende Strike, en wiens grootste fout was geweest om te geloven dat een man die een helpende hand naar hem uitstak dat deed uit goedheid.

Het was een puinhoop in de huiskamer. Een keyboard was omgegooid en de poster van de blowende Jezus hing scheef. Strike gaf een schop tegen de rastateddybeer, die op zijn buik op het kleed lag. Deze kamer was geknipt voor een man die graag tieners en jonge vrouwen binnenhaalde, een kamer met de leugenachtige uitstraling van een onconventionele charmeur die jong van geest bleef. Strike gruwde ervan.

Twee mannen zaten op de vloer, geboeid met de ruggen tegen elkaar. De ene was een jong scharminkel wiens openhangende mond een zeer slecht gebit toonde. De andere was een man van middelbare leeftijd met een zware baard, die zat te snikken.

'Haal die andere naar boven,' zei Strike tegen Wardle terwijl hij Griffiths op bank met de mandalasprei hees. 'Als hij moeilijk doet, komt Barclay je helpen.'

'Strike...'

'Ga verdomme Jones halen, ik wil hem hier hebben om hem te verhoren!'

'Zo kun je het hele proces verkloten,' zei Wardle zacht. 'We moeten nú de politie bellen, zodat zij kunnen zien wat wij hebben gezien, en jij moet naar het ziekenh...'

'Die lafbek kan zich nog steeds onder zijn aandeel in de zilverkluis uit lullen,' zei Strike. 'Je zei het zelf al: die voetafdruk is niet genoeg. Ga verdomme Jones halen!'

Wardle liep met zichtbare tegenzin de kamer uit.

'Hou je koest,' gromde Strike tegen de snikkende man met de baard, die nu wat zachter ging jammeren.

Behalve dat Strike kwaad was op Wardle omdat hij in het bijzijn van de mannen die door hen werden vastgehouden had gesuggereerd dat Strike het onderzoek in gevaar zou kunnen brengen, hoorde hij ook nog eens vrijwel niets omdat zijn linkeroor vol bloed zat. Hij stak zijn wijsvinger erin om het te klaren, wat zo'n pijn deed dat hij bijna moest overgeven. Wat hij daarbij had gevoeld deed hem vermoeden dat Barclay niet had overdreven toen hij zei dat zijn oor loshing.

Griffiths zat zwijgend op de bank; zijn neus werd steeds dikker en hij ademde door zijn mond. Strike twijfelde er niet aan of de man was zichzelf als onaantastbaar gaan beschouwen, en dat was de reden dat hij zo veel risico had durven nemen en met vuur had gespeeld, hoog spel, en Strike vermoedde dat Griffiths zelfs nu nog – zijn neus zo dieprood en gezwollen dat hij steeds meer op een biet begon te lijken, hijzelf doordrenkt van het bloed van de man die hij met een mes te lijf was gegaan – het vertrouwen in zijn eigen onoverwinnelijkheid niet kwijt was.

Wardle kwam terug met Jones; de man met het gigantische rode voorhoofd, een dubbele onderkin en twee verschillende ogen keek vernietigend maar was nog enigszins versuft. Wardle duwde Jones tegen de vloer en maakte hem met handboeien vast aan de mannen die daar al zaten. Er ontstond een grote bult op Jones' voorhoofd, op de plek waar hij zich had gestoten tegen de rand van het luikgat voordat hij de kelder in viel.

'Hij heeft nog een hersenschudding, denk ik,' zei Wardle.

'Komt wel goed, met die dikke schedel van hem,' zei Strike.

'Jij moet echt...'

'Kun je iets halen voor dat kloteoor?' vroeg Strike, die de politieman daar weg wilde hebben. Wardle liep met tegenzin de kamer weer uit.

Strike schoof de stoel waarin Dilys maanden geleden had gezeten naar het midden van de kamer en plofte erin neer. Het was een opluchting, zittend voelde hij zich iets minder draaierig. In de verte was een galmend gekletter te horen, en de stem van Barclay.

'Oké,' zei Strike tegen Griffiths. 'Waar is Chloe, je dochter?'

'Je hebt het recht niet om ons vragen te stellen,' zei Griffiths nasaal. 'Je hebt de wet overtreden, je hebt ingebroken, je bent ons te lijf ge...'

'Ik herinner me dat heel anders,' zei Strike. 'Ik klopte aan, jij deed open, een paar van je vrienden gingen ervandoor, jij probeerde me in m'n gezicht te steken, waardoor ik het vermoeden kreeg dat je een slecht geweten had, een theorie die werd bevestigd toen ik het luik in de gang opentrok. En zo zullen mijn vrienden het zich ook herinneren. Je moet Wardle niet serieus nemen, die is net pas weg bij de politie en heeft nog ouderwetse ideeën over de juiste procedures en het gebruik van buitensporig geweld tegen verdachten. *Waar is Chloe?*'

Na een korte stilte zei Griffiths: 'Interrailen met haar vriend.'

'Flikker op, dat Instagram-account van haar is net zo nep als die Oz-pagina van jou. Je hebt haar gewoon met wat knip-en-plakwerk voor een paar toeristische plekken gezet met een willekeurige jongen.'

Ondanks zijn schreeuwende pijn haalde Strike voldoening uit het wit weggetrokken gezicht van Griffiths.

'Ik heb niks gedaan, ik heb niks gedaan,' jammerde de man met de baard op de vloer.

'Kop dicht,' zei Strike. 'Jij daar.' Hij wees naar de jongen met het slechte gebit. 'Hoe heet je?'

'Darren Pratt,' fluisterde de jongen.

'En hij?' vroeg Strike.

'Wynn Jones.'

'En hij?' Strike wees naar de man met de baard.

'Mickey Edwar...'

'Niet zéggen!' piepte Edwards.

'Als jij Mickey bent, dan stond je wel degelijk op het punt om iets te gaan doen, vuile schoft,' zei Strike. 'En ik wil allebei mijn ballen erom verwedden dat je het al eerder hebt gedaan.'

'Alstublieft... alstubliéft... ik ben getrouwd, ik heb kinderen.'

'Dan lijkt het me het beste dat ze verhuizen, ver weg van Ironbridge, en hun achternaam veranderen,' zei Strike. 'Het wordt voor de kinderen geen pretje op de speelplaats als ik met je klaar ben. Weet een van jullie waar Chloe is?' vroeg hij aan de drie mannen op de vloer.

'Interrailen,' zei Jones zacht. 'Dat zei Griff verdomme net tegen je.'

'Jullie hoeven zijn fucking vragen niet te beantwoorden!' zei Griffiths.

'Wel als ze hun tanden willen behouden,' zei Strike, en hij richtte zich weer tot Pratt.

'Tyler heeft Chloe toch een armband gegeven voor haar verjaardag?'

Pratt gluurde even naar Griffiths en hield zijn mond.

'Daar kreeg je de zenuwen van, hè, van die armband?' zei Strike tegen Griffiths. 'En we weten allebei waarom Chloe flipte in de pub toen haar vrienden er maar over doorgingen, hè? Paars. Viooltjes. Daar komen we nog op terug.'

Wardle kwam weer de kamer in met iets wat eruitzag als een schoon laken, dat hij Strike voorhield. Die laatste pakte het aan en drukte het tegen de linkerkant van zijn hoofd, wat maar iets minder pijnlijk was dan de vinger van daarnet.

'Oké.' Strike richtte zich met het laken tegen zijn hoofd gedrukt tot de vier geboeide mannen, en hij zou willen dat hij zich niet zo beroerd voelde. 'Jullie draaien allemaal de bak in voor de verkrachting van het meisje in de kelder, dat is een gegeven. De echte vraag is hoe medeplichtig jullie zijn aan de andere dingen die jullie gezellige buurtpooier heeft uitgevreten. Wisten jullie dat je dikke maatjes was met een man die naast vrouwenhandel ook aan moord doet?'

'Dit is geen vrouwenhandel!' snauwde Jones, en hij tuurde kwaadaardig naar Strike. 'Ze wil het zelf!'

'O ja?'

'Ze is van huis weggelopen,' zei Griffiths. 'Ik heb haar onderdak gegeven. Ze houdt toevallig van seks, nou en?'

'Waarom zit ze dan aan die fucking buis vastgeketend?'

'*Fifty Shades*,' zei Griffiths. 'Dat vinden ze tegenwoordig lekker, die jonge meiden. Vraag maar, dan zal ze het je zelf vertellen.'

'Ik dacht dat ze ermee instemde!' snikte Edwards.

'Heb jij 'm ook in Chloe gestoken, Mickey?' vroeg Strike. 'Voordat zij werd afgevoerd en Sapphire haar plaats innam?'

'Nee,' piepte Edwards.

'Wardle,' zei Strike, 'laat Barclay de lopers uit mijn jaszak pakken en in het huis hiertegenover gaan kijken of daar nog een meisje vastgebonden zit.'

'Je moet...'

'Ga verdomme in dat huis kijken!'

Wardle vertrok. Strike keerde terug naar de mannen op de vloer.

'Ik zal jullie matsen, alle drie.'

Hij dacht niet dat ze alles wisten; integendeel, hij vermoedde dat Griffiths de anderen zo weinig mogelijk had verteld. Degene die het meeste over Griffiths had geweten was ongetwijfeld Todd geweest, en daarom had Todd dood gemoeten. Toch was Strike er zeker van dat Griffiths ook deze mannen had gebruikt, dat hij ze zorgvuldig had betrokken bij zijn ranzige geheime leven. Kerels als Griffiths waren er goed in de bereidwillige verkrachter in anderen te spotten; ze wisten hoe ze hulpjes en onbedoelde handlangers aan zich moesten binden, hoe ze hen medeplichtig moesten maken. Dat was waarschijnlijk de manier waarop Griffiths, of zijn afgevaardigde Todd, de oversekste, hebberige Larry McGee had gebruikt. Een grote lege kist van Gibsons, een paar verwisselde etiketten, McGee overgehaald met de belofte van niet alleen geld maar ook seks. Misschien had hij zelfs om het hoekje even aan Medina mogen zitten, terwijl zij hem afleidde van wat er echt plaatshad achter in de bestelwagen.

Maar ook Strike had mensenkennis, ook Strike wist hoe je misbruik kon maken van anderen. Aan de jankende Edwards had hij niks, schatte hij in, hij kende dat type: *Ik ontken alles, ik ben onschuldig!* Dat zeiden die lui nog als het bloed van hun handen droop; ze meenden dat ze de harten van de sterke arm der wet konden raken met hun zorgvuldig geveinsde zieligheid. Maar van Jones wist Strike, puur door de berekenende blik van de man, dat hij een sterk zelfbeschermingsinstinct moest hebben. De magere jongen met het slechte gebit leek doodsbenauwd te zijn, maar zelfs hij was misschien nog op een gunstige manier in te zetten. Strike durfde er wel op te rekenen dat een man die zo onhandig was dat hij zijn hoody binnenstebuiten droeg iets lichtgelovigs en kneedbaars had.

'Ik heb niks gedaan,' fluisterde Edwards weer. 'Niks! Ik snap niet...'

'Ik zal je helpen het te begrijpen, wees maar niet bang,' zei Strike kwaad. 'Jullie waren toch vrienden van Tyler?' vroeg hij aan Pratt en Jones.

'Ja,' zei Jones agressief. 'Hoezo?'

'Laten we het eens hebben over dat auto-ongeluk, dat zo ontzettend goed uitkwam.'

'Lugs had niks met die auto gedaan!' zei Pratt onmiddellijk.

'Dat weet ik ook wel, leeghoofd. Het kwam Griff goed uit, niet Tyler.'

'Geen antwoord geven op zijn fucking vragen!' zei Griffiths. Hij vond het kennelijk beter om zijn verdediging in eigen hand te nemen in plaats van die aan anderen over te laten. 'Hoezo kwam mij dat goed uit? Ik ben verdomme degene die voor Tyler opkwam toen iedereen zich tegen hem...'

'Hou toch op met dat gelul. Tyler wist dat jij de bron was van die geruchten. Hij heeft over je gepost op Abused and Accused, hè? "De vader van mijn vriendin verspreidt geruchten over me." En hij had je sluwe Oz-spelletje ook door. Dat moet Chloe hem verteld hebben. Hij heeft geprobeerd de echte Osgood te vertellen wie jij was. Dat je nu de lul bent, is deels te danken aan de jongen van wie jij dacht dat hij niet bepaald de slimste was.'

Tot Strikes grote tevredenheid trok nu het laatste beetje kleur uit Griffiths' gezicht.

Het volgende gedeelte van de ondervraging, wist Strike, was van doorslaggevend belang. Wat hij nu nodig had was dat een van de mannen zich, bewust of per ongeluk, tegen Griffiths zou keren, want dat was het punt: in dat web van vermeende loyaliteit en niet te bewijzen connecties zou de gerechtigheid voor Tyler Powell hem door de vingers kunnen glippen.

'Wisten jullie,' zei Strike tegen Jones en Pratt terwijl Edwards zachtjes bleef zitten snikken, 'dat Tyler op Abused and Accused om advies heeft gevraagd?'

'Hij probeert jullie erin te luizen,' zei Griffiths met droge mond.

'Ik mats ze juist,' zei Strike nog een keer. 'Ik laat ze zien dat jij hebt geprobeerd ze bij een moord te betrekken.'

'Een fucking moord,' sneerde Jones. 'Wie is er vermoord dan?'

'Je vriend Tyler,' zei Strike.

'Die werkt in een pub!'

'Bewijs?'

'Ik heb toch contact met hem, niet dan?'

'Heb je hem gesproken? Niet alleen geappt?'

'Ja!'

'Je moet nu heel goed uitkijken wat je zegt,' zei Strike. 'Als het alleen appjes waren – en dat is allemaal na te trekken – dan zal dat beter voor je uitpakken in de rechtbank. Het is voorstelbaar dat je niet doorhebt dat het een bedrieger is als hij alleen een berichtje stuurt, maar dat is niet geloofwaardig als je zijn stem hebt gehoord. Denk goed na. Als je blijft liegen dat je Tyler na juni van dit jaar nog hebt gesproken, dun zul je straks nog wensen dat ze je alleen konden pakken op verkrachting. Dan ben je medeplichtig aan moord, dan heb je met Griffiths onder één hoedje gespeeld om de mensen wijs te maken dat Tyler nog leefde. Vond je het niet gek dat Tyler je vroeg om zijn oma te bellen met zijn nieuwe nummer en te doen alsof hij het was?'

'Dat was gewoon een gein...'

'HOU VERDOMME JE BEK!' brulde Griffiths. 'Hij lokt je in de val, snap...'

'Ik lok je niet in de val,' zei Strike, nog steeds tegen Jones. 'Als jij dacht dat je een oude vriend een plezier deed, een beetje lachen om die domme oude dame, dan is dat heel wat anders dan het verdoezelen van een moord.'

Strike meende de categorie van die jeugdige mannenvriendschap waartoe Powell, Pratt en Jones hadden behoord te begrijpen.

Samen hele dagen op school, lachen, drinken, maar verder geen dieper begrip, nooit vertrouwelijkheden. Het verbaasde hem totaal niet dat ze allemaal enorme geheimen voor elkaar hadden gehad; hij had zelf soortgelijke vriendschappen gekend. En daarbij had Powell natuurlijk geweten dat als hij deze twee idioten de waarheid verteld zou hebben over het geheime leven van Griffiths, hij meer op het spel zou hebben gezet dan alleen zijn eigen leven.

Er was beweging in de deuropening achter Strike. Hij keek om, heel voorzichtig vanwege de extreme pijn aan het oor waar hij nu een laken tegenaan drukte, en hij zag Barclay staan.

'Ik had pas één keer eerder iemand in z'n broek zien pissen,' zei Barclay, die de mannen op het kleed bekeek met een air van leergierige belangstelling. En inderdaad, of hij nu te veel had gedronken bij de Horsehay of dat de wending die het gesprek had genomen zo veel paniek bij hem had opgewekt dat hij zich niet meer in de hand had, Mickey Edwards had zojuist de controle over zijn blaas verloren. Een grote natte plek verspreidde zich over het kleed, waardoor Jones nu in de urine van de ander zat.

'Godverdegódver, Mickey!' brulde hij.

'Strike.' Barclay keek naar de wond van de detective. 'Je fucking oor...'

'Hoe gaat het met dat meisje?'

'Ik heb een tang nodig. Wanneer komt de ambulance?'

'Als ik hem bel. Kijk of je whisky of brandy of zoiets kunt vinden, als het maar sterk is. Breng de hele fles mee.'

Barclay verdween weer.

'Je bent gepiepeld,' zei Strike tegen Jones, die nu in een plas pis zat, 'en wat je nu doet kan een verschil van tien jaar maken op je gevangenisstraf. Je vriend Tyler is dood en hij is erin geluisd via die site van Abused and Accused. Ik denk dat een van jullie hem die site had aangeraden, omdat hij in elk geval nooit advies zou hebben aangenomen van deze klootzak,' zei hij, wijzend op Griffiths. 'Dus hoe is het gegaan? Heeft een van jullie de naam Abused and Accused laten vallen bij Tyler en toen tegen Griffiths gezegd dat hij daar iets had geplaatst? Of had Griffiths de site juist bij jullie aanbevolen, als een plek waar Tyler advies kon...'

Pratt wilde 'ja' zeggen, maar Griffiths brulde plotseling: 'Bek dicht!'

'Je wilde hem helpen,' zei Pratt, die blijkbaar dacht dat hij Griffiths daarmee hielp, en Strike zou gegrinnikt hebben, ware het niet dat er om te grinniken spieren nodig waren die verbonden waren met zijn bloedende oor.

'Zei Griffiths dat je niet mocht vertellen dat hij de site had aanbevolen?'

'J...'

'Hou godverdomme je bek!' krijste Griffiths.

'Jij bent een slimme man, Darren,' zei Strike, en Pratt gaapte hem aan, ongetwijfeld omdat hij nog nooit van zijn leven te horen had gekregen dat hij slim was. 'Als je de waarheid blijft vertellen, zal het veel beter voor je aflopen bij de politie, dat beloof ik je.'

Hij richtte zich weer tot Griffiths. 'Dus Tyler plaatst berichten onder de naam van zijn favoriete auto, Austin H – de H van Healey – en hij zegt: 'De vader van mijn vriendin verspreidt geruchten over me' omdat hij verdomme wíst dat jij erachter zat, hè? Misschien vermoedde hij zelfs dat jij die crash had veroorzaakt. Op camerabeelden is te zien hoe iemand van formaatje dwerg zich ophield bij die auto in Birmingham. Niemand lijkt zich te hebben afgevraagd of het beoogde slachtoffer van dat ongeluk misschien Tyler zelf kon zijn, aangezien het zijn auto was en hij naar dat concert zou gaan.'

'Dat kun je niet...'

'Inderdaad,' zei Strike, 'dat kan ik niet bewijzen, maar dat doet er niet toe. Of je nu wel of niet met die auto hebt geknoeid, je hebt naderhand goed gebruikgemaakt van dat ongeluk, hè? Jij wilde Tyler weg hebben uit Ironbridge, ver uit de buurt van Chloe, en hem ergens klemzetten waar een smerig onderkruipsel zoals jij een kans had om zich van hem te ontdoen. Heeft Todd trouwens verteld waarom hij "Kojak" gebruikte om Tyler in de val te lokken?'

'Ik weet niet wie Todd is,' zei Griffiths met bezweet gezicht.

'Hoeveel kleine, dikke zedendelinquenten heb je de laatste tijd vermoord? Kojak. Zo noemen ze de starthand koning-boer oftewel koning-*jack*. Zoals jij jezelf Skunk noemde om Sofia Medina met je praatjes te versieren.'

Griffiths' gezicht werd steeds grauwer. 'Ik weet niet...'

'Skunk Baxter. Gitarist van Steely Dan.'

'Het zijn maar fucking...'

'Gebruikersnamen, ja,' zei Strike. 'En ik moet toegeven dat ze opzichzelfstaand niks voorstellen, maar ik heb zo'n gevoel dat jouw harddrive straks een ander verhaal vertelt.'

Barclay kwam terug met een grote tang in de ene hand en een fles Teacher's-whisky in de andere. Die laatste gaf hij aan Strike.

'Schiet het een beetje op?' vroeg Strike.

'Het is bijna gelukt,' zei Barclay.

'Mooi. Kun je nog iets doen voor je gaat?' Strike liet het laken met de bloedvlekken los zodat hij de dop van de fles Teacher's kon draaien. 'Fouilleer ze allebei om te kijken of ze een telefoon hebben. Niet die ene die in z'n broek heeft gepist, de andere twee.'

Strike hoorde met zijn niet-gewonde oor de achterdeur open- en dichtgaan. Kort daarna kwam Wardle weer binnen.

'Geen vastgebonden meisjes aan de overkant.'

'Dacht ik ook al niet echt,' gaf Strike toe. Hij nam een teug whisky. Het verminderde de pijn niet merkbaar, maar hielp wel een beetje.

'Moet je nou echt aan de zuip?' vroeg Wardle.

'Zeg, je bent mijn vrouw niet,' zei Strike. 'Bedankt,' voegde hij eraan toe toen Barclay hem twee telefoons gaf en toen weer vertrok, met de tang in zijn hand. 'Blijf niet zo boven me uittorenen, man,' zei Strike chagrijnig tegen Wardle. 'Ga zitten, als je dan toch hier blijft.'

Wardle ging naast Griffiths op de bank zitten, met een zwaar afkeurende blik.

'Je ziet eruit alsof je elk moment van je stokje kunt gaan,' zei hij tegen Strike.

'Het gaat best.' Strike nam een tweede, grotere slok whisky. 'Maar goed,' vervolgde hij tegen Jones en Pratt. 'Tyler had een EpiPen, hè? Vanwege zijn pinda-allergie?'

'Ja,' zei Pratt op zijn hoede.

'Die heeft hij een keer laten vallen waar getuigen bij waren,' zei Strike tegen Griffiths. 'Hij loog erover, zei dat het iets anders was, maar als ze er een zien, zullen ze meteen weten wat het was.'

Ook al werkte er maar één oor, Strike hoorde duidelijk het geluid van een sirene in de verte.

'Heb jij de politie gebeld?' vroeg hij kwaad aan Wardle.

'Nee.' Wardle keek verbaasd, stond weer op en liep de kamer uit.

Bang dat Wardle loog, en nog banger om niet te kunnen afmaken waar hij aan was begonnen, zei Strike tegen Griffiths: 'Dit hele plan is zo ontstaan omdat jij een fucking dwerg bent, hè?'

'Ik weet niet wat je bedoelt,' zei Griffiths.

'Je had geen schijn van kans als je het met open vizier tegen Powell had moeten opnemen, dus daarom hebben Todd en jij dit laffe plannetje beraamd, of niet soms? Jullie deden samen goede zaken in de nineties. Meisjes vervoeren naar bordelen en privéwoningen? Die je straffeloos kon verkrachten en misbruiken wanneer je maar zin had? Maar het is jou gelukt om eruit te stappen voordat die hele kliek werd opgepakt in België, hè?'

'Ik ben nooit in België geweest,' zei Griffiths. 'Nooit.'

'Internet vertelt een ander verhaal.'

Maar toen Strike zijn hand in zijn broekzak stak om zijn telefoon te pakken, herinnerde hij zich dat die nog in de jas zat die nu over Sapphire heen lag in de kelder. Hij pakte een van de twee telefoons die Barclay had ingenomen van Pratt en Jones, die hij in zijn schoot had liggen.

'Van wie is deze en wat is de code? Laat me niet hoeven opstaan,' waarschuwde Strike de mannen, 'want dan ga ik pas weer zitten nadat ik een van jullie in elkaar heb gebeukt. Code. Nu.'

'Negenenzestig negenenzestig,' mompelde Wynn Jones.

'Ach, natuurlijk,' mompelde Strike geërgerd, en hij ontgrendelde de telefoon en googelde de foto die hij moest hebben, terwijl zijn oor zo hard klopte dat hij zich afvroeg of hij zou moeten kotsen. 'Kijk,' zei hij na een poos, en hij stak de telefoon uit naar Griffiths om een foto te laten zien. 'Daar sta jij op het podium in België, op die klotegitaar van je te spelen in een of ander kelderzaaltje. Heeft mijn collega gevonden. Gek genoeg heeft je vriend Wade King – hier op basgitaar – dus al die tijd geprobeerd de juiste persoon bang te maken. Robin is degene die deze zaak echt heeft opgelost.'

'Dat ben ik niet,' fluisterde Griffiths, 'en ik ken de man niet die...'

'Jij bent het wel,' zei Strike. 'Mijn collega heeft wat zitten zoeken en die waardeloze pan-Europese band van je heeft in de jaren negentig een rondje Europa gedaan, hè?'

Wardle kwam de kamer weer binnen. 'Er is iets aan de hand bij de brug. Politie en ambulance, ik kan door het raam aan de voorkant de zwaailichten zien.'

'Dan hebben ze het te druk voor ons,' zei Strike.

'Dat zullen we nog weleens zien,' zei Wardle vastberaden. Hij vertrok weer, Strike hoorde de achterdeur dichtslaan.

'Als die man ergens zijn zinnen op heeft gezet...' zei hij tegen Griffiths.

Hoewel Strike niet wist hoe het voelde om flauw te vallen, had hij vaag het idee dat dat draaierige in zijn hoofd er weleens aan vooraf zou kunnen gaan, dus keek hij niet om toen hij achter zich beweging hoorde.

'Ze is los,' verkondigde Barclay, die nu in Strikes gezichtsveld verscheen, met de tang nog in zijn hand. 'Ze zit in de keuken te eten. Hard nodig,' zei hij met een dreigende blik op Griffiths. 'Moet er hier nog eentje in elkaar geslagen worden? Ik ben in de stemming.'

'Misschien wel,' zei Strike. 'We zitten nog in de fase van informatie vergaren.'

'Mooi.' Barclay sloeg even met de tang in zijn handpalm. 'Hoe ver zijn we?'

'Bij de manier waarop Tyler naar Ramsay Silver is gelokt.' Strike wendde zich weer tot Griffiths. 'Todd raadt Tyler aan om een nieuwe naam te kiezen en zich te vermommen, zelfs te doen alsof hij linkshandig is, om zich te verbergen voor de gevaarlijke, moordlustige vader van zijn vriendin. Hij adviseert hem om een suf baantje te nemen dat niemand bij hem zou verwachten, zodat hij genoeg kan verdienen om zichzelf te onderhouden en ook zijn vriendin als die wegloopt – maar in werkelijkheid is dat allemaal bedoeld om hem zo moeilijk mogelijk identificeerbaar te maken na zijn dood.'

'Ik weet hier helemaal niks van!' jammerde de man met de baard op de vloer.

'Welke is dat?' vroeg Barclay aan Strike.

'Mickey Edwards.'

Barclay deed twee passen de kamer door en gaf Edwards zo'n harde trap tegen de zijkant van zijn hoofd dat de man opzijviel en daarbij Jones en Pratt mee omvertrok.

'Ze heeft me over jou verteld, vuilak.' Barclay boog zich over de berg hijgende, sputterende mannen.

'Je kunt dit niet maken,' riep Griffiths met een verwilderde blik vanaf de bank.

'Ja, dit kun je beter niet doen,' zei Strike tegen Barclay voordat hij nog een slok whisky nam, 'als Wardle erbij is.'

'Waar is hij gebleven?'

'Er is iets aan de hand op de brug, hij is op onderzoek uit.' Strikes hoofd tolde nog steeds toen hij zich weer omdraaide naar Griffiths. 'Maar afijn, je kon Tyler wel overhalen om op zijn werk een rol te spelen, maar thuis had je niks over hem te vertellen, hè? Waar heb je zijn Wolverhampton Wanderers-gewichten gedumpt? En zijn handen, zijn ogen, zijn pik en zijn oren? In Petts Wood?'

Griffiths zag nu grauwer dan ooit, maar hij zei: 'Ik weet niet waar je het...'

'Petts Wood, waar je met Medina naartoe gereden bent nadat jullie 's morgens in alle vroegte Wrights kamer hadden doorzocht,' zei Strike. 'Als Powells oren, of zijn pik of zijn gewichten daar opduiken, is dat een fors stuk bewijs. Heel wat meer dan een voetafdruk.'

Strike hoorde van zichzelf dat hij met dubbele tong sprak, maar hij dacht niet dat het door de whisky kon komen, daarvoor had hij er niet genoeg van gedronken. Misschien het bloedverlies? Het werd hem ook steeds lichter in het hoofd. Hij nam nog een flinke slok Teacher's.

'Je vond het lekker om dat lijk te verminken, hè? Zogenaamd een vrijmetselaarsactie, maar je genoot er verdomme van. Tyler Powell doorzag je. Hij wist wat voor iemand jij was. Hij wilde Chloe in veiligheid brengen, dus heb je hem in stukken gesneden. Maar je hebt het te ingewikkeld gemaakt. Ja, de beveiliging bij Ramsay was shit, en een kluis zonder camera... Medina die boven Pamela bezighield...

Todd liet je eruit en je verstopte je... Ja, waar? Op de wc? In een kastje? Je bleef daar tot Todds gehoest je duidelijk maakte dat de kust veilig was. En toen sloop je van achteren op Tyler af en sloeg hem met een fucking metselaarshamer tegen z'n achterhoofd en bleef slaan tot je zijn schedel tot pulp had geramd.'

Strike hoorde de achterdeur opengaan. Wardle kwam weer de nu volle kamer binnen. 'Een van jullie vrienden heeft zich zojuist van de ijzeren brug gegooid,' liet hij de geboeide mannen weten. 'Die wilde zijn straf ontlopen.'

Strike probeerde 'Dat is toevallig' te zeggen, maar de woorden kwamen niet. Het gaf niet, niemand in de kamer zou het begrepen hebben. Edwards barstte weer in tranen uit.

'Stil jij,' beet Barclay hem toe. 'Anders krijg ik je wel stil.'

'Er komt iemand hierheen,' zei Wardle tegen Strike. 'Politie. Ik heb verteld dat we een ontvoerd meisje hebben gevonden. Ze kunnen elk moment hier zijn. We moeten de handboeien van die kerels losmaken.'

'Daar zit wat in,' zei Strike. Hij probeerde te gaan staan, maar viel achterover terug in de stoel.

'Blijf jij verdomme zitten, idioot,' zei Barclay. 'Ik bel een ambulance.'

Misschien was het niet zo'n goed idee geweest om het zware bloedverlies te combineren met pure whisky, Strike was nu bereid om dat toe te geven, maar hij moest blijven praten, want hij wilde dat deze man zou weten dat hij alles wist. Terwijl Wardle bezig was de mannen op de vloer te bevrijden van hun handboeien, zei Strike: 'Je hebt hem vermoord en toen ben je in het bloed rond zijn hoofd gestapt. En dat heb je niet gemerkt in de paniek. Je moest naar boven, met die fucking nepbaard van je, in je pak en met je bril, met je sneakers vol bloedvlekken in een Ramsay-tas terwijl je zelf zijn schoenen droeg; je moest je voordoen als William Wright, zodat het leek alsof hij de winkel verliet en station Covent Garden binnenging.

En je struikelde,' vervolgde Strike. 'Omdat zijn maat 44 veel te groot was voor die fucking minivoetjes van je.'

'Strike, hou toch op met praten, man,' zei Wardle ongeduldig. 'Laat het los.'

'Je bent teruggegaan naar de winkel om dat lijk te verminken. Kon het licht niet aandoen... dus zag je die voetafdruk niet... die was opgedroogd... zonder vegen... dat toont aan dat de moord ruim voor de verminking is gepleegd... maar Todd wilde niet helpen als het er niet uitzag alsof de moord 's nachts was gepleegd... want hij had in de bak gezeten voor België en jij was er ongestraft mee weggekomen... en ga nou verdomme niet zeggen dat je nog nooit in België bent geweest...'

Strike hield Jones' mobiel omhoog naar Griffiths.

'Die foto... dat optreden van je... zie je die blonde vrouw? Da's Reata Lindvall, die twee maanden later is gestorven... haar dochter verdwenen... handig hulpmiddel, zo'n meisje... als je als man jonge meisjes wilt lokken... en toen ze groter werd, had ze ook haar nut, hè? Op een andere manier... Jolanda betekent violet of paars... Chloe had hem haar echte naam verteld... als ze straks jouw computer uit elkaar halen... je Google-zoektocht naar de naam Jolanda vinden... Waar is ze? Wat heb je met haar gedaan?'

'Hij heeft me verteld dat ze onder de betonnen vloer ligt,' fluisterde een kinderlijk stemmetje.

In de deuropening, nog met Strikes overjas om zich heen geslagen, stond Sapphire. Ze zag lijkbleek.

Griffiths probeerde te ontsnappen, maar had nog geen drie stappen gezet of hij werd neergehaald door Barclay, met een luide, bevredigende dreun.

'Hard bewijs,' zei Strike, en hij ging naar de contacten op Jones' telefoon. 'Daar komt-ie...'

Het nummer was opgeslagen onder LUGS, NIEUW. Strike klikte het aan.

Ergens in een andere kamer hoorden ze de ringtone: 'Do It Again' van Steely Dan.

In the morning you go gunnin'

'Zie je wel,' zei Strike tegen Jones. 'Je bent gepiepeld. Hij heeft je maat vermoord.'

Strike was zo dwaas om te denken dat hij zich beter zou voelen als hij rechtop stond. Het laatste wat hij zag voordat zijn ogen wegdraaiden in hun kassen en hij het bewustzijn verloor was Jezus die een joint rookte.

EPILOOG

He had found what he had sought with such labours and persistency. What else mattered?

John Oxenham
A Maid of the Silver Sea

124

And he was happy, if to know
Causes of things, and far below
His feet to see the lurid flow
Of terror, and insane distress,
And headlong fate, be happiness.

Matthew Arnold
Memorial Verses: April, 1850

Elf dagen nadat Ian Griffiths en zijn vrienden in hechtenis waren genomen en Strike en Sapphire Neagle per ambulance naar het Princess Royal Hospital in Telford waren gebracht, hees Strike zich in zijn zolderflat in zijn enige pak en reed, alweer, naar Hereford.

Robin en hij waren van plan geweest om precies die dag het laatste puzzelstukje van de zilverkluiszaak af te ronden, maar toen had Jade Semple naar kantoor gebeld om Strike persoonlijk uit te nodigen voor de begrafenis van haar man. Het lichaam van haar man was ontbonden en door het water aangetast gevonden, zoals Strike al had ingeschat, op de bodem van Regent's Canal, onder de spoorwegbrug, verzwaard met een koffertje vol bakstenen dat met een ketting aan zijn pols was bevestigd.

'Ik vind dat ik erheen moet gaan,' had hij tegen Robin gezegd, al was het met enige spijt. Hij had uitgekeken naar een nieuwe reis met haar, ook al had hij alle hoop om het mooie landschap te kunnen aangrijpen ter ontwrichting van haar naderende verloving verloren. 'Jij hebt dat laatste stukje verdiend, je mag het alleen doen.'

Strike maakte zich vandaag geen zorgen om Robins veiligheid. Zelfs al had Griffiths in Italië handlangers uit de vrouwenhandel, het zou voor hem zinloos zijn om Robin te belagen nu er diverse computers en telefoons werden onderzocht door experts van de forensische dienst, zodat het netwerk dat zich uitstrekte over heel Europa langzaam en methodisch aan het licht gebracht werd. De volledige omvang van het verhaal was nog niet doorgesijpeld naar de pers. Geen enkele journalist was op de hoogte van het verband tussen de vermoorde man bij Ramsay Silver en de bende rond de vrouwenhandel. Het enige wat was gemeld was dat er een vermist meisje was aangetroffen in een huis in Ironbridge, en een paar dagen later (iets wat meerdere voorpagina's had gehaald) dat het lichaam van een tweede jonge vrouw onder de bobbelige betonvloer van Griffiths' zelfaangelegde kelder vandaan was gehaald. Het lijk was nog niet geïdentificeerd, al had George Layborn, de contactpersoon van het bureau bij de politie, in vertrouwen aan Strike verteld dat de jonge vrouw zwanger was geweest.

Over de betrokkenheid van het detectivebureau bij de arrestatie van Griffiths was tot nu toe niets bekend bij de kranten, iets waarvan Strike vermoedde dat het de politie net zo goed uitkwam als hemzelf. Deze keer had niemand moeilijk gedaan over de lopers; niemand die nauw bij de zaak betrokken was leek van mening te zijn dat er onnodig geweld was toegepast op Griffiths en zijn medeverkrachters. Strikes bijna afgesneden oor had daar uiteraard ook bij geholpen. Ook leek er een stilzwijgende overeenkomst te zijn dat zolang het detectivebureau zwijgend een stapje opzij deed, zodat de politie neutraal kon spreken van 'bronnen' en 'tips' en met de eer kon gaan strijken voor het oprollen van alle betrokkenen bij de vrouwenhandel, ze wel een oogje konden dichtknijpen met betrekking tot ongebruikelijke of illegale handelingen verricht door Strike, Wardle en Barclay.

Intussen was Robertsons scoop over Lord Oliver Branfoot gepubliceerd in de *Sunday Telegraph* ('Die kloteadvocaten hadden me zowat letterlijk bij de ballen,' had de journalist Strike aan de telefoon laten weten) en de afgelopen achtenveertig uur had het geleken alsof er weinig ander nieuws was in het Verenigd Koninkrijk, zelfs met de ontdekking van het lijk onder Griffiths' keldervloer. Danny de Leon had een lucratieve deal gesloten met de *Sun* om zijn verhaal te doen; Branfoots vrouw en kinderen waren op straat opgejaagd door schreeuwende verslaggevers, tot een van de jonge Branfoots had uitgehaald naar een cameraman, hem miste en daarbij een journaliste tegen de kaak ramde; de vaste presentator van de quiz waarin Branfoot tientallen keren zijn opwachting had gemaakt had een verklaring afgelegd waarin de woorden 'geschokt en vol afschuw' voorkwamen; Branfoot zelf, van wie werd gefluisterd dat hij het duurste pr-bureau van Londen had ingehuurd, was uit het openbare leven verdwenen, al had hij een verklaring uitgegeven waarin niets werd bevestigd of ontkend, al was de toon van die verklaring verontwaardigd en gekwetst geweest; Craig Wheaton leek van de aardbodem verdwenen te zijn, en vele jonge vrouwen die zonder het te weten op film waren vastgelegd in Black Prince Road hadden de handen ineengeslagen om niemand minder dan topadvocaat Andrew Honbold in de arm te nemen.

Het was deze verontwaardigde opwinding waar Strike aan dacht toen hij zich in een waterig aprilzonnetje aansloot, respectvol achteraan, bij de grote groep mensen aan het graf waarin de stoffelijke resten van Niall Scott Semple werden neergelaten. Er waren al flink wat graven van SAS'ers op het kerkhof van St Martin, allemaal met vrijwel identieke, lichte grafstenen met daarin het ordeteken van de gevleugelde dolk gegraveerd.

De vondst van Semples lichaam had Strike meer gedaan dan hij had verwacht of toegegeven, zelfs tegenover Robin. Vergeleken met de sensatie die de wandaden van Branfoot hadden veroorzaakt en de ontdekking van Jolanda's lichaam onder de betonnen vloer had de zelfmoord van Semple amper deining veroorzaakt bij de pers. De onuitgesproken consensus leek te zijn dat zijn dood wel triest was, maar ook iets wat je kon verwachten van een soldaat met een hersenbeschadiging, en het leven ging door; de mensen verlustigden zich liever in de smerige, verwerpelijke uitspattingen van Lord Branfoot. Maar Strike had het moeilijk met dit einde in het troebele, modderige water, met het lijk dat daar ongezien en onopgemerkt had gelegen;

hij voelde iets in zijn binnenste wat verdriet of rouw oversteeg. Minstens een deel van de reden dat hij hier was, in plaats van met Robin naar Italië te reizen, was dat hij reacties had gezien onder het handjevol nieuwsberichten over de dood van Semple die hem kwaad hadden gemaakt: obligate rouwbetuigingen gevolgd door ellenlange aanklachten tegen het Britse buitenlandbeleid en de rol die het leger speelde in koloniale en onderdrukkende ondernemingen. Niemand van hen leek zich af te vragen of Semple en zijn gelijken misschien hun leven hadden gewaagd zodat er meer burgers, mogelijk ook zijzelf en hun familie, bij het oversteken van een brug niet geschept zouden worden door een moordzuchtige extremist.

Dergelijke gedachten leidden Strike af van de woorden van de dominee, maar niet van het kloppen in zijn linkeroor. Er was microchirurgie voor nodig geweest om het weer vast te zetten, want het oor was er bijna helemaal af geweest. Hij herinnerde zich vaag dat iemand had gezegd dat hij zijn oor misschien helemaal zou verliezen, en hij had een iets minder vage herinnering aan zijn eigen lach toen een verpleegkundige had gezegd dat er altijd een mogelijkheid was van cosmetisch herstel, mocht hij zich zorgen maken om zijn uiterlijk.

Dit was niet de eerste keer dat Strike gewond een kerkdienst bijwoonde, maar hij had het gevoel dat hij met dat verband om zijn oor onnodig opviel. De blauwe plekken in zijn gezicht – niemand was vlug genoeg geweest om hem op te vangen toen hij was flauwgevallen in de huiskamer van Griffiths, waardoor hij met zijn gezicht op de vloer was gesmakt – waren ook nog niet helemaal weggetrokken, wat nog meer bijdroeg aan de indruk van een man die had besloten deel te nemen aan een kooigevecht voordat hij naar de begrafenis reed.

De dominee rondde zijn praatje af. Strike was lang genoeg om te kunnen zien hoe de kist werd neergelaten, ook al stonden er drie rijen mensen tussen hem en het graf in. Jade huilde zachtjes in een zakdoek, geflankeerd door haar tweelingzus en haar moeder.

De teraardebestelling was eindelijk voorbij. Strike liep net terug naar zijn auto toen zijn telefoon ging. Hij had gehoopt dat het Robin zou zijn, maar het was Wardle. Aangezien Strike wist dat Wardle contact had met Iverson, de roodharige politievrouw van het moordonderzoeksteam, nam hij op.

'Ze hebben de gewichten van de Wolves gevonden,' zei Wardle zonder verdere inleiding. 'En twee mensenhanden.'

'In Petts Wood?'

'Ja, gisteravond. Ze zijn nog aan het zoeken.'

Er ging een golf van diepe opluchting door Strike heen bij het horen van dat nieuws. Zelfs in de auto onderweg naar Hereford die ochtend was hij gekweld geweest door de twijfel of Tyler Powell wel geïdentificeerd zou kunnen worden, en of ze Griffiths' rol bij Tylers dood zouden kunnen bewijzen.

'Sapphire praat,' zei Wardle. 'Uitgebreid. Griffiths had haar opgepikt in Londen en haar hier met twee andere minderjarige meisjes in een smerig kamertje gestopt, waar ze regelmatig werden bezocht door Wade King, Todd en diverse anderen. Daarna heeft hij haar overbracht naar Ironbridge, waar de goorlappen die wij hebben gezien om beurten hun gang met haar gingen.'

'Godver,' zei Strike vol walging. 'Zeg, je weet zeker niet toevallig of Griffiths haar heeft gedwongen zich aan de telefoon voor te doen als een paar andere jonge vrouwen?'

'Jawel, dat klopt.' Wardle klonk verbaasd. 'Hoe weet...'

'Robin besefte het ineens. Ze is twee keer gebeld, een keer zogenaamd door een achternicht van Dilys Powell en een keer door een zekere Zeta, die we nooit hebben kunnen vinden. Ze kreeg allebei de keren verkeerde informatie over Tyler Powell en de beller probeerde te achterhalen wat we wisten. Eén keer vergiste dat meisje zich in de namen van plekken in haar eigen omgeving.'

'Aha,' zei Wardle. 'Nou, ze hebben tot nu toe een stuk of zes verschillende anonieme wegwerptelefoons gevonden in het huis van Griffiths, plus een krullenpruik en een ketting met robijnen, verstopt in een doos boven op de kast.'

'Jezus, Iverson is niet zuinig met haar informatie, hè?' zei Strike verbaasd. 'Ik zou denken dat ze haar mond zou houden na de problemen die Murphy heeft gehad door zijn hulp aan ons.'

'Ze, eh... We hebben gisteravond samen wat gedronken,' zei Wardle, en zijn opgelaten terughoudendheid vertelde Strike alles wat hij moest weten. Susan Iverson, zo schatte hij in, was in dezelfde stemming geweest als hijzelf toen hij een jaar eerder Bijou Watkins' uitnodiging voor een borrel had aangenomen: op zoek naar egostrelende afleiding, haar hoop op Murphy onherstelbaar geknakt. Misschien, dacht Strike met een zekere wanhoop, betekende haar rebound met Wardle dat Robin en Murphy nu eindelijk definitief verloofd waren. In plaats van daar iets over te zeggen vroeg hij: 'Is het lijk onder de vloer al geïdentificeerd? Is er contact geweest met België over Jolanda's DNA?'

'Dat doen ze blijkbaar vandaag. O, en de echte muziekproducent, die Osgood? Ze hebben zijn gewiste e-mails kunnen terughalen.'

'En?'

'Een nicht van Sofia Medina had vanuit Spanje contact met hem opgenomen. Medina had tegen haar gezegd dat ze samen met haar vriend, de muziekproducent, een grap ging uithalen bij iemand die hem had opgelicht.'

'En die grap hield het verbergen van een partij zilver en het leegroven van een armetierig flatje in?'

'Kennelijk,' zei Wardle.

'Godsamme.'

'Ik heb gehoord dat Quincy Jones niks liever doet dan inbreken in zilverwinkels,' zei Wardle, en hoe terneergeslagen hij zich ook voelde, Strike moest lachen. Het was de eerste keer in lange tijd dat Wardle een grap maakte, of iets wat daar zelfs maar op leek. Seks deed een man blijkbaar goed... Misschien moest Strike ook maar eens, net als Wardle, zijn verlies gaan nemen...

Na het beëindigen van het gesprek liep hij verder in de richting van zijn BMW, tot een luide, schorre stem zijn naam riep. Hij draaide zich om en zag Jade Semple, die hij bij het binnengaan van de kerk kort de hand had gedrukt.

'Kom je ook naar de bijeenkomst?' vroeg ze ademloos.

'Ja, natuurlijk,' zei Strike, al was hij er veel liever niet heen gegaan.

Dus reed hij naar het hotel en voegde zich bij de begrafenisgangers die als sombere kraaien samendromden in een zaaltje dat was ingericht met blauw, met een heleboel ronde tafels maar bij lange na niet genoeg stoelen. Er was een buffet opgesteld over de lengte van één muur, maar er was nog niemand die iets at. Strike besloot dat de stoelen vrij moesten blijven voor oudere mensen en de naaste familie, en hij ging, opgelaten vanwege het verband om zijn oor en met enige spijt dat hij geen pijnstillers had meegenomen, een alcoholarm biertje halen, waarmee hij naar het rookgedeelte buiten liep. Op weg daarheen zag hij verderop de gedistingeerde Ralph Lawrence staan. Lawrence schonk hem een licht knikje, dat de detective beantwoordde; een gebaar dat paste bij hun relatie als vage bekenden en tevens bij de mengeling van antipathie en respect waarvan Strike vermoedde dat die wederzijds was.

Eenmaal buiten, met een goed excuus en omdat hij de impuls niet langer kon weerstaan, belde Strike Robin.

'Hallo,' zei hij toen ze opnam. 'Waar ben je?'

'In een taxi,' zei Robin. 'Ik zou over tien minuten bij het hotel moeten zijn.'

Ze bevond zich op dat moment op een weg op Sardinië omzoomd met palmbomen, onder een strakblauwe hemel. Toen ze met het vliegtuig aankwam in de hoofdstad, Cagliari, had ze het gevoel gehad dat ze de Raoul Dufy-prent boven haar schoorsteenmantel betrad: glinsterende zee, huizen in pasteltinten, de warme zon op haar huid. Ze wist dat haar verblijf op het eiland erg kort zou zijn, wat de schoonheid van de omgeving en het verrukkelijke weer bitterzoet maakte. Dit was hooguit een tijdelijk respijt van de talloze problemen die waren achtergebleven in het druilerig grijze Londen; ze voelde zich nu net zo raar als laatst in het ziekenhuis, na haar buitenbaarmoederlijke zwangerschap. Het was alsof overal een waas van onwerkelijkheid overheen lag.

'Is de begrafenis afgelopen?'

'Ja, net,' zei Strike. 'Jade wilde dat ik naar de bijeenkomst in het hotel zou komen. Ik bel je omdat Wardle net een update heeft gekregen van het moordonderzoeksteam.'

'Praten die nog tegen ons?' vroeg Robin verbaasd.

'Eentje wel.' Strike koos ervoor niet in detail te treden.

Toen hij de informatie van Iverson aan haar had doorgegeven, reageerde Robin niet zo opgetogen als haar zakenpartner had verwacht.

'Had ik het maar eerder doorgehad,' verzuchtte Robin, starend naar de glinsterende zee links van haar. 'Als ik had gemerkt dat het hetzelfde meisje was dat me belde...'

'Die fout is makkelijk gemaakt.'

'Nee, ik had moeten weten dat er iets niet klopte. Ze zei Jockey & Horse in plaats van Horse & Jockey, en Wellsey Road in plaats van Wesley. En gisteravond herinnerde ik me nog iets anders: de eerste keer dat ze me belde, hoorde ik iemand schrijven. Dat was natuurlijk Griffiths die haar opdroeg wat ze moest zeggen.'

'Waarschijnlijk wel,' zei Strike.

'Ik had het moeten weten.'

'Maar Griffiths is zwaar de lul.'

'Ik weet het, en daar ben ik blij om,' zei Robin. 'Maar ik moet steeds denken aan Jolanda. Wat een afschuwelijk leven. Ontvoerd door de moordenaar van je moeder, gedwongen voor eeuwig een rol te spelen. En dan, net als je denkt dat je eindelijk zou kunnen ontkomen... En Tyler. Ik heb het gevoel alsof we hem een beetje hebben leren kennen, op het laatst, zonder dat we het in de gaten hadden. Volgens mij was het echt wel een goeie jongen.'

'Dat denk ik ook. Hij had misschien geen boekenwijsheid, maar hij was geïnteresseerd genoeg in de wereld om hem heen om te weten dat Assad "de leeuw van Syrië" wordt genoemd, en hij was een harde werker, bereid om allerlei risico's te nemen om dat meisje weg te halen bij Griffiths vandaan.'

'Toen Jolanda ouder werd kon Griffiths haar natuurlijk niet meer de hele tijd verborgen houden. Hij moest haar wel naar school laten gaan als hij in Engeland wilde wonen.'

'Waarschijnlijk rekende hij erop dat ze zo bang voor hem was dat ze niemand de waarheid durfde te vertellen. Hij kon haar vast ook verdomd goed gebruiken om andere jonge vrouwen te lokken. Het is een goede dekmantel, de toegewijde jonge vader, jong weduwnaar geworden... maar ze was wel zwanger van hem. Moeilijk te verklaren.'

'Denk je dat die baby van hem was? Niet van Tyler?'

'Daar zullen we nog wel achter komen, maar ik vermoed inderdaad dat het kind van hem was, en dat Tyler bereid was haar te helpen met de opvoeding.'

Strike had zich afgevraagd of hij in dat opzicht net zo genereus zou zijn als Tyler Powell, en hij was er niet uit gekomen.

'Strike, ik moet gaan, ik geloof dat ik het hotel zie.'

'Oké, ik spreek je als je terug bent.'

Hij vond dat hij niet buiten kon blijven staan vapen terwijl de begrafenisgasten allemaal binnen in het zaaltje waren, maar toen hij het hotel weer in liep, zag hij Ralph Lawrence naar buiten komen. Strike vermoedde dat Lawrence had gewacht tot hij klaar was met telefoneren, en hij bleef staan, meer uit nieuwsgierigheid dan iets anders, om te horen wat Lawrence deze keer te zeggen had.

'Hoe gaat het?' vroeg de man van wie Strike nu, schoorvoetend, bereid was toe te geven dat hij waarschijnlijk bij MI5 werkte.

'Prima. Met jou?'

'Het is een sterk staaltje dat u hem hebt weten te vinden.'

'Gewoon een gokje,' zei Strike onverschillig.

'Weet u ook waarom hij op die manier zelfmoord heeft gepleegd?'

'Ik heb wel een vermoeden,' zei Strike. Toen Lawrence hem vragend aankeek, voegde hij eraan toe: 'Ik heb een IS-video gezien op het darkweb. Een man die met een kap over zijn hoofd en een barbell aan zijn lichaam bevestigd van een brug wordt gegooid. Ik bedacht dat dat weleens Ben Liddell zou kunnen zijn.'

Lawrence gluurde over zijn schouder naar het zaaltje, dat nog steeds volliep met in het zwart geklede mensen, en zei toen zacht: 'Vier mannen van het E Squadron zijn naar een terrein gesmokkeld waarvan niet bekend is dat de Britse strijdkrachten daar opereren. Het doel was om contact te leggen met een anti-Islamitische Staatgroepering, om die te voorzien van geavanceerde communicatieverbindingen.

De missie liep helemaal fout. Ze zaten in een klein vliegtuigje, werden geraakt door luchtafweergeschut. De piloot was meteen dood, het toestel vloog in brand en maakte een duikvlucht; ze moesten eruit springen terwijl ze al erg laag vlogen. Twee regimentsmannen vielen te pletter, Semple was ernstig gewond en amper bij bewustzijn, maar Liddell had hem weggesleept om dekking te zoeken.

Ze hadden een radio en net genoeg munitie om een paar uur iedereen op afstand te houden, maar het was kantje boord of er hulp zou komen voordat ze gevangengenomen en vermoord zouden worden. Toen het reddingsteam daar aankwam, troffen ze alleen Semple aan. Liddell had hun schuilplaats verlaten om water te halen voor Semple. Hij is nooit teruggekeerd.

MI6 heeft de details aan ons doorgegeven toen Semple vermist was. Ze vonden de executievideo die u ook hebt gezien, maar Islamitische Staat leek niet in de gaten te hebben dat de man die ze gevangengenomen hadden van de SAS was, anders zouden ze er veel meer ophef over hebben gemaakt. Liddell moet beseft hebben dat het uiterst belangrijk was om niet te laten merken dat hij van het Regiment was. Zijn Arabisch was goed. God weet voor wie of wat hij zich heeft uitgegeven, daar.

Ze hebben elk spoor van die verdomde video gewist op het gewone internet, en zoals u hebt gezien is Liddell er niet op te herkennen. Ons belang was al die tijd om te voorkomen dat Niall Semple zijn verwarde versie van de missie wereldkundig zou maken. Toen hij bijkwam uit zijn coma was hij boos en gedesoriënteerd. Vóór het hersenletsel had hij me zeer gevoelige informatie toevertrouwd. We leven in een *brave new world*, meneer Strike: vroeger probeerden we te voorkomen dat journalisten geheime informatie in handen kregen, maar tegenwoordig, met de social media, had Semple niet meer nodig dan een internetverbinding, en hij had mensen die diep undercover werkten in groot gevaar kunnen brengen.'

'Weet Rena Liddell hoe haar broer is omgekomen?'

'Misschien heeft Semple het haar verteld, maar ze is nog steeds niet bereid om te geloven dat haar broer dood is. U had gelijk, ze baart me zorgen. Ik was niet alleen bang dat Semple haar had verteld over zijn verknipte versie van wat er tijdens die missie gebeurd zou zijn, ik vreesde ook dat hij informatie had losgelaten waarvan we beslist niet willen dat die in handen komt van een verwarde vrouw met mentale problemen.'

'En wat ga je dan doen, haar weer wegstoppen in een psychiatrische kliniek?'

'U zult dat vast niet geloven,' zei Lawrence koeltjes, 'maar ik geloof wel degelijk in burgerlijke vrijheid – alleen vergt de nationale veiligheid soms maatregelen die mogelijk de ideale rechtsnorm van een dromer schenden.'

'Hoe oud is je grootmoeder?' vroeg Strike, en Lawrence reageerde geschrokken.

'Wat?'

'Je hebt zojuist Albert Pike geciteerd,' zei Strike. 'Er staat een passage in *Morals and Dogma* over de generaal die een brug omzaagt om het grootste deel van zijn leger te redden, ook al moet hij daar een bataljon voor opofferen. Dergelijke handelingen zijn niet onrechtvaardig, zegt Pike, maar "een mogelijke schending van de ideale rechtsnorm van een dromer".'

'Aha,' zei Lawrence. 'Hoe oud is úw grootmoeder?'

'Ze zijn allebei dood,' antwoordde Strike.

Door de glazen deur naar het zaaltje zag hij aan de beroering onder de aanwezigen dat de familie was gearriveerd: Jade, in haar zwarte jurk en jas, hand in hand met haar tweelingzus.

'We moesten maar eens...'

'Ja,' zei Lawrence, en zij aan zij liepen ze terug naar binnen.

Strike had net aan de rand van het zaaltje een plekje gevonden waar hij kon staan, toen hij zag dat Jade zijn kant op kwam.

'Fijn dat je hierheen gekomen bent,' zei ze.

'Gecondoleerd met je verlies,' zei Strike formeel.

Hij kon merken dat de tranen weer hoog zaten bij Jade, maar vandaag kon hij haar dat niet kwalijk nemen. Ze voelde zich ongetwijfeld zoals hij zich had gevoeld op de begrafenis van Ted, alsof er een onzichtbare steen op haar borst drukte.

'Je hebt haar ontmoet, hè?'

'Rena Liddell? Ja.' Strike kon aan haar toon horen dat ze nog steeds haar verdenking had over de precieze relatie tussen haar man en de zus van zijn dode vriend.

'Ze waren niet... Er was niets tussen die twee. Hij wilde alleen contact met haar, en hij wilde haar die zilveren ketting met dat bedeltje geven.'

'Die had ík moeten krijgen,' zei Jade klaaglijk, en ze barstte in tranen uit.

Mensen keken hun kant op. Sommige blikken waren beschuldigend: Strike maakte de weduwe van streek.

'Zullen we even naar buiten gaan?' Strike had geen zin om een treurige show te moeten geven voor de begrafenisgangers, en hij nam Jade mee naar het rookgedeelte. Ze zakte neer in een houten stoel en hij ging naast haar zitten terwijl ze snikte. Na een poos stak ze een hand in haar zwarte tas en haalde een pakje sigaretten tevoorschijn.

'Vape je niet meer?' vroeg Strike, en hij keek jaloers toe hoe ze er een opstak.

'Dat komt wel weer.' Jade nam een diepe trek van haar Marlboro en blies de rook de lucht in. 'Maar ik mag vandaag toch wel een fucking sigaret, of niet soms?'

'Zeker weten.'

'Die zilveren ketting is van Nialls moeder geweest. Zijn vader heeft hem jaren geleden voor haar gekocht, in Oman. Waarom geeft hij die nou aan Rena en niet aan mij?'

'Ik denk om iets goed te maken,' zei Strike. 'Uit schuldgevoel, omdat hij het heeft overleefd en haar broer niet? En hij dacht dat die ketting bescherming bood.'

'Maar waarom wilde hij háár beschermen en mij niet?' Jades mascara liep door de tranen uit over haar wangen.

'Omdat hij wist dat ze in de problemen zat en geen familie meer had, nu Ben dood was?'

Jades sigaret brandde langzaam op terwijl ze daar zat te huilen, en Strike zou willen dat hij hem uit haar hand kon trekken en oproken.

Na een hele tijd zei Jade: 'De code van dat koffertje, dat vol zat met bakstenen, weet je wat de code was?'

'Nee,' zei Strike.

'Mijn uitgerekende datum, van de baby die ik heb verloren. Dus... dus die moet toch wel wat voor hem betekend hebben, hè?'

'Ja,' zei Strike. 'Dat moet wel... Er zaten alleen maar bakstenen in, hè, heb ik gehoord?'

'Bakstenen en dingen die hij had opgeschreven, allemaal in plasticfolie, maar ze zeiden dat niemand het kon lezen. Volgezogen met water. Ik weet niet of dat waar is... misschien was het een brief aan mij?'

'Misschien.'

Strike zou persoonlijk durven wedden dat Semple had opgeschreven wat volgens hem de waarheid was over zijn missie met het E Squadron, wat dat ook mocht zijn. Waarom zou hij anders aanwijzingen hebben achtergelaten over waar hij en zijn informatie, of gegevens over het achterhouden daarvan, te vinden waren, nat geworden of niet.

'Soms wil je iemand zo graag, ook al weet je dat het verkeerd is en dat het niet gaat werken, maar je wilt het tóch, ken je dat?' vroeg Jade met verstikte stem.

'Ja,' zei Strike, en voor zijn geestesoog lachte Charlotte sardonisch.

'Wij waren niet goed voor elkaar, maar we wilden het wel. Ik kon me er niet van losmaken. We pasten niet bij elkaar. Ik weet wat iedereen zei, en oké, ze hadden gelijk, maar we... Ik hield van hem,' fluisterde ze. 'Ik hield echt van hem. Ik had altijd het gevoel dat ik hem niet begreep. Als ik nou eens in zijn hoofd had kunnen kruipen... maar dat ging niet.'

Strike dacht aan de overtuiging die hij lang geleden had losgelaten: het idee dat hij iets zou kunnen veranderen aan Charlotte, haar aanpassen, beter maken. Haar gelukkig maken.

'Alles oké hier, babe?' klonk het achter hen behoedzaam.

De man met de rode snor van wie Strike een glimp had opgevangen in Crieff kwam Jade halen.

'Ja,' zei ze schor, en ze stond op uit de stoel. 'Alles oké... Tot kijk,' zei ze tegen Strike, en Rode Snor nam haar mee, met een wantrouwende blik achterom naar de grote man met het verband om zijn oor.

Strike keek toe hoe Jade werd opgeslokt door de mensenmassa. Deze keer ging hij niet terug naar binnen. Zodra hij er zeker van was dat niemand naar hem keek door de glazen deur, keerde hij terug naar zijn auto.

125

When shall I be dead and rid
Of the wrong my father did?
How long, how long, till spade and hearse
Put to sleep my mother's curse?

A.E. Housman
XXVIII: *The Welsh Marches, A Shropshire Lad*

Hotel Serenità was in het echt nog mooier dan op Instagram: een groot pand van verweerde gele steen dat eens een buitenhuis was geweest. Nadat Robin de chauffeur had betaald liep ze met voorgewende zelfverzekerdheid de airconditioning van de lobby in en vandaar meteen door naar een terras waar een paar mensen de lunch genoten. Ze was van plan eerst een maaltijd te bestellen en dan te informeren naar het personeel.

Maar dat was niet nodig. Robin zat nog geen twee minuten of er verscheen een jongeman met een bol gezicht en een korte nek, zijn blonde haar bijna wit van de Sardijnse zon, die haar een menukaart in het Engels overhandigde en vroeg of hij haar wat te drinken kon brengen voordat ze haar bestelling deed.

'Rupert,' zei Robin. Ook al had ze verwacht dat hij hier zou zijn, zijn plotselinge fysieke verschijning kwam als een schok.

Fleetwoods bolle gezicht hing plotseling slap; Robin vermoedde dat de angst en vrees zich maandenlang hadden opgebouwd.

'Ik ben Robin Ellacott, privé...'

'Ik weet wie je bent,' zei hij met die zware basstem. 'O jezus, ze is toch niet hier, hè?'

'Decima? Nee, die is in Engeland.'

'Weet ze...?'

'Ze weet dat je in een Clairmont-hotel werkt, maar niet in welk. Ik had geraden dat je hier zou zijn. Ik weet dat Tish Benton hier in het laagseizoen kwam, en ik dacht dat ze misschien bij jou op bezoek ging.'

Fleetwood staarde haar aan, als aan de grond genageld.

'Ik ben niet gekomen om je problemen te bezorgen, Rupert,' zei Robin. Ze ging zachter praten, want een gezin aan een nabijgelegen tafeltje zat naar de ober te kijken, geïntrigeerd door zijn rare houding en die opengevallen mond. 'Ik wil alleen maar met je praten. Wanneer heb je pauze?'

Ze dacht dat hij geen antwoord zou geven, maar toen mompelde hij enigszins hopeloos: 'Drie uur.'

'Kunnen we dan alsjeblieft praten? Ik beloof je dat ik voor die tijd met niemand contact zal opnemen.'

Hij stemde met een ongelukkig knikje in.

En dus zaten Robin en Rupert om drie uur samen op een terras in de schaduw van een overkapping van felroze bougainville die net in bloei stond. Fleetwood had voor hen allebei koffie meegebracht, maar hij leek Robin niet in de ogen te durven kijken. Toen ze hem bedankte, knikte hij alleen maar en deed suiker in zijn eigen koffie zonder haar aan te kijken.

'Hoe gaat het met haar?' Hij keek strak naar de koffie waarin hij zat te roeren.

'Niet zo best,' antwoordde Robin.

'Ik heb geprobeerd... Ik heb je collega gebeld.'

'Dat weet ik,' zei Robin.

'Zodat ze zou weten dat ik nog leef.'

'Ja,' zei Robin, 'maar dat was voor haar nog pijnlijker dan het idee dat je dood was. Ze kon niet begrijpen waarom je zomaar bij haar weg zou gaan, zeker omdat ze zwanger was.'

Rupert liet zijn lepeltje vallen, met een geluid dat Robin deed denken aan de baksteen die het Murdoch-zilver raakte.

'Heeft ze een abortus gehad?' fluisterde hij.

'Nee. Je hebt een zoon.'

'O god.' Hij sloeg zijn handen voor zijn gezicht.

'Het gaat goed met hem. Hij is zonder problemen geboren.'

Na een poosje werd duidelijk dat Rupert huilde, niet hard, zoals Danny de Leon of Murphy, maar geluidloos, met schokkende schouders.

'Rupert,' zei Robin, 'ik denk dat ik weet waarom je bent weggegaan.'

'Dat kun je niet weten,' klonk het gedempt.

'Ik denk van wel,' zei Robin. *Die twee zagen er samen uit als Tweedledum en Tweedledee. Stel je die bolle koppen van die kinderen eens voor.* 'Je had ontdekt dat Decima je halfzus is.'

Hij keek op, zijn betraande gezicht vol afgrijzen.

'Hoe...?'

'Ik las in een tijdschrift een interview met Cosima en zag dat ze een DNA-test heeft gedaan. Toen besefte ik dat jullie allemaal een beetje op elkaar lijken,' zei Robin. 'Dino, Decima en jij.'

Rupert veegde ruw over zijn ogen met de mouw van zijn witte kelnersjas, maar er bleven tranen komen. Hij had een heel innemend gezicht, vond Robin; niet echt knap, maar in het echt zag hij er beter uit dan op de foto die zij en Strike aan mensen hadden laten zien in verband met William Wright.

'Hoe ben je erachter gekomen?' vroeg ze.

Nadat hij voor de tweede keer zijn gezicht had gedroogd aan zijn mouw stak Fleetwood zijn hand in het borstzakje van zijn vest, haalde er een pakje Marlboro Light uit, stak er een op en zei schor: 'Valentine.'

'Heeft hij het je verteld?'

'Niet... helemaal.'

Robin wachtte af. Fleetwood rookte een volle minuut zonder iets te zeggen.

'Hij was er van het begin af aan zwaar op tegen dat Decima en ik... Op een avond bij Dino's was hij bezopen en toen vertelde hij me dat Dino het had gedaan met mijn moeder, dat ze een verhouding hadden gehad... Hij zei dat hij ze als kind samen had betrapt op de bank… en toen… Ik weet niet, ik denk dat hij ineens in paniek raakte omdat hij te veel had gezegd… hij probeerde terug te krabbelen, zei dat het een geintje was en zwalkte de club uit.

De volgende dag belde ik hem op en toen zei hij dat ik bij Dessie uit de buurt moest blijven en dat hij het alleen maar had gezegd om me weg te jagen, maar…'

Fleetwood nam een diepe trek van zijn sigaret. 'Die middag keek ik naar Dino en… ik zag het. Hij en Dessie en ik, alle drie een bol gezicht en een beetje… een korte nek. Ik heb altijd wel geweten dat ik niet op Peter Fleetwood leek… Ik lijk ook niet op mijn moeder, maar zij was wel blond. Dus… hoe vaker ik in de spiegel keek, hoe meer ik ging inzien dat ik uiterlijk veel meer een Longcaster was dan een Fleetwood…'

'Heb je het Decima verteld?'

'Shit, nee.' Fleetwood sloot even zijn ogen. 'Ik heb alleen… Ik heb zo'n DNA-test gedaan, en ja. Er was een link met de test die Cosima online had gedaan… die toonde aan dat we halfbroer en -zus zijn… en fuck, er viel zóveel op z'n plaats. Mijn tante heeft altijd de pest aan me gehad… zij wist waarschijnlijk dat ik helemaal geen familie van haar was, maar ze werd wel met me opgezadeld. En ze heeft fucking Dino Longcaster altijd geháát… Het moet walgelijk voor haar geweest zijn om mij te zien opgroeien terwijl ik steeds meer op hem ging lijken.'

'Dus je ging naar Sacha's feest omdat…?'

'Ik wilde het uitvechten met die fucking Valentine.' Rupert nam nog een lange trek van zijn sigaret, blies uit en zei: 'Ik was zo woest. Als hij Dessie en mij van het begin af aan had gewaarschuwd, zou het nooit gebeurd zijn. Al had hij het maar gezegd voordat Dessie zwanger raakte. De gore lafbek. Hij wilde Dino niet tegen de haren in strijken, dat was het. Geen slapende honden wakker maken… Ik snap niet waarom Cosima moest janken. Misschien dacht ze dat ik een schandaal zou veroorzaken in de kranten of zo. Dino haat de fucking pers. Of misschien was ze bang dat ik een deel van Dino's erfenis zou opeisen, haar kennende. Bang dat ze genoegen zou moeten nemen met een kwart in plaats van een derde…'

'Wie kent de waarheid?' vroeg Robin. 'Albie? Tish?'

'Ja, zij.' De tranen drupten nog steeds uit Fleetwoods ooghoeken. 'Alleen zij. Ik moest het iemand vertellen. Ik werd gek... Incest!' Hij keek strak naar de tafel, en Robin hoorde de afschuw en de schaamte waarvan ze vermoedde dat die al bijna een jaar aan hem vraten.

'Ik heb gelezen dat mensen die familie van elkaar zijn maar gescheiden worden, zich soms tot elkaar aangetrokken voelen als ze elkaar ontmoeten,' zei Robin. 'Ze voelen dat er een band is. Jullie kunnen er niets aan doen.'

'Dat zeiden Tish en Albie ook, maar het is makkelijk praten als het niet om jouzelf gaat. Ik ben verdomme met mijn zús naar bed geweest...'

Robin kon niets bedenken wat ze daarop zou kunnen zeggen. Het voelde raar en ongerijmd om tussen zo veel schoonheid te zitten, met de blauwgroene zee fonkelend in de verte en overal om hen heen bougainville, terwijl ze een eeuwenoud taboe bespraken, doorbroken door twee mensen die daar op het moment zelf geen flauw idee van hadden.

'Je weet zeker ook van het tafelschip, hè?' mompelde Fleetwood.

'Dat je dat hebt gestolen en verkocht aan Lady Jenson? Ja.'

'Het was van mijn moeder,' zei Fleetwood zacht. 'Bezit van de familie Legard. Ik ben nog altijd een Legard, dat kan niemand me afpakken. Dino had er geen recht op. Het is het enige wat ik ooit van hem zal aannemen, maar hij was me iets verschuldigd. Hij was me goddomme iets verschuldigd.'

'Rupert, Decima heeft zichzelf vreselijk gekweld. Ze denkt dat je dood bent. Ze denkt dat het haar schuld is.'

'Ik ben vermoord in de kluis van een zilverwinkel.' Fleetwood sloot weer even zijn ogen. 'Ik weet het, Albie heeft het me verteld. Maar ik heb je collega gebeld...'

'Decima geloofde niet dat jij het was. Rupert, het lijkt me veel beter – aardiger – als je Decima belt en haar alles zelf uitlegt.'

Hij leek erover na te denken. Robin nipte van haar koffie en bedacht dat ze, nu ze hem zo snel en makkelijk had gevonden, geen reden had om haar terugkeer naar Londen uit te stellen. Met de Sardijnse zon op haar rug en de zacht ritselende bougainville boven haar hoofd dacht ze aan Murphy, die had gevraagd waarom ze eigenlijk nooit samen naar het buitenland waren geweest, en toen moest ze onontkoombaar denken aan de platina ring met diamant die hij in zijn aktetas had verstopt. Ze wist zeker dat ze nog vier dagen had voordat hij haar die zou geven in het Ritz. Robin had niets gedaan om het aanzoek te voorkomen, want ze wist niet hoe ze dat zou moeten doen zonder te laten blijken dat ze zijn persoonlijke spullen had doorzocht.

'Weet je wat het is?' zei Fleetwood zwakjes tegenover haar aan het tafeltje. 'Ik houd nog steeds van haar. Ik heb echt mijn best gedaan om niet meer van haar te houden... maar het lukt niet.'

'En zij houdt van jou,' zei Robin. 'Maar er is nu een baby bij betrokken, Rupert. Jullie moeten samen een manier bedenken om hiermee om te gaan. Je kunt je niet blijven verstoppen.'

Rupert drukte zijn sigaret uit in de asbak. 'Hoe heeft ze hem genoemd?'

'Lion.'

'O, jezus.' Rupert sloeg weer zijn handen voor zijn gezicht. 'Naar dat stomme White Lion zeker? Dat stelde niks voor, hij is nooit mijn vader geweest...'

'Rupert, ze heeft de bevalling helemaal alleen moeten doen. Ze leeft al maanden in een hel, ze geeft zichzelf de schuld van jouw dood. Bel haar alsjeblieft om haar de waarheid te vertellen.'

126

My own hope is, a sun will pierce
The thickest cloud earth ever stretched;
That, after Last, returns the First,
Though a wide compass round be fetched;
That what began best, can't end worst,
Nor what God blessed once, prove accurst.

Robert Browning
Apparent Failure

'In zekere zin,' zei Decima Mullins, 'voelt het alsof hij wél dood is.'

Het was laat op een vrijdagmiddag en hun voormalige cliënte had verzocht om een laatste bespreking met Strike en Robin, op kantoor. Decima zag er vandaag verzorgder uit dan beide detectives haar ooit hadden gezien; nog steeds te mager, maar ingetogen aantrekkelijk, al was haar blik opgejaagd. Zoals ze al had verteld was ze met haar zoontje terugverhuisd naar Londen en was ze van plan binnenkort het werk in haar restaurant weer op te pakken, al was het parttime.

Robin, die in theorie een vrije dag had, had bij het gesprek aanwezig willen zijn en was aangekomen in de lichtroze jurk en op de hoge hakken die ze bij The Goring Hotel ook had gedragen. Strike had al naar haar linkerhand gegluurd. Nog steeds geen ring.

'Als hij het me gewoon had verteld...' zei Decima.

'Ik denk,' zei Robin, 'dat hij zo geschokt was door die akelige ontdekking...'

'Maar om me dan zomaar in de steek te laten... Hij wíst dat ik hem zocht, dat hadden Albie en Tish hem verteld.'

'Ik verdedig zijn vertrek ook niet,' zei Robin. 'Ik weet dat hij had moeten blijven en eerlijk had moeten zijn.'

'Er zijn momenten dat ik zou willen dat we het nooit te weten gekomen waren,' zei Decima treurig. 'Er zou misschien niks aan de hand geweest zijn als we het niet hadden ontdekt. Wat heeft het voor zin om het te weten? Hij heeft me gisteravond weer gebeld. We hebben zes uur aan de telefoon gezeten.'

'Zes uur?'

'Ja. Zo gaat het altijd als we eenmaal aan het praten zijn, dan kunnen we niet meer stoppen,' zei Decima. 'Ik was zo kwaad... en toen hebben we samen gehuild, en daarna... na een poosje was het bijna zoals vroeger, maar het voelde alsof ik met een geest praatte. Maar het is natuurlijk voorbij tussen ons. Ik ben heel anders over hem gaan denken... we zullen nooit... we kunnen niet terug. Het is zo'n puinhoop, álles. Hij zegt dat hij wil terugkomen naar Londen, hier een baan wil zoeken en mij wil helpen met Lion. Hij wil een echte relatie met hem...'

Ze haalde diep adem en kwam uit bij het onderwerp waarvan Strike meende dat het de ware reden van haar komst was.

'Valentine en Cosima zullen het niemand vertellen, die schamen zich. Dus...'

'Niemand van onze freelancers weet ervan, en Cormoran en ik zullen het nooit doorvertellen. Geen woord,' zei Robin. Strike knikte instemmend.

'Dank je wel,' zei Decima. 'Ik wil niet dat Lion geruchten hoort, of dat hij erachter komt voordat wij eruit zijn hoe... hoe we het hem gaan vertellen.'

'Moet je het hem wel vertellen?' vroeg Strike, en Robin keek verbaasd zijn kant op. Ze zou gedacht hebben dat Strike de waarheid, hoe onverteerbaar ook, altijd zou verkiezen boven een leugen, en ze moest onwillekeurig denken aan zijn advies aan haar: *We zijn geen fucking maatschappelijk werkers.*

'Waarom zou hij méér moeten weten dan dat hij gewenst was,

maar dat de relatie tussen zijn ouders niet werkte?' vroeg Strike. 'Lichamelijk is alles in orde met hem, toch?'

'Ja,' zei Decima. 'Alles goed. We mogen van geluk spreken dat niemand in de familie een ernstige genetische aandoening heeft. We zijn allemaal gezond.'

'Dit soort dingen gebeurde vroeger waarschijnlijk vaker dan de mensen in de gaten hadden, in de tijd dat nog niet iedereen zomaar een DNA-test kon doen,' zei Strike. 'Ik zou zeggen dat jullie zoon het veel beter getroffen heeft dan een hoop andere kinderen. Ouders die van hem houden en die goed met elkaar overweg kunnen. Een vader die graag bij de opvoeding betrokken wil worden. Ja hoor, ik zou zeggen dat hij een enorme bofkont is, vergeleken met sommige anderen.'

Robin zag een soort verwondering in de manier waarop Decima nu naar Strike keek. Ze leek diep geraakt te zijn door deze praktische kijk op de situatie, en Robin voelde een golf van genegenheid voor haar zakenpartner, wat onmiddellijk een opleving van haar schuldgevoel veroorzaakte, want het was Murphy's verjaardag en ze had over anderhalf uur dat etentje met hem, en het was niet de bedoeling dat ze nu smolt voor Strike die onverwacht fijngevoelig deed en compassie toonde terwijl de man van wie ze beweerde te houden nu waarschijnlijk zat te dubben wanneer hij precies die diamanten ring tevoorschijn moest halen... Ze besefte dat Decima weer aan het woord was en sleepte haar gedachten terug naar het heden.

'... ontdekt wie de dode man in de kluis was. En dat dat arme meisje nu in veiligheid is.'

'En dat is aan jou te danken,' zei Strike. 'Zonder jou was er geen gerechtigheid geweest voor Tyler Powell, was de vrouwenhandel nog gaande en had de vrouw van Niall Semple nog steeds niet geweten waar hij was. Waar het eigenlijk om gaat is dat je gelijk had: William Wright was niet Jason Knowles.'

Decima glimlachte. Ze zag er beter uit dan toen ze daarstraks het kantoor was binnengekomen; minder afgetobd en gespannen.

'Ik moet gaan,' zei ze. 'De oppas houdt er om zes uur mee op. Bedankt, jullie allebei.'

Ze gaf beiden een hand en vertrok. Toen de detectives de glazen deur van het kantoor dicht hoorden gaan, zei Robin zacht: 'Wat afschuwelijk, hè?'

'Kan beter, ja,' gaf Strike toe.

'Ik denk dat ze altijd van elkaar zullen blijven houden en dat ze daar nooit iets mee kunnen doen.'

Om de diepe somberheid die Robins woorden hem zojuist hadden bezorgd te verhullen vroeg Strike: 'Wil je koffie?'

Robin keek op haar telefoon hoe laat het was. Ze had nog meer dan een uur voordat ze bij het Ritz moest zijn. Telkens wanneer ze eraan dacht, trok haar maag even samen van paniek.

'Ja, lekker,' zei ze, blij dat ze nog even alleen aan werk kon blijven denken, of dat in elk geval kon proberen.

Pat zat nog achter haar computer. Ze bleef altijd op kantoor om koffie of thee te zetten als er een klant was, zelfs wanneer dat, zoals vandaag, betekende dat ze na vijf uur moest blijven.

'Jouw werkdag zit erop,' bracht Strike haar in herinnering terwijl hij water opzette.

'Ik maak dit nog af nu ik eraan begonnen ben,' bromde de officemanager, haar e-sigaret wiebelend in haar mond terwijl ze doorging met typen. 'Dan hoeft het maandag niet meer.'

'Je hebt een vervanger voor Travolta,' zei Robin toen ze zag dat het aquarium een nieuwe bewoner had, deze keer een exemplaar met witte, zwarte en oranje vlekken.

'Ja,' zei Pat nors. 'Het is zo leeg met maar twee erin.'

'Hoe heet deze?'

'Elton,' antwoordde Pat, en Robin moest lachen.

Toen de twee detectives met hun koffie in het partnerkantoor zaten, zei Robin: 'Ik heb nog niet gevraagd hoe het met je oor gaat.'

'Het lijkt weer aan mijn hoofd vast te groeien,' zei Strike, 'en dat is mooi, want anders loop ik er nogal lullig bij met een zonnebril op.'

'Doet het nog pijn?'

'Nee.' Strike wist niet goed waarom hij daarover loog, al vermoedde hij dat hij de gewoonte om te proberen net zo fit en zo fysiek ongeschonden over te komen als Murphy nog niet had afgeleerd.

'Het was in deze zaak wel een en al onmogelijke en gedwarsboomde liefdes, hè?' zei hij snel, om het niet te hoeven hebben over zijn fysieke verval.

'Inderdaad. Rupert en Decima. De Semples. Pamela Bullen-Driscoll en haar man...'

'En Tyler en Jolanda... die verdomde armband heeft ze de das omgedaan. Griffiths vermoedde misschien wel dat ze te close werd met Tyler, maar die armband was de grote fout.'

Robin moest, alweer, denken aan de zilveren bedelarmband die bij haar thuis lag, verstopt in haar avondtasje.

'Ik vind het zo'n afschuwelijke gedachte, Tyler die naar Londen ging en instemde met dat hele vermommingsverhaal,' zei ze. 'Dat hij door dat sollicitatiegesprek bij Ramsay kwam, dacht een thuisbasis te kunnen verzorgen voor Jolanda... ging kijken of het de moeite waard was om zich bij de vrijmetselarij aan te sluiten, als bescherming...'

'Ja, zei Strike. 'Heel erg.'

Net als voor Robin was het onderzoek rond de zilverkluis ook voor Strike een van de minst aangename zaken waaraan hij ooit had gewerkt. Natuurlijk was het bevredigend om te weten dat Griffiths en zijn medeverkrachters en -pooiers in hechtenis genomen waren; in theorie was hij er trots op dat hij had achterhaald waar elk van de vijf mogelijke William Wrights was gebleven of aan zijn einde was gekomen, maar het overheersende gevoel als hij hier de komende maanden op terugkeek zou toch bittere spijt zijn, en eindeloze zelfverwijten die niets te maken hadden met de zilverkluis en alles met Robin.

'Ik moet gaan,' zei ze met tegenzin toen ze haar koffie ophad.

Strike liep met haar mee naar de tussenruimte, waar Pat net haar jas aantrok. Blijkbaar had ze haar klusje afgerond.

'Prettig weekend,' mompelde ze.

'Jij ook, Pat,' zei Robin. 'Fijn dat je langer gebleven bent.'

Toen de deur achter de officemanager dichtviel, wees Strike naar Robins jurk. 'Ga je iets leuks doen?'

'Ja,' zei ze zonder hem aan te kijken. 'Ryan is vandaag jarig. We gaan naar het Ritz – het restaurant,' voegde ze er snel aan toe, om hun beider gedachten af te wenden van de bar. 'Nou, tot maandag.'

De glazen deur ging open en weer dicht, en weg was Robin.

Strike voelde opeens de adrenaline door zijn lijf gieren. Het was alsof hij terug was op dat gele zandpad en wist wat er ging gebeuren, omdat hij de jongen die de bermbom had neergelegd had zien wegrennen, slepend met een jongetje dat hij bij de naderende explosie vandaan moest zien te krijgen. Strike had 'remmen!' geroepen, maar te laat om het onheil te voorkomen.

Nu was hij ook vrijwel zeker te laat. Toch rukte hij de glazen deur open.

127

No signal crackings, no thin jets or streams from the green immensity beyond.
Just one universal collapse, one chaotic climacteric, begun and ended in the same instant, as the crust of the chamber, no longer supported by the in-pent air, dissolved under the irresistible pressure of the sea.

John Oxenham
A Maid of the Silver Sea

Robins hakken maakten zo veel lawaai op de metalen trap dat ze pas merkte dat haar partner haar was gevolgd op het moment dat ze hem haar naam hoorde noemen. Toen ze zich omdraaide, zag ze hem boven haar op de sjofele overloop staan. Tot haar verbazing zei hij niks; hij keek alleen naar haar.

'Wat is er?' vroeg ze.

Strike daalde een paar treden af. 'Maak niet twee keer dezelfde fout.'

'Wat?' zei Robin niet-begrijpend.

'Dat Murphy zo goed reageerde op... je weet wel, wil niet zeggen dat je hem iets verschuldigd bent.'

Robin, die niets anders voelde dan totale verbijstering, staarde hem aan. Toen drong het ineens tot haar door.

'Wéét je het?'

'Wat weet ik?' vroeg Strike.

'Dat Ryan me gaat vragen.'

'Dus jij weet het ook?' Hij liep nog een trede omlaag en probeerde haar gezichtsuitdrukking te lezen.

'Hoe...?'

'Hij heeft het Iverson verteld. En zij vertelde het weer aan Wardle.'

Robin voelde opeens een sterke, onverklaarbare aandrang om in huilen uit te barsten. Ze vond het een afschuwelijk idee dat andere mensen, en vooral Strike, wisten dat het aanzoek zou gaan plaatsvinden; het voegde een haast ondraaglijke druk toe, terwijl ze minder dan een uur de tijd had om te bedenken wat ze in hemelsnaam zou zeggen als Murphy die ring uit zijn zak tevoorschijn haalde.

'Ik moet gaan,' zei ze, en ze draaide zich om.

'Robin.'

'Wat?' zei ze, alweer.

'Je moet... Ik wil iets zeggen.'

Strike daalde nog één tree verder af, zodat ze maar twee treden van elkaar vandaan stonden, en het bloed gonsde in zijn oren, precies zoals op de ochtend dat hij had gehoord dat Charlotte dood was. De seconden tikten voorbij, tot hij op haast agressieve toon zei: 'Ik ben verliefd op je.'

Robin verroerde zich niet en zei geen woord, maar ergens vanbinnen voelde ze een koude eruptie, en ze zou niet hebben kunnen zeggen of het schrik, blijdschap of pijn was, en er kwam niets anders in haar op dan voor de vierde keer te zeggen: 'Wat?'

'Ik ben verliefd op je,' herhaalde Strike.

Robins gezicht was volkomen uitdrukkingsloos, iets bleker dan anders, maar niet te peilen. De stilte strekte zich uit, en Robin staarde alleen maar. Ze kon haar oren niet geloven, maar de conclusie die ze had getrokken in de afgelopen ondraaglijk pijnlijke maanden maakte dat ze uiteindelijk zei, op afgemeten toon: 'Ik weet precies waar jij mee bezig bent.'

Het kostte haar elk beetje zelfbeheersing dat ze kon opbrengen om niet in te storten. 'Je bent gewoon bang dat ik wegga bij het bureau als ik ga trouwen.'

'Bullshit, dat is niet...'

'En waarom kom je hier vanavond mee? Omdat je denkt dat je me kwijtraakt,' zei ze voordat hij antwoord kon geven. 'Nou, wees maar niet bang, ik ga heus niet...'

'Dit gaat niet om het bureau. Echt niet,' zei hij stellig voordat ze hem kon tegenspreken. 'Ik ga hier voor mijn part nog eerder weg dan jij. Ik wacht al maanden op het juiste moment om dit te zeggen. Dit was niet mijn plan,' zei hij, wijzend naar het sjofele trappenhuis. 'Ik had het je willen vertellen in het Lake District, en daarna op Sark...'

'Ik geloof je niet,' bracht Robin met moeite uit, want het was alsof ze een dikke keel had gekregen. Ze wist niet of het kwam door de woede – op Strike, op zichzelf, op Murphy – of door de vreselijke pijn die haar hart doorboorde. 'Als je oprecht – als dit echt zou zijn... Ik moet gaan,' herhaalde ze, en ze liep haastig de trap af en liet Strike daar achter.

Hij luisterde naar haar voetstappen en wist niet of hij haar moest volgen, en hij stond er nog steeds, besluiteloos, toen hij haar weer de trap op hoorde komen, en nadat ze de draai van de trap had genomen zag ze er verhit en boos uit, maar Strike, die meende dat een vrouw die niet méér voor hem voelde dan vriendschap nu met een klap de buitendeur dichtgesmeten zou hebben, voelde plotseling hoop.

'Je hebt alle tijd gehad.' Robin trilde nu van woede. 'Járen. Ik was single. Ik was vrij. Telkens wanneer we... zelfs maar in de buurt kwamen van... dan duwde je me weg en dook je met andere vrouwen het bed in.'

'De laatste tijd niet meer,' zei Strike.

'Nee, omdat je de grenzen veilig kon oprekken nu ik met Ryan ben!'

'Denk je nou echt dat ik voor de lol maar wat aan rotzooide?'

'Misschien wel, ja.' Robins ogen lichtten op door de tranen van woede. 'Vertellen dat Charlotte dacht dat je verliefd op me was – wat moest ik daar nou op zeggen? Je wist gewoon niet wat je wilde – je hebt járen de tijd gehad.' Haar stem sloeg over. 'En al die tijd zei je níks!'

'Ik was bang dat ik het zou verpesten, dat ik alles zou...'

'Het bureau, dat is altijd je...'

'Het ging niet alleen om het bureau, het ging me om ons, de vriendschap...'

'Nou, ik ben nog steeds je vriendin, dus je hoeft niet...'

'Ik wil niet gewoon fucking vrienden zijn.' Strikes stem sloeg nu ook over. 'Dat zeg ik je juist. Ik ben verliefd op je. Iedereen ziet het, waarom jij dan niet?'

'En dan verwacht je van mij dat ik zomaar een relatie van twee jaar weggooi, om de nieuwste vrouw te worden die jou na een paar maanden gaat vervelen?' Robins stem galmde door het trappenhuis.

'We kennen elkaar nu zeven jaar en je hebt me nog nooit verveeld. Denk je dat ik dit zou zeggen als ik alleen seks wilde? Ik vraag je niet om vreemd te gaan, ik wil geen stiekeme verhouding. Ik wil met je samen zijn. Voor altijd. Trouw met me.'

Strike had niet verwacht zichzelf dat te horen zeggen. Robin stootte een geluid uit dat het midden hield tussen een lach en een geschrokken kreet.

'Jij... je bent hartstikke gek,' zei ze, verdoofd van schrik. 'Je bent... je bent echt gek geworden. We hebben zelfs nog nooit...'

'Dat is zo opgelost.'

Strike liep de trap af, en hij had net zijn handen op haar bovenarmen gelegd en haar naar zich toe getrokken toen ze een vuist tegen zijn borst zette en hem wegduwde.

'Nee!' zei ze, trillend bij het contact en kwaad op zichzelf omdat ze trilde. 'Ik ben zo niet – ik ga Ryan niet aandoen wat Matthew mij heeft aangedaan!'

'Ik moest het je vertellen,' zei Strike. 'Je moest het weten.'

Robin zocht tevergeefs naar woorden. Uiteindelijk draaide ze zich om en snelde de trap af, haar hakken galmend op het metaal, en deze keer hoorde Strike dat ze de hal bereikte, en toen het geluid van de voordeur die openging en met een klap achter haar dichtviel.

Een volle minuut stond hij daar, hopend dat de deur weer open zou gaan, maar dat gebeurde niet.

Fuck.

Hij draaide zich om en hees zich met behulp van de leuning de trap op, op weg naar de tweede verdieping. Toen bleef hij met een ruk staan. Pat stond op de overloop.

'Ik moest naar de wc,' zei ze verdedigend.

Mocht Strike zich nog hebben afgevraagd of hun stemmen hoorbaar waren geweest door de wc-deur heen, dan hoefde hij niet lang op het antwoord te wachten.

'Wees maar niet bang,' bromde ze. 'Ik roddel niet.'

Omdat hij geen enkele reactie kon bedenken liep Strike langs Pat heen het kantoor in en plofte neer in haar stoel. Het duurde een paar tellen voordat hij doorkreeg dat hij niet alleen was, en hij keek op. Pat was hem gevolgd.

'Hij is natuurlijk wel heel knap, die Murphy,' zei ze met haar knarsende bariton.

'Dat zijn nou precies de bemoedigende woorden die ik nodig had,' zei Strike op bittere toon.

'Maar volgens mij was ze niet gelukkig de laatste tijd. Thuis niet.'

Strike zei niets.

'Zo vraag je een vrouw niet ten huwelijk, schreeuwend op de trap omdat haar vriend op het punt staat haar te vragen,' zei Pat.

'Het was niet mijn bedoeling om... Het kwam er zomaar uit.'

'Nou, zeg dat vooral niet tegen háár,' zei Pat op scherpe toon. 'Het is al erg genoeg zonder terugkrabbelen.'

Strike stootte een zacht gekreun uit en legde zijn hoofd in zijn handen. Als hij naar haar had gekeken, zou hij gezien hebben dat er een iets mildere blik op het aapachtige gezicht van Pat was verschenen.

'Je kunt toch niet verwachten dat ze hetzelfde tegen jou zegt, nu vanavond?'

'Waarom niet?'

'Voor een slimme man kun jij soms behoorlijk dom zijn,' zei Pat geërgerd. 'Wat moet ze nou, terwijl haar vriend om de hoek op haar wacht met een ring op zak? Trouwens, je hebt met haar lopen sollen.'

'Hoezo heb ik...?'

'Je hebt gewacht tot een andere man met haar wilde trouwen voordat je je mond opendeed. Natuurlijk denkt ze dat je het alleen maar zegt om te voorkomen dat ze vertrekt.'

'Ik had het niet op deze manier gepland.'

'Dan heb je dus een nieuw plan nodig,' zei Pat opgewekt. 'Ik moet gaan, ik krijg vanavond bridgers.'

Ze draaide zich om, liep de deur uit en trok die achter zich dicht. Strike bleef achter en keek naar de glazen ruit, waar DETECTIVEBUREAU STRIKE EN ELLACOTT in gegraveerd was.

Dit was anders dan wakker worden in een ziekenhuis met een half been minder, en het was anders dan te horen krijgen dat Charlotte zelfmoord had gepleegd. Deze keer was hij niet puur ten prooi gevallen aan de speling van het lot; hij had zelf willens en wetens deze seismische en mogelijk catastrofale verandering teweeggebracht. Terwijl hij naar die deur staarde, kwam het bij hem op dat hoewel hij zichzelf altijd had beschouwd als de heerser over zijn eigen lot, hij er ook heel goed in was geweest om de klappen op te vangen die hij had moeten ondergaan. Hij had in zijn hele bestaan drie keer een bewuste, niet-gedwongen beslissing genomen die zijn leven veranderde en waarvan hij niemand anders de schuld kon geven.

De eerste keer was hij als Oxford-student naar de andere kant van een kamer gelopen, dronken en met de verwachting afgewezen te worden, om een gesprekje aan te knopen met de mooiste vrouw die hij ooit had gezien. De tweede keer was hij dit detectivebureau begonnen, ondanks de vernedering en zijn financiële ondergang. Vanavond was de derde keer. Hij had eindelijk, en misschien te laat, iets gevonden wat hem dierbaarder was dan de veiligheid van het alleenzijn, en het enige wat hij nu kon doen was afwachten of Robin Ellacott zou beslissen dat zij hetzelfde wilde.

De telefoon voor hem op het bureau begon te rinkelen. Strike liet het antwoordapparaat inschakelen. Toen hij zijn vapepen uit zijn zak viste, zag hij beweging vanuit zijn ooghoeken. De zwarte vis, die Cormoran heette, lag weer hulpeloos te spartelen aan de oppervlakte van het aquarium.

'Domme sukkel,' snauwde Strike. 'Je doet het jezelf aan.'

De telefoon hield op met rinkelen. Strike bleef nog even zwijgend zitten vapen en hees zich toen overeind, zijn oor en zijn knie hevig kloppend. Bij gebrek aan iets beters wat hij zou kunnen doen om zijn huidige situatie te verbeteren liep hij naar zijn zolderflat om het lege margarinebakje en een paar erwten te gaan halen.

Dankwoord

Grote dank, zoals altijd, aan mijn weergaloze redacteur David Shelley. Ik kan me niemand indenken met wie ik beter aan de *Strike*-boeken zou kunnen werken.

Nithya Rae heeft ook deze keer de kopij op fantastische wijze persklaar gemaakt, waar ik haar oneindig dankbaar voor ben.

Meer dank dan ik op deze pagina kan uitdrukken gaat uit naar Séan en Nadine Harris, die deuren voor me hebben geopend, de lunch voor me verzorgden bij Swan Taphouse en me voorzagen van eten, comfort en gastvrijheid op een niveau waarvoor de meeste mensen vijfsterrenhotels moeten bezoeken.

Zoals altijd eindeloze dank aan mijn literair agent, Neil Blair, voor al het werk dat hij onvermoeibaar voor me verzet; de onvervangbare Nicky Stonehill, Rebecca Salt en Mark Hutchinson, de mensen die ervoor zorgen dat ik niet gek word, en Di Brooks, Simon Brown, Danny Cameron, Angela Milne, Ross Milne, Fiona Shapcott en Kaisha Tiensuu, die hard en efficiënt werken om mijn echte leven soepel te laten verlopen als ik helemaal opga in fictieve werelden.

Tot slot Neil, Dec, David en Kenzie: zonder jullie zou niets ertoe doen.

Heb je genoten van dit boek?

Laat dan een review achter op de site van de winkel waar je het gekocht hebt, of op een lezerscommunity als Hebban.nl. Dat helpt andere lezers dit boek ook te vinden.